Jane Austen

Grandes obras

www.editorapedaletra.com.br
(11) 3733-0404 / 3687-7198

Projeto gráfico: Quatria Comunicação
Tradução e revisão: Cláudia Cruz e Lívia Bono

Equipe editorial
Gustavo Mendes - Direção de Arte
Ricardo Mesquita - Capa e Diagramação

Austen, Jane, 1775-1817
Jane Austen : grandes obras / Jane Austen. -- Brasil : Pé da Letra, 2020.
888 p.

ISBN

1. Ficção inglesa 2. Austen, Jane, 1775-1817. Orgulho e preconceito 3. Austen, Jane, 1775-1817. Razão e sensibilidade 4. Austen, Jane, 1775-1817. Persuasão I. Título

20-2475 CDD 823

Jane Austen

Grandes obras

PÉ da letra

Orgulho e Preconceito

Capítulo 1

Um homem solteiro e rico precisa de uma esposa. Eis uma verdade reconhecida universalmente. Por menos que se conheçam os sentimentos ou o modo de pensar de tal homem, quando ele se fixa em determinada localidade, esta verdade está tão enraizada na mente das famílias vizinhas que ele é considerado propriedade legítima das suas filhas.

– Meu caro Sr. Bennet – disse sua mulher um dia –, sabe que Netherfield Park foi finalmente alugado?

O Sr. Bennet respondeu que não sabia.

– É o que estou lhe dizendo. A Sra. Long ainda há pouco veio aqui e me contou tudo.

O Sr. Bennet nem respondeu.

– Não lhe interessa saber quem alugou? – perguntou a mulher, impaciente.

– Se quer me contar, eu posso ouvir.

Foi mais do que suficiente para ela continuar:

– Pois saiba, meu caro, que, pelo que a Sra. Long me disse, Netherfield foi alugado por um homem muito rico do Norte da Inglaterra. Chegou na segunda-feira, numa carruagem elegante puxada por quatro cavalos para visitar o local, e ficou tão encantado que logo aceitou as condições do Sr. Morris. Vem ocupar a casa ainda antes do dia de São Miguel, e alguns de seus criados deverão chegar já no fim da próxima semana.

– Como ele se chama?

– Bingley.

– É casado ou solteiro?

– Oh! Claro que é solteiro, meu caro! Um homem solteiro e de grande fortuna, com rendimentos no valor de quatro ou cinco mil libras anuais. Que maravilhoso acontecimento para nossas filhas!

– Como assim? O que elas têm a ver com isso?

– Meu caro Sr. Bennet – comentou sua mulher –, como você é chato! Sabe muito bem que vejo a possibilidade de ele se casar com uma delas.

– É essa a intenção dele ao vir morar aqui?

– Intenção! Que disparate! Porém, é muito natural que ele se apaixone por uma delas, e exatamente por isso você deve ir visitá-lo logo!

– Não vejo razão para isso. Pode perfeitamente ir com as meninas ou enviá-las sozinhas, o que talvez fosse preferível, pois, uma vez que você é tão bonita como elas, o Sr. Bingley poderia escolhê-la.

– Meu caro, lisonjeia-me. Fui bonita nos meus tempos, mas não tenho essa pretensão agora. Quando uma mulher se torna mãe de cinco filhas crescidas, ela tem que deixar de pensar em sua própria beleza.

– Em tais casos, é raro uma mulher ter alguma beleza em que pensar.

– Mas, meu caro, você tem de ir visitar o Sr. Bingley assim que ele chegar.

– É coisa que não lhe garanto, aviso desde já.

– Considere ao menos o futuro de suas filhas. Pense só que bela colocação não seria para uma delas. Sir William e Lady Lucas vão dar-lhe as boas-vindas, unicamente por esta razão, pois, como sabe, não é costume deles. Você não pode deixar de ir! Você tem que ir, pois nos será impossível visitá-lo se o senhor não o fizer.

– Que exagero! Creio que o Sr. Bingley terá todo prazer em recebê-las. Vou aproveitar a oportunidade para lhe enviar, por seu intermédio, um bilhetinho em que garanto meu pleno consentimento quanto ao seu casamento com a minha filha que mais lhe agradar. Não posso, no entanto, deixar de incluir uma palavrinha em favor da minha pequena Lizzy.

– Espero que não faça tal coisa. Lizzy não é melhor que as outras. Não é nem mais bonita que Jane, nem tão alegre como Lydia, apesar de você lhe dar sempre a preferência.

– Nenhuma delas é especialmente dotada, são todas tolas e ignorantes como qualquer outra jovem. Mas Lizzy tem uma vivacidade que as irmãs não têm.

– Sr. Bennet, como pode insultar assim as suas filhas? Tem prazer em me irritar. Não tem pena dos meus pobres nervos.

– Está redondamente enganada, minha querida. Tenho o maior respeito pelos seus nervos. São meus velhos amigos. Ouço falar deles há pelo menos vinte anos.

– Ah! Não sabe o que eu sofro.

– Mas espero que se restabeleça e viva o suficiente para ver chegarem muitos jovens de quatro mil libras anuais aqui na vizinhança.

– De nada nos serviria nem a chegada de vinte deles, uma vez que se recusa a visitá-los.

– Pode ter certeza, minha querida, que quando eles forem em número de vinte, os visitarei a todos.

O Sr. Bennet era um misto de petulância, sarcasmo, reserva e capricho. A convivência de vinte e três anos não era suficiente ainda para a mulher compreender o seu jeito. Por seu lado, a mentalidade dela era bem menos difícil de desvendar. Tratava-se de uma mulher de inteligência medíocre, cultura rudimentar e temperamento incerto. Quando irritada, procurava refúgio nos nervos. A principal ocupação de sua vida era casar as filhas e o seu passatempo, as visitas e os mexericos.

Capítulo 2

Sr. Bennet foi um dos primeiros a visitar o Sr. Bingley. Sempre pretendeu visitá-lo, embora tivesse feito a mulher pensar que não iria. Até a noite do próprio dia da visita, ela não teve qualquer conhecimento do fato. Estava o Sr. Bennet observando sua segunda filha enfeitar um chapéu e de repente, disse:

– Espero que o Sr. Bingley goste, Lizzy.

– Não temos como saber o que agrada ou não ao Sr. Bingley – disse a mãe dela amuada –, uma vez que não podemos visitá-lo.

– Mas, mãe, esquece-se – disse Elizabeth – que nós o encontraremos em reuniões e a Sra. Long prometeu nos apresentar.

– Não tenho nenhuma certeza de que a Sra. Long faça tal coisa. Ela mesma tem duas sobrinhas. É uma mulher egoísta, hipócrita e não a tenho em grande estima.

– Nem eu – disse o Sr. Bennet –, e alegra-me saber que a senhora abre mão dos seus préstimos.

A Sra. Bennet não se dignou a dar-lhe qualquer resposta. Mas, incapaz de se conter, começou a repreender uma das filhas.

– Pare essa tosse, Kitty, pelo amor de Deus! Tenha um pouco de compaixão dos meus nervos.

– Kitty não sabe tossir com discrição – disse o pai –, não tem controle da tosse.

– Não é por divertimento que eu tusso – replicou Kitty, impertinente. – Quando é o seu próximo baile, Lizzy?

– De amanhã a quinze dias.

– Ah, é verdade – exclamou a mãe –, e a Sra. Long só regressa na véspera. Assim será impossível nos apresentar pois nem ela o conhece ainda.

– Nesse caso, minha querida, a vantagem será sua e poderá apresentar o Sr. Bingley à sua amiga.

– Impossível, Sr. Bennet, impossível, pois eu mesma não tenho qualquer familiaridade com ele. Que gozador que é!

– Admiro muito sua circunspecção. Um conhecimento de quinze

dias é, na verdade, insuficiente. Nada de concreto se pode saber sobre um homem ao fim desses quinze dias. Mas se nós não nos arriscarmos, outros arriscarão, e afinal a Sra. Long e as sobrinhas terão sua chance. Porém, como tal gesto seria por ela considerado um ato de bondade, caso você recuse prestar-lhe esse serviço, eu mesmo me encarregarei dele.

As filhas olharam, espantadas, para o pai. A Sra. Bennet apenas disse:

– Que disparate!

– Qual o significado de exclamação tão enfática? Considera um disparate as práticas de apresentação? Não posso concordar com você sobre isso. Qual a sua opinião, Mary? Você que é jovem sensata e profunda, que lê bons livros e deles extrai ensinamentos.

Mary quis dizer algo de relevante, mas não sabia como.

– Enquanto Mary põe em ordem as suas ideias – continuou ele –, voltemos ao Sr. Bingley.

– Estou farta do Sr. Bingley! – exclamou a mulher.

– É consternado que a ouço dizer tal coisa. Mas por que não me preveniu antes? Se soubesse disso esta manhã, não teria ido visitá-lo. Uma vez que a visita está feita, não podemos agora fugir de uma certa familiaridade.

O espanto provocado foi exatamente como ele pretendeu. Apesar de, passada a primeira efusão de alegria, a Sra. Bennet declarar que dele não esperava outra coisa senão aquilo.

– Que bonito gesto o seu, Sr. Bennet. Mas eu sabia que acabaria convencendo-o. Tinha certeza de que seu amor pelas pequenas não o deixaria indiferente. Oh, que contente que eu estou! E que bela peça nos pregou, ter ido lá esta manhã e guardar segredo até agora.

– Agora, Kitty, tussa à vontade – disse o Sr. Bennet.

Dito isto, abandonou a sala, cansado dos arrebatamentos de sua mulher.

O resto do serão passou-se em conjecturas sobre quando o Sr. Bingley retribuiria a visita do Sr. Bennet e quando deveriam convi dá-lo para jantar.

Capítulo 3

Contudo, nada do que a Sra. Bennet, ajudada por suas cinco filhas, tivesse perguntado sobre o assunto foi suficiente para obter de seu marido uma descrição satisfatória sobre a pessoa do Sr. Bingley. Elas não tiveram outro remédio senão se restringir às informações de segunda mão, fornecidas pela vizinha, Lady Lucas.

A descrição colhida por esta era altamente favorável. Sir William viera encantado com o recém-chegado. Disse que ele era bastante jovem, de boa aparência e extremamente simpático. E tencionava aparecer no próximo baile, acompanhado de um numeroso grupo de amigos. Que coisa maravilhosa! Gostar de dançar era meio caminho andado para se apaixonar, e logo a Sra. Bennet sentiu mais vivas as esperanças no seu íntimo.

– Se uma de minhas filhas ficar instalada e feliz em Netherfield – disse a Sra. Bennet para o marido – e todas as outras igualmente bem casadas, nada mais terei a desejar na vida.

Passados poucos dias, o Sr. Bingley retribuiu a visita que lhe fora feita pelo Sr. Bennet e com ele conversou durante cerca de dez minutos em seu escritório. O jovem alimentara a esperança de ver as jovens sobre cuja beleza tanto ouvira falar, mas apenas se avistou com o pai. Elas, porém, tiveram um pouco mais de sorte, pois do alto de uma janela puderam verificar que ele envergava um paletó azul e montava um cavalo preto.

Logo em seguida lhe foi enviado um convite para jantar, e a Sra. Bennet já tinha planejados os pratos que dariam crédito aos seus dotes de boa dona de casa quando veio uma resposta que tudo transtornou. O Sr. Bingley teria que estar na capital no dia seguinte, sendo então impossível aceitar a honra de tão amável convite. A Sra. Bennet ficou bastante perturbada. Não conseguia imaginar que espécie de negócios teria ele a tratar na capital após sua chegada tão recente a Hertfordshire, e começou a recear que ele andasse num vaivém constante e não se instalasse de vez em Netherfield. Lady Lucas aliviou-a um pouco de seus receios, levando-a a supor que talvez ele tivesse ido a Londres para convocar o tal grupo numeroso para o baile. Em breve se espalhou a notícia de que o Sr. Bingley traria consigo doze senhoras e sete cavalheiros. As moças se afligiram com a quantidade de mulheres, mas logo sossegaram quando souberam que, em vez de doze, ele apenas trouxera de Londres seis pessoas: suas cinco irmãs e um primo. E quando o grupo fez sua entrada no salão, eram cinco ao todo: o Sr. Bingley, suas duas irmãs, o marido da mais velha e um outro jovem.

O Sr. Bingley era um homem belo e distinto. De semblante agradável, seus modos eram delicados e simples. As irmãs eram igualmente bonitas, com um ar decididamente elegante. O cunhado, o Sr. Hurst, mal parecia um cavalheiro, mas o Sr. Darcy, o amigo, logo chamou a atenção do salão por sua altura e elegância, os traços bonitos e o porte desenvolto.

Cinco minutos após a sua entrada, correu o rumor de que ele possuía rendimentos no valor de dez mil libras anuais. Os cavalheiros o consideraram um belo tipo de homem, as senhoras declararam ser ele bem mais formoso que o Sr. Bingley, e ele foi longamente admirado. Até os seus modos deixarem transparecer uma chatice que muito afetou sua popularidade. A partir desse momento o consideraram orgulhoso, pedante, e nada divertido. Nem suas extensas propriedades em Derbyshire o impediram de ter uma expressão sinistra e desagradável e ser indigno de comparação com o amigo.

O Sr. Bingley logo tinha falado com todas as principais pessoas na sala. Alegre e animado, dançou todas as danças, lamentou o baile terminar tão cedo e falou em ele próprio realizar um em Netherfield. Tais qualidades por si só já falavam. E que contraste entre ele e seu amigo! O Sr. Darcy dançou apenas uma vez com a Sra. Hurst e outra com a Senhorita Bingley. Não quis ser apresentado a qualquer outra jovem e passou o resto da noite passeando pelo salão, conversando ocasionalmente com um ou outro do seu grupo. Seu caráter estava definido. Era o homem mais orgulhoso e desagradável do mundo, e todos esperavam que ele não mais voltasse ao seu convívio.

Elizabeth Bennet, que a escassez de cavalheiros obrigara a permanecer sentada duas danças, teve a oportunidade, pois o Sr. Darcy se encontrava perto dela, de ouvir uma conversa entre ele e o Sr. Bingley, que por momentos abandonara a dança para se aproximar dele:

– Venha, Darcy – disse-lhe –, quero que venha dançar. Detesto ver você por aí sozinho. Seria melhor se dançasse.

– Você está dançando com a única jovem bonita da sala – disse o Sr. Darcy, olhando para a mais velha das irmãs Bennet.

– Oh! Ela é a criatura mais bela que eu jamais vi! Mas uma de suas irmãs está sentada precisamente atrás de você, e ela, além de muito bonita, me parece ser bastante simpática. Deixe que o meu par lhe apresente.

– Quem? – E voltando-se, olhou demoradamente para Elizabeth, até que esta, devolvendo-lhe o olhar, o fez desviar o seu, e friamente declarou: – É razoável, mas não suficientemente bonita para me tentar. Aliás, de momento não tenho disposição para consolar as jovens que outros desdenharam. Vá você para junto do seu par e desfrute dos sorrisos dela. Não perca tempo comigo.

O Sr. Bingley seguiu o conselho do amigo, e o Sr. Darcy se afastou, deixando uma impressão pouco favorável para Elizabeth.

De modo geral, a noite decorreu agradavelmente para toda a família. A Sra. Bennet viu com satisfação sua filha mais velha ser muito apreciada pelo grupo de Netherfield. O Sr. Bingley por duas vezes dançou com ela e as duas mulheres a cercaram de atenções.

Foi, portanto, com ótima disposição de espírito que tomaram o caminho de volta a Longbourn, a vila em que viviam e da qual eram os principais habitantes. Quando chegaram, o Sr. Bennet ainda estava acordado. Quando mergulhado na leitura de um livro, perdia a noção do tempo e naquela ocasião específica ansiava pelo relato de uma noite que causou tão grandes expectativas. Esperava, contudo, que os planos arquitetados por sua mulher em relação àquele desconhecido não fossem adiante, mas logo descobriu que a história que ouviria seria bem diferente. Mal entrou na sala, ela disse:

– Oh, meu caro! Passamos uma noite encantadora e o baile foi magnífico. Adoraria que tivesse ido. Jane foi tão admirada que nem calcula. Todos falavam nela e o próprio Sr. Bingley a achou muito atraente e dançou com ela duas vezes! Imagine, meu caro, por duas vezes dançou com a nossa Jane! E foi ela a única moça na sala a quem ele pediu segunda dança. Primeiro, convidou a Senhorita Lucas, o que me contrariou bastante, mas não pareceu muito animado, como é compreensível, pois ela não anima ninguém. Em contrapartida, ficou logo impressionado com Jane. Tratou imediatamente de saber quem ela era. A seguir dançou com a Senhorita King e depois com Maria Lucas. A quinta dança foi de novo com Jane e a sexta com Lizzy, e a Boulanger...

– Se ele tivesse dó de mim – exclamou o marido, impaciente –, não teria dançado nem metade do que dançou! Pelo amor de Deus, acabe com a enumeração de seus pares. Quem dera ele tivesse torcido o pé logo na primeira dança!

– Oh, meu querido, estou positivamente encantada com ele. É um rapaz tão belo! E as irmãs são encantadoras. Seus vestidos eram de uma elegância como nunca vi igual. Mas o galão do vestido da Sra. Hurst...

E aqui foi de novo interrompida, pois o Sr. Bennet recusava-se a ouvir qualquer descrição sobre as roupas. Ela foi obrigada a procurar outro tema para a conversa e passou a relatar, com uma forte dose de azedume e algum exagero, a chocante indelicadeza do Sr. Darcy.

– Mas também lhe asseguro – acrescentou – que Lizzy nada perde por não lhe encher os olhos, pois ele é uma criatura desagradável e horrível, com quem não vale a pena gastar seu latim. Que arrogância e presunção! Não fez mais do que passear-se de um lado para o outro na sala, dando-se ares de grande importância!

Capítulo 4

Quando Jane e Elizabeth se viram a sós, a mais velha se abriu com a irmã e confessou que admirava o Sr. Bingley. Disse: – Ele é exatamente como um rapaz deve ser: sensato, bem-disposto e animado. E que modos! Tão simples e revelando uma boa educação a toda prova.

– E é bonito – replicou Elizabeth –, o que também é importante para qualquer rapaz que se preza.

– Fiquei muito lisonjeada quando veio me pedir para dançar pela segunda vez.

– Não esperava? Eu esperava por você. Mas é essa uma das diferenças entre nós. Os elogios sempre pegam você de surpresa, enquanto a mim, nunca. Bom, ele é mesmo simpático, e dou licença para gostar dele. Já gostou de tanta gente estúpida!

– Querida Lizzy!

– Oh! O que você tem é uma enorme capacidade para gostar das pessoas em geral. Nunca vê mal em ninguém. Acha todo mundo bom e agradável. Nunca na minha vida a ouvi criticar um ser humano sequer.

– É que procuro sempre não me precipitar no juízo que faço das outras pessoas, mas digo sempre o que penso.

– Isso sei eu, e é o que me espanta. Que com seu bom senso, possa ser tão cega para os defeitos e asneiras dos outros! Ser franca sem qualquer espécie de ostentação ou fim em vista – olhar para o que há de bom numa pessoa e tornar essa característica ainda melhor, sem nada dizer sobre o que ela tem de ruim –, só você é capaz de fazer. Então também gostou das irmãs dele, não? Na maneira de ser se parecem pouco com ele.

– Tem razão, mas só no começo. Quando se inicia uma conversa, tornam-se bastante agradáveis. A Senhorita Bingley vem viver com o irmão e cuidará da casa. Se eu não estiver equivocada, vamos ter uma vizinha encantadora.

Elizabeth ouviu em silêncio, mas não ficou convencida. A atitude delas no baile não correspondia exatamente àquela que seria de se esperar de alguém que desejasse agradar. Dotada de um senso de observação mais vivo e de um temperamento menos dócil do que a irmã, além de um espírito crítico impessoal demais para se deixar arrastar por simpatias, ela sentia-se pouco disposta a acolhê-las de braços abertos.

Eram, sem dúvida, pessoas muito delicadas; demonstravam bom humor quando estavam satisfeitas, e eram agradáveis quando queriam, mas, no fundo, eram orgulhosas e presunçosas. O fato de pertencerem a uma respeitável família do Norte da Inglaterra ocorria-lhes mais frequentemente à memória do que o fato de terem enriquecido através do comércio.

O Sr. Bingley herdara bens no valor de cem mil libras de seu pai, que tencionara transformar parte delas em terras, mas não vivera o suficiente para fazê-lo. O filho comungava da mesma ideia, e algumas vezes escolhera a região, mas, encontrando-se de momento provido de uma boa casa e gozando da liberdade de fazer o que melhor lhe aprouvesse, havia quem, entre os mais familiarizados com a brandura de seu caráter, não duvidasse que ele passaria o resto dos seus dias em Netherfield, deixando a aquisição das terras ao cuidado da geração seguinte.

Suas irmãs desejavam muito que ele se tornasse logo dono de propriedades imensas. Mas, embora agora ele não passasse de um simples locatário, nem a Senhorita Bingley se fazia de rogada em presidir à sua mesa, nem a Sra. Hurst, que se casara com um homem de sociedade, mas sem fortuna, estava menos disposta a, sempre que isso lhe conviesse, considerar como sua a casa do irmão.

O Sr. Bingley atingira a maioridade não havia ainda dois anos, quando, por recomendação acidental, sentiu-se tentado a visitar a casa de Netherfield. Lá chegando, mirou a fachada, percorreu os interiores. Agradou-lhe a situação e as salas principais, ficou satisfeito com as vantagens apontadas pelo proprietário, e imediatamente se decidiu.

Entre ele e Darcy existia uma sólida amizade, apesar de seus feitios diametralmente opostos. Bingley cativava Darcy pela brandura, franqueza e docilidade de sua personalidade. Bingley tinha uma confiança inabalável na estima de Darcy, e do seu juízo tinha a mais elevada opinião. Em inteligência, Darcy superava-o. Bingley não era, de forma alguma, tolo, mas Darcy era esperto. Ele era ao mesmo tempo arrogante, retraído e difícil de contentar, e seus modos, apesar de delicados, não eram atraentes. Nesse aspecto, o amigo o superava. Bingley, onde quer que aparecesse, tinha a certeza de agradar, enquanto Darcy estava sempre ofendendo alguém.

O modo como falaram da festa no clube de Meryton era típico

de cada um. Bingley nunca encontrara pessoas tão agradáveis nem moças mais bonitas. Todos tinham sido de uma bondade e atenção extremas com ele, e ele logo se sentiu familiarizado com toda a sala. Quanto à Senhorita Bennet, não concebia anjo mais belo. Darcy, ao contrário, apenas vira um grupo de gente de pouca beleza e elegância nula. Não sentiu o menor interesse por ninguém, ninguém lhe dispensou qualquer atenção nem lhe trouxe qualquer satisfação. Reconheceu a beleza da Senhorita Bennet, mas achou que ela sorri demais.

A Sra. Hurst e a irmã concordaram com ele quanto a esse detalhe, não deixando, no entanto, de admirá-la e simpatizar com ela. Consideraram-na um amor de garota e não se importariam de conviver mais com ela. Diante disso, o irmão sentiu-se autorizado a pensar nela como bem entendesse.

Capítulo 5

A poucos passos de Longbourn vivia uma família da qual os Bennets eram particularmente íntimos. Sir William Lucas fora outrora comerciante em Meryton, onde fizera uma fortuna razoável e recebeu título de cavaleiro, graças a um discurso que apresentou para o rei quando foi prefeito. O título o impressionou demais. Perdeu o gosto pelo negócio e pela sua residência na pequena vila. Abandonou ambos e se mudou com a família para uma casa a uma milha de distância de Meryton, onde poderia entregar-se ao pleno gozo da sua importância. Livre dos negócios, ocupava-se unicamente em ser delicado com as pessoas. Mesmo maravilhado com sua nova condição, não se tornou altivo. Ao contrário, se desmanchava em atenções com todo mundo. Inofensivo, amistoso e prestativo, sua apresentação em St. James tornara-o cortês.

Lady Lucas era uma ótima pessoa, mas não era suficientemente esperta para se tornar uma vizinha preciosa para a Sra. Bennet. Tinham vários filhos. A mais velha, uma moça sensata e inteligente de vinte e sete anos de idade, era amiga íntima de Elizabeth.

Que as garotas Lucas e Bennet se reunissem para falar sobre o baile, era absolutamente indispensável. Logo na manhã seguinte, as primeiras apareceram em Longbourn para ouvir e contar.

– Começou bem a noite, Charlotte – disse a Sra. Bennet para a Senhorita Lucas. – Foi a primeira que o Sr. Bingley escolheu.

– Sim, mas tudo indica que lhe agradou mais a segunda.

– Oh, fala de Jane, suponho eu, por ele ter dançado duas vezes com ela. Com certeza pareceu um sinal de que ela lhe agradava – acredito mesmo que seja verdade. Ouvi algo a esse respeito, mas não me recordo bem, algo a ver com o Sr. Robinson.

– A senhora se refere talvez à conversa que eu ouvi entre ele e o Sr. Robinson? O Sr. Robinson lhe perguntou qual a opinião dele sobre as nossas festas em Meryton, se não achava que havia grande número de moças bonitas no salão e qual delas ele considerava a mais bonita. Imediatamente respondeu: "Oh, a mais velha das Senhoritas Bennet, sem sombra de dúvidas. Não existem duas opiniões sobre tal assunto".

– Palavra de honra! Bom, foi bastante categórico, na verdade... quase como se...., mas, entretanto, pode não levar a nada, sabe-se lá.

– Minhas revelações vieram mais a propósito que as suas, Eliza – disse Charlotte. – Ouvir o Sr. Darcy não é tão agradável como ao amigo, não acha? Pobre Eliza, não passar de "razoável"!

– Agradeço se não meter na cabeça de Lizzy de se sentir vexada por tal falta de tato, pois ele é uma pessoa tão desagradável que seria uma infelicidade cair nas boas graças dele. A Sra. Long me contou que ele ontem à noite esteve sentado ao lado dela bem uma meia hora sem nunca despregar os lábios.

– Tem certeza, mãe? Não haverá um pequeno engano? – quis saber Jane. – Posso jurar que vi o Sr. Darcy falar com ela.

– Sim, mas foi porque ela acabou por lhe perguntar se gostava de Netherfield, e ele não tinha como deixar de responder. Mas ela achou que ele ficou aborrecido por lhe dirigir a palavra.

– A Senhorita Bingley me contou – disse Jane – que ele não é de muitas falas, a não ser que se encontre no meio de gente muito íntima. Nessas ocasiões ele torna-se extremamente agradável.

– Não acredito em nada disso, minha querida. Se ele fosse uma pessoa simpática, teria conversado com a Sra. Long. Mas eu adivinho qual a razão de sua atitude. Todos dizem que ele é um poço de orgulho e quase juraria que ele soube que a Sra. Long não tem carruagem própria e que foi ao baile numa alugada.

– Pouco me importa que ele conversasse ou não com a Sra. Long – disse a Senhorita Lucas –, mas gostaria que ele tivesse dançado com Eliza.

– Na próxima vez, Lizzy – disse-lhe a mãe –, se fosse você, não dançava com ele.

– Pode ter certeza, mãe, que nunca dançarei com ele.

– O orgulho dele – disse a Senhorita Lucas – não me indigna tanto quanto de costume, pois é justificável. Não admira que homem tão belo, de ótima família, rico e com tudo a seu favor tenha um elevado conceito de si próprio. Se é que posso me expressar assim, ele tem o direito de se sentir orgulhoso.

– Tem toda razão no que diz, e eu seria a primeira a fechar os olhos ao seu orgulho, se ele não tivesse ferido o meu – replicou Elizabeth.

– O orgulho – observou Mary, que se vangloriava da solidez de suas reflexões – é um defeito muito vulgar, creio eu. Depois de tudo o que li, estou convencida que são raros aqueles entre nós que não nutrem um sentimento de condescendência própria baseado em uma ou outra qualidade, real ou imaginária. Vaidade e orgulho são coisas diferentes. Pode-se sentir orgulho sem ser vaidoso. O orgulho diz respeito mais à opinião que temos de nós próprios, enquanto a vaidade, ao que queremos que os outros pensem de nós.

– Se eu fosse tão rico como o Sr. Darcy – exclamou o jovem Lucas, que acompanhara as irmãs –, não me importaria com o meu orgulho. Teria uma matilha de cães de caça e beberia uma garrafa de vinho todos os dias.

– Dessa forma beberia muito mais do que deve – disse a Sra. Bennet. – E se eu o visse fazendo isso, lhe arrancaria a garrafa das mãos.

O rapaz protestou, ela continuou dizendo que o faria, e a discussão só acabou quando os Lucas partiram.

Capítulo 6

As senhoras de Longbourn em breve visitaram as de Netherfield, que logo lhes retribuíram a visita. A afabilidade da Senhorita Bennet continuava cativando tanto a Sra. Hurst como a Senhorita Bingley, que, embora rotulassem a mãe de insuportável e as irmãs mais novas como indignas de menção, expressavam seu desejo de conhecer as duas mais velhas mais intimamente. Jane ficou bem sensibilizada, mas Elizabeth decididamente não simpatizava com elas; embora a gentileza das duas com sua irmã, se serve de consolo, tinha certo valor, já que, muito provavelmente, era inspirada pela admiração do irmão por Jane. Esse, na verdade, não escondia quanto a admirava. E Elizabeth via, igualmente, como a irmã cedia à preferência que em seu espírito alimentara desde o primeiro dia em que o vira, e caminhava a passos largos para o amor. Contudo, era com prazer que considerava a impossibilidade de tal fato se tornar de domínio público, uma vez que Jane nunca permitiria qualquer suspeita impertinente. E isso ela disse à Senhorita Lucas.

– Talvez seja agradável para uma pessoa – replicou Charlotte – ser capaz de, em tais casos, iludir a opinião pública. Mas essa mesma reserva pode se tornar uma desvantagem. Se uma mulher é igualmente hábil em esconder sua afeição do objeto que a motiva, ela arrisca-se a perder a oportunidade de o cativar, e de pouco adiantará saber os outros na mesma ignorância. Em nove entre dez casos, seria preferível uma mulher mostrar mais afeição do que realmente sente. Bingley gosta de sua irmã, mas pode não ir mais além se ela não lhe der uma ajuda.

– Mas ela ajuda, tanto quanto sua natureza permite. Se até eu vislumbro os sentimentos que ela nutre por ele, ele é um tonto se não percebe.

– Ele não conhece tão bem como você a natureza de Jane.

– Mas se uma mulher gosta de um homem e não faz nada para esconder, ele tem de acabar descobrindo.

– Talvez isso acabe por acontecer, se ele estiver junto dela o suficiente. Ora, embora Bingley e Jane se encontrem com frequência, nunca é durante muito tempo. E como, quando se veem, é sempre no meio de muita gente, fica impossível aproveitar todos os momentos para conversarem um com o outro. Jane deveria, assim, aproveitar ao máximo a escassa meia hora em que detém a atenção dele. Quando, finalmente, estiver segura de seu amor, pode se apaixonar como bem entender.

– Tudo isso está muito certo – replicou Elizabeth – para aqueles casos em que o que prevalece é o desejo de se casar bem. Se um dia eu resolver arrumar um marido rico, ou simplesmente um marido, creio que adotarei seu sistema. Mas não é este o caso de Jane, ela não persegue um objetivo. No ponto em que as coisas estão, ela não pode sequer estar certa da natureza de seus próprios sentimentos, quanto mais de sua sensatez. Conheceu-o apenas há quinze dias. Dançou duas vezes com ele em Meryton, viu-o uma manhã na casa dele, e desde então jantou quatro vezes em sua companhia. Como pode ver, não é o suficiente para ela se familiarizar com a maneira de ser dele.

– Claro que não, do modo como você expõe as coisas. Se ela tivesse apenas jantado com ele, ela poderia apenas saber se ele tem bom apetite ou não. Mas deve lembra-se que eles passaram muitas horas juntos em quatro ocasiões.

– Sim, essas quatro noites lhes mostraram que ambos gostam mais de Vinte e Um do que de outro jogo qualquer, mas não creio que tenham servido para muita coisa mais.

– Bom – disse Charlotte –, de coração desejo boa sorte para Jane. Se ela se casasse com ele amanhã, eu diria que as chances de ser feliz são tantas quanto seriam caso ela tivesse passado um ano avaliando o caráter dele. A felicidade no casamento é uma questão de sorte. Por mais profundo que seja o conhecimento mútuo ou a identificação entre as partes interessadas antes do enlace, em nada contribui para a felicidade. Quanto menos conhecer os defeitos daquele com quem se vai passar o resto da vida, melhor será.

– Você me diverte, Charlotte, mas nada disso tem lógica. Você mesma não agiria assim.

Ocupada em observar as atenções do Sr. Bingley com sua irmã, Elizabeth estava longe de suspeitar que ela própria se tornara objeto de certo interesse aos olhos de seu amigo. O Sr. Darcy, a princípio, fora quase relutante em admitir que ela possuía certa beleza. No baile, olhara para ela sem admiração e na vez seguinte olhou-a apenas para criticar. Porém, ainda mal se certificara da quase inexistência de um traço bonito naquele rosto, quando começou a achá-la especialmente inteligente pela bonita expressão de seus olhos pretos. A esta descoberta sucederam-se outras igualmente desconcertantes. Embora o olho crítico tivesse detectado mais de uma falha de simetria perfeita na forma de seu corpo, admitia que ela era uma figura graciosa e agradável. Apesar de considerar seus modos muito aquém daqueles do mundo elegante, eles cativaram-no por sua graciosidade simples. Elizabeth estava inteiramente alheia a tudo isso. Para ela, ele não passava de um homem antipático, um homem que não a achara suficientemente atraente para dançar.

Ele começou a sentir em si o desejo de conhecê-la melhor e, como primeiro passo para conversar com ela, passou a assistir às conversas dela com os outros. Tal atitude chamou a atenção de Elizabeth quando se encontravam na casa de Sir William Lucas, onde se reunia um numeroso grupo de pessoas.

– Que pretenderá o Sr. Darcy ao escutar minha conversa com o coronel Forster? – perguntou Elizabeth à Charlotte.

– Essa é uma pergunta a que só o Sr. Darcy poderá responder.

– Mas se ele tornar a fazer isso, garanto que lhe direi na cara que sei bem o que pretende. Ele tem uma maneira de olhar bastante irônica. Se eu não lhe mostrar a minha insolência, em breve ficarei aterrorizada por ele.

Como nesse preciso momento ele se dirigia para elas, embora sem mostrar qualquer intenção de abrir a boca, a Senhorita Lucas incitou a amiga a falar no assunto. Elizabeth, sentindo a provocação, se voltou para ele e lhe disse:

– Não é sua opinião, Sr. Darcy, que me exprimi especialmente bem, quando há pouco atormentava o coronel Forster para organizar um baile em Meryton?

– Com grande energia, mas esse é um assunto que torna qualquer senhora enérgica.

– O senhor é severo conosco.

– Em breve será a vez de ela ser atormentada – disse a Senhorita Lucas. – Vou abrir o piano, Eliza, e sabe perfeitamente o que se segue.

– Você é uma estranha criatura na qualidade de amiga! Sempre me fazendo tocar e cantar diante de todos e de qualquer um! Se minha vaidade fosse voltada para a música, você seria inestimável, mas como não é esse o caso, preferia não me expor perante aqueles que devem estar habituados a artistas consagrados.

Contudo, como a Senhorita Lucas insistisse, ela acrescentou:

– Muito bem, se assim tem de ser, que seja. – E, olhando com um ar sério para o Sr. Darcy, continuou: – Há um velho ditado que todos nós conhecemos e que diz: "Guarda o seu fôlego para resfriar o caldo", e eu guardarei o meu para entoar minha canção.

A atuação de Elizabeth foi agradável, embora de modo algum excelente. Depois de uma canção ou duas, e antes que pudesse responder à insistência de várias pessoas para que cantasse mais, o lugar ao piano foi avidamente ocupado por sua irmã Mary, que, por ser a única na família sem grandes atrativos, se aplicara na aquisição de conhecimentos e dotes, vivendo na ânsia constante de os exibir.

Mary não tinha nem talento nem gosto. E embora a vaidade a tenha tornado aplicada, emprestara-lhe também um tal ar de superioridade e afetação nos modos que por si só prejudicariam um grau de perfeição mais elevado do que o que ela atingira. Elizabeth, que não tocava tão bem como a irmã, prendera muito mais a atenção de todos. Mary, após um longo concerto, alegremente consentiu, de forma a angariar elogios e gratidão, em tocar árias escocesas e irlandesas, a pedido das irmãs mais novas, que, com algumas das senhoritas Lucas e assistidas por dois ou três militares, formaram um pequeno grupo de dança numa das extremidades do salão.

Perto deles encontrava-se o Sr. Darcy, criticando intimamente tal modo de passar a noite, em detrimento de toda e qualquer espécie de conversa. Tão embrenhado estava em seus pensamentos que não deu pela presença junto de si de Sir William Lucas, senão quando este lhe disse:

– Que encantador divertimento este para os jovens, Sr. Darcy! Considero a dança um dos principais requintes das sociedades cultas.

– Perfeitamente de acordo, meu senhor, e tem também a vantagem de estar em voga entre as sociedades menos cultas do mundo. Qualquer selvagem sabe dançar.

Sir William apenas sorriu:

– Seu amigo dança maravilhosamente bem – continuou ele após uma pausa, ao ver Bingley juntar-se ao grupo –, e não duvido que até o senhor seja um adepto de tal arte, Sr. Darcy.

– Viu-me dançar em Meryton, creio eu.

– Sim, e foi com certo prazer que o fiz. Dança com frequência em St. James?

– Nunca, meu senhor.

– Não acha que seria um ato lisonjeador para com tal local?

– Esse é um lisonjeio que, sempre que posso, evito fazer a um local, seja ele qual for.

– Tem uma casa na capital, concluo?

O Sr. Darcy curvou-se em sinal de assentimento.

– Já tive também a intenção de me fixar na capital, pois tenho uma predileção pela alta sociedade, mas não tinha certeza que Lady Lucas se daria bem com os ares de Londres.

Fez uma pausa, na esperança de uma resposta, mas seu companheiro não estava disposto a dar. Como nesse momento Elizabeth passava por eles, ocorreu-lhe de súbito a ideia de um gesto deveras galanteador, e chamou-a:

– Querida Senhorita Eliza, por que não dança? Sr. Darcy, permita-me que lhe apresente esta jovem como um par desejável. Não se recusará a dançar, creio eu, perante tanta beleza – e, pegando na mão dela, deu-a ao Sr. Darcy, que, apesar de extremamente surpreso, fez menção de pegá-la, quando Elizabeth imediatamente a retirou e, numa certa agitação, disse para Sir William:

– Por Deus, meu caro senhor, não tenho qualquer intenção de dançar. Peço-lhe que não pense que passei por aqui apenas em busca de um par.

O Sr. Darcy, compenetrado e correto, pediu a ela que lhe desse a honra de dançar, mas em vão. Elizabeth estava decidida, e nem Sir William conseguiu persuadi-la.

– Tem uma maneira tão bonita de dançar, Senhorita Eliza, que é cruel de sua parte negar-me a felicidade de apreciá-la. Embora este cavalheiro, de modo geral, despreze tal divertimento, tenho a certeza de que ele não se oporá a entreter-nos durante uma escassa meia hora.

– O Sr. Darcy é de uma delicadeza sem limites – concluiu Elizabeth, sorrindo.

– Tem razão, mas tendo em vista o incentivo, querida Senhorita Eliza, não podemos nos admirar com sua complacência, pois o que teria ele a dizer sobre tal par?

Elizabeth lhe dirigiu um olhar malicioso e afastou-se. Sua resistência não feriu o cavalheiro. E ele estava pensando nela quando foi abordado pela Senhorita Bingley.

– Penso que adivinho qual o assunto de meditação tão profunda.

– Creio que não.

– Estava pensando que insuportável seria ter de passar mais uma noite assim... com tal gente e, na verdade, estou plenamente de acordo com o senhor. Nunca me senti tão aborrecida! A insipidez, e não obstante a algazarra; a nulidade, e não obstante a presunção de toda esta gente! O que eu não daria para ouvir o senhor censurá-los.

– Está redondamente enganada. Pensava em coisas bem mais agradáveis. Meditava, por exemplo, no imenso prazer que um par de lindos olhos no rosto de uma mulher bonita podem proporcionar.

A Senhorita Bingley, imediatamente fixando os olhos no rosto dele, desejou saber que senhora tinha a honra de lhe inspirar tais reflexões. O Sr. Darcy, intrépido, replicou:

– A Senhorita Elizabeth Bennet.

– A Senhorita Elizabeth Bennet! – repetiu a Senhorita Bingley. – Estou deveras espantada. Desde quando ocupa ela o lugar de favorita? E, diga-me, quando devo felicitá-lo?

– Era essa exatamente a pergunta que esperava que me fizesse. A imaginação de uma senhora é de uma rapidez fantástica. Em um instante salta de admiração para amor, e de amor para matrimônio. Sabia que me felicitaria.

– Bom, se é com tal seriedade que encara o assunto, o considerarei definitivamente arrumado. Terá, na verdade, uma sogra encantadora e, naturalmente, ela estará sempre em Pemberley com vocês.

Ele escutou-a numa indiferença total, durante todo o tempo que ela quis devotar ao assunto. Como a serenidade dele a convenceu de que nada estava perdido, a Senhorita Bingley deu livre curso à sua ironia.

Capítulo 7

A fortuna do Sr. Bennet consistia quase exclusivamente de uma propriedade que lhe rendia duas mil libras anuais, e que, infelizmente para suas filhas, na falta de herdeiro varão, estava nas mãos de um parente distante.

A de sua mulher, embora suficiente para sua situação na vida, nunca substituiria convenientemente a falta da do marido. O pai da Sra. Bennet, que havia sido advogado em Meryton, deixara-lhe quatro mil libras. Ela tinha uma irmã casada com um tal Sr. Philips, antigo secretário de seu pai, e que lhe sucedera nas funções, e um irmão estabelecido em Londres num respeitável ramo de atividade comercial.

A localidade de Longbourn ficava a apenas uma milha de Meryton, uma distância perfeitamente adequada para as meninas, que geralmente sentiam-se tentadas a transpô-la três ou quatro vezes por semana, quer em atenção para com sua tia, como para visitar a loja de chapéus, precisamente do outro lado da rua. As duas mais jovens, Catherine e Lydia, eram as mais dadas a este gênero de atenções. Mais fúteis que suas irmãs, quando nada tinham com que se ocupar, uma ida a Meryton preenchia sua manhã e fornecia-lhes conversa para o serão. Por muito pouco fértil que a região fosse em novidades, elas sempre conseguiam saber alguma através da tia. Presentemente encontravam-se, aliás, bem supridas, tanto de novidades, como de uma alegria esfuziante, graças à chegada recente de um regimento militar. O regimento deveria permanecer em Meryton todo o inverno, e aí estabelecera seu quartel-general.

As visitas à Sra. Philips redundavam agora numa superabundância de informações das mais interessantes. Cada dia trazia algo de novo para o seu conhecimento acerca dos nomes dos oficiais militares e suas relações. Seus alojamentos já não eram segredo, e elas acabaram travando conhecimento com os próprios oficiais. O Sr. Philips visitara todos, e deste modo abriu às suas sobrinhas o caminho para uma felicidade desconhecida até então. Não falavam de outra coisa senão nos oficiais. A fortuna do Sr. Bingley, que a simples alusão animava sua mãe, nada era para Catherine e Lydia quando comparada àqueles belos uniformes.

Uma manhã, após ter escutado as efusões das filhas sobre o assunto, o Sr. Bennet, friamente, observou:

– Pelo que concluo da conversa, vocês devem ser as duas garotas mais tolas do país. De algum tempo para cá já suspeitava disso, mas estou agora plenamente convencido.

Catherine ficou embaraçada e não respondeu, mas Lydia, com perfeita indiferença, continuou demonstrando sua admiração pelo capitão Carter e a esperança de ainda vê-lo nesse dia, pois na manhã seguinte ele partiria para Londres.

– Surpreende-me, meu caro – disse a Sra. Bennet –, pela prontidão com que chama de tolas as nossas filhas. Se eu desejasse criticar os filhos de alguém, não escolheria os meus.

– Se minhas filhas são tolas, espero sempre ser capaz de percebê-lo.

– Sim, mas acontece que elas até são todas muito espertas.

– É esse o único ponto do qual me gabo de discordar. Sempre desejei que nossas opiniões fossem as mesmas, mas devo diferir de você o bastante para considerar nossas duas filhas mais novas como muito parvas.

– Meu caro Sr. Bennet, o senhor não pode esperar que meninas como elas tenham o mesmo bom senso dos pais. Quando atingirem a nossa idade, creio que pensarão tanto em oficiais como nós hoje em dia o fazemos. Recordo-me bem do tempo em que eu também estremecia perante um belo uniforme... e, na verdade, ainda hoje os admiro. Se um jovem e brilhante coronel, com rendimentos superiores a cinco ou seis mil libras, se interessasse por alguma das minhas filhas, não lhe diria não. Aliás, no outro dia, na casa de Sir William, achei o coronel Forster muito elegante de uniforme.

– Mãezinha – exclamou Lydia –, a tia contou que o coronel Forster e o capitão Carter já não visitam com tanta frequência a Senhorita Watson. Ultimamente têm sido vistos na biblioteca Clarke.

A Sra. Bennet foi impedida de responder pela entrada de um criado com um bilhetinho para a Senhorita Bennet. Vinha de Netherfield e o criado aguardava uma resposta. Os olhos da Sra. Bennet brilharam de prazer e, ansiosa, implorava enquanto a filha lia:

– Então, Jane, de quem é? De que se trata? Que diz ele? Então, Jane, ande logo, conte para nós, vamos, querida.

– É da Senhorita Bingley – disse Jane, e passou a ler em voz alta:

"Minha querida amiga,

Se sua compaixão não a trouxer para jantar comigo e com Louisa, nós duas correremos o risco de nos detestarmos o resto de nossas vidas, pois um tête-à-tête de um dia inteiro entre duas mulheres nunca acaba sem uma discussão. Venha logo que puder. Meu irmão e os outros senhores jantam com os oficiais. Cordialmente, Caroline Bingley."

– Com os oficiais! – exclamou Lydia. – Espanta-me que a tia nada nos tenha dito.

– Jantam fora, que pouca sorte – disse a Sra. Bennet.

– Posso levar a carruagem? – disse Jane.

– Não, minha querida, é melhor ir a cavalo pois parece que vai chover; e então terá de passar lá a noite.

– Seria esse um bom ardil – disse Elizabeth –, se eles não se oferecerem para acompanhá-la na volta.

– Oh, mas acontece que os cavalheiros precisam da carruagem do Sr. Bingley para irem a Meryton e os Hurst não têm cavalos próprios.

– Eu preferiria ir de carruagem.

– Mas, minha querida, estou certa de que seu pai não poderá dispensar os cavalos. Eles são necessários na fazenda, não é verdade, Sr. Bennet?

– Preciso mais deles do que as vezes que os tenho ao meu dispor.

– Mas, se exatamente hoje dispuser deles – disse Elizabeth –, a vontade de nossa mãe será atendida.

E assim ela acabou por conseguir do pai a confirmação de que os cavalos não estavam livres. Jane viu-se deste modo obrigada a ir a cavalo, e sua mãe acompanhou-a à porta com muitos e animados prognósticos de um mau tempo. Suas esperanças se realizaram, e ainda não havia muito que Jane os deixara, quando desabou uma chuva torrencial. As irmãs ficaram um tanto preocupadas, mas a mãe regozijava-se. A chuva continuou pela noite, sem parar. Jane não poderia regressar.

– Foi uma ótima ideia, a que eu tive, não?! – disse a Sra. Bennet mais de uma vez, como se o fato de chover só a ela se devesse.

Só na manhã seguinte, contudo, ela se inteirou do êxito completo de seu estratagema. Terminavam o café da manhã quando um criado de Netherfield chegou com o seguinte bilhetinho para Elizabeth:

"Minha querida Lizzy,

Não me sinto nada bem esta manhã, o que, suponho eu, se deve atribuir à chuva que ontem apanhei. Minhas bondosas amigas não querem ouvir-me falar em regressar à casa senão quando me sentir completamente restabelecida. Insistem também para que o Sr. Jones me examine. Por isso, não se assustem se ouvirem dizer que ele foi chamado por minha causa. Fora a garganta inflamada e dor de cabeça, nada mais há que ofereça motivos de preocupação. Sua, etc."

– Então, minha querida – disse o Sr. Bennet, quando Elizabeth terminou a leitura do bilhete –, se a sua filha tombasse gravemente doente, ou morresse até, serviria de consolação saber que tudo fora em perseguição ao Sr. Bingley, e sob as suas ordens.

– Oh! Não tenho qualquer receio de que ela morra. Não se morre de pequeninos e insignificantes resfriados. Além disso, dispensarão a ela todos os cuidados. Desde que ela fique por lá, está tudo muito bem. Gostaria de ir visitá-la, caso possa dispor da carruagem.

Elizabeth, que se sentia deveras aflita com o estado da irmã, estava ansiosa para estar com ela, mesmo na falta da carruagem e, como não montava, ir a pé era a única alternativa que se lhe oferecia.

– Que ideia a sua – exclamou a mãe –, com toda esta lama! Não poderão olhar para você quando chegar lá.

– Não é para me verem que vou lá. Jane é meu único propósito.

– Trata-se de um subterfúgio, Lizzy – disse o pai –, para que eu peça os cavalos?

– De maneira nenhuma. Não tenciono fugir à caminhada. A distância de nada vale quando se tem um motivo, e são apenas três milhas. Estarei de volta para jantar.

– Admiro a energia de sua benevolência – observou Mary –, mas todo o impulso afetivo deve ser guiado pela razão e, na minha opinião, o esforço deveria estar sempre em proporção com o que é requerido.

– Nós a acompanhamos até Meryton – disseram Catherine e Lydia.

Elizabeth concordou, e as três jovens partiram juntas.

– Se nos apressarmos – disse Lydia enquanto caminhavam –, talvez ainda possamos ver o capitão Carter antes de ele partir.

Em Meryton separaram-se: as duas mais novas tomaram a direção dos alojamentos de uma das mulheres dos oficiais e Elizabeth continuou sozinha através dos campos num passo apressado, transpondo vedações e saltando charcos com uma energia impaciente. Finalmente, achou-se à vista da casa. Tinha os pés dormentes, as meias enlameadas e o rosto afogueado pelo exercício.

Introduziram-na na saleta do café da manhã, onde todos, com exceção de Jane, se encontravam reunidos. Sua aparição surpreendeu. Que ela tivesse se aventurado a percorrer sozinha três milhas, tão cedo e com um tempo tão feio, era coisa quase inacreditável para a Sra. Hurst e para a Senhorita Bingley. Elizabeth se convenceu de que elas a desprezavam por isso. Contudo, a receberam com toda educação; e na atitude do irmão havia mais do que simples educação, havia bondade e boa disposição. O Sr. Darcy pouco disse e o Sr. Hurst não abriu a boca. Aquele dividia-se entre a admiração pelo esplendor que o exercício imprimira em sua tez e certa dúvida quanto à ocasião justificar sua vinda sozinha até tão longe. Quanto ao outro, apenas pensava em seu café da manhã.

As respostas obtidas às perguntas sobre a irmã estavam longe de satisfazê-la. A Senhorita Bennet passara mal a noite, tinha bastante febre e não se atrevera a deixar o quarto. Elizabeth pediu que a levassem logo para junto dela e Jane, que receando causar alarme ou transtorno, não disse em seu bilhetinho o quanto desejava tal visita, ficou encantada ao vê-la entrar. Não se sentia animada para grandes conversas. Quando a Senhorita Bingley as deixou sós, apenas exprimiu sua gratidão pela extraordinária bondade com que estava sendo tratada. Elizabeth, silenciosa, cercava-a de cuidados.

Terminado o café da manhã, as irmãs se juntaram a elas e Elizabeth sentiu despertar em si uma certa simpatia pelas duas, ao ver com que afeição e solicitude tratavam Jane. O boticário chegou e, tendo examinado sua paciente, declarou que ela pegara um forte resfriado. Aconselhou-a a se recolher de novo ao leito e receitou alguns medicamentos. Seu conselho foi prontamente acatado, pois os sintomas de febre aumentavam e a dor de cabeça tornara-se quase insuportável. Elizabeth não abandonou o quarto da irmã e as outras duas senhoras também pouco se ausentaram.

Quando o relógio bateu três horas, Elizabeth sentiu que devia partir e, muito a contragosto, participou sua intenção. A Senhorita Bingley ofereceu-lhe a carruagem, e ela apenas esperava um pouco mais de insistência para aceitar, quando Jane demonstrou tal inquietação por se separarem, que a Senhorita Bingley se viu forçada a converter o oferecimento da carruagem em um convite para ficar em Netherfield o tempo que fosse preciso. Elizabeth ficou muitíssimo grata e logo aceitou o convite. Imediatamente um criado foi enviado a Longbourn para levar à família o recado e trazer algumas roupas na volta.

Capítulo 8

Por volta das cinco horas, as duas senhoras se retiraram para se vestir, e às seis e meia, Elizabeth foi chamada para jantar. Choveram perguntas, mas ela não pôde dar uma resposta favorável. Jane não havia melhorado. As irmãs repetiram três ou quatro vezes o quanto isso as entristecia, como era terrível um resfriado, e o quanto elas detestavam adoecer. Porém, passado esse momento, não mais voltaram a tocar no assunto, e sua indiferença por Jane quando não na presença dela restituiu a Elizabeth toda a sua antipatia original.

O irmão era o único que ela encarava com alguma complacência. Sua angústia por causa de Jane era evidente e as atenções que ele dispensava a ela própria eram bastante agradáveis. Isso a impedia de se sentir uma intrusa, como ela acreditava ser considerada por todos os outros. Só ele parecia dar pela sua presença. A Senhorita Bingley estava absorvida pelo Sr. Darcy e a irmã pouco menos que isso. O Sr. Hurst, ao lado de quem Elizabeth estava sentada, não passava de um indolente, que vivia apenas para comer, beber e jogar cartas, e que, descobrindo que ela preferia um prato simples a um bom guisado, nada mais encontrou para lhe dizer.

Terminado o jantar, Elizabeth voltou imediatamente para junto de Jane e, mal ela saiu da sala, a Senhorita Bingley começou a criticá-la. Classificou suas maneiras de rudes, um misto de orgulho e impertinência, disse que ela não tinha nem conversa, nem estilo, nem gosto, nem beleza sequer. A Sra. Hurst era da mesma opinião e acrescentou:

– Ela não tem nada que a recomende, exceto ser uma ótima andarilha. Nunca esquecerei como ela nos apareceu esta manhã. Quase parecia uma rústica.

– Tem razão, Louisa. Eu mal pude me conter. Que disparate vir assim! Qual a necessidade de desabalar por esses campos afora, apenas porque a irmã se resfriou? E o cabelo dela, que emaranhado.

– Sim, e o saiote, reparou nele? Sujo de lama até uma altura de, pelo menos, seis polegadas. Ela tentava esconder com o vestido, mas sem grande êxito.

– O retrato que nos oferece pode ser muito exato, Louisa – disse Bingley –, mas a mim pouco me diz. Achei a Senhorita Elizabeth Bennet deveras encantadora quando nos apareceu na saleta, esta manhã. Quanto ao saiote enlameado, nem reparei.

– Mas estou certa de que o Sr. Darcy reparou nele, não reparou? – disse a Senhorita Bingley. – E creio que o senhor não gostaria de ver sua irmã fazer tal exibição.

– Claro que não.

– Percorrer três, quatro ou cinco milhas com lama pelos tornozelos e completamente sozinha! Que quereria ela com isso? A mim, parece revelar uma independência abominável e presunçosa, além de uma total indiferença provinciana pelo decoro.

– Revela um afeto por sua irmã digno de menção – disse o Sr. Bingley.

– Receio bem, Sr. Darcy – observou a Senhorita Bingley num sussurro –, que esta aventura tenha de certo modo afetado sua admiração pelos seus lindos olhos.

– De maneira nenhuma – replicou ele –, estavam, graças ao exercício, mais brilhantes do que nunca.

Seguiu-se uma pequena pausa, e a Sra. Hurst tornou:

– Tenho a maior consideração por Jane Bennet, pois ela é uma moça amorosa, e é de coração que a desejo bem instalada na vida. Contudo, com uns pais como os dela, e de relações tão insignificantes, receio que não venha a conseguir.

– Creio ter ouvido dizer que o tio delas é advogado em Meryton.

– Sim, e têm ainda um outro, que vive algures perto de Cheapside.

– É admirável – acrescentou a irmã, e ambas riram com gosto.

– Mesmo que elas tivessem tios em quantidade que enchesse todo o Cheapside – exclamou Bingley –, não seria isso que as tornaria menos encantadoras.

– Mas deve diminuir-lhes consideravelmente as probabilidades de se casarem com algum homem de destaque – replicou Darcy.

Bingley não deu qualquer resposta, mas as irmãs concordaram vivamente, gracejando durante algum tempo à custa das relações plebeias de sua querida amiga.

Foi, no entanto, com renovada ternura que se dirigiram ao quarto dela, e aí permaneceram até serem chamadas para o chá. O estado de Jane inspirava ainda sérios cuidados e Elizabeth não deixou sua cabeceira senão muito tarde, quando, vendo-a dormindo, resolveu, mais por dever que por outra coisa, descer até a sala. Quando entrou, encontrou todos à mesa de jogo e imediatamente foi convidada a se juntar a eles. Mas, receando que jogassem caro, declinou o convite e desculpando-se por causa da irmã e do pouco tempo disponível, disse preferir entreter-se com um livro. O Sr. Hurst não escondeu seu espanto.

– Diz que prefere ler a jogar? – perguntou ele. – Que coisa estranha.

– A Senhorita Elizabeth Bennet – disse a Senhorita Bingley – tem desprezo pelas cartas. Ela é uma grande leitora, e fora isso, nada lhe dá prazer.

– Não mereço nem tal louvor, nem tal censura – exclamou Elizabeth. – Não sou uma grande leitora, e são muitas as coisas que me dão prazer.

– Que é com prazer que cuida de sua irmã, tenho certeza – disse o Sr. Bingley –, e espero que em breve sinta ainda mais prazer ao vê-la completamente restabelecida.

Elizabeth agradeceu e em seguida dirigiu-se a uma mesa, em cima da qual se encontravam vários livros. O Sr. Bingley imediatamente se ofereceu para buscar outros, todos os que sua biblioteca pudesse oferecer.

– E desejaria que a coleção fosse maior, tanto para benefício da Senhorita como para crédito meu, mas sou um preguiçoso e, embora não tenha muitos, tenho mais do que aqueles que algum dia chegarei a ler.

Elizabeth assegurou-lhe que se contentaria perfeitamente com os que estavam na sala.

– Espanta-me – disse a Senhorita Bingley – que meu pai tenha deixado uma coleção de livros tão pequena. Que maravilhosa biblioteca é a sua em Pemberley, Sr. Darcy!

– Não podia deixar de ser boa – replicou ele – pois ela representa o trabalho de muitas gerações.

– E, além disso, o senhor a tem aumentado bastante, pois está sempre comprando livros.

– Numa época como a nossa, não compreendo que se abandone uma biblioteca de família.

– Tenho certeza de que o senhor não descuida de nada que possa aumentar a beleza de local tão notável. Charles, quando construir sua casa, gostaria que fosse tão bonita como Pemberley.

– Quem me dera.

– Por isso o aconselho a tomar Pemberley como uma espécie de modelo. Não há na Inglaterra província mais bela que Derbyshire.

– Mas com certeza. Até compraria Pemberley, se Darcy vendesse.

– Falo apenas de possibilidades, Charles.

– Palavra de honra, Caroline, que acho mais fácil comprar Pemberley do que imitar!

Elizabeth tinha sua atenção tão presa no que se passava que se esqueceu do livro no regaço. Colocou-o de lado, aproximou-se da mesa e, colocando-se entre o Sr. Bingley e a irmã mais velha, ficou observando o jogo.

– A Senhorita Darcy cresceu muito desde a primavera? – perguntou a Senhorita Bingley. – Será que ela já está mais alta do que eu?

– Penso que sim. Tem aproximadamente a altura da Senhorita Elizabeth Bennet agora, ou talvez seja ainda mais alta.

– Anseio tanto por tornar a vê-la! Nunca encontrei ninguém que me encantasse tanto. Que porte o seu, e que maneiras! E já tão prendada para a sua idade! Toca piano divinamente.

– Incrível – disse o Sr. Bingley – que as jovens tenham paciência para se tornarem tão prendadas como todas elas são.

– Todas elas prendadas! Meu caro Charles, que quer dizer?

– Sim, todas elas, creio eu. Todas pintam mesas, forram biombos e tecem bolsinhas. Não conheço nenhuma que não faça tudo isso, e tenho certeza de nunca ter ouvido falar pela primeira vez de uma jovem sem ser informado de que ela é muito prendada.

– Sua lista de dotes de alcance vulgar – disse Darcy – tem muito de verdade. A palavra é aplicada a mais de uma mulher que não a merece para além de tecer uma bolsinha ou forrar um biombo. Mas estou longe de concordar com sua apreciação das mulheres em geral. De todas as que conheço, não posso me gabar de conhecer mais de meia dúzia verdadeiramente dotadas.

– Nem eu, disso tenho certeza – disse a Senhorita Bingley.

– Nesse caso – observou Elizabeth –, exige bastante de uma mulher para considerá-la verdadeiramente prendada.

– De fato – disse o Sr. Darcy.

– Com certeza! – exclamou sua fiel aliada. – Nenhuma poderá se considerar realmente prendada se não ultrapassar de longe a média. Uma mulher, para merecer tal qualificação, deve ter um conhecimento profundo sobre música, canto, desenho, dança e línguas modernas, e além de tudo isto, deve possuir certa forma de ser e se mover, de tom de voz, trato e expressões, ou só merecerá a qualificação em parte.

– Tudo isso ela deve possuir – acrescentou Darcy – e a tudo isso ela deve juntar ainda algo de mais substancial, que é a prática assídua da leitura para o desenvolvimento de seu espírito.

– Por isso não admira que o senhor conheça apenas seis mulheres prendadas. Chego mesmo a duvidar que conheça alguma.

– Menospreza assim tanto o seu sexo que duvide dessa possibilidade?

– Nunca encontrei tal mulher. Nunca encontrei tanta capacidade, gosto, aplicação e elegância juntas, tal como o senhor descreve.

A Sra. Hurst e a Senhorita Bingley protestaram contra a injustiça da dúvida implícita, e ambas afirmavam conhecer mais de uma mulher que correspondia à descrição. O Sr. Hurst as chamou à ordem, repreendendo-as severamente pela falta de atenção ao jogo que tinham à frente. Como a conversa encontrara assim o seu termo, Elizabeth pouco depois abandonou a sala.

– Eliza Bennet – disse a Senhorita Bingley mal a porta se fechou – é o tipo de garota que procura evidenciar-se aos olhos do sexo oposto menosprezando o seu próprio, e creio que com a maioria dos homens ela atinge seu objetivo. Contudo, na minha opinião, é um truque verdadeiramente mesquinho.

– Sem dúvida – replicou Darcy, a quem sobretudo se dirigia a observação – que existe mesquinhez em todos os truques que uma mulher usa para cativar. Tudo o que se assemelha à astúcia é desprezível.

A Senhorita Bingley não ficou suficientemente satisfeita com a resposta de modo a prosseguir no mesmo assunto.

Elizabeth veio participar que a irmã se sentia pior e que ela não poderia abandoná-la. Bingley falou em chamar de urgência o Sr. Jones, enquanto as irmãs, certas de sua incompetência provinciana, recomendaram que se requeresse a presença de um dos médicos mais eminentes da capital. Elizabeth não quis nem ouvir tais sugestões, mas concordou que logo pela manhã se convocaria o Sr. Jones caso não se registasse uma melhoria considerável no estado da irmã. Bingley ficou deveras preocupado e as irmãs assumiram seu ar mais infeliz. Elas, porém, aliviaram sua tristeza com duetos após a ceia, enquanto ele procurou o conforto nas recomendações feitas à governanta para que nada faltasse à doente e sua irmã.

Capítulo 9

Elizabeth passou grande parte da noite à cabeceira da irmã e de manhã pôde mandar uma resposta favorável às perguntas que, através da governanta, desde muito cedo recebeu do Sr. Bingley e àquelas feitas um pouco mais tarde pelas duas elegantes senhoras que serviam suas irmãs. Apesar das melhoras, contudo, pediu que um bilhetinho seu fosse enviado a Longbourn, em que requeria a presença de sua mãe junto de Jane, para que ela própria desse seu parecer sobre o estado da filha. O bilhete foi imediatamente expedido e o pedido atendido sem demora. A Sra. Bennet, acompanhada pelas duas filhas mais novas, chegou a Netherfield logo após o café da manhã.

Se encontrasse Jane de algum modo em perigo, a Sra. Bennet se sentiria realmente aflita, mas, uma vez tranquilizada por ver que seu estado não era alarmante, ela não nutria qualquer desejo pelo seu restabelecimento imediato, pois nessa altura sua filha teria de deixar Netherfield. Não atendeu, por esta razão, ao pedido insistente da filha para que a levassem para casa, o que, aliás, o próprio boticário, que também chegara, terminantemente desaconselhou. Após algum tempo na companhia de Jane, com o aparecimento da Senhorita Bingley e a convite desta, a mãe e as três filhas seguiram-na até a salinha junto da entrada. Bingley foi ao seu encontro, exprimindo o desejo de que a Sra. Bennet não tivesse encontrado a Senhorita Bennet pior do que esperava.

– Assim foi, meu caro senhor – respondeu a Sra. Bennet. – Ela encontra-se muito doente para ser levada daqui. O Sr. Jones é de opinião que ela não pode ainda sair de casa. Teremos de abusar um pouco mais da sua bondade.

– Levá-la daqui! – exclamou o Sr. Bingley. – Nem pensar nisso. Estou certo de que minha irmã não quererá ouvir falar em tal coisa.

– Esteja descansada, minha senhora – disse a Senhorita Bingley com uma delicada frieza –, que a Senhorita Bennet receberá todos os cuidados possíveis enquanto aqui permanecer.

A Sra. Bennet exprimiu com profusão todo o seu reconhecimento.

– E não sei o que seria dela – acrescentou – se não fossem tão bons amigos, pois ela está realmente muito doente. Sofre muito, pobre pequena, embora com uma paciência de santa, que, aliás, não lhe é estranha, pois tem o temperamento mais doce que jamais me foi dado encontrar. É com frequência que digo às minhas outras filhas que elas nada se parecem com Jane. Que bonita sala o senhor tem, Sr. Bingley, e com uma linda vista para o jardim. Não conheço nada parecido nos arredores. Não pensará em deixar a casa de um instante para o outro, espero eu, embora a tenha alugado por pouco tempo.

– Tudo o que faço é de um instante para o outro – replicou ele – e, se resolvesse deixar Netherfield, passados cinco minutos teria provavelmente partido. Contudo, considero-me praticamente instalado aqui.

– É exatamente o que eu supunha do senhor – disse Elizabeth.

– Começa a compreender-me, não é? – exclamou ele, voltando-se para ela.

– Oh, sim! Compreendo-o perfeitamente.

– Gostaria de poder tomar isso como um elogio, mas receio que essa minha transparência só seja de lamentar.

– É como é. Uma personalidade profunda e intrincada não é, necessariamente, mais ou menos digna de estima do que uma como a do senhor.

– Lizzy – exclamou a mãe –, lembre-se de onde está e modere a impetuosidade que lhe é permitida em casa.

– Não tinha ainda dado – prosseguiu Bingley imediatamente – que se dedicasse ao estudo de personalidades. Deve ser bastante interessante.

– Sim, e as personalidades intrincadas são as que mais divertem. Têm, pelo menos, essa vantagem.

– A província – interveio Darcy – poucos assuntos fornecerá de interesse para tal estudo. Numa comunidade provinciana uma pessoa move-se num meio restrito e invariável.

– Mas as próprias pessoas modificam-se tanto que sempre há algo de novo a se observar nelas.

– Naturalmente! – exclamou a Sra. Bennet, ofendida pelo modo como ele falara de uma comunidade provinciana. – Asseguro-lhe que a vida social na província é quase tão intensa como na capital.

Todos se entreolharam, surpresos, e Darcy, após fitá-la durante algum tempo, afastou-se em silêncio. A Sra. Bennet, que imaginava ter obtido uma grande vitória sobre ele, continuou em ar de triunfo.

– Por mim, não percebo que vantagem Londres possa ter sobre a província, além das lojas e os locais públicos. A província é de longe mais agradável, não acha, Sr. Bingley?

– Quando estou na província – replicou ele –, custa-me deixá-la; e quando na capital, acontece-me exatamente o mesmo. Têm cada uma as suas vantagens, e eu sinto-me igualmente feliz em qualquer dos lugares.

– De acordo. Isso é porque o senhor tem bom feitio. Mas aquele cavalheiro – olhando para Darcy – parecia não dar qualquer valor à província.

– Por Deus, mãe, está enganada – interveio Elizabeth, corando por sua mãe. – Não percebeu o que o Sr. Darcy disse. Ele apenas quis dizer que a variedade de pessoas na província é menor que na capital, o que terá de reconhecer como um fato.

– Com certeza, minha querida, ninguém diz o contrário, mas quanto a não haver pessoas em número nesta vizinhança, não é verdade, pois se nos damos com vinte e quatro famílias, pelo menos.

Nada, a não ser o respeito por Elizabeth, permitia a Bingley manter sua serenidade. A irmã, menos delicada, olhou para o Sr. Darcy com um sorriso bem expressivo. Elizabeth, procurando dizer algo que desviasse as atenções de sua mãe, perguntou-lhe se por acaso Charlotte Lucas visitara Longbourn durante sua ausência.

– Sim, apareceu ontem com o pai. Que simpático homem é Sir William, não acha, Sr. Bingley? E que bom que ele é, tão delicado e tão simples! Tem sempre uma palavra amável para todos. É a isso que chamo ser bem-educado e quanto àqueles que se julgam muito importantes e nunca abrem a boca, não passam de uma fraude.

– Charlotte jantou com vocês?

– Não, pois precisavam dela em casa. Penso que por causa dos pastéis folhados. Em minha casa, Sr. Bingley, disponho sempre de criados competentes, minhas filhas são educadas de modo diferente. Mas cada um é juiz de si próprio, e as Senhoritas Lucas são muito boas moças, posso lhe garantir. É pena não serem bonitas! Não que eu ache Charlotte muito sem graça... mas, bem, ela é uma amiga especial.

– Pareceu-me uma moça bastante simpática.

– Oh, claro, mas admita que é muito sem graça. A própria Lady Lucas o diz com frequência e inveja a beleza de Jane. Não gosto de gabar as minhas filhas, mas quanto a Jane... não é todos os dias que se veem moças como ela. É o que todos dizem. Não quero confiar na minha parcialidade. Quando ela tinha apenas quinze anos de idade e a levamos à casa de meu irmão Gardiner, na capital, um senhor apaixonou-se de tal modo por ela que minha cunhada achou que ele pediria a mão dela antes de regressarmos. Contudo, ele não o fez. Talvez a tenha achado jovem demais. Escreveu-lhe uns versos, bem bonitos, por sinal.

– E assim terminou o seu amor – disse Elizabeth, impaciente. – Gostaria de saber quem terá descoberto a eficácia da poesia para espantar o amor!

– Fui habituado a considerar a poesia como o alimento do amor – opinou Darcy.

– De um amor puro, vigoroso e saudável, é possível. Tudo serve de alimento ao que já vingou. Mas quando se trata de uma inclinação ligeira e efêmera, estou convencida de que um bom soneto a varre de uma vez.

Darcy limitou-se a sorrir e na pausa que se seguiu, Elizabeth tremeu com o receio de que sua mãe se expusesse de novo ao ridículo. Queria falar, mas não sabia o que dizer. Após um curto silêncio, a Sra. Bennet tornou a agradecer ao Sr. Bingley a bondade para com Jane. Pediu desculpa também do incômodo que Lizzy pudesse estar causando. O Sr. Bingley respondeu com uma delicadeza simples e obrigou a irmã a ser igualmente delicada e dizer o que a ocasião requeria. Esta desempenhou seu papel sem muita convicção, mas a Sra. Bennet deu-se por satisfeita e pouco depois pediu a carruagem. A esse sinal, uma de suas filhas mais novas adiantou-se. As duas meninas tinham passado o tempo da visita a segredarem uma com a outra e o resultado foi que a mais nova teria de lembrar ao Sr. Bingley a promessa que ele fizera à chegada, de que daria um baile em Netherfield.

Lydia era uma menina bem forte e desenvolvida para os seus quinze anos de idade. Tinha uma pele bonita e a expressão risonha, o que envaidecia sua mãe. Desde muito cedo fora apresentada à sociedade. De temperamento natural e espontâneo, atribuía a si mesma certa importância, e a atenção que recebeu dos oficiais, graças aos esplêndidos jantares na casa do tio e a seus próprios modos, a tornaram bastante segura de si. Não era, portanto, de estranhar que ela se dirigisse ao Sr. Bingley a propósito do baile e, abruptamente, lhe lembrasse a promessa feita, acrescentando que seria vergonhoso se ele não a cumprisse. A resposta a esse repentino ataque soou deliciosamente aos ouvidos da mãe.

– Esteja tranquila, que não esqueci a promessa feita, e logo que sua irmã se restabeleça, peço-lhe o favor de indicar o dia melhor para o baile. Penso que não quererá divertir-se enquanto sua irmã está de cama?

Lydia mostrou-se satisfeita.

– Oh, claro, será muito melhor esperar que Jane esteja boa, e é natural que nessa altura o capitão Carter já tenha regressado a Meryton.

A Sra. Bennet e as filhas finalmente partiram e Elizabeth voltou para perto de Jane, deixando seu comportamento e o de sua família aos comentários das duas senhoras e do Sr. Darcy. Este último, contudo, evitou censurá-la, apesar de toda a ironia da Senhorita Bingley sobre lindos olhos.

Capítulo 10

O dia transcorreu de modo idêntico ao anterior. A Sra. Hurst e a Senhorita Bingley passaram parte da manhã junto da doente, que, embora lentamente, continuava melhorando. À noite, Elizabeth juntou-se ao grupo na sala de estar. Desta vez, porém, apenas o Sr. Hurst e o Sr. Bingley jogavam cartas. O Sr. Darcy escrevia e a Senhorita Bingley, sentada junto dele, observava os progressos de sua carta, repetidamente chamando a atenção dele com mensagens para sua irmã. Quanto à Sra. Hurst, assistia ao jogo dos outros dois cavalheiros.

Elizabeth pegou um pequeno trabalho de costura e entreteve-se a ouvir o que se passava entre Darcy e sua companheira. Os constantes elogios tecidos por esta, tanto à caligrafia perfeita de Darcy, quanto à uniformidade das linhas e ao comprimento da carta, e a indiferença total com que esses mesmos elogios eram recebidos, formavam um curioso diálogo, que correspondia exatamente à opinião que tinha de cada um.

– A Senhorita Darcy ficará feliz ao receber tal carta!

Ele nada respondeu.

– O senhor escreve impressionantemente rápido.

– Está enganada. Escrevo até bastante devagar.

– Quantas cartas não terá de escrever durante o ano! Cartas de negócios, também! Que tarefa odiosa não seria para mim!

– Considere-se, então, muito feliz por tal tarefa dizer respeito exclusivamente a mim.

– Por favor, diga à sua irmã como anseio tornar a vê-la.

– Já escrevi isso, e foi também a seu pedido.

– Parece-me não estar inteiramente satisfeito com sua pena. Deixe que eu a afie. Afio-as muito bem, sabe?

– Agradeço, mas prefiro eu mesmo fazer isso.

– Como consegue escrever tão regularmente?

Ele se manteve em silêncio.

– Diga à sua irmã que fiquei encantada por saber de seu progresso na harpa e, por favor, diga-lhe também que fiquei encantada com o pequeno esboço que ela fez para uma mesa, que o achei lindo e infinitamente superior ao da Senhorita Grantley.

– Acaso me daria licença para que eu guarde o seu encantamento para um outro dia, quando tornar a escrever para ela? No momento não tenho mais espaço.

– Oh! Não tem importância. Em janeiro estarei com ela. Mas escreve-lhe sempre cartas tão compridas e encantadoras, Sr. Darcy?

– Geralmente são compridas, mas se são sempre encantadoras ou não, não cabe a mim dizer.

– Na minha opinião, uma pessoa que escreve uma carta comprida com facilidade não pode escrever coisas desagradáveis.

– Tal elogio não se adapta a Darcy, Caroline – exclamou o irmão –, pois ele não escreve com facilidade. É com dificuldade que ele procura palavras de quatro sílabas. Não é verdade, Darcy?

– Minha maneira de escrever é bastante diferente da sua.

– Oh! – exclamou a Senhorita Bingley. – Charles é descuidado para escrever. Omite metade das palavras e risca o resto.

– Minhas ideias fluem com tal rapidez que não me dão tempo para as exprimir, por isso minhas cartas às vezes não transmitem ideia alguma aos meus correspondentes.

– Sua humildade, Sr. Bingley – interveio Elizabeth –, desarma a censura.

– Nada há de mais enganador – disse Darcy – que a aparência de humildade. Não passa, por vezes, de uma simples preguiça mental, ou então de fanfarronice.

– E qual das duas me atribui?

– Fanfarronice, pois confessa que tem orgulho de sua escrita defeituosa. Considera-a resultante da rapidez de pensamento e de um desleixo na execução que você acha louváveis, ou pelo menos altamente interessantes. Aprecia muito a faculdade de fazer qualquer coisa com rapidez sem se preocupar com a imperfeição da execução. Quando esta manhã disse à Sra. Bennet que caso resolvesse deixar Netherfield, em cinco minutos o faria, estava tecendo uma espécie de autoelogio. Mas o que você encontra de louvável numa precipitação que necessariamente deixará assuntos importantes de lado?

– Não – exclamou Bingley –, não relembremos à noite os disparates ditos durante a manhã. Mas juro pela minha honra que acreditei ser verdade aquilo que disse sobre mim, assim como acredito neste momento. Sendo assim, pelo menos não me declarei desnecessariamente precipitado apenas para me exibir perante as senhoras.

– Acredito na sua sinceridade, contudo, não estou de modo algum convencido de que partiria com tal celeridade. Seu comportamento dependeria do acaso tanto quanto o de qualquer outro homem, e se, já em cima do cavalo, um amigo dissesse: "Bingley, seria melhor ficar aqui até a próxima semana", você provavelmente concordaria, provavelmente não iria.

– Isso apenas prova – exclamou Elizabeth – que o Sr. Bingley não fez inteira justiça a seu próprio temperamento. O senhor agora lhe deu um destaque muito maior do que ele mesmo fez.

– Fico muito grato – disse Bingley – por você converter o que meu amigo disse num elogio à doçura do meu gênio, mas creio que está atribuindo a ele uma intenção que não tinha, pois pensaria que, em tais circunstâncias, eu deveria recusar a sugestão e partir imediatamente, como havia decidido fazer.

– Mas, nesse caso, o Sr. Darcy consideraria a precipitação de sua intenção original reparada por sua obstinação em levá-la adiante?

– Francamente, não sei. O próprio Darcy explicará melhor do que eu.

– A senhorita deseja que eu lhe apresente uma explicação para opiniões que me atribui, mas que não reconheço como minhas. Admitindo que assim fosse, a Senhorita Bennet deverá lembrar que o amigo que interpela o Sr. Bingley para que fique e adie seus planos de partida, apenas expressa um desejo, e faz o pedido sem oferecer um argumento que seja em favor da pertinência do mesmo.

– Ceder pronta e facilmente à persuasão de um amigo não é, por conseguinte, nenhum mérito, segundo o senhor.

– Ceder sem convicção também não abona em favor do entendimento dos dois.

– Quer me parecer, Sr. Darcy, que o senhor não reconhece a influência da amizade e da afeição. Uma certa estima pelo solicitador pode, com frequência, levar alguém a ceder prontamente à solicitação que lhe é feita, sem que para isso precise de argumentos que o convençam. Note que não me refiro particularmente ao exemplo que o senhor deu a respeito do Sr. Bingley. Nesse caso específico, penso que o mais aconselhável seria esperar por tal ocasião, e nessa altura discutir o comportamento do cavalheiro em causa. Mas, em situações corriqueiras entre amigos, quando um deles é solicitado pelo outro a modificar uma resolução de pouca importância, o senhor pensaria mal de uma pessoa que atendesse prontamente a esse desejo, sem esperar ser convencido com argumentos?

– Não seria aconselhável, antes de prosseguirmos no mesmo assunto, precisar tanto o grau de importância que se queira atribuir à dita solicitação, como o grau de intimidade existente entre os dois amigos?

– Mas com certeza – exclamou Bingley –, façamos isso! E sem esquecer o peso e a altura de cada um, pois na argumentação pesarão mais do que julga, Senhorita Bennet. Garanto-lhe que se o Sr. Darcy não fosse tão alto como é, não o teria em tão grande estima como tenho. Confesso não conhecer pessoa mais enfadonha que Darcy em certas ocasiões e determinados lugares, particularmente em sua própria casa num domingo de manhã em que nada tem para fazer.

O Sr. Darcy sorriu, mas Elizabeth, adivinhando nele uma certa ofensa, reprimiu o riso. A Senhorita Bingley, por sua vez, manifestou calorosamente seu ressentimento contra a afronta por ele recebida numa repreensão ao irmão pelos disparates que acabava de dizer.

– Percebo seu intento, Bingley – disse o amigo. – Não gosta de debates e quer, então, dar fim a este.

– Talvez tenha razão. O debate anda de mãos dadas com a discussão. Agradeço se aguardar até eu sair da sala. Podem então dizer tudo que quiserem a meu respeito.

– O que o senhor pede – disse Elizabeth – não representa qualquer sacrifício para mim. Quanto ao Sr. Darcy, tem a carta para acabar.

O Sr. Darcy seguiu o conselho e acabou a carta.

Uma vez tal tarefa terminada, pediu à Senhorita Bingley e a Elizabeth que lhe dessem o prazer de ouvir um pouco de música. A Senhorita Bingley dirigiu-se com vivacidade para junto do piano. Após delicadamente oferecer a vez a Elizabeth, que educadamente e veementemente recusou, sentou-se ela mesma ao instrumento.

A Sra. Hurst veio cantar com a irmã e, enquanto elas estavam assim ocupadas, Elizabeth, que folheava alguns livros de música espalhados sobre o piano, reparou na insistência com que os olhos do Sr. Darcy a procuravam.

Custava para ela admitir que pudesse constituir um objeto de admiração para tão grande homem. A ideia de que ele olhasse para ela porque ela lhe desagradava, lhe parecia mais estranha ainda. Concluiu, finalmente, que talvez ela chamasse sua atenção porque via nela, de acordo com as noções que ele tinha de decoro, algo de mais errado e repreensível que em qualquer outra pessoa presente. Tal suposição estava, porém, longe de feri-la. Não simpatizava com ele o suficiente para se preocupar com a opinião que ele pudesse formar a seu respeito.

Após ter tocado algumas canções italianas, a Senhorita Bingley mudou o ritmo para uma alegre ária escocesa; e imediatamente o Sr. Darcy se aproximou de Elizabeth e lhe disse:

– Não se sente seriamente tentada, Senhorita Bennet, a aproveitar tal oportunidade para dançar?

Ela sorriu, mas não respondeu. Ele repetiu a pergunta, um pouco espantado com seu silêncio.

– Oh! – disse ela. – Escutei sua pergunta, mas ainda não havia decidido o que lhe dizer em resposta. O senhor desejaria que eu lhe respondesse afirmativamente, de modo a ter o prazer de desprezar o meu gosto, mas deleito-me sempre em sabotar tais planos de um desdém premeditado. Resolvi, por isso, dizer-lhe que não me apetece dançar. Agora despreze-me, se tiver coragem.

– Realmente, não tenho coragem.

Elizabeth, que esperara ofendê-lo, ficou espantada com sua delicadeza, mas havia nela um misto de doçura e malícia que a impossibilitava de ofender alguém. Além disso, Darcy nunca antes se sentira tão fascinado por uma mulher. Chegava mesmo a acreditar que, não fosse a inferioridade dos parentescos dela, ele estaria no perigo iminente de se apaixonar.

A Senhorita Bingley viu, ou suspeitou, o suficiente para sentir um certo ciúme, e a sua enorme ansiedade pelo restabelecimento de sua querida amiga Jane era de certo modo reforçada pelo desejo de se ver livre de Elizabeth.

Tentava frequentemente suscitar em Darcy o desagrado por sua hóspede, falando-lhe do suposto casamento entre os dois e da felicidade que ele iria encontrar em tal aliança. Quando, no dia seguinte, os dois passeavam pelo bosque, disse:

– Espero que não deixe de dar a entender à sua sogra, assim que tal acontecimento se realizar, qual a vantagem de se manter calada. E se tiver poder para tanto, não se esqueça de tirar de suas cunhadas mais novas aquela mania de andar atrás dos oficiais. E, se me permite mencionar assunto tão delicado, faça o possível para refrear aquele pequeno detalhe, que beira a presunção e a impertinência, no comportamento de sua eleita.

– Tem mais alguma coisa a propor para minha felicidade doméstica?

– Oh, claro que sim! Reserve um lugar para os retratos de seu tio e sua tia Philips na galeria de Pemberley. Coloque-os perto de seu tio-avô, o juiz. Têm a mesma profissão, embora em linhas diferentes de atuação. Quanto a um retrato de sua Elizabeth, aconselho a não mandar pintá-lo, pois que pintor retrataria com justiça olhos tão bonitos?

– Não seria fácil captar a expressão, mas sua cor e forma, e as pestanas tão delicadas e perfeitas poderiam ser copiadas.

Neste momento encontraram-se com a Sra. Hurst e a própria Elizabeth, provenientes de um outro caminho.

– Não sabia que também tencionavam passear – disse a Senhorita Bingley, um pouco confusa, com receio de que elas tivessem escutado a conversa.

– Trataram-nos muito mal – respondeu a Sra. Hurst –, fugindo de nós e sem nos dizer que vinham passear.

E, tomando o braço que o Sr. Darcy tinha livre, deixou Elizabeth sozinha. O caminho dava apenas para três pessoas e o Sr. Darcy, percebendo a falta de delicadeza das irmãs, imediatamente disse:

– Este caminho não é suficientemente largo para todos nós. Aconselho, por isso, tomarmos a alameda.

Elizabeth, que não se sentia tentada a continuar em tal companhia, respondeu sorridente:

– Não, não, continuem. Formam um grupo tão encantador e pitoresco, que a admissão de uma quarta pessoa apenas o iria estragar. Até logo.

E partiu alegremente, acalentando em si a esperança de dentro de um ou dois dias se encontrar de novo em sua casa. Jane melhorara tanto que nessa mesma noite tencionava deixar o quarto durante algumas horas e juntar-se ao serão.

Capítulo 11

Quando as senhoras se separaram após o jantar, Elizabeth subiu para junto da irmã e, certificando-se de que ela se encontrava bem agasalhada, acompanhou-a até o salão, onde foi acolhida pelas duas amigas com manifestações de grande prazer. Elizabeth nunca as vira tão amáveis como naquela hora que antecedeu a entrada dos cavalheiros. Sabiam realmente como conversar. Faziam a descrição de uma festa com exatidão, contavam uma anedota com humor e descreviam com presença de espírito as pessoas de suas relações.

Porém, mal os cavalheiros entraram, Jane deixou de ser o alvo das atenções. Os olhos da Senhorita Bingley imediatamente se fixaram em Darcy, e ele ainda não dera muitos passos quando ela encontrou algo para lhe dizer. Ele, porém, dirigiu-se diretamente à Senhorita Bennet e congratulou-a, cortês. O Sr. Hurst também a cumprimentou rapidamente e disse estar "muito contente". Mas a prolixidade e o calor estavam reservados para a saudação do Sr. Bingley, que transbordava de alegria e atenções. Passou a primeira meia hora alimentando a lareira para Jane não se ressentir da diferença de temperatura e, por sugestão dele, ela instalou-se no outro lado da lareira, de modo a estar mais longe da porta. Em seguida, ele sentou-se junto dela e praticamente não falou com mais ninguém. Elizabeth, que costurava no canto oposto da sala, assistia a tudo.

Terminado o chá, o Sr. Hurst chamou a cunhada para a mesa de jogo, mas foi em vão. O Sr. Darcy havia dito confidencialmente a ela que não se encontrava com disposição para jogar, e o Sr. Hurst em breve viu até seu pedido mais franco ser rejeitado. Ela garantiu-lhe que ninguém queria jogar. Darcy pegou um livro e a Senhorita Bingley o imitou. A Sra. Hurst estava ocupada em brincar com suas pulseiras e anéis, e, vez ou outra, interferia na conversa do irmão com a Senhorita Bennet.

A Senhorita Bingley ocupava-se em observar o progresso da leitura do Sr. Darcy e em ler seu próprio livro. Constantemente lhe fazia perguntas ou olhava para a página dele. Não conseguia, no entanto, atraí-lo para uma conversa, pois ele respondia laconicamente e de novo mergulhava na leitura. Por fim, praticamente exausta pelo esforço despendido em tirar algum divertimento de seu próprio livro, que ela escolhera apenas por ser o segundo volume do dele, bocejou demoradamente e disse:

– Que agradável modo de passar a noite! No fundo, não há prazer que se compare ao da leitura! Basta ver a facilidade com que uma pessoa se farta de tudo o que não seja um livro! Quando eu tiver a minha casa, vou me sentir perdida se não dispuser de uma boa biblioteca.

Ninguém lhe respondeu. Ela, então, bocejou novamente, pôs o livro de lado e passou os olhos pela sala em busca de algo que a entretivesse. Ouvindo o irmão mencionar um baile para a Senhorita Bennet, voltou-se repentinamente para ele e disse:

– Charles, você está seriamente pensando em dar um baile em Netherfield? Antes de decidir, é melhor ouvir os desejos das pessoas presentes. Muito me engano ou para alguns de nós um baile representará mais um suplício do que um prazer.

– Se está falando de Darcy, ele poderá recolher-se ao seu quarto antes mesmo de o baile começar, mas o baile é coisa certa. Assim que

Nicholls tiver preparado sopa branca suficiente, começarei a enviar os convites.

– Apreciaria infinitamente mais os bailes – replicou ela – se eles se realizassem de outro modo e evitassem o processo habitual, que é tão enfadonho. Seria um acontecimento muito mais racional se em vez da dança se priorizasse a conversa.

– Seria, sem dúvida, muito mais racional, minha querida Caroline, mas dessa forma pouco se pareceria com um baile.

A Senhorita Bingley não respondeu e, levantando-se, iniciou um pequeno passeio pela sala. Tinha uma figura elegante e sabia como pisar, mas Darcy, a quem esta manobra era destinada, continuava impassivelmente mergulhado em sua leitura. A moça fez uma tentativa derradeira para chamar atenção. Voltando-se para Elizabeth, disse:

– Senhorita Eliza Bennet, convido-a a seguir meu exemplo e dar uma volta pela sala. Acredite que é deveras reconfortante, depois de estar sentada durante tanto tempo na mesma posição.

Elizabeth ficou surpresa, mas aceitou. A Senhorita Bingley teve sucesso no verdadeiro objetivo de sua gentileza: o Sr. Darcy imediatamente levantou os olhos e inconscientemente fechou o livro. Logo foi convidado a juntar-se a elas, mas recusou, declarando ver apenas dois motivos para elas quererem passear pela sala e, em qualquer dos casos, sua presença era dispensável.

"O que quereria ele dizer? Morreria para descobrir o significado daquilo." – e perguntou a Elizabeth se ela o entendera.

– De modo nenhum – respondeu ela –, mas pode estar certa de que ele nos reprova, e a melhor maneira de o desapontar é não tocar no assunto.

A Senhorita Bingley, contudo, era incapaz de desapontar o Sr. Darcy no que quer que fosse, e insistiu em pedir uma explicação para os dois motivos por ele apontados.

– Não vejo qualquer inconveniente em explicar. As Senhoritas escolheram tal modo de passar a noite ou porque são confidentes uma da outra e têm assuntos particulares a discutir, ou porque têm a consciência de que passeando valorizam as próprias figuras. No primeiro caso, minha adesão ao convite interferiria cabalmente em seus planos. No segundo, as admirarei muito melhor permanecendo sentado perto da lareira.

– Oh, é espantoso! – exclamou a Senhorita Bingley. – Nunca ouvi nada tão detestável. Que castigo haveremos de lhe dar por ousar dizer tais coisas?

– Nada de mais fácil, desde que se sinta inclinada a isso – disse Elizabeth. – Todos nós podemos atormentar e castigar uns aos outros. Caçoe dele, ria dele. Íntima como é, deverá saber como proceder.

– Mas palavra de honra que não sei. Minha intimidade ainda não me ensinou tal coisa. Como se fosse possível caçoar de alguém tão calmo e cuja presença de espírito nunca se desarma! Sinto que por aí não levaremos a melhor. Quanto a rir, melhor não nos arriscarmos sem motivo.

– O Sr. Darcy não serve como motivo de troça! – exclamou Elizabeth. – É uma vantagem incomum, e incomum espero que continue, pois seria para mim uma perda inestimável contar entre as minhas relações mais de uma pessoa assim. Adoro uma boa risada.

– A Senhorita Bingley – interveio ele – exagerou um pouco. O mais sensato e melhor dos homens, ou antes, a mais sensata e melhor de suas ações pode ser ridicularizada pela pessoa cujo principal objetivo na vida é uma boa risada.

– Não há dúvida – replicou Elizabeth – que existem tais pessoas, mas espero não ser uma delas. Nunca ridicularizo o que é sensato e bom. A loucura, o disparate, o capricho e a incoerência, confesso que me divertem, e sempre que posso troço deles. Mas suponho que são precisamente esses os defeitos que o senhor não tem.

– Ao contrário, ninguém está livre deles. Contudo, toda a minha vida me esforcei por evitar aquelas fraquezas que muitas vezes expõem ao ridículo uma inteligência superior.

– Como, por exemplo, a vaidade e o orgulho.

– Sim, a vaidade é uma fraqueza. Mas o orgulho, desde que haja uma verdadeira superioridade intelectual, estará sempre sob controle.

Elizabeth escondeu um sorriso. E a Senhorita Bingley interveio:

– Terminou o exame que aplica ao Sr. Darcy, suponho eu. Qual o resultado a que chegou?

– Estou perfeitamente convencida de que o Sr. Darcy não tem qualquer defeito. Ele próprio admite isso sem rodeios.

– Não – disse Darcy –, nunca tive tal pretensão. Meus defeitos são muitos, mas nenhum de inteligência, espero. Quanto ao meu temperamento, não respondo por ele. Talvez possa ser classificado de muito pouco condescendente, com certeza muito pouco para a conveniência alheia. Meu parecer favorável, uma vez perdido, está perdido para sempre.

– Esse é mesmo um grande defeito! – concluiu Elizabeth. – O ressentimento implacável é uma mancha num caráter. Mas o senhor escolheu bem o seu defeito. Não consigo realmente rir dele. Nada tem que temer de mim.

– Creio haver em cada temperamento uma tendência particularmente má, um defeito natural, que nem a melhor educação consegue ultrapassar.

– E o seu defeito é uma propensão para odiar todas as pessoas.

– E o seu – replicou ele com um sorriso – é fazer juízo errado das pessoas, propositadamente.

– Vamos tocar um pouco – exclamou a Senhorita Bingley, cansada de uma conversa da qual ela não participava. – Louisa, não se importa que acorde o Sr. Hurst?

A irmã não opôs qualquer objeção, e o piano foi aberto.

Capítulo 12

Na manhã seguinte, Elizabeth, com aprovação da irmã, escreveu à mãe pedindo que mandasse a carruagem no mesmo dia. A Sra. Bennet, porém, que contava que as filhas permanecessem em Netherfield até a quinta-feira seguinte quando se completaria uma semana da estadia de Jane, não antevia com prazer sua volta prematura. A resposta não foi, por conseguinte, favorável, pelo menos aos desejos de Elizabeth, que estava impaciente para ir para casa. A Sra. Bennet mandou dizer que, possivelmente, não teriam carruagem antes de quinta-feira, e acrescentava que, caso o Sr. Bingley e a irmã insistissem para permanecerem mais tempo, ela passava muito bem sem elas. Elizabeth, contudo, estava resolvida a não permanecer lá nem mais um dia, assim como também receava que as considerassem abusadas por imporem suas presenças mais do que o tempo necessário. Incentivou Jane a pedir sem demora a carruagem emprestada ao Sr. Bingley.

Essa decisão provocou calorosos protestos, e com veemência pediram que, em atenção à doença recente de Jane, permanecessem, ao menos, mais um dia. A partida foi adiada para a manhã seguinte.

Foi consternado que o dono da casa as ouviu anunciar a partida, e por várias vezes tentou persuadir a Senhorita Bennet da imprudência, visto ela não estar completamente restabelecida. Jane, porém, mostrava-se obstinada quando sabia ter razão.

A notícia encheu o Sr. Darcy de alívio. Elizabeth permanecera já tempo suficiente em Netherfield. Ela o atraía mais do que ele desejava e a Senhorita Bingley, além de indelicada com ela, massacrava-o mais do que de costume. Ele sabiamente decidiu ser extremamente cauteloso e não demonstrar qualquer sinal de aprovação, nada que pudesse deixá-la satisfeita por estar influindo em sua felicidade. Estava consciente de que, se tal ideia tivesse sido sugerida, da atitude dele durante o último dia dependeria sua confirmação ou destruição. Firme em seu propósito, quase não lhe dirigiu a palavra durante todo o dia de sábado. Em uma das vezes em que permaneceram a sós durante meia hora, ele pegou um livro e nem sequer olhou para ela.

No domingo, após o serviço matinal, teve lugar a separação tão desejável para a maioria. A delicadeza da Senhorita Bingley com Elizabeth aumentou muito, assim como sua afeição por Jane.

Uma vez em casa, não foram muito bem acolhidas pela mãe. A Sra. Bennet ficou muito admirada com a chegada das filhas e as repreendeu pelo incômodo que causaram, e as fez ver o risco que Jane correra de se resfriar de novo. O pai, porém, embora muito lacônico nas manifestações de prazer, estava deveras contente por tornar a vê-las. A conversa familiar havia perdido a animação e quase todo o sentido com a ausência de Jane e Elizabeth.

Encontraram Mary, como de costume, mergulhada no estudo da natureza humana, e a moça não perdeu tempo em enunciar uma série de observações de moralidade ultrapassada. Catherine e Lydia tinham novidades bem diferentes. Muito fora feito e muito se dissera no regimento desde a quarta-feira passada: vários oficiais tinham jantado recentemente com o tio, um soldado fora castigado e espalhara-se a notícia do casamento próximo do coronel Forster.

Capítulo 13

Espero, minha querida – disse o Sr. Bennet a sua mulher quando, na manhã seguinte, tomavam o desjejum –, que tenha planejado um bom jantar para hoje, pois parece que teremos um convidado.

– Que diz, meu caro? Não sei quem possa ser, ou trata-se de Charlotte Lucas? Se é o caso, creio que meus jantares são bons demais para ela, jantares que ela raramente encontra em sua casa.

– A pessoa a quem me refiro é um cavalheiro.

Os olhos da Sra. Bennet brilharam.

– Um cavalheiro! Com certeza se trata do Sr. Bingley. E você, Jane, nem nos fala nada, sua tímida!

– Não se trata do Sr. Bingley – disse-lhe o marido –, mas de uma pessoa que nunca vi na vida.

Tal afirmação provocou espanto geral, e ele viu-se rodeado pela esposa e cinco filhas, que ansiosamente o questionavam. Após ter, durante algum tempo, se divertido com a curiosidade, deu a seguinte explicação:

– Há coisa de um mês recebi esta carta, e há cerca de quinze dias tratei de respondê-la pois considerei seu assunto um pouco delicado e, como tal, requeria atenção imediata. O seu remetente é meu primo, o Sr. Collins, aquele que, quando eu desaparecer, poderá expulsá-las desta casa.

– Oh, meu caro Sr. Bennet – exclamou sua mulher –, não suporto ouvir falar tal coisa! Pelo amor de Deus, não mencione tal homem.

Considero tremendamente injusto que seus bens sejam herdados por outra pessoa que não suas filhas. Se isso se passasse comigo, há muito que eu teria feito algo para mudar a situação.

Jane e Elizabeth tentaram explicar como funciona o sistema morgadio de herança. Já haviam feito isso várias vezes, mas esse assunto ultrapassava o entendimento da Sra. Bennet.

– É mesmo injusto – disse o Sr. Bennet –, mas nada impedirá o Sr. Collins de vir a herdar Longbourn. Queira, contudo, ouvir a leitura de sua carta, pois talvez a enterneça a maneira como ele se exprime.

– Não, não me enternecerei. Considero uma impertinência, uma hipocrisia ele ousar lhe escrever. Odeio a falsa amizade. Por que ele não pode continuar brigando com você, como fazia o pai dele?

– De fato, mas ele parece ter alguns escrúpulos filiais, como verá.

Hunsford, próximo de Westerham, Kent

15 de outubro
Caro Senhor,

A incompatibilidade existente entre o senhor e meu falecido e venerável pai sempre me inquietou bastante. Desde que tive a infelicidade de o perder que acalento o desejo de preencher tal abismo. Contudo, durante algum tempo minhas dúvidas me detiveram pois receei parecer aos olhos do mundo que desrespeito a memória de meu pai ao reatar as relações com aqueles de quem ele sempre discordou.

Estou agora decidido nesse sentido, pois, tendo sido ordenado em Easter, tive a felicidade de ser distinguido pelo patronato da Baronesa Lady Catherine de Bourgh, viúva de Sir Lewis de Bourgh, cuja bondade e beneficência me elegeram para reitor desta paróquia, onde farei todo o possível para me portar à altura do respeito e reconhecimento que devo a tão ilustre senhora e executar a rigor todos os ritos e cerimônias instituídas pela Igreja Anglicana. Além de tudo o mais, como clérigo que sou, sinto como meu dever promover e espalhar a bênção da paz por todas as famílias ao alcance de minha influência e, por esta razão, considero minhas presentes propostas de boa vontade altamente recomendáveis. Espero que o fato de eu ser o presumível herdeiro de Longbourn seja caridosamente ignorado pelo senhor e não o leve a rejeitar o ramo de oliveira que lhe é oferecido. Não posso deixar de sentir certo pesar por, involuntariamente, vir a prejudicar suas amáveis filhas, pelo que desde já me desculpo e lhe garanto prontificar-me a compensá-las na medida do possível. Mas o futuro o dirá. Caso não tenha objeção em receber-me em sua casa, reservo-me o prazer de os visitar na segunda-feira, 18 de novembro, por volta de quatro horas, e provavelmente abusarei de sua hospitalidade permanecendo até sábado da semana seguinte, o que para mim não terá qualquer inconveniente, visto Lady Catherine não opor obstáculo à minha ausência ocasional no domingo, desde que outro pastor me substitua no serviço dominical.

Com meus respeitosos cumprimentos para sua esposa e filhas, como amigo dedicado me subscrevo,

William Collins.

– Por volta das quatro horas, portanto, deveremos ter conosco este mensageiro da paz – disse o Sr. Bennet, dobrando a carta. – Tudo indica tratar-se, na verdade, de um jovem muito consciencioso e bem-educado; e não tenho dúvidas de que se revelará um conhecimento valioso, sobretudo se a tal Lady Catherine for tão indulgente que o autorize a voltar outra vez.

– É de notar, contudo, um certo senso naquilo que ele diz a respeito das meninas. Se ele está disposto a compensá-las, não serei eu a desencorajá-lo.

– Embora não adivinhe – disse Jane – o que ele possa tencionar fazer como reparação que nos acha devida, o desejo por si só conta a seu favor.

A Elizabeth impressionara sobretudo a especial deferência dele por Lady Catherine e seu propósito generoso em batizar, casar e acompanhar à sepultura os seus paroquianos, sempre que a ocasião assim requeresse.

– Ele deve ser um excêntrico, creio eu – disse ela. – Não o entendo. É muito pomposo na maneira de escrever. E que pretenderá ele ao se desculpar por ser o presumível herdeiro? Não nos é dado supor que ele recusaria a herança, se pudesse. Será ele um homem sensato, na verdadeira acepção da palavra, pai?

– Não, minha querida, não acredito que seja. Tenho grandes expectativas de vir a achar exatamente o contrário. Sua carta denuncia um misto de subserviência e presunção, que promete muito. Estou impaciente por conhecê-lo.

– Sob o ponto de vista técnico da redação – opinou Mary –, sua carta não me parece defeituosa. A ideia do ramo de oliveira talvez não seja inteiramente nova, porém considero a expressão adequada.

Para Catherine e Lydia, tanto a carta como aquele que a escrevera não ofereciam qualquer interesse. Era praticamente impossível que o primo aparecesse de uniforme, e algumas semanas tinham passado desde o tempo em que sentiam prazer na companhia de um homem com qualquer outro traje. Quanto à mãe, a carta do Sr. Collins tivera o poder de dissipar grande parte de sua antipatia por ele e preparava-se agora para recebê-lo com uma serenidade que espantava o marido e as filhas.

O Sr. Collins chegou na hora exata por ele indicada e foi recebido amavelmente por toda a família. O Sr. Bennet pouco disse, mas as senhoras estavam dispostas a conversar, e o Sr. Collins, por seu lado, parecia não precisar de encorajamento, nem tencionar permanecer calado. De estatura elevada e pesadona, era homem dos seus vinte e cinco anos de idade. Tinha um ar grave e solene e seus modos eram muito formais. Mal se sentara, começou logo a elogiar a Sra. Bennet pelas lindas filhas. Acrescentou não duvidar dos anseios dela em vê-las todas bem casadas no seu devido tempo. O galanteio não agradou especialmente a algumas das ouvintes, mas a Sra. Bennet, que não regateava elogios, imediatamente respondeu:

– É muito amável, meu caro senhor, e do fundo do coração espero que assim seja, pois, do contrário, pouco terão de valor. Ocorrem coisas tão estranhas.

– Refere-se, talvez, ao morgadio.

– Ah, meu caro senhor, é isso mesmo. Terá de admitir que é um rude golpe para minhas filhas. Não que eu considere o senhor o culpado, pois sei que tais coisas são fruto do acaso.

– Tenho a perfeita consciência, minha senhora, da privação que representará para minhas encantadoras primas, e poderia adiantar mais sobre o assunto, mas não quero passar por atrevido ou precipitado.

Foi interrompido pelo criado chamando para o jantar, e as meninas sorriram entre si. Não eram elas os únicos objetos da admiração do Sr. Collins. A saleta de entrada, a sala de jantar e toda a mobília foram bem examinadas e elogiadas. Todo esse seu elogio teria agradavelmente impressionado a Sra. Bennet, não fosse a mortificante suposição de que ele olhava à sua volta como o futuro proprietário de tudo. O jantar, por sua vez, também foi muito elogiado, e ele pediu que lhe dissessem a qual de suas encantadoras primas se devia a excelência de tal banquete. A Sra. Bennet, com certa aspereza, explicou que dispunham de meios suficientes para terem uma boa cozinheira e que suas filhas nada tinham que ver com a cozinha. Ele imediatamente lhe pediu perdão por ter sido desagradável.

Capítulo 14

Durante o jantar, o Sr. Bennet pouco ou nada disse. Porém, quando os criados se retiraram, ele decidiu que era hora de conversar um pouco com seu hóspede e abordou um assunto que ele considerava do inteiro agrado do outro, fazendo-o observar a sorte que ele parecia ter tido com sua protetora. A consideração de Lady Catherine de Bourgh pelos seus desejos e o cuidado com o seu conforto pareciam notáveis. O Sr. Bennet não poderia ter escolhido melhor. O Sr. Collins era eloquente em seus elogios a tal senhora. O assunto revestiu-o de uma solenidade ainda maior e, com seu ar mais importante, assegurou que nunca em sua vida testemunhara tal comportamento em uma pessoa da alta sociedade, tal afabilidade e deferência como ele encontrava em Lady Catherine.

– Tudo o que nos conta é de uma correção e delicadeza sem par – disse a Sra. Bennet –, e estou certa de que se trata de uma mulher encantadora. É pena hoje em dia já não se encontrarem senhoras da alta sociedade tão boas como ela. Ela vive próximo do senhor?

– O jardim em que se situa minha humilde habitação tem apenas um caminho estreito que o separa de Rosings Park, onde Sua Excelência reside.

– Parece que ouvi dizer que ela é viúva. Tem filhos?

– Apenas uma filha, a herdeira de Rosings e de uma fabulosa fortuna.

– Ah! Trata-se, então, de uma privilegiada. E que tipo de moça é? É bonita? – perguntou a Sra. Bennet, abanando a cabeça.

– É uma jovem de um encanto extremo. A própria Lady Catherine diz que, sob o ponto de vista da verdadeira beleza, a Senhorita de Bourgh é de longe superior à mais bela de seu sexo, pois existem nela aquelas feições que distinguem a jovem de nobre ascendência. É, infelizmente, de constituição débil, o que lhe tem impedido de alcançar em vários campos aquele grau de perfeição que de outro modo teria atingido sem dificuldade, segundo me informou a senhora que supervisionou sua educação e que com elas continua residindo.

– Já foi apresentada à corte? Não me recordo de ter ouvido seu nome.

– Seu estado de saúde precário impede-a, infelizmente, de permanecer na capital e, por essa razão, como textualmente disse um dia a Lady Catherine, a corte britânica se viu privada do seu mais belo adorno.

As expectativas do Sr. Bennet foram plenamente satisfeitas. Seu primo mostrava-se tão ridículo quanto ele esperava e era com deleite que o escutava, guardando simultaneamente uma expressão séria e compenetrada e, com exceção de um olhar ou outro na direção de Elizabeth, não partilhando seu prazer com ninguém.

Chegada a hora do chá, contudo, a dose já fora mais que suficiente e o Sr. Bennet teve a satisfação de conduzir seu hóspede de novo para a sala. Terminado o chá, convidou-o a ler um pouco para as senhoras. O Sr. Collins aceitou prontamente. Um livro lhe foi apresentado, porém, mal olhou para ele, recuou e desculpou-se dizendo que não era de seu hábito ler romances. Kitty olhou-o espantada e Lydia soltou uma exclamação. Outros livros lhe foram apresentados e após certa ponderação, escolheu os Sermões de Fordyce. Lydia ficou boquiaberta ao vê-lo abrir o livro e ele não tinha ainda, com uma solenidade monótona, lido três páginas quando ela o interrompeu, dizendo:

– A mãe sabe que o tio Philips tenciona despedir o Richard e que, se ele o fizer, o coronel Forster o tomará a seu serviço? A tia me contou no sábado. Tenciono ir amanhã a Meryton para saber mais pormenores e perguntar se o Sr. Denny já voltou da capital.

Lydia foi mandada calar pelas duas irmãs mais velhas, mas o Sr. Collins, muito ofendido, pôs o livro de lado e disse:

– É com frequência que tenho notado o pouco interesse despertado nas jovens por livros de uma certa seriedade, embora tenham sido escritos exclusivamente para seu benefício. Isso me espanta. Mas não quero, com isso, continuar incomodando minha jovem prima.

Em seguida, voltando-se para o Sr. Bennet, ofereceu-se como seu adversário para uma partida de gamão. O Sr. Bennet aceitou o desafio, fazendo-o notar que ele agira sensatamente ao deixar as meninas entregues à sua frivolidade. A Sra. Bennet e as filhas pediram amavelmente desculpas pela interrupção de Lydia e prometeram que tal indelicadeza não tornaria a ocorrer caso ele voltasse ao livro.

Capítulo 15

O Sr. Collins não era exatamente o que se poderá chamar um homem sensato, e essa deficiência da natureza pouco ou nada fora auxiliada quer pela educação, quer pela convivência social. Passou grande parte de sua vida sob a orientação de um pai letrado e avarento e, embora tivesse frequentado uma universidade, conservara apenas os laços puramente necessários, sem que tivesse sabido cultivar qualquer relação útil. A submissão com que seu pai o educou conferiu-lhe originalmente grande humildade no trato, humildade essa que era agora poderosamente contrabalançada pela vaidade própria de um espírito fraco que vive isolado. Um feliz acaso recomendara-o a Lady Catherine de Bourgh para uma vaga em Hunsford; e o respeito que ele sentia pela elevada posição social de que ela desfrutava e sua veneração por ela, juntamente com uma opinião muito boa de si próprio, de sua autoridade como clérigo e de seus direitos como pastor, faziam dele uma mistura complexa de orgulho e subserviência, presunção e humildade.

Atualmente, na posse de uma boa casa e de um rendimento mais que suficiente, ele decidira se casar e, ao procurar a reconciliação com a família de Longbourn, já tinha em vista uma esposa, pois tencionava fazer a escolha entre as jovens primas, caso elas se mostrassem tão bonitas e simpáticas como delas corria a fama. Era esse o seu plano quando falava em dever uma reparação por herdar os bens do pai delas.

Na manhã seguinte, após iniciar uma conversa sobre seu presbitério que naturalmente o levou a revelar suas aspirações de encontrar em Longbourn uma esposa, a mãe das meninas, entre afáveis sorrisos e encorajamentos vagos, o colocou de sobreaviso quanto a Jane. Deu a entender que a mais velha estava já praticamente comprometida com outro.

O Sr. Collins tinha apenas de mudar de Jane para Elizabeth e ele o fez enquanto a Sra. Bennet dava um jeito na lareira. Elizabeth, que sucedia a tanto em idade como em beleza, era a escolha natural.

A Sra. Bennet guardou a insinuação como um tesouro e, encantada, confiava que em breve teria duas filhas casadas. Quanto ao homem de quem na véspera não podia ouvir falar, tinha-o agora em grande estima e consideração.

A intenção de Lydia em visitar Meryton não fora esquecida, e as irmãs, com exceção de Mary, concordaram em ir também. O Sr. Collins, a pedido do Sr. Bennet, lhes serviria de companhia, pois estava ansioso por se ver livre dele e ter a biblioteca à sua inteira disposição, o que não conseguira desde o café da manhã, uma vez que o primo o seguira e lá se preparava para ficar, teoricamente ocupado com um dos maiores volumes de sua coleção, mas, na prática, interpelando-o vezes sem conta a propósito de sua casa e seu jardim em Hunsford. Tal procedimento punha o Sr. Bennet fora de si. Em sua biblioteca tinha ele sempre garantidos o sossego e a tranquilidade e, embora preparado, como disse a Elizabeth, a enfrentar o disparate e a presunção em todas os outros cômodos da casa, habituara-se a encontrar ali o seu refúgio. Daí a sua pronta delicadeza em convidar o Sr. Collins a juntar-se às filhas em seu passeio. Collins, que mais se adaptava a uma caminhada que a grandes leituras, mostrou enorme satisfação em fechar seu volumoso livro e partir.

Mantendo-se no estilo pomposo que lhe era peculiar, entabulando uma conversa destituída de todo interesse com a qual suas primas por mera delicadeza colaboravam, chegaram finalmente a Meryton. As mais novas deixaram de lhe prestar qualquer atenção. Os olhos delas imediatamente se puseram a percorrer a rua em busca dos oficiais, e nada as faria desviar, a não ser um chapéu muito bonito ou uma musselina que constituísse novidade.

Porém, a atenção de todas elas em breve se prendeu em um jovem de aparência atraente que elas não tinham visto antes e que caminhava com um oficial no outro lado da rua. O oficial era o próprio Sr. Denny, sobre cujo regresso de Londres Lydia viera informar-se, e que acenou ao vê-las passar. Bem impressionadas com a aparência do desconhecido, tentavam adivinhar de quem se trataria. Kitty e Lydia, decididas a descobrir, fingindo dirigir-se à loja em frente, atravessaram a rua e alcançaram a calçada oposta, exatamente na altura em que os dois cavalheiros, que tinham voltado para trás, chegavam ao mesmo local. O Sr. Denny logo pediu licença para lhes apresentar seu amigo, o Sr. Wickham, que com ele regressara na véspera da capital e que aceitara um cargo em seu regimento. Ao jovem só lhe faltava o uniforme para se tornar realmente irresistível. De inegável beleza, seus traços eram delicados, a figura garbosa e as maneiras extremamente agradáveis. Após ter sido apresentado, iniciou uma conversa pronta e fácil, que lhe era completamente natural.

Conversavam agradavelmente quando o barulho de cavalos lhes chamou a atenção para Bingley e Darcy, que, nas suas montadas, desciam a rua. Ao reconhecerem as senhoras do grupo, os dois cavaleiros imediatamente se dirigiram até elas e as cumprimentaram segundo as formas usuais. Bingley era quem falava mais, e a Senhorita Bennet, seu principal objeto. Iam a caminho de Longbourn para indagarem sobre ela. O Sr. Darcy concordou com o amigo com um aceno de cabeça e estava tentando não fixar os olhos em Elizabeth quando seu olhar subitamente se deteve no desconhecido. Elizabeth, surpreendendo as expressões de ambos ao se verem frente a frente, ficou pasmada com o efeito de tal encontro. Ambos mudaram de cor, um empalideceu e o outro corou. O Sr. Wickham, passados alguns instantes, levou a mão ao chapéu, cumprimento esse que o Sr. Darcy mal se dignou a retribuir. Que quereria dizer aquilo? Era impossível adivinhar, mas impossível também não desejar saber.

Pouco depois, o Sr. Bingley, sem parecer ter notado o que se passara, fez as despedidas e se afastou com o amigo.

O Sr. Denny e o Sr. Wickham acompanharam o grupo até a porta do Sr. Philips, e aí se despediram, apesar da insistência de Lydia para que entrassem e apesar de a própria Sra. Philips reiterar o convite.

A Sra. Philips tinha sempre grande alegria em ver as sobrinhas. Recebeu-as com um calor especial, quando sua atenção e delicadeza foram reclamadas pela pessoa do Sr. Collins, que Jane lhe apresentava. Ela acolheu-o com seu melhor bom tom, ao qual ele retribuiu de forma mais exagerada ainda, desculpando-se pela intrusão, já que nenhum conhecimento prévio se tinha verificado entre eles, fato que ele esperava poder justificar através de seu parentesco com as jovens que acompanhava.

A Sra. Philips ficou extasiada perante tal excesso de boa educação, mas foi interrompida pelas exclamações e perguntas acerca do outro, sobre quem ela nada contou que as sobrinhas já não soubessem, apenas que o Sr. Denny o trouxera de Londres e que ele iria desempenhar o cargo de tenente no destacamento. Disse ainda ter estado a observá-lo durante a última hora enquanto ele por ali passeava, ocupação essa que Kitty e Lydia teriam de bom grado assumido para si mesmas caso o Sr. Wickham de novo surgisse. Infelizmente, ninguém mais passou por ali além de alguns oficiais que, comparados com o recém-chegado, não passavam agora de indivíduos desagradáveis e sem graça. Alguns deles jantariam com os Philips no dia seguinte, e a tia prometeu convencer o marido a visitar o Sr. Wickham e convidá-lo também. Todos concordaram e a Sra. Philips salientou que teriam, entre outros, o sempre divertido e barulhento jogo de loteria, seguido de uma ceia leve e reconfortante. A perspectiva de tais prazeres encheu o grupo de regozijo, e se despediram em boa disposição mútua. O Sr. Collins, ao abandonar a sala, mais uma vez se desfez em desculpas.

Ao chegarem em casa, o Sr. Collins fez as delícias da Sra. Bennet ao expressar sua admiração pela delicadeza e maneiras da Sra. Philips. Afirmava ele que, com exceção de Lady Catherine e de sua filha, nunca lhe fora dado deparar com mulher mais elegante, pois ela não só o recebera com a maior cortesia, como também o incluíra formalmente em seu convite para o dia seguinte, mesmo que nunca o tivesse visto antes.

Capítulo 16

Como nenhuma objeção veio contrariar o compromisso das jovens com a tia e todos os escrúpulos do Sr. Collins em deixar o Sr. e a Sra. Bennet por uma única noite durante sua visita foram firmemente repelidos, à hora adequada a carruagem conduziu-o com suas cinco primas a Meryton. Mal entraram, as jovens foram prontamente informadas de que o Sr. Wickham aceitara o convite do tio e já ali se encontrava.

Após todos terem se instalado, o Sr. Collins aproveitou o ensejo para olhar à sua volta e admirar tudo, mostrando-se de tal modo impressionado com as dimensões e a mobília do local que declarou poder quase imaginar que se encontrava na pequena saleta de Rosings, onde, durante o verão, a família costuma tomar o café da manhã. Essa comparação não pareceu ser, a princípio, motivo para grande satisfação. Quando a Sra. Philips foi por ele elucidada sobre o que era Rosings e quem era sua proprietária, e após ouvir a descrição de apenas uma das salas de visita de Lady Catherine e saber que só a cornija da lareira custara oitocentas libras, ela sentiu toda a força do elogio. Nessa altura, nem a comparação com o quarto da governanta a teria ofendido.

Na descrição da grandeza de Lady Catherine e de sua luxuosa mansão, com digressões ocasionais em louvor de sua humilde habitação e dos melhoramentos que lhe estavam sendo feitos, o Sr.

Collins passou agradavelmente o tempo. Na Sra. Philips encontrou uma ouvinte atenta, cuja opinião a seu respeito melhorava com o que ouvia, e a qual antegozava as delícias de uma narrativa detalhada por entre as vizinhas, mal tivesse ocasião para isso.

Os cavalheiros aproximaram-se e quando o Sr. Wickham, por sua vez, entrou na sala, Elizabeth sentiu que não era de modo algum injustificada sua admiração por ele, quer quando o avistara pela primeira vez, quer nas vezes em que desde então sua imagem lhe acorreu ao pensamento. Os oficiais do destacamento formavam, em geral, um grupo bastante prestigiado e de maneiras distintas, e a fina flor do grupo estava presente, mas de todos o Sr. Wickham se distinguia por sua figura, aspecto e porte.

O Sr. Wickham foi o felizardo para quem quase todos os olhares femininos se voltaram e Elizabeth, a felizarda junto de quem ele finalmente veio se sentar. A facilidade e o modo agradável como ele iniciou a conversa, embora limitada à intempérie daquela noite e às probabilidades de uma estação chuvosa, a fizeram refletir sobre como o tema mais vulgar, insípido e estagnado poderia se tornar interessante graças à habilidade do interlocutor.

Com rivais tais como o Sr. Wickham e os oficiais na disputa das atenções das beldades presentes, o Sr. Collins parecia destinado a mergulhar na insignificância. Nada poderia esperar, mas, vez ou outra, encontrava ainda na Sra. Philips uma ouvinte caridosa e, graças à sua vigilância, era por ela abundantemente servido de café e bolo.

Quando surgiram as mesas de jogo, ele viu chegada a ocasião de lhe retribuir as atenções, acedendo prontamente em participar do jogo do uíste.

– No momento não estou bem a par do jogo – disse ele –, mas terei todo o prazer em me aperfeiçoar pois, na minha situação...

A Sra. Philips mostrou-se muito contente por ele aceitar o convite, mas não pôde esperar por mais explicações.

O Sr. Wickham não jogava o uíste, e com espontânea alegria foi acolhido na outra mesa, entre Elizabeth e Lydia. Parecia, a princípio, haver o perigo de Lydia o absorver completamente, pois era uma faladora inveterada, mas, como acontecia também ser uma apaixonada por loteria, depressa se deixou envolver pelo interesse no jogo, ansiosa demais por fazer suas apostas e lançar palpites para conseguir dedicar qualquer espécie de atenção a alguém em particular.

Consideradas as exigências normais do jogo, o Sr. Wickham encontrou assim disponibilidade suficiente para dirigir a palavra a Elizabeth, que se mostrou encantada em ouvi-lo, apesar de não ousar esperar que lhe contasse o que mais desejava ouvir, ou seja, a história das relações entre ele e o Sr. Darcy. Não se atrevia sequer a mencionar tal cavalheiro. Sua curiosidade, porém, foi inesperadamente satisfeita. O próprio Sr. Wickham abordou o assunto. Quis saber a que distância Netherfield se encontrava de Meryton e, após a resposta dela, perguntou, um pouco hesitante, desde quando o Sr. Darcy ali se encontrava.

– Há cerca de um mês – disse Elizabeth e, perante tal oportunidade, acrescentou: – Ele é dono de extensas terras em Derbyshire, creio eu.

– Sim – replicou Wickham –, suas propriedades são o que há de melhor. Dão um rendimento líquido de dez mil libras anuais. Não poderia ter encontrado pessoa mais apta do que eu para informá-la sobre o assunto, pois estive, desde a minha infância, intimamente ligado à família dele.

Elizabeth não pôde esconder sua surpresa.

– É muito natural que tal asserção a surpreenda, Senhorita Bennet, sobretudo após assistir, como provavelmente aconteceu, à frieza que presidiu nosso encontro de ontem. Tem algum conhecimento íntimo do Sr. Darcy?

– Mais do que poderia desejar – exclamou Elizabeth com ardor. – Passei quatro dias na mesma casa que ele e o acho uma pessoa bastante desagradável.

– Não posso dar minha opinião – disse Wickham – quanto a ele ser desagradável ou não. Não estou qualificado. Conheço-o há muito tempo e bem demais para pretender julgá-lo com honestidade. É impossível ser imparcial.

Porém, creio que a opinião da Senhorita sobre ele causaria espanto geral e talvez não ousasse exprimi-la tão vigorosamente em qualquer outro lugar. Aqui está em família.

– Palavra de honra que não digo aqui mais do que diria em qualquer outra casa da vizinhança, exceto em Netherfield. Ele está longe de ser apreciado em Hertfordshire. Seu orgulho caiu mal entre nós. Nunca ouvirá falar bem dele.

– Não posso fingir pena – disse Wickham, após uma pequena pausa – por ele ou qualquer outro não serem mais estimados do que realmente merecem, mas com ele creio que isso não acontece com frequência. O mundo, cego perante sua fortuna e importância, ou assustado com seu ar superior e imponente, o vê apenas como ele deseja que o vejam.

– De minha parte, apesar do pouco que o conheço, considero-o um homem de gênio ruim.

Wickham apenas acenou com a cabeça. Em outra oportunidade, disse:

– Gostaria de saber se ele ainda se demorará muito tempo por estas paragens.

– Não faço a menor ideia, mas nada ouvi sobre sua partida quando estive em Netherfield. Espero que seus planos quanto ao destacamento não sejam afetados pela permanência dele na vizinhança.

– Oh, não! Não serei eu que me afastarei por causa do Sr. Darcy. Se ele deseja me evitar, ele que se afaste. Nossas relações são bastante tensas e custa-me sempre um pouco me encontrar com ele, mas não tenho outra razão especial para evitá-lo que não possa proclamar ao mundo inteiro, ou seja, o ressentimento de uma grande injustiça e uma tristeza infinita por ele ser como é. O pai dele, o falecido Sr. Darcy, foi um dos melhores homens que jamais existiram e meu amigo mais sincero; e não há uma vez que eu me encontre com o atual Sr. Darcy que não sinta a dor pungente de milhares de recordações ternas. O comportamento dele para comigo foi verdadeiramente escandaloso, mas, no meu íntimo, creio poder perdoar-lhe tudo, exceto o fato de ele ter contrariado as esperanças e desgraçado a memória de seu pai.

Elizabeth viu aumentar seu interesse no assunto e nele pôs todo o seu coração. Contudo, a delicadeza inerente ao mesmo a impedia de continuar fazendo perguntas. O Sr. Wickham abordou, então, tópicos mais gerais, como Meryton, seus arredores e sua sociedade, mostrando-se extremamente satisfeito com tudo o que até então lhe fora dado deparar.

– Foi a perspectiva de relações sociais constantes e de uma boa sociedade – acrescentou ele – o que constituiu meu principal objetivo ao entrar para o destacamento. Sabia de antemão que se tratava de uma unidade militar com bastante prestígio e de ambiente agradável quando o meu amigo Denny me veio tentar ainda mais com a descrição do presente aquartelamento e das simpáticas atenções e excelentes relações que Meryton lhes proporcionara. A vida militar não era a que me estava destinada, mas as circunstâncias me levaram a optar por ela. Minha vocação era o sacerdócio... para ele fui educado, e estaria agora em ótima situação, não fosse a má vontade do cavalheiro de quem há pouco falávamos.

– Sim?!

– É como lhe digo... o falecido Sr. Darcy havia me legado a sucessão na paróquia mais abastada sob seu domínio. Além de ser meu padrinho, tinha-me em grande estima. Não lhe posso descrever tamanha bondade. Era desejo seu providenciar para mim uma vida desafogada e pensava tê-lo feito, porém, quando o lugar vagou, um outro o foi ocupar.

– Meu Deus! Mas como é isso possível? – perguntou Elizabeth. – Em que se basearam para não acatar seu testamento? E por que razão o senhor não procurou uma reparação legal?

– A informalidade dos termos que redigiam o legado tirou-me qualquer esperança que pudesse advir de um processo legal. Um homem de honra nunca duvidaria da intenção implícita nele, mas o Sr. Darcy preferiu duvidar ou considerar o texto como uma mera recomendação condicional e sustentar que eu perdera o direito a ela por extravagância, imprudência; em suma, um motivo qualquer ou mesmo nada. O fato é que o lugar vagou há dois anos, bem quando atingi a idade adequada, e que ele foi confiado a outrem; assim como também é fato que eu não posso ser acusado de ter feito algo para merecer perdê-lo. Posso, por vezes, ter talvez expressado minha opinião um pouco livremente demais. Não me recordo de nada de mais grave. Mas a verdade é que somos muito diferentes um do outro, e ele me odeia.

– Mas isso é revoltante! Ele merece ser desmascarado publicamente.

– Há de chegar o dia, mas não serei eu a fazê-lo. Enquanto conservar em mim a memória de seu pai, não ousarei desafiá-lo ou expô-lo.

Elizabeth felicitou-o por tais sentimentos e considerou-o mais belo do que nunca ao ouvi-lo.

– Mas quais terão sido os motivos de tal cavalheiro? – tornou ela, após uma pausa. – O que poderia levá-lo a agir tão cruelmente?

– Uma perfeita e decidida antipatia por mim, uma antipatia que não posso senão atribuir, em parte, ao ciúme. Tivesse o falecido Sr. Darcy gostado menos de mim, talvez seu filho me suportasse melhor. Mas creio que o afeto incomum de seu pai por mim sempre o irritou desde muito cedo. Ele não era homem para suportar o tipo de competição existente entre nós, a preferência que frequentemente me era dada.

– Não pensei que o Sr. Darcy se deixasse levar a tal extremo e, embora logo de princípio não tivesse simpatizado com ele, nunca o considerei sob tão tenebroso aspecto.

Após alguns minutos de reflexão, ela continuou:

– Eu me lembro de tê-lo ouvido, um dia, em Netherfield, gabar-se da implacabilidade de seus ressentimentos, de ter um temperamento que dificilmente perdoa. É, sem dúvida, uma criatura detestável.

– Não se fie em mim – replicou Wickham –, pois estou numa posição difícil para o julgar.

Elizabeth mergulhou de novo em seus pensamentos. Após alguns instantes, exclamou:

– Tratar de tal modo o afilhado, o favorito de seu pai! – E poderia ter acrescentado: "E um jovem como o senhor, cujo aspecto diz bem de sua amabilidade", mas contentou-se com: – E, além disso, uma pessoa que provavelmente terá sido, desde a infância, seu companheiro, o que deve tê-los tornado muito próximos, como creio tê-lo anteriormente ouvido dizer.

– Passamos juntos grande parte de nossa juventude. Vivíamos na mesma casa, partilhávamos as mesmas brincadeiras e éramos objeto do mesmo amor paternal. Meu pai começou a vida exercendo a profissão que seu tio, o Sr. Philips, parece tanto honrar, mas acabou por tudo abandonar e pôr-se ao serviço do falecido Sr. Darcy, devotando todo o seu tempo à administração da Casa de Pemberley. Ocupava lugar de destaque na consideração e estima do Sr. Darcy, era seu amigo íntimo e confidente. O Sr. Darcy frequentemente expressava todo o seu reconhecimento pelos elevados serviços de meu pai e quando, pouco antes da morte de meu pai, o Sr. Darcy voluntariamente lhe prometeu olhar pelo meu futuro, estou convencido de que o fez tanto por se sentir em dívida com meu pai, como por sua afeição por mim.

– Que estranho! – exclamou Elizabeth. – É abominável! Pergunto a mim mesma se não foi o próprio orgulho do atual Sr. Darcy que o impediu de ser justo com o senhor! Na falta de motivo melhor, que todo o seu orgulho não o levasse à desonestidade, pois considero tal procedimento nada menos que desonesto.

– É admirável – replicou Wickham –, pois do orgulho parecem provir a maioria de suas ações. O orgulho tem sido, muitas vezes, seu melhor amigo e o tem aproximado mais da virtude que qualquer outro sentimento. Mas somos incompatíveis, e em seu comportamento para comigo houve impulsos mais fortes que o próprio orgulho.

– Poderá orgulho tão horrendo como o dele tê-lo, alguma vez, levado a praticar o bem?

– Sim. Tem, com frequência, o levado a ser liberal e generoso, a dar livremente seu dinheiro, a receber com imensa hospitalidade, a subsidiar seus rendeiros e a socorrer os necessitados. Tudo isso se deve atribuir a um orgulho de família, a um orgulho filial, pois ele se orgulha bastante da figura que foi seu pai. A razão mais poderosa, contudo, é não parecer estar desgraçando a família, degenerando as qualidades estimadas por todos, ou perder a influência da Casa de Pemberley. Cultiva também o orgulho fraternal, que, juntamente com alguma afeição fraterna, o torna um estimável e escrupuloso protetor de sua irmã; e tanto assim é que, mais de uma vez, terá a oportunidade de vê-lo apontado como o mais atencioso e o melhor dos irmãos.

– Que tipo de moça é a Senhorita Darcy?

Ele abanou a cabeça.

– Gostaria de poder incluí-la na categoria das pessoas amáveis. Desgosta-me profundamente falar mal de um Darcy. Mas ela assemelha-se demais ao irmão... é muito, muito orgulhosa. Era uma criança encantadora, simpática e meiga. Ao seu entretenimento devotei horas sem fim. Hoje em dia, porém, ela não me é nada. Com seus quinze ou dezesseis anos de idade, ela é, indubitavelmente, bonita, e creio que superiormente dotada. Desde a morte do pai ela vive em Londres, na companhia de uma senhora que supervisiona sua educação.

Após numerosas pausas e tentativas várias para enveredar por outros assuntos, Elizabeth não pôde evitar voltar ao primeiro, dizendo:

– Causa-me certo espanto a intimidade dele com o Sr. Bingley! Como pode o Sr. Bingley, que é a boa disposição em pessoa e de uma simpatia sem limites, manter relações de amizade com tal homem? Como é possível adaptarem-se um ao outro? Conhece o Sr. Bingley?

– Não, nunca antes ouvira falar dele.

– É um homem encantador, de temperamento afável e meigo. Ele não deve conhecer a verdadeira natureza do Sr. Darcy.

– Talvez não, se bem que o Sr. Darcy sabe agradar quando bem entende. Habilidade não lhe falta. É muito capaz de orientar uma conversação agradável se a acha frutífera. Entre as pessoas do seu nível ele é totalmente diferente daquilo que aparenta aos menos prósperos. O orgulho nunca o abandona, mas com os ricos, ele mostra-se liberal, justo, sincero, racional, digno de honra, e talvez até agradável... conforme a fortuna e importância de seu interlocutor.

Tendo terminado o jogo do uíste, seus participantes reuniram-se em volta da outra mesa, e o Sr. Collins veio postar-se entre sua prima

Elizabeth e a Sra. Philips. A esta última coube proceder às habituais perguntas sobre seus resultados no jogo. Não tinham sido brilhantes, perdera todos os pontos, mas quando a Sra. Philips quis exprimir todo o seu pesar, ele, com uma expressão séria e grave, declarou não ter o assunto qualquer importância, que para ele o dinheiro pouco valia, e rogou-lhe por tudo para que ela não se sentisse de modo algum incomodada com isso.

– Sei perfeitamente, minha senhora – disse ele –, que quando uma pessoa se senta a uma mesa de jogo, habilita-se a que lhe aconteçam tais coisas e, felizmente, na situação em que me encontro, cinco xelins nunca causariam grande transtorno.

Algo despertou a atenção do Sr. Wickham, que, após observar o Sr. Collins durante alguns momentos, em voz baixa perguntou a Elizabeth se o seu parente tinha algum conhecimento íntimo da família de Bourgh.

– Lady Catherine de Bourgh – respondeu ela – instituiu-lhe recentemente um presbitério. Não faço ideia de como o Sr. Collins lhe foi sugerido.

– Sabe que Lady Catherine de Bourgh e Lady Anne Darcy eram irmãs e que, por conseguinte, ela é tia do atual Sr. Darcy?

– Não, não sabia. Não estou a par dos parentescos de Lady Catherine. Aliás, só anteontem soube de sua existência.

– A filha dessa senhora, a Senhorita de Bourgh, herdará um dia uma fortuna fabulosa, e todos são unânimes em acreditar que ela e o primo unirão suas riquezas.

Elizabeth sorriu, pois lembrou-se da pobre Senhorita Bingley. Vãs seriam todas as suas atenções, vã e inútil sua afeição pela irmã dele, assim como os elogios de que ela o rodeava, uma vez que ele já estava destinado a outra.

– O Sr. Collins – disse ela – tem uma elevada opinião tanto de Lady Catherine como da filha, mas, por alguns pormenores daquilo que ele sobre Sua Excelência conta, receio que sua gratidão o engane, e que ela, mesmo sendo sua protetora, não passe de uma mulher arrogante e presunçosa.

– Creio que é ambas as coisas, e a um elevado grau – replicou Wickham. – Há muitos anos que não a vejo, mas recordo-me de nunca ter simpatizado com ela e que seus modos eram autoritários e insolentes. Tem a reputação de ser uma pessoa muito sensata e inteligente, mas prefiro acreditar que parte de suas aptidões derivam de sua fortuna e posição social e outra parte de seu feitio autoritário, e o resto do orgulho de seu sobrinho, que entende que todos que com ele se relacionam devem ser de primeira categoria.

Elizabeth salientou a clareza da descrição que ele acabara de fazer, e os dois continuaram conversando numa satisfação mútua, até que a ceia veio interromper o jogo, permitindo às outras senhoras partilharem também das atenções do Sr. Wickham. Era impossível conversar durante a barulhenta ceia da Sra. Philips, mas só os modos dele bastaram para causar boa impressão em todos. O que quer que ele dissesse era bem-dito, e tudo o que fazia, feito com graciosidade. Elizabeth, ao deixar a festa, estava totalmente inebriada por ele. No caminho para casa, não pensava noutra pessoa senão no Sr. Wickham e em tudo aquilo que ele lhe contara, mas não pôde, na carruagem, sequer mencionar seu nome, pois nem Lydia nem o Sr. Collins se calaram um só instante.

Capítulo 17

No dia seguinte, Elizabeth contou a Jane sua conversa com o Sr. Wickham. Jane escutou com um misto de espanto e preocupação. Não podia admitir que o Sr. Darcy fosse a tal ponto indigno da estima do Sr. Bingley e, contudo, não era de sua natureza duvidar da veracidade de pessoa tão encantadora como Wickham. Só a hipótese de ele ter sofrido tamanha injustiça bastava para lhe despertar os mais ternos sentimentos. Não via outra atitude a tomar senão conservar a boa opinião que tinha dos dois, defender o comportamento tanto de um como do outro e atribuir a um incidente ou erro de interpretação tudo o que de outro modo não pudesse ser explicado. Disse ela:

– Estou certa de que não passa de um mal-entendido entre eles, e nunca saberemos exatamente o que aconteceu. Quem sabe não foram interesseiros que os indispuseram um contra o outro. Não podemos adivinhar quais as causas ou circunstâncias que os afastaram sem conhecermos as versões dos dois lados.

– Tem toda razão, e agora, minha querida Jane, que dizer em defesa dos interesseiros que porventura entraram no negócio? Releve sua atitude também, ou teremos de fazer mau julgamento de alguém.

– Zombe de mim, se quiser, mas continuarei do meu jeito. Minha querida Lizzy, pense só na situação em que isso colocaria o Sr. Darcy por tratar de tal modo o favorito de seu pai, alguém a quem o pai prometeu ajudar. Veja que é impossível. Nenhum homem dotado de um mínimo de sentimentos e com um pouco de caráter seria capaz de tal coisa. Seria o caso de seus amigos mais íntimos estarem iludidos a seu respeito? Oh, não!

– Parece-me mais fácil crer que o Sr. Bingley seja vítima de um logro do que na possibilidade de tudo o que o Sr. Wickham me contou ser invenção. Nomes, fatos, tudo ele mencionou sem hesitação de espécie alguma. Se for mentira, o Sr. Darcy que venha provar. Além disso, ele parecia sincero naquilo que dizia.

– É difícil e aflitivo. Não sabemos o que pensar.

De uma coisa, pelo menos, Jane estava certa. Se o Sr. Bingley estivesse sendo enganado, ele iria sofrer muito quando tudo aquilo viesse à tona.

As duas moças foram chamadas do jardim onde tal conversa decorria, pois tinham acabado de chegar algumas das pessoas sobre quem falavam. O Sr. Bingley e as irmãs vinham pessoalmente convidá-las para o baile em Netherfield que se realizaria na terça-feira seguinte. As duas senhoras estavam encantadas por se encontrarem de novo com sua querida amiga. Falaram na eternidade da separação e repetidas vezes lhe perguntaram com que se ocupara desde então. Para o resto da família, pouco ligaram, evitando tanto quanto possível a Sra. Bennet. Pouco falaram com Elizabeth e para as outras nem sequer olharam. Logo estavam prontas para partir, levantando-se tão decididamente que pegaram o irmão de surpresa.

Queriam apressar a saída, como que ansiosas para fugirem das gentilezas da Sra. Bennet.

A perspectiva do baile em Netherfield era extremamente agradável a todas as mulheres da família. A Sra. Bennet resolveu considerar que seria dado em homenagem à sua filha mais velha, e ficara particularmente lisonjeada por ter recebido o convite do próprio Sr. Bingley, em lugar do cartão formal de costume. Jane antevia uma noite maravilhosa na companhia das duas amigas e rodeada das atenções do irmão delas, enquanto Elizabeth sonhava com o prazer de dançar com o Sr. Wickham e em ver confirmado na pessoa e atitudes do Sr. Darcy tudo o que lhe contaram. A felicidade antecipada de Catherine e Lydia não dependia tanto de um simples acontecimento ou de uma pessoa em particular, pois, embora cada uma delas, tal como Elizabeth, tencionasse dançar metade da noite com o Sr. Wickham, ele não era de modo algum o único par que as pudesse satisfazer, e um baile sempre era um baile. A própria Mary garantiu à família não sentir qualquer aversão por tal divertimento. Disse:

– Desde que possa dispor de minhas manhãs, me dou por satisfeita. Não acho sacrifício participar de vez em quando de uma festa noturna. Todos nós temos deveres sociais a cumprir e partilho da ideia de que um momento de recreação e divertimento só vem em benefício das pessoas.

Elizabeth sentia-se tão animada e bem-disposta que, embora não dirigisse frequentemente a palavra ao Sr. Collins, a não ser quando estritamente necessário, não pôde deixar de lhe perguntar se ele tencionava aceitar o convite do Sr. Bingley e se ele achava adequado participar do divertimento da noite. A resposta dele a surpreendeu. Além de não alimentar quaisquer escrúpulos, ele não receava uma censura da parte do arcebispo ou da própria Lady Catherine de Bourgh por se aventurar a dançar.

– Não acho de modo algum que um baile deste gênero, oferecido por um jovem de caráter para gente respeitável possa encobrir qualquer tendência perniciosa, e estou tão longe de me guardar de tal prazer que espero ter a honra de dançar com cada uma das minhas encantadoras primas no decorrer da noite. Aproveito desde já o ensejo para lhe solicitar, Senhorita Elizabeth, as duas primeiras danças. Espero que minha prima Jane atribua a preferência à justa causa, e não a qualquer desconsideração por ela.

Elizabeth ficou consternada, pois eram exatamente aquelas as danças que reservara para o Sr. Wickham! Nunca sua animação fora posta tão à prova. A felicidade de Wickham e a sua própria foram, por força das circunstâncias, adiadas para um pouco mais tarde, e a proposta do Sr. Collins foi aceita com tanta gentileza quanto foi possível exprimir. Não se sentia sequer lisonjeada por seu galanteio pois via nele uma intenção mais remota. Ocorria-lhe agora, pela primeira vez, a ideia de que era ela a eleita entre suas irmãs para se tornar a senhora do presbitério de Hunsford e completar a mesa de jogo em Rosings sempre que parceiros mais qualificados não se apresentassem. A ideia logo se tornou certeza quando o viu multiplicar suas gentilezas com ela, e com frequência tentava elogiá-la por seu espírito e vivacidade. Não decorreu muito tempo e sua mãe deu a entender quanto lhe agradava a perspectiva de uma união entre eles. Elizabeth preferiu não se dar por achada, pois pressentia a discussão tempestuosa que uma réplica sua provocaria. Além disso, o Sr. Collins podia nunca chegar a fazer o pedido e, até lá, era inútil discutirem por causa dele.

Não fosse o baile em Netherfield, que exigia uma certa preparação e proporcionava um assunto inesgotável para conversas, as mais jovens das Senhoritas Bennet estariam num estado lamentável. Desde o dia em que receberam o convite até o próprio dia do baile, choveu ininterruptamente, o que tornou impossível irem a Meryton uma só vez que fosse. A tia, os oficiais e os mexericos, tudo estava vedado. A própria Elizabeth sentiu sua paciência testada pelo clima que interrompeu a evolução de sua amizade com o Sr. Wickham. Nada, a não ser o baile de terça-feira, poderia ter tornado sexta, sábado, domingo e segunda-feira suportáveis para Kitty e Lydia.

Capítulo 18

Até o momento em que Elizabeth entrou no salão de Netherfield e, em vão, procurou pelo Sr. Wickham por entre os grupos de casacas encarnadas que ali se encontravam reunidos, nunca lhe ocorrera duvidar de sua presença no baile. A certeza de o encontrar não fora reprimida por nenhuma daquelas recordações que poderiam, não sem razão, ter causado um certo alarme. Vestira-se com um esmero incomum e, com alegria incontida, preparara-se para conquistar tudo o que ainda existia no coração do jovem, confiante de que não seria mais do que aquilo que poderia ser conquistado no decorrer daquela noite. Porém, no mesmo instante foi assaltada pela terrível suspeita de que ele tivesse sido propositadamente excluído do convite, por inspiração do Sr. Darcy. Obteve a confirmação da ausência por intermédio de seu amigo, o Sr. Denny, com quem Lydia ansiosamente foi se informar. Ele contou, com um sorriso assaz significativo, que Wickham se vira, na véspera, forçado a tomar o caminho da capital para tratar de assuntos pendentes e que ainda não regressara.

– Não entendo que assuntos importantes o afastam numa altura destas, a não ser evitar um certo cavalheiro que aqui se encontra também.

Essa última frase, embora tivesse escapado a Lydia, foi compreendida por Elizabeth. Certa de que Darcy era responsável pela ausência de Wickham, a antipatia nutrida por ele era de tal modo acirrada pelo desapontamento sofrido que foi a muito custo que conseguiu um mínimo de delicadeza na resposta às amáveis inquirições que ele lhe dirigiu quando foi ao seu encontro. Qualquer atitude denunciando atenção ou indulgência com Darcy era um ultraje contra Wickham. Decidida a não lhe dar réplica, afastou-se com um mau humor que ela não conseguiu de todo superar, mesmo na troca de palavras com o Sr. Bingley, cuja cega parcialidade a provocava.

Mas Elizabeth não era dada a desânimos. Embora todas as suas expectativas para essa noite tivessem se esvaído, logo se recuperou. Desabafou com Charlotte Lucas, que há uma semana não via. Logo passou o assunto para as singularidades de seu primo, e sobre ele chamou a atenção da amiga. As duas primeiras danças, contudo, vieram reavivar sua mágoa. O Sr. Collins, desajeitado e solene, desfazendo-se em desculpas em lugar de prestar atenção, e frequentemente dando o passo errado sem que desse por isso, a fez passar pela maior vergonha e constrangimento que um par pode causar ao longo de duas danças. O momento da libertação foi de alívio para ela.

Em seguida, dançou com um oficial, e se consolou em conversar sobre Wickham e em saber como ele era estimado por todos. Terminadas estas danças, voltou para junto de Charlotte Lucas, e com ela conversava quando se viu interpelada pelo próprio Sr. Darcy, que a pegou de surpresa com seu pedido para dançar. Ela aceitou sem saber o que estava fazendo. Ele tornou a afastar-se imediatamente, e ela ficou só, censurando-se por sua pouca presença de espírito. Charlotte tentou consolá-la:

– Ouso dizer que achará o Sr. Darcy muito agradável.

– Deus me livre! Seria catastrófico! Sentir prazer na companhia de um homem que se está decidida a odiar. Não me deseje tal coisa.

Contudo, quando a dança recomeçou e Darcy se aproximou para renovar seu convite, Charlotte não se absteve de murmurar ao ouvido da amiga que não se portasse como uma tola permitindo que sua inclinação por Wickham a tornasse desagradável aos olhos de um homem dez vezes mais influente. Elizabeth não lhe respondeu e foi tomar seu lugar na dança um pouco embaraçada pela honra de ser conduzida pela mão do Sr. Darcy. Percebeu igual espanto estampado nos rostos dos circundantes ao notarem o fato. Durante algum tempo, ficaram sem pronunciar uma palavra, e ela convenceu-se de que o silêncio entre eles duraria até o fim das duas danças. A certa altura, pensou que seria um castigo maior obrigar seu par a falar e fez uma pequena observação sobre a dança. Ele respondeu e, de novo, guardou silêncio. Após uma pequena pausa, ela disse:

– É sua vez de se pronunciar, Sr. Darcy. Como eu já falei sobre a dança, o senhor deve agora referir-se ao comprimento da sala ou ao número de pares que aqui se encontram.

Ele sorriu e garantiu-lhe que diria o que ela quisesse.

– Muito bem. Por agora, essa resposta serve. Talvez, em algum momento, eu possa comentar que os bailes particulares são muito mais agradáveis que os bailes públicos. Mas agora devemos permanecer calados.

– Quer dizer que, para você, falar enquanto dança é uma regra a ser cumprida?

– Por vezes, sim. Penso que se deva falar sempre, por pouco que seja. Seria absurdo permanecermos calados durante a meia hora que permanecemos juntos, e, todavia, no interesse de alguns, a conversa deveria ser de tal modo convencionada que lhes permitisse dizer o mínimo possível.

– No caso presente, considera seus próprios sentimentos, ou supõe satisfazer aos meus?

– Ambas as coisas – replicou Elizabeth com malícia. – Desde o princípio noto uma similaridade em nossa maneira de pensar. Com nosso caráter insociável e taciturno, nem sempre estamos dispostos a conversar, exceto se contamos emitir uma opinião capaz de impressionar todo o salão e ser transmitida à posteridade como um provérbio.

– Não se pode dizer que salte à vista a semelhança de seu caráter com esse que acabou de descrever – disse ele. – Até que ponto ele se parece com o meu, não sei dizer. Você, com certeza, acredita ter feito um retrato fiel.

– Não devo me pronunciar sobre meu próprio desempenho.

Ele não respondeu, e de novo mergulharam no silêncio, até que ele perguntou se ela e as irmãs iam com frequência a Meryton. Ela respondeu afirmativamente e, incapaz de resistir à tentação, acrescentou:

– Quando nos encontramos lá no outro dia, tínhamos acabado de travar uma nova amizade.

O efeito foi imediato. Uma sombra de altivez profunda espalhou-se sobre suas feições, mas ele não disse uma palavra, e Elizabeth, embora censurando-se por sua fraqueza, não ousou continuar. Por fim, Darcy falou e um pouco contrafeito disse:

– O Sr. Wickham é dotado de uma afabilidade que lhe permite fazer amigos em qualquer parte, porém, o mesmo não direi de sua capacidade para conservá-los.

– Teve ele a infelicidade de perder suas boas graças – replicou Elizabeth com ênfase –, e de uma forma pela qual se ressentirá por toda a sua vida.

Darcy não respondeu, e parecia ansioso para mudar de assunto. Nessa altura, junto deles surgiu Sir William Lucas que intencionava atravessar por entre os pares para o outro lado do salão e, ao deparar com o Sr. Darcy, parou, se curvou e o cumprimentou com reverência de extrema cortesia, felicitando-o por seu estilo de dança e por seu par.

– Estou me deleitando perante tal espetáculo, meu caro senhor. Não é com frequência que se vê dançar tão bem. É evidente que o senhor pertence às mais altas esferas. Permita-me dizer que seu encantador par em nada o desvaloriza e que espero ver por muitas vezes repetido este meu prazer, sobretudo quando determinado acontecimento tão desejável, querida Senhorita Eliza (olhando de soslaio para Jane e Bingley), tiver lugar. Que felicitações não afluirão então! Apelo ao Sr. Darcy: – mas não quero interromper mais. Sei que não me agradecerá os preciosos minutos roubados da conversa fascinante com esta jovem, cujos lindos olhos estão já me fulminando.

Essa última frase Darcy mal ouviu. A alusão de Sir William a seu amigo parecia tê-lo impressionado muito. Foi com uma expressão séria que ele fitou Bingley e Jane, que se encontravam dançando um com o outro.

Contudo, em breve recuperou uma serenidade aparente, e, voltando-se para seu par, disse:

– Com a interrupção de Sir William, esqueci-me sobre o que estávamos falando.

– Não me parece que estivéssemos sequer conversando. Sir William não poderia ter interrompido outro par que tivesse menos que dizer um ao outro. Tentamos já dois ou três assuntos sem qualquer êxito e não faço a menor ideia sobre qual possa ser o nosso próximo tema de conversa.

– Qual a sua opinião sobre livros? – disse sorrindo.

– Livros... oh, não! Estou certa de que não lemos os mesmos, ou então nunca com a mesma disposição de espírito.

– Lastimo que pense assim, mas, nesse caso, não haverá, pelo menos, o perigo de faltar assunto entre nós. Poderemos comparar nossas diferentes opiniões.

– Não, não conseguirei pensar em livros em um salão de baile; meu espirito está sempre absorto em outras coisas.

– O presente a mantém sempre ocupada em tais cenários, é isso? – disse ele, com um olhar de dúvida.

– Sim, sempre – replicou ela, sem saber bem o que estava dizendo, pois seus pensamentos navegavam noutras águas, como claramente o deu a entender a exclamação súbita que se seguiu. – Lembro-me de tê-lo ouvido afirmar, Sr. Darcy, que dificilmente perdoa, e que, uma vez suscitado, seu ressentimento era implacável. Suponho que seja escrupuloso quanto às circunstâncias que originam esse mesmo ressentimento.

– E sou – disse ele, com voz firme.

– E nunca admite que um preconceito o cegue?

– Assim espero.

– Para aqueles cuja opinião não muda, é fundamental fazerem julgamentos acertados de imediato.

– Posso saber qual o propósito de todas estas perguntas?

– Apenas para fazer uma ilustração de seu caráter – disse ela, procurando disfarçar o tom grave com que até então falara. – Estou tentando decifrá-lo.

– E quais os resultados a que chegou?

Ela abanou a cabeça.

– Pouco adiantei. São tão diversas as opiniões a seu respeito que me sinto confusa.

– Não creio – respondeu ele gravemente – que as versões a meu respeito possam variar tanto. Contudo, Senhorita Bennet, desejaria que neste momento não se debruçasse no estudo de meu caráter, pois é caso para recear que tal atividade não abone em favor de nada.

– Mas, se não o desvendo agora, nunca mais terei outra oportunidade.

– Não pretendo de modo algum constituir entrave ao seu prazer – replicou ele friamente.

Ela nada acrescentou e, após alguns minutos mais de dança, separaram-se em silêncio, cada um para seu lado, ambos descontentes, embora em graus diferentes, pois no peito de Darcy existia por ela uma ternura de certo modo poderosa, que fez com que logo a perdoasse e dirigisse todo o seu rancor para outro.

Não fazia muito tempo que tinham se separado, quando a Senhorita Bingley se aproximou de Elizabeth e, com uma expressão de altivo desdém, a abordou nos seguintes termos:

– Então, Senhorita Eliza, encontra-se sob o encanto de George Wickham! Sua irmã esteve há pouco a falar-me sobre ele e fez-me centenas de perguntas; mas vejo que, entre suas outras confidências, ele se esqueceu de mencionar que era filho do velho Wickham, o caseiro do falecido Sr. Darcy. Contudo, como sua amiga, a aconselho a não confiar cegamente no que ele diz quanto ao Sr. Darcy ter agido injustamente com ele. Não passa de uma tremenda mentira. Ao contrário, ele tem sido de uma bondade notável com esse cavalheiro, mesmo que George Wickham tenha se portado de modo infame com o Sr. Darcy. Não estou a par dos pormenores, mas sei que a culpa não reside de modo algum no Sr. Darcy, que ele não suporta ouvir sequer mencionar George Wickham, e que, embora meu irmão não pudesse evitar incluí-lo no convite aos oficiais, ele ficou deveras contente ao saber que ele tivera o bom senso de não aparecer. Por si só, sua vinda para esta região denota uma insolência atroz, e espanta-me que ele tenha se atrevido a tanto. Tenho pena da Senhorita Eliza por descobrir desse modo a culpabilidade de seu favorito. No fundo, dada à descendência dele, não se poderia esperar muito melhor.

– A culpabilidade e a origem humilde parecem, pelo que acabou de me dizer, ser a mesma coisa – respondeu Elizabeth, irritada. – Não a ouvi acusá-lo de nada de mais grave a não ser o fato de ele ser filho do caseiro do Sr. Darcy e, sobre isso, pode estar certa de que ele mesmo me informou.

– Perdoe-me então – replicou a Senhorita Bingley, afastando-se com um sorriso de desdém. – Desculpe minha intromissão. Foi por bem que o fiz.

– Criatura insolente! – desabafou Elizabeth. – Está muito enganada se pensa influenciar-me por meio de ataque tão torpe como esse. Nele não vejo outra coisa senão sua obstinada ignorância e a malícia do Sr. Darcy.

Procurou, então, sua irmã mais velha, que se encarregara de obter informações junto ao Sr. Bingley. Jane recebeu-a com um sorriso de tão doce complacência e uma expressão de tão radiosa felicidade que indicavam quão satisfeita ela se sentia com as ocorrências da noite. Elizabeth imediatamente percebeu o estado de espírito da irmã e, no mesmo instante, sua solicitude com Wickham, seu ressentimento contra os inimigos dele, tudo cedeu perante a esperança de Jane se encontrar no caminho da verdadeira felicidade.

– Vinha saber – disse ela, tão sorridente como a irmã – quais os resultados de suas inquirições sobre Wickham. Mas imagino que estivesse demasiado ocupada com coisas bem mais agradáveis para pensar em um terceiro personagem, e por isso a perdoo de todo coração.

– Não – replicou Jane –, não esqueci, mas nada tenho de satisfatório para contar. O Sr. Bingley não sabe de toda a história e desconhece por completo quais as circunstâncias que particularmente ofenderam o Sr. Darcy. Mas ele responde pela conduta irrepreensível, a probidade e a honra de seu amigo, e está perfeitamente convencido de que o Sr. Wickham merecia muito menos atenções que aquelas que recebeu do Sr. Darcy. Custa-me lhe dizer, mas tanto pelo relato do Sr. Bingley como pelo de sua irmã, o Sr. Wickham não é de modo algum um jovem respeitável. Receio que ele tenha sido muito imprudente e, com isso, tenha merecido perder a consideração do Sr. Darcy.

– O Sr. Bingley não conhece o Sr. Wickham, não é?

– Não, nunca antes o tinha visto até aquela manhã em Meryton.

– Então, tudo o que ele sabe foi contado pelo Sr. Darcy. Nesse ponto, dou-me por satisfeita. Mas o que ele lhe disse sobre o lugar na paróquia?

– Ele não se recorda exatamente das circunstâncias, embora mais de uma vez as tenha ouvido da boca do Sr. Darcy. Contudo, ele crê que ela lhe foi legada sob algumas condições.

– Não duvido nem um instante da sinceridade do Sr. Bingley –

disse Elizabeth com veemência –, mas espero que compreenda que afirmações apenas não bastem para me convencer. A apologia do Sr. Bingley sobre o amigo é, sem dúvida, digna de consideração, mas, uma vez que ele desconhece parte da história e o resto lhe foi contado pelo próprio amigo, não vejo outra alternativa senão conservar a opinião que já antes tinha sobre estes dois cavalheiros.

Posto isto, mudou o rumo da conversa para um assunto mais agradável para ambas, e sobre o qual não podia haver diferenças de opinião. Elizabeth escutou, encantada, as alegres, embora comedidas, esperanças que Jane alimentava a respeito de Bingley, e disse tudo o que estava em seu poder para aumentar a confiança da irmã. Como, entretanto, o próprio Sr. Bingley se aproximou, Elizabeth retirou-se para junto da Senhorita Lucas e ainda mal tivera tempo para lhe responder às perguntas sobre seu último par quando o Sr. Collins se aproximou e, com grande alvoroço, contou que, para sua grande felicidade, acabara de fazer importantíssima descoberta.

– Descobri – disse ele – graças a uma coincidência extraordinária, que se encontra aqui na sala um parente próximo de minha protetora. Foi por acaso que ouvi esse cavalheiro mencionar à jovem senhora que faz as honras da casa os nomes de sua prima, a Senhorita de Bourgh, e da mãe dela, Lady Catherine. É maravilhoso como tais coisas podem ocorrer! Estava bem longe de poder imaginar meu encontro nesta festa com, quem sabe, um sobrinho da própria Lady Catherine de Bourgh! Dou graças por essa descoberta ter sido feita a tempo de eu poder lhe apresentar meus cumprimentos.

– Não vai se apresentar você mesmo ao Sr. Darcy, pois não?

– É evidente que vou. E, naturalmente, pedir perdão por não o ter feito antes.

Estou certo de que ele é sobrinho de Lady Catherine e, nesse caso, estará em meu poder assegurar que Sua Excelência se encontrava bem quando a deixei fez ontem precisamente oito dias.

Elizabeth tudo tentou para dissuadi-lo de tal projeto, assegurando que o Sr. Darcy apenas veria impertinência em sua atitude de se dirigir a ele sem apresentação prévia. O Sr. Collins escutou-a com o ar decidido de quem vai seguir sua própria inclinação. Quando ela terminou, respondeu:

– Cara Senhorita Elizabeth, tenho a mais elevada opinião do primoroso bom senso que a orienta em todos os assuntos ao alcance de seu entendimento, porém, deixe-me lembrar-lhe que existe uma grande diferença entre as formalidades de protocolo estabelecidas entre os leigos e aquelas que regulam o clero. Considero a profissão clerical equiparada em dignidade à mais elevada categoria social do reino. Por tudo isto, lhe rogo que me permita seguir os ditames de minha consciência numa ocasião como esta, que me leva à realização daquilo que considero como um dever de minha parte. No caso presente, me considero, tanto pela educação como pela experiência, mais capacitado a decidir sobre o que é correto fazer do que uma jovem como a Senhorita.

Com uma reverência, afastou-se dela e tomou a direção do Sr. Darcy, cuja recepção àquela investida ela perscrutou ansiosamente. Seu espanto ao ser assim abordado se tornava bem evidente. O primo prefaciou seu discurso com uma reverência solene e, embora ela não pudesse ouvir uma palavra do que ele dizia, era como se o estivesse ouvindo e, pelo movimento dos lábios, percebeu as palavras perdão, Hunsford e Lady Catherine de Bourgh. Vexava-a vê-lo se expor diante de tal homem. O Sr. Darcy olhava-o com uma surpresa ilimitada e quando, por fim, o Sr. Collins o deixou falar, respondeu-lhe com um ar de fria delicadeza. O Sr. Collins, contudo, não se desencorajou a dirigir-lhe de novo a palavra, e o desdém do Sr. Darcy pareceu aumentar profusamente com a duração do segundo discurso e, uma vez terminado este, limitou-se a um ligeiro aceno e afastou-se em outra direção. O Sr. Collins voltou, então, para junto de Elizabeth.

– Não tenho razões de queixa, acredite-me – disse ele –, pelo modo como fui recebido. O Sr. Darcy pareceu-me encantado com o gesto. Respondeu-me com toda a delicadeza e até se dignou elogiar-me, dizendo que sua consideração pelo elevado discernimento de Lady Catherine o assegurava de que ela nunca concederia um favor imerecidamente. Foi mesmo um belo pensamento. No conjunto, estou assaz satisfeito com ele.

Elizabeth logo se desinteressou do assunto, dirigindo toda a sua atenção para a irmã e para o Sr. Bingley, e os vários pensamentos agradáveis que sua observação despertou a deixaram quase tão feliz como a própria Jane. Imaginou-a instalada naquela mesma casa e numa felicidade tal como a que só um casamento por verdadeiro amor pode proporcionar; e, nessa altura, sentia-se capaz até de um esforço para simpatizar com as duas irmãs de Bingley.

Percebeu que sua mãe estava pensando o mesmo e decidiu não se aproximar dela para não ouvir demais. Por esse motivo, quando se sentaram para cear, ela considerou desastroso o acaso que as colocou perto uma da outra, e foi profundamente vexada que ouviu sua mãe falando para aquela pessoa (Lady Lucas) livre e abertamente sobre nada menos que suas expectativas de, em breve, ver Jane casada com o Sr. Bingley. Tratava-se de um assunto prolífico e a Sra. Bennet parecia incapaz de qualquer fadiga na enumeração das vantagens de tal união. O fato de se tratar de um jovem tão simpático, tão rico e vivendo a apenas três milhas de distância deles apresentava aos seus olhos os predicados de maior monta e, depois, era um conforto saber da grande simpatia que as duas irmãs nutriam por Jane, e estava certa de que elas desejavam aquela união tanto quanto ela própria. Era, além disso, um acontecimento promissor para suas filhas mais novas, pois o fato de Jane realizar casamento tão notável poderia lançá-las no caminho de outros jovens abastados; e, por último, era tão agradável chegar à sua idade e poder confiar suas filhas solteiras ao cuidado da irmã e desse modo não se sentir obrigada a comparecer em sociedade senão quando bem lhe aprouvesse. Era necessário tornar tal circunstância um motivo de prazer, pois em tais ocasiões faz parte da etiqueta, mas a Sra. Bennet seria a última pessoa a sentir algum conforto em ficar em casa em qualquer período de sua vida. E, à guisa de conclusão, exprimiu seus mais sinceros desejos de que Lady Lucas em breve se visse em situação idêntica, embora, evidentemente, acreditasse triunfante que assim não sucederia.

Em vão Elizabeth tentou refrear sua mãe ou persuadi-la a descrever sua felicidade num sussurro menos audível, pois, com indizível aflição, percebera que o Sr. Darcy, que se encontrava mesmo defronte, estava ouvindo tudo. Sua mãe apenas a admoestou por estar sendo tão tola.

– Que me interessa o Sr. Darcy, para que eu tenha receio dele? Não me parece que lhe deva alguma delicadeza especial que me impeça de dizer algo que ele possa não gostar de ouvir.

– Pelo amor de Deus, senhora, fale mais baixo. Que vantagem vê em ofender o Sr. Darcy? Não é assim que conseguirá que ele a recomende ao amigo.

Contudo, nada do que ela pudesse dizer tinha qualquer influência. A mãe persistiria em falar de suas expectativas no mesmo tom inteligível. Elizabeth corava e tornava a corar, de vergonha e vexame. Porém, não pôde deixar de olhar várias vezes de relance para o Sr. Darcy, embora cada olhar lhe desse mais convicção do que ela temia, pois, apesar de ele não estar sempre fitando sua mãe, ela tinha certeza de que sua atenção estava invariavelmente fixa nela. A expressão de seu rosto mudara gradualmente de indignado desprezo para uma seriedade calma e serena.

Finalmente, porém, a Sra. Bennet não encontrou mais nada para dizer e Lady Lucas, que já há muito bocejava com a repetição dos prazeres que ela não via como partilhar, entregou-se a saborear o presunto e o apetitoso frango. A partir de então, Elizabeth recomeçou a viver. Mas pouco durou o intervalo de tranquilidade, pois, uma vez terminada a ceia, houve quem falasse em cantar, e ela teve a mortificação de ver Mary, que, após pouco entusiástica solicitação, se preparava para obsequiar a assembleia. Ainda tentou, com significativos olhares e pedidos silenciosos, tal prova de complacência, mas em vão. Mary não entendeu, pois a oportunidade de se exibir a encantava, e deu início à sua canção. Elizabeth fixou os olhos na irmã e, debatendo-se em dolorosas sensações, acompanhou seu progresso através das diversas estrofes numa impaciência que foi muito mal recompensada no final, pois Mary, ao receber os aplausos da mesa, após uma pausa de meio minuto, deu início a outra música. A capacidade de Mary não era de modo algum adequada a tal exibição; a voz era fraca e os modos afetados. Elizabeth sentia-se aniquilada. Olhou na direção de Jane, para ver como ela suportava tal provação, mas Jane encontrava-se serenamente conversando com Bingley. Olhou para suas duas outras irmãs, e viu-as fazendo sinais de troça entre si, e para Darcy, que continuava impenetravelmente grave. Em seguida olhou, implorante, para seu pai, para que ele impedisse Mary de cantar a noite inteira. Ele compreendeu-a e quando Mary terminou a segunda canção, disse em voz alta:

– Por ora chega, minha filha. Já nos deleitou tempo suficiente. Deixa também para outras jovens a oportunidade de se exibirem.

Mary, ainda que fingindo não ter ouvido, ficara um pouco embaraçada, e Elizabeth, com pena dela e lastimando a frase do pai, receou que sua ansiedade não tivesse dado bom resultado. Outras jovens foram então solicitadas a tocar.

– Se acaso eu – interferiu o Sr. Collins – tivesse a felicidade de ser capaz de cantar, estou certo de que teria o maior prazer de oferecer uma ária, pois considero a música uma diversão inocente e perfeitamente compatível com a profissão de um clérigo. Não quero, contudo, com isso afirmar que seja justificável devotarmos demasiado tempo à música, pois certamente temos outros assuntos a tratar. O reitor de uma paróquia é muito ocupado. Em primeiro lugar, ele precisa administrar os dízimos, tem que escrever seus próprios sermões, e o resto de seu tempo nunca será demais para os deveres da paróquia e para o cuidado e melhoramento de sua habitação, que deve tornar tão confortável quanto possível. E não considero de somenos importância que ele procure cultivar uma atitude atenciosa e conciliadora com todos, sobretudo com aqueles a quem deve sua promoção. Não pode ser dispensado de tal obrigação, e repudiaria todo aquele que algum dia deixasse de testemunhar seu respeito com algum membro da família.

E, com uma mesura dirigida ao Sr. Darcy, ele deu por concluído o seu discurso, pronunciado com tal sonoridade que quase todo o salão o ouviu. Muitos foram os que o fitaram. E muitos os que sorriram, mas ninguém parecia estar se divertindo mais que o próprio Sr. Bennet. Enquanto isso, sua mulher, muito compenetradamente, tecia grandiosos elogios ao Sr. Collins por ter falado tão acertadamente e, a meia voz, observava a Lady Lucas que se tratava de um jovem de inteligência notável e excelentes qualidades.

Elizabeth pensou que se toda a sua família houvesse entrado em acordo para se expor ao ridículo naquela noite, não poderia ter desempenhado seu papel com mais espírito, nem com maior êxito. E achou que Bingley e Jane tinham sido bastante afortunados, pois parte daquela exibição escapara à atenção dele. Felizmente, os sentimentos de Bingley não eram do tipo que facilmente se alteram diante das loucuras que ele devia ter presenciado. O fato de suas duas irmãs e o Sr. Darcy poderem ridicularizar seus parentes já era bastante desagradável, e ela não sabia dizer o que era mais intolerável: o desprezo silencioso do cavalheiro ou o sorriso insolente das damas.

O resto da noite passou-se sem grande divertimento para ela. Estava constantemente sendo importunada pelo Sr. Collins, que, perseverante, se mantinha a seu lado. Embora não conseguisse arrastá-la de novo para a dança, a impossibilitava de dançar com outros. Em vão ela tentou atrair a atenção dele para qualquer outra pessoa na sala, chegando até a oferecer-se para apresentá-lo a outra moça. Ele assegurou que não tinha qualquer interesse em dançar, que seu principal objetivo era fazer dela o alvo de suas mais delicadas atenções e que por isso mesmo fazia questão de se manter junto dela toda a noite. Contra isso não havia argumentos. Ficava aliviada quando a Senhorita Lucas atraía para si a conversa do Sr. Collins.

Pelo menos ficava livre de mais reparos da parte do Sr. Darcy e, embora muitas vezes ele se encontrasse a curta distância dela, e quase sempre sozinho, ele nunca se aproximou o bastante para lhe dirigir a palavra. Viu nessa sua atitude a consequência provável de suas alusões ao Sr. Wickham, e alegrou-se por isso.

O grupo de Longbourn foi o último a fazer suas despedidas e, graças a uma manobra astuciosa da Sra. Bennet, tiveram de esperar pela carruagem mais de um quarto de hora depois de todos os outros terem partido, o que lhes deu oportunidade de verificar até que ponto algumas das pessoas da casa estavam desejosas de vê-los pelas costas. A Sra. Hurst e a irmã apenas abriam a boca para se queixar de cansaço e estavam claramente impacientes para terem a casa vazia. Repeliram todas as tentativas da Sra. Bennet que desejava conversar, e isto lançou um torpor em toda a sala – sentimento esse que as longas tiradas do Sr. Collins não ajudaram em nada a dissipar. O Sr. Collins parabenizou o Sr. Bingley e suas irmãs pela elegância da festa, e pela hospitalidade e polidez com que tinham tratado seus convidados. Darcy ficou calado. O Sr. Bennet, igualmente silencioso, contemplava a cena com prazer. O Sr. Bingley e Jane estavam próximos um do outro, um pouco afastados dos restantes, conversando. Elizabeth ficou tão calada quanto a Sra. Hurst e a Senhorita Bingley, e Lydia se limitava a exclamar ocasionalmente "Como estou cansada...", acompanhando essas palavras com um grande bocejo. Quando afinal se levantaram para partir, a Sra. Bennet se desmanchou em amabilidades, na esperança de ver a família toda brevemente em Longbourn. Dirigiu-se particularmente ao Sr. Bingley para assegurar-lhe que teria o maior prazer em recebê-lo para um jantar em família, sem as formalidades de um convite. Bingley agradeceu com grande prazer e se comprometeu a aparecer na primeira oportunidade, depois de sua volta de Londres, para onde deveria partir no dia seguinte, demorando-se lá pouco tempo. A Sra. Bennet ficou inteiramente satisfeita e deixou a casa na deliciosa convicção de que, contando com o prazo necessário para preparar os contratos, as novas carruagens e o enxoval, sem dúvida veria sua filha instalada em Netherfield dentro de três ou quatro meses no máximo. Pensava com igual certeza no casamento da outra filha com o Sr. Collins e isto lhe dava um prazer considerável, embora não tão grande. De todas as suas filhas, Elizabeth era a de quem ela menos gostava. Embora esse marido e esse casamento fossem suficientemente bons para ela, o valor de ambos era eclipsado pelo Sr. Bingley e Netherfield.

Capítulo 19

O dia seguinte trouxe um novo acontecimento para Longbourn. O Sr. Collins fez sua declaração formal. Tendo resolvido proceder a ela sem perda de tempo, uma vez que sua licença terminava no sábado seguinte, e sem desconfiar que criaria uma situação embaraçosa para si mesmo, fez seu pedido com todas as formalidades que supunha indispensáveis à transação.

Encontrando reunidas, pouco depois do café da manhã, a Sra. Bennet, Elizabeth e uma das irmãs mais novas, dirigiu-se à mãe:

– Poderei eu, minha senhora, no seu próprio interesse e no de sua encantadora filha Elizabeth, solicitar-lhe a honra de uma audiência privada com ela no decorrer da manhã?

Antes que Elizabeth tivesse tempo para algo além de corar pela surpresa, a Sra. Bennet imediatamente respondeu:

– Oh, meu Deus! Sim, com certeza. Estou certa de que Lizzy terá todo prazer. Estou certa de que ela não fará objecções. Vem, Kitty, preciso de você lá em cima.

E, juntando rapidamente suas coisas, preparava-se para deixá-los, quando Elizabeth exclamou:

– Mamãe, não se vá. Peço que não saia. O Sr. Collins me desculpará. Ele nada terá para me dizer que outros não possam ouvir. Eu mesma vou sair.

– Não, não, que disparate, Lizzy. Fique onde está! – E, vendo que Elizabeth, extremamente embaraçada e aflita, parecia realmente querer esgueirar-se, acrescentou: – Lizzy, insisto que fique e ouça o que o Sr. Collins tem para lhe dizer.

Elizabeth não se oporia a tal determinação e, considerando que seria mais sensato acabar com aquilo o quanto antes, tornou a sentar-se e procurou disfarçar os sentimentos que a dividiam entre a aflição e o divertimento. A Sra. Bennet e Kitty afastaram-se e, mal elas saíram, o Sr. Collins começou.

– Acredite, cara Senhorita Elizabeth, que sua modéstia, longe de lhe causar algum detrimento, apenas vem se juntar a suas outras perfeições. A Senhorita pareceria menos graciosa aos meus olhos, não fosse por essa pequenina má vontade de sua parte. Permita-me lembrar que gozo da conceituada autorização de sua mãe para lhe falar nestes termos. Não terá dúvidas quanto ao teor da comunicação que tenho a fazer, embora sua natural delicadeza possa levá-la a disfarçar.

Minhas atenções têm sido incisivas para admitirem uma interpretação diferente. Quase imediatamente após ter entrado nesta casa, escolhi a Senhorita para companheira da minha vida futura. Mas, antes de me deixar arrastar por meus sentimentos neste assunto, será talvez preferível passar a expor as razões que me induzem a casar e, sobretudo, que me trouxeram a Hertfordshire no intuito de procurar uma esposa, como realmente fiz.

Com toda sua solene compostura, o propósito do Sr. Collins era arrastado por seus sentimentos, o que provocou em Elizabeth uma vontade tão intensa de rir que ela não conseguiu aproveitar a pequena pausa que ele fez para tentar impedi-lo de continuar. E ele disse:

– As razões que me levam a casar são, primeiro, porque considero que um clérigo em situação abastada (como é o meu caso) deve dar o exemplo de harmonia conjugal em sua paróquia. Segundo, porque estou convencido de que, agindo de tal modo, contribuirei grandemente para minha própria felicidade. E terceiro, fato que eu deveria talvez ter mencionado antes, porque vou deste modo ao encontro do desejo e recomendação especial de minha estimada benfeitora. Por duas vezes ela deu sua opinião sobre o assunto, e ainda no sábado à noite, antes de eu deixar Hunsford, entre duas partidas de cartas e enquanto a Sra. Jenkinson arrumava o jogo da Senhorita de Bourgh, ela me disse: "Sr. Collins, o senhor deve se casar. Um pastor gozando de uma situação como a sua deve se casar, escolha com acerto, escolha uma senhora distinta e educada, que seja uma pessoa ativa e útil, não habituada a grandezas, mas capaz de aproveitar ao máximo um pecúlio reduzido. É este o meu conselho. Encontre essa mulher o mais depressa possível, traga-a para Hunsford, e eu a visitarei." A propósito, minha querida prima, observo que não considero a atenção e a generosidade de Lady Catherine de Bourgh entre as vantagens de menor envergadura que tenho para lhe oferecer. Encontrará nela uma distinção superior e, creio, ela aceitará de bom grado o espírito e a vivacidade de que a prima dá provas, sobretudo quando moderados pelo silêncio e o respeito que a elevada posição social dela inevitavelmente suscitará. Resta-me dizer por que me decidi por

Longbourn, em lugar de minha própria vizinhança, onde lhe asseguro existirem numerosas jovens igualmente encantadoras. Ora, acontece que, na minha qualidade de futuro herdeiro destes bens após a morte de seu pai (que, contudo, espero que viva ainda por muitos e bons anos), nunca me sentiria em paz com minha consciência se não tivesse diligenciado por escolher uma esposa entre suas filhas, de modo a minimizar o prejuízo a sofrer por altura de tão melancólico acontecimento, o que, como já atrás referi, sinceramente espero que só se dê daqui a muitos anos. Foi este meu principal motivo, querida prima, e estou certo de que não será ele a contribuir de algum modo para a diminuição de sua estima por mim. E, de momento, não me resta mais do que exprimir-lhe numa linguagem vigorosa a intensidade de meu afeto. Quanto à riqueza, é um assunto a que devoto uma total indiferença, e não farei nesse sentido qualquer exigência a seu pai, visto que de antemão sei não poder contar com isso. E os quatro por cento do milhar de libras que receberá apenas após o falecimento de sua mãe é tudo a que terá direito. Sobre esse assunto, portanto, guardarei silêncio; e pode estar certa de que nunca uma censura menos generosa passará por meus lábios, uma vez casados.

– Mas que precipitação é essa? – estranhou ela. – O senhor esquece-se de que ainda não respondi. Aceite meu agradecimento pelo elogio que está me fazendo. Tenho consciência da honra que seu pedido me confere, mas é impossível outra atitude senão recusá-lo.

– Não me venha com isso – replicou o Sr. Collins, com um aceno formal da mão. – Sei que é costume entre as jovens repelir as atenções do homem que, secretamente, elas tencionam aceitar, quando pela primeira vez ele lhes solicita o seu favor; e que por vezes a recusa se repete uma segunda, e até terceira vez. Não me sinto, por conseguinte, de nenhum modo desencorajado e espero poder em breve conduzi-la ao altar.

– Por Deus, senhor – exclamou Elizabeth –, sua esperança é bem extraordinária após ter ouvido declaração como a minha. Garanto-lhe que não sou nenhuma daquelas jovens que se mostram tão audaciosas a ponto de arriscar sua felicidade na perspectiva de serem pedidas uma segunda vez. Estou sendo perfeitamente sincera em minha recusa. O senhor nunca poderia me fazer feliz e estou certa de que seria eu a última mulher no mundo capaz de fazê-lo igualmente feliz. Mais ainda, se acaso sua amiga Lady Catherine me conhecesse, creio que me consideraria em todos os aspectos inadequada à situação.

– Se Lady Catherine pensasse realmente assim... – disse o Sr. Collins, muito sério – mas não me parece que Sua Excelência a desaprovaria. E a prima pode estar certa de que quando me for dada a honra de voltar a avistar Sua Excelência, lhe falarei nos termos mais elevados de sua modéstia, parcimônia e outras qualidades.

– Realmente, Sr. Collins, todo esse elogio a meu respeito é absolutamente desnecessário. O senhor deve me dar licença de julgar por mim mesma e me conceder a honra de acreditar no que lhe digo. Desejo-lhe uma felicidade imensa e uma vida próspera, e, ao recusar-lhe a mão, não faço mais do que evitar que o contrário lhe suceda. Ao fazer-me a proposta, o senhor já satisfez a delicadeza de seus sentimentos a respeito de minha família e poderá assim, uma vez chegada a ocasião, entrar na posse dos bens de Longbourn sem que qualquer escrúpulo o aflija. Trata-se, por conseguinte, de um assunto decididamente arrumado.

E, levantando-se à medida que assim falava, ela teria certamente deixado a sala, não fosse o Sr. Collins dirigir-se a ela nos seguintes termos:

– Quando de novo me for concedida a honra de retomar o mesmo assunto, espero receber uma resposta bem mais favorável que aquela que por ora me foi dada; ainda que esteja longe de acusá-la de crueldade no momento presente, pois sei que é costume repelir a primeira solicitação, e talvez a prima se tenha exprimido de tal modo para encorajar meu pedido, o que está perfeitamente de acordo com a mais pura delicadeza própria do caráter feminino.

– Na realidade, Sr. Collins – exclamou Elizabeth, com um certo ardor –, o senhor me confunde. Se o que acabei de lhe dizer surge a seus olhos como uma forma de encorajamento, não sei como me exprimir.

– Considero sua recusa ao meu pedido destituído de qualquer fundamento e, por conseguinte, não passa de mera formalidade. Não está sendo sincera na recusa que me faz, a atribuo ao seu desejo de ver aumentar meu amor pela incerteza, de acordo com as práticas usuais das jovens elegantes.

– Garanto que não tenho qualquer pretensão quanto a esse gênero de elegância que consiste em atormentar um cavalheiro respeitável. Preferiria que me elogiasse antes por minha sinceridade. Deixe de me considerar uma jovem elegante tentando aguilhoá-lo, para ver em mim uma criatura racional que lhe fala do coração.

– A prima é de um encanto sempre igual! – exclamou ele, com um ar galanteador. – Acredito que quando aprovada pela autoridade expressa de seus excelentes pais, minha proposta não deixará de ser aceita.

Perante tal obstinação em iludir a si próprio, Elizabeth nada via a acrescentar e, em silêncio, tratou de se afastar sem demora. Caso o Sr. Collins persistisse em considerar suas recusas como encorajamento, ela estava decidida a solicitar a ajuda de seu pai, pois sua negativa seria pronunciada de maneira a não permitir dúvidas, e seu comportamento, pelo menos, nunca poderia ser tomado como afetação ou coquetismo de uma mulher elegante.

Capítulo 20

O Sr. Collins não ficou muito tempo contemplando silenciosamente sua vitória no amor, pois a Sra. Bennet, que tinha ficado atenta para surpreender o fim da conversa, assim que viu Elizabeth abrir a porta e se dirigir apressadamente para a escada, entrou na sala e cumprimentou o Sr. Collins efusivamente, felicitando igualmente a si mesma. O Sr. Collins recebeu e retribuiu essas felicitações com igual prazer. Em seguida passou a relatar os detalhes da entrevista, cujos resultados encarava com satisfação, já que as recusas de sua prima decorriam naturalmente de seu pudor e da genuína delicadeza de seus sentimentos. Essa informação, entretanto, surpreendeu a Sra. Bennet. Ela desejava poder pensar igualmente que sua filha tencionara encorajá-lo opondo-se a suas propostas. Mas não pôde evitar desconfiar, nem deixar de exprimir suas desconfianças, e disse:

– Mas pode estar certo, Sr. Collins – acrescentou ela –, que Lizzy acabará por se convencer. Vou já conversar com ela sobre o assunto. É uma garota muito teimosa e insensata e não sabe reconhecer seu próprio interesse, mas eu vou lhe mostrar.

– Perdoe minha interrupção, minha senhora – disse o Sr. Collins –, mas se ela é realmente teimosa e tola, não sei se neste caso será realmente uma esposa ideal para um homem na minha situação, que procura a felicidade no casamento. Portanto, se ela persistir na recusa, talvez fosse melhor não a forçar a me aceitar. Se ela é sujeita a essas variações de gênio, não poderia contribuir muito para minha felicidade.

– Sr. Collins, o senhor não me entendeu – disse a Sra. Bennet, alarmada. – Lizzy parece teimosa apenas em casos como esses. No mais, é de uma doçura como nunca vi igual. Vou imediatamente falar com o Sr. Bennet e em breve poderemos dar o assunto acertado entre nós.

Não lhe dando tempo sequer para responder, saiu precipitadamente ao encontro de seu marido e, entrando de repente na biblioteca, falou agitada:

– Oh, Sr. Bennet, necessito com urgência de sua ajuda; estamos todos em alvoroço. É preciso que venha e obrigue Lizzy a se casar com o Sr. Collins, pois ela jura de pés juntos que não o fará e se o senhor não se apressa, ele poderá mudar de ideia.

O Sr. Bennet ergueu os olhos do livro quando a viu entrar e fixou-os em seu rosto, numa calma indiferença que em nada se alterou com o que ela disse.

– Desculpe-me, mas não entendo nada do que me diz – disse ele.

– Do Sr. Collins e de Lizzy. Ela declara que não quer o Sr. Collins e o Sr. Collins começa a dizer que também vai desistir de Lizzy.

– E que espera que eu faça em tal situação? Parece tratar-se de um assunto sem remédio.

– Converse o senhor com Lizzy. Diga que insiste para que ela se case com ele.

– Chame-a, então. Ela ouvirá o que tenho para dizer.

A Sra. Bennet tocou a campainha e a Senhorita Elizabeth foi convocada à biblioteca.

– Venha cá, minha filha – disse o pai, ao ver Elizabeth entrar. – Mandei chamá-la para tratar de um assunto importante. Disseram-me que o Sr. Collins lhe fez uma proposta de casamento. É verdade?

Elizabeth respondeu que era.

– Muito bem. E você recusou essa proposta?

– Recusei.

– Muito bem, chegamos agora ao assunto. Sua mãe insiste que você aceite. Não é assim, Sra. Bennet?

– Sim, ou eu nunca mais tornarei a vê-la.

– Você está diante de uma situação difícil, Elizabeth. De agora em diante você terá que se tornar uma estranha para um de seus pais. Sua mãe nunca mais olhará para você se não se casar com o Sr. Collins. E eu nunca mais a verei se você se casar.

Elizabeth não pôde deixar de sorrir diante da conclusão. Mas a Sra. Bennet, que estava convencida de que o marido considerava o assunto de um ponto de vista idêntico ao seu, ficou muito desapontada.

– O que você quer dizer com isto, Sr. Bennet? Você prometeu que insistiria com Elizabeth para que ela se casasse.

– Minha cara Sra. Bennet – replicou o marido –, tenho dois pequenos favores a lhe pedir. Primeiro, que me permita ter meu próprio entendimento do assunto. E em segundo lugar, desejo ter minha biblioteca a meu inteiro dispor o mais depressa possível.

Mas a Sra. Bennet não desistiu de seu intento. Continuou insistente em sua tarefa de persuadir Elizabeth, entre lisonjas e ameaças. Tentou por todos os meios atrair Jane à sua causa, mas essa, com toda a afabilidade a seu alcance, declinou interferir. E Elizabeth, ora extremamente séria, ora alegre e jocosa, não evitava os ataques da mãe. Embora sua disposição variasse, se mantinha inabalável.

Enquanto isso, o Sr. Collins meditava sozinho sobre o que tinha acontecido. Ele tinha uma autoestima elevada demais para compreender o motivo por que sua prima o recusava. E embora sofresse em seu orgulho, intimamente continuava tranquilo. Seu interesse pela prima era imaginário. E a hipótese de ela merecer as repreensões da mãe aplacava seu rancor.

Enquanto a família estava naquela confusão, Charlotte Lucas apareceu para passar o dia. Lydia a encontrou na saleta de entrada e, correndo para ela, disse em voz baixa:

– Que bom você ter vindo! Aqui está muito divertido. Sabe o que aconteceu hoje de manhã? O Sr. Collins fez uma proposta de casamento a Lizzy, e ela recusou.

Antes que Charlotte tivesse tempo para responder, apareceu Kitty, que vinha contar a mesma coisa. E mal tinham todas entrado na sala de jantar, onde a Sra. Bennet se encontrava sozinha, essa abordou imediatamente o assunto, apelando para a compaixão da Senhorita Lucas e suplicando-lhe que persuadisse sua amiga Lizzy a ceder aos desejos da família:

– Faça isso por mim, minha cara Senhorita Lucas pois ninguém está do meu lado, todos estão contra mim. Ninguém tem pena dos meus pobres nervos.

Charlotte não pôde responder, pois Jane e Elizabeth entraram na sala.

– Aí vem ela – continuou a Sra. Bennet. – Tão despreocupada como se estivéssemos em York! Tudo lhe é indiferente, contanto que ela faça sua própria vontade. Mas eu vou lhe dizer uma coisa, Senhorita Lizzy, se você continuar a recusar todas as propostas de casamento desse modo, nunca encontrará um marido. E eu não sei quem vai sustentá-la depois que seu pai morrer. Eu não posso, estou lhe avisando. Não tenho mais nada a ver com você a partir de hoje. Já disse na biblioteca que nunca mais lhe falaria. Pode ficar certa de que cumprirei minha palavra. Não tenho nenhum prazer em falar com filhos rebeldes. Aliás, não tenho prazer em falar com ninguém. Pessoas que sofrem dos nervos como eu não têm grande inclinação a falar. Ninguém pode saber o que eu sofro! Mas é sempre assim, quem não se queixa não encontra compaixão.

Suas filhas ouviram em silêncio, compreendendo que qualquer tentativa para trazer a mãe à razão só serviria para irritá-la ainda mais. A Sra. Bennet continuou a falar sem interrupção até a chegada do Sr. Collins, que entrou na sala com ar mais grave do que de costume.

Ao vê-lo, a Sra. Bennet se virou para as meninas:

– Agora insisto que todas calem a boca. Deixem o Sr. Collins conversar um pouco comigo.

Elizabeth saiu silenciosamente da sala. Jane e Kitty a acompanharam. Mas Lydia ficou onde estava, resolvida a ouvir tudo que pudesse. E Charlotte, detida a princípio pelas poucas perguntas amáveis que lhe dirigiu o Sr. Collins a respeito de sua família, e em seguida movida por um pouco de curiosidade, contentou-se em ir até a janela e fingir que não estava ouvindo. Numa voz chorosa, a Sra. Bennet deu início à palestra:

– Oh, Sr. Collins!

– Minha cara senhora – replicou ele –, guardemos silêncio para sempre sobre este assunto. Longe de mim ficar ressentido com o comportamento de sua filha. Resignar-se aos males inevitáveis é um dever que nos cabe a todos. E um dever que incumbe particularmente a um rapaz como eu, tão afortunado no começo de minha carreira. E acredite que estou resignado. E talvez um dos menores motivos que me levam a isso não seja a dúvida que me assalta sobre minha própria felicidade, caso minha prima tivesse me honrado com seu consentimento, pois observei muitas vezes que a resignação nunca é tão perfeita como nos casos em que a felicidade que nos é recusada começa a perder uma parte de seu valor a nossos olhos. Espero, minha cara senhora, que não considere a retirada de meu pedido como um desrespeito com a família, já que não pedi sua intervenção perante a Senhorita Elizabeth. Minha conduta pode ser reprovável somente porque aceitei minha recusa dos lábios de sua filha e não dos seus. Mas todos estamos sujeitos ao erro. Minha intenção sempre foi boa. Meu objetivo foi encontrar uma companheira estimável, sem perder de vista as vantagens que isso representava para sua família, e se minha atitude foi de qualquer modo repreensível, apresento-lhe aqui minhas desculpas.

Capítulo 21

A discussão sobre o pedido do Sr. Collins tinha praticamente acabado e Elizabeth estava sujeita apenas à sensação desconfortável que sempre acompanha tal situação e ao azedume das alusões que sua mãe ocasionalmente lhe dirigia. Quanto ao cavalheiro, seus sentimentos revelavam-se não em uma atitude de embaraço ou abatimento, nem em tentar evitá-la, mas por uma rigidez nos modos e um silêncio rancoroso. Raramente lhe dirigia a palavra e as atenções assíduas de que ele tanto se ufanava foram transferidas durante o resto do dia para a Senhorita Lucas, cuja delicadeza em escutá-lo se tornou uma ajuda preciosa para todos eles, e em especial para sua amiga.

A manhã seguinte não registou qualquer diminuição no mau humor da Sra. Bennet ou melhoria em seu estado de saúde. O Sr. Collins mantinha-se, igualmente, na mesma disposição de orgulho ferido. Elizabeth alimentara a esperança de que seu ressentimento abreviasse a visita, mas seu plano parecia não sofrer qualquer alteração. A partida estava marcada para sábado, e até sábado ele fazia questão de ficar.

Após o café da manhã, as meninas foram em passeio a Meryton para saberem do Sr. Wickham e lamentarem a ausência dele no baile de Netherfield. Na entrada da vila, ele foi ao encontro delas e as acompanhou à casa da tia, onde muito se falou sobre sua ausência no baile. A Elizabeth, contudo, ele confessou ter imposto a si próprio a necessidade de se ausentar.

– Considerei – disse ele –, à medida que o tempo se aproximava, que seria preferível não me encontrar com o Sr. Darcy; que estar com ele na mesma sala, na mesma festa, durante tantas horas seguidas seria superior às minhas forças, podendo surgir cenas desagradáveis, não só para mim como também para outros.

Ela aprovou, entusiasmada, a sua atitude e tiveram tempo para discussão pormenorizada, assim como para todos os elogios que amavelmente trocavam entre si, visto Wickham e um outro oficial as terem acompanhado em seu regresso a Longbourn e durante o passeio ele ter caminhado quase sempre a seu lado. Nesta sua adesão ao passeio, ela via uma vantagem dupla: além de se tratar de um gesto particularmente lisonjeador para ela, seria momento propício para apresentá-lo a seus pais.

Pouco depois de terem chegado, entregaram uma carta à Senhorita

Bennet. Provinha de Netherfield e imediatamente foi aberta. O envelope encerrava uma elegante folha de papel, impecavelmente preenchida com uma letra de senhora, bonita e harmoniosa. Elizabeth viu a fisionomia da irmã alterar-se à medida que a lia e viu-a demorar-se atentamente em algumas passagens. Jane em breve se recompôs e, guardando a carta, tentou, com sua boa disposição habitual, participar da conversa dos outros, mas Elizabeth não pôde evitar certa ansiedade, o que a distraiu até da pessoa do Sr. Wickham. Tão logo ele e o seu companheiro se despediram, um olhar de Jane convidou-a a segui-la. Uma vez a sós, Jane pegou a carta e disse:

– É de Caroline Bingley; seu conteúdo surpreendeu-me bastante. Por estas horas já todos terão deixado Netherfield e encontram-se a caminho da capital, e sem intenção de regressar. Veja o que ela diz.

Então, em voz alta, procedeu à leitura da primeira frase que a informava que elas haviam, de um momento para o outro, resolvido encontrar o irmão na capital e de sua intenção de jantarem ainda naquele dia na Rua Grosvernor, onde o Sr. Hurst possuía uma casa. A seguir, vieram estas palavras:

"Nada tenho que me prenda a Hertfordshire, exceto sua amizade, minha querida amiga; mas tenhamos esperança, de um dia no futuro, voltarmos a gozar dos deliciosos momentos passados juntas e que, até lá, a dor da separação seja mitigada por uma correspondência assídua e franca. Conto com você para isso."

Elizabeth escutou essas estudadas expressões com toda a insensibilidade da desconfiança; e, embora aquela súbita partida não deixasse de surpreendê-la, não via nela caso para lamentar. Não deveriam supor que a ausência delas de Netherfield acarretasse a do Sr. Bingley também. E quanto à perda da amizade entre elas, era da opinião de que Jane a devia esquecer no gozo da do irmão.

– Foi pena – disse ela após uma pequena pausa – você não ter tido a oportunidade de se encontrar com suas amigas antes de elas partirem. Mas não nos é licito esperar que o tal dia de felicidade futura, que a Senhorita Bingley antevê, ocorra mais cedo do que ela pensa e que os deliciosos momentos vividos por vocês como amigas sejam revividos com satisfação maior ainda na qualidade de irmãs? O Sr. Bingley não se deixará prender por elas em Londres.

– Caroline afirma declaradamente que nenhum deles virá para Hertfordshire este inverno. Vou ler essa passagem:

"Quando meu irmão nos deixou ontem, estava firmemente convicto de que os assuntos que o levavam a Londres estariam concluídos dentro de três ou quatro dias, mas como estamos certas de que tal não pode acontecer e ao mesmo tempo convencidas de que, uma vez na capital, Charles não terá pressa em sair de lá, decidimos acompanhá-lo para que evite os transtornos com um hotel. Várias pessoas de minhas relações já lá se encontram para passar o inverno. Seria para mim uma grande alegria se minha querida amiga fizesse também parte do grupo, mas não creio que seja possível. Desejo-lhe sinceramente um Natal em Hertfordshire prolífero em alegrias próprias de época tão feliz e que não lhe faltem admiradores para que não sinta a ausência dos três de que a privamos."

– É bem evidente – acrescentou Jane – que ele não regressa este inverno.

– Torna-se apenas evidente que a Senhorita Bingley não deseja que ele venha.

– O que a leva a pensar assim? É ele que tem de decidir. Ele é senhor de si próprio. Mas não é tudo. Vou ler a passagem que particularmente me feriu. Não pretendo esconder nada:

"O Sr. Darcy está impaciente para ver a irmã e, para lhe dizer a verdade, também nós ansiamos encontrá-la de novo. Estou realmente convencida de que Georgiana Darcy não tem par, tanto na beleza e elegância como nos dotes; e a afeição que ela nos inspira, a Louisa e a mim, eleva-se a algo ainda mais interessante, pela esperança que ousamos acalentar de um dia ela se tornar nossa irmã. Não me recordo de ter mencionado meus sentimentos sobre o assunto, mas não partirei sem tê-los confiado a você, e espero que a minha boa amiga não os considere injustificados. Já há algum tempo que meu irmão devota a esta Senhorita grande admiração e terá agora a oportunidade de vê-la com frequência e numa

maior intimidade. A família dela leva tanto em gosto a união como nós próprios, e creio não me iludir em minha parcialidade ao considerar Charles capaz de conquistar qualquer coração feminino. Com todas essas circunstâncias em favor de um afeto recíproco, e sem que nada haja a impedi-lo, estarei eu enganada, minha querida Jane, ao acreditar na possibilidade de um acontecimento que fará a felicidade de tantos?"

– O que pensa dessa frase, minha querida Lizzy? – disse Jane, ao terminar sua leitura. – Não é suficientemente clara? Não exprime ela sobejamente que Caroline não espera nem deseja ver em mim sua futura irmã; que ela está perfeitamente convencida da indiferença do irmão; e que, caso ela suspeite da natureza de meus sentimentos por ele, pretende com isso (muito caridosamente!) prevenir-me? Poderá pensar de outro modo?

– Sim, claro; pois eu penso de modo totalmente diferente. Quer ouvir?

– Com certeza.

– Pois vai saber em poucas palavras. A Senhorita Bingley vê que o irmão gosta de você, mas quer que ele se case com a Senhorita Darcy. Ela segue-o até a capital na esperança de lá o conservar e tenta persuadi-la de que ele não se interessa por você.

Jane abanou a cabeça.

– Oh, Jane, acredite em mim! Nenhuma pessoa que os tenha visto juntos poderá duvidar da atração dele por você. A Senhorita Bingley, pelo menos, não duvida. Ela não é tão tola. Tivesse ela encontrado uma pequena parcela que fosse de amor idêntico no Sr. Darcy, a esta hora teria já encomendado o enxoval. Mas o que se passa é o seguinte: nós não somos suficientemente ricas, ou suficientemente importantes para a categoria deles, e se ela está tão ansiosa por casar o irmão com a Senhorita Darcy, é porque imagina que, uma vez unidas as duas famílias, ela terá menos dificuldade em realizar um segundo casamento. É, sem dúvida, bastante engenhoso, e creio que daria certo não fosse a existência da Senhorita de Bourgh. Mas, minha querida Jane, não pode acreditar, só porque a Senhorita Bingley diz que o irmão admira a Senhorita Darcy, que ele a aprecie menos do que apreciava na terça-feira ao se despedirem. Não creia que ela possa persuadi-lo de que, em vez de estar apaixonado por você, está muito apaixonado pela amiga dela.

– Se ambas pensássemos o mesmo da Senhorita Bingley – replicou Jane –, sua representação dos fatos me tranquilizaria bastante. Mas eu sei quão injusto é o fundamento. Caroline é incapaz de enganar alguém. Só me resta esperar que seja ela quem está enganada.

– Está certo. Não poderia ter encontrado ideia mais feliz, uma vez que se recusa a aceitar a minha. Creia, se quiser, que o engano é apenas dela, e agora que cumpriu sua obrigação com sua amiga, não se preocupe mais.

– Mas, minha querida irmã, como poderei eu aceitar um homem cujas irmãs e amigos o desejam casado com outra?

– Tem que decidir por você – disse Elizabeth. – Se depois de pensar bastante, concluir que sua tristeza em descontentar as irmãs é superior à felicidade de se tornar esposa dele, nessa altura aconselho-a a recusá-lo.

– Como pode dizer tal coisa? – disse Jane, esboçando um sorriso. – Deveria saber que embora eu sentisse um grande desgosto pela desaprovação das irmãs, nunca poderia hesitar.

– Sou da mesma opinião. Sendo assim, não vejo caso para grandes aflições.

– Mas se ele não volta este inverno, não terei oportunidade de fazer minha escolha. E sabe Deus o que pode acontecer nesses seis meses!

Elizabeth recusou-se terminantemente a aceitar a ideia de ele nunca mais voltar. Não passava de uma mera sugestão inspirada pelo interesse da Senhorita Bingley, e não queria, nem por um segundo, admitir que essa sugestão, por mais declarada e engenhosa que fosse, pudesse influenciar jovem tão independente como ele.

Ela revelou à irmã, da forma mais convincente possível, a sua maneira de encarar o assunto, e logo teve o prazer de constatar seu feliz efeito. Jane não era dada à melancolia e, gradualmente, foi serenando, embora por vezes a incerteza de ser amada se sobrepusesse à esperança de que Bingley regressasse a Netherfield e correspondesse a todos os desejos de seu coração.

Decidiram informar a Sra. Bennet apenas da súbita partida, evitando causar alarme perante o comportamento do cavalheiro. Mas bastou essa informação para deixá-la preocupada, e então deplorou a infelicidade de vê-los partir exatamente quando se tornavam mais íntimos. Após ter demoradamente se lamentado, procurou consolo na ideia de que o Sr. Bingley em breve regressaria e em breve se encontraria jantando em Longbourn e, à guisa de conclusão, reconfortada declarou que embora ela o tivesse convidado para um jantar em família, prepararia um lauto banquete.

Capítulo 22

Os Bennet foram convidados a jantar com os Lucas e novamente, durante a maior parte do dia, a Senhorita Lucas teve a bondade de dar atenção ao Sr. Collins.

Elizabeth encontrou uma oportunidade para agradecer à amiga:

– Deixe-o de bom humor que ficarei mais grata do que você imagina.

Charlotte afirmou que tinha muita satisfação em lhe ser útil, e que isto lhe pagava plenamente o pequeno sacrifício de seu tempo. Apesar dessas palavras serem muito amáveis, a bondade de Charlotte ia além do que Elizabeth supunha. Seu objetivo era nada menos do que proteger Elizabeth de qualquer possível recrudescimento das atenções do Sr. Collins, atraindo-as para si mesma. Tal era o plano da Senhorita Lucas. E aparentemente foi tão bem-sucedida que quando se separaram à noite, ela teria se sentido quase segura de seu êxito se o Sr. Collins não tivesse de partir de Hertfordshire tão cedo.

Mas sua avaliação da personalidade fogosa e independente do Sr. Collins não foi justa, pois ele escapou de Longbourn na manhã seguinte sem que ninguém o visse e correu para se jogar aos pés dela. Charlotte o recebeu da forma mais lisonjeira, pois, ao vê-lo pela janela, ela imediatamente saiu de casa com o intuito de encontrá-lo, por acidente, no caminho.

Em um espaço de tempo tão curto quanto o permitiram os longos discursos do Sr. Collins, tudo foi combinado satisfatoriamente para ambos. E ao entrarem em casa, ele pediu gravemente que ela marcasse o dia em que se tornaria o mais feliz dos homens. Ainda que tal solicitação devesse por ora ser adiada, a moça não se sentiu inclinada a arriscar sua felicidade. A parvoíce com que o dotara a natureza devia privar sua corte de qualquer encanto que pudesse fazer uma mulher desejar prolongá-la. A Senhorita Lucas, que o aceitara por puro e desinteressado desejo de firmar sua situação na vida, se preocupava pouco com a data em que isso acontecesse.

O consentimento de Sir William e de Lady Lucas foi rapidamente solicitado e concedido com a maior boa vontade. A situação atual do Sr. Collins o tornava um partido muito desejável para sua filha, a quem só podiam deixar poucos bens. As probabilidades que tinha o Sr. Collins de herdar uma fortuna eram bastante evidentes. Lady Lucas começou a calcular diretamente, com um interesse que jamais tivera pelo assunto, quantos anos provavelmente viveria ainda o Sr. Bennet, e Sir William manifestou a opinião de que quando o Sr. Collins entrasse na propriedade de Longbourn, seria altamente conveniente que ambos, ele e a esposa, se apresentassem em St. James. Em suma, toda a família se sentiu profundamente feliz.

A companhia do Sr. Collins era cansativa e sua afeição por ela devia ser imaginária. Mas mesmo assim seria seu marido. Sem ter grandes ilusões a respeito dos homens ou do matrimônio, o casamento sempre fora seu maior desejo. Era a única posição tolerável para uma moça bem-educada e de pouca fortuna. E por mais incertas que fossem as perspectivas de felicidade, era ainda a forma mais agradável de ficar ao abrigo da necessidade. Essa proteção, agora a obtivera. Tinha vinte e sete anos e jamais fora bela. A circunstância menos agradável era a surpresa que aquilo devia causar a Elizabeth Bennet, de cuja amizade ela precisava mais do que a de qualquer outra pessoa. Elizabeth ficaria espantada e provavelmente a censuraria. Embora isso não afetasse sua resolução, ela se sentiria ferida com semelhante desaprovação. Resolveu comunicar-lhe pessoalmente sua decisão e, assim, recomendou ao Sr. Collins que quando voltasse a Longbourn para jantar, tivesse a maior discrição.

Como sua partida no dia seguinte estava marcada para hora bastante matinal, as despedidas foram naquela mesma noite, pouco antes de as senhoras se retirarem. A Sra. Bennet, extremamente delicada e cordial, falou da felicidade que todos teriam de vê-lo de novo em Longbourn.

– Minha querida senhora – replicou ele –, seu convite afeta-me particularmente, pois outra coisa eu não esperava; e pode estar certa de que dentro em breve voltarei.

Houve surpresa geral e o Sr. Bennet, que não tinha qualquer desejo em tornar a vê-lo tão cedo, imediatamente disse:

– Mas não haverá o perigo de incorrer no desagrado de Lady Catherine? É preferível negligenciar seus parentes a correr o risco de ofender sua benfeitora.

– Meu caro senhor – replicou o Sr. Collins –, fico particularmente agradecido por tão amável advertência e fique ciente de que não darei tal passo sem a aprovação explícita de Sua Excelência.

– Uma certa cautela nunca é demasiada. Arrisque tudo, exceto dar-lhe motivo para desagrado e, acaso o senhor receie poder vir a suscitá-lo ao pretender regressar para junto de nós, o que eu considero quase como uma certeza, deixe-se ficar pacatamente em sua casa e não pense que nos sentiremos melindrados com isso.

– Acredite, meu caro senhor, que não tenho palavras para agradecer tão afetuosa atenção e pode, muito em breve, contar com uma missiva minha em agradecimento por essa sua atitude e por todas as outras provas de atenção de que fui alvo durante minha estada em Hertfordshire.

Com as adequadas manifestações de cortesia, as senhoras retiraram-se finalmente, comentando entre si sua igual surpresa por vê-lo planejar um pronto regresso. A Sra. Bennet insistia em não encontrar outra explicação senão no fato de ele tencionar transferir suas atenções para uma de suas filhas mais novas e considerou que Mary seria aquela que mais facilmente se convenceria a aceitá-lo.

Na manhã seguinte, contudo, todas essas esperanças se desvaneceram. A Senhorita Lucas fez sua aparição logo após o café da manhã e, numa entrevista a sós com Elizabeth, a pôs a par do acontecimento da véspera.

Que o Sr. Collins pudesse ter tido a ideia de morrer de amores por sua amiga, isso de fato ocorrera a Elizabeth pensar pelo menos uma vez naqueles dois últimos dias. Mas que a própria Charlotte o tivesse encorajado parecia tão impossível que seu pasmo ultrapassou os limites do decoro e a levou a exclamar:

– Noiva do Sr. Collins, minha querida Charlotte! É impossível!

A expressão séria e decidida que a Senhorita Lucas conservara durante o relato de sua história cedeu perante uma perturbação passageira ao ouvir censura tão declarada, mas como não era mais do que aquilo que já esperava, em breve recuperou a serenidade e calmamente respondeu:

– Por que se surpreende assim, querida Elizabeth? Acaso considera o Sr. Collins incapaz de granjear a boa opinião de uma mulher, só porque ele não teve a felicidade de conquistar a sua?

Mas Elizabeth recompôs-se a tempo e, por meio de um grande esforço, foi capaz de, numa voz razoavelmente firme, assegurar a amiga da satisfação que lhe dava a perspectiva de um parentesco entre elas e desejar-lhe uma felicidade imensa.

– Sei o que pensa – replicou Charlotte. – Deve estar surpresa pois ainda há tão poucos dias o Sr. Collins pretendia se casar com você. Mas quando refletir, estou certa de que concordará comigo. Como sabe, eu não sou romântica. Nunca fui. Apenas desejo um lar confortável e, considerando o caráter do Sr. Collins, suas relações e situação na vida, estou convencida de que as probabilidades de vir a ser feliz com ele são tantas quanto as da maioria ao darem tal passo.

Elizabeth, serenamente, respondeu:

– Sem dúvida.

Após uma pausa embaraçosa foram juntar-se ao resto da família. Charlotte não se demorou muito mais e Elizabeth pôde então refletir sobre o que acabara de ouvir. Levou muito tempo para reconciliar-se com a ideia de casamento tão absurdo. A singularidade de o Sr. Collins fazer dois pedidos de casamento num prazo de três dias nada era em comparação com o fato de ter sido agora aceito.

Capítulo 23

Elizabeth encontrava-se na sala, junto de sua mãe e de suas irmãs, refletindo sobre o que ouvira e hesitando se acaso estaria autorizada a mencioná-lo quando entrou Sir William Lucas em pessoa, enviado pela filha para participar o noivado.

Depois de muitos cumprimentos e congratulações pelas perspectivas da união entre as duas famílias, ele discorreu sobre o assunto para uma audiência não somente atônita, mas também incrédula. Pois a Sra. Bennet, com mais perseverança do que polidez, retrucou que ele devia estar completamente enganado. E Lydia, que era às vezes muito atirada e quase sempre malcriada, exclamou:

– Puxa, Sir William, como é que o senhor pode contar uma história dessas? Então não sabe que o Sr. Collins quer se casar com Lizzy?

Só um cavalheiro, munido de toda sua tolerância, poderia suportar uma tal desconsideração sem se zangar. Mas a boa educação de Sir William conseguiu fazer com que ele relevasse tudo aquilo. E embora insistisse para que a família acreditasse na veracidade de sua informação, suportou todas aquelas impertinências com a mais perfeita cortesia.

Elizabeth, sentindo que lhe cabia o dever de salvá-lo daquela situação tão desagradável, adiantou-se e confirmou suas palavras, mencionando seu conhecimento prévio do assunto que obtivera da própria Charlotte. E procurou pôr fim às exclamações de sua mãe e de suas irmãs, dando os mais sinceros parabéns a Sir William, atitude que Jane imediatamente seguiu, fazendo diversas observações sobre a felicidade que poderia trazer aquela aliança, o caráter excelente do Sr. Collins e a distância conveniente que separava Hunsford de Londres.

A Sra. Bennet sentiu-se tão derrotada que nada pôde dizer enquanto Sir William estava presente. Mas quando ele saiu, seus sentimentos transbordaram. Em primeiro lugar, continuou a duvidar da verdade daquelas afirmações. Em segundo lugar, ela tinha certeza de que o Sr. Collins tinha sido iludido. Em terceiro lugar, tinha certeza de que nunca seriam felizes. E em quarto, afirmou que o compromisso poderia ser rompido. Duas coisas, no entanto, se podiam claramente deduzir do assunto: primeiro, que era Elizabeth a causa de todo aquele mal, e segundo, que ela, a Sra. Bennet, tinha sido tratada de maneira infame por todos. Só depois de decorrido um mês pôde conversar novamente com Sir William e Lady Lucas sem ser grosseira, e só perdoou Charlotte muitos meses depois.

Os sentimentos do Sr. Bennet eram muito mais tranquilos. Ele achou que a situação era muito agradável, pois se sentia satisfeito, dizia, por descobrir que Charlotte Lucas, pessoa que ele julgara toleravelmente sensata, era, na realidade, tão tola quanto sua mulher e mais tola ainda do que sua filha!

Jane confessou-se um tanto surpreendida. Mas falou menos em seu espanto do que no desejo sincero de que eles fossem felizes. Elizabeth não conseguiu convencê-la de que aquela felicidade era pouco provável. Kitty e Lydia estavam longe de invejar a Senhorita Lucas. Para elas, o Sr. Collins era apenas um pastor, e a notícia afetou-as apenas como uma novidade que podiam espalhar em Meryton. Lady Lucas não pôde resistir ao triunfo de falar à Sra. Bennet sobre o conforto que representava para ela o fato de ter uma filha bem casada. Veio a Longbourn com mais frequência do que de costum, para dizer o quanto se sentia feliz, embora os olhares irados da Sra. Bennet e suas observações rancorosas ameaçassem, por vezes, estragar sua felicidade.

Entre Elizabeth e Charlotte havia certo constrangimento que as impedia mutuamente de abordar aquele assunto; e Elizabeth se sentiu persuadida de que nenhuma confiança real poderia subsistir daí por diante entre elas. Sua decepção com Charlotte fez Elizabeth aproximar-se mais da irmã, em cuja retidão e delicadeza de sentimentos tinha absoluta confiança e cuja felicidade cada dia mais a preocupava, pois fazia uma semana que Bingley partira e ainda ninguém falara sobre sua volta.

Jane enviara a Caroline uma resposta imediata à sua carta e contava os dias que tinha de esperar até que outra lhe chegasse. A prometida carta de agradecimento do Sr. Collins chegou na terça-feira. Era dirigida à Sr. Bennet e escrita com tanta solenidade e gratidão como se ele tivesse residido um ano com a família. Depois de tranquilizar sua consciência quanto a esse tópico, usando expressões mais calorosas, o Sr. Collins passava a informá-los de sua felicidade de ter conquistado o coração daquela vizinha tão amável, a Senhorita Lucas, e explicava que era apenas com a intenção de gozar a companhia de sua prometida que ele manifestara com tanta insistência o desejo de voltar a Longbourn, onde esperava chegar daquela segunda-feira a 15 dias. Lady Catherine, acrescentava ele, aprovava tanto seu casamento, que desejava que o acontecimento se desse o mais cedo possível. Com esse argumento, que julgava decisivo, esperava convencer Charlotte a marcar uma data próxima para o dia que havia de torná-lo o mais feliz dos homens.

A volta do Sr. Collins para Hertfordshire já não parecia mais tão agradável à Sra. Bennet. Ao contrário, estava muito disposta a se queixar ao marido. Achava muito curioso que ele viesse a Longbourn em vez de se hospedar na casa dos Lucas. A visita era também muito inconveniente e principalmente incômoda. Não gostava de ter hóspedes em casa quando sua saúde não estava muito boa. E os noivos eram as pessoas mais desagradáveis do mundo.

Esses murmúrios da Sra. Bennet continuaram, até que surgiu a preocupação muito maior a respeito da ausência prolongada do Sr. Bingley. Nem Jane nem Elizabeth se sentiam tranquilas quanto a isso. Os dias passavam sem trazer nenhuma notícia dele, a não ser o boato que circulou em Meryton de que o Sr. Bingley não voltaria para Netherfield durante todo o inverno. Boato esse que enfureceu a Sra. Bennet e que ela nunca deixava de contradizer como se se tratasse da mais escandalosa das mentiras.

Elizabeth, por sua vez, começou a temer, não que Bingley fosse indiferente a Jane, mas que suas irmãs conseguissem impedir seu regresso. Apesar de sua relutância em admitir uma hipótese tão desfavorável para a felicidade de Jane e tão pouco honrosa para o namorado da irmã, não podia impedir que tal ideia lhe ocorresse frequentemente. Os esforços reunidos daquelas criaturas maldosas que eram as duas irmãs dele e seu autoritário amigo, somados aos atrativos da Senhorita Darcy e aos divertimentos de Londres, seriam talvez superiores ao seu interesse por Jane. Quanto a esta, sua ansiedade durante aquele período de incerteza era naturalmente mais dolorosa que a de Elizabeth. Mas Jane queria esconder tudo o que sentia e entre as duas irmãs, portanto, nunca se fazia qualquer alusão ao assunto. Contudo, como nenhuma delicadeza daquela espécie refreava a Sra. Bennet, não se passava uma hora sem que ela falasse em Bingley, sem que exprimisse sua impaciência pela sua chegada ou mesmo sem que exigisse que Jane declarasse de uma vez por todas que se Bingley não voltasse, ela se consideraria ofendida. Foi necessária toda a doçura e firmeza de Jane para suportar esses ataques com relativa tranquilidade.

O Sr. Collins voltou pontualmente no dia marcado, mas sua recepção em Longbourn não foi tão amável quanto da primeira vez. Mas ele se sentia tão feliz que não precisava de muita atenção e, felizmente para todos, suas atribuições de noivo os aliviavam grandemente de sua companhia. Ele passava a maior parte do tempo na casa dos Lucas e muitas vezes voltava a Longbourn apenas a tempo de desculpar-se por sua ausência antes de a família se retirar para seus aposentos.

A Sra. Bennet estava realmente num estado lamentável. A simples alusão a qualquer detalhe relativo ao casamento precipitava-a num acesso de mau humor. Em qualquer lugar onde fosse com certeza de ouviria falar naquele assunto. A presença da Senhorita Lucas era insuportável para ela. Olhava-a com ciúme, despeito e horror, como a sua sucessora naquela casa. Cada vez que Charlotte vinha visitá-los, ela concluía que sua intenção era antecipar a hora da posse, e cada vez que Charlotte falava em voz baixa com o Sr. Collins, tinha certeza de que falavam da propriedade de Longbourn e de que planejava expulsá-la e às suas filhas da casa, assim que o Sr. Bennet morresse. Queixava-se amargamente de tudo aquilo ao marido.

– Realmente, Sr. Bennet – dizia ela –, é muito duro pensar que

Charlotte Lucas será um dia dona desta casa e que eu serei forçada a lhe ceder meu lugar!

– Não pense nestas coisas tristes, meu bem. Tenhamos confiança no futuro. Encaremos a possibilidade de que eu sobreviva a você.

Isso não era muito consolador para a Sra. Bennet. E, portanto, em vez de responder, continuou como antes.

– Não posso suportar a ideia de que eles possuirão toda esta propriedade. Se não fosse essa questão de sucessão, eu não me importaria.

– Com o que você não se importaria?

– Com nada.

– Então vamos agradecer a Deus por você estar preservada de cair num tal estado de insensibilidade.

– Não posso ser grata a nada que se refira a essa sucessão, Sr. Bennet. Como é que alguém pode ficar tranquilo ao saber que suas filhas vão ficar privadas da propriedade que possuem? E em favor de quem? Do Sr. Collins! Por que ele e não uma outra pessoa qualquer?

– Confio-lhe a resolução desse problema – disse o Sr. Bennet.

Capítulo 24

A carta da Senhorita Bingley chegou, finalmente, e pôs fim a todas as dúvidas. Logo na primeira frase, começava por comunicar a certeza da permanência de todos eles em Londres durante o inverno inteiro e concluía participando o pesar do irmão em ter partido sem que lhe fosse dado tempo para uma palavra de atenção a todos os seus amigos de Hertfordshire.

Todas as esperanças estavam perdidas, completamente perdidas. E quando Jane pôde continuar a leitura, nada encontrou para consolá-la a não ser as expressões de afeto da missivista. Os elogios à Senhorita Darcy eram o assunto principal da carta. Seus muitos atrativos eram novamente descritos. Caroline se gabava alegremente da crescente intimidade entre elas; e arriscava-se a predizer a realização dos desejos que exprimira em sua carta anterior. Comunicava também, com grande alegria, que seu irmão era hóspede do Sr. Darcy, e mencionava com entusiasmo os planos de Darcy relativos a uma nova mobília que encomendara.

Elizabeth, a quem Jane comunicou tudo isso sem demora, ouviu-a, cheia de silenciosa indignação. Seus sentimentos estavam divididos entre a preocupação pela irmã e seu ressentimento contra todos os outros. Não deu crédito à afirmação de Caroline de que seu irmão se interessava pela Senhorita Darcy.

Continuava a acreditar, mais do que nunca, na sinceridade da afeição que Bingley tinha por Jane. Apesar da simpatia com que sempre o considerara, não podia pensar, sem cólera e quase com desprezo, naquela maleabilidade de gênio, na falta de iniciativa pessoal que o tornava um joguete nas mãos de seus intrigantes amigos e o levava a sacrificar sua própria felicidade ao capricho das inclinações alheias. Se a única coisa em jogo fosse sua própria felicidade, poderia arriscá-la como entendesse, mas sua irmã estava envolvida naquilo, e ele devia ter consciência disso. Enfim, era um assunto pelo qual se deixaria levar, dedicando-lhe uma longa reflexão, sem que se pudesse chegar realmente a nenhum resultado. Não conseguia pensar em mais nada. E, mesmo assim, se a afeição de Bingley tivesse realmente declinado – sufocada ou não pela interferência de seus amigos –, ou se ele tivesse consciência da afeição de Jane, ou se a ignorasse, em qualquer um dos casos, embora sua opinião acerca de Bingley variasse forçosamente de acordo com cada hipótese, a situação de sua irmã permanecia a mesma, sua paz de espírito igualmente perturbada. Passaram-se um ou dois dias antes que Jane adquirisse coragem para falar a Elizabeth acerca de seus sentimentos; mas afinal, num dia em que a Sra. Bennet, depois de se queixar com mais irritação que de costume sobre Netherfield e seu proprietário, as deixara sozinhas, Jane disse à irmã:

– Oh, eu queria que mamãe tivesse mais domínio sobre si mesma. Ela não tem ideia da dor que me causa, falando continuamente sobre esse assunto. Mas não me queixarei; não pode durar muito tempo. Ele será esquecido e todos seremos felizes como antes.

Elizabeth olhou para a irmã com solicitude e incredulidade, mas não disse nada.

– Você duvida de mim? – exclamou Jane, corando ligeiramente. – Você não tem razão para isso. Talvez ele continue a viver na minha memória como o homem mais atraente de minhas relações. Mas é tudo. Nada tenho que esperar ou temer. E não tenho nenhum motivo para censurá-lo. Graças a Deus não tenho essa dor. Dê-me um pouco de tempo e eu certamente tentarei ficar bem.

Numa voz mais forte acrescentou, pouco depois:

– Eu tenho desde já este consolo. É que tudo não foi mais do que um erro de minha imaginação, e que esse erro não fez mal a ninguém a não ser a mim mesma.

– Minha querida Jane – exclamou Elizabeth –, você é boa demais. Sua doçura e seu desinteresse são realmente angélicos. Sinto que nunca lhe fiz a devida justiça e que nunca a amei como você merece.

A Senhorita Bennet rejeitava com veemência todos os méritos extraordinários que lhe conferiam e atribuiu o elogio à viva afeição de sua irmã.

– Não – disse Elizabeth –, isto não está direito. Você quer pensar que todas as pessoas são respeitáveis e se sente ferida se eu falo mal de alguém. Quero apenas pensar que você é perfeita e você se volta contra mim. Não tenha medo de que eu caia em algum excesso, ou usurpe sua prerrogativa de boa vontade universal. Seria inútil. São poucas as pessoas que eu verdadeiramente amo, e menos ainda aquelas de quem tenho boa opinião. Quanto melhor conheço o mundo, menos ele me satisfaz; e cada dia vejo confirmada minha crença na inconsistência de todos os caracteres humanos e na pouca confiança que se pode depositar nas aparências do mérito ou do bom senso. Ultimamente encontrei dois exemplos: um deles eu não mencionarei, o outro é o casamento de Charlotte. É inexplicável! Sob todos os pontos de vista, é inexplicável.

– Querida Lizzy, não se entregue a sentimentos dessa espécie. Eles arruinarão sua felicidade. Você não deixa nenhuma margem para diferenças de situação e de temperamento. Pense na respeitabilidade do Sr. Collins, no caráter prudente e firme de Charlotte. Lembre-se que a família dela é muito grande; e que ele é um partido muito desejável. E mostre-se pronta a acreditar, para o bem de todos, que Charlotte possa sentir realmente respeito e estima por nosso primo.

– Para lhe fazer a vontade, tentarei acreditar em quase tudo. Mas ninguém se beneficiará disso. Pois se eu estivesse persuadida de que Charlotte o respeita, realmente ela desceria no conceito que tenho de sua inteligência, o mesmo que perdeu antes no valor que eu atribuía ao seu coração. Minha querida Jane, o Sr. Collins é um homem tolo, pomposo, pretensioso e de ideias estreitas. Você sabe que ele é tudo isso tão bem quanto eu. E você deve sentir, como eu, que a mulher que se casar com ele não pode ter uma visão muito justa das coisas. Você não há de querer defendê-la só porque ela é Charlotte Lucas. Você não pode, por causa de um caso individual, mudar o sentido de "bom senso" e "integridade", nem procurar persuadir a você mesma ou a mim de que o egoísmo é prudência, e a insensibilidade diante do perigo, certeza de felicidade.

– Acho que suas expressões são muito fortes, e espero que você se convença disso vendo-os casados e felizes. Quanto a isso, basta. Mas você aludiu a outra coisa. Você mencionou dois exemplos. Sei o que está pensando. Mas eu lhe peço, querida Lizzy, que não me cause mágoa, julgando que aquela pessoa é culpada. Nem dizendo que ela caiu no seu conceito. Não devemos ser precipitadas e julgar que fomos intencionalmente feridas. Não podemos exigir que um rapaz despreocupado seja sempre prudente e circunspecto. Muitas vezes é apenas a nossa vaidade que nos engana. As mulheres superestimam facilmente a admiração dos homens.

– E os homens fazem tudo para mantê-las nessa ilusão.

– Se o fazem propositadamente, não pode haver justificativa. Mas eu creio que não há tanta má vontade no mundo quanto as pessoas acreditam.

– Estou longe de atribuir qualquer aspecto da conduta do Sr. Bingley a uma intenção perversa – disse Elizabeth –, mas mesmo sem o propósito deliberado de errar, ou de tornar os outros infelizes, pode haver enganos e tristezas. Pouco caso, falta de atenção para com os sentimentos de outras pessoas, ou falta de firmeza produzem os mesmos efeitos.

– E você atribui um desses defeitos a ele?

– Sim, o último. Mas se continuar, incorrerei no seu desagrado, dizendo o que penso acerca das pessoas que você estima. Detenha-me enquanto é tempo.

– Você persiste então em supor que as irmãs dele o influenciaram?

– Sim, de combinação com o amigo dele.

– Não posso acreditar nisso. Por que tentariam influenciá-lo? Só podem desejar a sua felicidade e se ele me ama, nenhuma outra mulher pode lhe trazer essa felicidade.

– A sua primeira suposição é falsa. Podem desejar muitas coisas além da felicidade dele. Podem desejar o aumento de sua fortuna e de sua importância. Podem desejar que ele se case com uma moça que tenha importância social, dinheiro, relações de alta classe e orgulho.

– Sem dúvida elas desejam que ele escolha a Senhorita Darcy. Mas isso pode se originar de sentimentos melhores do que você supõe. Elas a conhecem há muito mais tempo do que a mim. Não é de espantar que a prefiram. Mas quaisquer que sejam seus desejos, é muito pouco provável que pudessem se opor à vontade do irmão. Que irmã se sentiria justificada em fazer uma coisa dessas, a não ser que existisse um motivo muito mais forte? Se acreditassem que ele gosta realmente de mim, não tentariam nos separar, pois se tal fosse o caso, não o conseguiriam. Mas supondo tal afeição, você faz todo mundo agir maldosa e erradamente e a mim torna muito infeliz. Não discuta essa minha ideia. Não estou envergonhada por me ter enganado, ou pelo menos a vergonha é pouca. Não é nada em comparação com o que eu sentiria se pensasse mal dele ou de suas irmãs. Deixe-me ver as coisas de outro modo, um modo capaz de esclarecê-las.

Elizabeth não podia se opor a tal desejo. E a partir desse dia, o nome do Sr. Bingley quase nunca mais foi mencionado entre elas. A Sra. Bennet continuou ainda a estranhar e a queixar-se de que ele não voltava mais. E embora não se passasse um dia sem que Elizabeth desse uma explicação razoável, parecia haver pouca probabilidade de que a Sra. Bennet jamais considerasse aquele fato com menos perplexidade. Sua filha procurava convencê-la de uma coisa na qual ela mesma não acreditava: de que as atenções de Bingley tinham sido efeito de uma simpatia transitória, cessando depois que a perdera de vista. Mas embora a probabilidade dessa afirmação fosse admitida no momento, Jane era obrigada a repeti-la no dia seguinte. O melhor consolo da Sra. Bennet era lembrar-se de que Bingley tornaria a voltar no verão.

O Sr. Bennet pensava de maneira diferente.

– Então, Lizzy – disse um dia –, sua irmã teve um desgosto amoroso, creio eu. Ela merece meus parabéns. Depois do casamento, o que uma moça mais gosta é de um desgosto amoroso de vez em quando. É uma coisa que dá o que pensar e lhe confere uma espécie de distinção entre suas companheiras. Quando chegará sua vez? Você não há de querer ser suplantada por Jane. Chegou a sua hora. Há bastantes oficiais em Meryton para desapontar todas as moças da região. Escolha Wickham. É um sujeito simpático e lhe daria o fora agradavelmente.

– Obrigada, meu pai, mas um homem menos agradável seria suficiente para mim. Não devemos todas esperar a boa sorte de Jane.

– É verdade – disse o Sr. Bennet –, mas é um conforto pensar que o que quer que lhe suceda nesse sentido, você tem uma mãe afetuosa que saberia tirar o melhor partido disso.

A companhia do Sr. Wickham ajudava eficientemente a dissipar a tristeza que as últimas ocorrências tinham trazido para muitos dos habitantes de Longbourn. Viam-no frequentemente agora e às suas outras qualidades acrescia a de uma franqueza absoluta. Aquilo que Elizabeth já sabia, as queixas dele sobre o Sr. Darcy e o que sofrera por sua causa, tudo era agora publicamente discutido. E todos se sentiam contentes de pensar que sempre tinham antipatizado com o Sr. Darcy, mesmo antes de saber qualquer coisa contra ele.

Jane era a única que supunha que pudessem existir circunstâncias atenuantes no caso, desconhecidas para a sociedade de Hertfordshire. Com doce e firme candura, invocava sempre a tolerância e a possibilidade de enganos. Mas todos os outros condenavam o Sr. Darcy como ao pior dos homens.

Capítulo 25

Após uma semana, passada em promessas de amor e esquemas de felicidade, o Sr. Collins foi arrebatado à companhia de sua adorável Charlotte pela chegada de sábado. A dor da separação seria nele, contudo, aliviada pelos preparativos para a recepção de sua noiva, pois não era infundadamente que alimentava a esperança de, no seu próximo regresso a Hertfordshire, ver finalmente fixado o dia que o tornaria o mais feliz dos mortais. Despediu-se de seus parentes de Longbourn com tanta solenidade como anteriormente; às formosas primas renovou seus votos de um futuro feliz e próspero, e ao pai delas prometeu uma outra carta de agradecimento.

Na segunda-feira seguinte, a Sra. Bennet teve o prazer de receber seu irmão e sua cunhada, que vieram como de costume passar o Natal em Longbourn. O Sr. Gardiner era um homem fino e sensato, muito superior à sua irmã, tanto em natureza como em educação. As senhoras de Netherfield dificilmente acreditariam que um homem que vivia do comércio e morava próximo aos seus armazéns pudesse ser tão bem-educado e agradável. A Sra. Gardiner, que era muitos anos mais moça que a Sra. Bennet ou a Sra. Philips, era uma mulher elegante, agradável e inteligente e muito querida por suas sobrinhas de Longbourn. Entre ela e as duas mais velhas, especialmente, existia uma forte amizade. As meninas tinham se hospedado muitas vezes em sua casa na cidade.

A primeira parte das atividades da Sra. Gardiner ao chegar consistiu na distribuição dos presentes que trazia e na descrição das modas mais recentes. Feito isso, seu papel se tornou menos ativo. Chegou sua vez de ouvir. A Sra. Bennet tinha muitas queixas a relatar. Ela tinha sofrido grandes decepções desde a última vez em que vira sua cunhada. Duas de suas filhas tinham estado a ponto de se casar e afinal tudo tinha dado em nada.

– Eu não culpo Jane – continuou ela –, pois ela teria aceitado o Sr. Bingley. Mas Lizzy! Oh, é muito duro pensar que podia ser agora a esposa do Sr. Collins se não fosse tão insensata. Ele fez uma proposta aqui mesmo nesta sala. E ela o recusou. A consequência disso é que Lady Lucas casará uma das filhas antes de mim. E a propriedade de Longbourn está mais do que nunca destinada a passar para mãos estranhas. Os Lucas são gente muito esperta, minha irmã, só pensam nas vantagens que podem obter. Sinto muito dizer isso deles, mas é verdade. Causa-me um grande nervosismo ser assim contrariada na minha própria família e ter vizinhos que pensem mais em si mesmos do que nos outros. No entanto, sua visita neste momento é o maior consolo que eu poderia receber, e muito me alegro de saber o que você acaba de nos contar a respeito das mangas compridas.

A Sra. Gardiner, a quem a maior parte dessas notícias já fora transmitida por Jane e por Elizabeth na correspondência que mantinham com ela, deu à sua cunhada uma resposta evasiva. E com pena das sobrinhas, mudou o assunto da conversa.

Mais tarde, sozinha com Elizabeth, tornou a abordar o assunto:

– É provável que fosse um partido desejável para Jane. Sinto que o projeto tenha fracassado. Mas estas coisas acontecem tanto! Um rapaz como o Sr. Bingley, a julgar pela descrição que me fizeram, se apaixona facilmente por uma moça bonita durante algumas semanas e quando um acaso os separa, esquece-a facilmente. Inconstâncias dessa espécie são muito frequentes.

– De certo modo isso é um excelente consolo – disse Elizabeth. – Mas não serve para nós. Não é por acaso que sofremos. Não acontece assim tão frequentemente que um rapaz independente se deixe persuadir pelos amigos a esquecer uma moça que ele amava apaixonadamente poucos dias antes.

– Mas essa expressão "amar apaixonadamente" é tão gasta, tão duvidosa, tão indefinida, que não me traz nenhuma imagem clara. Muitas vezes é aplicada a sentimentos que surgem depois de meia hora apenas de contato, como igualmente a afeições reais e fortes. Diga-me, qual era o grau de paixão do amor do Sr. Bingley?

– Nunca vi uma inclinação mais promissora. Ele estava se tornando esquecido das outras pessoas e inteiramente absorto por Jane. Cada vez que se encontravam, isso se tornava mais claro. No baile que ele próprio ofereceu, ofendeu duas ou três moças, esquecendo-se de tirá-las para dançar. E eu mesma falei com ele duas vezes sem ter resposta. Podem existir melhores sintomas? Não é a desatenção geral a própria essência do amor?

– Oh, sim, é dessa espécie de amor que suponho tenha sido o dele. Pobre Jane! Tenho pena dela, porque com seu feitio talvez não o esqueça imediatamente. Seria melhor que isso tivesse acontecido com você, Lizzy, pois graças a seu bom humor, você esqueceria mais depressa. Mas você acha que podemos convencê-la a voltar conosco? As mudanças de lugar podem ser úteis. E talvez sua ausência de casa, por algum tempo, faça um grande bem a Jane.

Elizabeth ficou extremamente contente com essa proposta e plenamente convencida da pronta aquiescência de sua irmã.

– Espero – acrescentou a Sra. Gardiner – que nenhuma consideração por esse rapaz a influencie. Moramos em pontos tão afastados da cidade, todas as nossas relações são tão diferentes e, como você sabe, saímos tão raramente, que é muito pouco provável que se encontrem. A não ser que ele venha realmente visitá-la.

– É inteiramente impossível, pois ele está sob a vigilância de seu amigo, e o Sr. Darcy não toleraria que ele fosse visitá-la num quarteirão de Londres tão pouco elegante. Minha cara tia, como pode a senhora supor tal coisa? O Sr. Darcy talvez tenha ouvido falar em Gracechurch Street, mas se alguma vez entrasse lá, creio que levaria bem um mês se purificando.

– Tanto melhor. Espero que eles não se encontrem. Mas Jane não se corresponde com a irmã do Sr. Bingley? Ela não poderá deixar de visitar Jane.

– Ela cortará relações completamente.

Mas apesar da certeza com que Elizabeth fingia acreditar no que dizia, bem como na possibilidade de Bingley ser impedido de visitar Jane, esse assunto a preocupava de tal maneira que, depois de refletir, convenceu-se de que não considerava o caso inteiramente perdido. Parecia-lhe possível, e algumas vezes até mesmo provável, que a afeição do Sr. Bingley recrudescesse e que a influência de seus amigos pudesse ser contrabalançada com êxito pelas influências mais naturais dos atrativos de Jane.

A Senhorita Bennet aceitou o convite da tia com prazer. E quando se lembrava dos Bingley, era apenas para desejar que lhe fosse possível ocasionalmente passar uma ou outra manhã com sua amiga. E podia fazê-lo sem correr o perigo de ver Bingley, já que Caroline não morava com o irmão. Os Gardiner ficaram uma semana em Longbourn. E não se passou um dia sem compromissos sociais, sem visitarem ou receberem visitas dos Philips, dos Lucas e dos oficiais. A Sra. Bennet tinha planejado tão cuidadosamente esses divertimentos para seus parentes, que nem uma só vez eles se sentaram juntos para um jantar de família. Quando havia convidados em casa, entre eles se encontravam sempre alguns oficiais e um deles era sempre o Sr. Wickham. E nessas ocasiões, a Sra. Gardiner, em cujo espírito os calorosos elogios de Elizabeth tinham despertado suspeitas, observava os dois com grande atenção. Sem supor, pelo que estava vendo, que eles estivessem seriamente apaixonados, a preferência que manifestavam um pelo outro era suficiente para inquietá-la. Resolveu falar a Elizabeth sobre o assunto antes de partir de Hertfordshire e fazer ver a imprudência que ela cometia, encorajando aquela inclinação.

Wickham interessava a Sra. Gardiner, independente de seus múltiplos encantos. Há cerca dez ou doze anos, antes de seu casamento, a Sra. Gardiner residira muitos anos na mesma região do Derbyshire em que nascera o Sr. Wickham. Tinham, portanto, muitos conhecidos em comum. E embora o Sr. Wickham só tivesse ido lá poucas vezes depois da morte do pai do Sr. Darcy, há cinco anos, ele podia dar notícias mais recentes dos antigos amigos da Sra. Gardiner do que as que ela poderia obter de outro modo.

A Sra. Gardiner tinha estado em Pemberley e conhecia de nome o falecido Sr. Darcy; aí estava, portanto, um assunto inesgotável. Comparando suas lembranças de Pemberley com as descrições minuciosas que Wickham lhe fazia, e atribuindo ao caráter de seu antigo dono seu tributo de admiração, a Sra. Gardiner deliciava a si mesma e a seu interlocutor. Ao ser informada do tratamento que o atual Sr.

Darcy lhe dispensara, ela procurou se lembrar da reputação que ele tinha quando criança. E acreditou afinal recordar-se de ter ouvido dizer que o Sr. Fitzwilliam Darcy tinha sido um menino muito orgulhoso e maldoso.

Capítulo 26

O alerta da Sra. Gardiner a Elizabeth foi feito sem demora e em tom de grande afabilidade na primeira oportunidade que surgiu para falar a sós com ela. Após ter lhe dito sinceramente o que pensava, prosseguiu do seguinte modo:

– Você é suficientemente sensata, Lizzy, para se apaixonar só porque te previnem contra tal, e é essa a razão por que não receio falar abertamente sobre o assunto. Deve ter cautela. Não se envolva, nem se empenhe para fazer com ele se envolva em um afeto que a falta de fortuna tornaria deveras imprudente. Trata-se de um jovem muito atraente e agradável e se ele tivesse a fortuna que lhe estava destinada, não poderia escolher melhor. Porém, no pé em que as coisas estão, não se deixe arrastar pela fantasia. Tem a cabeça no lugar e todos esperamos que faça bom uso dela. Estou certa de que seu pai conta com sua firmeza e sua prudência. Evite a todo custo desiludi-lo.

– Minha querida tia, trata-se, na verdade, de um assunto sério.

– Sim, e espero convencê-la a se portar à altura dele.

– Bom, nesse caso não terá por que se afligir. Olharei por mim e pelo Sr. Wickham também. Ele não se apaixonará por mim, se eu puder evitar.

– Elizabeth, agora não está falando sério.

– Perdoe-me. Vou tentar de novo. De momento não estou apaixonada pelo Sr. Wickham; não, é certo que não estou. Contudo, ele é, sem dúvida alguma, o homem mais simpático que encontrei na vida e, caso ele se prenda verdadeiramente a mim, creio que será preferível ele não o fazer. Concordo que seria imprudente. Oh, aquele detestável Sr. Darcy! A opinião de meu pai tem para mim inestimável valor e me sentiria desgraçada no momento em que a perdesse. Meu pai, porém, simpatiza com o Sr. Wickham. Em resumo, minha querida tia, me custaria bastante tornar-me motivo de infelicidade para algum de vocês, mas se diariamente assistimos ao enlace de jovens cuja falta de fortuna raramente os impede de unir seus destinos, como poderei eu, uma vez tentada, prometer ser mais sensata que eles, ou como poderei eu saber que é sensatez resistir? A única coisa que lhe posso prometer é não ter pressa. Não terei pressa em considerar-me o principal objeto a seus olhos. Quando em sua companhia, nada desejarei. Enfim, farei o melhor que puder.

– Talvez também não fosse má ideia dissuadi-lo de vir aqui tantas vezes. Pelo menos, não deveria lembrar sua mãe de convidá-lo.

– Como fiz no outro dia – disse Elizabeth, com um sorriso malicioso. – Tem razão, será mais sensato evitá-lo. Mas não julgue a tia que ele tem passado aqui os dias. É por sua causa que ele tem sido convidado com tanta frequência no decorrer desta semana. Sabe como é minha mãe, e o que ela pensa da necessidade de um entretenimento constante para os amigos. Mas, sinceramente, e pela minha honra, tentarei proceder da maneira que achar mais prudente; e agora espero tê-la tranquilizado.

A tia assegurou-a de sua inteira satisfação e as duas separaram-se após Elizabeth ter agradecido a amabilidade de sua atitude; exemplo maravilhoso de um inofensivo conselho a respeito de matéria tão delicada.

O Sr. Collins regressou a Hertfordshire pouco depois de os Gardiner e Jane terem partido, mas como vinha para se instalar na casa dos Lucas, sua chegada não trouxe grande inconveniente para a Sra. Bennet. O casamento dele aproximava-se agora a passos largos, mas ela já estava, por fim, suficientemente resignada, a ponto de o considerar inevitável e repetidas vezes proferir, num tom azedo, que lhes desejava muitas felicidades.

Quinta-feira seria o dia da cerimônia e na quarta-feira, a Senhorita Lucas fez sua visita de despedidas. Quando ela se ergueu para partir, Elizabeth, envergonhada pela atitude relutante de sua mãe, acompanhou-a à porta. Enquanto desciam juntas as escadas, Charlotte disse-lhe:

– Espero que me escreva com frequência, Eliza.

– Pode estar certa.

– Tenho outro favor a pedir. Virá um dia visitar-me?

– Teremos inúmeras oportunidades de nos vermos aqui em Hertfordshire, creio eu.

– Não sairei de Kent tão cedo. Promete-me que virá a Hunsford.

Elizabeth não podia recusar, embora antevisse a visita com pouco prazer.

– Meu pai e Maria irão me ver em março – acrescentou Charlotte – e espero que concorde em acompanhá-los. Acredite, Eliza, que será para mim tão bem-vinda como qualquer um deles.

Realizado o casamento, os noivos partiram logo em seguida para Kent, e, nas redondezas, todos tinham muito o que dizer, ou escutar, sobre o assunto, como de costume. Elizabeth em breve teve notícias da amiga, e entre elas estabeleceu-se uma correspondência tão regular e frequente como outrora, embora não tão franca, pois tal seria impossível. Elizabeth nunca se dirigia a ela sem que sentisse que aquele conforto da intimidade não mais existia, e, embora decidida a não faltar com suas cartas, escrevia mais pelo que um dia existira entre elas do que pelo que agora existia. As primeiras cartas de Charlotte foram recebidas com certa ansiedade, explicada apenas pela curiosidade em saber como ela falaria de seu novo lar, o que achara de Lady Catherine e até que ponto ousaria pronunciar-se sobre sua própria felicidade.

Jane escreveu algumas linhas à irmã para lhe anunciar sua chegada a Londres. Quando tornou a lhe escrever, Elizabeth esperava que ela já pudesse lhe contar algo sobre os Bingleys.

A segunda carta, porém, não correspondeu à sua impaciência. Há uma semana que Jane se encontrava na capital sem que Caroline tivesse ainda dado qualquer sinal de vida. Ela atribuía isso ao fato de sua última carta enviada de Longbourn à amiga ter se extraviado.

"Minha tia – escreveu ela – tenciona ir amanhã para aqueles lados da cidade e eu aproveitarei a oportunidade para uma visita à Rua Grosvernor."

Após a visita, quando estivera com a Senhorita Bingley, ela tornou a escrever:

"Não achei Caroline muito bem-disposta, mas mostrou-se bastante contente por me ver e queixou-se de não a ter avisado de minha vinda a Londres. Afinal, ela nunca chegou a receber aquela minha carta. Perguntei-lhe pelo irmão, naturalmente. Respondeu-me que ele estava com perfeita saúde, mas tão ocupado com o Sr. Darcy que raramente o via. Percebi que esperavam a Senhorita Darcy para jantar. Gostaria de tê-la visto. Minha visita não durou muito tempo pois Caroline e a Sra. Hurst preparavam-se para sair. Creio que em breve as verei aqui."

Elizabeth contemplou a carta, profundamente desanimada. Estava convencida de que só por um acaso o Sr. Bingley viria a saber da presença da irmã na capital.

Quatro semanas se passaram sem que Jane soubesse qualquer coisa sobre ele. Tentou se convencer de que não o lastimava, mas não poderia continuar a iludir-se sobre o desinteresse da Senhorita Bingley. Após ter, durante quinze dias, permanecido todas as manhãs em casa, e a cada noite ter inventado uma nova forma de desculpar a Senhorita Bingley, a amiga dignou-se finalmente retribuir-lhe a visita. Porém, o pouco tempo que lá ficou e, sobretudo, a alteração de seus modos dissiparam qualquer dúvida de Jane. A carta que, pela ocasião, escreveu à irmã demonstra o que ela sentiu:

"Minha querida Lizzy, sei que será incapaz de uma atitude de triunfo quando lhe confessar que estava inteiramente iludida a respeito da estima da Senhorita Bingley por mim. Contudo, minha querida irmã, se bem que o que aconteceu venha lhe dar razão, não me julgue obstinada ao continuar a afirmar que, perante o comportamento dela no decorrer de nossa amizade, minha fé era tão justificada quanto sua reserva. Não entendo qual o intuito dela ao alimentar certa intimidade comigo, mas, se as mesmas circunstâncias voltassem a se repetir, estou certa de que me deixaria de novo iludir.

Só ontem Caroline me retribuiu a visita, e até aquele momento não recebi de sua parte uma palavrinha sequer. Quando finalmente apareceu, tornou bem evidente que não tinha qualquer prazer nisso. Deu uma desculpa ligeira e formal por não ter vindo me visitar antes, nada disse quanto a desejar me ver de novo e comportou-se de modo tão estranho e diferente que quando ela saiu, eu estava inteiramente decidida a não ser mais sua amiga. Tenho pena dela, mas não posso deixar de censurá-la. Foi muito errado da parte dela me afastar como fez.

Posso, sem receio, afirmar que todas as iniciativas para uma maior intimidade partiram sempre dela. Contudo, sinto pena dela pois deve sentir que agiu mal, e também porque estou certa de que foi sua preocupação com o irmão que lhe inspirou tal atitude. Não será necessário alongar-me no assunto. Embora saibamos que tal preocupação é descabida, uma vez que ela a sente, vejo facilmente justificado seu comportamento comigo. Além disso, o irmão devota-lhe tal ternura que qualquer que seja a preocupação dela a seu respeito é sempre norteada por sentimentos naturais e sãos. Não deixo, contudo, de estranhar que precisamente agora alimente tais receios, pois, se ele tivesse algum interesse por mim, há muito tempo nós já teríamos nos encontrado. Estou certa que ele sabe da minha presença na capital, pois foi, pelo menos, o que deduzi da conversa dela. Porém, pela sua maneira de falar, fiquei também com a impressão de que ela tentava persuadir a si própria de que o irmão se interessava realmente pela Senhorita Darcy. Não compreendo. Se não receasse qualquer precipitação ou crueldade em meu juízo, me sentiria tentada a dizer que existe em tudo isso uma forte aparência de duplicidade. Enfim, tentarei banir de meu pensamento tudo o que me atormenta e pensar naquilo que me fará verdadeiramente feliz, ou seja, em sua afeição, minha irmã, e na infatigável bondade de meus queridos tios. Não demore para me escrever. A Senhorita Bingley falou em nunca mais voltarem a Netherfield e tencionarem largar a casa, mas por ora ainda nada é certo. E melhor nada dizer sobre isso em casa. Alegra-me que tenha recebido notícias tão agradáveis dos nossos amigos em Hunsford. Por que não acompanha Sir William e Maria? Estou certa de que acabaria por gostar. A tua, etc."

A carta entristeceu Elizabeth, mas ela em breve se tranquilizou ao pensar que Jane não continuaria sendo ludibriada, pelo menos não pela Senhorita Bingley. Quanto ao irmão, tinha se desfeito toda a expectativa que ela criara. Não desejava sequer que ele retomasse suas atenções com Jane. Quanto mais analisava o caráter dele, tanto maior era seu desânimo. Como punição para ele, assim como possível vantagem para Jane, esperava que em breve ele se casasse com a irmã do Sr. Darcy, pois, segundo o Sr. Wickham, ela depressa o faria se arrepender de ter desdenhado de Jane.

A Sra. Gardiner, entretanto, escrevera a Elizabeth, lembrando-a de sua promessa referente àquele cavalheiro e pedindo-lhe notícias, ao que Elizabeth prontamente acedeu, embora elas fossem motivo de maior regozijo para a tia do que para ela própria. Sua aparente inclinação acalmara, suas atenções tinham cessado, e ele era agora o admirador de uma outra. Elizabeth era suficientemente perspicaz para constatar tal fato, mas ao constatá-lo e escrever sobre ele, fazia-o sem grande mágoa. Seu coração tinha sido afetado de forma leve e ela se envaidecia em acreditar que seria ela a eleita, tivesse a fortuna permitido. A súbita aquisição de dez mil libras constituía o principal encanto da jovem para quem ele agora dispensava toda sua amabilidade. Mas Elizabeth, menos sagaz nesse caso do que no de Charlotte, não lhe criticou seu desejo de independência. Pelo contrário, nada poderia ter decorrido mais naturalmente e, tendo lhe sido dado supor que representava para ele um doloroso esforço renunciar a ela, Elizabeth prontificou-se a aceitar tal atitude como uma medida sensata e desejável para ambos, e muito sinceramente desejava que ele fosse feliz.

Informou tudo isso à Sra. Gardiner e, após o relato das circunstâncias, continuou:

"Estou agora convencida, querida tia, de que não cheguei a estar verdadeiramente apaixonada, pois, se acaso eu tivesse experimentado essa pura e elevada paixão, a estas horas não suportaria ouvir mencionar sequer seu nome e lhe desejaria todo mal. Acontece que não só meus sentimentos por ele são extremamente cordiais, como nada tenho contra a Senhorita King. Não sinto em mim qualquer ódio por ela, nem má vontade, qualquer coisa que me impeça de ver nela uma boa moça. Não pode haver amor algum nisso. Minha cautela foi providencial.

E embora eu com certeza constituísse um objeto de maior interesse aos olhos dos outros caso estivesse distraidamente apaixonada por ele, não posso dizer que lastime minha relativa insignificância. Kitty e Lydia ficaram mais sentidas do que eu mesma. Elas pouco conhecem do mundo e ainda não estão preparadas para admitir a ideia de que um jovem belo necessita tanto de dinheiro para viver como qualquer outro."

Capítulo 27

Sem maiores acontecimentos na família de Longbourn, apenas diversificados por passeios a Meryton, às vezes com chuva, outras vezes com frio, decorreram os meses de janeiro e fevereiro. Em março, Elizabeth iria para Hunsford.

No começo, ela não tinha encarado com muita seriedade a possibilidade de ir, mas Charlotte contava com ela e aos poucos Elizabeth se habituou a pensar na visita com mais interesse e certeza. O tempo aumentara o desejo de rever Charlotte e diminuía sua repugnância pelo Sr. Collins. Havia também o sabor da novidade. Com a mãe que tinha, e irmãs tão pouco companheiras, sua casa não seria um lugar muito divertido. Além disso, a viagem lhe daria a oportunidade de se avistar com Jane. Em suma, à medida que o dia se aproximava, menos desejava adiar a partida. Tudo ficou combinado de acordo com os planos de Charlotte, e Elizabeth iria em companhia de Sir William e de sua segunda filha. Ao plano inicial, acrescentou-se um novo detalhe: eles passariam a noite em Londres.

Elizabeth lamentou apenas ter de deixar seu pai, que certamente sentiria sua falta, e que, chegado o dia, se mostrou tão pouco satisfeito com sua partida que recomendou à filha que lhe escrevesse e quase prometeu responder a sua carta. A despedida entre Elizabeth e o Sr. Wickham foi cordial. Da parte dele, ainda mais que isso. Seus planos atuais não o faziam esquecer que Elizabeth fora a primeira a despertar e a merecer sua admiração, a primeira que o ouvira e se compadecera dele, e quando disse adeus a Elizabeth, desejou-lhe todos os prazeres, lembrou-lhe a descrição que fizera de Lady Catherine de Bourgh e disse que esperava que a opinião de ambos a respeito daquela senhora, bem como sobre todas as outras pessoas, coincidisse. Em todas as suas palavras transpareciam solicitude e interesse. Elizabeth sentiu que esses sentimentos sempre a uniriam a ele numa sincera afeição. E separou-se do Sr. Wickham convencida de que, casado ou solteiro, ele sempre representaria a seus olhos o ideal de uma pessoa agradável e sedutora.

Seus companheiros de viagem não eram capazes de desfazer nela a boa impressão que Wickham lhe deixara. Tanto Sir William como sua filha Maria, uma jovem alegre, mas tão fútil como ele, nada tinham a dizer que valesse a pena ser ouvido. Elizabeth tinha uma predileção pelo absurdo, mas já conhecia Sir William há muito tempo. O relato maravilhoso de sua apresentação na corte e de sua investidura já não era novidade para ela, e suas gentilezas tinham sofrido um desgaste idêntico ao de sua conversa.

Não teriam, nesse dia, mais de vinte e quatro milhas a percorrer, mas quando saíram ainda era madrugada, pois tencionavam estar na Rua Gracechurch por volta do meio-dia. Quando pararam à porta do Sr. Gardiner, Jane encontrava-se a uma das janelas da sala aguardando sua chegada. Assim que entraram, ela os recebeu, e Elizabeth, olhando-a demoradamente, regozijou-se ao vê-la mais saudável e encantadora do que nunca. No topo das escadas acotovelava-se um pequeno grupo de meninos e meninas, cuja ânsia de ver a prima não lhes permitira esperar na sala de visitas, e cuja timidez, pois há um ano não a viam, lhes impedia de descer ao seu encontro. O ambiente era de alegria e afabilidade. O dia decorreu da forma mais agradável; a tarde passada no alvoroço das compras e a noite num dos teatros.

Elizabeth, então, se aproximou da tia. O primeiro assunto a ser abordado entre elas foi a respeito de sua irmã. Foi com mais preocupação que espanto que ouviu, em resposta às suas minuciosas inquirições, que embora Jane continuasse lutando para manter sua boa disposição, tinha períodos de desânimo e melancolia. Era, contudo, de esperar que eles não durassem por muito tempo.

A Sra. Gardiner contou também detalhes da visita da Senhorita

Bingley à Rua Gracechurch e repetiu as várias conversas que desde então tivera com Jane que lhe davam a entender não existir de sua parte qualquer interesse em continuar tal amizade.

A Sra. Gardiner referiu-se, em seguida, à deserção de Wickham e congratulou a sobrinha por suportá-la com tanta dignidade.

– Mas, querida Elizabeth – acrescentou ela –, que tipo de moça é a Senhorita King? Difícil ver que nosso amigo, afinal, não passa de um interesseiro.

– E qual é, querida tia, a diferença entre o casamento por interesse e por prudência? Onde acaba a sensatez e começa a cobiça? No Natal a tia receava que ele casasse comigo, pois seria uma imprudência; e agora, porque ele procura cativar uma garota que possui dez mil libras, a tia conclui que ele é um interesseiro.

– Basta que você me diga que tipo de moça é a Senhorita King, e eu saberei o que pensar dele.

– É uma boa moça, creio eu. Nunca ouvi dizer o contrário.

– Mas ele nunca lhe deu importância, até o avô morrer e lhe deixar sua fortuna.

– Se não lhe era permitido conquistar minha afeição, porque eu não tinha dinheiro, por que razão haveria ele de se voltar para uma moça por quem ele não se interessava e que era tão pobre como eu?

– Mas parece pouco delicado da parte dele rodear de atenções essa moça após a morte tão recente do avô.

– Um homem que se encontra em dificuldade não tem tempo para o mesmo decoro que outros podem guardar. Se ela não tem objeções, por que nós haveremos de ter?

– Não se justifica. Demonstra que também nela há ausência de algo: bom senso ou sentimentos.

– Pois bem – exclamou Elizabeth –, como queira, minha tia. Ele é um interesseiro e ela, uma tola.

– Não, Lizzy, não é isso que quero dizer. Teria muita pena de pôr defeito em um jovem que durante tanto tempo viveu em Derbyshire.

– Se é só isso, tenho uma péssima opinião dos jovens que vivem em Derbyshire; e seus amigos íntimos que vivem em Hertfordshire não são melhores. Estou farta de todos eles. Graças a Deus! A partir de amanhã gozarei da companhia de um homem destituído de qualquer qualidade, bom senso ou distinção. Os estúpidos são, no fundo, os únicos que valem a pena conhecer.

– Toma cuidado, Lizzy, o que acabaste de dizer soa muito parecido com desilusão.

Pouco antes do fim da peça, que poria fim à sua conversa, Elizabeth teve a inesperada alegria de um convite para acompanhar seus tios num passeio que eles planejavam para o verão. Disse a Sra. Gardiner:

– Ainda não decidimos até onde iremos, mas uma das ideias é visitar a região dos Lagos.

– Minha querida, querida tia, que delícia! Que felicidade! É como se revivesse. Adeus desilusão e melancolia. Que são os homens comparados às rochas e às montanhas? Oh! Que horas de êxtase não serão as nossas! E quando regressarmos, não acontecerá como com os outros viajantes, que não são capazes de dar uma ideia exata de nada. Nós saberemos onde fomos, descreveremos o que vimos. Lagos, montanhas e rios não se misturarão em nossas imaginações, e em nossa tentativa de descrever determinado cenário, não discutiremos quanto à sua situação relativa. Não deixaremos que nossas primeiras efusões sejam tão insuportáveis como as da maioria dos viajantes! – exclamou ela animada.

Capítulo 28

Tudo parecia interessante aos olhos de Elizabeth. Ela estava muito animada pois, não só a boa aparência da irmã dissipara todas as preocupações a respeito de sua saúde, como a perspectiva do passeio pelo Norte era para ela uma fonte de alegria constante.

Quando deixaram a estrada principal para tomar a trilha que os conduziria a Hunsford, esperavam a todo momento e a cada curva do caminho deparar com o presbitério. A cerca do parque de Rosings limitava a estrada de um lado. Elizabeth sorriu ao recordar-se de tudo o que lhe tinham contado sobre seus habitantes.

Finalmente avistaram o presbitério. O jardim descendo em rampa suave até a estrada, a casa que o encimava, a cerca verde, as sebes de loureiro, tudo indicava que estavam chegando. O Sr. Collins e Charlotte apareceram à porta, e a carruagem, no meio de acenos e sorrisos de todos, parou em frente a um pequeno portão que dava acesso à casa. Logo estavam todos exultantes pela alegria de tornarem a se ver. A Sra. Collins recebeu a amiga numa manifestação de genuíno prazer, e Elizabeth sentiu-se feliz ao se ver objeto de recepção tão carinhosa. Ela imediatamente notou que os modos do primo não tinham sofrido qualquer modificação com o casamento. Mantinha aquela delicadeza formal, que durante alguns minutos a deteve junto ao portão enquanto perguntava sobre a família toda. Foram, em seguida, conduzidos para dentro de casa. O Sr. Collins chamou a atenção para a beleza da entrada e assim que chegaram à sala, ele tornou a dar-lhes as boas-vindas e repetiu todas as recomendações de sua esposa para que os visitantes se pusessem à vontade.

Elizabeth percebeu que ao apontar para a proporção ideal da sala, seu aspecto e mobília, ele estava se dirigindo particularmente a ela, como que desejando mostrar o que perdera ao recusá-lo. Contudo, embora a Elizabeth tudo parecesse belo e confortável, não estava dentro de suas possibilidades mostrar qualquer sinal de arrependimento. Ao contrário, olhou de relance a amiga com um espanto mal disfarçado por vê-la tão animada junto ao companheiro.

Após terem permanecido na sala tempo suficiente para admirar todos os seus objetos de mobiliário, desde o aparador ao guarda-fogo, e contarem os pormenores da viagem e tudo o que tinham feito em Londres, o Sr. Collins convidou-os para um pequeno passeio pelo jardim, que era grande e muito bem cuidado pessoalmente por ele.

Do jardim, o Sr. Collins preparava-se para os conduzir através dos dois prados que também lhe pertenciam, mas as senhoras, que não dispunham dos sapatos adequados para enfrentar os restos da geada, preferiram voltar. Enquanto Sir William acompanhava o genro no aludido passeio, Charlotte reconduziu a irmã e a amiga para casa, extremamente satisfeita por ter a oportunidade de mostrá-la sem a ajuda do marido. A casa era pequena, porém bem construída e aconchegante. Tudo nela se harmonizava e estava disposto com arte e bom gosto, o que Elizabeth atribuiu exclusivamente a Charlotte. Uma vez esquecido o Sr. Collins, podiam ficar mais à vontade. Pela animação que transparecia no rosto de Charlotte, Elizabeth concluiu que ela o esquecia sempre que podia.

Já a haviam informado que Lady Catherine ainda se encontrava na região. Durante o jantar tocaram novamente no assunto, e o Sr. Collins observou:

– Sim, a Senhorita Elizabeth terá a honra de ver Lady Catherine de Bourgh no próximo domingo na igreja, e nem preciso lhe repetir que ficará encantada com ela. É de uma afabilidade e condescendência sem par. Ouso afirmar que ela a incluirá, bem como à minha irmã Maria, em todos os convites que se digne nos fazer durante sua estada aqui.

– Lady Catherine é, na realidade, uma senhora muito respeitável e sensata – acrescentou Charlotte – e uma vizinha extremamente atenciosa.

O serão foi amplamente preenchido com a conversa suscitada pelas notícias de Hertfordshire e pela repetição dos assuntos já referidos. Depois, na intimidade de seu quarto, Elizabeth ficou meditando sobre o grau de contentamento de Charlotte e sua serenidade em suportar o marido e reconheceu a perfeição com que ela desempenhava seu papel.

No dia seguinte, Elizabeth estava em seu quarto se preparando para um passeio, quando ouviu alguém disparando escadas acima e chamando seu nome. Abriu a porta e encontrou Maria, que, sem fôlego, tal a sua agitação, exclamou:

– Oh, minha querida Eliza! Desça comigo à sala de jantar, pois vai ficar deslumbrada com o que verá! Não direi do que se trata. Depressa, venha comigo.

Elizabeth em vão tentou obter resposta às suas perguntas, mas Maria estava decidida a nada dizer, e, em atropelo, desceram até a sala de jantar, que dava para a estradinha. Eram duas senhoras numa pequena carruagem parada em frente ao portão do jardim.

– Isso é tudo? – perguntou Elizabeth. – Esperava, ao menos, que fossem os porcos que tivessem invadido o jardim, mas afinal não passa de Lady Catherine e de sua filha.

– Que ideia, minha querida! – disse Maria, um pouco ofendida com o engano. – Não é Lady Catherine. A senhora idosa é a Sra. Jenkinson, que vive com elas. A outra é a Senhorita de Bourgh. Repara nela. É tão franzininha. Nunca pensei que fosse tão frágil e pequena!

– É muito cruel da parte dela obrigar Charlotte a sair com uma ventania destas. Por que ela não entra?

– Oh! Charlotte diz que ela raramente o faz. É uma honra quando a Senhorita de Bourgh se digna entrar nesta casa.

– Agrada-me a aparência dela – disse Elizabeth, lembrando-se subitamente de uma coisa. – Tem um aspecto doentio e de pessoa mal-humorada. Sim, parecem ter nascido um para o outro. Ela será a esposa ideal para ele.

O Sr. Collins e Charlotte encontravam-se ambos ao portão conversando com as senhoras, e Sir William, para regozijo de Elizabeth, conservava-se na soleira da porta, contemplando gravemente a grandeza perante seus olhos e fazendo repetidas reverências sempre que a Senhorita de Bourgh olhava em sua direção.

Finalmente, o assunto se esgotou; o carro partiu e os outros voltaram para casa. O Sr. Collins, mal deparou com as duas moças, começou a felicitá-las pela sorte que tinham. Charlotte explicou que todos tinham sido convidados para jantar em Rosings no dia seguinte.

Capítulo 29

O triunfo do Sr. Collins diante do convite foi completo. A possibilidade de exibir a magnificência de sua benfeitora aos olhos maravilhados de seus hóspedes e de os deixar entrever a delicadeza de Sua Excelência com ele próprio e sua mulher vinha ao encontro daquilo que ele mais desejava.

– Confesso – dizia ele – que não me surpreenderia se acaso, no domingo, Sua Excelência nos convidasse para tomar chá e passar a tarde em Rosings. Conhecendo sua afabilidade, acho natural que assim suceda. Mas quem poderia prever uma prova de atenção como esta? Quem imaginaria que receberíamos um convite para jantar; convite, aliás, que abrange todo o grupo, tão imediatamente após sua chegada?

– Sou eu o menos surpreso de todos – replicou Sir William. – Na corte são habituais tais manifestações, reveladoras de uma educação primorosa.

Pouco mais se falou durante o resto do dia e na manhã seguinte a não ser sobre a visita a Rosings. O Sr. Collins teve a precaução de informá-los sobre as maravilhas que os esperavam, de modo que a visão dos salões, dos inúmeros criados e do opulento jantar não os surpreendesse completamente.

Antes de as senhoras se retirarem, a fim de se prepararem, ele disse a Elizabeth:

– Não se preocupe demasiado com seu traje, querida prima. Lady Catherine está longe de exigir de nós a elegância que ela e sua filha ostentam. Apenas aconselho que escolha seu vestido mais elegante, pois a ocasião pouco mais requer. Lady Catherine não levará a mal a simplicidade de sua aparência. Ela gosta de ver preservada a distinção das classes.

Enquanto elas se vestiam, o Sr. Collins veio por duas ou três vezes bater à porta dos diferentes quartos e recomendar que não se demorassem, pois Lady Catherine não gostava que a fizessem esperar para jantar.

Como o tempo estava bom, o passeio através do parque foi muito agradável. Elizabeth sentia-se satisfeita com o que via, embora não se entregasse às efusões que o Sr. Collins esperava que o cenário nela suscitasse.

Enquanto subiam a escadaria da entrada, a emoção de Maria aumentava e o próprio Sir William deixava transparecer seu nervosismo. A coragem de Elizabeth, porém, não a abandonou. Ela nada ouvira a respeito de Lady Catherine que a impressionasse, fosse por qualquer talento extraordinário ou miraculosa virtude, e quanto à pompa de seu dinheiro e classe, Elizabeth acreditava poder contemplar tudo sem desfalecer.

Da sala de entrada, cujas belas proporções e ricos ornamentos o Sr. Collins fez ressaltar com ar extático, seguiram os criados através de uma antecâmara até a sala onde se encontravam Lady Catherine, sua filha e a Sra. Jenkinson.

Apesar de já ter sido recebido em St. James, Sir William estava tão impressionado pelo esplendor que o rodeava que apenas teve ânimo para uma profunda reverência e sentou-se sem proferir palavra. Sua filha, terrivelmente assustada, sentou-se na beirada de uma cadeira e não sabia para que direção olhar. Elizabeth sentia-se perfeitamente à vontade e pôde observar serenamente as três senhoras à sua frente.

Lady Catherine era uma mulher alta e forte, de feições bem marcadas que um dia deviam ter sido belas. Seu ar não era nada conciliador e sua atitude ao recebê-los não os fazia esquecer sua inferioridade. Quando em silêncio, nada tinha de terrível, mas o que quer que dissesse era dito num tom tão autoritário que toda sua presunção se revelava. Elizabeth imediatamente lembrou-se do Sr. Wickham e, pelo que observou no decorrer do dia, ela acreditou na veracidade da imagem que ele lhe fez de Lady Catherine.

Após avaliar a mãe e descobrir, no semblante e no comportamento, semelhança com o Sr. Darcy, Elizabeth voltou os olhos para a filha, e partilhou do espanto de Maria ao considerá-la tão frágil e miudinha. Não existia, quer na figura como no rosto, qualquer semelhança entre as duas senhoras. A Senhorita de Bourgh era pálida e de compleição doentia; suas feições, embora não fossem feias, eram insignificantes.

Após permanecerem alguns minutos sentados, foram todos levados para junto de uma das janelas a fim de admirarem o panorama. O Sr. Collins encarregou-se de lhes indicar o que era digno de ser visto e Lady Catherine, amavelmente, observou que no verão é tudo muito mais belo.

O jantar foi magnífico, com muitos criados e a esplêndida baixela de prata de que o Sr. Collins falara. Conforme ele adiantara, se sentou, por desejo expresso de Lady Catherine, à cabeceira da mesa. Por sua expressão radiante, era como se sentisse que para ele a vida nada tinha de mais grandioso para lhe oferecer. Lady Catherine, contudo, parecia satisfeita com aquela admiração excessiva e lhes concedia a graça de um sorriso ou outro, sobretudo quando alguma das iguarias se revelava uma novidade para eles. O grupo, porém, não era muito de conversar. Elizabeth estava pronta a pronunciar-se sempre que via ocasião, mas encontrava-se sentada entre Charlotte e a Senhorita de Bourgh. Enquanto a primeira tinha sua atenção absorvida por Lady Catherine, a segunda não lhe dirigiu uma só palavra durante todo o jantar.

Em seguida, as senhoras voltaram para o salão, e até a hora do café nada mais fizeram senão ouvir Lady Catherine, que falava sem interrupção, dando sua opinião sobre cada assunto com uma segurança que mostrava bem não estar habituada a que lhe contestassem. Fez inúmeras perguntas a Charlotte a respeito de assuntos domésticos, com familiaridade e minúcia, e aconselhou-a generosamente. Disse como tudo deveria ser regulado numa família pequena como a sua e ensinou-a a cuidar das vacas e das aves.

Elizabeth verificou que nenhum assunto, por mais humilde que fosse, escapava à atenção de Lady Catherine, contanto que neles encontrasse uma oportunidade para doutrinar. Nos intervalos de suas recomendações à Sra. Collins, dirigia algumas perguntas a Maria e a Elizabeth, especialmente à última, que conhecia menos e que, observou ela para a Sra. Collins, era uma moça muito simpática e atraente. Perguntou várias vezes quantas irmãs ela tinha, se eram mais novas ou mais velhas do que ela, se alguma estava em vias de se casar, se eram bonitas, onde tinham sido educadas, qual a situação de seu pai e o nome de solteira de sua mãe. Elizabeth sentiu toda a impertinência contida nas perguntas, mas respondeu com grande simplicidade. Lady Catherine então observou:

– A propriedade de seu pai está destinada, pela sucessão, a cair nas mãos do Sr. Collins. Alegro-me por sua causa – continuou ela, virando-se para Charlotte –, mas, de outro modo, não vejo por que privam a descendência feminina do direito de herdar propriedades. Na família de Sir Lewis de Bourgh não julgaram necessário tomar tal medida. Sabe tocar piano e cantar, Senhorita Bennet?

– Um pouco.

– Oh, nesse caso, espero que um dia destes nos dê o prazer de ouvi-la. O nosso piano é maravilhoso, o que há de melhor. Provavelmente superior ao... Tem de experimentá-lo. Suas irmãs também sabem tocar e cantar?

– Uma delas sabe.

– Por que não aprenderam as outras também? Todas deviam saber música. As Senhoritas Webb todas sabem tocar e o pai delas não é mais rico que o seu. Sabe desenhar?

– Não, minha senhora.

– O quê, nenhuma de vocês?

– Nenhuma de nós.

– Que curioso. Mas com certeza não tiveram oportunidade. Sua mãe deveria tê-las levado durante a primavera para a capital para receberem lições.

– Minha mãe não poria objeção, mas meu pai detesta Londres.

– Sua preceptora foi despedida?

– Nunca tivemos preceptora.

– Nunca tiveram preceptora! Como é isso possível? Educar cinco filhas sem uma preceptora! Nunca ouvi tal coisa! Sua mãe deve ter sido uma escrava da educação de vocês.

Elizabeth não pôde deixar de sorrir ao responder que esse não fora o caso.

– Então, quem as ensinou? Quem se encarregou de sua educação? Sem uma preceptora, deve ter deixado a desejar.

– Em comparação com a de certas famílias, acredito que sim. Mas lá em casa, quem quis se instruir teve todos os meios. Sempre nos encorajaram à prática da leitura e tivemos todos os professores necessários. Porém, quem não quis estudar, também teve essa opção.

– Sem dúvida, mas seria isso justamente que uma preceptora teria evitado. Se acaso eu fosse das relações de sua mãe, teria aconselhado que contratasse uma. Para uma educação perfeita é preciso haver instrução constante e regular, e isso só uma preceptora pode garantir. É espantoso o número de famílias que contrataram uma por meu intermédio. Alguma de suas irmãs mais novas já foi apresentada à sociedade, Senhorita Bennet?

– Sim, minha senhora, todas elas.

– O quê? Todas as cinco de uma vez? É muito estranho. E a Senhorita é apenas a segunda! As mais novas já frequentam a sociedade mesmo antes de as mais velhas se casarem! Suas outras irmãs são muito novinhas?

– A mais nova ainda não fez dezesseis anos. Talvez seja um pouco cedo demais para a vida social, mas, realmente, minha senhora, considero uma crueldade excluí-las de divertimentos e relações sociais apenas porque a mais velha não teve oportunidade ou inclinação para se casar ainda.

– Por Deus, a Senhorita exprime sua opinião muito decididamente para uma pessoa tão jovem. Diga-me, quantos anos tem? – indagou Lady Catherine.

– Com três irmãs mais novas já crescidas – replicou Elizabeth –, Vossa Excelência não pode esperar que eu lhe dê uma resposta.

Lady Catherine pareceu ficar atônita por não ter recebido uma resposta direta e Elizabeth suspeitou que fora ela a primeira pessoa que jamais ousara zombar de tão pomposa impertinência.

– A Senhorita não pode ter mais de vinte anos, portanto não precisa esconder sua idade.

– Ainda não fiz vinte e um.

Capítulo 30

Sir William passou apenas uma semana em Hunsford, mas sua visita bastou para convencê-lo de que sua filha estava magnificamente instalada e de que possuía um marido e uma vizinha como poucos. Durante o tempo em que Sir William permaneceu em Hunsford, o Sr. Collins dedicava-lhe suas manhãs e levava-o a passear em sua charrete para conhecer a região. Quando ele partiu, a família voltou a suas ocupações habituais e Elizabeth regozijou-se por não ter a companhia do primo tão constantemente, pois a maior parte do tempo, entre o café da manhã e o almoço, ele passava trabalhando no jardim, lendo ou escrevendo e olhando pela janela da biblioteca, que dava para a estrada.

A sala das senhoras ficava nos fundos. Elizabeth, a princípio, estranhou que Charlotte não preferisse a salinha de jantar para uso comum, pois era maior e mais agradável, mas logo compreendeu que sua amiga tinha um excelente motivo para a escolha. Sem dúvida, o Sr. Collins passaria muito menos tempo na sua biblioteca se elas optassem por uma sala igualmente agradável.

Da salinha de estar não viam a estrada e era o Sr. Collins que transmitia o relatório sobre carruagens que surgiam e o número de vezes que a Senhorita de Bourgh passava em seu veículo, coisa que ele jamais deixava de anunciar, embora se tratasse de um acontecimento quase diário. Com frequência a Senhorita de Bourgh parava no presbitério e conversava alguns minutos com Charlotte, mas muito raramente descia. Poucos dias decorriam sem que o Sr. Collins fosse a Rosings, e era frequente que sua mulher achasse seu dever acompanhá-lo.

Elizabeth só compreendeu o sacrifício de tantas horas quando se lembrou de que possivelmente existiam outros cargos eclesiásticos que dependiam da família. De vez em quando, Lady Catherine honrava-os com uma visita, e nessas ocasiões nada do que se passava na sala escapava à sua atenção. Ela observava as várias ocupações das moças, olhava seus trabalhos e aconselhava que os fizessem de modo diferente. Tinha sempre algum reparo a fazer sobre a disposição dos móveis, ou descobria alguma negligência da criada. Se ficava para alguma refeição, não perdia a ocasião de observar que as porções da Sra. Collins eram grandes demais para a família.

Elizabeth logo descobriu que essa grande senhora, embora não fosse investida dos poderes de juiz de paz para o condado, desempenhava em sua paróquia as funções de magistrado muito ativo e nada se passava que ela não desse a conhecer ao Sr. Collins.

Os jantares em Rosings aconteciam duas vezes por semana e não fosse a ausência de Sir William e o fato de apenas se formar uma mesa de jogo, não passariam da repetição exata do primeiro. Elizabeth se entretinha conversando com Charlotte e como o tempo estava excepcionalmente bom para aquela época do ano, encontrava grande prazer nos passeios ao ar livre.

Deste modo tranquilo passaram-se os primeiros quinze dias de sua visita. Aproximava-se a Páscoa e a semana que a precedia traria uma pessoa a Rosings. Pouco depois de sua chegada, Elizabeth ouvira dizer que o Sr. Darcy era esperado em Rosings dentro de algumas semanas. Embora ela preferisse qualquer outra pessoa de seu conhecimento, a chegada do Sr. Darcy representaria algo de novo para se ver nos jantares em Rosings. Além disso, ela teria ocasião de observar a atitude dele com sua prima, a quem ele estava, evidentemente, destinado por Lady Catherine, e até que ponto eram infundadas as esperanças da Senhorita Bingley com relação a ele. Lady Catherine falava de sua vinda com a maior satisfação, referia-se a ele nos termos mais elogiosos e quase se zangou ao saber que a Senhorita Lucas e Elizabeth já o conheciam.

No presbitério ficaram logo sabendo de sua chegada, pois o Sr. Collins passou a manhã inteira passeando perto dos portões do parque para não perder o acontecimento. Quando viu surgir a carruagem, fez uma reverência e correu para casa. Na manhã seguinte, tomou o caminho de Rosings, a fim de ir apresentar cumprimentos, função essa que ele duplicou pois eram dois os sobrinhos de Lady Catherine.

O Sr. Darcy tinha trazido consigo o coronel Fitzwilliam, o filho mais novo de seu tio, o Lorde. Para grande surpresa de todos, o Sr. Collins voltou com os dois cavalheiros. Charlotte, que os avistara da janela do quarto do Sr. Collins, correu para perto das outras e avisou, acrescentando:

– Eliza, este gesto de amabilidade é por sua causa. O Sr. Darcy não viria aqui tão cedo por minha causa.

Elizabeth ainda não tivera tempo para protestar contra tal homenagem quando a chegada dos cavalheiros foi anunciada pela campainha da porta, e logo depois fizeram sua aparição na sala. O coronel Fitzwilliam, que entrou primeiro, aparentava ter aproximadamente trinta anos de idade. Não era belo, mas nas atitudes e nos modos mostrava-se um verdadeiro cavalheiro. O Sr. Darcy não mudara. Apresentou seus cumprimentos à Sra. Collins com a reserva habitual e, quaisquer que fossem seus sentimentos para com a amiga da dona da casa, ele a cumprimentou discretamente.

Elizabeth respondeu com um ligeiro aceno, sem pronunciar uma só palavra. O coronel Fitzwilliam iniciou imediatamente a conversa, com a simplicidade de um homem bem-educado. Sua conversa era muito agradável, mas seu primo, após ter feito uma ligeira observação sobre a casa e o jardim, guardou silêncio durante algum tempo. Por fim, achou-se na obrigação de perguntar pela família de Elizabeth, que respondeu com simplicidade e, após uma curta pausa, acrescentou:

– Minha irmã mais velha esteve em Londres estes últimos três meses. Acaso não a encontrou?

Ela sabia perfeitamente que ele nunca a poderia ter encontrado, mas pretendia ver se ele revelaria algo do que se passara entre os Bingleys e Jane. O Sr. Darcy respondeu não ter tido a felicidade de encontrar a Senhorita Bennet. O assunto não tornou a ser mencionado e pouco depois os dois cavalheiros partiram.

Capítulo 31

Os modos do coronel Fitzwilliam foram muito apreciados no presbitério e todas as senhoras concordaram que ele contribuiria muito para alegrar os jantares em Rosings. No entanto, alguns dias se passaram antes que recebessem novo convite pois, havendo visitas em casa, eles não eram tão necessários. Só no domingo de Páscoa, quase uma semana depois da chegada dos cavalheiros, foram convidados, na saída igreja, a passar a tarde com a família. Durante essa semana, raramente tiveram a ocasião de ver Lady Catherine ou sua filha. O coronel Fitzwilliam visitou várias vezes o presbitério, mas o Sr. Darcy foi avistado apenas na igreja.

O convite foi aceito, é claro, e a uma hora apropriada, eles se reuniram ao grupo que já se encontrava no salão de Lady Catherine.

Ela recebeu-os amavelmente, mas era evidente que a companhia deles não lhe agradava tanto como nos dias em que não tinha mais ninguém. Lady Catherine se deixava absorver por seus sobrinhos e falava com eles, sobretudo com Darcy, mais do que com qualquer outra pessoa na sala.

O coronel Fitzwilliam parecia realmente encantado por estar ali. Em Rosings, tudo o que apresentasse novidade era bem-vindo para ele e a atraente amiga da Sra. Collins o impressionava. Ele procurou um lugar perto dela e falou tão agradavelmente sobre Kent, Hertfordshire, viagens, livros e música que Elizabeth se divertiu muito. A conversa de ambos decorria tão animada que em breve atraiu a atenção de Lady Catherine, bem como a do Sr. Darcy. Os olhos deste volveram repetidas vezes naquela direção, com uma expressão de curiosidade, e dentro em pouco se tornou evidente que Lady Catherine partilhava dos sentimentos do sobrinho, pois, sem reservas, exclamou:

– Que diz, Fitzwilliam? Conversam sobre o quê? O que conta à Senhorita Bennet? Quero saber o que é.

– Falamos de música, minha senhora – disse ele, quando não pôde mais evitar uma resposta.

– De música! Então fale em voz alta. É, de todos os assuntos, o meu preferido. Se estão falando de música, quero tomar parte na conversa. Creio que existem poucas pessoas na Inglaterra que apreciem música como eu, ou que tenham um gosto para ela mais natural do que o meu. Se eu tivesse aprendido convenientemente, seria uma grande intérprete. E Anne igualmente, se sua saúde o tivesse permitido. Estou certa de que ela tocaria divinamente. Georgiana tem feito muitos progressos, Darcy?

O Sr. Darcy louvou afetuosamente o talento de sua irmã.

– Fico muito satisfeita com o que me conta – disse Lady Catherine. – Diga-lhe que ela só poderá brilhar se estudar com afinco.

– Pode estar certa, minha senhora – replicou ele –, de que ela não precisará de tal conselho. Ela estuda e pratica com muita regularidade.

– Tanto melhor. Nunca será demais. Quando tornar a lhe escrever, recomendarei que não descuide a prática do piano. Sempre repito às jovens que nenhuma distinção poderá ser alcançada na música sem uma prática constante. Por várias vezes disse à Senhorita Bennet que ela nunca chegará a tocar realmente bem se não se dedicar mais ao instrumento e, uma vez que o Sr. Collins não possui piano em casa, torno a renovar meu convite para diariamente vir a Rosings exercitar-se no piano, no quarto da Sra. Jenkinson. Naquela parte da casa, ela não correrá o risco de incomodar ninguém.

O Sr. Darcy pareceu um pouco envergonhado com a grosseria de sua tia e nada respondeu.

Depois do café, o coronel Fitzwilliam lembrou a Elizabeth a promessa que ela lhe fizera de tocar para ele, e ela imediatamente se dirigiu ao piano. Ele aproximou sua cadeira. Lady Catherine ouviu metade de uma canção e de novo reatou a conversa com seu outro sobrinho, mas este em breve se afastou dela e, resolutamente, dirigiu-se para o piano, colocando-se de maneira a obter uma visão perfeita do rosto da bela executante. Elizabeth percebeu sua intenção e, na primeira pausa, voltou-se para ele e disse, com um sorriso malicioso:

– É para me assustar, Sr. Darcy, que se aproximou com toda essa imponência? Mas não ficarei alarmada, embora sua irmã toque tão bem. Existe em mim uma teimosia que jamais se assusta com a vontade alheia. Minha coragem sempre aumenta diante de qualquer tentativa de intimidação.

– Não lhe direi que está enganada – replicou ele –, pois nunca a Senhorita poderia realmente acreditar que eu tivesse a intenção de alarmá-la. Tenho o prazer de conhecê-la já há bastante tempo para saber que gosta ocasionalmente de exprimir opiniões que não são as suas.

Elizabeth riu com gosto da imagem que dela ele oferecia e disse para o coronel Fitzwilliam:

– Seu primo lhe dará uma bela ideia a meu respeito e o ensinará a não acreditar numa palavra do que digo. É azar meu encontrar alguém capaz de expor aos outros o meu verdadeiro caráter num lugar onde eu acalentara a esperança de deixar uma boa impressão. Realmente, Sr. Darcy, é uma falta de generosidade de sua parte mencionar aqui tudo o que descobriu sobre minhas fraquezas. Considero, além disso, sua atitude muito pouco delicada, pois me incita a represálias. Receio dizer coisas que escandalizem seus parentes.

– Não tenho medo de você – disse ele, sorrindo.

– Oh, deixe que eu ouça as acusações que tem para lhe fazer – exclamou o coronel Fitzwilliam. – Gostaria de saber como ele se comporta entre estranhos.

– Eu lhe direi... mas prepare-se para ouvir coisas horríveis. A primeira vez que o vi em Hertfordshire foi num baile. E, nesse baile, que pensa o senhor que ele fez? Dançou apenas quatro danças! Dançou apenas quatro danças, embora os cavalheiros fossem escassos, e é de meu conhecimento que mais de uma moça ficou sentada por falta de par. Sr. Darcy, o senhor não pode negar isso.

– Na época não conhecia outras moças do salão, além daquelas do meu próprio grupo.

– É verdade, e ninguém pode ser apresentado a outro num salão de baile. Bem, coronel Fitzwilliam, que devo tocar em seguida? Meus dedos esperam ordens suas.

– Talvez – disse Darcy – eu devesse ter solicitado uma apresentação, mas não me considero qualificado para me recomendar pessoalmente a pessoas estranhas.

– Deveremos nós perguntar a seu primo qual a explicação para tal atitude? – disse Elizabeth, dirigindo-se sempre ao coronel Fitzwilliam. – Deveremos perguntar-lhe por que razão um homem bem-educado e sensato e que tem a experiência do mundo não se considera qualificado para se recomendar a pessoas estranhas?

– Posso responder à sua pergunta – disse Fitzwilliam – sem consultá-lo. É porque ele não quer ter esse trabalho.

– O que é certo é que não tenho o talento que muita gente possui – disse Darcy – de dirigir facilmente a palavra a pessoas que nunca vi anteriormente. Não sou capaz de captar o tom conversa, ou fingir que me interesso pelos problemas alheios, como vejo acontecer.

– Os meus dedos – disse Elizabeth – não se movem sobre este instrumento de modo tão magistral como os de muitas mulheres. Eles não têm a mesma força e a mesma rapidez, nem possuem a mesma força de expressão, mas a culpa disso é exclusivamente minha, pois nunca me dei o trabalho de praticar.

Darcy sorriu e disse:

– Tem toda razão. Empregou seu tempo muito melhor. Nenhum dos que terão tido o privilégio de ouvi-la poderão apontar qualquer erro. Nenhum de nós executa para estranhos.

Foram interrompidos por Lady Catherine que quis saber sobre o que conversavam. Elizabeth imediatamente recomeçou a tocar. Lady Catherine aproximou-se e, após ouvir durante alguns momentos, disse para Darcy:

– A Senhorita Bennet não tocaria nada mal se praticasse mais e pudesse gozar as lições de um mestre londrino. Ela articula bem, mas não com tanta expressão como Anne. Anne seria uma pianista notável, se sua saúde o permitisse.

Elizabeth olhou para Darcy para ver como ele acolhia aquele elogio a sua prima. Mas não percebeu o mais leve sintoma de amor.

Lady Catherine continuou com suas observações sobre a execução de Elizabeth, alternando-as com conselhos sobre a técnica e a expressão. Elizabeth ouviu paciente e amavelmente. A pedido dos cavalheiros, permaneceu ao piano até a carruagem de Lady Catherine ser chamada, para conduzi-los de volta.

Capítulo 32

Elizabeth estava sozinha em casa escrevendo para Jane, na manhã seguinte, quando a campainha da porta a fez sobressaltar. Como não ouvira o ruído de qualquer carruagem, calculou que se tratasse de Lady Catherine e, apreensiva, tratou de esconder a carta que escrevia, a fim de evitar perguntas indiscretas. Quando a porta se abriu, para sua grande surpresa, o Sr. Darcy entrou na sala.

Ele pareceu igualmente surpreso por encontrá-la sozinha e desculpou-se pela intrusão, dizendo ter pensado que todas as senhoras estariam em casa.

Sentaram-se, então, e após ela ter delicadamente se informado sobre todos em Rosings, pareciam estar em risco de cair no silêncio total. Era, pois, absolutamente necessário introduzir qualquer assunto. Diante de tal emergência, Elizabeth se lembrou da última vez que o vira em Hertfordshire, e disse:

– Com que precipitação deixaram Netherfield em novembro, Sr. Darcy! Deve ter sido uma surpresa muito agradável para o Sr. Bingley revê-los todos tão cedo, pois, se não me engano, ele partira no dia anterior. Ele e as irmãs estavam bem quando os viu em Londres?

– Perfeitamente, obrigado.

Elizabeth compreendeu que não receberia outra resposta e, após uma curta pausa, acrescentou:

– Pelo que entendi, o Sr. Bingley não pretende voltar a Netherfield?

– Nunca o ouvi dizer tal coisa, mas é provável que daqui para frente ele lhe dedique menos tempo. Ele tem muitos amigos e está numa idade em que os amigos e os compromissos aumentam continuamente.

– Se ele tenciona passar tão pouco tempo em Netherfield, seria preferível para a vizinhança que ele desistisse inteiramente do lugar, pois assim se instalaria ali outra família. Contudo, talvez o Sr. Bingley pense menos na conveniência dos vizinhos do que na sua própria.

– Não me surpreenderia que ele optasse por abrir mão da propriedade caso surja uma oportunidade vantajosa – respondeu Darcy.

Elizabeth nada acrescentou. Receava continuar falando do amigo dele e, como nada mais tinha para lhe dizer, resolveu deixar para ele a tarefa de encontrar um novo assunto.

Ele logo começou:

– Esta casa parece muito acolhedora. Lady Catherine, creio eu, reformou-a bastante para a vinda do Sr. Collins para Hunsford.

– Sim, e estou certa de que ela não poderia ter dispensado sua bondade a uma pessoa mais grata.

– O Sr. Collins parece ter tido muita sorte com a esposa que escolheu.

– Sim, seus amigos têm motivos para satisfação, pois ele encontrou uma das poucas mulheres sensatas que poderiam aceitá-lo. Minha amiga é muito compreensiva e, embora eu não considere seu casamento com o Sr. Collins um de seus atos mais ajuizados, reconheço que ela parece feliz. Sob o ponto de vista da prudência, Charlotte realizou o casamento ideal.

– Ela deve considerar muito bom estar tão perto de sua própria família e amigos.

– Perto, você diz? São quase cinquenta milhas de distância.

– E o que são cinquenta milhas em uma boa estrada?

– Eu jamais consideraria a distância uma das vantagens desse casamento. Jamais diria que a Sra. Collins está perto da família.

– Isso prova sua própria ligação com Hertforshire. Qualquer lugar fora de Longbourn seria longe, imagino.

Enquanto falava, havia nele uma espécie de sorriso que Elizabeth julgou compreender. Ele devia supor que ela pensava em Jane e em Netherfield e enrubesceu ao lhe responder:

– Não quis com isso dizer que uma mulher não deva morar um pouco longe da família. Isso depende de várias circunstâncias. Creio que minha amiga só se consideraria perto da família se a distância fosse metade do que é.

O Sr. Darcy aproximou um pouco sua cadeira e disse:

– Mas a Senhorita não pode alimentar sentimento tão bairrista. Não poderá viver sempre em Longbourn.

Elizabeth olhou-o surpresa. O Sr. Darcy pareceu mudar de ideia. Recuou a cadeira, pegou um jornal que se encontrava em cima da mesa e disse num tom de voz mais frio:

– Kent lhe agrada?

Seguiu-se um curto diálogo sobre o condado mencionado que foi interrompido pela chegada de Charlotte e sua irmã. A cena pareceu surpreendê-las. O Sr. Darcy contou sobre o engano que ocasionara sua intromissão e, após ter permanecido sentado mais alguns minutos num silêncio quase absoluto, foi-se embora.

– Que quererá isto dizer? – disse Charlotte, após ele ter partido. – Minha querida Eliza, ele deve estar apaixonado por você, ou nunca nos teria visitado de forma tão pouco cerimoniosa.

Mas quando Elizabeth contou de seu silêncio, a ideia pareceu menos plausível. Após várias conjecturas, elas concluíram que a visita se devia apenas à dificuldade de encontrar qualquer outra coisa com que se ocupar, o que não era de estranhar para aquela época do ano. Todos os desportos ao ar livre estavam fora de questão. Dentro de casa havia Lady Catherine, livros e uma mesa de bilhar, o que nunca entreteria um homem por muito tempo.

O fato é que os dois primos se sentiam tentados a percorrer aquela distância quase todas as manhãs. Chegavam a horas variadas, às vezes juntos, outras vezes separados, e de vez em quando acompanhados pela tia. Tornava-se evidente a todos que o coronel Fitzwilliam vinha porque se sentia bem na companhia dos moradores de Hunsford, fato esse que por si só abonava em seu favor, e a satisfação que Elizabeth sentia ao vê-lo a fazia lembrar de seu antigo favorito George Wickham. Se comparasse os dois, entretanto, via que os modos do coronel Fitzwilliam eram menos envolventes, mas ele tinha melhor formação.

Mas por que viria o Sr. Darcy com tanta frequência era mais difícil de compreender. Certamente não seria pelo prazer da companhia, pois ele permanecia a maior parte do tempo calado, às vezes durante dez minutos seguidos. Raramente se animava. A Sra. Collins não conseguia compreendê-lo. O coronel Fitzwilliam costumava troçar do ar sorumbático do primo, o que indicava que numa situação normal ele não se comportaria assim. Charlotte queria acreditar que essa mudança era efeito do amor e que o objeto desse amor era sua amiga Eliza, por isso dispôs-se seriamente a investigar o assunto. Observava-o sempre que o encontrava em Rosings, ou quando ele visitava Hunsford, mas sem grade sucesso. Ele olhava bastante para sua amiga, mas era duvidosa a expressão daquele olhar. Era um olhar sério, fixo, mas Charlotte não estava certa de que se tratasse de um olhar de admiração. Parecia, às vezes, não passar de distração.

Algumas vezes insinuara a Elizabeth a possibilidade de o Sr. Darcy estar interessado por ela, mas ela ria sempre de tal ideia. Então a Sra. Collins achou mais prudente guardar para si suas suspeitas e não despertar esperanças que pudessem acabar em desapontamento. Em sua opinião, toda a relutância da amiga se acabaria se acreditasse estar ele em seu poder.

Nos planos que arquitetava para Elizabeth, por vezes imaginava-a se casando com o coronel Fitzwilliam. Ele era, sem comparação, o mais atraente. Admirava-a, sem dúvida, e sua situação na vida era de destaque. Mas, a contrabalançar tais vantagens, enquanto o Sr. Darcy tinha considerável influência na Igreja, seu primo não tinha nenhuma.

Capítulo 33

Mais de uma vez, durante seus passeios pelo parque, Elizabeth teve a surpresa de encontrar o Sr. Darcy. Ela sentia a perversidade do acaso que o levava onde ninguém mais costuma aparecer. Para impedir que tal incidente voltasse a ocorrer, ela teve o cuidado de informá-lo de que aquele era seu passeio favorito. Achou muito estranho, portanto, que o acaso se repetisse. Ele pouco falava e Elizabeth não se dava o trabalho de escutá-lo com muita atenção.

Certo dia em que Elizabeth, em seu passeio habitual, se encontrava relendo a última carta de Jane, detendo-se especialmente nos trechos em que Jane se mostrava mais deprimida, viu, ao levantar os olhos, que se encontrava diante do coronel Fitzwilliam, e não do Sr. Darcy, como ela supunha. Guardou imediatamente a carta, forçou um sorriso e disse:

– Não o tinha visto por estes lados ainda.

– Estava dando a volta no parque como geralmente faço todos os anos, e tencionava encerrar o passeio com uma visita ao presbitério. Tenciona seguir adiante?

– Não, já vou voltar.

E, dizendo isto, ela tomou a direção oposta e juntos tomaram o caminho do presbitério.

– Está mesmo decidido a deixar Kent no sábado? – perguntou Elizabeth.

– Sim, a menos que Darcy torne a adiar a partida. Mas estou a seu inteiro dispor e ele que decida como bem entender.

– E se não for de seu agrado o programa, ele, ao menos, terá um enorme prazer em exercer a faculdade de escolha. Não conheço ninguém que demonstre tanto prazer em fazer suas próprias vontades como o Sr. Darcy.

– Tem razão, ele gosta bastante de fazer o que quer – replicou o coronel Fitzwilliam. – Como todos nós, aliás. Só que ele tem meios para se dar a tal luxo pois é rico, e os outros, em sua maioria, são pobres. Falo com sinceridade. Na minha qualidade de filho mais novo, como sabe, tenho de estar preparado para o sacrifício e a obediência.

– Em minha opinião, o filho mais novo de um nobre conhece ambos muito pouco. Diga-me, seriamente, que sabe o senhor a respeito de sacrifício e obediência? Quando foi o senhor impedido, por falta de dinheiro, de se locomover livremente ou de obter coisas que desejava?

– Suas perguntas são de caráter doméstico, e talvez eu não possa dizer que tenha experimentado muitas dificuldades dessa ordem. Porém, em assuntos de maior importância, é possível que eu sofra pela falta de dinheiro. Os filhos mais novos nem sempre podem se casar segundo suas inclinações.

– A não ser que simpatizem com mulheres de fortuna, o que não é raro.

– O hábito que temos de gastar dinheiro nos torna dependentes demais e são poucos aqueles que, em situação idêntica à minha, se aventuram a casar sem considerar a questão monetária.

"Estará ele pensando em mim?"– perguntou-se Elizabeth, corando com a ideia; mas, dominando-se, disse, num tom alegre:

– E, diga-me, qual o preço habitual para o filho mais novo de um nobre? A não ser que o irmão mais velho seja muito doente, não creio que possam exigir nada além de cinquenta mil libras.

Ele respondeu no mesmo tom e o assunto morreu. Para interromper um silêncio que poderia fazer crer ao coronel que ela se sentira de qualquer modo afetada pelo que se passara, Elizabeth disse, pouco depois:

– Imagino que seu primo o tenha trazido consigo apenas com o intuito de ter alguém à sua disposição. Sendo assim, não percebo por que ele não se casa. Teria, desse modo, o problema resolvido.

Mas talvez a irmã, de momento, preencha esses requisitos, pois está inteiramente sob seu cuidado e ele pode fazer com ela o que quiser.

– Não – disse o coronel Fitzwilliam –, isso é uma satisfação que ele tem de partilhar comigo. Exerço juntamente com ele a tutela da Senhorita Darcy.

– Ah, sim? Que espécie de tutores são os senhores? Essa tutela dá muito trabalho? As jovens da idade dela são, por vezes, difíceis de levar, e se ela possui o verdadeiro espírito dos Darcy, deve ser voluntariosa.

Enquanto assim falava, Elizabeth reparou que ele a olhava seriamente e, pela maneira como ele lhe perguntou, pouco depois, por que supunha ela que a Senhorita Darcy lhes pudesse causar preocupações, ficou convencida de que se aproximara da verdade. Ela imediatamente respondeu:

– Não se assuste. Nunca ouvi nada de mal a respeito dela. Tenho-a na conta de uma das pessoas mais maleáveis do mundo. Conheço duas senhoras que a apreciam bastante, a Sra. Hurst e a Senhorita Bingley. Creio que já o ouvi dizer que as conhece também.

– Conheço vagamente. O irmão delas é um cavalheiro muito simpático e bem-educado. É um grande amigo de Darcy.

– Ah, sim – disse Elizabeth, secamente –, o Sr. Darcy é especialmente atencioso com o Sr. Bingley e tem com ele um cuidado realmente prodigioso.

– Cuidado com ele! Sim, não me custa acreditar. Darcy cuida e vela por ele, sobretudo nas situações mais delicadas e que exigem cautela. Pelo que me contou em nossa viagem para cá, tenho razões para pensar que Bingley deve muito a Darcy. Mas ele terá de me desculpar, pois não tenho o direito de supor que Bingley seja o protagonista dessa história. É uma simples conjectura.

– Que quer dizer com isso?

– É uma coisa que Darcy não desejará com certeza que se espalhe, pois, se chegasse aos ouvidos da família da jovem, seria bastante desagradável.

– Pode ter certeza de que nada direi a tal respeito.

– E lembre-se de que não estou absolutamente certo de que isto tenha se passado realmente com Bingley. O que ele me contou foi apenas o seguinte: que ele felicitava a si mesmo por ter salvo um amigo dos inconvenientes de um casamento dos mais imprudentes, mas não mencionou nome ou qualquer detalhe. Suspeitei que se tratasse de Bingley apenas porque o tenho na conta de um desses jovens capazes de se meter em tais apuros e porque sei que eles estiveram juntos todo o verão passado.

– E o Sr. Darcy expôs os motivos dessa interferência?

– Compreendi que havia objeções muito fortes contra a moça.

– E que artifícios empregou ele para separá-los?

– Ele não me pôs a par da manobra – disse Fitzwilliam, sorrindo. – Apenas me disse o que acabei de lhe contar.

Elizabeth não respondeu e continuou a caminhar, o coração repleto de indignação. Após observá-la durante alguns instantes, Fitzwilliam perguntou por que estava tão pensativa.

– Pensava no que me contou. A conduta de seu primo não se coaduna com meus sentimentos. Por que ele se achou no direito de julgar?

– Parece estar disposta a considerar inoportuna a atitude dele.

– Não vejo com que direito o Sr. Darcy pode determinar de que maneira seu amigo poderá ser feliz. Mas – continuou ela, voltando a si – como não temos qualquer conhecimento das circunstâncias, não é justo condená-lo. Não deveria existir grande amor nessa história.

– A suposição não é improvável – disse Fitzwilliam –, porém diminui bastante o triunfo de meu primo.

Essas palavras foram ditas em tom de gracejo, mas a Elizabeth pareceram retrato tão fiel de Darcy que achou mais prudente calar-se para não se trair em sua resposta. Mudaram repentinamente de assunto e falaram de coisas indiferentes até chegarem ao presbitério.

Fechada em seu quarto, mal o visitante a deixou, pôde pensar sem interrupção sobre tudo o que ouvira. Não havia dúvida de que se tratava de sua família. Não poderiam existir no mundo dois homens sobre os quais o Sr. Darcy exercesse um domínio tão absoluto. Que ele influíra nas medidas adotadas para separar o Sr. Bingley de Jane, ela nunca duvidara. Entretanto, sempre atribuíra à Senhorita Bingley a iniciativa do plano e a parte mais importante de sua execução. Se a vaidade dele não o iludira, o Sr. Darcy era, por seu orgulho e capricho, a causa de tudo o que Jane tinha sofrido, e ainda sofria. Ele arruinara por algum tempo todas as esperanças de felicidade para o coração mais afetuoso e mais generoso do mundo, e ninguém poderia prever quão duradouro seria o mal por ele infligido.

"Havia fortes objeções contra a garota." Foram essas as palavras do coronel Fitzwilliam, e essas fortes objeções eram, provavelmente, o fato de ela ter um tio advogado na província e outro comerciante em Londres.

"Contra a própria Jane não poderia haver qualquer possibilidade de objeção.

Ela é só doçura e bondade! É inteligente, educada, e suas maneiras são cativantes. Nada existe também contra meu pai. É um pouco excêntrico, mas tem qualidades que nem o Sr. Darcy pode desdenhar, acrescidas de uma respeitabilidade que ele provavelmente nunca alcançará." – refletiu Elizabeth. Porém, quando pensou na mãe, sua confiança declinou um pouco, mas não admitia que quaisquer objeções nesse campo pesassem aos olhos do Sr. Darcy. Por fim, ela concluiu que o Sr. Darcy se deixara levar em parte por seu desmedido orgulho e em parte pelo desejo de guardar o Sr. Bingley para sua irmã.

A agitação e as lágrimas que o assunto provocou trouxeram a Elizabeth uma dor de cabeça que, agravando-se pela tarde e aliada à sua aversão pelo Sr. Darcy, a impediram de acompanhar seus primos a Rosings, onde iriam tomar chá. A Sra. Collins, vendo que ela realmente não estava bem, não insistiu e poupou-a da insistência do Sr. Collins, que, apesar de tudo, não escondia seu receio de que Lady Catherine ficasse aborrecida por Elizabeth ficar em casa.

Capítulo 34

Depois de todos terem partido, Elizabeth, como se tencionasse exasperar-se ainda mais contra o Sr. Darcy, escolheu como ocupação a leitura de todas as cartas que Jane lhe enviara desde que ela, Elizabeth, estava em Kent. As cartas não continham nenhuma queixa expressa, nem relembravam acontecimentos passados ou comunicavam sofrimentos presentes. Contudo, em todas elas, em quase cada linha, sentia-se a falta daquela animação que sempre caracterizara o estilo de Jane, o qual, provindo da serenidade de um espírito tranquilo consigo mesmo e bem-disposto com todos, raramente havia sido eclipsado. Com uma atenção maior do que na primeira leitura, notava agora a inquietude em algumas frases. A vergonhosa atitude do Sr. Darcy gabando-se a respeito dos sofrimentos que pudesse ter causado fazia que ela sentisse mais dolorosamente os sofrimentos de sua irmã.

Ao pensar na partida de Darcy, lembrou-se que o primo também o acompanharia. Embora o coronel Fitzwilliam fosse muito simpático, Elizabeth não estava disposta a sofrer por sua causa.

Enquanto assim pensava, foi subitamente despertada pelo som da campainha da porta. A princípio sentiu-se um pouco alvoroçada com a ideia de que pudesse ser o coronel Fitzwilliam, que já uma vez aparecera bastante tarde, e que agora talvez tivesse vindo saber notícias dela. Essa ideia, porém, foi logo banida e sentiu uma emoção inteiramente diversa quando viu, para sua imensa surpresa, o Sr. Darcy avançar pela sala. Um pouco em atropelo, ele fez várias perguntas sobre sua saúde, atribuindo sua visita ao desejo de sabê-la um pouco melhor. Ela respondeu com fria amabilidade. Darcy conservou-se sentado durante alguns instantes e depois, levantando-se, pôs-se a passear pela sala. Elizabeth estava espantada, mas nada disse. Após um silêncio de alguns minutos, aproximou-se, agitado e falou:

– Em vão tenho lutado, mas de nada serve. Meus sentimentos não podem ser reprimidos e permita-me dizer-lhe que a admiro e a amo ardentemente.

Elizabeth ficou abismada. Olhou-o fixamente, corou, duvidou e não pronunciou palavra. O Sr. Darcy viu nisso um encorajamento e fez a confissão de tudo o que sentia e desde quando o sentia. Ele exprimiu-se bem, mas através de suas palavras outros sentimentos podiam ser percebidos, além daqueles do coração, e ele não falava com maior eloquência de sua ternura do que de seu orgulho. O sentimento da inferioridade de Elizabeth, do rebaixamento que aquele amor representava, os obstáculos da família que a razão sempre opusera à inclinação, foram descritos com um ardor que provinha do triunfo de sua afeição, mas que recomendava pouco suas pretensões.

Apesar de sua profunda antipatia, Elizabeth nunca poderia permanecer indiferente à paixão de tal homem e, embora suas intenções não mudassem por um só instante que fosse, a princípio sentiu pena por se ver obrigada a decepcioná-lo. Ressentida com as palavras dele, ela perdeu toda a compaixão em sua cólera. Procurou, no entanto, dominar-se para, com paciência, saber responder mal ele acabasse de falar.

Ele concluiu descrevendo a força de sua afeição, que, apesar de todos os seus esforços, não conseguira dominar, e exprimiu sua esperança de ver essa afeição recompensada pela aceitação de Elizabeth. Elizabeth percebeu, assim, que ele não duvidava que sua resposta seria positiva. Ele falava em apreensão e ansiedade, mas em seu rosto transparecia a certeza. Tal atitude só a exasperava ainda mais e quando ele terminou, o sangue subiu ao rosto de Elizabeth, que lhe disse:

– Em casos como esse, creio que é costume exprimir nossa gratidão pelos sentimentos que nos são confessados, qualquer que seja a incapacidade de os retribuir. É natural o sentimento de obrigação e se eu me sentisse de qualquer modo grata, não deixaria de lhe agradecer. Mas nada disso me é possível. Nunca desejei sua boa opinião, que, aliás, o senhor me confere contra sua própria vontade. Custa-me magoar alguém. Não é propositadamente que o faço e só me resta esperar que a mágoa não dure muito. Os sentimentos que, segundo o senhor me disse, o impediram durante muito tempo de reconhecer seu amor hão de socorrê-lo facilmente após a presente explicação.

O Sr. Darcy, que estava apoiado contra a cornija da lareira com os olhos fixos no rosto de Elizabeth, pareceu receber a comunicação dela com um ressentimento não menor do que sua surpresa. Seu rosto tornou-se pálido de cólera e a perturbação era visível em cada um de seus traços. Lutava por aparentar serenidade e não ousava pronunciar-se antes de sentir que conseguiria fazê-lo. A pausa era insuportável para Elizabeth. Finalmente, numa voz forçadamente calma, disse:

– E é essa a única resposta a que eu tinha direito e com a qual tenho de me contentar! Desejaria, talvez, ser informado da razão por que me rejeita assim, sem a menor tentativa de delicadeza de sua parte. Mas não tem importância.

– Também eu poderia perguntar – replicou ela – por que, com o intuito tão evidente de me ofender e insultar, resolveu o senhor dizer-me que gostava de mim contra a sua vontade, contra a sua razão e mesmo contra o seu caráter? Não é essa desculpa suficiente para a minha falta de cortesia? Se é que realmente cometi essa falta. Mas tenho outros motivos para me sentir ferida. O senhor os conhece bem. Se acaso meus sentimentos não me indispusessem contra o senhor, se eles fossem indiferentes ou mesmo favoráveis, está convencido de que qualquer consideração me inclinaria a aceitar um homem que arruinou talvez para sempre a felicidade de minha irmã adorada?

Ao ouvir pronunciar tais palavras, o Sr. Darcy mudou de cor, mas a emoção pouco durou, e ele continuou a ouvir sem tentar interrompê-la.

– Tenho mil e uma razões para pensar mal do senhor – prosseguiu Elizabeth. – Nenhum motivo poderá desculpar o ato injusto e mesquinho que praticou. O senhor não ousará, não poderá negar que foi o principal, senão o único, agente na separação dos dois, e o responsável por expor um à censura e ao ridículo do mundo por capricho e instabilidade, e o outro ao escárnio pela decepção de suas esperanças, envolvendo ambos numa situação extremamente embaraçosa.

Ela fez uma pequena pausa e viu, com grande indignação, que ele a escutava com ar de quem não sentia remorso. Olhava-a, até, com um sorriso de incredulidade afetada.

– Acaso nega o que fez? – replicou ela.

Com uma fingida tranquilidade, ele então respondeu:

– Não desejo negar que fiz tudo o que pude para separar meu amigo de sua irmã, nem negarei que me alegro com esse êxito. Fui mais previdente com ele do que comigo mesmo.

Elizabeth recusou-se a mostrar que compreendera a delicadeza dessa observação, mas seu sentido não lhe escapou, nem pôde aplacá-la.

– Mas não é apenas daí que vem minha antipatia – continuou ela.

– Muito antes disso eu já tinha opinião formada a seu respeito. Seu caráter foi revelado alguns meses atrás pelo Sr. Wickham. Que ato imaginário de amizade poderá o senhor alegar para se justificar? Que falsos motivos poderá inventar para iludir os outros?

– A Senhorita denota um ávido interesse por esse cavalheiro – disse Darcy, com uma voz menos firme e corando intensamente.

– Quem poderá, conhecendo seu infortúnio, deixar de se interessar por ele?

– Seu infortúnio! – repetiu Darcy, com desprezo. – Sim, seu infortúnio foi realmente grande.

– E foi o senhor quem o infligiu! – exclamou Elizabeth, energicamente. – Foi o senhor quem o reduziu a seu estado atual de relativa pobreza. O senhor quem lhe recusou as vantagens que lhe estavam destinadas. Privou-o, durante os melhores anos de sua vida, da independência a que ele tinha direito, e que, aliás, merecia. Tudo isso o senhor fez, e atreve-se agora a ouvir o relato de seu infortúnio com desprezo e ironia.

– É, então, essa a opinião que tem de mim! – exclamou Darcy, caminhando agitado pela sala. – É esse o valor que me dá! Agradeço por ter se mostrado tão explícita. Minhas faltas, tais como as representa, são realmente pesadas! Essas ofensas nunca teriam sido reveladas, acaso eu não tivesse ferido seu orgulho ao confessar-lhe com toda sinceridade os escrúpulos que durante tanto tempo me impediram de tomar uma resolução. Poderia ter evitado suas amargas acusações se me tivesse mostrado mais hábil, escondendo minhas lutas e fazendo crer que era movido por uma inclinação a que nada se opunha, nem a razão, nem a reflexão, nem qualquer outro motivo. Mas eu odeio toda espécie de fingimento. Tampouco me envergonham os sentimentos que lhe exprimi. São naturais e justos. Acaso esperava que me regozijasse pela inferioridade de seus parentes? Ou que me alegrasse com a esperança de me relacionar com pessoas de condição tão decididamente inferior à minha?

Elizabeth sentia sua cólera crescer a cada momento. Contudo, esforçou-se por responder serenamente:

– Está enganado, Sr. Darcy. Sua atitude apenas me poupou de

qualquer apreensão que eu pudesse sentir ao ter de recusar seu pedido, acaso ele tivesse sido feito de uma forma mais cavalheiresca.

Ela notou como ele se sobressaltara ao ouvir tais palavras, mas o Sr. Darcy nada disse e ela continuou:

– Eu teria recusado de qualquer modo.

De novo seu espanto se tornou evidente. Ele olhou-a com incredulidade e mortificação. Ela prosseguiu:

– Desde o princípio, desde o primeiro instante em que o vi, posso afirmá-lo, que suas maneiras me convenceram de que era um homem arrogante, pretensioso e que devotava a maior indiferença pelos sentimentos alheios. Essa impressão foi tão profunda que constituiu, por assim dizer, o alicerce sobre o qual os acontecimentos subsequentes elevaram uma indestrutível antipatia. E ainda não o conhecia há um mês e já estava convencida de que seria o senhor o último homem no mundo com quem me convenceriam a casar.

– Não precisa acrescentar mais nada, minha senhora. Compreendo perfeitamente seus sentimentos e nada me resta senão envergonhar-me dos meus. Perdoe-me ter tomado seu precioso tempo e aceite meus mais sinceros votos de felicidade.

Com essas palavras ele abandonou apressadamente a sala e, após alguns minutos, Elizabeth ouviu-o abrir a porta da frente e sair. Incapaz de se manter de pé, deixou-se cair sobre uma cadeira e chorou durante meia hora. Sua surpresa aumentava a cada recordação do que se passara. Recebera uma proposta de casamento do Sr. Darcy! Há vários meses que ele estava apaixonado por ela! E amava-a tanto que desejava desposá-la apesar de todas as objeções que tinham contribuído para que ele impedisse o casamento do amigo. Era agradável saber que ela tinha inspirado uma afeição tão forte. Mas o orgulho de Darcy, seu orgulho abominável, a cínica confissão de sua atitude com Jane, sua imperdoável tranquilidade ao reconhecer o que tinha feito, embora não o pudesse justificar, e a insensibilidade com que se referia ao Sr. Wickham, sem que tentasse negar a crueldade com que o tinha tratado, logo se sobrepuseram à compaixão que o interesse na paixão confessada lhe despertou.

Essas agitadas reflexões continuaram torturando-a, até ouvir o ruído da carruagem de Lady Catherine, o que a fez correr para seu quarto, pois não se sentia em condições de enfrentar o olhar perspicaz de Charlotte.

Capítulo 35

Quando acordou na manhã seguinte, Elizabeth encontrou os mesmos problemas e reflexões. Ainda não havia se recuperado da surpresa com o que havia acontecido. Logo após o café, foi fazer um pouco de exercício ao ar livre. Encaminhava-se para seu passeio favorito quando se lembrou que o Sr. Darcy costumava aparecer por lá. Em vez de entrar no parque, Elizabeth tomou a trilha que o rodeava.

Depois de percorrer por duas ou três vezes aquele trecho, sentiu-se tentada a parar perto de um dos portões e contemplar o parque. Durante as cinco semanas que permanecera em Kent, uma grande transformação se operara e cada dia as árvores ficavam mais verdes. Elizabeth preparava-se para continuar o passeio quando, no pequeno bosque que limitava o parque, avistou de relance um homem caminhando em sua direção. Receando que se tratasse do Sr. Darcy, Elizabeth decidiu se afastar, mas a pessoa já se encontrava suficientemente perto para poder vê-la. Apressando o passo, essa pessoa aproximou-se e pronunciou seu nome. Estendendo-lhe uma carta, que ela instintivamente aceitou, disse com ar altivo:

– Andei pelo bosque na esperança de encontrá-la. Quer dar-me a honra de ler esta carta? – E, fazendo uma ligeira reverência, o Sr. Darcy se virou e partiu.

Sem qualquer expectativa de prazer, mas com grande curiosidade, Elizabeth abriu a carta e, com um espanto sempre crescente, viu que o envelope continha duas folhas de papel, preenchidas por uma letra apertada. Prosseguindo seu passeio pela alameda, Elizabeth começou a ler. A carta estava datada de Rosings, às oito horas da manhã, e constava do seguinte:

"Ao receber esta carta, não fique alarmada pensando que ela contém a repetição daqueles sentimentos ou a renovação das propostas que ontem à noite tanto a aborreceram.

Escrevo sem qualquer intenção de a irritar ou de me humilhar insistindo em exprimir esperanças que, para a felicidade de ambos, não poderão ser esquecidas cedo demais. O esforço que esta carta poderá representar, para mim ao escrevê-la e para você ao lê-la, teria sido poupado, acaso meu caráter não exigisse que ela fosse escrita e lida. Necessito, pois, que me perdoe a liberdade com que exijo sua atenção. Sei que me atenderá com relutância, mas não posso deixar de fazê-lo.

Duas foram as acusações que ontem à noite me fez, diferentes na natureza e na importância. Acusou-me, primeiro, de ter separado o Sr. Bingley de sua irmã, sem me importar com os sentimentos de ambos; e, segundo, de ter arruinado a prosperidade imediata e as probabilidades futuras do Sr. Wickham, contrariando seus direitos, contrariando a honra e a humanidade. Repudiar voluntária e gratuitamente o companheiro de minha infância, o favorito declarado de meu pai, um rapaz que dependia exclusivamente de nossa proteção e a quem essa fora prometida, seria uma perversidade mais grave do que a separação de duas pessoas cuja afeição, embora verdadeira, nunca poderia ter crescido excessivamente durante aquelas poucas semanas em que estiveram juntas. Espero, no futuro, estar salvaguardado da severidade das censuras que me foram feitas com tanta veemência sobre esses dois casos após a leitura da seguinte explicação de meus atos e motivos. Se nesta minha exposição me vir obrigado a exprimir sentimentos que a possam ofender, apenas me resta participar-lhe meu sincero pesar. A necessidade a isso me obriga.

Pouco tempo depois de nossa chegada a Hertfordshire, percebi, juntamente com outras pessoas, que Bingley preferia sua irmã mais velha a qualquer outra jovem na região. Porém, foi só por ocasião do baile em Netherfield que pela primeira vez receei que ele se apaixonasse seriamente. Já várias vezes o vira apaixonado. No baile, enquanto dançava com a Senhorita, soube, através da informação acidental de Sir William, que as atenções de Bingley com sua irmã tinham dado margem a um rumor geral acerca do casamento de ambos. Sir William fez referência como a um acontecimento inquestionável, do qual só a data era incerta. A partir desse momento, dediquei toda minha atenção às atitudes de meu amigo e reparei que a inclinação dele pela Senhorita Bennet era mais evidente do que qualquer uma das que vi anteriormente. Observei também sua irmã. O olhar e as maneiras eram francos, alegres e atraentes como sempre, mas sem qualquer sintoma especial de afeição, o que definitivamente me convenceu de que, embora ela aceitasse as atenções de Bingley com prazer, não as provocava porque participasse do mesmo sentimento. Aqui, se a Senhorita não se enganou, enganei-me eu. Seu conhecimento íntimo de sua irmã tornará mais provável a última hipótese. Nesse caso, se meu erro me levou a infligir um desgosto a sua irmã, seu ressentimento não é injustificado. Entretanto, afirmo que a serenidade do rosto de sua irmã e a tranquilidade de seus modos eram tais que trariam ao observador mais perspicaz a convicção de que, apesar de toda a amabilidade de seu temperamento, o coração não era dos mais fáceis de atingir. É certo que eu desejava acreditar na indiferença dela, mas ouso afirmar que minhas investigações e decisões não são geralmente influenciadas por minhas esperanças ou receios. Não foi porque o desejasse que acreditei na indiferença de sua irmã, mas, simplesmente, porque cheguei a uma convicção imparcial, e ela é tão sincera quanto meu desejo. Minhas objeções contra tal casamento não foram apenas aquelas que ontem à noite lhe expus e que, no meu caso, exigiram toda a força da paixão para serem vencidas; a desigualdade social não representaria um mal tão grande para meu amigo como para mim. Mas existiam outras causas para minha resistência; causas que, embora ainda existentes e idênticas para ambos os casos, eu tentei esquecer porque não diziam respeito a mim. Tais causas necessitam ser mencionadas, embora sumariamente. A situação da família de sua mãe, se bem que pouco recomendável, nada era em comparação com aquela falta total de delicadeza tão frequente e quase permanentemente demonstrada por tal senhora, por suas três irmãs mais jovens e por vezes até por seu pai. Perdoe-me. Custa-me ofendê-la. Contudo, qualquer que seja o aborrecimento que seus parentes mais próximos possam lhe causar ou a tristeza que a presente descrição provocará, espero que a seguinte reflexão lhe sirva de consolo: que a Senhorita e sua irmã mais velha sempre se comportaram de modo a evitar uma censura semelhante é o melhor elogio que se poderá fazer à sensatez e ao caráter de ambas. Tudo o que se passou naquela noite veio confirmar minha opinião sobre todas as pessoas em questão e fortalecer minha resolução de proteger meu amigo de uma aliança que eu considerava desastrosa. Ele deixou Netherfield no dia seguinte, como decerto está lembrada, com a intenção de regressar em breve.

Devo agora explicar qual a minha interferência no caso. A inquietude das irmãs de Bingley fora igualmente despertada e logo descobrimos a coincidência de nossos sentimentos a tal respeito. Convencidos da urgência em afastar Bingley, decidimos acompanhá-lo a Londres. Foi o que fizemos, e.não perdi tempo em revelar ao meu amigo os inconvenientes de sua escolha. Descrevi e frisei com toda a gravidade. No entanto, por mais que essa advertência possa ter abalado sua resolução, não creio que teria sido suficiente para impedir o casamento se não tivesse sido apoiada pela afirmação, que não hesitei em fazer, de que sua irmã lhe era indiferente. Ele acreditara até aquele momento que a Senhorita Jane correspondia sinceramente à sua afeição. Mas Bingley é por natureza muito modesto e comovedoramente dependente da minha opinião. Convencê-lo, portanto, de que ele estava enganado, não foi difícil. Persuadi-lo a não retornar a Herfordshire, após ter firmado o primeiro ponto, foi coisa de um instante. Não me arrependo do que fiz. Existe apenas uma parte de minha conduta que não me satisfaz inteiramente pois condescendi em usar de certos artifícios para esconder de Bingley o fato de sua irmã se encontrar em Londres. Sabia dessa presença, bem como a Senhorita Bingley, mas ele ainda agora ignora o fato. É, talvez, provável que eles se encontrassem sem outras consequências, mas seu afeto não me pareceu suficientemente extinto para que ele pudesse ver sua irmã sem correr algum perigo. Talvez tal encobrimento, tal subterfúgio, seja indigno de mim. Contudo, é um fato consumado, inspirado pelas melhores intenções. Sobre esse assunto nada mais tenho a dizer. Se acaso causei desgosto a sua irmã, foi sem saber que o fazia, e, embora os motivos que inspiraram minha conduta lhe pareçam naturalmente insuficientes, não vejo ainda razões para condená-los.

Quanto à outra acusação que me foi feita, a mais grave e que diz respeito ao Sr. Wickham, só poderei refutá-la revelando-lhe a história de sua relação com minha família. Ignoro se ele formulou alguma acusação particular à minha pessoa, mas acerca da verdade do que vou relatar poderei indicar-lhe mais de uma testemunha insuspeita. O Sr. Wickham é filho de um homem muito respeitável, que durante vários anos geriu os bens da propriedade de Pemberley e cuja conduta irrepreensível no desempenho de seu cargo mereceu a gratidão de meu pai, gratidão essa que se refletiu sobretudo em George Wickham, seu afilhado, para quem se mostrou de uma generosidade sem limites e a quem devotou grande afeição. Meu pai pagou-lhe os estudos num colégio e mais tarde em Cambridge, auxílio este deveras importante, pois o pai do Sr. Wickham, que as extravagâncias da esposa privavam quase sempre do necessário, não estava em condições de dar ao filho uma educação de alto nível. Meu pai não só apreciava a companhia de George Wickham como tinha por ele a maior admiração e, na esperança de que o rapaz abraçasse a carreira eclesiástica, tencionava ajudá-lo nesse sentido. Quanto a mim, desde há muito tempo que me desiludira a respeito dele. Suas más inclinações, a falta de escrúpulos que ele tinha o cuidado de esconder de seu melhor amigo, não poderiam passar despercebidas a um rapaz da mesma idade que ele, que o observava e tinha a oportunidade de vê-lo em momentos de descuido, coisa que ao Sr. Darcy era impossível. De novo me vejo forçado a magoá-la – até que ponto, só a Senhorita poderá dizer. Mas quaisquer que sejam os sentimentos que o Sr. Wickham lhe possa ter inspirado, a suspeita que alimento acerca desses sentimentos não me impedirá de lhe revelar o verdadeiro caráter de tal pessoa. Meu excelente pai morreu há cerca de cinco anos e sua afeição pelo Sr. Wickham manteve-se tão firme até o fim que em suas últimas vontades me recomendou que me encarregasse de velar pelo bem-estar de seu afilhado e, acaso ele se ordenasse, providenciasse para que fosse ocupar um importante posto, mal este vagasse. Deixou-lhe também um legado de mil libras. O pai dele não sobreviveu muito tempo ao meu, e meio ano após esses acontecimentos recebi uma carta do Sr. Wickham em que ele me informava ter decidido não se ordenar, e me pedia o adiantamento da compensação pecuniária pelo lugar que ele nunca ocuparia. Tencionava dedicar-se ao estudo de Direito e esperava que eu compreendesse que mil libras não bastariam para isso. Apesar do meu desejo de acreditar em sua sinceridade, não consegui. Mesmo assim, mostrei-me favorável à sua proposta. Eu sabia que o Sr. Wickham nunca enveredaria pela carreira eclesiástica. O assunto foi em breve arrumado. Ele renunciou a toda a proteção relativa à sua entrada na Igreja e aceitou em troca a quantia de três mil libras. A partir daí, nada tínhamos a dizer um ao outro. O que eu sabia a respeito dele era suficiente para não o desejar como amigo. Não o convidava para Pemberley, nem procurava sua companhia na capital. Creio que sua pretensão de estudar Direito não passou de um subterfúgio e achando-se nessa altura liberto de qualquer obrigação, entregou-se a uma vida de indolência e dissipação. Durante três anos poucas notícias tive dele, mas quando faleceu a pessoa que ocupava o posto que lhe fora destinado, ele tornou a escrever-me, solicitando o seu lugar. Dizia ele que sua atual situação era bastante precária. Descobrira que o estudo de Direito era pouco proveitoso e estava agora resolvido a tomar ordens caso eu o apresentasse para o posto que acabara de vagar – coisa que ele não duvidava que eu faria, pois estava informado de que não havia outro pretendente ao cargo, e confiava que eu não houvesse esquecido as intenções de meu venerável pai. Creio que não me censurará por lhe ter recusado tal pretensão e rejeitado todas as suas tentativas no mesmo sentido. Seu ressentimento foi proporcional à situação desesperada em que se encontrava. Mostrou-se, sem dúvida, tão violento no ataque à minha pessoa como nas recriminações que me dirigiu. Após esse período, todas as relações de mera formalidade foram cortadas. Como ele viveu, não sei.

No verão passado tornou a atravessar meu caminho, e da forma mais repugnante. Menciono agora certas circunstâncias que desejaria esquecer e que apenas uma obrigação tão forte como a atual me leva a revelar. Depois de ter dito isso, confio inteiramente em sua discrição. Minha irmã, dez anos mais jovem que eu, foi deixada em tutela ao sobrinho de minha mãe, o coronel Fitzwilliam, e a mim próprio. Há cerca de um ano, ela saiu do colégio e foi morar em Londres, na companhia de uma senhora encarregada de sua educação. No verão passado, ela e essa senhora foram para Ramsgate. O Sr. Wickham, obedecendo sem dúvida a um plano, partiu para o mesmo lugar; descobriu-se depois que houvera um entendimento prévio entre ele e a Sra. Younge, sobre cujo caráter nos enganamos desgraçadamente. Com o auxílio e a conivência de tal pessoa, George Wickham conseguiu captar de tal modo as boas graças de Georgiana, cujo coração extremamente afetivo conservava ainda viva a impressão da bondade com que ele a tratara em criança, que ela se convenceu de que o amava e concordou em fugir com ele. Ela tinha então apenas quinze anos, o que lhe servirá de desculpa; e, após ter constatado sua imprudência, tenho o consolo de poder acrescentar que soube disto por ela própria. Cheguei a Ramsgate, inesperadamente, um ou dois dias antes da projetada fuga, e Georgiana, incapaz de suportar a ideia de desgostar e ofender um irmão que ela considerava quase como um pai, confessou-me tudo. Pode bem imaginar como me senti e como agi. A fim de não prejudicar a reputação de minha irmã e não ofender seus sentimentos, abstive-me de qualquer ato de represália em público, mas escrevi ao Sr. Wickham, que partiu imediatamente. Quanto à Sra. Younge, não hesitei em despedi-la. O principal objetivo do Sr. Wickham era, sem dúvida, apoderar-se da fortuna de minha irmã, que é de trinta mil libras. Mas não posso deixar de pensar que o desejo de se vingar de mim tenha também influído fortemente. Sua vingança seria realmente completa.

Essa é, minha senhora, a narrativa fiel dos acontecimentos que nos dizem respeito; e, se não a rejeitar como absolutamente falsa, espero que me sirva de atenuante para a crueldade com que agi contra o Sr. Wickham. Não sei de que modo, nem que falsidades ele usou para atraí-la à sua causa, mas o êxito por ele alcançado não é de estranhar. Dada a sua ignorância total dos fatos e das personagens, não só não estava em seu poder desmascarar essas falsidades, como, além de tudo, o seu temperamento não é dado à desconfiança. Talvez se surpreenda por eu não ter lhe contado tudo isso ontem à noite, mas naquele momento não tinha suficiente domínio sobre mim mesmo para decidir o que devia e o que não devia revelar. Quanto à verdade de tudo o que aqui ficou relatado, posso apelar para o testemunho do coronel Fitzwilliam, que, dado nosso parentesco e constante intimidade, e sobretudo sua qualidade de executor testamentário de meu pai, está a par de todos os detalhes. Se acaso a antipatia que por mim nutre a impedir de dar o devido valor às minhas asserções, o mesmo não acontecerá em relação a meu primo, e, para que haja a possibilidade de consultá-lo, procurarei entregar-lhe esta carta logo de manhã. Acrescentarei apenas, Deus a abençoe!

– Fitzwilliam Darcy."

Capítulo 36

Se quando recebeu a carta das mãos do Sr. Darcy Elizabeth não esperava que ela contivesse a repetição das propostas dele, também não tinha qualquer ideia sobre o que ela pudesse versar. É fácil, portanto, imaginar com quanta avidez ela a percorreu e quantas emoções contraditórias seu conteúdo produziu em seu espírito. Seus sentimentos durante a leitura eram indefinidos. Começou por constatar, com assombro, que ele acreditava poder desculpar-se, pois estava persuadida de que um justo pudor o impediria de dar qualquer explicação. Fortemente prevenida contra tudo o que ele pudesse dizer, começou a ler seu relato do que tinha acontecido em Netherfield. Leu com uma ansiedade que quase a impedia de compreender; a impaciência de saber o que diria a próxima frase a incapacitava de aprofundar o sentido daquela que tinha diante dos olhos. Elizabeth desde logo decidiu que era falsa a alegação do

Sr. Darcy de que ele acreditara na insensibilidade de sua irmã. Suas outras objeções contra o casamento, as mais difíceis de aceitar, enfureciam-na a tal ponto que aboliam todo o seu desejo de ser justa. As palavras de Darcy não exprimiam qualquer arrependimento; o seu estilo não era o de quem queria se desculpar. Era arrogante, orgulhoso e insolente.

Porém, quando passou para o outro assunto, depois de ter lido com mais atenção o relato de acontecimentos que, se verdadeiros, deitariam por terra sua elevada opinião do Sr. Wickham, e que aliás ofereciam uma semelhança alarmante com a história que o próprio Sr. Wickham contara, seus sentimentos aumentaram de intensidade e tornaram-se ainda mais difíceis de definir. Assombro, apreensão, e até horror, oprimiam-na. Recusando-se a acreditar em tal coisa, exclamava repetidamente: "É falso! Não pode ser! Trata-se de uma tremenda mentira!" E quando chegou ao final da carta, apesar de mal ter prestado atenção nas duas últimas páginas, Elizabeth guardou-a precipitadamente, decidida a não tornar a olhar para ela.

Nesse confuso estado de espírito, assaltada por pensamentos que não se concretizavam, ela continuou andando, sem rumo certo. Mas não era solução. Em meio minuto a carta foi de novo desdobrada e, concentrando toda a sua atenção, ela retomou a mortificante leitura de tudo o que dizia respeito a Wickham e esforçou-se para avaliar o sentido de cada frase. A história de suas relações com a família de Pemberley condiziam exatamente com o que ele próprio lhe contara; e a bondade do falecido Sr. Darcy, embora anteriormente não conhecesse toda a sua extensão, correspondia igualmente a suas próprias palavras. Até aqui as duas narrativas coincidiam: mas, quando ela chegou ao testamento, a diferença era grande. Conservava ainda frescas na memória as palavras de Wickham e ao compará-las ao presente relato, tornava-se evidente a existência de uma grosseira duplicidade em algum dos lados e, por alguns momentos, ela teve a esperança de que a verdade coincidisse com seus desejos. Porém, depois de ler e reler com a maior atenção os detalhes que se seguiam imediatamente à desistência de Wickham de todos os direitos ao lugar que lhe fora destinado, recebendo em troca a soma considerável de três mil libras, novamente ela foi forçada a hesitar. Afastou a carta, pesou cada circunstância com desejada imparcialidade, ponderou a probabilidade de cada testemunho, mas sem grande êxito. Tanto de um lado como do outro, havia apenas as afirmações em que se basear. Retomou a leitura. Mas cada linha provava mais claramente que a história, que a princípio achara impossível interpretar de maneira a tornar a conduta do Sr. Darcy menos infame, podia ser vista sob um prisma que o ilibava inteiramente.

A extravagância e a dissolução que o Sr. Darcy não hesitava em atribuir ao caráter do Sr. Wickham a feriam muito; tanto mais que ela não podia apresentar uma prova de que essas acusações eram injustas. Elizabeth nunca ouvira falar em Wickham antes de sua entrada no destacamento, ao qual ele se incorporara por sugestão de um jovem que ele acidentalmente encontrara em Londres. Nada se sabia em Hertfordshire que dissesse respeito a sua vida anterior, a não ser o que ele próprio tornara público. Quanto ao seu verdadeiro caráter, mesmo que isso lhe tivesse sido possível, Elizabeth nunca se sentira tentada a fazer investigações nesse sentido. Sua figura, voz e modos haviam bastado para que ela lhe atribuísse todas as virtudes. Ela buscou em suas recordações algum exemplo de bondade, de algum traço marcante de integridade ou de benevolência que o pudesse imunizar dos ataques do Sr. Darcy. Mas nada encontrou dessa natureza. Recordava-se perfeitamente dele, com todo o encanto de suas boas maneiras, mas não via maneira de atribuir a ele um ato concreto de virtude que merecesse a aprovação geral. Após refletir muito sobre esse ponto, voltou de novo a ler. Mas, infelizmente, a história que se seguia, relativa aos seus desígnios com relação à Senhorita Darcy, era confirmada pela conversa que na manhã anterior tivera com o coronel Fitzwilliam; e, por fim, o Sr. Darcy apelava para o testemunho do coronel Fitzwilliam, de modo que ela pudesse obter a confirmação de cada pormenor de sua versão. Sabia, por informação prévia do coronel, que ele estava intimamente ligado a todas as circunstâncias da vida de seu primo e não tinha motivo algum para duvidar de seu caráter. Por um instante, ela esteve quase tentada a procurar o coronel, mas logo pôs a ideia de lado, pois não só tal atitude exigiria uma explicação embaraçosa, como também estava ciente de que o Sr. Darcy jamais a teria sugerido se não tivesse certeza absoluta da confirmação de seu primo.

Elizabeth lembrava-se perfeitamente da conversa que tivera com o Sr. Wickham, naquela primeira noite na casa da Sra. Philips. Muitas das expressões que ele usara conservavam-se ainda frescas em sua memória. Ela compreendeu, então, de súbito toda a impropriedade que havia naquelas confidências feitas a uma pessoa estranha e admirou-se de nunca haver pensado isso antes. Percebeu a indelicadeza daquela exibição e a incongruência entre suas afirmações e sua atitude. Lembrava-se de que ele se ufanara de não temer um encontro com o Sr. Darcy, e de ter dito que o outro que se afastasse, se assim o desejasse, mas que ele se manteria ali. Contudo, na semana seguinte ele encontrou maneira de fugir do baile em Netherfield. Recordou-se também de que, até o momento da partida da família de Netherfield, ele se abstivera de contar sua história a outra pessoa, mas que a partir daí ela fora comentada em toda parte, sem nenhum escrúpulo em denegrir o caráter do Sr. Darcy, apesar de ter declarado a ela que o respeito pela memória do pai sempre o impediria de acusar o filho.

Como tudo lhe parecia agora diferente! Suas atenções com a Senhorita King eram a consequência de odiosas intenções puramente mercenárias; e a reduzida fortuna da jovem não provava tanto a moderação dos desejos do pretendente, como a sua ansiedade em se agarrar à primeira oportunidade que lhe aparecesse. Quanto à atitude dele com ela própria, Elizabeth era levada a pensar que ou ele se enganara a respeito de sua fortuna, ou agira por pura vaidade, encorajando uma preferência que ela tivera a imprudência de revelar. Todos os esforços de Elizabeth em favor de Wickham se tornaram cada vez mais tênues. E, como justificação adicional ao que dissera o Sr. Darcy, ela não podia esquecer-se da resposta que o Sr. Bingley dera a Jane, atestando categoricamente a inocência do amigo. Por mais orgulhosos e desagradáveis que fossem os modos do Sr. Darcy, nunca, no decurso de suas relações com ele, Elizabeth encontrara algo que o definisse como uma pessoa sem escrúpulos ou injusta. Todos os seus amigos o prezavam, e até Wickham lhe havia reconhecido as qualidades de um bom irmão. Ouvira-o várias vezes falar afetuosamente de sua irmã, o que provava que ele era capaz de sentimentos ternos. Acaso os seus atos fossem tais como Wickham os descrevera, acaso houvesse violado tão brutalmente todos os direitos dele, dificilmente Darcy conseguiria ocultar sua conduta aos olhos do mundo. E se ele fosse capaz de tamanha injustiça, não se explicaria sua amizade com um homem tão estimável como o Sr. Bingley.

Elizabeth sentiu então uma vergonha profunda. Não podia pensar em Darcy nem em Wickham sem ver que ela tinha sido cega, parcial, injusta e insensata.

"Como foi mesquinho o meu comportamento! Eu, que me orgulhava tanto do meu discernimento, das minhas capacidades! Eu, que tantas vezes desdenhei a generosa candura de minha irmã e gratifiquei minha vaidade com inúteis e censuráveis desconfianças. Como é humilhante essa descoberta! Mas como é justa essa humilhação! Não poderia ter agido mais cegamente se estivesse apaixonada! Mas foi a vaidade, e não o amor, a minha loucura! Lisonjeada pela preferência de um deles e ofendida com a negligência do outro, logo no início de nossas relações cortejei a parcialidade e a ignorância e expulsei a razão. Até este momento, eu não conhecia a minha verdadeira natureza." – refletiu.

De si própria para Jane e de Jane para Bingley, seus pensamentos seguiram um curso que em breve a fizeram lembrar que a explicação do Sr. Darcy a esse respeito lhe parecera insuficiente, e ela voltou a lê-la. Que diferente foi o efeito desta segunda leitura. Como lhe seria possível dar valor às afirmações do Sr. Darcy num ponto e negar-lhe no outro? Declarava ele que estava bem longe de suspeitar da afeição de sua irmã; e Elizabeth recordou-se da opinião de Charlotte. Tampouco poderia negar que fosse justa a sua descrição de Jane. Ela sabia que Jane, embora capaz de fervorosas afeições, pouco as exteriorizava; e reconhecia que havia em seus modos uma placidez que raramente se encontra unida a uma grande sensibilidade.

Quando chegou àquela parte da carta em que sua família era mencionada em termos mortificantes, mas merecidos, ela sentiu-se ainda mais envergonhada. No entanto, a justiça de tais afirmações era inegável, e as circunstâncias que ele mencionava, particularmente as que se referiam ao baile de Netherfield e que confirmavam suas primeiras impressões desfavoráveis, não haviam causado uma impressão mais forte no espírito dele do que no seu.

Elizabeth não ficou insensível ao elogio que Darcy lhe fizera, bem como à irmã. Tal elogio, porém, embora suavizasse sua mortificação, não compensava o desdém que o comportamento do resto de sua família suscitava. E, ao refletir que o desgosto de Jane tinha sido realmente causado por seus parentes mais próximos, cuja singularidade prejudicava o bem de ambas, ela sentiu-se tão deprimida como nunca antes estivera.

Após ter passeado durante duas horas, entregando-se a toda espécie de pensamentos, relembrando acontecimentos, determinando probabilidades e reconciliando-se como podia com uma mudança tão súbita e tão importante, o cansaço e a lembrança de que ficara muito tempo ausente fizeram que ela voltasse para casa. Ao chegar, fez um grande esforço para parecer alegre como de costume, reprimindo todas as reflexões que a incapacitassem de tomar parte na conversação.

Informaram a ela que os dois cavalheiros de Rosings tinham aparecido durante sua ausência, o Sr. Darcy apenas durante alguns minutos, mas o coronel Fitzwilliam esperara pelo menos uma hora pelo seu regresso, quase decidindo-se a partir a pé em busca dela. Elizabeth fingiu sentir-se decepcionada, mas, na verdade, ela regozijava-se. Tinha perdido todo o interesse pelo coronel Fitzwilliam; ela só pensava na carta.

Capítulo 37

Os dois primos deixaram Rosings na manhã seguinte, e o Sr. Collins, que os aguardara perto dos portões para despedir-se deles, voltou trazendo a boa notícia de que pareciam estar com perfeita saúde e relativamente bem dispostos, apesar da melancolia que recentemente se abatera sobre Rosings. O Sr. Collins dirigiu-se então apressadamente para Rosings a fim de consolar Lady Catherine e sua filha, e, quando regressou, trazia, com grande satisfação, um recado de Lady Catherine, que, dizendo-se cheia de tédio, convocava a todos para jantar em sua casa.

Elizabeth, ao encontrar-se de novo na presença de Lady Catherine, não pôde deixar de pensar que, se o tivesse desejado, poderia agora ser-lhe apresentada como sua futura sobrinha, e sorriu ao imaginar a indignação com que Sua Excelência receberia tal notícia.

O primeiro assunto abordado foi a diminuição que sofrera o grupo de Rosings.

– Creio que ninguém sente tanto a ausência dos amigos como eu – disse Lady Catherine. – Tenho grande afeição por aqueles dois jovens e sei que eles também gostam muito de mim! Ficaram tristíssimos por partir! O coronel conseguiu dominar seus sentimentos até o fim, mas Darcy parecia consternado. Mais do que no ano passado. Vê-se que aprecia Rosings cada vez mais.

O Sr. Collins aproveitou a ocasião para elaborar um elogio, que foi recebido com um sorriso pela mãe e pela filha. Lady Catherine constatou, após o jantar, que a Senhorita Bennet parecia melancólica e, atribuindo a tristeza à proximidade de sua partida, acrescentou:

– Escreva à sua mãe rogando que a deixe ficar mais um pouco. Estou certa de que a Sra. Collins terá o maior prazer em gozar por mais algum tempo de sua companhia.

– Agradeço tão amável convite – replicou Elizabeth, – mas, infelizmente, não posso aceitar. Preciso estar em Londres no próximo sábado.

– Mas dessa forma só terá passado aqui seis semanas. Contava que permanecesse dois meses, pelo menos. Foi o que eu disse à Sra. Collins, antes de sua vinda. Não pode haver motivo para uma partida tão prematura. A Sra. Bennet passará bem sem você outros quinze dias.

– Mas o mesmo não poderei dizer de meu pai. Ele me escreveu na semana passada, pedindo que eu abreviasse minha estada.

– Se sua mãe a dispensa, também seu pai o fará. Uma filha nunca é muito necessária a um pai. E se quiser ficar mais um mês, poderei levá-la comigo até Londres. Preciso estar lá em princípios de junho e ficarei uma semana. Na minha carruagem haverá espaço para uma de vocês e se o tempo estiver fresco, poderão ir as duas, pois ambas são magrinhas.

– É muita bondade sua, Lady Catherine, mas creio que serei obrigada a seguir meu plano anterior.

Lady Catherine pareceu resignar-se:

– Sra. Collins, deverá mandar uma criada com elas. Sabe que digo sempre o que penso e não suporto a ideia de duas jovens viajando sozinhas numa diligência. É deveras impróprio. Terá de mandar alguém com elas. As jovens devem ser sempre adequadamente acompanhadas e protegidas, de acordo com sua situação na vida. Quando minha sobrinha Georgiana se deslocou a Ramsgate no verão passado, fiz questão que dois criados a acompanhassem. A Senhorita Darcy, filha do Sr. Darcy de Pemberley e de Lady Anne, não poderia viajar de maneira diferente. Sra. Collins, providencie para que John acompanhe estas duas Senhoritas. Alegra-me ter me ocorrido tal pormenor.

– Meu tio combinou mandar-nos um criado para nos acompanhar.

– Oh, seu tio! Então ele tem um criado? Ainda bem que há alguém na sua família que pense nestas coisas. Onde mudarão de cavalos? Bromley, naturalmente. Se mencionarem lá o meu nome, serão muito bem servidas.

Lady Catherine fez ainda muitas perguntas a respeito da viagem e, como ela mesma não respondia a todas, era necessário prestar atenção, coisa que Elizabeth apreciou, pois, de outro modo, com as preocupações que a absorviam, correria o risco de se esquecer até do lugar onde se encontrava. Suas reflexões deveriam ser reservadas para horas solitárias e quando se achava só, entregava-se a elas com alívio. Não passava um dia sem que desse um passeio sozinha, e então podia deixar-se levar pelo prazer de recordar as coisas desagradáveis.

Quase sabia de cor a carta do Sr. Darcy. Estudava cada frase e seus sentimentos para com o autor variavam frequentemente. Quando se recordava de seu estilo, enchia-se de indignação, mas quando considerava a injustiça com que o tinha condenado e tratado, sua cólera voltava-se contra si mesma, e a decepção por ele sofrida tornava-o objeto de sua compaixão. O Sr. Darcy despertava-lhe gratidão e o seu caráter, respeito. Mas Elizabeth não podia concordar com sua conduta ou arrepender-se de tê-lo recusado, ou sentir sequer vontade de tornar a vê-lo. Sua atitude era uma fonte constante de amargura e ressentimento e os infelizes defeitos de sua própria família, um motivo ainda mais forte para aborrecimento. Seu pai, limitando-se a troçar, nunca se esforçaria para corrigir as leviandades de suas filhas mais jovens, e sua mãe, cujas maneiras também estavam longe de adequadas, continuava naturalmente insensível a esse mal. Elizabeth frequentemente reunia-se a Jane, numa tentativa de refrear as imprudências de Catherine e Lydia, mas, uma vez que elas eram protegidas pela indulgência de sua própria mãe, que possibilidades teriam elas de se emendarem? Catherine, excessivamente influenciável e fraca, e completamente sob o domínio de Lydia, levava sempre a mal os conselhos de suas irmãs mais velhas; e Lydia, voluntariosa e descuidada, nem sequer lhes dava ouvidos. Ambas eram ignorantes, indolentes e vaidosas. Enquanto existisse um oficial em Meryton, elas continuariam flertando. Enquanto Meryton se conservasse àquela distância de Longbourn, elas viveriam caminhando para lá.

Outra de suas maiores preocupações era o futuro de Jane, e a explicação do Sr. Darcy, inocentando Bingley, realçava o valor daquilo que Jane perdera. Sua afeição provava ter sido sincera e sua conduta ficara livre de toda censura, a não ser, talvez, a de uma demasiada confiança em seu amigo. Como era triste, pois, pensar que Jane fora privada de uma situação tão desejável, tão rica em vantagens e promessas de felicidade, pela extravagância e insensatez de sua própria família!

Quando, a essas recordações, se acrescentava a decepção que sofrera com Wickham, era fácil acreditar que a coragem e o bom humor de Elizabeth, tão difícil de reprimir, estavam agora tão afetados que lhe era quase impossível manter, na companhia das outras pessoas, o mesmo tom alegre de outrora.

Os convites para Rosings durante a última semana sucederam-se com a mesma frequência que a princípio. A última noite foi passada ali, e Sua Excelência de novo se informou minuciosamente de todos os pormenores da viagem. Deu conselhos sobre a melhor maneira de fazer as malas e insistiu tanto nesse assunto que Maria, ao regressar, se sentiu na obrigação de desfazer todo o trabalho realizado pela manhã e fazer novamente sua mala.

Quando se despediram, Lady Catherine, com grande amabilidade, desejou-lhes uma boa viagem e convidou-as a voltarem a Hunsford no ano seguinte. E a Senhorita de Bourgh levou sua benevolência a ponto de fazer uma reverência e estender a mão para as duas.

Capítulo 38

Sábado de manhã, Elizabeth e o Sr. Collins encontraram-se no café da manhã, momentos antes de os outros aparecerem, e ele aproveitou a oportunidade para apresentar suas despedidas com toda a formalidade que ele julgava indispensável:

– Não sei, Senhorita Elizabeth, se a Sra. Collins já teve a ocasião de lhe exprimir a gratidão pela visita que nos fez, mas estou certo de que não deixará esta casa sem receber todos os agradecimentos. Asseguro-lhe que o privilégio de sua companhia foi muito apreciado. Temos consciência dos reduzidos atrativos que nossa humilde habitação possui. Nossa vida simples, a exiguidade das dependências, o pequeno número de criados e o pouco que vemos do mundo devem tornar Hunsford extremamente aborrecido para uma jovem como a Senhorita. Fizemos tudo ao nosso alcance para passar o seu tempo da forma mais agradável.

Elizabeth respondeu assegurando a ele que tinha passado uma temporada muito feliz. Tinham sido seis semanas muito agradáveis, e o prazer de estar com Charlotte, assim como as numerosas atenções de que ela fora alvo, faziam que fosse ela quem deveria sentir-se grata. O Sr. Collins ficou satisfeito e, sorrindo, replicou com solenidade:

– Sinto enorme alegria por saber que não passou seu tempo de forma desagradável. Fizemos tudo que estava ao nosso alcance e tivemos a felicidade de ter podido apresentá-la à mais alta sociedade. Graças às nossas relações com Rosings, tivemos a oportunidade de variar frequentemente a humilde cena doméstica, e creio podermos nos gabar de lhe termos proporcionado, assim, uma visita a Hunsford pouco enfadonha. Na verdade, é preciso reconhecer que, apesar de todos os inconvenientes deste humilde presbitério, seus hóspedes não são de modo algum objeto de compaixão, já que compartilham de nossa intimidade com Rosings.

As palavras eram insuficientes para traduzir a elevação de seus sentimentos e, na sua agitação, pôs-se a caminhar de um lado para o outro na sala, enquanto Elizabeth procurava, em frases curtas, servir simultaneamente a delicadeza e a verdade.

– Creio que poderá levar consigo para Hertfordshire um relato muito favorável a nosso respeito, minha cara prima – continuou ele. – Presenciou as atenções com que quase diariamente Lady Catherine cumula a Sra. Collins, e espero que se tenha tornado evidente que sua amiga não fez mal ao... mas sobre este ponto prefiro guardar meu silêncio. Permita-me apenas, minha querida Senhorita Elizabeth, que lhe deseje do fundo do coração uma felicidade igual no casamento. Minha adorável Charlotte e eu temos um só espírito e pensamento. Existe sob todos os aspectos, entre nós, uma notável semelhança de caráter e de ideias. Tudo indica que nascemos um para o outro.

Elizabeth pôde afirmar que era essa uma grande felicidade e com igual sinceridade acrescentou que acreditava firmemente na sua harmonia doméstica, com o que muito se alegrava. Não a contrariou, contudo, ter sido interrompida em seu discurso pela entrada da pessoa cuja felicidade comentavam. Pobre Charlotte! Era triste deixá-la só em tal companhia. No entanto, era necessário reconhecer que ela escolhera de olhos abertos e, embora aparentasse uma certa tristeza por vê-las partir, não parecia solicitar sua compaixão. A casa, as tarefas domésticas, a paróquia, sua criação de aves e tudo o mais ainda não haviam perdido o seu encanto. Finalmente, a carruagem chegou, as malas foram amarradas, os embrulhos levados para o interior e a partida anunciada. Depois de afetuosa despedida, Elizabeth foi conduzida à carruagem pelo Sr. Collins e, enquanto atravessavam o jardim, este encarregou-a de transmitir seus mais respeitosos cumprimentos a toda a sua família, não esquecendo seus agradecimentos pelas atenções que recebera em Longbourn quando ali estivera e suas saudações para o Sr. e a Sra. Gardiner, embora não tivesse tido o prazer de os conhecer. Então, ele a ajudou a subir na carruagem. Maria entrou em seguida, e a porta estava a ponto de ser fechada quando, de súbito, ele lembrou que elas tinham esquecido de deixar qualquer mensagem para as senhoras de Rosings.

– Naturalmente – acrescentou ele – desejarão que eu transmita seus humildes respeitos, com os mais cordiais agradecimentos, pela bondade de que foram objeto enquanto aqui permaneceram.

Elizabeth não pôs objeção, a porta pôde ser finalmente fechada e a carruagem se afastou.

– Meu Deus! – exclamou Maria, após alguns minutos de silêncio. – Parece que chegamos ontem e, no entanto, quanta coisa sucedeu!

– Muita coisa mesmo – concordou Elizabeth, com um suspiro.

– Jantamos nove vezes em Rosings, além das duas vezes que lá fomos tomar o chá.

O que eu tenho para contar!

E Elizabeth pensou: "E o que eu tenho para esconder!"

A viagem decorreu praticamente em silêncio e sem qualquer incidente. Quatro horas depois de terem saído de Hunsford chegaram à casa do Sr. Gardiner, onde deveriam passar alguns dias.

Jane parecia gozar de perfeita saúde e Elizabeth não teve oportunidade de observar as verdadeiras disposições de sua irmã graças aos vários divertimentos que sua tia tivera a bondade de organizar para elas. Mas Jane regressaria com ela e em Longbourn teria ocasião de a observar mais detidamente. Não foi sem esforço, no entanto, que esperou até Longbourn para contar à irmã sobre a proposta do Sr. Darcy. Sabia ter em seu poder a possibilidade de fazer uma revelação que não só causaria grande assombro em Jane como despertaria agradavelmente em si o resto de vaidade que lhe restava. Era uma tentação a que nada se poderia opor, a não ser o estado de indecisão em que ela se encontrava sobre o quanto deveria revelar e o medo de ter de repetir certas coisas a respeito de Bingley que poderiam ferir Jane ainda mais.

Capítulo 39

Na segunda semana de maio partiram as três jovens da Rua Gracechurch com destino a Hertfordshire e, ao aproximarem-se do lugar em que a carruagem do Sr. Bennet as deveria encontrar, elas avistaram, como garantia da pontualidade do cocheiro, Kitty e Lydia, numa das janelas superiores de uma hospedaria. Havia mais de uma hora que elas se encontravam naquela localidade fazendo visitas frequentes a uma modista em frente, olhando de soslaio e demoradamente a sentinela de plantão e preparando um molho para salada.

Depois de darem as boas-vindas às irmãs, elas exibiram uma mesa posta com várias espécies de carnes frias que tinham logrado encontrar na dispensa da hospedaria:

– Que dizem a isto? Não acham uma surpresa agradável?

– Tencionávamos convidar todas vocês – acrescentou Lydia, – mas terão de nos emprestar dinheiro, pois gastamos o nosso naquela loja ali defronte.

Em seguida, mostrando suas aquisições:

– Olhem, comprei este chapéu. Não o acho nada de especial, mas em casa vou desmanchá-lo e ver o que poderei fazer com ele.

E quando as irmãs lhe disseram que ele era muito feio, ela acrescentou:

– Oh, mas havia dois ou três ainda mais feios na loja. Quando eu comprar um cetim bonito para enfeitá-lo, verão como ele vai ficar. Além disso, não interessa muito o que podemos usar neste verão, pois o destacamento sai de Meryton dentro de quinze dias.

– Ah, sim? – exclamou Elizabeth, com grande satisfação.

– Vão acampar perto de Brighton. Queria tanto que papai nos levasse até lá para passarmos o verão... seria maravilhoso. Creio que não sairia caro, e a mamãe ficaria encantada de ir. Pensem só que verão mais enfadonho teremos se ficarmos por aqui.

Sim, pensou Elizabeth. Imaginem! Estas Senhoritas à solta em Brighton, com um acampamento repleto de oficiais, quando aqui, com um reduzido destacamento e um baile mensal em Meryton, é o que se vê.

– Tenho ainda outra novidade – disse Lydia. – Trata-se de uma novidade formidável e importantíssima, e é sobre uma pessoa de quem todas gostamos muito.

Jane e Elizabeth olharam uma para a outra e o criado foi informado de que podia ir embora. Lydia riu e disse:

– Acham que o criado não deve ouvir, como se ele se importasse! Estou certa de que ele terá ouvido coisas muito piores do que o que tenho para dizer. Bem, passemos agora à novidade: é acerca do nosso querido Wickham. Não há perigo de Wickham se casar com Mary King. Ela foi morar, definitivamente, com um tio em Liverpool. Wickham está salvo.

– E Mary King está salva! Salva de um casamento financeiramente imprudente – acrescentou Elizabeth.

– Ela é uma tola em partir se gosta dele.

– Mas espero que não haja uma paixão muito forte de ambos os lados – disse Jane.

– De que não há do lado dele, estou certa. Aposto como ele nunca se importou com ela. Quem se interessaria por uma insignificante daquelas? E cheia de sardas!

Elizabeth pensou, com certa amargura, que embora ela fosse incapaz de se exprimir com tanta grosseria, aqueles sentimentos não eram menos brutais que os que anteriormente ela mesma abrigara em seu coração e considerara liberais.

Após todas terem comido, as mais velhas pagaram a despesa e pediram a carruagem. Instaladas todas as malas, caixas e embrulhos, além das aquisições de Kitty e Lydia, todas subiram e tomaram seus respectivos lugares. Lydia comentou:

– Estou contente por ter comprado meu chapéu, pois de qualquer modo terei mais uma caixa bem jeitosa. Bom, agora vamos nos acomodar e nos aconchegar, e conversar e rir até chegarmos em casa. Em primeiro lugar, contem vocês o que se passou desde que partiram. Conheceram rapazes simpáticos? Divertiram-se? Tive esperanças de que uma de vocês regressasse com promessas de casamento. Jane, se não toma providências, em breve será uma velha solteirona. Já tem quase vinte e três anos! Sentirei uma vergonha imensa se eu não me casar antes disso! Tia Philips só pensa em vê-las casadas. Ela acha que Lizzy deveria ter aceitado o Sr. Collins. Mas ele deve ser muito chato. Meu Deus! Como eu gostaria de me casar antes de todas. Eu as acompanharia a todos os bailes. Nos divertimos tanto no outro dia na casa do coronel Forster. Kitty e eu tínhamos ido lá passar o dia, e a Sra. Forster, que se tornou uma amiga inseparável, prometeu organizar uma pequena festa naquela noite. Convidou as duas Harrington, mas, como Harriet estava adoentada, Pen teve de ir sozinha. Sabem o que fizemos? Vestimos o Chamberlayne com roupas de mulher. Foi engraçadíssimo, e que cara a dele! Ninguém sabia disso, fora o coronel e a mulher, Kitty e eu, e a nossa tia, que foi quem emprestou o vestido. Quando Denny, Wickham e Pratt e mais dois ou três deles entraram, não o reconheceram. Como nós rimos! E a Sra. Forster também. Eu quase asfixiava de tanto rir. Claro que nessa altura os outros começaram a desconfiar e acabaram descobrindo toda a tramoia.

Com histórias desse gênero e diversos episódios divertidos, Lydia, auxiliada pelas sugestões de Kitty, distraiu suas companheiras durante todo o caminho até Longbourn. Elizabeth tentava não ouvir, mas sua atenção era constantemente despertada pelas frequentes alusões ao nome de Wickham.

A recepção em casa foi afetuosa. A Sra. Bennet alegrava-se por constatar a beleza sempre igual de Jane e mais de uma vez durante o jantar, o Sr. Bennet se voltou para Elizabeth e lhe disse:

– Estou contente por você estar de volta, Lizzy.

O grupo que se sentou para jantar era numeroso, pois quase todos os Lucas tinham vindo para encontrar Maria e ouvir as novidades.

Foram vários os assuntos abordados. Lady Lucas fazia perguntas sucessivas a Maria, que estava do outro lado da mesa, acerca da prosperidade e criação de aves de sua filha mais velha. A Sra. Bennet, duplamente ocupada, de um lado indagava Jane sobre os últimos gritos da moda e do outro repetia essas informações para as filhas mais jovens dos Lucas. E Lydia, numa voz mais alta e estridente do que a de qualquer outra pessoa, enumerava os vários acontecimentos da manhã para todos.

– Oh, Mary – disse ela, – que pena não ter vindo conosco. Durante o caminho, Kitty e eu fechamos todas as cortinas da carruagem e fingimos que não havia ninguém dentro. Teríamos continuado assim até chegar, mas Kitty começou a sentir-se enjoada e quando chegamos à hospedaria, creio que nos portamos como devíamos, pois regalamos as outras três com o melhor almoço frio do mundo, e se tivesse nos acompanhado, também a teríamos convidado. E, depois, a volta também foi muito divertida. Pensei que nunca caberíamos naquela carruagem. Quase morri de tanto rir. Falamos e rimos tão alto que qualquer pessoa nos ouviria a dez milhas de distância.

Mary replicou, gravemente:

– Longe de mim menosprezar tais prazeres, minha querida irmã. Sem dúvida são os que mais se enquadram nos temperamentos femininos. Mas confesso que não me seduzem. Prefiro um bom livro.

Mas Lydia não ouviu uma só palavra dessa resposta. Ela não dava atenção a ninguém durante mais de meio minuto e nunca ouvia o que Mary dizia.

Lydia insistiu com as outras para que fossem todas a Meryton saber das novidades. Mas Elizabeth foi contra. Diriam que as Senhoritas Bennet não aguentam meio dia em casa sem ter de ir correr atrás dos oficiais. Havia ainda outro motivo para essa oposição. Seria extremamente penoso encontrar-se com Wickham e estava resolvida a evitá-lo tanto quanto possível. A partida do destacamento causava-lhe grande alívio. Dentro de quinze dias partiriam os oficiais, e ela esperava ficar livre deles para sempre.

Poucas horas depois de chegar em casa, Elizabeth descobriu que a viagem a Brighton, a que Lydia aludira na hospedaria, estava frequentemente em discussão entre os pais. Percebeu imediatamente que seu pai não tinha a menor intenção de ceder, mas suas respostas eram tão vagas e evasivas que sua mãe, embora muitas vezes desanimada, não desesperava de alcançar um triunfo.

Capítulo 40

Elizabeth não conseguiu refrear por mais tempo sua impaciência em contar a Jane o que tinha sucedido. Resolveu omitir todos os detalhes a respeito da irmã e contou-lhe, na manhã seguinte, grande parte da cena que se passara entre o Sr. Darcy e ela.

O assombro da Senhorita Bennet foi, a princípio, grande, mas em breve foi mitigado por sua forte afeição fraternal, que tornava qualquer admiração por Elizabeth perfeitamente natural. Era, realmente, lamentável que o Sr. Darcy tivesse manifestado sua afeição de forma tão pouco cativante, mas o que mais a entristeceu foi o desgosto que a recusa de sua irmã teria causado a ele.

– A certeza que ele tinha de seu êxito foi despropositada – disse Jane – e não deveria ter deixado transparecer. Isso torna ainda mais cruel seu desapontamento.

– Tenho muita pena dele, mas o Sr. Darcy tem outros sentimentos que logo expulsarão a admiração que possa ter por mim. Não me censura por ter recusado, não? – disse Elizabeth.

– Censurá-la! Oh, não.

– Mas censura-me por ter aludido tão calorosamente a Wickham?

– Não, não tenho conhecimento de causa para apontar erro no que você disse.

– Mas em breve o terá, quando lhe contar o que se passou na manhã seguinte.

Elizabeth falou então na carta, repetindo tudo o que ela continha na parte referente a Wickham. Foi um grande choque para a pobre Jane que, de bom grado, passaria pelo mundo sem acreditar que existisse tanta maldade em toda a raça humana como essa que agora via concentrada em um só indivíduo. Com grande seriedade, Jane procurou ainda provar que havia uma chance de erro, tentando ilibar um deles sem acusar o outro.

– Isso de nada serve, minha querida Jane – disse Elizabeth –, nunca conseguirá descobrir alguma maneira de provar que ambos são bons. Faça sua escolha, mas terá que se contentar apenas com um deles. As qualidades dos dois reunidas dariam um homem bom, mas ultimamente as situações têm-se invertido várias vezes. Quanto a mim, estou inclinada a acreditar no Sr. Darcy, mas você pode escolher quem quiser.

Passou-se algum tempo, contudo, antes que um sorriso aparecesse no rosto de Jane.

– Não me lembro de ter alguma vez sofrido tamanha desilusão – disse ela. – Wickham é assim tão mau?! É quase inacreditável. E coitado do Sr. Darcy! Imagine só, Lizzy, o que ele não terá sofrido. Que decepção! E saber do mau conceito que você tinha dele! E ter de revelar tal coisa sobre sua própria irmã! É realmente muito triste. Creio que se sente como eu.

– Oh! Não! Toda a minha compaixão e remorso se dissipam ao ver você tão atormentada por esses sentimentos. Sua generosidade dispensa bem a minha e, se continuar lamentando por muito mais tempo, meu coração ficará tão leve como uma pena.

– Pobre Wickham! O rosto dele parece exprimir tanta bondade! E seus modos são tão abertos e simpáticos.

– Houve, decerto, um grande erro na educação desses dois jovens. Um deles tem todas as qualidades e o outro, apenas aparenta tê-las.

– Nunca achei, verdadeiramente, que o Sr. Darcy aparentasse aquilo que você via.

– E, no entanto, eu me considerava incrivelmente perspicaz ao tomar tão violentamente partido contra ele, sem qualquer fundamento. Uma antipatia tão forte como a que eu tinha por ele é um grande incentivo para a inteligência e abre caminho para a ironia. Uma pessoa pode gracejar por muito tempo sem nada exprimir de justo, mas não pode rir a vida inteira de um homem sem, volta e meia, esbarrar com algo de espirituoso.

– Lizzy, estou certa de que quando leu a carta pela primeira vez não encarava as coisas como agora.

– É verdade, fiquei muito perturbada, até. E depois, não tinha ninguém com quem me abrir, não tinha uma Jane para me consolar e dizer-me que eu não tinha sido tão fraca, leviana e insensata como eu sabia que fora. Oh, como eu desejei ter você junto de mim!

– Foi pena ter usado expressões tão fortes ao falar de Wickham ao Sr. Darcy, pois agora vê-se claramente quão imerecidas elas foram.

– Certamente. Mas a infelicidade de ter falado tão amarguradamente foi uma consequência natural dos preconceitos que eu vinha alimentando dentro de mim.

Há um ponto sobre o qual necessito do seu conselho. Devo ou não revelar aos nossos conhecidos qual o verdadeiro caráter do Sr. Wickham?

A Senhorita Bennet fez uma pequena pausa e respondeu:

– Acho que não há motivo para tão terrível denúncia. Que pensa você sobre isso?

– Penso não dar tal passo. O Sr. Darcy não me autorizou a tornar públicas as suas revelações; pelo contrário, rogou-me que guardasse para mim todos os pormenores relativos ao episódio passado com sua irmã. E se eu não mencionar esse fato, quem acreditará em mim? A antipatia contra o Sr. Darcy é de tal modo violenta que metade da população de Meryton preferiria morrer a vê-lo colocado sob uma luz mais favorável. Não me sinto com forças para luta tão feroz. Wickham em breve partirá. Depois disso, pouco importa que ninguém aqui saiba qual o seu verdadeiro caráter. Algum dia ele acabará por ser desmascarado, e nessa altura poderemos rir da estupidez dos outros por não o terem adivinhado há mais tempo. De momento, nada direi.

– Tem toda razão. Denunciar publicamente os seus erros poderia representar para ele a ruína de toda a sua vida. Quem sabe se ele já não se arrependeu do que fez e vive ansioso por refazer sua reputação.

Essa conversa ajudou Elizabeth a pôr um pouco de ordem no tumulto de seus pensamentos. Libertara-se dos dois segredos que lhe pesavam há quinze dias e encontrara em Jane uma ouvinte atenta e interessada que não hesitaria em prestar-se de boa vontade a uma nova conversa sobre o assunto. Havia, porém, algo mais que se escondia na sombra e que a prudência de Elizabeth a impedia de desvendar. Não ousava relatar a Jane a outra metade da carta de Darcy, nem revelar quão sinceramente Bingley correspondera ao seu afeto. Esse segredo ela não poderia compartilhar com ninguém e tinha inteira consciência de que só se veria livre dele quando entre ambos se restabelecesse um entendimento perfeito.

De momento, instalada em sua casa, ela tinha toda oportunidade para observar os sentimentos de sua irmã. Jane não estava feliz. Ela conservava ainda muito viva a sua afeição por Bingley. Como nunca anteriormente se julgara apaixonada, esses sentimentos tinham todo o calor e toda a frescura de um primeiro amor, e devido a seu caráter e idade, maior firmeza do que essas primeiras paixões em geral possuem. Ela guardava em tão fervoroso culto a lembrança de Bingley e de tal modo o preferia a qualquer outro homem que precisava lançar mão de todo o seu bom senso e de toda a sua consideração dos sentimentos alheios para dominar aquelas tristezas, que corriam o risco de tornarem-se prejudiciais à sua saúde e à tranquilidade das pessoas que a rodeavam.

– Então, Lizzy – disse a Sra. Bennet, um dia –, qual a sua opinião sobre o insucesso de Jane? Quanto a mim, estou decidida a não falar mais no assunto a ninguém. Foi o que disse à minha irmã Philips, no outro dia. Mas não sei se Jane se avistou com ele em Londres. Bem, isso só revela que ele não a merece, e suponho que ela não terá qualquer possibilidade de revê-lo. Ninguém sabe dizer se ele vem passar o verão em Netherfield.

– Creio que ele nunca mais voltará a Netherfield.

– Oh, pois bem! Ele que faça o que quiser. Ninguém lhe pede que volte. Mas continuarei dizendo que ele se portou de maneira muito desleal com minha filha. Jane morrerá de desgosto, e nessa altura ele se arrependerá do que fez.

Mas, como Elizabeth não via consolação em tal prognóstico, preferiu não responder.

– Então, Lizzy – continuou sua mãe –, os Collins não querem melhor vida, não é? Muito bem, espero que isso dure. E que tal a comida da casa deles? Charlotte é uma excelente dona de casa, creio eu. Se ela é tão econômica como a mãe, devem estar guardando bastante dinheiro. Extravagância é coisa que não se ouve falar na casa deles, não?

– É verdade. Eles velam por uma boa administração de seus haveres, pode estar certa.

– Sim, sim, aqueles nunca correrão o risco de gastar mais do que aquilo que tem. Nunca terão dificuldades de dinheiro. E, naturalmente, estão constantemente arquitetando planos sobre Longbourn depois da morte de seu pai, não? Consideram-na já propriedade sua.

– Nunca mencionaram esse assunto na minha frente.

– Claro! Era só o que faltava. Mas não duvido que o discutam amiúde entre eles. Pois bem, se eles não têm quaisquer escrúpulos em apoderar-se dos bens que legalmente não lhes pertencem, tanto melhor para eles. Eu, no seu lugar, me esconderia de vergonha.

Capítulo 41

Depois do regresso delas, a primeira semana se passou rápido e uma segunda começou. Era a última da estada do destacamento em Meryton, e todas as jovens das redondezas definhavam de desgosto. A melancolia era quase geral. Apenas as duas mais velhas da família Bennet conseguiam ainda comer, beber, dormir e passar seu tempo da forma habitual. Frequentemente eram acusadas de insensibilidade por Kitty e Lydia, cujo desgosto era profundo e que não compreendiam a indiferença em qualquer membro da família.

– Meu Deus! Que vai ser de nós? Vamos nos ocupar com quem? – exclamavam elas amarguradamente. – Como pode se mostrar tão sorridente, Lizzy?

A Sra. Bennet, que era uma mãe afetuosa, compartilhava da tristeza das filhas. Ela recordava-se do que sofrera vinte e cinco anos atrás, numa situação idêntica.

– Compreendo-as perfeitamente – dizia ela –, chorei durante dois dias seguidos quando o regimento do coronel Miller partiu. Pensei morrer de desgosto.

– Creio que é isso que me irá acontecer – disse Lydia.

– Se ao menos pudéssemos ir a Brighton! – observou a Sra. Bennet.

– Oh! Sim, se ao menos pudéssemos ir a Brighton! Mas nosso pai é um desmancha-prazeres.

– Alguns banhos de mar me restabeleceriam para sempre.

– E a tia Philips disse que uma mudança de ares me faria muito bem – acrescentou Kitty.

Tais eram as lamentações que constantemente se ouviam em Longbourn. Elizabeth procurava rir delas, mas sua vergonha lhe roubava todo o prazer. Ela se lembrava da justiça das objeções do Sr. Darcy e se sentia disposta a perdoar sua interferência na vida do amigo.

Porém, as sombrias perspectivas de Lydia em breve foram dissipadas, pois a Sra. Forster, a mulher do coronel do destacamento, convidou-a para acompanhá-la a Brighton. Essa inestimável amiga era bastante jovem e estava casada há muito pouco tempo. A boa disposição e a frivolidade de ambas recomendara uma à outra e após três meses de relações tinham-se tornado íntimas.

O êxtase de Lydia, sua adoração pela Sra. Forster, a alegria da Sra. Bennet e a mortificação de Kitty eram impossíveis de descrever. Inteiramente indiferente aos sentimentos da irmã, Lydia corria pela casa exibindo sua enorme felicidade, exigindo as congratulações de todos, rindo e falando com uma estridência maior do que de costume. Enquanto isso, a desafortunada Kitty permanecia na sala, lamentando seu destino em termos despropositados e numa voz ressentida.

– Não compreendo por que a Sra. Forster não me convidou também – dizia ela. – Embora eu não seja tão íntima dela, tenho tanto direito de ser convidada como Lydia, e mais até, pois sou dois anos mais velha.

Em vão Elizabeth procurou incutir-lhe sentimentos mais sensatos e Jane maior resignação. Quanto a Elizabeth, esse convite estava longe de lhe produzir os mesmos sentimentos que em sua mãe e Lydia, pois considerava-o uma espécie de sentença de morte para todas as possibilidades de sua irmã vir um dia a ter algum bom senso. Apesar da repugnância que tal caso lhe inspirava, não hesitou em aconselhar confidencialmente seu pai para que não a deixasse ir. Chamou atenção para todas as impropriedades da conduta de Lydia e para as poucas vantagens que poderiam advir da intimidade com uma mulher como a Sra. Forster, e também para a probabilidade de Lydia se tornar ainda mais imprudente na companhia de tal pessoa e num lugar onde as tentações seriam maiores que em casa. Após ouvir atentamente, ele respondeu:

– Lydia não descansará enquanto não lhe acontecer alguma coisa de extraordinário. Nunca ela encontrará melhor ocasião para fazer uma tolice como essa que agora se apresenta, e sem dar despesas ou trabalho à família.

– Se o senhor soubesse – disse Elizabeth – dos grandes inconvenientes que o comportamento leviano de Lydia em público pode nos trazer, ou melhor, que já nos trouxe, encararia a questão de modo diferente.

– Já trouxe? – repetiu o Sr. Bennet. – Será que ela já afugentou algum de seus apaixonados? Minha pobre Lizzy! Mas não desanime. Esses jovens difíceis, que não suportam a proximidade de um pouco de desatino, não são dignos de consideração. Vamos, me dê a lista dos pobres coitados que foram postos em fuga pelas tolices de Lydia.

– Está enganado, meu pai. Não tenho desgostos desses a lamentar. Não é de dissabores particulares, mas, sim, de inconvenientes que me queixo. Nossa reputação é necessariamente afetada pela leviandade, a imprudência e o desprezo de Lydia por qualquer restrição que são características de seu caráter. Perdoe-me, mas preciso falar claramente. Se o senhor, querido pai, não se der o trabalho de reprimir a excessiva exuberância dela e fazê-la ver que suas atuais ocupações não constituem a essência da vida, em breve perderá a possibilidade de corrigi-la. Seu caráter está se definindo e aos dezesseis anos ela só pensará em flertar, cobrindo a si mesma e à família de ridículo. E, quando falo em flertar, refiro-me ao pior tipo possível de flerte. Sem outros atrativos que não sejam sua juventude e boa aparência, sua ignorância e futilidade a tornarão incapaz de vencer o desprezo geral que seu apetite imoderado por admiração provocará. Kitty corre o mesmo perigo. Ela acompanhará de olhos fechados os passos de Lydia. Vaidosa, ignorante, ociosa e absolutamente descontrolada! Oh, meu querido pai, como pode supor que elas não serão censuradas e desprezadas em qualquer lugar que apareçam, e que suas irmãs não se vejam frequentemente envolvidas no desprezo a elas?

O Sr. Bennet percebeu a profunda ansiedade da filha e, tomando afetuosamente sua mão, respondeu:

– Não se preocupe demasiado, meu amor. Onde quer que você e Jane apareçam, serão sempre respeitadas e apreciadas; e não serão menos admiradas por terem duas, ou, melhor, três irmãs bastante tolas. Se Lydia não for a Brighton, não teremos um momento de sossego nesta casa. Deixemos ir, portanto. O coronel Forster é um homem sensato e tomará precauções para que nada de mal lhe aconteça. Felizmente, ela é suficientemente pobre para não se tornar objeto de grandes cobiças. Em Brighton, ela passará mais despercebida do que aqui.

Elizabeth se contentou com tal resposta, mas sua opinião continuava inabalável e quando deixou o pai, sentia-se desanimada e triste. Contudo, não era de sua natureza remoer seus desgostos, tornando-os assim ainda maiores.

Se Lydia e sua mãe tivessem sabido da conversa que Elizabeth tivera com o Sr. Bennet, toda a sua volubilidade conjunta não seria suficiente para exprimir a indignação que sentiriam. Na imaginação de Lydia, uma visita a Brighton compreendia todas as possibilidades de felicidade terrena. Ela via as ruas daquela alegre cidade balneária repletas de militares. Imaginava-se o centro da atenção de dezenas e centenas deles.

Se tivesse sabido que sua irmã procurara arrancá-la de tais perspectivas e realidades, qual não seria sua indignação? Ela apenas poderia ser compreendida por sua mãe, cujos sentimentos se assemelhariam aos seus. Mas viviam na ignorância do que se passara e seus êxtases continuaram, com pequenos intervalos, até o dia da partida de Lydia.

Elizabeth veria, então, o Sr. Wickham pela última vez. Depois de seu regresso, haviam se visto frequentemente em sociedade. As emoções de sua antiga preferência tinham se desvanecido por completo. Conseguia até mesmo distinguir uma certa afetação e monotonia nas gentilezas que a princípio a tinham deliciado. Além disso, na conduta atual de Wickham com ela, Elizabeth encontrava uma nova fonte de contrariedade, pois a vontade que ele manifestava em renovar aquelas atenções que tinham caracterizado os primeiros tempos de suas relações, agora, após tudo o que se passara, apenas serviam para irritá-la ainda mais. Ela acabou por perder todo o respeito por ele, ao ver-se assim escolhida como objeto de tão fúteis galanteios.

No último dia em que o destacamento permaneceu em Meryton, Wickham jantou em Longbourn, juntamente com outros oficiais. Elizabeth estava tão pouco disposta a deixá-lo partir impune que quando Wickham quis saber como ela passara seu tempo em Hunsford, respondeu que o coronel Fitzwilliam e o Sr. Darcy tinham passado três semanas em Rosings, e perguntou-lhe se conhecia o coronel.

Ele pareceu surpreso e alarmado, mas após breve consideração, respondeu, sorrindo, que outrora o via frequentemente. Depois de observar que se tratava de um autêntico cavalheiro, perguntou se Elizabeth simpatizara com ele. Ela lhe deu uma resposta calorosamente afirmativa. Com ar de perfeita indiferença, pouco depois ele acrescentou:

– Quanto tempo disse que eles passaram em Rosings?

– Perto de três semanas.

– E o viu com frequência?

– Sim, praticamente todos os dias.

– Suas maneiras diferem bastante das de seu primo.

– Sim, bastante. Mas sou agora de opinião de que o Sr. Darcy ganha muito quando o conhecemos melhor.

– Sim!? – exclamou Wickham, com um olhar que não escapou a Elizabeth. Mas refreou-se e acrescentou em tom mais alegre: – Terá sido na maneira de falar que ele melhorou? Terá se dignado a introduzir um pouco de cortesia em seu estilo habitual? Pois não ouso esperar que ele tenha melhorado no essencial.

– Oh, não! – disse Elizabeth. – Quanto ao essencial, creio bem que ele continue exatamente como sempre foi.

Enquanto ela falava, Wickham, pela sua expressão, parecia hesitar se haveria de se mostrar alegre por suas palavras ou desconfiar do sentido das mesmas. Notava qualquer coisa no rosto de Elizabeth que o obrigava a seguir as palavras dela com ansiosa atenção. Elizabeth acrescentou:

– Quando eu disse que ele ganhava quando o conhecemos melhor, não quis dizer que seu espírito e maneiras estavam se aperfeiçoando, mas que, graças a um conhecimento mais íntimo, seu caráter se torna mais compreensível.

A inquietude de Wickham transparecia agora no rubor que lhe subira ao rosto e em seu olhar pouco tranquilo. Durante alguns minutos não pronunciou palavra e, finalmente, vencendo seu embaraço, voltou-se de novo para Elizabeth e disse, em tom muito grave:

– A Senhorita, que conhece tão bem meus sentimentos para com o Sr. Darcy, compreenderá quanto eu me alegro em vê-lo assumir ao menos a aparência de justiça. Nesse sentido, o orgulho dele prestará o melhor dos serviços pois o impedirá de cometer tão flagrantes injustiças como aquelas de que fui vítima. Temo somente que essas precauções às quais a Senhorita, imagino, acaba de aludir, sejam apenas adotadas durante as visitas à casa de sua tia, por cuja opinião e julgamento ele nutre o maior respeito. O temor que a tia lhe inspira está sempre presente quando se encontram juntos, e grande parte se deve atribuir ao desejo que ele tem de favorecer seu casamento com a Senhorita de Bourgh, coisa que ele há muito tempo planeja.

Elizabeth não pôde deixar de sorrir, mas respondeu apenas com um ligeiro aceno de cabeça. Compreendeu que ele desejava arrastá-la para o assunto de suas mágoas e não estava disposta a tolerá-lo. Durante o resto da noite, Wickham procurou mostrar-se alegre e despreocupado como sempre, mas cessou todas as suas atenções com Elizabeth. Separaram-se com mútua cortesia e possivelmente com o desejo igual de nunca mais se encontrarem.

Quando chegou a hora de as visitas se retirarem, Lydia seguiu com a Sra. Forster para Meryton, de onde partiriam no dia seguinte, logo de madrugada. Sua separação do resto da família foi mais ruidosa do que patética. Kitty foi a única que chorou, mas suas lágrimas eram de humilhação e inveja. A Sra. Bennet mostrou-se prolífica em seus desejos de felicidade para a filha e eloquente em suas incitações para que ela não perdesse nenhuma oportunidade de se divertir, conselho esse que, como tudo levava a crer, seria seguido fielmente. E em meio ao clamor com que Lydia exprimia sua felicidade, os adeuses menos ruidosos das irmãs quase não foram ouvidos.

Capítulo 42

Se as opiniões de Elizabeth se baseassem no exemplo dado por sua própria família, sua ideia de felicidade conjugal e conforto doméstico não seria das mais lisonjeiras. Seu pai, cativado pela vivacidade, beleza e animação que a juventude em geral confere às mulheres, tinha se casado com uma pessoa cuja mediocridade intelectual e insensatez em breve o impediram de sentir por ela qualquer afeição. O respeito, a estima e a confiança tinham se desvanecido para sempre e todos os seus anseios de felicidade doméstica foram destruídos. Contudo, o Sr. Bennet não era desses homens que procuram lenitivo para as desilusões causadas por sua própria imprudência entregando-se àqueles prazeres nos quais os infelizes procuram compensação para suas loucuras e seus vícios. Ele gostava do campo e dos livros, e daí tirava suas principais distrações. À mulher ele nada devia, a não ser pelos divertidos momentos que o espetáculo de sua ignorância e falta de bom senso lhe haviam proporcionado. Não é essa a espécie de felicidade que os homens em geral desejam encontrar no casamento, mas, na falta de outros dons, o verdadeiro filósofo se contenta com os poucos que lhe são concedidos.

Elizabeth, no entanto, nunca fora cega aos defeitos de seu pai como marido. Mas admirava suas qualidades e era grata pela maneira afetuosa como ele a tratava. Porém nunca, como agora, sentira tão fortemente a ameaça para os filhos dos inconvenientes trazidos por um casal tão pouco unido.

Após o alívio que lhe causara a partida de Wickham, Elizabeth encontrou menos prazer do que esperava com a partida do próprio destacamento. As reuniões em sociedade eram menos frequentes e em casa tinha uma mãe e uma irmã cujas contínuas lamentações sobre o tédio da vida que levavam projetavam uma nuvem realmente negra sobre o círculo da família. Ela se dava conta de que os acontecimentos pelos quais esperava com tanta impaciência não produziam, ao realizar-se, aquela satisfação tão prometida. Necessitava, então, designar outro momento para o começo de sua verdadeira felicidade, ter outros pontos de apoio para seus desejos e esperanças e novamente, ao desfrutar do prazer da antecipação, consolar-se com o presente e preparar-se para mais uma decepção. Sua viagem aos Lagos, por exemplo, constituía agora o objeto de seus pensamentos mais felizes. Era o seu refúgio para os momentos desagradáveis que o descontentamento de Kitty e de sua mãe tornavam inevitáveis. Para que seu plano pudesse ser considerado perfeito, só faltava incluir Jane.

"Ainda bem que tenho alguma coisa a desejar, pois se tudo em meu plano fosse perfeito, a decepção seria mais que certa. Sendo assim, levando comigo uma fonte de contínua tristeza, a saudade de minha irmã, poderei de certo modo esperar que todas as minhas expectativas de prazer se realizem. Um plano perfeito nunca é bem-sucedido." – pensava ela.

Lydia, na hora da partida, prometera escrever frequente e detalhadamente para sua mãe e Kitty. Mas essas cartas, longamente esperadas, eram sempre muito curtas. Nas que escrevia à Sra. Bennet, pouco mais dizia do que terem acabado de regressar da biblioteca, onde tais e tais oficiais as haviam acompanhado e onde tinham visto trajes de enlouquecer; dizia ter comprado um vestido novo ou uma nova sombrinha que ela desejaria descrever com mais detalhes, mas não podia, pois a Sra. Forster acabara de chamá-la para irem dar um passeio para os lados do acampamento. As cartas para Kitty não eram muito mais esclarecedoras, embora mais longas, e grande parte do sentido vinha nas entrelinhas.

Após três semanas de ausência de Lydia, a saúde, o bom humor e a alegria recomeçaram a aparecer em Longbourn. Tudo tomou um aspecto mais agradável. As famílias que tinham ido passar o inverno em Londres começaram a regressar e reiniciaram-se os divertimentos de verão. A Sra. Bennet voltou à sua exuberância habitual e, no meio de julho, Kitty havia melhorado tanto que já lhe era possível entrar em Meryton sem verter uma lágrima, acontecimento deveras promissor que deu a Elizabeth a esperança de que, no próximo Natal, ela tivesse juízo suficiente para não mencionar o nome de um oficial mais de uma vez por dia, a não ser que, por uma ordem maliciosa e cruel do Departamento de Guerra, outro destacamento viesse acampar em Meryton.

A data fixada para sua viagem pelo Norte aproximava-se rapidamente. Faltavam apenas quinze dias quando chegou uma carta da Sra. Gardiner, que não só adiava a partida, como abreviava a duração do passeio. Os negócios impediam o Sr. Gardiner de sair de Londres até quinze dias depois da data marcada e os obrigavam a regressar em um mês. Não daria para irem tão longe quanto haviam planejado, e não lhes seria possível visitar tudo com o vagar e o conforto que desejavam. Viam-se, desse modo, obrigados a desistir de vez dos Lagos. Urgia fazer um circuito mais reduzido. De acordo com o novo plano, não iriam para além de Derbyshire. Naquele condado havia muito que ver e daria para preencher as três semanas de que dispunham. Para a Sra. Gardiner, tal plano possuía um encanto particular; considerava aquela região, onde passara alguns anos de sua vida, tão digna de atenção quanto a célebre região dos Lagos.

Elizabeth ficou muito desapontada. Desejava ardentemente ver os Lagos e achava que teriam tempo suficiente para isso. Não tinha, porém, outra alternativa senão contentar-se, e sua decepção logo passou.

Muitas ideias se associavam ao condado de Derbyshire. Era impossível ler a palavra sem pensar em Pemberley e em seu proprietário: "Decerto poderei adentrar a região e espraiar por ela meus olhos, sem que ele dê por mim."

O período de espera fora agora duplicado. Seriam quatro semanas até a chegada de seus tios. Essas semanas, porém, logo passaram e o

Sr. e a Sra. Gardiner apareceram finalmente em Longbourn, acompanhados dos quatro filhos. As crianças, duas meninas de seis e oito anos de idade e dois meninos mais novos, ficariam entregues aos cuidados da prima Jane, cujo bom senso, doçura e gênio pareciam destiná-la à missão de cuidar de crianças.

Os Gardiner ficaram apenas uma noite em Longbourn e partiram na manhã seguinte com Elizabeth em busca de aventuras. Um prazer, pelo menos, estava garantido: o de ter bons companheiros de viagem, saudáveis e de temperamento adequado para suportar os pequenos contratempos, bem-humorados para realçar todos os prazeres, e afetuosos e inteligentes de modo a sugerirem novas distrações caso deparassem com decepções no caminho.

Não vamos fazer a descrição de Derbyshire, nem dos vários locais famosos por onde passaram. Oxford, Blenheim, Warwick, Kenilworth, Birmingham, etc. Apenas uma pequena parte de Derbyshire nos interessa, a cidade de Lambton, onde a Sra. Gardiner residira e para onde eles se dirigiram. Descobrira recentemente que ainda ali se encontravam alguns de seus velhos conhecidos e Elizabeth soube pela tia que Pemberley se encontrava situada a cinco milhas de distância. Para lá chegar, teriam de fazer um pequeno desvio de duas milhas. Na véspera, ao conversarem sobre o itinerário, a Sra. Gardiner tornou a manifestar seu desejo de rever a propriedade. O Sr. Gardiner concordou e perguntaram a Elizabeth se ela aprovava a ideia. A tia perguntou:

– Minha querida, não gostaria de ver esse lugar de que tanto ouviu falar? Um lugar onde muitos de seus conhecidos já moraram. Wickham passou ali sua mocidade.

Elizabeth ficou embaraçada. Ela não sentia qualquer interesse em ver Pemberley e foi obrigada a manifestar sua pouca disposição. Declarou que estava cansada de ver grandes casas e, após percorrer tantas, já não encontrava prazer nos belos tapetes ou cortinas de cetim.

A Sra. Gardiner zombou de sua ingenuidade.

– Se Pemberley fosse apenas uma casa ricamente mobiliada, também eu não teria grande empenho em ir, mas o parque é lindo e os bosques estão entre os mais belos do país.

Elizabeth não respondeu, mas intimamente não concordava. Imediatamente lhe ocorrera a possibilidade de encontrar o Sr. Darcy enquanto visitava o local, e isso seria horrível. A simples ideia a fazia corar. Talvez fosse preferível contar tudo à tia do que correr esse risco. Mas havia objeções. Decidiu, por fim, que este seria seu último recurso, caso suas investigações particulares lhe revelassem a presença da família em Pemberley.

De acordo com esse plano, quando se retirou para ir se deitar, perguntou à criada se era verdade que Pemberley era um local muito bonito, qual era o nome do proprietário e, com íntimo alarme, se a família ali se encontrava passando o verão. Felizmente, a última pergunta foi respondida negativamente. Ela sentiu então grande curiosidade em ver a casa. Quando o assunto de novo foi abordado no dia seguinte, e novamente lhe perguntaram sua opinião, ela respondeu, prontamente e com ar de indiferença, que não punha objeções ao plano.

Capítulo 43

Elizabeth esperava, emocionada, a primeira aparição dos bosques de Pemberley e quando, finalmente, passaram os portões e entraram no parque, sua agitação cresceu ainda mais. O parque era imenso e muito variado. Entraram nele pela parte mais baixa e durante algum tempo rodaram através de um belo e extenso bosque.

Apesar da conversa animada que mantinha com os tios, Elizabeth via e admirava todas as vistas e recantos pitorescos. Durante meia milha, foram subindo suavemente até que se encontraram no topo de um morro bastante alto, onde o bosque terminava.

No outro lado do parque avistava-se imediatamente a casa de Pemberley, e a estrada, virando bruscamente, descia em direção a ela. Tratava-se de um imponente e belo edifício, situado em uma área elevada, por trás da qual se erguiam belas colinas arborizadas. Defronte da casa corria um riacho regular que, represado, formava um pequeno lago. Suas margens não haviam sido adornadas pela mão do homem. Elizabeth estava encantada. Nunca vira lugar tão bem-dotado pela natureza, onde a beleza natural não fora ainda adulterada por artifícios de gosto duvidoso. Todos manifestavam sua admiração e naquela altura Elizabeth sentiu que ser proprietária de Pemberley poderia ser muito interessante!

Desceram a colina, atravessaram a ponte e aproximaram-se da casa, e, enquanto a examinavam de perto, Elizabeth foi de novo assaltada por suas apreensões quanto a um possível encontro com o proprietário. Receava que a criada se tivesse enganado. Depois de pedirem para ver a casa, foram introduzidos na sala de entrada e, enquanto esperavam pela governanta, Elizabeth teve bastante tempo para admirar-se por estar onde estava.

A governanta apareceu. Era uma senhora idosa, de aspecto respeitável, muito mais simples e amável do que Elizabeth esperava. Seguiram-na até a sala de jantar. Tratava-se de um cômodo bastante grande, bem proporcionado e mobiliado com gosto e elegância. Elizabeth, após examiná-lo, foi até uma das janelas para apreciar a vista. A colina, pela qual tinham descido, coroada pelas frondosas árvores, vista de longe parecia mais abrupta e ganhava em beleza. Tudo naquele local tinha as condições ideais e ela contemplou com encanto toda a paisagem, o rio, as árvores espalhadas pelas margens e o vale serpenteando até se perder de vista. À medida que passavam de cômodo em cômodo, a cena variava e de todas as janelas a vista era magnífica. Os cômodos eram espaçosos e elegantes e sua mobília revelava a fortuna de seu proprietário. Elizabeth reparou, enquanto admirava seu bom gosto, que os móveis não eram nem vistosos demais nem desnecessariamente complicados, eram mais sóbrios e também mais elegantes que os de Rosings.

"E pensar que eu poderia ser dona de tudo isto! A estas horas já estaria suficientemente familiarizada com todos estes cômodos! Em vez de os percorrer como uma estranha, poderia regozijar-me de possuí-los e receber neles, como visitantes, meu tio e minha tia." – pensou Elizabeth. Mas, voltando a si, continuou: "Mas não, isso nunca poderia acontecer. Meu tio e minha tia estariam perdidos para mim. Jamais teria permissão para recebê-los."

Foi esta uma lembrança oportuna, pois evitou que ela sentisse algo parecido com arrependimento.

Ansiava por perguntar à governanta se o dono da casa de fato se encontrava ausente, mas não tinha coragem. Finalmente, a pergunta acabou sendo feita por seu tio. Ela afastou-se um pouco, alarmada, enquanto a Sra. Reynolds respondia que ele se encontrava ausente, acrescentando:

– Mas o esperamos amanhã com um grupo de amigos.

Elizabeth deu graças a Deus por terem vindo exatamente naquele dia, e não no dia seguinte. Sua tia chamou-a, então, para ver um quadro. Ela aproximou-se e viu sobre a lareira, entre várias outras miniaturas, um retrato do Sr. Wickham. A Sra. Gardiner perguntou, sorrindo, se Elizabeth gostava do quadro. A Sra. Reynolds aproximou-se e disse que se tratava de uma gravura do filho do administrador de seu falecido patrão, que o tinha educado como se fosse seu filho:

– Recentemente ingressou no exército – acrescentou ela –, mas receio que ele não vá muito longe.

A Sra. Gardiner olhou para a sobrinha com um sorriso que Elizabeth não pôde retribuir.

– E este – disse a Sra. Reynolds, apontando para uma outra miniatura – é o meu atual patrão. O retrato é bastante fiel e foi feito na mesma época que o outro, oito anos atrás.

– Ouvi dizer que seu patrão é um belo homem – disse a Sra. Gardiner, olhando para o retrato. – Parece simpático. Mas Lizzy, você é que nos poderá dizer se está parecido ou não.

– Esta Senhorita conhece o Sr. Darcy?

Elizabeth corou e respondeu:

– Um pouco.

– E não o acha um belo tipo de homem?

– Sim, é mesmo.

– Creio que não conheço ninguém que o supere, mas na galeria lá em cima verão um outro retrato dele, maior e melhor. Esta sala era o lugar favorito de meu falecido patrão e essas miniaturas estão exatamente no lugar onde estavam quando ele era vivo. Ele gostava muito delas.

A Sra. Reynolds chamou, em seguida, a atenção dos visitantes para um retrato da Senhorita Darcy, pintado quando ela tinha apenas oito anos de idade.

– E a Senhorita Darcy também é bonita? – perguntou o Sr. Gardiner.

– Oh, sim! É a Senhorita mais bonita que eu jamais vi. É tão dotada! Toca piano e canta o dia inteiro. Na sala contígua encontra-se um novo instrumento que acabou de chegar para ela. É um presente do meu patrão. Ela chega amanhã também.

O Sr. Gardiner, com seu modo agradável e comunicativo, encorajava a Sra. Reynolds com perguntas e observações. Ela, por orgulho ou afeição, demonstrava um prazer evidente em falar do patrão e da irmã dele.

– Seu patrão vem muito a Pemberley?

– Não tanto quanto eu desejaria, mas calculo que, ao todo, passe metade do ano aqui. A Senhorita Darcy vem sempre, todos os verões.

"Exceto – pensou Elizabeth – quando vai para Ramsgate."

– Se seu patrão se casasse, a senhora o teria mais vezes aqui.

– Sem dúvida, mas não sei quando isso acontecerá. Não conheço ninguém que esteja à altura dele.

O Sr. e a Sra. Gardiner sorriram e Elizabeth não pôde evitar dizer:

– É esse um grande elogio que está lhe fazendo.

– Mas é a pura verdade, e todos os que o conhecem dirão a mesma coisa – replicou a Sra. Reynolds.

Elizabeth achou que ela exagerava, mas, com maior assombro ainda, ouviu a governanta acrescentar:

– Nunca o ouvi dizer uma palavra ríspida em toda a minha vida. E eu o conheço desde que ele tinha quatro anos de idade.

Era o elogio mais extraordinário de todos, mais oposto às ideias de Elizabeth. Ela considerava o Sr. Darcy um homem mal-humorado. Sua curiosidade foi acirrada.

Desejava mais informações e intimamente ficou grata ao tio, pois ele continuou:

– Tem muita sorte em ter um patrão assim.

– Sim, senhor, sei disso muito bem. Se eu saísse por esse mundo afora, estou certa de que não encontraria outro melhor. Mas já notei que as pessoas de bom caráter em criança também o são quando adultos. E o Sr. Darcy, quando pequenino, tinha um temperamento de anjo e um coração de ouro.

Elizabeth ficou boquiaberta. "Será a mesma pessoa?" – pensou ela.

– O pai dele era um homem excelente – disse a Sra. Gardiner.

– Lá isso era, minha senhora; e o filho não lhe ficará atrás. É igualmente afável com os pobres.

Elizabeth ouvia, pasmava e duvidava, e ficou impaciente querendo mais informações. A Sra. Reynolds não conseguiria desviar seu interesse. Em vão ela falava sobre as personagens que os quadros representavam, as dimensões da sala e o preço dos móveis. O Sr. Gardiner, a quem enternecia aquela afeição pela família e à qual ele atribuía os excessivos louvores da Sra. Reynolds, tornou a introduzir o assunto. A Sra. Reynolds discorreu com energia sobre as qualidades de seu patrão enquanto subiam a ampla escadaria.

– Ele é o proprietário mais bondoso e o melhor dos patrões que jamais existiu – dizia ela. – Não é como os jovens de hoje, que só pensam em si próprios. Não existe um só de seus rendeiros ou criados que não fale dele com admiração. Há quem diga que ele é orgulhoso, mas eu nunca pensei isso. Deve ser porque ele é mais fechado que a maioria dos outros jovens.

"Sob que luz favorável ela o coloca", pensou Elizabeth.

– Essas informações não condizem com o seu procedimento para com nosso pobre amigo – sussurrou a tia, enquanto caminhavam.

– Talvez estejamos enganadas.

– Não é provável; o testemunho do outro era dos melhores.

Após chegarem ao espaçoso patamar, foram introduzidos numa linda sala de estar, decorada recentemente com a maior elegância e graça. Foram informados de que tudo aquilo tinha sido feito em atenção à Senhorita Darcy, pois essa tinha manifestado preferência por aquela sala da última vez que estivera em Pemberley.

– Ele é, certamente, um bom irmão – disse Elizabeth, enquanto se dirigia para uma das janelas.

A Sra. Reynolds antecipava a surpresa da Senhorita Darcy ao entrar naquele aposento.

– Tudo o que ele pode fazer para agradar a irmã, manda imediatamente executar. E é sempre assim a sua forma de agir; não existe nada que não faça para procurar deixá-la feliz.

A galeria de quadros e os dois ou três quartos de dormir principais eram o que lhes restava para ver. A galeria continha muitos quadros interessantes, mas Elizabeth pouco entendia de pintura. Já quando lhe tinham mostrado os outros, no andar de baixo, ela afastara-se para examinar uns desenhos a lápis, da autoria da Senhorita Darcy, cujos assuntos eram, em geral, mais interessantes e também mais fáceis de entender.

Na galeria havia também muitos retratos da família. Esses quadros, porém, pouco interesse ofereciam a uma estranha. Elizabeth procurou neles, apenas, os traços que conhecia.

Finalmente, um desses retratos despertou sua atenção. Tratava-se de alguém cujo rosto se parecia notavelmente com o do Sr. Darcy e no qual transparecia um sorriso que ela se lembrava já ter visto nele quando ele a contemplava. Deteve-se durante vários minutos diante do quadro, olhando fixamente, e, antes de sair da galeria, voltou atrás para examiná-lo mais uma, vez. A Sra. Reynolds informou que ele fora pintado ainda em vida do falecido Sr. Darcy.

Existia naquele momento, no coração de Elizabeth, um sentimento de ternura para com o atual proprietário de Pemberley como jamais tivera naquele período em que melhor o conhecera. Os elogios com os quais a Sra. Reynolds o tinha cumulado não eram de pouca monta. Nenhum louvor é mais valioso do que o de um criado inteligente. Após terem terminado a visita, tornaram a descer as escadas e, ao despedirem-se da governanta, foram entregues aos cuidados do jardineiro que os esperava na entrada da casa.

Enquanto atravessavam o gramado em direção ao riacho, Elizabeth voltou-se para tornar a ver a casa. Seus tios também se detiveram e, enquanto o Sr. Gardiner fazia conjecturas sobre a data em que o edifício fora construído, o proprietário em pessoa surgiu de súbito na alameda que conduzia às cocheiras, do outro lado da casa.

Encontravam-se a cerca de vinte jardas de distância e o seu aparecimento fora tão repentino que se tornara impossível a Elizabeth esconder-se. Seus olhares imediatamente se cruzaram e ambos coraram de modo intenso. Ele teve um sobressalto e por momentos a surpresa o paralisou. Mas, voltando imediatamente a si, adiantou-se para o grupo e dirigiu-se a Elizabeth, senão com uma calma absoluta, pelo menos com uma amabilidade sem limites.

Elizabeth, que se virara instintivamente ao vê-lo se aproximar, se deteve e recebeu seus cumprimentos com um embaraço impossível de dominar. Se sua aparição ou sua semelhança com o retrato que tinham acabado de examinar não bastassem para o Sr. e a Sra. Gardiner perceberem que se encontravam perante o Sr. Darcy em pessoa, a expressão de surpresa do jardineiro ao ver seu patrão teria sido suficiente para o revelar. Conservaram-se um pouco afastados enquanto ele conversava com Elizabeth, e esta, atônita e embaraçada, mal ousava levantar os olhos e respondia inconscientemente às perguntas de cortesia que ele lhe fazia sobre sua família. Extremamente surpresa com a alteração de seus modos desde a última vez que o vira, cada frase que ele pronunciava aumentava ainda mais sua confusão. Tomando de novo consciência de toda a inconveniência de ele a encontrar ali, os poucos minutos em que estiveram juntos tornaram-se os mais penosos de sua vida. Ele também parecia não estar muito à vontade. Enquanto falava, o tom de sua voz não aparentava a firmeza habitual. As perguntas várias vezes repetidas de quando ela saíra de Longbourn e por quanto tempo se demoraria em Derbyshire, assim como o atropelo com que ele as pronunciava, tornavam evidente quão distantes os seus pensamentos andavam.

Por fim, nada mais encontrou para dizer e, após ter permanecido alguns momentos sem dizer palavra, o Sr. Darcy voltou de súbito a si e despediu-se.

Os outros, então, juntaram-se a ela e exprimiram toda a sua admiração por tão garbosa figura. Elizabeth, inteiramente absorta em seus pensamentos, não ouviu uma palavra sequer do que lhe disseram. Acompanhou-os em silêncio; sentia-se esmagada de vergonha e de contrariedade. Sua vinda ali fora a ideia mais irrefletida e infeliz do mundo. Como ele deveria estranhar tal encontro! E sob que luz isso não a colocaria aos olhos de homem tão vaidoso!

Poderia até parecer que ela se colocara propositadamente em seu caminho! Oh, por que tinham vindo? Ou por que havia ele de vir na véspera do dia em que era esperado!? Se tivessem saído dez minutos mais cedo de Pemberley, ele não a teria reconhecido de longe, pois era evidente que chegara naquele momento e que tinha acabado de apear do cavalo ou da carruagem. Ela corou várias vezes ao recordar-se da perversidade daquele acaso. E que significaria aquela alteração nos seus modos? Era espantoso que ele lhe tivesse dirigido a palavra, sequer. E falar com tanta amabilidade e perguntar pela sua família! Nunca, na sua vida, Elizabeth o vira comportar-se de maneira tão pouco cerimoniosa. Nunca ele lhe falara com tanta doçura como durante aquele inesperado encontro. Que diferença desde aquela ocasião em que se dirigira a ela no parque de Rosings a fim de lhe entregar a carta. Ela não sabia o que pensar nem como explicar tudo aquilo.

Tinham agora penetrado numa simpática vereda que acompanhava as margens do riacho e, a cada passo que davam, aproximavam-se mais de uma das mais belas partes do bosque. Só algum tempo depois é que Elizabeth despertou para o que a rodeava e, embora respondesse mecanicamente aos repetidos apelos de seus tios para que contemplasse os panoramas que lhe apontavam, não distinguia nenhum detalhe da paisagem. Seus sentimentos voltavam-se para a casa de Pemberley e procuravam adivinhar em que lugar o Sr. Darcy agora se encontrava. Adoraria saber o que lhe passava naquele momento pelo espirito, de que maneira pensava nela, e se, apesar de tudo, ainda tinha alguma afeição por ela. Talvez ele tivesse se mostrado tão amável porque se sentisse indiferente. No entanto, na sua voz havia transparecido aquela insegurança. Elizabeth não sabia se ele sentira aborrecimento ou prazer ao vê-la, mas, certamente não permanecera indiferente.

Por fim, as observações dos tios à sua distração acabaram por despertá-la e ela lembrou-se de que era necessário mostrar maior naturalidade.

Penetraram no bosque e, dizendo adeus ao riacho por algum tempo, subiram para uma região mais elevada. Lá, através de clareiras ocasionais, descobriram encantadoras vistas do vale, das colinas do outro lado, recobertas de extensos bosques, e do riacho. O Sr. Gardiner exprimiu seu desejo de percorrer todo o parque e, se possível, a pé, mas o jardineiro, triunfante, informou que o parque tinha mais de dez milhas de periferia. Teriam, portanto, de se contentar com o circuito habitual. Elizabeth desejava explorar os meandros do riacho, mas depois de atravessarem a ponte e perceberem a distância a que se encontravam da casa, a Sra. Gardiner, que não gostava muito de caminhar, declarou não poder avançar mais e disse que desejava voltar para a carruagem o mais depressa possível. Elizabeth viu-se, assim, obrigada a submeter-se, e o grupo tomou de novo a direção da casa, do outro lado do rio, enveredando pelo caminho mais curto. A caminhada, porém, era lenta, pois o Sr. Gardiner, que gostava muito de pescar, mas raramente tinha oportunidade de fazê-lo, detinha-se a todo instante para observar as trutas e fazer perguntas ao homem que os acompanhava.

Enquanto deste modo caminhavam, tiveram novamente a surpresa de avistar o Sr. Darcy, que se aproximava deles a pequena distância. O espanto de Elizabeth por pouco ultrapassou aquele que sentira no primeiro encontro. A vereda pela qual seguiam, que era menos abrigada que a do outro lado, permitiu vê-lo antes de se encontrarem. Elizabeth, embora espantada, estava mais preparada para o encontro. Resolveu que se exprimiria com calma caso o Sr. Darcy tencionasse realmente abordá-los. Por um instante, ela pensou que ele iria virar para outro caminho, mas a ideia apenas prevaleceu enquanto uma curva da alameda o ocultava de sua vista, pois, feita a volta, ele surgiu diretamente diante deles. Elizabeth percebeu que o Sr. Darcy nada tinha perdido de sua recente amabilidade e, para imitar sua cortesia, após se encontrarem ela começou a louvar as belezas do local. Porém, ainda mal tinha pronunciado as palavras "lindo" e "encantador", quando uma infeliz lembrança a assaltou e, receando que aqueles seus elogios a Pemberley pudessem ser mal interpretados, empalideceu e nada mais disse.

A Sra. Gardiner detivera-se um pouco atrás e quando Elizabeth se calou, o Sr. Darcy pediu que lhe desse a honra de apresentá-lo a seus amigos. Elizabeth não esperava tal demonstração de cortesia e não pôde deixar de sorrir ao vê-lo agora procurar conhecer as mesmas pessoas contra as quais seu orgulho revoltara-se ao lhe propor casamento.

"Que surpresa a dele – pensou ela – quando lhe disser quem eles são! Toma-os, naturalmente, por pessoas de elevada categoria."

A apresentação foi feita e, ao mencionar o parentesco que os unia, Elizabeth não pôde deixar de olhar de soslaio para o Sr. Darcy, esperando vê-lo fugir o mais depressa que pudesse da companhia de gente tão modesta. Sua surpresa foi evidente, mas ele suportou-a com coragem e, ao contrário de se voltar para partir, fez questão de regressar com eles e entrou em conversação com o Sr. Gardiner. Elizabeth não pôde deixar de se sentir lisonjeada e triunfante. Sentia-se reconfortada porque ele agora via que ela não precisava se envergonhar de todos os seus parentes. Ouvia com a maior atenção tudo o que se passava entre eles e ficava radiante cada vez que uma expressão ou uma frase de seu tio revelavam sua inteligência, seu bom gosto e suas boas maneiras.

Logo estavam conversando sobre pesca. Ela ouviu o Sr. Darcy convidar seu tio, com a maior delicadeza, para pescar no parque todas as vezes que quisesse. Ofereceu-lhe também os equipamentos necessários e indicou os trechos do riacho em que a pesca em geral era mais proveitosa.

A Sra. Gardiner, que caminhava de braço dado com Elizabeth, lançou na direção de sua companheira um expressivo olhar de surpresa. Elizabeth nada disse, mas sentiu-se extremamente satisfeita. Não havia dúvida que aquela galante atitude era dirigida a ela, mas seu espanto era ilimitado, e frequentemente ela repetia para si mesma: "Por que razão estará ele tão modificado? Qual será o motivo de tudo isto? Não será por minha causa, pois tudo o que eu lhe disse em Hunsford não poderia causar nele uma alteração tão grande. É impossível que ele tenha ainda algum amor por mim."

Após caminharem durante algum tempo daquela forma, as duas senhoras à frente e os dois cavalheiros atrás, ao chegarem à margem do rio onde esperavam examinar uma curiosa planta aquática, operou-se uma ligeira alteração. A Sra. Gardiner, fatigada pelo exercício daquela manhã, achou o braço de Elizabeth inadequado para nele se apoiar e preferiu o do marido. O Sr. Darcy tomou o lugar ao lado de Elizabeth e retomaram a caminhada. Após um curto silêncio, Elizabeth foi quem primeiro tomou a palavra. Desejava tornar do conhecimento do Sr. Darcy o fato de ela ter feito as necessárias indagações e lhe terem assegurado que ele se encontraria ausente, condição essencial para a sua decisão em visitar o local. Começou, portanto, por observar que sua chegada fora inesperada.

– Sua governanta – disse ela – nos informou que o senhor só chegaria amanhã. Além disso, antes de sairmos de Bakewell, disseram-nos que o senhor não era esperado tão cedo.

Ele confirmou a verdade de tudo e respondeu que, por causa de alguns negócios a tratar com seu administrador, se vira forçado a adiantar-se algumas horas em relação a seus companheiros de viagem.

– Chegarão amanhã cedo – continuou ele – e entre eles virão algumas pessoas que a conhecem: o Sr. Bingley e as irmãs.

Elizabeth respondeu com um leve aceno da cabeça. Seus pensamentos imediatamente a levaram para a ocasião em que pela última vez o nome do Sr. Bingley fora pronunciado entre eles. A julgar pela expressão do rosto dele, seus pensamentos haviam tomado rumo semelhante.

– Do grupo faz parte, também, uma outra pessoa – continuou ele, após uma pausa – que deseja particularmente conhecê-la. Se me permite, lhe apresentarei minha irmã durante sua estada em Lambton, ou será que lhe peço demasiado?

A surpresa de Elizabeth perante tal pedido foi imensa, tão grande que ela concordou sem nem saber de que maneira o fazia. Compreendeu imediatamente que esse desejo da Senhorita Darcy só poderia ter sido inspirado pelo irmão e não era preciso refletir muito para descobrir o quanto isso a satisfazia. Era agradável saber que o ressentimento do Sr. Darcy não o indispusera totalmente contra ela.

Continuaram caminhando em silêncio, ambos mergulhados em suas reflexões. Elizabeth não se sentia à vontade, pois isso era impossível, mas sentia-se lisonjeada e satisfeita. O desejo dele de lhe apresentar a irmã era um elogio dos mais elevados. Em pouco tempo haviam se distanciado bastante dos outros e quando chegaram perto da carruagem, o Sr. e a Sra. Gardiner encontravam-se ainda a umas duzentas jardas mais atrás.

O Sr. Darcy convidou-a a entrar, mas Elizabeth declarou não estar fatigada, e eles esperaram juntos no jardim. Numa ocasião como aquela, muitas coisas podiam ser ditas, e o silêncio era embaraçoso. Elizabeth gostaria de conversar, mas em quase todos os assuntos parecia haver algum obstáculo. Finalmente, ela lembrou-se que estivera viajando, e então falaram de Matlock e de Dove Dale com grande perseverança. Contudo, o tempo e sua tia pareciam caminhar lentamente e sua paciência e o assunto já estavam quase esgotados. Quando o Sr. e a Sra. Gardiner finalmente chegaram, foram convidados a entrar, mas eles recusaram o convite e todos se separaram com a maior cortesia. O Sr. Darcy ajudou as senhoras a entrarem na carruagem e quando esta se afastou, Elizabeth viu-o caminhando lentamente na direção da casa.

As observações de seus tios tiveram então início. Ambos declararam que o tinham achado infinitamente superior ao que esperavam.

– Ele é impecável em educação, afabilidade e modéstia – disse o Sr. Gardiner.

– Existe um quê de imponência em seus modos – replicou a Sra. Gardiner. – Mas, parafraseando a Sra. Reynolds, embora haja quem o considere orgulhoso, nada notei dessa natureza.

– O que mais me surpreendeu foram suas maneiras conosco. Eram mais do que polidas, eram atenciosas. E, contudo, suas relações com Elizabeth são bastante recentes.

– Naturalmente, Lizzy – disse a Sra. Gardiner –, ele não é tão bonito como o Sr. Wickham, mas seus traços são perfeitamente regulares. Não compreendo por que me disse que ele era tão desagradável.

Elizabeth desculpou-se da melhor forma que pôde; disse que o achara mais simpático da última vez que estivera com ele em Kent e que nunca o vira tão amável como naquela manhã.

– Pode ser que ele seja um pouco excêntrico em suas amabilidades – replicou o Sr. Gardiner. – É frequente nos homens importantes, por isso não tomarei ao pé da letra o seu convite para pescar, pois é possível que amanhã tenha mudado de ideia e me expulse de seu parque.

Elizabeth sentiu que eles se enganavam redondamente sobre o verdadeiro caráter do Sr. Darcy, mas nada disse.

– Pelo que vimos dele – continuou a Sra. Gardiner –, jamais poderia imaginar que ele fosse capaz de agir tão cruelmente contra alguém como fez com o pobre Wickham. Sua expressão não revela mau caráter, pelo contrário, ele tem um modo de mover os lábios quando fala que muito me agrada; e há uma dignidade em seu rosto que dificilmente daria a alguém uma ideia desfavorável de seu coração. Aliás, a boa mulher que nos mostrou a casa atribui-lhe as melhores qualidades. Creio que ele deve ser um patrão liberal, e, aos olhos de um criado, isso resume todas as virtudes.

Elizabeth sentiu que era o momento de dizer alguma coisa para justificar o procedimento de Darcy em relação a Wickham, e deu a entender a seus tios que, pelo que ouvira dos parentes dele em Kent, seus atos eram suscetíveis de uma interpretação totalmente diferente. Disse também que seu caráter não era nem de longe tão defeituoso quanto tinham suposto em Hertforshire, e que, por outro lado, o de Wickham estava longe de ser tão perfeito. E, para confirmar o que lhes dizia, relatou os detalhes de todas as transações monetárias em que ambos estiveram conjuntamente envolvidos, sem revelar, no entanto, o nome da pessoa que a informara, mas acrescentando que ela era digna de todo crédito.

A Sra. Gardiner mostrou-se surpreendida e preocupada, mas como se aproximavam do lugar onde ela residira em sua mocidade, ela entregou-se a todo o encanto de suas recordações, e estava tão ocupada em mostrar ao marido as maravilhas das redondezas que se esqueceu do resto.

Apesar de todas as fadigas da manhã, logo após o almoço tornaram a sair em busca dos antigos conhecidos da Sra. Gardiner, e esta passou a tarde entregue ao prazer de reatar antigos laços de amizade.

As ocorrências desse dia tinham sido demasiado interessantes para permitirem a Elizabeth prestar maior atenção a esses novos amigos e não podia fazer outra coisa senão pensar e refletir com assombro nas amabilidades do Sr. Darcy, e sobretudo no seu desejo de lhe apresentar a irmã.

Capítulo 44

Elizabeth combinara com o Sr. Darcy que ele traria a irmã para visitá-la logo no dia seguinte ao de sua chegada a Pemberley, e decidiu não se afastar da hospedaria naquela manhã. Porém, sua conclusão foi falsa, pois na mesma manhã de sua chegada a Lambton, esses visitantes vieram vê-la. Elizabeth e seus tios tinham estado passeando pela cidade com alguns de seus novos amigos e acabavam de regressar à hospedaria a fim de se vestirem para jantar com a mesma família quando o ruído de uma carruagem os atraiu a uma janela. Elizabeth imediatamente reconheceu a libré e, compreendendo do que se tratava, participou, para grande surpresa de seus parentes, a honra que estava esperando.

Seus tios ficaram estupefatos e, tanto o embaraço de Elizabeth ao comunicar tal acontecimento como a circunstância em si, acrescida ainda à lembrança das muitas outras coisas do dia precedente, lhes deu uma nova visão do que realmente se passava. Nada o havia sugerido anteriormente, mas sentiam agora não haver outra maneira de explicar as atenções do Sr. Darcy sem supor um interesse dele pela sobrinha. Enquanto essas novas ideias lhes atravessavam o pensamento, a perturbação de Elizabeth crescia a cada momento. Ela mesma se surpreendeu com seu nervosismo. Além de outras inquietações, ela temia que o Sr. Darcy, com sua parcialidade, houvesse exagerado na apologia de sua pessoa; e, ansiosa como nunca por agradar, desconfiava naturalmente de que todos os seus recursos seriam escassos.

Elizabeth afastou-se da janela, receando ser vista, e enquanto caminhava de um lado para o outro procurando acalmar-se, reparou nos olhares curiosos de seus tios, o que dificultou tudo muito mais.

O Sr. Darcy e a irmã apareceram, e aquela temível apresentação teve lugar. Com espanto, Elizabeth percebeu que sua nova conhecida estava tanto ou mais embaraçada do que ela. Desde que se encontrava em Lambton, Elizabeth ouvira várias vezes dizer que a Senhorita Darcy era extremamente orgulhosa, mas aquele exame de alguns minutos bastou para constatar que ela era apenas excessivamente tímida. Foi muito difícil arrancar dela outras palavras que não fossem simples monossílabos.

A Senhorita era alta e mais corpulenta do que Elizabeth e, embora contasse pouco mais de dezesseis anos, suas formas eram bem desenvolvidas e sua aparência graciosa. Seus traços eram menos regulares e belos que os do irmão, mas transparecia neles o bom senso e a cordialidade, e seus modos eram perfeitamente simples e delicados. Elizabeth, que receava encontrar nela uma observadora tão perspicaz e implacável como o Sr. Darcy se mostrara, sentiu-se extremamente aliviada ao discernir tamanha diferença de feitio.

Poucos momentos depois de chegar, o Sr. Darcy informou que Bingley também viria apresentar seus cumprimentos, e Elizabeth mal tivera tempo de exprimir sua satisfação quando ouviu na escada os passos rápidos de Bingley, e, no mesmo instante, ele surgiu na sala. Há muito que se tinha acalmado todo o ressentimento de Elizabeth contra ele. Mesmo que conservasse ainda um resto daqueles sentimentos, teria sido impossível resistir à singela cordialidade com que ele se exprimiu ao tornar a vê-la. Ele perguntou por sua família, embora de um modo vago, falando com a mesma tranquilidade bem-humorada de sempre.

O Sr. e a Sra. Gardiner olharam para ele também com muito interesse. Há muito que desejavam conhecê-lo. O grupo todo, aliás, despertava neles a mais viva curiosidade. As suspeitas que neles brotaram com respeito ao Sr. Darcy e à sobrinha fizeram com que os observassem atenta, mas reservadamente. Concluíram que um deles, pelo menos, sabia o que era o amor. Quanto aos sentimentos de Elizabeth, ficaram um pouco na dúvida, mas era evidente que o jovem tinha por ela uma fervorosa admiração.

Elizabeth, por seu lado, tinha muito que fazer. Queria certificar-se dos sentimentos de cada um dos visitantes, dominar os seus e tornar-se agradável para todos. Em Bingley encontrou a melhor das disposições, Georgiana ansiava por satisfazê-la e Darcy estava sequioso das suas atenções.

Perante Bingley, Elizabeth lembrou-se naturalmente de sua irmã, e naquele momento ela teria dado tudo para saber se os pensamentos dele tinham tomado o mesmo rumo que os seus. Por vezes ela tinha a sensação de que ele falava menos do que de costume; e outras vezes parecia que, ao olhar para ela, ele procurava encontrar alguma familiaridade em seu rosto. Mas, embora tudo isto talvez não passasse de imaginação, Elizabeth não se iludia quanto ao comportamento dele com a Senhorita Darcy, na qual certas pessoas tinham esperado encontrar uma rival de Jane. Nem de um lado nem de outro um só olhar deixou transparecer qualquer interesse especial. Nada se passou entre eles que pudesse justificar as esperanças da Senhorita Bingley.

Antes de partirem, um ou dois pequenos fatos ocorreram que, segundo a interpretação ansiosa de Elizabeth, denotavam uma recordação de Jane, não destituída de ternura, e um desejo de dizer algo mais que poderia conduzir à menção de seu nome, tivesse ele ousado. O Sr. Bingley observou, num dado momento em que os outros se encontravam conversando, e num tom que denotava certa mágoa, que "há muito tempo que ele não tinha o prazer de vê-la". Antes que ela pudesse responder, acrescentou: "Há mais de oito meses. Não nos vemos desde o dia 26 de novembro, quando nos encontrávamos todos dançando em Netherfield".

Em outro momento ele lhe perguntou se todas as suas irmãs se encontravam em Longbourn. A pergunta nada tinha de excepcional, assim como a observação precedente, mas eram o seu olhar e modos que lhe emprestavam todo o significado.

Elizabeth não teve muitas oportunidades de voltar os olhos para o Sr. Darcy, mas, todas as vezes que o olhava de relance, surpreendia nele uma expressão de contentamento, e tudo o que ele dizia era num tom tão diferente da sua antiga altivez e desdém que Elizabeth se convenceu de que a melhora, presenciada na véspera, nos modos de Darcy, por mais temporária que fosse, durava pelo menos mais de um dia. Quando ela o via assim ocupado em procurar a companhia e a boa opinião de pessoas com as quais ainda há tão poucos dias ele teria julgado desonroso manter relações, quando o ouvia tratar com a maior amabilidade não só a ela, Elizabeth, mas também seus parentes, que ele tão abertamente desdenhara durante aquela cena no presbitério de Hunsford, a mudança parecia tão radical e impressionava-a a tal ponto que só com o maior esforço ela conseguia esconder sua surpresa. Nunca o vira tão desejoso de agradar, tão livre de orgulhos e rígidas reservas como agora.

Os visitantes permaneceram com eles mais de meia hora; e quando se levantaram para partir, o Sr. Darcy dirigiu-se à irmã, pedindo que reiterasse o convite que ele fazia aos Gardiner e a Elizabeth para um jantar em Pemberley antes de sua partida. A Senhorita Darcy prontamente acedeu ao seu pedido, embora com uma timidez que revelava o pouco hábito em fazer convites. A Sra. Gardiner olhou para a sobrinha, desejosa de saber se Elizabeth, a quem o convite principalmente se destinava, estava disposta a aceitar, mas ela voltara o rosto para o outro lado. Presumindo, porém, que tal atitude exprimia mais um momentâneo embaraço do que qualquer desagrado na proposta, e percebendo que seu marido, que apreciava a sociedade, estava disposto a aceitar, ela deu seu consentimento, e o jantar foi marcado para dali a dois dias.

Bingley exprimiu então todo o seu prazer em tornar a ver Elizabeth, pois tinha ainda muito que lhe dizer e perguntas a fazer sobre os seus amigos de Hertfordshire. Elizabeth, vendo nisso seu desejo de ouvi-la falar sobre Jane, ficou satisfeita.

Depois que os visitantes partiram, ela ficou pensando naquela última meia hora com alguma satisfação. Ansiosa por ficar a sós e temendo as perguntas e insinuações de seus tios, permaneceu na companhia destes apenas o tempo necessário para ouvir suas opiniões favoráveis sobre Bingley, depois do que os deixou precipitadamente, alegando ter de se vestir.

No entanto, ela não tinha razão em temer a curiosidade do Sr. e da Sra. Gardiner, pois não desejavam forçar suas confidências. Ficou evidente que Elizabeth conhecia o Sr. Darcy muito mais intimamente do que eles tinham suposto. E percebiam que ele estava muito apaixonado por ela. Sentiam por tudo aquilo um grande interesse, porém nada que justificasse indagações.

Quanto ao Sr. Darcy, ansiavam por imaginar as melhores coisas a seu respeito, e, pelo tanto que o conheciam, não encontravam nele qualquer defeito. Não podiam deixar de se sentir impressionados por sua delicadeza; e, se fossem ajuizar seu caráter a partir de suas próprias impressões e das informações dadas pela governanta, sem nenhuma referência a qualquer outro relato, o círculo de pessoas que o conheciam em Hertfordshire não o teria reconhecido como sendo o do Sr. Darcy. Viam agora um certo interesse em acreditar nas palavras da governanta; e em breve concluíram que a opinião de uma criada, que o conhecia desde os quatro anos de idade e cuja aparência era a de uma pessoa digna e respeitável, não poderia ser sumariamente rejeitada. Seus amigos de Lambton, por outro lado, nada sabiam que pudesse diminuir o valor daquele testemunho. De nada o acusavam, a não ser de seu orgulho. Todos eram unânimes, no entanto, em ver nele um homem generoso e pródigo com os pobres.

Quanto a Wickham, os visitantes logo descobriram que ele não era muito estimado no lugar, e, embora nada de preciso se soubesse sobre suas relações com o filho de seu protetor, era, no entanto, sabido que ao sair de Derbyshire deixara muitas dívidas, que acabaram sendo saldadas pelo Sr. Darcy.

Elizabeth pensou mais em Pemberley naquela noite do que na precedente. Embora as horas lhe parecessem difíceis de passar, não foram suficientes para chegar a uma conclusão sobre seus sentimentos e ficou duas horas acordada, tentando ler seu coração. Certamente não o odiava. Não, o ódio há muito que se dissipara e há muito também que se envergonhava de ter alguma vez antipatizado com ele. O respeito que suas valiosas qualidades lhe inspiravam, embora a princípio admitido com relutância, já há bastante tempo deixara de repugnar seus sentimentos, e tinha agora se transformado em algo mais cordial, graças aos testemunhos tão altamente em seu favor e à impressão favorável que Darcy lhe produzira na véspera. Mas, acima de tudo, encontrava em si mesma um motivo de boa vontade que não poderia ignorar: era a gratidão. Gratidão não só porque ele a amara, mas porque ele ainda a amava o bastante para esquecer toda a petulância com que ela o rejeitara e todas as acusações injustas com que fizera acompanhar essa rejeição. Ela chegara a imaginar que Darcy a evitaria como a pior inimiga. No entanto, durante aquele encontro acidental, ele mostrara-se ansioso por reatar relações. Sem exibir qualquer indelicadeza de sentimentos ou excentricidade de maneiras que sugerisse aquilo que dizia respeito apenas a eles dois, ele procurava angariar a boa opinião dos amigos dela e insistira em apresentá-la a sua irmã. Uma tal mudança em um homem tão orgulhoso suscitava não só o espanto, como a gratidão. Só ao amor, e a um amor ardente, é que ela poderia ser atribuída; e a impressão que sobre ela esse amor produzia não era de modo algum desagradável, embora não pudesse ser exatamente definida. Ela o respeitava, o estimava, era grata e sentia um interesse real pelo seu bem-estar; e quereria apenas saber até que ponto ela desejava que aquele bem-estar dependesse dela e, para a felicidade de ambos, até que ponto ela deveria empregar o poder que imaginava ainda ter para fazer com que ele renovasse suas atenções.

Ficara decidido naquela noite, entre tia e sobrinha, que uma delicadeza tão decisiva como aquela manifestada pela Senhorita Darcy, em vir visitá-las no dia de sua própria chegada a Pemberley, deveria ser retribuída por um esforço de cortesia da parte delas. Decidiram pela conveniência de uma visita a Pemberley na manhã seguinte.

Elizabeth gostou da ideia e, embora se perguntasse sobre o motivo desse contentamento, não encontrou resposta.

O Sr. Gardiner deixou-as logo após o café da manhã. O convite para pescar fora renovado no dia anterior e um encontro fora marcado com alguns dos cavalheiros em Pemberley, ao meio-dia.

Capítulo 45

Convencida agora de que a antipatia da Senhorita Bingley devia-se ao ciúme, Elizabeth não podia deixar de antever quão desagradável para ela seria sua visita a Pemberley, e sentia certa curiosidade em ver até que ponto ela se mostraria amável ao reatarem suas relações.

Ao entrarem em casa, passando pelo vestíbulo, foram conduzidas até o salão, que, virado para o norte, se tornava muito agradável no verão. Descortinava-se uma vista encantadora das altas colinas cobertas de arvoredo e dos belos carvalhos e castanheiros.

Nesse aposento foram recebidas pela Senhorita Darcy e pela senhora com quem ela morava em Londres. A Sra. Hurst e a Senhorita Bingley também se encontravam presentes. Georgiana recebeu-as com toda a amabilidade, embora transparecesse aquele embaraço de sua timidez e de seu medo de errar, e que poderia facilmente ser tomado por orgulho e reserva pelas pessoas que lhe eram inferiores. A Sra. Gardiner e a sobrinha, no entanto, a compreendiam e tinham pena dela.

A Sra. Hurst e a Senhorita Bingley limitaram-se a cumprimentá-las de longe com um pequeno aceno de cabeça. Quando todas se sentaram, houve uma pausa embaraçosa durante alguns minutos que foi quebrada pela Sra. Annesley, uma senhora muito gentil e simpática, que, ao tentar introduzir um assunto de conversação, provava ser bem mais educada que as outras duas. Estabeleceu-se uma conversa entre essa senhora e a Sra. Gardiner, com o apoio ocasional de Elizabeth. Quanto à Senhorita Darcy, parecia desejar apenas um certo encorajamento para entrar nela, e, por vezes, arriscava uma frase curta, quando parecia não haver o perigo de ser ouvida.

Elizabeth logo percebeu que estava sendo atentamente observada pela Senhorita Bingley, e que não podia dizer uma só palavra, especialmente se dirigida à Senhorita Darcy, sem que a outra não se pusesse à escuta. Tal exame não teria impedido Elizabeth de procurar estabelecer uma conversa com a Senhorita Darcy, não fosse essa encontrar-se a uma distância tão inconveniente dela. Entretanto não lamentava estar sendo poupada de falar muito, pois seus próprios pensamentos a ocupavam bastante. Esperava a cada momento a entrada dos cavalheiros. Desejava, e ao mesmo tempo temia, que o dono da casa aparecesse entre eles; e não discernia qual dos seus sentimentos era o mais forte, se o seu desejo ou o seu temor. Após permanecerem deste modo durante um quarto de hora e sem ouvir a voz da Senhorita Bingley, Elizabeth teve sua atenção despertada por uma fria pergunta que aquela lhe dirigia sobre sua família. Ela respondeu com igual indiferença e concisão e a outra nada mais disse.

O acontecimento seguinte foi a entrada dos criados, que traziam travessas de carnes frias, bolos e uma grande variedade das melhores frutas da estação; mas tal só se deu após muitos olhares significativos e sorrisos da Sra. Annesley dirigidos à Senhorita Darcy, lembrando-lhe de suas obrigações como dona da casa. Havia agora ocupação suficiente para o grupo inteiro, pois, embora nem todas pudessem conversar, todas podiam comer; e as pessoas presentes reuniram-se em volta da mesa, diante das apetitosas pirâmides de uvas, ameixas e pêssegos.

Assim ocupada, Elizabeth teve oportunidade de refletir se ela realmente temia o aparecimento do Sr. Darcy ou se, pelo contrário, o desejava; e nessa altura, embora minutos antes o desejo houvesse predominado, começou a recear que ele aparecesse.

O Sr. Darcy tinha passado algum tempo com o Sr. Gardiner, que pescava na companhia de outros dois cavalheiros da casa, mas, ao ser informado de que Elizabeth e sua tia tinham resolvido fazer uma visita a Georgiana naquela manhã, ele voltou para casa. Assim que fez sua aparição, Elizabeth resolveu sensatamente fazer o possível por se mostrar perfeitamente tranquila e à vontade; resolução essa mais fácil de ser tomada do que de ser cumprida, pois ela percebeu que as suspeitas de todo o grupo foram despertadas com relação a eles e, desde o momento em que ele entrou na sala, todos os olhares se voltaram para observar a atitude do Sr. Darcy. Porém, em nenhuma fisionomia se espelhava curiosidade tão forte como na da Senhorita Bingley, apesar dos seus derramados sorrisos sempre que se dirigia a ele, pois o ciúme ainda não a fizera desesperar e de forma alguma desistiria de cumular de atenções o Sr. Darcy. Com a chegada do irmão, a Senhorita Darcy fez um esforço ainda maior para conversar. Elizabeth percebeu que ele ansiava que sua irmã a conhecesse melhor, encorajando todas as tentativas de conversação entre elas. A Senhorita Bingley também percebeu tal atitude. Na imprudência da sua cólera, aproveitou a primeira oportunidade para dizer, com um sarcasmo mal disfarçado:

– É verdade, Senhorita Eliza, que o destacamento de milícia foi removido de Meryton? Deverá ter sido uma grande perda para sua família.

Na presença de Darcy ela não ousava pronunciar o nome de Wickham, mas Elizabeth compreendeu exatamente que era nele que ela estava pensando. Por instantes, todas aquelas tristes recordações a lançaram numa certa confusão. Mas, esforçando-se vigorosamente para responder a tão malévolo ataque, ela falou num tom indiferente. Enquanto falava, lançou um olhar involuntário para Darcy, e viu que ele, com o rosto alterado, olhava fixamente para ela e que a Senhorita Darcy, bastante perturbada, mantinha os olhos baixos. Se acaso a Senhorita Bingley adivinhasse a aflição que causaria em sua querida amiga, decerto teria evitado a alusão. Mas sua intenção fora apenas perturbar Elizabeth, aludindo a um homem por quem acreditava que ela nutria afeição, obrigando-a a mostrar uma suscetibilidade que poderia prejudicá-la aos olhos de Darcy, lembrando-lhe todas as loucuras e os absurdos de certos membros da família de Elizabeth. A Senhorita Bingley nada sabia a respeito da planejada fuga da Senhorita Darcy. Ninguém sabia, além de Elizabeth; e Darcy com certeza desejaria esconder tal fato particularmente da família de Bingley pois, de acordo com o que Elizabeth há muito acreditava, ele desejava que um dia aquela família se tornasse a de sua irmã. Darcy certamente deveria ter formulado tal plano e, embora não admitisse que tal intenção tivesse pesado em sua tentativa de separar Bingley da Senhorita Bennet, era provável que aumentasse seu interesse pelo bem-estar de seu amigo.

Contudo, a atitude digna de Elizabeth em breve acalmou aquela emoção. Como a Senhorita Bingley, contrariada e decepcionada, não ousasse fazer nenhuma alusão mais direta a Wickham, Georgiana recompôs-se pouco a pouco, mas não ousou dizer nem mais uma palavra. Seu irmão, cujos olhos temia encontrar, já esquecera quase por completo o interesse dela no assunto, e aquele ataque, cujo propósito fora afastar seus pensamentos de Elizabeth, pareceu ter efeito exatamente contrário.

Pouco depois terminou a visita. E enquanto o Sr. Darcy acompanhava as senhoras à carruagem, a Senhorita Bingley dava expansão a seus sentimentos, criticando a pessoa de Elizabeth, suas maneiras e seu traje. Georgiana, contudo, não a encorajava. Bastava-lhe a recomendação de seu irmão. A seus olhos, o julgamento dele era considerado infalível; e Darcy tinha lhe falado em Elizabeth em termos tão elogiosos que Georgiana desde logo se dispusera a encontrar nela todos os encantos e qualidades imagináveis. Quando Darcy voltou ao salão, a Senhorita Bingley não se absteve de repetir uma parte do que momentos antes dissera à irmã dele.

– Eliza Bennet parecia muito indisposta esta manhã. – exclamou ela. – Nunca vi uma pessoa mudar tanto em tão pouco tempo. Sua tez tornou-se tão escura e áspera! Louisa e eu estávamos precisamente dizendo que quase não a reconhecemos.

Por mais que tais palavras tivessem desagradado ao Sr. Darcy, ele limitou-se a dizer que não notara nela qualquer alteração, a não ser que se encontrava um pouco bronzeada, fato esse que nada tinha de milagroso numa pessoa que viaja no verão.

– Aliás – continuou a Senhorita Bingley –, devo confessar que nunca a considerei bela. Seu rosto é fino demais, a pele não tem frescor e os traços não são nada bonitos. O nariz é insignificante e seus traços não têm nada de distinto. Os dentes são razoáveis, mas também nada têm de extraordinário. Quanto aos olhos, que há quem diga que são lindos, também nada encontro de excepcional. Seu olhar é duro e falso. E de suas maneiras desprende-se uma vaidade deselegante que considero intolerável.

A Senhorita Bingley acreditava que Darcy admirava Elizabeth, e aquela não seria, portanto, a atitude mais adequada para se fazer valer aos seus olhos, mas o ciúme a fazia perder as estribeiras. Tudo que conseguiu foi deixá-lo um pouco irritado. No entanto, ele permaneceu resolutamente calado. Decidida a fazê-lo falar, ela prosseguiu:

– Lembro-me perfeitamente de quando a vi pela primeira vez em Hertfordshire, e como todos ficamos surpresos de que ela tivesse a fama de ser bonita. Recordo-me particularmente de ouvi-lo dizer, certa noite, depois de um jantar para o qual foram convidados em Netherfield: "Se ela é bonita, nesse caso a mãe dela é inteligente." Mas, a partir daí, parece-me que mudou um pouco de opinião, pois já o ouvi declarar, uma vez, que a considerava muito bonita.

– Sim – replicou Darcy, incapaz de se conter por mais tempo –, isso foi quando a vi pela primeira vez, pois já há muito tempo a considero uma das mulheres mais belas que conheço.

Ele então afastou-se, e a Senhorita Bingley se viu entregue à satisfação de tê-lo forçado a dizer uma coisa que não magoava a ninguém a não ser a ela própria.

No regresso, a Sra. Gardiner e Elizabeth conversaram a respeito de tudo o que acontecera durante a visita, exceto sobre o que as interessava particularmente. Discutiram a atitude e as palavras de todos, exceto as da pessoa que mais fortemente havia atraído sua atenção. Falaram na irmã, nos amigos, na casa, nas frutas, em tudo, exceto nele próprio. Contudo, Elizabeth ansiava por saber qual a opinião da Sra. Gardiner sobre ele; e a Sra. Gardiner teria ficado muito satisfeita se Elizabeth tivesse introduzido o assunto.

Capítulo 46

Elizabeth ficou muito desapontada por não encontrar, na sua chegada a Lambton, uma carta de Jane. No terceiro dia, contudo, sua expectativa foi recompensada e Jane justificada, pois recebeu da irmã duas cartas ao mesmo tempo, numa das quais vinha assinalado o seu desvio. Elizabeth não se surpreendeu, pois Jane escrevera o endereço de maneira quase ilegível.

Preparavam-se para sair quando as cartas chegaram, e seus tios, querendo deixá-la à vontade com sua correspondência, partiram sem ela. A carta extraviada deveria ser lida primeiro, pois fora escrita cinco dias antes. O começo continha o relato de todas as pequenas reuniões e divertimentos da família, assim como as últimas novidades da região, mas a segunda parte, que datava do dia subsequente e fora evidentemente escrita em grande agitação, traria notícias bem mais importantes:

"Minha querida Lizzy, aconteceu um fato inesperado e de extrema gravidade. Receio com isso assustá-la, mas asseguro que nos encontramos todos bem. O que tenho para contar diz respeito à nossa pobre Lydia. Um mensageiro chegou ontem à noite, quando já nos encontrávamos todos deitados, vindo da parte do coronel Forster e dizendo que Lydia tinha partido para a Escócia com um de seus oficiais; mais concretamente, com Wickham! Imagine nossa surpresa. Kitty, porém, não pareceu tão surpreendida. Estou muito triste. Considero um casamento altamente imprudente para ambos, mas pretendo esperar o melhor e faço o possível para acreditar que o caráter dele foi mal compreendido. Posso acreditar que ele seja imprudente e indiscreto, mas um ato como esse não me parece revelar um mau coração. Sua escolha por Lydia é desinteressada pois ele não deve ignorar que nosso pai nada tem para dar à filha. A mamãe, pobrezinha, está muito desgostosa, mas papai suporta tudo muito melhor. Considero um feliz acaso nada termos contado a eles do que sabíamos contra Wickham; e, de momento, precisamos também esquecer tais coisas. Partiram no sábado por volta da meia-noite, ao que parece, mas sua ausência não foi notada senão ontem de manhã, às oito. O mensageiro foi imediatamente enviado. Minha querida, eles devem ter passado a dez milhas de distância daqui. O coronel Forster diz que tem motivos para esperar para breve o regresso de Wickham. Lydia deixou algumas linhas escritas à Sra. Forster, informando sua resolução. Preciso concluir, pois não posso manter-me muito tempo afastada de minha pobre mãe. Espero que compreenda esta carta, pois já nem sei bem o que escrevi."

Sem perder tempo tecendo considerações e sem saber exatamente quais eram seus sentimentos, Elizabeth, ao acabar a carta, abriu imediatamente a outra, com grande impaciência, e leu o que se segue (a carta fora escrita um dia depois da conclusão da primeira):

"Quando receber esta carta, minha querida irmã, já terá em seu poder uma primeira. Faço votos para que a segunda seja mais inteligível, pois, embora com tempo suficiente à minha disposição, sinto a cabeça confusa e não me responsabilizo pela coerência das minhas palavras. Minha querida Lizzy, nem sei o que vou escrever; tenho más notícias para dar e não posso adiar sua comunicação. Por mais imprudente que seja o casamento do Sr. Wickham com nossa pobre Lydia, vivemos agora na ânsia de obter a confirmação de que ele tenha sido realmente realizado, pois existem fortes motivos para acreditar que eles não foram para a Escócia. O coronel chegou aqui ontem, tendo saído de Brighton no dia anterior, poucas horas depois de ter enviado o expresso. Embora o bilhete de Lydia dirigido à Sra. Forster desse a entender que eles tinham ido para Gretna Green, correu em Brighton que Denny dissera que, na sua opinião, Wickham não tencionava de modo algum ir para a Escócia, nem casar com Lydia. Ao saber disso, o coronel Forster ficou muito alarmado e saiu imediatamente de Brighton, com o intuito de ir no encalço dos fugitivos. Conseguiu descobrir facilmente o caminho que tinham tomado até Clapham, mas a partir dali não havia sinais de sua passagem, pois nesse local tomaram uma diligência e deixaram a charrete que os trouxera de Epsom. Tudo o que se sabe deles, depois disso, é que foram vistos na estrada para Londres. Não sei o que pensar! Após ter feito todas as indagações possíveis por lá, o coronel Forster voltou para Hertfordshire, detendo-se em todas as encruzilhadas e todas as hospedarias em Barnet e Hatfield, mas sem qualquer resultado. Ninguém os tinha visto passar. Preocupado, por nossa causa, ele veio atenciosamente a Longbourn e nos revelou suas apreensões da forma mais delicada e honrosa para o seu caráter. Sinto profundamente por ele e pela Sra. Forster, mas ninguém os poderá acusar de nada. Nossa aflição é grande, minha querida Lizzy. Nossos pais acreditam no pior, mas eu não posso crer que ele seja assim tão perverso. É muito possível que Lydia e ele tenham julgado mais conveniente realizar o casamento em segredo, em Londres, e desistido de seu primeiro projeto. Mesmo que ele tenha desígnios tão perversos contra uma garota bem relacionada

como Lydia, o que não é provável, não posso crer que ela tenha perdido todo o juízo. Impossível! Lamento, no entanto, dizer que o coronel Forster não acredita no casamento. Ele abanou a cabeça quando lhe exprimi minhas esperanças e disse que temia que Wickham não fosse um homem de confiança. Pobre mamãe, ela está realmente abatida e não quer abandonar o quarto. Seria preferível que ela se esforçasse por reagir, mas não é provável. Quanto ao papai, nunca na minha vida o vi tão perturbado. Ele zangou-se muito com a pobre Kitty por ela ter escondido aquele namoro, mas, como se tratava de um segredo, acho natural essa atitude da parte dela. Alegra-me, querida Lizzy, que tenha sido poupada dessas cenas penosas, mas agora não posso deixar de lhe dizer que anseio pelo seu regresso. Não serei, no entanto, egoísta ao ponto de pedir muita pressa, se isso não lhe for conveniente. Até breve.

Tomo novamente minha pena para fazer o contrário do que acabo de lhe dizer, mas as coisas estão de tal modo que lhe suplico que venham todos o mais depressa possível. Conheço os tios muito bem e não receio fazer tal pedido. Ao tio, terei outro pedido a fazer. Papai vai partir imediatamente para Londres com o coronel Forster a fim de procurar os fugitivos. Numa circunstância como esta, os conselhos e auxílio de meu tio seriam inestimáveis. Ele compreenderá imediatamente o que sinto. Confio na sua bondade."

– Oh, onde estará meu tio? – exclamou Elizabeth, dando um salto da cadeira mal acabara de ler a carta, na sua ansiedade de ir falar com ele sem perda de um minuto.

Mas, ao chegar à porta, esta foi aberta por um criado e o Sr. Darcy apareceu. A palidez do rosto de Elizabeth e seus gestos agitados o fizeram sobressaltar e, antes que ele pudesse voltar a si e falar, ela, que apenas pensava na situação aflitiva de Lydia, exclamou precipitadamente:

– Sinto muito, mas tenho que deixá-lo. Preciso encontrar o Sr. Gardiner imediatamente. O assunto é urgente e não tenho um instante a perder.

– Meu Deus, mas que terá acontecido? – exclamou ele, com mais inquietude do que cortesia. Mas, recompondo-se, acrescentou: – Não a deterei um instante, mas deixe que eu próprio vá chamar o Sr. e a

Sra. Gardiner ou mande lá um criado. No estado em que está, quem não poderá ir é a Senhorita.

Elizabeth hesitou, mas seus joelhos tremiam tanto que ela compreendeu que não poderia ir muito longe. Chamando o criado, ela encarregou-o de partir imediatamente em busca dos patrões e dizer-lhes que voltassem para casa.

Depois de o criado ter saído, Elizabeth sentou-se, incapaz de se suster nas pernas por mais tempo. Seu estado era tão lamentável que Darcy compreendeu ser impossível deixá-la e, num tom doce e apiedado, disse:

– Deixe que eu chame sua criada. Quer tomar alguma coisa? Posso oferecer-lhe algum reconstituinte, um copo de vinho? Está indisposta.

– Não, obrigada – replicou ela, procurando dominar-se. – Nada tenho. Sinto-me perfeitamente bem. Estou apenas muito aflita por causa de más notícias que acabo de receber de Longbourn.

Ao aludir tal fato, ela começou a chorar e durante alguns minutos não conseguiu dizer palavra. Darcy, penalizado e aflito, pôde apenas exprimir vagamente sua preocupação, e observá-la num silêncio de comiseração. Por fim, ela tornou a falar.

– Acabo de receber uma carta de Jane com terríveis notícias. Não é possível escondê-las de ninguém. Minha irmã mais nova abandonou os amigos... e fugiu; entregou-se a... Wickham. Partiram juntos de Brighton. Conheço-o bem demais para não ter dúvidas quanto ao resto da história. Ela não tem dinheiro, relações, nada que o possa tentar. Está perdida para sempre!

Darcy ficou imobilizado de espanto.

– E quando eu penso – acrescentou ela, num tom mais agitado – que eu própria poderia ter evitado isto, eu, que sabia quem ele era, se tivesse apenas revelado à minha própria família uma parte do que vim a saber. Se o caráter dele fosse conhecido, nada disso teria acontecido. Mas agora é tarde, demasiado tarde.

– Estou profundamente desgostado – exclamou Darcy, aflito. – Mas isso é certo, absolutamente certo?

– Oh, sim. Eles saíram de Brighton juntos, sábado à noite, e foram seguidos quase até Londres. Certamente não foram para a Escócia.

– E o que foi feito, o que foi tentado para recuperá-la?

– Meu pai seguiu para Londres e Jane escreveu pedindo o auxílio imediato de meu tio. Partiremos, assim espero, dentro de meia hora. Enquanto isso, nada mais pode ser feito. Sei muito bem que nada há a fazer. Como obrigar um homem como aquele a proceder corretamente? Como, ao menos, descobrir seu paradeiro? Não tenho qualquer esperança. É horrível!

Darcy abanou a cabeça, numa silenciosa aquiescência.

– Quando descobri qual era o verdadeiro caráter daquele homem... Oh, se eu soubesse o que deveria fazer! Mas eu não sabia... tinha medo de ir demasiado longe. Que asneira, meu Deus!

Darcy não respondeu. Ele mal parecia ouvi-la e caminhava de um lado para o outro na sala, em profunda meditação, as sobrancelhas franzidas e a expressão sombria. Elizabeth imediatamente compreendeu o quanto sua ascendência sobre Darcy sofreria. Nada poderia resistir a tal demonstração de fraqueza da parte de sua família, a tão grande escândalo. Não se surpreendia, nem o condenava. Considerou que ele exercia sobre si mesmo um grande domínio, mas isso não lhe trouxe qualquer consolo; e nunca Elizabeth sentira tão claramente como naquele momento, quando todo amor era vão, que poderia tê-lo amado.

Mas as considerações pessoais, embora ocorressem, não a absorviam. Lydia, a humilhação e a desgraça que ela estava causando à família dominaram desde logo todos os pensamentos de caráter particular; e, cobrindo o rosto com o lenço, Elizabeth esqueceu tudo o mais. Após uma pausa de vários minutos, a voz de Darcy a fez voltar à realidade; e o tom daquela voz, se transparecia piedade, nele havia também constrangimento:

– Creio que há muito deve estar desejando minha ausência – disse Darcy – e, a não ser minha simpatia sincera, porém, inútil, nada lhe posso oferecer que justifique minha presença. Quisera eu pudesse fazer ou dizer algo que a consolasse, mas não a atormentarei mais, exprimindo meus vãos desejos que podem parecer solicitar intencionalmente seu agradecimento. Receio que este infeliz acontecimento impeça minha irmã de vê-la hoje à noite em Pemberley.

– Oh, sim, tenha a bondade de apresentar nossas desculpas à Senhorita Darcy. Diga-lhe que assuntos urgentes nos obrigam a voltar imediatamente. Esconda a infeliz verdade o quanto puder. Sei que não poderá ser por muito tempo.

Ele assegurou prontamente que poderia contar com a sua discrição, tornou a exprimir seu pesar por tão grande aflição, desejou que o caso tivesse uma conclusão mais favorável do que no momento era possível esperar e, deixando cumprimentos para o Sr. e a Sra. Gardiner, com um grave olhar de despedida, foi-se embora.

Após ele ter abandonado a sala, Elizabeth sentiu que era muito pouco provável que eles jamais se tornassem a encontrar em termos tão cordiais como os que tinham marcado seus vários encontros em Derbyshire. Ao lançar um olhar retrospectivo sobre a súmula de suas relações com Darcy, tão repleta de contradições e surpresas, não pôde deixar de suspirar pela perversidade daqueles sentimentos que agora teriam promovido sua continuação, quando anteriormente rejubilariam pela sua cessação.

Se a gratidão e a estima são fundamentos suficientes para a afeição, a alteração dos sentimentos de Elizabeth não seria nem improvável nem inadequada. Mas se, ao contrário, a afeição oriunda de tais motivos é insensata e pouco natural, comparada com aquela que em geral dizem originar-se no próprio instante do encontro e mesmo antes de qualquer palavra ser trocada, nada poderá ser dito em defesa de Elizabeth, a não ser que ela experimentou esse último método com Wickham e que seu fracasso talvez a autorize a procurar a outra espécie menos interessante de afeição. Seja como for, foi com tristeza que ela o viu partir. E, ao refletir sobre aquele infeliz acontecimento, encontrou um motivo adicional de angústia por pensar que aquele era apenas um exemplo dos males que a leviandade de Lydia podia causar. Nem por um só instante, desde que lera a segunda carta de Jane, Elizabeth tivera a esperança de que Wickham tencionasse realmente casar-se com sua irmã. Ninguém, a não ser Jane, pensou ela, poderia alimentar tais esperanças. Surpresa fora o menos que ela sentira com o desenrolar do assunto. Ao lembrar-se do conteúdo da primeira carta, surpreendia-se enormemente que Wickham pretendesse se casar com uma moça desprovida de fortuna, e para ela era impossível compreender como Lydia havia conseguido atraí-lo. Mas agora achava tudo perfeitamente natural. Para atraí-lo para um compromisso desse tipo, Lydia provavelmente tinha os encantos necessários; e, embora Elizabeth não supusesse que Lydia consentisse deliberadamente numa fuga sem intenção de casamento, tinha razões para acreditar que nem a virtude nem o entendimento da irmã a preservariam de se tornar uma presa fácil.

Enquanto o destacamento permanecera em Hertfordshire, nunca vira Lydia manifestar qualquer preferência por Wickham, mas tinha, porém, a consciência perfeita de que ela se apegaria a quem quer que a encorajasse. Entre os oficiais, ela mudava constantemente de favorito, conforme as atenções com que a rodeavam. Seus entusiasmos sofriam contínuas flutuações, mas nunca sem motivo. Só agora Elizabeth compreendia o tamanho do erro cometido ao se confiar demasiado em uma jovem daquela índole.

Elizabeth ansiava por se achar em casa, para ver, ouvir e compartilhar com Jane os cuidados que numa situação dessas deveriam cair sobre ela, numa família tão desorganizada, com o pai ausente e a mãe incapaz de empenhar-se e que, além disso, exigia constantes atenções. E, embora praticamente certa de que nada poderia ser feito por Lydia, a interferência de seu tio parecia-lhe ser da maior importância, e sua impaciência tornou-se intolerável até vê-lo entrar na sala. O Sr. e a Sra. Gardiner tinham regressado apressadamente, alarmados, supondo, pela versão do criado, que sua sobrinha tivesse adoecido subitamente. Após tranquilizá-los sobre esse ponto, Elizabeth não perdeu tempo em revelar a verdadeira causa de tudo aquilo. Leu as duas cartas em voz alta e insistiu no post scriptum da última com trêmula veemência. Embora Lydia nunca tivesse sido a favorita de seus tios, o Sr. e a Sra. Gardiner mostraram-se profundamente afetados, e não apenas por causa de Lydia. E, após as primeiras exclamações de surpresa e horror, o Sr. Gardiner prontamente se pôs à disposição, prometendo fazer tudo o que lhe fosse possível. Elizabeth, embora nunca houvesse duvidado de tal atitude da parte dele, agradeceu com lágrimas de gratidão; e, como os três sentiam a mesma aflição, os pormenores relativos à viagem foram rapidamente combinados. Resolveram partir o mais rápido possível.

– Mas que faremos com respeito a Pemberley? – exclamou a Sra. Gardiner. – John disse que o Sr. Darcy se encontrava aqui quando nos mandou chamar. É verdade?

– Sim, e eu lhe disse que não contasse conosco. Por esse lado, está tudo resolvido.

Dentro de uma hora tudo estava pronto e como o Sr. Gardiner já tratara da conta da hospedaria, nada lhes restava fazer senão partir; e Elizabeth, depois de todas as aflições da manhã, encontrou-se, mais cedo do que esperava, instalada na carruagem a caminho de Longbourn.

Capítulo 47

Estive refletindo novamente sobre o caso, Elizabeth – disse o tio, quando já se afastavam da cidade –, e, pensando bem, sinto-me mais inclinado a encarar as coisas como sua irmã mais velha. Parece-me muito pouco provável que qualquer rapaz possa agir dessa forma com uma jovem que não é de forma alguma desprotegida nem carece de relações, e que, além disso, residia com a família do coronel de seu próprio destacamento. Por tudo isso, me inclino a acreditar no melhor. Poderia ele supor que os amigos dela não interviriam a seu favor? Poderia ele esperar ser novamente aceito pelo destacamento depois de uma tal afronta ao coronel Forster? O risco seria maior que a tentação.

– Pensa realmente assim? – exclamou Elizabeth, subitamente esperançosa.

– Dou minha palavra de honra que eu também começo a pensar como seu tio – disse a Sra. Gardiner. – Tal ato representa tão grande violação da decência, da honra e do bom senso que não considero Wickham capaz de praticá-lo. E você, Lizzy, será que sua opinião a respeito de Wickham mudou tanto que agora o julga capaz disso?

– Não o julgo capaz de descuidar de seus próprios interesses, mas, quanto ao resto, tenho minhas dúvidas. Se ao menos eu pudesse acreditar no que acabam de me dizer! Mas não ouso alimentar esperanças. Se tudo isso é verdade, por que eles não foram para a Escócia?

– Em primeiro lugar – replicou o Sr. Gardiner –, não temos provas concludentes de que eles não tenham ido para a Escócia.

– Oh, mas o fato de eles terem tomado uma diligência indica claramente sua intenção. Além do mais, não encontraram sinais de sua passagem na estrada de Barnet.

– Bom, supondo que estejam em Londres, poderão ter ido lá apenas para se esconder. Não deviam ter dinheiro suficiente e provavelmente pensaram que seria mais econômico se casarem em Londres do que na Escócia.

– Mas, então, por que todo este mistério? Por que se escondem? Por que razão desejam se casar secretamente? Ah, não, isto não me parece provável. Seu amigo mais íntimo, como puderam ver pela carta de Jane, acredita que ele nunca teve intenção de se casar com ela. Wickham nunca se casará com uma mulher desprovida de fortuna. Ele não poderá sustentá-la. E que atrativos possui Lydia, além do frescor de sua mocidade, para que ele renuncie por sua causa a um casamento rico? Quanto à ofensa aos brios de um regimento que esse atentado contra a honra de uma moça possa produzir, não sei até que ponto isso lhe terá trazido qualquer hesitação, assim como também não sei quais as consequências de tal ato. Mas quanto à sua outra objeção, não creio que tenha muito peso. Lydia não tem irmãos que a possam defender; e Wickham, que conhece meu pai, terá julgado que, com sua indolência e a pouca atenção que parece dar à família, ele pouco faria e pensaria o menos possível no assunto.

– Mas você pensa que Lydia está tão perdidamente apaixonada por ele que consinta em viver com um homem sem serem casados?

– Tudo indica que sim, e é muito triste – respondeu Elizabeth, com lágrimas nos olhos – ter de pôr em dúvida o senso de decência e virtude de uma irmã. Mas, realmente, não sei o que dizer. Talvez eu esteja sendo injusta, mas Lydia é muito jovem e inexperiente, nunca lhe ensinaram a pensar em coisas sérias. Durante os últimos seis meses, ou melhor, durante todo o ano, ela não fez mais do que divertir-se e dar margem à sua vaidade. Desde que o destacamento militar foi para Meryton, ela não pensou em outra coisa senão em namorar os oficiais. Ela fez tudo o que estava em seu poder para, pensando ou falando sobre o assunto, dar maior... como direi?... suscetibilidade aos seus sentimentos, já por natureza facilmente inflamáveis. E, como sabemos, a Wickham não faltam qualidades para cativar uma mulher.

– Mas como pode ver – disse-lhe a tia –, Jane não o julga capaz de tal procedimento.

– Haverá alguém de quem Jane possa alguma vez pensar mal? Mas ela conhece esse Wickham tão bem como eu. Ambas sabemos que se trata de um dissoluto em todos os sentidos da palavra. Ele não tem integridade nem honra. É tão falso e perigoso como insinuante.

– E sabe realmente tudo isso? – exclamou a Sra. Gardiner, curiosa.

– Sim, sei – replicou Elizabeth, corando. – Já no outro dia os pus a par de sua infame conduta com o Sr. Darcy. E a senhora mesma, minha tia, quando esteve em Longbourn da última vez, ouviu de que maneira ele falou de um homem que se mostrou tão generoso com ele. Existem ainda outras circunstâncias que não vale a pena mencionar. Mas as mentiras dele a respeito da família de Pemberley são inumeráveis. Pelo que ele me disse da Senhorita Darcy, julgava que iria encontrar nela uma garota orgulhosa, fechada e desagradável. No entanto, ele deve saber que, ao contrário, ela é amável e modesta.

– Mas Lydia nada sabe de tudo isso? Será que ela ignora o que você e Jane parecem compreender tão bem?

– Oh, sim, e é isso que me amargura! Até ir para Kent e conhecer mais intimamente tanto o Sr. Darcy como o coronel Fitzwilliam, seu primo, eu mesma ignorava toda a verdade. Ao voltar para casa, soube que o destacamento deixaria Meryton dentro de quinze dias, e, diante disso, nem eu nem Jane, a quem contei todo o caso, julgamos necessário tornar pública a nossa descoberta, pois pensamos que não traria vantagem a ninguém destruir a boa reputação de que ele gozava na vizinhança. E, mesmo quando ficou decidido que Lydia iria com a Sra. Forster, nunca me ocorreu a necessidade de abrir seus olhos quanto ao caráter de Wickham. Não conjecturei, nem por um instante, que ela corresse o risco de ser iludida; e, naturalmente, nem de longe imaginava que pudesse sobrevir tal consequência.

– E quando partiram todos para Brighton, não tinhas motivos para supor, então, que eles gostassem um do outro?

– Nem sombra deles. Não me lembro do menor sintoma de afeição, tanto de um lado como do outro. Quando ele apareceu, Lydia estava tão disposta a admirá-lo como, aliás, todas as garotas das redondezas, que durante uns dois meses tiveram a cabeça perdida por ele. Mas Wickham nunca distinguiu Lydia com qualquer atenção particular e, após um curto período de desvairado entusiasmo, ela voltou de novo a sua atenção para os outros oficiais.

Facilmente se compreenderá que, durante toda a viagem, conquanto nenhum fato novo os viesse esclarecer acerca de seus temores, esperanças e conjecturas, nenhum outro tópico tenha podido desviá-los por muito tempo daquele assunto. Elizabeth pensava nele continuamente e a mais aguda de todas as angústias, o remorso, a impedia de encontrar um só minuto de paz.

Viajaram o mais velozmente possível e, tendo dormido uma noite no caminho, chegaram a Longbourn no dia seguinte, na hora do jantar. Era um consolo para Elizabeth saber que Jane não teria mais de esperar. Quando a carruagem entrou no jardim e se aproximou da porta da casa, os pequenos Gardiners vieram se colocar nos degraus da escada e, quando o carro finalmente parou, a alegria transpareceu nas suas carinhas e eles deram pulos e piruetas de alegria.

Elizabeth apeou-se de um salto e, após ter dado um rápido beijo em cada um, correu para a entrada da casa, onde se encontrou com Jane, que momentos antes se encontrava no quarto da mãe e tinha descido precipitadamente as escadas. Abraçaram-se ternamente e com os olhos marejados de lágrimas. Elizabeth, sem perda de tempo, perguntou-lhe se já sabiam alguma coisa dos fugitivos.

– Ainda não – replicou Jane –, mas agora, que nosso tio veio, espero que tudo corra melhor.

– Nosso pai está em Londres?

– Está. Foi para lá na terça-feira, conforme escrevi.

– Já receberam notícias dele?

– Sim. Escreveu-me umas linhas na quarta-feira, dizendo que tinha chegado bem e dando seu endereço, como eu havia pedido. Acrescentava também que não tornaria a escrever enquanto não tivesse alguma coisa de positivo a comunicar.

– E mamãe, como está ela? Como estão todos?

– Está razoavelmente bem, embora muito deprimida. Está lá em cima e terá um prazer imenso em ver todos. Não saiu ainda do quarto. Mary e Kitty, graças a Deus, estão bem.

– E você, minha querida, como está? – perguntou Elizabeth. – Parece pálida! Que momentos difíceis não terá passado!

Jane, no entanto, era categórica em afirmar que se sentia perfeitamente bem.

O diálogo foi interrompido pela entrada do Sr. e da Sra. Gardiner que até aquele momento tinham estado com as crianças. Jane correu para os tios e abraçou-os, agradecendo a ambos, entre sorrisos e lágrimas.

Quando entraram na sala, as perguntas que Elizabeth já tinha feito foram naturalmente repetidas pelos outros, mas logo se inteiraram de que Jane nada tinha de novo para lhes dizer. No entanto, devido ao seu caráter indulgente, Jane não perdera ainda todas as esperanças. Ela ainda acreditava que tudo acabasse bem e que em breve chegaria uma carta, de Lydia ou de seu pai, explicando o procedimento dos fugitivos e anunciando, talvez, seu casamento.

Em seguida, subiram todos ao quarto da Sra. Bennet, que os recebeu exatamente como era de se esperar. Com lágrimas e lamentações contra a conduta infame de Wickham e queixas pelos padecimentos que lhe estavam infligindo, ela colocava a culpa em todos, esquecendo-se que fora ela mesma, com sua insensata indulgência, a principal causadora do que acontecera à filha.

– Se me tivessem feito a vontade – dizia ela –, se eu tivesse ido também para Brighton, com toda a família, nada disto teria acontecido. Mas minha pobre Lydia não tinha ninguém que tomasse conta dela. Por que é que os Forster não olharam mais por ela? Estou certa de que houve um grande descuido da parte deles, pois Lydia nunca faria tal coisa se tivesse alguém a olhar por ela. Sempre pensei que eles nunca serviriam para tomar conta da minha filha. Mas, como sempre, ninguém quis ouvir minha opinião. Minha pobre filhinha... e o Sr. Bennet, lá se foi. Sei que ele vai se bater em duelo com Wickham e decerto será morto. Que vai ser de nós, então? Os Collins nos expulsarão daqui antes de o corpo ter tido sequer tempo para esfriar. E, se não for você, meu irmão, não sei o que será.

Todos protestaram contra ideias tão sinistras e o Sr. Gardiner, após tranquilizá-la quanto à afeição que sentia por ela e por sua família, disse tencionar partir para Londres no dia seguinte, a fim de prestar o auxílio devido ao Sr. Bennet em suas tentativas para encontrar Lydia.

– Não te entregues a receios exagerados – acrescentou ele. – Embora seja acertado uma pessoa preparar-se para o pior, não há motivo para considerá-lo uma certeza. Ainda não passou uma semana que saíram de Brighton. Dentro de poucos dias deveremos receber notícias deles. Mal chegue a Londres vou encontrar seu marido e o levarei para a Rua Gracechurch, e aí combinaremos o que deve ser feito.

– Oh, meu querido irmão – replicou a Sra. Bennet –, é exatamente isso o que eu mais desejo. E, quando chegar a Londres, faça tudo para encontrar minha filha, onde quer que ela esteja. E se eles não estiverem casados, faça-os casar. Quanto ao enxoval, diga que não precisam esperar. Diga a Lydia que ela terá todo o dinheiro que quiser para comprá-lo depois do casamento. E, sobretudo, não deixe o Sr. Bennet brigar com o Sr. Wickham. Conta em que estado me viu, que estou terrivelmente assustada, e tenho tremores por todo o corpo, horríveis dores e tantas palpitações que não posso descansar nem de dia nem de noite. E diz à minha querida Lydia que nada decida sobre as roupas até ter falado comigo, pois ela não conhece as melhores lojas. Oh, meu querido irmão, estou certa de que arranjará tudo!

O Sr. Gardiner, embora lhe assegurasse que faria todos os esforços possíveis, não pôde deixar de lhe recomendar moderação, tanto em suas esperanças como em seus receios; e após a terem reconfortado até a hora do jantar, a deixaram entregue aos cuidados da governanta que a servia na ausência das filhas.

Embora o Sr. e a Sra. Gardiner acreditassem que não havia motivo para tal reclusão, preferiram não se opor, pois sabiam que ela não tinha prudência suficiente para se abster de proferir algo diante dos criados. Era preferível, portanto, que a governanta apenas, aquela em quem mais confiavam, ficasse sabendo de todas as suas mágoas e temores.

Na sala de jantar, Mary e Kitty, que até aquele momento se tinham conservado em seus respectivos quartos e não haviam ainda aparecido, juntaram-se finalmente ao resto da família. Uma vinha de seus livros e a outra do toucador. Seus rostos, no entanto, aparentavam grande calma. Apenas Kitty parecia mais amuada do que de costume, mas não se sabia se seria por causa da perda da irmã ou da raiva que sentia por se ver envolvida no acontecimento. Quanto a Mary, o domínio sobre si mesma era perfeito; e, com uma expressão muito séria, sussurrou a Elizabeth, pouco depois de se sentar à mesa:

– É um acontecimento deveras desagradável e provavelmente será muito comentado. Mas nós devemos nos opor à maledicência e derramar sobre nossos corações feridos o bálsamo do consolo fraternal.

Em seguida, vendo que Elizabeth não estava disposta a responder, acrescentou:

– Por mais infeliz que Lydia possa vir a ser, poderemos de tudo isto extrair uma útil lição: que a perda da virtude numa mulher é irreversível; que um só passo em falso acarreta uma série de desgraças sem fim; que sua reputação não é menos frágil que sua beleza; e que uma mulher nunca será cautelosa demais com as pessoas do sexo oposto, especialmente com aquelas que não merecem sua confiança.

Elizabeth ergueu os olhos, atônita, mas sentia-se oprimida demais para responder. Mary, contudo, continuou consolando-se, extraindo máximas morais da infelicidade de sua irmã.

Durante a tarde, as duas irmãs mais velhas lograram ficar meia hora sozinhas e Elizabeth imediatamente aproveitou a oportunidade para pedir a Jane que lhe contasse todos os pormenores do sucedido. Jane estava igualmente ansiosa por conversar com a irmã sobre o assunto. Começaram por lamentar as terríveis consequências daquele fato. Jane não podia afirmar que os prognósticos de sua irmã fossem de todo impossíveis. Em seguida, Elizabeth prosseguiu no assunto, dizendo:

– Conte-me tudo que ainda não sei. Dê-me outros detalhes. Que diz o coronel Forster? Certamente desconfiaram de alguma coisa antes da fuga. Devem ter visto os dois frequentemente juntos.

– O coronel Forster confessou que muitas vezes desconfiara de que havia algo, especialmente da parte de Lydia, mas que nunca nada se passou que lhe inspirasse alarme. Tenho muita pena dele. Mostrou-se extremamente bom e atencioso. Logo veio até aqui para nos comunicar suas preocupações, mesmo antes de saber que eles não tinham ido para a Escócia. Os rumores que começaram a circular apressaram sua partida.

– E Denny estava convencido de que Wickham não pretendia se casar? Sabia que eles planejavam fugir? O coronel Forster falou com Denny pessoalmente?

– Falou, mas ao ser interrogado pelo coronel, Denny negou saber qualquer coisa a respeito do plano deles. Não quis dar sua verdadeira opinião e não tornou a repetir que estava convencido de que eles não se casariam. Por tudo isso, alimento uma certa esperança de que ele não tenha medido as palavras que anteriormente proferira.

– E, até o coronel Forster chegar, nenhuma de vocês suspeitou que eles não estivessem realmente casados?

– Como é que tal ideia nos poderia passar pela cabeça? Eu me senti um pouco temerosa quanto à felicidade de minha irmã com aquele casamento, pois sabia que o comportamento dele nem sempre fora dos melhores. O pai e a mãe nada sabiam a respeito dos antecedentes do rapaz e sentiam apenas que aquele casamento era imprudente. Kitty então confessou, triunfante, que sabia mais do que nós, pois Lydia, em sua última carta, deixara entrever suas intenções. Deu a entender que há muitas semanas ela já sabia que os dois estavam apaixonados.

– Mas sabia disso antes de eles partirem para Brighton?

– Não, creio que não.

– E o coronel Forster mostrou que desconfiava de Wickham? Ele conhece seu verdadeiro caráter?

– Ele não falou tão bem de Wickham como anteriormente o fizera. Disse que o considerava imprudente e extravagante. E, desde que este infeliz acontecimento teve lugar, soube-se que ele saiu de Meryton muito endividado; mas espero que isso seja falso.

– Oh, Jane, se nós não tivéssemos sido tão discretas, se tivéssemos dito o que sabíamos a respeito dele, nada disto teria acontecido!

– Talvez tivesse sido melhor – replicou Jane –, mas não me parecia justo denunciar os erros passados de uma pessoa sem saber quais os seus sentimentos naquele momento. Agimos com a melhor das intenções.

– E o coronel Forster sabia os termos da carta de Lydia para sua mulher?

– Ele a trouxe consigo.

Jane tirou então a carta do bolso e estendeu-a a Elizabeth. O seu conteúdo era o seguinte:

"Minha querida Harriet,

Rirá quando souber que fugi, e não posso deixar de rir também ao pensar em sua surpresa quando amanhã de manhã der pela minha falta. Vou para Gretna Green e, se não adivinha com quem, é uma tola. Só existe um homem no mundo que eu amo, e ele é um anjo. Nunca poderia ser feliz sem ele, por isso não vejo mal em partir. Escuse-se de escrever para Longbourn para comunicar minha partida se não quiser, pois isso tornará apenas maior a surpresa quando eu mesma lhes escrever e assinar meu nome: Lydia Wickham. Há de ser uma boa piada. Quase não consigo escrever, de tanto rir. Transmita minhas desculpas a Pratt por não poder cumprir minha palavra e dançar com ele hoje à noite. Diga que espero que ele me perdoe quando souber o motivo e que terei o maior prazer em dançar com ele no próximo baile em que nos encontrarmos. Mandarei buscar minhas roupas quando chegar a Longbourn, mas gostaria que dissesse à Sally para coser o enorme rasgão do meu vestido de musseline antes de guardar tudo na mala. Até breve. Cumprimentos ao coronel Forster. Espero que bebam à nossa saúde, desejando-nos uma boa viagem. Sua amiga afetuosa, Lydia Bennet."

– Oh! Que cabeça oca a sua, Lydia! – exclamou Elizabeth, depois de ler a carta. – Escrever uma carta dessas num tal momento! Pelo menos mostra que suas intenções eram sérias. Não sei se ele depois a persuadiu a fazer outra coisa, mas, pelo menos da parte dela, a infâmia não foi premeditada. Pobre papai, como deve ter sofrido!

– Nunca vi ninguém tão abalado. Durante dez minutos não conseguiu dizer palavra. A mãe adoeceu imediatamente e toda a casa ficou em alvoroço e confusão!

– Oh, Jane – exclamou Elizabeth –, terá havido algum criado nesta casa que, até o fim do dia, não ficasse a par de toda a história?

– Não sei, mas espero que sim. Mas numa ocasião dessas é muito difícil ser discreta. Nossa mãe ficou histérica e, embora eu procurasse auxiliá-la da melhor forma, creio que não fiz tanto quanto deveria ter feito! Mas o horror do que poderia acontecer quase me privou do uso de minhas faculdades.

– Seus cuidados para com ela exigiram muito de você. Não parece tão bem de saúde. Gostaria de ter estado a seu lado. Teve de suportar tudo sozinha.

– Mary e Kitty mostraram-se muito prestativas, e estou certa de que fariam o possível para me ajudar, mas achei que não convinha a nenhuma delas. Kitty é muito sensível e Mary estuda tanto que suas horas de repouso não devem ser interrompidas. Tia Philips apareceu aqui na terça-feira, após a partida de papai, e teve a bondade de ficar até quinta comigo. Seu auxílio foi precioso. Lady Lucas também tem sido muito delicada. Veio andando até aqui na quarta de manhã, para nos acompanhar em nossa mágoa e oferecer seus serviços e os de qualquer uma de suas filhas, caso necessitássemos.

– Seria melhor que ela tivesse ficado em casa – exclamou Elizabeth. – Talvez a intenção fosse boa, mas numa situação como essa deve-se procurar os vizinhos o menos possível. Qualquer auxílio é impossível. As condolências são insuportáveis. Que elas se sintam vitoriosas de longe e se considerem satisfeitas.

Elizabeth quis saber, então, quais os planos do pai para a recuperação de Lydia.

– Creio que ele tencionava ir a Epsom, local onde os fugitivos mudaram de cavalos pela última vez. Seu principal objetivo era descobrir o número da diligência tomada por eles e que os trouxe de Clapham. Tinha acabado de chegar de Londres e é possível que alguém tenha reparado neles. Não sei se o pai tem outros projetos em mente. Ele estava com tanta pressa em partir, tão inquieto e deprimido, que foi com grande dificuldade que consegui extrair dele o que acabo de dizer.

Capítulo 48

Todos esperavam receber, no dia seguinte, uma carta do Sr. Bennet, mas o correio chegou sem trazer qualquer notícia dele. A família sabia que, em circunstâncias normais, ele era um correspondente negligente e desinteressado, mas, num momento daqueles, sempre esperavam que fizesse um esforço. Foram obrigados, portanto, a concluir que ele nada tinha de positivo a comunicar, mas apesar disso, gostariam de ter uma certeza. O Sr. Gardiner esperara pela carta e, como essa não viesse, partiu sem demora.

Com sua partida, teriam, pelo menos, a certeza de receber informações mais frequentes do que ia se passando, e, ao despedir-se, o Sr. Gardiner prometeu insistir com o Sr. Bennet para que ele voltasse a Longbourn, o que muito consolou a irmã, pois ela via nesse regresso a única possibilidade de seu marido escapar de ser morto em um duelo. A Sra. Gardiner e as crianças deveriam permanecer em Hertfordshire durante mais alguns dias, pois achava ela que sua presença poderia ser de alguma utilidade para suas sobrinhas. Ela ajudava-as com a Sra. Bennet, o que lhes permitia gozar de algumas horas de liberdade. A outra tia das jovens também aparecia com frequência, e sempre, como dizia, com o propósito de lhes infundir coragem e confiança, embora nunca chegasse sem trazer um novo exemplo da extravagância e da leviandade de Wickham, e raramente partia sem as deixar mais desanimadas do que quando chegara.

Meryton em peso parecia esforçar-se por denegrir o homem que três meses antes fora considerado quase um anjo de bondade. Diziam que ele devia dinheiro a todos os comerciantes da localidade e que suas aventuras, todas elas chamadas de sedução, se tinham estendido às famílias dos vários comerciantes. Todos eram unânimes em declarar que ele era o homem mais perverso do mundo e começaram a descobrir que sempre haviam desconfiado dele, apesar de sua aparência de distinção. Elizabeth, embora só desse crédito à metade do que diziam, achava aquilo suficiente para tornar ainda mais acertados os seus antigos prognósticos quanto à desgraça de sua irmã. E até a própria Jane, que acreditava ainda menos do que Elizabeth nas coisas que se diziam, perdeu quase todas as esperanças, sobretudo porque já era tempo de receber notícias ou cartas deles, caso tivessem ido para a Escócia.

O Sr. Gardiner deixara Longbourn no domingo. Na terça-feira, sua esposa recebeu uma carta dele. Contava que tinha imediatamente encontrado o cunhado e que o convencera a ir instalar-se na Rua Gracechurch. Dizia que o Sr. Bennet já estivera em Epsom e Clapham, mas que nada tinha descoberto de concreto; e que ele estava agora decidido a fazer indagações em todos os principais hotéis da cidade, pois achava possível que eles tivessem se instalado em algum após sua chegada a Londres, antes de procurar novas acomodações. O Sr. Gardiner, pessoalmente, não tinha muita fé no êxito de tal plano, mas, como o Sr. Bennet insistira nele, estava resolvido a ajudá-lo. Acrescentava que de momento o Sr. Bennet não estava disposto a deixar Londres e prometia escrever de novo muito em breve. Havia ainda um post scriptum que dizia o seguinte:

"Escrevi também para o coronel Forster, pedindo-lhe que indagasse, se possível, entre os amigos mais íntimos de Wickham no destacamento, se ele teria quaisquer parentes ou relações que pudessem saber em que parte da cidade ele se encontra. Se acaso entre essas pessoas houvesse alguém de quem se pudesse, com alguma probabilidade, obter tal informação, isso teria uma importância talvez capital. De momento, nada temos para nos guiar. Estou certo de que o coronel Forster tudo fará para nos ajudar, mas, em última análise, talvez Lizzy, melhor do que ninguém, saiba se ele tem parentes vivos."

Elizabeth imediatamente compreendeu de onde provinha aquela deferência por sua autoridade no assunto, mas, infelizmente, não possuía informações que a justificassem. Nunca ouvira dizer que ele tivesse quaisquer parentes, além do pai e da mãe, e ambos já haviam falecido há muitos anos. Era possível, no entanto, que alguns de seus companheiros do regimento pudessem dar informações mais substanciais e, embora não alimentasse grandes esperanças a esse respeito, tal medida não era para se desdenhar.

Cada dia em Longbourn era agora um dia de ansiedade, mas o momento mais angustioso era o da chegada do correio. Eram esperadas cartas todas as manhãs, com a maior impaciência; e a cada dia que passava aguardavam notícias importantes.

Porém, antes de tornarem a receber notícias do Sr. Gardiner, chegou uma carta para o Sr. Bennet da parte do Sr. Collins; e, como Jane recebera instruções para abrir toda a correspondência dirigida a seu pai na sua ausência, ela leu a carta. Elizabeth, que sabia como as cartas do Sr. Collins eram curiosas e singulares, debruçou-se sobre a irmã e leu também. Dizia o seguinte:

"Meu caro senhor:

Sou chamado, pelo nosso parentesco e pela minha situação na vida, a apresentar-lhe minhas condolências pela grande aflição por que está passando e da qual fomos ontem informados por uma carta de Hertfordshire. Fique certo, meu caro senhor, de que tanto eu como a Sra. Collins acompanhamos a todos vocês sinceramente no seu atual sofrimento, que deve ser dos mais dolorosos, pois provém de uma causa que jamais tempo algum poderá remover. Não faltarão argumentos de minha parte para lhe aliviar tão grande infelicidade ou trazer-lhe qualquer conforto em tal circunstância, que com certeza será a mais dura para o coração de um pai. A morte de sua filha seria uma bênção, em comparação com o que lhe sucede agora. E tudo isso é ainda mais de lamentar quando sabemos existirem razões para supor, como minha Charlotte me informou, que tal licenciosidade de conduta por parte de sua filha se deve a uma excessiva e culposa indulgência; embora, para seu consolo e da Sra. Bennet, me sinta inclinado a acreditar na perversidade inata das tendências de sua filha, ou nunca ela teria perpetrado tão grande crime com tão pouca idade. Seja como for, o senhor merece toda a nossa compaixão, no que sou acompanhado não só pela Sra. Collins, como também por Lady Catherine e sua filha, que pus a par de tudo o que se passava. Todas concordaram comigo quanto a minhas apreensões de que este mau passo de uma de suas filhas será prejudicial para o futuro de todas as outras. Na verdade, quem, como Lady Catherine condescende em dizer, quererá relacionar-se com tal família? E tal consideração me leva a refletir, com satisfação crescente, num certo acontecimento do mês de novembro passado, pois de outro modo me encontraria envolvido em todas essas tristezas e desgraças. Permita-me, pois, que o aconselhe, meu caro senhor, a consolar-se a si próprio o mais que puder, a expulsar para sempre sua filha indigna de sua afeição e deixá-la colher os frutos de seu odioso crime."

O Sr. Gardiner não voltou a escrever senão quando recebeu uma resposta do coronel Forster; e, quando o fez, nada tinha de agradável a comunicar. Não se sabia de um só parente com quem Wickham mantivesse relações e era certo que ele não tinha ninguém próximo ainda vivo. Contava com numerosos conhecidos, mas, desde que entrara para a milícia, parecia não manter relações com nenhum deles. Não havia ninguém, portanto, a quem se pudessem dirigir e obter informações sobre seu paradeiro. No estado precário de suas finanças, o casal tinha um motivo poderoso para sua reclusão, além do medo de Wickham de ser descoberto pelos parentes de Lydia. Foram informados de que ele tinha contraído grandes dívidas de jogo e o coronel Forster acreditava que seriam necessárias mais de mil libras para cobrir todas as despesas que o oficial deixara em Brighton por pagar. Devia muito na cidade, mas suas dívidas de honra eram ainda maiores. O Sr. Gardiner não procurou esconder quaisquer detalhes da família de Longbourn. Jane ouviu com horror.

– Um jogador! – exclamou ela. – Isso eu não esperava.

O Sr. Gardiner acrescentava ainda em sua carta que podiam contar com o regresso do Sr. Bennet no dia seguinte, um sábado. Abatido pelo insucesso de seus esforços, acabara por se render às persuasões do cunhado para que voltasse para junto da família e deixasse a seu cargo tudo o que lhe parecesse aconselhável para a continuação das pesquisas. Ao ser informada do fato, a Sra. Bennet não exprimiu a satisfação que as filhas esperavam, dada a ansiedade que ela manifestara pela vida do marido.

– O quê? – ela exclamou. – Ele volta sem me trazer nossa Lydia? Certamente o Sr. Bennet não vai abandonar Londres antes de ter encontrado os fugitivos. Quem, na ausência dele, irá brigar com Wickham e forçá-lo a casar-se com ela?

Como a Sra. Gardiner começava a sentir saudades de sua casa, ficou combinado que ela e as crianças voltariam para Londres no dia da chegada do Sr. Bennet e, de acordo com o plano, a carruagem que os levou até metade do caminho trouxe na volta o Sr. Bennet para Longbourn.

A Sra. Gardiner partiu, tão perplexa como chegara a respeito de Elizabeth e seu singular amigo de Derbyshire. Seu nome não fora mencionado pela sobrinha uma vez sequer na presença deles e a vaga esperança acalentada pela Sra. Gardiner de que Elizabeth em breve recebesse uma carta dele não fora correspondida. Elizabeth nada recebera, até então, proveniente de Pemberley.

Os atuais dissabores vividos na família tornavam desnecessária qualquer outra desculpa para a depressão de Elizabeth. Nada, portanto, havia a conjecturar fundamentado nisso, embora Elizabeth, que atualmente conhecia relativamente bem seus sentimentos, tivesse noção perfeita de que, não tivesse ela encontrado de novo o Sr. Darcy, teria suportado melhor a mágoa pela infâmia de Lydia. Pouparia, pensava ela, uma noite de sono a cada dois dias.

Quando o Sr. Bennet chegou, conservava a aparência de sua habitual serenidade filosófica. Falou muito pouco, como também era seu hábito. Não mencionou o assunto que o levara a Londres e só passado muito tempo, suas filhas tiveram coragem de se referir a tal.

Apenas na parte da tarde, à hora do chá, é que Elizabeth se aventurou a falar sobre o assunto. Começou por se condoer das aflições por que o pai passara, ao que ele lhe respondeu:

– Não falemos mais nisso. Quem deveria sofrer, senão eu mesmo? Foi tudo por minha culpa, sou obrigado a reconhecer.

– Não deve ser severo demais consigo próprio – replicou Elizabeth.

– Por mais que me previna contra esse erro, a natureza humana tem grande tendência a cair nele. Não, Lizzy, deixe que pelo menos uma vez na vida eu sinta o peso de minha responsabilidade. Não receio ser esmagado por esse sentimento. Tudo isso não tardará a passar.

– Acha que eles se encontram em Londres?

– Sim, pois em que outro local poderiam se esconder?

– E Lydia sempre desejou ir para Londres – acrescentou Kitty.

– Então, deve estar muito feliz – disse o pai, secamente – e, provavelmente, residirá aí durante algum tempo. Em seguida, após um curto silêncio, continuou:

– Lizzy, não guardo rancor pelo conselho que me deu no mês de maio passado; em vista do que aconteceu, demonstra bem sua capacidade.

Foram interrompidos pela Senhorita Bennet, que vinha buscar o chá de sua mãe.

– Ora aí está uma atitude – exclamou ele – que conforta uma pessoa; dá um toque de elegância ao infortúnio. Um dia destes farei o mesmo. Vou me recolher à minha biblioteca, de touca e camisa de dormir, e darei aos outros o maior trabalho possível, ou talvez aguarde até Kitty fugir também.

– Eu não vou fugir, papai – disse Kitty, inquieta. – Se me tivessem deixado ir para Brighton, teria me comportado melhor do que Lydia.

– Você, ir a Brighton! Não a deixarei ir nem a Eastbourne que fica aqui ao lado. Nem por cinquenta libras. Não, Kitty, pelo menos aprendi a ser prudente, e você vai sentir os efeitos disso. Nenhum oficial nunca mais entrará em minha casa, nem que esteja só de passagem pela localidade. Os bailes serão absolutamente proibidos, a não ser que permaneça o tempo todo junto de uma de suas irmãs. E nunca passará por esta porta sem primeiro provar que passa diariamente dez minutos de forma sensata.

Kitty, que levava todas aquelas ameaças a sério, pôs-se a chorar.

– Bom, bom – disse ele –, não fique triste, se você se portar bem durante os próximos dez anos, talvez a leve a ver uma parada militar.

Capítulo 49

Dois dias depois da chegada do Sr. Bennet, Jane e Elizabeth encontravam-se passeando no pequeno bosque atrás da casa quando viram a governanta caminhando em sua direção e, concluindo que vinha a mando da Sra. Bennet para chamá-las, foram ao seu encontro. Mas, em vez da ordem esperada para que voltassem, a governanta disse para a Senhorita Bennet:

– Perdoem-me a interrupção, Senhoritas, mas como pensei que tivessem recebido boas notícias da capital, tomei a liberdade de vir perguntar.

– Que diz, Hill? Nada soubemos ainda da capital.

– Minha querida Senhorita – exclamou a Sra. Hill, espantada –, não sabe, então, que chegou um expresso da parte do Sr. Gardiner para o patrão? Está aqui há meia hora e trouxe uma carta para o Sr. Bennet.

As duas não perderam tempo respondendo e correram para casa. Atravessaram o hall de entrada, a pequena saleta e entraram na biblioteca, mas não encontraram o pai. Preparavam-se para subir e ir procurá-lo no quarto da mãe, quando o mordomo disse:

– Se procuram o patrão, ele foi agora mesmo para o bosque.

Tendo recebido essa informação, as jovens tornaram a passar pelo vestíbulo e atravessaram o gramado em busca do pai, que se dirigia para um dos pequenos bosques que havia de um dos lados do jardim.

Jane, que não era tão leve nem tinha tanta prática de exercício, ficou para trás, enquanto sua irmã alcançava o Sr. Bennet e exclamava, quase sem fôlego:

– Oh, pai, diga depressa quais as notícias? Que diz o tio?

– Acabo de receber uma carta dele pelo expresso.

– E que notícias traz, boas ou más?

– O que se pode esperar de bom? – disse ele, extraindo a carta do bolso. – Mas talvez a queira ler.

Elizabeth pegou a carta, ansiosa, enquanto Jane se aproximava.

– Leia em voz alta – disse o Sr. Bennet –, pois ainda não entendi bem do que se trata.

"Rua Gracechurch, segunda-feira, 2 de agosto

Caro cunhado:

Finalmente tenho notícias de minha sobrinha para lhe enviar; notícias que, no seu conjunto, julgo que não deixarão de lhe agradar. Pouco após sua partida, no sábado, tive a felicidade de descobrir em que parte de Londres o casal se encontrava. Quanto aos detalhes, deixo para quando de novo nos encontrarmos. De momento, basta saber que os encontrei e que estive com ambos..."

– Então, tudo se passou como eu o esperava – exclamou Jane –, eles estão casados!

Elizabeth continuou:

"... estive com ambos. Eles não estão casados, nem encontrei neles a menor intenção de o fazer. Porém, se o senhor estiver disposto a cumprir com aquilo que tomei a liberdade de aceitar em seu nome, espero que em breve se casem. Tudo o que exigem é que assegure a esta sua filha parte das cinco mil libras destinadas a serem repartidas entre suas filhas após a sua morte e de sua mulher. Além disso, pedem que se comprometa, em vida, a dar a sua filha a quantia de cem libras por ano. E são essas as condições que não hesitei em aceitar, sentindo-me autorizado a fazê-lo. Enviarei esta minha comunicação por expresso, para que sua resposta me chegue sem perda de tempo. Facilmente compreenderá, por tudo o que aqui lhe digo, que a situação do Sr. Wickham não é tão desesperada como se supunha. Quanto a isso, os rumores que corriam eram falsos; e alegra-me dizer que, sem considerarmos o dote de Lydia, ele ainda disporá, após pagas todas as dívidas, de um pouco de dinheiro para sua instalação. Apenas necessito que delegue a mim

plenos poderes para agir em seu nome, o que não duvido que faça, e imediatamente darei instruções a Haggerston para preparar um contrato. Não vejo qualquer vantagem em voltar a Londres, por isso o aconselho a ficar tranquilamente em Longbourn, sabendo que pode contar com toda a minha colaboração e diligência. Responda-me logo que possível e tenha cuidado de escrever claramente. Achamos preferível, minha mulher e eu, que nossa sobrinha se case em nossa casa, o que decerto terá sua aprovação. Ela vem hoje para junto de nós. Voltarei a escrever-lhe assim que houver algo de novo a participar. Seu, etc. Edw. Gardiner."

– Será possível!? – perguntou Elizabeth, assim que terminou a carta. – Será possível que ele se casará com ela?

– Wickham não é, então, tão ruim como pensávamos – disse Jane. – Meu pai, aceite os meus parabéns.

– Já respondeu à carta? – perguntou Elizabeth.

– Não, mas devo fazer isso imediatamente.

Elizabeth suplicou-lhe, então, que não perdesse mais tempo.

– Oh, pai – exclamou ela –, volte para casa e escreva sem demora! Pense na importância que cada momento tem num caso destes.

– Eu mesma escrevo a carta – disse Jane – se tal tarefa lhe desagrada.

– Desagrada-me muito – replicou ele –, mas precisa ser feita.

E, dizendo isto, ele virou-se e voltou com as filhas para casa.

– E posso saber qual é a resposta? – perguntou Elizabeth. – Suponho que os termos devam ser aceitos.

– Aceitos? Só tenho vergonha que ele peça tão pouco.

– E eles devem casar-se! Contudo, Wickham é tão ruim.

– Sim, sim, é preciso que eles se casem. Não há outra alternativa. Porém, há duas coisas que eu desejaria saber: uma delas, que quantia seu tio não pagou para conseguir tudo isto; e a outra, como poderei eu reembolsá-lo.

– Quantia? Nosso tio? Que quer dizer com isso? – indagou Jane.

– Quero dizer que nenhum homem, em seu juízo perfeito, se casaria com Lydia recebendo em troca uma compensação tão pequena. Cem libras anuais durante a minha vida e cinquenta depois de eu morrer!

– É verdade – disse Elizabeth. – Não me tinha ocorrido isso antes.

Depois das dívidas a pagar, diz ele que ainda sobra dinheiro. Deve ter sido nosso tio quem arranjou tudo isso. Como ele é generoso e bom! Receio que isso lhe traga problemas. O dinheiro que gastou não deve ter sido pouco.

– Não – disse o Sr. Bennet. – Wickham seria um idiota se aceitasse entrar no negócio com menos de dez mil libras. Detestaria ter tão má opinião dele logo no começo de nossas relações.

– Dez mil libras! Valha-nos Deus. Como poderemos algum dia pagar tal soma?

O Sr. Bennet não respondeu e todos, mergulhados em suas reflexões, continuaram em silêncio até chegarem em casa. O Sr. Bennet dirigiu-se então para a biblioteca, a fim de escrever ao cunhado, e as filhas foram para a saleta.

– Então, eles se casam! – exclamou Elizabeth, quando se encontrou a sós com Jane. – Como tudo isso é estranho! E, ainda por cima, temos de nos dar por muito felizes! E dar graças a Deus que assim aconteça, embora sejam diminutas as possibilidades de Lydia ser feliz já que Wickham tem um caráter tão ruim. Oh, Lydia!

– Eu me consolo pensando que ele não se casaria se não tivesse afeição por Lydia – replicou Jane. – Embora acredite que nosso tio tenha intercedido, não me parece que tenha chegado nem perto de dez mil libras. Ele tem filhos, e ainda pode vir a ter outros. Como poderia ele dispor dessas dez mil libras?

– Se nos fosse possível saber quais as dívidas de Wickham – disse Elizabeth – e com quanto ele dotou a nossa irmã, saberíamos exatamente o que o Sr. Gardiner fez por eles, pois Wickham não tem um tostão de seu. A bondade de nossos tios é uma coisa que nunca poderá ser paga. O fato de eles a terem levado para sua casa e lhe terem dado sua proteção e apoio moral é um sacrifício que anos de gratidão não poderão compensar. Neste momento ela está na casa deles e, se tamanha bondade não lhe der a consciência da falta que praticou, é porque ela não merece nunca ser feliz! Imagine a cara dela, quando se vir diante de nossa tia!

– Devemos nos esforçar para esquecer tudo o que se passou –

disse Jane. – Confio e espero que eles sejam felizes. O fato de ele consentir em casar com ela é uma prova de que ganhou um pouco de juízo. A afeição que nutrem um pelo outro lhes dará estabilidade. E eu tenho a esperança de que eles em breve se estabeleçam em sua nova vida e procedam de forma tão ajuizada que, com o tempo, sua imprudência acabe por ser esquecida.

– O comportamento deles foi de tal ordem – replicou Elizabeth – que nem você, nem eu, nem ninguém, poderá jamais esquecer. É inútil falarmos nisso.

Nesse momento, ocorreu que talvez sua mãe permanecesse ainda na ignorância de tudo o que se passava. Dirigiram-se, pois, à biblioteca, e perguntaram ao pai se não desejava que elas lhe transmitissem a notícia. Ele encontrava-se escrevendo e, sem levantar a cabeça, respondeu friamente:

– Como queiram.

– Poderemos levar-lhe a carta do tio e ler?

– Levem o que quiserem e me deixem.

Elizabeth pegou a carta de cima da mesa e as irmãs subiram juntas. Mary e Kitty encontravam-se ambas junto da mãe. A mesma comunicação serviria, portanto, para todas. Após uma breve preparação para as notícias que traziam, a carta foi lida em voz alta. A Sra. Bennet não pôde conter seus sentimentos.

Assim que Jane leu o trecho em que o Sr. Gardiner falava na esperança de vê-los em breve casados, a Sra. Bennet deu livre curso a toda a sua alegria, e cada frase subsequente a tornava mais expansiva. Seu júbilo manifestou-se tão ruidoso e violento como anteriormente o fizeram suas apreensões e desespero. Bastava saber que sua filha se casaria; não a atormentava qualquer receio quanto à felicidade dela, nem tampouco a lembrança de sua falta.

– Oh, minha querida Lydia! – exclamou ela. – Isso é realmente maravilhoso! Ela vai se casar! E eu tornarei a vê-la! Ela se casa com dezesseis anos! Meu querido e generoso irmão! Eu sabia ele conseguiria resolver tudo! Que saudades tenho dela!... E de meu querido Wickham também! Mas os vestidos, o enxoval! Vou já escrever para minha cunhada

Gardiner para que trate de tudo isso. Lizzy, meu amor, corra lá embaixo e pergunte a seu pai de quanto ele dispõe para o enxoval de Lydia. Não, espere, eu mesma o farei! Toque a campainha, Kitty, para chamar a Hill. Vou me vestir e correr. Oh, minha querida Lydia! Que alegria sentiremos quando nos virmos todos juntos outra vez!

Jane procurou refrear a violência de tais expansões, lembrando sua mãe o que deviam ao Sr. Gardiner pelo que ele tinha feito.

– Devemos, em grande parte, atribuir a feliz conclusão desta história à bondade do nosso tio – acrescentou Jane. – Estamos convencidas de que ele se empenhou para auxiliar pecuniariamente o Sr. Wickham.

– Pois sim – exclamou a Sra. Bennet –, mas quem o havia de fazer, senão seu próprio tio? Se ele não tivesse família, todo o dinheiro dele viria para nós, bem sabe. É a primeira vez que recebemos alguma coisa dele, a não ser um presente ou outro, de vez em quando. Oh, como me sinto feliz! Em breve terei uma filha casada! Sra. Wickham! Soa tão bem! E fez apenas dezesseis anos em junho passado. Minha querida Jane, estou tão nervosa que creio não conseguir escrever. Eu dito e você escreve por mim. Mais tarde combinaremos com seu pai a respeito do dinheiro. Mas é preciso encomendar as coisas imediatamente.

A Sra. Bennet começou logo a fazer uma lista de todas as peças de algodão, musselina e cambraia, e teria feito dentro em pouco uma grande encomenda se Jane não a tivesse convencido a aguardar até consultar o marido. Um dia de atraso, observou ela, não teria qualquer importância.

– Assim que me vestir, irei a Meryton dar as boas novas à minha irmã Philips. Na volta, passarei pela casa de Lady Lucas e da Sra. Long. Kitty, corra lá embaixo e peça a carruagem. Um pouco de ar me fará muito bem. Meninas, desejam que eu lhes traga alguma coisa de Meryton? Oh, aí vem a Hill! Minha querida Hill, já sabe da novidade? A Senhorita Lydia vai se casar.

A Sra. Hill exprimiu imediatamente sua alegria. Elizabeth, como todas, recebeu seus parabéns e, cansada de tanta loucura, foi se refugiar em seu quarto, para poder refletir em paz.

Pobre Lydia, sua situação seria bastante ruim, mas ainda teria de dar graças por não ser pior. E, embora assim pensasse, não via para a irmã grandes possibilidades de uma vida feliz e próspera, mas, recordando-se dos momentos de aflição e de todos os seus receios de há duas horas apenas, ela viu que deram um grande passo para frente.

Capítulo 50

O Sr. Bennet por várias vezes se arrependera de ter gasto todo o seu rendimento e não tomar as devidas precauções para garantir o futuro da mulher e das filhas. Agora, mais do que nunca, se arrependia de não o ter feito. Se tivesse cumprido com sua obrigação, Lydia agora não estaria em dívida com seu tio, por haver adquirido para ela não só honra como crédito. A satisfação de obrigar um dos piores rapazes da Grã-Bretanha a se tornar seu marido teria permanecido em seu devido lugar.

Preocupava-o seriamente que tudo tivesse se arranjado graças, unicamente, a seu cunhado. Resolveu, caso fosse possível, averiguar a importância exata de seu auxílio e arranjar maneira de saldar a dívida o mais breve que pudesse.

Quando se casou, o Sr. Bennet achava que não precisava economizar, pois teria naturalmente um filho. Esse filho seria herdeiro de seus bens, e desse modo veria garantido o futuro da viúva e dos filhos menores. Cinco filhas, sucessivamente, vieram ao mundo, mas nenhum filho. Muitos anos após o nascimento de Lydia, a Sra. Bennet acreditava ainda que ele viria. Por fim, teve de renunciar a tal esperança, mas nessa altura já era tarde demais para poupar. A Sra. Bennet não tinha feitio para economizar e só a moderação do marido os impedia de exceder seus rendimentos.

Segundo o contrato de casamento, cinco mil libras seriam deixadas para a Sra. Bennet e seus filhos. A partilha deveria ser feita de acordo com a vontade dos pais. Em vista do que acontecera a Lydia, tal ponto deveria agora ser definido, e o Sr. Bennet não hesitava em aceitar os termos da proposta que lhe tinha sido feita. Em termos precisos, mas cordiais, ele exprimiu sua gratidão pela bondade do cunhado. Em seguida, declarou sua plena aprovação a tudo o que tinha sido feito e sua aceitação dos compromissos que o Sr. Gardiner aceitara em seu nome. Nunca supusera que fosse possível convencer Wickham a casar com sua filha em termos tão convenientes. As cem libras que deveria pagar anualmente não representavam um déficit real de mais de dez libras. Além do mais, a mesada de que Lydia dispunha, assim como os belos presentes em dinheiro que continuamente lhe chegavam às mãos por intermédio da Sra. Bennet, cobririam grande parte das despesas que ela pudesse fazer.

A outra surpresa agradável, considerava ele, fora a facilidade com que tudo se resolvera sem lhe dar qualquer trabalho. Seu desejo era, agora, pensar o menos possível no assunto. O ímpeto com que se lançara na perseguição da filha fora apenas fruto momentâneo de sua cólera. Cessada essa, o Sr. Bennet recaiu em sua indolência habitual. A carta foi logo despachada, pois, embora lento na elaboração de seus projetos, ele era rápido na execução. Pedia ao Sr. Gardiner que lhe desse uma relação detalhada de suas despesas, mas nada mandava dizer a Lydia, pois ainda estava ressentido com ela.

As boas notícias em breve se propagaram. Teria sido mais interessante se a própria Senhorita Lydia tivesse regressado, ou a mandassem em reclusão para algum lugar distante, mas o casamento já era suficiente para mexericos. As velhas invejosas de Meryton continuaram a enviar seus votos de felicidade com o mesmo secreto contentamento com que antes exprimiam condolências, pois, embora a situação tivesse mudado, com tal marido, a desgraça de Lydia era certa.

A Sra. Bennet, que passara quinze dias sem sair do quarto, naquele grande dia tornou a ocupar seu lugar à cabeceira da mesa. Sua satisfação era extrema. Nenhum sentimento de vergonha atenuava seu triunfo. Desde que Jane completara quinze anos de idade, seu maior desejo fora ver uma das filhas casadas; e, agora, esse mesmo desejo estava a ponto de se realizar. Todos os seus pensamentos giravam em torno dos preparativos para um casamento no melhor estilo, tais como as musselinas finas, novas carruagens e criados. Procurava lembrar-se de uma casa nas redondezas que servisse para sua filha e, desconhecendo as possibilidades do casal, recusava muitas das que lhe sugeriam por considerá-las modestas e simples demais.

– Haye Park talvez servisse – dizia ela –, se os Gouldings consentirem em sair. E aquela casa grande em Stoke também daria. É pena que a sala de visitas seja um pouco pequena demais. Ashworth é muito distante. Quanto à casa de Pulvis, os telhados são horríveis.

O Sr. Bennet deixou-a falar sem interrupção, enquanto havia criados por perto, mas quando esses saíram, disse:

– Sra. Bennet, antes que tome alguma dessas casas, ou todas elas, para sua filha, considero indispensável chegarmos desde já a um acordo sobre tal assunto. Saiba que há, pelo menos, uma casa em que eles não serão admitidos. Não pretendo encorajar a imprudência de ambos ao recebê-los em Longbourn.

A tal declaração seguiu-se uma longa polêmica, mas o Sr. Bennet mostrou-se firme. O assunto em breve os conduziu a outro, e a Sra. Bennet descobriu, com espanto e horror, que seu marido não estava disposto a adiantar um só tostão para as despesas do enxoval. Declarou, intransigente, que não seria ele que, por ocasião do casamento da filha, lhe daria o menor sinal de sua estima. A Sra. Bennet recusava-se a compreender e a aceitar tal atitude. Achava impossível que ele levasse seu ressentimento a ponto de recusar à filha um dos privilégios sem o qual seu casamento pareceria quase inválido. A Sra. Bennet era muito mais sensível à vergonha de casar sua filha sem roupas novas do que à desonra causada por sua fuga e pelo fato de ter vivido quinze dias com Wickham sem ser casada.

Elizabeth mais do que nunca se arrependeu por ter se deixado levar pela aflição do momento e ter revelado ao Sr. Darcy os seus anseios quanto ao futuro da irmã. Com o casamento em breve realizado, talvez tivessem podido esconder tão vergonhoso fato de todos não diretamente relacionados com a família.

Ela não receava que o caso se espalhasse por intermédio dele. Havia, atualmente, poucas pessoas em cuja discrição ela tinha maior confiança, mas, em contrapartida, não havia ninguém cujo conhecimento da leviandade da irmã a mortificasse tanto. Não era que temesse qualquer desvantagem para si mesma, pois, de qualquer modo, parecia haver um abismo intransponível entre eles. Mesmo que o casamento de Lydia tivesse se realizado da forma mais respeitável, não era possível que o Sr. Darcy insistisse em se relacionar com uma família contra a qual tinha tantas objeções e às quais se vinha juntar uma outra: a de um parentesco íntimo com o homem que ele tão justamente desprezava.

Não era, pois, de estranhar que ele hesitasse. O desejo de obter a consideração de Elizabeth, desejo por ele tão declaradamente manifestado em Derbyshire, nunca sobreviveria a tal golpe. Elizabeth sentia-se humilhada e ferida. Tinha remorsos, mas não sabia bem de quê. Ansiava pela estima dele, quando acreditava não poder jamais gozar dela. Queria ter notícias suas, e não tinha a menor esperança de que ele lhe escrevesse. Agora, que não via possibilidade de encontrá-lo, acreditava que poderia ter sido feliz com ele.

Que triunfo seria para ele, pensava ela, se pudesse saber que as propostas que quatro meses atrás ela tão orgulhosamente recusara seriam recebidas agora com alegria e gratidão. Ele era generoso, disso Elizabeth não tinha a menor dúvida. Havia, mesmo, poucos homens mais generosos. Mas, para não sentir triunfo numa ocasião como essa, era preciso que não fosse humano.

Elizabeth começou a compreender, então, que o Sr. Darcy era o homem que mais lhe convinha, tanto por seu temperamento como por suas qualidades. Seu gênio, embora o oposto do seu próprio, vinha ao encontro de seus desejos. Tal união seria, com certeza, vantajosa para ambos. A espontaneidade e naturalidade de Elizabeth contribuiriam para suavizar o gênio dele e melhorar também suas maneiras. Ela, por sua vez, teria um benefício ainda maior a receber proveniente da segurança de julgamento e experiência do mundo que Darcy possuía.

Em breve o Sr. Gardiner tornou a escrever ao cunhado. Aos pedidos do Sr. Bennet, ele apenas respondeu que estava sempre disposto a dar seu melhor para o bem de qualquer membro da família e concluiu rogando que não se mencionasse mais o assunto. A principal finalidade de sua carta era anunciar que o Sr. Wickham decidira sair da milícia.

"Desejaria muito que ele o fizesse assim que o casamento fosse marcado", acrescentava ele. "E creio que concordará comigo em como esse passo é desejável, tanto para ele como para minha sobrinha. O Sr. Wickham tenciona entrar no exército regular; e alguns de seus antigos amigos estão dispostos a apoiá-lo. Prometeram-lhe um posto de tenente no regimento do general atualmente aquartelado no Norte. É uma grande vantagem que estejam tão longe daqui. Ele parece cheio de boas intenções, e espero que, entre pessoas estranhas, ambos se mostrem prudentes e procurem salvar as aparências. Escrevi ao coronel Forster, informando-o de nossa atual situação e pedindo-lhe que tranquilize os vários credores de Wickham em Brighton e arredores. Com promessas de rápido pagamento, assumi tal compromisso. Peço-lhe que faça o mesmo com os credores dele em Meryton, dos quais lhe envio a lista, de acordo com as informações do próprio Sr. Wickham. Ele confessou todas as suas dívidas, e espero que, ao menos, não nos tenha enganado. Haggerston já recebeu nossas instruções e tudo ficará pronto dentro de uma semana. Eles partirão logo para a sede do regimento, a não ser que o senhor os convide primeiro a ir a Longbourn. A Sra. Gardiner participou-me que a sobrinha ansiava por ver todos antes de partir para o Norte. Ela encontra-se bem e pede-me que envie ao pai e à mãe toda a sua afeição. Seu, etc. E. Gardiner."

O Sr. Bennet e as filhas compreenderam, tão bem como o Sr. Gardiner, quais as vantagens da saída do Sr. Wickham do regimento da milícia. A Sra. Bennet é que não se conformava com a ideia. Lydia iria morar no Norte, exatamente quando ela teria todo o prazer e orgulho de sua companhia, pois não desistira nem um só instante de seu plano de instalar a filha em Hertfordshire. Seu desapontamento foi grande. Além disso, era uma pena que Lydia fosse afastada de um local onde ela tinha tantas relações.

– Lydia simpatizava tanto com a Sra. Forster! – dizia ela. – É uma pena mandá-la para tão longe. Além disso, havia tantos rapazes que ela apreciava. Os oficiais do regimento do general podem não ser tão amáveis.

O pedido de Lydia de ser admitida entre os seus antes da partida para o Norte foi, a princípio, negado com veemência. Mas Jane e Elizabeth, que comungavam das mesmas ideias, eram da opinião de que, para o bem de sua irmã, não lhe deveria ser negado o apoio dos pais. Fizeram seu pedido de modo tão insistente, e ao mesmo tempo com tanta doçura, que conseguiram demover o pai e obter dele a permissão para que o casal visitasse Longbourn logo após o casamento. Quanto à Sra. Bennet, era com satisfação que encarava aquela oportunidade de exibir nas redondezas a sua filha casada antes de seu exílio no Norte. O Sr. Bennet escreveu, então, ao seu cunhado, participando-lhe sua anuência ao pedido. Elizabeth, contudo, não pôde deixar de se surpreender por Wickham ter concordado com o plano. Se ela tivesse consultado apenas o seu coração, um encontro com ele seria a última coisa no mundo que ela mesma desejaria.

Capítulo 51

O dia do casamento finalmente chegou, e Jane e Elizabeth sentiram-se mais comovidas do que a própria Lydia. A carruagem foi enviada ao encontro dos noivos, que eram esperados para jantar. Jane e Elizabeth viam com apreensão a chegada do casal. Especialmente Jane, que atribuía a Lydia os sentimentos que ela própria teria caso estivesse naquela situação e afligia-se com a ideia do que a irmã iria sofrer. Chegaram. A família encontrava-se reunida na saleta para recebê-los. A Sra. Bennet desfez-se em sorrisos assim que a carruagem parou à porta; o marido conservava uma expressão grave e impenetrável; as filhas estavam alarmadas, ansiosas e inquietas.

Ouviram a voz de Lydia na entrada da casa. A porta foi aberta com violência, e ela entrou correndo na sala. Sua mãe adiantou-se e abraçou-a com grandes demonstrações de alegria. Sorrindo afetuosamente, ela estendeu a mão a Wickham, desejando felicidades a ambos com um alarde que demonstrava bem que ela não duvidava nem um minuto da realização de seu desejo.

O Sr. Bennet recebeu-os muito menos cordialmente. Seu rosto tornou-se ainda mais grave e mal abriu a boca. A atitude despreocupada do jovem casal era realmente uma provocação. Elizabeth ficou irritada e a própria Jane ficou muito espantada. Lydia continuava a mesma: indomável, atrevida, desvairada, ruidosa e imprudente. Falou com cada uma das irmãs exigindo-lhes os parabéns, e, depois de todos se sentarem, pôs-se a olhar à sua volta com curiosidade, notando as pequenas alterações que tinham sido introduzidas naquela sala; depois observou, com uma risada, que há muito tempo que dali partira.

Wickham mostrava-se tão à vontade quanto ela, e seus modos eram sempre tão agradáveis que, se o seu caráter e seu casamento fossem como deviam ser, seus sorrisos e atitudes teriam conquistado toda a família. Elizabeth nunca imaginara que ele fosse capaz de tal cinismo, mas ela sentou-se, resolvendo no seu íntimo nunca mais estabelecer limites ao descaramento de um homem descarado. Ela corou e Jane também, mas os rostos daqueles que lhes causaram tal perturbação mantinham-se inalteráveis em sua cor.

A conversa era incessante. A noiva e a mãe competiam em exuberância; e Wickham, que se encontrava perto de Elizabeth, começou a perguntar pelos conhecidos na vizinhança com uma tranquilidade bem-humorada que ela sentiu jamais poder imprimir nas suas respostas. Tanto Wickham como a esposa apenas pareciam ter lembranças agradáveis na vida. Nenhum fato passado era lembrado com amargura.

– Imaginem, já fez três meses que fui embora – exclamou Lydia. – Não me parecem mais do que quinze dias. E, no entanto, tantas coisas aconteceram. Meu Deus! Quando daqui parti, quem diria que havia de voltar casada! Mas pensei que seria engraçado se o fizesse.

O Sr. Bennet ergueu os olhos, Jane ficou aflita e Elizabeth olhou significativamente para Lydia; ela, porém, continuou:

– Oh, mãe, as pessoas daqui dos arredores sabem que me casei hoje? Receei que eles não soubessem. No caminho cruzamos com William Goulding na sua charrete. Para que ficasse sabendo, baixei o vidro, tirei a luva e apoiei a mão no rebordo da janela, de forma que ele pudesse ver bem a minha aliança. Só então o cumprimentei, e não pude conter por mais tempo o meu riso.

Elizabeth achou que tudo aquilo passava dos limites. Levantou-se, saiu e só voltou quando os ouviu passarem para a sala de jantar. Chegou ainda a tempo de ver Lydia, que, com uma expressão de ansiedade, se aproximara do lugar à direita da mãe e, dirigindo-se à sua irmã mais velha, lhe dizia:

– Ah, Jane, esse lugar me pertence agora por direito. Sou a mais importante, dada a minha situação de mulher casada.

Não se podia esperar que o tempo desse à Lydia o constrangimento que até aquele instante não demonstrara. Pelo contrário, parecia cada vez mais à vontade. Ansiava por voltar a ver a Sra. Philips, a família Lucas e todos os outros vizinhos, e ouvi-los chamando-a de Sra. Wickham. Enquanto isso não acontecia, foi, logo após o jantar, mostrar a aliança à Sra. Hill e às criadas.

– Bem, mãezinha – disse ela, quando voltou à sala –, que acha do meu marido? Não é um homem encantador? Estou certa de que todas as minhas irmãs me invejam. Só lhes desejo tanta sorte como a minha. Precisam todas ir a Brighton. É o lugar ideal para se arranjar um marido. Que pena, mãe, não termos ido todas!

– É verdade, se me tivessem dado ouvidos, teríamos ido. Mas minha querida Lydia, não gosto nada que vá para tão longe. Será mesmo necessário?

– Oh, mas claro! Não vejo mal nenhum nisso. Até gosto muito da ideia. Você, papai e minhas irmãs terão de nos visitar. Passaremos todo o inverno em Newcastle. Bailes não faltarão e eu arranjarei par para todas.

– Adoraria poder ir! – disse a mãe.

– E depois, quando regressarem, podem deixar comigo uma ou duas de minhas irmãs. Garanto que arranjo maridos para todas antes do fim do inverno.

– Agradeço, pela parte que me toca – disse Elizabeth –, mas não aprecio sua maneira de arranjar maridos.

Os visitantes não poderiam demorar mais de dez dias. O Sr. Wickham fora nomeado antes de sair de Londres e apenas lhe haviam concedido quinze dias para se reunir ao seu regimento.

Exceto a Sra. Bennet, ninguém mais lamentou que eles se demorassem tão pouco. Esse tempo foi por ela aproveitado da melhor forma possível, fazendo visitas com a filha e recebendo frequentemente em sua casa. Tais reuniões vinham ao encontro do desejo de todos, pois escapar ao círculo da família era ainda mais desejável para aqueles que pensavam do que para aqueles que não o faziam.

A afeição de Wickham por Lydia era exatamente como Elizabeth supunha: inferior à que Lydia tinha por ele. Não era preciso observar muito para se concluir que a fuga se devera mais à paixão dela do que ao interesse dele. E, caso ela não tivesse certeza de que ele fugira por força das circunstâncias, Elizabeth se perguntaria por que razão Wickham decidira fugir com Lydia, já que não estava apaixonado por ela. Mas ele não era o tipo de homem que resistiria à oportunidade de ter uma companheira para a viagem.

Lydia gostava imensamente de Wickham. Ele continuava a ser o seu querido Wickham. Ninguém podia competir com ele no seu coração. Segundo ela, ele fazia tudo melhor do que todos. Certa manhã, pouco depois de sua chegada, Lydia disse para Elizabeth:

– Lizzy, ainda não lhe contei como foi nosso casamento. Você não estava presente quando descrevi tudo à mamãe e às outras. Não tem curiosidade em saber como tudo se passou?

– Para dizer a verdade, não – replicou Elizabeth –, e penso que quanto menos se falar no assunto, melhor.

– Você é tão esquisita! Vou contar como tudo aconteceu. Nos casamos na Igreja de São Clemente, pois Wickham pertence àquela paróquia. Combinamos de nos encontrarmos lá às onze horas. Meus tios e eu iríamos juntos, e os outros nos encontrariam na igreja. Eu estava numa ansiedade que nem imagina! Receava que acontecesse algo que viesse a adiar o casamento. Teria ficado desesperada! Enquanto me vestia, nossa tia não parava de falar, como se estivesse me pregando um sermão. Quase não entendi palavra, pois, como deve calcular, só pensava no meu querido Wickham. Estava louca para saber se ele poria a casaca azul. Tomamos o café da manhã às dez, como de costume. Pensei que nunca mais teria fim. A propósito, os tios foram horrivelmente severos comigo durante todo o tempo que estive com eles. Imagina que não me deixaram sair de casa uma só vez, durante os quinze dias que ali passei. Nem uma festa, nem uma reunião, nada! Bem, quando a carruagem chegou, meu tio foi detido ainda por alguns instantes para tratar de quaisquer negócios com aquele horrível Sr. Stone; e, como você deve saber, quando ele se põe a falar de negócios, nunca para. Eu estava tão assustada que não sabia o que fazer, pois era o tio quem me serviria de padrinho e, se não estivéssemos lá na hora certa, seríamos obrigados a deixar o casamento para o dia seguinte. Mas, felizmente, passados dez minutos, ele voltou e partimos todos. Nessa altura, porém, lembrei-me que, se acaso ele não pudesse ter ido, seria o Sr. Darcy quem o substituiria.

– O Sr. Darcy? – repetiu Elizabeth com um espanto ilimitado.

– Sim, ele tinha ficado de ir com Wickham. Oh, meu Deus, que estou eu falando? Esqueci completamente! Nunca deveria ter mencionado tal coisa! Prometi que não o faria! O que Wickham não vai dizer? Era segredo!

– Se era segredo – disse Jane –, então não diga mais nada.

– Decerto – disse Elizabeth, ardendo em curiosidade. – Nada lhe perguntaremos.

– Obrigada – disse Lydia –, pois se vocês me perguntassem, eu acabaria contando tudo. E depois Wickham ficaria muito zangado comigo.

Para resistir à tentação, Elizabeth foi obrigada a fugir. Mas era impossível viver na ignorância daquele detalhe ou, pelo menos, era impossível não tentar se informar. O Sr. Darcy assistir ao casamento de sua irmã parecia inacreditável. Não poderia suportar tal incerteza, e, tomando uma folha de papel, escreveu apressadamente uma curta missiva dirigida à tia, pedindo a explicação para o fato:

"Como deve compreender, tenho curiosidade em saber por que razão uma pessoa que não tem relações com qualquer uma de nós, e é quase um estranho à nossa família, se encontrava presente no casamento. Peço que me escreva sem demora e me explique tudo, a não ser que haja motivos muito fortes para guardar o segredo, como Lydia parece achar necessário. Nesse caso, terei de me resignar à minha ignorância."

"Jamais me resignarei" – pensou Elizabeth, enquanto terminava a carta. – "Mas, minha querida tia, se não me contar, serei obrigada a lançar mão de estratagemas para tentar descobrir."

Capítulo 52

Elizabeth teve a satisfação de receber resposta à sua carta tão depressa quanto ela poderia desejar. Assim que a carta chegou, correu para o pequeno bosque e, sentando-se num banco, preparou-se para lê-la tranquilamente, sentindo-se feliz, pois, pelo número de páginas, era fácil deduzir que não continha uma simples negativa.

"Rua Gracechurch, 6 de setembro

Minha querida sobrinha,

Acabo de receber sua carta e consagrarei a manhã toda a escrever minha resposta, pois prevejo que em poucas linhas não poderei transmitir tudo o que tenho para dizer. Devo confessar que seu interesse me surpreende. Não pense que estou zangada, pois o que quero dizer é que não imaginava que você, logo você, precisasse fazer tais investigações. Se prefere não compreender o que digo, me desculpe a impertinência. Seu tio está tão surpreso quanto eu – e somente a crença de que você estava a par de tudo permitiu que ele agisse como agiu. Mas se você realmente não sabe de nada, preciso ser mais explícita.

No próprio dia de minha chegada de Longbourn, seu tio recebeu uma visita inesperada. O Sr. Darcy veio à nossa casa e permaneceu em conferência com ele durante várias horas. Quando entrei, já tudo isso se tinha passado, e por essa razão minha curiosidade não foi tão intensamente despertada como a sua parece ter sido. Ele veio para dizer a seu tio que tinha descoberto o paradeiro do Sr. Wickham e de sua irmã e que já os tinha visto e conversado com ambos; com Wickham várias vezes e com Lydia apenas uma. Ao que parece, ele saiu de Derbyshire um dia após nossa partida, e veio para Londres, decidido a procurar os fugitivos. O motivo alegado era a convicção de que fora por causa dele que o caráter de Wickham não tinha sido convenientemente revelado, de modo a impedir que uma moça decente o amasse e confiasse nele. Generosamente, atribuiu tudo isso ao seu orgulho equivocado, e admitiu que havia considerado desnecessário, devido à sua posição, expor seus atos particulares à opinião pública. Seu caráter deveria bastar para responder por ele. Ele considerava, portanto, seu dever oferecer-se para tentar reparar o mal que ele julgava ter causado. Se tinha outro motivo, estou certa de que jamais seria algo que o desonraria. Passara alguns dias em Londres, antes que lograsse descobrir os fugitivos. Mas ele possuía um elemento para dirigir sua busca, e que a nós fazia falta: e este era o motivo que justificava sua vinda.

Existe uma senhora, ao que parece uma certa Sra. Younge, que foi durante algum tempo dama de companhia da Senhorita Darcy e que fora despedida por motivos que ele não nos revelou. Depois disso, ela alugou uma grande casa na Rua Edward e nela abriu uma pensão. O Sr. Darcy sabia que esta Sra. Younge era íntima de Wickham. E a procurou em busca de informações assim que chegou a Londres. Porém, levou dois dias para obter dela o que desejava. Suponho que essa mulher não estava disposta a trair o segredo que lhe fora confiado sem receber com isso uma compensação, pois ela sabia perfeitamente onde se encontrava seu amigo.

Wickham a tinha procurado mal chegara a Londres e, se ela tivesse vaga, seria em sua casa que ele se teria se instalado. Por fim, nosso bom amigo conseguiu obter o endereço desejado. O Sr. Darcy esteve com Wickham e posteriormente insistiu para ver Lydia. Seu primeiro objetivo ao falar com ela, reconheceu ele, fora persuadi-la a abandonar tão triste situação e voltar para junto de sua família assim que essa consentisse em recebê-la, e lhe ofereceu todo auxílio nesse sentido. Mas ele encontrou Lydia absolutamente decidida a conservar-se onde estava. Ela não queria saber da família, não precisava do auxílio dele e por coisa alguma desta vida abandonaria Wickham. Estava certa de que se casariam mais cedo ou mais tarde e que a data não tinha importância. Diante isso, pensou ele, restava-lhe apenas fazer com que se casassem o mais rapidamente possível. Logo na primeira conversa que tivera com Wickham, ele compreendera que nunca fora essa sua intenção. Ele confessou a Darcy que tinha deixado o regimento devido a algumas dívidas de honra muito urgentes, e não hesitou em atribuir unicamente à leviandade de Lydia todas as consequências da fuga dos dois. Tinha também a intenção de deixar seu cargo imediatamente. Quanto à sua futura situação, não sabia absolutamente o que fazer. Precisava ir para algum lugar, mas não sabia para onde. Sabia apenas que não tinha dinheiro para viver.

Darcy perguntou-lhe por que razão ele não tinha se casado imediatamente com sua irmã. Em resposta a essa pergunta, ele descobriu que Wickham acalentava ainda a esperança de fazer fortuna pelo casamento, em outro condado. Nessas circunstâncias, não seria prudente oferecer-lhe um auxílio imediato.

Encontraram-se várias vezes, pois havia muito o que discutir. Wickham, naturalmente, queria mais do que poderia obter. Mas, por fim, rendeu-se às evidências e tudo ficou combinado entre eles. Foi nessa altura que o Sr. Darcy procurou seu tio para lhe participar o que tinha feito e esteve em nossa casa na noite anterior à minha chegada. Contudo, ele não se avistou com meu marido, que se encontrava ausente, e foi então que descobriu que seu pai ainda aqui se encontrava e que só partiria de Londres no dia seguinte. Considerando que seria melhor entender-se com o tio do que com seu pai, resolveu adiar a entrevista para depois da partida deste. Não deixou o nome, e até voltar, no dia seguinte, sabia-se apenas que um cavalheiro tinha procurado o Sr. Gardiner por causa de uns negócios. No sábado tornou a aparecer. Seu pai não se encontrava mais aqui, seu tio estava em casa e, como disse antes, conversaram durante muito tempo. Voltaram a encontrar-se no domingo, e nesse dia também eu estive com ele. Só na segunda-feira é que tudo ficou definido; e imediatamente um expresso foi despachado para Longbourn. Mas nosso visitante mostrou-se muito obstinado. Creio, Lizzy, que, no fim das contas, a obstinação é o verdadeiro defeito de seu caráter. Já o acusaram de muita coisa, mas esta é a única que lhe diz realmente respeito. Insistia em ser ele a fazer tudo pessoalmente; embora eu esteja certa (e não falo isso para receber agradecimentos, portanto não diga a ninguém) de que seu tio trataria de tudo rapidamente.

Discutiram demoradamente, mais do que as duas pessoas em questão mereciam. Por fim, seu tio foi obrigado a ceder. Em vez de ser realmente útil à sobrinha, teve de se contentar com a fama, o que não lhe agradou de forma nenhuma. Creio que sua carta de hoje lhe deu um grande prazer, pois exigia uma explicação que o despojaria de falsos méritos, restituindo a glória a quem merece. Mas, Lizzy, isso deve ficar entre nós, ou, no máximo, Jane.

Suponho que saiba o que foi feito pelo jovem casal. As dívidas de Wickham, que montam, creio eu, para além de mil libras, necessitavam ser pagas. Outras mil eram necessárias para o dote de Lydia. E sua fiança para o cargo no exército teria de ser paga também. O motivo alegado para fazer tudo isso foi o que acima mencionei. Fora devido a ele, a seus escrúpulos excessivos, que todos tinham se iludido a respeito do caráter de Wickham, depositando nele a confiança que ele não merecia. Talvez haja uma certa verdade em tudo isso, embora duvide que seu silêncio ou o silêncio de qualquer outra pessoa possa ter sido a causa do sucedido. Mas, apesar de todo esse belo discurso, minha querida Lizzy, pode estar certa de que seu tio nunca teria cedido se não tivesse julgado que o Sr. Darcy tinha outro interesse no assunto.

Quando tudo se resolveu, ele voltou para junto dos amigos que o aguardavam em Pemberley, mas ficou combinado que voltaria a Londres no dia do casamento para finalizar os assuntos financeiros.

Creio que já a pus a par de toda a história. É um relato que, pelo que vejo em sua carta, a surpreenderá bastante. Espero, ao menos, que não lhe cause qualquer dissabor. Lydia veio para nossa casa e Wickham estava frequentemente aqui. Achei-o exatamente como quando o conheci em Hertfordshire. Mas eu não diria a você o quanto me desagradou a conduta de Lydia se não ficasse sabendo, pela carta que recebi de Jane na quarta-feira, que o comportamento dela em casa continua exatamente igual, e, dessa forma, o que conto agora lhe causará um novo desgosto. Tentei por várias vezes tocar o coração dela, mostrando-lhe o mal que tinha feito e toda a infelicidade que causara à família. Se ela me ouviu, foi por acaso. Estou certa de que não prestou qualquer atenção ao que lhe disse. Por várias vezes me senti irritada. Nessas alturas lembrava-me das minhas queridas Elizabeth e Jane, e por vocês me muni de toda paciência.

O Sr. Darcy voltou, como prometera, e, como Lydia lhe contou, assistiu ao casamento. Jantou conosco no dia seguinte e tencionava partir na quarta ou quinta-feira. Espero que não se zangue comigo, minha querida Lizzy, por aproveitar esta oportunidade para lhe dizer uma coisa que nunca antes tinha ousado dizer: é que eu simpatizo muito com ele. Sua atitude conosco foi tão amável como quando estivemos em Derbyshire. Sua maneira de encarar as coisas, suas opiniões, tudo me agrada e encontra eco em meu coração. Só lhe falta um pouco de vivacidade, mas, se ele se casar com acerto, sua mulher poderá ajudá-lo nesse sentido. Achei-o muito astuto. Quase nunca mencionou seu nome, mas a astúcia parece estar na moda.

Espero que me perdoe se me mostrei muito ousada, ou, pelo menos, não me castigue a ponto de me excluir de P. Nunca me sentirei inteiramente feliz enquanto não tiver percorrido todo aquele parque. Um faeton baixo e uma bonita parelha de pôneis completariam o programa. Não posso continuar, pois as crianças me esperam há meia hora. Sua tia muito afetuosa, etc., M. Gardiner."

O texto desta carta lançou o espírito de Elizabeth numa agitação tal que era difícil determinar qual predominava, se o prazer ou a dor. As vagas suspeitas acerca do que o Sr. Darcy poderia ter feito para auxiliar o casamento de sua irmã, suspeitas essas que ela receara encorajar pois demonstravam uma grandeza de alma que dificilmente encontraria em alguém, e ao mesmo tempo temia, pela obrigação que acarretariam, tinham se convertido em realidade para além de suas expectativas! Ele deliberadamente seguira-os até Londres. Assumira todos os incômodos e mortificações de tal investigação. Tivera de suplicar a uma mulher que ele naturalmente deveria abominar e desprezar. Fora obrigado a encontrar-se frequentemente, a discutir, persuadir e finalmente subornar o homem que mais do que ninguém desejava evitar e cujo simples nome detesta. E tudo isso ele tinha feito por uma moça que ele não podia nem admirar nem estimar. Seu coração lhe dizia que fora unicamente por sua causa. Mas essa esperança logo era sufocada por outras reflexões, e ela não se sentia vaidosa a ponto de julgar que Darcy nutriria qualquer afeição por uma mulher que o rejeitara, ou que ele fosse capaz de vencer um sentimento tão natural como a aversão em relacionar-se novamente com Wickham. Cunhado de Wickham! O orgulho mais elementar se voltaria contra isso. Certamente ele já tinha feito muito.

Elizabeth se envergonhava ao pensar em tudo o que lhe devia. Mas Darcy tinha apresentado um motivo para sua interferência, um motivo em que não era difícil acreditar. Era natural que ele se julgasse responsável. Era generoso e tinha meios de exercer sua generosidade. E, embora ela não se considerasse a causa principal de sua conduta, poderia talvez supor que um resto de afeição por ela tivesse contribuído para os seus esforços em um assunto do qual dependia diretamente a sua paz de espírito. Era doloroso, extremamente doloroso, saber que estavam em dívida com uma pessoa a quem nunca poderiam pagar. Deviam a reabilitação de Lydia e sua restituição ao seio da família unicamente ao Sr. Darcy. Elizabeth arrependeu-se amargamente de todos os dissabores que lhe causara, de todas as palavras duras que lhe dirigira. Sentia-se humilhada, mas tinha orgulho dele. Orgulho por, entre a compaixão e a honra, ele ter levado a melhor sobre si mesmo. Ela leu vezes sem conta os elogios que a tia lhe fazia. Não bastavam, mas traziam satisfação. Ela sentia até mesmo um certo prazer, embora misturado com mágoa, em descobrir como os tios tinham se convencido da existência de um amor entre o Sr. Darcy e ela.

Elizabeth foi arrancada de suas reflexões pela chegada de alguém. Levantou-se, mas antes de conseguir escapar, foi abordada por Wickham.

– Interrompo seu passeio solitário, minha querida cunhada? – perguntou ele, acercando-se dela. – Sempre fomos bons amigos. E agora mais do que nunca.

– É verdade. Os outros não vêm passear?

– Não sei. A Sra. Bennet e Lydia vão a Meryton. Soube pelos nossos tios que visitou Pemberley.

Elizabeth respondeu afirmativamente.

– Quase lhe invejo tal prazer. No entanto, acho que seria demasiado para mim, senão iria até lá no caminho para Newcastle. Naturalmente, esteve com a velha governanta. Pobre Sra. Reynolds, ela gostava muito de mim! Mas suponho que ela não tenha falado em mim.

– Falou, sim.

– E o que foi que ela disse?

– Que o senhor tinha entrado para o exército e que parecia não ter dado em grande coisa. Mas, compreende, a uma tal distância há sempre o perigo de as coisas serem deturpadas.

– Certamente – replicou ele, mordendo os lábios.

Elizabeth supôs que o silenciara, mas pouco depois ele tornou:

– Fiquei muito espantado por ver Darcy em Londres quando lá estive. Encontrei-o várias vezes por acaso, na rua. O que será que ele anda fazendo por lá?

– Talvez preparando o casamento dele com a Senhorita de Bourgh – disse Elizabeth. – Terá com certeza de ter um motivo especial para ir a Londres nesta época do ano.

– Sem dúvida. Viu Darcy alguma vez, enquanto esteve em Lambton? Se bem me lembro, os Gardiner me falaram nisso.

– Sim, ele me apresentou à irmã.

– E o que achou dela?

– Gostei muito.

– Ouvi dizer que ela melhorou bastante nestes últimos dois anos. Da última vez que a vi, não prometia muito. Espero que tudo dê certo para ela.

– Estou certa disso, pois já passou da idade mais perigosa.

– Visitaram a aldeia de Kympton?

– Não me lembro.

– Falei nisso apenas porque era essa a paróquia que me estava destinada. Um lugar encantador! E uma bela casa, também!

– Pensa que gostaria de fazer sermões?

– Muito. Consideraria parte do meu dever, e o esforço não seria tão grande. Teria sido um lugar esplêndido para mim! A tranquilidade daquela vida teria correspondido a todas as minhas ideias de felicidade! Mas o destino não quis. Darcy lhe falou alguma vez sobre o caso, enquanto esteve em Kent?

– Houve alguém, que eu considero tão bem informado como ele, que me disse que o presbitério lhe fora deixado apenas condicionalmente, ao arbítrio do atual proprietário.

– Ah, sim? Realmente, existe alguma verdade nisso. Aliás, foi o que eu lhe disse desde o princípio, não se lembra?

– Também me contaram que, numa certa época de sua vida, a necessidade de fazer sermões não lhe era tão agradável como atualmente parece ser. Disseram-me até que o senhor desistira de se ordenar, e que, nesse sentido, chegou a haver mesmo um acordo.

– Ah, ouviu dizer isso? E não foi sem fundamento. Deve lembrar-se que mencionei também esse ponto, quando falamos pela primeira vez no assunto.

Estavam quase à porta de casa, pois Elizabeth caminhara depressa para se ver livre dele.

Não querendo provocá-lo mais, em atenção à irmã, ela limitou-se a responder com o melhor dos sorrisos.

– Acabemos com isto, Sr. Wickham, agora somos irmãos. Não devemos brigar por causa do passado. No futuro, espero que estejamos sempre de acordo.

Elizabeth estendeu-lhe a mão e ele a beijou com galante cordialidade, embora não soubesse que expressão tomar ao entrar em casa.

Capítulo 53

O Sr. Wickham ficou tão satisfeito com a conversa que nunca mais mencionou aquele assunto na presença de Elizabeth; e ela ficou contente por ter dito o suficiente para silenciá-lo.

Logo chegou o dia da partida de Lydia e a Sra. Bennet viu-se obrigada a resignar-se com a separação que, provavelmente, duraria pelo menos um ano, pois o Sr. Bennet recusava-se terminantemente a aderir ao plano de irem todos a Newcastle.

– Oh, minha querida Lydia – exclamou ela –, quando nos tornaremos a ver?

– Não sei. Daqui a dois ou três anos, talvez.

– Não deixe de me escrever, meu amor.

– Escreverei sempre que puder, mas, como sabe, as mulheres casadas não têm muito tempo para escrever. Não é o caso das minhas irmãs, pois essas não têm mais nada que fazer.

As despedidas do Sr. Wickham foram muito mais afetuosas do que as de sua mulher. Ele sorria, cativava e exprimia-se agradavelmente.

– É um ótimo rapaz – disse o Sr. Bennet, assim que o viu fora de casa. – Distribui sorrisos, gracinhas e faz a corte a todos nós. Tenho grande orgulho dele. Desafio o próprio Sir William Lucas a apresentar um genro melhor que o meu.

A partida de sua filha tornou a Sra. Bennet melancólica durante vários dias. Mas sua tristeza foi logo aliviada por uma notícia que começou a circular. A governanta de Netherfield recebera ordens do patrão para aprontar a casa para recebê-lo dentro de um ou dois dias, pois ele tencionava ali ficar várias semanas caçando. A Sra. Bennet ficou muito agitada. Olhava constantemente para Jane, e sorria, ou abanava a cabeça.

Fora a Sra. Philips quem lhe trouxera a notícia.

– Então o Sr. Bingley está para chegar! Tanto melhor. Não é que isso me diga muito respeito. No entanto, acho que faz muito bem em vir para Netherfield. Quem sabe o que pode acontecer? Mas, você bem sabe, há muito tempo que resolvemos não falar mais no assunto. Então, é mesmo certa a chegada dele?

– A Sra. Nicholls ontem à tarde esteve em Meryton. Vi-a passar e lhe perguntei o que havia de certo em tudo o que ouvira. Ela confirmou que era verdade e disse que ele deve chegar na quinta-feira, o mais tardar, ou talvez mesmo na quarta. Ela estava indo encomendar carne para quarta-feira, e disse que tinha, além disso, três casais de patos prontos para matar.

Jane, ao ouvir a notícia, empalideceu. Fazia muitos meses desde a última vez que ela pronunciara o nome de Bingley na presença de Elizabeth. Estando as duas a sós, ela lhe disse:

– Reparei que olhou muito para mim, Lizzy, quando a tia nos participou a notícia. Fiquei perturbada, não pelo que parece pensar, mas porque senti que todas iam olhar para mim. Nada sinto com essa notícia, nem alegria nem outro sentimento qualquer. Ainda bem que ele não vem acompanhado, pois desse modo o veremos menos vezes. Não é que eu tenha medo de mim mesma, mas acima de tudo tenho horror às observações das outras pessoas.

Elizabeth não sabia o que pensar. Se ela não o tivesse visto em Derbyshire, poderia aceitar o motivo que alegavam para sua vinda. Porém achava que Bingley ainda gostava de Jane, e perguntava-se se era mais provável que ele estivesse vindo com a permissão de seu amigo ou se ousara tomar essa resolução sem levar em consideração a opinião de Darcy.

Por vezes, contudo, Elizabeth pensava: "Não vejo por que razão este pobre homem não haveria de visitar a casa que alugou, e que é dele, sem despertar tantas especulações. Não pensarei mais nele e o deixarei em paz".

Apesar do que a irmã lhe dissera, e que ela acreditava ter sido dito com toda sinceridade, Elizabeth percebia facilmente que a perspectiva da chegada de Bingley a tinha afetado profundamente. Jane andava perturbada e agitada, como poucas vezes vira.

O assunto que, um ano atrás, fora tão calorosamente discutido entre os pais voltava agora a apresentar-se.

– Logo que o Sr. Bingley chegar, meu caro – dizia a Sra. Bennet –, você irá visitá-lo, naturalmente.

– Não, não. A senhora me obrigou a visitá-lo no ano passado e me disse que se eu lá fosse, ele casaria com uma de minhas filhas. Ora, isso não aconteceu, e não quero tornar a fazer figura de tolo.

A esposa procurou convencê-lo de que era essa uma obrigação a que todos os cavalheiros da região deviam se submeter, uma vez que ele estava de volta.

– É uma etiqueta que eu desprezo – respondeu o Sr. Bennet –, se deseja a nossa companhia, ele que nos procure. Já sabe onde moramos. Não vou perder meu tempo correndo atrás dos vizinhos cada vez que eles vão e vêm.

– Pois bem, tudo que eu sei é que praticará uma abominável grosseria se não for visitá-lo. Isso não me impedirá de convidá-lo para jantar conosco. Como necessito convidar a Sra. Long e os Gouldings, contando a nossa família seremos treze à mesa, por isso haverá justamente um lugar para o Sr. Bingley.

Poucos dias antes de sua chegada, Jane disse para a irmã:

– Quase preferia que ele não viesse. Continuo indiferente, mas não suporto ouvir falar toda hora no assunto. A intenção da nossa mãe é boa, mas ela não sabe, ninguém sabe, como eu sofro com o que dizem.

O Sr. Bingley chegou. A Sra. Bennet, por intermédio dos criados, arranjou maneira de saber do fato o mais cedo possível. Ela contava os dias que deveriam decorrer antes de o convite ser enviado, pois durante esse período não poderia ter esperanças de vê-lo. Certa manhã, três dias após sua chegada, a Sra. Bennet, que estava à janela do seu quarto de vestir, viu o Sr. Bingley entrar a cavalo pelo portão e aproximar-se da casa.

As filhas foram imediatamente chamadas para participarem de sua alegria. Jane continuou resolutamente sentada em seu lugar, mas Elizabeth, para contentar a mãe, foi até a janela. Ao ver que o Sr. Darcy vinha na companhia de Bingley, voltou a sentar-se ao lado da irmã.

– Vem outro senhor com ele, mãezinha – disse Kitty. – Quem será?

– Deve ser algum conhecido dele, meu amor, mas não sei quem é.

– Ora! – tornou Kitty. – Parece aquele senhor que já aqui esteve da outra vez. Aquele homem alto e muito orgulhoso.

– Meu Deus! O Sr. Darcy! Qualquer amigo do Sr. Bingley é sempre bem recebido nesta casa, mas devo confessar que detesto até ter de olhar para ele.

Jane olhou para Elizabeth, com surpresa e inquietação. Ela pouco sabia a respeito dos encontros que a irmã tivera com o Sr. Darcy em Derbyshire, e supunha, portanto, que ela se sentiria muito embaraçada em vê-lo depois da carta que recebera dele. Ambas as irmãs se sentiam pouco à vontade. Afligiam-se uma pela outra e, naturalmente, por si mesmas.

A Sra. Bennet continuava falando da antipatia que tinha pelo Sr. Darcy e repetia que estava disposta a tratá-lo educadamente apenas porque se tratava de um amigo do Sr. Bingley. Mas suas palavras não eram ouvidas por nenhuma das filhas. Jane não tinha como imaginar os motivos de Elizabeth para se sentir tão desconfortável, pois essa nunca tivera coragem de lhe mostrar a carta da Sra. Gardiner, nem de revelar a mudança radical de seus sentimentos com relação ao Sr. Darcy.

Para Jane, ele continuava a ser o homem cujas propostas a irmã recusara e cujas qualidades ela subestimara. Mas, para Elizabeth, que possuía outras informações, ele era a pessoa a quem toda a família devia os maiores favores e por quem ela própria dedicava uma afeição, senão tão terna como a de Jane por Bingley, pelo menos tão razoável e tão justa. A surpresa com a vinda dele a Netherfield e com sua visita a Longbourn para voltar a vê-la era tão forte como aquela que sentira ao perceber a transformação que nele se tinha operado em Derbyshire.

As cores, que tinham desaparecido do rosto de Elizabeth, tornaram a voltar com maior intensidade e um sorriso de prazer deu um brilho novo aos seus olhos durante alguns instantes; e pensou que provavelmente os sentimentos de Darcy continuavam inalterados. No entanto, não queria precipitar-se.

Continuou atenta ao seu trabalho, procurando acalmar-se sem ousar levantar os olhos, até que uma curiosidade ansiosa a levou a fitar o rosto da irmã enquanto o criado se aproximava da porta de entrada. Jane parecia um pouco mais pálida do que de costume, porém mais calma do que Elizabeth esperava. Quando os cavalheiros finalmente entraram, ela a viu enrubescer ligeiramente; no entanto, recebeu-os com tranquilidade.

Elizabeth, por sua vez, limitou-se a cumprimentá-los e a dizer o estritamente necessário, voltando ao seu trabalho com um afinco que ele nem sempre requeria. Arriscara apenas um olhar na direção de Darcy. A expressão dele mantinha-se grave, como de costume. A seu ver, mais do que em Hertfordshire ou em Pemberley. Mas talvez ele não conseguisse ser, na presença de sua mãe, o que fora na dos tios. Era uma conjectura bem dolorosa, embora nada improvável.

Para Bingley ela também só olhara de relance; e, naquele instante, sua expressão era ao mesmo tempo alegre e embaraçada. A Sra. Bennet recebeu-o com uma tal cortesia e amabilidade que as filhas se sentiram envergonhadas, sobretudo quando viram a fria polidez com que ela cumprimentou Darcy.

Elizabeth, em particular, que sabia quanto sua mãe devia a este último, cuja iniciativa salvara sua filha favorita de uma irremediável desonra, sentiu-se profundamente ferida e em agonia com aquela distinção tão mal aplicada.

Darcy, após perguntar pelo Sr. e Sra. Gardiner, pergunta a que Elizabeth não pôde responder sem um certo embaraço, praticamente não falou. Ele não estava sentado perto de Elizabeth e talvez fosse esse o motivo de seu silêncio.

Contudo, em Derbyshire, ele não procedera daquele modo. Conversou com os parentes de Elizabeth, quando não o podia fazer com ela própria. Agora, decorriam vários minutos sem que se ouvisse o som de sua voz. E quando, por vezes, incapaz de resistir a um impulso de curiosidade, Elizabeth levantava os olhos e procurava seu rosto, via que ele olhava tanto para Jane como para ela própria, e frequentemente olhava apenas para o chão. Tal atitude exprimia, evidentemente, maior despreocupação e menos ansiedade em agradar do que da última vez em que tinham estado juntos. Ela ficou desiludida e depois zangada consigo mesma por ter cedido àquele sentimento.

"Poderia eu esperar que fosse de outro modo? Mas, sendo assim, por que ele veio?" – ela se perguntava.

Ela não se sentia disposta a conversar com ninguém senão com ele; e com ele, ela mal tinha coragem para falar. Perguntou a ele pela irmã, mas não conseguiu ir mais longe.

– Passou uma eternidade, Sr. Bingley, desde que o senhor se foi embora – disse a Sra. Bennet.

Ele concordou prontamente.

– Receava que o senhor não voltasse – continuou ela. – Correu por aí que tencionava abandonar Netherfield de vez, por ocasião da festa de São Miguel, mas espero que não seja verdade. Muitas coisas aconteceram nas imediações desde que o senhor partiu. A Senhorita Lucas está casada e uma de minhas filhas também. Creio que já terá ouvido falar nisso. Aliás, o senhor deve ter lido nos jornais. A notícia apareceu no Times e no Courier. Não apareceu como devia, mas enfim... Dizia apenas: "Casamentos: George Wickham com a Senhorita Bennet", sem acrescentar nem uma sílaba a respeito do pai dela, do lugar onde vivia, nada. O contrato foi feito pelo meu irmão Gardiner e a notícia também foi dada por ele. Não entendi por que comunicar o casamento de forma tão destituída de graça. O senhor leu?

Bingley respondeu que não tinha lido e deu-lhe os parabéns. Elizabeth não ousou levantar os olhos e ficou sem saber qual a expressão no rosto de Darcy.

– É muito agradável ter uma filha bem casada – continuou a Sra. Bennet –, mas é tão duro, Sr. Bingley, separarmo-nos dela. Eles foram para Newcastle. Uma localidade lá para os confins do Norte, segundo parece. E eles terão de permanecer lá durante não sei quanto tempo. É a sede do atual regimento de meu genro. O senhor deve ter ouvido dizer que ele saiu da milícia e entrou no exército regular. Dou graças a Deus por ele ter alguns amigos, embora não tantos quanto merece.

Elizabeth, que percebeu que ela se dirigia indiretamente ao Sr. Darcy, sentiu uma tal vergonha e confusão que por pouco não se levantou e fugiu. Essas palavras, no entanto, conseguiram romper seu silêncio. Voltando-se para Bingley, perguntou-lhe se ele tencionava ficar algum tempo na região. Ele respondeu que ficaria algumas semanas.

– Depois de ter matado todos os seus pássaros, Sr. Bingley – continuou a Sra. Bennet –, venha caçar na nossa propriedade e matar tantos quanto tiver vontade. Estou certa de que o Sr. Bennet terá todo prazer nisso. E reservaremos os melhores postos para o senhor.

Todas essas atenções desnecessárias e exageradas faziam crescer o mal-estar de Elizabeth. Se agora surgissem para Jane as mesmas possibilidades do ano anterior, tudo se precipitaria para a mesma desastrosa confusão. Naquele instante ela sentiu que muitos anos de felicidade não poderiam compensar os momentos desagradáveis por que ela e Jane estavam passando.

"O meu maior desejo – disse ela para si – é não tornar a encontrar estes dois. Por mais simpáticos que eles se mostrem, nunca atenuarão a minha miséria neste instante! Deus permita que nunca mais os veja!"

Contudo, a miséria, que anos de felicidade não poderiam compensar, foi pouco depois atenuada de maneira muito sensível, ao observar quão rapidamente a beleza de sua irmã levava a melhor sobre a admiração de seu antigo apaixonado. A princípio ele quase não lhe dirigiu a palavra, mas a cada minuto que passava, multiplicava suas atenções para ela. Ele a achava tão bela como no ano anterior, tão amável e tão simples, embora menos comunicativa. Jane esforçava-se por não deixar transparecer qualquer diferença na sua atitude e estava realmente convencida de que conversava tão animadamente como sempre. Mas seus pensamentos absorviam-na tanto que ela nem percebia os momentos em que permanecia calada.

Quando os cavalheiros se levantaram para partir, a Sra. Bennet lembrou-se do convite que tencionava fazer e ficou acertado que voltariam para jantar em Longbourn daí a alguns dias.

Capítulo 54

Assim que as visitas partiram, Elizabeth saiu para tentar recuperar a serenidade; ou, em outras palavras, para refletir sem interrupção sobre esses assuntos que, na realidade, apenas a perturbariam ainda mais. A atitude do Sr. Darcy a surpreendera e incomodara.

"Ele continuou amável com meus tios, quando esteve em Londres, mas por que não comigo? Se me receia, por que veio aqui? Se já não gosta de mim por que permanece silencioso? Que homem misterioso! Não pensarei mais nele."

A resolução foi, durante algum tempo, cumprida involuntariamente, graças à aproximação de sua irmã, que se acercara dela com uma expressão animada no rosto, sinal evidente de que a visita lhe trouxera maior satisfação do que a Elizabeth.

– Agora que o primeiro encontro passou, sinto-me perfeitamente à vontade. Conheço minhas forças e não me sentirei embaraçada na presença dele. Alegra-me que ele venha jantar na terça-feira, pois, nessa altura, todos terão oportunidade de ver que nos damos apenas como bons amigos e somos indiferentes um ao outro – observou Jane.

– Oh, sim. Muito indiferentes mesmo – disse Elizabeth, sorrindo.
– Ah, Jane, tome cuidado.

– Minha querida Lizzy, não me julgará tão fraca que me considere em perigo agora.

– Considero que você corre um grande risco de fazê-lo se apaixonar novamente por você.

Não tornaram a ver os cavalheiros senão na terça. Enquanto isso, a Sra. Bennet entregou-se a todos os planos felizes que o bom humor e a delicadeza habitual de Bingley haviam reavivado na meia hora de visita.

Na terça-feira, um numeroso grupo se reuniu em Longbourn, e as duas pessoas que mais eram esperadas apareceram pontualmente.

Quando todos se dirigiram para a sala de jantar, Elizabeth observou ansiosamente se Bingley tomaria, como outrora, o lugar ao lado de sua irmã. Sua mãe, que era uma pessoa prudente e estava pensando a mesma coisa, não o convidou para se sentar a seu lado. Quando entrou na sala, ele pareceu hesitar, mas, como por acaso, Jane olhou à sua volta e, igualmente por acaso, sorriu; foi o suficiente para que ele se decidisse e avançasse para se sentar ao lado dela.

Elizabeth, triunfante, olhou para o Sr. Darcy. Este recebeu o fato com nobre indiferença e Elizabeth teria imaginado que Bingley tinha finalmente licença para ser feliz, se não tivesse visto que ele também olhava para o Sr. Darcy com uma expressão entre sorridente e alarmada.

Durante o jantar, a atitude de Bingley com sua irmã persuadiu Elizabeth de que sua admiração por Jane, embora mais reservada, em breve resultaria na felicidade de ambos, caso não houvesse interferências alheias. E, embora ela não confiasse cegamente nesse resultado, sentia enorme prazer em observar a atitude dele, o que despertava nela toda a animação que lhe era possível sentir, pois não estava muito alegre. O Sr. Darcy encontrava-se tão distante dela quanto o comprimento da mesa permitia. Estava ao lado de sua mãe. Ela sabia que essa situação daria muito pouco prazer a qualquer um dos dois. Não podia ouvir o que eles diziam, mas via que raramente se falavam, e quando isso acontecia, faziam-no muito cerimoniosa e friamente. A hostilidade de sua mãe lembrava dolorosamente a Elizabeth tudo o que deviam ao Sr. Darcy. Às vezes, ela se sentia capaz de tudo para ter o privilégio de lhe dizer que sua bondade não era nem ignorada nem desdenhada por todos da família.

Elizabeth tinha esperanças de que, no decorrer da noite, eles tivessem uma oportunidade de ficar perto um do outro e esperava trocar palavras mais significativas do que as simples saudações de cortesia.

Sentindo-se ansiosa e inquieta, o período decorrido na sala antes da entrada dos cavalheiros foi tão monótono e enfadonho que Elizabeth quase se tornou indelicada. Ela concentrara todas as suas esperanças de desfrutar da noite no momento em que eles entrariam na sala.

"Se nessa altura ele não se encaminhar para mim, – pensou ela – renunciarei a esse homem para sempre."

Os cavalheiros entraram. Por um momento Elizabeth acreditou que suas esperanças iriam se realizar, mas, infelizmente, todas as senhoras se tinham reunido em volta da mesa, onde Jane se encontrava fazendo o chá e Elizabeth servindo café, não havendo lugar a seu lado nem para uma cadeira. E, quando os cavalheiros se aproximaram, uma das moças acercou-se ainda mais dela e disse-lhe ao ouvido:

– Os homens não nos vão nos separar, estou determinada. Não queremos nenhum deles aqui, pois não?

Darcy tinha se afastado para o outro lado da sala. Elizabeth seguiu-o com os olhos, invejando todas as pessoas com quem ele falava e servindo o café com incontida impaciência. Ficou irritada consigo mesma por se portar de forma tão idiota!

"Um homem que foi recusado uma vez! Que tolice a minha, esperar que ele torne a se declarar! Haverá alguma pessoa do seu sexo que não se revolte contra uma tal fraqueza, como a de propor casamento duas vezes à mesma mulher? Nenhuma indignidade é tão avessa aos sentimentos dos homens!"

Elizabeth ficou, no entanto, um pouco mais animada quando o viu trazer pessoalmente sua xícara de café e aproveitou a oportunidade para lhe dizer:

– Sua irmã ainda está em Pemberley?

– Sim, ela ficará até o Natal.

– E está sozinha? Todos os amigos partiram?

– A Sra. Annesly está com ela. Os outros foram para Scarborough passar as próximas três semanas.

Elizabeth nada mais encontrou para dizer, mas, se ele desejasse conversar com ela, teria sido mais bem-sucedido. Contudo, ele conservou-se a seu lado, em silêncio, durante alguns minutos e, por fim, quando a jovem de novo sussurrou ao ouvido de Elizabeth, ele tornou a se afastar.

Quando o serviço de chá foi retirado e colocadas as mesas de jogo, todas as senhoras se levantaram, e Elizabeth teve de novo a esperança de vê-lo se aproximar, mas todos os seus planos desmoronaram ao vê-lo cair vítima da voracidade de sua mãe em obter parceiros para o uíste. Ela perdeu todas as esperanças de ter qualquer prazer. Seriam obrigados a passar o resto da noite sentados em mesas diferentes, e a única esperança que lhe restava era a de que Darcy voltasse frequentemente os olhos em sua direção e que, por isso, jogasse tão mal como ela.

A Sra. Bennet decidira convidar os dois cavalheiros de Netherfield para cear, mas, desafortunadamente, a carruagem deles foi a primeira a chegar e ela não encontrou maneira de os retardar.

– Então, Senhoritas – disse a Sra. Bennet, quando se viram sós –, que acharam da festa? Penso que tudo correu da melhor forma possível. O jantar estava excelente. O veado estava no ponto e todos foram unânimes em declarar que nunca tinham visto um lombo tão gordo. A sopa estava incomparavelmente melhor do que a que serviram na casa dos Lucas na semana passada. E o próprio Sr. Darcy reconheceu que as perdizes estavam especialmente boas, e creio que ele tem dois cozinheiros franceses, pelo menos.

A Sra. Bennet, em suma, estava de excelente humor. O que observara na atitude de Bingley com Jane fora suficiente para convencê-la de que ele estava praticamente conquistado. E quando a Sra. Bennet se encontrava de bom humor, suas expectativas matrimoniais eram tão ilimitadas que, no dia seguinte, ficaria desapontada se não visse o jovem aparecer para fazer o pedido.

– Foi um dia muito agradável – disse Jane para Elizabeth. – Os convidados foram muito bem escolhidos e pareciam se dar bem uns com os outros. Espero que nos tornemos a reunir com frequência.

Elizabeth sorriu.

– Lizzy, não fique assim. Não deve duvidar de mim. Aprendi a apreciar a conversa dele como a de um jovem simpático e inteligente, sem nada esperar além disso. Estou satisfeita com a presente atitude dele comigo e vejo agora que nunca desejou cativar minha afeição.

É apenas dotado de uma grande simpatia e de um desejo de agradar muito mais forte do que qualquer outro homem.

– É muito cruel – disse a irmã. – Não me deixa sorrir e provoca-me o riso a cada palavra que fala.

– Como é difícil em certos casos uma pessoa se fazer acreditar!

– E como é impossível em outros!

– Mas por que insiste em me fazer crer que eu sinto mais do que aquilo que eu mesma reconheço?

– Essa é uma pergunta à qual não sei bem como responder. Todos nós gostamos de ensinar, contudo, apenas conseguimos ensinar aquilo que não vale a pena saber. Perdoe-me, mas se persiste em sua indiferença, não me tome para confidente.

Capítulo 55

Alguns dias após esta visita, o Sr. Bingley tornou a aparecer, mas veio só. O amigo partira naquela manhã para Londres, com a promessa de voltar dentro de dez dias. O Sr. Bingley demorou-se mais de uma hora e estava de excelente humor. A Sra. Bennet convidou-o para jantar, mas, desculpando-se amavelmente, declarou já estar comprometido para aquela tarde.

– Da próxima vez que nos visitar – disse a Sra. Bennet – espero que tenhamos mais sorte.

Ele respondeu que teria imenso prazer em vir em qualquer outra ocasião, etc. etc.; e que, se ela lhe desse licença, voltaria muito em breve.

– Poderá vir amanhã?

Disse que sim, que não tinha compromissos para o dia seguinte, e o convite foi aceito com entusiasmo.

Ele veio, e tão pontualmente que as senhoras ainda não estavam prontas quando ele chegou. A Sra. Bennet precipitou-se para o quarto das filhas, enrolada em seu roupão e o cabelo meio por pentear, exclamando:

– Minha querida Jane, corre lá embaixo. Ele chegou, o Sr. Bingley chegou. Ele já chegou. Vá, depressa! Sarah, venha ajudar a Senhorita Bennet a se vestir. Deixe o cabelo da Senhorita Lizzy para depois.

– Nós desceremos assim que pudermos – disse Jane –, mas Kitty é mais despachada que nós e já desceu há meia hora.

– Oh, que interessa Kitty? Que tem ela a ver com isto!? Vá, desce, desce! Onde está sua faixa, minha querida?

Mas, quando a mãe as deixou, Jane recusou-se a descer sem uma das irmãs.

Durante a visita, a Sra. Bennet mostrou a mesma ansiedade que de costume para deixar o Sr. Bingley e Jane a sós. Findo o chá, o Sr. Bennet retirou-se para a biblioteca, como sempre fazia, e Mary subiu para praticar no piano. Dos cinco obstáculos, dois haviam sido removidos. A Sra. Bennet pôs-se, então, a olhar fixamente e a fazer sinais na direção de Kitty e Elizabeth, que pareciam determinadas a não entender nada. Elizabeth fingiu que não via e Kitty, ingenuamente, disse:

– Que é, mãezinha? Por que me está piscando os olhos dessa maneira? Que quer de mim?

– Nada, minha filha, nada. Não pisquei os olhos.

Ela então permaneceu quieta durante mais cinco minutos. Mas, incapaz de ver desperdiçada ocasião tão preciosa, levantou-se subitamente e levou Kitty da sala dizendo para a filha:

– Venha, meu amor, preciso conversar com você.

Jane imediatamente lançou um olhar para Elizabeth, e nele exprimia sua contrariedade por tal manobra e lhe suplicava que, pelo menos ela, não se prestasse àquela comédia.

Poucos minutos depois, a Sra. Bennet entreabriu a porta e chamou:

– Lizzy, minha querida, preciso falar com você.

Elizabeth foi forçada a ir.

– É melhor deixá-los a sós – disse a mãe, assim que se encontrou no vestíbulo. – Kitty e eu vamos lá para cima, para o meu quarto de vestir.

Elizabeth decidiu não argumentar com a mãe, mas permaneceu tranquilamente no vestíbulo e, quando sua mãe e Kitty subiram, voltou para a sala.

As manobras da Sra. Bennet para aquele dia foram infrutíferas. Bingley era o encanto personificado, mas não o apaixonado de sua filha.

Ele quase não precisou de convite para ficar para jantar e, antes de ir embora, foi feito um convite para voltar na manhã seguinte para caçar com o Sr. Bennet.

A partir daquele dia, Jane não tornou a falar de sua indiferença. Nem uma palavra foi trocada entre as irmãs acerca de Bingley, mas Elizabeth foi para a cama contente, com a certeza de que tudo chegaria em breve a uma conclusão feliz, a menos que o Sr. Darcy voltasse antes da data prometida. Contudo, ela acreditava que tudo aquilo acontecia com a aquiescência dele.

No dia seguinte, Bingley chegou pontualmente e o Sr. Bennet e ele pas-saram a manhã juntos, conforme haviam combinado. O Sr. Bennet encontrou nele um companheiro muito mais agradável do que esperava. E o Sr. Bingley nunca o achara mais comunicativo e menos excêntrico do que naquele dia. Bingley, naturalmente, voltou com ele para jantar, e, à noite, a Sra. Bennet lançou mão de todos os recursos para deixá-lo a sós com a filha. Elizabeth, que tinha uma carta para escrever, retirou-se logo após o chá, pois, uma vez que todos iam jogar cartas, ela não seria necessária para contrariar as manobras de sua mãe.

Mas, ao voltar à sala, depois da carta acabada, ela viu, com infinita surpresa, razão para temer que sua mãe tivesse sido mais astuciosa do que ela poderia imaginar. Ao abrir a porta, deparou com sua irmã e Bingley perto um do outro, de pé, junto da lareira, como se conversassem sobre assunto de extrema gravidade. A situação deles era bastante embaraçosa, mas a sua era pior ainda. Nenhum dos dois pronunciou uma palavra, e Elizabeth preparava-se para sair novamente quando Bingley, que, imitando o exemplo de Jane, havia se sentado, subitamente se levantou e, sussurrando algumas palavras ao ouvido de Jane, saiu apressadamente da sala.

Jane não tinha reservas com Elizabeth quando o assunto da confidência era ocasião para regozijo. Abraçando a irmã, imediatamente lhe confessou, com viva emoção, que ela era a criatura mais feliz do mundo.

– É demasiado para mim – acrescentou ela. – Não mereço tanto.

Elizabeth deu-lhe os parabéns com uma sinceridade, um calor e um entusiasmo que as palavras não podiam exprimir. Cada uma de suas palavras era uma nova fonte de felicidade para Jane.

Mas esta não poderia demorar-se mais junto da irmã, nem tinha tempo para lhe dizer metade do que ainda lhe restava para contar.

– Preciso ir neste instante ver a mãe – exclamou ela. – Não quero deixá-la por mais tempo em suspense, depois de toda a sua carinhosa solicitude. Nem quero que ela saiba de tudo senão por meu intermédio. Ele já foi falar com o papai. Oh, Lizzy, que contentes que todos eles vão ficar com o que eu tenho para dizer! Como poderei suportar tamanha felicidade!

Jane correu, então, ao encontro de sua mãe, que propositadamente interrompera o jogo das cartas e se encontrava no andar de cima com Kitty.

Elizabeth, que ficara sozinha, sorriu da rapidez e da facilidade com que se tinha resolvido o assunto que durante tantos meses lhes causara ansiedade e incerteza.

"E este", disse ela para si mesma, "é o fim de todos os cuidados e precauções do amigo e das mentiras e ardis da irmã; o fim mais feliz, mais justo e mais razoável!"

Poucos minutos depois, Bingley, cuja entrevista com o Sr. Bennet fora curta e decisiva, veio juntar-se a ela.

– Onde está sua irmã? – Perguntou ele ansiosamente, ao abrir a porta.

– Lá em cima, com minha mãe. Ela vem já.

Bingley então fechou a porta e, aproximando-se, reivindicou os parabéns e sua afeição de irmã. Elizabeth, sincera e cordialmente, exprimiu-lhe toda a sua alegria, e apertaram-se as mãos. Em seguida, até sua irmã voltar, ela teve de ouvir tudo o que ele dizia sobre a sua própria felicidade e as perfeições de Jane; e, apesar de serem aquelas as expressões de uma pessoa apaixonada, Elizabeth acreditava realmente no bom fundamento das suas esperanças, pois elas tinham como base a excelente compreensão e o gênio incomparável de Jane e uma similaridade geral de sentimentos e gostos entre ambos.

Aquela foi uma noite de grande alegria para todos. A felicidade de Jane dava ao seu rosto um brilho e uma doçura que o tornava mais belo do que nunca. Kitty soltava risinhos e sorria, na esperança de que em breve chegaria sua vez. A Sra. Bennet não encontrava termos suficientemente calorosos que pudessem satisfazê-la para exprimir seu consentimento e sua aprovação, embora não tenha falado sobre outra coisa com Bingley durante meia hora. E quando o Sr. Bennet apareceu, à hora da ceia, sua voz e seus modos mostravam claramente o quanto ele estava feliz.

Porém, não aludiu uma só vez ao fato enquanto o convidado esteve presente. Assim que ele partiu, o Sr. Bennet voltou-se para a filha e disse-lhe:

– Jane, dou-lhe os meus parabéns. Será uma mulher muito feliz.

Jane correu para ele, beijou-o e agradeceu a sua bondade.

– É uma boa moça – disse ele – e tenho enorme prazer em vê-la bem casada. Vão se dar muito bem um com o outro. Têm temperamentos bastante semelhantes. Ambos são tão transigentes que nunca decidirão nada; tão fáceis de levar que todos os criados os enganarão. São tão generosos que vão sempre gastar mais do que têm.

– Espero que não. Imprudência ou imprevidência em matéria de dinheiro seriam imperdoáveis da minha parte.

– Gastar mais do que têm! Meu caro Sr. Bennet – exclamou a mulher –, que está o senhor a dizer? Ora, ele tem quatro ou cinco mil libras anuais, ou talvez mais ainda.

E, em seguida, voltando-se para a filha:

– Oh, minha querida e adorada Jane, sinto-me tão feliz que estou certa de não conseguir pregar o olho esta noite! Eu sabia que isto haveria de acontecer. Sempre disse que tudo acabaria bem. Tinha certeza que sua beleza acabaria por triunfar!

Wickham, Lydia e tudo o mais ficou esquecido. Jane era, de longe, sua filha favorita. Naquele instante, ela não pensava em nenhuma outra. Suas irmãs mais novas começaram logo a imaginar as vantagens que poderiam ter com o casamento de Jane.

Mary pediu para usar a biblioteca de Netherfield; e Kitty insistia para que ela desse vários bailes todos os invernos.

A partir daí, naturalmente, Bingley passou a vir todos os dias a Longbourn, chegando quase sempre antes do café da manhã e nunca partindo senão depois do jantar, exceto quando algum cruel, e consequentemente detestável, vizinho o convidava para sua casa, convites que ele sentia-se na obrigação de aceitar.

Elizabeth dispunha agora de muito pouco tempo para conversar com a irmã, pois, enquanto Bingley estava presente, Jane não podia dar atenção a mais ninguém. Contudo, viu-se de considerável utilidade para ambos durante aquelas pequenas separações que necessariamente ocorrem por vezes. Na ausência de Jane, ele procurava a companhia de Elizabeth, pelo prazer de conversar com ela; e, depois de Bingley partir, Jane procurava constantemente idêntico consolo.

– Ele deu-me uma grande felicidade – disse Jane, certa noite – ao dizer que ignorara totalmente que eu estava em Londres na primavera passada. Não acreditava que isso fosse possível.

– Eu já suspeitava disso – replicou Elizabeth. – Mas como ele explicou o fato?

– Deve ter sido por culpa das irmãs. Naturalmente, elas não viam com bons olhos as suas relações comigo, coisa, aliás, que eu acho aceitável, pois ele poderia ter feito uma escolha muito mais vantajosa sob vários aspectos. Mas quando elas virem a felicidade do irmão comigo, espero que se resignem e me aceitem, embora nunca mais possamos ter a mesma intimidade de antes.

– Suas palavras – exclamou Elizabeth – são as mais severas que eu jamais ouvi você pronunciar. Muito bem! Seria muito doloroso para mim vê-la de novo iludida com a falsa amizade da Senhorita Bingley.

– Imagine, Lizzy, que quando ele foi para Londres, em novembro, já gostava de mim, e só não voltou porque o convenceram de que eu lhe era totalmente indiferente.

– Ele cometeu um pequeno erro, mas isso só prova a sua modéstia.

Elizabeth ficou satisfeita por descobrir que ele não tinha revelado a interferência do amigo, pois, embora Jane tivesse o coração mais generoso do mundo, tal atitude seria considerada por ela imperdoável.

– Sou a criatura mais feliz que jamais existiu – exclamou Jane. – Oh! Lizzy, porque, entre todas, fui eu a escolhida para receber tão grande graça! Se ao menos pudesse ver você tão feliz como eu! Se existisse outro homem igual para você!

– Mesmo que me arranjassem quarenta desses homens, nunca seria tão feliz como você. Para ter a sua felicidade, teria de ter também o seu temperamento e a sua bondade.

A nova situação na família de Longbourn não poderia permanecer por muito mais tempo em segredo. A Sra. Bennet teve o privilégio de sussurrar a novidade ao ouvido da Sra. Philips, e esta ousou, sem autorização, fazer o mesmo a todas as suas vizinhas em Meryton.

Os Bennet em breve foram considerados por todos como a família mais afortunada do mundo, embora poucas semanas antes, quando Lydia fugira, tivessem sido apontados como pessoas marcadas pelo infortúnio.

Capítulo 56

Certa manhã, uma semana após o noivado de Bingley e Jane, encontravam-se todos reunidos na sala de jantar, quando sua atenção foi, de súbito, despertada pelo ruído de uma carruagem. Tratava-se de um coche puxado por quatro cavalos que se aproximava da casa. Era demasiado cedo para uma visita e, além disso, não era veículo de nenhum dos vizinhos. Tanto a carruagem, puxada por cavalos de posta, como a libré do criado que a precedia eram desconhecidos. Como não se punham dúvidas de que se tratava de alguém que chegava, Bingley imediatamente propôs à Senhorita Bennet que evitassem o intruso e fossem dar uma volta pelo bosque. Eles saíram e as três pessoas restantes continuaram conjecturando, mas sem grande êxito, até que a porta se abriu e a visita entrou. Era Lady Catherine de Bourgh.

Ela entrou na sala com um ar ainda menos afável do que de costume, respondeu à saudação de Elizabeth com uma ligeira inclinação da cabeça e sentou-se, sem dizer uma palavra. Elizabeth mencionara o nome da visitante à sua mãe, embora Lady Catherine não houvesse solicitado uma apresentação.

A Sra. Bennet, assombrada e ao mesmo tempo envaidecida por receber visita tão importante, acolheu-a com demonstrações de grande delicadeza. Depois de permanecerem sentadas durante algum tempo em silêncio, Lady Catherine disse, muito secamente a Elizabeth:

– Espero que esteja gozando de perfeita saúde, Senhorita Bennet. Aquela senhora, suponho, é a sua mãe.

Elizabeth, concisamente, confirmou que sim.

– E aquela deve ser uma de suas irmãs.

– Sim, minha senhora – disse a Sra. Bennet, deliciando-se por falar com Lady Catherine em pessoa. – É a minha penúltima filha. A mais jovem casou-se ultimamente e a mais velha passeia neste momento pelo bosque com um jovem que em breve se tornará membro desta família.

– Seu jardim é muito pequeno – disse Lady Catherine, após um curto silêncio.

– Nada é em comparação com o de Rosings, estou certa, minha senhora, mas é muito maior do que o de Sir William Lucas.

– Esta sala de visitas deve ser muito inconveniente para passar as tardes durante o verão. As janelas estão todas viradas para o oeste.

A Sra. Bennet explicou que não costumava passar ali a tarde e acrescentou:

– Se Vossa Excelência me permite, tomarei a liberdade de lhe perguntar se o Sr. e a Sra. Collins se encontram bem de saúde.

– Sim, eles estão muito bem. Estive com eles a noite passada.

Elizabeth esperou então que ela lhe estendesse uma carta de Charlotte, pois tal lhe parecia o motivo mais provável de sua visita. Porém, a carta não apareceu, e Elizabeth ficou ainda mais intrigada.

A Sra. Bennet, com grande amabilidade, perguntou se Sua Excelência desejaria tomar alguma coisa, mas Lady Catherine, muito decidida e pouco delicadamente, recusou o oferecimento. Em seguida, levantando-se, disse para Elizabeth:

– Senhorita Bennet, segundo me pareceu, há um pequeno bosque bastante agradável de um dos lados da casa. Gostaria de dar uma volta por lá, se me quiser conceder o favor de sua companhia

– Vá, minha querida – exclamou sua mãe –, e mostre à Sua Excelência os vários passeios.

Elizabeth obedeceu e correu ao quarto para ir buscar sua sombrinha, acompanhando pouco depois a ilustre visitante. Ao atravessarem o vestíbulo, Lady Catherine abriu as portas que davam para a sala de jantar e para a sala de estar e declarou que se tratavam de cômodos satisfatórios, e continuou seu caminho.

A carruagem permanecia parada à porta da casa e Elizabeth viu que a dama de companhia ali se encontrava. Caminharam em silêncio pelo caminho de cascalho que levava ao bosque; Elizabeth estava decidida a não fazer qualquer esforço para conversar com uma pessoa que, naquele momento, se mostrava ainda mais insolente e desagradável do que de costume.

"Como pude alguma vez achá-la parecida com o sobrinho?" – disse Elizabeth para si, ao olhar de frente para o rosto de Lady Catherine.

Assim que entraram no bosque, Lady Catherine começou a falar do seguinte modo:

– Não terá dificuldade em compreender, Senhorita Bennet, a razão de minha viagem até aqui. Tanto seu coração como sua consciência lhe revelarão por que eu vim.

Elizabeth olhou para ela com um espanto sincero.

– Realmente, está enganada, minha senhora. Ainda não fui capaz de descobrir qual o motivo para nos honrar com uma visita sua.

– Senhorita Bennet – replicou Lady Catherine em um tom irritado –, deve compreender que não sou de brincadeiras. E, já que prefere ser pouco sincera, fique sabendo que o mesmo não farei eu. Meu caráter sempre foi célebre pela sinceridade e franqueza, e, em assunto de tamanha importância como o presente, não me mostrarei diferente do que sou. Chegou-me, há dois dias, aos ouvidos uma notícia de natureza muito alarmante. Disseram-me não só que sua irmã estava em vésperas de realizar um casamento muito vantajoso, como também você, Senhorita Elizabeth Bennet, estaria, provavelmente, muito em breve unida ao meu sobrinho, meu próprio sobrinho, o Sr. Darcy! Embora eu esteja certa de que se trata de uma escandalosa falsidade, embora eu nunca fizesse ao meu sobrinho a injúria de supor que esta notícia seja verdadeira, imediatamente resolvi partir para cá, a fim de lhe revelar claramente o que penso de tudo isso.

– Se a senhora considera impossível que seja verdade – disse Elizabeth, corando de espanto e de desdém –, não compreendo por que se deu o trabalho de vir até tão longe. Qual o verdadeiro intento de Vossa Excelência?

– Insistir desde logo para que tal boato seja universalmente desmentido.

– Sua vinda a Longbourn, para ver a mim e à minha família – disse Elizabeth friamente –, será antes a confirmação dele; se, de fato, existe tal boato.

– Se existe! Pretende, então, convencer-me de que ignora o boato? Acaso não foi ele artificiosamente posto a correr por sua própria família? Não sabe que não se fala de outra coisa por aí?

– Não sei nada sobre isso.

– E pode declarar, igualmente, que não existe fundamento para ele?

– Não tenho a pretensão de arvorar a mesma franqueza que Vossa Excelência. Poderá fazer-me todas as perguntas que quiser, mas reservo-me o direito de responder apenas àquelas que eu bem entender.

– Isso é inadmissível. Senhorita Bennet, exijo que me responda. Acaso meu sobrinho lhe fez alguma proposta de casamento?

– Vossa Excelência mesma declarou que isso era impossível.

– Deveria ser, deve ser, enquanto ele permanecer no uso da razão. Mas seus artifícios e astúcias podem tê-lo levado a esquecer, em um momento de fraqueza, qual o seu dever para com ele próprio e toda sua família. É possível que o tenha seduzido.

– Se o fiz, serei a última pessoa a confessar.

– Senhorita Bennet, acaso sabe quem sou? Não estou acostumada que me falem nesse tom. Sou praticamente o parente mais próximo que o Sr. Darcy tem no mundo e tenho o direito de saber de todos os seus assuntos mais íntimos.

– Mas não tem o direito de saber os meus; e nem um comportamento como esse de Vossa Excelência me induzirá a explicar.

– Vamos ver se me faço entender. Essa união, a que tem a pretensão de ambicionar, jamais se realizará. O Sr. Darcy está noivo de minha filha. E agora, o que vai dizer?

– Apenas isto: que, nesse caso, não terá de temer que ele me faça uma proposta.

Lady Catherine hesitou por um momento e em seguida replicou:

– O noivado entre eles é de natureza especial. Desde a infância, foram destinados um para o outro. Era esse o maior desejo da mãe dele, bem como o meu. Planejamos a união, estavam eles ainda no berço; e agora, quando o desejo de ambas as irmãs poderia ser realizado, uma garota de classe inferior, sem qualquer renome na sociedade e totalmente estranha à família, ousa interpor-se entre eles! Não tem qualquer consideração pelos anseios da família dele? Será que é totalmente destituída do sentimento de propriedade e delicadeza? Não me ouviu dizer que desde o seu nascimento ele foi destinado à prima?

– Sim, e já o tinha ouvido antes. Mas que tenho eu a ver com isso? Se não existe outra objeção ao meu casamento com o seu sobrinho, o simples fato de saber que sua mãe e sua tia desejavam que ele casasse com a Senhorita de Bourgh não me faria renunciar a ele. Ao planejar seu casamento, ambas fizeram o que lhes era dado fazer. Sua realização, porém, depende de outras pessoas. Se o Sr. Darcy não está comprometido com a prima nem pela honra nem pela inclinação, por que motivo não poderá ele escolher outra pessoa? E se essa escolha recair sobre mim, por que não hei de aceitar?

– Porque a honra, a decência, a prudência e também o interesse o impedem. Sim, Senhorita Bennet, o interesse, pois não espere ser recebida pela família e pelos amigos dele se agir propositadamente contra a vontade de todos. Será censurada, humilhada e desprezada pelos parentes do Sr. Darcy. Tal aliança será uma desonra; e o seu nome nunca será mencionado por qualquer um de nós.

– Esses infortúnios são mesmo graves – replicou Elizabeth –, mas a mulher do Sr. Darcy ocupará situação tão privilegiada e terá tantos motivos de felicidade que, no fim, não terá motivos para se arrepender.

– Teimosa e obstinada criatura! Envergonho-me de você! É esta a sua gratidão para as atenções que lhe dispensei quando esteve na casa do Sr. Collins? Acha que nada me deve por isso? Mas, sentemo-nos. Deve compreender, Senhorita Bennet, que vim decidida a levar adiante meu propósito. Nada poderá me dissuadir. Não fui habituada a submeter-me ao capricho dos outros. Não estou habituada a que resistam aos meus desejos.

– Isso apenas tornará sua situação presente mais lamentável, mas não terá qualquer efeito sobre mim.

– Não admito que me interrompam! Ouça-me em silêncio. Minha filha e meu sobrinho foram feitos um para o outro. Ambos descendem, pelo lado materno, de uma nobre linhagem e, do lado paterno, de famílias respeitáveis, honradas e antigas, embora sem título. As fortunas de ambos são esplêndidas. Eles estão destinados um ao outro por um unânime acordo de cada membro das respectivas famílias, e quem pretende separá-los? Uma garota ambiciosa, que não possui nem família, nem relações, nem fortuna. Pode-se tolerar tal coisa? Não se pode, nem o será! Se considerasse seus próprios interesses, não desejaria sair da esfera em que foi criada.

– Não acho que, casando com seu sobrinho, saia dessa mesma esfera. Ele é um gentleman e eu sou filha de um gentleman; portanto, somos iguais.

– Tem razão. Você é filha de um gentleman. Mas quem era sua mãe? Quem são seus tios? Não julgue que ignoro a situação deles.

– Quem quer que sejam os meus parentes – disse Elizabeth –, se seu sobrinho não se faz objeções eles, a senhora não tem com que se preocupar.

– Diga-me de uma vez por todas, está noiva dele?

Embora Elizabeth não se sentisse tentada a responder a esta pergunta, pelo simples fato de não querer fazer a vontade de Lady Catherine, ela não tinha outra solução senão dizer, após alguns instantes de deliberação:

– Não, não estou.

Lady Catherine pareceu ficar satisfeita.

– E promete-me nunca aceitar tal compromisso?

– Não farei nenhuma promessa dessa espécie.

– Senhorita Bennet, estou ofendida e atônita. Esperei encontrar em você uma pessoa mais sensata. Mas não se iluda pensando que desistirei tão facilmente. Não sairei daqui sem receber a garantia que exijo.

– E não serei eu quem lhe dará tal garantia. A senhora não pode me intimidar nem obrigar a fazer uma coisa tão pouco razoável. Vossa Excelência deseja que o Sr. Darcy se case com sua filha, mas por acaso crê que minha promessa tornaria o casamento deles mais provável? Suponha que ele tenha afeição por mim. Seria a minha recusa suficiente para que ele transferisse essa afeição para sua filha? Permita-me dizer, Lady Catherine, que os argumentos com que procurou justificar esse extraordinário pedido foram tão frívolos quanto foi insensato o pedido em si. Enganou-se redondamente acerca de meu caráter se pensa que eu possa ser influenciada por persuasões dessa natureza. Não sei até que ponto seu sobrinho lhe permite imiscuir-se nos assuntos dele, mas Vossa Excelência não tem o menor direito de interferir nos meus. Peço-lhe, portanto, que não me importune mais sobre este assunto.

– Mais devagar, se não se importa. Ainda não acabei. A todas as objeções que até agora lhe apresentei, acrescentarei ainda uma outra. Sei tudo a respeito da infame conduta de sua irmã mais nova. Tudo: que o casamento apenas se realizou graças a seu tio e a seu pai, que tiveram de pagar para isso. E é uma garota dessas que será a irmã de meu sobrinho? E é o marido dela, filho de um antigo intendente da casa Pemberley, que será cunhado dele? Deus do Céu! Onde é que tem sua cabecinha! Serão as sombras de Pemberley a tal ponto poluídas?

– Creio que agora nada mais tem para me dizer – disse Elizabeth, ressentida. – Insultou-me de todas as maneiras possíveis. Com sua licença, voltarei para casa.

E, dizendo isto, ela levantou-se. Lady Catherine levantou-se também e regressaram juntas. Sua Excelência estava furibunda.

– Não tem, então, a menor consideração pela honra e bom nome de meu sobrinho?! Insensível e egoísta criatura! Não vê que seu casamento com ele o desonrará aos olhos do mundo?

– Lady Catherine, nada mais tenho a lhe dizer. Já sabe qual é minha opinião.

– Está, então, resolvida a me atender?

– Nunca disse tal coisa. Estou apenas resolvida a agir de maneira a conquistar aquilo que, segundo a minha opinião, eu considero a minha felicidade, sem que admita a sua interferência ou a de qualquer outra pessoa com quem não tenho nenhum tipo de relação.

– Muito bem, recusa-se então a atender meu pedido. Recusa-se a reconhecer os direitos do dever, da honra e da gratidão? Está decidida a arruiná-lo na boa opinião da família e dos amigos e fazer dele um objeto de troça e de desdém de todo o mundo.

– Nem o dever, nem a honra, nem a gratidão – replicou Elizabeth – têm quaisquer direitos sobre mim no presente caso. Nenhum desses princípios seria violado pelo meu casamento com o Sr. Darcy. E quanto ao ressentimento de sua família ou indignação do mundo, se, por acaso, o primeiro fosse provocado por meu casamento com ele, não lhe devotaria nem um minuto de atenção; e o mundo, em geral, é suficientemente sensato para não se unir no escárnio.

– É esta sua verdadeira opinião! Sua decisão final! Muito bem, saberei agora como agir. Não imagine, Senhorita Bennet, que sua ambição será satisfeita. Vim aqui para testá-la. Esperava que fosse mais sensata, mas verá como minha vontade acabará por prevalecer.

E Lady Catherine continuou falando do mesmo modo até chegarem perto da carruagem, quando de súbito ela se voltou e acrescentou:

– Não me despeço, Senhorita Bennet. Nem envio cumprimentos à sua mãe. Não merecem tal atenção. Estou seriamente ofendida.

Elizabeth não respondeu. Sem tentar persuadir Sua Excelência a entrar em casa, voltou as costas e afastou-se calmamente. Quando subia a escadaria, ouviu a carruagem partindo. Sua mãe, que se impacientava, veio ao encontro dela à porta da sala, para indagar se Lady Catherine não tornaria a entrar a fim de repousar um pouco.

– Ela não quis – respondeu Elizabeth. – Preferiu partir.

– É uma senhora muito elegante! E o fato de nos ter visitado diz muito de sua prodigiosa amabilidade, pois suponho que ela tenha vindo apenas para dizer que os Collins se encontram bem. Ela, decerto, veio de passagem e lembrou-se de nos fazer uma visita. Suponho que não tivesse nada de especial para dizer a você, Lizzy?

Elizabeth foi obrigada a inventar uma pequena história, pois seria impossível revelar o que realmente ocorrera.

Capítulo 57

A agitação que a inesperada visita provocou no espírito de Elizabeth não poderia ser facilmente dominada, e durante várias horas ela não pôde deixar de pensar no assunto. Lady Catherine, segundo parecia, tinha se dado o trabalho de sair de Rosings e empreender aquela viagem com o único objetivo de desmanchar seu suposto noivado com o Sr. Darcy. O plano era bom, sem dúvida! Mas de onde poderia originar a notícia de tal noivado, Elizabeth não sabia determinar. Por fim, lembrou-se que o fato de ele ser um íntimo amigo de Bingley e ela, irmã de Jane era suficiente, já que a expectativa de um casamento torna as pessoas ávidas por outro, para originar tal ideia.

Provavelmente seus vizinhos Lucas (pois fora, de certo, por seu intermédio que a notícia chegara, através dos Collins, aos ouvidos de Lady Catherine) tinham apresentado como coisa quase certa e imediata aquilo que ela mesma encarava como uma remota possibilidade em um futuro longínquo.

Refletindo sobre as expressões de Lady Catherine, Elizabeth não pôde evitar uma certa inquietude quanto às possíveis consequências de tal interferência. Ocorreu a Elizabeth que ela devia ter em mente uma entrevista com o sobrinho; e com relação à forma como ele reagiria ao retrato que ela faria das consequências funestas ligadas a tal união, ela não ousava pronunciar-se. Elizabeth não sabia qual a afeição do Sr. Darcy pela tia, nem a confiança que ele depositava em suas opiniões. Era natural que ele tivesse mais consideração por Sua Excelência do que ela própria e era certo que, ao enumerar as misérias de um casamento com uma pessoa cujos parentes eram tão inferiores aos seus, ela o atacaria pelo seu lado mais fraco. Com seus preconceitos de classe, ele provavelmente sentiria que os argumentos, que a Elizabeth tinham parecido fracos e ridículos, continham bastante bom senso e um raciocínio sólido.

Se ele uma vez já hesitara quanto ao que devia fazer, o que frequentemente sua atitude dera a entender, os conselhos e as exortações de uma pessoa que lhe era tão chegada poderiam destruir todas as suas dúvidas e convencê-lo, de uma vez por todas, a procurar sua felicidade sem ofender seus brasões de família. Sendo assim, ele não voltaria mais. Lady Catherine o encontraria em Londres e a promessa dele a Bingley de voltar a Netherfield seria esquecida.

"Se ele enviar qualquer desculpa ao amigo nos próximos dias dizendo que está impossibilitado de vir, saberei então o que pensar", disse Elizabeth para si mesma. "Nessa altura desistirei de tudo. E se ele se limitar a lamentar minha perda, quando está em suas mãos obter meu afeto, renunciarei a ele, sem mágoa."

A surpresa dos outros membros da família quando souberam quem tinha sido a visitante foi ilimitada. Contentaram-se, no entanto, com as mesmas suposições que haviam aplacado a curiosidade da Sra. Bennet, e Elizabeth não foi mais incomodada com o assunto.

No dia seguinte, de manhã, Elizabeth descia as escadas quando seu pai, saindo da biblioteca, veio ao seu encontro com uma carta na mão:

– Lizzy – disse ele –, ia à sua procura. Venha à biblioteca.

Ela seguiu-o, e sua curiosidade em saber o que ele tinha para lhe dizer aumentava diante da suposição de que se relacionasse com a carta que ele tinha na mão. Ocorreu de súbito que ela proviesse de Lady Catherine e, com horror, anteviu todas as consequentes explicações. Ela seguiu o pai até a lareira, sentaram-se diante dela, e o Sr. Bennet então disse:

– Recebi esta manhã uma carta que me surpreendeu extraordinariamente. Como ela se refere principalmente à sua pessoa, é necessário que seja informada de seu conteúdo. Não sabia que tinha duas filhas à beira do matrimônio. Felicito-a por sua conquista de grande envergadura.

O sangue afluiu ao rosto de Elizabeth e por um instante ela supôs que a carta viesse do sobrinho, e não da tia, e hesitava se devia sentir-se contente por ele ter finalmente se explicado ou ofendida porque a carta não era dirigida a ela, quando seu pai prosseguiu:

– Parece compreender do que se trata. As jovens mostram grande penetração em assuntos desta natureza, no entanto, acho que posso desafiar até a sua sagacidade para descobrir qual o nome de seu admirador. A carta é do Sr. Collins.

– Do Sr. Collins! E que poderá ele dizer?

– Algo que vem muito a propósito. Começa congratulando-me pelo casamento próximo da minha filha mais velha, sobre o qual, segundo tudo leva a crer, foi informado por alguma das bem-intencionadas e mexeriqueiras Senhoritas Lucas. Não vou ler essa parte, para não atentar contra sua paciência. Aquela que lhe diz respeito, versa assim:

"Tendo lhe apresentado deste modo as sinceras congratulações da Sra. Collins, bem como as minhas, pelo feliz acontecimento, permita-me acrescentar uma ligeira alusão a outro assunto, sobre o qual fomos advertidos pela mesma autoridade. Sua filha Elizabeth, ao que parece, não usará por muito mais tempo o nome de Bennet, depois de sua irmã mais velha renunciar ao mesmo, e o eleito pode, com toda justiça, ser considerado uma das pessoas mais ilustres deste país."

– Imagina de quem se trata, Lizzy?

"Esse jovem foi aquinhoado com tudo o que um coração mortal pode desejar: esplêndidas propriedades, nobre linhagem e considerável influência. Contudo, apesar de todas essas vantagens, permita-me que eu previna minha prima Elizabeth, como a si próprio, dos males que poderão advir de um consentimento precipitado às propostas daquele cavalheiro, propostas das quais, naturalmente, se sentirão inclinados a tirar proveito imediato."

– Tem alguma ideia, Lizzy, de quem possa ser este cavalheiro? Mas agora surge a revelação:

"A razão por que a prevenimos é a seguinte: temos razões para acreditar que sua tia, Lady Catherine de Bourgh, não olha com bons olhos este casamento."

– Como vê, trata-se do Sr. Darcy! E agora, Lizzy, creio que a surpreendi. Poderiam o Sr. Collins ou os Lucas ter feito suposição mais absurda? O Sr. Darcy, que não olha para uma mulher senão para criticá-la e que provavelmente nunca olhou para você em toda a sua vida! É espantoso!

Elizabeth tentou fazer coro com o pai em sua jocosidade, mas pôde apenas sorrir com relutância. Nunca o espírito de seu pai fora dirigido de maneira tão pouco agradável para ela.

– Não achou divertido?

– Oh! Claro. Continue a ler.

"Tendo eu mencionado a possibilidade deste casamento a Lady Catherine ontem à noite, ela imediatamente exprimiu o que sentia acerca desse assunto, com a sua usual condescendência, proclamando que, devido a certas objeções de família, ela jamais daria o seu consentimento para o que, segundo sua própria expressão, era um péssimo casamento. Considerei ser meu dever comunicar tudo isto à minha prima, para que ela e o seu nobre admirador saibam o que estão fazendo e não se precipitem num casamento que nunca será convenientemente sancionado."

– O Sr. Collins, mais adiante, acrescenta:

"Causa-me muita alegria saber que o triste caso de minha prima Lydia foi rapidamente abafado, preocupando-me apenas que se tenha tornado do domínio público o fato de eles terem vivido juntos antes de se casarem. Não posso, contudo, esquecer os deveres do meu cargo, nem deixar de manifestar meu espanto ao saber que o senhor recebeu o jovem casal em sua casa, logo após o matrimônio. Considero tal atitude um encorajamento ao vício, e pode estar certo de que, se eu fosse o pastor de Longbourn, teria me oposto terminantemente a isso. É certo que, como cristão, os devia ter perdoado, porém, jamais deveria admiti-los na sua presença nem permitir que seus nomes fossem mencionados."

– Esta é a noção que ele tem do perdão cristão! O resto da carta trata apenas da situação da sua querida Charlotte e das suas esperanças de um rebento. Mas, Lizzy, parece que não gostou. Não irá se melindrar, espero eu, e fingir-se de ofendida por causa de um boato tão tolo. Para que vivemos nós, senão para nos tornarmos objeto de troça dos nossos vizinhos, e, por nossa vez, rirmos à custa deles?

– Oh! – exclamou Elizabeth. – É até muito divertido. Mas acho tudo isso tão estranho!

– Sim, mas é isso, precisamente, que lhe dá toda a graça. Se tivessem escolhido outro homem qualquer, não teria interesse nenhum, mas a perfeita indiferença do Sr. Darcy e sua manifesta antipatia tornam essa suposição deliciosamente absurda! Abomino escrever, mas por coisa nenhuma deste mundo abriria mão de minha correspondência com o Sr. Collins. Quando leio uma carta dele, não posso deixar até de preferi-lo a Wickham, por mais que eu preze a imprudência e a hipocrisia de meu genro. Conte-me agora, Lizzy, que disse Lady Catherine acerca desse boato? Ela veio visitá-la para lhe recusar seu consentimento?

A esta pergunta, a filha respondeu apenas com uma risada. Como ele lhe fizera a pergunta sem nada suspeitar, Elizabeth não ficou embaraçada, mesmo quando ele a repetiu. Jamais ela sentira tamanha dificuldade em esconder seus sentimentos. Era necessário rir, quando ela teria preferido chorar. Seu pai mortificara-a cruelmente com o que dissera a respeito da indiferença do Sr. Darcy e ela nada podia fazer senão admirar-se de sua falta de discernimento, ou recear que, talvez, em vez de ele enxergar pouco, fora ela que imaginara muito.

Capítulo 58

O Sr. Bingley não recebeu carta nenhuma de seu amigo, como Elizabeth receara, e, em vez disso, trouxe Darcy em visita a Longbourn, poucos dias depois da vinda de Lady Catherine. Os cavalheiros chegaram cedo e, antes que a Sra. Bennet tivesse tempo para lhe contar que tinham recebido a visita de sua tia, o que Elizabeth receava a todo o momento, Bingley, que queria ficar a sós com Jane, propôs um passeio. Todos concordaram. A Sra. Bennet não tinha o hábito de caminhar e Mary não tinha tempo a perder, mas os outros cinco partiram juntos. Bingley e Jane, contudo, em breve deixaram que os outros se distanciassem. Foram ficando para trás, enquanto Elizabeth, Kitty e Darcy deveriam entreter uns aos outros. Os três pouco conversavam; Kitty tinha medo de Darcy; Elizabeth estava tomando uma decisão desesperada em segredo; e ele talvez estivesse fazendo o mesmo.

Caminhavam em direção à casa dos Lucas, pois Kitty queria fazer uma visita à Maria; e, quando Kitty os deixou, Elizabeth continuou bravamente a caminhar com Darcy. Chegara agora o momento de pôr em prática sua resolução e, antes que sua coragem fraquejasse, disse:

– Sr. Darcy, sou uma criatura muito egoísta e, a fim de aliviar as incertezas dos meus sentimentos, vou talvez ferir os seus. Não posso adiar por mais tempo os agradecimentos que lhe devo por sua inestimável intervenção a favor de minha irmã. Desde que tomei conhecimento de tal atitude, tenho ansiado por uma ocasião para lhe manifestar toda a minha gratidão. E, se todas as outras pessoas da minha família o soubessem, não lhe falaria apenas em meu nome.

– Sinto imensamente – replicou Darcy, num tom de surpresa e emoção – que tenha sido informada de um fato que, mal interpretado, poderia tê-la contrariado. Julguei poder confiar na discrição da Sra. Gardiner.

– Não deve culpar a minha tia. Foi por um descuido de Lydia que eu soube que o senhor se tinha envolvido no caso. Naturalmente, não descansei enquanto não soube de tudo o que se passara. Deixe-me agradecer-lhe novamente, em meu nome e no da minha família, pela generosa compaixão que o levou a dar-se a todos os incômodos e a suportar tantas mortificações, na busca que fez.

– Se insiste em me agradecer – replicou ele –, faça-o apenas por você. Não nego que o desejo de lhe agradar tenha contribuído também para o que fiz. Mas sua família nada me deve. Respeito-a muito, mas creio que foi só em você que pensei.

Elizabeth ficou tão embaraçada que não soube o que responder. Após uma pequena pausa, ele acrescentou:

– Sei que é generosa demais para fazer pouco de mim. Se seus sentimentos são ainda os mesmos que manifestou em abril passado, diga imediatamente.

Meu amor e meus desejos permanecem inalterados, mas basta uma única palavra sua para que nunca mais lhe fale no assunto.

Elizabeth, sentindo, sobretudo, a difícil e aflitiva situação em que Darcy se encontrava, esforçou-se então por falar, e imediatamente, embora de forma hesitante, lhe deu a entender que seus sentimentos tinham sofrido uma transformação tão substancial desde o período a que ele aludira que a levavam agora a aceitar suas declarações com prazer e gratidão. A felicidade que esta resposta causou em Darcy foi a maior que ele até então conhecera. Ele se expressou nos termos mais calorosos que seu coração de apaixonado conseguiu encontrar. Se Elizabeth tivesse podido erguer os olhos, teria visto toda a felicidade refletida no rosto dele, com uma animação que o tornava belo. Mas, se ela não podia olhar, podia ouvir, e ele falou de sentimentos que, comprovando a importância que ela tinha para ele, valorizavam a cada instante o seu amor aos olhos de Elizabeth.

Continuaram a caminhar ao acaso. Profundamente absorvidos em seus pensamentos, tinham muito o que sentir e muito para dizer. Elizabeth logo soube que deviam seu atual entendimento aos esforços da tia de Darcy, que fora visitá-lo no seu regresso e, de passagem por Londres, lhe relatara a sua viagem a Longbourn, sua causa e a conversa que tivera com Elizabeth, repetindo enfaticamente cada uma das expressões da jovem que, aos olhos de Lady Catherine denotavam a perversidade e o cinismo dela. Queria com isso obter do sobrinho a promessa que Elizabeth negara-se a fazer. Mas, infelizmente para Sua Excelência, o efeito tinha sido exatamente o oposto.

– Fez-me ter esperanças – disse ele – que nunca antes tinha ousado alimentar. Conhecia suficientemente o seu caráter para saber que, se estivesse absoluta e irrevogavelmente decidida a recusar-me, não hesitaria em dizer isso à Lady Catherine com toda a franqueza.

Elizabeth corou e sorriu ao replicar:

– Sim, conhecia suficientemente minha franqueza para saber-me capaz disso. Após tê-lo tratado de forma tão abominável pessoalmente, não teria escrúpulos em fazê-lo perante toda a sua família.

– Que me disse que eu não tivesse merecido? Pois, embora suas acusações assentassem sobre premissas falsas, minha atitude então merecia as mais severas censuras. Era imperdoável. Não posso lembrar-me dela sem horror.

– Não discutiremos a quem cabe a maior culpa na desavença daquela noite – disse Elizabeth. – Se analisarmos bem, nenhum de nós se portou de forma irrepreensível, mas, desde então, espero que tenhamos progredido em delicadeza.

– Não poderei me reconciliar tão facilmente comigo mesmo. A recordação do que disse então, do meu comportamento, dos meus modos e minhas expressões, tem sido durante todos estes meses, e continua ainda a ser, indizivelmente dolorosa. Nunca esquecerei sua repreensão, tão bem colocada: "Se tivesse agido de forma mais cavalheiresca." Foram essas as suas palavras. Não sabe, nem poderá imaginar, como elas me torturaram, embora, confesso, só algum tempo depois lhes tenha reconhecido a justiça.

– Estava muito longe de esperar que elas lhe produzissem uma impressão tão forte. E nunca pensei que pudessem ser sentidas dessa forma.

– Acredito perfeitamente. Naquela altura você me considerava destituído de todos os sentimentos humanos, tenho certeza. Nunca esquecerei a expressão em seu rosto ao me dizer que nada poderia convencê-la a aceitar a minha mão.

– Oh! Não repita o que eu disse! Tais coisas não devem ser lembradas. Acredite em mim, há muito tempo que me envergonho profundamente de tudo.

Darcy mencionou sua carta.

– Por acaso ela – disse ele – me reabilitou aos seus olhos? Por acaso acreditou no que nela eu lhe dizia?

Ela explicou os efeitos que sua carta tinha produzido e como, gradualmente, sua antipatia foi se dissipando.

– Eu sabia – disse ele – que o que tinha para lhe escrever iria feri-la, mas era necessário. Espero que tenha destruído a carta. Não descansarei enquanto não tiver a certeza de que não tornará a lê-la, sobretudo o começo. Lembro-me de certas expressões que poderiam justificadamente provocar o seu ódio contra mim.

– A carta será queimada, se acredita que isso seja essencial para a preservação de minha estima, mas, embora tenhamos ambos razões para pensar que minhas opiniões não são inteiramente inalteráveis, não são, espero, tão facilmente influenciáveis como parece supor.

– Quando escrevi aquela carta – replicou Darcy –, pensava me encontrar em um estado de espírito perfeitamente calmo e frio, mas desde então descobri que a escrevera profundamente amargurado e triste.

– Talvez no princípio a carta denotasse certa amargura, mas ela não persistiu assim até o final. A despedida era caridosa. Mas não pense mais na carta. Os sentimentos da pessoa que a recebeu e da pessoa que a escreveu são agora tão diferentes do que eram que todas as circunstâncias dolorosas relativas a ela devem ser esquecidas. É preciso que aprenda um pouco da minha filosofia. Lembre-se apenas daquilo que lhe causa prazer.

– Não creio que necessite de qualquer filosofia do gênero em sua vida. Suas retrospecções devem ser tão totalmente desprovidas de acusações que o contentamento que delas extrai se deve não a uma filosofia, mas à inocência, o que é muito melhor. Comigo, porém, não se passa o mesmo. Quando penso no passado, sou assaltado por dolorosas recordações que não podem, nem devem ser repelidas. Toda a minha vida fui uma criatura egoísta, se não na prática, pelo menos em meus princípios. Em criança ensinaram-me o que era certo, mas não me ensinaram a corrigir o meu gênio. Deram-me bons princípios, mas deixaram-me segui-los baseado no meu orgulho e minha presunção. Desafortunadamente filho único (durante muitos anos fui o único filho), fui mimado por meus pais, que, embora fossem bons (meu pai, sobretudo, era a benevolência e a afabilidade em pessoa), permitiram, encorajaram e quase me ensinaram a ser egoísta e prepotente, a não me interessar por ninguém para além do círculo da família, a desprezar o resto do mundo, e a desvalorizar o bom senso e o valor alheios quando comparados aos meus. Assim fui eu dos oito aos vinte e oito; e assim permaneceria ainda se não fosse você, minha querida e encantadora Elizabeth! Deu-me uma lição, dura a princípio, mas muito vantajosa. Fui devidamente humilhado. Fui até você sem duvidar que me aceitaria.

Foi então que me revelou a insuficiência de todas as minhas pretensões para agradar uma mulher digna de ser amada.

– Estava realmente convicto de que eu me sentiria lisonjeada?

– Confesso que estava. O que acha da minha vaidade? Acreditei mesmo que desejava e esperava as minhas propostas.

– A culpa talvez seja dos meus modos, mas não agi intencionalmente, lhe asseguro. Nunca tencionei iludi-lo. Como deve ter me odiado a partir daquela noite!

– Odiá-la! Fiquei furioso, talvez, a princípio, mas minha fúria em breve tomou a direção acertada.

– Quase não ouso perguntar o que pensou de mim quando me encontrou em Pemberley. Censurou-me intimamente por ter ido lá?

– Não, de modo algum, fiquei apenas surpreso.

– Sua surpresa não foi menor que a minha ao ser vista por você. Minha consciência me dizia que eu não merecia nenhuma delicadeza extraordinária e confesso que não contava receber mais do aquilo o que me era devido.

– Meu objetivo naquela ocasião – replicou Darcy – era mostrar-lhe, por toda a delicadeza ao meu alcance, que não era tão mesquinho que guardasse rancor pelo passado; e esperava obter o seu perdão e apagar a má opinião que tinha de mim, dando-lhe a entender que tinha acatado as censuras que me fizera. A partir de que momento outros desejos se introduziram, não posso precisar, mas creio que meia hora depois de tê-la visto.

Darcy contou-lhe então o prazer que Georgiana tivera em conhecê-la e o desapontamento que sentira com a súbita interrupção de sua visita. Passou, naturalmente, a falar das causas dessa interrupção, e Elizabeth soube que a resolução dele em partir em busca de sua irmã fora tomada ainda na hospedaria, e que, se naquela ocasião se mostrava grave e pensativo, era porque debatia em seu espírito tal ideia e tudo o que ela acarretava. Ela tornou a exprimir sua gratidão, mas o assunto era demasiado penoso para ambos para que insistissem nele.

Após caminharem várias milhas sem destino e ocupados demais para se preocuparem com isso, descobriram finalmente, ao olharem para o relógio, que já tinha passado a hora de regressarem.

– O que será de Bingley e Jane? – foi a observação que os introduziu na discussão do assunto. Darcy estava encantado com o noivado; seu amigo lhe participara do fato sem demora.

– Devo lhe perguntar se ficou surpreso? – disse Elizabeth.

– Não, de modo algum. Quando parti, já sabia que isso ia acontecer.

– Isso quer dizer que deu-lhe o seu consentimento. Bem me queria parecer.

E, embora ele protestasse contra o termo, ela percebeu que sua suposição não estava muito longe da verdade.

– Na noite da minha partida para Londres – disse ele –, fiz a Bingley uma confissão que há muito tempo devia ter feito. Contei-lhe como tudo ocorrera, mostrando-lhe quão absurda e impertinente era minha interferência na vida dele. Ele ficou muito surpreso. Nunca suspeitara de nada. Disse-lhe, além disso, que tinha motivos para acreditar ter me enganado quando lhe dissera que sua irmã lhe era indiferente, e como, nessa altura, pude ver que sua afeição por ela continuava inalterada, não duvidei da sua felicidade juntos.

Elizabeth não pôde deixar de sorrir pela facilidade com que ele conduzia o amigo.

– Baseou-se na sua própria observação – disse ela – quando lhe disse que minha irmã gostava dele, ou apenas na minha informação da primavera passada?

– Na minha observação. Durante as duas últimas visitas que fiz aqui, observei-a atentamente e fiquei convencido de que ela o amava sinceramente.

– E a sua certeza disso, suponho eu, em breve convenceu Bingley também.

– Sim. Ele é extraordinariamente modesto. Foi isso que o impediu de confiar em seu próprio julgamento, mas a confiança que ele deposita em mim tornou tudo mais fácil. Fui obrigado a confessar-lhe uma coisa que durante vários dias o indispôs contra mim. Precisei lhe dizer que tinha sabido da presença de sua irmã em Londres durante aqueles meses de inverno e que propositadamente escondera o fato dele. Ele ficou furioso, mas acredito que sua fúria durou apenas o tempo da dúvida que ainda tinha com relação aos sentimentos de sua irmã. Já me perdoou.

Elizabeth sentiu-se tentada a observar que o Sr. Bingley tinha sido um amigo encantador, tão fácil de conduzir que o seu valor era incalculável, mas conteve-se. Lembrou-se que ele ainda teria que aprender a ser motivo de chacota, e era cedo demais para isso. Darcy, então, ao prever a felicidade que aguardava Bingley, que obviamente seria menor que a sua, continuou a conversa até chegarem à casa. No hall de entrada, se separaram.

Capítulo 59

Minha querida Lizzy, por onde andaram? – foi a pergunta que Elizabeth recebeu de Jane quando ela entrou no quarto e de todos os outros quando se sentaram à mesa. Ela limitou-se a responder que tinham se distraído e caminhado mais longe do que esperavam e, embora ela corasse, ninguém suspeitou da verdade.

A tarde passou calmamente, sem que nada de extraordinário ocorresse. Os noivos, cientes de tudo, falaram e riram; os que não estavam cientes de nada permaneceram calados. Darcy não era daquelas pessoas em quem a felicidade transborda em alegria; e Elizabeth, agitada e confusa, tinha consciência de sua felicidade, mas não a sentia propriamente, pois, para além dos obstáculos imediatos, ainda existiam outros à sua frente. Ela antecipava a reação da família quando tomassem conhecimento da sua situação; sabia que ninguém gostava dele a não ser Jane; e receava mesmo que a antipatia deles fosse de tal ordem que toda a fortuna e importância de Darcy não a pudessem dissipar.

À noite, ela se abriu com Jane. Embora a suspeita não fizesse parte dos hábitos da Senhorita Bennet, desta vez Elizabeth esbarrou com sua incredulidade.

– Está brincando, Lizzy. Não pode ser! Noiva do Sr. Darcy! Não, não pense que me engana. Sei que tal coisa é impossível.

– Este começo não é muito animador! Você era a única pessoa com quem eu contava e se você não acredita em mim, ninguém mais acreditará. Porém, é verdade o que digo. Ele ainda me ama e estamos noivos.

Jane olhou para ela, incrédula:

– Oh, Lizzy! Não pode ser. Sei bem como você o detesta.

– Não sabe absolutamente nada. Tudo isso é para esquecer. Talvez outrora eu não o soubesse apreciar como o aprecio agora, mas em casos como estes a boa memória é imperdoável. É esta a última vez que recordarei tais coisas.

Jane continuava atônita, e Elizabeth, de novo e com mais seriedade, assegurou-lhe que era tudo verdade.

– Deus do Céu! Será possível! Porém vejo-me obrigada a acreditar em você – exclamou Jane. – Minha querida, querida Lizzy! Eu gostaria... lhe dou meus parabéns... mas tem certeza? Desculpe a pergunta... tem certeza absoluta de que poderá ser feliz com ele?

– Quanto a isso, não pode haver a menor dúvida. Ficou decidido entre nós que seremos o casal mais feliz do mundo. Mas está contente, Jane? Gostará dele para seu cunhado?

– Muitíssimo. Nada nos poderia causar maior prazer, a Bingley e a mim. Conversamos sobre isso, mas achávamos impossível. E você realmente o ama? Oh, Lizzy! Faça o que bem entender, exceto casar sem amor. Está certa da sinceridade e força do seu amor?

– Oh, sim! Quando eu lhe contar tudo, até achará que eu amo demais.

– Que quer dizer com isso?

– Quero dizer que, se disser que gosto mais dele do que você de Bingley, receio que se zangue.

– Minha querida irmã, não brinque e falemos a sério. Conte, sem demora, tudo o que acha que devo saber. Desde quando gosta dele?

– Isso aconteceu tão gradualmente que não sei bem quando começou. Contudo, devo situar esse meu amor naquela primeira vez em que vi o belo parque de Pemberley.

Seguiu-se outra súplica para que ela falasse seriamente, e Elizabeth acatou-a, dando à irmã as garantias mais solenes de sua afeição por Darcy. Tranquilizada sob esse aspecto, Jane nada mais tinha a desejar.

– Agora sinto-me duplamente feliz – disse ela –, pois será tão feliz como eu. Sempre o apreciei. Bastava, aliás, o amor dele por você para que eu o estimasse para sempre, mas agora, como amigo de Bingley e seu marido, só Bingley e você terão precedência na minha afeição. Mas, Lizzy, foi muito ardilosa e reservada comigo. Não me contou praticamente nada do que se passou em Pemberley e Lambton! Tudo o que sei devo a outro e não a você.

Elizabeth explicou a razão de seu segredo. Não quisera mencionar o nome de Bingley, e a incerteza de seus próprios sentimentos fazia com que ela ocultasse também o nome de Darcy. Mas agora Elizabeth não podia esconder por mais tempo de sua irmã a participação de Darcy no caso de Lydia. Colocou-a a par de tudo e passaram metade da noite conversando.

– É demais! – exclamou a Sra. Bennet –, quando se encontrava à janela, na manhã seguinte. – Então não é aquele desagradável do Sr. Darcy que volta na companhia do nosso querido Bingley? Que desejará ele com todas estas visitas? Não vê que nos importuna? Por que não vai ele caçar ou fazer qualquer outra coisa, em vez de nos impor sua presença? Que faremos com ele? Lizzy, será melhor levá-lo de novo a passear, para que ele não atrapalhe Bingley.

Elizabeth por pouco não conteve o riso perante proposta tão conveniente. Contudo, ficou contrariada por sua mãe insistir em tão desagradável qualificação.

Assim que entraram, Bingley olhou para Elizabeth tão significativamente e apertou-lhe as mãos com tanto calor que não deixava dúvidas de que estava bem informado. Pouco depois ele disse em voz alta:

– Sra. Bennet, não tem no seu parque outros caminhos por onde Lizzy se possa perder de novo hoje?

– Aconselho o Sr. Darcy, Lizzy e Kitty – disse a Sra. Bennet – a darem um passeio até Oakham Mount. É um belo e longo passeio e o Sr. Darcy nunca viu a vista de lá.

– Será perfeito para os outros – replicou o Sr. Bingley –, mas creio que demasiado distante para Kitty. Não acha, Kitty?

Kitty confessou que preferia ficar em casa. Darcy declarou que tinha toda a curiosidade em ver a vista e Elizabeth consentiu silenciosamente. Enquanto subia as escadas para ir se aprontar, a Sra. Bennet acompanhou-a, dizendo:

– Sinto muito, Lizzy, por obrigá-la a suportar a companhia daquele homem tão desagradável. Mas espero que não se importe muito, é tudo para o bem de Jane, como deve perceber, e depois, não precisará conversar muito com ele, apenas de vez em quando. Portanto, não se dê ao incômodo.

Durante o passeio, ficou decidido entre eles que o consentimento do Sr. Bennet seria solicitado naquela mesma noite. Elizabeth encarregou-se pessoalmente de fazer a comunicação à sua mãe. Não sabia como a Sra. Bennet reagiria, e por vezes duvidava que toda a fortuna e importância de Darcy não fossem suficientes para vencer a antipatia que sua mãe tinha por ele. Porém, quer a Sra. Bennet se declarasse violentamente contra o casamento, ou violentamente a favor, a filha estava certa de que sua atitude seria pouco conveniente e sensata, e ela não estava disposta a tolerar que o Sr. Darcy assistisse às primeiras manifestações da sua alegria ou à veemência da sua desaprovação.

À noite, pouco depois de o Sr. Bennet se recolher à sua biblioteca, Elizabeth viu o Sr. Darcy levantar-se também e segui-lo, e ficou numa agitação extrema. Não receava a oposição do pai, mas sabia que iria desagradá-lo. A ideia de que ela, sua filha favorita, lhe causaria uma grande decepção com sua escolha, enchendo-o de preocupações quanto ao seu futuro, a fez aguardar, em profunda angústia e aflição, o momento em que o Sr. Darcy tornou a aparecer. Este sorriu e ela sentiu-se um pouco aliviada. Poucos minutos depois, ele aproximou-se da mesa onde Elizabeth estava sentada com Kitty e, fingindo admirar o trabalho que ela executava, sussurrou-lhe ao ouvido:

– Vá até a biblioteca. Seu pai quer lhe falar.

Elizabeth partiu imediatamente. Seu pai caminhava de um lado para o outro, com uma expressão grave e ansiosa.

– Lizzy – disse ele –, o que está fazendo? Estará no seu juízo perfeito aceitando esse homem? Não o odiava?

Naquele momento Elizabeth desejou ardentemente ter manifestado suas opiniões anteriores com menos ênfase! Teria poupado as explicações embaraçosas que agora se via obrigada a fazer. Era necessário. E, um tanto confusa, assegurou ao pai a sua afeição pelo Sr. Darcy.

– Ou, em outras palavras, está decidida a tê-lo para você. Ele é rico e poderá ter roupas e carruagens ainda mais belas do que as de Jane, mas tudo isso a fará feliz?

– Não tem outra objeção a fazer – disse Elizabeth – senão a sua suposição de que eu lhe seja indiferente?

– Nenhuma. Todos sabemos que ele é um homem orgulhoso e desagradável, mas nada disso terá importância se gostar realmente dele.

– Gosto, gosto muito dele – replicou ela, com lágrimas nos olhos. – Amo-o sinceramente. Seu orgulho não é injustificado e ele é um homem bom e generoso. Meu pai não o conhece bem, por isso não me magoe falando nesses termos a respeito dele.

– Lizzy – respondeu o Sr. Bennet –, já dei a ele meu consentimento. Ele é realmente um daqueles homens a quem eu nunca ousaria recusar nada que ele, condescendentemente, pedisse. E agora dou a você, se está verdadeiramente decidida a casar-se com ele. Mas deixe que eu a aconselhe a refletir mais sobre o assunto. Conheço seu gênio, Lizzy, e sei que jamais poderá ser feliz sem que estime verdadeiramente o seu marido, sem que o considere digno. Sua vivacidade e inteligência a colocariam numa situação de grande perigo em um casamento desigual.

Elizabeth, ainda mais emocionada, respondeu solene e gravemente. Após repetidas vezes afirmar que o Sr. Darcy era realmente o homem da sua vida, explicar a mudança gradual por que tinha passado sua estima por ele, relatar a absoluta certeza que tinha da sua afeição por ele, que não era coisa de momento, mas que resistira à experiência de muitos meses de incerteza, e enumerar com energia todas as qualidades de seu futuro marido, acabou por vencer a incredulidade do pai e reconciliá-lo com a ideia do casamento.

– Pois bem, minha querida – disse ele, quando Elizabeth acabou de falar –, nada mais tenho a dizer. Se é esse o caso, ele a merece.

Nunca poderia me separar de você, minha querida Lizzy, entregando-a a alguém menos digno da sua estima.

Para completar a impressão favorável de seu pai, ela então relatou a ele o que o Sr. Darcy voluntariamente fizera por Lydia. Ele ouviu-a com um espanto ilimitado.

– Realmente, esta é uma noite de surpresas! Então, Darcy tratou de tudo! Fez o casamento, deu dinheiro, pagou as dívidas do outro e arranjou-lhe um novo cargo? Tanto melhor. Poupa-me inúmeros incômodos e avultada soma em dinheiro. Se tudo tivesse sido feito por teu tio, me sentiria na obrigação de lhe pagar e pagaria, mas estes jovens violentamente apaixonados hão de querer tudo a seu modo. Amanhã me oferecerei para lhe pagar, mas ele protestará com veemência, alegando o seu amor por você, pondo um ponto final no assunto.

O Sr. Bennet lembrou-se, então, do embaraço de Elizabeth a propósito da carta do Sr. Collins, e, após brincar com ela sobre o assunto, deixou-a finalmente partir, dizendo, quando ela já estava perto da porta:

– Se chegarem alguns jovens para Mary e Kitty, mande-os entrar, pois estou à disposição.

Elizabeth sentia-se aliviada de um grande peso e, após refletir calmamente em seu quarto durante meia hora, voltou para junto dos outros com o rosto calmo e sereno. Tudo era ainda muito recente para que sua alegria transbordasse. A noite passou tranquilamente; nada mais havia a temer e a calma voltaria aos poucos.

Quando sua mãe subiu para o quarto, Elizabeth acompanhou-a e fez a importante comunicação. O efeito foi extraordinário, pois, ao ouvi-la, a Sra. Bennet permaneceu completamente imóvel, incapaz de pronunciar uma palavra sequer. Só passados longos minutos ela pôde compreender o que ouvira, embora estivesse sempre atenta a tudo que significasse proveito para a família, ou que se lhe apresentasse sob o aspecto de um noivo para qualquer uma de suas filhas. Finalmente, ela começou a voltar a si e a mexer-se na cadeira. Levantou-se, tornou a sentar-se, abriu a boca de espanto e persignou-se.

– Deus do Céu! Deus me abençoe! Imagine! Quem poderia supor!? O Sr. Darcy! É mesmo verdade? Oh, minha querida Lizzy! Como será rica e importante!

Que mesadas, que joias e que carruagens não terá! O casamento de Jane nada é em comparação com o seu! Sinto-me tão feliz, tão contente! Que homem encantador! Tão belo! Tão alto! Oh, minha querida Lizzy, perdoa-me por ter antipatizado com ele no princípio! Estou certa de que ele me perdoará. Minha querida Lizzy... uma casa em Londres! Tudo o que há de melhor! Três filhas casadas! Dez mil libras por ano! Meu Deus do Céu, que será de mim? Enlouqueço.

Tais exclamações foram suficientes para mostrar que não havia dúvidas quanto à sua aprovação, e Elizabeth, felicíssima por ser a única testemunha daquela efusão, logo se retirou.

Porém, ela ainda não se encontrava há nem três minutos em seu quarto, quando sua mãe de novo apareceu:

– Minha querida filha – exclamou ela –, não consigo pensar em outra coisa! Dez mil libras por ano, e talvez mais! É tão bom como se se tratasse de um lorde! É necessário obter uma licença especial! Mas, meu amor, diga qual o prato preferido do Sr. Darcy, para eu oferecer-lhe amanhã.

Era um triste prenúncio do que poderia ser o comportamento da mãe para com o próprio cavalheiro. Elizabeth descobriu que, embora certa do amor de Darcy e tranquila quanto ao consentimento dos pais, havia ainda algo a desejar. Mas o dia seguinte passou-se muito melhor do que ela esperara, pois a Sra. Bennet, afortunadamente, tinha tanto respeito pelo seu futuro genro que só se atreveu a dirigir-lhe a palavra para lhe dizer alguma amabilidade ou manifestar sua deferência pelas opiniões dele.

Elizabeth viu com satisfação seu pai se esforçar para conhecê-lo melhor; e o Sr. Bennet em breve a assegurou de que sua estima por ele crescia a todo momento.

– Tenho grande admiração pelos meus três genros – disse ele. – Wickham é talvez o meu preferido, mas creio que gostarei tanto de seu marido como do de Jane.

Capítulo 60

Readquirida a tranquilidade de espírito, e com ela o seu bom humor, Elizabeth exigiu do Sr. Darcy que ele lhe contasse como se apaixonara por ela.

– Como começou? – perguntou ela. – Compreendo que tenha progredido gradualmente, após o primeiro passo, mas o que foi que o impulsionou?

– Não posso determinar a hora ou o lugar, o olhar ou as palavras que formaram os alicerces do meu amor. Já estava no meio e ainda não havia me dado conta de que começara.

– Quanto à minha beleza, foi desde logo classificada por você, e, quanto aos meus modos, meu comportamento andou perto da má educação, e quando me dirigia a você era quase sempre com o intuito de feri-lo. Agora, seja sincero: foi pela minha impertinência que me admirou?

– Admirei-a pela vivacidade do seu espírito.

– Pode chamar de impertinência. Era muito pouco menos que isso. O que é certo é que você estava farto de amabilidades, deferências e atenções. Desdenhava todas aquelas mulheres que falavam, agiam e pensavam com o único intuito de conquistá-lo. Despertei sua atenção porque eu era diferente delas. Se você não fosse verdadeiramente amável, teria me odiado.

– E não havia bondade na afetuosa atitude que teve com Jane, quando ela esteve doente em Netherfield?

– Querida Jane! Quem não teria feito o mesmo por ela? Mas faça disso uma virtude, se quiser; minhas boas qualidades ficam ao seu cuidado, e pode exagerá-las como melhor lhe convier. Em troca, cabe-me o direito de provocá-lo e discutir com você todas as vezes que me apetecer, e, para começar, diga-me por que razão à última hora se mostrou tão indeciso.

– Porque também você se mantinha grave e silenciosa e não me deu qualquer encorajamento.

– Mas eu estava constrangida.

– E eu também.

– Podia ter procurado conversar mais comigo, quando veio jantar.

– Um homem menos apaixonado que eu talvez o tivesse feito.

– Pena que encontre para tudo uma resposta razoável e que eu tenha o bom senso de aceitar! Mas pergunto a mim mesma quanto tempo levaria ainda para se declarar se eu não tivesse interferido! Minha decisão de lhe agradecer por sua generosidade com Lydia com certeza surtiu um grande efeito. Grande demais, receio eu, pois o que será da moral se nosso bem-estar provém da quebra de uma promessa? Visto que não era para eu mencionar o assunto. É inadmissível.

– Não se preocupe. A moral está a salvo. As injustificadas tentativas de Lady Catherine para nos separar foram um meio de remover todas as minhas dúvidas.

– Lady Catherine foi de imensa utilidade, e isso deverá torná-la feliz, pois ela gosta de ser útil. Mas, diga-me, por que veio a Netherfield? Foi apenas para passear até Longbourn e ficar constrangido? Ou terá pensado na possibilidade de consequências mais sérias?

– Meu verdadeiro objetivo foi vê-la e verificar se poderia algum dia fazer com que me amasse. O motivo declarado, ou pelo menos aquele que confessei a mim mesmo, foi verificar se sua irmã ainda gostava de Bingley e, acaso ainda gostasse, fazer ao meu amigo a confissão que mais tarde realmente lhe fiz.

– Terá coragem de participar nosso noivado à Lady Catherine?

– É mais fácil faltar-me o tempo do que a coragem. Mas, uma vez que tem de ser feito, dê-me uma folha de papel e escreverei neste mesmo instante.

– E se eu não tivesse também uma carta a escrever, sentaria a seu lado e admiraria a regularidade da sua caligrafia, como certa jovem, um dia, já o fez; mas acontece que também tenho uma tia e estou em falta com ela.

Elizabeth, que até então evitara ter de dizer aos tios que eles tinham exagerado a intimidade entre o Sr. Darcy e ela, ainda não respondera à carta da Sra. Gardiner, mas, agora, sabendo que eles receberiam da melhor maneira a comunicação que tinha a fazer, ela sentiu-se quase envergonhada ao refletir que seus tios já tinham perdido três dias de felicidade, e imediatamente respondeu o seguinte:

"Eu já lhe teria escrito, minha querida tia, para lhe agradecer, como devia, a sua longa e carinhosa carta, tão rica em pormenores, se, para dizer a verdade, não me sentisse aborrecida demais para fazê-lo. A tia supôs mais do que aquilo que realmente existia. Mas, agora, suponha tudo o que quiser; dê largas à fantasia e entregue-se à sua imaginação, para os voos mais arrojados, e, a menos que me imagine já casada, não errará por muito. Escreva-me o mais rápido que puder e elogie-o ainda mais do que o fez em sua última carta. Não me canso de agradecer a vocês por não termos ido aos Lagos. Não sei como pude ser tola a ponto de desejar tal passeio! Sua ideia dos pôneis é encantadora. Percorreremos o parque todos os dias. Sou a criatura mais feliz do mundo. Talvez outras pessoas já tenham dito o mesmo antes, mas nunca com tanta justiça. Sou mais feliz até do que Jane; ela apenas sorri, eu rio. O Sr. Darcy envia-lhe todo o seu amor, aquele que ainda lhe resta. Contamos com todos em Pemberley, para passar o Natal. A sua, etc."

A carta do Sr. Darcy para Lady Catherine foi escrita em estilo bem diferente. Diferente também de ambas foi a carta que o Sr. Bennet escreveu ao Sr. Collins, em resposta à última daquele cavalheiro.

"Caro Senhor,

Venho incomodá-lo mais uma vez para novas participações. Elizabeth será em breve a esposa do Sr. Darcy. Console Lady Catherine como puder. Mas, se fosse o senhor, tomaria o partido do sobrinho. Ele tem mais para dar. Sinceramente seu, etc."

Os parabéns que a Senhorita Bingley mandou ao irmão por seu casamento próximo foram tudo o que havia de mais afetuoso e menos sincero. Ela escreveu também a Jane, nessa ocasião, a fim de exprimir seu contentamento e repetir todas as suas anteriores declarações de estima. Jane não se deixou iludir, mas ficou enternecida e, embora não confiasse nela, não pôde deixar de lhe escrever uma carta muito mais amável e carinhosa do que ela sabia que a outra merecia.

A alegria que a Senhorita Darcy exprimiu ao receber informação semelhante foi tão sincera quanto a de seu irmão ao enviá-la. Quatro páginas foram insuficientes para exprimir todo o seu sentir e o seu sincero desejo de ser estimada por sua futura cunhada.

Antes de qualquer resposta do Sr. Collins ou parabéns de Charlotte para Elizabeth, a família de Longbourn soube que os Collins em pessoa tinham chegado a Hertfordshire. O motivo dessa súbita viagem tornou-se logo evidente. Lady Catherine ficara tão exasperada com a carta do sobrinho que Charlotte, que na realidade se alegrava com o casamento, desejou ir embora até a tempestade passar.

Num momento como aquele, a chegada da amiga causou um sincero prazer a Elizabeth, muito embora esse prazer tivesse de ser pago a alto preço, quando via o Sr. Darcy exposto às delicadezas obsequiosas e fatigantes do Sr. Collins.

Darcy, no entanto, suportava tudo aquilo com uma calma admirável. Ouviu até com serenidade as palavras de Sir William Lucas, que o congratulou por ter conquistado a mais bela joia do país e exprimiu a esperança de todos eles se encontrarem frequentemente em St. James. Se ele deu de ombros, foi apenas quando Sir William se afastou.

A vulgaridade da Sra. Philips foi outra sobrecarga, talvez maior que a outra, para a paciência dele e, embora a Sra. Philips, tal como sua irmã, a Sra. Bennet, se sentisse atemorizada diante de Darcy, que não tinha o bom humor de Bingley, todas as vezes que abria a boca era para dizer coisas vulgares. Elizabeth fazia tudo o que podia para protegê-lo das frequentes atenções de ambas, atraindo-o constantemente para junto de si ou dos outros membros de sua família, com quem ele poderia conversar sem se torturar.

Capítulo 61

Com seus sentimentos maternais, a Sra. Bennet ficou imensamente feliz quando se viu livre de duas de suas filhas mais queridas. É fácil imaginar com que orgulho ela visitava a Sra. Bingley e falava da Sra. Darcy. Seria muito bom, para o bem da família, que a realização de seu maior desejo, o de ver suas filhas mais velhas casadas, tivesse o efeito de torná-la uma mulher sensata, afável e culta para o resto da vida. Embora, talvez, tenha sido bom para seu marido, que poderia não conseguir apreciar uma felicidade doméstica tão estranha a ele, que ela ainda ficasse nervosa de vez em quando e continuasse invariavelmente tola.

O Sr. Bennet sentiu muito a falta da sua segunda filha. Sua afeição por ela foi um dos motivos por que, daí por diante, passou a sair mais de casa. Adorava ir a Pemberley, sobretudo quando não era esperado. O Sr. Bingley e Jane ficaram em Netherfield apenas mais um ano.

Tamanha proximidade da Sra. Bennet e dos conhecidos de Meryton não era desejável, mesmo levando em conta o temperamento brando de Bingley e o coração afetuoso de Jane. O grande desejo das irmãs de Bingley foi finalmente satisfeito, e ele comprou uma propriedade nas proximidades de Derbyshire. Jane e Elizabeth residiam agora a trinta milhas uma da outra.

Kitty passava a maior parte do tempo com as duas irmãs mais velhas, o que constituiu verdadeira vantagem para ela. Numa sociedade tão superior à que ela conhecera, em breve fez grandes progressos. Kitty não tinha o gênio rebelde de Lydia. Longe da influência e do exemplo da irmã e graças a certos cuidados e atenções, ela tornou-se menos irritável, menos ignorante e menos insípida. Ela era cuidadosamente preservada de qualquer nova influência da parte de Lydia, e embora a Sra. Wickham frequentemente a convidasse a ir passar alguns tempos em sua casa, com promessas de bailes e rapazes, seu pai jamais consentia que ela fosse.

Mary era a única que permanecia em casa. Como a Sra. Bennet não suportava a solidão, ela viu-se necessariamente impedida de ir em busca de suas próprias conquistas. Obrigada a frequentar mais assiduamente a sociedade, continuou, no entanto, a tirar conclusões morais de cada visita que fazia. Como Mary já não sentia a mortificação da comparação da beleza de suas irmãs com a dela própria, seu pai desconfiou que ela aceitava sem muita relutância essa alteração dos seus hábitos.

Quanto a Wickham e Lydia, o casamento pouco os modificou. Wickham resignou-se filosoficamente à convicção de que Elizabeth estava agora a par de todas as suas ingratidões e mentiras. Apesar disso, continuava a alimentar a esperança de que ela um dia pudesse convencer Darcy a fazer sua fortuna. A carta que Elizabeth recebeu de Lydia por ocasião de seu casamento revelou que tal esperança era acalentada, se não por Wickham, ao menos o era por sua mulher. A carta dizia o seguinte:

"Minha querida Lizzy,
Desejo-lhe grande felicidade. Se o seu amor pelo Sr. Darcy é apenas metade do que eu sinto pelo meu marido Wickham, então é decerto muito feliz. É um consolo sabê-la tão rica, e, quando não tiver nada para fazer, espero que se lembre de nós. Wickham gostaria muito de enveredar pela carreira jurídica, mas não creio que tenhamos dinheiro suficiente para vivermos sem auxílio. Qualquer lugar de trezentas ou quatrocentas libras por ano serviria; mas, se prefere, não mencione o assunto ao Sr. Darcy. Sua, etc."

Elizabeth preferiu não mencionar o assunto, e procurou, em sua resposta, acabar com todos os pedidos dessa natureza. No entanto, ela passou a enviar à Lydia tudo o que economizava das suas despesas particulares. Sempre lhe parecera evidente que a renda de que eles gozavam, gerida por pessoas tão extravagantes em seus desejos e imprevidentes quanto ao futuro, seria insuficiente para o seu sustento. Sempre que o casal mudava de residência, Jane e Elizabeth podiam estar certas de receber um pedido de auxílio, pois havia sempre contas a pagar. Sua maneira de viver, mesmo quando tinham uma casa, era sempre muito irregular. Estavam constantemente de mudança, em busca de uma situação barata, e gastavam sempre mais do que possuíam. A afeição de Wickham por Lydia em breve se transformou em indiferença. A de Lydia resistiu por mais algum tempo. Apesar da sua mocidade e das suas maneiras, ela conservou intacta a reputação que o casamento lhe havia assegurado.

Embora Darcy não admitisse a ideia de receber Wickham em Pemberley, em consideração a Elizabeth, ajudou-o em sua carreira. Lydia visitava-os ocasionalmente, quando seu marido ia a Londres ou a Bath. Na casa dos Bingley, contudo, muitas vezes eles demoravam-se tanto que até o bom humor de Bingley se esgotou, e ele chegou a falar em dar a entender que os desejaria ver fora de sua casa.

A Senhorita Bingley ficou profundamente mortificada com o casamento do Sr. Darcy, mas, como achou melhor conservar o direito de frequentar Pemberley, sufocou todo o seu ressentimento. Continuou a gostar de Georgiana, mostrou-se quase tão atenciosa com Darcy como antigamente e pagou com juros todas as cortesias que devia a Elizabeth.

Georgiana foi residir em Pemberley. A afeição entre as duas cunhadas correspondeu a todas as expectativas de Darcy. Georgiana tinha uma grande admiração por Elizabeth. No começo estranhou os gracejos e brincadeiras de Elizabeth com o marido. O irmão sempre lhe inspirara um respeito que quase sufocava sua afeição. Começou, então, a saber coisas que ignorava. E Elizabeth lhe explicou que uma esposa pode ter com o marido liberdades que um irmão nem sempre poderia tolerar na irmã dez anos mais jovem que ele.

Lady Catherine ficou muito indignada com o casamento do sobrinho. À carta de participação, ela enviou uma resposta com termos tão violentos, especialmente contra Elizabeth, que durante algum tempo as relações foram totalmente cortadas. Contudo, Elizabeth convenceu o marido a perdoar a ofensa e fez com que ele procurasse a reconciliação. Após alguma resistência, o ressentimento de Lady Catherine cedeu, quer pela afeição que tinha pelo sobrinho, quer por sua curiosidade em ver como sua esposa se conduzia, e concordou em ir visitá-los em Pemberley.

Com os Gardiner, eles mantiveram sempre grande intimidade. Darcy, a exemplo de Elizabeth, tinha a maior afeição por eles, pois, além de tudo o mais, nunca se esqueceram da gratidão que deviam às pessoas por cujo intermédio eles tinham reatado suas relações, durante aquele passeio por Derbyshire.

Razão e Sensibilidade

Capítulo 1

A família Dashwood havia há muito se estabelecido no condado de Sussex. Sua propriedade era grande e sua residência era em Norland Park, no centro das terras, onde, por muitas gerações, haviam vivido de forma tão respeitável, que os tinha valido a boa opinião geral de seus vizinhos. O antigo dono da propriedade era um homem solteiro, que havia atingido uma idade bastante avançada e que, por muitos anos de sua vida, teve sua irmã como constante companhia e governanta. Mas a morte dela, que aconteceu dez anos antes da dele, produziu uma grande alteração em seu lar; pois, para compensar sua perda, ele convidou e recebeu em sua casa a família de seu sobrinho, o Sr. Henry Dashwood, o herdeiro legal da propriedade Norland, e a pessoa a quem pretendia transferi-la. Na companhia de seu sobrinho, sua esposa e seus filhos, o velho senhor passou seus dias de forma confortável. Sua afeição por todos eles crescia. A atenção constante do Sr. e da Sra. Dashwood aos seus desejos, que originava-se não de mero interesse, mas da bondade de seus corações, propiciou a ele todos os confortos sólidos que sua idade poderia receber; e a alegria das crianças acrescentava um encanto a sua existência.

De um casamento anterior, o Sr. Henry Dashwood tinha um filho; com sua atual esposa, três filhas. O filho, um jovem constante e respeitável, estava muito bem provido pela fortuna de sua mãe, que era grande, e metade da qual foi transferida a ele, quando atingiu a maioridade. Também por seu próprio casamento, que aconteceu logo depois, ele aumentou sua fortuna. Para ele, portanto, a sucessão à propriedade de Norland não era tão importante quanto para suas irmãs; pois a fortuna delas, independentemente do que poderia acontecer a elas quando seu pai herdasse a propriedade, seria necessariamente pequena. Sua mãe não possuía nada, e seu pai só tinha sete mil libras à sua própria disposição; pois o restante da meação da fortuna de sua primeira esposa também estava preso ao filho, e ele só tinha uma participação vitalícia na mesma.

O velho senhor faleceu; seu testamento foi lido e, assim como quase todos os outros testamentos, trouxe tanto desapontamento, como prazer. Ele não foi nem tão injusto, nem tão ingrato, a ponto de não deixar a propriedade para seu sobrinho; mas a deixou para ele sob tais termos que destruíram metade do valor da herança. O Sr. Dashwood a queria mais pelo bem de sua esposa e filhas, do que de si mesmo ou de seu filho. Mas ela havia sido garantida a seu filho, e ao filho de seu filho, uma criança de quatro anos, de tal maneira que não o permitia prover para as que lhe eram mais queridas, e que mais precisavam de segurança, através de qualquer encargo sobre a propriedade ou venda de sua valiosa madeira. A totalidade do espólio estava amarrada em benefício deste filho, que, em visitas ocasionais com seus pais a Norland, havia ganhado a afeição de seu tio, pelos atrativos que não são de modo algum incomuns em crianças de dois ou três anos: uma articulação imperfeita, um desejo cândido de que as coisas sejam feitas do seu jeito, diversos truques astutos e um nível considerável de barulho, de tal modo que superou todo o valor da atenção que, por anos, o senhor havia recebido de sua sobrinha e as filhas dela. Não era sua intenção ser indelicado, contudo, então, em demonstração de sua afeição pelas três meninas, deixou mil libras para cada uma.

A decepção do Sr. Dashwood foi, primeiro, severa; mas seu temperamento era alegre e otimista, e ele tinha a expectativa razoável de viver ainda por muitos anos e, vivendo economicamente, guardar uma soma considerável dos lucros da propriedade, que já era grande, e capaz de melhorias quase que imediatas. Mas a sorte, que havia chegado tão tardiamente, foi dele só por doze meses. Não sobreviveu ao tio por mais tempo; e dez mil libras, incluindo as heranças do falecido, foram tudo o que sobrou para sua viúva e filhas.

Seu filho foi chamado assim que souberam do perigo, e o Sr. Dashwood colocou em suas mãos, com toda a força e a urgência que uma doença enseja, os interesses de sua madrasta e irmãs.

O Sr. John Dashwood não tinha os sentimentos intensos do resto da família; mas foi afetado pela recomendação de tal natureza, naquele momento, e prometeu fazer tudo o que estivesse em seu poder para que elas ficassem confortáveis. Seu pai foi reconfortado por sua garantia, e o Sr. John Dashwood teve, então, tempo para considerar o que poderia prudentemente fazer por elas.

Ele não era um jovem de temperamento ruim, a menos que ser um tanto quanto frio e egoísta signifique ter um temperamento ruim; mas ele era, no geral, respeitado, pois conduzia-se com correção no cumprimento de seus deveres cotidianos. Se houvesse se casado com uma mulher mais agradável, poderia ser se tornado ainda mais respeitável do que antes – poderia, ainda, ter ele mesmo se tornado agradável, pois era bastante jovem quando se casou, e muito apegado à sua esposa. Mas a Sra. John Dashwood era uma forte caricatura dele mesmo – mais tacanha e egoísta.

Quando fez a promessa para seu pai, contemplou aumentar as fortunas de suas irmãs com um presente de mil libras para cada uma. Naquele momento, ele realmente pensava ser capaz de fazê-lo. A perspectiva de quatro mil libras por ano, além de sua renda atual, em conjunto com a metade restante da fortuna de sua mãe, aquecia seu coração e o fazia se sentir capaz de ser generoso. "Sim, ele daria a elas três mil libras: seria liberal e um belo gesto! O suficiente para fazer com que elas não tivessem absolutamente nada com o que se preocupar. Três mil libras! Ele poderia se dar ao luxo de gastar um valor tão considerável, com pouca inconveniência para si mesmo". Pensou nisso o dia todo, por diversos dias sucessivamente, e não se arrependeu.

O enterro de seu pai mal havia acabado, quando a Sra. John Dashwood, sem dar qualquer aviso de sua intenção para sua sogra, chegou com seu filho e seus criados. Ninguém poderia contestar seu direito de vir; a casa era de seu marido, desde o momento do falecimento de seu pai. Mas a indelicadeza de sua conduta foi muito maior e, para uma mulher na situação da Sra. Dashwood, com sentimentos simples, deve ter sido altamente desagradável; mas na mente dela havia um senso de honra tão aguçado, uma generosidade tão romântica, que qualquer ofensa do tipo, por qualquer pessoa causada ou recebida, era uma fonte de aversão absoluta. A Sra. John Dashwood nunca havia sido a favorita de qualquer membro da família de seu marido; mas ela não havia tido a oportunidade, até então, de mostrar a eles com quão pouca atenção ao conforto dos outros ela poderia agir, quando a ocasião o exigisse.

A Sra. Dashwood se deixou afetar de forma tão aguda por este comportamento desagradável, e desprezou sua nora tão profundamente por ele, que, por ocasião da chegada desta última, teria deixado a casa para sempre, não fosse pelo apelo de sua filha mais velha, que primeiro a levou a refletir se valeria a pena ir, e seu próprio amor e carinho por todas as suas três filhas fez com que se decidisse a ficar e, pelo bem delas, evitar um desentendimento com seu irmão.

Elinor, esta filha mais velha, cujo conselho foi tão eficaz, possuía uma inteligência tão forte e um juízo tão calmo que a qualificavam, apesar de seus dezenove anos, a ser a conselheira de sua mãe, e frequentemente permitiam que equilibrasse, para o bem de todas elas, a mente ansiosa da Sra. Dashwood, que geralmente a levava a ser imprudente. Ela tinha um coração excelente; sua disposição era afetuosa, e seus sentimentos fortes. Mas ela sabia como controlá-los; era um conhecimento que sua mãe ainda não havia aprendido, e que uma de suas irmãs havia decidido nunca absorver.

As habilidades de Marianne eram, em muitos aspectos, à altura das de Elinor. Ela era sensível e esperta, porém irrequieta em relação a tudo: suas tristezas e suas alegrias não podiam ter qualquer moderação. Era generosa, amigável, interessante; era tudo, menos prudente. As semelhanças entre ela e sua mãe eram notavelmente grandes.

Elinor assistia os excessos da sensibilidade de sua irmã com preocupação; mas a Sra. Dashwood os valorizava e apreciava. Naquele momento, as duas encorajavam uma à outra nos arroubos de sua angústia. Os tormentos da tristeza que primeiro as acometeram eram voluntariamente renovados, buscados, criados de novo e de novo. Elas se devotavam inteiramente à sua tristeza, buscando aumentar a amargura com cada reflexão que as permitisse, e resolveram nunca admitir qualquer consolo no futuro. Elinor também havia sido profundamente afetada; mas ainda assim conseguia se empenhar, envidar esforços. Conseguia conversar com seu irmão, recepcionar sua cunhada quando chegou, e tratá-la com a atenção adequada. Conseguia, também, animar sua mãe a fazer um esforço parecido, e encorajá-la a ter uma tolerância semelhante.

Margaret, a outra irmã, era uma garota bem humorada e de temperamento agradável. Mas, como já havia absorvido uma boa quantidade do temperamento romântico de Marianne, sem ter muito de sua sensatez, não conseguia, aos treze anos, se igualar às suas irmãs, que estavam em um período mais avançado da vida.

Capítulo 2

A Sra. John Dashwood havia se instalado como senhora de Norland; e suas sogra e cunhadas foram rebaixadas à condição de visitantes. Nessa qualidade, contudo, eram tratadas por ela com uma civilidade silenciosa; e por seu marido com tanto afeto quanto ele conseguia sentir por qualquer pessoa que não fosse ele mesmo, sua esposa e seu filho. Insistiu, com alguma sinceridade, para que elas considerassem Norland seu lar; e, visto que nenhum plano parecia tão bom quanto a Sra. Dashwood ficar lá até que pudesse se acomodar em uma casa na vizinhança, seu convite foi aceito.

Permanecer em um lugar onde tudo a lembrava de prazeres passados combinava exatamente com seu temperamento. Em épocas alegres, nenhum gênio era mais animado do que o dela, ou possuía, em maior grau, aquela expectativa aguerrida de felicidade, que é a própria felicidade. Mas na tristeza, se deixava igualmente levar por suas fantasias, tão impossível de ser consolada quanto de se moderar em tempos de prazer.

A Sra. John Dashwood não aprovava nem um pouco o que seu marido pretendia fazer por suas irmãs. Tirar três mil libras da fortuna de seu querido filhinho significaria empobrecê-lo da forma mais terrível. Implorou a ele que reconsiderasse. Como ele poderia viver consigo mesmo se roubasse de seu filho, que ainda por cima era filho único, uma quantia tão grande? E que reivindicação poderiam ter as Senhoritas Dashwood, que eram só metade aparentadas a ele, o que ela não considerava de jeito algum ser um relacionamento, sobre sua generosidade, a ponto de receber tamanho valor? Todos sabiam perfeitamente que não deveria haver nenhum afeto entre os filhos dos casamentos diferentes de um homem; e por que ele deveria arruinar-se, e também seu pobrezinho Harry, dando todo o seu dinheiro para suas meias-irmãs?

– Foi o último pedido que meu pai me fez, – respondeu seu marido, – que eu auxiliasse sua viúva e filhas.

– Ouso dizer que ele não sabia o que estava dizendo; aposto que estava com a mente confusa, naquele momento. Se estivesse são, não poderia ter cogitado implorar a você que tirasse metade da fortuna de seu próprio filho.

– Ele não estipulou uma quantia exata, minha querida Fanny; só pediu, em termos gerais, que eu as auxiliasse, e tornasse sua situação mais confortável do que estava em seu poder fazê-lo. Talvez houvesse sido melhor se ele tivesse deixado tudo a meu encargo. Não poderia passar pela cabeça dele que eu as fosse negligenciar. Mas como ele me fez prometer, eu não poderia deixar de aquiescer; pelo menos, foi o que pensei na época. A promessa, portanto, foi feita, e deverá ser cumprida. Algo deve ser feito por elas quando deixarem Norland e se instalarem em um novo lar.

– Bem, então que algo seja feito por elas! Mas isso não precisa ser três mil libras. Considere – ela acrescentou – que quando se separa do dinheiro, ele nunca mais volta. Suas irmãs se casarão, e ele desaparecerá para sempre. Se ao menos ele pudesse ser devolvido para nosso pobre menininho...

– Sim, claro, – disse seu marido, muito seriamente, – isso faria uma diferença enorme. Pode chegar o momento em que Harry lamente termos doado tamanha quantia. Caso ele tenha uma família numerosa, por exemplo, isso seria um acréscimo conveniente.

– Certamente que seria.

– Talvez, então, seria melhor para todos se o valor fosse diminuído pela metade. Quinhentas libras seria um acréscimo considerável às fortunas delas!

– Oh! Além do que poderiam imaginar! Que irmão no mundo faria tanto por suas irmãs, mesmo que fossem suas irmãs de verdade! E no seu caso – somente meias-irmãs! Mas tens uma alma tão generosa.

– Não gostaria de fazer nada mesquinho – ele respondeu. – Qualquer um preferiria, nessas ocasiões, fazer demais, ao invés de menos. Pelo menos, ninguém poderá pensar que não fiz o suficiente por elas; nem elas mesmas, não poderiam esperar mais do que isso.

– Não podemos saber o que elas esperariam, – respondeu sua senhora, – mas não devemos pensar sobre suas expectativas; a questão é o que está em seu poder fazer.

– Certamente – e penso que tenho condições de dar quinhentas libras para cada uma. Na situação atual, sem qualquer acréscimo de minha parte, cada uma delas terá aproximadamente três mil libras por ocasião da morte de sua mãe – uma fortuna bastante confortável para qualquer jovem.

– Claro que é; e também me ocorre que elas podem não precisar de qualquer acréscimo. Terão dez mil libras divididas entre elas. Se casarem, certamente se sairão bem, e se não casarem, poderão todas viver confortavelmente juntas, com os juros sobre as dez mil libras.

– Isso é bem verdade e, portanto, não sei se, no todo, não seria mais aconselhável fazer algo por sua mãe enquanto vive, ao invés de fazê-lo por elas – algo como uma pensão anual, quero dizer. Minhas irmãs sentiriam os bons efeitos disso, assim como ela. Cem libras por ano deixariam todas perfeitamente confortáveis.

Sua esposa hesitou um pouco, contudo, em consentir com o plano.

– Claro, – disse ela, – é melhor do que se separar de mil e quinhentas libras de uma vez só. Mas, por outro lado, se a Sra. Dashwood viver mais quinze anos, teremos sido completamente ludibriados.

– Quinze anos! Minha cara Fanny, a vida dela não poderia valer nem metade desta soma.

– Certamente que não; mas observe que as pessoas sempre vivem para sempre, quando uma há pensão anual a ser paga a elas. E ela é bastante robusta e saudável, e não tem nem quarenta anos. Uma pensão anual é algo muito sério; se repete a cada ano, e não há como se livrar dela. Conheço bem os problemas que pensões anuais ensejam, pois minha mãe ficou atalhada com o pagamento de três delas, para velhos serviçais aposentados, pelos termos do testamento de meu pai, e era incrível o quão desagradável ela o considerava. Duas vezes a cada ano, essas pensões deviam ser pagas; e depois havia o problema de enviá-las para eles; e então foi dito que um deles havia morrido, e depois acabou que não era o caso. Minha mãe já estava farta disso. Seu dinheiro não era seu, ela dizia, com reivindicações perpétuas sobre ele. E a falta de consideração era maior ainda por ter sido cometida por meu pai, pois de outro modo, o dinheiro estaria inteiramente ao dispor de minha mãe, sem quaisquer restrições. Me deu tamanha ojeriza de pensões anuais que tenho certeza que não me prenderia ao pagamento de uma por nada neste mundo.

– Certamente que é algo desagradável, – respondeu o Sr. Dashwood, – ter este tipo de esgotamento anual de sua fortuna. A fortuna da pessoa, como sua mãe corretamente dizia, não é dela própria. Ficar preso ao pagamento regular de uma soma, todo dia de pagamento do aluguel, não é desejável de forma alguma: tira a sua independência.

– Sem dúvidas; e no fim das contas, você não recebe nenhum reconhecimento. Eles se consideram seguros, você não faz mais do que o esperado e não enseja qualquer gratidão. Se eu fosse você, o que quer que fizesse seria feito inteiramente a meu critério. Não me comprometeria a dar a elas nada anualmente. Pode ser bastante inconveniente, alguns anos, tirar cem, ou até mesmo cinquenta, libras de nossas próprias despesas.

– Creio que esteja certa, meu amor; seria melhor não ter nenhuma pensão anual, neste caso. O que quer que eu dê a elas ocasionalmente, será um auxílio muito maior do que um subsídio anual, pois elas só aumentariam seu estilo de vida, caso tivessem certeza de uma renda maior, e não teriam um centavo a mais no final do ano. Com certeza, esta seria a melhor forma. Um presente ocasional de cinquenta libras impediria que elas ficassem sem dinheiro e fará, penso eu, com que eu cumpra integralmente a promessa que fiz a meu pai.

– Claro que sim. Na verdade, para ser franca, estou convencida de que seu pai não pretendia que você desse dinheiro algum a elas. O auxílio a que se referia, ouso dizer, era só o que poderia ser razoavelmente esperado de você; por exemplo, procurar uma casinha confortável para elas, ajudá-las a mover seus pertences, e enviar a elas peixes e carnes de caça como presentes, quando estiver na temporada. Aposto o que quiser que ele não se referia a nada além disso; na verdade, seria bastante estranho e sem sentido que ele o tivesse feito. Considere, meu caro Sr. Dashwood, o tamanho conforto no qual sua madrasta e suas filhas poderão viver, com os juros sobre sete mil libras, além das mil libras pertencentes a cada uma das meninas, que propicia a elas cinquenta libras por ano para cada, e, é claro, elas pagarão à mãe as despesas da casa com esse dinheiro. No todo, terão quinhentas libras por ano, todas juntas, e o que mais quatro mulheres poderiam querer além disso? Viverão de forma tão barata! Suas despesas domésticas não serão nada. Não terão uma carruagem, cavalos, e quase nenhum serviçal; não receberão visitas, e não terão despesas de qualquer tipo! Imagine só o quão confortáveis estarão! Quinhentas libras por ano! Juro que não consigo imaginar como gastarão metade disso; e quanto a você dar-lhes mais do que isso, é simplesmente absurdo cogitar. Será muito mais possível que elas deem algo a você.

– Ora, – disse o Sr. Dashwood, – creio que esteja coberta de razão. Certamente que meu pai não poderia ter pretendido mais do que você diz, com seu pedido. Compreendo claramente, agora, e cumprirei fielmente minha promessa com os atos de auxílio e gentileza para com elas que descreveu. Quando minha madrasta se mudar para outra casa, meus serviços serão prontamente prestados para acomodá-la, no que estiver em meu poder. Um presentinho na forma de mobília, também, poderá ser aceitável.

– Certamente, – respondeu a Sra. John Dashwood, – mas devemos considerar uma coisa. Quando seu pai e sua madrasta se mudaram para Norland, apesar de a mobília de Stanhill ter sido vendida, toda a porcelana, a baixela e o enxoval foram guardados, e agora pertencem à sua madrasta. A casa dela estará, portanto, mobiliada quase que por completo, assim que ela tomar posse.

– É uma consideração relevante, indubitavelmente. Um legado valioso, com certeza! Ainda por cima, alguns itens da baixela teriam sido acréscimos bastante agradáveis ao nosso próprio estoque.

– Sim, e o conjunto de porcelanas para o café da manhã tem o dobro da beleza daquele que pertence a esta casa. Bonito demais, na minha opinião, para qualquer lugar que elas consigam pagar. Porém, é assim que as coisas são. Seu pai só pensou nelas. E devo dizer: você não deve a ele qualquer gratidão especial, nem atenção a seus desejos, pois sabemos muito bem que, se ele tivesse podido, teria deixado quase tudo no mundo para elas.

Este argumento era irresistível. Propiciou, à intenção dele, o tanto de decisão que lhe faltava; então, ele finalmente decidiu que seria absolutamente desnecessário, para não dizer altamente indecoroso, fazer algo pela viúva e filhas de seu pai além dos atos de generosidade que sua esposa apontara.

Capítulo 3

A Sra. Dashwood permaneceu em Norland por diversos meses; não por qualquer falta de desejo de se mudar, quando a visão de todos os lugares conhecidos parou de ensejar a emoção violenta que havia produzido por um tempo, pois quando seu humor começou a melhorar, e sua mente se tornou capaz de fazer um esforço além de aumentar sua aflição com lembranças melancólicas, ela ficou impaciente para ir embora, e infatigável em sua procura por uma habitação apropriada na vizinhança de Norland, pois mudar-se para longe daquele amado local era impossível. Mas não ficou sabendo de nenhum estabelecimento que, ao mesmo tempo, correspondesse às suas noções de conforto e comodidade e se adequasse à prudência de sua filha mais velha, cujo juízo mais cauteloso rejeitou diversas casas por serem grandes demais para suas posses, casas estas que sua mãe teria aprovado.

A Sra. Dashwood havia sido informada por seu marido da promessa solene feita por seu filho a seu favor, que confortou suas últimas reflexões terrenas. Ela havia confiado na sinceridade desta garantia tanto quanto ele, e pensou nela com satisfação, pelo bem de suas filhas, apesar de estar convencida de que, para ela mesma, uma provisão muito menor do que sete mil libras seria o suficiente para que vivesse em afluência. Pelo bem do irmão delas, também, pelo bem do coração dele, ela também ficou feliz; e admoestou a si mesma por ter sido injusta quanto aos méritos dele anteriormente, tendo acreditado que ele seria incapaz de ser generoso. Seu comportamento atencioso com ela mesma e com suas filhas convenceu-a de que seu bem-estar era importante para ele e, por um bom tempo, contou firmemente com a munificência de suas intenções.

O desprezo que havia sentido por sua nora, no começo de seu relacionamento, aumentou muito conforme conheceu melhor seu caráter, ao longo dos seis meses de residência em sua casa. E, talvez, apesar de todas as considerações de educação ou afeto materno por parte da primeira, as duas senhoras poderiam ter achado impossível conviver por tanto tempo, se não fosse por uma circunstância específica, que tornou a permanência de suas filhas em Norland ainda mais aconselhável, na opinião da Sra. Dashwood.

Dita circunstância era uma afeição crescente entre sua filha mais velha e o irmão da Sra. John Dashwood, um jovem cavalheiresco e agradável, que foi apresentado a elas logo depois de sua irmã ter se estabelecido em Norland, e que havia, desde então, passado a maior parte de seu tempo lá.

Algumas mães poderiam ter encorajado a intimidade por motivos de interesse, pois Edward Ferrars era o filho mais velho de um homem que havia morrido muito rico; e algumas poderiam tê-la rejeitado por motivos de prudência, pois, exceto por uma soma insignificante, a totalidade de sua fortuna dependia da vontade de sua mãe. Mas a Sra. Dashwood não se deixava influenciar por nenhuma das considerações. Para ela, era suficiente que ele parecia ser amigável, que amava sua filha e que Elinor correspondia seu afeto. Era contrário a tudo o que ela defendia que a diferença de fortunas separasse qualquer casal atraído por temperamentos semelhantes; e as qualidades de Elinor deixarem de ser reconhecidas por todos os que a conheciam era impossível para ela compreender.

Edward Ferrars não obteve sua boa opinião devido a sua aparência ou conduta. Não era bonito, e seus modos exigiam intimidade para tornarem-se agradáveis. Era retraído demais para fazer justiça a si mesmo; mas quando sua timidez natural era superada, seu comportamento dava toda indicação de um coração aberto e afetuoso. Tinha inteligência, e sua educação a havia melhorado. Mas não tinha capacidade nem inclinação para satisfazer os desejos de sua mãe e irmã, que queriam vê-lo se destacar – no que, nem elas sabiam. Queriam que ele se sobressaísse de um jeito ou de outro. Sua mãe queria fazer com que se interessasse por assuntos políticos, com que entrasse para o parlamento, ou vê-lo relacionando-se com alguns dos homens mais importantes da época. A Sra. John Dashwood desejava a mesma coisa; mas, enquanto isso, até que uma dessas grandes benesses pudesse ser alcançada, vê-lo dirigindo uma carruagem do estilo barouche teria aquietado sua ambição. Mas Edward não tinha disposição para interessar-se por figurões ou barouches. Todos os seus desejos concentravam-se em conforto doméstico e a quietude de uma vida retirada. Felizmente, ele tinha um irmão caçula mais promissor.

Edward já havia passado diversas semanas na casa, antes de atrair a atenção da Sra. Dashwood; pois ela estava, naquele momento, em tamanha aflição que fazia com que não reparasse em seus arredores. Só havia notado que ele era silencioso e não atrapalhava ninguém, e gostou dele por isso. Ele não interrompia a tristeza que se abatia sobre ela com conversas fora de hora. Foi-lhe solicitado que o observasse e aprovasse pela primeira vez através de uma reflexão que Elinor fez um dia, sobre a diferença entre ele e sua irmã. Era um contraste que fez com que sua mãe o estimasse grandemente.

– É o suficiente – disse ela. – Dizer que ele não se parece com Fanny é suficiente. Implica tudo o que é agradável. Já o amo.

– Creio que irá gostar dele – disse Elinor – quando o conhecer melhor.

– Gostar dele! – respondeu sua mãe, com um sorrido. – Não nutro por ele nenhum sentimento de aprovação menor do que o amor.

– Você pode estimá-lo.

– Nunca soube o que é separar estima de amor.

A Sra. Dashwood passou a se esforçar para conhecê-lo melhor. Os modos dela eram atraentes, e logo derrubaram a reserva dele. Ela logo compreendeu todos os méritos dele; estar persuadida de que ele havia se afeiçoado a Elinor pode ter ajudado sua astúcia dela, mas ela estava mesmo convencida de seu valor. E até mesmo a quietude de seus modos, que ia de encontro a todas as ideias preestabelecidas que ela tinha sobre como os modos de um jovem deveriam ser, não eram mais desinteressantes, agora que sabia que o coração dele era afetuoso e seu temperamento afável.

Logo que percebeu sintomas de amor no comportamento dele em relação a Elinor, já considerou um relacionamento sério entre eles como certo, e esperava ansiosamente a rápida aproximação de suas bodas.

– Em alguns meses, minha querida Marianne, – dizia ela, – Elinor provavelmente estará bem estabelecida para o resto de sua vida. Sentiremos a falta dela, mas ela estará feliz.

– Oh, mamãe, o que faremos sem ela?

– Meu amor, quase que não será uma separação. Viveremos a algumas milhas de distância uma da outra, e nos veremos todos os dias de nossas vidas. Você ganhará um irmão, um irmão verdadeiro e afetuoso. Tenho o temperamento de Edward na mais alta estima. Mas você parece preocupada, Marianne; desaprova a escolha de sua irmã?

– Talvez – disse Marianne – posso vê-la com alguma surpresa. Edward é bastante agradável, e gosto muito dele. Ainda assim, ele não é do tipo de jovem... tem algo faltando. Seu porte não chama atenção, não tem nada daquela graça que espero do homem que poderia interessar seriamente minha irmã. Seu olhar não tem aquela vivacidade, aquele fogo, que demonstram virtude e inteligência ao mesmo tempo. E, além de tudo isso, temo que ele não tenha bom gosto, mamãe. A música parece não atraí-lo, e apesar de ele admirar bastante os desenhos de Elinor, não é a admiração de uma pessoa que consiga compreender seu valor. É evidente, apesar de sua frequente atenção para com ela enquanto ela desenha, que na verdade, ele não entende nada do assunto. Ele admira como um amante, e não como um conhecedor. Para me satisfazer, essas características devem vir juntas. Não poderia ser feliz com um homem cujo gosto não coincidisse, em todos os pontos, com o meu. Ele deve entrar em todos os meus sentimentos: os mesmos livros, as mesmas músicas, precisam encantar a nós dois. Oh, mamãe, a maneira como Edward leu para nós ontem à noite foi tão maçante, tão enfadonha! Senti muita pena de minha irmã. E no entanto, ela aguentou com tamanha compostura que parecia nem ter notado. Eu mal conseguia ficar sentada. Ouvir aqueles versos tão lindos, que frequentemente quase me levam ao êxtase, pronunciados com uma calma impenetrável, uma indiferença horrível!

– Certamente que ele teria feito mais justiça a uma prosa simples e elegante. Pensei isso naquele momento; mas você teve que dar-lhe Cowper para ler.

– Não, mamãe! Se ele não se anima com Cowper... Mas devemos fazer concessão para diferenças de gosto. Elinor não tem o meu temperamento e, portanto, pode relevar e ser feliz com ele. Mas teria partido o meu coração, caso eu o amasse, ouvi-lo ler com tão pouca sensibilidade. Mamãe, quanto mais conheço o mundo, mais me convenço de que nunca encontrarei um homem que poderei amar de verdade. Eu exijo tanto! Ele deve ter todas as virtudes de Edward, e seu porte e modos precisam ornamentar a sua bondade com todos os encantos possíveis.

– Lembre-se, meu amor, de que você ainda não tem nem dezessete anos. É cedo demais para desistir desta felicidade. Por que você deveria ter menos sorte do que sua mãe? Desejo, minha Marianne, que seu destino seja diferente do meu somente em uma circunstância!

Capítulo 4

– Que pena, Elinor, – disse Marianne, – que Edward não tem gosto pelo desenho.

– Não tem gosto pelo desenho! – respondeu Elinor. – Por que você pensa assim? Ele mesmo não desenha, é verdade, mas tem grande prazer em ver o desempenho de outras pessoas, e asseguro-lhe que seu gosto natural não é deficiente, apesar de não ter tido oportunidade de melhorá-lo. Caso ele pudesse ter aprendido, acredito que desenharia bastante bem. Ele não confia muito em seu próprio julgamento nessas questões, a ponto de nunca estar disposto a dar sua opinião sobre qualquer pintura; mas seu gosto tem uma adequabilidade e uma simplicidade que geralmente o direcionam na direção correta.

Marianne tinha medo de ofender, e não disse mais nada sobre o assunto; mas o tipo de aprovação que Elinor disse que os desenhos de outras pessoas despertavam nele estava muito longe do deleite arrebatador que, em sua opinião, era a única coisa que poderia ser chamada de gosto. Ainda assim, apesar de achar graça sozinha no erro de sua irmã, admirava-a por sua parcialidade cega por Edward que dava origem ao mesmo.

– Espero, Marianne, – continuou Elinor, – que não considere que falta a ele bom gosto em geral. Na verdade, penso que posso dizer que você não pode considerar tal coisa, pois seu comportamento em relação a ele é perfeitamente cordial, e se fosse essa a sua opinião, tenho certeza de que nunca conseguiria ser civilizada para com ele.

Marianne mal soube o que responder. Não poderia magoar sua irmã por motivo algum, porém falar algo em que não acreditava lhe era impossível. Finalmente, respondeu:

– Não se ofenda, Elinor, se meus elogios a ele não correspondem à sua opinião de seus méritos. Não tive tantas oportunidades de estimar os detalhes das propensões de sua mente, suas inclinações e gostos, quanto você; mas tenho sua bondade e sensatez na mais alta estima. Penso que ele seja tudo de valoroso e agradável.

– Tenho certeza – respondeu Elinor, com um sorriso – que os melhores amigos dele não poderiam ficar insatisfeitos com tamanha recomendação. Não imagino como você poderia ter se expressado de forma mais amável.

Marianne exultou com a facilidade que teve em agradar sua irmã.

– Ninguém que tenha conversado francamente o suficiente com ele pode, creio eu, – continuou Elinor, – duvidar de sua sensatez e da bondade. A excelência de sua mente e seus princípios só podem ficar ocultos pela timidez que o mantém calado com demasiada frequência. Você o conhece o suficiente para fazer justiça a seu valor sólido. Mas você foi mantida mais alheia do que eu às suas propensões mais detalhadas, como você as chama, por circunstâncias peculiares. Ele e eu fomos colocados em proximidade mais vezes, enquanto que você tem sido mantida inteiramente envolvida por nossa mãe, devido à sua afeição. Tenho convivido bastante com ele, estudei seus sentimentos e ouvi suas opiniões sobre assuntos de literatura e gosto; e, no geral, ouso dizer que ele é uma pessoa esclarecida, extremamente dedicada à leitura, de imaginação vívida, observação justa e correta, e com gostos delicados e puros. Suas capacidades, em todos os aspectos, melhoram conforme o conhecemos, tanto quanto seus modos e porte. Seu modo de falar certamente não causa uma boa impressão, e ele dificilmente pode ser chamado de bonito, até que se perceba a expressão de seus olhos, que é incomumente bela, e a doçura em geral de suas feições. Neste momento, conheço-o tão bem que considero-o realmente bonito; ou, pelo menos, quase. O que me diz, Marianne?

– Logo o considerarei bonito, Elinor, ainda que não o considere agora. Quando me disser para amá-lo como a um irmão, não verei mais nenhuma imperfeição em sua face, assim como agora não vejo em seu coração.

Elinor surpreendeu-se com esta declaração, e arrependeu-se da afeição que havia delatado ao falar dele. Sentia que tinha Edward em alta conta. Acreditava que o afeto era mútuo; mas precisava de maior certeza disso para fazer com que a convicção de Marianne sobre a relação entre os dois lhe fosse agradável. Sabia que o que Marianne e sua mãe conjecturavam em um momento, acreditavam no próximo – que, com elas, desejar era ansiar, e ansiar era aguardar. Tentou explicar a verdadeira situação para a irmã.

– Não pretendo negar – disse ela – que o tenho em alta conta – que o estimo, que gosto dele.

Marianne, neste momento, explodiu em indignação:

– O estima! Gosta dele! Elinor do coração gelado! Oh, pior do que coração gelado! Com vergonha de ser de outra forma. Use estas palavras novamente, e me retirarei deste aposento agora mesmo.

Elinor não conseguiu impedir a risada.

– Desculpe-me, disse ela, – e fique certa de que não pretendi ofender-te ao falar de forma tão contida sobre meus sentimentos. Acredite que são mais fortes do que declarei; acredite, em resumo, que são tão grandes quanto os méritos dele e a suspeita – a esperança – da afeição dele por mim permitirem, sem imprudência ou leviandade. Mas não pode acreditar mais do que isso. Não tenho certeza alguma dos sentimentos dele por mim. Há momentos em que a extensão dos mesmos me parece duvidosa; e até que sejam inteiramente conhecidos, você não pode se surpreender com meu desejo de evitar qualquer encorajamento de minha própria parcialidade, acreditando ou considerando-o mais do que na verdade é. No fundo do meu coração, tenho pouca, quase nenhuma, dúvida de sua preferência. Mas há outros pontos a serem considerados, além de sua inclinação. Ele está muito longe de ser independente. Como sua mãe é de verdade não podemos saber; mas, com base nas menções ocasionais de Fanny sobre a conduta e as opiniões dela, nunca tendemos a considerá-la amigável, e estarei redondamente enganada se o próprio Edward não está ciente de que haveria muitas dificuldades em seu caminho, caso queira se casar com uma mulher sem grande fortuna ou título.

Marianne ficou atônita ao descobrir o quanto as imaginações de sua mãe e dela mesma haviam se antecipado à verdade.

– E você não está mesmo noiva dele! – disse ela. – Mas certamente que logo acontecerá. Duas vantagens resultarão deste atraso: não a perderei tão cedo, e Edward terá mais oportunidades de melhorar seu gosto natural por sua atividade preferida, que é indispensável para sua futura felicidade. Ah, se ele fosse tão estimulado por sua genialidade, a ponto de aprender ele mesmo a desenhar, que maravilhoso seria!

Elinor havia expressado sua verdadeira opinião à sua irmã. Não podia considerar seu afeto por Edward tão próspero quanto Marianne o acreditava. Havia, ocasionalmente, um desânimo nele que, ainda que não denotasse indiferença, dizia respeito a algo quase tão desanimador. Dúvidas sobre a afeição dela, supondo-se que era o que ele sentia, não precisaria ensejar nele algo além de inquietude. Não seria provável que conduzisse o desalento que frequentemente se abatia sobre ele. Uma causa mais razoável poderia ser a situação de dependência que o impedia de se dedicar a seus afetos. Ela sabia que sua mãe não o tratava de forma que tornasse sua vida doméstica confortável, naquele momento, nem que o garantisse que ele poderia formar um lar para si mesmo, sem encaixar-se estritamente na visão que ela tinha para seu engrandecimento. Com estes conhecimentos, era impossível que Elinor se sentisse confortável com o assunto. Ela estava longe de contar com o resultado da preferência dele por ela que sua mãe e irmã ainda consideravam certeiro. Não, quanto mais tempo passavam juntos, mais duvidosa parecia a natureza da afeição de Edward; e, às vezes, por alguns dolorosos minutos, ela acreditava não ser mais do que amizade.

Mas, quaisquer que fossem os limites dele, era o suficiente, quando percebidos por sua irmã, para fazer com que ficasse desconfortável e, ao mesmo tempo (o que era ainda mais comum), para fazer com que ela fosse descortês. Ela aproveitou a primeira oportunidade de afrontar sua sogra, na ocasião, contando a ela sobre as grandes expectativas para seu irmão, sobre a resolução da Sra. Ferrars de que ambos os seus filhos fizessem bons casamentos, e sobre o perigo que recairia sobre qualquer jovem que tentasse conquistá-lo; a Sra. Dashwood não conseguiu fingir não compreender, nem tentar manter a calma. Respondeu-lhe de forma que demonstrou sua indignação e imediatamente saiu do aposento, decidindo que, não importando a inconveniência ou os custos de tão repentina mudança, sua amada Elinor não poderia ser exposta a mais uma semana de tais insinuações.

Neste estado de espírito, ela recebeu uma carta pelo correio, que continha uma proposta particularmente tempestiva. Era a oferta de uma pequena casa, sob termos bastante amenos, pertencente a um parente seu, um cavalheiro de importância e posses no condado de Devonshire. A carta havia sido enviada pelo próprio cavalheiro, e escrita no verdadeiro espírito de acolhimento. Ele havia ficado sabendo que ela estava procurando um lugar para morar e, apesar de a casa que estava oferecendo ser somente um chalé, ele a garantia de que tudo o que ela considerasse necessário seria feito ao local, caso as circunstâncias a agradassem. Insistiu honestamente, após informá-la dos detalhes sobre a casa e o jardim, que ela visitasse, com suas filhas, Barton Park, o local de sua própria residência, de onde ela poderia julgar por si mesma se Barton Cottage, pois as casas estavam na mesma paróquia, poderia se tornar confortável para ela, através de quaisquer alterações. Ele parecia bastante ansioso para acomodá-las, e a totalidade de sua carta havia sido escrita em um estilo tão amigável que não poderia deixar de causar prazer à prima; mais especialmente em um momento em que ela sofria com o comportamento frio e insensível de seus parentes mais próximos. Não precisou de tempo algum para deliberação ou perguntas. Sua resolução foi tomada enquanto lia. As circunstâncias de Barton, em um condado tão distante de Sussex como era Devonshire, o que teria sido, algumas horas antes, objeção suficiente para suplantar todas as possíveis vantagens do lugar, agora era sua primeira recomendação. Sair da vizinhança de Norland não era mais um mal; era um objeto de desejo, uma bênção, em comparação com a agonia de continuar sendo hóspede de sua nora. E sair para sempre daquele amado local seria menos doloroso para ela do que habitá-lo ou visitá-lo enquanto tal mulher era sua senhora. Escreveu imediatamente para Sir John Middleton, agradecendo-lhe por sua gentileza e declarando sua aceitação da proposta dele; então, apressou-se a mostrar ambas as cartas a suas filhas, de modo que pudesse estar segura de sua aprovação antes de enviar a resposta.

Elinor sempre havia pensado que seria mais prudente que elas se estabelecessem a alguma distância de Norland, ao invés de imediatamente dentre seus atuais conhecidos. Neste respeito, portanto, ela não se opôs à intenção da mãe de se mudar para Devonshire. A casa, também, conforme descrita por Sir John, era de escala tão simples, e o aluguel tão incomumente moderado, que não permitiam que ela fizesse objeção a qualquer dos dois pontos; portanto, apesar de não ser um plano que a encantasse de qualquer forma, por ser uma retirada da vizinhança de Norland para além do que desejava, não fez qualquer tentativa de dissuadir sua mãe de enviar uma carta de aquiescência.

Capítulo 5

Assim que a resposta foi enviada, a Sra. Dashwood se permitiu o prazer de anunciar a seu enteado e sua esposa que havia arrumado uma casa, e só os incomodaria até que tudo estivesse pronto para que pudesse habitá-la. Eles a ouviram com surpresa. S Sra. John Dashwood não disse nada, mas seu marido civilmente declarou que esperava que ela não se estabelecesse longe de Norland. Ela teve grande satisfação em responder que iria para Devonshire – Edward virou-se bruscamente em sua direção ao ouvir isso e, em tom de surpresa e preocupação, que não precisou de qualquer explicação para ela, repetiu:

– Devonshire! Vai mesmo para lá? Tão longe daqui! E para que parte do condado?

Ela explicou a situação. Estaria localizada quatro milhas de distância de Exeter.

– É apenas um chalé, – continuou, – mas espero ver muitos dos meus amigos nele. Um quarto ou dois podem ser facilmente acrescentados; e se meus amigos não virem dificuldade em viajar tão longe para ver-me, certamente que não terei nenhuma para acomodá-los.

Concluiu com um convite bastante gentil para que o Sr. e a Sra. Dashwood a visitassem em Barton; e convidou Edward com ainda mais afeição. Apesar de sua conversa anterior com sua nora tê-la feito decidir sair de Norland assim que pudesse, não havia produzido o menor efeito sobre ela em relação à questão que estava em seu cerne. Separar Edward e Elinor estava tão longe de ser sua intenção quanto antes, e ela queria mostrar à Sra. Dashwood, através do claro convite a seu irmão, sua total desconsideração para com a desaprovação desta última.

O Sr. John Dashwood disse repetidamente à sua madrasta o quanto sentia o fato de ela haver tomado uma casa tão distante de Norland, de forma que o impedisse de ser de qualquer serventia a ela na remoção de sua mobília. Ele sentiu-se aborrecido de verdade, na época, pois o esforço ao qual havia limitado o cumprimento de sua promessa a seu pai havia se tornado, por este arranjo, impraticável. A mobília foi toda enviada por barco. Consistia principalmente em roupas de cama, baixela, porcelana e livros, com um belo piano de Marianne. A Sra. John Dashwood assistiu os pacotes irem com um suspiro; não podia evitar de se aborrecer com o fato de que, apesar de a renda da Sra. Dashwood ser tão pequena, em comparação com a sua própria, ela ainda teria alguns itens bonitos de mobília.

A Sra. Dashwood alugou a casa por doze meses; já estava mobiliada, e ela poderia tomar posse imediatamente. Nenhum dos lados opôs qualquer dificuldade quanto ao acordo, e ela só aguardou o envio de suas posses de Norland e a determinação de quem seriam seus criados, para viajar para o oeste; e isso, visto que ela era extremamente rápida na realização de tudo que a interessava, foi logo feito. Os cavalos que haviam sido deixados por seu marido foram vendidos logo após seu falecimento, e, tendo surgido uma oportunidade de se desfazer de sua carruagem, concordou em vendê-la, também, seguindo o conselho de sua filha mais velha. Para o conforto de suas filhas, caso houvesse se baseado somente em seus próprios desejos, ela a teria ficado com ela; mas a opinião de Elinor prevaleceu. Sua sabedoria também limitou o número de serviçais a três; duas criadas e um homem, os quais lhes foram rapidamente arranjados dentre os que faziam parte de seu estabelecimento em Norland.

O homem e uma das criadas foram imediatamente enviados a Devonshire, para preparar a casa para a chegada de sua senhora, pois, como a Sra. Dashwood não conhecia Lady Middleton, preferia ir direto ao chalé, ao invés de ser hóspede em Barton Park. E ela havia se baseado tão firmemente na descrição da casa feita por Sir John, que não sentiu nenhuma curiosidade em examiná-la até que entrasse nela como sua. Sua ansiedade para sair de Norland não foi diminuída, devido à evidente satisfação de sua nora com a iminência de sua saída; satisfação esta que foi minimamente disfarçada por um convite frio para que ela adiasse sua partida. Havia chegado a hora em que a promessa feita por seu enteado a seu pai poderia ser comprida com o mínimo de propriedade. Já que ele havia deixado de cumpri-la ao chegar à casa, o momento da partida de suas irmãs e madrasta poderia ser considerado o período mais adequado para que fosse feito. Mas a Sra. Dashwood logo desistiu de ter qualquer esperança nesse sentido e a se convencer, com base na direção geral de suas conversas, de que o auxílio prestado por ele não iria mais longe do que a estadia de seis meses em Norland. Ele falava com tamanha frequência sobre o aumento das despesas com a manutenção da casa, e das exigências constantes sobre o dinheiro às quais um homem de posição proeminente no mundo estava exposto, que parecia mais estar precisando de dinheiro, do que ter intenção de abrir mão dele.

Dentro de poucas semanas após a chegada da primeira carta de Sir John Middleton a Norland, tudo já estava suficientemente estabelecido em sua futura residência para permitir que a Sra. Dashwood e suas filhas começassem sua jornada.

Muitas lágrimas foram derramadas por elas, ao se despedirem de tão amado lugar.

– Querida, amada Norland! – exclamava Marianne, enquanto andava sozinha na frente da casa, em sua última noite lá. – Quando deixarei de sentir sua falta? Quando me sentirei em casa em outro lugar? Oh, casa feliz, não poderás saber o quanto sofro ao vê-la agora desta posição, da qual talvez nunca mais a verei! E vocês, conhecidos teixos! as vocês continuarão os mesmos. Nenhuma folha apodrecerá por estarmos longe, tampouco irá qualquer galho ficar imóvel, apesar de não podermos mais observá-los! Não, vocês continuarão os mesmos, inconscientes do prazer ou das saudades que causam, e insensíveis a qualquer mudança naqueles que andam sobre suas sombras! Mas quem permanecerá aqui para aproveitá-los?

Capítulo 6

A primeira parte de sua jornada foi realizada em um estado de espírito melancólico demais para que fosse algo que não tediosa e desagradável. Mas conforme se aproximava, do fim, seu interesse na aparição do condado que iriam habitar superou sua tristeza, e a vista do Vale de Barton, conforme o adentravam, lhes propiciou alegria. Era um local agradável e fértil, com belas florestas e rico em pastos. Após percorrerem suas trilhas serpeantes por mais de uma milha, chegaram a sua própria casa. Um pequeno pátio verdejante compunha toda a parte frontal, com um bonito postigo de madeira abrindo passagem para o mesmo.

Como casa, Barton Cottage era, apesar de pequena, confortável e compacta. Mas como chalé, tinha defeitos, pois a construção era regular, a cobertura era de telhas, as janelas não eram pintadas de verde e as paredes não estavam cobertas por madressilvas. Uma passagem estreita passava direto pela casa, para o jardim atrás da mesma. Em cada lado da entrada havia uma sala de estar, de aproximadamente dois metros quadrados; e para além delas estavam os escritórios e as escadas. Quatro quartos e dois sótãos formavam o resto da casa. Não havia sido construída há muito tempo, e estava em bom estado de conservação. Em comparação com Norland, era mesmo pobre e pequena! Mas as lágrimas que as lembranças trouxeram, conforme entravam na casa, logo secaram. A alegria dos criados perante sua chegada as alegrou, e cada uma delas, pelo bem das outras, decidiu aparentar felicidade. Era início de setembro; o clima estava agradável e, ao ver o lugar pela primeira vez com o tempo bom, tiveram uma impressão favorável que serviu para que o aprovassem indefinidamente.

A localização da casa era boa. Altas colinas erguiam-se imediatamente atrás da casa, e a uma pequena distância em cada um dos lados; algumas delas eram campos abertos, outras áreas cultivadas e arborizadas. A maior parte do vilarejo de Barton estava em uma dessas colinas, e formava uma vista agradável das janelas do chalé. A paisagem à frente era mais extensa; tomava o vale inteiro, chegando até os campos além dele. As colinas que cercavam o chalé terminavam o vale naquela direção; sob outro nome, e em outro curso, o vale se abria novamente entre as duas mais altas.

A Sra. Dashwood estava, no geral, satisfeita com o tamanho e a mobília da casa, pois apesar de seu antigo estilo de vida fazer com que fosse necessário acrescentar diversas coisas à esta última, acrescentar e melhorar eram um prazer para ela, e ela tinha, naquele momento, dinheiro disponível o suficiente para tudo de mais elegante que os cômodos necessitavam.

– No que tange à casa em si, – disse ela, – claro que é pequena demais para nossa família, mas ficaremos razoavelmente confortáveis no momento, visto que já está tarde para fazermos melhorias ainda este ano. Talvez na primavera, caso eu tenha bastante dinheiro, o que ouso dizer que terei, poderemos pensar em construir. Estas salas são pequenas demais para as reuniões de nossos amigos que espero ver frequentemente juntos aqui; e estou cogitando mudar a passagem para uma delas, talvez numa parte da outra, e deixar o resto da outra como entrada. Isto, com uma sala de estar que pode ser facilmente acrescentada, e um quarto de dormir e um sótão acima, darão um belo chalezinho. Gostaria que as escadas fossem elegantes. Mas não se pode esperar tudo; apesar de que suponho que não seria muito difícil alargá-las. Verei quanto terei quando a primavera chegar, e planejaremos nossas melhorias de acordo.

Enquanto isso, até que essas alterações pudessem ser feitas com as economias de uma renda de quinhentas libras por ano, por uma mulher que nunca havia guardado dinheiro na vida, elas tiveram a sabedoria de se contentar com a casa como ela era; e cada uma se ocupou com seus próprios assuntos e tentou, colocando ao seu redor livros e outras posses, formar para si um lar. O piano de Marianne foi desembalado e adequadamente posicionado; e os desenhos de Elinor foram afixados às paredes da sala de estar.

Tais tarefas foram interrompidas logo após o café da manhã do dia seguinte, pela entrada de seu senhorio, que as visitara para dar-lhes as boas-vindas a Barton e oferecer todos os confortos de sua própria casa e jardim que lhes faltassem naquele momento. Sir John Middleton era um homem bem apessoado, de aproximadamente quarenta anos. Já as havia visitado em Stanhill, mas há tempo demais para que suas jovens primas se lembrassem dele. Sua aparência era bem-humorada, e seus modos tão amigáveis quanto o estilo de sua carta. A chegada delas parecia ter lhe dado verdadeira satisfação, e seu conforto ser um objeto de real solicitude para ele. Falou muito sobre seu sincero desejo de que suas primas vivessem nos termos mais sociáveis com sua própria família, e insistiu tão cordialmente para que jantassem em Barton Park todos os dias, até que estivessem melhor estabelecidas em casa, que, apesar de seus pedidos terem sido persistentes a ponto de ultrapassarem a civilidade, elas não puderam causar ofensa. Sua gentileza não estava confinada às palavras, pois uma hora após partir, uma grande cesta cheia de legumes e frutas chegou de sua casa, seguida, antes do fim do dia, por um presente de carne de caça. Ele insistiu, ainda, em levar e trazer suas cartas do correio, e não aceitou que lhe fosse negado o prazer de enviar a elas seu jornal todos os dias.

Lady Middleton havia enviado uma mensagem bastante cordial através dele, denotando sua intenção de visitar a Sra. Dashwood assim que tivesse certeza de que não seria uma inconveniência; e, visto que a mensagem foi respondida com um convite igualmente educado, a senhora foi apresentada a ela no dia seguinte.

Elas estavam, é claro, bastante ansiosas ao ver uma pessoa de quem tamanha parcela de seu conforto em Barton dependeria; e a elegância de sua aparência foi favorável a seus desejos. Lady Middleton não tinha mais do que vinte e seis ou vinte e sete anos; seu rosto era belo, sua figura alta e airosa, e seu porte gracioso. Seus modos tinham toda a elegância que faltava a seu marido, mas teriam sido melhorados por um pouco da franqueza e gentileza dele. Sua visita foi longa o suficiente para retirar um pouco da primeira admiração, contudo, tendo mostrado que, apesar de perfeitamente bem educada, ela era reservada, fria e não tinha nada a dizer por si além das observações ou perguntas mais comuns.

Não faltou conversa, contudo, pois Sir John era bastante falador, e Lady Middleton havia tomado a precaução de trazer com eles seu filho mais velho, um belo menininho de mais ou menos seis anos, através do qual houve sempre um assunto ao qual as damas puderam recorrer em casos extremos, pois tiveram que perguntar seu nome e idade, admirar sua beleza e fazer-lhe perguntas que eram respondidas por sua mãe, enquanto ele ficava ao seu redor e mantinha a cabeça baixa, para grande surpresa da senhora, que estranhou sua timidez perante estranhos, visto que fazia barulho o suficiente em casa. Em todas as visitas formais, uma criança deveria fazer parte do grupo, na qualidade de assunto para conversa. No presente caso, levaram dez minutos para determinar se o menino era mais parecido com o pai ou a mãe, e que características tinha de cada um deles, pois, é claro, todos discordaram e ficaram surpresos com as opiniões dos outros.

As mulheres Dashwood logo tiveram a oportunidade de debater sobre o resto das crianças, pois Sir John não partiu sem antes extrair uma promessa de que jantariam em sua casa no dia seguinte.

Capítulo 7

Barton Park ficava a mais ou menos oitocentos metros do chalé. As damas haviam passado perto dela em seu caminho pelo vale, mas não podiam vê-la de casa por estar protegida por uma colina. A casa era grande e bela, e os Middleton viviam em um estilo de igual hospitalidade e elegância. A primeira era para gratificação de Sir John, a última para sua senhora. Quase nunca estavam sem amigos hospedados em sua casa, e mantinham mais companhia de todo tipo do que qualquer outra família da vizinhança. Era necessário para a felicidade de ambos, pois por mais dessemelhantes que fossem, em temperamento e comportamento, eram muito parecidos na total ausência de talento e gosto que restringia suas ocupações não-sociais a uma gama bastante adstrita. Sir John era um esportista, Lady Middleton mãe. Ele caçava e atirava, ela entretia seus filhos, e estes eram seus únicos recursos. Lady Middleton tinha a vantagem de poder mimar seus filhos o ano todo, enquanto que as ocupações independentes de Sir John só eram possíveis durante metade do tempo. Contudo, compromissos contínuos, em casa e fora dela, supriam todas as deficiências de natureza e educação, levantavam o ânimo de Sir John e exercitavam a boa educação de sua esposa.

Lady Middleton orgulhava-se da elegância de sua mesa e todos os seus arranjos domésticos, e este tipo de vaidade lhe propiciava seu maior prazer em todas as suas festas. Mas a satisfação de Sir John em relacionar-se com os outros era muito mais real; exultava em reunir ao seu redor mais jovens do que cabiam em sua casa, e quanto mais barulhentos fossem, mais feliz ficava. Ele era uma bênção para toda a parte juvenil da vizinhança, pois, nos verões, constantemente formava grupos para fazer piqueniques com presunto e frango ao ar livre, e no inverno, seus bailes privados eram numerosos o suficiente para qualquer jovem dama que não estivesse passando pela fase insaciável dos quinze anos.

A chegada de uma nova família à região era sempre motivo de alegria para ele, e ele havia ficado, sob todos os aspectos, encantado com as habitantes que havia conseguido para seu chalé em Barton. As senhoritas Dashwood eram jovens, bonitas e sem afetação. Era o suficiente para garantir sua boa opinião, pois não ter afetação era tudo o que uma garota bonita precisava para fazer com que sua personalidade fosse tão cativante quanto sua aparência. A cordialidade de sua disposição natural fazia com que ficasse feliz em acomodar aquelas cuja situação poderia ser considerada, em comparação com o passado, desafortunada. Ao ser gentil com suas primas, portanto, ele teve a verdadeira satisfação de um bom coração, e tendo estabelecido em seu chalé uma família formada somente por mulheres, ele teve toda a satisfação de um esportista; pois um esportista, apesar de só estimar aqueles de seu sexo que também sejam esportistas, não costuma desejar encorajar seu gosto permitindo que residam dentro de seu próprio domínio.

A Sra. Dashwood e suas filhas foram recebidas à porta da casa por Sir John, que deu-lhes as boas-vindas a Barton Park com sinceridade e naturalidade; e, enquanto as acompanhava até a sala de estar, repetiu para as jovens damas a preocupação que o mesmo assunto tinha ensejado no dia anterior, de ter sido incapaz de obter jovens elegantes para apresentar-lhes. Elas veriam, ele disse, só um cavalheiro além dele mesmo: um amigo próximo que estava hospedado na casa, mas que não era nem muito jovem, nem muito animado. Ele esperava que elas perdoariam a pequenez do grupo, e garantia que isso jamais se repetiria. Ele havia visitado diversas famílias naquela manhã, na esperança de acrescentar algum convidado ao grupo, mas a lua estava cheia, e todos estavam repletos de compromissos. Felizmente, a mãe de Lady Middleton havia chegado em Barton há menos de uma hora e, visto que era uma mulher bastante animada e agradável, ele esperava que as jovens não se entediariam tanto quanto imaginavam. As jovens damas, assim como sua mãe, estavam perfeitamente satisfeitas em ter dois completos estranhos no grupo, e não desejavam mais nada.

A Sra. Jennings, a mãe de Lady Middleton, era uma senhora de idade bem-humorada, alegre e gorda, que falava bastante e parecia ser feliz e um tanto quanto vulgar. Era cheia de piadas e risos, e antes do final do jantar já havia dito diversas coisas espirituosas sobre amores e maridos, esperado que elas não houvessem deixado seus corações em Sussex e fingido tê-las visto corar, tendo elas corado mesmo ou não. Marianne ficou aborrecida por sua irmã, e olhou na direção de Elinor para ver como ela estava suportando tais investidas com uma franqueza que doeu muito mais em Elinor do que as provocações comuns da Sra. Jennings.

O Coronel Brandon, o amigo de Sir John, parecia tão mal adaptado, por falta de semelhança de temperamento, para ser seu amigo quanto Lady Middleton para ser sua esposa, ou a Sra. Jennings para ser a mãe de Lady Middleton. Ele era calado e sério. Sua aparência, contudo, não era desagradável, apesar de ser, na opinião de Marianne e Margaret, um velho solteirão, pois estava para lá dos trinta e cinco; porém, apesar de seu rosto não ser belo, sua expressão era sensível e seus modos particularmente cavalheirescos.

Nada havia, em nenhum dos membros do grupo, que os recomendasse como companheiros para as Dashwood, mas a fria insipidez de Lady Middleton era tão particularmente repulsiva que, em comparação, a gravidade do Coronel Brandon, e até mesmo a alegria desmedida do Sir John e de sua sogra eram interessantes. Lady Middleton pareceu se alegrar somente com a entrada de seus quatro filhos barulhentos após o jantar, que a puxaram, rasgaram suas roupas e deram um fim a qualquer tipo de conversa que não se relacionasse com eles.

À noite, quando foi descoberto que Marianne tinha o dom da música, ela foi convidada a tocar. O instrumento foi aberto, todos estavam prontos a se encantar, e Marianne, que cantava muito bem, atendeu ao pedido de tocar a maioria das músicas que Lady Middleton havia trazido para a família por ocasião de seu casamento, e que haviam, talvez, permanecido na mesma posição sobre o piano desde então, pois a senhora tinha celebrado aquele evento deixando de tocar, apesar de costumar fazê-lo extremamente bem, de acordo com sua mãe, e gostar muito de fazê-lo, de acordo com si mesma.

A performance de Marianne foi amplamente aplaudida. Sir John expressou sua admiração ao final de cada canção em voz alta, tão alta quanto sua conversa com os outros durante cada música. Lady Middleton frequentemente chamava sua atenção, perguntava-se como a atenção de alguém poderia se desviar de música por um único momento, e pedia que Marianne cantasse uma canção específica que havia acabado de terminar. Somente o Coronel Brandon, de todo o grupo, a ouviu tocar sem cometer exageros. Só lhe fez o elogio de dar-lhe sua atenção; e ela sentiu respeito por ele, na ocasião, respeito ao qual os outros não fizeram jus por sua descarada falta de bom gosto. O prazer do coronel pela música, apesar de não atingir o nível de êxtase necessário para equiparar-se ao dela, era estimável, em contraste com a horrível insensibilidade dos outros, e ela era razoável o suficiente para aceitar que um homem de trinta e cinco anos poderia muito bem ter perdido toda a agudez de sentimento e todo poder de deleite. Ela estava perfeitamente disposta a fazer todas as concessões para a idade avançada do coronel que sua humanidade exigia.

Capítulo 8

A Sra. Jennings era uma viúva de amplas posses. Só tinha duas filhas, ambas as quais ela havia vivido o suficiente para ver respeitavelmente casadas, e agora não tinha nada para fazer além de casar o resto do mundo. Na consecução deste objetivo ela era zelosamente ativa, no limite de suas capacidades, e não perdia uma oportunidade de projetar casamentos entre todos os jovens que conhecia. Era espantosamente rápida para descobrir afetos, e deleitava-se com o poder de fazer corar e envaidecer muitas jovens damas, com insinuações sobre seus efeitos sobre um determinado jovem cavalheiro; e este tipo de discernimento permitiu, logo após sua chegada em Barton, que pronunciasse decisivamente que o Coronel Brandon estava apaixonado por Marianne Dashwood. Na verdade, suspeitou que fosse assim, logo na primeira noite em que os dois estiveram juntos, com base no fato de ele tê-la ouvido cantar tão atenciosamente; e, quando a visita foi retribuída pelos Middleton, que foram jantar no chalé, confirmou o fato vendo-o ouvi-la tocar novamente. Tinha que ser. Ela estava perfeitamente convencida disso. Seria uma união excelente, pois ele era rico, e ela bonita. A Sra. Jennings estava há tempos ansiosa por ver o Coronel Brandon bem casado, desde que seu relacionamento com Sir John o havia trazido a seu conhecimento, e também sempre ansiava encontrar um bom marido para cada garota formosa.

A vantagem imediata para si mesma também era considerável, pois fornecia incontáveis piadas com ambos. Na casa de seu genro, ela ria do coronel, e no chalé, ria de Marianne. O primeiro provavelmente não se importava nem um pouco com seus gracejos, no que dizia respeito a ele mesmo; mas esta última primeiro não compreendeu e, quando finalmente entendeu o objeto da chacota, mal sabia se ria do absurdo ou censurava sua impertinência, pois considerou uma observação insensível sobre a idade avançada do seu coronel e sua condição deprimente de solteirão.

A Sra. Dashwood, que não conseguia considerar um homem cinco anos mais jovem do que ela tão velho quanto parecia para a imaginação púbere de sua filha, tentou eximir a Sra. Jennings da probabilidade de desejar fazer troça de sua idade.

– Mas pelo menos, mamãe, você não pode negar o absurdo da acusação, apesar de não pensar que foi intencionalmente maldosa. O Coronel Brandon é certamente mais novo do que a Sra. Jennings, mas é velho o suficiente para ser meu pai; e se ele já teve vivacidade o suficiente para se apaixonar, deve há muito ter passado da época de sentir qualquer coisa do tipo. É por demais ridículo! Quando um homem poderá estar a salvo de gracejos do tipo, se idade e enfermidade não o protegerem?

– Enfermidade! – disse Elinor. – Você chama o Coronel Brandon de enfermo? Posso facilmente supor que sua idade possa parecer muito maior para você do que para mamãe, mas você não pode crer que ele não consegue mais usar seus próprios membros!

– Não o ouviu reclamar de reumatismo? E não é esta a enfermidade mais comum no fim da vida?

– Minha querida filha, – disse sua mãe, rindo, – nesta toada, você deve estar constantemente aterrorizada com o meu declínio, e deve lhe parecer um milagre que durei até a idade avançada dos quarenta.

– Mamãe, você não está sendo justa comigo. Compreendo perfeitamente que o Coronel Brandon não é velho o suficiente para fazer com que seus amigos fiquem apreensivos de perdê-lo para causas naturais. Ainda pode viver mais vinte anos. Mas trinta e cinco não tem nada a ver com matrimônio.

– Talvez – disse Elinor – fosse melhor que trinta e cinco e dezessete não tivessem nada a ver com matrimônio juntos. Mas se, por acaso, haja uma mulher que esteja solteira aos vinte e sete, não creio que o fato de o Coronel Brandon ter trinta e cinco anos seria qualquer objeção para que se casasse com ela.

– Uma mulher de vinte e sete – disse Marianne, após pausar um momento – nunca poderia esperar sentir ou inspirar afeição novamente e, se seu lar fosse desconfortável, ou sua fortuna pequena, posso supor que ela poderia se forçar a se submeter ao ofício de enfermeira, para obter o sustento e a segurança de uma esposa. Ele se casar com uma mulher assim, portanto, não seria nada inadequado. Seria um acordo de conveniência, e todos ficariam satisfeitos. A meu ver, não seria um casamento, mas isso não importaria. Para mim, pareceria somente uma transação comercial, na qual cada parte desejasse se beneficiar às custas da outra.

– Seria impossível, eu sei, – respondeu Elinor – convencê-la de que uma mulher de vinte e sete anos poderia sentir, por um homem de trinta e cinco, qualquer coisa parecida o suficiente com amor para torná-lo um companheiro desejável para ela. Mas devo protestar contra sua condenação do Coronel Brandon e sua esposa a estarem constantemente confinados a um quarto de doente, meramente porque ele calhou de reclamar ontem (que foi um dia bastante frio e úmido) de uma sensação ligeiramente reumática em um de seus ombros.

– Mas ele falou de casacos de flanela, – disse Marianne, – e, para mim, um casaco de flanela está invariavelmente ligado a dores, cãibras, reumatismo e todo tipo de doença que aflige os velhos e frágeis.

– Caso ele estivesse apenas com uma violenta febre, você não o teria desprezado tanto. Confesse, Marianne, não acha um pouco interessantes as faces ruborizadas, os olhos profundos e o pulso acelerado causados por uma febre?

Logo após a conversa, quando Elinor saiu da sala, Marianne disse:

– Mamãe, tenho uma preocupação relativa ao assunto de doença que não posso esconder de você. Estou certa de que Edward Ferrars não está bem. Já estamos aqui há quase duas semanas, e ele ainda não veio. Nada além de uma verdadeira indisposição poderia causar este extraordinário atraso. O que mais poderia prendê-lo em Norland?

– Você imaginava que ele viria tão cedo? – disse a Sra. Dashwood.
– Eu não. Pelo contrário, se senti qualquer apreensão quanto a este assunto, foi ao lembrar que ele às vezes demonstrou uma falta de prazer e prontidão em aceitar meu convite, quando mencionei que devia vir a Barton. Elinor já o espera?

– Nunca mencionei isso com ela, mas é claro que deve esperar.

– Penso que esteja enganada, pois quando falei com ela ontem sobre comprar uma nova grelha para o quarto de hóspedes, ela observou que não havia pressa, pois não era provável que o quarto fosse usado por algum tempo.

– Que estranho! Qual poderia ser o sentido disso? Mas todo o comportamento de um para com o outro tem sido inexplicável! Quão frios e compostos estavam ao se despedir! Quão lânguida sua conversa na última noite em que estiveram juntos! Ao se despedir, Edward não fez distinção entre Elinor e eu: foram as felicitações de um irmão afetuoso para ambas. Duas vezes os deixei sozinhos de propósito, durante a última manhã, e em ambas ele inexplicavelmente me seguiu para fora da sala. E Elinor, ao deixar Norland e Edward, não chorou como eu. Até mesmo agora seu autocontrole é invariável. Quando ela fica acabrunhada ou melancólica? Quando tenta evitar companhia, ou parece irrequieta e insatisfeita com a mesma?

Capítulo 9

As mulheres Dashwood estavam estabelecidas em Barton com razoável conforto. A casa e o jardim, com todos os objetos que os circundavam, já haviam se tornado familiares, e as tarefas comuns, que haviam dado a Norland a metade de sua atração, foram realizadas novamente, com mais deleite do que Norland havia propiciado desde a morte de seu pai. Sir John Middleton, que as visitara todo dia durante a primeira quinzena, e que não costumava ver muitos afazeres sendo cumpridos em casa, não pôde esconder sua surpresa ao encontrá-las sempre ocupadas.

Seus visitantes, exceto os de Barton Park, não eram numerosos, pois, apesar dos pedidos encarecidos de Sir John de que se misturassem mais com a vizinhança, e repetidas garantias de que sua carruagem estava sempre à disposição, a independência natural da Sra. Dashwood superava o desejo de que suas filhas socializassem, e ela estava resolvida a recusar-se a visitar qualquer família que morasse a uma distância que não pudesse ser percorrida a pé. Havia poucas que podiam ser classificadas como tal, e nem todas elas eram atingíveis. A mais ou menos dois quilômetros e meio de distância do chalé, ao longo do estreito e serpeante vale de Allenham, que começava onde o vale de Barton acabava, conforme já descrito, as garotas tinham, em um de seus primeiros passeios, descoberto uma mansão antiga e de aparência respeitável, que, por lembrá-las um pouco de Norland, interessou sua imaginação e as fez desejar conhecê-la melhor. Mas descobriram, ao perguntar, que sua proprietária, uma senhora idosa, de excelente reputação, estava doente demais para relacionar-se com o mundo, e nunca saía de casa.

Todo o campo ao redor delas tinha inúmeras trilhas para passeio. As altas campinas, que as chamavam de quase todas as janelas do chalé para aproveitar o ar fresco em seus cumes, eram uma feliz alternativa, quando a lama dos vales abaixo encobria sua beleza; e Marianne e Margaret dirigiram seus passos para uma dessas colinas, em uma memorável manhã, atraídas pelos poucos raios de sol em um céu chuvoso, não aguentando mais o confinamento causado pela chuva dos dois dias anteriores. O tempo não estava tentador o suficiente para atrair as outras duas para longe de seu lápis e seu livro, apesar da declaração de Marianne de que o dia iria continuar ensolarado e que todas as nuvens ameaçadoras iriam para longe das colinas; então, as duas meninas partiram juntas.

Subiram as colinas alegremente, deleitando-se com sua própria perspicácia ao ver cada pedaço de céu azul; e, quando sentiam nos rostos as animadoras rajadas de um vento sudoeste, lamentavam os medos que haviam impedido que sua mãe e Elinor compartilhassem de tais aprazíveis sensações.

– Há felicidade no mundo – disse Marianne – superior a isto? Margaret, andaremos aqui pelo menos por duas horas.

Margaret concordou, e seguiram caminho contra o vento, resistindo a ele em meio a risadas por mais vinte minutos, quando as nuvens se juntaram repentinamente sobre suas cabeças, e uma chuva forte caiu diretamente sobre seus rostos. Aborrecidas e surpresas, foram obrigadas, a contragosto, a voltar, pois sua casa era o abrigo mais próximo. Tiveram uma consolação, contudo, que as exigências do momento tornaram mais adequada do que o normal: a de descer correndo o mais rápido que podiam a face inclinada da colina, que levava diretamente ao portão de seu jardim.

Partiram. Primeiro, Marianne estava na frente, mas uma pisada em falso fez com que caísse de repente ao chão; e Margaret, incapaz de parar para ajudá-la, continuou involuntariamente em frente, e chegou ao pé da colina em segurança.

Um cavalheiro carregando uma arma, com dois sabujos brincando ao seu redor, estava subindo a colina e a alguns metros de distância de Marianne, quando seu acidente ocorreu. Deixou a arma de lado e correu a seu auxílio. Ela havia se erguido do chão, mas seu pé fora torcido na queda, e ela mal podia levantar-se. O cavalheiro ofereceu seus serviços e, ao perceber que a modéstia dela recusava o que sua situação exigia, pegou-a em seus braços sem demora, e carregou-a colina abaixo. Então, ao passar pelo jardim, o portão do qual havia sido deixado aberto por Margaret, levou-a diretamente até a casa, à qual Margaret havia acabado de chegar, e não a soltou antes de colocá-la sentada sobre uma cadeira na sala.

Elinor e sua mãe levantaram-se, atônitas, com a entrada deles, e enquanto os olhares de ambas estavam fixos nele, com evidente surpresa e admiração oculta, ensejadas igualmente por sua aparição, ele desculpou-se pela intrusão relatando a causa da mesma, de maneira tão franca e graciosa que sua pessoa, já incomumente bela, tornou-se ainda mais charmosa devido a sua voz e expressão. Ainda que ele fosse velho, feio e vulgar, a gratidão e gentileza da Sra. Dashwood teriam sido garantidas por qualquer ato de atenção para com sua filha; mas a influência da juventude, da beleza e da elegância fizeram com que a atitude dele afetasse diretamente seus sentimentos.

Ela o agradeceu repetidas vezes e, com seu costumeiro modo meigo de falar, convidou-o a se sentar. Mas isto ele recusou, pois estava sujo e molhado. A Sra. Dashwood, então, pediu para saber a quem devia sua gratidão. Seu nome, ele respondeu, era Willoughby, e sua residência atual era Allenham, de onde ele esperava que ela lhe desse a honra de sair para visitá-las no dia seguinte, para saber da Srta. Dashwood. A honra foi prontamente concedida, e então ele partiu, para ficar ainda mais interessante, no meio da chuva forte.

Sua beleza máscula e elegância acima do comum se tornaram imediatamente o assunto da admiração geral, e os gracejos com Marianne, ensejados por seus modos galantes, foram ainda mais espirituosos devido a seus atrativos externos. A própria Marianne havia visto menos dele do que as outras, pois a confusão que a fez ruborizar, no momento em que ele a tomou nos braços, a havia impedido de olhar para ele após entrarem em casa. Mas ela havia visto o suficiente para juntar-se à admiração das outras, e com o vigor que sempre permeava seus elogios. Sua aparência e modos correspondiam ao que sua imaginação sempre havia conjurado para o herói de suas histórias preferidas; e tê-la carregado para dentro de casa sem qualquer formalidade denotava uma rapidez de pensamento que particularmente fez com que ela admirasse sua atitude. Todas as circunstâncias relativas a ele eram interessantes. Seu nome era bom, sua residência era em seu vilarejo preferido, e ela logo descobriu que, de todas as roupas masculinas, o casaco de caça era o mais atraente. A imaginação de Marianne foi tomada, suas reflexões eram agradáveis e a dor do tornozelo torcido foi desconsiderada.

Sir John as visitou assim que o próximo intervalo de tempo bom daquela manhã permitiu que saísse de casa e, após ouvir sobre o acidente de Marianne, foi-lhe perguntado ansiosamente se conhecia um cavalheiro de nome Willoughby em Allenham.

– Willoughby! – exclamou Sir John. – Como assim, ele está no interior? É uma boa notícia, contudo; cavalgarei até ele amanhã para convidá-lo para jantar na quinta-feira.

– Você o conhece, então – disse a Sra. Dashwood.

– Se o conheço! Claro que sim. Ele vem para cá todos os anos.

– E que tipo de jovem ele é?

– Do melhor tipo possível, asseguro-lhe. Tem uma mira bastante boa, e na Inglaterra, cavaleiro mais ousado não há.

– Mas isso é tudo que pode dizer sobre ele? – exclamou Marianne, indignada. – Como são seus modos, para os que o conhecem mais intimamente? Quais são seus interesses, talentos e gênio?

Sir John ficou um tanto quanto confuso.

– Nossa, – disse ele – não sei muito sobre ele no que diz respeito a tudo isso. Mas ele é um camarada agradável e bem-humorado, e tem a cadelinha de caça preta mais bonita que já vi. Ela estava passeando com ele hoje?

Mas Marianne deixou de satisfazê-lo quanto à cor do sabujo do Sr. Willoughby, tanto quanto ele foi incapaz de descrever para ela as nuances de sua mente.

– Mas quem é ele? – disse Elinor. – De onde ele é? Ele tem uma casa em Allenham?

Neste quesito, Sir John conseguiu dar informações mais certeiras, contando a elas que o Sr. Willoughby não tinha propriedade naquele condado, e só residia lá quando visitava a velha senhora em Allenham Court, de quem era parente, e cujas posses iria herdar. Acrescentou:

– Sim, sim, ele vale bastante a pena ser capturado, posso te dizer, Srta. Dashwood; ele tem uma bela propriedade pequena, além disso, no condado de Somerset, e se eu fosse você, não abriria mão dele por minha irmã mais nova, apesar de todo esse negócio de rolar colina abaixo. A Srta. Marianne não pode esperar ficar com todos os homens para si própria. Brandon ficará enciumado, caso ela não se cuide.

– Não acredito – disse a Sra. Dashwood, com um sorriso bem-humorado, – que o Sr. Willoughby se incomodará com as tentativas de qualquer de minhas filhas em relação ao que o senhor chama de "capturá-lo". Não é uma tarefa para a qual foram criadas. Os homens estão bastante seguros conosco, por mais ricos que sejam. Fico feliz em descobrir, contudo, com base no que diz, que ele é um jovem respeitável, e com o qual não será inadequado nos relacionarmos.

– Ele é um camarada tão bom, acredito, quanto se possa esperar – Repetiu Sir John – Lembro-me de que, no último Natal, em um modesto baile em casa, ele dançou das oito às quatro, sem sentar nenhuma vez.

– É mesmo? – exclamou Marianne, com os olhos brilhando. – E com elegância, com ânimo?

– Sim; e já estava de pé às oito, para cavalgar.

– É disso que gosto; é assim que um jovem deve ser. Quaisquer que sejam seus interesses, sua ânsia pelos mesmos não deve conhecer qualquer moderação, e não devem deixá-lo nem um pouco cansado.

– Sim, sim, estou vendo o que vai acontecer, – disse Sir John, – vejo o que vai acontecer. Você irá colocá-lo em sua mira, agora, e não pensará mais no pobre Brandon.

– Esta é uma expressão, Sir John, – disse Marianne, com exaltação, – da qual particularmente não gosto. Tenho horror a todo clichê que pretenda ser espirituoso; e "colocar um homem na mira" ou "fazer uma conquista" são os mais odiosos. O objetivo dos mesmos são grosseiros e antiquados; e, se sua interpretação pudesse, de alguma forma, ser considerada inteligente, o tempo há muito já destruiu toda a sua argúcia.

Sir John não entendeu completamente esta repreensão, mas riu com gosto, como se houvesse compreendido, e respondeu:

– Sim, você fará conquistas o suficiente, ouso dizer, de uma forma ou de outra. Pobre Brandon! Já está bastante apaixonado, e vale muito a pena colocá-lo em sua mira, posso te dizer, apesar de todo esse negócio de tombos e torção de tornozelos.

Capítulo 10

O protetor de Marianne, como Margaret havia apelidado Willoughby, com mais elegância do que precisão, visitou o chalé cedo na manhã seguinte, para perguntar dela pessoalmente. Foi recebido pela Sra. Dashwood com mais do que educação; com uma gentileza ensejada pela descrição feita por Sir John e por sua própria gratidão, e tudo o que ocorreu durante a visita tendeu a assegurá-lo do bom-senso, da elegância, do afeto mútuo e do conforto doméstico da família à qual havia sido apresentado por acidente. De seus encantos pessoais, ele não havia precisado de um segundo encontro para ser convencido.

A Srta. Dashwood tinha pele delicada, feições regulares e uma constituição notavelmente bonita. Marianne era ainda mais bela. Sua forma, apesar de não ser tão correta quanto a de sua irmã, era mais marcante, por ter a vantagem da altura; e seu rosto era tão adorável que, no jargão comum dos elogios, a verdade era menos ultrajada do que costuma acontecer. Sua pele era bastante morena, mas, devido a sua transparência, sua cútis era incomumente brilhante; suas feições eram todas boas; seu sorriso doce e atraente; e em seus olhos, que eram bastante escuros, havia uma vivacidade, um entusiasmo, uma intensidade, que dificilmente podiam ser vistos sem deleite. De Willoughby, sua expressão foi escondida, de início, pelo embaraço que seu auxílio criava. Porém, quando isso passou, ela se recompôs, testemunhou os perfeitos bons modos do cavalheiro, que unia franqueza e vivacidade e, acima de tudo, quando o ouviu declarar que tinha paixão por música e dança, ela lançou a ele um olhar de tamanha aprovação que prendeu a ela sua conversa pelo resto do dia.

Era necessário somente mencionar qualquer diversão favorita para fazer com que falasse. Ela não conseguia ficar em silêncio quando esses assuntos eram introduzidos, e não tinha nem timidez, nem reserva, em suas discussões. Logo descobriram que seu amor por dança e música era mútuo, e que advinha de uma conformidade geral de opinião em tudo que se relacionava com qualquer um dos tópicos. Assim encorajada a um exame mais minucioso das opiniões dele, começou a questioná-lo sobre o assunto de livros; contou-lhe seus autores preferidos, e os discutira com tamanho deleite que qualquer jovem de vinte e cinco anos teria que ser muito insensível para não se converter imediatamente à excelência de tais obras, por mais que as ignorasse anteriormente. Os gostos dos dois eram surpreendentemente parecidos. Os mesmos livros, os mesmos trechos, eram idolatrados por ambos – ou, caso surgisse qualquer divergência ou objeção, não durava até que a força dos argumentos e o brilho dos olhos dela fossem exibidos. Ele concordava com todas as decisões dela, contagiado por seu entusiasmo; e muito antes do fim de sua visita, já estavam conversando com a familiaridade de um relacionamento há muito estabelecido.

– Bem, Marianne – disse Elinor, assim que ele havia partido, – acho que se saiu muito bem, para uma manhã só. Já averiguou as opiniões do Sr. Willoughby quanto a quase todos os assuntos de importância. Sabe o que ele pensa de Cowper e Scott; está certa de que ele estima as belezas de ambos tal como devia, e recebeu toda garantia de que ele não admira Pope mais do que o adequado. Mas como seu relacionamento poderá ter longa duração, com esta extraordinária resolução de todos os assuntos de conversa? Logo terão exaurido todos os tópicos preferidos. Outro encontro será suficiente para explicar os sentimentos dele sobre beleza pitoresca e segundos casamentos, e então não terá mais nada para perguntar.

– Elinor, – exclamou Marianne, – isto é justo? Está sendo justa? Minhas ideias são tão escassas? Mas entendo o que quer dizer. Fiquei confortável demais, feliz demais, franca demais. Violei todas as noções comuns de decoro; fui aberta e sincera, quando deveria ter sido reservada, acabrunhada, entediante e enganosa – se houvesse falado somente do tempo e das estradas, e se só tivesse dito uma frase em dez minutos, esta bronca não teria sido dada.

– Meu amor, – disse a mãe, – não deve se ofender com Elinor; ela estava apenas brincando. Eu mesma a repreenderia, se ela tivesse tido a intenção de controlar o deleite de sua conversa com nosso novo amigo. – Marianne abrandou no instante seguinte.

Willoughby, por sua vez, deu todos os sinais de encanto com sua nova conhecida que um desejo evidente de aprofundar o contato poderia oferecer. As visitava todos os dias. Perguntar sobre a saúde de Marianne foi sua primeira desculpa; mas o encorajamento de sua recepção, que era mais calorosa a cada dia, tornou a desculpa desnecessária antes que deixasse de ser possível, devido à perfeita recuperação de Marianne. Ela ficou confinada à casa por alguns dias, mas nunca um confinamento foi menos irritante. Willoughby era um jovem de boas habilidades, imaginação rápida, espírito animado e modos francos e afetuosos. Sua natureza tinha tudo o que era necessário para conquistar o coração de Marianne, pois, além de tudo isso, ele tinha não só um jeito cativante, como também um ardor mental natural, estimulado e aumentado pelo exemplo dela, e que fazia, mais do que qualquer outra coisa, com que ela se afeiçoasse a ele.

A companhia dele gradualmente se tornou seu maior prazer. Eles liam, conversavam, cantavam juntos; os talentos musicais dele eram consideráveis, e ele lia em voz alta com toda a sensibilidade e ânimo que, infelizmente, faltava a Edward.

Ele era tão impecável na opinião da Sra. Dashwood quanto na de Marianne; e Elinor não viu nada pelo que pudesse censurá-lo, a não ser uma propensão, na qual ele se parecia fortemente com sua irmã, e que estranhamente a agradava, a falar demais sobre suas próprias opiniões, em todas as ocasiões, sem prestar atenção nas pessoas ou circunstâncias. Formando e dando sua opinião para os outros rapidamente, sacrificando os bons modos pelo prazer da atenção plena da pessoa a quem se afeiçoara, e desconsiderando com facilidade demais as regras gerais de educação, ele exibia uma falta de cuidado que Elinor não podia aprovar, apesar de tudo que ele e Marianne pudessem dizer em defesa de tal comportamento.

Marianne começara a perceber que o desespero que a havia acometido aos dezesseis anos e meio, de nunca encontrar um homem que atendesse a todas as suas ideias de perfeição, havia sido apressado e injustificado. Willoughby era tudo o que sua imaginação havia delineado, naquele momento infeliz e em todos os períodos mais alegres, como capaz de atrai-la; e seu comportamento declarava que os desejos dele, nesta questão, eram tão honestos quanto suas habilidades eram sólidas.

Sua mãe, também, em cuja mente nem uma única especulação sobre o casamento dos dois havia surgido devido à possibilidade da fortuna do jovem, foi levada a desejá-lo e esperá-lo antes do fim da semana, e intimamente congratular a si mesma por ter ganhado dois genros como Edward e Willoughby.

A parcialidade do Coronel Brandon por Marianne, que havia sido tão facilmente descoberta por seus amigos, agora havia sido percebida por Elinor, quando os outros haviam deixado de reparar na mesma. A atenção os gracejos de todos foram transferidos para seu rival mais afortunado; e a zombaria que havia ensejado antes de sentir qualquer afeição foi removida quando seus sentimentos de fato começaram a merecer as chacotas tão justamente ligadas à sensibilidade. Elinor foi obrigada, a contragosto, a acreditar que os sentimentos creditados a ele pela Sra. Jennings, para a própria satisfação desta última, agora eram despertados de verdade por sua irmã, e que, apesar de uma semelhança geral de temperamentos entre Marianne e o Sr. Willoughby poder ensejar o afeto deste último, uma diferença de personalidades igualmente forte não era nenhum obstáculo ao apreço do Coronel Brandon. Ela via tudo com preocupação, pois o que poderia esperar um homem quieto, de trinta e cinco anos, quando comparado a um bastante espirituoso, de vinte e cinco? Não podendo desejar que fosse bem-sucedido, desejava de coração que se tornasse indiferente. Gostava dele – apesar de sua seriedade e reserva, lhe era um objeto de interesse. Seus modos, apesar de sérios, eram brandos, e sua reserva parecia ser o resultado de alguma opressão de espírito, ao invés de uma natural melancolia de temperamento. Sir John havia mencionado feridas e decepções anteriores, que justificavam a crença de Elinor de que o coronel era um homem desafortunado, o que fazia com que o olhasse com respeito e compaixão.

Talvez sentisse pena e estima por ele ainda mais por ser ofendido por Willoughby e Marianne, que, julgando-o mal por não ser nem vivaz, nem jovem, pareciam ter resolvido desvalorizar seus méritos.

– Brandon é exatamente o tipo de homem – disse Willoughby um dia, quando estavam falando sobre ele juntos – de quem todos falam bem, mas para quem ninguém liga; que todos gostam de ver, mas com quem ninguém se lembra de conversar.

– É exatamente o que penso dele – exclamou Marianne.

– Não se gabem disso, contudo, – disse Elinor, – pois é uma injustiça da parte de vocês dois. Ele é altamente estimado pela família toda em Barton Park, e eu mesma nunca o vejo sem fazer questão de conversar com ele.

– Ele ter a sua consideração – respondeu Willoughby – certamente conta em seu favor; mas quanto à estima dos outros, é uma recriminação em si mesma. Quem se submeteria à indignidade de ser estimado por uma mulher como Lady Middleton e a Sra. Jennings, para com quem todos os outros são indiferentes?

– Mas talvez as críticas de pessoas como você e Marianne compensará a estima de Lady Middleton e sua mãe. Se os elogios dela são censura, sua censura pode ser um elogio, pois vocês são tão preconceituosos e injustos quanto elas são imponderadas.

– Em defesa de seu protegido, você consegue até mesmo ser atrevida.

– Meu protegido, como o chama, é um homem sensato; e sensatez sempre terá atrações, para mim. Sim, Marianne, até mesmo em um homem entre os trinta e os quarenta. Ele já viu muita coisa na vida; já esteve no exterior, leu e tem uma mente pensante. Descobri que ele é capaz de me dar muitas informações sobre diversos assuntos, e sempre respondeu minhas perguntas com uma prontidão que indica bons modos e bom temperamento.

– Quer dizer – exclamou Marianne, com desprezo – que ele te contou que nas Índias Orientais o clima é quente, e que os mosquitos incomodam.

– Ele teria mesmo me dito isso, não duvido, caso eu houvesse feito tais perguntas, mas acontece que estes são assuntos sobre os quais já fui informada.

– Talvez – disse Willoughby – as observações dele podem ter abarcado a existência de nababos, moedas de ouro e palanquins.

– Ouso dizer que as observações dele se estenderam para muito além da candura de vocês. Mas por que não gosta dele?

– Não o detesto. Considero-o, pelo contrário, um homem bastante respeitável, que tem a boa opinião de todos, mas a atenção de ninguém; que tem mais dinheiro do que pode gastar, mais tempo do que consegue empregar e dois novos casacos todos os anos.

– Além do que, – exclamou Marianne, – ele não tem personalidade, bom gosto ou vivacidade. Suas opiniões não têm brilho, seus sentimentos não têm ardor e sua voz não tem expressão.

– Vocês decidem-se sobre as imperfeições dele de forma tão leviana – respondeu Elinor – e baseando-se tanto na força de suas próprias imaginações, que os elogios que consigo fazer a ele são comparativamente frios e insípidos. Só posso declarar que é um homem sensato, educado, bem informado, de modos gentis e, acredito, dono de um coração amigável.

– Srta. Dashwood – exclamou Willoughby – agora me tratas de forma injusta. Está tentando me desarmar com a racionalidade, e convencer-me contra minha vontade. Mas não poderá ser assim. Descobrirá que sou tão teimoso quanto consegues ser astuta. Tenho três motivos justificados para não gostar do Coronel Brandon; ele me ameaçou com chuva, quando eu queria que o tempo fosse bom;

encontrou defeitos na suspensão da minha carruagem e não consigo persuadi-lo a comprar minha égua marrom. Contudo, caso fique satisfeita em ouvir que acredito que seu caráter seja, em todos os outros aspectos, imaculado, estou pronto a confessá-lo. E, em consideração por meu reconhecimento, que me foi doloroso, você não poderá me negar o privilégio de detestá-lo tanto quanto antes.

Capítulo 11

A Sra. Dashwood e suas filhas não poderiam ter imaginado, quando chegaram em Devonshire, que tantos compromissos quanto logo surgiram apareceriam para ocupar seu tempo, ou que teriam convites tão frequentes, e convidados tão constantes, que as deixariam com pouco tempo para tarefas sérias. Contudo, foi este o caso. Quando Marianne se recuperou, os esquemas de diversão que Sir John já tinha marcado, em sua casa e fora dela, foram colocados em prática. Os bailes particulares em Barton Park começaram; e as festas na beira do rio foram combinadas e dadas com tanta frequência quanto o outubro chuvoso permitiu. Em todas as reuniões do tipo, Willoughby era incluído; e a facilidade e familiaridade características das festas eram exatamente propícias para o aumento de sua intimidade com as Dashwood para que ele tivesse oportunidade de testemunhar as qualidades de Marianne, para que sua entusiasmada admiração por ela fosse percebida e para que recebesse, através do comportamento dela perante ele, a mais óbvia garantia de sua afeição.

Elinor não se surpreendeu com a ligação entre eles. Só desejava que fosse mostrada menos abertamente, e ousou algumas vezes sugerir a Marianne que seria apropriado exercer um pouco de autocontrole. Mas Marianne abominava todo tipo de ocultação, quando a falta de reserva não ensejasse algum verdadeiro desastre; e tentar reprimir sentimentos que não eram reprováveis por si próprios parecia-lhe não só um esforço desnecessário, como também uma vergonhosa sujeição da racionalidade a noções comuns e errôneas. Willoughby pensava o mesmo, e o comportamento dos dois, a todos os momentos, era uma ilustração de suas opiniões.

Quando ele estava presente, ela não tinha olhos para outra pessoa. Tudo o que ele fazia estava certo. Tudo o que dizia era inteligente. Se fechavam suas noites em Barton Park com um jogo de cartas, ele trapaceava a si mesmo e a todos os outros para conseguir para ela uma boa mão. Se dança fosse a diversão da noite, eles eram parceiros na metade do tempo; e, quando obrigados a se separar por algumas músicas, cuidavam para ficar lado a lado, e mal conversavam com qualquer outra pessoa. Esta conduta, é claro, os tornou objeto de muita troça, mas chacotas não os envergonhavam, e pareciam quase que não os irritar.

A Sra. Dashwood embarcou em todos os seus sentimentos com um entusiasmo que não a deixou com qualquer inclinação para cercear a exibição excessiva dos mesmos. Para ela, era apenas a consequência natural de uma forte afeição em uma mente jovem e ardorosa.

Foi um período de felicidade para Marianne. Seu coração era devotado a Willoughby, e a probabilidade de diminuição de sua ligação amorosa com Norland, que havia trazido consigo de Sussex, era maior do que imaginara ser possível, devido aos encantos que a companhia dele acrescentava a seu lar atual.

A felicidade de Elinor não era tão grande. Seu coração não estava tão tranquilo, tampouco era sua satisfação com suas diversões tão pura. Não lhe propiciavam qualquer companhia que pudesse compensar o que ela havia deixado para trás, ou que a fizesse pensar em Norland com menos saudades do que antes. Nem Lady Middleton, nem a Sra. Jennings podiam dar a ela as conversas das quais sentia falta; apesar de esta última ser uma faladora constante e ter tido, desde o início, tamanha consideração por ela que a fazia concentrar nela a maior parte de suas conversas. Já havia repetido sua própria história para Elinor três ou quatro vezes, e se a memória de Elinor fosse tão boa quanto suas possibilidades de melhoria, poderia ter conhecido, logo no começo de sua relação com a Sra. Jennings, todos os detalhes da última doença do Sr. Jennings e o que ele disse para a esposa alguns minutos antes de morrer. Lady Middleton era mais agradável do que a mãe só por ser mais quieta. Elinor precisou observar só um pouco para perceber que sua reserva era devida meramente a seus modos calmos, e que sensatez não tinha nada a ver com isso. Comportava-se com seu marido e sua mãe da mesma forma que com os outros; e intimidade, portanto, não devia ser buscada nem desejada. Não tinha nada para dizer um dia, que já não houvesse dito no dia anterior. Sua insipidez era invariável, pois mesmo seu humor permanecia sempre o mesmo; e apesar de não se opor às festas arranjadas por seu marido, contanto que tudo fosse conduzido em grande estilo e que seus dois filhos mais velhos a acompanhassem, ela nunca parecia se divertir com elas mais do que se divertiria sentada na sala de casa – e sua presença acrescentava tão pouco ao prazer dos outros, quando participava de suas conversas, que às vezes só se lembravam da presença dela entre eles devido a sua solicitude para com seus meninos travessos.

Somente em Coronel Brandon, de todos os seus novos conhecidos, Elinor encontrou alguém que poderia merecer respeito por suas habilidades, atiçar o interesse em uma amizade ou dar prazer com sua companhia. Willoughby estava fora de questão. A admiração e consideração dela, até mesmo sua consideração como irmã, eram todas dele; mas ele estava apaixonado – sua atenção era toda de Marianne, e um homem bem menos atraente poderia ter sido mais agradável. O Coronel Brandon, infelizmente para si mesmo, não tinha tal encorajamento para pensar só em Marianne e, conversando com Elinor, encontrou o maior consolo para a indiferença de sua irmã.

A compaixão de Elinor por ele aumentou, visto que tinha motivos para suspeitar que ele já havia conhecido a infelicidade de um amor não-correspondido. Esta suspeita era devido a algumas palavras ditas por ele acidentalmente, em uma noite em Barton Park, quando estavam sentados juntos por consentimento mútuo, enquanto os outros dançavam. O olhar dele estava fixo em Marianne e, após um silêncio de alguns minutos, ele disse, com um sorriso fraco:

– Sua irmã, creio, não aprova segundos relacionamentos.

– Não, – respondeu Elinor, – suas opiniões são todas românticas.

– Ou, na verdade, creio que considera sua existência impossível.

– Creio que sim. Mas como consegue pensar de tal forma sem refletir sobre o caráter de nosso próprio pai, que teve duas esposas, não compreendo. Alguns anos, contudo, estabelecerão suas opiniões sobre a base razoável do bom senso e da observação; e então poderão ser mais fáceis de definir e justificar do que agora, por qualquer pessoa que não ela.

– Provavelmente será o caso, – ele respondeu, – e ainda assim, há algo tão afável nos preconceitos de uma mente jovem, que é uma pena vê-los ser substituídos por opiniões mais gerais.

– Não posso concordar com o senhor quanto a isso – disse Elinor – Sentimentos como os de Marianne trazem inconveniências que todos os encantos do entusiasmo e ignorância do mundo não podem compensar. Seus sistemas têm a tendência infeliz de desconsiderar o que é apropriado, e um melhor conhecimento do mundo é o que espero para ela como sendo a melhor vantagem possível.

Após uma curta pausa, ele retomou a conversa, dizendo:

– Sua irmã não faz distinção em suas objeções contra um segundo relacionamento? Ou é igualmente censurável para todos? Os que se decepcionaram com sua primeira escolha, seja devido à inconstância de seu objeto, ou a perversidade das circunstâncias, devem permanecer igualmente indiferentes pelo resto de suas vidas?

– Asseguro que não estou familiarizada com os detalhes de seus princípios. Só sei que nunca a ouvi admitir qualquer caso em que um segundo relacionamento fosse perdoável.

– Isso – disse ele – não poderá durar; mas uma mudança, uma total mudança de sentimentos – não, não, não a deseje, pois quando os refinamentos românticos de uma mente jovem são obrigados a se remover, com quanta frequência são sucedidos por opiniões comuns demais, perigosas demais! Falo por experiência própria. Uma vez, conheci uma dama que se parecia muito com sua irmã, em temperamento e personalidade, que pensava e julgava como ela, mas que, devido a uma mudança forçada – após uma série de circunstâncias infelizes.

Neste ponto, parou repentinamente; parecia pensar que havia falado demais, e sua expressão ensejou conjecturas que não teriam sido feitas por Elinor de outra maneira. É provável que nenhuma suspeita teria recaído sobre a dama, caso ele não houvesse convencido a Srta. Dashwood de que o que dizia respeito a ela não deveria sair de sua boca. No entanto, foi necessário somente um pouco de imaginação para ligar as emoções dele à lembrança carinhosa de um amor passado. Elinor não tentou mais nada. Mas Marianne, se estivesse em seu lugar, não teria feito tão pouco; a história toda teria sido formada por sua imaginação ativa, e todos os detalhes mais melancólicos de um amor desastroso teriam sido estabelecidos.

Capítulo 12

Enquanto Elinor e Marianne passeavam juntas, na manhã seguinte, esta última deu uma notícia à irmã, que, apesar de tudo o que ela já sabia sobre a imprudência e a falta de juízo de Marianne, surpreendeu-a por sua prova extravagante de ambas as suas qualidades. Marianne contou a ela, com o maior deleite, que Willoughby lhe havia dado um cavalo, um que ele mesmo tinha criado em sua propriedade no condado de Somerset, e que era perfeito para carregar uma mulher. Sem considerar que sua mãe não planejava manter nenhum cavalo, e que, se fosse mudar sua resolução a favor deste presente, ela precisaria comprar outro para o serviçal e manter um criado para cavalgá-lo, e ainda construir um estábulo para recebê-los, Mariane havia aceitado o presente sem hesitação, e contava a história para sua irmã em êxtase.

– Ele pretende enviar seu pajem a Somerset imediatamente, para buscá-lo, – acrescentou, – e quando chegar, cavalgaremos todos os dias. Você compartilhará o uso dele comigo. Imagine só, minha cara Elinor, que delicioso será galopar em algumas destas campinas.

Ela não estava nem um pouco disposta a acordar de tal sonho feliz, para compreender todas as verdades desagradáveis pertinentes à questão, e, por algum tempo, recusou-se a ouvi-las. Quanto ao criado adicional, a despesa não seria nada, e mamãe certamente não faria objeção; e qualquer cavalo serviria para ele, ele sempre poderia pegar um de Barton Park. Quanto a um estábulo, o menor dos paióis seria suficiente. Elinor, então, ousou duvidar da decência de sua irmã aceitar tal presente de um homem que conhecia tão pouco, ou por tão pouco tempo. Isso, também, era demais.

– Você se engana, Elinor, – disse ela, acaloradamente, – ao supor que conheço pouco de Willoughby. Realmente, não o conheço há muito tempo, mas estou muito mais familiarizada com ele do que com qualquer outra criatura do mundo, exceto você e mamãe. Não é o tempo ou a oportunidade que determinam a intimidade, e sim somente a disposição. Sete anos seriam insuficientes para fazer com que algumas pessoas conhecessem outras, e sete dias são mais do que o suficiente para outros. Me consideraria mais culpada de indecência se aceitasse um cavalo de meu irmão do que de Willoughby. Sei muito pouco sobre o John, apesar de termos vivido juntos por anos, mas meu juízo de Willoughby foi formado há muito tempo.

Elinor achou melhor não tocar mais no assunto. Conhecia o temperamento da irmã. Opor-se a ela quanto a um assunto tão delicado só a faria se apegar mais ainda à sua própria opinião. Mas, apelando para seu amor pela mãe, listando todas as inconveniências que a mãe indulgente traria para si mesma, se (o que provavelmente seria o caso) ela consentisse com este aumento de suas posses, Marianne foi logo convencida, e prometeu não instigar a mãe a fazer uma gentileza tão imprudente com uma menção à oferta, e dizer para Willoughby, da próxima vez que o visse, que a mesma precisaria ser recusada.

Ela cumpriu a palavra, e quando Willoughby fez uma visita ao chalé, naquele mesmo dia, Elinor ouvi-a expressar sua decepção a ele, em voz baixa, por ser obrigada a abdicar do presente. Os motivos para tal alteração foram relatados no mesmo momento, e eram tais que impediram insistência da parte dele. Sua preocupação, contanto, era bastante aparente e, após expressá-las com sinceridade, acrescentou, na mesma voz baixa:

– Mas Marianne, o cavalo ainda é seu, apesar de não poder usá-lo no momento. Ficarei com ele só até você poder vir reivindicá-lo. Quando sair de Barton para formar seu próprio lar, mais duradouro, a Queen Mab te receberá.

Tudo isso foi entreouvido pela Srta. Dashwood e, com base na frase toda, no modo em que ele a pronunciou e na forma como chamou sua irmã somente pelo primeiro nome, ela viu uma intimidade tão decidida, um significado tão direto, que demonstravam o perfeito acordo entre eles. Daí em diante, ela não duvidou mais do noivado entre os dois, e sua única surpresa foi que ela, ou quaisquer de seus conhecidos, haviam sido deixados por temperamentos tão francos para descobrir o fato por acidente.

Margaret contou algo a ela, no dia seguinte, que fez a questão ficar ainda mais clara. Willoughby havia passado a noite anterior com eles, e Margaret, tendo sido deixada na sala por um tempo só com ele e com Marianne, teve a oportunidade de fazer observações que, com uma expressão bastante séria, comunicou à irmã mais velha, da próxima vez que puderam ficar sozinhas.

– Oh, Elinor! – exclamou – Tenho um segredo tamanho para contar para você sobre Marianne. Tenho certeza de que se casará com o Sr. Willoughby sem demora.

– Você tem dito isso – respondeu Elinor – quase todo dia, desde que eles se conheceram em High-Church Down; e eles não se conheciam nem há uma semana, creio que, quando você teve certeza de que Marianne usava uma foto dele em um camafeu no pescoço, mas acabou que era só a miniatura de nosso tio-avô.

– Mas insisto que isso é bem diferente. Estou certa de que se casarão logo, pois ele tem um cacho do cabelo dela.

– Cuidado, Margaret. Pode ser somente o cabelo de algum tio-avô dele.

– Estou te dizendo, Elinor, é da Marianne. Estou quase certa de que seja, pois o vi cortá-lo. Ontem à noite, após o chá, quando você e mamãe saíram da sala, eles estavam sussurrando e falando juntos, o mais rápido que podiam, e ele parecia estar implorando algo a ela, e depois pegou as tesouras dela e cortou um longo cacho de seu cabelo, pois estava solto nas costas; então, beijou-o, dobrou-o em um pedaço de papel branco e colocou-o em sua carteira.

A esses detalhes, declarados com tanta autoridade, Elinor não pôde deixar de dar crédito; tampouco estava disposta a tanto, pois as circunstâncias estavam em perfeito acordo com o que ela própria havia ouvido e visto.

A sagacidade de Margaret nem sempre era exibida de forma tão satisfatória para sua irmã. Quando a Sra. Jennings a atacara, uma noite em Barton Park, para que lhe desse o nome do jovem favorito de Elinor, que há muito era um assunto de grande curiosidade para ela, Margaret respondera olhando para a irmã e dizendo:

– Não devo contar, devo, Elinor?

Isso, é claro, fez com que todos rissem, e Elinor também tentou rir. Mas o esforço lhe custara. Estava convencida de que Margaret havia se concentrado em uma pessoa cujo nome ela não aguentaria que se tornasse uma piada recorrente da Sra. Jennings.

Marianne sentiu sinceramente por ela, mas fez mais mal do que bem à causa, enrubescendo e dizendo, com raiva, a Margaret:

– Lembre-se de que, quaisquer que sejam suas conjecturas, não tem o menor direito de repeti-las.

– Nunca tive qualquer conjectura sobre o assunto, – respondeu Margaret, – foi você mesma quem me contou.

Isso fez com que todos achassem ainda mais graça, e insistiram ansiosamente para que Margaret contasse mais.

– Oh, por favor, Srta. Margaret, nos conte tudo – disse a Sra. Jennings. – Qual é o nome do cavalheiro?

– Não devo dizer, senhora. Mas sem muito bem quem ele é, e também onde está.

– Sim, sim, podemos adivinhar onde ele está; em sua própria casa em Norland, é claro. É o vigário da paróquia, ouso dizer.

– Não, isso ele não é. Não tem qualquer profissão.

– Margaret, – disse Marianne, acaloradamente, – você sabe muito bem que isso é tudo uma invenção sua, e que não existe tal pessoa.

– Bem, então ele morreu bem recentemente, Marianne, porque

tenho certeza de que tal homem existiu, e seu nome começa com F.

Elinor ficou muito grata a Lady Middleton por ter observado, naquele momento, que "chovia bem forte", apesar de acreditar que a interrupção advinha menos de qualquer atenção para com ela, do que da falta de gosto da referida senhora por todos os assuntos deselegantes que deleitavam seu marido e sua mãe. A ideia, contudo, iniciada por ela, foi imediatamente continuada pelo Coronel Brandon, que sempre prestava atenção nos sentimentos dos outros; e muito foi dito sobre o assunto da chuva por ambos. Willoughby abriu o piano e pediu a Marianne que se sentasse para tocar; assim, dentre os vários esforços de diferentes pessoas para que o tópico fosse abandonado, o mesmo caiu por terra. Mas Elinor não se recuperou tão facilmente do sobressalto que tudo lhe havia causado.

Um grupo foi formado, naquela noite, para ir, no dia seguinte, visitar um lugar bastante bonito, a certa de doze milhas de distância de Barton, que pertencia a um cunhado do Coronel Brandon, sem a participação do qual o mesmo não poderia ser visto, já que o proprietário, que se encontrava no exterior, havia deixado ordens estritas nesse sentido. Foi declarado que as terras eram deslumbrantes, e Sir John, que havia tecido elogios particularmente fervorosos a elas, podia ser considerado um juiz razoável, pois formara grupos para visitá-las pelo menos duas vezes por verão, nos últimos dez anos. Continham um nobre curso d'água, no qual velejar seria a maior parte da diversão matutina; pratos frios seriam levados, somente carruagens abertas seriam usadas, e tudo seria conduzido no estilo habitual de um passeio de lazer.

Para algumas pessoas do grupo, pareceu um empreendimento ousado, considerando a época do ano e que havia chovido todos os dias, pelas últimas duas semanas; e a Sra. Dashwood, que já estava resfriada, foi persuadida por Elinor a ficar em casa.

Capítulo 13

A pretendida excursão a Whitwell acabou sendo bem diferente do que Elinor esperara. Ela estava preparada para ficar encharcada, cansada e assustada, mas o evento foi ainda mais desafortunado, pois eles nem mesmo foram.

Às dez horas, o grupo todo estava reunido em Barton Park, onde iriam tomar café da manhã. A manhã estava bastante favorável, apesar de ter chovido a noite toda, pois as nuvens estavam se dispersando no céu, e o sol aparecia com frequência. Estavam todos de muito bom humor, ansiosos para se divertirem, e determinados a se sujeitar às maiores inconveniências e dificuldades para que assim fosse.

Enquanto estavam tomando café, a correspondência foi trazida. Dentre elas, havia uma para o Coronel Brandon – ele pegou-a, leu o endereço, mudou de cor e imediatamente deixou a sala.

– Qual é o problema com Brandon? – disse Sir John.

Ninguém sabia dizer.

– Espero que não tenha tido más notícias – disse Lady Middleton; – Deve ser algo extraordinário, para fazer com que o Coronel Brandon saia da minha mesa tão repentinamente.

Dentro de mais ou menos cinco minutos, ele retornou.

– Não era uma notícia ruim, Coronel, espero – disse a Sra. Jennings, assim que ele entrou.

– De forma alguma, senhora, obrigado.

– Era de Avignon? Espero que não tenha sido para dizer que sua irmã piorou.

– Não, senhora. Veio da cidade, e é apenas uma carta de negócios.

– Mas como seu conteúdo o abalou tanto, se era apenas uma carta de negócios? Ora vamos, assim não pode ser, Coronel, conte-nos a verdade.

– Minha cara senhora – disse Lady Middleton – perceba o que está dizendo.

– Talvez tenha sido para dizer que sua prima Fanny se casou? – disse a Sra. Jennings, sem ligar para a censura da filha.

– Não, asseguro-lhe, não foi.

– Bem, então, sei quem a enviou, Coronel. E espero que ela esteja bem.

– A quem se refere, senhora? – disse ele, ruborizando um pouco.

– Ah, você sabe a quem me refiro.

– Sinto muitíssimo, senhora, – disse ele, dirigindo-se a Lady Middleton, – por ter recebido esta carta hoje, pois trata de negócios que exigem minha presença imediata na cidade.

– Na cidade! – exclamou a Sra. Jennings. – O que você poderia ter para fazer na cidade, nesta época do ano?

– Minha própria decepção é grande – ele continuou – por ser obrigado a deixar um grupo tão agradável; mas fico mais preocupado por temer que minha presença seja necessária para que possam entrar em Whitwell.

Que baque foi para todos!

– Mas se o senhor escrevesse um bilhete para a governanta, Sr. Brandon – disse Marianne, ansiosamente, – não seria suficiente?

Ele fez que não com a cabeça.

– Precisamos ir, – disse Sir John, – o plano não será abandonado, quando estamos tão perto. Você não poderá ir à cidade até amanhã, Brandon, e isso é tudo.

– Gostaria que fosse tão facilmente resolvido. Mas não está em meu poder atrasar minha partida por um só dia!

– Se pelo menos nos contasse o que precisa fazer, – disse a Sra. Jennings, – poderíamos ver se pode ser postergado ou não.

– Você não estaria nem seis horas atrasado, – disse Willoughby, – se adiasse sua partida para depois da nossa volta.

– Não posso me dar ao luxo de perder uma única hora.

Elinor então ouviu Willoughby dizer, em voz baixa, para Marianne:

– Há pessoas que não aguentam um passeio de lazer. Brandon é um deles. Ele estava com medo de pegar um resfriado, ouso dizer, e inventou este truque para escapar. Apostaria cinquenta guinéus que a carta foi escrita por ele mesmo.

– Não tenho dúvida – respondeu Marianne.

– Não há como persuadi-lo a mudar de ideia, Brandon, sei há

tempos, – disse Sir John, – quando você está determinado a fazer uma coisa. Contudo, espero que pense melhor. Considere que as duas Senhoritas Carey vieram de Newton, as três Senhoritas Dashwood andaram desde o chalé, e o Sr. Willoughby acordou duas horas antes do horário habitual só para ir para Whitwell.

Coronel Brandon repetiu novamente seu pesar em ser o motivo de decepção para o grupo, mas, ao mesmo tempo, declarou ser inevitável.

– Bem, então, quando estará de volta?

– Espero que o vejamos em Barton – acrescentou Lady Middleton – assim que puder, convenientemente, voltar da cidade; e devemos adiar a ida a Whitwell até seu retorno.

– A senhora é gentil. Mas é tão incerto quando poderei voltar, que não ouso marcar um dia para tanto.

– Oh, ele deve e vai voltar – exclamou Sir John. – Se não estiver aqui até o fim da semana, irei atrás dele.

– Sim, faça isso, Sir John, – bradou a Sra. Jennings, – e talvez possa descobrir qual é o compromisso dele.

– Não quero me intrometer nos assuntos dos outros. Suponho que seja algo de que se envergonhe.

Os cavalos do Coronel Brandon foram anunciados.

– Não irá cavalgar até a cidade, decerto? – perguntou Sir John.

– Não. Somente até Honiton. De lá, alugarei uma carruagem.

– Bem, já que está resolvido a ir, desejo que faça uma boa viagem. Mas seria melhor se mudasse de ideia.

– Asseguro-lhe que não está em meu poder.

Despediu-se, então, de todo o grupo.

– Há qualquer chance de que veja você e suas irmãs na cidade, este inverno, Srta. Dashwood?

– Temo que não, nenhuma.

– Então devo despedir-me de vocês por mais tempo do que gostaria.

Para Marianne, ele simplesmente fez uma reverência, e não disse nada.

– Vamos, Coronel, – disse a Sra. Jennings, – antes de ir, nos conte o motivo de sua partida.

Ele a desejou um bom dia e, acompanhado de Sir John, deixou a sala.

As reclamações e lamentações que a educação havia, até então, impedido, foram universalmente liberadas, naquele momento, e todos concordaram, de novo e de novo, o quão irritante era tamanha decepção.

– Posso adivinhar qual é o compromisso dele, contudo – disse a Sra. Jennings, exultante.

– Pode, senhora? – disseram quase todos.

– Sim; tem relação com a Srta. Williams, tenho certeza.

– E quem é a Srta. Williams? – perguntou Marianne.

– Como assim? Não sabe quem é a Srta. Williams? Tenho certeza que já deve ter ouvido falar nela. É parente do Coronel, minha cara, uma parente muito próxima. Não vamos dizer quão próxima, por medo de chocar as jovens damas. – Então, baixando o tom de voz, disse para Elinor: – É a filha biológica dele.

– É mesmo?!

– Sim, e tão parecida com ele quanto possível. Ouso dizer que o Coronel deixará toda a sua fortuna para ela.

Quando Sir John retornou, juntou-se com o maior entusiasmo às lamentações gerais sobre o evento infeliz; porém, concluiu observando que, já que estavam todos reunidos, deviam fazer algo para se animarem, e, após uma breve consulta, concordaram que, apesar de só poderem ser felizes em Whitwell, poderiam obter uma compostura tolerável de seus ânimos passeando de carruagem pelo campo. As carruagens foram, então, chamadas; a de Willoughby chegou primeiro, e Marianne nunca pareceu tão feliz quanto ao subir nela. Ele dirigiu pelos jardins com bastante rapidez, e logo sumiram de vista. Não foram vistos até voltarem, o que só aconteceu depois do retorno de todos os outros. Ambos pareciam deliciados com o passeio, mas somente disseram, em termos gerais, que haviam permanecido nas trilhas, enquanto os outros haviam ido para as campinas.

Decidiram que deveria haver um baile à noite, e que todos deviam ficar extremamente alegres o dia todo. Outros membros da família Carey vieram para o jantar, e todos tiveram o prazer de se sentarem em um grupo de quase vinte à mesa, o que Sir John observou com enorme contentamento. Willoughby tomou seu lugar de costume entre as duas irmãs Dashwood mais velhas. A Sra. Jennings sentou-se ao lado direito de Elinor, e não estavam sentadas há muito tempo quando ela se inclinou entre Elinor e Willoughby e disse para Marianne, alto o suficiente para ambos ouvirem:

– Descobri a verdade, apesar de todos os seus truques. Sei onde passaram a manhã.

Marianne enrubesceu, e respondeu com rapidez:

– Onde, pergunto?

– Não sabias – disse Willoughby – que havíamos saído para passear em minha carruagem?

– Sim, sim, Sr. Impudência, sei muito bem disso, e estava determinada a descobrir aonde haviam ido. Espero que goste de sua casa, Srta. Marianne. É bastante grande, eu sei; e quando vier visitá-la, espero que a tenha redecorado, pois precisava muito disso quando estive lá, há seis anos.

Marianne virou-se para o outro lado, em grande consternação. A Sra. Jennings riu com prazer, e Elinor descobriu que, em sua decisão de descobrir onde os dois haviam estado, ela havia chegado ao ponto de ordenar que sua criada perguntasse ao pajem do Sr. Willoughby; por este método, ela havia sido informada que os dois tinham ido a Allenham e passado um tempo considerável lá, andando pelo jardim e passeando pela casa toda.

Elinor mal podia acreditar que fosse verdade, visto que parecia bastante improvável que Willoughby proporia, ou Marianne consentiria, que entrassem na casa enquanto nela estivesse a Sra. Smith, que Marianne nunca havia conhecido.

Assim que saíram da sala de jantar, Elinor perguntou a ela sobre isso, e ficou extremamente surpresa ao descobrir que todas as circunstâncias relatadas pela Sra. Jennings eram perfeitamente verdadeiras. Marianne ficou bastante aborrecida com ela por duvidar do fato.

– Por que não deveríamos, Elinor, ter ido lá, ou visto a casa? Não é o que você mesma costumava querer fazer?

– Sim, Marianne, mas não iria enquanto a Sra. Smith lá estivesse, e sozinha com o Sr. Willoughby.

– O Sr. Willoughby, contudo, é a única pessoa que tem o direito de mostrar aquela casa, e visto que fomos em uma carruagem aberta, era impossível ter um acompanhante. Nunca passei manhã mais agradável em minha vida.

– Temo – respondeu Elinor – que uma ocupação ser agradável não a torna adequada.

– Pelo contrário, nada é uma prova mais forte disso, Elinor, pois se houvesse qualquer indecência no que fiz, eu teria estado ciente disso no momento, pois sempre sabemos quando estamos agindo errado, e com tal convicção, eu não poderia ter tido qualquer prazer.

– Mas minha querida Marianne, como já te expôs a alguns comentários bastante impertinentes, você não começa a duvidar da discrição de sua própria conduta?

– Se os comentários impertinentes da Sra. Jennings forem prova de conduta indecente, todos nós nos conduzimos erroneamente, a cada instante de nossas vidas. Não dou valor à censura por parte dela, tanto quanto a seus elogios. Não estou ciente de ter feito nada errado ao passear pelos jardins da Sra. Smith, ou ao ver sua casa. Ambos serão, um dia, do Sr. Willoughby, e –

– Ainda que eles fossem um dia ser seus, Marianne, você não teria tido justificativa para fazer o que fez.

Ela enrubesceu perante esta insinuação, mas ainda assim visivelmente a agradou; e, após um intervalo de alguns minutos de ponderação, voltou a falar com a irmã e disse, de muito bom humor:

– Talvez, Elinor, eu tenha mesmo julgado mal ao ir a Allenham; mas o Sr. Willoughby queria muito me mostrar o lugar, e é uma casa encantadora, te asseguro. Há uma sala de estar incrivelmente bela, no andar de cima, de tamanho confortável para uso constante, e, com uma mobília moderna, ficaria um deleite. É um cômodo de canto, e tem janelas dois lados. De um lado, pode-se ver o gramado atrás da casa, que vai até um belo bosque, e do outro temos a vista da igreja e do vilarejo, e, para além deles, vê-se aquelas lindas colinas que tanto admiramos. Não a vi em seu melhor estado, pois nada poderia ser mais deprimente do que a mobília, mas se a sala fosse redecorada – algumas centenas de libras, Willoughby disse, a tornariam uma das salas de estar mais agradáveis da Inglaterra.

Se Elinor pudesse tê-la ouvido sem interrupção por parte dos outros, Marianne teria descrito cada cômodo da casa com igual deleite.

Capítulo 14

A repentina interrupção da visita do Coronel Brandon a Barton Park, com sua firmeza em esconder a causa da mesma, preencheu a mente e aguçou a curiosidade da Sra. Jennings por dois ou três dias; ela era uma grande indagadora, assim como todos os que têm um arguto interesse em todos os detalhes das vidas de seus conhecidos. Indagava-se, com poucas intermissões, qual poderia ter sido o motivo de sua partida; tinha certeza de que deveria ter sido uma notícia ruim, e pensava em todo tipo de infelicidade que poderia ter se abatido sobre ele, com uma determinação fixa de que ele não deveria escapar.

– Algo muito triste deve ter acontecido, tenho certeza – disse ela. – Pude ver em sua expressão. Pobre homem! Temo que suas circunstâncias sejam ruins. A propriedade em Delaford nunca rendeu mais do que dois mil libras por ano, e seu irmão deixou tudo endividado, infelizmente. Penso que ele tenha sido convocado devido a problemas financeiros, pois o que mais poderia ser? Fico imaginando se seria isso. Daria tudo para saber a verdade sobre a questão. Talvez tenha a ver com a Srta. Williams, na verdade, ouso dizer que sim, pois ele pareceu tão embaraçado quando a mencionei. Talvez ela esteja doente na capital; nada seria mais provável, porque fiquei sabendo que ela sempre foi meio doente. Aposto qualquer coisa que é sobre a Srta. Williams. Não é muito provável que ele esteja em maus lençóis agora, pois é um homem bastante prudente, e certamente já deve ter quitado as dívidas da propriedade, a esta altura. Imagino o que poderia ser! Talvez sua irmã tenha piorado, em Avignon, e pediu que fosse até ela. Sua partida com tamanha pressa parece indicar que foi isso. Bem, desejo do fundo do coração que resolva seus problemas, e que arranje uma boa esposa, também.

Deste modo conjecturava e falava a Sra. Jennings. Sua opinião variando com cada suposição nova, e todas parecendo igualmente provável conforme surgiam. Elinor, apesar de se interessar sinceramente pelo bem-estar do Coronel Brandon, não conseguia se indagar tanto em relação a sua partida repentina quanto a Sra. Jennings gostaria; pois, além do fato de a circunstância, em sua opinião, não justificar um fascínio tão duradouro ou variedade de especulação, suas suposições estavam ocupadas em outra direção. Estavam tomadas pelo extraordinário silêncio de sua irmã e Willoughby sobre o assunto que deveriam saber ser especialmente interessante para todos. Conforme esse silêncio perdurava, todo dia que passava o fazia parecer mais estranho e incompatível com a disposição de ambos. O porquê de não reconhecerem abertamente, para sua mãe e para ela própria, o que o comportamento constante de ambos declarava ter ocorrido, Elinor não podia imaginar.

Ela conseguia conceber facilmente que o casamento poderia não ser imediatamente possível; pois apesar de Willoughby ser financeiramente independente, não havia razão para acreditar que fosse rico. Sua propriedade havia sido estimada por Sir John como rendendo seiscentas ou setecentas libras ao ano; mas tinha um estilo de vida que essa renda dificilmente suportaria, e havia, ele mesmo, reclamado de sua pobreza. Mas este estranho tipo de ocultação mantida por eles em relação ao seu noivado, que na verdade não escondia nada, ela não podia explicar, e era tão contraditório às opiniões e práticas de ambos, que Elinor às vezes duvidava que estavam de fato noivos, e esta dúvida era suficiente para impedir que perguntasse algo a Marianne.

Nada poderia ser expressar melhor a ligação entre os dois do que o comportamento de Willoughby. Dirigia-se a Marianne com todo o afeto especial que o coração de um amante poderia dar, e, para o resto da família, consistia na atenção carinhosa de um filho e irmão. Parecia considerar e amar o chalé como seu lar; passava muito mais tempo lá do que em Allenham, e se nenhum compromisso coletivo os reunia em Barton Park, o exercício que o fazia sair de casa pelas manhãs quase que certamente terminava lá, onde passava o resto do dia sozinho ao lado de Marianne, e seu sabujo preferido aos pés dela.

Em uma noite específica, mais ou menos uma semana após o Coronel Brandon deixar o campo, seu coração parecia mais aberto do que de costume a todos os sentimentos de afeição pelos objetos ao seu redor, e, quando a Sra. Dashwood mencionou sua intenção de fazer melhorias ao chalé quando chegasse a primavera, ele se opôs acaloradamente a qualquer alteração ao lugar que sua afeição havia estabelecido como perfeito.

– O que! – exclamou – Fazer melhorias a este querido chalé! Não. Com isso nunca consentirei. Nenhuma pedra deve ser acrescentada a suas paredes, nem um centímetro a seu tamanho, se meus sentimentos forem levados em consideração.

– Não fique preocupado, – disse a Srta. Dashwood, – nada do tipo será feito, pois minha mãe nunca terá dinheiro o suficiente para tentar.

– Fico muito feliz com isso – ele exclamou. – Que ela seja sempre pobre, se não puder usar seu dinheiro de forma melhor.

– Obrigada, Willoughby. Mas fique certo de que não sacrificarei um único sentimento de afeto de sua parte, ou de qualquer outra pessoa de quem gosto, em troca de todas as melhoria do mundo. Confie que qualquer soma que me possa sobrar, quando fizer minhas contas na primavera, eu preferirei deixar que permaneça inútil, do que usá-la de modo tão doloroso para você. Mas tem realmente tamanha afeição por este lugar, a ponto de não ver qualquer defeito nele?

– Tenho – disse ele. – Para mim, é impecável. Não, mais do que isso, considero-o a única forma de construção na qual a felicidade é atingível, e se fosse rico o suficiente, imediatamente demoliria Combe e a construiria novamente com a planta exata deste chalé.

– Com escadarias escuras e estreitas e uma cozinha que prende fumaça, suponho – disse Elinor.

– Sim, – exclamou ele, no mesmo tom de excitação, – com tudo o que pertence a ele, sem qualquer conveniência ou inconveniência, caso a menor variação fosse perceptível. Então, e somente então, sob tal teto, eu poderia, talvez, ser tão feliz em Combe quanto foi em Barton.

– Ouso dizer – respondeu Elinor – que mesmo com a desvantagem de melhores cômodos e uma escadaria mais larga, você acharia sua própria casa tão impecável quanto considera este chalé.

– Certamente que há circunstâncias – disse Willoughby – que poderiam fazer com que me afeiçoasse a ela; mas este local sempre terá uma reivindicação sobre meu afeto, que nenhum outro poderia compartilhar.

A Sra. Dashwood olhou com prazer para Marianne, cujos belos olhos estavam fixos tão expressivamente em Willoughby a ponto de demonstrar claramente o quão bem ela o compreendia.

– Quantas vezes não desejei, – acrescentou ele, – quanto estava em Allenham nestes últimos doze meses, que Barton Cottage fosse habitado! Nunca passei por ele sem admirar sua localização e lamentar que ninguém vivia nele. Não imaginava, naquela época, que a primeiríssima notícia que ouviria da Sra. Smith, da próxima vez que viesse para o interior, seria que Barton Cottage havia sido alugado; e senti imediata satisfação e interesse no evento, que não podem ser explicados por nada além de um tipo de presciência da felicidade que eu experimentaria com o mesmo. Não deve ter sido isso, Marianne? – disse ele a ela, em voz baixa. Então, continuando em seu tom de voz anterior, disse: – E ainda assim estragarias esta casa, Sra. Dashwood? Tiraria sua simplicidade, com melhorias imaginárias! E esta querida sala de estar, onde nossa amizade primeiro começou, e na qual tantas horas felizes foram passadas por nós juntos, você a degradaria à condição de uma entrada comum, e todos ficariam ansiosos para passar pelo cômodo que, até então, continha mais conforto e aconchego do que qualquer outra sala do mundo, das mais belas dimensões.

A Sra. Dashwood novamente o assegurou de que nenhuma alteração do tipo seria tentada.

– A senhora é uma boa mulher – respondeu acaloradamente. – Sua promessa me acalma. Estenda-a um pouco e me farás feliz. Me diga que não somente sua casa permanecerá a mesma, como também eu sempre encontrarei a senhora e sua família tão imutáveis quanto sua residência, e que sempre me considerarão com a gentileza que fez com que tudo que pertence a vocês se tornasse tão caro para mim.

A promessa foi prontamente feita, e o comportamento de Willoughby, durante a noite toda, declarou, ao mesmo tempo, seu afeto e felicidade.

– O veremos amanhã para o jantar? – perguntou a Sra. Dashwood, quando ele partia. – Não o convido para vir pela manhã, pois temos que ir até Barton Park, para visitar Lady Middleton.

Ele combinou de visitá-las às quatro horas.

Capítulo 15

A visita da Sra. Dashwood a Lady Middleton ocorreu no dia seguinte, e duas de suas filhas foram com ela; mas Marianne pediu licença para não fazer parte do grupo, sob um pretexto insignificante de que tinha alguma tarefa a cumprir. Então, sua mãe, que concluiu que uma promessa devia ter sido feita por Willoughby na noite anterior, de visitá-la enquanto as outras estivessem ausentes, estava perfeitamente satisfeita com sua permanência em casa.

Ao retornarem de Barton Park, encontrara a carruagem e o criado de Willoughby esperando fora do chalé, e a Sra. Dashwood estava convencida de que sua conjectura estava certa. Até então, tudo estava sendo como ela havia previsto, mas, ao entrar na casa, ela avistou o que nenhuma presciência a havia dito para esperar. Mal haviam entrado no corredor, quando Marianne saiu apressada da sala de estar, aparentemente em uma aflição violenta, com o lenço aos olhos; e, sem perceber sua presença, correu escada acima. Surpresas e alarmadas, dirigiram-se diretamente para a sala que ela havia acabado de deixar, onde encontraram Willoughby sozinho, encostado na lareira, de costas para ela. Virou-se quando elas entraram, e sua expressão mostrou que ele estava sob o jugo da mesma emoção que afligia Marianne.

– Há algo de errado com ela? – exclamou a Sra. Dashwood, enquanto entrava. – Ela está doente?

– Espero que não, – respondeu ele, tentando parecer alegre; e, com um sorriso forçado, acrescentou: – Sou eu que pode-se esperar que fique doente – pois estou sofrendo de uma tremenda decepção!

– Decepção?

– Sim, pois não poderei comparecer a meu compromisso com vocês. A Sra. Smith exerceu, esta manhã, o privilégio de sua riqueza sobre um pobre primo dependente, mandando-me, a negócios, para Londres. Acabei de receber minhas ordens e de me despedir de Allenham; então, para minha alegria, vim despedir-me de vocês.

– Para Londres! E está indo esta manhã?

– Quase que neste exato momento.

– É uma notícia muito infeliz. Mas a Sra. Smith deve ser obedecida – e os negócios dela não o manterão longe de nós por muito tempo, espero.

Ele enrubesceu, conforme respondia:

– A senhora é muito gentil, mas não tenho planos de voltar a Devonshire imediatamente. Minhas visitas à Sra. Smith nunca se repetem dentro de um ano.

– E a Sra. Smith é sua única amiga? É Allenham a única casa da vizinhança na qual o senhor seria bem recebido? Que vergonha, Willoughby, você precisaria de convite para vir aqui?

Seu rubor aumentou e, com seus olhos fixos no chão, respondeu:

– A senhora é bondosa demais.

A Sra. Dashwood olhou para Elinor com surpresa. Elinor estava tão atônita quanto a mãe. Por alguns momentos, todos ficaram em silêncio. A Sra. Dashwood foi a primeira a falar.

– Só acrescento, meu caro Willoughby, que sempre será bem-vindo a Barton Cottage, pois não insistirei para que retorne imediatamente, porque você é a única pessoa que pode julgar o quanto isso agradaria a Sra. Smith, e, neste sentido, não questionarei o seu julgamento e tampouco duvidarei de sua inclinação.

– Meus compromissos atuais – respondeu Willoughby, confuso, – são de tal natureza – que – não ouso ter esperança –

Ele parou. A Sra. Dashwood estava espantada demais para falar, e outra pausa se sucedeu. Esta foi interrompida por Willoughby, que disse, com um sorriso débil:

– É besteira postergar desta maneira. Não me atormentarei mais, ficando entre amigas cuja companhia me é impossível aproveitar neste momento.

Então, despediu-se rapidamente de todas, e saiu da sala. Elas o viram subir na carruagem e, em um minuto, já estava fora de vista.

Os sentimentos da Sra. Dashwood a impediam de falar, então ela saiu imediatamente da sala, para se deixar tomar, sozinha, pela preocupação e alarme que tal partida súbita havia ocasionado.

A inquietude de Elinor era, pelo menos, tão grande quanto a de sua mãe. Pensava sobre o que havia acabado de acontecer com ansiedade e suspeita. O comportamento de Willoughby, ao se despedir delas, seu embaraço e alegria fingida, e, acima de tudo, sua relutância em aceitar o convite de sua mãe, uma oposição tão pouco característica de um apaixonado, tão pouco característica dele mesmo, a perturbavam enormemente. Em um momento, ela temia que ele nunca havia tido nenhuma intenção séria; e, no momento seguinte, que alguma briga infeliz havia ocorrido entre ele e sua irmã – a agonia na qual Marianne havia saído da sala era de tal forma que poderia ser razoavelmente explicada por uma briga, apesar de, quando considerava o amor de Marianne por ele, uma briga parecer quase que impossível.

Porém, quaisquer que fossem os detalhes da separação dos dois, a agonia de sua irmã era indubitável, e pensou, com a mais terna compaixão, na tristeza violenta que Marianne deveria, com toda probabilidade, estar não só deixando escapar para aliviar-se, como também alimentando e encorajando, como se fosse um dever.

Dentro de mais ou menos meia hora, sua mãe voltou e, apesar de seus olhos estarem vermelhos, sua expressão não era de infelicidade.

– Nosso querido Willoughby está agora a alguns quilômetros de distância de Barton, Elinor, – disse ela, enquanto sentava-se para trabalhar, – e com que peso no coração deve ele estar viajando?

– É tudo muito estranho. Partir de forma tão repentina! Parece ter sido feito em um mero momento. E noite passada ele estava conosco tão alegre, tão feliz, tão afetuoso! E agora, avisando com apenas dez minutos de antecedência, foi-se, sem pretender voltar! Algo além do que nos foi dito deve ter acontecido. Ele não falou ou se comportou como si mesmo. A senhora deve ter visto a diferença, tão bem quanto eu. O que pode ter sido? Será que eles brigaram? Por que outro motivo ele teria se mostrado tão relutante em aceitar nosso convite para vir aqui?

– Não era desejo que faltava a ele, Elinor; eu pude ver isso claramente. Ele não tinha o poder de aceitar. Pensei muito sobre tudo, garanto, e consigo explicar perfeitamente tudo o que primeiro pareceu estranho para mim, assim como para você.

– Pode, mesmo?!

Sim. Expliquei tudo para mim mesma da forma mais satisfatória; mas você, Elinor, que adora duvidar sempre que pode, não ficará satisfeita, eu sei. Mas não conseguirá me fazer mudar de ideia. Estou convencida de que a Sra. Smith suspeita do afeto dele por Marianne, desaprova-o (talvez porque tem outros planos para ele) e, por este motivo, está ansiosa para afastá-lo daqui; e os negócios que ela o enviou para resolver foram inventados como uma desculpa para mandá-lo para longe. É isso que creio ter acontecido. Ademais, ele está ciente de que ela desaprova o relacionamento e, portanto, não ousa confessar, neste momento, seu noivado com Marianne, e se sente obrigado, devido a sua situação de dependência, ceder aos esquemas de sua prima, e se ausentar de Devonshire um pouco. Você vai me dizer, eu sei, que isso pode ou não pode ter acontecido, mas não darei ouvidos a qualquer argumento, a não ser que consigas me mostrar qualquer outro método de interpretar o assunto, que seja tão satisfatório quanto este. E então, Elinor, o que tens a dizer?

– Nada, pois a senhora já anteviu minha resposta.

– Então você teria me dito que pode ter acontecido assim, ou não. Oh, Elinor, quão incompreensíveis são seus sentimentos! Você prefere acreditar nas más intenções, ao invés das boas. Prefere procurar tristeza para Marianne e culpa para o pobre Willoughby, ao invés de uma desculpa para ele. Decidiu pensar que ele tem culpa, pois se despediu de nós com menos afeto do que o normal, no comportamento que exibiu. E não devemos fazer concessão para sua inadvertência, ou por seu humor, deprimido pela decepção recente? Nenhuma probabilidade deve ser aceita, meramente por não serem certezas? Não devemos nada ao homem que temos tantos motivos para amar, e nenhum motivo para não confiar? Não há possibilidade de haver motivos que não possam ser explicados, apesar de serem inevitavelmente secretos por um tempo? E do que é que você suspeita, afinal de contas?

– Mal sei. Mas suspeitar de algo desagradável é a consequência inevitável da alteração que acabamos de ver nele. Há muita verdade, contudo, no que a senhora acabou de exortar, de fazermos as devidas concessões a ele, e desejo ser honesta em meu julgamento de todos. Willoughby pode, sem dúvida, ter motivos suficientes para sua conduta, e espero que tenha. Mas teria sido mais característico dele caso houvesse reconhecido tais motivos imediatamente. Segredos podem ser aconselháveis, mas não consigo me impedir de ficar surpresa com o fato de ele os guardar.

– Não o culpe, contudo, por não agir de forma característica, quando tal desvio é necessário. Mas reconheces a justiça do que eu disse em defesa dele? Fico feliz, e ele absolvido.

– Não inteiramente. Pode ser adequado esconder o noivado dos dois (caso estejam mesmo noivos) da Sra. Smith – e, se for este o caso, seria bastante propício que Willoughby fique pouco em Devonshire, no momento. Mas não é desculpa para escondê-lo de nós.

– Escondê-lo de nós! Minha querida filha, você acusa Willoughby e Marianne de ocultação? Isto é de fato bastante estranho, quando seu olhar os tem admoestado todos os dias por imprudência.

– Não quero provas de seu afeto, – disse Elinor, – e sim de seu noivado.

– Estou perfeitamente convencida de ambos.

– E ainda assim, nenhuma sílaba foi dita à senhora sobre o assunto, por qualquer dos dois.

– Não preciso de sílabas, quando suas ações falaram tão claramente. O comportamento dele com Marianne, e com todas nós, durante pelo menos as últimas duas semanas, não declarou que a ama e considera sua futura esposa, e que sente por nós o afeto de um parente próximo? Não nos compreendemos perfeitamente uns aos outros? Meu consentimento não tem sido pedido diariamente por seus olhares, modos, respeito atencioso e afetuoso? Minha Elinor, é possível duvidar do noivado deles? Como pode tal pensamento ter ocorrido a você? Como pode-se supor que Willoughby, convencido como deve estar do amor de sua irmã, a deixaria, talvez por meses, sem falar a ela sobre seu afeto – que eles se separariam sem uma declaração mútua de afeto?

– Confesso – respondeu Elinor – que todas as circunstâncias, exceto uma, depõem a favor de seu noivado; mas esta única circunstância é o total silêncio de ambos sobre o assunto, e, para mim, quase que supera todas as outras.

– Que estranho! Você deve ter uma opinião muito ruim de Willoughby se, depois de tudo o que se passou abertamente entre eles, consegue duvidar da natureza dos termos sob os quais estão juntos. Ele esteve atuando, em seu comportamento para com Marianne, este tempo todo? Você supõe que ele é indiferente a ela?

– Não, não penso isso. Ele deve amá-la, e a ama, tenho certeza.

– Mas que tipo estranho de amor, se ele consegue deixá-la com esta indiferença e despreocupação com o futuro que você atribui a ele.

– A senhora deve lembrar-se, minha querida mãe, que nunca considerei esta questão resolvida. Tive minhas dúvidas, confesso, mas são menores do que costumavam ser, e podem ser logo inteiramente dissipadas. Se descobrirmos que eles se correspondem, todos os meus medos serão removidos.

– Que bela concessão! Se os visse no altar, suporia que iam se casar. Menina severa! Mas eu não exijo tais provas. Nada, na minha opinião, ocorreu que justifique dúvidas; não tentaram ocultar nada, e tudo foi uniformemente aberto e sem reservas. Não podes duvidar dos desejos de sua irmã. Portanto, deve ser de Willoughby que suspeitas. Mas por que? Ele não é um homem honrado e afetuoso? Houve alguma inconsistência, da parte dele, que criasse preocupação? Ele foi enganador?

– Espero que não, creio que não – exclamou Elinor. – Gosto muito de Willoughby, sinceramente, e suspeitar da integridade dele não pode ser mais doloroso para você do que para mim. É algo involuntário, e não o encorajarei. Fiquei surpresa, confesso, pela mudança em seus modos, esta manhã – ele não falava como ele mesmo, e não correspondeu à sua gentileza com qualquer cordialidade. Mas tudo isso pode ser explicado pela situação dos assuntos particulares dele que a senhora supôs. Ele havia acabado de se despedir de minha irmã, de vê-la sair na maior das aflições; e, se sentia-se obrigado, por medo de ofender a Sra. Smith, a resistir à tentação de voltar aqui tão cedo, ao mesmo tempo em que estava ciente de que recusar seu convite, dizendo que iria para longe por algum tempo, ele faria com que pensássemos que estava a agir de forma mesquinha e suspeita, ele pode muito bem ter ficado envergonhado e perturbado. Nesse caso, uma confissão simples e aberta de suas dificuldades teria sido mais digna de sua honra, penso eu, assim como mais consistente com seu caráter; mas não farei objeções à conduta de qualquer pessoa sobre bases tão inadequadas quanto uma diferença entre seu julgamento e o meu, ou um desvio do que eu possa considerar correto e consistente.

– Falou muito corretamente. Willoughby certamente não merece suspeitas. Apesar de não o conhecermos há muito, ele não é um estranho nesta parte do mundo, e quem falou algo desvantajoso sobre ele? Caso ele estivesse em uma situação que o permitisse agir independentemente e casar-se imediatamente, poderia ter sido estranho ele nos deixar sem prontamente admitir tudo para mim, mas não é este o caso. É um noivado que, em alguns aspectos, não começou de fora próspera, pois precisarão esperar um tempo incerto para que possam se casar, e até mesmo manter tudo em segredo, na medida do possível, seria agora bastante aconselhável.

Fora interrompidas pela entrada de Margaret, e Elinor teve, então a liberdade de ruminar as declarações de sua mãe, reconhecer a probabilidade de muitas delas e esperar que todas estivessem corretas.

Não viram Marianne até a hora do jantar, quando ela entrou na sala e tomou seu lugar à mesa sem dizer uma palavra. Seus olhos estavam vermelhos e inchados, e parecia que, até naquela hora, tentava impedir suas lágrimas com dificuldade. Evitou os olhares de todas, não conseguia comer nem falar, e, após algum tempo, quando sua mãe segurou sua mão, em silêncio, com terna compaixão, seu pouco autocontrole foi rompido, fazendo com que caísse no choro e saísse da sala.

Esta profunda depressão continuou a noite toda. Ela não tinha qualquer força, pois não desejava se recompor. A menor menção a qualquer coisa relativa a Willoughby a abatia instantaneamente, e, apesar de sua família cuidar de seu conforto com a maior atenção, era impossível que elas, se abrissem a boca, não mencionassem qualquer assunto que os sentimentos de Marianne ligavam a ele.

Capítulo 16

Marianne não teria se perdoado se houvesse conseguido dormir na primeira noite após se despedir de Willoughby, por pouco que fosse. Teria se envergonhado de olhar sua família nos olhos, na manhã seguinte, se não houvesse se levantado precisando mais de descanso do que quando havia se deitado. Mas os sentimentos que a faziam pensar em compostura como uma desgraça não faziam com que corresse qualquer perigo de deixar que isso acontecesse. Passou a noite acordada, e chorou a maior parte do tempo. Levantou-se com dor de cabeça, incapaz de falar, e sem disposição para comer qualquer coisa, preocupando sua mãe e irmãs a todos os momentos, e rechaçando qualquer tentativa de consolo por uma delas. Sua sensibilidade era potente o suficiente!

Quando o café-da-manhã havia acabado, ela saiu sozinha, e passeou pelo vilarejo de Allenham, permitindo-se lembrar alegrias passadas e chorando pelo revés atual, durante a maior parte da manhã.

Passou a noite na mesma indulgência de sentimento. Tocou todas as músicas preferidas que costumava tocar para Willoughby, todas as árias em que suas vozes se juntavam com mais frequência, e sentou-se ao piano, olhando todas as linhas das músicas que haviam sido escritas por ela, até que seu coração ficou tão pesado que não poderia admitir mais nem um pouco de tristeza; e esta nutrição do pesar era feita todos os dias. Passava horas ao piano, alternando entre cantar e chorar, sua voz totalmente suspensa por suas lágrimas. Nos livros, também, assim como na música, convidava a infelicidade que um contraste entre o passado e o presente certamente ensejaria. Não lia nada além do que costumavam ler juntos.

Esta agonia tão profunda não poderia ser suportada para sempre; diminuiu, em alguns dias, até se tornar uma melancolia mais calma. Mas estas tarefas, às quais ela voltava diariamente, suas caminhadas solitárias e meditações silenciosas, ainda produziam efusões ocasionais de tristeza, tão fortes quanto antes.

Nenhuma carta de Willoughby chegou; e Marianne não parecia esperar nenhuma. Sua mãe ficou surpresa, e Elinor começou a preocupar-se novamente. Mas a Sra. Dashwood conseguia encontrar explicações sempre que queria, o que, pelo menos, satisfazia a si mesma.

– Lembre-se, Elinor, – disse ela, – com que frequência o Sir John busca nossas cartas no correio, e as leva para lá. Já concordamos que confidencialidade pode ser necessária, e devemos reconhecer que não poderia ser mantida se a correspondência entre os dois passasse pelas mãos do Sir John.

Elinor não podia negar a verdade nisso, e tentou encontrar em tal conjectura um motivo suficiente para o silêncio entre os dois. Mas havia um método tão direto, tão simples e, em sua opinião, tão apropriado para que soubessem da realidade da situação, e que removeria imediatamente todo o mistério, que ela não pôde deixar de sugerir à mãe.

– Por que a senhora não pergunta imediatamente para Marianne – disse ela – se ela está ou não noiva de Willoughby? Vinda de você, a mãe dela, e uma mãe tão gentil e indulgente, a pergunta não poderia ofender. Seria o resultado natural de seu amor por ela. Ela costumava não ter qualquer reserva, principalmente com você.

– Não perguntaria tal coisa de jeito algum. Suponhamos que seja possível que eles não estejam noivos, que tristeza uma pergunta dessas não causaria! De qualquer forma, seria extremamente cruel. Nunca mereceria as confidências dela novamente, após forçá-la a fazer tal confissão, que precisa, neste momento, ser escondida de todos. Conheço o coração de Marianne, sei que ela me ama muito, e que não serei a última a saber quando a questão for trazida a público, quando as circunstâncias permitirem a revelação. Não tentaria forçar a confidência de ninguém, muito menos de uma filha, porque seu senso de dever impediria a negação que seus desejos podem exigir.

Elinor considerou tamanha generosidade um exagero, considerando a pouca idade de sua irmã, e insistiu no assunto, mas foi em vão; bom senso, cautela e prudência foram todos perdidos entre as delicadezas românticas da Sra. Dashwood.

Passaram-se diversos dias, antes que o nome de Willoughby fosse mencionado na frente de Marianne por qualquer de seus parentes; Sir John e a Sra. Jennings, contudo, não foram tão gentis; suas pilhérias acrescentaram dores a muitas horas dolorosas. Mas, uma noite, a Sra. Dashwood exclamou, ao pegar um volume de Shakespeare por acidente:

– Não terminamos Hamlet, Marianne; nosso caro Willoughby partiu antes que conseguíssemos acabar. Deixemos o livro separado, para quando ele voltar... mas podem se passar meses, talvez, antes que isso aconteça.

– Meses! – exclamou Marianne, em forte surpresa. – Não... nem muitas semanas.

A Sra. Dashwood sentiu muito pelo que havia dito, mas Elinor ficou satisfeita, pois arrancou uma resposta de Marianne muito expressiva de sua confiança em Willoughby e ciência de suas intenções.

Uma manhã, cerca de uma semana após a partida de Willoughby para a capital, Marianne foi convencida a juntar-se às suas irmãs para sua caminhada costumeira, ao invés de passear sozinha. Até então, ela havia cuidadosamente evitado companhia em suas perambulações. Se suas irmãs pretendiam passear nas planícies, ela se dirigia para as trilhas; se falassem sobre o vale, ela rapidamente subia as colinas, e nunca estava presente quando as outras partiam. Mas foi eventualmente persuadida, pelos esforços de Elinor, que desaprovava tal isolamento duradouro. Andaram ao longo da estrada que cortava o vale, na maior parte do tempo em silêncio, pois a mente de Marianne não podia ser controlada, e Elinor, satisfeita com ter prevalecido em uma questão, não ousou tentar mais. Para além da entrada do vale, onde os campos, apesar de ainda serem verdejantes, eram menos selvagens e mais abertos, um longo trecho da estrada pela qual haviam viajado ao chegar a Barton se estendia perante elas; e, ao chegar naquele ponto, pararam para olhar ao redor, e examinar o cenário que era formado pela distância entre elas e o chalé, de um local que nunca haviam atingido antes, em nenhum de seus passeios.

Dentre os objetos da cena, logo descobriram um animador; um homem a cavalo, cavalgando em direção a elas. Em alguns minutos, puderam perceber que era um cavalheiro e, um momento depois, Marianne exclamou, em êxtase:

– É ele; é ele, sim – sei que é! – E começou a correr de encontro a ele, quando Elinor clamou:

– Na verdade, Marianne, creio que está enganada. Não é Willoughby. Esta pessoa não é tão alta quanto ele, e não tem o jeito dele.

– Tem, sim, tem, sim, – conclamou Marianne, – tenho certeza que sim. O jeito, o casaco, o cavalo dele. Sabia que voltaria logo.

Andava rapidamente, enquanto falava, e Elinor, para proteger Marianne de notoriedade, já que tinha quase certeza de que não era Willoughby, acelerou o passo e andou junto a ela. Logo estavam a vinte metros do cavalheiro. Marianne olhou de novo, e seu coração apertou; deu meia-volta abruptamente e apressou-se a voltar, quando suas duas irmãs levantaram suas vozes para detê-la. Uma terceira voz, quase tão familiar quanto a de Willoughby, juntou-se às outras para pedir que parasse, o que a fez virar, surpresa, e ver Edward Ferrars.

Ele era a única pessoa do mundo que poderia, naquele momento, ser perdoado por não ser Willoughby; o único que poderia ter arrancado um sorriso dela. Então, deixou de lado as lágrimas para sorrir para ele e, com a felicidade de sua irmã, esqueceu-se, por um tempo, de sua própria decepção.

Ele desmontou e, dando seu cavalo ao criado, acompanhou-as de volta a Barton, para onde se dirigia propositalmente para visitá-las.

Foi recebido por todas com muita cordialidade, mas especialmente por Marianne, que exibiu mais afeto em sua recepção do que a própria Elinor. Na verdade, para Marianne, o encontro entre Edward e sua irmã era apenas uma continuação daquela inexplicável frieza que havia observado frequentemente em Norland, no comportamento de ambos. Do lado de Edward, mais particularmente, havia uma deficiência de tudo o que um apaixonado deveria parecer e dizer em tal ocasião. Estava confuso, parecia mal derivar qualquer prazer em vê-las, não demonstrava deleite ou alegria, dizia pouco mais do que era arrancado dele por perguntas, e não distinguia Elinor com nenhuma demonstração de afeto. Marianne o observava e ouvia com crescente surpresa. Quase começou a deixar de gostar de Edward, e tudo terminou, como quase todos os sentimentos terminam com ela, fazendo com que sua mente se voltasse para Willoughby, cujos modos faziam um contraste suficientemente notável com os daquele que havia elegido para futuro cunhado.

Após um curto silêncio, que se sucedeu à primeira surpresa e perguntas iniciais, Marianne perguntou a Edward se ele havia vindo direto de Londres. Não, ele havia passado duas semanas no condado de Devon.

– Duas semanas! – ela repetiu, surpresa com o fato de ele ter passado tanto tempo no mesmo condado que Elinor sem tê-la visto antes.

Ele pareceu um tanto quanto abalado ao acrescentar que havia se hospedado com alguns amigos perto de Plymouth.

– Esteve em Sussex ultimamente? – disse Elinor.

– Estive em Norland há cerca de um mês.

– E como está nossa querida Norland? – exclamou Marianne.

– Nossa estimada Norland – disse Elinor – provavelmente está como de costume, a esta época do ano. Os bosques e trilhas cobertos de folhas mortas.

– Oh, – exclamou Marianne, – com que sensação de encanto as costumava ver cair! Como me deleitei, enquanto caminhava, ao vê-las espalhadas em círculo ao meu redor pelo vento! Que sensações elas, a estação e o ar me inspiravam! Agora não há ninguém para aproveitá-las. São vistas apenas como um incômodo, apressadamente varridas e escondidas de vista o máximo possível.

Não são todos – disse Elinor – que têm sua paixão por folhas mortas.

– Não; meus sentimentos não costumam ser compartilhados ou compreendidos por outros. Mas às vezes são. – Quando disse isso, ficou perdida em pensamentos por alguns instantes, mas, forçando-se a prestar atenção novamente, disse: – Veja, Edward, – disse ela, chamando sua atenção para a vista, – este é o vale de Barton. Olhe em direção a ele, e sinta-se tranquilo, se puder. Olhe essas colinas! Já viu coisa parecida? À esquerda está Barton Park, entre aqueles bosques e plantações. Conseguirá ver a ponta da casa. E ali, abaixo daquela colina mais afastada, que se eleva com tamanha grandeza, está nosso chalé.

– São belos campos, – respondeu, – mas o fundo do vale deve ficar sujo, no inverno.

– Como podes pensar em sujeira, com tais objetos à sua frente?

– Porque – ele respondeu, sorrindo, – entre o resto dos objetos à minha frente, vejo uma trilha bastante suja.

– Que estranho! – disse Marianne para si mesma, conforme continuava a andar.

– Vocês têm uma vizinhança agradável aqui? Os Middleton são pessoas amigáveis?

– Não, nem um pouco, – respondeu Marianne, – não poderíamos estar mais mal localizadas.

– Marianne, – exclamou sua irmã, – como pode dizer isso? Como pode ser tão injusta? São uma família muito respeitável, Sr. Ferrars, e comportaram-se conosco da forma mais amistosa possível. Esqueceu, Marianne, quantos dias agradáveis devemos a eles?

– Não, – disse Marianne, em voz baixa, – nem quantos momentos dolorosos.

Elinor não prestou atenção a isso, e, dirigindo sua atenção ao visitante, tentou manter algum tipo de conversa com ele, falando de sua atual residência, suas conveniências, etc., arrancando dele perguntas e observações ocasionais. Sua frieza e reserva a abalaram profundamente; ela estava aborrecida e quase com raiva, mas, tendo decidido basear seu comportamento em relação a ele no passado, ao invés do presente, evitou toda aparência de ressentimento ou desprazer, e tratou-o como achava que deveria ser tratado, devido à conexão familiar.

Capítulo 17

A Sra. Dashwood ficou surpresa somente por um momento ao vê-lo, pois sua vinda a Barton era, na opinião dela, a mais natural de todas as coisas. Sua alegria e expressão de afeto duraram muito mais do que sua surpresa. Ele recebeu as mais calorosas boas-vindas da parte dela, e timidez, frieza e reserva não podiam perdurar mediante tal recepção. Haviam começado a abandoná-lo antes de entrar na casa, e foram totalmente superadas pelos modos cativantes da Sra. Dashwood. De fato, um homem não poderia estar apaixonado por uma de suas filhas, sem estender essa paixão a ela, e Elinor, teve a satisfação de vê-lo logo agir de forma mais característica. Sua afeição a todas elas pareceu ser reanimada, e seu interesse em seu bem-estar se tornou perceptível novamente. Não estava bem-disposto, contudo; elogiou a casa, admirou sua vista, foi atencioso e gentil; mas, ainda assim, não estava animado. A família toda percebeu, e a Sra. Dashwood, atribuindo o fato a alguma falta de liberalidade por parte da mãe dele, sentou-se à mesa indignada com todos os pais egoístas.

– Quais são as intenções da Sra. Ferrars para você neste momento, Edward? – perguntou ela, quando o jantar havia acabado e estavam todos juntos ao redor da lareira. – Você ainda deve ser um grande orador, apesar de seus próprios desejos?

– Não. Espero que minha mãe já esteja convencida de que não tenho nem talento, nem inclinação para a vida pública!

– Mas como sua fama será estabelecida? Pois deves ser famoso, para satisfazer toda a sua família; e sem inclinação para despesas, sem gosto por estranhos, sem profissão e sem garantias, poderá ser uma tarefa difícil.

– Não tentarei. Não tenho qualquer desejo de ser distinto, e tenho todos os motivos para esperar que nunca o serei. Graças a Deus! Não posso ser forçado a ter gênio e eloquência.

– Não tens ambição, bem sei. Seus desejos são todos moderados.

– Tão moderados quanto os do resto do mundo, creio eu. Desejo, assim como todos os outros, ser perfeitamente feliz; mas, assim como todos, deve ser do meu próprio jeito. Grandeza não fará com que o seja.

– Seria estranho se fizesse! – exclamou Marianne. – O que riqueza ou grandeza têm a ver com felicidade?

– Grandeza tem pouco, – disse Elinor, – mas riqueza tem muito a ver com isso.

– Elinor, que vergonha! – disse Marianne. – Dinheiro só traz felicidade quando não há mais nada que a possa ensejar. Além de comodidade, não dá nenhuma outra satisfação verdadeira, no que tange à pessoa em si.

– Talvez – disse Elinor, sorrindo – cheguemos à mesma conclusão. O que você chama de comodidade, e o que eu chamo de riqueza, são bastante parecidas, ouso dizer; e, sem elas, no atual estado do mundo, concordaremos que faltaria todo tipo de conforto externo. Suas ideias são só mais nobres do que as minhas. Vamos, o que quer dizer com comodidade?

– Cerca de mil e oitocentos, ou duas mil libras por ano, nada mais que isso.

Elinor riu.

– Dois mil por ano! Mil é o que chamo de riqueza. Já imaginava como a conversa iria acabar.

– Ainda assim, dois mil por ano é uma renda bastante moderada – disse Marianne. – Uma família não pode se manter direito com menos. Estou certa de não ser extravagante em minhas demandas. Um quadro adequado de criados, uma carruagem, talvez duas, e caçadores, não podem ser pagos com menos.

Elinor sorriu novamente, ao ouvir sua irmã descrevendo com tamanha precisão suas futuras despesas em Combe Magna.

– Caçadores! – repetiu Edward. – Mas por que precisaria ter caçadores? Nem todo mundo caça.

Marianne corou ao responder:

– Mas a maioria, sim.

– Como queria – disse Margaret, oferecendo uma nova ideia, – que alguém desse a cada uma de nós uma grande fortuna!

– Ah, se alguém o fizesse! – exclamou Marianne, com os olhos brilhando de animação e as faces rosadas devido ao deleite de tal felicidade imaginária.

– Este desejo é unânime, suponho, – disse Elinor, – apesar da insuficiência de dinheiro.

– Oh, céus, – exclamou Margaret, – como eu ficaria feliz! Imagino o que faria com ele!

Marianne parecia não ter qualquer dúvida quanto a este ponto.

– Eu ficaria confusa sobre como gastar uma fortuna tão grande, – disse a Sra. Dashwood, – se minhas filhas fossem todas ricas sem minha ajuda.

– É só você começar as reformas desta casa, – observou Elinor, – e suas dificuldades logo desaparecerão.

– Que encomendas magníficas viajariam desta família até Londres, – disse Edward, – em tal ocasião! Que dia feliz para os livreiros, vendedores de partituras e lojas de gravuras! Você, Srta. Dashwood, faria uma encomenda geral por todas as gravuras que tivessem algum mérito fossem enviadas a você – e quanto a Marianne, conheço a grandeza de sua alma, não haveria música o suficiente em Londres para contentá-la. E livros! Thomson, Cowper, Scott – ela os compraria todos, de novo e de novo; compraria todas as cópias, creio eu, para impedir que caíssem em mãos indignas, e teria todos os livros que a dissessem como admirar uma velha árvore retorcida. Não o faria, Marianne? Perdoe-me se estou ousado, só quis mostrar a você que não esqueci de nossas antigas disputas.

– Adoro ser lembrada do passado, Edward – seja ele melancólico ou feliz, amo relembrá-lo, e você jamais me ofenderá falando de tempos que se foram. Está muito certo em supor como meu dinheiro seria gasto – uma parte dele, pelo menos. O que me sobrasse certamente seria usado para melhorar minhas coleções de partituras e livros.

– E a principal parte de sua fortuna seria usada em pensões para os autores ou seus herdeiros.

– Não, Edward, teria outra coisa para fazer com ela.

– Talvez, então, você a daria como recompensa para a pessoa que escrevesse a melhor defesa de sua máxima preferida, a que diz que ninguém nunca pode se apaixonar mais de uma vez na vida – sua opinião quanto a isso permanece inalterada, presumo?

– Indubitavelmente. Na minha idade, opiniões são razoavelmente fixas. Não é provável que, a esta altura, eu veja ou ouça algo que as mude.

– Marianne continua tão firme quanto sempre, veja, – disse Elinor, – não mudou absolutamente nada.

– Só ficou um pouco mais séria do que costumava ser.

– Não, Edward, – disse Marianne, – não precisa me admoestar. Você mesmo não está muito alegre.

– Por que haveria de pensar isso? – respondeu ele, com um suspiro. – Mas alegria nunca foi parte da minha personalidade.

– Não acho que façam parte da de Marianne, tampouco, – disse Elinor, – dificilmente a chamaria de vivaz – ela é bastante aberta, muito passional em relação a todo o que faz; às vezes fala muito, e sempre com animação, mas não costuma ser verdadeiramente alegre.

– Creio que esteja certa, – respondeu ele, – e, ainda assim, sempre pensei nela como uma garota vivaz.

– Já me peguei muitas vezes cometendo esses erros, – disse Elinor, – em uma interpretação completamente errônea da personalidade de alguém, em um momento ou outro; achar que uma pessoa é mais alegre ou mais séria, ou mais inteligente ou estúpida do que realmente é, e mal consigo saber por que ou o que gerou o engano. Às vezes, somos guiados pelo que a pessoa diz de si mesma, e muito frequentemente por algo que outras pessoas dizem de outras, sem nos darmos tempo para deliberar e julgar.

– Mas pensei que fosse certo, Elinor, – disse Marianne, – se deixar guiar inteiramente pela opinião dos outros. Pensei que nossos julgamentos nos eram dados meramente para serem subservientes aos de nossos vizinhos. Isso sempre foi sua doutrina, tenho certeza.

– Não, Marianne, nunca. Minha doutrina nunca buscou a sujeição do entendimento. Tudo que sempre tentei influenciar foi o comportamento. Não deves confundir meu significado. Sou culpada, confesso, de frequentemente desejar que você trate nossos conhecidos no geral com mais atenção, mas quando a aconselhei a adotar seus sentimentos ou adaptar-se a seus julgamentos em questões de importância?

– Não foi capaz de persuadir sua irmã a adotar seu plano de civilidade geral – disse Edward para Elinor. – Não fez qualquer progresso?

– Muito ao contrário – respondeu Elinor, olhando expressivamente para Marianne.

– Minha opinião – replicou ele – está inteiramente de acordo com a sua, nesta questão, mas temo que minha prática se alinhe mais à de sua irmã. Nunca desejo ofender, mas sou tão tolamente tímido que pareço negligente com frequência, quando só sou restrito por meu natural acanhamento. Costumo pensar que a natureza deve ter pretendido que eu gostasse da companhia da classe mais baixa, visto que fico tão pouco à vontade entre estranhos da nobreza!

– Marianne não tem timidez para justificar qualquer falta de atenção de sua parte – disse Elinor.

– Ela conhece o próprio valor bem demais para fingir vergonha – respondeu Edward. – A timidez é apenas o efeito de um senso de inferioridade, de um modo ou de outro. Se pudesse me convencer de que meus modos são perfeitamente naturais e graciosos, não seria tímido.

– Mas ainda seria reservado, – disse Marianne, – e isso é pior.

Edward foi pego de surpresa:

– Reservado! Sou reservado, Marianne?

– Sim, muito.

– Não a compreendo – respondeu ele, enrubescendo. – Reservado! Como, de que maneira? O que posso dizer? O que você supõe?

Elinor pareceu surpresa com a emoção dele; mas, tentando fazer troça para mudar de assunto, disse a ele?

– Não conhece minha irmã bem o suficiente para compreender o que ela quer dizer? Não sabe que ela chama de reservados todos os que não falam com tanta rapidez e admiram o que ela admira com tanto arrebatamento quanto ela mesma?

Edward não respondeu. Seu jeito sério e pensativo voltou com tudo – e ele ficou sentado por algum tempo, silencioso e soturno.

Capítulo 18

Elinor assistiu, com muita inquietude, o desânimo de seu amigo. Sua visita deu a ela apenas uma satisfação bastante parcial, pois ele mesmo não parecia totalmente satisfeito. Era evidente que ele estava infeliz; ela desejava que fosse igualmente evidente que ele a distinguia com a mesma afeição que ela uma vez tinha certeza de inspirar; mas, até aquele momento, a continuação de sua preferência parecia bastante incerta, e seu comportamento reservado em relação a ela contradiziam, em um momento, o que um olhar mais animado havia demonstrado anteriormente.

Ele se juntou a ela e a Marianne na sala de café-da-manhã, no dia seguinte, antes de as outras terem descido, e Marianne, que estava sempre ansiosa por promover a felicidade dos dois, na medida que lhe fosse possível, logo os deixou sozinhos. Porém, antes de alcançar a metade das escadas, ouviu a porta da sala se abrir e, ao virar-se, ficou surpresa ao ver o próprio Edward sair.

– Estou indo ao vilarejo ver meus cavalos, – disse ele, – já que ainda não estão prontas para o café. Voltarei logo.

***

Edward retornou com uma admiração renovada dos campos vizinhos; em sua caminhada até o vilarejo, havia visto diversas partes do vale de um ponto de observação avantajado, e o próprio vilarejo, localizado em uma altitude muito maior do que o chalé, propiciava uma vista geral do vale como um todo, o que o havia agradado enormemente. Este era um assunto que garantia a atenção de Marianne, e ela começava a descrever sua própria admiração de tais cenários, e pedir mais detalhes a ele sobre os objetos que mais tinham chamado sua atenção, quando Edward a interrompeu, dizendo:

– Não deves fazer perguntas demais, Marianne – lembre-se que não tenho seu conhecimento do pitoresco, e a ofenderei com minha ignorância e falta de gosto, se entrarmos em detalhes. Chamarei uma colina de inclinada, quando deveria ser íngreme; superfícies de estranhas e rústicas, quando deveriam ser chamadas de irregulares e escarpadas; e objetos distantes da vista, que deveriam apenas ser considerados indistintos através da nebulosidade da atmosfera. Você precisará se contentar com a admiração que posso dar honestamente. Considero este um condado muito belo – as colinas são alcantiladas, os bosques parecem ser cheios de boa madeira, e o vale confortável e acolhedor – com ricos prados e diversas casas de fazendas bem-arrumadas, espalhadas aqui e acolá. Corresponde exatamente à minha ideia de um belo interior, pois junta beleza e utilidade – e ouso dizer que é pitoresco, também, pois você o admira. Posso facilmente acreditar que é cheio de rochas e promontórios, relva cinzenta e matagais, mas não consigo identificar estes últimos. Não conheço nada do pitoresco.

– Temo que seja verdade, – disse Marianne, – mas por que você se gaba disso?

– Suspeito – disse Elinor – que, para evitar um tipo de afetação, Edward incorreu em outro. Por acreditar que muitas pessoas fingem mais admiração das belezas da natureza do que realmente sentem, e por ter repulsa deste tipo de pretensão, ele finge ter mais indiferença, e menos discernimento ao visualizá-las, do que realmente tem. É fastidioso, e não tolera afetação em si mesmo.

– É bem verdade, – disse Marianne, – que admiração de uma paisagem se tornou mero clichê. Todos fingem terem sido tocados, e tentam descrever as coisas com o gosto e a elegância do primeiro que definiu a beleza pitoresca. Detesto clichês de todo tipo, e às vezes tenho que manter meus sentimentos para mim mesma, pois não posso encontrar as expressões para descrevê-los, a não ser palavras distorcidas e banalizadas até perderem totalmente o sentido.

– Estou convencido – disse Edward – de que se deleita realmente com uma bela paisagem, da forma que diz comprazer-se. Mas, em troca, sua irmã deve me permitir não sentir mais do que professo. Gosto de uma bela vista, mas não sobre princípios pitorescos. Não gosto de árvores tortas, curvas e ressecadas. As admiro muito mais se forem altas, retas e em flor. Não gosto de chalés arruinados e desgastados. Não gosto de urtigas ou cardos, ou flores que nascem nos brejos. Sinto mais prazer com uma casa de fazenda aconchegante, do que com uma torre de sentinela – e uma sucessão de vilarejos arrumados e felizes me agrada mais do que os mais belos rufiões do mundo.

Marianne olhou atônita para Edward, e com compaixão para a irmã. Elinor apenas riu.

Não continuaram com o assunto, e Marianne ficou perdida em pensamentos, até que um novo tema chamou sua atenção. Estava sentada ao lado de Edward e, quando este último pegou a xícara de chá estendida pela Sra. Dashwood, sua mão passou diretamente na frente de Marianne, exibindo de forma bastante conspícua um anel, com uma mecha de cabelo em seu centro, em um de seus dedos.

– Nunca o vi usar um anel antes, Edward – exclamou. – É o cabelo da Fanny? Lembro-me dela prometendo te dar um pouco. Mas acharia que o cabelo dela fosse mais escuro.

Marianne falou, sem ponderar, o que realmente sentia – porém, quando viu quanta dor havia causado a Edward, a vergonha causada por sua própria falta de consideração não foi maior do que a dele. Ele enrubesceu profundamente e, com um olhar rápido a Elinor, respondeu:

– Sim, é o cabelo de minha irmã. O engaste faz com que sempre tenha um tom diferente, sabe.

Elinor havia encontrado o olhar dele, e parecia igualmente acanhada. De que o cabelo era seu, ela tinha tanta certeza quando Marianne; a única diferença nas conclusões das duas era que, o que Marianne considerava um presente voluntário de sua irmã, Elinor sabia que deveria ter sido obtido com roubo ou algum truque, do qual não estava ciente. Não estava disposta, contudo, a considerar uma afronta, e, fingindo não ter reparado no que havia ocorrido, imediatamente começando a falar de outra coisa, resolveu internamente a, dali em diante, aproveitar toda oportunidade de olhar o cabelo e convencer-se, além de qualquer dúvida, de que era exatamente da mesma cor que o seu.

O embaraço de Edward durou algum tempo, e terminou com uma distração ainda mais profunda. Ficou particularmente sério a manhã toda. Marianne censurou a si mesma severamente, pelo que tinha dito; mas seu próprio perdão poderia ter sido mais rápido, caso soubesse quão pouco havia magoado sua irmã.

Antes do meio do dia, foram visitados por Sir John e pela Sra. Jennings, que, tendo ouvido falar da chegada de um cavalheiro ao chalé, haviam vindo para examinar o hóspede. Com o auxílio de sua sogra, Sir Jon não demorou a descobrir que o nome Ferrars começava com "F", e isso preparou uma futura mina de piadas com a devotada Elinor, que nada menos do que o pouco tempo há que conheciam Edward poderia ter impedido de ter sido iniciada imediatamente. Mas, sob as circunstâncias, ela só ficou sabendo, através de diversos olhares significativos, quão perspicazes os dois haviam sido, com base nas dicas de Margaret.

Sir John nunca visitava a família Dashwood sem convidá-las para jantar em Barton Park no dia seguinte, ou tomar chá com eles na mesma noite. Naquela ocasião, para o melhor entretenimento de seu visitante, com cuja diversão ele se sentia obrigado a contribuir, ele desejou convidá-los para ambas as coisas.

– Vocês devem tomar chá conosco esta noite, – disse ele, – pois estaremos completamente sozinhos – e amanhã precisam jantar conosco, pois formaremos um grupo grande.

A Sra. Jennings reforçou o pedido:

– E, quem sabe, podem se juntar para dançar, – disse ela, – o que seria uma tentação para você, Srta. Marianne.

– Dança! – exclamou Marianne. – Impossível! Quem dançaria?

– Quem! Vocês mesmos, e os Carey, e também os Whitaker, claro. Como! Pensou que ninguém poderia dançar, só porque uma certa pessoa, que não será nomeada, partiu!

– Como queria, do fundo do meu coração, – disse Sir John, – que Willoughby estivesse entre nós novamente.

Isso, e o rubor de Marianne, levantaram as suspeitas de Edward.

– E quem é Willoughby? – perguntou ele, em voz baixa, para a Srta. Dashwood, ao lado de quem estava sentado.

Ela respondeu a ele brevemente. A expressão no rosto de Marianne era mais comunicativa. Edward viu o suficiente para compreender, não somente o que os outros quiseram dizer, mas também as expressões de Marianne que o haviam deixado intrigado anteriormente; e, quando as visitas partiram, ele foi imediatamente até ela e disse, em um sussurro:

– Tenho andado adivinhando. Devo contar a você minhas conjecturas?

– O que quer dizer?

– Devo dizer?

– Certamente.

– Então direi. Presumo que o Sr. Willoughby caça.

Marianne ficou surpresa e confusa, mas não pôde deixar de sorrir mediante o jeito silenciosamente sugestivo dele, e, após um momento de silêncio, disse:

– Oh, Edward! Como pode? Mas chegará o momento, espero... tenho certeza de que gostará dele.

– Não duvido – respondeu ele, um tanto admirado com a sinceridade e ardor dela, pois se não tivesse imaginado ser apenas uma piada, em benefício de seus conhecidos, baseada somente em algo insignificante entre ela e o Sr. Willoughby, ele não teria arriscado mencionar o assunto.

Capítulo 19

Edward ficou uma semana hospedado no chalé; a Sra. Dashwood insistiu sinceramente para que ficasse mais, mas, como se ele estivesse decidido a se punir, parecia resolvido a partir quando seu prazer entre amigos estava no auge. Seu humor, durante os últimos dois ou três dias, apesar de ainda bastante inconstante, havia melhorado bastante – gostava cada vez mais da casa e de suas cercanias –, e ele nunca falava em ir embora sem suspirar, declarando que não tinha qualquer compromisso, até mesmo incerto sobre para onde iria quando partisse. Ainda assim, partir ele deveria. Nunca uma semana havia passado com tanta rapidez – ele mal podia acreditar que já se havia acabado. Dizia isso repetidamente; dizia outras coisas, também, que demonstravam a direção de seus sentimentos e desmentiam seus atos. Não tinha prazer em Norland; detestava estar na capital; mas para Norland, ou para Londres, deveria ir. Valorizava a gentileza de todas elas mais do que tudo, e sua maior felicidade era estar em sua companhia. Mesmo assim, precisava deixá-las ao final da semana, apesar dos desejos delas e dele mesmo, e sem ter qualquer restrição sobre seu tempo.

Elinor creditava à mãe dele toda a estranheza de seu modo de agir, e ficava feliz com o fato de ele ter uma mãe sobre cuja personalidade ela sabia tão pouco, que podia ser a desculpa geral para tudo o que o filho dela fazia de curioso. Apesar de decepcionada e aborrecida como estava, e às vezes agastada com o comportamento incerto dele em relação a ela, ela estava bastante disposta, no geral, a considerar os atos dele com todas as concessões francas e qualificações generosas que haviam sido arrancadas dela, com mais dificuldade, por sua mãe, em benefício de Willoughby. O humor cabisbaixo, reserva e falta de consistência dele eram mais frequentemente atribuídos à sua falta de independência e melhor ciência da disposição e dos planos da Sra. Ferrars. A brevidade de sua visita e a firmeza de sua decisão de partir originavam-se com a mesma inclinação acorrentada, a mesma necessidade inevitável de postergar as coisas por causa da mãe. O antigo e estabelecido embate entre dever e vontade, pai e filho, era a causa de tudo. Ela teria ficado contente em saber quando essas dificuldades terminariam, quando essa oposição seria derrubada - quando a Sra. Ferrars mudaria, e seu filho teria liberdade para ser feliz. Mas foi forçada a encontrar conforto para tais vãos desejos na renovação de sua confiança no afeto de Edward, na lembrança de toda demonstração de afeto, em um olhar ou uma palavra, por parte dele enquanto estava em Barton, e, acima de tudo, àquela lisonjeira prova disso que ele constantemente usava no dedo.

– Penso, Edward, – disse a Sra. Dashwood, enquanto tomavam café-da-manhã, no último dia de sua visita, – que seria um homem muito mais feliz se tivesse uma profissão para ocupar seu tempo e dar interesse a seus planos e ações. Alguma inconveniência para seus amigos poderia, de fato, resultar disso – você não poderia dar a eles tanto de seu tempo. Mas, – continuou, com um sorriso, – você seria muito beneficiado em um aspecto, pelo menos: saberia para onde iria, quando os deixasse.

– Asseguro-lhe – respondeu ele – que já pensei muito sobre este assunto, como a senhora está pensando agora. Tem sido, ainda é, e provavelmente será sempre uma grande infelicidade para mim, não ter compromissos que me ocupem, não ter uma profissão que possa exercer ou me dar algo que beire a independência financeira. Mas, infelizmente, minha própria fineza, e a de meus amigos, me tornaram o que sou, uma criatura ociosa e fraca. Nunca concordamos sobre que profissão eu deveria escolher. Sempre preferi a igreja, como ainda prefiro. Mas não era elegante o suficiente para a minha família. Recomendaram o exército. Ele era elegante demais para mim. O direito foi considerado cavalheiresco o suficiente; muitos jovens com escritórios na Câmara, em Londres, foram muito bem apresentados aos círculos superiores da sociedade, e dirigem pela cidade em carruagens bem requintadas. Mas eu nunca tive inclinação para o direito, ainda que neste estudo menos abstruso dele, que minha família aprovava. Quanto à marinha, sua vantagem era estar na moda, mas eu já era velho demais, quando tocamos no assunto pela primeira vez

– e, no final das contas, visto que não havia necessidade para que eu tivesse qualquer profissão, já que eu poderia ser elegante e esbanjador com ou sem o casaco vermelho de um oficial, a ociosidade foi considerada o caminho mais vantajoso e honrável, e um jovem de dezoito anos não costuma ser tão decidido a se ocupar, a ponto de resistir as solicitações de seus amigos para que não faça nada. Portanto, entrei em Oxford, e tenho sido adequadamente ocioso desde então.

– A consequência do que, suponho eu, será – disse a Sra. Dashwood – que seus filhos serão criados com tantas ocupações, tarefas, profissões quanto a de Columela, já que ficar sem fazer nada não o deixou feliz.

– Serão criados – disse ele, em tom sério – para ser tão dessemelhantes a mim quanto for possível. No que tange a sentimentos, atos, condição, tudo.

– Ora, vamos. Isso tudo é uma efusão de um humor cabisbaixo temporário, Edward. Você está se sentindo melancólico, e pensa que qualquer um que for diferente de você deve ser feliz. Mas lembre-se de que a dor de se despedir de amigos é sentida por todos, eventualmente, quaisquer que sejam suas criações ou condições. Conheça sua própria felicidade. Você só precisa de paciência – ou, para dar um nome mais fascinante, chame de esperança. Sua mãe propiciará a você, no devido tempo, a independência pela qual tanto anseia; é o dever dela, e ela será, terá que ser, feliz por impedir que toda a sua juventude seja desperdiçada em descontentamento. O que não pode acontecer dentro de alguns meses?

– Penso – respondeu Edward – que posso desafiar muitos meses a me fazer qualquer bem.

Este estado de espírito desanimado, apesar de não poder ser comunicado à Sra. Dashwood, causou a todos ainda mais dor por ocasião da despedida, que ocorreu logo em seguida, e deixou uma impressão desconfortável especialmente sobre os sentimentos de Marianne, que necessitou de algum esforço e tempo para ser controlada. Mas, como estava determinada a controlá-la, e impedir que parecesse sofrer mais do que toda a sua família sofria com a partida dele, ela não adotou o método tão zelosamente utilizado por Marianne, em uma ocasião semelhante, de aumentar e agarrar-se à sua tristeza, buscando silêncio, solidão e ociosidade. As táticas de ambas eram tão diferentes quanto seus objetivos, e igualmente adequadas para o avanço destes dois últimos.

Elinor sentou em sua mesa de desenho assim que Edward saíra, ocupou seu tempo o dia todo, não buscou nem evitou qualquer menção ao nome dele, pareceu interessar-se tanto quanto sempre pelos assuntos gerais da família, e se, por esta conduta, não diminuiu sua própria tristeza, pelo menos impediu que fosse desnecessariamente aumentada, e sua mãe e irmãs foram poupadas de muita solicitude para com ela.

Tal comportamento, tão exatamente oposto ao seu próprio, não pareceu mais louvável a Marianne do que o seu havia parecido a Elinor. Já havia se decidido sobre a questão do autocontrole facilmente – com afetos fortes, era impossível, e com afeições calmas, não podia ter qualquer mérito. Que as afeições de sua irmã eram mesmo calmas, ela não ousava negar, apesar de enrubescer ao reconhecê-lo; e da força das suas próprias, ela dava provas bastante contundentes, continuando a amar e respeitar essa irmã, apesar de sua embaraçosa convicção.

Sem se isolar da família, ou sair de casa, em solidão determinada, para evitá-la, ou passar a noite inteira acordada em meditação, Elinor descobriu que todos os dias propiciavam tempo livre o suficiente para pensar em Edward, e no comportamento dele, sob todos os aspectos possíveis que seus diferentes estados de espírito, em momentos diferentes, podiam produzir – com ternura, pena, aprovação, censura e dúvida. Havia momentos em abundância, nos quais, se não fosse pela ausência de sua mãe e irmãs, pelo menos pela natureza de suas tarefas, conversas eram proibidas entre elas, e todos os efeitos da solidão eram produzidos. Sua mente estava inevitavelmente livre; seus pensamentos não podiam ser presos a outro lugar, e o passado e o futuro, em um assunto tão interessante, obrigatoriamente a ocupavam, forçavam sua atenção e tomavam conta de sua memória, sua reflexão e sua imaginação.

De um devaneio como este, enquanto estava sentada à mesa de desenho, ela foi tirada uma manhã, logo após a partida de Edward, pela chegada de visitas. Calhou de ela estar completamente sozinha. O barulho do portãozinho sendo fechado, na entrada do jardim na frente da casa, fez com que olhasse para a janela e visse um grande grupo caminhando até a porta. Entre eles estavam Sir John, Lady Middleton e a Sra. Jennings, assim como dois outros, um cavalheiro e uma dama, completamente desconhecidos. Estava sentada perto da janela, e assim que Sir John a notou, deixou para o resto do grupo a cerimônia de bater à porta e, pulando por cima da floreira, pediu a ela que abrisse a janela para falar com ele, apesar de o espaço entre a porta e a janela ser tão pequeno que tornava difícil falar por uma, sem ser ouvido na outra.

– Bem, – disse ele, – trouxemos alguns estranhos. Gosta deles?

– Psst! Eles o ouvirão.

– Não tem problema se ouvirem. São só os Palmer. Charlotte é bem bonita, posso assegurar. Conseguirá vê-la, se olhar nesta direção.

Já que Elinor estava certa de vê-la dentro de alguns minutos, sem tomar essa liberdade, pediu licença para não olhar.

– Onde está Marianne? Fugiu porque chegamos? Vejo que o instrumento dela está aberto.

– Está caminhando, creio eu.

Neste momento, a Sra. Jennings juntou-se a eles, pois não tinha paciência o suficiente para esperar que a porta fosse aberta antes de contar sua própria história. Veio até a janela fazendo seus cumprimentos em voz alta:

– Como vai, minha cara? Como vai a Sra. Dashwood? E onde estão suas irmãs? Como assim! Estás completamente sozinha? Ficará contente em ter um pouco de companhia para sentar com você. Trouxe minha outra filha e meu genro para vê-la. Imagine só, chegaram tão repentinamente! Pensei ter ouvido uma carruagem na noite passada, enquanto tomávamos chá, mas nunca me passou pela cabeça que poderiam ser eles. Pensei só que poderia ser o Coronel Brandon voltando; então disse para Sir John, acho que ouvi uma carruagem, talvez seja o Coronel Brandon voltando.

Elinor foi obrigada a dar as costas para ela, no meio da história, para receber o resto do grupo; Lady Middleton apresentou os dois estranhos; a Sra. Dashwood e Margaret desceram as escadas ao mesmo tempo, e todos se sentaram para olhar uns para os outros, enquanto a Sra. Jennings continuava sua história, conforme andava pelo corredor até a sala, acompanhada por Sir John.

A Sra. Palmer era muito mais nova do que Lady Middleton, e completamente diferente dela, em todos os aspectos. Era baixa e rechonchuda, tinha um rosto bem bonito, e a expressão mais bem humorada possível no rosto. Seus modos não eram nem de longe tão elegantes quanto os de sua irmã, porém eram muito mais cativantes. Entrou com um sorriso, sorriu durante toda a visita, exceto quando estava rindo, e sorriu enquanto ia embora. Seu marido era um jovem sério, de vinte e cinco ou vinte e seis anos, com um ar de mais elegância e sensatez do que sua esposa, mas menos disposto a agradar ou ser agradado. Entrou na sala com um jeito de estar consciente de sua própria importância, fez uma ligeira reverência para as damas, sem dizer uma palavra, e, depois de examinar a elas e a seus aposentos, pegou um jornal da mesa, e continuou a lê-lo durante toda a visita.

A Sra. Palmer, pelo contrário, a quem a natureza havia dado uma disposição para ser invariavelmente educada e alegre, mal havia se sentado, quando explodiu em admiração da sala de estar e de todas as coisas dentro da mesma.

– Bem! Que cômodo maravilhoso é este! Nunca vi nada tão charmoso! Pense só, mamãe, como melhorou desde minha última visita! Sempre achei este um lugar tão doce, senhora – disse ela, virando-se para a Sra. Dashwood, – mas vocês o fizeram ficar tão charmoso! Veja só, minha irmã, como tudo é tão bonito! Como eu gostaria de ter uma casa assim para mim! Não acha, Sr. Palmer?

O Sr. Palmer não respondeu, nem mesmo levantou os olhos do jornal.

– O Sr. Palmer não me ouviu, – disse ela, rindo, – às vezes, costuma não ouvir. É tão cômico!

Esta ideia era bastante nova para a Sra. Dashwood; não estava acostumada a achar graça na falta de consideração de ninguém, e não pôde evitar de encarar os dois com surpresa.

A Sra. Jennings, enquanto isso, falava o mais alto que podia, e continuava a história de sua surpresa, na noite anterior, ao ver seus amigos, sem parar até ter contado tudo. A Sra. Palmer riu com gosto ao relembrar da surpresa, e todos concordaram, duas ou três vezes, que havia sido uma surpresa bastante agradável.

– Podem imaginar como todos ficamos felizes em vê-los, – acrescentou a Sra. Jennings, inclinando-se em direção a Elinor, e falando em voz baixa, como se não quisesse ser ouvida por mais ninguém, apesar de estarem sentados em cantos diferentes da sala, – mas gostaria que eles não tivessem viajado tão rápido, nem feito uma viagem tão longa, pois vieram por Londres, por causa de algum assunto de negócios, pois você sabe, – acenou ela com a cabeça e apontou para a filha, – não é certo, na condição dela. Queria que ela ficasse em casa e descansasse, esta manhã, mas ela insistiu em vir conosco, queria tanto ver vocês todas!

A Sra. Palmer riu, e disse que não faria mal algum.

– Ela calcula que estará de repouso em janeiro – continuou a Sra. Jennings.

Lady Middleton não podia mais aguentar tal conversa, então fez o esforço de perguntar ao Sr. Palmer se havia alguma notícia no jornal.

– Não, nenhuma – respondeu ele, e continuou lendo.

– Aí vem Marianne – exclamou Sir John. – Agora, Palmer, você verá uma garota assombrosamente bonita.

Foi imediatamente até o corredor, abriu a porta da frente, e a convidou, ele mesmo, a entrar. A Sra. Jennings perguntou a ela, assim que ela entrou, se não havia ido a Allenham, e a Sra. Palmer riu com tanto gosto da pergunta, que mostrou que a havia compreendido. O Sr. Palmer olhou para Marianne, quando esta entrou na sala, a encarou por alguns minutos, e depois voltou ao seu jornal. O olhar da Sra. Palmer havia sido atraído pelos desenhos pendurados nas paredes da sala. Levantou-se para examiná-los.

– Oh, como são belos! Puxa! Que deleite! Veja só, mamãe, que doçura! Declaro que são muito charmosos; poderia ficar olhando-os para sempre. – E então, sentando-se novamente, logo esqueceu que existiam tais coisas na sala.

Quando Lady Middleton levantou-se para ir, o Sr. Palmer fez o mesmo, devolveu o jornal, se espreguiçou e olhou a todos ao seu redor.

– Meu amor, estava dormindo? – perguntou sua esposa, rindo.

Ele não respondeu, somente observando, após examinar o cômodo novamente, que era bastante escuro, e que o teto era torto. Fez, então, sua reverência e foi embora com o resto do grupo.

Sir John havia insistido bastante para que todas elas passassem o dia seguinte em Barton Park. A Sra. Dashwood, que não queria jantar na casa dele, mais do que jantava em sua própria, recusou firmemente o convite feito para si; suas filhas podiam fazer como quisessem. Mas elas não tinham curiosidade alguma para ver como o Sr. e a Sra. Palmer jantavam, tampouco esperavam se divertir de qualquer forma com eles. Portanto, também tentaram se esquivar; o tempo não estava muito ensolarado, e provavelmente não estaria bom no dia seguinte. Mas Sir John não ficou satisfeito – mandaria a carruagem buscá-las, e elas teriam que ir. Lady Middleton, também, apesar de não pressionar a mãe das garotas, insistiu para que elas fossem. A Sra. Jennings e a Sra. Palmer juntaram suas vozes aos pedidos, todas parecendo igualmente ansiosas para evitar um jantar em família, e as jovens foram obrigadas a ceder.

– Por que nos chamariam? – perguntou Marianne, assim que as visitas se foram. – O aluguel deste chalé é considerado bem baixo, mas os termos a nós impostos são bastante duros, se formos obrigadas a jantar com eles sempre que alguém estiver hospedado com eles, ou conosco.

– O propósito de tais convites frequentes – disse Elinor – é o mesmo que daqueles que recebemos deles há algumas semanas. A mudança não é neles, se suas visitas são tediosas e enfadonhas. Precisamos procurar mudanças em outra parte.

Capítulo 20

Quando as Srtas. Dashwood entraram na sala de estar de Barton Park, no dia seguinte, por uma porta, a Sra. Palmer apareceu correndo pela outra, tão bem humorada e alegre quanto antes. Pegou-as afetuosamente pela mão, e expressou grande prazer em vê-las novamente.

– Estou tão feliz em vê-las! – disse ela, sentando-se entre Elinor e Marianne. – O tempo está tão ruim, que temi que não pudessem vir, o que seria muito triste, pois vamos embora amanhã. Precisamos ir, pois a família Weston nos visitará na semana que vem, sabem. Virmos aqui foi muito repentino, e eu não sabia de nada sobre isso até que nossa carruagem entrou pelos portões, e então o Sr. Palmer perguntou se eu queria ir com ele a Barton. Ele é tão divertido! Nunca me diz nada! Sinto muito por não podermos ficar mais, mas nos encontraremos logo na capital, espero.

As jovens foram obrigadas a pôr um fim a tal expectativa.

– Não irão para a capital! – exclamou a Sra. Palmer, com uma risada. – Ficarei muito decepcionada se não forem. Consigo a casa mais agradável do mundo para vocês, ao lado da nossa, na praça Hanover. Precisam vir, de verdade. Terei o maior prazer em acompanhá-las o tempo todo, até que precise ficar de repouso, se a Sra. Dashwood não gostar de sair em público.

Agradeceram-na, mas foram forçadas a recusar todos os seus pedidos.

– Oh, meu amor, – exclamou a Sra. Palmer para o marido, que havia acabado de entrar na sala, – precisa me ajudar a convencer as Srtas. Dashwood a irem para a capital, neste inverno.

Seu amor não deu resposta, e, após fazer uma curta reverência para as damas, começou a reclamar do tempo.

– Como isso tudo é horrível! – disse ele. – Este tempo faz com que tudo e todos fique insuportável. A chuva faz com que fiquemos entediados dentro e fora de casa. Faz com que se deteste todos os seus conhecidos. Por que diabos o Sir John não tem uma sala de bilhar nesta casa? Muito poucas pessoas sabem o que é conforto! Sir John é tão ruim quanto o tempo.

O resto do grupo logo chegou.

– Temo, Srta. Marianne, – disse Sir John, – que você não tenha podido fazer sua costumeira caminhada até Allenham, hoje.

Marianne ficou séria, e não disse nada.

– Oh, não seja tão manhosa conosco, – disse a Sra. Palmer, – pois sabemos tudo sobre o assunto, garanto. E admiro muito seu gosto, pois o acho extremamente bonito. Moramos bem perto dele, no campo, sabe. Ouso dizer que a cerca de quinze quilômetros de distância.

– Está muito mais para quarenta e cinco – disse seu marido.

– Ah, bem! Não faz muita diferença. Nunca estive na casa dele; mas dizem que é um lugar adorável.

– Um dos locais mais horrendos que já vi- disse o Sr. Palmer.

Marianne permaneceu em completo silêncio, apesar de sua expressão demonstrar seu interesse no que estava sendo dito.

– É muito feio? – continuou a Sra. Palmer. – Então deve ser outro lugar que é adorável, suponho.

Quando sentaram-se na sala de jantar, Sir John observou, com tristeza, que formavam um grupo de somente oito pessoas.

– Minha querida, – disse ele, para sua senhora, – é muito irritante sermos tão poucos. Por que não convidou a família Gilbert para nos visitar hoje?

– Não te falei, Sir John, quando mencionou isso mais cedo, que não poderia fazer isso? Foram eles que jantaram conosco, da última vez.

– Você e eu, Sir John, – disse a Sra. Jennings, – não teríamos tanta cerimônia.

– Neste caso, seria muita falta de educação da sua parte – exclamou o Sr. Palmer.

– Meu amor, você contradiz todo mundo – disse sua esposa, com a costumeira risada. – Sabia que isso é bastante rude?

– Não percebi que contradizia a todos, chamando sua mãe de mal-educada.

– Sim, pode me ofender o quanto quiser, – disse a bem-humorada velha senhora, – tirou de mim a responsabilidade pela Charlotte, e não pode devolvê-la. Então, levo vantagem sobre você.

Charlotte riu com vontade ao pensar que seu marido não podia se livrar dela; e disse, exultante, que não se importava se ele ficasse aborrecido com ela, pois eram obrigados a morar juntos. Era impossível que alguém fosse mais bem-humorado, ou mais determinado a ser feliz, do que a Sra. Palmer. A cuidadosa indiferença, insolência e descontentamento de seu marido não a chateava nem um pouco, e quando ele a censurava ou ofendia, ela se divertia imensamente.

– O Sr. Palmer é tão divertido! – disse ela, em um sussurro, para Elinor. – Está sempre de mau humor.

Elinor não estava disposta, após uma breve observação, a dar a ele qualquer crédito por ser tão genuína e naturalmente mal-humorado ou mal-educado quanto desejava parecer. O temperamento dele podia, talvez, ter sido estragado um pouco por ter descoberto, como muitos outros de seu sexo, que, através de alguma inexplicável tendência para favorecer a beleza, ele havia se casado com uma mulher muito tola – mas Elinor sabia que este tipo de erro era comum demais para que qualquer homem sensato ficasse aborrecido com isso por muito tempo. Era mais um desejo de parecer distinto, acreditava ela, que produzia este tratamento desdenhoso de todos e suas ofensas dirigidas a tudo o que visse pela frente. Era o desejo de parecer superior aos outros. O motivo era comum demais para causar surpresa, mas o meio, ainda que o levasse a atingir seu objetivo de estabelecer superioridade através de maus modos, não era provável que agradasse a ninguém, exceto sua esposa.

– Oh, minha cara Srta. Dashwood, – disse a Sra. Palmer, logo depois, – tenho um enorme favor para pedir a você e sua irmã. Podem vir e passar alguns dias em Cleveland no Natal? Venham, por favor, e enquanto os Weston estiverem conosco. Não podem imaginar o quão feliz ficarei! Será um deleite! Meu amor, – pediu ao marido, – não deseja muito que as Srtas. Dashwood venham para Cleveland?

– Certamente, – respondeu ele, com um sorriso de escárnio, – vim para Devonshire com este único propósito.

– Virem, – disse sua senhora, – o Sr. Palmer as espera, então não podem se recusar.

Ambas recusaram o convite, enfática e decididamente.

– Mas precisam vir. Tenho certeza de que gostarão muito. Os Weston estarão conosco, e será muito agradável. Não podem imaginar que lugar charmoso é Cleveland; e nos divertimos tanto, atualmente, pois o Sr. Palmer está sempre passeando pelo condado, pedindo votos para a eleição, e tantas pessoas vêm jantar conosco, as quais nunca vi antes, é encantador! Mas pobre homem, é bastante cansativo para ele! Pois ele é forçado a fazer com que todos gostem dele.

Elinor mal pôde manter uma expressão séria enquanto concordava com a dificuldade de tal obrigação.

– Que encantador será – disse Charlotte – quando ele estiver no Parlamento! Não é mesmo? Como darei risada! Será muito engraçado, ver todas as cartas endereçadas a ele com a sigla M.P. Mas você sabe, ele diz que nunca franqueará minhas cartas para que eu as envie de graça? Ele declara que não. Não é verdade, Sr. Palmer?

O Sr. Palmer não lhe deu atenção.

– Ele não suporta escrever, sabe, – continuou ela, – ele diz que é um ultraje.

– Não, – disse ele, – nunca disse nada tão irracional. Não despeje todos os seus abusos da linguagem sobre mim.

– Viram? Vejam como ele é engraçado. É sempre assim com ele! Às vezes não fala comigo por meio dia, depois me vem com algo tão divertido – sobre qualquer coisa do mundo.

Pegou Elinor de surpresa, quando voltavam para a sala de estar, perguntando a ela se não havia gostado muito do Sr. Palmer.

– Certamente, – disse Elinor, – ele parece ser bastante simpático.

– Bem, fico feliz por ter gostado dele. Pensei que iria, mesmo, ele é tão agradável; e o Sr. Palmer ficou bastante feliz com você e suas irmãs, posso dizer, e você não tem ideia do quanto ele ficaria decepcionado se não vierem a Cleveland – não consigo imaginar por que fariam objeção.

Elinor foi novamente obrigada a recusar o convite; e, mudando de assunto, pôs um fim à sua insistência. Pensou que seria provável que, como moravam no mesmo condado, a Sra. Palmer poderia dar uma descrição mais detalhada do caráter de Willoughby do que poderia ser descoberto através do relacionamento parcial entre ele e os Middleton, e estava ansiosa por obter, de qualquer um, uma confirmação dos méritos dele que pudesse remover a possibilidade de temor por Marianne. Começou perguntando se viam o Sr. Willoughby com frequência em Cleveland, e se eram íntimos dele.

– Oh, sim; conheço-o extremamente bem – respondeu a Sra. Palmer. – Não que eu já tenha conversado com ele, claro; mas sempre o vejo na cidade. De algum modo, nunca estive em Barton enquanto ele estivesse em Allenham. Mamãe o viu aqui, uma vez, mas eu estava com meu tio em Weymouth. Entretanto, ouso dizer que o veríamos muito no condado de Somerset, se não calhasse de nunca estarmos no interior ao mesmo tempo, por infelicidade. Ele fica muito pouco tempo em Combe, creio eu; mas ainda se passasse bastante tempo lá, não acho que o Sr. Palmer o visitaria, pois ele é da oposição, sabe, e além disso, sua casa fica bem longe. Sei muito bem porque pergunta sobre ele: sua irmã se casará com ele. Fico extremamente feliz com isso, pois então a terei como vizinha, sabe.

– Minha nossa, – respondeu Elinor, – a senhora sabe muito mais sobre o assunto do que eu, se tem qualquer motivo para esperar tal união.

– Não tente negar, porque sabe que é o assunto sobre o qual todos estão comentando. Asseguro-lhe que fiquei sabendo disso enquanto passeava pela cidade.

– Minha cara Sra. Palmer!

– Juro que ouvi. Me encontrei com o Coronel Brandon na segunda-feira pela manhã, na rua Bond, logo antes de sairmos da capital, e ele me contou sobre o assunto pessoalmente.

– Pois me surpreende muito. O Coronel Brandon contar à senhora sobre isso! Deve estar enganada. Dar essa informação a uma pessoa que não poderia ter qualquer interesse nela, ainda que fosse verdadeira, não é o que esperaria que o Coronel Brandon fizesse.

– Mas afirmo que foi assim, e contarei como aconteceu. Quando esbarramos nele, ele deu meia-volta e caminhou conosco; então, começamos a falar sobre minha irmã e meu cunhado, e outras coisas mais, então disse para ele: 'Então, Coronel, há uma nova família morando no chalé Barton, me disseram, e mamãe me mandou uma carta dizendo que as jovens são bastante bonitas, e que uma delas está para se casar com o Sr. Willoughby, de Combe Magna. É verdade, diga-me? Pois é claro que o senhor deve saber, visto que esteve há tão pouco tempo no condado de Devon".

– E o que o Coronel disse?

– Oh – não falou muito. Mas parecia saber que era verdade, então, a partir daquele momento, dei o assunto como certo. Será um deleite, tenho certeza! Quando ocorrerá?

– O Sr. Brandon estava bem, espero?

– Oh, sim, muito bem; e cheio de elogios a você, disse só coisas boas.

– Fico lisonjeada. Ele parece ser um excelente homem, e o acho incomumente agradável.

– Eu também. É um homem tão encantador, que é uma pena ele ser tão sério e entediante. Mamãe diz que ele também esteve apaixonado por sua irmã. Asseguro-lhe de que seria um grande elogio a ela, se ele estivesse, pois ele quase nunca se apaixona por ninguém.

– O Sr. Willoughby é bem conhecido em sua parte de Somerset? – perguntou Elinor.

– Oh, sim! Extremamente bem; quer dizer, não acredito que muitas pessoas tenham amizade com ele, porque Combe Magna é tão longe, mas todos o consideram extremamente simpático, garanto. Ninguém é mais querido que o Sr. Willoughby, onde quer que vá, pode dizer para sua irmã. Ela é muito sortuda por tê-lo conquistado, asseguro-lhe, mas ele é ainda mais, pois ela é tão bela e agradável, que nada é bom o suficiente para ela. Contudo, não a considero mais bonita do que você, garanto, pois acho as duas extremamente belas, e o Sr. Palmer também, tenho certeza, apesar de não termos conseguido fazê-lo admitir isso ontem.

As informações da Sra. Palmer sobre Willoughby não eram muito concretas, mas qualquer testemunho em favor dele, por mais pequeno que fosse, era agradável para Elinor.

– Fico tão feliz por termos finalmente nos conhecido – continuou Charlotte. – E agora espero que sejamos sempre boas amigas. Nem imagina o quanto queria vê-la! É tão maravilhoso, você morar no chalé! Nada se compara! E fico tão feliz que sua irmã será tão bem casada! Espero que você passe muito tempo em Combe Magna. É um lugar adorável, de acordo com todos os relatos.

– Conhece o Coronel Barton há tempos, não é mesmo?

– Sim, há bastante tempo, desde que minha irmã se casou. Ele era amigo íntimo do Sir John. Creio – acrescentou, em voz baixa, – que ele teria ficado muito feliz em casar-se comigo, se pudesse. Sir John e Lady Middleton desejavam muito que isso acontecesse. Mas mamãe não achou a união boa o suficiente para mim, senão Sir John teria mencionado para o Coronel, e teríamos nos casado imediatamente.

– O Coronel Brandon não ficou sabendo da proposta de Sir John para sua mãe, antes que fosse feita? Ele nunca confessou sua afeição para você?

– Oh, não; mas se mamãe não tivesse feito objeção, ouso dizer que ele teria adorado. Ele não tinha me visto mais que duas vezes, na época, pois foi antes de eu terminar a escola. Entretanto, estou muito mais feliz agora. O Sr. Palmer é o tipo de homem de que gosto.

Capítulo 21

Os Palmer voltaram para Cleveland no dia seguinte, e as duas famílias de Barton foram deixadas para entreter-se mutuamente. Porém, isso não durou muito tempo: Elinor mal havia tirado os últimos visitantes da cabeça, mal havia tido tempo para se admirar com o fato de Charlotte ser tão feliz sem motivo, ou de o Sr. Palmer agir de forma tão simplória, apesar de ter boas habilidades, e com o fato de muitos casais não combinarem, quando o zelo ativo de Sir John e da Sra. Jennings em obter companhia propiciou a ela novos conhecidos para ver e observar.

Em uma excursão matutina a Exeter, haviam se encontrado com

duas jovens damas, de quem a Sra. Jennings teve a satisfação de descobrir que era parente, e isso foi o suficiente para que Sir John as convidasse para ir diretamente a Barton Park, assim que seus compromissos em Exeter estivessem terminados. Seus compromissos em Exeter foram imediatamente abandonados, mediante tal convite, e Lady Middleton ficou bastante alarmada, quando Sir John retornou, ao ouvir que iria receber muito em breve uma visita de duas garotas que nunca havia visto na vida, e cuja elegância – de cuja estirpe, ainda por cima, não tinha prova alguma, pois as garantias de seu marido e mãe, quanto a esse assunto, não serviam de nada. O fato de elas serem suas parentes também tornou tudo pior ainda, e as tentativas da Sra. Jennings de consolá-la tinham, infelizmente, fundamentos, quando aconselhou a filha a não se importar com o fato de as jovens serem elegantes ou não, pois eram todas primas e teriam que suportar umas às outras. Já que era impossível, àquela altura, impedir a vinda delas, Lady Middleton resignou-se com a ideia, com toda a paciência de uma mulher bem-educada, contentando-se com uma ligeira reprimenda a seu marido quanto ao assunto, cinco ou seis vezes por dia.

As jovens damas chegaram: sua aparência não era nem um pouco ordinária ou deselegante. Suas roupas eram bastante corretas, seus modos muito civilizados, ficaram encantadas com a casa e deleitadas como a mobília, e calharam de gostar tanto de crianças que conquistaram a boa opinião de Lady Middleton em menos de uma hora que estavam em Barton Park. Declarou que eram garotas muito simpáticas, o que, vindo dela, era admiração bastante entusiasmada. A confiança de Sir John em seu próprio julgamento aumentou com tal elogio animado, e partiu diretamente para o chalé para contar às Srtas. Dashwood sobre a chegada das Srtas. Steele, e para assegurá-las de que eram as garotas mais doces do mundo. Com base em tal elogio, contudo, não se podia descobrir muita coisa; Elinor sabia que as garotas mais doces do mundo eram encontradas em todos os cantos da Inglaterra, sob todas as possíveis variações de forma, face, temperamento e inteligência. Sir John queria que a família toda fosse andando até Barton Park imediatamente para ver suas convidadas. Homem benevolente e filantropo! Era doloroso para ele manter até mesmo uma prima distante para si.

– Venham agora, – disse ele, – por favor, venham – vocês precisam vir – declaro que virão – não imaginam como vão gostar delas. Lucy é extremamente bonita, e tão bem-humorada e simpática! As crianças já estão todas agarradas a ela, como se fosse uma velha conhecida. E as duas querem vê-las acima de tudo, pois ouviram dizer em Exeter que são as criaturas mais belas do mundo; e eu disse a elas que é tudo verdade, e mais ainda. Ficarão encantadas com ela, tenho certeza. Vieram com a carruagem cheia de brinquedos para as crianças. Como podem ser tão obstinadas a ponto de não virem? Elas são suas primas, sabem, de certo modo. Vocês são minhas primas, e elas de minha esposa, então devem ser parentes.

Mas Sir John não conseguiu convencê-las. Só obteve uma promessa de que iriam a Barton Park dentro de um ou dois dias, e então foi-se atônito com a indiferença delas, andando de volta para casa para vangloriar-se de seus atrativos para as Srtas. Steele, como havia se gabado das Srtas. Steele para elas.

Quando a visita prometida a Barton Park, e consequente apresentação às jovens damas, ocorreram, não descobriram nada a ser admirado na aparência da mais velha, que tinha quase trinta anos e um rosto bastante comum, com uma expressão de pouca sensatez; mas, na outra, que não tinha mais do que vinte e dois ou vinte e três anos, reconheceram uma beleza considerável: suas feições eram bonitas, e ela tinha uma expressão astuta no olhar e um ar inteligente, que, apesar de não propiciar elegância ou graciosidade, fazia com que parecesse distinta. Seus modos eram particularmente educados, e Elinor logo deu-lhes crédito por ter um pouco de sensatez, quando viu a constante e judiciosa atenção com que tentavam agradar Lady Middleton. Estavam constantemente encantadas com seus filhos, tecendo elogios à beleza deles, pedindo sua atenção e atendendo a seus desejos; e o tempo que tinham livre das demandas ensejadas por tal delicadeza era gasto em admiração do que quer que fosse que Lady

Middleton estivesse fazendo, se calhasse de estar fazendo algo, ou em copiar os moldes de algum vestido novo e elegante, que, tendo sido usado por ela na noite anterior, havia levado as jovens a um êxtase interminável. Felizmente para os que fazem a corte através de tais fraquezas, uma mãe amorosa, apesar de ser a criatura mais ávida por elogios aos seus filhos, é também a mais crédula; suas exigências são exorbitantes, mas ela acredita em qualquer coisa, e a excessiva afeição e paciência das Srtas. Steele por seus filhos foram, portanto, vistas por Lady Middleton sem a menor surpresa ou desconfiança. Ela via, com complacência materna, todas as invasões impertinentes e truques astutos aos quais suas primas se sujeitaram. Viu seus laços serem desamarrados, seus cabelos puxados por cima das orelhas, suas bolsas vasculhadas e suas facas e tesouras de costura roubadas, e não teve dúvidas de que estavam se divertindo tanto quanto as crianças. Não deu origem a qualquer surpresa, a não ser pelo fato de que Elinor e Marianne sentavam-se, compostas, sem tomar parte no que se passava.

– John está tão bem-humorado, hoje! – disse ela, enquanto a criança tomava o lenço da Srta. Steele e o jogava pela janela. – Está cheio de travessuras!

E, logo depois, quando o segundo menino beliscou os dedos da mesma dama, de forma violenta, ela observou, com carinho:

– Como William é brincalhão!

– E aqui está minha doce e pequena Annamaria – acrescentou ela, acariciando carinhosamente uma menininha de três anos, que não havia feito nenhum barulho nos últimos dois minutos. – Ela é sempre tão gentil e quieta – nunca vi uma coisinha tão quieta!

Infelizmente, ao abraçá-la, um grampo no cabelo de Lady Middleton arranhou ligeiramente o pescoço da criança, e produziu uma gritaria tão violenta, vinda daquele modelo de gentileza, que não poderia ter sido abafado por qualquer criatura conhecida por sua barulheira. A consternação da mãe foi enorme, mas não superou o alarme das Srtas. Steele, e as três fizeram de tudo, naquela ocasião de emergência tão crítica, que o afeto poderia sugerir como sendo provável de acalmar a dor da pequena sofredora. Estava sentada no colo da mãe, sendo coberta de beijos, com o machucado banhado em água de lavanda por uma das Srtas. Steele, que estava ajoelhada para atendê-la, e com a outra jovem dando bombons em sua boca. Com tamanha recompensa por suas lágrimas, a criança era sábia demais para parar de chorar. Continuava gritando e soluçando com gosto, chutando seus dois irmãos por terem oferecido carinho, e ninguém conseguiu apaziguá-la, até que Lady Middleton teve a sorte de lembrar-se de que, em uma cena de dor semelhante, na semana anterior, um pouco de marmelada de damasco havia sido aplicado com sucesso a uma testa machucada. O mesmo remédio foi avidamente proposto para este infeliz arranhão, e uma curta intermissão nos gritos da jovenzinha, ao ouvir a ideia, deu a todos motivo para esperar que não seria rejeitada. Portanto, ela foi carregada para fora da sala nos braços da mãe, em busca de tal remédio, e os dois meninos decidiram segui-las, apesar dos pedidos encarecidos da mãe para que ficassem. As quatro jovens foram deixadas em um silêncio que o cômodo não testemunhava há muitas horas.

– Pobrezinhos! – disse a Srta. Steele, assim que saíram. – Poderia ter sido um acidente bem triste.

– Não sei como, – exclamou Marianne, – a não ser que houvesse sido sob circunstâncias completamente diferentes. Mas este é o modo usual de aumentar o desespero, quando não há nada de alarmante, na realidade.

– Que doce mulher é Lady Middleton! – disse Lucy Steele.

Marianne permaneceu em silêncio; era impossível para ela dizer o que não sentia, por mais trivial que fosse a ocasião. Então, sempre ficava a cargo de Elinor a tarefa de mentir, quando a cortesia o exigia. Fez o melhor que podia, naquela ocasião, falando de Lady Middleton com mais afeto do que sentia, apesar de bem menos do que a Srta. Lucy.

– E Sir John, também! – exclamou a irmã mais velha. – Que homem encantador ele é!

Neste ponto, também, os elogios da Srta. Dashwood, sendo somente simples e justos, foram feitos sem qualquer pompa. Ela meramente observou que ele era perfeitamente bem-humorado e amigável.

– E que família encantadora eles têm! Nunca vi crianças tão bonitas. Já me afeiçoei a eles, na verdade, sempre tive paixão por crianças.

– É o que eu imaginava, – disse Elinor, com um sorriso, – pelo que vi esta manhã.

– Suspeito – disse Lucy – que você acha os pequenos um pouco mimados demais; talvez passem um pouco dos limites. Mas é tão natural da parte de Lady Middleton e, em minha opinião, adoro ver crianças cheias de vida e personalidade; não aguento se forem mansos e quietos.

– Confesso – respondeu Elinor – que enquanto estou em Barton Park, nunca penso em crianças mansas e quietas com qualquer aversão.

Uma curta pausa sucedeu-se a esta fala, o qual foi quebrado pela Srta. Steele, que parecia bastante disposta a conversas, e que disse, um tanto quanto abruptamente:

– E está gostando de Devonshire, Srta. Dashwood? Suponho que tenha ficado muito triste por sair de Sussex.

Com alguma surpresa perante a intimidade de tal pergunta, ou pelo menos com o modo como foi feita, Elinor respondeu que sim.

– Norland é um lugar maravilhoso, não é? – acrescentou a Srta. Steele.

– Ouvimos Sir John admirá-lo bastante – disse Lucy, que parecia pensar que desculpas pela liberdade tomada pela irmã eram necessárias.

– Creio que todos os que virem o lugar o admirariam, – respondeu Elinor, – apesar de não supor que alguém estimaria suas belezas como nós as estimamos.

– E vocês tinham muitos admiradores bonitos lá? Suponho que não tenham tantos nesta parte do mundo; em minha opinião, penso que sempre são um ponto positivo.

– Mas por que pensaria – disse Lucy, parecendo envergonhada da irmã, – que não há tantos jovens cavalheiros em Devonshire quanto em Sussex?

– Não, querida, não quis dizer que não há. Tenho certeza de que há muitíssimos jovens bonitos em Exeter; mas sabe, como posso saber quantos deles existem perto de Norland? E apenas temia que as

Srtas. Dashwood poderiam achar Barton entediante, se não tivessem tantos admiradores aqui quanto costumavam ter. Mas talvez vocês jovens possam não se importar com admiradores, e passem tão bem sem eles, quanto com eles. De minha parte, penso que são bastante agradáveis, desde que se vistam bem e se comportem civilizadamente. Mas não aguento vê-los sujos e desarrumados. Por exemplo, há o Sr. Rose, em Exeter, um jovem extremamente inteligente, bastante bonito, secretário do Sr. Simpson, sabe, e ainda assim, se o encontrar pela manhã, ele não estará digno de ser visto. Suponho que seu irmão tenha sido um belo partido, Srta. Dashwood, antes de se casar, por ser tão rico?

– Asseguro-lhe, – respondeu Elinor, – não sei dizer, pois não compreendo perfeitamente o significado da palavra. Mas posso dizer que se ele era bonito antes de se casar, continua sendo um, pois não houve a menor alteração nele.

– Oh, céus, ninguém nunca pensa em um homem casado sendo bonito – eles têm outras coisas para fazer.

– Senhor! Anne, – exclamou sua irmã, – você só sabe falar em jovens bonitos – vai fazer a Srta. Dashwood acreditar que não pensa em mais nada. – E então, para mudar o assunto, começou a admirar a casa e a mobília.

Esta amostra das Srtas. Steele foi o suficiente. A intimidade vulgar e a tolice da mais velha não permitiu que Elinor a admirasse e, como a beleza ou a aparência astuta da mais nova não a cegavam para sua falta de verdadeira elegância e sinceridade, partiu sem qualquer desejo de conhecê-las melhor.

O mesmo não se passou com as Srtas. Steele. Haviam vindo de Exeter munidas de admiração por poderem se relacionar com Sir John Middleton, sua família e todos os seus parentes, e uma considerável proporção de tal admiração foi direcionada a suas belas primas, que as jovens declararam ser as garotas mais belas, elegantes, habilidosas e simpáticas que já haviam visto, e com quem estavam particularmente ansiosas por estreitar relações. Portanto, estreitar relações Elinor logo descobriu ser inevitável, pois como Sir John estava inteiramente de acordo com as Srtas. Steele, seu partido seria forte demais para oposição, e tal tipo de intimidade deveria ser suportado, que consistia em sentarem-se juntas por uma hora ou duas, no mesmo cômodo, quase todos os dias. Sir John não podia fazer mais do que isso, mas não sabia que algo a mais era necessário; estarem juntas significava, em sua opinião, serem íntimas, e enquanto seus planos contínuos para que as jovens se encontrassem eram eficazes, não tinha dúvidas de que a amizade entre elas havia sido estabelecida.

Para fazer justiça a ele, fez tudo o que podia para promover intimidade entre elas, informando as Srtas. Steele de tudo o que ele sabia ou supunha sobre a situação de suas primas, nos mais ínfimos detalhes, e Elinor não as havia visto mais do que duas vezes, quando a mais velha a parabenizou por sua irmã ter tido a sorte de ter conquistado um partido tão bonito em Barton.

– Será uma maravilha, vê-la casada tão jovem – disse ela – e ouvi dizer que ele é um belo partido, e extremamente bonito. E espero que você tenha a mesma sorte logo – mas talvez já tenha um amigo em vista.

Elinor não supunha que Sir John teria mais consideração para com ela do que com Marianne, e teria proclamado suas suspeitas sobre seu afeto por Edward; na verdade, era a piada preferida dele, dentre as duas, por ser um pouco mais nova e conjectural, e desde a visita de Edward, eles nunca haviam jantado juntos sem ele fazer um brinde a seus afetos com tanto significado, tanto inclinar de cabeça e tantas piscadelas, que chamava a atenção do grupo todo. A letra "F" era, do mesmo modo, invariavelmente mencionada, e dava origem a tantas piadas, que seu posto de letra mais espirituosa do alfabeto havia, há muito, sido estabelecido por Elinor.

As Srtas. Steele, como ela havia esperado, já sabiam de todas estas piadas, que haviam instigado a curiosidade da mais velha para saber o nome do cavalheiro a quem aludiam, curiosidade esta que, apesar de costumar ser expressada de forma impertinente, estava perfeitamente de acordo com sua curiosidade em geral quanto aos assuntos da família de Elinor. Mas Sir John não brincou por muito tempo com a curiosidade que havia se divertido tanto ao incitar, pois teve tanto prazer ao dizer o nome, quanto a Srta. Steele teve em ouvi-lo.

– Seu nome é Ferrars, – disse ele, em um sussurro bastante audível, – mas rogo-lhe que não conte a ninguém, pois é segredo absoluto.

– Ferrars! – repetiu a Srta. Steele. – O Sr. Ferrars é o felizardo? Como! O irmão de sua cunhada, Srta. Dashwood? Um jovem bastante simpático, claro; o conheço muito bem.

– Como pode dizer isso, Anne? – exclamou Lucy, que geralmente corrigia todas as declarações de sua irmã. – Apesar de o termos visto uma ou duas vezes na casa de meu tio, é demais fingir conhecê-lo bem.

Elinor ouviu tudo isso com atenção e surpresa. Quem era este tio? Onde morava? Como se conheceram? Desejava muito que o assunto continuasse, apesar de não querer participar dele pessoalmente; mas nada mais foi dito sobre isso, e, pela primeira vez na vida, achou que faltou à Sra. Jennings curiosidade em relação às informações corriqueiras, ou disposição para comunicá-las. O modo como a Srta. Steele havia falado de Edward aumentou sua curiosidade, pois pareceu ser um tanto quanto maldoso, e sugeriu a suspeita de que a dama sabia, ou pensava saber, algo de negativo sobre ele. Mas sua curiosidade não levou a nada, pois a Srta. Steele não reparou mais no nome do Sr. Ferrars quando mencionado, ou até mesmo dito abertamente por Sir John.

Capítulo 22

Marianne, que nunca tinha muita tolerância com nada que se parecesse com impertinência, vulgaridade, inferioridade de habilidades, ou até mesmo gostos diferentes dos seus, estava, naquele momento, particularmente indisposta, devido ao seu estado de espírito, a gostar das Srtas. Steele, ou encorajar suas tentativas de proximidade. E à invariável frieza de seu comportamento em relação a elas, que punha um fim a toda tentativa de intimidade por parte delas, Elinor atribuía, principalmente, a preferência por ela mesma que logo se tornou evidente nos modos das duas jovens, mas especialmente de Lucy, que não perdia qualquer oportunidade de iniciar uma conversa com ela, ou de se esforçar para melhorar seu relacionamento, comunicando seus sentimentos de forma fácil e franca.

Lucy era naturalmente esperta; suas observações costumavam ser justas e divertidas e, como uma companhia por meia hora, Elinor frequentemente a considerava agradável. Mas suas habilidades não haviam recebido qualquer auxílio da educação: era ignorante e iletrada, e sua falta de qualquer refinamento intelectual e de informação sobre os assuntos mais comuns, não podia ser escondida da Srta. Dashwood, apesar de suas constantes tentativas de se mostrar pelo melhor ângulo. Elinor via a negligência de habilidades que a educação poderia ter tornado tão respeitáveis, e compadecia-se dela por isso. Porém, também via, com menos compaixão, a total falta de fineza, retidão e integridade comprovada por suas atenções, assiduidade e bajulação em Barton Park, e não podia extrair qualquer satisfação duradoura da companhia de uma pessoa que combinava insinceridade com ignorância, cuja falta de instrução impedia que conversassem em pé de igualdade, e cuja conduta em relação a outros desvalorizava completamente toda demonstração de atenção e deferência a ela.

– Creio que achará minha pergunta esquisita, – disse Lucy a ela, um dia, enquanto caminhavam juntas de Barton Park para o chalé, – mas diga-me, você conhece a mãe de sua cunhada, a Sra. Ferrars, pessoalmente?

Elinor achou mesmo a pergunta estranha, e sua expressão o demonstrou, conforme respondia que nunca havia visto a Sra. Ferrars.

– É mesmo? – respondeu Lucy. – Imagino o porquê, pois pensei que a teria visto em Norland, às vezes. Então não pode me dizer que tipo de mulher ela é?

– Não – respondeu Elinor, tomando cuidado para não contar sua verdadeira opinião sobre a mãe de Edward, e sem muito desejo de satisfazer o que parecia ser uma curiosidade impertinente. – Não sei nada sobre ela.

– Estou certa de que deve me achar muito estranha, por perguntar sobre ela desta maneira, – disse Lucy, encarando Elinor com atenção, enquanto falava, – mas talvez haja um motivo – gostaria de poder ousar dizer. Contudo, espero que me faça a justiça de acreditar que não pretendo ser impertinente.

Elinor deu uma resposta graciosa, e caminharam por alguns minutos em silêncio. Foi interrompido por Lucy, que retomou o assunto, dizendo, com alguma hesitação:

– Não aguento que pense que tenho uma curiosidade impertinente. Tenho certeza que que preferiria qualquer coisa a ser assim considerada por uma pessoa cuja opinião favorável seja tão digna de se ter quanto a sua. E estou certa de que não teria o menor medo de confiar em você; na verdade, ficaria muito feliz com seu conselho sobre como lidar com uma situação tão desconfortável quanto a que me encontro. Contudo, não é o caso de perturbá-la. Sinto muito que não conheça a Sra. Ferrars.

– Sinto muito por não conhecê-la, – disse Elinor, com grande surpresa, – se poderia ser de qualquer valia para você saber minha opinião sobre ela. Na verdade, nunca soube que tinha alguma ligação com tal família, portanto, estou um pouco surpresa, confesso, com uma pergunta tão séria sobre o caráter dela.

– Ouso dizer que sim, e isso não me surpreende nem um pouco. Mas se ousasse contar tudo a você, não ficaria tão surpresa. A Sra. Ferrars não significa nada para mim, neste momento, mas chegará a hora – com que rapidez, dependerá dela mesma – que teremos uma ligação bastante íntima.

Baixou os olhos, quando disse isso, com uma timidez simpática, olhando enviesado para sua companheira para observar seu efeito sobre ela.

– Céus! – exclamou Elinor. – O que quer dizer? Conhece o Sr. Robert Ferrars? Será isso? – E não se sentiu muito feliz com a ideia de ter tal cunhada.

– Não, – respondeu Lucy, – não o Sr. Robert Ferrars; nunca o vi na vida. E sim – continuou, com o olhar fixo em Elinor – seu irmão mais velho.

O que sentiu Elinor naquele momento? Espanto, que teria sido tão doloroso quanto foi forte, não fosse pela imediata descrença quanto à declaração que o causou. Virou-se em direção a Lucy, em silenciosa surpresa, incapaz de adivinhar o motivo ou o propósito de tal declaração; e, apesar da cor de sua face variar, ficou firme em sua incredulidade, e não sentiu nenhum risco de cair em um surto de histeria ou desmaiar.

– Está certa em ficar surpresa, – continuou Lucy, – pois certamente não poderia ter ideia disso antes. Ouso dizer que ele nunca fez a menor insinuação sobre o assunto, para você ou qualquer pessoa de sua família, pois teve sempre que ser o maior segredo, e tenho certeza que foi fielmente cumprido por mim, até agora. Nem um único parente meu sabe disso, exceto Anne, e eu nunca teria mencionado para você, se não confiasse cegamente que manteria o segredo. Pensei mesmo que minha atitude de fazer tantas perguntas sobre a Sra. Ferrars deve ter parecido tão estranha que deveria ser explicada. E não acho que o Sr. Ferrars possa ficar aborrecido, quando souber que confiei em você, pois sei que ele tem toda a sua família na mais alta estima, e considera você e as outras Srtas. Dashwood quase que como irmãs. – Fez uma pausa.

Elinor permaneceu em silêncio por alguns momentos. Seu espanto diante de tudo o que ouvira foi, num primeiro momento, grande demais para colocar em palavras; mas, eventualmente, forçando-se a falar, e a falar com cuidado, disse calmamente, escondendo toleravelmente sua surpresa e solicitude:

– Posso perguntar se seu noivado é antigo?

– Estamos noivos há quatro anos.

– Quatro anos!

– Sim.

Elinor, apesar de bastante chocada, ainda sentia-se incapaz de acreditar.

– Não sabia – disse ela – nem que se conheciam até outro dia.

– Contudo, nos conhecemos há muitos anos. Ele esteve sob os cuidados de meu tio, sabe, por um tempo considerável.

– Seu tio!

– Sim, o Sr. Pratt. Nunca o ouviu falar do Sr. Pratt?

– Penso que sim – respondeu Elinor, com um esforço para manter o ânimo que aumentada junto com suas emoções.

– Ele ficou quatro anos com meu tio, que vive em Longstaple, perto de Plymouth. Foi lá que nos conhecemos, pois minha irmã e eu nos hospedávamos frequentemente com meu tio, e lá que noivamos, apesar de ter sido só um ano depois de ele ter deixado de ser aluno de meu tio; mas ele nos visitava com frequência, depois disso. Eu hesitei muito em aceitar, como pode imaginar, sem o conhecimento e a aprovação de sua mãe, mas era jovem demais, e também o amava demais, para ser tão prudente quanto deveria ter sido. Apesar de não o conhecer tão bem quanto eu, Srta. Dashwood, deve tê-lo visto o suficiente para saber que ele é bastante capaz de fazer com que uma mulher se afeiçoe sinceramente a ele.

– Certamente – respondeu Elinor, sem saber o que dizia; mas, após um momento de reflexão, acrescentou, com uma certeza renovada sobre a honra e o amor de Edward, e da falsidade de sua companheira: – Noiva do Sr. Edward Ferrars! Confesso estar totalmente surpresa com o que me diz, que realmente – perdoe-me, mas certamente deve ter havido uma confusão de pessoas ou nomes. Não podemos estar falando do mesmo Sr. Ferrars.

– Não podemos estar nos referindo a outro – exclamou Lucy, sorrindo. – Sr. Edward Ferrars, o filho mais velho da Sra. Ferrars, de Park Street, e irmão de sua cunhada, a Sra. John Dashwood, é a pessoa a quem me refiro; deve admitir que não seria provável que eu esteja errada quanto ao nome do homem de quem toda a minha felicidade depende.

– É estranho – respondeu Elinor, em uma perplexidade dolorosa – que eu nunca o tenha ouvido nem mencionar seu nome.

– Não, considerando nossa situação, não é estranho. Nossa prioridade sempre foi manter o assunto em segredo. Você não conhecia a mim ou a minha família, portanto ele não teria qualquer motivo para mencionar meu nome a você; e, visto que ele sempre teve medo de que sua irmã, especificamente, suspeitasse de alguma coisa, era motivo o suficiente para que ele não o mencionasse.

Ela ficou em silêncio. A segurança de Elinor a abandonou, mas seu autocontrole não se foi com ela.

– Há quatro anos estão noivos – disse ela, em voz firme.

– Sim; e só Deus sabe por quanto mais tempo teremos que esperar. Pobre Edward! O deixa bastante desanimado. – Então, tirando uma pequena pintura em miniatura do bolso, acrescentou: – Para impedir a possibilidade de haver um erro, tenha a bondade de olhar este rosto. Não faz jus a ele, claro, mas ainda assim, penso que não poderá se enganar quanto à pessoa que retrata. Tenho há mais de três anos.

Colocou-a nas mãos de Elinor, enquanto falava, e quando esta viu a pintura, quaisquer outras dúvidas que seu medo de tomar uma decisão apressada, ou seu desejo de detectar alguma falsidade, ainda restavam, não tinha nenhuma de que era o rosto de Edward. Devolveu-a quase que imediatamente, assumindo a semelhança.

– Nunca pude – continuou Lucy – dar a ele um retrato meu em troca, o que me aborrece bastante, pois ele sempre insistiu tanto para tê-lo! Mas estou determinada a obtê-lo na primeira oportunidade.

– Muito certo – respondeu Elinor, calmamente. Seguiram, então, em silêncio por mais alguns passos. Lucy falou primeiro.

– Não tenho qualquer dúvida – disse ela – de que manterá este segredo fielmente, pois deve saber como é importante para nós que a mãe dele não fique sabendo, pois jamais aprovaria, ouso dizer. Não tenho fortuna, e imagino que ela seja uma mulher extremamente orgulhosa.

– Eu certamente não pedi para que me fizesse confidências, – disse Elinor, – mas não é mais do que justa comigo ao imaginar que pode confiar em mim. Seu segredo está seguro comigo, mas perdoe-me se expresso alguma surpresa quanto a esta comunicação tão desnecessária. Você deve ter, pelo menos, sentido que eu estar ciente dele não o faria mais seguro.

Conforme disse isso, olhou francamente para Lucy, esperando descobrir algo em sua expressão; talvez a falsidade da maior parte do que havia dito. Porém, a expressão de Lucy não sofreu qualquer mudança.

– Temia que fosse pensar que eu estava tomando uma grande liberdade com você, – disse ela, – contando tudo isso. Não a conheço há muito tempo, é claro, pelo menos não pessoalmente, mas conheço você e toda a sua família, por descrição, há muito tempo. E, assim que a vi, senti quase como se fosse uma velha conhecida. Além disso, neste caso, pensei mesmo que devia a você alguma explicação após ter feito perguntas tão específicas sobre a mãe de Edward, e tenho a infelicidade de não ter absolutamente ninguém para quem possa pedir conselhos. Anne é a única pessoa que sabe do assunto, e ela não tem nenhum juízo; na verdade, me faz mais mal do que bem, pois vivo em constante medo de que me traia. Ela não sabe segurar a língua, como deve ter percebido, e me deixou apavorada, outro dia, quando o nome de Edward foi mencionado por Sir John, de que ela fosse dar com a língua nos dentes. Não imagina como tudo isso perturba minha mente. Fico surpresa de estar viva, depois do que sofri por Edward nestes últimos quatro anos. Tudo em suspense e incerteza; e vê-lo tão raramente – mal conseguimos nos encontrar mais do que duas vezes ao ano. Me surpreende meu coração não estar totalmente partido.

Naquele momento, pegou seu lencinho, mas Elinor não sentiu muita compaixão.

– Às vezes – continuou Lucy, após secar os olhos – imagino se não seria melhor para nós dois terminarmos tudo. – Conforme disse isso, olhou diretamente para sua companheira. – Porém, outras vezes, não tenho resolução suficiente para isso. Não aguento pensar nele infeliz, como sei que a mera menção de tal coisa o faria. E por mim mesma, também – ele me sendo tão caro – não creio que conseguiria. O que me aconselharia a fazer neste caso, Srta. Dashwood? O que você mesma faria?

– Perdoe-me, – respondeu Elinor, surpresa com a pergunta, – mas não posso dar nenhum conselho, sob estas circunstâncias. Seu próprio juízo deve te guiar.

– Claro – continuou Lucy, após alguns minutos de silêncio de ambos os lados – que sua mãe deverá dar a ele algum dinheiro, mais cedo ou mais tarde; mas o pobre Edward fica tão cabisbaixo com a situação! Você não achou que ele estava horrivelmente abatido, quando esteve em Barton? Ele estava tão infeliz quando nos deixou em Longstaple, para ir visitá-las, que temi que pensassem que ele estivesse doente.

– Ele veio da casa de seu tio, então, quando nos visitou?

– Oh, sim; hospedou-se por uma quinzena conosco. Pensava que tinha vindo direto da capital?

– Não, – respondeu Elinor, percebendo claramente cada circunstância que surgia em favor da veracidade de Lucy, – lembro que ele nos contou que havia passado uma quinzena com alguns amigos perto de Plymouth. – Lembrou-se, também, de sua própria surpresa, na época, com o fato de ele não mencionar nenhum detalhe sobre tais amigos, e seu absoluto silêncio até mesmo quanto a seus nomes.

– Não o acharam abatido? – repetiu Lucy.

– Achamos, sim, especialmente logo que chegou.

– Implorei a ele que se esforçasse, por temer que suspeitassem de que havia algo errado; mas não poder ficar mais do que duas semanas conosco, e me ver bastante afetada, fez com que ele ficasse tão melancólico. Pobre homem! Temo que esteja do mesmo jeito, agora; pois me escreveu em um estado tão lamentável. Recebi notícias dele logo antes de sair de Exeter. – Tirou uma carta do bolso e mostrou o endereço descuidadamente a Elinor. – Você conhece a letra dele, ouso dizer, e é tão charmosa; mas a carta não foi escrita tão bem quanto de costume. Ele estava cansado, aventuro dizer, pois preencheu a folha o mais que pôde.

Elinor viu que era mesmo a letra dele, e não pôde duvidar mais. O retrato, havia se permitido acreditar, podia ter sido obtido por acidente; poderia não ter sido presente de Edward. Mas uma correspondência entre eles só poderia existir em caso de noivado confirmado, não poderia ser autorizada por mais nada. Por alguns momentos, quase se deixou levar por suas emoções – seu coração ficou apertado, e mal podia ficar de pé. Mas era crucial que se esforçasse, então lutou de forma tão resoluta contra a opressão de seus sentimentos que pôde se controlar rapidamente e, naquele momento, por completo.

– Escrever um para o outro – disse Lucy, colocando a carta de volta no bolso, – é o único conforto que temos durante estas longas separações. Sim, seu retrato também me conforta, mas o pobre Edward não tem nem isso. Se pelo menos tivesse um retrato meu, ele diz que seria mais fácil. Dei a ele uma mecha dos meus cabelos dentro de um anel, da última vez que esteve em Longstaple, o que foi um conforto, ele disse, mas não tanto quanto um retrato. Talvez tenha reparado no anel quando o viu?

– Sim – disse Elinor, com compostura em sua voz, que escondia emoção e angústia maiores do que já havia sentido antes. Estava mortificada, chocada, confusa.

Felizmente para ela, haviam chegado ao chalé, e a conversa não pôde continuar. Após sentar-se com elas por alguns minutos, as Srtas. Steele voltaram a Barton Park, e Elinor teve, então, a liberdade de pensar e sentir-se infeliz.

Capítulo 23

Por menos que Elinor acreditasse na veracidade de Lucy, era impossível que ela, após uma reflexão séria, suspeitasse dela neste caso, quando nenhuma tentação justificaria a loucura de inventar tamanha falsidade. O que Lucy havia alegado ser verdade, portanto, Elinor não poderia, não ousaria, duvidar. Ademais, havia embasamento de todas as formas, através de probabilidades e provas, e nenhuma contradição que não seus próprios desejos. A oportunidade para os dois se conhecerem na casa do Sr. Pratt era a fundação de todo o resto, ao mesmo tempo indiscutível e alarmante; e a visita de Edward a um lugar perto de Plymouth, seu estado de espírito melancólico, sua insatisfação com suas próprias perspectivas, comportamento incerto em relação a ela mesma, o conhecimento íntimo das Srtas. Steele sobre Norland e suas relações familiares, que frequentemente a surpreendia, o retrato, a carta, o anel, todos formavam tamanho conjunto probatório que superava todos os medos de condená-lo injustamente, e estabelecia como fato, que nenhuma parcialidade poderia ignorar, que ele a havia tratado muito mal. O ressentimento que Elinor sentia em relação a tal comportamento, sua indignação por ter sido enganada, fez com que ela, por um curto período, sentisse pena somente de si mesma. Porém, outras ideias, outras considerações, logo surgiram. Teria Edward a enganado propositadamente? Teria ele fingido um afeto por ela que não sentia? Seu noivado com Lucy era de coração? Não; o que quer que pudesse ter sido um dia, ela não podia acreditar que continuava sendo. O afeto dele era inteiramente por ela. Ela não poderia ter se enganado quanto a isso. Sua própria mãe, irmãs, Fanny, todas haviam percebido a afeição dele por ela em Norland; não era uma ilusão de sua própria vaidade. Ele certamente a amava. Que bálsamo para o coração era tal convicção! Como a induzia a perdoar! Ele havia sido culpado, bastante culpado, por permanecer em Norland após ter sentido, pela primeira vez, que a influência dela sobre ele era maior do que deveria. Quanto a isso, ele não podia ser defendido; mas se ele a havia machucado, havia machucado a si mesmo ainda mais. Se o caso dela era digno de pena, o dele era sem remédio. A imprudência dele a havia deixado infeliz, por um tempo; mas parecia ter tirado dele todas as chances de, um dia, ser qualquer outra coisa. Ela poderia, com o tempo, recobrar a tranquilidade; mas ele, o que poderia ele esperar do futuro? Poderia ser, um dia, toleravelmente feliz com Lucy Steele? Poderia ele, se seu afeto por Elinor estivesse fora de questão, com sua integridade, delicadeza e cultura, se satisfazer com uma esposa como ela – iletrada, ardilosa e egoísta? A paixonite jovem dos dezenove anos naturalmente o cegaria para tudo que não fosse a beleza e o bom humor dela; mas os quatro anos seguintes – anos estes que, se passados de forma racional, melhorariam tanto seu entendimento, devem ter aberto seus olhos para os defeitos da educação dela, e que, passados por ela em círculos menos eruditos e com tarefas mais frívolas, haviam, talvez, tirado dela aquela simplicidade que pode ter, um dia, dado uma característica interessante à sua beleza.

Se, supondo que ele gostaria de casar-se com ela, suas dificuldades em relação à mãe pareciam grandes, quão maiores não seriam agora, quando o objeto de seu noivado era indubitavelmente inferior socialmente, e provavelmente com uma fortuna menor do que a dela? Estas dificuldades, com seu coração tão afastado de Lucy, poderiam não testar muito sua paciência; mas melancólico é o estado da pessoa que sente-se aliviada com a expectativa de oposição e falta de gentileza por parte de sua família!

Conforme estas considerações lhe ocorriam, em dolorosa sucessão, ela chorava por ele, mais do que por si mesma. Apoiada na convicção de não ter feito nada para merecer sua atual infelicidade, e consolada pela crença de que Edward não havia feito nada para deixar de merecer sua estima, ela pensou que, mesmo agora, sob os primeiros efeitos do duro golpe, poderia ter autocontrole o suficiente para esconder de sua mãe e irmãs qualquer suspeita da verdade. E conseguiu corresponder às suas próprias expectativas tão bem que, quando juntou-se a elas para jantar, apenas duas horas depois de ter sofrido a extinção de todas as suas esperanças mais profundas, ninguém teria suposto, com base na aparência das irmãs, que Elinor estava lamentando em segredo obstáculos que a dividiriam para sempre do objeto de seu amor, e que Marianne devaneava sobre as perfeições de um homem cujo coração sentia pertencer inteiramente a ela, e que esperava ver em toda carruagem que passava perto de sua casa.

A necessidade de esconder de sua mãe e de Marianne o que havia sido confiado a ela, apesar de forçá-la a exercer um contínuo controle sobre si mesma, não aumentava a infelicidade de Elinor. Pelo contrário, lhe era um alívio ser poupada da comunicação do que traria tamanha agonia para elas, e também de ouvir a condenação de Edward que provavelmente fluiria do excesso do amor que sentiam por ela, o que era mais do que ela se sentia capaz de suportar.

Dos conselhos ou das conversas de ambas, ela sabia que não receberia qualquer auxílio; a ternura e a infelicidade das duas só iriam aumentar sua desventura, enquanto que seu autocontrole não receberia encorajamento nem de seu exemplo, nem de seus elogios. Ela era mais forte sozinha, e sua própria sensatez a carregava tão bem, que sua firmeza não foi abalada, sua aparência de animação sendo tão invariável quanto possível, com amarguras tão agudas e tão recentes.

Por mais que tenha sofrido durante sua primeira conversa com Lucy sobre o assunto, logo sentiu um desejo real de continuá-la, e por mais de um motivo. Queria ouvi-la repetir muitos detalhes sobre seu noivado, queria compreender mais claramente o que Lucy realmente sentia por Edward, se havia alguma sinceridade em sua declaração de terno afeto por ele, e, especialmente, queria convencer Lucy, com sua prontidão para tocar no assunto novamente, e sua calma ao falar sobre ele, que não estava interessada nele mais do que como um amigo, que temia que sua agitação involuntária, durante a conversa daquela manhã, tinha tornado, pelo menos, duvidoso. Que Lucy estava disposta a ter ciúmes dela parecia bastante provável; era óbvio que Edward sempre havia falado muito bem dela, não somente com base nas declarações de Lucy, mas por esta última ter confiado nela, após conhecê-la por tão pouco tempo, com um segredo tão reconhecida e evidentemente importante. E até mesmo as informações fornecidas pelas piadas de Sir John devem ter tido algum efeito. Decerto que, enquanto Elinor permanecesse tão certa, em seu íntimo, de que Edward a amava, não era necessário fazer nenhuma outra consideração para que o ciúme de Lucy fosse natural. E de que ela sentia mesmo ciúmes, sua própria confissão era prova. Que outro motivo ela poderia ter tido para contar sobre o noivado, senão que Elinor fosse informada do relacionamento superior de Lucy com Edward, e avisada a evitá-lo no futuro? Não teve dificuldade em compreender pelo menos esta parte das intenções de sua rival e, apesar de estar decidida a agir de acordo com todos os seus princípios de honra e honestidade, combatendo seu amor por Edward e vendo-o com a menor frequência possível, não podia negar a si mesma o conforto de tentar convencer Lucy de que seu coração não estava machucado. E, como agora ela não poderia ouvir nada mais doloroso sobre o assunto do que já havia sido dito, ela não duvidava de que seria capaz de aguentar uma repetição dos detalhes sobre a história com compostura.

Porém, uma oportunidade de fazê-lo não se mostrou imediatamente, apesar de Lucy estar tão disposta quando ela a aproveitar qualquer uma que aparecesse, pois o tempo não estava bom o suficiente para permitir que saíssem para caminhar, que seria quando poderiam se separar das outras mais facilmente. E, apesar de se encontrarem pelo menos uma vez a cada dois dias, em Barton Park ou no chalé, principalmente no primeiro, não poderiam se encontrar só para conversar. Tal ideia nunca ocorreria a Sir John ou a Lady Middleton e, portanto, muito pouco tempo ficava livre para conversas em grupo, e nenhum para discussões particulares. Encontravam-se para comer, beber, rir, jogar cartas ou jogos de salão, ou qualquer outra brincadeira que fosse suficientemente barulhenta.

Um ou dois encontros do tipo já haviam ocorrido, sem que Elinor tivesse a chance de falar com Lucy em particular, quando Sir John visitou-as no chalé uma manhã, para implorar que tivessem a bondade de jantar com Lady Middleton naquele dia, pois ele tinha um compromisso em seu clube em Exeter, o que a deixaria completamente sozinha, exceto por sua mãe e as duas Srtas. Steele. Elinor, que anteviu uma abertura para consecução do que tinha em mente, com o tipo de reunião que esta seria, onde teriam mais liberdade, sob a direção tranquila e elegante de Lady Middleton, do que teriam quando seu marido as reunia para um único propósito barulhento, aceitou o convite imediatamente; Margaret, com permissão da mãe, igualmente obedeceu, e Marianne, apesar de nunca estar disposta a juntar-se a qualquer das festas dos Middleton, foi convencida pela mãe, que não queria vê-la se ausentar de qualquer chance de diversão, a ir também.

As jovens damas foram, e Lady Middleton foi felizmente poupada da horrorosa solidão que a ameaçara. A insipidez do encontro era exatamente o que Elinor havia esperado; não produziu quaisquer pensamentos ou expressões novos, e nada poderia ter sido menos interessante do que toda a conversa, na sala de jantar e na sala de estar. As crianças as acompanharam a esta última e, enquanto permaneceram lá, Elinor ficou convencida demais da impossibilidade de atrair a atenção de Lucy para tentá-lo. Só saíram quando os utensílios do chá foram levados. A mesa de cartas foi, então, trazida e Elinor começou a se surpreender com sua esperança de encontrar tempo para conversa em Barton Park. Todas se levantaram em preparação para o carteado.

– Fico feliz – disse Lady Middleton para Lucy – que você não vá terminar a cestinha da pobre Annamaria esta noite, pois estou certa de que trabalhar com filigranas à luz de velas deve machucar seus olhos. Compensaremos a queridinha por sua decepção amanhã, então espero que ela não vá se importar muito.

Esta indireta foi o suficiente. Lucy se recompôs em um instante, e respondeu:

– Na verdade, se engana, Lady Middleton. Estou só esperando para saber se conseguem formar o grupo sem mim, senão já estaria trabalhando na filigrana. Não decepcionaria o anjinho por nada neste mundo, e se me quiserem na mesa de cartas agora, estou decidida a terminar a cestinha após a ceia.

– Você é tão gentil, espero que não machuque seus olhos – pode tocar o sino para pedir que tragam algumas velas de trabalho? Minha pobre menininha ficaria muito decepcionada, eu sei, se a cestinha não for terminada amanhã, pois apesar de ter dito a ela que certamente não seria, tenho certeza que ela está confiando que será.

Lucy imediatamente puxou sua mesa de trabalho para si, e sentou-se novamente com tamanha energia e alegria, que parecia demonstrar que nada a faria mais feliz do que fazer uma cestinha de filigrana para uma criança mimada.

Lady Middleton propôs uma rodada melhor de três. Ninguém objetou, exceto Marianne, que, com sua costumeira desconsideração pelas formas da cortesia, exclamou:

– Peço que a senhora tenha a bondade de me desculpar – sabes que detesto cartas. Irei para o piano. Não encostei nele, desde que foi afinado. – E, sem mais cerimônias, virou-se e andou até o instrumento.

Lady Middleton parecia estar agradecendo aos céus por nunca ter feito um discurso tão rude.

– Marianne nunca consegue ficar muito tempo longe daquele instrumento, sabe, senhora, – disse Elinor, tentando amenizar a ofensa, – e não me surpreende, pois é o piano com o melhor tom que já ouvi.

As cinco que restaram agora tinham que sortear suas cartas.

– Talvez, – continuou Elinor, – se eu me retirar do jogo, possa ser de alguma valia para a Srta. Lucy Steele, enrolando seus papeis para ela. E ainda há tanto o que fazer com a cestinha, que acho que seria impossível que ela a termine sozinha esta noite. O trabalho me agradaria muito, se ela me permitisse compartilhar dele.

– Ficaria muito agradecida por sua ajuda, – exclamou Lucy, – pois descubro que há mais a ser feito do que pensava; e seria uma coisa horrível, decepcionar a pequena Annamaria, no final das contas.

– Oh! Seria mesmo terrível, – disse a Srta. Steele, – aquela queridinha, como a amo!

– É muita gentileza, – disse Lady Middleton para Elinor, – e como gosta muito do trabalho, talvez queira entrar no jogo só na próxima rodada, ou quer se arriscar agora?

Elinor aproveitou-se com prazer da primeira proposta, tendo, então, com um pouco da forma de comunicação que Marianne nunca se rebaixava a utilizar, obteve o que queria, e agradou Lady Middleton ao mesmo temp. Lucy abriu espaço para ela prontamente, e as duas belas rivais sentaram-se uma ao lado da outra, na mesma mesa, e, na maior harmonia, dedicaram-se ao progresso do mesmo trabalho. O piano no qual Marianne havia esquecido que não estava sozinha na sala, envolvida por sua própria música e seus próprios pensamentos, ficava felizmente tão perto delas que a Srta. Dashwood julgava poder, em segurança, sob a proteção de seu barulho, introduzir o assunto que a interessava, sem qualquer risco de ser ouvida na mesa de carteado.

Capítulo 24

Em um tom firme, porém cauteloso, Elinor começou.

– Não mereceria as confidências com as quais me honrou se não sentisse o desejo de continuá-las, ou mais nenhuma curiosidade quanto a seu assunto. Não me desculparei, portanto, por mencioná-lo novamente.

– Obrigada – exclamou Lucy, acaloradamente – por quebrar o gelo; acalmou meu coração, pois temia tê-la ofendido de alguma forma, com o que contei na segunda-feira.

– Me ofendido! Como pode supor tal coisa? Creia-me, – disse Elinor, com a maior sinceridade, – nada poderia estar mais longe de minhas intenções do que dar-lhe tal ideia. Poderia ter tido um motivo para a confiança que não fosse honrado e lisonjeiro para mim?

– Ainda assim, asseguro-lhe – respondeu Lucy, seus olhinhos astutos cheios de significado – que me pareceu haver frieza e desprazer em seus modos, que me deixaram bastante desconfortável. Tive certeza de que estava aborrecida comigo, e tenho admoestado a mim mesma desde então, por ter tomado a liberdade de preocupá-la com meus próprios assuntos. Mas fico muito feliz em descobrir que era só minha imaginação, e que você realmente não me culpa. Se soubesse que consolo foi para mim, aliviar meu coração contando a você o que passo todos os minutos de minha vida pensando, sua compaixão faria com que desconsiderasse todo o resto, tenho certeza.

– Sim, posso acreditar que foi um enorme alívio para você, falar-me sobre sua situação em voz alta, e esteja certa de que nunca terá motivos para arrepender-se. Seu caso é muito infeliz; parecem-me cercados de dificuldades, e precisarão de todo o afeto que há entre os dois para aguentar. O Sr. Ferrars é, acredito, inteiramente dependente da mãe.

– Só tem duas mil libras para chamar de suas; seria loucura nos casarmos só com isso, apesar de que, de minha parte, eu desistiria de toda a possibilidade de termos mais, sem hesitar. Estou acostumada a uma renda bastante pequena, e conseguiria enfrentar qualquer pobreza por ele; mas o amo demais para ser o meio egoísta de privá-lo, talvez, de tudo o que sua mãe poderia dar a ele, se se casasse de forma que a agradasse. Devemos esperar, poderá ser ainda por muitos anos. Com quase todos os outros homens do mundo, seria uma perspectiva aterrorizante; mas nada poderia me privar do afeto e a constância de Edward, eu sei.

– Tal convicção deve ser tudo para você; e ele se apoia, sem dúvidas, na mesma confiança que tem em você. Se a força de seu afeto recíproco falhasse, como acontece com muitas pessoas, e sob diversas circunstâncias seria natural que isso acontecesse, em um noivado de quatro anos, sua situação seria digna de pena, mesmo.

Neste momento, Lucy levantou o olhar; mas Elinor teve o cuidado de impedir que seu rosto demonstrasse qualquer expressão que pudesse dar às suas palavras uma tendência suspeita.

– O amor de Edward por mim – disse Lucy – tem sido bastante testado por nossa ausência extremamente longa, desde que noivamos, e sobreviveu ao teste tão bem que seria imperdoável que eu duvidasse dele agora. Posso dizer, com segurança, que ele nunca me deu um único momento de preocupação neste sentido, desde o começo.

Elinor mal sabia se sorria ou suspirava, mediante tal declaração.

Lucy continuou:

– Meu temperamento é um tanto quanto ciumento, por natureza, e devido a nossas diferentes condições, por ele ser muito mais vivido do que eu, e nossa separação contínua, eu costumava ter tendência a suspeitar, a descobrir a verdade em um instante, se houvesse a menor alteração no comportamento dele em relação a mim, quando nos encontrávamos, ou qualquer desânimo que eu não pudesse explicar, ou caso ele falasse mais de uma mulher do que de outra, ou parecesse, sob qualquer aspecto, menos feliz em Longstaple do que costumava ser. Não quero dizer que sou particularmente observadora ou de raciocínio rápido, no geral, mas neste caso, tenho certeza que não poderia ser enganada.

– Tudo isso – pensou Elinor – é bem bonito, mas não engana a nenhuma de nós.

– Mas quais são suas intenções? – disse ela, após um curto silêncio. – Ou não tens nenhuma, a não ser esperar a morte da Sra. Ferrars, que é melancólica e extrema? O filho dela está determinado a se sujeitar a isto, e a todo o tédio dos diversos anos de suspense nos quais ele poderá lhe envolver, ao invés de arriscar o desprazer dela, por um tempo, ao assumir a verdade?

– Se ao menos pudéssemos ter certeza de que seria só por um tempo! Mas a Sra. Ferrars é uma mulher muito orgulhosa e teimosa, e em seu primeiro arroubo de raiva, ao ouvir a notícia, provavelmente daria toda a fortuna para Robert, e essa ideia, pelo bem de Edward, afugenta toda a minha inclinação para medidas apressadas.

– E por seu próprio bem, também, senão você estaria levando seu altruísmo para além do que é razoável.

Lucy olhou para Elinor novamente e caiu em silêncio.

– Você conhece o Sr. Robert Ferrars? – perguntou Elinor.

– Nem um pouco – nunca o vi. Pelo que sei, é completamente diferente do irmão – tolo e um grande fanfarrão.

– Um grande fanfarrão! – repetiu a Srta. Steele, que havia ouvido essas palavras devido a uma repentina pausa na música de Marianne. – Oh, elas estão falando de seus bonitões preferidos, arrisco dizer.

– Não, irmã, – exclamou Lucy, – estás enganada. Nossos bonitões preferidos não são grandes fanfarrões.

– Posso garantir que o da Srta. Dashwood não é, – disse a Sra. Jennings, rindo à larga, – pois ele é um dos jovens mais modestos e bem-comportados que já conheci. Quanto a Lucy, ela é uma criaturazinha tão astuta, que é impossível descobrir de quem gosta.

– Oh, – exclamou a Srta. Steele, olhando de forma significativa para elas, – ouso dizer que o homem por quem Lucy se interessa é tão modesto e bem-comportado do que o da Srta. Dashwood.

Elinor corou, apesar de tentar impedir. Lucy mordeu o lábio e olhou para a irmã com raiva. Um silêncio geral tomou conta da sala, por um tempo. Lucy pôs um fim a ele, dizendo, em um tom baixo, apesar de Marianne estar, àquela altura, dando a elas a poderosa proteção de um magnífico concerto:

– Vou te contar honestamente sobre um esquema, que me ocorreu ultimamente, para resolver as coisas. Devo confessar o segredo a você, pois você é uma parte envolvida. Ouso dizer que conhece Edward bem o suficiente para saber que ele preferiria a igreja a todas as outras profissões; agora, meu plano é que ele seja ordenado assim que puder, e então, através de sua intervenção, que tenho certeza que teria a bondade de utilizar, pela amizade que tem por ele, e também, espero, por algum afeto que tenha por mim, seu irmão poderia ser persuadido a dar a paróquia de Norland a ele, que ouvi dizer que é bastante boa, e que o pároco atual não deverá viver mais muito tempo. Isso seria o suficiente para que nos casássemos, e poderíamos confiar o resto ao tempo e à sorte.

– Sempre ficaria feliz – respondeu Elinor – em demonstrar minha estima e amizade pelo Sr. Ferrars; mas não acha que minha intervenção, em tal ocasião, seria perfeitamente desnecessária? Ele é irmão da Sra. John Dashwood – isso deve ser recomendação o suficiente para o marido dela.

– Mas a Sra. John Dashwood não aprovaria muito Edward ser ordenado padre.

– Então, suspeito que minha intervenção seria de pouca serventia.

Ficaram em silêncio novamente, por muitos minutos. Eventualmente, Lucy exclamou, com um profundo suspiro:

– Acredito que seria mais sábio terminar todo este assunto de vez, dissolvendo o noivado. Parecemos estar tão obstruídos por dificuldades de todos os lados que, apesar de nos fazer infelizes por um tempo, talvez fôssemos mais felizes, no fim. Mas não quer me dar seu conselho, Srta. Dashwood?

– Não, – respondeu Elinor, com um sorriso que escondia sentimentos muito agitados, – sobre tal assunto, certamente que não darei. Sabe muito bem que minha opinião não faria qualquer efeito sobre você, exceto se estivesse de acordo com seus desejos.

– Está sendo injusta comigo – respondeu Lucy, com grande solenidade. – Não conheço ninguém cujo juízo tenho em tão alta estima quanto o seu; e acredito, de verdade, que se você dissesse para mim: "aconselho você a terminar seu noivado com Edward Ferrars; seria pelo bem da felicidade de ambos", eu me decidiria a fazê-lo imediatamente.

Elinor corou perante a insinceridade da futura esposa de Edward, e respondeu:

– Este elogio me desencorajaria a dar qualquer opinião sobre o assunto, caso tivesse formado uma. Considera minha influência maior do que é; o poder de dividir duas pessoas unidas por tanto afeto é demais para alguém indiferente.

– É justamente por ser indiferente – disse Lucy, com um pouco de irritação, enfatizando as últimas palavras – que seu julgamento poderia ter alguma influência sobre mim. Se pudéssemos supor que você tivesse algum interesse, devido a seus próprios sentimentos, sua opinião não valeria de nada.

Elinor achou melhor não responder, para não correr o risco de provocarem uma à outra, aumentando a liberdade e a franqueza entre elas de forma inadequada; e estava até mesmo determinada a nunca mais mencionar o assunto. Outra pausa, portanto, de muitos minutos, seguiu-se a tal discurso, e Lucy foi novamente a primeira a terminá-la.

– Estará na capital para o inverno, Srta. Dashwood? – disse ela, com toda a sua complacência costumeira.

– Certamente que não.

– Sinto muito por isso, – respondeu a outra, enquanto seus olhos brilhavam com a informação, – teria gostado tanto de encontrá-la lá! Mas ouso dizer que vai acabar indo, apesar de dizer que não. Certamente que seu irmão e cunhada a convidarão para visitá-los.

– Não estará em meu poder aceitar o convite, se chamarem.

– Que azar! Eu estava contando com nosso encontro lá. Anne e eu iremos no fim de janeiro visitar uns parentes que nos convidam há anos! Mas só vou para poder ver Edward. Ele estará lá em fevereiro, senão Londres não teria qualquer atrativo para mim; não tenho o ânimo para isso.

Logo, Elinor foi chamada à mesa de cartas, devido à conclusão da primeira rodada, e a conversa confidencial das duas damas teve um fim, ao qual ambas se sujeitaram sem relutância, pois nada havia sido dito, de nenhum lado, que as fizessem detestar menos uma à outra. Elinor, então, sentou-se à mesa de cartas com a melancólica convicção de que Edward não só não tinha afeição pela pessoa que seria sua esposa, como também não tinha nem mesmo a chance de ser moderadamente feliz no casamento, que o sincero afeto de sua parte teria dado, pois somente egoísmo induziria uma mulher a prender um homem a um noivado, parecendo estar plenamente consciente de que ele já estava cansado do mesmo.

Dali em diante, o assunto não foi retomado por Elinor e, quando mencionado por Lucy, que raramente perdia uma oportunidade de introduzi-lo, e fazia questão de informar sua confidente sobre sua felicidade, sempre que recebia uma carta de Edward, era tratado pela primeira com calma e cautela, e encerrado logo que a cortesia permitisse, pois Elinor sentia que essas conversas eram informações que Lucy não merecia, e perigosas para si mesma.

A visita das Srtas. Steele a Barton Park durou muito mais do que o primeiro convite indicara. O apreço da família por elas aumentou; não podiam deixar que se fossem; Sir John não queria nem ouvir falar na partida delas; e, apesar de seus numerosos compromissos, há muito marcados, em Exeter, apesar da absoluta necessidade de voltarem para cumpri-los imediatamente, que chegava com força total ao final de cada semana, foram convencidas a ficar quase dois meses em Barton Park, e auxiliar na adequada celebração dessas festividades, que exigem mais do que a quantidade normal de bailes particulares e grandes jantares, para proclamar sua importância.

Capítulo 25

Apesar de a Sra. Jennings ter o hábito de passar uma grande parte do ano nas casas de seus filhos e amigos, tinha sua própria residência. Desde a morte de seu marido, que tinha sido um negociante de sucesso em uma parte elegante da cidade, ela havia passado todos os invernos em uma casa numa das ruas próximas da Praça Portman. Seus pensamentos começaram, com a aproximação do mês de janeiro, a voltar-se para esta casa, e até lá ela pediu que as duas Srtas. Dashwood a acompanhassem, abruptamente e de forma bastante inesperada. Elinor, sem reparar na mudança de cor no rosto de sua irmã e a expressão animada que não demonstrava qualquer indiferença ao plano, imediatamente recusou, agradecida porém resolutamente, em nome das duas, acreditando estar expressando os desejos de ambas.

O motivo alegado era sua determinação de não abandonar a mãe naquela época do ano. A Sra. Jennings recebeu a recusa com alguma surpresa, e repetiu o convite imediatamente:

– Oh, céus! Tenho certeza que sua mãe passará muito bem sem vocês, e peço que me agraciem com sua companhia, pois estou bastante decidida a tê-la. Não achem que serão qualquer inconveniência para mim, pois não farei qualquer esforço por vocês. Só mandarei Betty por carruagem alugada, e acho que posso pagar por isso. Nós três poderemos ir muito bem na minha, e quando estivermos na cidade, se não quiserem ir para onde eu for, tudo bem, podem sempre sair com uma de minhas filhas. Tenho certeza que sua mãe não fará objeção, pois tive tanta sorte em me livrar de seus próprios filhos, que ela me achará a pessoa adequada para assumir responsabilidade por vocês. E se não fizer com que pelo menos uma de vocês esteja bem casada antes do fim da visita, não será culpa minha. Falarei bem de vocês para todos os jovens, podem confiar.

– Tenho uma ideia – disse Sir John – que a Srta. Marianne não fará objeção a esse esquema, se sua irmã mais velha for convencida. É muito triste que ela não tenha um pouquinho de diversão só porque a Srta. Dashwood não o deseja. Então, aconselharia vocês duas a irem para a capital, quando estiverem cansadas de Barton, sem dizer uma palavra à Srta. Dashwood.

– Não – exclamou a Sra. Jennings – claro que ficarei muito feliz com a companhia da Srta. Marianne, se a Srta. Dashwood for ou não, só que acho que quanto mais melhor, e pensei que seria mais confortável para elas estarem juntas, porque se cansarem de mim, podem conversar uma com a outra, e rir do meu jeito antiquado pelas minhas costas. Mas uma ou a outra, se não ambas, tenho que levar. Deus que me ajude! Como acham que consigo viver me distraindo sozinha, tendo me acostumado a ter Charlotte comigo, até o inverno passado? Vamos, Srta. Marianne, vamos fechar acordo com um aperto de mãos, e se a Srta. Dashwood mudar de ideia, melhor ainda.

– Agradeço-lhe, senhora, agradeço-lhe sinceramente, – disse Marianne, acaloradamente, – serei eternamente grata por seu convite, e me daria tanta alegria, sim, quase a maior alegria que consigo imaginar, poder aceitá-lo. Mas minha mãe, minha querida e gentil mãe – compreendo a justiça do que Elinor disse, e se ela fosse ficar menos feliz, ou menos confortável, devido a nossa ausência – oh! nada me tentaria a deixá-la. Não deveria, não deve, ser uma dificuldade.

A Sra. Jennings repetiu que assegurava que a Sra. Dashwood passaria muito bem sem elas, e Elinor, que agora compreendia a irmã, e viu a que nível de indiferença a todas as outras coisas seu desejo de estar com Willoughby novamente a levava, não se opôs mais ao plano, meramente submeteu-o à decisão da mãe, de quem, contudo, não esperava receber qualquer apoio em sua tentativa de impedir a visita, que Elinor não aprovava em relação a Marianne, e que, por sua própria conta, tinha motivos particulares para evitar. O que quer que Marianne desejasse, sua mãe ficaria ansiosa por promover – Elinor não poderia esperar influenciar a mãe a ter cautela ao conduzir um assunto em relação ao qual nunca havia conseguido inspirar desconfiança; e não ousava explicar o motivo para sua própria falta de desejo de ir a Londres. Que Marianne, melindrosa como era, absolutamente ciente dos modos da Sra. Jennings e invariavelmente desgostosa com o mesmo, pudesse deixar de lado todas as inconveniências e desconsiderar tudo o que era mais ofensivo a seus sentimentos irritáveis, em busca de um único objetivo, era prova tão forte, tão completa, da importância de tal objetivo para ela, que Elinor, apesar de tudo o que havia ocorrido, não estava preparada para testemunhar.

Ao ser informada do convite, a Sra. Dashwood, convencida de que tal excursão produziria muitos divertimentos para ambas as suas filhas e, percebendo, através de toda a sua atenção afetuosa, o quanto Marianne queria ir, não quis nem ouvir falar sobre recusarem a oferta por sua própria causa. Insistiu que ambas a aceitassem imediatamente, e começou a prever, com sua costumeira alegria, diversas vantagens que todas obteriam com tal separação.

– Estou felicíssima com o plano – exclamou ela – é exatamente o que eu desejava. Margaret e eu nos beneficiaremos dele tanto quanto vocês. Quando vocês e os Middleton se forem, ficaremos tão quietas e felizes juntas, com nossos livros e nossas músicas! Vão encontrar Margaret muito mais madura, quando voltarem! Tenho um pequeno plano de alterar seus quartos, também, que agora pode ser realizado sem inconveniência para ninguém. Estão certíssimas em irem para a capital; por mim, toda jovem da classe de vocês se familiarizaria com os modos e as diversões de Londres. Estarão sob os cuidados de uma mulher boa e maternal, cuja gentileza com vocês é indubitável. E provavelmente verão seu irmão; quaisquer que sejam seus defeitos, ou os defeitos de sua esposa, quando considero de quem ele é filho, não aguento vê-los tão distantes uns dos outros.

– Apesar de, com sua costumeira ânsia por nossa felicidade, – disse Elinor, – a senhora ter explicitado todos os impedimentos ao plano que lhe ocorreu, ainda há uma objeção que, em minha opinião, não pode ser tão facilmente removida.

O sorriso de Marianne se extinguiu.

– E o que – disse a Sra. Dashwood – irá minha querida e prudente Elinor sugerir? Que formidável obstáculo ela agora mencionará? Pode nos falar sobre os gastos da viagem.

– Minha objeção é esta: apesar de ter uma boa opinião do coração da Sra. Jennings, ela não é uma mulher cuja companhia possa nos dar prazer, ou cuja proteção vá nos dar status.

– Isso é bem verdade, – respondeu sua mãe, – mas quase não ficarão só em companhia dela, separadas de outras pessoas, e quase sempre aparecerão em público com Lady Middleton.

– Se Elinor se deixar afugentar por sua antipatia em relação à Sra. Jennings, – disse Marianne, – isso não precisa impedir que eu aceite seu convite. Não tenho tais escrúpulos, e estou certa de que poderia aguentar todas essas coisas desagradáveis, com bem pouco esforço.

Elinor não conseguiu segurar um sorriso perante tal demonstração de indiferença em relação aos modos de uma pessoa com a qual ela frequentemente tinha dificuldade em persuadir Marianne a agir de forma minimamente educada, e decidiu que, se sua irmã insistisse em ir, ela também iria, pois não achava adequado que Marianne se deixasse guiar somente por seu próprio juízo, ou que a Sra. Jennings ficasse à mercê de Marianne todas as horas que passasse em casa. Foi mais fácil para ela aceitar a decisão que tomou ao lembrar-se de que Edward Ferrars, de acordo com Lucy, não estaria na capital antes de fevereiro, e que a visita delas, caso não houvesse nenhuma extensão desarrazoada, poderia terminar antes disso.

– Gostaria que as duas fossem – disse a Sra. Dashwood. – Estas objeções são absurdas. Se divertirão muito em Londres, especialmente por estarem juntas; e se Elinor dignar-se a ter expectativa de diversão, a anteveria de diversas fontes; poderia, talvez, ter a expectativa de divertir-se estreitando laços com a família de sua cunhada.

Elinor já havia desejado, em muitas ocasiões, ter a oportunidade de tentar fazer com que sua mãe não contasse tanto com a ligação entre ela e Edward, de modo que o choque pudesse ser menor, quando a verdade fosse revelada, e agora, com tal investida, apesar de não esperar ter muito sucesso, forçou-se a começar seu plano dizendo, com tanta calma quanto conseguia:

– Gosto muito de Edward Ferrars, e sempre ficarei feliz em vê-lo; mas quanto ao resto da família, sou perfeitamente indiferente quanto a conhecê-los ou não.

A Sra. Dashwood sorriu e não disse nada. Marianne levantou o olhar em espanto, e Elinor pensou que deveria ter ficado calada, no final das contas.

Após conversarem mais um pouco, ficou decidido que o convite deveria ser inteiramente aceito. A Sra. Jennings recebeu a informação com bastante alegria, e muitas asseverações de gentileza e cuidado. Não foi uma fonte de prazer somente para ela: Sir John ficou deliciado, pois para um homem cuja principal ansiedade era o medo de ficar sozinho, a aquisição de duas habitantes adicionais em Londres era algo importante. Até mesmo Lady Middleton se deu ao trabalho de expressar seu encanto, que era um esforço e tanto para ela. Quanto às Srtas. Steele, especialmente Lucy, elas nunca haviam ficado tão felizes quanto ao saber da notícia.

Elinor sujeitou-se ao arranjo que ia de encontro a seus desejos com menos relutância do que esperava. Ela não se importava mais com ir para a capital ou não, e quando via sua mãe tão feliz com o plano, e sua irmã com uma aparência tão extasiada, elevada para além de sua alegria costumeira, não podia ficar insatisfeita com a causa, e não se permitia desconfiar da consequência.

O júbilo de Marianne estava quase que um degrau acima da felicidade, de tão grande que era a exaltação de seu humor e sua impaciência em partir. Sua falta de vontade de abandonar a mãe era a única coisa que a acalmava e, no momento da despedida, sua tristeza neste sentido foi enorme. A aflição da mãe não foi menor, e Elinor era a única das três que parecia considerar que a separação não seria eterna.

Partiram na primeira semana de janeiro. A família Middleton as seguiria dentro de uma semana, mais ou menos. As Srtas. Steele ficaram em seus lugares em Barton Park, e só iriam embora com o resto da família.

Capítulo 26

Elinor não podia se encontrar dentro de uma carruagem com a Sra. Jennings, começando uma viagem até Londres sob sua proteção, e como sua convidada, sem se indagar quanto à sua própria situação. Sua relação com a referida senhora era tão curta, suas idades e temperamentos não combinavam, e ela havia feito tantas objeções contra tal medida, apenas alguns dias atrás! Mas todas essas objeções haviam, com aquele feliz ardor da juventude que Marianne e sua mãe compartilhavam, sido superadas e desconsideradas; e Elinor, apesar de todas as ocasionais dúvidas quanto a constância de Willoughby, não pôde testemunhar o enlevo de expectativa que preenchia a alma e transparecia pelos olhos de Marianne sem sentir o desânimo de seu próprio estado de espírito, em comparação, e com que felicidade partilharia da situação de Marianne para ter o mesmo objetivo animador, a mesma possibilidade de esperança. Um período curto, bastante curto, agora decidiria quais eram as intenções de Willoughby; provavelmente, já estaria na capital. A ansiedade de Marianne por partir demonstrava sua confiança em encontrá-lo lá, e Elinor estava decidida a não só obter todas as informações novas sobre o caráter dele que sua própria observação ou os conhecimentos de outros pudessem lhe dar, como também a observar o comportamento dele em relação a sua irmã com atenção absoluta, para poder discernir quem ele era, e o que pretendia, antes que muitos encontros pudessem ocorrer. Caso o resultado de suas observações fosse desfavorável, ela estava determinada a abrir os olhos de sua irmã em todas as oportunidades; caso fosse o contrário, seus esforços seriam diferentes – ela deveria, então, aprender a evitar todas as comparações egoístas e a banir todos os pesares que pudessem diminuir sua satisfação com a felicidade de Marianne.

Viajaram por três dias, e o comportamento de Marianne durante a viagem era uma feliz amostra do que podia-se esperar que sua complacência e seu companheirismo para com a Sra. Jennings seriam no futuro. Sentou-se em silêncio quase o caminho todo, absorta por suas próprias meditações, quase nunca falando voluntariamente, exceto quando qualquer objeto de beleza pitoresca arrancava dela uma exclamação de deleite, exclusivamente direcionada à irmã. Para compensar tal comportamento, Elinor tomou posse imediata do posto de civilidade que havia proposto para si, comportando-se com a maior cortesia em relação à Sra. Jennings, falando com ela, rindo com ela, e ouvindo-a falar sempre que podia. E a Sra. Jennings, por sua vez, tratou-as ambas com toda a gentileza, foi solícita em todas as ocasiões, para que ficassem a vontade e se divertissem, e só lamentou não ter podido fazer com que as duas escolhessem suas próprias refeições na estalagem, e não ter conseguido fazer com que confessassem se preferiam salmão ou bacalhau, aves cozidas ou costeletas de vitela. Chegaram à capital por volta das três horas do dia seguinte, contentes por estarem livres, após tal jornada, do confinamento da carruagem, e prontas para aproveitar o luxo de uma boa lareira.

A casa era bela e bem decorada, e as jovens foram imediatamente colocadas em um cômodo muito confortável. Havia sido de Charlotte, e uma paisagem colorida, feita por ela, estava pendurada sobre a lareira, como prova de que os sete anos que passou em uma famosa escola da capital surtiram algum efeito.

Como o jantar só ficaria pronto duas horas depois de sua chegada, Elinor decidiu usar o intervalo de tempo para escrever para a mãe, e sentou-se para este fim. Dentro de alguns momentos, Marianne fez a mesma coisa.

– Estou escrevendo para casa, Marianne – disse Elinor. – Não seria melhor adiar sua carta por um dia ou dois?

– Não estou escrevendo para mamãe – respondeu Marianne, apressadamente, como se quisesse evitar outras perguntas. Elinor não disse mais nada; ocorreu-lhe imediatamente que devia estar escrevendo para Willoughby, e a conclusão que se seguiu foi que, por mais misteriosamente que quisessem conduzir as coisas, os dois tinham que estar noivos. Esta convicção, apesar de não ser inteiramente satisfatória, deu-lhe prazer, e continuou sua carta com mais alacridade. Marianne terminou a sua dento de alguns minutos; em comprimento, não era mais do que um bilhete. Foi dobrada, selada e endereçada com ansiosa rapidez. Elinor pensou ter podido reconhecer um grande "W" no endereço, e assim que terminou, Marianne tocou o sino e pediu para o lacaio que o respondeu enviasse a carta para ela por correio expresso. Isso decidiu a questão de vez.

Seu humor continuou extremamente bom, mas havia uma ansiedade nele que impedia que sua irmã ficasse muito feliz, e tal agitação aumentou conforme a noite passava. Mal conseguiu jantar e, quando voltaram para a sala de estar, parecia estar ouvindo nervosamente toda carruagem que passava.

Foi uma grande satisfação para Elinor que a Sra. Jennings, ficando bastante ocupada em seu próprio quarto, viu pouco do que se passou. Os utensílios do chá foram trazidos, e Marianne já havia se decepcionado mais de uma vez com batidas na porta do vizinho, quando uma alta foi repentinamente ouvida, e não podia ser confundida com alguém batendo em qualquer outra casa. Elinor teve a certeza de que anunciaria a chegada de Willoughby, e Marianne levantou-se e andou em direção à porta. Todos ficaram em silêncio;

não poderiam aguentar muito mais tempo. Ela abriu a porta, deu alguns passos em direção às escadas e, após ouvir alguns segundos, voltou para o quarto em tal estado de agitação que só a certeza de tê-lo ouvido poderia produzir. No enlevo de seus sentimentos, não pôde se impedir de exclamar:

– Oh, Elinor, é Willoughby, é ele, sim! – e parecia quase pronta a se jogar nos braços dele, quando o Coronel Brandon apareceu.

O choque era grande demais para que aguentasse com calma, então ela imediatamente saiu do cômodo. Elinor também ficou decepcionada; mas, ao mesmo tempo, sua consideração pelo Coronel Brandon fez com que ela desse as boas-vindas a ele, e se sentiu um pouco triste por ele, sendo tão afeiçoado a sua irmã, ter percebido que ela só sentiu amargura e decepção ao vê-lo. Viu imediatamente que ele não havia deixado de reparar, e que havia observado Marianne, enquanto esta saía da sala, com tamanha surpresa e preocupação, que mal pôde agir de forma cortês para com Elinor.

– Sua irmã está doente? – perguntou ele.

Elinor respondeu, com alguma aflição, que estava, sim, e então falou de dores de cabeça, mau-humor e outras fadigas, de tudo a que pudesse atribuir, sem mentir, o comportamento de sua irmã.

Ouviu-a com a mais honesta atenção, mas, parecendo recobrar-se, não disse mais nada sobre o assunto, e começou imediatamente a falar sobre seu prazer em vê-las em Londres e a fazer as perguntas de sempre sobre a viagem e os amigos que haviam deixado para trás.

Deste modo calmo, com muito pouco interesse de ambos os lados, continuaram a conversar, os dois sem muito ânimo e com seus pensamentos concentrados em outras coisas. Elinor queria muito perguntar se Willoughby estava na cidade, mas temeu causar-lhe dor, mencionando seu rival; e, eventualmente, só para dizer alguma coisa, perguntou a ele se tinha estado em Londres desde a última vez que se viram.

– Sim, – respondeu ele, um pouco envergonhado, – quase que o tempo todo; estive em Delaford uma ou duas vezes, por alguns dias, mas nunca pude voltar para Barton.

Isto, e o modo como foi dito, imediatamente trouxe de volta à lembrança de Elinor a forma como ele havia deixado o local e a inquietação e suspeitas que havia causado à Sra. Jennings, e temeu que sua pergunta houvesse implicado muito mais curiosidade sobre o assunto do que jamais sentira.

A Sra. Jennings logo entrou.

– Oh, Coronel! – exclamou ela, com sua costumeira alegria barulhenta. – Estou tremendamente feliz em vê-lo – desculpe não poder ter vindo antes – peço desculpas, mas fui forçada a me organizar um pouco, resolver meus assuntos; pois faz muito tempo que não venho para casa, e sabe que sempre temos um monte de pequenas coisinhas para fazer, após ficarmos fora por muito tempo. Também tive Cartwright para resolver – meu Deus, fiquei ocupada como uma abelha desde a hora do jantar! Mas diga-me, Coronel, como descobriu que eu estaria na capital hoje?

– Tive o prazer de ouvir a notícia na casa do Sr. Palmer, onde jantei.

– Oh, é mesmo? Bem, e como estão todos por lá? Como vai Charlotte? Aposto que está de um bom tamanho, agora.

– A Sra. Palmer parecia estar bastante bem, e me pediram que contasse à senhora que certamente a verá amanhã.

– Sim, claro, pensei que iria. Bom, Coronel, trouxe duas jovens damas comigo, veja – quer dizer, estamos vendo uma delas agora, mas há mais uma, em algum lugar. Sua amiga, a Srta. Marianne, também veio – que o senhor ficará feliz em saber. Não sei o que você e o Sr. Willoughby farão entre os dois, em relação a ela. Sim, é muito bom ser jovem e bonita. Bem! Eu já fui jovem, mas nunca muito bonita – azar meu. Contudo, consegui um marido muito bom, e não sei o que mais a mulher mais bela do mundo poderia fazer. Ah, pobre homem! Ele morreu há oito anos, e está melhor assim. Mas Coronel, para onde tem ido, desde que nos despedimos? E como seu assunto se resolveu? Vamos lá, sem segredos entre amigos.

Ele respondeu com sua costumeira brandura todas as perguntas dela, mas sem satisfazê-la quanto a nenhuma. Elinor começou a fazer o chá, e Marianne foi obrigada a aparecer novamente.

Após sua entrada, o Coronel Brandon ficou mais pensativo e silencioso do que estava antes, e a Sra. Jennings não conseguiu convencê-lo a ficar por muito mais tempo. Nenhum outro visitante apareceu aquela noite, e as damas concordaram, unanimemente, a ir para a cama cedo.

Marianne levantou-se na manhã seguinte com o humor recobrado e a aparência alegre. A decepção da noite anterior parecia ter sido esquecida, com a expectativa do que aconteceria naquele dia. Não fazia muito tempo que tinham terminado o café-da-manhã, quando a carruagem da Sra. Palmer estacionou à porta e, dentro de alguns minutos, ela entrou rindo no cômodo: tão feliz por vê-las todas, que era difícil dizer se ela estava mais contente em rever a mãe ou as Srtas. Dashwood. Estava surpresa por terem vindo à capital, apesar de ser o que ela esperara o tempo todo; aborrecida por terem aceito o convite da mãe dela, após terem recusado o seu próprio, apesar de que, ao mesmo tempo, ela nunca as teria perdoado, se não tivessem vindo!

– O Sr. Palmer ficará tão feliz em vê-las – disse ela. – O que você acha que ele disse quando ouviu que você vinha, mamãe? Esqueci agora o que foi, mas foi uma coisa tão engraçada!

Após uma hora ou duas passadas no que sua mãe chamava de "conversa confortável", ou, em outras palavras, todo tipo de pergunta relativa a todos os seus conhecidos, do lado da Sra. Jennings, e risadas sem motivo, do lado da Sra. Palmer, esta última propôs que todas as acompanhassem a algumas lojas que tinha que visitar aquela manhã, com o que a Sra. Jennings e Elinor prontamente consentiram, tendo também compras a fazer; e Marianne, apesar de ter recusado primeiro, também foi convencida a ir.

Aonde quer que fossem, era evidente que ela estava sempre alerta. Especialmente em Bond Street, onde a maior parte das tarefas delas foi realizada, seu olhar estava sempre procurando; e em qualquer loja onde o grupo estivesse, sua mente estava igualmente abstraída de tudo o que estivesse à sua frente, de tudo o que interessava e ocupava as outras. Irrequieta e insatisfeita em todos os lugares, sua irmã não conseguia obter sua opinião sobre nenhum artigo que queria comprar, por mais que fosse relativo a ambas; não se comprazia com nada, estava apenas impaciente para voltar para casa e só conseguia com dificuldade controlar seu aborrecimento com a Sra. Palmer, cujos olhos detectavam tudo o que fosse bonito, caro ou novo, e que ficava louca para comprar tudo, não decidia por nada e desperdiçava seu tempo em encanto e indecisão.

Já estava no fim da manhã, quando voltaram para casa e, assim que entraram, Marianne voou para o andar de cima. Quando Elinor a seguiu, encontrou-a virando de costas para a mesa com uma expressão cabisbaixa, que indicava que nenhum Willoughby havia estado lá.

– Nenhuma carta foi deixada para mim enquanto estivemos fora? – disse ela para o lacaio que entrava com as compras. A resposta foi negativa. – Tem certeza absoluta? – respondeu ela. – Tem certeza que nenhum criado, nenhum mensageiro deixou alguma carta ou bilhete?

O homem respondeu que ninguém havia deixado nada.

– Que estranho! – disse ela, em voz baixa e decepcionada, enquanto se virava para a janela.

– Que estranho, mesmo! – repetiu Elinor para si mesma, olhando para sua irmã com inquietude. – Se ela não tivesse certeza que ele estava na cidade, não teria escrito para ele, como fez; teria escrito para Combe Magna. E se ele estiver na cidade, que estranho ele não vir, nem escrever! Oh, minha querida mãe, você deve ter agido errado ao permitir que um noivado entre uma filha tão jovem e um homem tão pouco conhecido fosse conduzido de maneira tão duvidosa, tão misteriosa! Anseio por perguntar; e como seria a minha interferência recebida?

Decidiu, após considerar, que se as aparências continuassem por muitos outros dias tão desagradáveis quanto então estavam, ela declararia para a mãe, da forma mais enfática, a necessidade de sérias perguntas sobre o caso.

A Sra. Palmer e duas velhas senhoras, amigas íntimas da Sra. Jennings, que esta havia encontrado e convidado pela manhã, jantaram com elas. A primeira foi-se embora logo após o chá, para cumprir seus compromissos noturnos; e Elinor foi obrigada a ajudar a formar um grupo para jogar whist com as outras. Marianne não ajudava em nada, nessas ocasiões, pois nunca quis aprender o jogo; mas apesar de seu tempo estar livre, a noite não deu mais prazer a ela do que para Elinor, pois foi passada com toda a ansiedade da expectativa, e a dor da decepção. Às vezes tentava ler por alguns minutos, mas o livro era logo deixado de lado, e ela retornava à tarefa mais interessante de andar de um lado para o outro da sala, pausando por um momento, sempre que passava pela janela, com a esperança de ouvir a tão aguardada batida.

Capítulo 27

– Se este tempo bom durar muito mais – disse a Sra. Jennings, quando se encontraram para o café da manhã, no da seguinte, – Sir John não vai gostar de sair de Barton na semana que vem; é triste para um esportista perder um dia de prazer. Pobres almas! Sempre fico com pena deles, quando perdem, parecem levar tão a sério.

– É verdade – exclamou Marianne, em voz alegre, e andou até a janela enquanto falava, para examinar o dia. – Não havia pensado nisso. Este tempo manterá muitos esportistas no interior.

Era uma venturosa lembrança, e todo o seu bom humor foi restaurado por ela. – É mesmo um tempo maravilhoso para eles – continuou, enquanto sentava-se à mesa do café, com uma expressão feliz. – Como eles devem aproveitar! Mas – disse, com um pouco da anterior ansiedade – não pode durar muito. Nesta época do ano, e após tantos dias chuvosos seguidos, certamente teremos muito poucos outros dias de sol. A geada logo chegará, e provavelmente será bastante severa. Dentro de um ou dois dias, talvez; este tempo moderado dificilmente durará muito – não, talvez possa nevar durante a noite!

– De qualquer forma, – disse Elinor, querendo impedir que a Sra. Jennings decifrasse as ideias de sua irmã com tanta clareza quando ela, – ouso dizer que Sir John e Lady Middleton estarão na cidade até o final da semana que vem.

– Sim, sim, minha cara, garanto que estarão. Mary sempre consegue fazer as coisas do jeito dela.

– E agora, – conjecturou Elinor, em silêncio, – ela mandará uma carta para Combe pelo correio de hoje.

Mas se Marianne mandou mesmo a carta, esta foi escrita e enviada em tal segredo que eludiu a observação de Elinor para averiguar o fato. Qualquer que fosse a verdade, e por menos contente que Elinor estivesse com a situação, ao ver Marianne de bom humor, não conseguia ficar muito preocupada. E Marianne estava de bom humor: feliz com a brandura do tempo, e mais feliz ainda com a expectativa de geada.

Passaram a maior parte da manhã deixando cartões nas casas dos conhecidos da Sra. Jennings, para informá-los de que ela estava na cidade; e Marianne ocupou-se o tempo todo observando a direção do vento, olhando as variações do céu e imaginando alterações no ar.

– Não acha que está mais frio do que estava pela manhã, Elinor? Parece-me que há uma diferença definitiva. Mal consigo manter as mãos quentes, mesmo dentro das luvas. Não estava assim ontem, acho. As nuvens parecem estar se dissipando, também, e o sol sairá em breve e teremos uma tarde límpida.

Elinor estava achando graça e se condoendo, ao mesmo tempo; mas Marianne perseverava, e via todas as noites, no brilho do fogo, e todas as manhãs, na aparência da atmosfera, os sintomas certeiros da geada que se aproximava.

As Srtas. Dashwood não tinham mais motivos para insatisfação com o estilo de vida e conhecidos da Sra. Jennings do que com o comportamento dela para com elas, que era invariavelmente gentil. Tudo em seus arranjos caseiros era conduzido da forma mais generosa possível e, exceto por alguns amigos de longa data na capital, os quais, para aborrecimento de Lady Middleton, ela nunca havia largado, ela nunca visitava ninguém que poderia perturbar os sentimentos de suas jovens companheiras. Feliz de se ver em uma situação mais confortável, neste quesito, do que havia imaginado, Elinor estava bastante disposta a se contentar com a falta de verdadeira diversão em seus grupos, que, em casa ou fora, eram formados somente para jogar cartas e tinham pouco a oferecer que a divertisse.

O Coronel Brandon, que tinha a liberdade de visitar a casa sempre que quisesse, estava com elas quase todos os dias; vinha para olhar para Marianne e falar com Elinor, que frequentemente tinha mais prazer em conversar com ele do que em qualquer outra ocorrência diária, mas que via, ao mesmo tempo, com muita preocupação, o contínuo afeto dele por sua irmã. Ela temia que sua afeição estivesse ficando mais forte. A entristecia ver a admiração com que ele comumente observava Marianne, e seu estado de espírito estava certamente pior do que em Barton.

Cerca de uma semana após a chegada delas, tiveram a certeza de que Willoughby também havia chegado. Seu cartão estava sobre a mesa da sala, quando chegaram do passeio de carruagem matinal.

– Céus! – exclamou Marianne. – Ele esteve aqui enquanto estávamos fora.

Elinor, exultante por ter certeza de que ele estava em Londres, ousou dizer:

– Acredite, ele vai fazer uma nova visita amanhã.

Mas Marianne pareceu mal ouvi-la e, com a entrada da Sra. Jennings, escapou com o precioso cartão.

Esta ocorrência, apesar de ter melhorado o humor de Elinor, fez com que o humor de sua irmã retomasse toda a sua agitação anterior, e mais ainda. A partir daquele momento, sua mente nunca se acalmou; a expectativa de vê-lo todas as horas, de todo dia, fez com que ela não servisse para mais nada. Insistiu em ser deixada em casa, na manhã seguinte, quando as outras saíram.

Os pensamentos de Elinor ocuparam-se com o que deveria estar acontecendo na casa da Sra. Jennings em Berkeley Street durante sua ausência; mas bastou um breve olhar para sua irmã, ao voltarem, para perceber que Willoughby não havia feito uma segunda visita. Um bilhete foi, naquele momento, trazido e colocado sobre a mesa.

– Para mim! – gritou Marianne, avançando apressada.

– Não, senhorita, para a minha patroa.

Mas Marianne, não estando convencida, o pegou imediatamente.

– É mesmo para a Sra. Jennings, que irritante!

– Está esperando uma carta, então? – disse Elinor, incapaz de permanecer em silêncio por mais tempo.

– Sim, um pouco – não muito.

Após uma curta pausa, disse:

– Não confia em mim, Marianne.

– Não, Elinor, esta bronca vinda de você – logo de você, que não confia em ninguém!

– Eu! – respondeu Elinor, um pouco confusa. – Asseguro, Marianne, que não tenho nada para contar.

– Nem eu, – respondeu Marianne, energicamente, – nossas situações são parecidas, então. Nenhuma de nós tem nada para contar; você, porque não se comunica, e eu, porque não escondo nada.

Elinor, chateada com tal acusação de ser reservada demais, a qual não tinha liberdade para refutar, não sabia como insistir para que Marianne se abrisse mais com ela, sob as circunstâncias.

A Sra. Jennings logo apareceu e, ao receber o bilhete, leu-o em voz alta. Era de Lady Middleton, anunciando sua chegada à sua casa em Conduit Street na noite anterior, e solicitando a companhia de suas mãe e primas na noite seguinte. Negócios, da parte de Sir John, e uma forte gripe, de sua própria parte, impediram-nos de visitá-las em Berkeley Street. O convite foi aceito; porém, conforme a hora do compromisso se aproximava, sendo necessário, de acordo com as regras básicas da cortesia, que Elinor e Marianne acompanhassem a Sra. Jennings em tal visita, Elinor teve alguma dificuldade em persuadir sua irmã a ir, pois ainda não havia visto Willoughby, e não estava, portanto, disposta a se divertir fora de casa ou a correr o risco de estar ausente quando ele a visitasse novamente.

Elinor descobriu, quando a noite terminou, que a disposição não muda de forma relevante com o lugar de residência, pois apesar de mal ter se estabelecido na cidade, Sir John já havia conseguido juntar ao seu redor quase vinte jovens, e diverti-los todos com um baile. Este era um evento, contudo, que Lady Middleton não aprovava. No interior, um baile inesperado era bastante permissível; mas em Londres, onde a reputação de elegância era mais importante, e menos facilmente obtida, fazer com que as pessoas soubessem que Lady

Middleton havia dado uma pequena festa, com oito ou nove casais, dois violinos e uma mera ceia simples sobre o aparador, era assumir um risco muito grande pela gratificação de algumas poucas garotas.

O Sr. e a Sra. Palmer faziam parte do grupo. este último, que elas não viam desde antes de sua chegada na capital, pois ele tomava cuidado para evitar parecer prestar a menor atenção à sogra e, portanto, nunca chegava perto dela, não deu qualquer sinal de reconhecê-las, ao entrarem. Olhou brevemente para elas, sem parecer saber quem eram, e apenas inclinou a cabeça em cumprimento à Sra. Jennings, do outro lado da sala. Marianne olhou ao redor da sala, quando entrou; foi o suficiente – ele não estava lá – e sentou-se, igualmente decidida a não receber ou dar prazer. Após estarem sentados juntos por cerca de uma hora, o Sr. Palmer caminhou em direção às Srtas. Dashwood para expressar sua surpresa ao vê-las na cidade, apesar de o Coronel Brandon ter ficado sabendo de sua chegada na casa do próprio Sr. Palmer, e ele mesmo ter dito algo muito engraçado ao ouvir que elas estavam a caminho.

– Pensei que ambas estivessem em Devonshire – disse ele.

– Pensou? – respondeu Elinor.

– Quando voltam?

– Não sei. – E assim terminou a conversa.

Marianne nunca havia estado tão pouco disposta a dançar em sua vida quanto esteve naquela noite, tampouco havia ficado tão fatigada pelo exercício. Reclamou disso quando voltavam para Berkeley Street.

– Sim, sim, – disse a Sra. Jennings, – sabemos qual é o motivo disso muito bem; se uma certa pessoa, que não será nomeada, estivesse lá, você não teria ficado nem um pouco cansada. E, para dizer a verdade, não foi muito elegante da parte dele não te encontrar, quando foi convidado.

– Convidado! exclamou Marianne.

– Foi o que minha filha, Lady Middleton, me disse, pois parece que Sir John encontrou-o na rua, em algum lugar, esta manhã. – Marianne não disse mais nada, mas parecia extremamente magoada. Impaciente, naquela situação, por fazer algo que pudesse trazer alívio à sua irmã, Elinor decidiu escrever para sua mãe, na manhã seguinte, esperando, despertando nela temor pela saúde de Marianne, conseguir que fizesse as perguntas por tanto tempo adiadas. E ficou ainda mais decidida a fazê-lo ao perceber, após o café da manhã do dia seguinte, que Marianne estava escrevendo para Willoughby de novo, pois não podia supor que seria para qualquer outra pessoa.

Lá pela metade do dia, a Sra. Jennings saiu sozinha, para resolver seus assuntos, e Elinor imediatamente começou sua carta, enquanto Marianne, irrequieta demais para ocupar-se e ansiosa demais para conversar, andava de uma janela para a outra, ou sentava-se na frente da lareira, em melancólica meditação. Elinor foi bastante franca em seu pedido para a mãe, contando tudo o que havia acontecido, assim como suas suspeitas da inconstância de Willoughby, implorando-lhe, com apelos a seu senso de dever e seu amor, que exigisse que Marianne contasse sua verdadeira situação em relação a ele.

Mal havia acabado sua carta, quando uma batida indicou que tinham visitas, e o Coronel Brandon foi anunciado. Marianne, que o havia visto da janela, e que odiava companhia de todos os tipos, saiu da sala antes que ele entrasse. Sua aparência estava mais séria do que o normal e, apesar de expressar sua satisfação ao encontrar a Srta. Dashwood sozinha, como se tivesse algo particular para contar-lhe, sentou-se por algum tempo, sem dizer uma palavra. Elinor, convencida de que ele tinha alguma comunicação para fazer a ela relativamente à sua irmã, aguardou impaciente que começasse. Não era a primeira vez que sentia tal tipo de convicção, pois, mais de uma vez antes, desde que ele havia feito a observação "sua irmã parece estar mal, hoje", ou "sua irmã parece cabisbaixa", ele parecia estar prestes, ou a divulgar, ou a perguntar algo particular sobre ela. Após uma pausa de diversos minutos, ele quebrou o silêncio, perguntando a ela, em um tom um tanto quanto agitado, quando ele deveria parabenizá-la por ter ganhado um cunhado. Elinor não estava preparada para tal pergunta e, não tendo qualquer resposta pronta, foi obrigada a adotar a medida simples e comum de perguntar o que ele queria dizer com aquilo. Ele tentou sorrir ao responder:

– O noivado entre sua irmã e o Sr. Willoughby já é sabido por todos.

– Não pode ser sabido por todos, – respondeu Elinor, – pois a própria família dela não esta sabendo.

Ele pareceu surpreso, e disse:

– Peço desculpas, temo que minha pergunta tenha sido impertinente; mas não supunha que qualquer tipo de sigilo fosse pretendido, visto que eles se correspondem abertamente, e que seu casamento é comentado por todos.

– Como pode ser? Quem o senhor ouviu mencionar o assunto?

– Muitas pessoas – algumas das quais a senhorita não conhece, outras com quem tem intimidade, a Sra. Jennings, a Sra. Palmer e os Middleton. Ainda assim, eu poderia não ter acreditado, pois em questões das quais a mente não quer ser convencida, ela sempre encontrará algo para embasar suas dúvidas, caso eu não tivesse visto, por acidente, quando o criado me recebeu hoje, uma carta na mão dele, endereçada ao Sr. Willoughby, com a letra de sua irmã. Vim indagar, mas fiquei convencido antes que pudesse fazer a pergunta. Está tudo finalmente estabelecido? Será que seria impossível– Mas não tenho o direito, e não teria qualquer chance de ser bem-sucedido. Desculpe-me, Srta. Dashwood. Creio ter agido errado ao falar tanto, mas mal sei o que fazer, e tenho a maior confiança em sua prudência. Diga-me que está tudo absolutamente resolvido, que qualquer tentativa, que, em suma, o segredo, se é que é possível manter segredo, é tudo o que resta.

Estas palavras, que transmitiram a Elinor uma declaração direta do amor dele por sua irmã, a afetaram muito. Não conseguiu falar nada imediatamente, e mesmo quando se recobrou, debateu por um tempo sobre que resposta seria mais apropriada. O verdadeiro estado das coisas entre Willoughby e sua irmã era tão pouco conhecido por ela mesma, que ao tentar explicá-lo, ela corria o risco de falar demais, assim como não falar o suficiente. Ainda assim, visto que estava convencida que a afeição de Marianne por Willoughby não permitiria ao Coronel qualquer esperança de sucesso, qualquer que fosse o resultado de tal afeição, e, ao mesmo tempo, querendo proteger a conduta da irmã contra censura, achou mais prudente e gentil, após breve consideração, dizer mais do que realmente sabia ou acreditava.

Portanto, reconheceu que, apesar de nunca ter sido informada pelos dois sobre os termos sob os quais se relacionavam, não tinha dúvidas de seu afeto mútuo, e não estava surpresa por ficar sabendo que se correspondiam.

Ele ouviu-a falar em silenciosa atenção e, quando Elinor terminou, levantou-se imediatamente da cadeira e, após dizer, com a voz embargada: – À sua irmã desejo toda a felicidade imaginável; a Willoughby, que ele possa tentar ser digno dela –, despediu-se e saiu.

Tal conversa não propiciou a Elinor qualquer conforto que pudesse diminuir a inquietude de sua mente quanto a outros pontos; pelo contrário, ficou com uma impressão melancólica da infelicidade do Coronel Brandon, e não podia nem ao menos desejar que tal tristeza fosse removida, pela preocupação que lhe causava o próprio evento que a confirmaria.

Capítulo 28

Nada ocorreu nos próximos três ou quatro dias que fizesse com que Elinor se arrependesse de ter pedido ajuda à mãe, pois Willoughby nem apareceu, nem escreveu. Haviam se comprometido, ao final daquele período, a acompanhar Lady Middleton a uma festa, à qual a Sra. Jennings estaria impedida de comparecer devido à indisposição de sua filha mais nova. E para tal festa, Marianne, sem o menor ânimo, descuidada com sua aparência e parecendo não ligar se ia ou ficava, se preparou, sem um único olhar de esperança ou expressão de prazer. Sentou-se perto da lareira da sala de estar após o chá, até a chegada de Lady Middleton, sem se levantar da poltrona ou mudar sua posição uma única vez, perdida em seus próprios pensamentos e inconsciente da presença da irmã. Quando finalmente foram avisadas de que Lady Middleton as esperava na porta, teve um sobressalto, como se houvesse esquecido que esperavam alguém.

Chegaram a tempo em seu destino e, assim que a fila de carruagens à frente delas permitiu, desembarcaram, subiram as escadas, ouviram seus nomes anunciados de um andar para o outro, em voz audível, e entraram em um cômodo esplendidamente iluminado, bastante cheio e insuportavelmente quente. Após terem cumprido as regras da cortesia, fazendo reverência à dona da casa, puderam misturar-se à multidão e compartilhar do calor e da inconveniência, aos quais sua chegada certamente acrescentara. Após algum tempo passado dizendo pouco, e fazendo menos ainda, Lady Middleton sentou-se para jogar cartas e, visto que Marianne não estava com vontade de circular, ela e Elinor tiveram a sorte de encontrar cadeiras vazias e posicionaram-se perto da mesa.

Não estavam ali sentadas há muito, quando Elinor avistou Willoughby parado a poucos metros delas, absorto por uma conversa com uma jovem de aparência bem elegante. Seu olhar logo cruzou-se com o dele e ele imediatamente fez uma reverência, mas sem tentar falar com ela ou abordar Marianne, apesar de certamente tê-la visto; então, continuou sua conversa com a mesma jovem dama. Elinor virou-se involuntariamente para Marianne, para ver se ele poderia passar despercebido por ela. Naquele momento, ela o notou pela primeira vez e, com sua expressão brilhando de felicidade, teria ido em direção a ele imediatamente, se sua irmã não a houvesse segurado.

– Céus! – exclamou ela. – Ele está ali – está logo ali – Oh! Por que ele não olha para mim? Por que não posso falar com ele?

– Por favor, se recomponha, – pediu Elinor, – e não demonstre o que sente a todos os presentes. Talvez ele ainda não tenha visto você.

Isto, contudo, era mais do que ela mesma podia acreditar; e manter-se calma em tal momento não estava somente além dos poderes de Marianne, como também de seus desejos. Sentou-se em impaciência agoniada, que afetada todos os seus traços.

Finalmente, ele se virou de novo, e olhou para ambas; Marianne teve um sobressalto e, pronunciando seu nome com um tom de afeto, estendeu a mão para ele. Ele aproximou-se e, dirigindo-se a Elinor, ao invés de Marianne, como se quisesse evitar o olhar desta última, determinado a não observar sua atitude, perguntou apressadamente sobre a Sra. Dashwood, e há quanto tempo elas estavam na capital.

Elinor perdeu toda a presença de espírito com tal tratamento, e não conseguiu dizer uma palavra. Mas os sentimentos de sua irmã foram instantaneamente expressados. Sua face ficou rubra e ela exclamou, em tom de grande emoção:

– Deus meu! Willoughby, o que significa isso? Você não recebeu minhas cartas? Não quer apertar minha mão?

Ele não pode, então, evitar, mas o toque dela parecia causar-lhe dor, e segurou a mão dela só por um momento. Durante todo este tempo, era evidente que ele estava se esforçando para se manter composto. Elinor observou suas feições e viu sua expressão se tornar mais tranquila. Após uma pausa de alguns momentos, falou com calma?

– Tive a honra de fazer uma visita à casa em Berkeley Street na última terça-feira, e fiquei muito desapontado por não ter tido a sorte de encontrar vocês e a Sra. Jennings em casa. Meu cartão não se perdeu, espero.

– Mas não recebeu meus bilhetes? – exclamou Marianne, com ansiedade aflita. – Deve ter havido algum erro, tenho certeza – algum erro terrível. Qual pode ser o significado disto? Diga-me, Willoughby; pelo amor de Deus, diga-me, qual é o problema?

Ele não respondeu; seu rosto mudou, e todo o seu embaraço voltou. Porém, ao encontrar o olhar da jovem dama com quem estava falando antes, como se sentisse a necessidade de fazer um esforço imediatamente, recobrou a compostura e disse:

– Sim, tive o prazer de receber informação sobre sua chegada à cidade, que teve a bondade de me enviar – Então, virou-se apressadamente, fazendo uma ligeira reverência, e foi de encontro à sua amiga.

Marianne, que estava terrivelmente pálida e incapaz de ficar de pé, afundou-se na cadeira, e Elinor, esperando vê-la desmaiar a qualquer momento, tentou escondê-la dos olhos dos outros, enquanto reavivá-la com água de lavanda.

– Vá até ele, Elinor, – exclamou ela, assim que conseguiu falar, – e force-o a vir até mim. Diga-lhe que preciso vê-lo novamente – devo falar com ele neste instante. Não consigo descansar – não terei um momento de paz até que tudo isto esteja explicado – algum desentendimento ou outro. Oh, vá até ele agora mesmo!

– Como poderei fazer isso? Não, minha querida Marianne, você precisa esperar. Este não é o lugar para explicações. Espere só até amanhã.

Contudo, foi com dificuldade que Elinor impediu Marianne de segui-lo; convencê-la a controlar sua agitação, a esperar, pelo menos, com aparência de compostura, até que pudesse falar com ele em maior privacidade e de forma mais eficaz, foi impossível, pois Marianne continuava incessantemente a externar sua tristeza em voz baixa, com exclamações de agonia. Pouco tempo depois, Elinor viu Willoughby sair da sala pela porta perto das escadarias e, dizendo a Marianne que ele havia ido embora, enfatizou a impossibilidade de falar com ele novamente naquela noite, como um novo argumento para que se acalmasse. Imediatamente, Marianne implorou à irmã que pedisse a Lady Middleton que as levasse para casa, pois estava arrasada demais para permanecer na festa por mais um minuto.

Lady Middleton, apesar de estar no meio de uma rodada de cartas, ao ser informada de que Marianne não estava bem, era educada demais para fazer objeção, sequer por um momento, a seu desejo de ir embora e, passando suas cartas para uma amiga, partiram assim que a carruagem foi encontrada. Quase que não falaram durante a volta a Berkeley Street. Marianne estava em uma agonia silenciosa, infeliz demais até mesmo para lágrimas; mas, visto que a Sra. Jennings, por sorte, ainda não havia voltado para casa, elas puderam ir diretamente para o quarto, onde sais de cheiro a fizeram se recompor ligeiramente. Logo já havia se despido e entrado na cama e, como parecia querer ficar sozinha, sua irmã a deixou e, enquanto esperava o retorno da Sra. Jennings, teve tempo suficiente para pensar sobre o que havia se passado.

Que algum tipo de noivado havia existido entre Willoughby e Marianne, ela não duvidava, e que Willoughby estava cansado do mesmo, parecia igualmente claro; pois, por mais que Marianne alimentasse seus próprios desejos, não podia atribuir tal comportamento a algum tipo de equívoco ou desentendimento. Nada além de uma completa mudança de sentimentos poderia explicá-lo. Sua indignação teria sido ainda mais forte, se não houvesse testemunhado o embaraço que parecia indicar que Willoughby estava consciente de sua própria má conduta, e que impediu que Elinor acreditasse que ele tinha tão poucos princípios que havia brincado com os sentimentos de sua irmã desde o começo, sem qualquer objetivo que merecesse uma investigação. A ausência pode ter enfraquecido sua afeição, e a conveniência pode tê-lo feito se decidir por superá-la, mas de que tal afeição havia existido, Elinor não podia duvidar.

Quanto a Marianne, Elinor não podia refletir sobre a dor que um encontro tão doloroso já deveria ter trazido, e sobre a dor ainda mais severa que viria com a provável consequência do mesmo, sem a maior das preocupações. Sua própria situação era melhor, por comparação; pois enquanto ela pudesse estimar Edward tanto quanto antes, por mais que pudessem ser separados no futuro, seu estado de espírito nunca iria sofrer. Mas todas as circunstâncias que pudessem piorar tal mal pareciam estar unidas para aumentar a tristeza de Marianne, em uma separação final de Willoughby – em uma ruptura imediata e irreconciliável com ele.

Capítulo 29

Antes da criada ter acendido o fogo, no dia seguinte, ou do sol ter prevalecido sobre uma manhã fria e escura de janeiro, Marianne, vestida só pela metade, estava ajoelhada sobre um dos bancos da janela, tentando tirar o máximo proveito da pouca luz que conseguia obter de tal forma e escrevendo com a maior rapidez que seu contínuo fluxo de lágrimas permitia. Foi nesta situação que Elinor, acordada por sua agitação e soluços, a percebeu pela primeira vez; e, após observá-la por alguns minutos, em ansiedade silenciosa, disse, com a maior gentileza e consideração:

– Marianne, posso perguntar-

– Não, Elinor, – respondeu ela, – não pergunte nada; logo vai saber de tudo.

O tipo de calma desesperada com que esta frase foi dita não durou mais do que o tempo que levou para dizê-la, e foi imediatamente seguida pelo retorno da mesma aflição excessiva. Levou alguns minutos até que pudesse continuar com a carta, e os frequentes arroubos de tristeza que ainda a obrigavam, em intervalos, a parar a pena eram provas suficientes de que sentia que era mais do que provável estar escrevendo a Willoughby pela última vez.

Elinor prestou-lhe todos os cuidados silenciosos e discretos que estavam em seu poder, e teria tentado acalmá-la e tranquilizá-la ainda mais, se Marianne não houvesse pedido a ela, com a ansiedade enseja-da pela mais nervosa das irritações, que não falasse com ela por nada nesse mundo. Sob tais circunstâncias, era melhor para as duas que não passassem muito tempo juntas; e o estado irrequieto da mente de Marianne não só a impedia de ficar no quarto por um minuto sequer, após ter se vestido, como também exigia, ao mesmo tempo, solidão e mudanças contínuas de lugar, fazendo com que andasse pela casa até a hora do café da manhã, evitando ver qualquer pessoa.

No café, ela nem comeu, nem tentou comer qualquer coisa, e a atenção de Elinor foi inteiramente empregada, não em insistir, nem em sentir pena dela, tampouco em parecer estar prestando atenção nela, e sim em tentar chamar a atenção da Sra. Jennings toda para si.

Como esta refeição era a preferida da Sra. Jennings, durava um tempo considerável, e elas acabavam de se sentar, após terminá-la, ao redor da mesa de trabalho em conjunto, quando uma carta foi entregue a Marianne, que ela tirou apressadamente da mão do criado e, empalidecendo terrivelmente, imediatamente saiu do quarto. Elinor, deduzindo, com base nisso, tão claramente quanto se tivesse visto o endereço, que a carta era de Willoughby, sentiu um peso no coração tão grande que fez com que mal pudesse levantar a cabeça, e permaneceu sentada, tremendo tanto que temeu que seria impossível escapar da atenção da Sra. Jennings. A boa senhora, contudo, apenas viu que Marianne havia recebido uma carta de Willoughby, o que lhe parecia bastante divertido, e assim referiu-se ao assunto, dizendo esperar que a carta a agradasse. A angústia de Elinor lhe passou despercebida, por estar ocupada demais medindo pedaços de lã penteada para o tapete que estava fazendo. Então, continuando calmamente sua conversa, assim que Marianne desapareceu, disse:

– Juro que nunca vi uma jovem tão desesperadamente apaixonada na minha vida! As minhas meninas não chegaram aos pés dela, e costumavam ser tolas o suficiente; mas a Srta. Marianne está bastante alterada. Espero, do fundo do meu coração, que ele não a faça esperar muito mais tempo, pois me entristece muito vê-la tão mal e infeliz. Diga-me, quando irão se casar?

Elinor, apesar de nunca ter se sentido tão pouco disposta a falar quanto estava naquele momento, obrigou-se a responder a tal investida e, portanto, tentando sorrir, respondeu:

– Mas a senhora convenceu-se mesmo de que minha irmã está noiva do Sr. Willoughby? Pensei que era apenas uma piada, mas uma pergunta tão séria parece insinuar algo mais; devo pedir, portanto, que não se engane mais. Asseguro-lhe que nada me surpreenderia mais do que ouvir que vão se casar.

– Que vergonha, Srta. Dashwood! Como pode falar assim? Não sabemos todos que eles têm que estar noivos, que se apaixonaram perdidamente no momento em que se conheceram? Não os vi juntos em Devonshire todos os dias, e o dia todo, e não sei que sua irmã veio para a capital comigo de propósito, para comprar seu enxoval? Vamos, não faça isso. Por ser tão astuta, pensa que ninguém mais percebe nada, mas isso não é verdade, asseguro-lhe, pois a cidade inteira já está sabendo há muito tempo. Falo para todo mundo sobre o assunto, e Charlotte também.

– Realmente, senhora, – disse Elinor, bastante séria, – está enganada. Está fazendo algo cruel ao espalhar a história, e descobrirá que sim, apesar de não acreditar em mim neste momento.

A Sra. Jennings riu novamente, mas Elinor não teve ânimo para dizer mais nada e, ansiosa por saber o que Willoughby havia escrito, apressou-se em direção ao quarto. Lá, ao abrir a porta, viu Marianne estirada sobre a cama, quase engasgada pela tristeza, com uma carta na mão e duas ou três outras ao seu lado. Elinor aproximou-se, mas sem dizer uma palavra; e, sentando-se na cama, pegou sua mão, beijou-a afetuosamente várias vezes, e então deixou-se dominar por um arroubo de choro, que, em um primeiro momento, era tão violento quanto o de Marianne. Esta última, apesar de não conseguir falar, pareceu ciente de todo o afeto de tal comportamento e, depois de passarem algum tempo em tristeza conjunta, colocou todas as cartas nas mãos de Elinor. Então, cobrindo o rosto com seu lenço, quase gritou de agonia. Elinor, que sabia que esta tristeza, por mais chocante que fosse, precisaria ser vivida até o fim, ficou ao seu lado até que o sofrimento excessivo tivesse diminuído um pouco, voltando-se depois para a carta de Willoughby, que dizia o seguinte:

"Bond Street, Janeiro.

Minha cara senhora,

Acabei de ter a honra de receber sua carta, pela qual peço que aceite meus sinceros agradecimentos. Fiquei bastante preocupado ao descobrir que houve qualquer coisa em meu comportamento, na noite passada, que a desagradou; e, apesar de não saber em que aspecto tive o infortúnio de ofendê-la, peço seu perdão pelo que asseguro-lhe que não foi, de qualquer forma, intencional. Jamais refletirei sobre meu relacionamento com sua família, em Devonshire, sem sentir o mais grato prazer, e me dou ao luxo de pensar que tal relação não será rompida por qualquer equívoco ou interpretação errônea de meus atos. Minha estima por toda a sua família é bastante sincera; mas se tive a infelicidade de fazê-la acreditar que sentia mais do que sinto ou do que quis expressar, recriminarei a mim mesmo por não ter sido mais reservado em minhas declarações da referida estima. Que quis dizer mais do que isso, há de convir que é impossível, quando compreender que minha afeição é, há muito, dirigida a outra pessoa, e não faltam muitas semanas, creio eu, para que este noivado seja cumprido. É com muita tristeza que obedeço suas ordens de devolver as cartas com as quais me honrou, e a mecha de cabelo com que me presenteou tão gentilmente.

Permaneço, cara senhora, seu mais obediente e humilde servo.

John Willoughby."

Com que indignação tal carta foi lida pela Srta. Dashwood não é difícil imaginar. Apesar de estar ciente, antes de ter começado a ler, de que deveria conter uma confissão de sua inconstância, e confirmar sua separação para sempre, ela não sabia que utilizaria tal linguajar para anunciá-las, tampouco poderia ter suposto que Willoughby seria capaz de abandonar de tal maneira a aparência de honradez e delicadeza – tão longe do costumeiro decoro de um cavalheiro, a ponto de enviar uma carta tão imprudentemente cruel: uma carta que, ao invés de trazer, com seu desejo de ser perdoado, algumas declarações de arrependimento, não reconheceu qualquer violação de confiança, negou qualquer afeto particular – uma carta em que todas as linhas eram um insulto, e que proclamava que seu escritor estava imerso em maldade.

Pausou com a carta na mão por algum tempo, em espanto indignado; então leu-a repetidas vezes, mas cada leitura só serviu para aumentar sua ojeriza do homem, e seus sentimentos em relação a ele se tornaram tão amargos, que não ousou falar nada, com medo de magoar Marianne ainda mais, tratando seu término não como uma perda, e sim como uma chance de escapar do pior e mais irremediável dos males, a união vitalícia com um homem sem princípios, um livramento dos mais verdadeiros, uma bênção das mais importantes.

Ao ponderar francamente o conteúdo da carta, a depravação da mente que a tinha escrito e, provavelmente, a mente muito diferente, de uma pessoa muito diferente, que não tinha qualquer ligação com o caso, exceto a conexão que seu coração fazia com tudo o que acontecia, Elinor esqueceu-se da angústia imediata de sua irmã, esqueceu-se de que tinha três cartas em seu colo que ainda não havia lido, e não percebeu quanto tempo havia ficado no quarto, de modo que, ao ouvir uma carruagem chegar na frente da casa, foi até a janela para ver quem poderia vir tão absurdamente cedo. Ficou surpresa ao vislumbrar a charrete da Sra. Jennings, que sabia ter sido pedida para a uma hora da tarde. Determinada a não abandonar Marianne, apesar de não ter esperanças de contribuir, naquele momento, para tranquilizá-la, apressou-se para pedir à Sra. Jennings que lhe perdoasse por não poder acompanhá-la, devido ao fato de sua irmã estar indisposta. A Sra. Jennings, com uma preocupação bem-humorada pela causa da ausência de Elinor, aceitou suas desculpas prontamente, e esta última, após despedir-se da primeira, voltou a Marianne, quem encontrou tentando levantar-se da cama. Alcançou-a a tempo de impedir que caísse no chão, fraca e zonza por falta de descanso e alimentação adequados, pois fazia muitos dias que não tinha apetite e muitas noites que não dormia direito; e agora, quando sua mente não estava mais ocupada com o suspense, as consequências de tudo o que havia se passado eram sentidas na forma de dor de cabeça, estômago embrulhado e esvaimento nervoso generalizado. Um copo de vinho, que Elinor obteve para ela prontamente, a fez ficar mais confortável, e ela pôde, pelo menos, expressar seu reconhecimento pela bondade da irmã, dizendo:

– Pobre Elinor! Como a faço infeliz.

– Só gostaria – respondeu sua irmã – de haver algo que eu pudesse fazer, que lhe trouxesse conforto.

Isto, como qualquer outra coisa teria sido, foi demais para Marianne, que apenas conseguiu exclamar, na agonia de seu coração: – Oh, Elinor! Estou tão infeliz – antes que sua voz perdeu-se inteiramente entre soluços.

Elinor não pôde mais testemunhar tal enxurrada de tristeza incontida em silêncio.

– Faça um esforço, querida, – exclamou ela, – se não quiser acabar consigo mesma e com todos os que te amam. Pense em sua mãe; pense na tristeza dela enquanto você sofre; pelo bem dela, deve se esforçar.

– Não consigo, não consigo, – chorou Marianne, – deixe-me, deixe-me, se te aborreço; deixe-me, odeie-me, esqueça-me! Mas não me torture deste jeito. Oh, como é fácil para aqueles que não estão tristes falar sobre controlar-se! Feliz, feliz Elinor, você não faz ideia de como sofro.

– Você chama a mim de feliz, Marianne? Ah, se soubesse! Como pode acreditar que sou feliz, enquanto te vejo tão arrasada!

– Perdão, perdão, – disse ela, jogando os braços ao redor do pescoço da irmã, – sei que sente por mim; sei que coração você tem; mas ainda assim, você é – deve ser feliz. Edward te ama – o que poderia desfazer tal alegria?

– Muitas, muitas circunstâncias – disse Elinor, solenemente.

– Não, não, não, – exclamou Marianne, freneticamente, – ele te ama, e só você. Você não pode estar infeliz.

– Não consigo me alegrar enquanto te vejo neste estado.

– Pois nunca me verá de outro jeito. Minha infelicidade é tal que nada jamais a dissipará.

– Não deve falar desse jeito, Marianne. Não tem qualquer conforto? Amigos? Sua perda é tamanha que não dá abertura para qualquer consolo? Por mais que sofra agora, pense no que poderia ter sofrido se a descoberta do caráter dele tivesse ocorrido mais tarde – se o noivado entre vocês tivesse durado meses e meses, como poderia ter, antes de ele decidir pôr um fim em tudo. Cada dia adicional de confiança infeliz, de sua parte, teria feito o baque ser muito pior.

– Noivado! – exclamou Marianne. – Não houve nenhum noivado.

– Nenhum noivado!

– Não, ele não é tão imprestável quanto acredita. Ele não quebrou nenhuma promessa para comigo.

– Mas disse que te amava.

– Sim – não – nunca de forma absoluta. Ficou implícito a cada dia, mas nunca foi abertamente declarado. Algumas vezes, pensei que havia sido – mas nunca foi.

– E ainda assim escreveu para ele?

– Sim – seria errado, depois de tudo o que se passou? Mas não consigo falar sobre isso.

Elinor não disse mais nada e, voltando-se novamente para as três cartas, que agora excitavam muito mais curiosidade do que antes, correu imediatamente o olhar sobre o conteúdo de todas. A primeira, que era a que sua irmã havia enviado a ele ao chegarem na capital, dizia o seguinte:

"Berkeley Street, Janeiro.

Como ficará surpreso, Willoughby, ao receber esta carta; e penso que sentirá algo mais do que surpresa, ao saber que estou na capital. Uma oportunidade de vir aqui, apesar de ser com a Sra. Jennings, foi uma tentação que não pudemos resistir. Espero que receba esta missiva a tempo de vir até aqui esta noite, mas não contarei com isso. De qualquer forma, esperarei sua visita amanhã. Por hora, adeus.

M. D."

Seu segundo bilhete, que havia sido escrito na manhã seguinte ao baile dos Middleton, continha as seguintes palavras:

"Não tenho palavras para expressar minha decepção por não estar em casa quando foi até lá anteontem, tampouco minha surpresa por não ter recebido qualquer resposta ao bilhete que enviei há mais de uma semana. Tenho esperado notícias suas, e ainda mais uma visita, a cada hora de cada dia. Rogo-lhe que faça uma nova visita assim que possível, e explique o motivo de minha espera em vão até o momento. Será melhor que venha mais cedo, da próxima vez, pois geralmente saímos antes da uma hora. Ontem à noite, fomos até a casa de Lady Middleton, onde houve um baile. Me foi dito que você havia sido convidado. Mas como isso é possível? Você deve ter mudado bastante, desde que nos despedimos, se for este o caso, por não ter comparecido. Mas não suporei que isto seja possível, e espero que me assegure logo, pessoalmente, que não foi nada do tipo.

M. D."

O conteúdo de seu último bilhete para ele era este:

"O que devo imaginar, Willoughby, com base em seu comportamento na noite passada? Novamente, exijo uma explicação sobre isso. Estava preparada para encontrá-lo com o prazer que nossa separação naturalmente produziu, com a familiaridade que nossa intimidade em Barton me parecia justificar. Fiquei enojada, de verdade! Passei uma noite horrível, tentando encontrar desculpas para uma conduta que mal pode ser chamada de algo menos que insultuosa; mas apesar de ainda não ter sido capaz de encontrar uma desculpa para seu comportamento, estou perfeitamente pronta para ouvir sua justificativa. Talvez você tenha sido mal informado, ou propositalmente enganado, quanto a algo que me diz respeito, que pode ter manchado sua opinião sobre mim. Diga-me o que é, explique o motivo para ter agido da forma como agiu, e ficarei satisfeita por poder satisfazê-lo. Me deixaria muito infeliz ter que pensar mal de você; mas, se tiver que pensar, se for descobrir que você não é o que pensamos de você até agora, que sua afeição por nós todas não era sincera, que seu comportamento para comigo tinha o objetivo de enganar-me, me conte assim que possível. Meus sentimentos estão, neste momento, em um estado de terrível indecisão; quero absolvê-lo, mas certamente, o que quer que aconteça, será mais fácil do que o que estou sofrendo agora. Se seus sentimentos não são mais o que eram, devolva meus bilhetes e a mecha de meu cabelo, que estão sob sua posse.

M. D."

Que tais cartas, tão cheias de afeto e confiança, foram respondidas daquela maneira, Elinor não conseguiria acreditar, pelo bem de Willoughby. Mas sua reprovação dele não a cegava para a impropriedade de terem sido escritas, para começo de conversa; e ela estava se afligindo silenciosamente com a imprudência que havia dado origem a tais provas indesejadas de ternura, não justificadas por nada que as precedeu, e muito severamente condenadas pelo evento, quando Marianne, tendo percebido que ela havia terminado de lê-las, observou que não continham nada que outras pessoas não teriam escrito, na mesma situação.

– Me considerava – acrescentou ela – tão solenemente noiva dele, como se a avença jurídica mais rigorosa houvesse nos unido.

– Acredito que sim, – disse Elinor, – mas, infelizmente, ele não sentia o mesmo.

– Ele sentia o mesmo, sim, Elinor – por semanas e semanas ele sentiu. Eu sei que sim. O que quer que o tenha feito mudar (e nada além do artifício mais cruel contra mim poderia ter feito isso), eu já fui tão cara para ele quanto minha própria alma poderia desejar. Esta mecha de cabelo, da qual ele abriu mão tão facilmente, me foi implorada com as súplicas mais francas. Se você tivesse visto seu olhar, seus modos, se tivesse ouvido sua voz naquele momento! Já se esqueceu da última noite que passamos juntos em Barton? A manhã em que nos despedimos, também! Quando ele me disse que poderiam passar-se semanas antes que pudéssemos nos ver novamente – a aflição dele – como poderei esquecer da aflição dele?

Por alguns momentos, ela não conseguiu dizer mais nada; mas quando esta emoção havia passado, acrescentou, em um tom mais firme:

– Elinor, fui tratada extremamente mal, mas não por Willoughby.

– Minha querida, por quem, senão por ele? Quem poderia ter instigado tudo isso?

– Por todo o mundo, menos pelo coração dele. Eu preferiria acreditar que todas as criaturas que conheço se juntaram para arruinar a opinião dele sobre mim, do que acreditar que o caráter dele é capaz de tamanha crueldade. Esta mulher sobre quem ele escreveu – quem quer que seja ela – ou qualquer outra pessoa que não você, querida, a mamãe e Edward, pode ter sido bárbara o suficiente para me difamar. Além de vocês três, há alguma criatura neste mundo que eu não preferiria suspeitar ter agido mal, do que Willoughby, cujo coração conheço tão bem?

Elinor não quis contradizê-la, e limitou-se a responder:

– Quem quer que possa ter agido de forma tão detestável contra você, faça com que esta pessoa não possa aproveitar seu maligno triunfo, minha querida irmã, vendo com que nobreza a consciência de sua própria inocência e boas intenções elevam seu humor. Só um orgulho razoável e louvável resiste a tal malevolência.

– Não, não, – exclamou Marianne, – uma tristeza como a minha não tem orgulho. Não me importo que saibam que estou infeliz. O triunfo de me ver assim pode ser de todo o mundo. Elinor, Elinor, os que sofrem pouco podem ser tão orgulhosos e independentes quanto quiserem – podem resistir a insultos, ou magoar o outro em retribuição – mas eu não consigo. Preciso sentir – preciso ficar infeliz – e eles podem alegrar-se com a consciência disso, se quiserem.

– Mas pelo bem de nossa mãe, e de mim mesma-

– Eu faria mais do que faço por mim mesma. Mas aparentar felicidade quando estou tão deprimida – oh! Quem me pediria isso?

Novamente ficaram em silêncio. Elinor ocupou-se andando, pensativa, da lareira até a janela, da janela até a lareira, sem saber se se aquecia em uma ou discernia objetos através da outra; e Marianne, sentada ao pé da cama, com a cabeça encostada em um de seus postes, pegou novamente a carta de Willoughby e exclamou, após chorar ao ler cada frase:

– É demais! Oh, Willoughby, Willoughby, escreveu mesmo isto? Cruel, cruel – nada pode absolvê-lo. Elinor, nada pode. O que quer que ele possa ter ouvido contra mim – não deveria aguardado antes de acreditar? Não deveria ter me falado sobre isso, me dado a chance de esclarecer? "A mecha de cabelo" – leu ela, da carta – "com que me presenteou tão gentilmente" – isto é imperdoável. Willoughby, onde estava seu coração quando escreveu tais palavras? Oh, barbaramente insolente! Elinor, ele poderia ser justificado?

– Não, Marianne, de jeito nenhum.

– E ainda assim, esta mulher – quem sabe que artifícios pode ter usado? Há quanto tempo pode ter premeditado, e com que profundidade? Quem é ela? Quem pode ser? Sobre quem o ouvi falar, dentre suas conhecidas, que fosse jovem e atraente? Oh, ninguém, ninguém! Ele não falou sobre mais ninguém comigo, a não ser eu mesma.

Outra pausa ocorreu; Marianne estava bastante agitada, e encerrou o silêncio dizendo:

– Elinor, preciso ir para casa. Preciso ir, e confortar a mamãe. Não podemos partir amanhã?

– Amanhã, Marianne!

– Sim, por que deveria ficar aqui? Vim só por Willoughby – e agora, quem se importa comigo? Quem tem consideração para comigo?

– Seria impossível irmos amanhã. Não devemos só cortesia à Sra. Jennings; e a mais básica das cortesias impediria uma partida tão apressada quanto esta.

– Bem, então, dentro de um ou dois dias, talvez; mas não posso ficar aqui por muito mais tempo, não conseguirei aguentar as perguntas e observações de todas essas pessoas. Os Middleton e os Palmer – como suportarei a pena deles? A pena de uma mulher como Lady Middleton! Oh, o que ele diria sobre isso?

Elinor a aconselhou a deitar-se novamente e, por um momento, ela o fez; mas nenhuma posição a deixava confortável e, em irrequieto sofrimento de mente e corpo, mexia-se de um lado para o outro, até que, ficando cada vez mais histérica, sua irmã mal podia mantê-la na cama, e chegou a cogitar pedir auxílio. Algumas gotas de lavanda, contudo, que finalmente foi convencida a tomar, surtiram efeito; e, daquele momento, até a volta da Sra. Jennings, ela permaneceu na cama, quieta e imóvel.

Capítulo 30

A Sra. Jennings foi imediatamente ao quarto delas, quando retornou, e, sem esperar resposta a seu pedido para entrar, abriu a porta e adentrou, com uma expressão de verdadeira preocupação:

– Como está, minha querida? – disse ela, em tom de grande compaixão, para Marianne, que virou o rosto sem tentar responder.

– Como está ela, Srta. Dashwood? Pobrezinha! Parece estar bastante mal. Não me surpreendo. Mas sim, é bem verdade. Ele se casará muito em breve – um imprestável! Não tenho paciência com ele. A Sra. Taylor me contou sobre isso há meia hora, e ouviu de uma amiga íntima da própria Srta. Grey, senão tenho certeza que eu não teria acreditado; e mesmo assim, estava prestes a desmaiar. Bem, disse eu, tudo o que posso dizer é que, se for verdade, ele tratou uma jovem dama, conhecida minha, extremamente mal, e desejo do fundo do coração que sua esposa o apoquente o resto da vida. E é o que sempre direi, minha querida, pode confiar. Não aceito que os homens se comportem desta forma; e, se algum dia o vir novamente, dar-lhe-ei uma bronca do tipo que nunca levou na vida. Mas há um conforto, minha querida Srta. Marianne: ele não é o único jovem no mundo que valha a pena e, com seu lindo rosto, nunca ficará sem admiradores. Bem, pobrezinha! Não a perturbarei mais, pois é melhor que ela chore tudo de uma vez. Felizmente, as famílias Parry e Sanderson estão vindo hoje à noite, sabe, e a divertirão.

Foi-se, então, andando nas pontas dos pés, como se achasse que a aflição de sua jovem amiga piorasse com barulho.

Marianne, para surpresa da irmã, decidiu-se a jantar com elas. Elinor até mesmo a aconselhou a não fazê-lo. Mas não, ela gostaria de ir, conseguiria aguentar muito bem, e o rebuliço em relação a ela seria menor. Elinor, contente por sua irmã ter se controlado, por um tempo, com tal objetivo, apesar de mal poder acreditar que ela aguentaria o jantar inteiro, não disse mais nada; e, ajustando seu vestido para ela, o melhor que pôde, enquanto Marianne permanecia na cama, estava pronta a acompanhá-la até a sala de jantar, assim que fossem chamadas.

Durante o jantar, apesar de estar com uma aparência de infelicidade extrema, comeu mais e estava mais calma do que sua irmã esperara. Se houvesse tentado falar, ou tomado ciência de metade das atenções bem-intencionadas, porém irrefletidas, da Sra. Jennings para com ela, tal calma não poderia ter sido mantida. Porém, nenhuma sílaba escapou de seus lábios, e a abstração de seus pensamentos permitiram que permanecesse ignorante de tudo o que se passava a sua frente.

Elinor, que reconhecia a bondade da Sra. Jennings, apesar de suas efusões costumarem ser angustiantes, e às vezes ridículas, correspondeu e retribuiu as cortesias que sua irmã não podia corresponder ou retribuir por si mesma. Sua boa amiga viu que Marianne estava infeliz, e sentiu que deveria fazer tudo o que pudesse para fazer com que ficasse menos. Tratou-a, portanto, com todo o carinho indulgente de uma mãe pela filha preferida, no último dia das férias. Marianne tinha que ter o melhor lugar perto do fogo, tinha que ser encorajada a comer todas as guloseimas da casa e ser distraída com os relatos de todas as notícias do dia. Se Elinor não houvesse visto, no semblante triste da irmã, uma restrição de toda jovialidade, poderia ter se divertido com as tentativas da Sra. Jennings de curar uma decepção amorosa com uma variedade de doces, e azeitonas, e uma boa lareira. Contudo, assim que Marianne tomou consciência do que estava ocorrendo, devido à repetição de tudo, não pôde mais ficar no cômodo. Com uma apressada exclamação de tristeza, e um sinal para que a irmã não a seguisse, levantou-se imediatamente e correu para fora da sala.

– Pobrezinha! – bradou a Sra. Jennings, assim que Marianne saiu. – Como me entristece, vê-la assim! E repare que ela saiu sem terminar o vinho! E as cerejas, também! Senhor! Nada parece ajudá-la. Tenho certeza que se soubesse de qualquer coisa que ela gostaria, mandaria buscar em qualquer lugar da cidade. Bem, é a coisa mais estranha, para mim, um homem tratar tão mal uma garota tão bonita! Mas quando há bastante dinheiro de um lado, e quase nenhum do outro, Deus que nos ajude! Eles não ligam mais para outras coisas-

– Esta dama, então – Srta. Grey, creio tê-la ouvido chamar – é muito rica?

– Cinquenta mil libras, minha cara. Já a viu? Uma garota esperta e elegante, dizem, mas não bonita. Lembro-me bem de sua tia, Biddy Henshawe; se casou com um homem muito rico. Mas a família toda é rica. Cinquenta mil libras! E, pelo que dizem, vão chegar em muito boa hora, pois fiquei sabendo que ele está falido. Não me surpreende! Pavoneando-se com suas carruagens e caçadores! Bom, não adianta nada falar; mas quando um jovem, seja quem for, aparece e seduz uma garota bonita, e promete casamento, não tem nada que quebrar sua palavra só porque ficou pobre, e tem uma garota rica pronta para aceitá-lo. Por que, neste caso, ele não vende seus cavalos, põe a casa para alugar, demite os criados, e faz uma mudança completa imediatamente? Te garanto que a Srta. Marianne estaria disposta a esperar até que tudo se resolvesse. Mas isso não é o suficiente, hoje em dia; os jovens de hoje não abrem mão de nenhum prazer.

– A senhora sabe que tipo de garota é a Srta. Grey? Dizem que é simpática?

– Nunca ouvi falarem mal dela; na verdade, quase nunca ouvi alguém mencioná-la. Exceto que a Sra. Taylor disse hoje de manhã que um dia a Srta. Walker insinuou para ela que acreditava que o Sr. e a Sra. Ellison gostariam que a Srta. Grey se casasse, pois ela e a Sra. Ellison nunca concordaram-

– E quem são os Ellison?

– Os tutores dela, minha cara. Mas agora ela é maior de idade, e pode escolher por si própria; e que bela escolha ela fez! E agora – disse ela, após uma pausa – sua pobre irmã foi para o quarto, suponho que para chorar sozinha. Não há nada que se possa obter para confortá-la? Pobrezinha, parece tão cruel deixá-la sozinha. Bem, de vez em quando teremos a visita de alguns amigos, o que a animará um pouquinho. O que devemos jogar? Ela detesta whist, eu seu; mas não gosta de nenhum jogo de cartas?

– Minha cara senhora, sua gentileza é desnecessária. Marianne, ouso dizer, não sairá do quarto novamente, esta noite. A convencerei, se conseguir, a ir para a cama cedo, pois tenho certeza que precisa descansar.

– Sim, creio que será melhor para ela. Que ela decida o que quer cear, e vá para a cama. Senhor! Não me admira ela ter com uma aparência tão ruim e desanimada, nestas últimas semanas, pois suponho que esta história tenha ocupado sua mente durante todo este tempo. E, então, a carta que chegou hoje terminou tudo! Pobrezinha! Claro que se eu fizesse ideia, não teria brincado com o assunto, de jeito algum. Mas, sabe, quem poderia ter adivinhado? Eu tinha certeza que era somente uma carta de amor usual, e os jovens gostam que façam piadas com eles sobre isso. Senhor! Como Sir John e minhas filhas vão ficar preocupados, quando ouvirem! Se estivesse pensando direito, poderia ter passado na casa deles, em Conduit Street, a caminho de casa, e contado a eles sobre isso. Mas os verei amanhã.

– Será desnecessário, tenho certeza, que a senhora avise a Sra. Palmer e Sir John para que nunca mencionem o Sr. Willoughby ou façam a menor alusão ao que aconteceu, na frente de minha irmã. O bom caráter deles certamente os fará perceber a verdadeira crueldade que seria parecerem saber qualquer coisa sobre esta história, na presença dela. e quanto menos puder ser dito para mim sobre este assunto, mais meus sentimentos serão poupados, como a senhora, minha cara, deve certamente perceber.

– Oh! Meu Deus. Sim, claro, percebo, sim. Deve ser terrível para você, ouvir falar sobre o assunto. Quanto a sua irmã, não diria uma palavra a ela, por nada neste mundo. Viu que não disse, durante todo o jantar. Tampouco diria Sir John ou minhas filhas, pois são todos muito atenciosos e ponderados; especialmente se eu desse uma dica, o que certamente farei. De minha parte, acho que quanto menos se falar sobre essas coisas, melhor, mais rápido tudo acaba e é esquecido. E do que adianta falar, não é?

– Neste caso, falar só causa mal; mais ainda, talvez, do que em muitos casos semelhantes, pois este esteve sob circunstâncias que, pelo bem de todos os envolvidos, não seria conveniente que viessem a público. Devo ser justa com o Sr. Willoughby, pelo menos, neste ponto: ele não rompeu nenhum compromisso explícito para com minha irmã.

– Ora, minha cara! Não finja defendê-lo. Nenhum compromisso explícito, realmente! Após levá-la para passear por Allenham House inteira, se concentrando nos cômodos em que iriam morar pelo resto das vidas!

Elinor, pelo bem de sua irmã, não insistiu no assunto, e torceu para que não fosse esperado dela que o fizesse também pelo bem de Willoughby, visto que, apesar de Marianne poder sair bastante prejudicada, ele obteria muito pouca vantagem se ela insistisse na verdade. Após um curto silêncio de ambos os lados, a Sra. Jennings, com sua natural hilaridade, explodiu novamente:

– Bom, minha cara, é verdade que há males que vem para bem, pois será bom para o Coronel Brandon. Ele ficará com ela, finalmente. Repare no que estou dizendo, estarão casados antes da metade do verão. Deus, como ele rirá com esta notícia! Espero que passe aqui esta noite. Será, de todas as formas, uma parceria melhor para sua irmã. Duas mil libras por ano, sem dívidas ou desvantagens, exceto a filha ilegítima, claro; sim, havia esquecido dela, mas ela pode ser colocada aos cuidados de um tutor, por um pequeno custo, então que diferença faz? Delaford é um lugar agradável, posso assegurar; exatamente o que eu chamo de lugar agradável e antiquado, cheio de confortos e conveniências, bem isolado por cercas de pedra enormes, cobertas pelas melhores árvores frutíferas do país! Nossa, como Charlotte e eu nos empanturramos, da única vez que fomos lá! Ainda há um pombal, uns lindos tanques de peixes e um canal bem bonito; em resumo, tudo o que se pode desejar. Além disso, fica perto da igreja, e só uns quatrocentos metros de distância da estrada principal, então nunca é entediante, pois basta ir se sentar debaixo da velha pérgola de teixo atrás da casa que conseguirá ver todas as carruagens passando. Oh, é um lugar agradável! Tem um açougueiro pertinho do vilarejo e a casa paroquial fica logo ali. Na minha opinião, mil vezes mais bonita do que Barton Park, onde eles precisam encomendar carne de um lugar cinco quilômetros de distância, e não têm nenhum vizinho mais perto do que sua mãe. Bom, levantarei o ânimo do Coronel assim que puder. Uma coisa leva à outra, sabe. Se ao menos conseguíssemos fazer com que ela tire Willoughby da cabeça!

– Sim, se conseguirmos fazer isso, senhora, – disse Elinor, – ficaremos muito bem, com ou sem o Coronel Brandon. – Então, levantando-se, foi juntar-se a Marianne, quem encontrou, como esperava, em seu próprio quarto, debruçada em silenciosa tristeza sobre os restos do fogo na lareira, que tinha sido sua única fonte de luz, até a entrada de Elinor.

– É melhor deixar-me – foi o cumprimento que sua irmã recebeu.

– Deixarei, – disse Elinor, – se for para a cama. – Mas isso, devido a um momentâneo arroubo de sofrimento impaciente, ela primeiro recusou-se a fazer. Contudo, a persuasão franca, porém gentil, de sua irmã logo a fez amolecer, e Elinor assistiu-a deitar a cabeça dolorida sobre o travesseiro, esperando que conseguisse descansar um pouco em silêncio antes de deixá-la.

Na sala de estar, para onde retirou-se, Elinor logo recebeu a companhia da Sra. Jennings, com uma taça de vinho cheia de algo na mão.

– Minha cara, – disse ela, ao entrar, – acabei de me lembrar que tenho um pouco do melhor vinho Constantia do mundo aqui em casa, então trouxe uma taça para sua irmã. Meu pobre marido! Como ele gostava deste vinho! Sempre que tinha um ataque de gota, dizia que o ajudava mais do que qualquer outra coisa. Leve a taça para sua irmã.

– Cara senhora, – respondeu Elinor, sorrindo ao ouvir a diferença entre os dois problemas para os quais o vinho era recomendado, – como és gentil. Mas acabei de deixar Marianne na cama e, espero, quase dormindo; e como penso que nada seria tão bom para ela quanto descansar, se me permitir, beberei o vinho eu mesma.

A Sra. Jennings, apesar de lamentar não ter chegado cinco minutos antes, ficou satisfeita com o acordo; e Elinor, enquanto engolia a maior parte do vingo, refletia que, apesar de seus efeitos sobre gota serem, naquele momento, de pouca importância para ela, seus poderes curativos sobre um coração partido poderiam ser testados tão bem nela, quanto em sua irmã.

O Coronel Brandon chegou enquanto tomavam chá, e, pelo seu modo de vasculhar a sala em busca de Marianne, Elinor imediatamente pensou que ele não esperava, nem desejava vê-la lá, ou seja, que ele já estava ciente do que havia causado sua ausência. À Sra. Jennings não ocorreu o mesmo pensamento, pois logo após a entrada dele, ela cruzou a sala até a mesa de chá, que estava sob os cuidados de Elinor, e sussurrou:

– O Coronel está tão sério quanto sempre, veja. Não sabe nada do que aconteceu; conte a ele, minha cara.

Logo depois, ele puxou uma cadeira para perto da dela e, com um olhar que a assegurava perfeitamente de que estava bem informado, perguntou sobre sua irmã.

– Marianne não está bem – disse ela. – Esteve indisposta o dia inteiro, e a convencemos a ir para a cama.

– Talvez, então, – ele respondeu, com hesitação, – o que ouvi esta manhã possa ser – possa haver mais verdade nisso do que acreditei, primeiramente, ser possível.

– O que o senhor ouviu?

– Que um cavalheiro, que tive motivos para acreditar – em resumo, um homem que eu sabia estar noivo – mas como posso contar a você? Se já está sabendo, como certamente deve estar, posso ser poupado.

– O senhor está se referindo – respondeu Elinor, com uma calma forçada – ao casamento do Sr. Willoughby com a Srta. Grey. Sim, já sabemos de tudo. Hoje parece ter sido um dia de elucidação geral, pois foi nesta mesma manhã que ficamos sabendo de tudo. O Sr. Willoughby é incompreensível! Onde o senhor ouviu sobre isso?

– Em uma papelaria em Pall Mall, onde tinha assuntos a resolver. Duas damas estavam esperando sua carruagem, e uma delas estava contando à outra sobre a planejada união, em uma voz que tentava tão pouco ser discreta, que era impossível que eu não ouvisse tudo. O nome Willoughby, John Willoughby, sendo frequentemente repetido, foi o que primeiro chamou minha atenção; e o que se seguiu foi uma declaração inequívoca de que tudo já estava arranjado para seu casamento com a Srta. Grey – não seria mais um segredo – ocorreria dentro de algumas semanas, com vários detalhes sobre os preparativos e outras questões. Lembro-me de outra coisa, em especial, porque serviu para identificar o homem ainda mais: assim que a cerimônia estivesse terminada, o casal iria para Combe Magna, sua propriedade ancestral no condado de Somerset. Como fiquei atônito! Mas seria impossível descrever o que senti. Descobri, após perguntar, pois fiquei na loja até que saíram, que a dama comunicativa chamava-se Sra. Ellison, e este, conforme fui informado desde então, é o nome da tutora da Srta. Grey.

– É mesmo. Mas o senhor ouviu também que a Srta. Grey tem cinquenta mil libras? Podemos encontrar uma explicação nisso, se é que podemos encontrá-la em alguma coisa.

– Pode ser; mas Willoughby é capaz – pelo menos penso eu... – ele parou por um momento e então, acrescentou, em um tom de voz que parecia indicar que não confiava em si mesmo: – E sua irmã – como ela.

– Seu sofrimento tem sido bastante severo. Posso somente esperar que possa ser proporcionalmente curto. Tem sido, está sendo, uma aflição das mais cruéis. Até ontem, acredito, ela nunca havia duvidado do amor dele; e até mesmo agora, talvez – mas estou quase convencida de que ele nunca teve afeto por ela, de verdade. Ele foi bastante traiçoeiro! E, em alguns aspectos, parece haver uma dureza de coração nele.

– Ah! – disse o Coronel Brandon. – Há, mesmo. Mas sua irmã não – creio que me disse – não tem a mesma opinião que você?

– O senhor conhece a disposição dela, e pode acreditar com que rapidez ela ainda justificaria os atos dele, se pudesse.

Ele não respondeu e, logo depois, com a remoção dos utensílios de chá e a formação dos grupos para jogar cartas, o assunto teve que ser encerrado. A Sra. Jennings, que os havia observado com prazer enquanto falavam, e que esperava ver a comunicação da Srta. Dashwood fazer com que o Coronel Brandon ficasse imediatamente alegre, como se houvesse retomado a juventude, a esperança e a felicidade, viu-o, com surpresa, passar o resto da noite mais sério e pensativo do que o normal.

Capítulo 31

Após uma noite de mais sono do que havia esperado, Marianne acordou, na manhã seguinte, com a mesma sensação de tristeza que sentira quando fechara os olhos.

Elinor a encorajou, o máximo que pode, a falar sobre o que sentia; e, antes do café estar pronto, haviam discutido o assunto repetidas vezes, com a mesma constante convicção e ternos conselhos, por parte de Elinor, e com os mesmos sentimentos impetuosos e mudanças de opinião, por parte de Marianne. Às vezes, acreditava que Willoughby havia sido tão desafortunado e inocente quanto ela, e, em outras, a impossibilidade de inocentá-lo a deixava inconsolável. Em um momento, ela não se importava nem um pouco com a opinião do mundo, e, no próximo, dizia que queria se isolar de todos para sempre, logo depois declarando que resistiria a tudo energicamente. Em um aspecto, contudo, ela era uniforme: evitar, sempre que possível, a presença da Sra. Jennings, e permanecer em silêncio obstinado, quando obrigada a aguentá-la. Seu coração havia se endurecido conta a crença de que a Sra. Jennings considerava seu infortúnio com qualquer compaixão.

– Não, não, não, não pode ser, – exclamava ela, – ela não sente nada. Sua gentileza não é empatia; sua simpatia não é afeto. Só quer fofocar, e só gosta de mim agora porque forneço assunto.

Elinor não precisara ouvir isso para ter certeza da injustiça que o refinamento irritável da mente de sua irmã fazia com que ela cometesse, em sua opinião sobre os outros, e da importância exagerada que dava para a delicadeza de fortes sensibilidades e as graças de modos educados. Como metade de todo o mundo, se é que mais da metade é inteligente e boa, Marianne, com excelentes habilidades e uma excelente disposição, não era nem razoável, nem imparcial. Esperava que os outros tivessem a mesma opinião e os mesmos sentimentos que ela, e julgava seus motivos com base nos efeitos imediatos de seus atos sobre ela mesma. Deste modo, uma circunstância ocorreu, enquanto as irmãs estavam juntas em seu quarto, após o café, que fez com que a opinião de Marianne sobre as intenções da Sra. Jennings piorasse ainda mais; porque, devido à sua própria fraqueza, causou nova dor a ela mesma, apesar de a Sra. Jennings ter sido levada a tal ato por um impulso da maior boa vontade.

Com uma carta em sua mão estendida, e um sorriso no rosto, convencida de estar trazendo conforto, entrou no quarto delas, dizendo?

– Veja, minha cara, trago algo que tenho certeza que lhe fará bem.

Marianne ouvira o suficiente. Em um instante, sua imaginação a fez enxergar uma carta de Willoughby, cheia de ternura e arrependimento, explicando tudo o que havia acontecido, satisfatória, convincente, imediatamente seguida do próprio Willoughby, entrando apressado no quarto para reforçar, a seus pés, com a eloquência de seu olhar, as declarações feitas na carta. O que um momento havia construído, outro destruiu. A letra de sua mãe, nunca antes indesejável, estava à sua frente; e, na extrema decepção que se seguiu a tal êxtase, mais do que somente esperança, ela sentiu como se nunca houvesse sofrido, até aquele instante.

A crueldade da Sra. Jennings, nenhuma palavra poderia expressar, em seus momentos de maior eloquência; então, Marianne só pôde admoestá-la com as lágrimas que escorreram de seus olhos com uma violência ardente – uma admoestação, contudo, tão inteiramente ignorada por seu objeto que, após muitas expressões de pena, esta retirou-se, continuando a insistir para que Marianne usasse a carta para confortá-la. Mas a carta, quando ela estava calma o suficiente para lê-la, trouxe muito pouco conforto. Willoughby era o assunto que preenchia todas as páginas. Sua mãe, ainda crente de que estavam noivos, e confiando tanto quanto antes em sua constância, havia sido exortada por Elinor a pedir que Marianne fosse mais franca com as duas; e isso, com tamanha ternura em relação a ela, tamanho afeto por Willoughby, e tal convicção da felicidade futura dos dois juntos, fez com que Marianne chorasse, em agonia, durante toda a leitura.

Toda a sua impaciência por voltar para a casa havia retornado; sua mãe lhe era mais cara do que nunca, mais cara ainda por causa do excesso de confiança equivocada em Willoughby, e ela ficou extremamente ansiosa por ir embora. Elinor, incapaz de decidir sozinha se era melhor para Marianne estar em Londres ou em Barton, não ofereceu nenhum conselho, exceto que tivesse paciência até que pudessem saber o que sua mãe queria que fizessem; e, eventualmente, obteve o consentimento da irmã para que esperassem tal informação.

A Sra. Jennings saiu de casa mais cedo do que de costume, pois não descansaria até que os Middleton e os Palmer pudessem lamentar-se tanto quanto ela. E, recusando veementemente a companhia de Elinor, saiu sozinha pelo resto da manhã. Elinor, com o coração pesado, ciente da dor que iria comunicar e percebendo, pela carta de Marianne, como havia preparado mal o caminho para dar tal notícia, sentou-se para escrever para a mãe um relato sobre o que havia ocorrido, e pedir suas instruções para o futuro. Enquanto isso, Marianne, que havia entrado na sala de estar quando a Sra. Jennings saíra, permaneceu grudada à mesa onde Elinor escrevia, observando o avanço de sua pena, lamentando o fato de ela estar incumbida de tal tarefa, e mais ainda o efeito da mesma sobre sua mãe.

Continuaram desta maneira por cerca de quinze minutos, quando Marianne, cujos nervos não aguentavam qualquer barulho repentino, assustou-se com uma batida na porta.

– Quem pode ser? – exclamou Elinor. – E tão cedo! Achei que estivéssemos seguras.

Marianne foi até a janela:

– É o Coronel Brandon! – disse ela, aborrecida. – Nunca estamos a salvo dele.

– Ele não vai entrar, pois a Sra. Jennings não está.

– Não acredito nisso – disse ela, retornando ao quarto. – Um homem que não tem o que fazer com seu próprio tempo livre, não tem consciência de que está se intrometendo no dos outros.

A ocasião provou que estava certa, apesar de ter se baseado em injustiça e erro, pois o Coronel Brandon entrou, mesmo; e Elinor, que estava convencida de que era sua preocupação com Marianne que o havia levado até lá, e que viu tal preocupação em sua aparência perturbada e melancólica, e em sua pergunta ansiosa, porém breve, por ela, não perdoou sua irmã por tê-lo em tão baixa estima.

– Encontrei a Sra. Jennings em Bond Street – disse ele, após os primeiros cumprimentos, – e ela me encorajou a vir; e fui facilmente convencido, pois pensei que fosse provável que a encontraria sozinha, o que desejava muito fazer. Meu objetivo – meu desejo – meu único desejo – espero, creio que seja – é poder trazer algum conforto. Não, não posso dizer conforto – não um conforto imediato, mas convicção, convicção ao estado de espírito de sua irmã. Minha estima por ela, por você, por sua mãe – permita-me prová-la, relatando certas circunstâncias que nada, a não ser uma estima muito sincera, um desejo verdadeiro de ser útil – creio ser justificado – apesar de que, tendo passado tantas horas convencendo a mim mesmo de que estou certo, não há algum motivo para temer estar errado? – Ele parou.

– Compreendo – disse Elinor. – O senhor tem algo para me contar sobre o Sr. Willoughby, que elucidará ainda mais seu caráter. Contá-lo será o maior ato de amizade em relação a Marianne. Terá a minha gratidão imediatamente, por qualquer informação nesse sentido, e a dela virá com o tempo. Por favor, rogo-lhe que me conte.

– Contarei; e, para ser breve, quando saí de Barton, em outubro passado – mas isso não a fará entender – devo retroceder ainda mais. A senhorita perceberá que sou um narrador bastante ruim, Srta. Dashwood; mal sei por onde começar. Creio que um breve relato sobre mim mesmo será necessário, e será curto, de verdade. Sobre tal assunto – disse ele, com um profundo suspiro – não tenho a menor tentação para ser prolixo.

Parou um momento, para puxar pela memória, e então prosseguiu, com outro suspiro.

– A senhorita provavelmente já se esqueceu totalmente de uma conversa (não posso supor que lhe tenha afetado) ... uma conversa entre nós, uma noite em Barton Park. Estava ocorrendo um baile, quando mencionei uma senhorita que conheci, que se parecia, de certa forma, com sua irmã Marianne.

– Na verdade, – respondeu Elinor, – não me esqueci. – Ele pareceu contente com isso, e continuou:

– A não ser que esteja enganado pela incerteza, a parcialidade das lembranças ternas, há uma grande semelhança entre elas, de personalidade e aparência. O mesmo coração afetuoso, a mesma animação de mente e humor. Esta senhorita era uma de minhas parentes mais próximas, órfã desde pequena, e sob a tutela de meu pai. Tínhamos quase a mesma idade e, desde a mais tenra infância, fomos companheiros de brincadeiras e amigos. Não posso me lembrar de uma época em que não amei Eliza; e meu afeto por ela, conforme crescíamos, era tamanho que talvez, julgando pela minha atual seriedade amargurada e acabrunhada, a senhorita possa achar que seria impossível que houvesse sentido antes. O afeto dela por mim era, acredito eu, tão fervente quanto o amor de sua irmã pelo Sr. Willoughby, e foi, apesar de o motivo ter sido diferente, tão desafortunado quanto o dela. Aos dezessete anos, a perdi para sempre. Casou-se, contra sua própria vontade, com meu irmão. A fortuna dela era grande, e a propriedade de nossa família estava endividada. E isso, temo eu, é tudo o que pode ser dito da conduta daquele que era, ao mesmo tempo, tio e tutor dela. Meu irmão não a merecia; nem mesmo a amava. Eu esperava que seu amor por mim serviria de alento para ela, em caso de dificuldades, e por um tempo, serviu; mas eventualmente, a infelicidade de sua condição, pois ela sofreu muitas crueldades, subjugou toda a sua força de vontade e, apesar de ela ter prometido para mim que nada... mas como estou contando tudo atropeladamente! Não cheguei a te contar como isso aconteceu. Faltavam algumas horas para fugirmos para casar na Escócia. A traição, ou a tolice, da criada de minha prima nos traiu. Fui banido para a casa de um parente distante, e ela foi proibida de ter qualquer liberdade, convivência ou diversões, até que meu pai conseguisse o que queria. Eu havia contado demais com sua fortaleza de espírito, e o golpe foi severo, para mim. Mas se ela houvesse sido feliz no casamento, eu teria aceitado o fato, dentro de alguns meses, pois era tão jovem; ou, pelo menos, não estaria lamentando agora. Contudo, não foi o caso. Meu irmão não tinha a menor consideração para com ela; seus prazeres não eram o que deveriam ser e, desde o começo, ele a tratou mal. A consequência disso sobre uma mente tão jovem, tão cheia de vida e com tão pouca experiência como a da Sra. Brandon, foi natural. Primeiro, resignou-se com a infelicidade de sua condição; e teria sido feliz, e não tivesse se dedicado a superar a tristeza que suas lembranças de mim causavam. Mas podemos nos espantar com o fato de que, com um marido que provocava inconstância e sem um amigo para aconselhá-la ou controlá-la (pois meu pai vivei só alguns meses, depois do casamento, e eu estava com meu regimento das Índias Orientais), ela cometeria um erro? Talvez se eu houvesse ficado na Inglaterra... mas eu quis contribuir com a felicidade de ambos, indo para longe dela por anos, e, por este motivo, havia pedido transferência. O choque que o casamento dela havia me causado – continuou ele, em um tom de grande agitação – foi irrisório, não foi nada comparado ao que senti quando fiquei sabendo, cerca de dois anos depois, de seu divórcio. Foi isso que ensejou esta melancolia... até mesmo agora, a lembrança do que sofri...

Não conseguiu falar mais nada e, levantando-se apressadamente, andou pela sala por alguns minutos. Elinor, afetada pela história, e mais ainda pela angústia dele, não conseguiu dizer nada. Ele viu sua preocupação e, andando até ela, pegou sua mão, apertou-a e beijou-a, com respeito e gratidão. Mais alguns minutos de esforço silencioso permitiram que prosseguisse com compostura.

– Só retornei à Inglaterra quase três anos depois deste infeliz período. Minha primeira preocupação, quando cheguei, foi procurá-la, é claro. Mas minha busca foi tão infrutífera quanto melancólica. Não consegui achar seu rastro para além do primeiro homem que a seduziu, e tive todos os motivos para temer que, depois de tê-lo deixado, ela havia se afundado ainda mais em uma vida de pecado. O estipêndio mensal a que tinha direito por lei não era adequado para sua fortuna, tampouco suficiente para que se mantivesse confortavelmente, e descobri de meu irmão que o poder de receber a quantia havia sido transferido, alguns meses antes, para outra pessoa. Ele imaginava, com tanta calma quanto podia, que sua extravagância e consequente dificuldade a haviam obrigado a usar tal valor para resolver problemas imediatos. Finalmente, após estar na Inglaterra há seis meses, a encontrei. Minha consideração por um antigo criado, que havia enfrentado dificuldades, desde a última vez que o vi, me fez visitá-lo e uma casa de detenção, onde havia sido preso por dívidas; e lá, na mesma casa, sob confinamento semelhante, estava minha desafortunada irmã. Tão mudada, tão abatida... combalida por todo tipo de sofrimento! Mal pude acreditar que a figura melancólica e doente perante mim era o que havia sobrado da garota adorável, vivaz e saudável por quem havia sido apaixonado. O que tive que aguentar, ao olhar para ela... mas não tenho o direito de ferir seus sentimentos tentando descrevê-lo. Já lhe causei dor o suficiente. O fato de ela aparentar estar no último estágio de tuberculose foi... sim, naquela situação, foi meu maior conforto. A vida não poderia fazer nada por ela, além de dar tempo para preparar-se melhor para a morte; e isto foi feito. Fiz com que fosse colocada em aposentos confortáveis, e com criados adequados; a visitei todos os dias, pelo resto de sua curta vida: estive com ela em seus últimos momentos.

Novamente, ele parou para se recompor, e Elinor expressou seus sentimentos sobre o destino de sua infeliz amiga em uma exclamação de preocupação terna.

Sua irmã, espero, não se ofenderá – disse ele – com a semelhança que imaginei entre ela e minha pobre parenta desafortunada. Seus destinos, suas sinas, não podem ser os mesmos; e se a personalidade naturalmente doce de uma houvesse sido protegida por uma mente firme, ou um casamento feliz, poderia ter sido tudo o que viveremos para ver a outra se tornar. Mas aonde tudo isso nos leva? Pareço estar aborrecendo a senhorita por nada. Ah, Srta. Dashwood, um assunto como este, intocado por quatorze anos, é perigoso! Me recomporei e serei mais conciso. Ela deixou aos meus cuidados sua filha única, fruto de seu primeiro relacionamento pecaminoso, que tinha, na época, cerca de três anos. Ela amava a criança, e sempre a havia mantido com ela. Era uma confiança valiosa e preciosa em mim, e eu teria cumprido o compromisso ao pé da letra, conduzindo sua educação pessoalmente, se a natureza de nossas condições permitisse; mas eu não tinha família, nem lar, então minha pequena Eliza foi colocada em uma escola. A visitava lá sempre que podia e, após a morte de meu irmão (que aconteceu há aproximadamente cinco anos, e que fez com que a posse das propriedades da família passasse para mim), ela me visitava em Delaford. Me referia a ela como uma parenta distante, mas estou bem ciente de que há tempos suspeitam que há uma conexão muito mais próxima entre nós. Há três anos (quando ela havia acabado de fazer quatorze), a tirei da escola e coloquei sob os cuidados de uma mulher bastante respeitável, que residia no condado de Dorset e que estava responsável por outras quatro ou cinco meninas, mais ou menos da mesma idade. E, por dois anos, tive todos os motivos para ficar feliz com sua situação. Porém, em fevereiro passado, há quase um ano, ela desapareceu repentinamente. Eu havia permitido (imprudentemente, como depois percebi), após muita insistência por parte dela, que fosse a Bath com uma de suas jovens amigas, que estava indo visitar seu pai doente. Sabia que ele era um homem muito bom, e tinha sua filha em alta estima – mais do que ela merecia, pois, com uma reserva obstinada e equivocada, ela não me dizia nada, não me dava qualquer pista, apesar de certamente saber de tudo. Seu pai, um homem de boas intenções, mas não de raciocínio rápido, não poderia mesmo me dar qualquer informação, acredito; pois estava confinado à casa, enquanto as meninas passeavam pela cidade inteira, fazendo as novas amizades que quisessem. E ele tentou convencer-me, tanto quanto ele mesmo estava convencido, de que sua filha não tinha tido nada a ver com a situação. Em resumo, não consegui descobrir nada, além de que ela havia sumido; todo o resto, por oito longos meses, foi apenas conjectura. O que pensei, o que temi, pode imaginar; e também o que sofri.

– Céus! – exclamou Elinor. – Será que... é possível que tenha sido Willoughby?

– A primeira notícia que tive dela – continuou ele – foi através de uma carta enviada por ela mesma, em outubro passado. Foi-me encaminhada de Delaford, e a recebi naquela manhã em que pretendíamos passear até Whitwell; foi este o motivo de minha partida tão repentina de Barton, o que tenho certeza que deve, naquele momento, ter parecido bastante estranho para todos, e o que acredito ter ofendido alguns. Mal podia o Sr. Willoughby imaginar, suponho eu, quando seu olhar me censurava por descortesia, ao descumprir o compromisso, que eu havia sido chamado para prestar socorro àquela que ele havia tornado infeliz e miserável; mas e se soubesse, que diferença teria feito? Ele teria ficado menos alegre ou risonho com os sorrisos de sua irmã? Não, ele já havia feito aquilo que nenhum homem com consideração pelos outros faria. Ele havia abandonado a garota, cuja juventude e inocência tinha seduzido, em uma situação de absoluta agonia, sem um lar adequado, sem ajuda ou amigos, ignorante de seu endereço! Ele a havia abandonado, prometendo voltar; não voltou, não escreveu, tampouco a prestou auxílio.

– É pior do que eu poderia ter imaginado! – exclamou Elinor.

– Seu caráter agora está diante de você: perdulário, libertino, e ainda pior do que isso. Sabendo de tudo isso, como sei há muitas semanas, imagine o que senti ao ver sua irmã tão apaixonada por ele quanto antes, e ao ficar sabendo que iria se casar com ele; imagine o que senti, por vocês todas. Quando a visite, na semana passada, e a encontrei sozinha, vim determinado a saber a verdade, apesar de não ter me decidido sobre o que fazer quando ficasse mesmo sabendo. Meu comportamento deve ter lhe parecido estranho, naquela ocasião; mas agora o compreenderá. Deixar que vocês todas fossem tão enganadas; ver sua irmã... mas o que eu poderia fazer? Não tinha esperanças de que minha interferência fosse bem sucedida, e às vezes pensava que a influência de sua irmã ainda poderia recuperá-lo. Mas agora, após este tratamento tão maldoso, quem pode dizer quais eram as intenções dele em relação a ela? Quaisquer que tenham sido, contudo, ela pode agora, e no futuro, sentir-se grata por sua situação, quando a comparar com a da minha pobre Eliza, quando considerar a situação infeliz e desesperançada desta pobre menina, e a imaginar, com um afeto por ele ainda tão forte, tão forte quanto o seu próprio, e com a mente atormentada pela culpa, que a acompanhará a vida toda. Ela sentirá que seu sofrimento não é nada. Não é o resultado de um comportamento inadequado, e não pode trazer-lhe qualquer desgraça. Pelo contrário, todos os seus amigos ficarão ainda mais próximos dela. Preocupação com sua infelicidade, e respeito por sua força perante a mesma, deverão fortalecer todas as suas relações. Use seu próprio critério, contudo, ao comunicá-la sobre tudo o que acabei de contar. Saberá melhor quais serão seus efeitos; mas seu eu não acreditasse, seriamente e do fundo do meu coração, que seria de alguma valia, que diminuiria a tristeza dela, não a teria incomodado com este relato de meus problemas familiares, que pode ter feito com que parecesse que tinha a intenção de enaltecer a mim mesmo, em comparação com os outros.

Os francos agradecimentos de Elinor seguiram-se a tal relato, acompanhados também pela garantia de que esperava que a comunicação do que havia acontecido seria muito útil para Marianne.

– Os esforços dela em inocentá-lo – disse ela – me causaram mais dor do que todo o resto; pois a afetam mais do que a perfeita convicção de que ele não vale nada. Agora, apesar de que ela vá sofrer muito, de início, estou certa de que logo se acalmará. Já encontrou o Sr. Willoughby, desde que se despediu dele em Barton? – perguntou ela, após um curto silêncio.

– Sim, – respondeu ele, gravemente, – uma vez. Um encontro foi inevitável.

Elinor, surpresa com seu tom, olhou para ele ansiosamente, dizendo:

– O que? Encontrou-se com ele para-

– Não poderia tê-lo encontrado de outra forma. Eliza havia confessado para mim, com relutância, o nome de seu amante; e, quando ele voltou à cidade, menos de uma quinzena depois de mim, marcamos um encontro, ele para defender, e eu para punir sua conduta. Retornamos incólumes, então ninguém nunca ficou sabendo do encontro.

A imaginada necessidade disso tudo arrancou de Elinor um suspiro; mas não ousou censurar um home, que também era um soldado, por isso.

– Esta – disse o Coronel Brandon, após uma pausa, – foi a infeliz semelhança entre os destinos de mãe e filha! E cumpri o dever que me foi confiado de forma tão imperfeita.

– Ela ainda está na cidade?

– Não; assim que terminou seu período de repouso, pois a encontrei prestes a dar à luz, a enviei, com a criança, para o interior, e lá ela permanece.

Lembrando-se, logo depois, que provavelmente estava privando a irmã de Elinor de sua companhia, terminou a visita, recebendo dela novamente seus agradecimentos, e deixando-a cheia de compaixão e estima por ele.

Capítulo 32

Quando os detalhes de tal conversa foram repetidos ela Srta. Dashwood à irmã, o que foi feito com bastante rapidez, o efeito sobre ela não foi exatamente o que a primeira havia esperado. Não que Marianne parecesse desconfiar da verdade de qualquer parte da história, pois ouviu tudo com a mais constante e submissa atenção, não fez qualquer objeção ou observação, não tentou defender Willoughby e parecia dizer, com suas lágrimas, que isso seria impossível. Mas, apesar de seu comportamento convencer Elinor de que a mente de sua irmã havia compreendido a culpa dele, apesar de ver, com satisfação, que a história fez com que parasse de evitar o Coronel Brandon quando visitava, com que falasse com ele, até mesmo voluntariamente, com um tipo de respeito compassivo, e apesar de ver que sua irmã estava menos irritada do que antes, não a viu menos infeliz. Sua mente se acalmou, mas estabeleceu-se em uma depressão melancólica. Sentiu a perda do caráter de Willoughby mais ainda do que havia sentido a perda de seu coração; sua sedução e abandono da Srta. Williams, a infelicidade da pobre garota, e a dúvida sobre quais teriam sido suas intenções para com ela mesma a atormentavam tanto, que ela não conseguia falar sobre o que sentia, nem mesmo com Elinor. Então, mergulhando sozinha em sua tristeza, causou mais dor à irmã do que poderia ter sido comunicada pela mais franca e frequente confissão da mesma.

Narrar os sentimentos ou as palavras da Sra. Dashwood, ao receber e responder a carta de Elinor, seria apenas repetir o que suas filhas já haviam sentido e dito; uma decepção quase que tão dolorosa quanto a de Marianne, e uma indignação ainda maior do que a de Elinor. Longas cartas enviadas por ela, em rápida sucessão, chegaram para contar tudo o que ela sofria e pensava; para expressar sua preocupação com Marianne, e pedir que aguentasse este infortúnio com força de vontade. A natureza da aflição de Marianne devia ser muito grande, mesmo, para que sua mãe falasse em força de vontade! Vergonhosa e humilhante devia ser a origem da tristeza, para que sua mãe pedisse que não cedesse a ela!

De encontro aos seus próprios interesses, a Sra. Dashwood havia decidido que seria melhor que Marianne ficasse em qualquer lugar, naquele momento, que não Barton, onde tudo à vista traria lembranças do modo mais forte e aflitivo, fazendo com que visse constantemente em Willoughby, como sempre o havia visto lá. Recomendou, portanto, que suas filhas não encurtassem, de jeito nenhum, sua visita à Sra. Jennings, o comprimento da qual, apesar de não ter sido estabelecido exatamente, esperava-se que totalizasse pelo menos cinco ou seis semanas. Uma variedade de ocupações, objetos e companhia, que não poderia ser obtida em Barton, seria inevitável na capital, e poderia, ela esperava, fazer com que Marianne se interessasse, ocasionalmente por coisas além de si mesma, e até mesmo se divertisse, apesar de tais ideias serem, naquele momento, rejeitadas por ela.

Do perigo de ver Willoughby novamente, sua mãe considerava que Marianne estava tão a salvo na cidade, quanto no interior, visto que todos os que a chamavam de amiga deveriam cortar relações com ele. Nunca se encontrariam de propósito; negligência não os exporia a uma surpresa, e coincidência seria menos provável de acontecer nas multidões de Londres, do que no isolamento de Barton, onde poderia fazer com que ele se encontrasse na presença dela, ao visitar Allenham, por ocasião de seu casamento, que a Sra. Dashwood, que antes acreditava ser um evento provável, já havia se forçado a esperar como certo.

Tinha um outro motivo para desejar que as filhas ficassem onde estavam: uma carta de seu enteado a havia informado que ele e sua esposa estariam na cidade antes do meio de fevereiro, e ela achava correto que elas vissem o irmão ocasionalmente.

Marianne havia prometido obedecer o conselho da mãe, e sujeitou-se a ele, portanto, sem oposição, apesar de ter sido diferente do que ela desejava e esperava. Sentia que tal conselho estava completamente errado, havia sido formado com base em um engano, e que, ao exigir que permanecesse por mais tempo em Londres, a privava do único alívio que poderia ter, o carinho de sua mãe em pessoa, e a condenava ao convívio e às situações que impediriam que tivesse um momento de sossego.

Mas era um grande consolo para ela que o que a aborrecia tanto, faria bem à sua irmã; e Elinor, por outro lado, suspeitando que não conseguiria evitar Edward inteiramente, confortou-se pensando que, apesar de sua estadia mais longa fosse contra sua própria felicidade, seria melhor para Marianne do que um imediato retorno a Devonshire.

Seu cuidado em proteger sua irmã de qualquer menção do nome de Willoughby não foi em vão. Marianne, apesar de inconsciente do fato, beneficiou-se muito disso, pois nem a Sra. Jennings, nem o Sir John, nem mesmo a própria Sra. Palmer, falaram dele na frente dela. Elinor gostaria que o mesmo esforço fosse feito para com ela própria, mas isso era impossível, e ela era obrigada a ouviu, dia após dia, a indignação de todos.

Sir John não acreditava que fosse possível. Um homem que ele sempre havia tido todos os motivos para estimar! Um camarada tão simpático! Ele não acreditava haver um cavaleiro mais ousado em toda a Inglaterra! Era um negócio inexplicável. Desejava que fosse para o inferno, do fundo de seu coração. Não dirigiria mais a palavra a ele, onde quer que o encontrasse, por nada neste mundo! Não, nem se estivessem no abrigo de caça em Barton, e ficassem de tocaia por duas horas juntos. Que camarada mais canalha! Que patife! Na última vez que se viram, ele havia até mesmo lhe oferecido um dos filhotes da Folly! E havia sido a última vez!

A Sra. Palmer, de seu modo, estava igualmente brava. Estava determinada a cortar relações com ele imediatamente, e muito grata por nunca ter tido qualquer relação com ele, para começo de conversa. Desejava de todo coração que Combe Magna não ficasse tão perto de Cleveland; mas não importava, pois era longe demais para que ela a visitasse. Odiava-o tanto, que estava decidida a nunca mais mencionar o nome dele, e contaria para todo mundo o quão imprestável ele era.

A Sra. Palmer demonstrou o resto de sua empatia obtendo todos os detalhes que pudesse sobre o casamento que se aproximava, e contando-os a Elinor. Logo já sabia dizer que oficina estava construindo a nova carruagem, que pintor estava fazendo o retrato de Willoughby e em que costureira as roupas da Srta. Grey poderiam ser vistas.

A despreocupação calma e educada de Lady Middleton, naquela ocasião, era um feliz alívio para o estado de espírito de Elinor, abatido como sempre estava pela gentileza clamorosa dos outros. Era um grande conforto para ela, estar certa de não despertar interesse em pelo menos uma pessoa, dentre seu círculo de amigos; um grande conforto saber que pelo menos um deles a veria, sem sentir a menor curiosidade sobre detalhes, ou qualquer preocupação com a saúde de sua irmã.

Toda qualidade é mais estimada, eventualmente, devido às circunstâncias do momento, do que seu verdadeiro valor; e ela ficava tão agastada com as oficiosas condolências, a ponto de achar que bons modos eram mais indispensáveis do que uma natureza bondosa.

Lady Middleton expressava sua opinião sobre o assunto mais ou menos uma vez por dia, ou duas, se o tema surgisse com frequência, dizendo: "É bastante chocante, mesmo!" e, com tal desabafo contínuo, porém suave, conseguiu não só ver as Srtas. Dashwood, desde o começo, sem a menor emoção, como também vê-las logo sem lembrar-se de uma palavra sobre a questão. Tendo, deste modo, apoiado a dignidade de seu próprio sexo, e censurado decididamente o que havia de errado com o outro, considerava-se livre para concentrar-se nas necessidades de suas próprias reuniões sociais, e decidiu, portanto (apesar de ir contra a opinião de Sir John), que, como a Sra. Willoughby seria, ao mesmo tempo, uma mulher elegante e rica, deixar seu cartão com ela, logo que se casasse.

As indagações delicadas e circunspectas do Coronel Brandon nunca eram mal recebidas pela Srta. Dashwood. Ele tinha mais do que conquistado o privilégio de conversar intimamente com ela sobre a decepção de sua irmã, através do zelo amigável com que tinha tentado amenizá-la, e sempre conversavam francamente. Sua principal recompensa pelo esforço doloroso que havia feito, ao divulgar suas tristezas passadas e humilhações atuais, chegou em forma do olhar de pena com que Marianne às vezes o observava, e a gentileza de sua voz, sempre que ela era obrigada (o que não acontecia sempre) ou se forçava a falar com ele. Isto garantiu-lhe que seu esforço havia produzido um aumento de boa-vontade para com ele, e fez com que Elinor esperasse que aumentasse ainda mais. Mas a Sra. Jennings, que não sabia de nada disso, sabendo somente que o Coronel continuava tão sério quanto sempre havia sido e que ela não conseguiria nem forçá-lo a pedir Marianne em casamento, nem oferecer-se para fazê-lo no lugar dele, começou a pensar, depois de dois dias, que ao invés de meados do verão, eles não estariam casados antes da festa de São Miguel, no fim de setembro, e, depois de uma semana, que não haveria casamento, no fim das contas. O bom entendimento entre o Coronel e a Srta. Dashwood parecia declarar que as honras da amoreira, do canal e da pérgola seriam transferidas para ela; e a Sra. Jennings parou de pensar, por algum tempo, sobre o Sr. Ferrars.

No início de fevereiro, uma quinzena depois do recebimento da carta de Willoughby, Elinor teve a difícil tarefa de informar sua irmã que ele havia se casado. Havia tomado o cuidado de fazer com que a informação fosse dada para ela mesma, pois estava desejosa de que Marianne não ficasse sabendo pelos jornais, que a via examinando ansiosamente todas as manhãs.

Recebeu a notícia com decidida compostura; não fez qualquer observação e não derramou lágrimas. Porém, após um tempo, caiu em prantos e passou o resto do dia em um estado tão lamentável quanto no dia em que começara a esperar pelo evento.

Os Willoughby saíram da cidade logo depois do casamento, e Elinor esperava, visto que não havia mais perigo de que Marianne visse qualquer um dos dois, convencer a irmã, que não havia saído de casa desde que tinha recebido o baque, a sair gradativamente, como tinha feito antes.

Mais ou menos nessa época, as duas Srtas. Steele, recém-chegadas à casa de sua prima em Bartlett's Buildings, no distrito de Holburn, apresentaram-se novamente a seus parentes mais elegantes, nas ruas Conduit e Berkeley, e foram recebidas por todos eles com grande cordialidade.

Somente Elinor lamentou vê-las. Sua presença sempre lhe causava dor, e ela mal sabia como dar uma resposta graciosa ao comentário de Lucy, feito com grande deleite, sobre o fato de ela ainda estar na capital.

– Eu teria ficado bastante decepcionada, se não visse que ainda estava aqui – disse ela repetidas vezes, com forte ênfase na palavra. – Mas sempre achei que fosse mesmo vê-la. Tinha quase certeza de que você não sairia de Londres tão cedo; apesar de ter me contado, sabe, em Barton, que não ficaria mais do que um mês. Mas pensei, naquela época, que você provavelmente mudaria de ideia, quando chegasse a hora. Teria sido uma pena ir embora antes de seu irmão e sua cunhada chegarem. E agora, claro que não terá pressa para ir. Estou extremamente contente, por você não ter cumprido sua palavra.

Elinor a havia compreendido perfeitamente, e foi forçada a usar todo o seu autocontrole para fazer parecer que não tinha.

– Bem, minha cara, – disse a Sra. Jennings, – como foi sua viagem?

– Não viemos de diligência, asseguro-lhe – respondeu a Srta. Steele, com rápida exultação. – Viemos de carruagem postal o caminho todo, e tivemos um rapaz bastante elegante nos acompanhando. O Sr. Davies estava vindo para a capital, então pensamos em nos juntarmos a ele na carruagem alugada; ele se comportou de forma bastante cavalheiresca, e pagou dez ou doze xelins a mais do que nós.

– Oh! – exclamou a Sra. Jennings. – Que maravilha! E o reverendo é solteiro, suponho.

– Ora, ora, – disse a Srta. Steele, com um sorriso afetado, – todos tiram sarro de mim por causa do doutor, e não consigo imaginar o porquê. Minhas primas disseram que têm certeza que o conquistei; mas declaro que nunca penso nele. "Céus! Aí vem seu pretendente, Nancy", minha prima disse, outro dia, quando o viu atravessando a rua em direção à nossa casa. "Meu pretendente!", disse eu, "não sei a quem se refere. O doutro não é nada disso".

– Sim, sim, falou muito bem. Mas não adianta: o reverendo é o homem, estou vendo.

– Não, verdade! – respondeu sua prima, com franqueza afetada. – Rogo-lhe que não me contradiga, se ouvir alguém falar sobre o assunto.

A Sra. Jennings assegurou-lhe de que certamente a contradiria, e a Srta. Steele ficou completamente contente.

– Suponho que irão se hospedar com seu irmão e sua cunhada, Srta. Dashwood, quando chegarem à cidade – disse Lucy, voltando, após uma pausa nas indiretas hostis, ao ataque.

– Não, acho que não iremos.

– Oh, sim, ouso dizer que irão.

Elinor não lhe deu a satisfação de continuar contestando.

– Que bom que a Sra. Dashwood consegue ficar sem vocês duas por tanto tempo!

– Tanto tempo! – interpôs a Sra. Jennings. – Como assim, a visita delas acabou de começar!

– Sentimos por não poder ver sua irmã, Srta. Dashwood – disse a Srta. Steele. – Sentimos por ela não estar bem... – Marianne havia deixado a sala, quando chegaram.

– Quanta gentileza. Minha irmã ficará igualmente sentida por perder o prazer de vê-las, mas tem sofrido muito ultimamente com dores de cabeça de nervoso, que fazem com que não possa receber visitas ou conversar.

– Oh, céus, que pena! Mas amigas antigas, como Lucy e eu! Penso que ela poderia nos ver, e tenho certeza que não falaríamos uma palavra.

Elinor, com muita cortesia, recusou a proposta. Sua irmã estaria, talvez, deitada ou de roupão, e, portanto, não poderia vir até elas.

– Oh, mas se é só isso, – exclamou a Srta. Steele, – nós poderíamos muito bem subir para vê-la.

Elinor começou a achar essa impertinência demais para seu temperamento, mas foi poupada de ter que pôr um fim a ela pela reprimenda severa de Lucy, que naquele momento, assim como em muitas ocasiões, apesar de não refinar os modos de uma irmã, tinha a vantagem de conseguir controlar os da outra.

Capítulo 33

Após alguma resistência, Marianne cedeu aos pedidos da irmã e concordou em sair com ela e com a Sra. Jennings uma manhã, por meia hora. Impôs a condição expressa, contudo, de que não faria visitas, e só as acompanharia até a loja Gray's, em Sackville Street, onde Elinor estava negociando a troca de algumas joias antiquadas de sua mãe.

Quando pararam em frente à loja, a Sra. Jennings lembrou-se de que havia uma senhora, que morava na outra ponta da rua, que precisava visitar; e, como não tinha o que fazer na Gray's, ficou decidido que, enquanto suas jovens amigas resolviam seus assuntos, ela faria sua visita e voltaria para buscá-las.

Ao subir as escadas, as Srtas. Dashwood se depararam com tantas pessoas na loja que não havia nenhum funcionário livre para pegar seu pedido, e foram obrigadas a esperar. Tudo o que podiam fazer era sentar do lado do balcão que parecia estar indo mais rápido; um cavalheiro estava de pé naquela parte, e seria provável que Elinor conseguisse apelar para a educação dele, de modo que terminasse seus negócios rapidamente. Mas a precisão de seu olhar, e a delicadeza de seu gosto, se mostraram maiores do que sua educação. Ele estava encomendando um paliteiro para si mesmo, e até que o tamanho, o formato e os ornamentos do mesmo fossem determinados, todos os quais, após examinar e debater, por quinze minutos, todos os paliteiros da loja, foram finalmente arranjados de acordo com sua imaginação rebuscada, ele não teve tempo de prestar atenção nas duas damas, a não ser com três ou quatro olhares bastante gerais, um tipo de atenção que fez com que Elinor se lembrasse dele como uma pessoa de feições fortes e naturais e acentuada insignificância, apesar de estar adornado com o que havia de mais novo na moda.

Marianne foi poupada dos inquietantes sentimentos de desdém e ressentimento, diante de tal exame das características das duas e da fatuidade de seus modos ao analisar todos os horríveis paliteiros diferentes apresentados para sua inspeção, permanecendo inconsciente de tudo, pois ela era tão capaz de concentrar-se somente em seus próprios pensamentos, e ignorar tudo o que se passava ao seu redor, tão bem na loja do Sr. Gray, quanto em seu próprio quarto.

O cavalheiro finalmente decidiu-se. Pediu o marfim, o ouro e as pérolas e, tendo declarado o último dia em que sua existência poderia continuar sem a posse do paliteiro, colocou as luvas com cuidado vagaroso e, lançando outro olhar às Srtas. Dashwood, mas um que parecia exigir, ao invés de expressar, admiração, saiu com um ar alegre de verdadeiro convencimento, e afetada indiferença.

Elinor não perdeu tempo em declarar seu objetivo, e estava a ponto de concluí-lo, quando outro cavalheiro apareceu ao seu lado. Voltou o olhar para seu rosto e descobriu, com alguma surpresa, que era seu irmão.

Seu afeto e prazer em encontrarem uns aos outros era o mínimo suficiente para uma demonstração bastante aceitável na loja do Sr. Gray. John Dashwood estava, mesmo, muito longe de lamentar ver suas irmãs novamente; elas estavam satisfeitas; e as perguntas que ele fez sobre a mãe delas foram respeitosas e atenciosas.

Elinor descobriu que ele e Fanny haviam chegado na capital há dois dias.

– Queria muito tê-las visitado ontem, – disse ele, – mas foi impossível, pois tivemos que levar o Harry para ver os animais selvagens em Exeter Exchange, e passamos o resto do dia com a Sra. Ferrars. Harry ficou muito contente. Hoje de manhã, tinha toda a intenção de visitá-las, se conseguisse tirar meia hora de folga, mas sempre temos tanto o que fazer, logo que chegamos na cidade. Vim aqui para encomendar um carimbo feito sob medida para Fanny. Mas amanhã certamente poderei fazer uma visita a Berkeley Street, e ser apresentado à sua amiga, Sra. Jennings. Me disseram que é uma mulher muito rica. E os Middleton também, precisam me apresentar a ele. Como parentes da minha madrasta, terei prazer em prestar meus respeitos a ele. São excelentes vizinhos para vocês, no interior, fiquei sabendo.

– Excelentes, mesmo. Sua preocupação com nosso conforto, sua simpatia sob todos os aspectos, são maiores do que posso expressar.

– Fico muito feliz em ouvir isso, asseguro-lhe, muito feliz, mesmo. Mas assim deveria ser; são pessoas de grande fortuna e também seus parentes, e pode-se esperar deles toda cortesia e amenidade para fazer com que a situação de vocês seja confortável. Então se estabeleceram muito confortavelmente em seu pequeno chalé, e não precisam de nada! Edward nos fez um relato dos mais encantadores sobre o lugar: é o chalé mais completo possível, disse ele, e todas vocês pareciam gostar dele mais do que tudo. Foi uma grande satisfação para nós ouvi-lo, asseguro-lhe.

Elinor ficou com um pouco de vergonha do irmão, e não lamentou ser poupada da necessidade de responder a ele pela chegada do criado da Sra. Jennings, que havia vindo para dizer que sua senhora as aguardava na porta.

O Sr. Dashwood as acompanhou até a saída, foi apresentado à Sra. Jennings na porta de sua carruagem e, repetindo sua esperança de conseguir visitá-las no dia seguinte, despediu-se.

Sua visita foi devidamente feita. Ele chegou com uma suposta desculpa em nome da esposa, por não ter vindo junto; "ela tinha tantos compromissos com a mãe, que não teria tempo livre para ir a qualquer lugar". A Sra. Jennings, contudo, assegurou-lhe imediatamente que ela não queria cerimônias, pois eram todos primos, ou algo do tipo, e certamente visitaria a Sra. Dashwood muito em breve, e levaria suas irmãs para vê-la. Os modos dele para com as irmãs, apesar de calmos, foram perfeitamente corteses; para com a Srta. Jennings, extremamente atenciosos e civilizados. E, tendo o Coronel Brandon chegado logo depois dele mesmo, o observou com uma curiosidade que parecia dizer que ele só estava esperando para descobrir se ele era rico, para que fosse igualmente bem-educado para com ele.

Após passar meia hora com eles, pediu a Elinor que caminhasse com ele a Conduit Street e apresentasse-o a Sir John e Lady Middleton. O tempo estava surpreendentemente bom, e ela consentiu prontamente. Assim que saíram da casa, começou a fazer perguntas.

– Quem é o Coronel Brandon? Ele é um homem de fortuna?

– Sim; tem uma propriedade muito boa no condado de Dorset.

– Fico feliz. Ele parece ser bastante cavalheiresco; e penso, Elinor, que posso parabenizá-la pela perspectiva de um estabelecimento bastante respeitável.

– Eu, irmão! O que quer dizer?

– Ele gosta de você. O observei de perto, e estou convencido disso. Qual é o tamanho de sua fortuna?

– Acredito que duas mil libras por ano.

– Duas mil libras por ano – repetiu, e então, entusiasmando-se até chegar a um nível de exuberante generosidade, acrescentou: – Elinor, desejaria do fundo do coração que fosse o dobro, pelo seu bem.

– Acredito em você, – respondeu Elinor, – mas tenho certeza de que o Coronel Brandon não tem o menor desejo de se casar comigo.

– Está enganada, Elinor, está redondamente enganada. Um pouquinho de esforço de sua parte o conquistaria. Talvez, neste momento, ele possa não ter se decidido; a pequenez de sua fortuna pode fazer com que ele hesite. Seus amigos podem todos aconselhá-lo do contrário, mas algumas daquelas pequenas atenções e encorajamentos que as damas dão tão facilmente o conquistarão, por mais que ele não o queira. E não há motivos para que você não tente conquistá-lo. Não podemos supor que haja qualquer relacionamento prévio, de sua parte – quero dizer, haver qualquer relacionamento deste tipo está fora de questão, as objeções são insuperáveis – você é sensata demais para não ver tudo isso. O Coronel Brandon deve ser o homem; e nenhuma cortesia de minha parte ficará faltando, para fazer com que ele se agrade com você e sua família. É uma união que trará satisfação a todos. Em resumo, é o tipo de coisa que – disse ele, abaixando a voz até chegar a um sussurro cheio de importância – seria extremamente bem-vinda para todas as partes. – Recompondo-se, contudo, ele disse: – Quer dizer, estava me referindo a... seus amigos estão todos verdadeiramente ansiosos por vê-la bem estabelecida; Fanny, especialmente, pois ela tem seus interesses em alta conta, asseguro-lhe. E a mãe dela, também, a Sra. Ferrars, uma mulher bastante simpática, tenho certeza que daria um enorme prazer a ela, ela disse isso, outro dia.

Elinor não ousou dar qualquer resposta.

– Seria notável, – continuou ele, – divertido, se Fanny tivesse um irmão e eu uma irmã se casando ao mesmo tempo. E contudo, não parece muito improvável.

– O Sr. Edward Ferrars vai se casar? – perguntou Elinor, resoluta.

– Não está nada decidido, ainda, mas está havendo um rebuliço. Ele tem uma mãe excelente, a Sra. Ferrars, que é bastante generosa, e dará a ele mil libras por ano, se a união ocorrer. A senhorita é a Honorável Srta. Morton, filha única do falecido Lorde Morton, que possui trinta mil libras. Uma união bastante desejável de ambos os lados, e não tenho dúvidas de que ocorrerá logo. Mil libras por ano é uma quantia generosa para uma mãe dar, conceder para sempre; mas a Sra. Ferrars tem um espírito nobre. Para dar a você uma outra ideia de sua generosidade, outro dia, logo que chegamos na capital, ciente de que não podíamos estar muito bem de dinheiro no momento, ela colocou duzentas libras na mão de Fanny. E é um presente extremamente razoável, pois temos um custo de vida muito alto, enquanto estamos aqui.

Ele pausou para que ela demonstrasse sua concordância e compaixão, então Elinor forçou-se a dizer:

– Suas despesas na cidade e no interior devem, certamente, ser consideráveis; mas sua renda é grande.

– Não tão grande, ouso dizer, quanto muitos supõem. Não quero reclamar, contudo; é indubitavelmente confortável, e espero que melhore. O cercamento do bosque de Norland, que está sendo feito agora, é uma despesa das mais sérias. Além disso, fiz uma pequena compra neste último semestre: a fazenda East Kingham, você deve se lembrar do lugar, onde Gibson costumava morar. As terras eram tão desejáveis para mim, sob todos os aspectos, tão próximas das minhas próprias, que senti ser meu dever comprá-las. Eu não poderia ter deixado que caíssem em outras mãos com a consciência tranquila. Um homem deve pagar por sua conveniência; e me custou mesmo muito dinheiro.

– Mais do que você acha que valem, real e intrinsicamente.

– Ora, espero que não. Eu poderia tê-las vendido novamente, no dia seguinte, por muito mais do que paguei; mas quanto ao dinheiro para a compra, eu poderia ter sido muito desafortunado, pois as ações estavam tão baixas, naquela época, que se eu não tivesse a quantia necessária nas mãos do meu banco, eu teria vendido com uma grande perda.

Elinor só pode sorrir.

– Tivemos outras despesas, também, grandes e inevitáveis, quando primeiro nos instalamos em Norland. Nosso estimado pai, como você bem sabe, deixou todas as posses vindas de Stanhill, que permaneciam em Norland (e que eram bastante valiosas) para sua mãe. Longe de mim criticá-lo por ter feito isso; ele tinha o indubitável direito de dispor de suas posses como queria, mas, em consequência disso, fomos forçados a fazer grandes compras de roupas de cama, porcelana, etc., para repor o que foi levado. Você pode adivinhar, depois de todas essas despesas, o quão longe estamos de sermos ricos, e quão aceitável é a gentileza da Sra. Ferrars.

– Certamente, – disse Elinor, – e, auxiliados pela generosidade dela, espero que cheguem a viver em conforto.

– Mais ou ano ou dois poderá fazer toda a diferença – ele respondeu, seriamente, – mas ainda há muito a ser feito. Ainda não assentamos uma única pedra da estufa de Fanny, e só marcamos o local onde será colocado o jardim de flores.

– Onde a estufa será construída?

– Sobre aquele monte, atrás da casa. Todas as velhas nogueiras serão arrancadas, para abrir espaço. Será uma bela vista, de muitas partes da propriedade, e o jardim descerá o monte logo atrás dela, e ficará extremamente bonito. Tiramos todos os velhos espinheiros que cresciam em moitas sobre a inclinação.

Elinor manteve sua preocupação e admoestações para si mesma, e ficou muito feliz por Marianne não estar presente, para compartilhar sua irritação.

Tendo dito o suficiente para deixar clara sua pobreza, e livrar-se da necessidade de comprar um par de brincos para cada uma de suas irmãs, da próxima vez que visitasse a loja do Sr. Gray, seus pensamentos tomaram um rumo mais animado, e ele começou a parabenizar Elinor por ter uma amiga como a Sra. Jennings.

– Ela parece ser uma mulher bastante valiosa – sua casa, seu estilo de vida, tudo demonstra uma renda extremamente boa; e é uma relação que não só tem sido muito útil para vocês até agora, como também pode se mostrar materialmente vantajosa, no futuro. Ela tê-las convidado para vir à capital é certamente um grande ponto a favor de vocês; e, na verdade, demonstra tamanho afeto por vocês que, quando ela falecer, não serão esquecidas. Ela deve ter muito o que deixar de herança.

– Não tem nada, eu suporia; pois ela tem somente sua pensão, que reverterá para suas filhas.

– Mas não podemos imaginar que ela gaste todo seu dinheiro. Poucas pessoas razoavelmente prudentes fazem isso; e o que quer que ela economize, será dela para fazer o que quiser.

– E não acha mais provável que ela deixe para as filhas, do que para nós?

– As filhas delas estão extremamente bem casadas e, portanto, não vejo necessidade dela fazer mais por elas. Enquanto isso, em minha opinião, tendo ela demonstrado tamanha atenção para com vocês e tratado as duas desta forma, ela lhes deu um certo tipo de expectativa de consideração futura, que uma mulher de consciência não poderia deixar de lado. Nada poderia ser mais gentil do que seu comportamento, e ela não pode fazer tudo isso sem se dar conta da perspectiva que cria.

– Mas não cria nenhuma, nas pessoas mais interessadas. Assevero, irmão, que sua ansiedade por nosso bem-estar e prosperidade o estão levando longe demais.

– Ora, certamente, – disse ele, parecendo recompor-se, – as pessoas têm pouco, muito pouco, em seu poder. Mas minha cara Elinor, qual é o problema com Marianne? Ela parece estar bastante mal, está pálida e emagreceu muito. Ela está doente?

– Ela não está bem, está com um problema nervoso há algumas semanas.

– Sinto muito por isso. Em sua idade, qualquer doença destrói a vivacidade para sempre! A dela foi bem curta! Setembro passado, ela era a garota mais bonita que já havia visto, e com grandes probabilidades de arranjar um marido. Havia algo em seu tipo de beleza que agrada particularmente os homens. Lembro que Fanny me disse que ela casaria antes e arranjaria um marido melhor do que você; não que ela não seja extremamente afeiçoada a você, só foi uma ideia que lhe ocorreu. Ela estará enganada, contudo. Me pergunto se Marianne agora se casará com um homem que valha mais do que quinhentas ou seiscentas libras por ano, no máximo, e ficarei muito surpreso se você não se sair melhor. Condado de Dorset! Conheço muito pouco de Dorset; mas minha cara Elinor, ficarei muito feliz em conhecer mais. E penso que posso me comprometer, em meu próprio nome e no de Fanny, que estaremos entre os que te visitarão mais cedo e com mais alegria.

Elinor tentou muito convencê-lo de que não havia a menor probabilidade de se casar com o Coronel Brandon; mas ele se comprazia demais com a ideia para abrir mão da mesma, e estava resolvido a fazer amizade com aquele cavalheiro, e promover o casamento através de todas as cortesias possíveis. Tinha o mínimo de remorso por não ter feito, ele mesmo, nada por suas irmãs, para ficar extremamente desejoso de que todos os outros fizessem bastante; e um pedido de casamento do Coronel Brandon, ou uma herança da Sra. Jennings eram os meios mais fáceis de compensar sua própria negligência.

Tiveram a sorte de encontrar Lady Middleton em casa, e Sir John chegou antes que a visita acabasse. Uma abundância de civilidade jorrou de ambos os lados. Sir John estava sempre pronto para gostar de todos e, apesar de o Sr. Dashwood não parecer entender muito de cavalos, ele logo o tachou de simpático, enquanto que Lady Middleton viu elegância o suficiente em sua aparência para considerar que sua amizade valia a pena. E o Sr. Dashwood partiu muito satisfeito com ambos.

– Terei uma bela descrição para dar a Fanny – disse ele, enquanto caminhava de volta com a irmã. – Lady Middleton é uma mulher assaz elegante! Do tipo de mulher que tenho certeza que Fanny gostaria de conhecer. E a Sra. Jennings, também, uma mulher com um comportamento extremamente correto, apesar de não ser tão elegante quanto a filha. Sua cunhada não precisará ter qualquer escrúpulo em ir visitá-la, o que, para dizer a verdade, foi um pouco o caso; é claro, pois só sabíamos que a Sra. Jennings era a viúva de um homem que ganhou todo o seu dinheiro de forma pouco refinada. E Fanny e a Sra. Ferrars estavam fortemente convencidas de que nem ela, nem suas filhas eram o tipo de mulher com quem Fanny gostaria de se associar. Mas agora posso levar a ela um relato muito satisfatório sobre ambas.

Capítulo 34

A Sra. John Dashwood tinha tanta confiança no julgamento do marido que visitou, no dia seguinte, a Sra. Jennings e sua filha; e sua confiança foi recompensada pela descoberta de que a primeira, a mulher com quem suas cunhadas estavam hospedadas, não era, de forma alguma, indigna de sua atenção; quanto a Lady Middleton, achou-a uma das mulheres mais encantadoras do mundo!

Lady Middleton ficou igualmente satisfeita com a Sra. Dashwood. Havia um tipo de egoísmo frio de ambos os lados que as atraiu mutuamente; e simpatizaram uma com a outra devido à propriedade insípida de seus modos e falta de intelecto em geral.

Contudo, os mesmos modos que fizeram com que Lady Middleton formasse uma boa opinião da Sra. John Dashwood não caíram bem com a Sra. Jennings, e para ela, ela pareceu ser nada mais do que uma mulherzinha de aparência orgulhosa e modos pouco cordiais, que encontrou-se com suas cunhadas sem qualquer afeição, não tendo dito quase nada a elas; pois, dos quinze minutos que teve a bondade de passar em Berkeley Street, sentou-se em silêncio por quase sete e meio.

Elinor queria muito saber, apesar de não ter perguntado, se Edward estava na capital; mas nada teria feito com que Fanny voluntariamente mencionasse seu nome na frente dela, até poder dizer a ela que seu casamento com a Srta. Morton havia sido decidido, ou até que as expectativas de seu marido em relação ao Coronel Brandon fossem atendidas; pois ela acreditava que Elinor e Edward continuavam tão afeiçoados um ao outro que nenhuma separação, por palavras e atos, seria demais. A informação que ela não quis dar, contudo, logo veio de outro canto. Lucy logo chegou para pedir a compaixão de Elinor por não poder ver Edward, apesar de ele ter chegado na cidade com o Sr. e a Sra. Dashwood. Ele não ousava ir até Bartlett's Buildings por medo de ser descoberto e, apesar de sua impaciência mútua para se encontrarem, não pôde ser convencido, não podiam fazer nada, naquele momento, a não ser enviarem cartas um ao outro.

Edward logo as assegurou, ele mesmo, de sua presença na cidade, visitando-as em Berkeley Street duas vezes. Duas vezes seu cartão foi encontrado sobre a mesa, quando voltaram de seus compromissos matinais. Elinor ficou feliz por ele ter passado lá, e ainda mais feliz por terem se desencontrado.

Os Dashwood ficaram tão deleitados com os Middleton que, apesar de não terem o hábito de dar nada, resolveram dar a eles... um jantar; e, logo após conhecê-los, os convidaram a ir a Harley Street, onde haviam alugado uma casa muito bonita por três meses. Suas irmãs e a Sra. Jennings também foram convidadas, e John Dashwood certificou-se de chamar o Coronel Brandon, que, sempre feliz de estar onde as Srtas. Dashwood estivessem, recebeu sua ávida cortesia com um pouco de surpresa, mas com muito mais prazer. Iriam conhecer a Sra. Ferrars, mas Elinor não conseguiu descobrir se seus filhos fariam parte do grupo. A expectativa de vê-la, contudo, era o suficiente para fazer com que se interessasse pelo compromisso, pois, apesar de agora poder conhecer a mãe de Edward sem a forte ansiedade que outrora ameaçara fazer parte de tal apresentação, e apesar de poder, agora, vê-la com perfeita indiferença quanto a sua opinião sobre si, seu desejo de estar na presença da Sra. Ferrars, e sua curiosidade por saber como ela era, continuavam tão fortes quanto nunca.

O interesse com que aguardava o jantar logo aumentou, com mais força do que prazer, ao descobrir que as Srtas. Steele também estariam lá.

Elas haviam agradado tanto Lady Middleton, e sua assiduidade havia sido tão aprazível para ela, que, apesar de Lucy certamente não ser tão elegante, e sua irmã nem mesmo uma dama, ela estava tão pronta quanto Sir John para convidá-las a passar uma semana ou duas em sua casa em Conduit Street; e calhou de ser particularmente conveniente para as Srtas. Steele, assim que ficaram sabendo sobre o convite da família Dashwood, que sua visita começasse alguns dias antes da data do jantar.

Suas pretensões em relação à atenção da Sra. John Dashwood, na qualidade de sobrinhas do homem que, por muitos anos, educara seu irmão, não teria sido de muita valia para obter lugares à sua mesa; mas, como hóspedes de Lady Middleton, tinha que ser recebidas. E Lucy, que há muito queria conhecer a família pessoalmente, observar mais de perto suas personalidades e as dificuldades que ela própria teria, e ter a oportunidade de tentar agradá-los, raramente havia sido mais feliz em sua vida do que foi ao receber o cartão de visitas da Sra. John Dashwood.

Sobre Elinor, o efeito foi diferente. Começou imediatamente a conjecturar que Edward, que morava com a mãe, devia ter sido convidado junto com ela, para um jantar dado pela irmã; e vê-lo pela primeira vez depois de tudo o que havia acontecido, em companhia de Lucy! Ela mal sabia como iria aguentar.

Estas apreensões não eram, talvez, baseadas inteiramente na razão, e certamente que não na verdade. Foram aliviadas, contudo, não por ela mesma ter se recomposto, e sim pela boa vontade de Lucy, que acreditava estar infligindo uma grave decepção ao contar a ela que Edward certamente não estaria em Harley Street na terça-feira, e esperava causar ainda mais dor convencendo-a de que ele se manteria afastado devido a seu extremo afeto por ela, que ele não conseguia esconder quando estavam juntos.

A importante terça-feira, que ia apresentar as duas jovens damas à formidável sogra, chegou.

– Ai de mim, Srta. Dashwood! – disse Lucy, enquanto subiam as escadas juntas, pois os Middleton chegaram tão imediatamente após a Sra. Jennings, que todos seguiram o criado ao mesmo tempo. – Não há ninguém, exceto você, que poderia sentir pena de mim. Declaro que mal posso ficar de pé. Céus! Dentro de instantes verei a pessoa da qual toda a minha felicidade depende – que será minha mãe!

Elinor poderia tê-la aliviado imediatamente, sugerindo a possibilidade de ser a mãe da Srta. Morton que estavam prestes a ver, e não a sua; mas, ao invés de fazer isso, assegurou a ela, com grande sinceridade, que sentia pena dela – para a completa surpresa de Lucy, que, apesar de estar verdadeiramente desconfortável, esperava ser, pelo menos, um objeto de irreprimível inveja por parte de Elinor.

A Sra. Ferrars era uma mulher pequena e magra, empertigada a ponto de ser formal, e séria a ponto de ser azeda. Sua pele era amarelada, e suas feições pequenas, sem beleza, e naturalmente sem expressão. Mas uma feliz contração do cenho havia salvo seu rosto da desgraça da insipidez, dando a ele as fortes características do orgulho e da antipatia. Ela não era uma mulher de muitas palavras, pois, ao contrário das pessoas em geral, ela as dividia proporcionalmente entre a quantidade de suas ideias, e das poucas sílabas que lhe escapavam, nenhuma foi dirigida à Srta. Dashwood, quem observou com a determinação vivaz de detestar, em todos os casos.

Naquele momento, Elinor não ficou infeliz com tal comportamento. Alguns meses antes, teria ficado extremamente magoada; mas agora, não estava mais no poder da Sra. Ferrars afligi-la, e a diferença de seus modos para com as Srtas. Steele, diferença esta que parecia ser proposital para fazer com que se sentisse ainda mais humilhada, só a divertiu. Ela não pôde deixar de sorrir ao ver a graciosidade da mãe e da filha para com a pessoa – pois Lucy era particularmente distinguida – que, de todas as outras, se soubessem tanto quanto Elinor sabia, elas mais iriam querer degradar; enquanto que ela mesma, que não tinha, comparativamente, qualquer poder de feri-las, era claramente desprezada por ambas. Porém, enquanto sorria ao testemunhar uma graciosidade tão mal aplicada, não pôde deixar de refletir sobre a tolice maldosa que dava origem à mesma, tampouco de observar as atenções calculadas que as Srtas. Steel usavam para fazer com que continuasse, sem desprezar profundamente todas as quatro.

Lucy ficou exultante por ter sido destacada com tanta honra, e a Srta. Steele só precisaria que alguém fizesse uma piada sobre ela e o Sr. Davies para ficar perfeitamente feliz.

O jantar foi imponente, os criados eram numerosos, e tudo demonstrava a inclinação da anfitriã para o espetáculo, e a capacidade do anfitrião de pagar por ele. Apesar das melhorias e acréscimos que estavam fazendo a Norland, e a despeito de seu proprietário quase ter sido obrigado a vender suas posses com prejuízo, por causa de mil libras, nada indicava a indigência que ele havia tentado inferir da situação; não parecia haver qualquer pobreza, exceto de conversa – mas neste quesito, a deficiência era considerável. John Dashwood não tinha muito a dizer que fosse digno de ouvir, e sua esposa tinha ainda menos. Mas não havia qualquer problema em especial com isso; pois era o caso da maioria de seus visitantes, que tinham, quase todos, uma ou outra desqualificação para serem agradáveis – falta de sensatez, natural ou por educação, falta de elegância, falta de personalidade ou falta de temperamento.

Quando as senhoras retiraram-se para a sala de estar, após o jantar, esta pobreza ficou particularmente evidente, pois os cavalheiros haviam dado à conversa alguma variedade – a variedade de política, cercamento de terras e treinamento de cavalos. Porém, quando tudo terminou, um único assunto ocupou as senhoras até que o café fosse trazido, a comparação entre as alturas de Harry Dashwood e do segundo filho de Lady Middleton, William, que tinham quase a mesma idade.

Se as duas crianças estivessem lá, o assunto poderia ter sido facilmente determinado, medindo-os imediatamente; mas como só Harry estava presente, era tudo conjectura, de ambos os lados, e todos tinham o direito de estar igualmente firmes em suas opiniões, e repeti-las de novo, e de novo, o quanto quisessem.

Os grupos se dividiram da seguinte maneira:

As duas mães, apesar de estarem, na verdade, convencidas de que seu próprio filho era o mais alto, educadamente decidiram em favor da outra.

As duas avós, com tanta parcialidade quanto as mães, mas com mais sinceridade, foram igualmente francas em apoio de seu próprio descendente.

Lucy, que estava ansiosa por agradar ambas as mães, achou os dois meninos incrivelmente altos para a idade, e não podia admitir que havia a menor diferença entre eles; e a Srta. Steele, com ainda mais afã, defendeu ambos os lados, o mais rápido que pôde.

Elinor, tendo dado, uma vez, sua opinião em favor de William, com o que ofendeu a Sra. Ferrars e Fanny ainda mais, não viu necessidade em reforçá-la com qualquer declaração adicional; e Marianne, quando instada a dar a sua, ofendeu-as todas, declarando que não tinha opinião para dar, visto que nunca havia pensado no assunto.

Antes de sair de Norland, Elinor havia pintado um lindo par de telas para sua cunhada, as quais, tendo sido trazidas e montadas, ornamentavam sua atual sala de estar; e essas telas, chamando a atenção de John Dashwood quando seguiu os outros cavalheiros até a sala, foram oficiosamente entregues por ele ao Coronel Brandon, para que as admirasse.

– Foram feitas por minha irmã mais velha, – disse ele, – e você, um homem de bom gosto, as apreciará, ouso dizer. Não sei se já teve a oportunidade de ver sua obra antes, mas ela é, em geral, considerada uma ótima desenhista.

O Coronel, apesar de negar qualquer pretensão de ser um conhecedor, admirou as telas calorosamente, como teria feito com qualquer coisa pintada pela Srta. Dashwood. E, a curiosidade dos outros tendo sido atiçada, as telas foram passadas de mão em mão, para inspeção geral. A Sra. Ferrars, sem saber que eram trabalho de Elinor, pediu especificamente que pudesse vê-las e, após terem recebido o testemunho gratificante da aprovação da Lady Middleton, Fanny as apresentou à mãe, ao mesmo tempo que informava-a, com consideração, de que haviam sido feitas pela Srta. Dashwood.

– Hum, – disse a Sra. Ferrars, – muito bonitas. – E, sem nem mesmo olhar para elas, devolveu-as à filha.

Talvez Fanny tenha pensado, por um momento, que sua mãe havia sido rude o suficiente, pois disse imediatamente, corando um pouco:

– São bem bonitas, senhora, não são? – Mas então, o medo de ter sido cortês ou encorajadora demais provavelmente tomou conta dela, pois acrescentou: – Não acha que são parecidas com o estilo de pintura da Srta. Morton, senhora? Ela pinta extremamente bem! Que linda ficou sua última paisagem.

– Linda, mesmo! Mas ela faz tudo extremamente bem.

Marianne não pôde aguentar isso. Já estava muito aborrecida com a Sra. Ferrars, e este elogio intempestivo a outra pessoa, às custas de Elinor, apesar de ela não saber o que as duas haviam querido dizer com isso, a provocou imediatamente a dizer, com animação:

– Que admiração peculiar! O que a Srta. Morton tem a ver conosco? Quem a conhece, ou quem se importa com ela? É em Elinor que pensamos e de quem falamos.

Ao dizer isso, tirou as telas das mãos da cunhada para admirá-las ela mesma, como deveriam ser admiradas.

A Sra. Ferrars pareceu ficar extremamente nervosa, e, empertigando-se mais do que nunca, pronunciou, em resposta, a seguinte invectiva amarga:

– A Srta. Morton é a filha do Lorde Morton.

Fanny também parecia estar bastante brava, e seu marido ficou aterrorizado com a audácia de sua irmã. Elinor ficou muito mais magoada com a veemência de Marianne do que por sua causa; mas os olhos do Coronel Brandon, fixos em Marianne, mostravam que ele só havia percebido o que havia de amável em seu ato, o coração afetuoso que não suportava ver sua irmã desprezada, por menos que fosse.

Os sentimentos de Marianne não pararam por aí. A fria insolência do comportamento em geral da Sra. Ferrars para com sua irmã, parecia, para ela, prever dificuldades e problemas para Elinor, no que seu coração machucado a havia ensinado pensar com horror; e, instada por um forte impulso de afetuosa sensibilidade, foi até a cadeira da irmã, após um momento, e, colocando um braço ao redor de seu pescoço e uma face perto da dela, disse em voz baixa, porém ansiosa:

– Minha querida Elinor, não ligue para elas. Não deixe que elas te façam infeliz.

Não conseguiu dizer mais nada; seu ânimo se esvaiu e, escondendo o rosto no ombro de Elinor, irrompeu em lágrimas. A atenção de todos foi atraída, e quase todos ficaram preocupados. O Coronel Brandon levantou-se e foi até elas, sem nem se dar conta do que fazia. A Sra. Jennings, exclamando sabiamente, "Ah! Pobre querida", imediatamente deu-lhe sais. E Sir John sentiu tanta raiva contra o autor de tal agonia que imediatamente mudou de cadeira, para sentar-se perto de Lucy Steele e dar a ela, em sussurros, um breve relato de toda a chocante situação.

Dentro de alguns minutos, contudo, Marianne havia se recuperado o suficiente para pôr um fim à comoção, e sentar-se entre o resto do grupo, apesar de seu humor reter um pouco do que havia acontecido, pelo restante da noite.

– Pobre Marianne! – disse seu irmão ao Coronel Brandon, em voz baixa, assim que pôde atrair sua atenção. – Ela não tem uma saúde tão boa quanto a da irmã, é muito nervosa, não tem a constituição de Elinor. E devemos admitir que a perda das atrações pessoais deve ser muito penoso para uma jovem que já foi bonita. Você não imaginaria, talvez, mas Marianne era incrivelmente bonita, até alguns meses; tão bonita quanto Elinor. Agora, você vê, tudo se foi.

Capítulo 35

A curiosidade de Elinor por ver a Sra. Ferrars estava satisfeita. Havia encontrado nela tudo o que tende a tornar uma conexão entre as famílias indesejável. Vira o suficiente de seu orgulho, maldade e preconceito determinado contra si, para compreender todas as dificuldades que assombrariam o noivado e atrasariam o casamento entre Edward e si, caso ele fosse um homem livre; e vira quase que o suficiente para ser grata, pelo seu próprio bem, que um obstáculo ainda maior a preservava de sofrer por qualquer outro criado pela Sra. Ferrars, a preservava de depender de seus caprichos ou de ter que conquistar sua boa opinião. Ou, pelo menos, ainda que ela não estivesse feliz por Edward estar preso a Lucy, ela determinou que, se Lucy fosse mais simpática, ela deveria ter ficado contente.

Estranhou o fato de Lucy ter ficado tão feliz com a cortesia da Sra. Ferrars, de seu interesse e sua vaidade a cegarem tanto, a ponto de fazer com que a consideração com que foi tratada somente por ela não ser Elinor parecer-lhe um elogio – ou permitir-lhe se sentir encorajada por uma preferência que só lhe foi dada porque sua verdadeira situação era desconhecida. Porém, o olhar de Lucy declarava que este era mesmo o caso, o que também foi dito mais abertamente na manhã seguinte, pois, mediante sua própria solicitação, Lady Middleton a deixou em Berkeley Street, na esperança de encontrar Elinor sozinha, para contar-lhe como estava feliz.

Ela teve sorte, pois uma mensagem da Sra. Palmer foi entregue logo depois de sua própria chegada e fez com que a Sra. Jennings precisasse se retirar.

– Minha cara amiga, – exclamou Lucy, logo que ficaram sozinhas, – vim falar-lhe de minha felicidade. Algo poderia ser mais lisonjeiro do que o modo como a Sra. Ferrars me tratou ontem? Foi tão afável! Você sabe como temia encontrá-la, mas desde o momento em que fui apresentada a ela, houve tamanha afabilidade em seu comportamento que parecia demonstrar que ela gostou bastante de mim. Não foi? Você viu tudo; não ficou maravilhada com isso?

– Ela certamente foi bastante cortês com você.

– Cortês! Você não viu nada além de cortesia? Vi muito mais. Uma bondade que demonstrou só comigo! Nenhum orgulho, nenhuma altivez, e sua cunhada fez o mesmo; só doçura e afabilidade!

Elinor queria falar de outra coisa, mas Lucy continuou pressionando-a a admitir que tinha motivos para estar feliz, então Elinor foi obrigada a prosseguir.

– Sem dúvidas, se soubessem de seu noivado, – disse ela, – nada poderia ter sido mais lisonjeiro do que o modo como lhe trataram; mas não era este o caso.

– Imaginei que fosse dizer isso, – respondeu Lucy, rapidamente, – mas não havia qualquer motivo para a Sra. Ferrars parecer gostar de mim, se não gostasse, e ela gostar de mim é tudo o que queria. Não me convencerá a não ficar satisfeita. Estou certa de que tudo acabará bem, e não haverá qualquer dificuldade que antes tinha imaginado. A Sra. Ferrars é uma mulher encantadora, e sua cunhada também. Ambas são mulheres maravilhosas! Estranho você nunca ter me contado como a Sra. Dashwood é simpática.

Para isso, Elinor não tinha resposta, e não tentou dar nenhuma.

– Está doente, Srta. Dashwood? Parece cabisbaixa. Não fala. Estou certa de que não está bem.

– Nunca estive mais saudável.

– Fico muito feliz, do fundo do coração; mas estou falando sério, não parece. Ficaria triste de vê-la doente, logo você, que tem sido tamanho conforto para mim! Só Deus sabe o que eu teria feito sem sua amizade.

Elinor tentou dar uma resposta civilizada, apesar de duvidar de seu próprio sucesso. Mas pareceu satisfazer Lucy, pois ela imediatamente respondeu:

– Sim, estou perfeitamente convencida de seu afeto por mim e, depois do amor de Edward, é meu maior conforto. Pobre Edward! Mas agora há uma coisa boa, poderemos nos encontrar, e com muita frequência, pois Lady Middleton ficou encantada com a Sra. Dashwood, então estaremos sempre em sua casa em Harley Street, ouso dizer, e Edward passa metade de seu tempo com a irmã. Além disso, Lady Middleton e a Sra. Ferrars visitarão uma à outra, agora, e a Sra. Ferrars e sua cunhada tiveram a gentileza de dizer, mais de uma vez, que ficarão muito felizes de me ver. São mulheres tão encantadoras! Estou certa de que se você disser para sua cunhada o que penso dela, nunca falará o suficiente.

Mas Elinor não encorajou-a a esperar que diria qualquer coisa à cunhada. Lucy continuou.

– Tenho certeza que teria percebido imediatamente, caso a Sra. Ferrars tivesse antipatizado comigo. Se ela só houvesse feito uma reverência formal para mim, por exemplo, sem dizer uma palavra, e depois nem reparado mais em mim, ou olhado para mim de uma forma agradável... você sabe o que quero dizer. Se eu houvesse sido tratada de forma distante, eu teria desistido de tudo. Não teria aguentado. Pois quando antipatiza com alguém, é de forma bastante profunda.

Elinor foi impedida de responder tal vanglória circunspecta pela abertura da porta e o anúncio, pelo criado, do Sr. Ferrars, seguido da entrada de Edward.

Foi um momento bastante embaraçoso, e as expressões dos três mostravam isso. Todos pareciam bastante tolos, e Edward parecia ter tanta inclinação para sair de novo da sala, quanto para terminar de entrar. A exata circunstância que todos mais gostariam de evitar havia se abatido sobre eles. Não só estavam os três juntos, como também não tinham o alívio da companhia de ninguém. As damas se recompuseram primeiro. Não era o papel de Lucy falar primeiro, e a aparência de sigilo ainda precisava ser mantida. Ela só podia, portanto, aparentar ternura e, após cumprimentá-lo ligeiramente, não disse mais nada.

Mas Elinor tinha mais coisas para fazer; e tão ansiosa estava ela por fazer tudo direito, por si mesma e por ele, que forçou-se, após um momento para se recompor, a recebê-lo com olhar e modos quase que descontraídos, e quase receptivos; um pouco mais de esforço e energia melhorou ainda mais. Não permitiria que a presença de Lucy, ou a consciência de alguma injustiça para consigo mesma, a impedisse de dizer que estava feliz em vê-lo, e que sentia muito por não ter estado em casa quando ele havia passado em Berkeley Street antes. Não seria intimidada a não prestar a ele as cortesias que, na qualidade de amigo e quase parente, ela devia a ele, pelo olhar observador de Lucy, apesar de ter logo percebido que estava sendo vigiada de perto.

Seus modos acalmaram Edward ligeiramente, e ele teve coragem o suficiente para sentar-se. Mas seu embaraço ainda era maior do que o das damas, em uma proporção razoável, considerando-se a situação, apesar de ser raro em seu sexo; pois seu coração não tinha a indiferença do de Lucy, tampouco podia sua consciência ter a tranquilidade da de Elinor.

Lucy, com um ar recatado e calmo, parecia determinada a não fazer qualquer contribuição para o conforto dos outros, e não disse uma palavra; e quase tudo que foi dito veio de Elinor, que foi forçada a fornecer todas as informações sobre a saúde de sua mãe, sua vinda para a capital, etc., que Edward deveria ter perguntado, mas não o fez.

Seus esforços não pararam por aí, pois ela logo sentiu-se heroica o suficiente para deixar os outros dois sozinha, com a desculpa de ir buscar Marianne. E realmente o fez, da maneira mais elegante, pois demorou-se no lance de escadas por vários minutos, com a maior fortaleza de espírito, antes de ir até a irmã. Quando o fez, contudo, era hora da felicidade de Edward acabar, pois a alegria de Marianne fez com que corresse até a sala de estar imediatamente. Seu prazer em vê-lo era como todos os seus outros sentimentos, fortes e veementemente expressos. Ela foi até ele com a mão estendida e um tom de voz que expressava o afeto de uma irmã.

– Querido Edward! – exclamou ela. – Este é um momento de grande felicidade! Quase que compensa tudo o que aconteceu.

Edward tentou reciprocar a gentileza dela de forma digna, mas na frente daquela testemunha, não ousou dizer metade do que realmente sentia. Todos se sentaram novamente e, por um momento ou dois, ficaram em silêncio. Marianne observava, às vezes Edward, às vezes Elinor, com a mais óbvia afeição, lamentando somente que o deleite que sentiam em ver um ao outro estava sendo cerceado pela presença indesejável de Lucy. Edward foi o primeiro a falar, e comentou sobre a aparência mudada de Marianne, expressando seu medo de que Londres não estivesse fazendo bem a ela.

– Oh, não ligue para mim! – respondeu ela, com franqueza espirituosa, apesar de seus olhos estarem cheios de lágrimas, enquanto falava. – Não pense na minha saúde. Elinor está bem, veja. Isso deve ser o suficiente para nós dois.

Esta observação não fora calculada para fazer com que Edward ou Elinor ficassem mais confortáveis, tampouco para aplacar Lucy, que olhava Marianne com uma expressão nada benigna.

– Está gostando de Londres? – perguntou Edward, disposto a dizer qualquer coisa que introduzisse um novo assunto.

– Nem um pouco. Esperava ter muito prazer com ela, mas não encontrei nenhum. Vê-lo, Edward, foi o único conforto que ela me proporcionou; e graças a Deus! Você é o que sempre foi.

Ela pausou. Ninguém falou.

– Penso, Elinor, – acrescentou depois, – que devemos pedir a Edward que cuide de nós em nosso retorno a Barton. Dentro de uma ou duas semanas, suponho, estaremos a caminho; e confio que Edward não se recusaria a aceitar o encargo.

O pobre Edward murmurou algo, mas o que era, ninguém sabia, nem ele mesmo. Mas Marianne, que percebeu sua agitação, e tinha grande capacidade de justificá-la da maneira que mais lhe agradasse, ficou perfeitamente satisfeita, e logo começou a falar de outro assunto.

– Que dia que passamos em Harley Street ontem, Edward! Tão entediante, tão absurdamente entediante! Mas tenho muito a lhe contar sobre isso, que não pode ser dito agora.

E, com esta admirável discrição, ela adiou o relato sobre ter achado seus parentes em comum mais desagradáveis do que nunca, e sobre ter ficado particularmente enojada com a mãe dele, até que estivessem a sós.

– Mas por que não estava lá, Edward? Por que não foi?

– Tive um compromisso em outro lugar.

– Compromisso! Mas o que foi, quando poderia ter encontrado amigos como nós?

– Talvez, Srta. Marianne, – exclamou Lucy, ávida por se vingar dela, – ache que jovens cavalheiros nunca cumprem compromissos, se não quiserem, tanto grandes como pequenos.

Elinor ficou bastante aborrecida, mas Marianne parecia inteiramente alheia ao insulto, pois respondeu, calmamente:

– Não é isso. Falando seriamente, tenho certeza que foi somente a consciência de Edward que o fez ficar longe de Harley Street. E acredito realmente que ele tenha a consciência mais delicada do mundo, os maiores escrúpulos em cumprir todos os compromissos, por menores que sejam, e por mais que sejam contra seus próprios interesses ou prazer. Seu maior medo é causar dor, ou decepcionar expectativas, e é a pessoa menos capaz de ser egoísta que já vi. Edward, é isso mesmo, e falarei! Oras! Nunca quer ouvir elogios para si mesmo? Então, não pode ser amigo meu, pois aqueles que aceitam meu amor e estima devem se sujeitar a meus elogios feitos abertamente.

Contudo, a natureza de seus elogios, naquele caso, calhou de ser especialmente inadequada para os sentimentos de dois-terços de seus ouvintes, e era tão desestimulante para Edward que ele logo levantou-se para ir embora.

– Vai tão cedo! – disse Marianne. – Meu caro Edward, não pode ser.

E, puxando-o um pouco de lado, ela sussurrou a ele que estava convencida de que Lucy não ficaria muito mais. Mas até mesmo este encorajamento falhou, pois ele insistiu em ir; e Lucy, que teria ficado mais tempo do que ele, ainda que ele ficasse duas horas, foi-se embora logo depois dele.

– Por que ela vem aqui com tanta frequência? – perguntou Marianne, após a partida dela. – Ela não percebeu que queríamos que fosse embora? Que irritante para o Edward.

– Por que? Somos todas amigas deles, e conhece Lucy há mais tempo do que nós. É natural ele querer vê-la tanto quanto nós.

Marianne olhou-a firmemente, e disse:

– Sabe, Elinor, este é um tipo de conversa que não aguento. Se o que você quer é que eu contradiga sua declaração, o que suponho que deva ser o caso, deve lembrar-se de que sou a última pessoa que o faria. Não me rebaixo a fazer declarações que não são verdadeiras.

Então, saiu da sala; e Elinor não ousou segui-la para falar mais, pois como estava presa à promessa de sigilo feita a Lucy, não podia dar informações que convenceriam Marianne. E por mais dolorosas que as consequências de deixá-la no escuro fossem, Elinor foi obrigada a se sujeitar a elas. Tudo o que ela poderia esperar era que Edward não exporia a si mesmo e a ela, com frequência, à agonia de ouvir as declarações de afeição equivocadas de Marianne, ou uma repetição de qualquer outra parte do desconforto que havia acompanhado seu recente encontro – e isso ela tinha todos os motivos para esperar.

Capítulo 36

Alguns dias depois deste encontro, os jornais anunciaram para o mundo que a senhora de Thomas Palmer havia dado à luz um filho e herdeiro, em segurança; um parágrafo muito interessante e satisfatório, pelo menos para todos aqueles amigos íntimos que já haviam sido informados.

Este evento, extremamente importante para a felicidade da Sra. Jennings, produziu uma alteração temporária no modo como dispunha de seu tempo, e influenciou, da mesma forma, os compromissos de suas jovens companheiras; pois, como ela desejava passar tanto tempo quanto possível com Charlotte, ia visitá-la todas as manhãs, assim que estivesse vestida, e não voltava até o fim da noite. E as Srtas. Dashwood, por solicitação específica dos Middleton, passavam o dia inteiro, todos os dias, em Conduit Street. Para seu próprio conforto, elas teriam preferido ficar, pelo menos pelas manhãs, na casa da Sra. Jennings, mas não puderam ir de encontro aos desejos de todos. Suas horas, portanto, foram transferidas para Lady Middleton e as duas Srtas. Steele, que valorizavam tão pouco sua companhia quanto alegavam desejar.

Eram sensatas demais para serem companheiras desejáveis para a primeira; e estas últimas consideravam, com inveja, que estavam se intrometendo no terreno delas, e compartilhando da gentileza que queriam monopolizar. Apesar de o comportamento de Lady Middleton para com Elinor e Marianne ser absolutamente educado, ela não gostava delas nem um pouco, na verdade. Por elas não elogiarem nem a ela mesma, nem a seus filhos, ela não acreditava que fossem simpáticas; e por gostarem de ler, ela as considerava satíricas, talvez sem saber exatamente o que significava ser satírico. Mas isso não importava. Era uma censura comumente utilizada, e facilmente aplicada.

A presença delas era uma restrição para ela e para Lucy. Cerceava a ociosidade de uma e as ocupações da outra. Lady Middleton ficava com vergonha de não fazer nada na frente delas, e Lucy tinha medo que a desprezariam pela adulação que, em sua ausência, tinha orgulho de inventar e oferecer. Das três, a Srta. Steele era quem ficava menos descomposta com a presença delas, e tinham o poder de fazer com que as aceitasse completamente. Se ao menos uma delas contasse, de forma completa e detalhada, a história do caso entre Marianne e o Sr. Willoughby, ela teria considerado estar amplamente recompensada pela perda do melhor lugar perto da lareira após o jantar, que a chegada delas havia causado. Mas tal conciliação não foi concedida, pois apesar de ela frequentemente lançar expressões de pena por sua irmã à Elinor, e mais de uma vez fazer menção à inconstância dos homens na frente de Marianne, não surtiu nenhum efeito, exceto um olhar de indiferença por parte da primeira, e de desdém por parte da última. Um esforço ainda menor poderia ter feito com que ela se tornasse sua amiga. Se ao menos elas rissem com ela sobre o reverendo! Mas elas tinham tão pouca vontade de agradá-la, assim como as outras, que se Sir John jantasse fora, ela passaria um dia inteiro sem ouvir nenhuma piada sobre o assunto, além das que ela mesma gentilmente fazia.

Todos esses ciúmes e descontentamentos, contudo, passavam tão despercebidos pela Sra. Jennings que ela pensava ser algo bom, as garotas estarem juntas; e costumava parabenizar suas jovens companheiras todas as noites, por terem escapado da companhia de uma velha tão chata, por tanto tempo. Às vezes, se juntava a elas na casa de Sir John, às vezes em sua própria casa. Mas, onde quer que fosse, sempre chegava de excelente humor, cheia de alegria e orgulho, atribuindo o bem-estar de Charlotte a seus próprios cuidados, e pronta para dar uma descrição tão exata e detalhada da situação dela, que só a Srta. Steele tinha curiosidade o suficiente para desejar. Uma coisa a perturbava, porém, e reclamava disso diariamente. O Sr. Palmer tinha a opinião pouco paterna, porém comum entre seu sexo, de que todos os bebês eram iguais; e, apesar de ela conseguir perceber claramente, em momentos diferentes, as semelhanças mais surpreendentes entre este bebê e todos os seus parentes, de ambos os lados, não havia como convencer seu pai disso, nem persuadi-lo a acreditar que ele não era exatamente como todos os outros bebês da mesma idade. Tampouco podia fazê-lo reconhecer a simples declaração de que era a criança mais bonita do mundo.

Agora relatarei um infortúnio que, naquela época, abateu-se sobre a Sra. John Dashwood. Durante uma visita de suas duas cunhadas e da Sra. Jennings à sua casa em Harley Street, uma outra conhecida dela apareceu – uma circunstância que, sozinha, não seria provável que lhe causasse qualquer mal. Porém, enquanto as imaginações dos outros os levem a formar juízos errôneos sobre nossa conduta, e a chegar a um veredito com base em aparências, nossa felicidade estará sempre, até certo ponto, à mercê da sorte. Neste caso, esta senhora que chegou por último permitiu que sua imaginação a levasse para tão longe da verdade e da probabilidade que, só por ter ouvido os nomes das Srtas. Dashwood e compreendido que eram irmãs do Sr. Dashwood, ela imediatamente concluiu que estavam hospedadas em Harley Street; e esta interpretação errada produziu, por um ou dois dias, convites para elas, também, além de para seu irmão e cunhada, para uma pequena festa com música na casa daquela senhora. A consequência disso foi que a Sra. John Dashwood foi obrigada a se sujeitar não somente à grande inconveniência de enviar sua carruagem para buscar as Sras. Dashwood, como também, o que foi ainda pior, se sujeitar a todo o desprazer de fingir tratá-las com consideração. E quem podia dizer se elas não esperariam sair com ela novamente? O poder de decepcioná-la, é verdade, sempre seria dela. Mas isso não era o suficiente, pois quando as pessoas se concentram em um modo de agir que sabem ser errado, sentem-se ofendidas com a expectativa de algo melhor vindo delas.

Marianne, àquela altura, havia sido gradualmente convencida a sair todos os dias, de modo que lhe era indiferente ir ou não. Então, preparou-se silenciosa e mecanicamente para todo compromisso noturno, apesar de não esperar a menor diversão em nenhum deles, e costumeiramente sem saber, até o último momento, aonde estava indo.

Havia se tornado tão indiferente a suas roupas e aparência que não dava a metade da atenção, durante todo o tempo que gastava para se arrumar, que a Srta. Steele prestou nos primeiros cinco minutos que passaram juntas, quando ela havia terminado. Nada escapava à observação detalhada e curiosidade geral dela; ela via tudo, e perguntava sobre tudo, sem descansar até saber o preço de todas as partes das vestimentas de Marianne. Conseguia adivinhar quantos vestidos de festa ela tinha, com mais precisão do que a própria Marianne, e esperava descobrir, antes de partirem, quanto gastava semanalmente com a lavagem de suas roupas, e quanto ela tinha, todo ano, para usar consigo mesma. A impertinência de tal tipo de escrutínio, ademais, costumava ser concluída com um elogio, que, apesar de ter o objetivo de adoçá-la, era considerado por Marianne a maior impertinência de todas pois, após aguentar uma análise do valor e do estilo de seu vestido, da cor de seus sapatos e de seu penteado, ela tinha quase certeza de que ela diria que "estava extremamente elegante, e ousava dizer que faria muitas conquistas".

Tal encorajamento foi sua despedida na ocasião, ao chegar à porta da carruagem de seu irmão, na qual estavam prontas para entrar cinco minutos após ter estacionado na porta, uma pontualidade não muito agradável para sua cunhada, que havia ido na frente para a casa de sua conhecida e que esperava algum atraso da parte delas, que pudesse causar uma inconveniência para si mesma ou para seu cocheiro.

Os eventos daquela noite não foram muito marcantes. A festa, assim como outras que contavam com música, continha muitas pessoas que tinham um verdadeiro gosto pela performance, e muitas outras mais, que não tinham nenhum; e os próprios músicos eram, como de costume, na opinião deles mesmos e de seus amigos íntimos, os melhores concertistas particulares da Inglaterra.

Como Elinor não tinha talento para a música, e tampouco fingia ter, não teve escrúpulos em desviar o olhar do piano de cauda sempre que queria, e, não refreada nem mesmo pela presença de uma harpa e um violoncelo, olhava o quanto queria para todos os outros objetos da sala. Em uma dessas observações gerais, percebeu, dentre um grupo de jovens homens, aquele que havia dado uma palestra sobre paliteiros na joalheria Gray's. Percebeu, logo depois, que olhava para ela, e falava com familiaridade com seu irmão. Havia acabado de decidir descobrir seu nome com este último, quando ambos vieram em sua direção, e o Sr. Dashwood apresentou-o como Sr. Robert Ferrars.

Dirigiu-se a ela com descontraída cortesia, e fez uma reverência tão rebuscada que confirmou sua suspeita de que ele era exatamente tão exibido quanto ouvira Lucy descrevê-lo. Que feliz seria, se seu afeto por Edward dependesse menos de seu próprio mérito, do que do mérito de seus parentes mais próximos! Porque, se fosse esse o caso, a reverência de seu irmão teria sido o toque final para o que o mau humor de sua mãe e irmã teria começado. Mas apesar de refletir sobre a diferença entre os dois jovens, ela não achou que o convencimento vazio de um punha um fim à sua admiração pela modéstia e valor do outro. O motivo da diferença entre eles, o próprio Robert exclamou para ela ao longo de quinze minutos de conversa; pois, ao falar de seu irmão e lamentar a extrema falta de habilidades sociais que acreditava ser a verdadeira razão de Edward não se misturar com as pessoas apropriadas, ele atribuía o fato, cândida e generosamente, muito menos a qualquer deficiência natural do que ao infortúnio de ter estudado com um tutor particular. Enquanto que ele mesmo, apesar de provavelmente não ter qualquer superioridade natural específica ou relevante, meramente devido à vantagem de ter estudado em um colégio, estava tão apto a conviver com a sociedade quanto qualquer outro homem.

– Juro, – acrescentava ele, – acredito não ser nada além disso. E digo com tanta frequência à minha mãe, quando ela lamenta o fato, "minha cara senhora", sempre digo a ela, "deve ficar tranquila. O mal agora é irremediável, e foi inteiramente culpa sua. Por que deixou-se convencer por meu tio, Sir Robert, contra sua própria opinião, a colocar Edward aos cuidados de um tutor particular, na época mais crítica de sua vida? Se ao menos o houvesse mandado para Westminster, como eu, ao invés do Sr. Pratt, tudo isso teria sido evitado". É deste modo que sempre considero o assunto, e minha mãe está perfeitamente convencida de seu erro.

Elinor não se opôs à opinião dele, porque qualquer que pudesse ser sua estimativa sobre a vantagem de se estudar em um colégio, ela não podia pensar no tempo que Edward passou com a família do Sr. Pratt com nenhuma satisfação.

– A senhorita reside no condado de Devon, creio eu, – foi sua próxima observação, – em um chalé perto de Dawlish.

Elinor corrigiu-o quanto à localização, e pareceu um tanto quanto surpreendente para ele, que alguém morasse em Devon, sem ser perto de Dawlish. Ele concedeu sua calorosa aprovação, contudo, ao tipo de casa onde a família dela residia.

– Eu mesmo – disse ele – gosto muito de um chalé; há sempre tanto conforto, tanta elegância neles. E declaro que, se tivesse algum dinheiro sobrando, compraria um pedaço de terra e construiria um para mim mesmo, dentro de uma curta distância de Londres, para onde eu poderia ir sozinho de carruagem a qualquer momento, reunir alguns amigos ao meu redor e ser feliz. Aconselho a todos que forem construir algo, que construam um chalé. Meu amigo Lorde Courtland me procurou de propósito, outro dia, para pedir meu conselho, e me mostrou três plantas diferentes feitas por Bonomi. Eu deveria decidir qual era o melhor. "Meu caro Courtland", disse eu, imediatamente jogando todas na lareira, "não escolha nenhuma delas, e sim construa um chalé". E é o que será feito, creio eu. Algumas pessoas imaginam que não haja conforto ou espaço em um chalé;

mas isso é um erro. Estive mês passado na casa de meu amigo Elliott, perto de Dartford. Lady Elliott queria dar um baile. "Mas como poderei fazê-lo?", disse ela; "Meu caro Ferrars, diga-me como conseguirei. Neste chalé não tem nenhum cômodo que abrigue dez casais, e onde poderíamos fazer a ceia?". Imediatamente vi que não haveria qualquer dificuldade em fazê-lo, então disse: "minha cara Lady Elliott, não se preocupe. Na sala de jantar caberão dezoito casais, facilmente; as mesas de carteado podem ser colocadas na sala de estar; a biblioteca poderá ser aberta para o chá e outros refrescos; e que a ceia seja servida no salão". Lady Elliott ficou deleitada com minha ideia. Medimos a sala de jantar, e descobrimos que caberiam exatamente dezoito casais, e tudo foi arranjado precisamente de acordo com meu plano. De modo que, na verdade, se as pessoas souberem o que fazer, todos os confortos podem ser aproveitados tanto em um chalé, como na residência mais espaçosa.

Elinor concordou com tudo, pois não achou que ele era digno de oposição racional.

Como John Dashwood não se comprazia com a música mais do que sua irmã mais velha, sua mente estava igualmente livre para concentrar-se em qualquer outra coisa, e um pensamento lhe ocorreu, durante aquela noite, que ele comunicou à esposa, para sua aprovação, quando chegaram em casa. A consideração do erro da Sra. Dennison, ao supor que suas irmãs eram suas hóspedes, havia sugerido a possibilidade de convidá-las para que realmente o fossem, enquanto os compromissos da Sra. Jennings a mantinham longe de casa. As despesas não seriam nada, a inconveniência pouco mais; e era uma atenção que a delicadeza de sua consciência dizia ser essencial para que se desincumbisse completamente da promessa que havia feito ao pai. Fanny ficou surpresa com a proposta.

– Não vejo como pode ser feito, – disse ela, – sem afrontar Lady Middleton, pois passam todos os dias com ela; de outro modo, eu ficaria muito feliz em fazê-lo. Sabe que estou sempre disposta a tratá-las com toda a consideração em meu poder, como o fiz ao levá-las para sair esta noite. Mas são visitas da Lady Middleton. Como posso convidá-las para que saiam da casa dela?

Seu marido, com grande humildade, não reconheceu a força de sua objeção. Elas já haviam passado uma semana em Conduit Street, e Lady Middleton não poderia ficar aborrecida caso dessem a mesma quantidade de dias para parentes tão próximos.

Fanny pausou por um momento, e então, com vigor renovado, disse:

– Meu amor, as convidaria, do fundo do meu coração, se estivesse em meu poder. Mas acabei de me decidir por chamar as Srtas. Steele para passar alguns dias conosco. São garotas muito bem comportadas e boazinhas, e acho que devemos esta consideração a elas, pois seu tio tratou Edward muito bem. Podemos chamar suas irmãs um outro ano, sabe, mas as Srtas. Steele podem não vir mais à capital. Tenho certeza que gostará delas; na verdade, você já gosta delas, sabe, e minha mãe também. E Harry as adora!

O Sr. Dashwood se convenceu. Reconheceu a necessidade de convidar as Srtas. Steele imediatamente, e sua consciência foi tranquilizada pela resolução de convidar suas irmãs um outro ano. Ao mesmo tempo, contudo, suspeitou astutamente que outro ano faria com que o convite fosse desnecessário, pois Elinor viria à capital como esposa do Coronel Brandon, Marianne como hóspede deles.

Fanny, regozijando-se por ter se safado, e orgulhosa do raciocínio rápido que havia conseguido tal resultado, escreveu para Lucy na manhã seguinte, solicitando sua companhia, e a de sua irmã, por alguns dias, em Harley Street, assim que Lady Middleton pudesse liberá-las. Isto foi o suficiente para fazer com que Lucy ficasse verdadeira e razoavelmente feliz. A Sra. Dashwood parecia estar trabalhando em seu favor; cuidando de todas as suas esperanças, e promovendo todos os seus objetivos! Tal oportunidade de estar com Edward e sua família era a coisa mais relevante para seus interesses, e este convite a mais gratificante para seus sentimentos! Era uma vantagem que não podia ser suficientemente agradecida, ou aproveitada com demasiada rapidez; e descobriram instantaneamente que sua visita a Lady Middleton, que antes não tinha quaisquer limites precisos, sempre havia sido planejada para acabar dentro de dois dias.

Quando o bilhete foi mostrado a Elinor, o que foi feito dez minutos depois de sua chegada, fez com que ela, pela primeira vez, concordasse um pouco com as expectativas de Lucy, pois tamanha demonstração de gentileza incomum, demonstrada tão pouco tempo depois de conhecê-las, parecia declarar que a boa-vontade em relação a ela advinha de algo mais do que malícia contra si mesma; e poderia, com tempo e habilidade, fazer tudo o que Lucy desejava. Sua adulação já havia subjugado o orgulho de Lady Middleton, e entrado no coração fechado da Sra. John Dashwood; e estes efeitos abriam caminho para a possibilidade de outros, ainda maiores.

As Srtas. Steele mudaram-se para Harley Street, e tudo o que Elinor ouviu sobre sua influência lá reforçou sua expectativa do que aconteceria. Sir John, que as visitou mais de uma vez, voltou com tais relatos sobre como estavam agradando, que chamaram a atenção de todos. A Sra. Dashwood nunca havia ficado tão feliz com nenhuma jovem antes, como estava com elas; havia dado a cada uma delas um porta-agulhas feito por alguma imigrante; chamava Lucy pelo primeiro nome; e não sabia se conseguiria separar-se delas novamente.

Capítulo 37

A Sra. Palmer estava tão bem, depois de uma quinzena, que sua mãe não sentiu mais a necessidade de devotar todo o seu tempo a ela; e, contentando-se com visitá-la uma ou duas vezes por dia, retornou ao final daquele período para sua própria casa e seus próprios hábitos, descobrindo que as Srtas. Dashwood estavam bem prontas para retomar sua antiga parte nos mesmos.

Na terceira ou quarta manhã após estarem restabelecidas em Berkeley Street, a Sra. Jennings, ao voltar de sua costumeira visita à Sra. Palmer, entrou na sala de estar, onde Elinor estava sentada sozinha, com um ar de tamanha importância e pressa que indicou a esta última que ouviria algo maravilhoso; e, dando a ela tempo somente para formar esta ideia, começou imediatamente a justificá-la, dizendo?

– Senhor! Minha cara Srta. Dashwood! Ouviu a notícia?

– Não, senhora. O que foi?

– Algo tão estranho! Mas contarei tudo. Quando cheguei na casa do Sr. Palmer, encontrei Charlotte preocupada com o bebê. Ela estava certa de que ele estava doente – ele chorava e reclamava, e estava cheio de pontinhos vermelhos. Então dei uma olhada discreta nele, e disse: "Meu Deus! Querida, não é nada, somente uma alergia", e a babá disse a mesma coisa. Mas Charlotte não ficou satisfeita, então o Dr. Donovan foi chamado. Por sorte, ele havia acabado de chegar de Harley Street, então foi para lá diretamente e, assim que viu a criança, disse exatamente o que havíamos dito, que era só uma alergia, então Charlotte ficou mais tranquila. Então, quando ele estava saindo, me ocorreu, não sei como, perguntar a ele se tinha alguma notícia. Ele sorriu afetadamente e ficou sério, parecia saber de alguma coisa, quando finalmente disse: "Por temer que qualquer história desagradável chegue aos ouvidos das jovens sob seus cuidados, quanto à indisposição de sua cunhada, penso ser aconselhável dizer que acho que não há grandes motivos para preocupação; espero que a Sra. Dashwood fique muito bem".

– O que? Fanny está doente?

– Foi exatamente o que eu disse, minha cara. "Senhor!", disse eu, "a Sra. Dashwood está doente?". Então ele me contou tudo, e pelo que pude descobrir, parece ser isso. O Sr. Edward Ferrars, o jovem sobre quem eu costumava brincar com você (contudo, agora fico muito feliz por não ter um pingo de verdade nas piadas), o Sr. Edward Ferrars, parece, está noivo há mais de doze meses de minha prima Lucy! Aí está, minha querida! E nenhuma criatura sabia de absolutamente nada sobre o assunto, exceto Nancy! Você acreditaria que isso era possível? Não é muita surpresa que gostem um do outro, mas que a relação entre eles houvesse chegado a tal ponto, sem que ninguém suspeitasse! Isso, sim, é estranho! Nunca os vi juntos, senão tenho certeza que teria descoberto. Bem, então mantiveram tudo em absoluto segredo, por medo da Sra. Ferrars, e nem ela, nem seu irmão ou sua cunhada suspeitaram de nada; até que nesta mesma manhã, a pobre Nancy, que, você sabe, tem boas intenções, mas não muito esperta, deixou escapar a história toda. "Senhor!", pensou ela, consigo mesma, "eles todos gostam tanto de Lucy, que certamente não criarão dificuldades". Então, ela foi até sua cunhada, que estava sentada sozinha, tecendo um tapete, mal suspeitando do que estava por vir – pois tinha acabado de falar para seu irmão, cinco minutos antes, que queria fazer com que Edward se casasse com uma filha de algum Lorde, esqueci quem. Então, pode imaginar que baque que foi para toda a sua vaidade e seu orgulho. Ela entrou em um estado violento de histeria imediatamente, gritando tanto que chamou a atenção de seu irmão, que estava sentado em sua sala de vestir, no andar de baixo, cogitando escrever uma carta para o administrador de sua propriedade. Correu escada acima imediatamente, e uma cena terrível se passou, pois Lucy havia ido até eles, sem nem imaginar o que estava acontecendo. Pobrezinha! Fico com pena dela. E devo dizer, acho que ela foi tratada muito severamente, pois sua cunhada a admoestou furiosamente, e a fez desmaiar. Nancy caiu de joelhos e chorou copiosamente, e seu irmão andou pela sala, e disse que não sabia o que fazer. A Sra. Dashwood declarou que elas não ficariam nem mais um minuto em sua casa, então seu irmão foi forçado a cair de joelhos, também, para convencê-la a deixar que ficassem até que tivessem arrumado suas malas. Então, ela ficou histérica novamente, e ele ficou com tanto medo que chamou o Dr. Donavan, e o Dr. Donavan encontrou a casa naquele tumulto. A carruagem estava à porta, pronta para levar minhas pobres primas embora, e elas estavam subindo nela, quando o médico chegou; a pobre Lucy em um estado, disse ele, que mal podia andar, e Nancy quase tão mal. Declaro que não tenho paciência com sua cunhada, e espero, do fundo do meu coração, que eles se casem, apesar de ela não querer. Deus! Como o pobre Sr. Edward ficará aborrecido, quando ouvir! Seu amor tratado com tamanho escárnio! Pois dizem que ele é muito afeiçoado a ela, e está certo. Não me surpreenderia se ele estivesse perdidamente apaixonado! E o Dr. Donavan é da mesma opinião. Ele e eu conversamos bastante sobre o assunto. E o melhor de tudo é que ele voltou a Harley Street, para ficar de prontidão quando contarem à Sra. Ferrars, pois a chamaram logo que minhas primas saíram da casa; e sua cunhada acha que ela também terá um ataque de histeria. E pode ter, não me importo. Não tenho pena de nenhuma das duas. Acho um absurdo as pessoas fazerem tamanho estardalhaço por dinheiro e grandeza. Não há nenhum motivo para que o Sr. Edward e Lucy não possam se casar, pois tenho certeza que a Sra. Ferrars pode cuidar muito bem de seu filho e, apesar de Lucy não ter nenhum dinheiro próprio, ela sabe melhor do que ninguém como fazer as coisas durarem. Ouso dizer que se ao menos a Sra. Ferrars permita que ele tenha quinhentas libras por ano, Lucy saberá manter as aparências do mesmo jeito que outras conseguiriam com oitocentas. Meu Deus! Como viveriam com conforto, em um chalé como o seu – ou um pouco maior – com duas criadas, e dois serviçais homens; e acredito que eu poderia ajudá-los a encontrar uma ama, pois minha Betty tem uma irmã desempregada que seria perfeita para eles.

Neste ponto, a Sra. Jennings calou-se, e como Elinor tinha tido tempo o suficiente para organizar seus pensamentos, conseguiu responder e fazer as observações que poderia razoavelmente supor-se que o assunto ensejaria. Feliz por descobrir que não recaía sobre ela nenhuma suspeita de interesse incomum sobre o assunto, e que a Sra. Jennings (como ela havia começado a esperar, ultimamente) tinha deixado de imaginar que nutria qualquer afeição por Edward; e contente, acima de tudo, por Marianne estar ausente, ela sentiu-se perfeitamente capaz de falar sobre o assunto sem nenhum embaraço, e a dar sua opinião, conforme acreditava, com imparcialidade sobre a conduta de todos os envolvidos.

Ela mal podia determinar qual era sua própria expectativa em relação a este evento, apesar de tentar sinceramente banir a noção de ser possível que terminasse de qualquer forma que não com o casamento de Edward e Lucy. O que a Sra. Ferrars faria e diria, apesar de não poder haver dúvidas quanto à natureza disso, ela estava ansiosa por ouvir, e ainda mais ansiosa para saber como Edward se comportaria. Por ele, ela sentia muita compaixão; por Lucy, muito pouca, e lhe custava muito obter até mesmo este pouco. Pelos outros, não sentia nenhuma.

Como a Sra. Jennings não conseguia falar de outro assunto, Elinor logo viu a necessidade de preparar Marianne para discuti-lo. Não perdeu tempo em esclarecê-la quanto a verdade, e tentar fazer com que pudesse ouvir o assunto ser discutido por outros sem demonstrar sentir qualquer inquietação pela irmã, ou ressentimento contra Edward.

A tarefa de Elinor era dolorosa. Iria remover o que realmente acreditava ser o principal consolo de sua irmã – contar-lhe coisas sobre Edward que temia que arruinassem sua boa opinião sobre ele para sempre, e fazer com que se Marianne sentisse decepcionada novamente, pela semelhança entre suas duas situações, que a mente dela faria com que parecesse grande. Porém, por mais indesejável que tal tarefa pudesse ser, era necessária, e Elinor apressou-se em realizá-la.

Estava longe de desejar mergulhar em seus próprios sentimentos, ou fazer parecer que estava sofrendo muito, de forma que seu autocontrole, que havia praticado desde que tinha ficado sabendo do noivado de Edward, pudesse sugerir a forma como Marianne podia se comportar. Sua narração foi clara e simples e, apesar de não poder ser feita sem emoção, não foi acompanhada por nenhuma agitação violenta, ou tristeza impetuosa. Isto ficou a cargo da ouvinte, pois Marianne ouviu com horror, e chorou excessivamente. Elinor precisava confortar os outros em sua própria angústia, assim como fazia com as deles; e todo o conforto que podia ser dado através de garantias de sua própria compostura, e uma honesta defesa de Edward contra qualquer acusação, a não ser a de imprudência, foi prontamente oferecido.

Mas Marianne, por algum tempo, não deu crédito a nenhuma. Edward parecia um segundo Willoughby e, reconhecendo, como Elinor havia feito, que ela o havia amado sinceramente, como ela poderia sentir menos por ela, do que por si mesma? Quanto a Lucy Steele, ela a considerava tão antipática, tão absolutamente incapaz de atrair um homem sensato, que não pôde ser convencida, em um primeiro momento, a acreditar, e depois a perdoar, qualquer antiga afeição de

Edward por ela. Não admitia nem mesmo ter sido natural, e Elinor deixou de tentar convencê-la de tal situação, que só poderia ser explicada por um conhecimento mais profundo da natureza humana.

Sua primeira comunicação não abrangeu nada além do fato do noivado e da duração do mesmo. Os sentimentos de Marianne a interromperam, naquele momento, e puseram um fim a todos os detalhes; e, por um tempo, tudo o que pôde ser feito era acalmar sua agonia, diminuir sua preocupação e combater seu ressentimento. A primeira pergunta feita por ela, que levou a mais detalhes, foi:

– Há quanto tempo sabe disso, Elinor? Ele escreveu para você?

– Fiquei sabendo há quatro meses. Quando Lucy chegou a Barton Park, em novembro passado, contou-me sobre o noivado, pedindo segredo.

Ao ouvir essas palavras, o olhar de Marianne expressou o espanto que seus lábios não conseguiam proclamar. Após uma pausa surpresa, exclamou:

– Quatro meses! Você sabe há quatro meses?

Elinor confirmou que sim.

– O que? Enquanto me consolava na tristeza, isto esteve em seu coração? E eu a recriminei por estar feliz!

– Não seria adequado que você soubesse, naquela época, que eu estava exatamente o oposto!

– Quatro meses! – exclamou Marianne, novamente. – Tão calma! Tão alegre! Como aguentou?

– Sentindo que estava cumprindo meu dever. Minha promessa a Lucy obrigou-me a manter segredo. Portanto, eu devia a ela não fazer nenhuma sugestão da verdade; e devia à minha família e aos meus amigos não despertar neles uma solicitude por mim, que não estaria em meu poder satisfazer.

Marianne parecia bastante abalada.

– Muitas vezes quis contar a você e à mamãe, – acrescentou Elinor, – e uma ou duas vezes tentei fazê-lo; mas sem trair a confiança em mim depositada, nunca poderia tê-las convencido.

– Quatro meses! E ainda assim, o amava!

– Sim. Mas ele não era o único que amava e, enquanto o conforto dos outros me era caro, ficava feliz em poupá-los de saber o quanto eu sentia. Agora, consigo pensar e falar sobre o assunto com pouca emoção. Não permitiria que você sofresse por minha causa, pois asseguro-lhe de que já não sofro muito. Tenho muitas coisas nas quais me apoiar. Não creio ter provocado a decepção por qualquer imprudência de minha parte, e aguentei tudo o máximo que pude, sem fazer com que outros também se decepcionassem. Absolvo Edward de qualquer conduta essencialmente má. Desejo que seja muito feliz; e tenho tanta certeza de que ele sempre cumpre seu dever que, apesar de agora ele poder se decepcionar, no final acabará sendo feliz. Lucy não precisa de bom senso, e esta é a fundação sobre a qual todas as coisas boas podem ser construídas. E, no final das contas, Marianne, apesar do encanto da ideia de um único e constante amor, e tudo o que pode ser dito sobre a felicidade de alguém depender inteiramente de uma pessoa específica, não é assim que deveriam ser, ou que seria adequado ou possível que fossem. Edward se casará com Lucy; se casará com uma mulher com melhor porte e intelecto do que metade de seu sexo, e o tempo e o hábito o ensinarão a esquecer que uma vez considerou outra superior a ela.

– Se é assim que pensa, – disse Marianne, – se a perda do que é mais valioso deve ser compensada por outra coisa, sua resolução e autocontrole são, talvez, menos surpreendentes. Se tornam mais fáceis para eu compreender.

– Entendo você. Não supõe que eu sentia muito por ele. Por quatro meses, Marianne, fiquei com tudo isso guardado em minha mente, sem poder falar com uma única pessoa, sabendo que faria você e nossa mãe infelicíssimas, quando a história fosse explicada a vocês, e ainda assim, incapaz de prepará-las para isso. Fui informada – de certa forma, fui forçada a ouvir a história pela própria pessoa cujo noivado arruinou todas as minhas esperanças; e ela me contou, como eu pensei, em tom de triunfo. Tive, portanto, que acabar com as suspeitas dessa pessoa, tentando parecer indiferente, quando estava profundamente interessada; e não foi só uma vez, tive que escutar as esperanças e a exultação dela repetidamente. Fiquei sabendo que estava eternamente separada de Edward, sem ouvir uma única circunstância que pudesse me fazer desejar menos nossa união. Nada provou que ele é indigno, tampouco declarou que é indiferente a mim. Tive que lidar com a crueldade de sua irmã, e sofri a punição por uma ligação com ele, sem aproveitar suas vantagens. E tudo isso ocorreu em uma época que, como você sabe muito bem, esta não era a minha única fonte de tristeza. Se me considera capaz de ter sentimentos, certamente que supõe que estou sofrendo agora. A compostura com a qual consegui fazer com que encarasse a questão, o consolo que estou disposta a admitir, foram os efeitos de um esforço penoso e constante; não surgiram sozinhos, não ocorreram para aliviar meu espírito, naquele primeiro momento. Não, Marianne, naquela época, se eu não houvesse prometido sigilo, talvez nada pudesse ter me impedido, nem mesmo o que devo àqueles que me são mais caros, de mostrar abertamente que eu estava muito infeliz.

Marianne estava bastante acabrunhada.

– Oh, Elinor! – exclamou ela. – Você me fez odiar a mim mesma para sempre! Que atroz fui com você! Você, que tem sido o meu único conforto, que me aguentou durante toda a minha infelicidade, que parecia estar sofrendo somente por mim! É esta minha gratidão? É esta a única retribuição que posso lhe dar? Porque seu mérito me é óbvio, e tenho tentado dispensá-lo.

Os abraços mais ternos seguiram-se a esta confissão. No estado de espírito em que sua irmã se encontrava, Elinor não teve dificuldade em fazer com que prometesse o que quisesse. Então, mediante seu pedido, Marianne concordou em nunca falar do assunto com ninguém, com a menor aparência de amargura; em encontrar Lucy sem demonstrar o menor aumento de sua antipatia por ela, e até mesmo em ver o próprio Edward, se o destino os juntasse novamente, sem qualquer diminuição de sua costumeira cordialidade. Estas foram grandes concessões, mas quando Marianne sentia que havia causado mal, nenhuma reparação poderia ser demais.

Cumpriu admiravelmente sua promessa de ser discreta. Ouviu

tudo o que a Sra. Jennings tinha a dizer sobre o assunto sem corar, não discordou dela em nada, e disse três vezes: "Sim, senhora". Ouviu seus elogios a Lucy só mudando de uma cadeira para outra, e, quando a Sra. Jennings falou sobre o afeto de Edward, custou-lhe somente um espasmo na garganta. O progresso de sua irmã em direção ao heroísmo fez com que Elinor sentisse que ela mesma aguentaria qualquer coisa.

A manhã seguinte trouxe um novo teste, com uma visita de seu irmão, que chegou com uma expressão das mais sérias, para conversar sobre o terrível assunto e trazer para elas novidades sobre sua esposa.

– Já ouviram, suponho, – disse ele, com grande solenidade, assim que se sentou, – sobre a descoberta bastante chocante que ocorreu sob nosso teto, ontem.

Todas indicaram que sim com a cabeça; parecia um momento terrível demais para falar.

– Sua cunhada – continuou ele – sofreu horrivelmente. A Sra. Ferrars também. Em resumo, foi uma cena de aflição tão complicada... mas espero que passemos pela tempestade, sem que nenhum de nós se abata. Pobre Fanny! Ficou histérica o dia todo, ontem. Mas não quero alarmá-las demais. Donavan diz que não há nada de sério com ela; tem uma boa constituição, e sua força de vontade é inigualável. Está aguentando tudo com a fortaleza de um anjo! Ela diz que nunca mais vai pensar bem de ninguém, e não se pode admirar, após ter sido tão enganada! Enfrentar tamanha ingratidão, após ter demonstrado tanta gentileza, ter dado tanta confiança! Foi pela benevolência de seu coração que ela convidou aquelas jovens à nossa casa, apenas porque pensou que mereciam um pouco de atenção, eram garotas inofensivas e bem comportadas, e seriam companheiras agradáveis. Porque senão gostaríamos muito de ter convidado você e Marianne para se hospedar conosco, enquanto sua gentil amiga, aqui, estava cuidando de sua filha. E depois fomos recompensados desta maneira" "Desejava, desejava de todo o meu coração", disse a pobre Fanny, daquele seu jeito afetuoso, "que tivéssemos convidado suas irmãs, ao invés delas".

Neste ponto, parou para ser agradecido, após o que, tendo sido feito, continuou:

– O que a pobre Sra. Ferrars sofreu, quando Fanny contou a história para ela, não consigo descrever. Enquanto ela planejava, com a mais verdadeira das afeições, um casamento altamente desejável para ele, como poderia supor que ele tinha estado, todo este tempo, noivo de outra pessoa! Tal suspeita nunca teria passado por sua cabeça! Se ela houvesse suspeitado de qualquer impedimento, não seria naquele canto. "Ali, é claro", disse ela, "eu pensei que estivesse segura". Ela estava bastante agoniada. Consultamos uns aos outros, contudo, sobre o que deveria ser feito, e finalmente ela decidiu convocar Edward. Ele veio. Mas o que aconteceu depois me é penoso contar. Nada do que a Sra. Ferrars disse, para fazer com que terminasse o noivado, com o auxílio, como podem supor, de meus argumentos e dos pedidos de Fanny, foi de nenhuma valia. Dever, afeição, tudo foi ignorado. Nunca imaginei que Edward fosse tão teimoso, tão insensível. Sua mãe explicou-lhe suas intenções generosas, caso se casasse com a Srta. Morton; disse a ele que lhe daria a propriedade de Norfolk, que, líquida de impostos territoriais, produz umas boas mil libras por ano. Até mesmo ofereceu, quando a situação ficou desesperadora, mil e duzentas; e, em comparação a isso, se ele persistisse nessa união inferior, descreveu a ele a penúria certeira que acompanharia o casamento. As suas próprias duas mil libras, ela declarou, seriam todas dele; ela nunca mais o veria; e, ao contrário de dar a ele o mínimo auxílio, caso ele entrasse em qualquer profissão, com a intenção de sustentar-se melhor, ela faria tudo o que estivesse em seu poder para impedir que ele progredisse.

Neste ponto, Marianne, em um frenesi indignado, juntou as mãos e exclamou:

– Santo Deus! Será possível?

– Você pode muito bem imaginar, Marianne, – respondeu seu irmão, – a obstinação que poderia resistir a tais argumentos. Sua exclamação é muito natural.

Marianne ia responder, mas lembrou-se de suas promessas e conteve-se.

– Tudo isso, contudo, – continuou ele, – foi em vão. Edward disse muito pouco, mas o que disse foi da maneira mais determinada. Nada o convenceria a desistir do noivado. Ficaria firme, a qualquer custo.

– Então, – exclamou a Sra. Jennings, com sinceridade brusca, incapaz de permanecer em silêncio, – ele agiu como um homem honesto! Perdoe-me, Sr. Dashwood, mas se ele tivesse agido de outra maneira, o consideraria um patife. Tenho um certo interesse no assunto, assim como o senhor, pois Lucy Steele é minha prima, e acredito que não haja garota melhor no mundo, ou uma que mereça mais um bom marido.

John Dashwood ficou atônito, mas sua natureza era calma, não dada a provocações, e ele nunca queria ofender ninguém, especialmente alguém de posses. Respondeu, portanto, sem qualquer ressentimento:

– Longe de mim falar desrespeitosamente de qualquer parente seu, senhora. A Srta. Lucy Steele é, ouso dizer, uma jovem bastante merecedora, mas neste caso, sabe, a ligação é impossível. E ter entrado em um noivado secreto com um jovem sob os cuidados de seu tio, o filho de uma mulher com uma fortuna tão grande quanto a Sra. Ferrars, é, talvez, um tano quanto extraordinário. Em resumo, não pretendo refletir sobre o comportamento de qualquer pessoa pela qual a senhora tenha afeição, Sra. Jennings. Todos desejamos que ela seja extremamente feliz, e a conduta da Sra. Ferrars, durante todo este assunto, tem sido tal que toda mãe conscienciosa e boa adotaria, em circunstâncias semelhantes. Ela tem agido de forma honrada e generosa. Edward fez sua escolha quanto ao seu futuro, e temo que será ruim.

Marianne suspirou, indicando sua apreensão semelhante; e o coração de Elinor doía por Edward, enfrentando as ameaças de sua mãe por uma mulher que não o poderia recompensar.

– Bem, senhor, – disse a Sra. Jennings, – e como tudo acabou?

– Lamento dizer, senhora, que na ruptura mais infeliz: Edward foi expulso para sempre do convívio com a mãe. Saiu da casa dela ontem, mas para onde foi, ou se continua na capital, não sei; pois nós, é claro, não podemos fazer qualquer pergunta.

– Pobre jovem! E o que será dele?

– O que será dele, mesmo, senhora! É uma conjectura melancólica. Nascido para a perspectiva de tamanha afluência! Não consigo imaginar uma situação mais deplorável. Os juros sobre duas mil libras – como um homem viveria só com isso? E quando acrescentamos a isso a lembrança de que ele poderia, se não fosse por sua própria insensatez, ter recebido, dentro de três meses, duas mil e quinhentas libras por ano (pois a Srta. Morton tem trinta mil libras), não consigo imaginar uma condição mais desgraçada. Todos nós devemos sentir por ele, e mais ainda por sermos absolutamente incapazes de ajudá-lo.

– Pobre jovem! – exclamou a Sra. Jennings. – Claro que ele seria muito bem-vindo para dormir e se hospedar em minha casa; e eu diria isso a ele, se pudesse vê-lo. Não é certo que ele fique vivendo sozinho agora, em quartos alugados e tabernas.

O coração de Elinor ficou muito grato a ela por essa gentileza em relação a Edward, apesar de não conseguir sorrir ao ouvi-la.

– Se ao menos ele tivesse cuidado de si mesmo, – disse John Dashwood, – assim como todos os seus amigos estavam dispostos a cuidar dele, ele poderia estar, agora, em sua situação correta, e não necessitaria de nada. Porém, do jeito como está, ninguém pode ajudá-lo. E há mais uma coisa sendo preparada contra ele, que deve ser pior do que tudo – sua mãe decidiu, com um espírito bastante natural, transferir a propriedade, que poderia ter sido de Edward, para Robert imediatamente, sob as condições adequadas. Deixei-a hoje de manhã com seu advogado, discutindo o negócio.

– Bem! – disse a Sra. Jennings. – Esta é a vingança dela. Todo mundo tem seu próprio jeito. Mas não acho que a minha seria tornar um filho independente, só porque o outro me irritou.

Marianne levantou-se e andou pela sala.

– Há tormento maior para o espírito de um homem – continuou John – do que ver seu irmão caçula de posse de uma propriedade que poderia ter sido sua? Pobre Edward! Sinto sinceramente por ele.

Alguns minutos mais, passados neste mesmo tipo de efusão, concluíram sua visita. E, garantindo repetidamente a suas irmãs que acreditava que não Fanny não estava em perigo, e que não precisariam se preocupar demais com ela, ele partiu, deixando as três damas unânimes em seus sentimentos quanto tal ocasião, pelo menos no que se referia à conduta da Sra. Ferrars, dos Dashwood e de Edward.

A indignação de Marianne explodiu assim que ele saiu da sala, e visto que sua veemência fez com que discrição fosse impossível para Elinor, e desnecessária para a Sra. Jennings, ambas juntaram-se a ela, em uma crítica bastante vigorosa sobre o grupo.

Capítulo 38

A Sra. Jennings fez elogios muito calorosos sobre a conduta de Edward, mas só Elinor e Marianne compreendiam seu verdadeiro mérito. Somente elas sabiam quão pouco ele tinha para instigá-lo a ser desobediente, e quão pequeno era o consolo, além da consciência de ter agido certo, que sobraria para ele, depois da perda de amigos e fortuna. Elinor regozijou-se com a integridade dele, e Marianne perdoou todas as suas ofensas, em compaixão por seu castigo. Mas apesar de as confidências entre elas terem sido restauradas a seu antigo estado, devido a esta descoberta pública, não era um assunto que gostavam de discutir, enquanto estavam sozinhas. Elinor o evitava por princípio, pois a certeza de Marianne tendia a fazer com que seus pensamentos se voltassem com mais frequência à sua crença de que o afeto de Edward por ela mesma permanecia, o que ela queria ignorar. E o ânimo de Marianne logo abandonou-a, fazendo com que parasse de tentar conversar sobre um tópico que sempre a deixava mais insatisfeita consigo mesma do que antes, pela comparação que necessariamente produzia entre a conduta de Elinor e a sua própria.

Ela sentia toda a força da comparação, mas não como sua irmã havia esperado, fazendo com que se esforçasse agora; ela sofria por recriminar a si mesma continuamente, arrependendo-se amargamente de nunca ter se esforçado antes. Mas isso trazia somente a tortura da penitência, sem a esperança de correção. Sua mente estava tão enfraquecida que ela ainda acreditava ser impossível fazer qualquer esforço e, portanto, isso só a desanimava ainda mais.

Não ouviram mais nada, pelos próximos dias, sobre a situação em

Harley Street ou em Bartlett's Buildings. Mas apesar de já saberem tanto sobre o assunto que a Sra. Jennings teria muito o que fazer para espalhar seus conhecimentos sem precisar ir atrás de mais, ela havia se decidido, logo no começo, a fazer uma visita às suas primas, para comiserar e fazer perguntas, assim que pudesse; e só o fato de ter tido mais visitantes do que de costume a impediu de ir antes.

O terceiro dia depois de terem ficado sabendo dos detalhes da história foi tão bonito, um domingo tão belo, que atraiu muitas pessoas até Kensington Gardens, apesar de estarem ainda na segunda semana de março. A Sra. Jennings e Elinor estavam entre elas, mas Marianne, que sabia que os Willoughby haviam voltado para a capital, e vivia em medo constante de encontrá-los, preferiu ficar em casa do que aventurar-se em um local tão público.

Uma amiga íntima da Sra. Jennings juntou-se a elas, logo após entrarem nos jardins, e Elinor não ficou aborrecida por ter sido deixada com seus próprios pensamentos, devido ao fato de a senhora ter ficado com ela e atraído toda a atenção da Sra. Jennings. Não viu os Willoughby, ou Edward e, por algum tempo, ninguém, séria ou alegre, que pudesse interessá-la. Mas eventualmente, para sua surpresa, foi abordada pela Srta. Steele, que, apesar de parecer um pouco tímida, expressou grande satisfação em encontrá-las. Ao ser encorajada pela especial gentileza da Sra. Jennings, deixou seu próprio grupo por um tempo, para juntar-se ao delas. A Sra. Jennings imediatamente sussurrou para Elinor:

– Arranque tudo dela, minha cara. Ela te contará qualquer coisa, se perguntar. Vês que não posso abandonar a Sra. Clarke.

Foi uma sorte, contudo, para a curiosidade da Sra. Jennings e de Elinor, também, que ela contaria qualquer coisa sem ninguém precisar perguntar, pois de outra forma, não teriam ficado sabendo de nada.

– Fico muito feliz em encontrá-la, – disse a Srta. Steele, tomando seu braço, de forma íntima, – pois queria vê-la mais do que tudo. – Então, abaixando o tom de voz, disse: – Suponho que a Sra. Jennings já tenha ficado sabendo de tudo. Ela está brava?

– Nem um pouco, acredito, com vocês.

– Isso é bom. E Lady Middleton, ela está brava?

– Não suponho que seja possível que esteja.

– Fico tremendamente contente. Deus meu! Que maus bocados passei! Nunca vi Lucy tão furiosa em minha vida. Jurou, primeiro, que nunca mais adornaria um chapéu para mim, ou faria qualquer coisa por mim de novo, enquanto vivesse; mas agora ela se recompôs, e estamos nos dando tão bem quanto antes. Veja, ela fez este laço para meu chapéu, e colocou a pena ontem à noite. Vamos, você também vai rir de mim. Mas por que eu não deveria usar laço rosa? Não me importo que seja a cor preferida do doutor. Tenho certeza que nem saberia que ele gostava de rosa mais do que de outras cores, se ele não houvesse me contado. Minhas primas têm me provocado tanto! Digo que às vezes não sei para onde olhar, quando estou com elas.

Ela havia ido parar em um assunto sobre o qual Elinor não tinha o que dizer e, portanto, julgou adequado conduzi-la de volta para o primeiro.

– Bem, mas Srta. Dashwood, – falou, triunfante, – as pessoas podem dizer o que quiserem sobre o Sr. Ferrars ter declarado que não quer mais Lucy, pois não é verdade, te digo; e é uma vergonha, essas histórias maldosas serem circuladas por aí. O que quer que Lucy possa pensar sobre si mesma, sabe, não é da conta dos outros dizer que é verdade.

– Asseguro-lhe que nunca ouvi qualquer insinuação neste sentido.

– Oh, não ouviu? Mas foi dito, eu sei muito bem, e por mais de uma pessoa, pois a Srta. Godby contou à Srta. Sparks que ninguém com a cabeça no lugar poderia esperar que o Sr. Ferrars desistisse de uma mulher como a Srta. Morton, com uma fortuna de trinta mil libras, por Lucy Steele, que não tem absolutamente nada. E eu ouvi da própria Srta. Sparks. E além disso, meu primo Richard disse que, quando chegasse a hora o Sr. Ferrars fugiria, e quando Edward não nos visitou por três dias, não soube o que pensar. E acredito que Lucy havia desistido de tudo, pois quando saímos da casa de seu irmão, na quarta-feira, não o vimos mais na quinta, na sexta e no sábado, e não sabíamos o que havia acontecido com ele. Uma vez, Lucy pensou em escrever a ele, mas então se rebelou contra a ideia.

Contudo, hoje de manhã, ele nos visitou logo que chegamos da igreja, e então ficamos sabendo de tudo, que ele havia sido convocado a Harley Street na quarta-feira, e que havia levado uma bronca da mãe e dos outros, e declarado, na frente de todos eles, que não amava ninguém exceto Lucy, e que só se casaria com ela. E como havia ficado tão preocupado com o que havia ocorrido, logo que saiu da casa de sua mãe, montou no cavalo e cavalgou para o interior, a algum lugar, se hospedando em uma estalagem na quinta e na sexta-feira, de propósito, para se recompor. E, após pensar sobre tudo repetidas vezes, ele disse, parecia-lhe que, agora que já não tinha fortuna, e nenhuma outra coisa, seria cruel forçá-la a manter o noivado, porque seria uma perda para ela, pois ele não tinha nada além de duas mil libras, e nenhuma esperança de ter algo além disso. E, se ele fosse entrar para a igreja, como cogitava, ele não conseguiria nada além de um vicariato, e como viveriam só com isso? Ele não podia suportar a ideia de que ela não conseguisse um homem melhor, então implorou, se ela tivesse a menor vontade, que pusesse um fim ao noivado imediatamente, e que o deixasse se virar sozinho. Eu o ouvi dizer tudo isso perfeitamente bem. E foi inteiramente pelo bem dela, e pensando nela, que ele mencionou ir embora, e não por si mesmo. Juro que ele nunca disse uma palavra sobre estar cansado dela, ou desejar casar-se com a Srta. Morton, ou qualquer coisa do gênero. Mas certamente que Lucy não quis nem ouvir tal coisa, então disse a ele diretamente (com muitas menções a doçura e amor, sabe, e tudo isso – oras! Não posso repetir esse tipo de coisa, sabe). Ela disse a ele imediatamente que não tinha a menor intenção de deixá-lo, pois poderia viver ao lado dele com uma miséria, e por menos dinheiro que ele tivesse, ela ficaria feliz em ter tudo, sabe, ou algo do tipo. Então, ele ficou tremendamente feliz, e falou algum tempo sobre o que fariam, e concordaram que ele deveria se ordenar imediatamente, e esperariam para casar depois que ele conseguisse um lugar na igreja. Naquele momento, não consegui ouvir mais, pois minha prima me chamou do andar de baixo, para dizer que a Sra. Richardson havia vindo de carruagem, e queria levar uma de nós a Kensington Gardens, então fui forçada a ir até o cômodo e interrompê-los, para perguntar se Lucy gostaria de ir, mas ela não quis deixar Edward. Então, subi as escadas e coloquei um par de meias de seda e vim para cá com os Richardson.

– Não entendi o que quis dizer quando mencionou que os interrompeu, – disse Elinor, – estavam todos na mesma sala, não?

– Não, não estávamos. Oras! Srta. Dashwood, acha que as pessoas fazem declarações de amor quando há outras por perto? Oh, imagine só! Claro que a senhorita deve saber – e riu afetadamente. – Não, não, eles estavam entocados na sala de estar, e tudo o que ouvi foi ouvindo através da porta.

– O que! – exclamou Elinor. – Repetiu para mim o que só descobriu ouvindo através da porta? Sinto por não ter sabido disso antes, pois certamente não teria deixado que me desse detalhes de uma conversa que não deveria ser de seu conhecimento. Como pôde comportar-se de forma tão injusta com sua irmã?

– Ora, vamos! Não tem problema nenhum. Só fiquei atrás da porta e ouvi o que pude. E tenho certeza de que Lucy teria feito o mesmo comigo, pois há um ou dois anos, quando Martha Sharpe e eu tínhamos tantos segredos juntas, ela nunca teve escrúpulos em se esconder em um armário, ou atrás da tela de proteção da lareira, de propósito para ouvir o que dizíamos.

Elinor tentou falar de outra coisa, mas a Srta. Steele não conseguia ficar mais do que alguns minutos afastada do assunto que mais ocupava sua mente.

– Edward fala em ir para Oxford em breve, – disse ela, – mas agora está hospedado em Pall Mall, no nº ___. Que mulher maldosa é a mãe dele, não? E seu irmão e cunhada não foram muito gentis! Contudo, não falarei nada contra eles para você, e devo admitir que eles nos mandaram para casa em sua própria carruagem, que era mais do que eu esperava. E, no que diz respeito a mim, estava com tanto medo que sua cunhada fosse nos pedir os porta-agulhas que havia nos dado um ou dois dias antes, mas nada foi dito sobre eles, e eu tomei o cuidado de esconder o meu. Edward tem alguns assuntos para resolver em Oxford, ele diz, então precisa ir lá por um tempo. Depois disso, assim que ele conseguir encontrar algum bispo, ele tomará ordens. Imagino que vicariato ele irá obter! Deus meu! – disse ela, enquanto dava risadinhas, – aposto que já sei o que minhas primas dirão, quando souberem. Me aconselharão a escrever para o Reverendo, para conseguir o vicariato para o Edward. Sei que irão; mas jamais faria algo assim. "Oras!", direi eu, imediatamente, "como podem pensar tal coisa? Eu, escrever para o Reverendo!".

– Bem, – disse Elinor, – é um conforto estar preparada para o pior. Já tem sua resposta pronta.

A Srta. Steele ia continuar o assunto, mas a aproximação de seus amigos fez com que outro se tornasse mais necessário.

– Veja, aí vêm os Richardson. Tinha muito mais para dizer a você, mas não posso ficar longe deles por mais tempo. Asseguro-lhe que são pessoas muito distintas. Ele ganha muito dinheiro, e eles têm sua própria carruagem. Não tenho tempo de falar com a Sra. Jennings sobre isso, mas tenha a gentileza de contar a ela que estou muito feliz em ouvir que ela não está brava conosco, e o mesmo vale para Lady Middleton. E se qualquer coisa acontecer, que faça com que você e sua irmã precisem ir embora, e a Sra. Jennings quiser companhia, ficaríamos muito contentes em ficar com ela, por quanto tempo ela quiser. Suponho que Lady Middleton não nos convidará mais, este ano. Adeus; que pena que a Srta. Marianne não esteve aqui. Mande minhas lembranças para ela. Ora veja, está usando seu vestido de musselina com bolinhas! Imagino por que não ficou com medo de rasgá-lo.

Esta foi sua última preocupação, antes de se despedir, pois, depois disso, ela só teve tempo de dizer adeus à Sra. Jennings antes que sua companhia fosse requisitada pela Sra. Richardson. Então, Elinor foi deixada em posse de informações que poderiam alimentar seus poderes de reflexão por algum tempo, apesar de ter ficado sabendo pouco mais do que já havia previsto em sua própria mente. O casamento de Edward com Lucy estava tão firmemente estabelecido, e o momento em que ocorreria continuava tão absolutamente incerto, quanto ela havia concluído. Tudo dependia, exatamente como ela calculava, dele conseguir um posto na igreja, do que, naquele momento, parecia não haver a menor chance.

Assim que voltaram para a carruagem, a Sra. Jennings estava ávida por informações; porém, como Elinor queria espalhar o mínimo possível do que havia sido obtido de forma tão injusta, limitou-se a fazer uma breve repetição dos detalhes mais simples, que ela tinha certeza que Lucy, pelo bem de sua própria reputação, gostaria que fossem sabidos. A continuação do noivado entre eles, e os meios para promover seu encerramento, foi tudo o que contou; e isto arrancou da Sra. Jennings a seguinte natural observação:

– Esperar que ele consiga um cargo na igreja! Sim, todos nós sabemos como isso vai acabar. Eles esperarão doze meses e, ao descobrir que não deu em nada, aceitarão uma paróquia que renda cinquenta libras por ano, com os juros sobre as duas mil libras dele, e o pouco que o Sr. Steele e o Sr. Pratt puderem dar a ela. Então, terão um bebê por ano! E que Deus os ajude! Como serão pobres! Preciso ver o que consigo dar a eles para ajudar a mobiliar sua casa. Duas criadas e dois serviçais, sim! Como falei outro dia. Não, não, precisarão contratar uma garota robusta, que faça todo tipo de trabalho. A irmã de Betty não servirá mais para eles.

A manhã seguinte trouxe a Elinor uma carta por correio expresso, escrita pela própria Lucy. Dizia o seguinte:

"Bartlett's Building, março.

Espero que minha estimada Srta. Dashwood perdoe a liberdade que tomo ao escrevê-la; mas sei que sua afeição por mim fará com que fique contente em ouvir um relato tão bom sobre mim e meu querido Edward, depois de todas as dificuldades que superamos ultimamente, então não me desculparei mais, e sim direi que, graças a Deus, apesar de termos sofrido horrivelmente, estamos ambos muito bem, agora, e tão felizes quanto sempre seremos, com o amor um do outro. Tivemos grandes provações, e grandes perseguições, mas ao mesmo tempo, somos gratos a muitos amigos, inclusive você mesma, cuja grande bondade sempre estará em minha memória, e na de Edward também, a quem contei tudo. Tenho certeza de que ficará contente em saber, assim como a querida Sra. Jennings, que passei duas felizes horas com ele ontem à tarde, e ele não queria se separar de mim, apesar de eu ter insistido para que o fizesse, como achava que era meu dever, pelo bem da prudência, e teria me separado dele para sempre, naquele mesmo momento, caso ele consentisse. Mas ele disse que jamais permitiria que isso acontecesse, não se importava com a fúria da mãe, enquanto tivesse meu amor. Nossas perspectivas não são muito boas, isso é certo, mas devemos aguardar e ter esperanças. Ele entrará para a igreja logo e, caso você possa recomendá-lo a qualquer pessoa que tenha um cargo para conceder, estou certa de que não se esquecerá de nós, assim como a Sra. Jennings, tenho certeza de que ela falará bem de nós para Sir John, ou o Sr. Palmer, ou qualquer amigo que possa nos auxiliar. A pobre Anne carrega muita culpa pelo que fez, mas fez pensando agir certo, então não digo nada. Espero que a Sra. Jennings não se importe de nos visitar, caso ela passe por aqui esta manhã; seria muita gentileza, e meus primos ficariam orgulhosos em conhecê-la. Meu papel pede que termine esta carta; e peço que mande minhas gratas e respeitosas lembranças a ela, e a Sir John, Lady Middleton e seus lindos filhos, quando tiver a chance de vê-los, e meu amor à Srta. Marianne,

Sua, etc."

Assim que Elinor terminou de ler acarta, fez o que havia concluído ser a verdadeira intenção da remetente, colocando-a nas mãos da Sra. Jennings, que a leu em voz alta, com muitos comentários de satisfação e louvor:

– Muito bem! Como escreve bem! Sim, foi bastante apropriado, oferecer a ele a chance de terminar o noivado, se quisesse. Típico de Lucy. Pobrezinha! Quisera poder conseguir uma colocação na igreja, para ele, do fundo de meu coração. Ela me chama de querida Sra. Jennings, veja. Ela tem um coração tão bom. Acho que fez muito bem. Esta frase foi muito bem escrita. Sim, sim, irei visitá-la, claro. Como é atenciosa em pensar em todos! Obrigada, minha cara, por mostrar-me a carta. É uma das cartas mais bonitas que já li, e um elogio à mente e ao coração de Lucy.

Capítulo 39

As Srtas. Dashwood, a esta altura, já estavam na capital há mais de dois meses, e a impaciência de Marianne por ir embora aumentava a cada dia. Sentia saudades do ar, da liberdade, do silêncio do campo; e imaginava que, se algum lugar pudesse lhe trazer paz, seria Barton. Elinor estava quase tão ávida por ir embora quanto ela, e só menos decidida a fazê-lo imediatamente por ter consciência da dificuldades de uma viagem tão longa, que Marianne não se convencia a reconhecer. Começou, contudo, a pensar seriamente em fazer os preparativos, e já havia mencionado seus desejos à sua gentil anfitriã, que resistiu a eles com toda a eloquência de sua boa vontade, quando um plano foi sugerido, o qual, apesar de mantê-las longe de casa por mais algumas semanas, pareceu a Elinor ser muito mais propício do que qualquer outro. Os Palmer partiriam para Cleveland ao final de março, para o feriado da Páscoa; e a Sra. Jennings, com ambas as suas amigas, recebeu um convite bastante caloroso de Charlotte para ir com eles. Só isso não seria o suficiente para a cortesia da Srta. Dashwood, mas foi reforçado com tanta verdadeira educação pelo próprio Sr. Palmer que, em conjunto com a grande mudança nos modos deles para com elas, desde que ficara sabendo que sua irmã estava infeliz, a induziu a aceitar com prazer.

Quando contou a Marianne o que tinha feito, contudo, sua primeira reação não foi muito auspiciosa.

– Cleveland! – exclamou ela, em grande agitação. – Não, não posso ir a Cleveland!

– Está esquecendo – disse Elinor, gentilmente – que sua localização não é... que não está nos arredores de...

– Mas é no condado de Somerset. Não posso ir para o condado de

Somerset. Lá, onde esperava ir... não, Elinor, não pode esperar que eu vá até lá.

Elinor não quis discutir a justeza de se superar tais sentimentos; só tentou contradizê-los enfatizando outros. Referiu-se à ideia, portanto, como uma medida que estabeleceria o momento em que poderiam voltar para sua querida mãe, de um modo mais aconselhável e confortável do que qualquer outro plano, e talvez sem grandes demoras. De Cleveland, que ficava a alguns quilômetros de distância de Bristol, a viagem até Barton não durava mais do que um dia, apesar de ser um dia longo; e o criado de sua mãe poderia facilmente ir até lá para acompanhá-las. E, visto que não seria o caso de ficarem mais do que uma semana em Cleveland, poderiam estar em casa dentro de pouco mais de três semanas. Como o amor de Marianne pela mãe era sincero, sobrepujou os males imaginários com pouca dificuldade.

A Sra. Jennings estava tão pouco cansada de suas hóspedes que insistiu abertamente para que voltassem com ela para Londres, depois de Cleveland. Elinor ficou grata pela consideração, mas não podia mudar seus planos; e, tendo obtido a concordância de sua mãe prontamente, tudo o que se relacionada ao seu retorno foi combinado, na medida do possível, e Marianne encontrou algum alívio em anotar as horas que ainda a separavam de Barton.

– Ah, Coronel, não sei o que você e eu faremos sem as Srtas. Dashwood, – foi como a Sra. Jennings o recebeu, quando a visitou pela primeira vez após terem combinado a partida delas, – pois estão decididas a ir para casa, depois de visitarmos os Palmer. E como ficaremos acabrunhados, quando eu voltar! Senhor! Ficaremos sentados, olhando um para a cara do outro, entediados como dois gatos.

Talvez a Sra. Jennings esperasse, com esta vigorosa descrição de seu futuro tédio, provocá-lo a fazer o pedido que o permitiria escapar de tal aborrecimento; e, se era esta sua intenção, logo teve bons motivos para pensar que tinha sido bem-sucedida, pois quando Elinor foi até a janela, para examinar mais rapidamente as dimensões de uma gravura que ia copiar para sua amiga, ele a seguiu com um olhar particularmente significativo, e conversou com ela ali, por muitos minutos. O efeito de tal discurso sobre a dama tampouco escapou à observação da Sra. Jennings, pois apesar de ser honrosa demais para entreouvir, tendo até mesmo mudado de poltrona de propósito para não espionar e se sentado em uma perto do piano, que Marianne tocava, não pôde deixar de ver que Elinor corava, se agitava e prestava atenção demais ao que ele dizia, para concentrar-se em sua tarefa. Como maior confirmação de suas esperanças, durante o intervalo entre as músicas de Marianne, algumas palavras ditas pelo Coronel inevitavelmente chegaram a seus ouvidos, que indicavam que ele estava pedindo desculpas pelo mau estado de sua casa. Isto decidiu o assunto, para além de qualquer dúvida. Ela estranhou o fato de ele considerar necessário fazer isso, mas supôs que era a etiqueta apropriada. O que Elinor respondeu, ela não conseguiu ouvir, mas julgou, lendo seus lábios, que não considerava isso uma objeção relevante. E a Sra. Jennings a elogiou intimamente por sua honestidade. Conversaram, então, por mais alguns minutos, sem que ela conseguisse entender uma palavra, quando outra tempestiva interrupção na performance de Marianne fez com que ouvisse as seguintes palavras, na voz calma do Coronel:

– Temo que não possa ocorrer muito em breve.

Surpresa e chocada ao ouvir uma fala tão pouco típica de um amante, ela estava prestes a exclamar: "Deus! O que poderia atrapalhar?", mas, contendo-se, limitou-se à seguinte interjeição em voz baixa:

– Isso é muito estranho! Decerto ele não precisa esperar ficar mais velho.

Tal postergação por parte do Coronel, contudo, não pareceu ofender ou afrontar sua bela companheira, de modo algum, pois quando terminaram a conferência, logo depois, e foram para cantos diferentes, a Sra. Jennings ouviu Elinor dizer claramente, com um tom de voz que demonstrava estar sendo sincera:

– Sempre me considerarei muito grata ao senhor.

A Sra. Jennings ficou deleitada com sua gratidão, e só estranhou o fato de que, após ouvir tal frase, o Coronel conseguisse despedir-se delas, como imediatamente o fez, com o maior sangue-frio, e sair sem dar-lhe nenhuma resposta! Ela nunca poderia ter imaginado que seu velho amigo fosse um pretendente tão indiferente.

O que havia acontecido entre eles de verdade era o seguinte:

– Me contaram – disse ele, com grande compaixão – sobre a grande injustiça que seu amigo, o Sr. Ferrars, sofreu por parte de sua família; pois, se compreendi o caso direito, viraram as costas completamente a ele, por ter persistido em seu noivado com uma jovem muito merecedora. Fui informado corretamente? Foi isso o que aconteceu?

Elinor disse a ele que sim.

– A crueldade, a crueldade precipitada – respondeu ele, acalorado – de separar, ou tentar separar, dois jovens há muito ligados um ao outro, é terrível. A Sra. Ferrars não sabe o que pode estar fazendo... o que pode estar levando seu filho a fazer. Vi o Sr. Ferrars uma ou duas vezes, em Harley Street, e gostei muito dele. Ele não é o tipo de jovem de quem se consiga ficar íntimo rapidamente, mas o vi o suficiente para desejar-lhe bem por seus próprios méritos e, sendo seu amigo, desejo ainda mais. Fiquei sabendo que ele pretende se ordenar. Poderia fazer a gentileza de dizer a ele que o vicariato de Delaford, que acabou de ficar vago, conforme fui informado pela correspondência desta manhã, é dele, se ele achar que é digno de sua aceitação. Mas disso, talvez, considerando-se suas infelizes circunstâncias atuais, pode ser absurdo duvidar. Apenas gostaria que fosse mais valioso. É uma casa paroquial, porém pequena; o último vigário que ocupou o cargo, creio eu, não tirava mais do que duzentas libras por ano e, apesar de certamente poder ser melhorada, temo que não consiga chegar a um valor que permita a ele obter uma renda muito confortável. Do modo como as coisas estão, contudo, terei o maior prazer em concedê-la a ele. Tenha a bondade de assegurá-lo disso.

A surpresa de Elinor ao ouvir isso não poderia ter sido maior, nem se o Coronel a houvesse pedido em casamento. A concessão, que até dois dias atrás ela havia considerado impossível, já havia sido feita, permitindo que Edward se casasse; e ela, de todas as pessoas do mundo, havia sido escolhida para informá-lo! Sua emoção era tamanha, que a Sra. Jennings atribuiu a uma causa diferente; mas quaisquer sentimentos menos puros ou agradáveis que pudessem fazer parte de sua emoção, sua estima pela benevolência, e sua gratidão pela amizade que haviam instado o Coronel Brandon a agir de tal forma, foram profundamente reconhecidas, e calorosamente expressadas. Ela o agradeceu do fundo do coração, falou sobre os princípios e a disposição de Edward da forma elogiosa que sabia que ele merecia, e prometeu se desincumbir de sua tarefa com prazer, se o Coronel quisesse mesmo passar uma empreitada tão agradável para outra pessoa. Mas, ao mesmo tempo, ela não pôde deixar de pensar que ninguém a realizaria tão bem quanto o próprio Coronel. Era uma tarefa da qual, querendo evitar com que Edward ficasse constrangido por dever um favor a ela, ela ficaria muito feliz de ser poupada. Mas o Coronel Brandon, devido a motivos de igual delicadeza, também recusou, e parecia desejar muito que a notícia fosse transmitida através de Elinor que esta não continuou contestando. Edward, ela acreditava, ainda estava na cidade e, felizmente, a Srta. Steele havia lhe dito seu endereço. Portanto, poderia comprometer-se a informá-lo durante o dia. Após isso ter sido decidido, o Coronel Brandon começou a falar sobre sua própria sorte em ter obtido um vizinho tão respeitável e agradável, e foi então que mencionou, lamentando, que a casa era pequena e insossa; um mal que Elinor desconsiderou, como a Sra. Jennings havia suposto que havia feito, pelo menos no que se referia a seu tamanho.

– Não imagino que o fato de a casa ser pequena – disse ela – seja qualquer inconveniência para eles, pois será proporcional a sua família e renda.

Naquele momento, o Coronel ficou surpreso ao descobrir que ela estava considerando o casamento do Sr. Ferrars uma consequência certa da concessão, pois ele mesmo não supunha ser possível que a casa paroquial de Delaford poderia ensejar uma renda que qualquer pessoa acostumada ao estilo de vida dele se arriscaria a aceitar – e disse isso a ela.

– Este pequeno vicariato não pode fazer mais do que deixar o Sr. Ferrars confortável como homem solteiro; não permite que ele se case. Sinto dizer que meu patrocínio termina com isso, e meu interesse dificilmente se estende para além. Se, contudo, advier alguma circunstância que me permita ajudá-lo mais, pensarei sobre ele de forma bastante diferente da que penso agora, se não estiver, no futuro, pronto para lhe ser tão útil quanto desejaria estar agora. O que faço agora parece não ser nada, visto que permite a ele que progrida tão pouco rumo a seu principal, seu único objeto de felicidade. Seu casamento continuaria sendo um alvo distante; pelo menos, temo que não poderia ocorrer muito em breve.

Esta foi a frase que, quando interpretada erroneamente, ofendeu tanto os delicados sentimentos da Sra. Jennings; mas, após esta narração do que realmente aconteceu entre Coronel Brandon e Elinor, enquanto estavam de pé perto da janela, a gratidão expressa por esta última, ao se despedirem, pode parecer tão razoavelmente excitada e adequadamente expressa quanto se houvesse advindo de um pedido de casamento.

Capítulo 40

– Bem, Srta. Dashwood, – disse a Sra. Jennings, sorrindo de forma sagaz, assim que o cavalheiro havia saído, – não perguntarei o que o Coronel estava lhe dizendo, pois juro que tentei não ouvir, mas não pude deixar de escutar o suficiente para entender o que ele queria. E asseguro-lhe que nunca fiquei mais contente em minha vida, e desejo-lhe felicidades, do fundo do meu coração.

– Obrigada, senhora, – disse Elinor, – é uma questão que me traz muita alegria, e reconheço a bondade do Coronel Brandon profundamente. Não há muitos homens que agiriam como ele agiu. Poucas pessoas têm um coração tão compassivo! Nunca fiquei mais surpresa, em toda a minha vida.

– Meu Deus! Minha cara, você é muito modesta. Não fiquei nem um pouco surpresa, pois andei pensando muito, ultimamente, que nada seria mais provável.

– A senhora julgou com base em seu conhecimento da benevolência do Coronel; mas, pelo menos, não podia prever que a oportunidade ocorreria tão cedo.

– Oportunidade! – repetiu a Sra. Jennings. – Oh! Quanto a isso, quando um homem se decide a fazer tal coisa, de um jeito ou de outro encontra a oportunidade. Bem, minha cara, desejo-lhe felicidades novamente; e, se é que já houve algum casal feliz neste mundo, creio que logo saberei onde procurá-lo.

– A senhora pretende ir a Delaford atrás deles, suponho – disse Elinor, com um sorriso fraco.

– Sim, minha querida, pretendo, mesmo. E quanto à casa estar em más condições, não sei o que o Coronel quis dizer, pois está tão bem quanto qualquer outra casa que já vi.

– Ele disse que está precisando de reforma.

– Bem, e de quem é a culpa? Por que ele não a reforma? Quem deveria fazê-lo, senão ele mesmo?

Foram interrompidas pela chegada do criado, anunciando que a carruagem estava à porta; e a Sra. Jennings, imediatamente preparando-se para sair, disse:

– Bom, minha querida, preciso ir antes mesmo de ter falado metade do que queria. Contudo, poderemos discutir tudo à noite, pois estaremos completamente sozinhas. Não a convido para vir comigo, pois ouso dizer que sua mente está ocupada demais com este assunto para que queira companhia. Além disso, você deve estar querendo contar para sua irmã sobre isso.

Marianne havia saído da sala antes de a conversa começar.

– Certamente, senhora, contarei a Marianne, mas não mencionarei para mais ninguém, por ora.

– Oh! Está bem – disse a Sra. Jennings, um tanto quanto decepcionada. – Então não quer que eu conte a Lucy, pois acho que vu até Holborn, hoje.

– Não, senhora, nem para Lucy, por favor. Postergar um dia não fará diferença e, até que eu tenha escrito para o Sr. Ferrars, acho que o assunto não deveria ser mencionado para ninguém mais. Farei isso imediatamente. É importante não perder tempo com ele, pois ele terá muito o que fazer em relação às suas ordens, é claro.

Esta fala primeiro deixou a Sra. Jennings extremamente confusa. Por que ela precisaria escrever para o Sr. Ferrars com tanta pressa, não pôde compreender, de início. Após refletir por uns momentos, contudo, teve uma feliz ideia, e exclamou:

– Oh, sim! Compreendo. Será o Sr. Ferrars. Bem, melhor para ele. Sim, claro, ele precisa ser ordenado prontamente, e estou muito feliz em descobrir que as coisas já estão tão adiantadas, entre vocês. Mas minha cara, isso não é um pouco incomum? Não deveria o próprio Coronel Brandon escrever? Certamente que ele é a pessoa adequada.

Elinor não entendeu o começo da fala da Sra. Jennings, tampouco achou que valia a pena questionar; e, portanto, só respondeu referindo-se à última parte.

– O Coronel Brandon é um homem tão cortês, que prefere que qualquer um que não seja ele anuncie suas intenções ao Sr. Ferrars.

– Então você tem que fazê-lo. Bom, este é um tipo estranho de delicadeza! Contudo, não a atrapalharei – disse, vendo-a se preparar para escrever. – Sabe de seus assuntos melhor do que ninguém. Adeus, minha cara. Não ouvia nada que me agradasse tanto, desde que Charlotte teve o bebê.

E foi-se embora; mas, voltando, depois de um momento, disse:

– Estava pensando na irmã de Betty, minha cara. Ficaria muito feliz de arranjar para ela uma patroa tão boa. Mas se ela serve para ser criada pessoal de uma dama, não sei dizer. É uma excelente criada, e muito habilidosa com uma agulha. Contudo, você pensará nisso em seu próprio tempo.

– Certamente, senhora, – respondeu Elinor, sem prestar muita atenção no que ela dizia, e mais ansiosa por ficar sozinha do que entender o assunto.

Como ela começaria – como ela se expressaria, em seu bilhete para Edward, era tudo o que ocupava sua mente, naquele momento. As circunstâncias particulares entre eles tornavam difícil algo que, para qualquer outra pessoa, seria a coisa mais fácil do mundo. Mas ela temia igualmente falar demais e falar pouco, e sentou-se, deliberando, inclinada sobre o papel, com a pena na mão, até que foi interrompida pela entrada do próprio Edward.

Ele havia encontrado com a Sra. Jennings na porta, enquanto ela andava até sua carruagem, quando vinha deixar seu cartão de despedida; e ela, após desculpar-se por não dar meia-volta, insistiu para que ele entrasse, dizendo que a Srta. Dashwood estava no andar de cima e queria falar com ele sobre um assunto bastante importante.

Elinor estava justamente se sentindo agradecida, em meio à sua perplexidade, pelo fato de que, por mais difícil que fosse se explicar adequadamente por carta, era preferível a dar a informação pessoalmente, quando seu visitante entrou, forçando-a a fazer o maior dos esforços. Sua surpresa e confusão foram bastante grandes, mediante tal aparição repentina. Não o via desde antes de seu noivado vir a público e, portanto, antes de ele saber que ela estava informada do fato. Isso fez com que a consciência do que estava pensando e do que tinha para contar a ele a deixasse particularmente desconfortável, por alguns minutos. Ele, também, ficou bastante aflito, e sentaram-se juntos em um estado de embaraço muito promissor. Se havia se desculpado pela intromissão ao entrar, ele não se lembrava; porém, determinado a pecar por excesso de cautela, pediu desculpas formalmente, assim que conseguiu dizer alguma coisa, após puxar uma cadeira.

– A Sra. Jennings me contou – disse ele – que deseja falar comigo sobre algo, pelo menos foi o que entendi. Ou certamente que não teria me intrometido em sua tarefa deste modo; apesar de que, ao mesmo tempo, teria lamentado ter que sair de Londres sem vê-la, ou sua irmã, especialmente visto que é provável que levará um tempo... não é provável que eu tenha o prazer de encontrá-las novamente. Irei a Oxford amanhã.

– Não partiria, contudo, – disse Elinor, recuperando-se e determinada a terminar o que tinha que fazer, o mais rápido possível, – sem receber nossas congratulações, ainda que não pudéssemos dá-las pessoalmente. A Sra. Jennings estava certa no que disse. Tenho algo importante para contar-lhe, que estava prestes a comunicar por carta. Fui incumbida de uma tarefa das mais agradáveis – falou ela, com a respiração mais rápida do que de costume. – O Coronel Brandon, que esteve aqui há apenas dez minutos, pediu que lhe dissesse que, tendo sido informado de que deseja entrar para a igreja, tem o maior prazer em oferecer-lhe a paróquia de Delaford, que acabou de ficar vazia, e só gostaria que fosse mais valiosa. Permita-me congratulá-lo por ter um amigo tão respeitável e prudente, e fazer coro ao desejo dele de que a propriedade, que rende cerca de duzentas libras ao ano, fosse muito mais considerável, de modo que permitisse que você... que pudesse ser mais do que uma acomodação temporária... que pudesse, em resumo, concretizar todas as suas ideias de felicidade.

O que Edward sentiu, já que nem ele mesmo conseguiu expressar, não pode-se esperar que qualquer outra pessoa diga por ele. Sua aparência demonstrava toda a surpresa que tal informação tão inesperada, tão imprevista, não podia deixar de excitar; mas disse só estas duas palavras:

– Coronel Brandon!

– Sim, – continuou Elinor, fortalecendo sua resolução, pois um pouco da pior parte já havia passado, – o Coronel Brandon tem a intenção de que isto sirva de testemunho de sua preocupação com o que aconteceu recentemente... com a situação cruel em que a conduta injustificável de sua família lhe colocou... preocupação esta que tenho certeza que Marianne, eu mesma e todos os seus amigos compartilhamos. E, da mesma forma, como prova da alta estima que ele tem por seu caráter, e sua particular aprovação de seu comportamento nesta ocasião.

– O Coronel Brandon me concedendo um vicariato! Será possível?

– A crueldade de seus próprios parentes fez com que ficasse atônito a encontrar gentileza em outros lugares.

– Não, – respondeu ele, com repentina consciência, – não me surpreendo em encontrar gentileza em você; pois não ignoro o fato de que devo tudo a você, à sua bondade. Reconheço... expressaria, se pudesse... mas como bem sabe, não sou um bom orador.

– Engana-se. Afirmo que deve inteiramente, pelo menos quase

que inteiramente, a seu próprio mérito, e ao fato do Coronel Brandon estar ciente do mesmo. Não tive qualquer influência sobre o assunto. Nem mesmo sabia, até que compreendi a intenção dele, que o vicariato estava vago; tampouco me havia ocorrido que ele poderia ter tal concessão para fazer. Na qualidade de meu amigo, de amigo de minha família, ele pode, talvez – na verdade, eu sei que teve, um prazer ainda maior em concedê-lo a você; mas juro que não deve nada ã uma solicitação minha.

A verdade a obrigou a reconhecer uma pequena parcela no assunto, mas estava, ao mesmo tempo, tão reticente em parecer a benfeitora de Edward, que reconheceu-o com hesitação, o que provavelmente contribuiu para que fixar, na mente dele, a suspeita que havia recentemente lhe ocorrido. Por um curto tempo, ele ficou sentado, perdido em pensamentos, após Elinor ter parado de falar. Finalmente, e como se fosse um esforço, disse:

– O Coronel Brandon parece ser um homem de grande valor e respeitabilidade. Sempre ouvi falarem dele como tal, e sei que seu irmão o estima muito. Ele é, sem dúvidas, um homem sensato e, quanto a seus modos, um perfeito cavalheiro.

– É, mesmo, – respondeu Elinor, – acredito que perceberá, ao conhecê-lo melhor, que ele é tudo o que ouviu dizer, e já que serão vizinhos tão próximos, pois entendo que a casa paroquial fica perto da casa principal, é particularmente importante que ele seja, mesmo, tudo isso.

Edward não respondeu, mas quando ela virou o rosto, lançou a ela um olhar tão sério, tão franco, tão triste, que parecia dizer que ele desejaria que a distância entre a casa paroquial e a casa principal fosse muito maior.

– O Coronel Brando, acredito, está hospedado em St. James Street – disse ele, logo depois, levantando-se de sua cadeira.

Elinor disse a ele o número da casa.

– Devo apressar-me, então, para expressar a ele a gratidão que você não me permitiu expressar para você; para assegurá-lo de que me deixou muito feliz... extremamente feliz.

Elinor não tentou detê-lo; então se despediram, com uma garantia muito sincera, por parte dela, de seu contínuo desejo de felicidade para ele, por ocasião de todas as mudanças que pudessem se abater sobre ele; e, por parte dele, com o que era mais uma tentativa de retribuir esse desejo, do que o poder de expressá-lo.

– Da próxima vez que o vir, – disse Elinor, para si mesma, após a porta se fechar atrás dele, – o verei como o marido de Lucy.

E, com esta expectativa agradável, ela sentou-se para reconsiderar o passado, lembrar-se das palavras e tentar compreender tudo o que sentia por Edward; e, é claro, refletir sobre seu próprio descontentamento.

Quando a Sra. Jennings chegou em casa, apesar de ter voltado de uma visita a pessoas que nunca havia visto antes e sobre as quais, portanto, tinha muito o que dizer, sua mente estava muito mais ocupada pelo importante segredo sob sua posse, do que por qualquer outra coisa, de modo que voltou ao assunto, logo que Elinor apareceu.

– Bem, minha cara, – exclamou ela, – mandei o jovem até você. Não fiz a coisa certa? E suponho que não tenha tido qualquer dificuldade... ele não esteve muito reticente para aceitar sua proposta?

– Não, senhora; isso não seria muito provável.

– Bom, e quando ele ficará pronto? Pois tudo parece depender disso.

– Na realidade, – disse Elinor, – sei tão pouco sobre este tipo de coisa, que mal posso conjecturar quanto ao tempo ou aos preparativos necessários; mas suponho que dois ou três meses concluirão a ordenação dele.

– Dois ou três meses! – bradou a Sra. Jennings. – Senhor! Minha querida, como fala sobre o assunto tão calmamente! E o Coronel consegue esperar dois ou três meses? Deus meu! Estou certa de que eu perderia completamente a paciência! E apesar de ficar muito feliz em fazer uma gentileza para o pobre Sr. Ferrars, não acho que valha a pena esperar por ele dois ou três meses. Certamente que poderiam encontrar outra pessoa que serviria muito bem; alguém que já tenha tomado ordens.

– Minha cara senhora, – disse Elinor, – no que pode estar pensando? O único objetivo do Coronel Brandon é ser útil ao Sr. Ferrars.

– Deus te abençoe, minha querida! Não pode querer me persuadir de que o Coronel só se casará com você para poder dar dez guinéus ao Sr. Ferrars!

O engano não perdurou depois disso, e uma explicação logo foi dada, com a qual ambas se divertiram consideravelmente, naquele momento, sem qualquer perda de alegria para nenhuma das duas, pois a Sra. Jennings só mudou de uma forma de deleite para outra, sem abrir mão da esperança que tinha em relação à primeira.

– Sim, sim, a casa paroquial é pequena, – disse ela, após a primeira efusão de surpresa e satisfação ter se esvaído, – e é muito provável que esteja, mesmo, precisando de reformas. Mas ouvir um homem se desculpar, como eu pensei, por uma casa que, pelo que sei, tem cinco salas de estar no andar térreo, e creio que a governanta me disse que consegue abrigar quinze pessoas para passar a noite! E logo para você, acostumada a morar no chalé de Barton! Pareceu-me bastante ridículo. Mas minha cara, precisamos fazer com que o Coronel faça algumas melhorias à casa paroquial, para torná-la mais confortável para eles, antes que Lucy se mude para lá.

– Mas o Coronel Brandon não parece achar que o vicariato seja lucrativo o suficiente para permitir que se casem.

– O Coronel é um bobo, minha querida; por ter duas mil libras por ano, ele pensa que ninguém consegue se casar tendo menos. Acredite em mim, se eu estiver viva, visitarei a casa paroquial de Delaford antes do fim de setembro, e tenho certeza que não irei, se Lucy não estiver lá.

Elinor concordava com ela quanto à probabilidade de que eles não esperariam mais nada.

Capítulo 41

Edward, tendo expressado seus agradecimentos ao Coronel Brandon, prosseguiu com sua felicidade até a casa de Lucy, e estava tão excessivamente contente ao chegar a Bartlett's Buildings que ela pôde assegurar a Sra. Jennings, que a visitou novamente no dia seguinte, para dar-lhe os parabéns, que nunca o havia visto com um humor tão bom.

Sua própria felicidade, seu próprio humor, estavam, pelo menos, bastante certos, e ela se juntou à Sra. Jennings, com a maior satisfação, em sua expectativa de estarem todos confortavelmente reunidos na casa paroquial de Delaford antes do fim de setembro. Estava tão longe, ao mesmo tempo, de se recusar a dar a Elinor o crédito que Edward gostaria de ter-lhe dado, que falou de sua amizade com ambos da forma mais agradecida, estava pronta a admitir que estavam em dívida para com ela, e declarou abertamente que nenhum esforço pelo bem dos dois, por parte da Srta. Dashwood, a surpreenderia, no presente ou no futuro, pois acreditava-a capaz de fazer tudo o que pudesse por aqueles que valorizava. Quanto ao Coronel Brandon, ela não só estava pronta a adorá-lo como um santo, como também muito ávida por vê-lo sendo tratado como tal, em todos os aspectos; ansiosa para que os pagamentos a ele devidos por seus inquilinos fossem aumentados ao máximo; e resolveu aproveitar-se ao máximo, em Delaford, de seus criados, sua carruagem, seu gado e suas aves.

Fazia mais de uma semana que John Dashwood as havia visitado em Berkeley Street e visto que, desde então, elas só haviam demonstrado interesse pela saúde de sua esposa através de uma única pergunta, Elinor começou a sentir a necessidade de ir visitá-la. Esta era uma obrigação, contudo, que não só ia de encontro a seus próprios desejos, como também não teve o auxílio do encorajamento de suas companheiras. Marianne, não contente com recusar-se terminantemente a ir, tentou de todos os modos impedir que sua irmã fosse, também; e a Sra. Jennings, apesar de sua carruagem estar sempre à disposição de Elinor, detestava tanto a Sra. John Dashwood, que nem mesmo sua curiosidade para ver como ela estava, desde a descoberta, ou seu forte desejo de afrontá-la, ficando do lado de Edward, foram o suficiente para fazer com que superasse sua falta de desejo de estar na companhia dela novamente. A consequência foi que Elinor saiu sozinha para fazer uma visita que ninguém tinha menos vontade de fazer, e para sujeitar-se a uma conversa com uma mulher que nenhuma das outras duas tinha tantos motivos quanto ela para detestar.

Os criados lhe disseram que a Sra. Dashwood não estava, mas antes de a carruagem partir, seu marido acidentalmente saiu. Expressou grande prazer em ver Elinor, disse-lhe que estava indo fazer uma visita a Berkeley Street e, assegurando-lhe que Fanny ficaria muito feliz em vê-la, convidou-a a entrar.

Subiram as escadas até a sala de estar. Não tinha ninguém.

– Fanny está em seu próprio quarto, suponho – disse ele. – Irei até ela imediatamente, pois tenho certeza de que ela não fará a menor objeção a ver você. Muito pelo contrário. Agora, especialmente, não pode haver... contudo, você e Marianne sempre foram grandes favoritas dela. Por que Marianne não veio?

Elinor deu a desculpa que pôde em nome dela.

– Fico feliz vê-la sozinha, – respondeu ele, – pois tenho muito para contar. Este vicariato do Coronel Brandon, é verdade? Ele o concedeu mesmo a Edward? Ouvi ontem por coincidência, e estava indo vê-la propositalmente para perguntar mais sobre o assunto.

– É a mais pura verdade. O Coronel Brandon concedeu o vicariato de Delaford a Edward.

– É mesmo! Bem, isto é muito surpreendente! Sem nenhum relacionamento! Nenhuma ligação entre eles! E hoje em dia os vicariatos têm cada preço! Qual é o valor do dele?

– Cerca de duzentas libras por ano.

– Muito bem. E pela próxima concessão de um vicariato deste valor... supondo-se que o último beneficiário tenha estado doente, e que tenha sido provável que fosse vagar logo... ele poderia ter conseguido, estimo, mil e quatrocentas libras. E como ele não decidiu esta questão antes da morte desta pessoa? Agora, sim, seria tarde demais para vendê-lo, mas um homem tão sensato quanto o Coronel Brandon! Estranho que ele tenha sido tão imprudente em relação a um assunto tão comum e natural! Bom, estou convencido de que há muita inconsistência na natureza de quase todos os seres humanos. Entretanto, suponho, agora que estou lembrando, que o caso possa ser assim. Edward só ocupará o cargo até que a pessoa para quem o Coronel

Brandon tenha realmente vendido o vicariato tenha idade o suficiente para assumi-lo. Sim, sim, foi isso que aconteceu, pode acreditar.

Elinor o contradisse, contudo, com bastante certeza; e, relatando que ela mesma havia ficado responsável por transmitir a oferta do Coronel Brandon para Edward e, portanto, compreendia os termos sob os quais havia sido feita, o obrigou a aceitar sua autoridade.

– É verdadeiramente espantoso! – exclamou ele, após ouvir o que ela disse. – Qual pode ser o motivo do Coronel?

– Um muito simples: ser útil ao Sr. Ferrars.

– Bem, bem; o que quer que o Coronel Brandon possa ser, Edward é um homem muito sortudo. Não mencione o assunto para Fanny, contudo, pois apesar de eu já ter contado a ela, e ela estar aguentando muito bem, não vai gostar de ouvir muitas discussões sobre ele.

Elinor teve um pouco de dificuldade em impedir-se de observar que achava que Fanny conseguiria aguentar com compostura uma melhoria na condição financeira de seu irmão, que não empobreceria nem ela mesma, nem seu filho.

– A Sra. Ferrars – acrescentou ele, abaixando a voz até o tom digno de um assunto tão importante – não sabe nada sobre isso, no momento, e acredito ser melhor manter o assunto inteiramente escondido dela, por tanto tempo quanto for possível. Quando o casamento acontecer, temo que ela precisará ficar sabendo de tudo.

– Mas por que esta precaução? Apesar de não podermos supor que a Sra. Ferrars tenha a menor satisfação em saber que seu filho tem dinheiro o suficiente para se sustentar, pois isso deve estar completamente fora de questão, por que, com base em seu comportamento ultimamente, devemos supor que ela sinta qualquer coisa? Ela cortou laços com seu filho, o expulsou para sempre, e fez com que todos sobre quem tinha alguma influência fizessem o mesmo. Certamente que, após fazer isso, não se pode imaginar que ela sinta qualquer tristeza ou alegria por conta dele. Ela não pode estar interessada em nada que aconteça com ele. Não seria fraca o suficiente para jogar fora o conforto de um filho e, ainda assim, reter a ansiedade de uma mãe!

– Ah, Elinor, – disse John, – seu raciocínio é muito bom, mas baseia-se em uma ignorância da natureza humana. Quando a infeliz união de Edward ocorrer, pode acreditar que sua mãe ficará tão magoada quanto se nunca o tivesse expulsado; e, portanto, todas as circunstâncias que possam acelerar este terrível evento devem ser escondidas dela, o máximo possível. A Sra. Ferrars nunca poderá esquecer que Edward é seu filho.

– Fico surpresa; pensaria que quase já teria escapado de sua memória, a esta altura.

– Está sendo extremamente injusta com ela. A Sra. Ferrars é uma das mães mais afetuosas do mundo.

Elinor ficou em silêncio.

– Agora estamos planejando – disse o Sr. Dashwood, após uma curta pausa – que Robert se case com a Srta. Morton.

Elinor, sorrindo ao ouvir o tom de importância, sério e decisivo, de seu irmão, respondeu calmamente:

– A dama, suponho, não tem escolha nesta questão.

– Escolha! O que quer dizer?

– Só me referi ao fato de que suponho, com base no seu modo de falar, que deve ser a mesma coisa para a Srta. Morton, casar-se com Edward ou com Robert.

– Certamente, não há diferença; pois Robert será considerado, agora, para todos os fins, o filho mais velho; e no que tange a todo o resto, os dois são jovens bastante agradáveis, não acho que um é superior ao outro.

Elinor não disse mais nada, e John, também, ficou em silêncio, por um tempo. Suas reflexões terminaram assim:

– Posso garantir uma coisa, minha cara irmã, – disse ele, tomando-a pela mão gentilmente, e falando em um sussurro horroroso, – e garantirei, porque sei que ficará contente. Tenho bons motivos para pensar... na verdade, fiquei sabendo por uma fonte confiável... não que eu tenha ouvido exatamente da boca da Sra. Ferrars, mas de sua filha... que, em resumo, quaisquer objeções que podia haver contra uma certa... uma certa conexão, compreende? Ela teria preferido mil vezes, não teria lhe causado nem a metade do aborrecimento que esta situação causa. Fiquei extremamente feliz em ver que a Sra. Ferrars considerava as coisas por este ângulo, é uma circunstância bastante gratificante para todos nós. "Teria sido, sem comparação", disse ela, "o menor dos males, e ela ficaria feliz, agora, em aceitar". Contudo, tudo isto está fora de cogitação, qualquer ligação não deve ser conjecturada ou mencionada, sabe, nunca poderia ser, tudo isso já passou. Mas pensei em contar-lhe isso porque sei o quanto deve deixá-la contente. Não que você tenha qualquer motivo para se lamentar, minha cara Elinor. Não há dúvidas de que se sairá muito bem, tão bem, ou ainda melhor, talvez, considerando-se tudo. Esteve com o Coronel Brandon ultimamente?

Elinor havia ouvido o suficiente, se não para agradar sua vaidade e aumentar sua autoestima, para agitar seus nervos e preencher sua mente. Então, ficou feliz por ser poupada da necessidade de dizer muito em resposta, e do perigo de ouvir mais alguma coisa vinda de seu irmão, pela chegada do Sr. Robert Ferrars. Após alguns minutos de conversa, John Dashwood, lembrando-se de que Fanny ainda não havia sido informada sobre a presença de sua irmã, saiu da sala para ir buscá-la, e Elinor foi deixada para estreitar seu relacionamento com Robert, que confirmava, com sua despreocupação alegre, a fatuidade de seus modos enquanto usufruía do amor e da generosidade da mãe, em prejuízo do irmão banido, conquistados somente por seu próprio estilo dissoluto de vida e pela integridade do irmão, a opinião mais desfavorável que ela havia formado sobre sua mente e seu coração.

Estavam sozinhos há menos de dois minutos, quando ele começou a falar de Edward; pois ele também tinha ouvido falar sobre o vicariato, e tinha muitas indagações sobre o assunto. Elinor repetiu os detalhes da história, como havia dado a John; e seu efeito sobre Robert, apesar de muito diferente, não foi menos chocante do que sobre o primeiro. Ele riu imoderadamente. A ideia de Edward entrar para o clero, e viver em uma casa paroquial, o divertia imensamente; e quando acrescentava-se a isso a imagem de Edward lendo preces em uma sobrepeliz branca, e publicando os proclamas de casamento entre John Smith e Mary Brown, ele não conseguia pensar em nada mais ridículo.

Elinor, enquanto esperava o término daquela tolice, em silêncio e imóvel seriedade, não pôde impedir que seu olhar se fixasse nele com uma expressão que demonstrava todo o desprezo que ele incitava. Era um olhar, entretanto, muito bem dado, pois dava vazão a seus sentimentos e impedia que ele os percebesse. Ele caiu em si, não devido a qualquer bronca por parte dela, mas à sua própria sensatez.

– Podemos tratar o assunto como se fosse uma piada, – disse ele, finalmente, recuperando-se do ataque de riso afetado que tinha aumentado consideravelmente a hilaridade genuína do momento, – mas é uma questão das mais sérias. Pobre Edward! Está arruinado para sempre. Lamento muito por isso, pois sei que ele tem um ótimo coração; é um dos camaradas mais bem-intencionados do mundo, talvez. Não deve julgá-lo, Srta. Dashwood, com base no pouco tempo que o conhece. Pobre Edward! Seus modos decerto não são naturalmente alegres. Mas nem todos nós nascemos, sabe, com as mesmas qualidades, o mesmo estilo. Pobre camarada! Vê-lo em um círculo de estranhos já era digno de pena o suficiente! Mas juro que acredito que ele tem um coração tão bom quanto o de qualquer outro no reino; e declaro e protesto que nunca fiquei tão surpreso em minha vida quanto fiquei sabendo de tudo. Não podia acreditar. Minha mãe foi a primeira a me contar, e eu, sentindo que precisava agir de forma resoluta, imediatamente disse a ela: "Minha cara senhora, não sei o que pretendes fazer nesta ocasião, mas quanto a mim, devo dizer que se Edward se casar com esta jovem, nunca mais quero vê-lo". Foi o que disse imediatamente. Fiquei consternado, de verdade! Pobre Edward! Ele se acabou completamente. Se exilou para sempre de toda a sociedade decente! Mas, como eu logo disse para minha mãe, não fiquei nem um pouco surpreso, pois já era de se esperar, com o estilo de educação que ele teve. Minha pobre mãe ficou quase que desvairada.

– Já viu a dama?

– Sim, uma vez, enquanto ela estava hospedada nesta casa, calhei de fazer uma visita de uns dez minutos, e vi o suficiente. A mais insignificante e inadequada garota do campo, sem estilo ou elegância, e quase que sem beleza. Lembro-me dela perfeitamente. Justamente o tipo de garota que eu suporia capaz de cativar o pobre Edward. Me ofereci de pronto, assim que minha mãe me contou sobre o assunto, para conversar com ele pessoalmente, e dissuadi-lo de seguir com a união; mas já era tarde demais para fazer qualquer coisa, pois infelizmente eu não estava presente no começo, e não fiquei sabendo de nada até que a ruptura já havia acontecido, quando já não podia mais interferir. Mas se houvesse sido informado algumas horas antes, creio que teria sido muito provável que pudesse ter conseguido algo. Certamente teria conversado com Edward de modo bastante enfático. "Meu caro", eu teria dito, "pense no que está fazendo. Está formando uma união muito degradante, e uma que sua família desaprova unanimemente". Não consigo parar de pensar, em resumo, que poderia ter encontrado um jeito. Mas agora é tarde; ele deve estar passando por privações, sabe; isso é certo. Sérias privações.

Ele havia acabado de estabelecer esta questão com grande compostura, quando a entrada da Sra. Dashwood pôs um fim ao assunto. Apesar de ela nunca falar sobre isso fora de seu círculo familiar, Elinor podia ser a influência do mesmo sobre sua mente, em algo semelhante a confusão em sua expressão, quando entrou, e uma tentativa de cordialidade em seu comportamento para com ela. Chegou ao ponto de expressar preocupação com o fato de Elinor e sua irmã partirem da cidade tão em breve, pois esperava vê-las mais; um esforço no qual seu marido, que a acompanhara até a sala e prestava atenção arrebatada a tudo o que dizia, parecia enxergar tudo de mais afetuoso e gracioso.

Capítulo 42

Mais uma curta visita a Harley Street, durante a qual Elinor foi parabenizada por seu irmão por viajar até Barton sem gastar um centavo, e pelo fato de que o Coronel Brandon as seguiria até Cleveland dentro de um dia ou dois, concluiu a comunicação entre os irmãos na capital. Um débil convite de Fanny para que fossem até Norland quando estivessem passando por lá, o que era o evento mais improvável, junto com uma garantia mais calorosa, porém menos pública, de John para Elinor, da rapidez com que ele a visitaria em Delaford, era tudo o que predizia qualquer encontro entre eles no interior.

A divertia observar que todos os seus amigos pareciam determinados a mandá-la para Delaford; um lugar que, dentre todos os outros, ela menos gostaria de visitar ou onde desejaria residir, pois não só era considerado seu futuro lar por seu irmão e pela Sra. Jennings, como também Lucy, ao se despedirem, convidou-a insistentemente para visitá-la lá.

Logo no início de abril, e razoavelmente cedo pela manhã, os dois grupos, de Hanover Square e de Berkeley Street, partiram de suas respectivas casas para se encontrar na estrada, no horário marcado. Para o conforto de Charlote e da criança, a viagem levaria mais de dois dias, e o Sr. Palmer, viajando mais rapidamente com o Coronel Brandon, se encontraria com elas em Cleveland, logo após chegarem.

Marianne, por mais escassos que houvessem sido seus momentos de prazer em Londres, e por mais ávida que estivesse por deixá-la, não conseguiu, quando chegou a hora, despedir-se sem grande sofrimento da casa onde havia tido esperança e confiança em Willoughby, agora extintas para sempre. Tampouco conseguiu abandonar a cidade na qual Willoughby permanecia, ocupado com novos compromissos e esquemas, dos quais ela não compartilhava, sem derramar muitas lágrimas.

A satisfação de Elinor, no momento da partida, era mais positiva. Não tinha tal objeto para fixar seus pensamentos persistentes, não havia deixado para trás ninguém de quem sua separação eterna a daria um minuto de tristeza; estava contente por se livrar da perseguição da amizade de Lucy, grata por levar sua irmã para longe sem ser vista por Willoughby desde seu casamento, e aguardava ansiosamente o que alguns meses de tranquilidade em Barton poderiam fazer para restaurar a paz de espírito de Marianne e confirmar a sua própria.

Sua viagem transcorreu em segurança. O segundo dia as trouxe até o estimado, ou proibido, condado de Somerset, que era considerado pela imaginação Marianne ora de um jeito, ora de outro; e, na manhã do terceiro dia, chegaram a Cleveland.

Cleveland era uma casa espaçosa e de arquitetura moderna, situada em um gramado inclinado. Não tinha bosque, mas os jardins para passeios eram razoavelmente grandes; e, como todos os outros lugares de mesma importância, tinha sua plantação de arbustos aberta, e uma trilha mais fechada, um caminho de cascalho que circundava uma plantação, levava até a frente da casa. O gramado era pontilhado por árvores; a casa em si estava sob a proteção de abetos, sorveiras e acácias, e um arvoredo contendo todos eles, entremeados com altos álamos negros, escondia a edificação de serviço.

Marianne entrou na casa com o coração se enchendo de emoção por estar a apenas cento e trinta quilômetros de distância de Barton, e não a cinquenta de Combe Magna; e, antes de ter passado cinco minutos dentro de suas paredes, enquanto as outras estavam ajudando Charlotte a mostrar o bebê para a governanta, já havia saído novamente, fugindo por entre os arbustos serpeantes, acabando de retornar à beleza, de ganhar uma distante eminência. Naquele momento, do templo grego, seu olhar, passando por uma vasta extensão de terras em direção sudeste, repousou sobre as colinas mais distantes do horizonte, e fê-la imaginar que, de seus cumes, Combe Magna podia ser vista.

Em tais momentos de preciosa e valiosa infelicidade, ela deleitou-se com lágrimas de agonia por estar em Cleveland; e, voltando por um caminho diferente até a casa, sentindo todo o privilégio da liberdade do campo, de poder andar por todos os cantos em livre e deliciosa solidão, decidiu passar quase todas as horas de todos os dias em que estivesse com os Palmer na indulgência de tais passeios solitários.

Voltou a tempo de juntar-se aos outros, enquanto saíam da casa, para fazer uma excursão pelas cercanias. Passaram resto da manhã tranquilamente, descansando no jardim de temperos, examinando as trepadeiras sobre seus muros e escutando o jardineiro se lamuriando por causa das pragas, jogando tempo fora na estufa, onde a perda de suas plantas preferidas, que haviam sido descuidadamente expostas ao tempo e mortas pelos últimos dias de geada, fez com que Charlotte risse; e também visitando o pátio em que mantinham as aves, onde ela encontrou novas fontes de diversão nas esperanças desapontadas da criada responsável pelos animais, devido às galinhas que abandonaram os ninhos, ou foram pegas por raposas, ou à rápida diminuição de pintinhos que pareciam promissores.

A manhã estava bonita e seca, e Marianne, planejando sair, não havia se preparado para qualquer mudança no tempo, durante sua estadia em Cleveland. Portanto, foi com grande surpresa que se viu impedida de sair novamente após o jantar, por uma persistente chuva. Estava contando com um passeio ao crepúsculo até o templo grego, e talvez pelo terreno todo, e uma noite meramente fria ou úmida não a teria impedido; mas uma chuva pesada e persistente nem mesmo ela consideraria um tempo seco ou agradável para dar um passeio.

Formavam um grupo pequeno, e as horas passavam em silêncio. A Sra. Palmer tinha seu filho, e a Sra. Jennings o tapete em que estava trabalhando; conversavam sobre os amigos que haviam deixado para trás, organizavam os compromissos de Lady Middleton e imaginava se o Sr. Palmer e o Coronel Brandon passariam de Reading naquela noite. Elinor, por menos envolvida que estivesse no assunto, juntava-se a elas, e Marianne, que tinha o dom de encontrar o caminho da biblioteca em todas as casas, por mais que esta fosse evitada pela família em geral, logo pegou para si um livro.

Por parte da Sra. Palmer, não faltava nada, que pudesse ser suprido por bom humor constante e amistoso, para que elas se sentissem em casa. A franqueza e cordialidade de seus modos mais do que compensavam a falta de compostura e elegância que costumava fazer com que fosse deficiente em polidez; sua gentileza, indicada por seu rosto tão bonito, era cativante, e sua tolice, apesar de evidente, não era repulsiva, pois não era convencida. E Elinor deixava tudo passar, menos sua risada.

Os dois cavalheiros chegaram no dia seguinte, a tempo de jantar tarde, ensejando um agradável aumento do grupo e uma bem-vinda variedade às suas conversas, que havia sido bastante reduzida por uma longa manhã de chuva contínua.

Elinor havia visto o Sr. Palmer tão pouco, e naquele pouco tempo testemunhado tamanha variedade em seus modos para com ela mesma e sua irmã, que não sabia o que esperar dele dentro de sua própria família. Descobriu-o, entretanto, um cavalheiro perfeito em seu comportamento para com todos os seus hóspedes, e só ocasionalmente rude com sua esposa e a mãe dela; descobriu-o muito capaz de ser um companheiro agradável, e só era impedido de ser sempre assim por uma aptidão grande demais para considerar-se muito superior às pessoas em geral, como se sentia em relação à Sra. Jennings e Charlotte. Quanto ao resto de sua personalidade e hábitos, não eram marcados, pelo que Elinor pôde perceber, por quaisquer traços incomuns a seu sexo e à sua idade. Comia bem e não tinha horário para nada; era afeiçoado ao filho, apesar de fingir indiferença; e matava o tempo, pelas manhãs, jogando bilhar, quando deveria estar dedicando-se aos negócios. Contudo, gostou dele, no geral, muito mais do que esperara, mas não lamentava não poder gostar mais, por ter sido levada, observando seu epicurismo, egoísmo e convencimento, a lembrar-se com complacência do temperamento generoso, gostos simples e modéstia de Edward.

Recebeu notícias de Edward, ou pelo menos de alguns assuntos relativos a ele, do Coronel Brandon, que tinha estado no condado de Dorset ultimamente, e que, tratando-a imediatamente como a amiga desinteressada do Sr. Ferrars e sua própria gentil confidente, contou-lhe muito sobre a casa paroquial de Delaford, descrevendo suas deficiências, e o que pretendia fazer para consertá-las. Seu comportamento para com ela, neste assunto, assim como em todos os outros detalhes, seu franco prazer em revê-la após uma ausência de apenas dez dias, sua presteza em conversar com ela e respeito por sua opinião, poderiam muito bem justificar a opinião da Sra. Jennings de que era afeiçoado a ela, e teria sido suficiente para fazer com que ela mesma suspeitasse disso, talvez, se Elinor não continuasse acreditando, como acreditara desde o começo, que Marianne era a verdadeira favorita dele. Mas, sendo as coisas do jeito que eram, tal ideia não havia entrado em sua cabeça, exceto por sugestão da Sra. Jennings; e não podia deixar de pensar que ela mesma era a melhor observadora entre as duas: observava os olhos dele, enquanto a Sra. Jennings só se concentrava em seu comportamento; e, devido ao fato de que seus olhares de solicitude ansiosa por Marianne estar sentindo, na cabeça e na garganta, o começo de uma forte gripe, não foram expressos em palavras, escaparam inteiramente à atenção da senhora, mas Elinor descobria neles os sentimentos ávidos e a preocupação desnecessária de um apaixonado.

Dois deliciosos passeios ao crepúsculo, na terceira e quarta noites de sua estadia, não somente no cascalho seco do caminho de arbustos, como também por todas as partes do terreno, especialmente nas mais distantes, onde havia um pouco mais de mata selvagem do que no resto, onde as árvores eram mais velhas e a grama mais comprida e molhada, haviam, auxiliadas pela imprudência ainda maior de sentar-se com sapatos e meias molhados, feito com que Marianne pegasse um resfriado tão forte que, apesar de ignorado ou negado por um ou dois dias, ensejou a preocupação de todos e a atenção dela mesma, conforme piorava. Conselhos jorraram de todos os cantos e, como de costume, foram todos desconsiderados. Apesar de estar lânguida e febril, com dores nos membros, tosse e dor de garganta, dizia que uma boa noite de sono a curaria inteiramente, e foi com dificuldade que Elinor convenceu-a, quando foi para a cama, a tentar um ou dois dos remédios mais simples.

Capítulo 43

Marianne acordou, na manhã seguinte, no horário de costume. Respondeu a todas as perguntas dizendo que estava melhor, e tentou prová-lo realizando suas tarefas costumeiras. Mas passar um dia sentada, tremendo na frente da lareira, com um livro na mão que não conseguia ler, ou deitada, cansada e lânguida, sobre o sofá, não demonstrou muito bem sua melhora. E quando finalmente foi deitar-se cedo, ainda mais indisposta, o Coronel Brandon só ficou surpreso com a compostura de sua irmã, que apesar de ter cuidado de Marianne o dia inteiro, contra os desejos desta última, forçando-a a tomar remédios à noite, confiava na certeza e eficácia do sono, assim como ela, e não sentia real preocupação.

Uma noite irrequieta e febril, entretanto, decepcionou as expectativas de ambas; e quando Marianne, após insistir em levantar-se, confessou ser incapaz de se sentar ereta e voltou voluntariamente para a cama, Elinor já estava muito disposta a aceitar o conselho da Sra. Jennings e chamar o apotecário que cuidava da família Palmer.

Ele veio, examinou a paciente e, apesar de encorajar a Srta. Dashwood a esperar que poucos dias devolveriam a saúde de sua irmã, declarou que sua doença tinha tendências infecciosas e, permitindo que a palavra "infecção" escapasse de seus lábios, imediatamente preocupou a Sra. Palmer, por conta do bebê. A Sra. Jennings, que desde o começo achara a doença de Marianne mais séria do que Elinor, agora parecia bastante séria, ao ouvir o relato do Sr. Harris e, confirmando os medos e cuidados de Charlotte, insistiu na urgente necessidade de que se retirasse com a criança; e o Sr. Palmer, apesar de tratar suas apreensões como bobagens, achou a ansiedade e chateação de sua esposa grandes demais para suportar. A partida dela, portanto, foi estabelecida e, dentro de uma hora após a chegada do Sr. Harris, ela se foi, com o menininho e a babá, para a casa de um parente próximo do Sr. Palmer, que morava algumas milhas do outro lado de Bath, onde seu marido prometeu, mediante franca solicitação, encontrá-la dentro de alguns dias, e para onde ela pediu, quase que com tanta insistência, que sua mãe a acompanhasse. A Sra. Jennings, contudo, com tamanha bondade que fez com que Elinor a amasse de verdade, declarou sua resolução de não sair de Cleveland enquanto Marianne estivesse doente, e de tentar, com seus próprios cuidados atenciosos, fazer o papel da mãe de quem ela a havia tirado. E Elinor descobriu que ela era, o tempo todo, uma ajudante das mais dispostas e ativas, desejosa de dividir com ela todo o cansaço e, com sua maior experiência em cuidar dos outros, extremamente útil.

A pobre Marianne, lânguida e abatida devido à natureza de sua doença, e sentindo-se mal da cabeça aos pés, não podia mais esperar que estaria melhor no dia seguinte. E a ideia do que o amanhã teria trazido, se não fosse por esta infeliz doença, tornou cada dor mais severa, pois deveriam ter partido para casa naquele mesmo dia e, acompanhadas o caminho todo por um criado da Sra. Jennings, pego sua mãe de surpresa na tarde seguinte. O pouco que dizia era para lamentar este inevitável atraso, apesar de Elinor tentar animá-la e fazê-la acreditar, como ela mesma acreditava, naquele momento, que a demora seria curta.

O dia seguinte não trouxe quase nenhuma mudança no estado da paciente; ela certamente não estava melhor e, exceto pelo fato de não haver alterações, não parecia estar pior. O grupo havia sido ainda mais reduzido, pois o Sr. Palmer, apesar de muito pouco disposto a partir, devido a verdadeira gentileza e também por não querer parecer ter se deixado assustar pela esposa, foi finalmente convencido pelo Coronel Brandon a cumprir sua promessa de se juntar a ela. Enquanto preparava-se para ir, o próprio Coronel Brandon, com muito mais força de vontade, começou a aventar a possibilidade de ir junto. Neste ponto, contudo, a generosidade da Sra. Jennings se interpôs, da forma mais razoável; pois mandar o Coronel embora enquanto sua amada estava tão preocupada com a irmã seria privá-los, ambos, na opinião dela, de todo consolo. Portanto, dizendo-lhe imediatamente que sua permanência em Cleveland era necessária para si mesma, e que queria que jogasse piquet com ela à noite, enquanto a Srta. Dashwood estivesse no quarto com a irmã, entre outras coisas, insistiu tão firmemente para que ficasse, que ele não pôde fingir por muito tempo cogitar sua proposta, por estar satisfazendo seus próprios desejos, especialmente quando o pedido da Sra. Jennings foi reforçado pelo do Sr. Palmer, que parecia aliviado em deixar em sua casa uma pessoa tão capaz de auxiliar ou aconselhar a Srta. Dashwood, em caso de emergência.

Marianne foi, é claro, mantida ignorante de todos estes acordos. Não sabia que havia sido o motivo da expulsão dos proprietários de Cleveland, cerca de sete dias após a chegada deles. Não ficou surpresa por não ver a Sra. Palmer e, por não ter ficado preocupada, nunca mencionou seu nome.

Dois dias depois da partida do Sr. Palmer, a situação dela continuava a mesma, com poucas variações. O Sr. Harris, que a atendia todos os dias, ainda falava com confiança sobre uma melhora rápida, e a Srta. Dashwood estava igualmente otimista; mas as expectativas dos outros não eram, nem de longe, tão alegres. A Sra. Jennings havia se convencido, logo de início, que Marianne nunca se recuperaria, e o Coronel Brandon, cuja principal utilidade era ouvir os agouros da Sra. Jennings, não estava em um estado de espírito propício para resistir à sua influência. Ele tentava usar a razão para afastar seus medos, que lhe pareciam absurdos quando considerava a opinião do apotecário; mas as muitas horas de cada dia, durante as quais era deixado inteiramente sozinho, eram favoráveis demais a ideias melancólicas, e ele não conseguiu tirar da cabeça a convicção de que nunca mais veria Marianne.

Na manhã do terceiro dia, entretanto, os maus presságios dos dois já tinham sido quase extirpados, pois, quando o Sr. Harris chegou, declarou que sua paciente havia melhorado bastante. Seu pulso estava mais forte, e todos os seus sintomas melhores do que na última visita. Elinor, com todas as suas esperanças confirmadas, estava felicíssima, contente por ter, em suas cartas para a mãe, seguido seu próprio instinto, ao invés do de seus amigos, e feito um relato bastante leve da indisposição que as forçara a ficar por mais tempo em Cleveland, praticamente já marcando a data em que Marianne poderia viajar.

Mas o dia não terminou de forma tão auspiciosa quanto começara. Ao cair da noite, Marianne começou a passar mal novamente, ficando mais lânguida, irrequieta e desconfortável do que antes. Sua irmã, contudo, ainda otimista, estava disposta a atribuir a mudança ao mero cansaço causado por ter se levantado para que trocassem seus lençóis e, cuidadosamente administrando os tônicos prescritos, assistiu com satisfação Marianne finalmente pegar no sono, do qual esperava os efeitos mais benéficos. Seu sono, apesar de não ter sido tão calmo quanto Elinor desejara, durou um tempo considerável e, ansiosa por observar os efeitos do mesmo por si só, decidiu sentar com ela a noite toda. A Sra. Jennings, sem saber de nada sobre qualquer mudança na condição da paciente, foi dormir incomumente cedo; sua criada, que era uma das pessoas que mais ajudavam a cuidar de Marianne, estava distraindo-se nos cômodos da governanta, e Elinor ficou sozinha com a irmã.

O repouso desta última foi ficando cada vez mais perturbado, e sua irmã, que assistia atentamente a suas contínuas mudanças de posição, e ouvia os frequentes, porém inarticulados, sons de reclamação que saíam de seus lábios, estava quase acordando-a daquele sono tão desconfortável, quando Marianne, repentinamente acordada por algum barulho acidental em algum lugar da casa, levantou-se apressadamente e, com ansiedade febril, exclamou?

– A mamãe está vindo?

– Ainda não, – respondeu a outra, escondendo seu terror e ajudando Marianne a deitar-se novamente, – mas ela estará aqui, espero, muito em breve. É um longo caminho, sabe, de Barton até aqui.

– Mas ela não pode vir por Londres, – exclamou Marianne, do mesmo modo apressado, – não a verei, se ela vier por Londres.

Elinor percebeu, alarmada, que não estava falando coisa com coisa e, ao tentar acalmá-la, sentiu seu pulso ansiosamente. Estava mais fraco e mais rápido do que nunca! E como Marianne continuava falando delirantemente sobre a mãe, sua preocupação aumentou tão rapidamente que decidiu mandar chamar o Sr. Harris de pronto e despachar um mensageiro até Barton para avisar sua mãe. Perguntar ao Coronel Brandon sobre o melhor jeito de resolver a última tarefa foi um pensamento que ocorreu-lhe imediatamente depois de ter decidido fazê-lo; então, assim que havia chamado a criada para substituí-la na cabeceira da irmã, desceu correndo até a sala de estar, onde ela sabia que ele geralmente se encontrava até muito mais tarde do que aquele horário.

Não havia tempo para hesitação. Seus medos e dificuldades foram prontamente expostos a ele. Ele não teve coragem ou confiança para tentar remover seus medos; ouviu todos em silencioso desânimo. Mas suas dificuldades foram instantaneamente enfrentadas, pois ofereceu-se como o mensageiro que buscaria a Sra. Dashwood com uma prontidão que parecia demonstrar que já havia se decidido a fazê-lo. Elinor não opôs qualquer resistência que não fosse facilmente superada; prestou-lhe agradecimentos breves, porém fervorosos, e enquanto ele mandava seu criado levar uma mensagem ao Sr. Harris e alugar cavalos, ela escreveu uma curta carta para sua mãe.

O consolo, naquele momento, de ter o Coronel Brandon como amigo, ou como companheiro para sua mãe, foi motivo de profunda gratidão. Um companheiro cujo juízo serviria de guia, cujo auxílio aliviaria e cuja amizade acalmaria sua mãe; na medida em que o choque de receber tal convocação pudesse ser amenizado, a presença, os modos e a ajuda dele o amenizariam.

Ele, enquanto isso, o que quer que estivesse sentindo, agiu com toda a firmeza de uma mente composta, fez todos os arranjos necessários com a maior rapidez, e calculou com exatidão o momento em que Elinor poderia esperá-lo de volta. Nenhum segundo foi desperdiçado com atrasos. Os cavalos chegaram antes mesmo do que esperavam, e o Coronel Brandon, apenas apertando sua mão com um olhar de solenidade, e falando algumas palavras em tom baixo demais para que ela compreendesse, apressou-se a entrar na carruagem. Àquela altura, era mais ou menos meia-noite, e ela voltou aos aposentos de sua irmã para esperar a chegada do apotecário e ficar de guarda sobre ela a noite inteira. Foi uma noite de sofrimentos quase que iguais para ambas. Horas se passaram, Marianne sem dormir, com dores e delirando, e Elinor acometida de cruel ansiedade, antes que o Sr. Harris aparecesse. Agora que estava apreensiva, pagava por toda a certeza que outrora sentira, e a criada, que passou a noite acordada a seu lado, pois ela não permitiu que chamasse a Sra. Jennings, a torturou ainda mais, com insinuações sobre o que sua patroa havia pensado desde o início.

Os pensamentos de Marianne continuavam intermitentemente fixos, de forma incoerente, em sua mãe e, sempre que mencionava seu nome, apertava o coração da pobre Elinor, que, admoestando a si mesma por ter feito pouco de tantos dias de doença e ávida por algum alívio imediato, começou a pensar que tudo seria em vão, que havia demorado demais, e imaginou sua mãe chegando tarde demais para ver sua querida filha, ou para vê-la lúcida.

Estava prestes a chamar o Sr. Harris de novo, ou, se ele não pudesse vir, outra pessoa, quando este chegou, mas não antes das cinco horas da manhã. Sua opinião, contudo, compensou um pouco seu atraso, pois apesar de reconhecer uma alteração muito inesperada e desagradável na paciente, não admitiu que o perigo fosse sério, e falou que um novo tratamento traria alívio com tamanha confiança que, em um menor grau, passou para Elinor. Prometeu vir novamente dentro de três ou quatro horas, e deixou a paciente e sua nervosa acompanhante mais calmas do que as havia encontrado.

Com forte preocupação e muitas broncas por não ter sido chamada em auxílio delas, a Sra. Jennings ficou sabendo do acontecido, na manhã seguinte. Sua primeira apreensão, agora restaurada com mais razão, a deixou certa do que aconteceria. Apesar de tentar confortar Elinor, sua convicção sobre o perigo que a irmã corria não a permitia oferecer o consolo da esperança. Seu coração estava verdadeiramente condoído. O rápido declínio, a morte precoce de uma menina tão jovem e tão adorável quanto Marianne, teria afetado alguém menos interessado, mas sobre a Sra. Jennings teve um efeito maior. Havia sido sua companheira por três meses, continuava sob seus cuidados e todos sabiam que havia sido fortemente magoada e há muito tempo infeliz. Também tinha que testemunhar a aflição de sua irmã, também, que era sua preferida; e quanto à mãe delas, quando a Sra. Jennings considerava que Marianne provavelmente era, para ela, o que Charlotte era para si, sua empatia por seus sofrimentos era sincera.

O Sr. Harris foi pontual em sua segunda visita, mas decepcionou-se com o resultado da sua última. Seus remédios haviam falhado; a febre persistia e Marianne continuava em um pesado estupor, apesar de mais quieta. Elinor, percebendo absolutamente todos os seus medos imediatamente, propôs chamar outra pessoa. Mas ele julgou ser desnecessário, dizendo que tinha mais uma coisa para tentar, um novo tratamento, sobre cujo sucesso estava tão certo quanto o do anterior. Concluiu sua visita com afirmações encorajadoras que chegaram aos ouvidos, porém não ao coração, da Srta. Dashwood. Ela estava calma, exceto quando pensava em sua mãe, mas estava quase sem esperanças. E permaneceu neste estado até o meio-dia, sem sair da beira da cama da irmã, com seus pensamentos pulando de uma imagem de dor para outra, de um ente querido sofrendo para o outro, e com seu espírito oprimido ao máximo pela conversa da Sra. Jennings, que não teve escrúpulos em atribuir a severidade e o perigo desta doença às muitas semanas de indisposição que a decepção de Marianne havia causado. Elinor reconheceu a razoabilidade da ideia, o que tornou suas reflexões ainda mais infelizes.

Lá pelo meio-dia, contudo, ela começou, cautelosamente, com um medo de decepcionar-se que a manteve em silêncio por algum tempo, até mesmo para com sua companheira, a acreditar, a esperar, que percebia uma ligeira mudança no pulso de sua irmã; esperou, observou e examinou, repetidas vezes. E, finalmente, com uma agitação mais difícil de encobrir com sua calma exterior do que toda a sua agonia anterior, ousou comunicar suas esperanças. A Sra. Jennings, apesar de ser forçada, ao examiná-la, a reconhecer uma reanimação temporária, tentou impedir que sua jovem amiga criasse expectativas sobre a continuação da mesma, e Elinor, repassando mentalmente todos os motivos de descrença, disse a si mesma que não devia ficar esperançosa. Mas era tarde demais. A esperança já havia entrado em sua mente e, sentindo o alvoroço causado pela mesma, debruçou-se sobre sua irmã para observar – o que, nem ela sabia. Meia hora se passou, e o sintoma favorável continuava abençoando-a. Outros mais surgiram para confirmá-lo. Sua respiração, sua pele, seus lábios, todos alegravam Elinor com sinais de melhora, e Marianne fixou os olhos nela com um olhar racional, apesar de lânguido. Ansiedade e esperança agora a oprimiam em medidas iguais, e não permitiram que tivesse um momento de tranquilidade até a chegada do Sr. Harris, às quatro horas, quando suas afirmações e felicitações pela recuperação de sua irmã, que havia superado até mesmo suas expectativas, deram-lhe confiança, conforto e lágrimas de alegria.

Marianne estava melhor, sob todos os aspectos, o apotecário a declarou completamente fora de perigo. A Sra. Jennings, talvez satisfeita com a justificação parcial de seus presságios pela preocupação da madrugada, permitiu-se confiar no julgamento dele e admitiu, com sincera alegria, e logo com inequívoca felicidade, a probabilidade de uma recuperação completa.

Elinor não conseguiu ficar alegre. Sua felicidade era de um tipo diferente, e levava a tudo, menos a festejos. Marianne ter voltado à vida, à saúde, aos amigos e à sua mãe devotada era uma ideia que enchia seu coração de sensações de delicioso conforto, e o expandia em fervente gratidão, mas não levava a demonstrações externas de alegria, nem a palavras ou sorrisos. Tudo dentro de seu peito era satisfação, silenciosa e firme.

Permaneceu ao lado da irmã, com poucas intermissões, durante toda a tarde, acalmando todo medo, satisfazendo todas as indagações de seu humor fragilizado, atendendo a todos os seus desejos e observando quase todos os olhares e respiros. A possibilidade de uma recaída ocorria-lhe, é claro, em alguns momentos, para lembrá-la do que era ansiedade; mas quando via, em seus exames frequentes e detalhados, que todos os sintomas de recuperação continuavam, e testemunhou Marianne, às seis horas da tarde, mergulhar em um sono quieto, constante e, pelo que tudo indicava, confortável, ela aquietou todas as suas dúvidas.

Agora chegava o momento em que podia-se esperar o retorno do Coronel Brandon. Às dez horas, ela esperava, não muito mais tarde, sua mãe estaria livre do horrível suspense sob o qual deveria estar, naquele momento, viajando em direção a elas. O Coronel, também! Talvez tão digno de pena quanto sua mãe. Oh, como era lento o progresso do tempo que os mantinha em ignorância!

Às sete horas, deixando Marianne tranquilamente adormecida, juntou-se à Sra. Jennings na sala de estar, para tomarem chá. Seus medos a haviam impedido de tomar o café da manhã, e a repentina piora da irmã não havia permitido que comesse muito no almoço; então o refresco que tomava naquele momento, com a sensação de contentamento que sentia, foi particularmente bem-vindo. A Sra. Jennings tentou convencê-la, quando terminaram, a descansar um pouco antes da chegada da mãe e permitir que ela mesma tomasse seu lugar ao lado de Marianne; mas Elinor não sentia fadiga, nem se julgava capaz de adormecer naquele momento, e não quis ser mantida longe da irmã por um único instante desnecessário. Portanto, a Sra. Jennings acompanhou-a escada acima, até o quarto da doente, para certificar-se de que tudo continuava bem, deixando-a lá com sua tarefa e seus pensamentos, e retirou-se para seu próprio quarto, para escrever cartas e dormir.

A noite estava fria e tempestuosa. O vento rugia ao redor da casa, e a chuva açoitava as janelas; mas Elinor, com tanta felicidade dentro de si, não se importou. Marianne dormiu durante todos os golpes; e os viajantes, estes tinham uma bela recompensa aguardando-os, para todas as inconveniências pelas quais estava passando.

O relógio bateu as oito. Se já fossem dez, Elinor estaria convencida de que, naquele momento, ouvia uma carruagem chegando à casa, e tão forte foi sua impressão de que ouvia, mesmo, apesar da quase impossibilidade de eles já terem chegado, que andou até o quarto de vestir conjugado, e abriu uma das janelas, para averiguar a verdade. Imediatamente viu que seus ouvidos não a tinham enganado. O brilho das lamparinas de uma carruagem entrou imediatamente em seu campo de visão. À incerta luz das mesmas, imaginou poder discernir que estava sendo puxada por quatro cavalos, e isto, apesar de demonstrar a excessiva preocupação de sua pobre mãe, forneceu alguma explicação para a rapidez inesperada.

Nunca em sua vida Elinor havia tido tanta dificuldade em manter-se calma, quanto naquele momento. A ciência do que sua mãe devia estar sentindo, enquanto a carruagem estacionava na frente da porta, a dúvida, o medo, talvez o desespero! E o que ela mesma tinha para contar! Com tal conhecimento, era impossível permanecer calma.

Tudo o que lhe restava era ser rápida; e, portanto, demorando-se só o tempo que levou para chamar a criada da Sra. Jennings para ficar com sua irmã, desceu correndo as escadas.

A comoção no vestíbulo, enquanto ela passava por um saguão interno, assegurou-a de que eles estavam mesmo na casa. Correu até a sala de estar, entrou, e viu somente Willoughby.

Capítulo 44

Elinor, dando um passo atrás devido a surpresa, com uma expressão de horror ao vê-lo, obedeceu o primeiro impulso de seu coração e virou-se imediatamente para sair da sala, e sua mão já estava quase na maçaneta, quando tal ato foi suspenso quando ele avançou rapidamente e disse, em um tom mais de ordem, do que de súplica:

– Srta. Dashwood, por meia hora – por dez minutos – peço que fique.

– Não, senhor, – respondeu ela, com firmeza, – não ficarei. Seu assunto não pode ser comigo. Os criados, suponho, esqueceram-se de dizer que o Sr. Palmer não está em casa.

– Ainda que houvessem me dito – exclamou ele, com veemência, – que o Sr. Palmer e todos os seus parentes estavam no inferno, eu não teria dado meia-volta. Meu assunto é com você, e só com você.

– Comigo! – disse ela, atônita. – Bem, senhor, seja rápido e, se puder, menos agressivo.

– Sente-se, e serei as duas coisas.

Ela hesitou; não sabia o que fazer. A possibilidade de o Coronel Brandon chegar e encontrá-la ali passou por sua mente. Mas havia prometido que o ouviria, e sua curiosidade estava tão envolvida quanto sua honra. Após se recobrar por um minuto, concluindo que a prudência exigia celeridade, e que sua aquiescência seria o melhor jeito de consegui-lo, caminhou em silêncio até a mesa e sentou-se. Ele pegou a cadeira à sua frente e, por trinta segundos, nenhuma palavra foi dita por nenhum dos dois.

– Peço que seja rápido, senhor, – disse Elinor, impacientemente, – não tenho tempo a perder.

Ele estava sentado em uma postura de profunda meditação, e parecia não ouvi-la.

– Sua irmã – disse ele, de forma abrupta, um momento depois – está fora de perigo. Ouvi do criado. Deus seja louvado! Mas é verdade? É mesmo verdade?

Elinor não quis falar. Ele repetiu a pergunta com ainda mais ansiedade.

– Pelo amor de Deus, conte-me, ela está fora de perigo, ou não?

– Esperamos que esteja.

Ele se levantou e andou até o outro lado da sala.

– Se eu tivesse ficado sabendo há meia hora... mas já que estou aqui, – disse ele, falando com uma vivacidade forçada, enquanto voltava para sua cadeira, – que diferença faz? Uma vez na vida, Srta. Dashwood... será a última, talvez... nos alegremos juntos. Estou em um ótimo humor para festejar. Diga-me honestamente, - com um rubor mais profundo espalhando-se pelas faces, - você me considera mais um cafajeste, ou um tolo?

Elinor encarou-o com ainda mais assombro do que antes. Começou a pensar que ele deveria ter bebido; a estranheza de tal visita, e também de tais modos, não parecia compreensível, de outra forma. E, com esta impressão, ela levantou-se imediatamente, dizendo:

– Sr. Willoughby, aconselho-o a voltar para Combe imediatamente. Não tenho tempo para ficar com o senhor. Qualquer que seu assunto comigo possa ser, será melhor lembrado e explicado amanhã.

– Compreendo, – respondeu ele, com um sorriso expressivo e uma voz perfeitamente calma, – sim, estou bastante bêbado. Uma caneca de cerveja com rosbife em Marlborough foi o suficiente para deixar-me assim.

– Em Marlborough! – exclamou Elinor, cada vez entendendo menos o que ele queria dizer.

– Sim. Saí de Londres esta manhã às oito horas, e os únicos dez minutos que passei fora de minha carruagem, desde então, foram para almoçar em Marlborough.

A firmeza de seus modos e a inteligência de seu olhar, enquanto falava, convenceram Elinor de que, ainda que outra loucura imperdoável o houvesse levado até Cleveland, ele não tinha ido por estar intoxicado. Ela disse, após recompor-se:

– Sr. Willoughby, deve perceber, e eu certamente percebo, que, depois do que tudo o que passou, o senhor vir até aqui deste modo, e forçar sua companhia sobre mim, exige uma desculpa bastante extraordinária. O que quer com isso?

– Quero, – disse ele, com extremo vigor, – se puder, fazer com que me odeie um grau a menos do que odeia agora. Quero oferecer algum tipo de explicação, algum tipo de desculpa, pelo que se passou; abrir meu coração inteiramente para você e, convencendo-a de que apesar de ter sido sempre um estúpido, mas nem sempre um patife, obter algo parecido com perdão por parte de Ma- de sua irmã.

– Este é o verdadeiro motivo de sua vinda?

– Juro que sim – foi o que respondeu, com um ardor que a fez lembrar do antigo Willoughby e, contra sua vontade, a fez pensar que estava sendo sincero.

– Se isto é tudo, já pode ficar satisfeito, pois Marianne o perdoa, já o perdoou há tempos.

– Perdoou? – exclamou ele, no mesmo tom ávido. – Então me perdoou antes do que devia. Mas me perdoará novamente, e com motivos mais razoáveis. Agora me ouvirá?

Elinor assentiu com a cabeça.

– Não sei – disse ele, após uma pausa de expectativa por parte dela, e reflexão, por parte dele, – como você pode ter explicado meu comportamento para sua irmã, ou que motivo diabólico pode me ter imputado. Talvez não melhor sua opinião sobre mim; mas vale a pena tentar, e contarei tudo. Logo que me tornei íntimo de sua família, não tinha outra intenção, outro objetivo para a amizade, que não fosse passar meu tempo de forma agradável, enquanto fosse obrigado a permanecer em Devon, de forma mais agradável do que jamais havia passado. Não pude deixar de ficar impressionado com a personalidade adorável e os modos interessantes de sua irmã, e o comportamento dela para comigo, quase que desde o início, era de tal tipo... é surpreendente, quando reflito sobre o que era, sobre o que ela era, que meu coração tenha sido tão insensível! Mas no começo, devo confessar, somente minha vaidade foi alimentada. Descuidado coma felicidade dela, pensando somente em minha própria diversão, dando vazão a sentimentos aos quais sempre havia tido o hábito de ceder, tentei agradá-la, através de todos os meios em meu poder, sem qualquer intenção de retribuir seu afeto.

A Srta. Dashwood, àquela altura, voltando seus olhos para ele, com o mais furioso desprezo, interrompeu-o, dizendo:

– Dificilmente vale a pena Sr. Willoughby, que o senhor continue falando, ou que eu continue escutando. Tal início não pode ser seguido por mais nada. Não me magoe mais, fazendo com que o ouça falar mais sobre o assunto.

– Insisto que ouça tudo o que tenho a dizer – respondeu ele. – Minha fortuna nunca foi grande, e eu sempre tive gostos caros, sempre tive o hábito de me associar com pessoas de melhor renda. Todos os anos, desde que atingi a maioridade, ou até mesmo antes, acredito, minhas dívidas aumentavam; e a morte de minha velha prima, a Sra. Smith, me libertaria. Ainda assim, visto que tal evento tinha data incerta e possivelmente distante, já havia há algum tempo me decidido por reestabelecer minhas circunstâncias casando-me com uma mulher de posses. Me unir à sua irmã, portanto, não poderia ser cogitado; e, com maldade, egoísmo, crueldade, pelos quais nenhum olhar indignado ou de desprezo, nem mesmo o seu, Srta. Dashwood, pode me repreender o suficiente, agi daquela maneira, tentando conquistar seu afeto, sem pensar em retribuí-lo. Mas uma coisa pode ser dita em meu favor: até mesmo naquele horrível estado de vaidade, não sabia a extensão do mal que causei, porque, naquela época, não sabia o que era amar. Mas já cheguei a saber? Pode-se duvidar, pois se já houvesse amado, poderia ter sacrificado meus sentimentos à avareza, à vaidade? Ou, mais ainda, poderia ter sacrificado os dela? Mas foi o que fiz. Para evitar um estado de comparativa pobreza, que o afeto e a companhia dela teriam privado de todos os seus horrores, eu perdi, elevando-me a um estado de afluência, tudo o que poderia tê-lo tornado uma bênção.

– Então chegou a acreditar – perguntou Elinor, um pouco apaziguada – que a amava?

– Resistir àqueles atrativos, opor-me a tal ternura! Há algum homem neste mundo que conseguiria tê-lo feito? Sim, descobri estar sinceramente afeiçoado a ela, gradativa e inconscientemente; e as horas mais felizes de minha vida foram as que passei com ela, quando senti que minhas intenções eram estritamente honradas, e meus sentimentos inocentes. Até mesmo então, contudo, quando me resolvi definitivamente a pedi-la em casamento, me permiti adiar o momento de fazê-lo, dia após dia, devido a não estar disposto a ficar noivo enquanto minhas circunstâncias estivessem tão embaraçadas. Não utilizarei argumentos, neste ponto, tampouco tentarei impedi-la de discorrer sobre o absurdo, e o que for pior do que um absurdo, de ter hesitado em colocar minha confiança onde minha honra já estava. Os eventos provaram que fui um tolo ardiloso, criando, com grande circunspecção, uma possível oportunidade de tornar a mim mesmo digno de desprezo e infeliz para todo o sempre. Finalmente, contudo, tomei minha decisão, e havia decidido, assim que conseguisse conversar com ela sozinho, justificar a atenção com a qual a havia invariavelmente tratado, e assegurá-la abertamente do afeto que já tinha feito tanto esforço para exibir. Mas nesse ínterim, durante as poucas horas que se passaram, antes de eu ter a oportunidade de falar com ela em particular, uma circunstância ocorreu... uma circunstância desafortunada, que arruinou toda a minha resolução e, com ela, todo o meu conforto. Uma descoberta foi feita – neste ponto, ele hesitou e desviou o olhar para baixo. – A Sra. Smith tinha, de algum modo, sido informada, imagino que por um parente distante interessado em privar-me de sua consideração, de uma ligação, uma relação... mas não preciso me explicar mais, – acrescentou ele, olhando para ela ruborizado e com uma expressão inquisitiva, - sua amizade íntima... você provavelmente já ouviu toda a história há muito tempo.

– Ouvi, – respondeu Elinor, também ruborizando e endurecendo seu coração novamente, contra qualquer compaixão por ele, – ouvi tudo. E como poderia explica qualquer parte de sua culpa nesta história horrível, confesso que está além de minha compreensão.

– Lembre-se – exclamou Willoughby – de quem contou-lhe sobre isso. É uma pessoa imparcial? Reconheço que a situação e o caráter dela deveriam ter sido respeitados por mim. Não pretendo me justificar, mas, ao mesmo tempo, não posso deixar que você suponha que não tenho nada a declarar, que por ela ter sido maltratada, ela não teve uma parcela de culpa, e porque eu fui um libertino, ela deve ter sido uma santa. Se o ardor da paixão dela, a fraqueza de sua mente... não pretendo, contudo, defender-me. O afeto dela por mim merecia melhor tratamento, e frequentemente me lembro, recriminando-me, da ternura que, por um curto período de tempo, teve o poder de ensejar retribuição. Desejo, do fundo do coração, que isso nunca houvesse acontecido. Mas prejudiquei a mim mesmo mais do que a ela; e prejudiquei, também, uma pessoa cujo afeto por mim (posso dizê-lo?) era tão caloroso quanto o dela, e cuja mente é... oh, infinitamente superior!

– Sua indiferença, entretanto, em relação àquela infeliz garota, devo dizer, por mais desagradável que seja a discussão de tal assunto, não é desculpa para sua cruel negligência. Não pense que se eximiu da temerária crueldade por sua parte, com qualquer fraqueza, qualquer falta de bom-senso de nascença por parte dela. Devia estar ciente que, enquanto se divertia em Devon, atrás de novos esquemas, sempre feliz, sempre alegre, ela havia sido deixada na mais extrema das indigências.

– Mas juro por Deus que não sabia, – respondeu, acalorado, – não me lembrava que não havia dado meu endereço a ela, e ela poderia ter descoberto usando um pouco de senso comum.

– Bem, senhor, e o que disse a Sra. Smith?

– Acusou-me do delito imediatamente, e pode imaginar meu atordoamento. A pureza de sua vida, a formalidade de suas ideias, sua ignorância do mundo, tudo estava contra mim. Não pude negar a história em si, e todas as minhas tentativas de amenizá-la foram em vão. Ela estava previamente disposta, acredito, a duvidar da moralidade de minha conduta no geral, e estava, ademais, descontente com a pouca atenção, o pouco tempo que dedicara a ela durante aquela visita. Em resumo, terminou em uma ruptura completa. Por pouco, eu poderia ter me safado. Do alto de sua moralidade, boa mulher que é, ofereceu-se para perdoar o que havia ocorrido, se eu me casasse com Eliza. Isto não poderia ser, então fui formalmente expulso de sua consideração e de sua casa. A noite seguinte a este evento (eu deveria partir na manhã seguinte) passei deliberando sobre como minha conduta futura deveria ser. O esforço foi grande, mas terminou cedo demais. Meu afeto por Marianne, minha absoluta convicção de sua afeição por mim, tudo isso foi insuficiente para sobrepujar o medo da pobreza, ou suplantar aquela falsa ideia da necessidade de riqueza que eu tinha inclinação para sentir, e que circular entre pessoas de posse havia aumentado. Tinha motivos para acreditar que conquistaria minha atual esposa, se quisesse pedi-la em casamento, e me convenci a pensar que não havia mais nada prudente que pudesse fazer. Uma cena forte, contudo, me aguardava, antes que pudesse sair do condado de Devon. Tinha combinado de jantar com sua família naquele mesmo dia; alguma desculpa, portanto, seria necessária para que eu pudesse cancelar o compromisso. Se eu deveria escrever tal desculpa, ou dizê-la em pessoa, foi objeto de um longo debate. Ver Marianne, eu imaginava, seria horrível, e duvidei até mesmo se conseguiria vê-la novamente e manter minha resolução. Naquele sentido, contudo, subestimei minha própria magnanimidade, como ficou demonstrado, pois fui, a vi, a vi ficar arrasada e arrasada a deixei, a deixei esperando nunca mais vê-la.

– Por que foi até lá, Sr. Willoughby? – perguntou Elinor, em tom de censura. – Um bilhete teria cumprido todos os propósitos. Por que foi necessário visitar-nos?

– Foi necessário para meu próprio orgulho. Não aguentaria sair do interior de modo que levasse vocês, ou o resto da vizinhança, a suspeitar de qualquer parte do que havia acontecido entre mim e a Sra. Smith; resolvi, então, fazer uma visita ao chalé, no caminho para Honiton. A visão de sua querida irmã, contudo, foi horrível; e, para piorar a situação, encontrei-a sozinha. Vocês todas haviam ido não sei para onde. Eu havia me despedido dela logo na noite anterior, tão completa e firmemente decidido a fazer a coisa certa! Algumas horas a teriam prendido a mim para sempre, e lembro-me de como estava feliz e contente, enquanto andava do chalé até Allenham, satisfeito comigo mesmo, deleitado com todo mundo! Mas naquela ocasião, em nossa última conversa como amigos, abordei-a com tamanha culpa que quase me tirou o poder de fingir. Sua tristeza, decepção, suas profundas lamentações, quando contei a ela que seria obrigado a sair de Devon imediatamente... nunca esquecerei. Combinadas, também, com tanta confiança, tanta fé em mim! Oh, Deus, que cafajeste frio eu fui!

Ficaram ambos em silêncio, por alguns momentos. Elinor falou primeiro:

– Falou a ela que voltaria logo?

– Não sei o que disse a ela, – respondeu ele, impacientemente, – menos do que devia ao passado, sem dúvidas, e provavelmente mais do que era justificado pelo futuro. Não consigo pensar nisso. Não adianta. E então, chegou sua querida mãe, para me torturar ainda mais, com toda a sua gentileza e confiança. Graças a Deus que me torturou, mesmo! Eu estava arrasado. Srta. Dashwood, não faz ideia do conforto que me dá, refletir sobre minha própria infelicidade. Me recrimino tanto pela loucura estúpida e vil de meu próprio coração, que todos os meus sofrimentos passados, devidos à ela, são só exultação e triunfo para mim, agora. Bom, parti, deixei para trás tudo o que amava, e fui de encontro a quem, na melhor das hipóteses, eu me sentia só indiferente. Minha viagem até a capital, viajando com meus próprios cavalos e, portanto, com tanto tédio, sem ninguém com quem conversar e meus pensamentos tão alegres... quando pensava no que vinha à frente, tudo era tão convidativo! E quando refletia sobre Barton, as memórias eram tão tranquilizantes! Oh, foi uma viagem maravilhosa!

Ele parou.

– Bem, senhor, – disse Elinor, que, apesar de sentir pena dele, começou a ficar impaciente para que se fosse, – e isso é tudo?

– Ah, não! Esqueceu-se do que aconteceu na capital? A infame carta. Ela mostrou-a a você?

– Sim, vi todos os bilhetes enviados.

– Quando o primeiro dela chegou até mim (que aconteceu imediatamente, pois passei todo aquele tempo na capital), o que senti foi, como comumente se diz, impossível de expressar. De forma mais simples, talvez simples demais para excitar qualquer emoção, meus sentimentos foram muito, muito dolorosos. Toda linha, toda palavra era, para usar a metáfora batida que a querida escritora das mesmas, se estivesse aqui, proibiria, uma faca no coração. Ficar sabendo que Marianne estava na cidade era, no mesmo linguajar, como ser atingido por um raio. Raios e facas! Que bronca ela me daria! Seu gosto, suas opiniões, acredito que os conheço melhor do que os meus próprios, e tenho certeza de que me são mais caros.

O coração de Elinor, que havia passado por diversas mudanças durante aquela extraordinária conversa, agora amolecia novamente; ainda assim, sentiu que o dever de cercear tais ideias de seu companheiro era a última.

– Isto não está certo, Sr. Willoughby. Lembre-se de que é casado. Conte-me só o que sua consciência lhe disser que é necessário que eu ouça.

– O bilhete de Marianne, assegurando-me de que eu ainda lhe era tão caro quanto antigamente, apesar das muitas, muitas semanas que passáramos separados, de que ela era tão constante em seus sentimentos, e tão cheia de confiança na constância dos meus, despertou todo o meu remorso. Digo que despertou, porque o tempo e Londres, os negócios e a devassidão, o haviam apaziguado, até certo ponto, e eu estava me tornando um vilão consumado, acreditando estar indiferente a ela, e decidindo acreditar que ela, também, havia se tornado indiferente a mim; me convencendo que nossa ligação passada tinha sido um negócio medíocre e insignificante, dando de ombros como prova de que assim o era, e silenciando toda admoestação, superando todo escrúpulo, dizendo para mim mesmo, de vez em quando: "ficarei muito contente em ouvir que ela está bem casada". Porém, aquele bilhete me fez tomar nova consciência de mim mesmo. Senti que ela me era mais querida do que qualquer outra mulher no mundo, e que eu a estava tratando horrivelmente mal. Mas naquela época, tudo havia acabado de ser combinado entre mim e a Srta. Grey. Recuar seria impossível. Tudo o que eu tinha que fazer era evitar vocês duas. Não enviei resposta a Marianne, pretendendo, com isso, preservar-me de sua atenção. E por um tempo, estava até mesmo determinado a não fazer uma visita a Berkeley Street; mas, finalmente, julgando ser melhor fingir que era um conhecido indiferente e comum, observei vocês todas saírem de casa, numa manhã, e deixei meu cartão.

– Observou-nos saindo de casa!

– Isso mesmo. Ficaria surpresa em ouvir quantas vezes as observei, quantas vezes estive prestes a alcançá-las. Entrei em muitas lojas para evitar que me vissem, enquanto passavam de carruagem. Hospedado em Bond Street, como estava, quase nenhum dia se passou, sem que eu visse uma de vocês de relance, e nada além da mais constante vigilância por minha parte, um desejo invariavelmente predominante de ficar fora de suas vistas, poderia ter nos separado por tanto tempo. Evitei os Middleton o máximo possível, assim como qualquer outra pessoa que provavelmente fosse um conhecido em comum. Sem saber que estava na cidade, contudo, trombei com Sir John, acredito, no primeiro dia que passaram lá, e no dia seguinte ao que deixei meu cartão na casa da Sra. Jennings. Ele me convidou para uma festa, um baile em sua casa, naquela noite. Ainda que ele não houvesse me contado, como encorajamento, que você e sua irmã estariam lá, eu teria considerado provável demais, e não teria confiado que poderia estar em companhia dele. A manhã seguinte trouxe outro curto bilhete de Marianne; ainda afetuosa, franca, sem artifícios, confiante, tudo o que podia fazer a minha conduta ainda mais odiosa. Mas pensei nela, creio eu, em todos os minutos. Se conseguir sentir pena de mim, Srta. Dashwood, sinta pena da situação em que eu estava naquele momento. Com sua irmã ocupando minha mente e meu coração, fui forçado a fazer o papel de feliz amante de outra mulher! Aquelas três ou quatro semanas foram as piores de todas. Bem, finalmente, não preciso contar-lhe, fui forçado a vê-las; e que papelão fiz! Que noite de agonia foi aquela! Marianne, bela como um anjo, de um lado, chamando-me de Willoughby naquele tom! Oh, céus! Estendendo a mão para mim, pedindo-me uma explicação, com aqueles olhos encantadores fixados com tamanha solicitude em meu rosto! E Sophia, ciumenta como o demônio, do outro lado, parecendo tudo o que era... bom, não importa. Acabou. Que noite! Fugi de todas vocês assim que pude, mas não antes de ter visto o doce rosto de Marianne branco como a morte. Aquela fui a última vez que a vi, sua aparência da última vez que botei olhos nela. Foi uma visão apavorante! Porém, quando pensei, hoje, que ela estava realmente morrendo, foi um tipo de conforto para mim, imaginar que eu sabia exatamente como ela pareceria para os que a vissem pela última vez neste mundo. Ela estava na minha frente, constantemente em minha visão, enquanto viajava, com aquela mesma aparência e cor.

Uma curta pausa de ponderação mútua se seguiu. Willoughby, se recompondo primeiro, encerrou-a com o que segue:

– Bem, irei apressar-me e partirei. Sua irmã está certamente melhor, certamente fora de perigo?

– Fomos assegurados disso.

– Sua pobre mãe, também! Devotada a Marianne.

– Mas a carta, Sr. Willoughby, sua própria carta; tem algo a dizer sobre isso?

– Sim, sim, aquela, em particular. Sua irmã me escreveu novamente, sabe, na manhã seguinte. Você viu o que ela disse. Estava tomando café com os Ellison, e a carta dela, com algumas outras, me foi trazida até lá, das minhas acomodações. Calhou de chamar a atenção de Sophia antes da minha; e seu tamanho, a elegância do papel, a letra, tudo a deixou imediatamente suspeita. Uma vaga história havia chegado a seus ouvidos, sobre minha ligação com alguma dama no condado de Devon, e o que havia acontecido diante de seus olhos, na noite anterior, demonstrou quem a jovem era, e a fez ficar mais enciumada do que nunca. Então, fingindo um ar brincalhão, que é lindo numa mulher que a gente ame, ela abriu a carta prontamente, e leu seu conteúdo. Foi bem recompensada por sua impudência. Leu o que a fez ficar arrasada. Sua infelicidade, eu poderia ter aguentado, mas seu ardor, sua malícia... precisa ser apaziguada, a qualquer custo. E, em resumo, o que acha do estilo de escrita de minha esposa? Delicado, terno, verdadeiramente feminino, não é?

– Sua esposa! A carta estava escrita com sua própria letra.

– Sim, mas só levo o crédito por ter copiado, servilmente, aquelas frases que tive vergonha de assinar. A original foi inteiramente dela; seus próprios felizes pensamentos e gentil dicção. Mas o que eu poderia fazer! Estávamos noivos, tudo sendo preparado, a data quase marcada. Mas estou falando como um tolo. Preparação, data! Honestamente, o dinheiro dela era necessário para mim e, em uma situação como a minha, tudo deveria ser feito para impedir um término. E, afinal de contas, que diferença faria para meu caráter, na opinião de Marianne e seus amigos, o linguajar em que minha resposta estivesse? Teria um único objetivo. Minha intenção era declarar-me um cafajeste e, se o fizesse com uma reverência ou com um golpe, seria de pouca importância. "A opinião deles sobre mim está arruinada para sempre", disse eu, para mim mesmo, "estou excluído para sempre de sua companhia, eles já me consideram um camarada sem princípios, esta carta só os fará me considerar um canalha". Este foi meu raciocínio, enquanto, em um tipo de indiferença desesperada, copiei as palavras de minha esposa e dei adeus às últimas relíquias de Marianne. Seus três bilhetes, infelizmente, estavam todos em minha carteira, senão teria negado sua existência e os guardado para sempre. Mas fui obrigado a abrir mão deles, e nem pude beijá-los. E a mecha de cabelo; esta, também, eu sempre carregava comigo na mesma carteira, que foi vasculhada pela minha senhora com a mais atraente virulência. A querida mecha, todas as lembranças, foram arrancadas de mim.

– Está agindo muito mal, Sr. Willoughby, de forma muito repreensível, – disse Elinor, enquanto sua voz, contra sua vontade, traía sua compaixão, – não deveria falar desta forma, nem da Sra. Willoughby, nem de minha irmã. Você tinha feito sua escolha. Não foi forçado a nada. Sua esposa tem direito sobre sua polidez, seu respeito, pelo menos. Ela deve ser afeiçoada a você, ou não teria se casado com o senhor. Tratá-la com grosseria, falar dela em um tom de desfeita, não é nenhuma reparação a Marianne, tampouco posso supor que seja um alívio para sua própria consciência.

– Não fale comigo sobre minha esposa, – disse ele, com um pesado suspiro, – ela não merece sua compaixão. Sabia que não sentia nada por ela, quando nos casamos. Bem, casar foi o que fizemos, e viemos para Combe Magna para vivermos felizes, e depois voltamos à capital para vivermos alegres. E agora, sente pena de mim, Srta. Dashwood? Ou disse tudo isso por nada? Sou, ainda que somente um pouco, menos culpado, em sua opinião, do que era antes? Minhas intenções não forem sempre erradas. Minha explicação removeu alguma parte de minha culpa?

– Sim, certamente removeu alguma coisa... um pouco. Provou-se, no todo, menos culpado do que acreditava antes. Provou que seu coração é menos maldoso, muito menos maldoso. Mas mal sei... com a tristeza que causou... mal sei o que poderia ter tornado as coisas piores.

– Pode repetir para sua irmã, quando ela se recuperar, o que contei a você? Permita-me melhorar aos olhos dela, também, assim como aos seus. Me disse que ela já me perdoou. Deixe-me imaginar que um melhor conhecimento de meu coração, e de meus atuais sentimentos, farão com que ela me estenda um perdão mais espontâneo, mais natural, mais gentil e menos formidável. Conte a ela sobre minha infelicidade e penitência; diga a ela que meu coração nunca foi inconstante com ela e, se puder, que ela me é mais cara, neste momento, do que jamais foi.

– Contarei a ela tudo o que for necessário para o que pode ser chamado, comparativamente, de sua justificação. Mas não me explicou o motivo específico de sua visita agora, ou como ficou sabendo da doença dela.

– Ontem à noite, no saguão do teatro em Drury Lane, encontrei Sir John Middleton e, quando ele viu quem era, pela primeira vez nestes dois meses, falou comigo. Que ele havia cortado relações comigo desde meu casamento, eu havia percebido, sem surpresa ou ressentimento. Agora, contudo, sua alma bondosa, honesta e estúpida, cheia de indignação contra mim e de preocupação com sua irmã, não pôde resistir à tentação de me contar o que achava que deveria, apesar de provavelmente não pensar que iria, me aborrecer horrivelmente. De forma tão brusca quanto conseguiu, contou-me que Marianne Dashwood estava morrendo de uma febre infecciosa em Cleveland; uma carta recebida aquela manhã da Sra. Jennings declarava que seu perigo era dos mais iminentes, que os Palmer haviam se retirado com medo, etc. Fiquei chocado demais para poder fingir que não me importei, nem mesmo para o alheio Sir John. Seu coração se apaziguou ao ver o meu sofrer, e uma parte tão considerável de sua aversão desapareceu que, quando nos despedimos, ele quase apertou minha mão, enquanto me lembrava de uma promessa sobre um filhotinho de sabujo. O que senti ao saber que sua irmã estava morrendo; e morrendo, ainda por cima, acreditando que eu era o homem mais maldoso da face da terra, desprezando-me, odiando-me em seus últimos momentos. Pois como eu poderia saber que horríveis intenções não me haviam sido imputadas? Uma pessoa eu tinha certeza de que me descreveria como sendo capaz de tudo. O que senti foi horrível! Logo tomei minha decisão e, às oito da manhã de hoje, estava em minha carruagem. Agora sabe de tudo.

Elinor não respondeu. Seus pensamentos estavam silenciosamente fixos nos males irreparáveis que se tornar independente cedo demais, e seus consequentes hábitos de ociosidade, libertinagem e luxo, tiveram sobre a mente, o caráter e a felicidade de um homem que, junto com todas as vantagens de personalidade e talentos, tinha também uma disposição naturalmente aberta e honesta, e um temperamento sensível e afetuoso. O mundo o havia tornado extravagante e vaidoso; extravagância e vaidade o haviam tornado frio e egoísta. A vaidade, enquanto buscava seu próprio triunfo vil às custas dos outros, o havia envolvido em uma ligação verdadeira, que a extravagância, ou pelo menos seu fruto, a necessidade, havia exigido que sacrificasse.

Cada propensão falha, ao levá-lo pelo caminho do mal, o havia levado, também à punição. A ligação que ele havia terminado exteriormente, indo contra sua honra, seus sentimentos, contra todos os seus melhores interesses, agora dominava todos os seus pensamentos, quando já não era mais permitida; e a união pela qual ele havia, sem escrúpulos, magoado sua irmã, provavelmente seria uma fonte de infelicidade para ele mesmo, de um tipo muito mais incurável. Ela foi despertada de tal reflexão, depois de alguns minutos, por Willoughby, que, acordando de um devaneio igualmente doloroso, levantou-se em preparação para partir, e disse:

– Não faz sentido ficar aqui; devo ir.

– Vai voltar para a cidade?

– Não, para Combe Magna. Tenho negócios a tratar lá; de lá, irei para a capital, dentro de um ou dois dias. Adeus.

Ele estendeu a mão. Ela não pôde recusar a dar a dela; ele a apertou afetuosamente.

– Então tem, mesmo, uma opinião melhor de mim do que antes? – perguntou ele, soltando-a e encostando-se na prateleira sobre a lareira, como se esquecesse que estava de partida.

Elinor garantiu a ele que sim; que perdoava, sentia pena, desejava-lhe bem. Estava até mesmo interessada em sua felicidade, e acrescentou alguns conselhos gentis sobre o comportamento que tinha mais probabilidades de promovê-la. Sua resposta não foi muito encorajadora.

– Quanto a isso, – disse ele, – devo trilhar meu caminho no mundo como puder. Felicidade doméstica está fora de questão. Se, contudo, me for permitido pensar que você e os seus sentem um interesse em meu destino e em minhas ações, poderia ser o meio.... poderá me deixar alerta, pelo menos poderá ser algo pelo qual viver. Marianne está certamente perdida para mim, para sempre. Ainda que eu estivesse, por sorte, livre novamente-

Elinor o interrompeu com uma reprimenda.

– Bem, – respondeu ele, – adeus novamente. Agora irei embora e viverei com medo de um evento.

– A que se refere?

– O casamento de sua irmã.

– Está completamente errado. Ela nunca estará mais fora do seu alcance do que está agora.

– Mas ela pertencerá a outra pessoa. E se essa pessoa for justamente aquele que, dentre todos os outros, eu menos poderia aguentar... mas não ficarei, para desfazer toda a sua compassiva boa vontade para comigo, mostrando que não conseguiria perdoar aquilo com o que eu mesmo mais causei o mal. Adeus, que Deus te abençoe!

E, com estas palavras, ele quase saiu correndo da sala.

Capítulo 45

Elinor, por algum tempo depois da partida dele, por algum tempo depois até mesmo de o barulho de sua carruagem ter se esvanecido, ficou atormentada demais por uma multidão de ideias, completamente diferentes umas das outras, mas cujo resultado geral era tristeza, para pensar até mesmo em sua irmã.

Willoughby, aquele que, apenas meia hora atrás, ela abominara como o mais desprezível dos homens, o próprio Willoughby que apesar de todos os seus defeitos, despertava um pouco de comiseração pelo sofrimento por eles produzido, e que agora a faziam considerá-lo separado eternamente de sua família, com uma ternura e um lamento proporcionais, como ela logo reconheceu, mais aos desejos, do que aos méritos dele. Ela sentia que a influência dele sobre sua mente era aumentada por circunstâncias que não deveriam, razoavelmente, ter qualquer peso; por sua personalidade incomumente atraente, aqueles modos abertos, afetuosos e animados, que não era nenhum mérito possuir. E por aquele amor ainda ardente por Marianne, ao qual não era inocente ceder. Mas reconheceu tudo isso muito, muito antes de começar a sentir sua influência diminuir.

Quando finalmente voltou para a inconsciente Marianne, encontrou-a acabando de acordar, tão revigorada pelo sono longo e doce quanto sua irmã podia esperar. O coração de Elinor estava pleno.

O passado, o presente, o futuro, a visita de Willoughby, a segurança de Marianne e a expectativa da chegada de sua mãe a lançaram em tamanho estado de agitação que impediu que sentisse o mínimo de cansaço, e só a fez temer se delatar para a irmã. Curto foi o tempo, contudo, em que tal medo a pôde afetar, pois dentro de meia hora após a partida de Willoughby, ela foi novamente atraída para o andar dc baixo, pelo barulho de outra carruagem. Ávida por poupar a mãe de momentos desnecessários de horrível suspense, correu imediatamente até o saguão, e chegou à porta da frente bem a tempo de recebê-la e apoiá-la enquanto entrava.

A Sra. Dashwood, cujo terror, enquanto se aproximavam da casa, havia quase produzido a convicção de que Marianne já se fora, não teve voz para perguntar dela, nem para cumprimentar Elinor; mas esta última, não esperando cumprimentos, nem perguntas, imediatamente propiciou o alegre alívio, e sua mãe, recebendo-o com toda a sua costumeira afeição, ficou tão tomada por felicidade quanto estivera pelo medo. Entrou na sala de estar apoiada na filha e no amigo, e lá, derramando lágrimas de alegria, apesar de ainda incapaz de falar, abraçou Elinor repetidamente, afastando-se dela, em intervalos, para apertar a mão do Coronel Brandon, com uma expressão que demonstrava, de uma só vez, sua gratidão e sua certeza de compartilhar com ele o êxtase do momento. Ele compartilhava dele, contudo, em um silêncio ainda maior que o dela.

Assim que a Sra. Dashwood havia se recuperado, ver Marianne foi seu primeiro desejo. Em dois minutos, já estava com sua amada filha, ainda mais querida devido à ausência, à infelicidade e ao perigo. O deleite de Elinor, ao ver o que cada uma das duas sentia no reencontro, só foi cerceado pela apreensão de impedir que Marianne dormisse mais um pouco; mas a Sra. Dashwood conseguia ficar calma, até mesmo ser prudente, quando a vida de uma filha estava em logo, e Marianne, satisfeita de saber que sua mãe estava ao seu lado e consciente de estar fraca demais para conversar, sujeitou-se prontamente ao silêncio e à quietude prescritos por todos os que estavam cuidando dela. A Sra. Dashwood insistiu em sentar-se ao lado dela a noite toda, e Elinor, obedecendo o pedido da mãe, foi para a cama. Mas o descanso, que parecia ser exigido por uma noite inteira sem dormir, e muitas horas da mais exaustiva ansiedade, esquivou-se dela devido à agitação de sua mente. Willoughby, o "pobre Willoughby", como ela agora se permitia chamá-lo, estava constantemente em seus pensamentos. Antes, não queria ouvir sua justificativa por nada nesse mundo, e agora por vezes se culpava, por vezes se inocentava, por tê-lo julgado tão duramente antes. Mas sua promessa de conta tudo à irmã era invariavelmente dolorosa. Temia fazê-lo, temia seus possíveis efeitos sobre Marianne; duvidava que, após tal explicação, ela pudesse ser feliz com outra pessoa e, por um momento, desejou que Willoughby enviuvasse. Então, lembrando-se do Coronel Brandon, repreendeu-se, sentindo que a recompensa de sua irmã era devida aos sofrimentos e à constância dele, mais do que aos de seu rival, e desejou tudo, menos a morte da Sra. Willoughby.

O choque da chegada do Coronel Brandon em Barton havia sido bastante atenuado para a Sra. Dashwood por sua preocupação prévia; tão grande fora sua inquietação em relação a Marianne, que já havia decidido partir para Cleveland naquele mesmo dia, sem esperar mais notícias, e já tinha feito tantos preparativos para sua viagem antes da chegada dele, que a família Carey já estava sendo esperada, a qualquer momento, para vir buscar Margaret, visto que a mãe não estava disposta a levá-la para um lugar onde poderia haver uma infecção.

Marianne continuou a melhorar a cada dia, e a enorme alegria da Sra. Dashwood, demonstrada em sua aparência e humor, provou que era, como repetidamente se declarava, a mulher mais feliz do mundo. Elinor não podia ouvir a declaração, ou testemunhar as provas da mesma, sem às vezes pensar se sua mãe se lembrava de Edward. Mas a Sra. Dashwood, confiando no relato moderado sobre a decepção de Elinor, que ela mesma havia enviado, era levada pela exuberância de sua alegria a pensar somente naquilo que a aumentaria. Marianne havia sido devolvida a ela depois de um perigo para o qual, como ela agora começava a sentir, seu próprio erro de julgamento, ao encorajar sua desafortunada afeição por Willoughby, tinha contribuído; porém, com sua recuperação, sua mãe tinha mais uma fonte de júbilo, desconhecida de Elinor. Foi informada do fato, assim que tiveram a primeira oportunidade de conversarem sozinhas:

– Finalmente estamos a sós. Minha Elinor, você ainda não sabe de toda a minha felicidade. O Coronel Brandon ama Mariane. Ele mesmo me contou.

Sua filha, sentindo-se, ao mesmo tempo, contente e desconfortável, surpresa e não surpresa, prestou atenção em silêncio.

– Você nunca se pareceu comigo, querida Elinor, senão me surpreenderia com sua compostura neste momento. Se eu houvesse tirado um tempo para pensar em todas as coisas boas que desejo para minha família, teria decidido que o Coronel Brandon se casar com uma de vocês era o objeto mais desejável. E acredito que, entre vocês, Marianne é quem ficaria mais feliz com ele.

Elinor ficou um tanto inclinada a perguntar à mãe o motivo de pensar daquela forma, por achar que não poderia indicar nenhuma razão baseada em uma consideração imparcial das idades, personalidades ou sentimentos dos dois. Mas sua mãe sempre se deixava levar por sua imaginação, em qualquer assunto interessante, e, portanto, ao invés de fazer uma pergunta, simplesmente respondeu com um sorriso.

– Abriu seu coração para mim, ontem, enquanto viajávamos. Escapou sem que percebesse ou pretendesse. Eu, como pode imaginar, não podia falar de nada além de minha filha; ele não podia esconder sua aflição. Vi que era tão grande quando a minha, e ele, talvez pensando que mera amizade, como está em voga hoje em dia, não justificaria tamanha empatia; ou talvez sem pensar em nada, suponho... cedendo a sentimentos irresistíveis, me contou sobre sua afeição franca, terna e constante por Marianne. Ele se apaixonou por ela, minha querida, na primeira vez que a viu.

Entretanto, à esta altura Elinor percebeu, não o linguajar ou as declarações do Coronel Brandon, e sim os naturais enfeites da imaginação ativa de sua mãe, que modificava como queria tudo o que a deleitasse.

– Sua afeição por ela, infinitamente maior do que qualquer coisa que Willoughby sentiu ou fingiu, muito mais calorosa, sincera e constante, o que quer que chamemos, resistiu durante todo o tempo em que sabia da infeliz predisposição de Marianne por aquele jovem indigno! E sem egoísmo, sem encorajar nenhuma esperança! Se ele a visse feliz com outro... que mente nobre! Tamanha franqueza, tamanha sinceridade! Ninguém pode se enganar com ele.

– O caráter do Coronel Brandon – disse Elinor – como um homem excelente já foi bem estabelecido.

– Sei que sim, – respondeu sua mãe, seriamente, – senão depois de tamanha surpresa, eu seria a última a encorajar tal afeição, ou até mesmo me comprazer com ela. Mas ele ter vindo até mim, como fez, com uma amizade tão ativa, tão disposta, é o suficiente para provar que é um dos homens mais dignos que existem.

– Seu caráter, contudo, – respondeu Elinor, – não se baseia em um ato de gentileza, praticado devido a seu afeto por Marianne, se seu altruísmo estivesse fora de questão. A Sra. Jennings e os Middleton já são íntimos dele há tempos, e igualmente o apreciam e respeitam. E até mesmo o que eu sei sobre ele, apesar de não fazer muito tempo, é bastante considerável. E o valorizo e estimo tanto que, se Marianne puder ser feliz com ele, estarei tão disposta quanto a senhora a pensar que uma ligação entre nossas famílias seria a maior bênção do mundo. O que respondeu a ele? Permitiu que ele tivesse esperanças?

– Oh, meu amor! Naquele momento, não conseguia falar de esperança, nem para ele, nem para mim mesma. Marianne podia estar morrendo. Mas ele não pediu esperanças ou encorajamento. Fez uma confissão involuntária, uma declaração irreprimível a uma amiga consoladora, e não um pedido a uma mãe. Ainda assim, depois de um tempo eu disse, pois logo de início eu estava bastante atordoada, que se ela sobrevivesse, como eu acreditava que iria, minha maior felicidade seria promover o casamento entre eles. E, desde nossa chegada, desde nossa imensa alegria em vê-la segura, repeti a ele com mais veemência, dei-lhe todo o encorajamento que estava em meu poder. Tempo, bem pouco tempo, falei para ele, faz maravilhas; o coração de Marianne não será desperdiçado para sempre com um homem como Willoughby. Os próprios méritos do Coronel logo o conquistarão.

– Julgando pelo humor do Coronel, a senhora ainda não o fez ficar tão otimista, ainda.

– Não. Ele acha que o afeto de Marianne é profundo demais para qualquer mudança, ainda que em um longo período de tempo, e ainda que supusesse que seu coração está novamente livre, é modesto demais para acreditar que, com tamanha diferença de idade e personalidade, ele poderia fazer com que ela o ame. Neste sentido, contudo, ele está muito enganado. Ele ser mais velho que ela é somente uma vantagem, fazendo com que seu caráter e princípios já estejam estabelecidos. E sua personalidade, estou bem convencida, é exatamente do tipo que faria sua irmã feliz. E também sua aparência, seus modos, contam todos a seu favor. Certamente que não é tão bonito quanto Willoughby; mas, ao mesmo tempo, há algo muito mais agradável em sua expressão. Sempre havia algo, se é que se lembra, no olhar de Willoughby, de vez em quando, que eu não gostava.

Elinor não se lembrava; mas sua mãe, sem esperar sua concordância, prosseguiu:

– E seus modos, os modos do Coronel, não são somente mais agradáveis para mim do que os de Willoughby jamais foram, como também são de um tipo que sei que atrairá mais firmemente o afeto de Marianne. Sua gentileza, sua genuína consideração pelos outros, e sua simplicidade honesta e máscula estão muito mais de acordo com sua verdadeira personalidade do que a animação, por vezes artificial, e por vezes intempestiva, do outro. Tenho muita certeza de que, ainda que tivéssemos descoberto que Willoughby era uma pessoa boa, o contrário do que se mostrou, Marianne nunca teria sido tão feliz com ele, quanto será com o Coronel Brandon.

Ela pausou. Sua filha não podia concordar inteiramente com ela, mas sua discordância não foi falada em voz alta e, portanto, não causou ofensa.

– Em Delaford, ela estará a pouca distância de mim, – acrescentou a Sra. Dashwood, – ainda que eu permaneça em Barton. E é bem provável, pois ouvi dizer que é um vilarejo grande, certamente deve haver uma pequena casa ou chalé lá por perto, que nos cairia tão bem quanto nossa atual localização.

Pobre Elinor! Aí estava um novo esquema para fazer com que fosse para Delaford! Mas seu espírito era teimoso.

– Sua fortuna, também! Pois na minha idade, sabe, todo mundo se importa com isso; e apesar de não saber, e tampouco querer saber, quanto ele realmente tem, tenho certeza de que é bastante.

Àquela altura, foram interrompidas pela entrada de um terceiro, e Elinor retirou-se para pensar sozinha sobre tudo o que havia ouvido e desejar que seu amigo fosse bem-sucedido, ainda que, ao desejá-lo, sentisse uma pontada de pena de Willoughby.

Capítulo 46

A doença de Marianne, apesar tê-la enfraquecido, não havia durado o suficiente para fazer com que sua recuperação fosse lenta; e, com sua juventude e força natural, e a presença de sua mãe lhe auxiliando, ocorreu tão sem contratempos que a permitiu, dentro de quatro dias após a chegada desta última, ir para o quarto de vestir da Sra. Palmer. Ao chegar lá, mediante sua própria solicitação, o Coronel Brandon foi convidado a visitá-la, pois estava impaciente por agradecê-lo veementemente por ter ido buscar sua mãe.

A emoção dele ao entrar no quarto, vendo a aparência alterada dela e ao receber a mão pálida que ela imediatamente lhe estendeu, foi tamanha, que Elinor imaginou advir de algo mais do que sua afeição por Marianne, ou a consciência de que outros sabiam do fato. E ela logo descobriu, em seu olhar melancólico e rosto ruborizado, enquanto olhava para sua irmã, que provavelmente estava se lembrando de muitas cenas passadas, trazidas de volta pela semelhança entre Marianne e Eliza, que ele já havia reconhecido, e que agora deveria estar acentuada pelos olhos encovados, a pele descolorida, a postura indicando fraqueza e o caloroso reconhecimento de que estava em dívida com ele.

A Sra. Dashwood, observando tudo o que se passava com tanta

atenção quanto a filha, mas com pensamentos sob influências diferentes e, portanto, olhando tudo com intenções bastante distintas, não viu nada no comportamento do Coronel que não adviesse das sensações mais simples e evidentes, enquanto que, nos atos e palavras de Marianne, convenceu-se de que via o início de algo mais do que gratidão.

Ao fim de um ou dois dias, com Marianne ficando visivelmente mais forte a cada doze horas, a Sra. Dashwood começou a falar com voltar para Barton, instada pelo seu próprio desejo e pelos de suas filhas. Seus preparativos dependiam de dois de seus amigos: a Sra. Jennings não podia sair de Cleveland enquanto as Dashwood lá estivessem, e o Coronel Brandon foi logo convencido, pela solicitação de todos, a considerar sua estadia lá tão certa quanto a dela, ainda que não tão indispensável. Em atendimento ao pedido dele e da Sra. Jennings, a Sra. Dashwood foi convencida a aceitar usar a carruagem do Coronel para a viagem de volta, para maior conforto de sua filha doente; e o Coronel, a convite das Sra. Dashwood e da Sra. Jennings, cuja personalidade ativa a tornava amigável e hospitaleira para com os outros, assim como para si mesma, concordou, com prazer, retribuir com uma visita ao chalé, dentro de algumas semanas.

O dia da separação e partida chegou, e Marianne, após despedir-se tão atenciosa e longamente da Sra. Jennings, uma despedida tão sinceramente grata, cheia de respeito e desejos de felicidades que parecia devida a um oculto reconhecimento de ter sido anteriormente ingrata, e depois de adeus ao Coronel Brandon com a cordialidade de uma amiga, foi cuidadosamente auxiliada por ele a subir na carruagem, parecendo ansioso para que ela ocupasse pelo menos metade do espaço. A Sra. Dashwood e Elinor seguiram-na, e os outros foram deixados sozinhos, para falar sobre as viajantes e lamentar seu próprio tédio, até que a Sra. Jennings foi convocada à sua carruagem, para obter consolo para a perda de suas duas jovens companheiras com as fofocas de sua criada. O Coronel Brandon, então, iniciou sua solitária jornada até Delaford.

As Dashwood viajaram por dois dias, e Marianne aguentou o percurso durante ambos sem muito cansaço. Tudo o que a mais zelosa afeição, o mais solícito cuidado, pudesse fazer para deixá-la confortável foi realizado por suas duas observadoras companheiras, e ambas foram recompensadas com seu bem-estar físico e sua calmaria de espírito. Para Elinor, observar esta última foi particularmente bem-vindo. Ela, que vira a irmã sofrendo constantemente, durante semanas, oprimida por uma agonia no coração que nenhuma das duas tinha coragem de mencionar ou força para esconder, agora testemunhava com alegria, que ninguém poderia compartilhar, uma aparente compostura que, sendo o resultado de séria reflexão, como ela esperava, deveria eventualmente levar a contentamento e alegria.

Conforme se aproximavam de Barton, e entravam em paisagens onde todo campo e toda árvore trazia uma lembrança peculiar e dolorosa, ela foi ficando cada vez mais quieta e pensativa, virando o rosto para que não fosse vista e olhando fixamente para fora da janela. Mas, neste ponto, Elinor não se surpreendeu, nem a culpou; e quando viu, enquanto ajudava Marianne a descer da carruagem, que ela havia chorado, viu somente uma emoção absolutamente natural, que não excitava nada além de pena e, por sua discrição, merecia ser elogiada. Em todo o comportamento que se seguiu, Elinor reconheceu a direção de uma mente que começava a fazer um esforço razoável, pois logo que entraram na sala de estar, Marianne olhou ao seu redor com firmeza resoluta, como se estivesse determinada a se acostumar com a visão de todos os objetos que pudessem fazê-la se lembrar de Willoughby. Falou pouco, mas tentava exprimir alegria com todas as suas frases, e, apesar de um suspiro às vezes lhe escapar, nunca ocorria sem a compensação de um sorriso. Após o jantar, experimentou o piano. Foi até ele, mas a primeira partitura que viu era uma ópera que lhe havia sido dada por Willoughby, contendo alguns de seus duetos preferidos, e cuja capa exibia seu nome, escrito na letra dele. Aquela não serviria. Sacudiu a cabeça, colocou a partitura de lado e, após passar os dedos sobre as teclas por uns minutos, reclamou que estavam fracos e fechou o instrumento novamente. Entretanto, declarou firmemente, enquanto o fazia, que praticaria muito no futuro.

A manhã seguinte não trouxe uma diminuição destes sintomas felizes. Pelo contrário, com mente e corpo fortalecidos pelo descanso, aparentava estar em um humor genuinamente melhor, e falava como tal, ansiosa pela volta de Margaret e mencionando que sua alegria pelo restauro do núcleo familiar e pela retomada das atividades e companhia era a única coisa que desejava.

– Quando o tempo melhorar, e eu tiver recuperado minhas forças – disse ela – faremos longos passeios juntas, todos os dias. Andaremos até a fazenda na beirada do vale, e veremos como estão as crianças; caminharemos até as novas plantações de Sir John em Barton Cross e Abbeyland, e iremos várias vezes até as ruínas do velho Priorado, e tentaremos identificar suas fundações até onde nos disseram que costumavam estar. Sei que ficaremos felizes. Sei que passaremos um verão alegre. Não pretendo acordar depois das seis, e deste horário, até o jantar, passarei todos os momentos entre música e leitura. Já fiz meu plano, e estou determinada a estudar seriamente. Já conheço nossa própria biblioteca bem demais, para que recorra a ela para algo além de divertimento. Mas há muitas obras dignas de se ler em Barton Park, e outras mais modernas que sei que posso pegar emprestadas do Coronel Brandon. Lendo somente seis horas por dia, atingirei, em doze meses, um nível de instrução que atualmente considero que me falta.

Elinor a elogiou por um plano com origens tão nobres, quanto este, apesar de sorrir ao ver que a mesma imaginação ativa, que antes a levara ao extremo da indolência lânguida e lamentação egoísta, agora a levava a exceder-se com um esquema de tarefas racionais e autocontrole virtuoso. Seu sorriso, contudo, transformou-se em um suspiro, ao lembrar de que ainda não havia cumprido sua promessa a Willoughby, e ficou com medo de que o que tinha para comunicar poderia desestabilizar a mente de Marianne novamente, e arruinar, pelo menos por um tempo, esta bela perspectiva de ocupada tranquilidade. Disposta, portanto, a postergar a temida hora, decidiu aguardar até que a saúde da irmã estivesse mais segura. Mas esta resolução foi feita só para ser descumprida.

Marianne já havia passado dois ou três dias em casa, antes que o tempo melhorasse o suficiente para que alguém em convalescença, como ela, pudesse se aventurar lá fora. Mas finalmente uma manhã suave e agradável apareceu, do tipo que instigava os desejos da filha e a confiança da mãe, então Marianne, apoiada no braço de Elinor, foi autorizada a caminhar por tanto tempo quanto conseguisse sem se cansar, no caminho na frente da casa.

As irmãs partiram em um ritmo lento, que a fraqueza de Marianne permitia para um exercício que até então não haviam tentado, desde que ficara doente; e tinham se afastado da casa apenas o suficiente para terem uma visão completa da colina, da importante colina que ficava atrás do chalé, quando Marianne disse calmamente, ao fazer uma pausa, com o olhar repousando sobre a colina:

– Ali, exatamente ali, – disse, apontando com uma mão, – naquele monte mais elevado; foi ali que caí. E ali que vi Willoughby pela primeira vez.

Sua voz ficou embargada ao mencionar o nome dele, mas acrescentou, recuperando-se:

– Fico feliz em descobrir que posso olhar para o lugar com tão pouca dor! Falaremos sobre este assunto um dia, Elinor? – disse ela, hesitando. – Ou seria errado? Consigo falar sobre isso agora, espero, como deveria.

Elinor convidou-a ternamente a se abrir.

– Quanto a arrependimento, – disse Marianne, – já não sinto mais, no que tange a ele. Não quero falar sobre o que senti por ele, e sim o que sinto agora. Atualmente, se eu pudesse me certificar de uma questão, se eu pudesse pensar que ele não esteve sempre atuando, não me enganou o tempo todo; mas, acima de tudo, se eu pudesse ter a certeza de que ele nunca foi tão maldoso quanto meus medos às vezes me indicaram, desde que a história daquela infeliz garota-

Ela parou. Elinor regozijou-se ao ouvir suas palavras, e respondeu:

– Se pudesse ter certeza disso, acha que ficaria mais calma.

– Sim. Minha paz de espírito está duplamente envolvida nisso, pois não só é horrível suspeitar da malícia de alguém que foi o que ele foi para mim, como também o que isso me faz pensar de mim mesma? O que, em uma situação como a minha, além da afeição mais vergonhosamente escancarada, poderia me expor a-

– Como, então, – perguntou sua irmã, – você explicaria o comportamento dele?

– Eu suporia que ele... oh, ficaria muito feliz em supor que ele foi só inconstante, muito inconstante.

Elinor não disse mais nada. Estava debatendo consigo mesma quanto à elegibilidade de começar a história imediatamente, ou se devia adiá-la até que Marianne estivesse melhor. Então, caminharam devagar por mais alguns minutos, em silêncio.

– Não lhe desejo um bem demasiado grande – disse Marianne, finalmente, com um suspiro – quando desejo que suas reflexões íntimas possam ser tão desagradáveis quanto as minhas. Ele sofrerá o suficiente com elas.

– Está comparando sua conduta com a dele?

– Não. A estou comparando com o que devia ter sido; a comparo com a sua.

– Nossos casos têm pouca semelhança.

– Têm mais semelhança do que nossos comportamentos. Minha querida Elinor, não deixe que sua gentileza defenda o que eu sei que seu juízo censura. Minha doença me fez pensar... me deu tempo e calma para que fizesse reflexões sérias. Muito antes de eu estar bem o suficiente para falar, já estava perfeitamente capaz de refletir. Considerei o passado: vi em meu próprio comportamento, desde o início de nossa amizade com ele, no outono passado, nada além de uma série de atos imprudentes para comigo mesma, e uma falta de gentileza para com os outros. Vi que meus próprios sentimentos haviam preparado meu sofrimento, e que minha falta de força de vontade para resisti-los quase me levou ao túmulo. Minha doença, eu bem sabia, havia sido causada inteiramente por mim mesma, por ter negligenciado minha própria saúde, o que, mesmo naquela época, eu sabia ser errado. Se eu tivesse morrido, teria sido autodestruição. Não percebi o perigo que corria, até que foi superado; mas com as sensações que essas lembranças me trouxeram, fico surpresa com minha recuperação, com o fato de o meu próprio desejo de viver, de ter tempo para me expiar perante Deus e vocês todos, não ter me matado imediatamente. Se eu tivesse morrido, como não a teria deixado infeliz, você, minha enfermeira, minha amiga, minha irmã! Você, que testemunhou todo o meu egoísmo irascível de antigamente, que conhecia todos os anseios de meu coração! Como eu teria sobrevivido em suas memórias! Nossa mãe, também! Como você poderia tê-la consolado? Não consigo expressar a ojeriza que sinto de mim mesma. Sempre que pensava no passado, encontrava um dever que descumpri, ou alguma falha à qual cedi. Todos pareciam ter sido prejudicados por mim. A gentileza, a constante gentileza da Sra. Jennings, eu retribui com ingrato desprezo. Com os Middleton, os Palmer, as Steele, até mesmo todos os nossos conhecidos, eu fui insolente e injusta, com o coração endurecido para seus méritos e um temperamento irritado até mesmo pela consideração deles. Com John, com Fanny, sim, até mesmo com eles, por menos que mereçam, não agi da forma a que tinham direito. Mas você, acima de todos, acima até de nossa mãe, havia sido prejudicada por mim. Eu, e somente eu mesma, conhecia seu coração e as tristezas que carrega; ainda assim, no que me influenciou? Não a ponto de me levar a agir com a compaixão que traria benefícios para você e para mim. Seu exemplo estava diante de meus olhos; mas do que adiantou? Tive mais consideração para com você e seu bem-estar? Imitei sua resignação, diminuí seu autocontrole, participando dos deveres de paciência ou gratidão que você, até então, havia sido forçada a cumprir sozinha? Não; me eximi de todos os esforços exigidos pelo dever ou pela amizade, quando sabia que você estava infeliz, tanto quanto acreditava que estava calma, sem reconhecer que outros além de mim podiam estar sofrendo, lamentando a perda somente daquele coração que me havia abandonado e maltratado, e deixando você, por quem professava afeição sem limites, ser infeliz pelo meu próprio bem.

Aqui cessou o rápido fluxo de seu espírito de reprovação, e Elinor, ansiosa por apaziguá-la, apesar de honesta demais para lisonjeá-la, deu-lhe o imediato elogio e apoio que sua franqueza e arrependimento tanto mereciam. Marianne apertou sua mão e respondeu:

– És muito gentil. O futuro será a minha prova. Já estabeleci meu plano e, se puder aderir a ele, meus sentimentos serão controlados e meu temperamento melhorado. Não preocuparão mais os outros, ou torturarão a mim mesma. Viverei, de hoje em diante, somente para minha família. Você, mamãe, Margaret, serão tudo no mundo, para mim; compartilharão meu amor inteiramente entre vocês. De vocês, de meu lar, nunca mais terei o menor incentivo para me retirar, e se conviver com outras pessoas, será só para mostrar que meu espírito se tornou humilde, meu coração se corrigiu e que consigo praticar as cortesias, os deveres menores da vida, com gentileza e paciência. Quanto a Willoughby... dizer que o esquecerei logo, ou que o esquecerei um dia, seria inútil. Minhas memórias dele não poderão ser superadas por qualquer mudança de circunstância ou opinião. Mas serão dominadas, controladas pela religião, pela razão, por constante ocupação.

Fez uma pausa, e depois acrescentou, em voz baixa:

– Se ao menos eu pudesse saber o que se passa no coração dele, tudo ficaria mais fácil.

Elinor, que já havia passado algum tempo refletindo se seria adequado fazer o relato rapidamente, sem chegar a uma decisão, ouviu isso; e, percebendo que refletir não adiantava nada, e que tomar uma decisão levaria a tudo, logo pôs-se a falar.

Conseguiu narrar a história habilidosamente, conforme esperava. Preparou sua ansiosa ouvinte com cuidado; relatou de forma simples e honesta os principais pontos sobre os quais Willoughby assentara sua desculpa; fez justiça a seu arrependimento, e só amenizou suas declarações de atual afeição. Marianne não disse uma palavra. Tremia, fixou o olhar no chão e seus lábios ficaram mais brancos do que sua doença os havia deixado. Mil perguntas brotaram em seu coração, mas não ousou fazer nenhuma. Controlou cada sílaba com ansiedade ofegante; sua mão apertou inconscientemente a da irmã, e lágrimas escorreram por suas faces.

Elinor, temendo que estivesse cansada, a guiou até a casa. Até que chegaram à porta do chalé, imaginando facilmente como devia estar curiosa, apesar de não fazer nenhuma pergunta, falou somente de Willoughby e da conversa que tiveram, dando todos os detalhes sobre a fala e aparência dele, quando podia se dar ao luxo de ser detalhista, com segurança. Assim que entraram em casa, Marianne, com um beijo de gratidão e estas quatro palavras, quase que imperceptíveis através de suas lágrimas: "Conte para a mamãe", retirou-se da companhia da irmã e subiu as escadas vagarosamente. Elinor não quis perturbar uma solidão tão razoável quanto a que sua irmã pretendia, e, com a mente ansiosamente prevendo seu resultado e decidindo retomar o assunto mais tarde, caso Marianne não o fizesse, foi até a sala de estar, para cumprir o pedido que lhe havia sido feito quando se separaram.

Capítulo 47

A Sra. Dashwood não ficou insensível ao ouvir a justificação de seu antigo preferido. Regozijou-se ao vê-lo inocentado de uma parte da culpa que lhe havia sido imputada; sentiu pena dele; desejou que fosse feliz. Mas os sentimentos de antigamente não puderam ser resgatados. Nada poderia devolvê-lo a Marianne como um homem de palavra ou caráter idôneo. Nada poderia fazer com que ela esquecesse o que a filha havia sofrido por causa dele, ou remover a culpa de sua conduta em relação a Eliza. Nada poderia fazer com que voltasse a ocupar seu antigo lugar na estima dela, ou prejudicar os interesses do Coronel Brandon.

Se a Sra. Dashwood tivesse ouvido a história da boca do próprio Willoughby, como sua filha, se houvesse testemunhado a aflição dele, e tivesse estado sob a influência de suas expressões e modos, é provável que sua compaixão fosse maior. Mas Elinor não tinha o poder ou o desejo de despertar nos outros, com sua explicação em segunda mão, os sentimentos que haviam, de início, sido causados nela. Reflexão havia trazido calma a seu julgamento, e deixado mais sóbria sua opinião sobre o merecimento de Willoughby; desejava, portanto, declarar somente a simples verdade, e expor os fatos que eram realmente devidos ao caráter dele, sem qualquer enfeite de ternura que desse rédeas à imaginação.

Naquela noite, quando estavam as três juntas, Marianne começou a falar voluntariamente sobre ele, de novo; mas a reflexão irrequieta em que estivera pelos últimos minutos, e seu rubor e voz trêmula, enquanto falava, claramente mostravam que não o fez sem esforço.

– Quero assegurar a ambas – disse ela – de que compreendo tudo, como devem desejar.

A Sra. Dashwood a teria interrompido imediatamente, com ternura tranquilizante, se Elinor, que queria muito ouvir a opinião sem influências da irmã, não tivesse pedido que ficasse em silêncio, com um rápido gesto. Marianne continuou lentamente:

– É um grande alívio para mim, o que Elinor me contou esta manhã. Agora ouvi exatamente o que queria ter ouvido. – Sua voz se perdeu, por alguns momentos, mas, ao recuperar-se, ela acrescentou, com ainda mais calma do que antes: – Agora estou perfeitamente satisfeita, não desejo mais mudanças. Nunca poderia ter sido feliz com ele, após ter ficado sabendo, como teria, mais cedo ou mais tarde, de tudo isso. Não teria tido confiança, ou estima. Nada poderia ter evitado tais sentimentos.

– Eu sei, eu sei, – exclamou a mãe, – ser feliz com um homem de práticas libertinas! Com alguém que prejudicou tanto a paz de espírito de um de nossos amigos mais queridos, um dos melhores homens que conhecemos! Não, minha Marianne não tem o tipo de coração que ficaria feliz com um homem desses! Sua consciência, sua sensível consciência, teria sentido tudo o que a consciência de seu marido deveria ter sentido.

Marianne suspirou, e repetiu:

– Não desejo que nada mude.

– Você considera a questão – disse Elinor – exatamente como uma boa mente e um intelecto sólido deveriam; e ouso dizer que percebe, tão bem quanto eu, não somente nisto, como também em muitas outras circunstâncias, motivo o suficiente para se convencer de que seu casamento a teria envolvido em muitos problemas e desapontamentos que certamente ocorreriam, os quais teria aguentado com o escasso apoio de um afeto, por parte dele, que é muito menos certo. Se houvessem se casado, sempre seriam pobres. Ele mesmo reconheceu que tem gostos caros, e toda a sua conduta declara que abnegação é uma palavra que não conhece. As exigências dele, em conjunto com a sua inexperiência, tendo uma renda pequena, muito pequena, certamente teriam causado aflições que não seriam menos penosos para você, só por não ter passado por eles antes. O seu senso de honra e honestidade a teria levado, estou certa, quando tomasse ciência de sua situação, a tentar economizar de todas as formas que pensasse serem possíveis; e, talvez, enquanto sua frugalidade afetasse somente seu próprio conforto, você poderia se forçar a praticá-la, mas para além disso... e quão pouco os maiores esforços de administração, que fizesse sozinha, impediriam a ruína que começara antes mesmo de seu casamento? Mais do que isso, se tivesse tentado, ainda que da forma mais razoável, reduzir os divertimentos dele, não é de se temer que, ao invés de prevalecer sobre sentimentos tão egoístas, você teria diminuído sua influência sobre o coração dele, e tê-lo feito se arrepender da união que lhe trouxera tantas dificuldades?

Os lábios de Marianne tremeram, e ela repetiu a palavra: "Egoísta?", em um tom que implicava: "Pensa mesmo que ele é egoísta?".

– Todo o seu comportamento, – respondeu Elinor, – desde o começo, até o fim da história, foi baseado em egoísmo. Foi egoísmo que primeiro o fez brincar com sua afeição; que o fez, depois, quando ele mesmo havia se afeiçoado a você, postergar sua confissão, e que finalmente o levou a sair de Barton. Sua própria diversão, ou seu próprio bem-estar, foi seu principal guia, em todos os aspectos.

– É bem verdade. A minha felicidade nunca foi seu objetivo.

– Hoje em dia, – continuou Elinor, – ele se arrepende do que fez. E por que? Porque descobriu que não fez bem a ele mesmo. Não o fez feliz. Suas circunstâncias agora não têm empecilho, ele não sofre deste tipo de mal; e só consegue pensar no fato de que se casou com uma mulher cujo temperamento não é tão amigável quanto o seu. Mas daí se segue que, se houvesse se casado com você, ele teria sido feliz? As inconveniências teriam sido diferentes. Nesta hipótese, ele teria sofrido com os problemas pecuniários que, por terem sido removidos, ele agora pensa que não são importantes. Ele teria tido uma esposa de cujo temperamento não poderia reclamar, mas sempre necessitaria de alguma coisa, sempre seria pobre; e provavelmente logo teria começado a pensar nos inúmeros confortos de uma propriedade sem dívidas e de uma boa renda como sendo muito mais importantes, até mesmo do que felicidade doméstica, do que o mero temperamento de uma esposa.

– Não tenho dúvidas disso, – disse Marianne, – e não tenho nada a lamentar; nada, exceto minha própria tolice.

– Diga a imprudência de sua mãe, ao invés disso, minha filha, – disse a Sra. Dashwood, – ela é que deve assumir a culpa.

Marianne não deixou que continuasse falando, e Elinor, satisfeita por ambas reconhecerem seus próprios erros, quis evitar qualquer análise do passado que pudesse enfraquecer o espírito de sua irmã; deste modo, persistindo no primeiro assunto, continuou:

– Creio que uma observação possa ser feita, de forma justa, sobre toda a história: todas as dificuldades de Willoughby surgiram de sua primeira violação da virtude, seu comportamento em relação a Eliza Williams. Este crime foi a origem de todos os outros menores, e de todo o seu atual descontentamento.

Marianne concordou calorosamente com tal observação, e sua mãe foi levada, através da mesma, a enumerar os sofrimentos e méritos do Coronel Brandon, com o afeto que sua amizade e intenções, juntas, ditavam. Sua filha não pareceu, contudo, ouvir muito do que dizia.

Como esperava, Elinor viu, nos dois ou três dias que se seguiram, que Marianne não continuou a recuperar as forças como antes; porém, como sua resolução continuava firme e ainda tentava parecer estar alegre e bem, confiou nos efeitos que o tempo teria sobre sua saúde.

Margaret voltara, e a família estava novamente toda junta, mais uma vez acomodada discretamente no chalé; e, ainda que não se dedicassem a seus estudos usuais com o mesmo vigor de quando haviam chegado em Barton, pelo menos planejavam uma enérgica dedicação aos mesmos, no futuro.

Elinor começou a ficar impaciente por notícias de Edward. Não havia ouvido nada sobre ele, desde que saíra de Londres, nenhuma novidade sobre seus planos, nem mesmo sobre sua atual residência. Havia trocado algumas cartas com seu irmão, por conta da doença de Marianne, e a primeira enviada por John continha a seguinte frase: "Não sabemos nada sobre nosso desafortunado Edward, e não podemos fazer perguntas sobre este assunto tão proibido, mas concluímos que continha em Oxford". Esta foi toda a informação sobre Edward que pudera retirar da correspondência, pois seu nome não era nem mesmo mencionado nas cartas seguintes. Entretanto, ela não estava destinada a permanecer ignorante do que se passava com ele, por muito mais tempo.

O criado da família havia sido enviado, uma manhã, a Exeter para tratar de negócios, e quando, enquanto servia a mesa, terminara de responder às perguntas de sua patroa quanto à tarefa que cumprira, esta foi sua voluntária comunicação:

– Suponho que saiba, senhora, que o Sr. Ferrars se casou.

Marianne teve um violento sobressalto, fixou o olhar em Elinor, viu-a ficar pálida e caiu de volta na cadeira, aos prantos. A Sra. Dashwood, cujos olhos, enquanto respondia à pergunta do criado, haviam intuitivamente ido na mesma direção, ficou chocada ao perceber, na expressão de Elinor, o quanto ela verdadeiramente sofria, e um momento depois, aflita também pelo estado de Marianne, ficou sem saber a que filha dar a maior parte de sua atenção.

O criado, que só viu que a Srta. Marianne estava passando mal, teve a presença de espírito de chamar uma das aias, que, com auxílio da Sra. Dashwood, carregou-a para a sala ao lado. Àquela altura, Marianne já estava um pouco melhor, então sua mãe a deixou aos cuidados de Margaret e da aia e voltou para Elinor. Esta última, apesar de continuar atordoada, já havia recuperado o uso de suas faculdades mentais e de sua voz, o suficiente para começar a perguntar a Thomas qual era a fonte de sua informação. A Sra. Dashwood imediatamente tomou para si tal tarefa, e Elinor teve o benefício da comunicação, sem precisar fazer o esforço de obtê-la.

– Quem te contou que o Sr. Ferrars tinha se casado, Thomas?

– Eu mesmo vi o Sr. Ferrars, senhora, esta manhã em Exeter, e sua esposa também, Srta. Steele, como era chamada. Estavam estacionando uma carruagem à porta da estalagem New London, enquanto eu entrava lá com uma mensagem da Sally, que trabalha em Barton Park, para o irmão dela, que é um dos mensageiros. Calhou que olhei para cima quando passei pela carruagem, então vi logo que era a Srta. Steele mais nova; então tirei meu chapéu, ela me reconheceu e me chamou, perguntando da senhora e das senhoritas, especialmente da Srta. Marianne, e pediu que eu lhes desse os cumprimentos dela e do Sr. Ferrars, e dissesse que sentiam muito por não ter tempo de vir visitá-las, mas estavam com muita pressa para seguir viagem, pois ainda tinham muito caminho a percorrer, mas que, ainda assim, quando voltassem, iriam vir visitá-las.

– Mas ela te disse que estava casada, Thomas?

– Sim, senhora. Sorriu e disse que havia mudado de nome, desde a última vez que estivera por estas bandas. Sempre foi uma jovem muito afável e aberta, e com um comportamento bem cortês. Então, tomei a liberdade de desejar-lhe felicidades.

– O Sr. Ferrars estava na carruagem com ela?

– Sim, senhora, eu o vi reclinado no assento, mas ele não levantou o olhar; nunca foi do tipo de cavalheiro que gosta de conversar.

O coração de Elinor facilmente explicava o fato de ele não se expressar, e a Sra. Dashwood provavelmente chegou à mesma conclusão.

– Não havia mais ninguém na carruagem?

– Não, senhora, só eles dois.

– Sabe de onde estavam vindo?

– Vieram direto da capital, como a Sta. Lucy e a Sra. Ferrars, me contou.

– E estavam indo mais para o oeste?

– Sim, senhora, mas não muito mais longe. Logo estarão de volta, e então farão uma visita.

Àquela altura, a Sra. Dashwood olhou para a filha, mas Elinor sabia muito bem que não deveria esperar a visita deles. Reconheceu a personalidade de Lucy na mensagem inteira, e estava bastante certa de que Edward nunca passaria perto delas. Observou em voz baixa, para a mãe, que provavelmente estavam indo para a casa do Sr. Pratt, perto de Plymouth.

Parecia que Thomas não tinha mais informações para dar. A expressão de Elinor indicava que queria ouvir mais.

– Os viu partir, antes de voltar para cá?

– Não, senhora, os cavalos estavam sendo trazidos naquela hora, mas não pude esperar mais, estava com medo de me atrasar.

– A aparência da Sra. Ferrars estava boa?

– Sim, senhora, me disse que estava muito bem; e, na minha opinião, ela sempre foi uma jovem muito bonita, e parecia extremamente contente.

A Sra. Dashwood não conseguiu pensar em mais nenhuma pergunta, então Thomas e a toalha de mesa, agora igualmente desnecessários, foram dispensados. Marianne já havia mandado a criada dizer que não queria comer mais nada. A Sra. Dashwood e Elinor também tinham perdido o apetite, e Margaret podia se considerar muito sortuda, pois, com tantas aflições que ambas as suas irmãs haviam sofrido ultimamente, tantos motivos que haviam tido para se descuidarem de suas refeições, ela mesma nunca havia sido obrigada a passar sem o jantar.

Quando a sobremesa e o vinho foram pedidos, e a Sra. Dashwood e Elinor ficaram sozinhas, permaneceram juntas por um longo tempo, em semelhante estado de reflexão e silêncio. A Sra. Dashwood temia fazer qualquer comentário, e não ousou oferecer consolo. Tinha acabado de descobrir que se enganara ao acreditar na descrição que Elinor havia sido feito de si mesma, e corretamente concluiu que tudo tinha sido propositalmente amenizado, naquele momento, para poupá-la de mais infelicidade do que já estava sofrendo por conta de Marianne. Descobriu que havia se deixado enganar pela atenção cuidadosa e delicada da filha, acreditando que aquela ligação, que já havia compreendido muito bem antes, era muito mais insignificante do que acreditara, ou do que agora havia ficado provado ser. Temia, tendo sido convencida disso, ter agido de forma injusta, desatenta; não, quase cruel, com Elinor, que a aflição de Marianne, por ser mais aberta, mais imediatamente diante dela, havia ocupado demasiadamente seu coração e a feito esquecer que, em Elinor, poderia ter uma filha que sofria quase tanto quanto a outra, certamente com menos suscitação voluntária, e maior força de vontade.

Capítulo 48

Elinor agora estava ciente da diferença entre a expectativa de um evento, por mais que se diga para a mente considerá-lo como certo, e a própria certeza. Descobrira que, ainda que contra sua vontade, sempre admitira uma esperança, enquanto Edward permanecesse solteiro, de que algo ocorreria para impedir que se casasse com Lucy; que alguma resolução tomada por ele mesmo, alguma mediação por parte de amigos, ou alguma oportunidade melhor para a senhorita surgiria, para ajudar com a felicidade de todos. Mas agora estava casado, e ela censurava seu próprio coração por ter enganado a si mesmo sorrateiramente, aumentando muito mais a dor causada pela informação.

Ele ter se casado tão cedo, antes (como ela imaginava) de entrar para a igreja, e consequentemente antes de estar de posse do vicariato, surpreendeu-a um pouco, de início. Mas logo viu como era provável que Lucy, com toda a sua cautela em relação a seus próprios interesses, com sua pressa para amarrá-lo, ignorasse tudo, menos o risco de demora. Haviam se casado, se casado na capital, e agora apressavam-se a visitar o tio dela. O que Edward não devia ter sentido, ao estar a menos de sete quilômetros de distância de Barton, ao ver o criado da mãe dela, ao ouvir a mensagem de Lucy!

Ela supunha que logo se estabeleceriam em Delaford. Delaford, aquele lugar pelo qual tudo conspirara para fazer com que ela se interessasse; que ela desejava conhecer e, ao mesmo tempo, evitar. Os viu, em um instante, na casa paroquial; viu em Lucy a administradora ativa e inventiva, reunindo em si um desejo de elegância com a maior frugalidade, e com vergonha de que suspeitassem de metade das práticas econômicas que empregava; perseguindo seus próprios interesses a cada segundo, cortejando a boa opinião do Coronel Brandon, da Sra. Jennings, e de todos os seus conhecidos ricos. Em Edward... não sabia o que via, ou o que queria ver. Feliz ou infeliz, nada a agradava; tirou de seus pensamentos todas as imagens dele.

Elinor teve esperança de que algum de seus parentes em Londres fosse escrever a elas, para anunciar o evento e dar mais detalhes, mas os dias se passaram e não trouxeram nenhuma carta, nenhuma notícia. Apesar de não ter certeza de que alguém era culpado, aborreceu-se com todos os amigos ausentes. Eram todos sem consideração ou indolentes.

– Quando vai escrever ao Coronel Brandon, senhora? – foi a pergunta que brotou de sua impaciência para que algo acontecesse.

– Escrevi para ele semana passada, meu amor, e espero vê-lo, ao invés de receber uma carta dele. Insisti sinceramente para que viesse nos visitar, e não me surpreenderia vê-lo chegar, hoje ou amanhã, ou qualquer outro dia.

Isto era algo a esperar. O Coronel Brandon devia ter alguma informação para dar.

Mal havia acabado de se convencer disso, quando a figura de um homem a cavalo atraiu seu olhar para a janela. Ele parou no portão do chalé. Era um cavalheiro, era o próprio Coronel Brandon. Agora ficaria sabendo de mais notícias, e sentiu-se trêmula ao pensar nisso. Mas... mas não era o Coronel Brandon; não tinha seu jeito, nem sua altura. Se fosse possível, ela diria que era Edward. Olhou novamente. Ele havia acabado de desmontar. Não poderia estar enganada, era mesmo Edward. Afastou-se da janela e se sentou.

– Ele está vindo da casa do Sr. Pratt de propósito para nos ver. Ficarei calma; serei senhora de mim mesma.

Em um momento, percebeu que as outras também perceberam seu erro. Viu sua mãe e Marianne mudarem de cor, viu-as olhando para ela e sussurrando algo uma para a outra. Daria tudo para conseguir falar, e fazê-las compreender que esperava que não se comportassem de forma fria ou insultuosa com ele. Mas não tinha voz, e foi obrigada a deixar tudo a critério delas.

Nem uma sílaba foi dita em voz alta. Todas esperaram a entrada do visitante em silêncio. Seus passos foram ouvidos sobre o caminho de cascalho; depois de um momento, estava no corredor, e depois de outro, à frente delas.

Sua expressão ao entrar na sala não estava alegre, nem na opinião de Elinor. Sua face estava pálida de nervosismo, e parecia estar com medo do modo como seria recebido, e ciente de que não merecia uma recepção gentil. A Sra. Dashwood, contudo, agindo de acordo com os desejos da filha pela qual pretendia se deixar guiar quanto a tudo, estendeu sua mão a ele e desejou-lhe felicidades.

Ele corou e gaguejou uma resposta ininteligível. Os lábios de Elinor moveram-se junto com os de sua mãe e, quando o momento de agir havia passado, desejou ter apertado sua mão, também. Mas era tarde demais, então sentou-se novamente e falou sobre o tempo, com uma expressão que pretendia que fosse franca.

Marianne havia saído de vista o mais que podia, para esconder sua agitação; e Margaret, entendendo uma parte do caso, mas não tudo, pensou ser sua responsabilidade agir de forma respeitável, então sentou-se na poltrona mais longe dele que encontrou, e manteve-se estritamente em silêncio.

Quando Elinor havia acabado de se regozijar com o tempo seco, uma pausa horrível ocorreu. Foi interrompida pela Sra. Dashwood, que sentiu-se obrigada a esperar que ele havia deixado a Sra. Ferrars bem. Ele respondeu apressadamente que sim.

Outra pausa.

Elinor, decidindo esforçar-se, apesar de temer o som da própria voz, disse:

– A Sra. Ferrars está em Longstaple?

– Em Longstaple! – respondeu ele, com um ar de surpresa. – Não, minha mãe está na capital.

– Minha intenção – disse Elinor, pegando sua costura de cima da mesa – foi perguntar sobre a Sra. Edward Ferrars.

Ela não ousou levantar os olhos, mas sua mãe e Marianne fixaram seus olhares nele. Ele corou, pareceu ficar perplexo, olhou ao redor com uma expressão de dúvida e, após hesitar um pouco, disse:

– Talvez queira dizer... meu irmão... está se referindo à Sra. Robert Ferrars.

– Sr. Robert Ferrars! – repetiram Marianne e a mãe, em uma entonação do mais absoluto espanto. E, apesar de Elinor não conseguir falar, até mesmo os seus olhos estavam fixos nele, com a mesma surpresa impaciente. Ele levantou-se da poltrona e andou até a janela, aparentemente por não saber o que fazer; pegou uma tesoura que estava sobre o parapeito e, estragando a própria tesoura e a bainha que a guardava, cortando esta última em pedaços enquanto falava, disse apressadamente:

– Talvez não saibam... podem não ter ficado sabendo que meu irmão recentemente se casou... com a mais nova... com a Srta. Lucy Steele.

Suas palavras foram recebidas por um indescritível assombro, por parte de todas, menos Elinor, que permaneceu sentada, inclinada sobre sua costura, em tamanho estado de agitação que fez com que mal percebesse onde estava.

– Sim, – disse ele, – casaram-se na semana passada, e agora estão em Dawlish.

Elinor não pôde mais ficar sentada. Quase saiu correndo do cômodo e, logo que a porta se fechou atrás dela, irrompeu em lágrimas de alegria, que de início temeu que não fosse mais parar. Edward, que até então não havia olhado para nada além dela, a viu sair apressada, e talvez tenha visto, ou até mesmo ouvido, sua emoção; pois logo depois entrou em um devaneio que nenhuma observação, pergunta ou declaração afetuosa da Sra. Dashwood pôde penetrar, e finalmente, sem dizer uma palavra, saiu da sala e caminhou até o vilarejo, deixando as outras atônitas e perplexas com a mudança de sua situação, tão maravilhosa e repentina, perplexidade que elas não tinham como apaziguar, senão com suas próprias conjecturas.

Capítulo 49

Por mais incríveis que as circunstâncias da liberdade dele pudessem parecer para toda a família, era certo que Edward estava livre; e como utilizaria tal liberdade era facilmente predeterminado por todas, pois após experimentar as delícias de um noivado imprudente, combinado sem o consentimento de sua mãe, como já havia feito por mais de quatro anos, não podiam esperar mais nada dele, após a derrocada daquele, a não ser a imediata promoção de um novo.

Sua tarefa em Barton era, na verdade, algo simples. Só queria pedir a Elinor que se casasse com ele, e considerando que ele não era totalmente inexperiente em fazer tal pergunta, pode-se achar estranho ele ter se sentido tão desconfortável, neste caso, como realmente se sentiu, tão necessitado de encorajamento e ar fresco.

Por quanto tempo ele andou até se decidir, contudo, quanto demorou até surgir uma oportunidade de agir, de que modo se expressou e como foi recebido, não precisam ser contados em detalhe. Somente isto precisa ser dito: quando todos se sentaram à mesa, às quatro horas, cerca de três horas depois de sua chegada, ele havia conquistado sua dama, obtido o consentimento da mãe dela, e não era um dos homens mais felizes do mundo somente nas entusiásticas declarações de amor, como também na realidade da razão e da verdade. Se encontrava verdadeiramente além da felicidade comum. Tinha mais do que o triunfo corriqueiro de um amor correspondido, para alegrar seu coração e levantar seu ânimo. Estava livre, sem uma mancha em seu caráter, de uma conexão que há muito o deixava infeliz, com uma mulher que não amava mais havia tempos; e imediatamente obteve segurança com outra, sobre quem pensou sem esperanças, logo que começou a desejar. Havia passado, não de dúvida ou suspense, e sim de infelicidade para alegria, e a mudança foi abertamente reconhecida com uma felicidade genuína, irreprimível e grata que suas amigas nunca haviam visto nele.

Seu coração agora estava aberto a Elinor, todas as suas fraquezas e erros confessados, e seu primeiro apego juvenil a Lucy tratado com toda a dignidade filosófica dos vinte e quatro anos.

– Foi uma inclinação tola e insignificante de minha parte, – disse ele, – a consequência da ignorância da vida, e da falta de ocupação. Se minha mãe houvesse me dado uma profissão ativa, quando fui tirado dos cuidados do Sr. Pratt aos dezoito anos, penso que... não, tenho certeza, que isso jamais teria acontecido. Pois apesar de eu ter saído de Longstaple com o que pensei, na época, ser uma preferência irrefreável pela sobrinha dele, se eu tivesse tido alguma tarefa, algum objetivo para ocupar meu tempo e manter-me à distância dela por alguns meses, eu logo teria superado a afeição imaginária, especialmente me misturando mais com o mundo, o que teria feito, naquela hipótese. Mas, ao invés de ter o que fazer, ao invés de alguma profissão ser escolhida para mim, ou de ter tido a permissão de escolher uma por conta própria, voltei para casa para ficar completamente ocioso; e, durante os doze meses que se seguiram, não tive nem a tarefa de aparências, que pertencer a uma universidade me teria permitido, pois não fui matriculado em Oxford até os dezenove anos. Não tinha, portanto, absolutamente nada para fazer, a não ser achar que estava apaixonado, e como minha mãe não tornava meu lar confortável, sob nenhum aspecto, e como não tinha em meu irmão um amigo ou companheiro, e não gostava de conhecer pessoas novas, não era incomum que eu fosse frequentemente a Longstaple, onde sempre me sentia em casa e sabia que seria bem recebido. Foi assim que passei a maior parte do meu tempo, dos dezoito aos dezenove. Lucy parecia ser tudo o que era agradável e cordato. Também era bonita; pelo menos, era o que achava naquela época, e tinha visto tão poucas outras mulheres, que não conseguia fazer comparação ou identificar defeitos. Considerando-se tudo, portanto, espero que nosso noivado não tenha sido, na época, uma tolice peculiar ou imperdoável, apesar de ter sido algo insensato, como foi provado, desde então, de todas as maneiras.

A mudança que algumas horas haviam causado nas mentes e na felicidade das Dashwood foi tamanha, tão grande, que prometia a todas a satisfação de uma noite sem dormir. A Sra. Dashwood, feliz demais para ficar confortável, não sabia como amar Edward ou elogiar Elinor o suficiente; não sabia como ficar grata o suficiente pela liberdade dele sem manchas sobre sua delicadeza, tampouco como dar aos dois tempo o suficiente para que conversassem e, ao mesmo, tempo, aproveitar a visão e a companhia de ambos.

Marianne só conseguia expressar sua felicidade por meio de lágrimas. Comparações ocorreram, lamentos surgiram, e sua alegria, apesar de tão sincera quanto seu amor por sua irmã, era de um tipo que não a dava animação, nem o poder de falar.

Mas Elinor – como poderiam seus sentimentos ser descritos? Do momento em que soube que Lucy estava casada com outro e Edward estava livre, até o momento em que ele justificou todas as esperanças que se seguiram ao primeiro, ela sentiu-se tudo, menos tranquila. Mas quando o segundo momento havia passado, quando viu que todas as suas dúvidas e preocupações haviam sido removidas, comparou sua situação com o que era antes, viu-o honradamente liberto de seu anterior noivado, imediatamente aproveitando sua liberdade para pedir sua mão e declarar um afeto tão terno e constante quanto ela sempre havia suposto que fosse, sua felicidade a oprimiu, a subjugou. E, disposta como a mente humana é a se familiarizar facilmente com qualquer mudança para melhor, precisou de muitas horas para que seu ânimo se acalmasse, ou que seu coração obtivesse um pouco de tranquilidade.

Edward agora ficaria no chalé por, pelo menos, uma semana, pois quaisquer outras solicitações que pudessem ser feitas a ele, seria impossível que menos de uma semana fosse passada aproveitando a companhia de Elinor, ou dizendo metade de tudo o que havia a ser dito sobre o passado, o presente e o futuro. Porque, apesar de duas criaturas racionais não conseguirem passar algumas horas passadas no árduo trabalho de conversar incessantemente sem ficar sem assunto, com os apaixonados é diferente. Entre eles, nenhum assunto termina, nenhuma comunicação é feita, até que tenha sido feita pelo menos vinte vezes.

O casamento de Lucy, a interminável e razoável surpresa entre todos eles, foi obviamente uma das primeiras discussões entre os dois amantes, e o conhecimento de Elinor sobre ambas as partes do casal fez com que a união lhe parecesse uma das circunstâncias mais extraordinárias e inexplicáveis que já havia ouvido. Como podiam ter se encontrado, e que atração poderia ter feito Robert se casar com uma garota sobre cuja beleza ele já havia falado, para a própria Elinor, sem qualquer admiração – uma garota que, ainda por cima, já estava noiva de seu irmão, e por quem o referido irmão havia sido expulso da família – estava além de sua compreensão. Para seu próprio coração, era uma circunstância maravilhosa, para sua imaginação era ridícula, mas para sua razão, seu juízo, era um quebra-cabeças.

Edward só pôde tentar explicar supondo que, talvez, após terem se encontrado por acidente, a vaidade de um havia sido tão estimulada pela bajulação da outra, que levou gradativamente a tudo o que se seguiu. Elinor lembrou-se do que Robert havia lhe contado em Harley Street, sobre sua opinião de como teria mediado o problema de seu irmão, se lhe houvessem pedido a tempo. Repetiu a história para Edward.

– É exatamente a cara de Robert – foi sua observação imediata. – E isso – acrescentou – talvez seja o que lhe passou pela cabeça, quando primeiro se encontraram. E Lucy talvez tenha pensado, de início, somente em fazer com que ele viesse em meu auxílio. Outras intenções podem ter surgido depois.

Há quanto tempo estavam juntos, contudo, ele sabia precisar tanto quanto ela, pois em Oxford, onde ele havia permanecido voluntariamente desde que saíra de Londres, ele não tinha meios de receber notícias dela, a não ser através dela mesma, e suas cartas, até a última, não foram menos frequentes, nem menos afetuosas do que o normal. Não ocorreu a ele nenhuma suspeita, para se preparar para o que se seguiu; e quando, finalmente, ficou sabendo da notícia bombástica através de uma carta da própria Lucy, ele passou um tempo meio que atordoado pela surpresa, o horror e a felicidade de tal libertação. Colocou a carta nas mãos de Elinor:

"Prezado Senhor.

Estando certa de que há muito perdi sua afeição, me considerei livre para dar a minha a outro, e não tenho dúvidas de que serei tão feliz com ele quanto já pensei que seria com você; mas me recuso a aceitar sua mão, enquanto seu coração pertence a outra. Desejo sinceramente que seja feliz com sua escolha, e não será culpa minha se não formos tão próximos quanto nosso parentesco agora torna apropriado. Posso dizer seguramente que não guardo mágoas de você, e tenho certeza que será generoso demais para nos prejudicar. Seu irmão conquistou inteiramente minha afeição e, como não podemos viver um sem o outro, acabamos de voltar do altar, e estamos a caminho de Dawlish para passar algumas semanas, lugar este que seu irmão tem muita curiosidade em conhecer, mas pensei que devia, primeiro, incomodá-lo com estas poucas linhas. Permanecerei sempre

Sua amiga e cunhada, que lhe deseja tudo de bom,

Lucy Ferrars.

Queimei todas as suas cartas, e devolverei seu retrato assim que puder. Faça a gentileza de destruir meus bilhetes – mas sinta-se à vontade para ficar com o anel que contém a mecha do meu cabelo."

Elinor leu e devolveu a carta, sem fazer qualquer comentário.

– Não pedirei sua opinião sobre a composição – disse Edward. – Por nada nesse mundo eu deixaria que uma carta dela fosse vista por você, antigamente. Para uma cunhada, é ruim o suficiente, mas para uma esposa! Como me envergonhei com as cartas dela! E acredito que posso dizer que, desde o primeiro semestre de nosso insensato...

negócio... esta é a única carta que recebi dela, cujo conteúdo compensou os defeitos de estilo.

– Como quer que tenha acontecido, – disse Elinor, após uma pausa, – eles estão certamente casados. E sua mãe atraiu para si mesma uma punição mais do que merecida. A independência que deu para Robert, devido a seu ressentimento contra você, deu a ele o poder de fazer sua própria escolha, e ela efetivamente subornou um filho, com mil libras ao ano, para praticar o mesmo ato pelo qual deserdou o outro, que pretendia praticá-lo. Dificilmente ficará menos magoada com Robert por se casar com Lucy, do que teria ficado com você.

– Ficará mais magoada, pois Robert sempre foi o preferido dela. A magoará ainda mais e, com base no mesmo princípio, o perdoará muito antes.

Como estavam as coisas entre eles, Edward não sabia, pois não havia tentado se comunicar com a família. Havia saído de Oxford menos de vinte e quatro horas depois da chegada da carta de Lucy, e com um único objetivo em mente, a estrada mais próxima que levasse até Barton, não tendo tipo tempo de pensar em fazer nada que não se relacionasse estritamente com tal estrada. Não podia fazer nada, até estar certo de seu destino com a Srta. Dashwood; e, julgando por sua rapidez em ir atrás daquele destino, é de se supor, apesar dos ciúmes que sentira do Coronel Brandon, apesar da modéstia com a qual pensara em seus próprios méritos, e da educação com que falara sobre suas dúvidas, ele não esperara, no todo, uma recepção muito cruel. Era seu papel, contudo, dizer que esperara, sim, e o disse de forma muito bonita. O que ele pode dizer daqui doze meses, fica a critério da imaginação dos maridos e esposas.

Elinor estava perfeitamente certa de que Lucy tinha tido a intenção de enganar, de cometer um último ato de malícia, ao enviar aquela mensagem através de Thomas; e o próprio Edward, agora inteiramente ciente de seu caráter, não teve escrúpulos em acreditá-la capaz das maiores maldades ousadas e perversas. Apesar de saber há tempos, antes mesmo de conhecer Elinor, sobre sua ignorância e falta de esclarecimento em algumas de suas opiniões, isso havia sido imputado por ele à sua falta de educação; e, até sua última carta chegar até ele, havia sempre acreditado que era uma garota bem-humorada e de coração bom, inteiramente afeiçoada a ele. Nada senão tal convicção poderia tê-lo impedido de colocar um fim ao noivado que, muito antes de sua descoberta ter ensejado a fúria de sua mãe, era uma contínua fonte de inquietude e arrependimento para ele.

– Achei que fosse meu dever, – disse ele, – independentemente de meus sentimentos, dar a ela a opção de continuar o noivado ou não, quando fui deserdado por minha mãe e fiquei, aparentemente, sem nenhum amigo no mundo que me ajudasse. Em tal situação, quando parecia não haver nada que tentasse a avareza ou vaidade de qualquer pessoa, como poderia supor que algo além do mais desinteressado afeto era seu estímulo, quando ela insistiu, tão franca e acaloradamente, em compartilhar meu destino, qualquer que ele fosse? Até mesmo agora, não consigo compreender os motivos para ela ter agido de tal forma, ou que vantagem imaginária poderia ser para ela se prender a um homem pelo qual não tinha a menor afeição, e que duas mil libras era todo o dinheiro que tinha no mundo. Não podia prever que o Coronel Brandon iria me conceder um vicariato.

– Não, mas podia supor que algo ocorreria em seu favor; que sua própria família, com o tempo, iria ceder. E, de qualquer forma, ela não perdeu nada continuando com o noivado, pois provou que não ditou seus desejos, nem suas ações. Sua relação com você era certamente respeitável, e provavelmente lhe rendeu apreço entre os amigos; e, se nada mais vantajoso aparecesse, seria melhor para ela casar-se com você do que ficar solteira.

Edward, é claro, ficou imediatamente convencido de que nada poderia ter sido mais natural do que a conduta de Lucy, nem mais evidente do que o motivo para tal.

Elinor o admoestou, com a severidade com que as damas recriminam a imprudência que as lisonjeia, por ter passado tanto tempo com elas em Norland, quando ele deveria ter consciência de sua própria inconstância.

– Seu comportamento foi certamente muito errado, – disse ela, –

porque, sem mencionar minha própria convicção, nossos parentes foram todos levados a imaginar e esperar aquilo que, devido à sua situação na época, jamais poderia acontecer.

Ele só pôde alegar não estar ciente seus próprios sentimentos e ter uma confiança equivocada na força de seu compromisso.

– Fui tolo o bastante para pensar que, porque minha palavra havia sido dada a outra, não poderia haver perigo em estar com você, e que a consciência de meu noivado manteria meu coração tão seguro e sagrado quanto minha honra. Sentia que a admirava, mas disse a mim mesmo que era apenas amizade. E até que comecei a fazer comparações entre você e Lucy, não sabia a que ponto havia chegado. Após aquilo, suponho, agi errado, mesmo, passando tanto tempo em Sussex, e os argumentos que usei para me convencer de que era adequado não foram melhores do que estes: o perigo é para mim mesmo; não estou prejudicando ninguém, a não ser eu mesmo.

Elinor sorriu e sacudiu a cabeça.

Edward soube com prazer que o Coronel Brandon era esperado no chalé, pois desejava não só conhecê-lo melhor, como também ter a oportunidade de convencê-lo de que não se ressentia mais do fato de tê-lo dado o vicariato de Delaford:

– Pelo que, atualmente, – disse ele, – após tê-lo agradecido de forma tão pouco graciosa, como o fiz, na ocasião, ele deve pensar que nunca o perdoei.

Naquele ponto, ele ficou surpreso por nunca ter visitado o lugar. Mas havia se interessado tão pouco pela questão, que devia a Elinor todo o seu conhecimento sobre a casa, o jardim, as terras, o tamanho da paróquia, a condição das plantações e o valor dos alugueis, pois esta tinha sido informada de muitas coisas pelo Coronel Brandon, e ouvido com tanta atenção que já dominava o assunto.

Somente uma questão ainda estava para ser decidida entre eles, uma dificuldade a ser superada. Haviam se unido por afeição mútua, com a mais calorosa aprovação daqueles que os amavam de verdade; seu conhecimento íntimo um do outro parecia demonstrar que sua felicidade era certeira; e só precisavam de algo para sustentá-los. Edward tinha duas mil libras, e Elinor uma, o que, com a propriedade de Delaford, era tudo o que eles podiam chamar de seus. Pois seria impossível que a Sra. Dashwood pudesse dar-lhes alguma coisa, e nenhum dos dois estava apaixonado o suficiente para crer que trezentas e cinquenta libras por ano os propiciaria os confortos da vida.

Edward não havia perdido totalmente as esperanças de que alguma mudança favorável ocorreria em sua mãe, e estava contando com isso para complementar sua renda. Mas Elinor não tinha tal confiança, pois visto que Edward continuaria sem poder casar com a Srta. Morton, e a Sra. Ferrars só havia se referido, em seu linguajar lisonjeiro, a Edward se casar com Elinor como sendo menos pior do que com Lucy Steele, ela temia que a ofensa de Robert só serviria para enriquecer Fanny.

Cerca de quatro dias depois da chegada de Edward, o Coronel Brandon apareceu, para completar a satisfação da Sra. Dashwood e dar a ela a dignidade de ter, pela primeira vez desde que se mudara para Barton, mais companhia do que caberia na casa. Edward pôde manter o privilégio do primeiro a chegar, e o Coronel Brandon, portanto, andava todas as noites aos seus antigos aposentos em Barton Park, de onde costumava voltar pelas manhãs, cedo o suficiente para interromper a primeira conversa dos apaixonados antes do café.

Sua estadia de três semanas em Delaford, onde, pelo menos às noites, não tinha nada para fazer a não ser calcular a desproporção entre trinta e seis e dezessete, o trouxera a Barton em um estado de espírito que precisava ser melhorado pela aparência de Marianne, toda a gentileza de sua recepção e todo o encorajamento das palavras da mãe dela, para que ficasse alegre. Entre tais amigos, contudo, e tal lisonja, ele se animou. Nenhum rumor sobre o casamento de Lucy havia chegado a seus ouvidos; ele não sabia de nada, e as primeiras horas de sua visita foram, consequentemente, passadas ouvindo e admirando-se. A Sra. Dashwood explicou-lhe tudo, e ele encontrou novos motivos para se deleitar com o que havia feito pelo Sr. Ferrars, visto que acabou promovendo os interesses de Elinor.

Seria desnecessário dizer que a opinião dos cavalheiros um sobre o outro progrediu tanto quanto sua amizade, pois não poderia ser de outro jeito. A semelhanças entre eles, quanto a seus princípios e sua sensatez, disposição e modo de pensar, provavelmente teria sido suficiente para que se tornassem amigos, sem qualquer outro atrativo; mas o fato de estarem apaixonados por duas irmãs, e duas irmãs que se gostavam, fez com que o apreço mútuo fosse inevitável e imediato, sendo que, sob outras circunstâncias, teria exigido os efeitos do tempo e julgamento.

As cartas da capital, que teriam feito, alguns dias antes, todos os nervos de Elinor tremer de emoção, chegaram àquela altura, para serem lidas com menos emoção do que divertimento. A Sra. Jennings escreveu para contar a incrível história, para desabafar sua indignação contra a garota leviana e exprimir sua compaixão pelo pobre Sr. Edward, que, ela tinha certeza, era devotado à assanhada imprestável, e estava, de acordo com todos os relatos, de coração partido em Oxford. "Penso", continuava a carta, "que nada nunca foi feito de forma tão sorrateira, pois apenas dois dias antes, Lucy me visitou e passou duas horas em minha companhia. Ninguém suspeitava de nada, nem mesmo Nancy, que, pobrezinha, veio até mim chorando no dia seguinte, aterrorizada da Sra. Ferrars, e sem saber como chegar até Plymouth. Pois parece que Lucy pegou emprestado todo o dinheiro dela antes de ir casar, de propósito, imaginamos, para se exibir, e a pobre Nancy não tinha nem sete xelins; então fiquei muito contente em dar-lhe cinco guinéus para ir até Exeter, onde ela está planejando ficar três ou quatro semanas com a Sra. Burgess, esperando, como eu disse a ela, reencontrar o Reverendo. E devo dizer que a crueldade de Lucy em não levá-la junto na carruagem é pior do que tudo. Pobre Sr. Edward! Não consigo parar de pensar nele, mas a senhora precisa chamá-lo para ir até Barton, e a Srta. Marianne precisa tentar confortá-lo".

Os problemas do Sr. Dashwood eram mais solenes. A Sra. Ferrars era a mulher mais desafortunada do mundo – a pobre Fanny estava sofrendo com tal golpe a sua sensibilidade, e ele considerava a sobrevivência de ambas, após o choque, uma grata surpresa. A ofensa de Robert era imperdoável, mas a de Lucy era infinitamente pior. Nenhum dos dois deveriam ser mencionados novamente à Sra. Ferrars, e ainda assim, se ela pudesse, no futuro, ser convencida a perdoar o filho, a esposa dele nunca seria reconhecida como sua nora, ou poderia aparecer em sua presença. O segredo que guardaram a respeito de tudo o que se passou entre eles foi racionalmente considerado um aumento enorme da transgressão, pois caso algum dos outros houvesse suspeitado de alguma coisa, as medidas apropriadas teriam sido tomadas para impedir o casamento; e ele exortava Elinor a juntar-se a ele em suas lamentações pelo noivado de Lucy com Edward não ter terminado em casamento, pois então ela não teria tido o poder de espalhar ainda mais infelicidade pela família. Continuou como se segue:

"A Sra. Ferrars ainda não mencionou o nome de Edward, o que não nos surpreende; mas, para nossa enorme surpresa, não recebemos uma única carta dele, na ocasião. Contudo, talvez ele tenha se mantido em silêncio por medo de ofender, então darei a ele uma indireta, enviando-lhe uma carta em Oxford, de que eu e a irmã dele acreditamos que uma carta adequadamente submissa por parte dele, talvez endereçada a Fanny, e mostrada por ela à mãe, pode não ser considerada uma impertinência; pois todos conhecemos a ternura do coração da Sra. Ferrars, e sabemos que ela não deseja nada além de um bom relacionamento com seus filhos".

Este parágrafo era de alguma importância para as perspectivas e a conduta de Edward. Fez com que ele se decidisse a tentar uma reconciliação, apesar de não exatamente do modo indicado por seu cunhado e sua irmã.

– Uma carta adequadamente submissa! – repetiu ele. – Eles querem que eu implore o perdão de minha mãe pela ingratidão de Robert para com ela, e violação da honra para comigo? Não me sujeitarei; o que se passou não me deixou nem humilde, nem penitente. Fiquei bastante feliz; mas isso não os interessaria. Não penso que qualquer submissão de minha seria adequada.

– Você pode certamente pedir que seja perdoado, – disse Elinor, – por ter causado ofensa; e penso que agora possa ousar declarar alguma apreensão por ter começado o noivado que ensejou a ira de sua mãe contra você.

Ele concordou que poderia.

– E, quando ela o houver perdoado, talvez um pouco de humildade possa ser conveniente, ao contar a ela sobre o segundo noivado, que é quase tão imprudente, na opinião dela, quanto o primeiro.

Ele não fez oposição, mas continuou resistindo à ideia de uma carta adequadamente submissa; e, portanto, para facilitar as coisas para ele, visto que declarou estar muito mais disposto a fazer concessões em pessoa do que por carta, ficou decidido que, ao invés de escrever a Fanny, ele iria para Londres e pediria pessoalmente que intercedesse por ele.

– E se eles demonstrarem mesmo interesse – disse Marianne, com sua nova candura de personalidade – em intermediar uma reconciliação, pensarei que nem mesmo John e Fanny são totalmente desprovidos de mérito.

Após apenas três ou quatro dias de visita do Coronel Brandon, os dois cavalheiros partiram de Barton juntos. Iriam imediatamente até Delaford, para que Edward pudesse conhecer um pouco de seu futuro lar pessoalmente, e ajudar seu patrono e amigo a decidir que melhorias eram necessárias; e, de lá, após passar duas noites, ele seguiria jornada até a capital.

Capítulo 50

Após adequada resistência por parte da Sra. Ferrars, violenta e firme o suficiente apenas para preservá-la da recriminação que ela parecia sempre temer, a de ser doce demais, Edward foi admitido a sua presença, e declarado novamente seu filho.

A família dela havia flutuado demais, ultimamente. Por muitos anos, ela havia tido dois filhos; mas o crime e a aniquilação de Edward, algumas semanas antes, haviam tirado um deles; a similar aniquilação de Robert a havia deixado, por uma quinzena, sem nenhum. E agora, com a ressuscitação de Edward, ela tinha um, novamente.

Apesar de ter conseguido permissão para reviver, contudo, ele não sentia que a continuação de sua existência estaria segura até ter revelado seu atual noivado, pois temia que a divulgação de tal circunstância podia modificar repentinamente sua constituição, e fazê-lo bater as botas tão rapidamente quanto da outra vez. Portanto, revelou o fato com cautela e apreensão, e foi ouvido com inesperada tranquilidade. De início, a Sra. Ferrars tentou razoavelmente dissuadi-lo de se casar com a Srta. Dashwood, com todos os argumentos que pôde; disse a ele que, com a Srta. Morton, ele teria uma mulher de classe superior e maior fortuna, e reforçou a declaração observando que a Srta. Morton era a filha de um nobre, com trinta mil libras, enquanto que a Srta. Dashwood era somente a filha de um cavalheiro sem título, com, no máximo, três mil. Porém, quando descobriu que, apesar de reconhecer completamente a veracidade de sua declaração, ele não estava, de modo algum, inclinado a se deixar guiar por ela, ela julgou ser mais sábio aceitar, com base na experiência passada. Então, após a postergação descortês que considerava devida a sua própria dignidade, e que serviu para impedir qualquer suspeita de boa vontade, ela emitiu seu decreto de consentimento para o casamento de Edward e Elinor.

O que se disporia a fazer para aumentar a renda dos dois era o próximo item a ser considerado; e, neste ponto, parecia claro que, apesar de Edward ser, então, seu único filho, não era, de todo, o primogênito, pois apesar de Robert estar inevitavelmente se beneficiando se duas mil libras por ano, nenhuma objeção foi feita a Edward entrar para a igreja para receber duzentas e cinquenta, no máximo, tampouco foi feita alguma promessa, para o presente ou o futuro, além das dez mil libras, que haviam sido dadas com Fanny.

Entretanto, era tudo o que podiam desejar, e mais do que o esperado por Edward e Elinor; e a própria Sra. Ferrars, com suas evasivas desculpas, parecia a única pessoa que havia ficado surpresa com o fato de não tê-los dado mais.

Com uma renda bastante suficiente para suas necessidades deste modo garantida a eles, não tinham mais nada a esperar após Edward tomar posse do vicariato, além da casa ficar pronta, pois o Coronel Brandon, ansioso para que Elinor ficasse confortável nela, estava fazendo melhorias consideráveis à mesma. E, após esperar algum tempo pela conclusão das reformas, após terem passado, como de costume, por mil decepções e atrasos devido à inexplicável lerdeza dos trabalhadores, Elinor descumpriu a primeira resolução firme, de não se casar até que tudo estivesse pronto, e a cerimônia ocorreu na igreja de Barton, no início do outono.

Passaram o primeiro mês depois do casamento com seu amigo, na casa principal, de onde podiam supervisionar o progresso das obras na casa paroquial e dirigir tudo como quisessem, pessoalmente; podiam escolher papeis, projetar jardins e inventar trilhas. As profecias da Sra. Jennings, apesar de um tanto quanto misturadas, foram cumpridas, na maior parte, pois pôde visitar Edward e sua esposa na casa paroquial antes do fim de setembro, e viu que Elinor e o marido, como verdadeiramente acreditava, eram um dos casais mais felizes do mundo. Não lhes faltava nada, além do casamento do Coronel Brandon e Marianne, e pastos muito melhores para suas vacas.

Após se estabelecerem, foram visitados por quase todos os seus parentes e amigos. A Sra. Ferrars foi inspecionar a felicidade que quase tinha vergonha de ter autorizado; e até mesmo os Dashwood gastaram dinheiro com a viagem de Sussex até eles, para sua honra.

– Não direi que estou decepcionado, minha querida irmã, – disse John, enquanto caminhavam juntos, uma manhã, na frente dos portões de Delaford House, – isso seria demais, pois você foi certamente uma das jovens mais sortudas do mundo. Mas confesso que me daria muito prazer chamar o Coronel Brandon de cunhado. Sua propriedade aqui, suas terras, sua casa, tudo está em condições tão respeitáveis e excelentes! E seus bosques! Não vi árvores em nenhum lugar do condado de Dorset como estas aqui de Delaford Hanger! E apesar de Marianne não parecer exatamente o tipo de pessoa que o atrairia, ainda assim acho aconselhável que vocês os hospedem frequentemente com vocês, pois visto que o Coronel Brandon passa tanto tempo em casa, ninguém sabe o que pode acontecer. Pois quando as pessoas são forçadas a passar muito tempo junto, e veem pouco outras pessoas... e você sempre terá o poder de realçar as qualidades dela, e etc. Em resumo, não perderá nada se lhe der uma chance, entende?

Mas apesar de a Sra. Ferrars ter ido visitá-los, e sempre os tratar com um fingimento de afeição decente, eles nunca sofreram o insulto de sua verdadeira consideração e preferência. Isso estava reservado à irresponsabilidade de Robert e a astúcia de sua esposa, que a conquistaram dentro de poucos meses. A sagacidade egoísta desta última, que havia sido o que primeiro fez com que Robert se enrolasse em tal situação, foi o principal instrumento de libertação; pois sua respeitosa humildade, atenções assíduas e intermináveis bajulações, assim que teve a mínima oportunidade de exercê-las, fizeram com que a Sra. Ferrars aceitasse a escolha do filho, e o reestabeleceu completamente em sua consideração.

Todo o comportamento de Lucy no imbróglio, e a prosperidade que recebeu de recompensa, portanto, podem ser considerados o exemplo mais encorajador daquilo que uma perseguição franca e incessante de seus próprios interesses, por mais que seu progresso possa parecer estar obstruído, pode alcançar em termos de fortuna, sacrificando somente tempo e consciência. Quando Robert buscou conhecê-la melhor pela primeira vez, e a visitou discretamente em Bartlett's Buildings, foi somente com o propósito suposto por seu irmão. Apenas queria persuadi-la a desistir do noivado e, visto que o único empecilho era a afeição de ambos, ele esperava que uma ou duas conversas poriam um fim ao assunto. Neste sentido, contudo, e somente neste, ele errou; pois, apesar de Lucy logo lhe dar esperança de que sua eloquência a convenceria depois de algum tempo, mais uma visita, mais uma conversa, era sempre necessária para produzir tal convicção. Alguma dúvida sempre permanecia na mente dela quando se despediam, que só podia ser removida por mais meia hora de conversa com ele. O comparecimento dele foi, deste modo, assegurado, e o resto se seguiu eventualmente. Ao invés de falarem sobre Edward, gradativamente passaram a falar só de Robert, assunto sobre o qual ele sempre tinha mais o que dizer do que qualquer outro, e no qual ela logo se mostrou tão interessada quanto ele mesmo. E, em resumo, tornou-se rapidamente evidente para ambos que ele havia suplantado seu irmão inteiramente. Ficou orgulhoso de sua conquista, orgulhoso de ter enganado Edward, e muito orgulhoso de se casar secretamente, sem o consentimento da mãe. O que imediatamente se seguiu já é sabido. Passaram alguns meses muito felizes em Dawlish, pois ela tinha muitos parentes e velhos conhecidos para encontrar, e ele desenhou várias plantas de magníficos chalés; e, voltando de lá para a capital, obtiveram o perdão da Sra. Ferrars, com o simples expediente de pedi-lo, que foi adotado por instigação de Lucy. O perdão compreendeu, de início, como seria de se esperar, somente Robert, e Lucy, que não devia nada à mãe dele e, portanto, não poderia ter descumprido qualquer dever, passou mais algumas semanas sem perdão. Porém, perseverando em humildade de conduta e mensagens, condenando a si mesma pela ofensa de Robert e expressando gratidão pela descortesia com que estava sendo tratada, eventualmente obteve a altiva consideração que a deleitou com sua graciosidade, e que rapidamente a elevou, logo depois, ao mais alto estado de afeição e influência. Lucy se tornou tão necessária para a Sra. Ferrars quanto Robert ou Fanny; e, apesar de Edward nunca ter sido cordialmente perdoado por já ter pretendido se casar com ela, e Elinor, superior à ela no que tange a fortuna e a nascimento, ser tratada como uma intrusa, Lucy era considerada, sob todos os aspectos, e abertamente reconhecida, como uma filha favorita. Estabeleceram-se na capital, recebiam um auxílio bastante generoso da Sra. Ferrars, e tinham a melhor das relações com os Dashwood; deste modo, exceto os ciúmes e a indisposição entre Fanny e Lucy, nos quais seus maridos obviamente participavam, assim como as frequentes brigas domésticas entre Robert e Lucy, nada poderia ser maior do que a harmonia em que todos viviam juntos.

O que Edward tinha feito para perder o direito da primogenitura poderia intrigar muitas pessoas; e o que Robert tinha feito para sucedê-lo poderia deixá-los ainda mais confusos. Era um arranjo, contudo, justificado em relação a seus efeitos, senão suas causas; pois nada no estilo de vida de Robert indicava que se arrependia do tamanho de sua renda, deixando pouco demais para o irmão ou ficando com uma parte demasiado grande para si mesmo. E, se Edward fosse julgado com base no pronto cumprimento de todos os seus deveres, em sua crescente afeição por sua esposa e seu lar, e em seu constante bom humor, poderia se supor que estava tão contente com seu destino e tão livre de qualquer desejo de trocar de vida com seu irmão quanto este último.

O casamento de Elinor separou-a de sua família tão pouco quanto puderam arranjar, sem fazer com que o chalé em Barton se tornasse inteiramente inútil, pois sua mãe e irmãs passavam muito mais do que a metade de seu tempo com ela. A Sra. Dashwood agia por motivos políticos, tanto quanto por prazer, ao frequentemente visitar Delaford, pois seu desejo de unir Marianne e o Coronel Brandon era tão franco quanto o que John havia expressado, apesar de mais generoso. Era, agora, sua principal meta. Por mais preciosa que a companhia de sua filha fosse para ela, não desejava nada mais do que transferir o constante usufruto da mesma para seu valoroso amigo, e ver Marianne estabelecida na casa principal era também o desejo de Edward e Elinor. Todos eles sentiam a tristeza do Coronel, assim como seus próprios deveres, e Marianne era considerada unanimemente a recompensa de todos.

Com tal conspiração contra ela, com um conhecimento tão profundo da bondade do Coronel, com a certeza de que era afeiçoado a ela, que finalmente havia percebido, apesar de muito depois do que os outros, o que ela poderia fazer?

Marianne Dashwood havia nascido sob uma estrela extraordinária. Havia nascido para descobrir que suas próprias opiniões estavam erradas, e para contrariar, com seus próprios atos, suas máximas preferidas. Havia nascido para superar um afeto formado na avançada idade dos dezessete e, sem qualquer sentimento maior do que forte estima e profunda amizade, voluntariamente dar sua mão a outro! E este outro, um homem que havia sofrido tanto quanto ela devido a uma afeição anterior, que, dois anos antes, ela havia considerado velho demais para se casar, e que ainda buscava a proteção de um casaco de flanela!

Mas foi isso que aconteceu. Ao invés de se sacrificar por uma paixão irresistível, como outrora esperara, ao invés de morar o resto de sua vida com a mãe, e encontrar prazer somente em isolamento e estudo, conforme havia decidido depois, em seus momentos mais calmos e compostos, ela se viu, aos dezenove anos, sujeitando-se a um novo relacionamento, assumindo novos deveres, entrando em uma nova casa, como esposa, chefa de uma família e senhora de um vilarejo.

O Coronel Brandon agora estava tão feliz quanto todos aqueles que gostavam mais dele acreditavam que merecia ser. Obteve consolo em Marianne por todos seus sofrimentos passados; a afeição e a companhia dela devolveram animação à sua mente, e alegria a seu espírito. E todos os amigos que os observavam estavam convencidos de que Marianne também havia encontrado sua própria felicidade, ao fazê-lo feliz. Marianne nunca poderia amar pela metade, e seu coração inteiro se tornou, com o tempo, tão devotado ao marido quanto havia sido a Willoughby.

Willoughby não pôde ficar sabendo de seu casamento sem uma pontada de dor; e sua punição foi concluída logo depois, com o perdão voluntário da Sra. Smith, que, declarando que o casamento dele com uma mulher de caráter era a fonte de sua clemência, deu-lhe motivos para acreditar que, se tivesse agido de forma honrada com Marianne, ele poderia ter sido feliz e rico ao mesmo tempo. Não há necessidade de duvidar da sinceridade de seu arrependimento por ter agido mal, que ensejou sua própria punição; tampouco de que ele por muito tempo pensou no Coronel Brandon com inveja, e em Marianne com pesar. Mas não se deve acreditar que ele ficou para sempre inconsolável, que fugiu da sociedade ou que contraiu uma melancolia constante em seu temperamento, tampouco que morreu de coração partido, pois não fez nada disso. Viveu uma vida ativa, e frequentemente divertida. Sua esposa não estava sempre de mau humor, tampouco era seu lar sempre desconfortável; e, com sua criação de cavalos e cachorros, e prática de esportes de todo tipo, ele não obteve um grau ínfimo de felicidade doméstica.

Por Marianne, contudo, apesar da descortesia de ter sobrevivido à perda dela, ele sempre reteve aquela afeição firme que o fazia se interessar em tudo o que se passava com ela, e tornou-a seu modelo de perfeição feminina secreto. Muitas belezas que despontaram no futuro foram ofendidas por ele, por não se compararem à Sra. Brandon.

A Sra. Dashwood teve a prudência de permanecer no chalé, sem pretender mudar-se para Delaford; e, felizmente para Sir John e a Sra. Jennings, quando Marianne foi tirada deles, Margaret já havia atingido uma idade mais do que apropriada para participar de bailes, e não muito inadequada para que supusessem que tinha algum pretendente.

Entre Barton e Delaford havia aquela comunicação constante que um afeto familiar forte naturalmente dita; e, entre os méritos e a felicidade de Elinor e Marianne, não se pode classificar como menos considerável o fato de que, apesar de serem irmãs e morarem a uma distância tão pequena uma da outra, que quase podiam enxergar suas casas, conseguiram viver sem desentenderem-se ou causar atrito entre seus maridos.

Persuasão

Capítulo 1

Sir Walter Elliot, de Kellynch Hall, no condado de Somerset, era do tipo de homem que, para sua própria diversão, nunca pegava outro livro que não o Registro dos Baronetes. Nele, encontrava ocupação para uma hora de ócio, e consolo em momentos de aflição; nele, suas faculdades eram despertas para a admiração e o respeito, ao contemplar o pouco que restava dos títulos mais antigos; nele, quaisquer sensações desagradáveis, advindas de questões domésticas, transformavam-se naturalmente em pena e desprezo, conforme ele virava as páginas que continham as quase que infinitas criações de novos títulos, do último século; e nele, se nenhuma outra página surtisse efeito, ele podia ler sua própria história, com um interesse que nunca falhava. Esta era a página em que seu volume preferido sempre se abria:

"ELLIOT DE KELLYNCH HALL.

Walter Elliot, nascido em 1° de março de 1760, casou-se, em 15 de julho de 1784, com Elizabeth, filha do Sr. James Stevenson, de South Park, no condado de Gloucester, tendo, com a referida dama (que faleceu em 1800), as filhas Elizabeth, nascida em 1° de junho de 1785; Anne, nascida em 9 de agosto de 1787; um filho natimorto, em 5 de novembro de 1789; e Mary, nascida em 20 de novembro de 1791."'

O parágrafo havia saído das mãos do editor exatamente desta forma, mas Sir Walter o havia melhorado, acrescentando, como informações sobre ele mesmo e sua família, as seguintes palavras, após a data de nascimento de Mary: "Casou-se, em 16 de dezembro de 1810, com Charles, filho e herdeiro do Sr. Charles Musgrove, de Uppercross, no condado de Somerset", e incluindo com mais precisão o dia e o mês em que havia perdido sua esposa.

A isto seguia-se a história e a ascensão da antiga e respeitável família, nos termos de praxe; como havia se estabelecido em Cheshire, primeiramente; como havia sido mencionada pelo genealogista Dugdale, com um de seus membros ocupando o cargo de representante da Coroa, representando um distrito em três parlamentos sucessivos, demonstrações de lealdade e dignidade de um baronete, no primeiro ano de Charles II, com todas as Marys e Elizabeths com quem haviam se casado; formando, ao todo, duas belas páginas em duodécimo, e terminando com o brasão e o lema: "Sede principal: Kellynch Hall, no condado de Somerset", e a letra de Sir Walter novamente, neste final:

"Herdeiro presumido, William Walter Elliot, bisneto do segundo Sir Walter".

A vaidade era o principal componente da personalidade de Sir Walter, em relação à sua pessoa e a seu status. Ele havia sido extremamente bonito, em sua juventude, e, aos cinquenta e quatro anos, ainda era um homem bem-apessoado. Poucas mulheres prestavam mais atenção a sua própria aparência do que ele, e tampouco poderia o criado pessoal de qualquer lorde recém-criado ficar mais feliz com sua posição na sociedade. Sir Walter Elliot considerava a bênção da beleza inferior só à bênção de ser baronete, e ele mesmo, que reunia ambas as dádivas, era o objeto constante de seu mais caloroso respeito e devoção.

Sua beleza e posição social tinham uma justificativa razoável para sua estima, visto que a elas era devida sua conquista de uma esposa com um caráter muito superior a tudo o que o seu próprio merecia. Lady Elliot havia sido uma mulher excelente, sensível e agradável, cujos juízo e conduta, se pudessem ser perdoados pela paixão juvenil que a havia transformado em Lady Elliot, nunca mais precisaram de indulgência.

Ela havia tolerado, atenuado ou escondido as falhas dele, e promovido sua verdadeira respeitabilidade, por dezessete anos. E apesar de ela própria não ter sido a criatura mais feliz do mundo, havia encontrado o suficiente em seus deveres, amigos e filhas, para fazer com que gostasse da vida e não torná-la indiferente ao momento em que precisasse abandoná-los. Três meninas, as duas mais velhas com dezesseis e quatorze anos, eram um legado terrível para uma mãe deixar, um encargo terrível, na verdade, para confiar à autoridade e à criação de um pai convencido e tolo. Ela tinha, contudo, uma amiga muito íntima, uma mulher sensível e merecedora, que havia se estabelecido perto dela, no vilarejo de Kellynch, devido à sua forte amizade. E Lady Elliot contara principalmente com a bondade e os conselhos de sua amiga para continuar com o auxílio e a manutenção dos bons princípios e da instrução que estivera ansiosamente dando às filhas.

Esta amiga e Sir Walter não se casaram, o que quer que tenha sido previsto neste sentido por seus conhecidos. Treze anos haviam se passado desde o falecimento de Lady Elliot, e eles continuavam sendo vizinhos próximos e amigos íntimos, um permanecendo viúvo, e a outra, viúva.

O fato de Lady Russell, com sua idade e caráter maduros, e extremamente confortável financeiramente, não ter cogitado casar-se pela segunda vez, não precisa ser justificado ao público, que é um tanto quanto apto a ficar mais irracionalmente descontente quando uma mulher se casa novamente, do que quando não o faz; mas o fato de Sir Walter ter permanecido solteiro exige explicação. Então, que fique esclarecido que Sir Walter, como um bom pai (tendo sido decepcionado após um ou dois pedidos bastante desarrazoados), orgulhava-se de continuar solteiro, pelo bem de suas queridas filhas. Por uma filha, a mais velha, ele teria mesmo desistido de qualquer coisa que não estivesse muito tentado a fazer. Elizabeth havia sucedido a mãe, aos dezesseis anos, em tudo o que era possível, em relação a seus direitos e importância; e, sendo muito bonita, e parecida com o pai, sua influência sobre ele sempre havia sido grande, e os dois seguiram com suas vidas de forma muito feliz. Suas duas outras filhas tinham menos valor. Mary havia adquirido um pouco de importância artificial, ao se tornar a Sra. Charles Musgrove; mas Anne, com uma elegância mental e doçura de temperamento, que deveriam ter conquistado a estima de qualquer pessoa com verdadeira inteligência, não era ninguém para o pai ou a irmã; suas palavras não tinham peso, seu conforto sempre tinha que ceder – ela era somente Anne.

Para Lady Russell, contudo, ela era a afilhada e a amiga mais querida e valorizada. Lady Russell as amava todas, mas era somente em Anne que ela podia imaginar que a mãe vivia novamente.

Alguns anos antes, Anne Elliot havia sido uma garota bastante bonita, mas seu frescor havia desaparecido cedo; e visto que, mesmo em seu ápice, seu pai havia encontrado pouca coisa para admirar nela (por suas feições delicadas e olhos castanhos brandos serem tão diferentes de seus próprios), não havia mais nada, agora que ela estava desvanecida e magra, que pudesse incitar sua estima. Ele nunca havia tido muita esperança, e agora não tinha nenhuma, de ler seu nome em qualquer outra página de seu livro preferido. Qualquer aliança entre iguais deveria ser feita por Elizabeth, pois Mary havia apenas se ligado a uma antiga família do campo, respeitável e de grande fortuna, dando, portanto, toda a honra, e não recebendo nenhuma. Elizabeth iria, algum dia, se casar com alguém apropriado.

Às vezes acontece de uma mulher ser mais bonita aos vinte e nove, do que era dez anos antes; e, no geral, se não houve problemas de saúde ou ansiedade, é uma época da vida em que quase nenhum encanto é perdido. Foi o que aconteceu com Elizabeth, que continuava sendo a mesma bela Srta. Elliot que havia começado a ser treze anos antes, e Sir Walter podia ser perdoado, portanto, por esquecer a idade dela ou, pelo menos, ser considerado só um pouco tolo, por pensar que ele e Elizabeth continuavam tão bonitos quanto antigamente, dentre os resquícios da beleza de todas as outras pessoas; pois ele conseguia ver perfeitamente quão velhos todos os seus outros parentes e conhecidos estavam ficando. Anne abatida, Mary embrutecida, todos os rostos da vizinhança piorando, e um rápido aumento dos pés de galinha nas têmporas de Lady Russell, há muito eram uma angústia para ele.

Elizabeth não tinha exatamente o mesmo contentamento pessoal que seu pai. Havia sido a senhora de Kellynch Hall pelos últimos treze anos, presidindo e dirigindo de forma tão confiante e decisiva que não faria com que pensassem que era mais nova do que na verdade era. Por treze anos, ela vinha fazendo as honras, estabelecendo as regras domésticas e entrando primeiro na carruagem, caminhando imediatamente atrás de Lady Russell ao sair de todas as salas de estar e jantar do país. As neves de treze invernos a haviam testemunhado abrir todos os bailes elegantes que a vizinhança fraca tinha a oferecer, e treze primaveras haviam feito as flores desabrochar, enquanto ela viajava para Londres com seu pai, para algumas semanas de divertimento anual na sociedade. Lembrava-se de tudo isso, e estar consciente de ter vinte e nove anos lhe trazia alguns arrependimentos e apreensões. Estava perfeitamente convencida de ainda ser tão bonita quanto sempre havia sido, mas sentia aproximar-se dos anos de perigo, e teria ficado exultante de ter a certeza de que seria pedida em casamento por alguém com sangue de baronete dentro dos próximos doze ou vinte e quatro meses. Somente então poderia pegar novamente o tão importante livro, com tanto gosto quanto no início de sua juventude, mas agora, não gostava de fazê-lo. Sempre encarar a data de seu próprio nascimento, sem ver uma data de casamento que não fosse a da irmã caçula, tornava o livro algo ruim; e, mais de uma vez, quando seu pai o havia deixado aberto sobre uma mesa perto dela, ela o havia fechado, desviando o olhar, e o empurrado para longe.

Ademais, ela havia sofrido uma decepção da qual tal livro, especialmente a história de sua própria família, sempre a lembraria. O herdeiro presumido, o mesmo William Walter Elliot, cujos direitos haviam sido tão generosamente apoiados por seu pai, a havia decepcionado.

Quando ainda era bastante jovem, logo que descobriu que ele seria, por ela não ter irmãos, o futuro baronete, Elizabeth decidiu casar-se com ele, e seu pai concordava. Eles não o conheceram quando garoto, mas logo após a morte de Lady Elliot, Sir Walter havia buscado conhecê-lo e, apesar de sua aproximação não ter sido recebida de forma acalorada, ele havia perseverado, fazendo concessões para o modesto empecilho da juventude; e, em uma de suas viagens a Londres na primavera, quando Elizabeth estava na flor da idade, o Sr. Elliot havia sido forçado a se apresentar.

Ele era, naquela época, bastante jovem, e havia acabado de começar a estudar direito. Elizabeth achou-o extremamente agradável, e todos os planos em favor dele foram confirmados. O convidaram para visitar Kellynch Hall; conversaram sobre ele e esperaram sua visita pelo resto do ano; mas ele nunca foi. Na primavera seguinte, o viram novamente na capital, acharam-no igualmente agradável e o encorajaram, convidaram e esperaram, mas novamente, ele não foi. A próxima notícia que tiveram dele, foi de que havia se casado. Ao invés de tentar elevar sua posição, no caminho traçado para o herdeiro da casa Elliot trilhar, ele havia obtido sua independência através de sua união com uma mulher rica, de nascimento inferior.

Sir Walter ressentiu-se disso. Como chefe da família, sentia que deveria ter sido consultado, especialmente depois de ter se associado ao jovem tão publicamente.

– Pois certamente que fomos vistos juntos – observou ele, - uma vez na loja Tattersall e duas vezes no saguão da Câmara dos Comuns.

Sua desaprovação foi expressa, mas aparentemente levada muito pouco em consideração. O Sr. Elliott não tentou desculpar-se, e provou estar tão pouco preocupado com receber as atenções da família, quanto Sir Walter o considerava indigno das mesmas; todo o relacionamento entre eles cessou.

Esta história do Sr. Elliott, bastante embaraçosa, ainda era motivo de raiva, após um intervalo de muitos anos, para Elizabeth, que quisera o homem para si, ainda mais por ser o herdeiro de seu pai, podendo ver somente nele um par ideal para a primogênita de Sir Walter Elliot, devido a seu forte orgulho familiar. Não havia um único baronete, de A a Z, que seus sentimentos pudessem reconhecer tão voluntariamente como igual. Porém, ele havia se comportado de forma tão inadequada que, apesar de Elizabeth ainda estar (no verão de 1814) usando laços pretos, em luto por sua esposa, não conseguia considerá-lo digno de ser objeto de seus pensamentos novamente. A desgraça de seu primeiro casamento poderia, talvez, visto que não havia motivo para supor que havia sido perpetuada por filhos, ter sido superada, se ele não houvesse feito coisa pior; porém, ele havia, conforme a família tinha sido informada, pela costumeira intervenção de amigos gentis, falado sobre todos eles nos termos mais desrespeitosos, da forma mais insultuosa e ultrajante sobre seu próprio sangue e sobre as honras que um dia seriam dele. Isso não podia ser perdoado.

Tais eram os sentimentos e sensações de Elizabeth Elliot; tais as preocupações que diminuíam e as agitações que variavam a mesmice e a elegância, a prosperidade e a vacuidade do cenário de sua vida; tais eram os sentimentos que propiciavam interesse a uma longa e pacata residência em um círculo social campestre, que preenchiam as lacunas que não eram ocupadas por hábitos úteis que a tirassem de casa, ou por aptidões ou habilidades domésticas.

Mas agora, outras ocupações e inquietudes começavam a ser acrescentadas a estas outras. Seu pai estava tendo problemas de dinheiro. Ela sabia que agora, quando ele tomava o Registro de Baronetes para ler, era para tentar esquecer as pesadas contas dos comerciantes e as indesejadas indiretas do Sr. Shepherd, seu agente. A propriedade de Kellynch era boa, mas não estava à altura da ideia que Sir Walter fazia sobre o estilo de vida do qual seu proprietário deveria gozar. Quando Lady Elliot estava viva, havia método, moderação e economia, os quais haviam mantido, por pouco, seus gastos abaixo de sua renda; mas com ela havia morrido toda a prudência e, desde então, ele vinha constantemente excedendo suas possibilidades. Não lhe havia sido possível gastar menos; não havia feito nada, a não ser o que Sir Walter Elliot tinha a imperiosa obrigação de fazer. Porém, apesar de não ter culpa, não só suas dívidas aumentavam terrivelmente, como também ouvia falar do assunto com tanta frequência que tornou-se inútil tentar esconder a situação por mais tempo, ainda que parcialmente, de sua filha. Ele havia feito algumas insinuações para ela, na última primavera que passaram na capital; havia até mesmo chegado ao ponto de dizer: "Não podemos economizar? Não lhe ocorre nenhum artigo com o qual possamos economizar?". E Elizabeth, para lhe sermos justos, havia se posto a pensar seriamente sobre o que poderia ser feito, no primeiro ardor de preocupação feminina, e finalmente propusera as duas seguintes áreas de economia: cortar algumas doações desnecessárias, e abster-se de redecorar a sala de estar, aos quais ela subsequentemente acrescentou a feliz ideia de não levarem nenhum presente para Anne, o que havia sido seu costume anual. Mas estas medidas, por melhor que fossem, não eram suficientes para a verdadeira extensão do problema, a totalidade do qual Sir Walter viu-se obrigado a confessar para ela mais tarde. Elizabeth não tinha nada a propor que fosse mais eficaz. Sentiu-se injustiçada e infeliz, assim como seu pai; e nenhum dos dois foi capaz de pensar em um modo de diminuir suas despesas, sem comprometer sua dignidade, ou abrir mão de seus confortos de um modo que não fosse insuportável.

Havia só uma pequena parte de suas propriedades da qual Sir Walter poderia dispor; mas ainda que todos os acres fossem alienáveis, não teria feito qualquer diferença. Ele havia se rebaixado ao ponto de hipotecar tudo o que pudera, mas nunca ao ponto de vender. Não; ele nunca desgraçaria seu próprio nome a este ponto. As propriedades de Kellynch deveriam ser transmitidas íntegras e intocadas, como as havia recebido.

Os dois amigos em quem podiam fazer confidências, o Sr. Shepherd, que morava no vilarejo vizinho, e Lady Russell, foram chamados para aconselhá-los; e pai e filha pareciam esperar que algo seria inventado por um dos dois para remover seus empecilhos e reduzir seus gastos, que não envolvesse a perda de qualquer indulgência de gosto ou orgulho.

Capítulo 2

O Sr. Shepherd, um advogado educado e cauteloso, que, quaisquer que fossem suas opiniões sobre Sir Walter, preferia que outras pessoas mencionassem os assuntos desagradáveis, absteve-se de fazer a mínima alusão, e só pediu permissão para recomendar uma referência implícita ao excelente julgamento de Lady Russell, cujo famoso bom senso, ele tinha inteira confiança, aconselharia as resolutas medidas que ele pretendia que fossem finalmente adotadas.

Lady Russell dedicou-se zelosamente ao assunto, e considerou-o com muita seriedade. Era uma mulher de habilidades mais sólidas, do que rápidas, cuja dificuldade em tomar qualquer decisão, nesta ocasião, foi enorme, devido à oposição de dois princípios que a guiavam. Ela mesma tinha uma integridade severa, com um senso delicado de honra; mas estava tão desejosa de preservar os sentimentos de Sir Walter quanto preocupada com o nome da família, sendo tão aristocrática em suas ideias do que lhes era devido, quanto qualquer pessoa de bom senso e honestidade poderia ser. Era uma mulher benevolente, caridosa e boa, capaz de fortes amizades, extremamente correta em sua conduta, severa em suas noções de decoro, e com modos que eram considerados o padrão das boas maneiras. Tinha uma mente cultivada e era, no geral, racional e consistente; mas tinha preconceitos que pendiam para o lado da ancestralidade; valorizava posição social e prestígio, o que a cegava ligeiramente para os defeitos daquele que os possuíam. Ela mesma viúva somente de um cavaleiro, dava a um baronete toda a consideração que sua dignidade exigia; e Sir Walter, independentemente de suas reivindicações sobre ela na qualidade de velho conhecido, vizinho atencioso, senhorio obsequioso, marido de sua amiga tão querida, e pai de Anne e suas irmãs, tinha também, sendo Sir Walter, na opinião de Lady Russell, direito a muita compaixão e consideração, sob as suas atuais dificuldades.

Eles precisavam economizar; quanto a isso, não havia dúvida. Mas ela estava bastante ansiosa para que isso fosse feito com o mínimo de desconforto possível para ele e Elizabeth. Ela preparou planos de economia, fez cálculos exatos e o que ninguém mais pensou em fazer: consultou Anne, cujo interesse na questão parecia nunca ser levado em consideração pelos outros. Consultou-a e, até certo ponto, foi influenciada por ela ao preparar o esquema de economia que foi, finalmente, apresentado a Sir Walter. Toda recomendação de Anne havia pendido para a honestidade, em detrimento do prestígio. Queria medidas mais vigorosas, uma reforma mais completa, uma libertação mais rápida da dívida, um tom muito mais alto de indiferença por tudo, exceto justiça e equidade.

– Se conseguirmos persuadir seu pai a fazer tudo isso, - disse

Lady Russell, encarando-a por sobre a folha de papel, - muito poderá ser feito. Se ele adotar estas medidas, em sete anos terá quitado todas as suas dívidas; e espero que possamos convencê-lo e Elizabeth de que Kellynch Hall tem uma respeitabilidade própria que não pode ser afetada por tais reduções, e de que a verdadeira dignidade de Sir Walter Elliot estará longe de ser diminuída aos olhos das pessoas sensatas, por ele estar agindo como um homem de princípios. O que estará ele fazendo, na verdade, exceto aquilo que diversas das principais famílias de nosso país já fizeram, ou deveriam fazer? Não haverá nada de singular no caso dele, e é a singularidade que frequentemente forma a pior parte de nosso sofrimento, como sempre o faz com nossa conduta. Tenho grandes esperanças de convencê-lo. Precisamos ser sérias e decididas, pois afinal, a pessoa que contraiu as dívidas deve pagá-las; e apesar de muita consideração ser devida aos sentimentos de um cavalheiro e chefe de família, como seu pai, ainda mais é devido ao caráter de um homem honesto.

Era este o princípio de acordo com o qual Anne queria que seu pai agisse e que seus amigos lhe recomendassem. Considerava um dever crucial quitar as dívidas com os credores, com toda a rapidez que as mais abrangentes economias permitissem, e não encontrava qualquer dignidade em nada menos do que isso. Queria que tais medidas fossem recomendadas, e encarava isso como um dever. Tinha a influência de Lady Russell em alta conta e, quanto ao severo grau de negação ao qual sua própria consciência a levava, acreditava que não seria muito mais difícil convencer o pai e a irmã a fazer uma reforma completa, do que uma reforma pela metade. Seu conhecimento do pai e de Elizabeth a inclinava a pensar que o sacrifício de um par de cavalos dificilmente seria menos doloroso do que de dois, e assim por diante, até chegarem ao fim da lista completa de reduções gentis demais de Lady Russell.

Como as exigências mais rígidas de Anne teriam sido aceitas não vem ao caso. As de Lady Russell não foram nem um pouco bem sucedidas: não poderiam ser toleradas, não seriam aceitas.

– Como assim! Abrir mão de todos os confortos da vida! Viagens,

Londres, criados, cavalos, jantares – contrações e restrições por toda parte! Deixar de viver com as decências de um cavalheiro! Não, preferiria abandonar Kellynch Hall de uma vez, do que permanecer nela sob termos tão vergonhosos.

"Abandonar Kellynch Hall". A deixa foi imediatamente pega pelo Sr. Shepherd, que tinha interesse em Sir Walter de fato economizar, e que estava perfeitamente convencido de que nada poderia ser feito sem uma mudança de residência.

— Já que a ideia havia surgido justamente com a pessoa que deveria tomar as decisões, não tenho escrúpulos – disse ele – em confessar que meu julgamento também pende completamente para este lado. Não me parece que Sir Walter conseguiria mudar seu estilo de vida, de forma relevante, em uma casa que tem tamanho caráter de hospitalidade e dignidade ancestral para manter. Em qualquer outro lugar, Sir Walter poderá julgar por si mesmo, e seria imitado como modelo, qualquer que fosse o modo que escolhesse para estabelecer seu lar.

Sir Walter deixaria Kellynch Hall e, após alguns poucos dias de dúvida e indecisão, a grande questão de aonde iria foi resolvida, e o primeiro esboço desta importante mudança foi traçado.

Havia três alternativas: Londres, Bath ou outra casa no campo. Todos os desejos de Anne inclinavam se para esta última. Uma pequena casa em sua própria vizinhança, onde poderiam continuar convivendo com Lady Russell, permanecendo perto de Mary, e ainda tendo o prazer de, às vezes, ver os gramados e bosques de Kellynch, era o objeto de sua ambição. Mas o costumeiro destino de Anne, de que algo muito oposto ao que queria ser decidido, abateu-se sobre ela. Ela não gostava de Bath, não achava que combinava com ela, e Bath seria seu novo lar.

Sir Walter havia, primeiro, pensado mais sobre Londres, mas o Sr. Shepherd sentia que não podia confiar nele em Londres, e o tinha habilidosamente dissuadido disso, fazendo com que preferisse Bath. Era um lugar muito mais seguro para um cavalheiro em sua difícil situação: ele poderia ter prestígio, com despesas comparativamente baixas. Duas vantagens relevantes de Bath sobre Londres haviam, é claro, sido enfatizadas: sua distância mais conveniente de Kellynch, só oitenta quilômetros, e o fato de que Lady Russell passava uma parte de todos os invernos lá. Então, para a grande satisfação de Lady Russell, cuja primeira intenção quanto à pretendida mudança tinha sido Bath, Sir Walter e Elizabeth foram induzidos a acreditar que não perderiam prestígio ou alegria estabelecendo-se lá.

Lady Russell sentiu-se obrigada a opor-se aos desejos de sua querida Anne. Seria pedir demais que Sir Walter se rebaixasse a morar em uma pequena casa, em sua própria vizinhança. A própria Anne se sentiria mais envergonhada do que previa, e tal situação seria terrível para os sentimentos de Sir Walter. E quanto a Anne não gostar de Bath, Lady Russell considerava o fato um preconceito e um erro, advindos, primeiramente, do fato de Anne ter passado três anos em uma escola lá, após a morte de sua mãe; e, em segundo lugar, por ela não ter se mostrado de bom humor, no único inverno que havia passado lá, após aqueles três anos, com a própria Lady Russell.

Lady Russell gostava de Bath, em resumo, e era propensa a pensar que o lugar era adequado para todos; e quanto à saúde de sua jovem amiga, se passasse todos os meses quentes com ela, em Kellynch Lodge, não haveria qualquer perigo, e seria, na verdade, uma mudança benéfica para a saúde e para o humor. Anne tinha saído pouco de casa, socializado pouco. Sua disposição não era boa. Uma sociedade mais variada a melhoraria. Lady Russell queria que ela fosse mais conhecida.

Para Sir Walter, a inadequação de qualquer outra casa na mesma vizinhança foi certamente muito fortalecida por uma parte bastante relevante dos planos, que tinha sido afortunadamente incluída logo no começo. Ele não somente teria que sair de seu lar, como também vê-lo nas mãos de outros; uma provação, que mentes mais sólidas do que a de Sir Walter teriam achado demais. Kellynch Hall seria alugada. Isso, contudo, era um grande segredo, que não deveria ser espalhado para além de seu círculo.

Sir Walter não teria aguentado a degradação de que soubessem que estava planejando colocar sua casa para alugar. O Sr. Shepherd havia mencionado, uma vez, a palavra "anunciar", mas nunca mais ousara chegar perto dela. Sir Walter rejeitara a ideia de que a casa fosse oferecida de qualquer maneira; proibira a menor insinuação de sua intenção nesse sentido, e somente a suposição de que ela fosse espontaneamente solicitada, por um requerente dos mais inesperados, sob os termos estabelecidos pelo próprio Sir Walter, e como um grande favor, faria com que ele a alugasse.

Com que rapidez aparecem os motivos para aprovar aquilo de que gostamos! Lady Russell tinha um excelente motivo à sua disposição para ficar extremamente contente com o fato de Sir Walter e sua família se retirarem do campo. Elizabeth vinha formando uma amizade que ela gostaria de que fosse interrompida. Era com a filha do Sr. Shepherd, que tinha retornado, após um casamento malsucedido, para a casa de seu pai, com o fardo adicional de dois filhos. Era uma jovem esperta, que entendia a arte de agradar – a arte de agradar, pelo menos, em Kellynch Hall, e que havia conseguido se mostrar tão agradável aos olhos da Srta. Elliott, ao ponto de já ter se hospedado lá mais de uma vez, apesar de todas as indiretas de Lady Russell, que considerava tal amizade bastante inadequada, sobre cautela e reserva.

Lady Russell, na verdade, não tinha quase que nenhuma influência sobre Elizabeth, e parecia amá-la mais por ter se decidido a tanto, do que porque Elizabeth o merecia. Nunca havia recebido dela mais do que um mínimo de atenção, nada além das observações costumeiras; nunca havia conseguido convencê-la a acatar nenhum de seus conselhos, em detrimento do que a própria Elizabeth estava determinada a fazer. Havia tentado, repetida e insistentemente, fazer com que Anne fosse incluída na visita a Londres, sensatamente ciente de toda a injustiça e descrédito dos arranjos egoístas que a deixavam de fora e, em muitas outras ocasiões de menor monta, tentara dar a Elizabeth a vantagem de seu próprio julgamento e experiência, mas tudo em vão. Elizabeth fazia as coisas como queria, e nunca se opusera tanto a Lady Russell, quanto em sua amizade com a Sra. Clay; rejeitando a convivência com uma irmã tão digna, para dar sua afeição e confidências a uma mulher que não deveria ser nada para ela, além de um objeto de distante cortesia.

A posição social da Sra. Clay era, na estimativa de Lady Russell, muito desigual, e sua personalidade a tornava uma companheira bastante perigosa. Uma mudança que deixasse a Sra. Clay para trás, e propiciasse opções de amigas mais adequadas para a Srta. Elliott, era, portanto, um objeto de extrema importância.

Capítulo 3

– Peço vênia para observar, Sir Walter, – disse o Sr. Shepherd uma manhã, em Kellynch Hall, enquanto baixava o jornal, – que a atual conjuntura está muito a nosso favor. Este período de paz trará todos os nossos ricos oficiais navais para a terra firme, e todos eles desejarão um lar. Não poderia ser um momento melhor, Sir Walter, para escolher o inquilino que quiser, inquilinos bastantes responsáveis. Muitas fortunas nobres foram feitas durante a guerra. Se um almirante rico cruzasse nosso caminho, Sir Walter.

– Ele seria um homem bastante sortudo, Shepherd, – respondeu Sir Walter, – é tudo o que eu tenho a dizer. Que prêmio Kellynch Hall seria para ele; o maior prêmio de todos, ainda que tenha obtido muitos outros antes, não é, Shepherd?

O Sr. Shepherd riu ao ouvir tal observação espirituosa, como sabia que deveria, e então acrescentou:

– Tomo a liberdade de observar, Sir Walter, que no que tange a negócios, os cavalheiros da Marinha são fáceis de lidar. Tenho um pouco de conhecimento sobre seus métodos de fazer negócios, e confesso livremente que têm noções bastante liberais, e é provável que sejam inquilinos tão desejáveis quanto qualquer outro grupo de pessoas. Portanto, Sir Walter, o que gostaria de sugerir é que, caso quaisquer rumores se espalhem sobre sua intenção, o que deve ser considerado possível, pois sabemos como é difícil manter os atos e as intenções de uma parte do mundo longe da atenção e da curiosidade da outra, isso terá suas consequências. Eu, John Shepherd, posso esconder as questões familiares que quiser, pois ninguém acharia proveitoso observar-me; mas Sir Walter Elliot tem olhos sobre ele, que pode ser difícil evadir. Portanto, não me surpreenderia muito se, mesmo com todos os nossos cuidados, algum rumor da verdade se espalhasse. Com esta suposição, como eu ia observar, visto que candidaturas inevitavelmente se seguirão, eu consideraria qualquer um de nossos ricos comandantes da Marinha digno de atenção; e peço ainda permissão para acrescentar que pode me chamar a qualquer hora, que chegarei aqui dentro de duas, para evitar que tenha o trabalho de responder.

Sir Walter somente acenou com a cabeça. Porém, logo depois, ao levantar-se e andar de um lado para o outro, observou sarcasticamente:

– Há poucos cavalheiros da Marinha, imagino eu, que não se surpreenderiam ao se encontrar em uma casa como esta.

– Olhariam ao seu redor, sem dúvida, e agradeceriam à sua boa fortuna – disse a Sra. Clay, pois a Sra. Clay estava presente: seu pai a havia trazido na carruagem, e nada fazia tão bem à saúde da Sra. Clay quanto um passeio até Kellynch. – Mas concordo com meu pai, em pensar que um marinheiro poderia ser um inquilino bastante desejável. Conheço bastante a profissão e, além de sua liberalidade, são tão organizados e cuidadosos em tudo o que fazem! Estes seus quadros valiosos, Sir Walter, se decidir deixá-los, estariam perfeitamente seguros. Tomariam um cuidado excelente com tudo dentro e fora da casa! Os jardins e as cercas-vivas seriam mantidos em quase tão bom estado quanto estão agora. Não precisa temer, Srta. Elliot, que seus lindos jardins de flores fossem negligenciados.

– Quanto a tudo isso, – respondeu Sir Walter, friamente, – supondo-se que eu tinha sido convencido a alugar minha casa, ainda não me decidi, de forma alguma, quanto aos privilégios incluídos no negócio. Não estou particularmente disposto a beneficiar um inquilino. O parque de caça estaria aberto a ele, é claro, e poucos oficiais da Marinha, ou homens de qualquer outro tipo, já puderam usufruir de tamanho espaço. Mas que restrições eu colocaria sobre o uso dos jardins de lazer é outra história. Não gosto da ideia de pessoas poderem sempre se aproximar de meus arbustos, e recomendaria a Srta. Elliot que ficasse sempre de olho em suas flores. Estou muito pouco disposto a conceder a um inquilino de Kellynch Hall qualquer favor extraordinário, asseguro-lhes, seja ele marinheiro ou soldado.

Após uma curta pausa, o Sr. Shepherd ousou dizer:

– Nestes casos, há procedimentos estabelecidos que tornam tudo claro e fácil, entre senhorio e inquilino. Seus interesses, Sir Walter, estão em boas mãos. Confie em mim para cuidar que nenhum inquilino tenha mais do que o que mereça. Ouso dizer que Sir Walter Elliot não tomará mais cuidado de suas próprias posses, do que John Shepherd o fará em seu nome.

Neste ponto, Anne falou:

– A Marinha, penso eu, que fez tanto por nós, tem pelo menos tantos direitos quanto qualquer outro grupo de homens a todos os confortos e privilégios que qualquer lar possa propiciar. Marinheiros trabalham duro o suficiente para seu próprio conforto, todos devemos admitir.

– É verdade, é bem verdade. O que a Srta. Anne diz é bem verdade – foi a resposta do Sr. Shepherd.

– Oh! Certamente – foi a resposta de sua filha. Porém, a observação de Sir Walter foi, logo após:

– A profissão tem suas utilidades, mas não ficaria feliz em ver qualquer amigo meu pertencente a ela.

– Pois sim! – foi a resposta, com uma expressão de surpresa.

– Sim; me ofende em dois pontos, tenho dois motivos para objetar a ela. Primeiro, por ser o meio de permitir que pessoas de berço obscuro obtenham uma distinção indevida, e elevar homens a honras com as quais seus pais e avós nunca sonharam. Segundo, por interromper a juventude e o vigor dos homens da forma mais horrível; um marinheiro envelhece mais cedo do que qualquer outro homem. Observei isso a vida toda. Um homem corre mais perigo, na Marinha, de ser insultado pela ascensão de um outro, cujo pai o seu próprio poderia ter desdenhado, e de se tornar ele mesmo, prematuramente, um objeto de repulsa, do que em qualquer outra ocupação. Um dia, na primavera passada, enquanto estávamos na capital, encontrei-me com dois homens que são exemplos perfeitos do que digo; Lord St. Ives, cujo pai todos sabemos que foi um vigário do interior, sem um centavo; tive que ceder o meu lugar ao Lord St. Ives, e a um certo

Almirante Baldwin, a criatura de aparência mais deplorável que se possa imaginar; seu rosto da cor do mogno, completamente áspero e embrutecido, todo cheio de rugas e linhas de expressão, com nove fios de cabelo branco de um lado, e só um pouco de pó na parte de cima. "Em nome de Deus, quem é aquele camarada velho?" disse eu a um amigo que estava ao meu lado, Sir Basil Morley. "Velho!" exclamou Sir Basil, "é o Almirante Baldwin. Quantos anos acha que ele tem?" "Sessenta" disse eu, "ou talvez sessenta e dois". "Quarenta", respondeu Sir Basil, "quarenta, e nem um dia a mais". Imaginem minha surpresa, não esquecerei o Almirante Baldwin tão facilmente, nunca vi um exemplo tão lastimável do que uma vida em alto mar pode fazer com a pessoa. Mas até certo ponto, sei que acontece o mesmo com todos eles: são todos jogados de um lado para o outro, e expostos a todos os tipos de clima e a todos os tempos, até que não estejam mais dignos de ser vistos. É uma pena que não levem uma pancada na cabeça, logo de uma vez, antes que cheguem à idade do Almirante Baldwin.

– Não, Sir Walter, – exclamou a Sra. Clay, – está sendo severo demais. Tenha um pouco de piedade pelos pobres homens. Nem todos nascemos para sermos bonitos. O mar não embeleza ninguém, isto é certo, e marinheiros envelhecem cedo, já observei; perdem logo a aparência da juventude. Mas então, não acontece o mesmo com muitas outras profissões, talvez com a maioria delas? Os soldados na ativa não estão em melhores condições; e mesmo nas profissões mais calmas, há esforço e trabalho mentais, senão físicos, que raramente permitem que a aparência de um homem fique sujeita apenas ao efeito natural do tempo. O advogado se arrasta, sob o jugo das preocupações; o médico fica acordado a todas as horas, viajando sob qualquer condição climática; e até mesmo o clérigo... – ela parou um momento, para considerar o que poderia falar sobre o clérigo – ... até mesmo o clérigo, sabe, é obrigado a entrar em quartos infectados, e expor suas saúde e aparência a todos os danos de uma atmosfera venenosa. Na verdade, há muito estou convencida de que, apesar de toda profissão ser necessária e honrada, de seu próprio modo, somente aqueles que não são obrigados a seguir nenhuma delas, que conseguem viver de forma regular, no campo, decidindo seus próprios horários, perseguindo suas próprias atividades, e vivendo em suas próprias propriedades, sem o tormento de se esforçar para obter mais; somente estes, eu digo, que têm as bênçãos da saúde e da boa aparência por completo. Não conheço mais nenhum grupo de homens que só percam um pouco de sua beleza quando deixam de ser jovens.

Parecia que o Sr. Shepherd, em sua ânsia de obter a boa vontade de Sir Walter em relação a um oficial da Marinha como inquilino, havia sido abençoado com o poder da previsão, pois o primeiro candidato a alugar a casa foi um Almirante Croft, quem encontrou logo depois, ao comparecer à sessão trimestral dos tribunais de Taunton; na verdade, havia recebido uma dica sobre o Almirante, de um correspondente em Londres. De acordo com o relatório, que apressou-se a entregar em Kellynch, o Almirante Croft era originalmente do condado de Somerset e, tendo adquirido uma bela fortuna, desejava estabelecer-se em seu próprio condado, e havia vindo a Taunton para olhar alguns lugares anunciados, naquela mesma vizinhança, os quais, contudo, não o haviam agradado. Ao ouvir acidentalmente (havia acontecido justo o que ele havia previsto, observou o Sr. Shepherd, os assuntos de Sir Walter não puderam ser mantidos em segredo) falar da possibilidade de Kellynch Hall estar para alugar, e sabendo da conexão dele (do Sr. Shepherd) com o proprietário, ele havia se apresentado para fazer perguntas mais específicas, e expressara, durante uma conferência bastante longa, uma inclinação bastante forte pelo lugar, que somente um homem que só o conhecia através da descrição poderia sentir. Deu ao Sr. Shepherd, em seu relato explícito sobre si mesmo, todas as provas de ser um inquilino dos mais responsáveis e recomendáveis.

– E quem é Almirante Croft? – foi a pergunta fria e desconfiada de Sir Walter.

O Sr. Shepherd respondeu que vinha de uma família de cavalheiros, e mencionou um lugar; e Anne, após a curta pausa que se seguiu, acrescentou:

– Ele é um contra-almirante da Esquadra Branca. Esteve em ação na batalha de Trafalgar, e tem estado das Índias Orientais desde então; foi lotado lá, acredito, por muitos anos.

– Então tenho certeza – observou Sir Walter – que seu rosto é tão laranja quanto as mangas e capas da libré de meus serviçais.

O Sr. Shepherd apressou-se em assegurá-lo de que o Almirante Croft era um homem bastante vigoroso, cordial e bem-apessoado, um pouco gasto pelo tempo, claro, mas não muito, e um cavalheiro em todas as suas opiniões e comportamento; não parecia ser do tipo que causaria a menor dificuldade em relação aos termos do negócio, só queria um lar confortável e entrar nele assim que possível. Sabia que precisaria pagar pela conveniência, sabia que aluguel precisaria pagar por uma casa mobiliada, de tamanha importância, e não teria se surpreendido se Sir Walter tivesse pedido um preço mais alto. Havia perguntado sobre a mansão, e disse que ficaria feliz com a equipe de criados, certamente, mas não fazia questão, e também que às vezes pegava a espingarda, mas nunca matava; um verdadeiro cavalheiro.

O Sr. Shepherd foi eloquente quanto ao assunto, enfatizando todas as circunstâncias da família do Almirante que o tornavam especialmente desejável como inquilino. Era um homem casado, e sem filhos; exatamente o estado a ser desejado. Uma casa nunca era bem cuidada, observou Sr. Shepherd, sem uma dama; ele não sabia se a mobília corria mais perigo se não houvesse uma dama na casa, ou se houvesse muitas crianças. Uma dama sem filhos era a melhor preservadora de mobília do mundo. Ele também havia visto a Sra. Croft; ela estava em Taunton com o Almirante, e estivera presente quase o tempo todo em que passaram discutindo o assunto.

– E me pareceu ser uma dama bem articulada, distinta e sagaz, – continuou ele, – fez mais perguntas sobre a casa, os termos do negócio e os impostos do que o próprio Almirante, e parecia entender melhor do negócio. Ademais, Sir Walter, descobri que ela tem relações com este condado, assim como o marido; quero dizer, é irmã de um cavalheiro que já viveu entre nós, ela mesma me disse. É irmã daquele cavalheiro que morou há alguns anos em Monkford. Deus meu! Como era o nome dele? Não consigo me lembrar do nome dele, no momento, apesar de tê-lo ouvido recentemente. Penelope, querida, pode me ajudar a lembrar do nome do cavalheiro que morou em Monkford, o irmão da Sra. Croft?

Mas a Sra. Clay conversava tão absorta com a Srta. Elliot que não ouviu o pedido.

– Não tenho ideia da pessoa a quem se refere, Shepherd. Não me recordo de nenhum cavalheiro residente em Monkford, desde a época do velho governador Trent.

– Santo Deus! Que estranho! Esquecerei meu próprio nome em breve, suponho eu. Um nome com o qual estou bem familiarizado, conhecia o cavalheiro muito bem, de vista, o vi centenas de vezes. Ele veio me consultar uma vez, lembro-me, sobre uma invasão por parte de um de seus vizinhos, um fazendeiro que entrou em seu pomar, derrubou o muro, roubou suas maçãs. Pegou-o em flagrante e depois, contrariando meu conselho, concordou em transigir amigavelmente. Muito estranho, mesmo!

Após esperar mais um momento, Anne disse:

– Está se referindo ao Sr. Wentworth, suponho?

O Sr. Shepherd ficou extremamente grato.

– Wentworth, é este mesmo o nome! Sr. Wentworth, ele próprio. Ocupou o vicariato de Monkford, sabe, Sir Walter, há algum tempo, por dois ou três anos. Chegou lá pelo ano ---5, presumo. Lembra-se dele, tenho certeza.

– Wentworth? Oh! Sim, o Sr. Wentworth, o vigário de Monkford. O senhor me induziu ao erro usando o termo "cavalheiro". Pensei que estivesse falando de algum homem de posses; o Sr. Wentworth não era ninguém, eu me lembro; sem conexões, nenhuma relação com a família Strafford. É de se perguntar como os nomes de nossos nobres se tornam tão comuns.

Como o Sr. Shepherd percebeu que esta conexão dos Croft não lhes seria benéfica aos olhos de Sir Walter, não a mencionou mais, voltando avidamente a ressaltar as circunstâncias mais indubitavelmente a seu favor: suas idades, o fato de serem só os dois, e sua fortuna; a boa opinião que haviam formado sobre Kellynch Hall, e a extrema solicitude pelo benefício de poderem locá-la, fazendo parecer que não poderiam imaginar felicidade maior do que serem os inquilinos de Sir Walter Elliot. Um gosto extraordinário, certamente, se pudesse ser suposto que sabiam da estimativa que Sir Walter fazia do que era devido a inquilinos.

Foi bem-sucedido, contudo, e apesar de Sir Walter sempre considerar com maus olhos qualquer pessoa que pretendesse habitar aquela casa, e pensar que estaria levando vantagem ao ter a permissão de alugá-la pelo mais alto dos preços, foi convencido a deixar que o Sr. Shepherd prosseguisse com as negociações e autorizar que visitasse o Almirante Croft, que continuava em Taunton, e marcar um dia para que a casa fosse vista.

Sir Walter não era muito sábio, mas ainda assim, tinha experiência o suficiente para sentir que dificilmente apareceria um inquilino com menos objeções contra si, em tudo o que era essencial, do que o Almirante Croft parecia ser. Esta era a extensão de sua opinião, e sua vaidade era um pouco mais tranquilizadora, devido ao fato de a situação social do Almirante ser alta o suficiente, mas não alta demais. "Aluguei minha casa para o Almirante Croft" soaria extremamente bem, muito melhor do que para um mero "Sr."; um "Sr." (exceto, talvez, uma meia dúzia em toda a nação) sempre precisa de uma nota explicativa. Um almirante demonstra sua própria importância e, ao mesmo tempo, nunca pode fazer um baronete parecer pequeno. Em todas as suas negociações e interações, Sir Walter Elliot sempre teria a precedência.

Nada poderia ser feito sem perguntar a Elizabeth, mas estava se tornando tão inclinada a se mudar, que ficou feliz pela situação ter sido decidida e apressada pela existência de um inquilino, e nenhuma palavra para suspender a decisão foi dita por ela.

O Sr. Shepherd recebeu todos os poderes para agir, e assim que chegaram a tal conclusão, Anne, que havia sido a mais atenciosa das ouvintes durante toda a conversa, saiu da sala, para buscar o conforto do ar fresco para o rubor de suas faces; e, enquanto caminhava por uma de suas alamedas preferidas, disse, com um delicado suspiro:

– Mais alguns meses e ele, talvez, poderá estar caminhando por aqui.

Capítulo 4

Ele não era o Sr. Wentworth, antigo vigário de Monkford, por mais duvidosas que fossem as aparências, e sim Capitão Frederick Wentworth, seu irmão, que, tendo sido promovido a comandante, em consequência da batalha na costa de Santo Domingo, e não imediatamente empregado, havia vindo para o condado de Somerset, no verão de 1806 e, não tendo pais vivos, morou por seis meses em Monkford. Ele era, naquela época, um jovem assaz bem-apessoado, com muita inteligência, personalidade e brilhantismo; e Anne era uma garota extremamente bonita, com gentileza, modéstia, bom-gosto e sensibilidade. Metade de toda a atração, de ambos os lados, poderia ter sido o suficiente, pois ele não tinha nada para fazer, e ela não tinha quase ninguém para amar; mas o encontro de tantas recomendações não poderia falhar. Conheceram-se gradualmente e, quando já se conheciam, se apaixonaram rápida e profundamente. Seria difícil dizer qual dos dois havia visto mais perfeição no outro, ou tinha sido mais feliz: ela, ao receber as declarações e o pedido de casamento dele, ou ele, ao ser aceito.

Seguiu-se um curto período de deliciosa felicidade, mas curto ele foi. Problemas logo surgiram. Sir Walter, ao ser consultado, não negou seu consentimento, ou disse que isso jamais poderia acontecer, mas respondeu de forma completamente negativa e surpresa, com muita frieza e um longo silêncio, e declarou sua resolução de não fazer nada para ajudar a filha. Considerava tal aliança bastante degradante, e Lady Russell, apesar de expressar-se com um orgulho mais temperado e perdoável, julgava-a das mais desditosas.

Anne Elliot, com todas as suas qualidades de berço, beleza e mente, jogar a si mesma fora, aos dezenove anos; envolver-se, aos dezenove anos, em um noivado com um jovem que não tinha nada além de si mesmo para recomendar-se, e nenhuma esperança de obter influência, exceto as chances de uma profissão das mais incertas, e sem conexões para assegurar sua ascensão dentro de tal profissão, seria, sim, um desperdício, que Lady Russell lamentava cogitar! Anne Elliot, tão jovem, conhecida por tão poucos, ser levada embora por um estranho, sem aliança ou fortuna; ou, na verdade, ser rebaixada por ele a um estado de dependência dos mais extenuantes, aflitivos e cerceador de sua juventude! Não poderia ser, se pudesse ser impedido por qualquer interferência de amizade, qualquer declaração daquela que nutria por ela um amor quase que materno, e com direitos semelhantes aos de uma mãe.

O Capitão Wentworth não tinha fortuna. Havia tido sorte em sua profissão, mas, gastando facilmente o que havia vindo facilmente, não havia realizado nada. Mas estava confiante de que logo seria rico: cheio de vida e ardor, sabia que logo teria um navio e um cargo que o levaria a tudo o que sempre quisera. Ele sempre fora sortudo, e sabia que continuaria a ser. Tamanha confiança, poderosa por seu próprio entusiasmo, e potente pela inteligência com que costumava ser expressada, era o suficiente para Anne, mas Lady Russell a encarava de forma muito diferente. O temperamento otimista e a mente destemida dele tinham um efeito muito diferente sobre ela. Ela os considerava somente um agravamento dos males. Só acrescentava uma característica perigosa ao jovem. Ele era brilhante e teimoso. Lady Russell não tinha apreço pela perspicácia, e encarava com horror qualquer coisa que se aproximasse de imprudência. Detestou o relacionamento, sob todos os aspectos.

A oposição que tais sentimentos produziram foi maior do que Anne pôde combater. Jovem e gentil como era, poderia ter aguentado a má vontade do pai, ainda que não fosse atenuado por uma palavra ou um olhar gentis da irmã; mas Lady Russell, que amava e com quem contava, não podia ficar continuamente aconselhando-a em vão, com sua estabilidade de opiniões e ternura. Foi persuadida a considerar o noivado algo ruim: indiscreto, inadequado, dificilmente capaz de ser bem-sucedido e indigno. Mas não agiu com base só em uma cautela egoísta, ao colocar um fim em tudo. Se não houvesse imaginado que o fazia pelo bem dele, ainda mais do que pelo seu próprio, não teria conseguido abrir mão dele. A crença de estar sendo prudente e abnegada, principalmente pela vantagem dele, era seu principal consolo para a infelicidade da despedida, da despedida final; e todo consolo possível lhe era necessário, pois ela teve que enfrentar toda a dor adicional causada pelas opiniões dele, absolutamente não convencido e resoluto, sentindo-se maltratado por um término tão forçado. Ele havia saído do condado, em consequência disso.

Alguns meses se passaram entre o início e o fim do relacionamento entre os dois, mas o sofrimento de Anne por causa disso não se encerrou depois de poucos meses. Seu amor e arrependimento a impediram, por muito tempo, de aproveitar sua juventude, e uma perda precoce do frescor e da alegria havia sido o efeito duradouro dos mesmos.

Mais de sete anos haviam se passado desde o término desta pequena história de triste interesse; e o tempo havia atenuado muito, talvez quase que a totalidade, de seu afeto por ele, mas ela havia contado muito somente com o tempo, e não recebera nenhum auxílio de mudança de lugar (exceto uma visita a Bath, logo depois do término) ou socialização com novas pessoas. Ninguém havia entrado no círculo social de Kellynch, que se comparasse a Frederick Wentworth, tal como ela se lembrava dele. Nenhum segundo relacionamento, a única cura completamente natural, feliz e suficiente, em sua época de vida, havia sido possível para o refinamento de sua mente e a exigência de seu gosto, dentro dos pequenos limites da sociedade ao seu redor. Quando tinha mais ou menos vinte e um anos, havia recebido um pedido para que mudasse de sobrenome, do jovem que, não muito tempo depois, encontrou uma mente mais disposta em sua irmã caçula, e Lady Russell lamentou sua recusa, pois Charles Musgrove era o filho mais velho de um homem cujas terras e importância geral só perdiam, naquele condado, para as de Sir Walter, e que tinha boas personalidade e aparência. Apesar de Lady Russell ter pedido algo a mais, quando Anne tinha dezenove anos, ela teria ficado exultante ao vê-la, aos vinte e dois, levada, de forma tão respeitável, para longe das parcialidades e injustiças da casa de seu pai, e estabelecida permanentemente perto de si. Mas, neste caso, Anne não havia deixado nada a encargo de conselhos, e apesar de Lady Russell não desejar mudar o passado, estando tão satisfeita quanto sempre com sua própria decisão, começou a experimentar uma ansiedade quase que desesperançosa para que Anne se sentisse tentada, por algum homem de talento e independência financeira, a adentrar o estado civil para o qual considerava-a particularmente apropriada, devido a sua personalidade cálida e seus hábitos domésticos.

Uma não sabia a opinião da outra, sua constância ou suas mudanças, sobre o principal ponto da conduta de Anne, pois nunca faziam menção ao assunto; mas Anne, aos vinte e sete anos, pensava muito diferente do que havia sido levada a pensar aos dezenove. Não culpava Lady Russell, tampouco si mesma, por ter se deixado guiar por ela; mas sentia que se qualquer jovem, em circunstâncias semelhantes, pedisse seu conselho, nunca ouviria dela tamanha certeza de infelicidade imediata e incerteza de frutos futuros. Estava convencida de que, com todas as desvantagens de desaprovação por sua família, e todas as ansiedades ensejadas pela profissão dele, todos os seus prováveis medos, atrasos e decepções, ela teria sido uma mulher muito mais feliz se houvesse mantido o noivado, do que foi após tê-lo sacrificado. E nisto ela acreditava piamente, ainda que a parcela costumeira, ou até mais do que a parcela costumeira, de toda a preocupação e suspense lhes houvesse cabido, sem referência aos resultados reais do caso, caso este que, na verdade, teria lhes trazido prosperidade mais cedo do que poderiam ter imaginado. Todas as expectativas otimistas dele, toda a sua confiança, haviam sido justificadas. Seu brilhantismo e entusiasmo pareciam ter previsto e guiado seu caminho próspero. Ele havia, logo depois do término do noivado entre os dois, sido empregado, e tudo o mais que havia dito a ela que se seguiria, ocorreu. Havia se distinguido, e logo subido de posição, e deveria, agora, após sucessivas capturas de embarcações inimigas, ter juntado uma bela fortuna. Anne baseava suas informações somente em listas da Marinha e jornais, mas não podia duvidar de que ele estava rico; e, em favor de sua constância, não tinha motivos para acreditar que estivesse casado.

Quão eloquente Anne Elliot poderia ter sido! Quão eloquente, pelo menos, era sua opinião em favor de relacionamentos precoces e entusiasmados, e uma confiança alegre no futuro, em detrimento daquela cautela excessivamente ansiosa que parece sempre insultar o esforço e desconfiar da Providência! Havia sido forçada à prudência quando jovem, e aprendido o romance quando ficou mais velha: o resultado natural de um início antinatural.

Com todas estas circunstâncias, lembranças e sentimentos, não pôde ouvir dizer que a irmã do Capitão Wentworth provavelmente moraria em Kellynch, sem reavivar suas antigas dores; e muitas caminhadas, e muitos suspiros, foram necessários para afastar a agitação causada pela ideia. Frequentemente dizia a si mesma que era loucura, antes de conseguir controlar os nervos o suficiente para não considerar a contínua discussão sobre os Croft e seus negócios um mal. Foi auxiliada, contudo, pela total indiferença e aparente insensibilidade dos únicos três amigos conscientes do segredo de seu passado, que pareciam quase que negar qualquer memória do que havia acontecido. Podia fazer justiça à superioridade dos motivos de Lady Russell quanto a isso, em relação aos de seu pai e de Elizabeth; podia admirar os nobres motivos de sua calma, mas a atmosfera de esquecimento generalizado entre eles era altamente importante, de onde quer que tivesse surgido, e, caso o Almirante Croft realmente alugasse Kellynch Hall, ela se regozijava com a convicção que sempre lhe havia sido mais cara, de que o passado só era sabido por estes três, dentre todos os seus conhecidos, que não deixariam escapar uma única sílaba, ela acreditava, e confiava que, entre os parentes dele, somente o irmão com quem estivera morando havia ficado sabendo sobre seu curto noivado. Aquele irmão havia saído do condado há muito, era um homem sensato e, além disso, solteiro na época, de modo que ela acreditava inteiramente que nenhuma criatura teria ouvido a história da boca dele.

A irmã, a Sra. Croft, estivera fora da Inglaterra na época, acompanhando o marido lotado no exterior, e sua própria irmã, Mary, estivera na escola, quando tudo acontecera, e jamais admitira, devido ao orgulho de alguns, e à delicadeza de outros, que tinha o menor conhecimento dos eventos, após voltar.

Com tal apoio, ela esperava que o relacionamento entre ela e os Croft, que, com Lady Russell ainda residindo em Kellynch e Mary estabelecida a apenas cinco quilômetros de distância, deveria ser esperado, não precisaria ensejar qualquer embaraço.

Capítulo 5

Na manhã do dia marcado para que o Almirante e a Sra. Croft visitassem Kellynch Hall, Anne achou muito natural fazer sua caminhada quase que diária até a casa de Lady Russell, e ficar fora do caminho até que tudo terminasse, quando, então, achou perfeitamente natural lamentar ter perdido a oportunidade de vê-los.

O encontro das duas partes demonstrou ser altamente satisfatório, e decidiu a questão imediatamente. Ambas as damas estavam previamente dispostas a chegar a um acordo, e portanto não viram nada que não bons modos uma na outra; e, em relação aos cavalheiros, havia um bom humor tão cordial, uma liberalidade tão aberta e confiante, por parte do Almirante, que não pôde deixar de influenciar Sir Walter, que, além disso, havia sido incitado, através de lisonjas, a apresentar seu melhor e mais civilizado comportamento, devido às asseverações do Sr. Shepherd de que o Almirante havia ouvido dizer que ele era um exemplo de boa estirpe.

A casa e as terras, assim como a mobília, foram aprovadas, os Croft foram aprovados, os termos, o prazo, tudo e todos, estava correto; e os assistentes do Sr. Shepherd foram postos para trabalhar, sem ter havido uma única discordância preliminar, que modificasse tudo o que "o presente contrato prevê".

Sir Walter, sem hesitação, declarou que o Almirante era o marinheiro mais bonito que já havia conhecido, e chegou ao ponto e dizer que, se seu próprio criado pudesse cuidar do cabelo dele, não se sentiria envergonhado de ser visto com ele em lugar algum; e o Almirante, com sua cordialidade simpática, observou para a esposa, enquanto voltavam pelos jardins: "Pensei que logo chegaríamos a um acordo, minha querida, apesar do que nos foi dito em Taunton. O Baronete nunca irá botar fogo no Tâmisa, mas parece ser inofensivo". Elogios recíprocos, que poderiam ser estimados como iguais.

Os Croft tomariam posse da casa ao fim de setembro, e como Sir Walter havia proposto partirem para Bath durante o mês anterior a este, não havia tempo a perder para fazer todos os arranjos faltantes.

Lady Russell, convencida de que não permitiriam que Anne fosse de qualquer valia ou importância na escolha da casa que iriam alugar, não estava nem um pouco disposta a deixar que se fosse tão cedo, e queria fazer com que fosse possível para que ficasse até que ela mesma pudesse levá-la a Bath antes do Natal; mas, visto que tinha seus próprios compromissos, que a fariam com que ficasse longe de Kellynch por diversas semanas, não pôde fazer o convite completo que desejava, e Anne, apesar de recear o possível calor de setembro, no clima quente de Bath, e de lamentar abrir mão da influência tão doce e tão triste dos meses outonais no campo, não pensava que, considerando-se tudo, queria ficar. Seria mais correto e mais sábio, e, portanto, envolveria menos sofrimento, ir com os outros.

Algo ocorreu, contudo, que a fez assumir outro dever. Mary, frequentemente um tanto indisposta, e sempre levando suas próprias moléstias muito a sério, e também tendo o hábito de chamar Anne quando houvesse qualquer coisa de errado, estava enferma; e, prevendo que não teria um único dia de boa saúde em todo o outono, pediu, ou, na verdade, exigiu, pois dificilmente era um pedido, que fosse até Uppercross Cottage e lhe fizesse companhia por tanto tempo quanto precisasse, ao invés de ir a Bath.

– Não posso ficar sem Anne, de jeito algum – era o raciocínio de Mary; e a resposta de Elizabeth foi:

– Neste caso, tenho certeza que será melhor que Anne fique, pois ninguém precisará dela em Bath.

Ser reivindicada como algo bom, ainda que em um estilo inadequado, é, pelo menos, melhor do que ser rejeitada como algo que não serve para nada; e Anne, feliz por ser considerada de alguma utilidade, contente por ter um dever para cumprir, e certamente não lamentando ter que cumpri-lo no interior, e em seu próprio condado, prontamente concordou em ficar.

O convite de Mary acabou com todas as dificuldades de Lady Russell, e foi logo acordado, consequentemente, que Anne não iria a Bath até que Lady Russell a levasse, e que todo o intervalo seria dividido entre Uppercross Cottage e Kellynch Lodge.

Até então, tudo estava perfeitamente certo; mas Lady Russell foi surpreendida pela injustiça de uma parte do plano de Kellynch Hall, quando ficou sabendo disso, que consistia na Sra. Clay ter sido convidada para ir a Bath com Sir Walter e Elizabeth, na qualidade de assistente das mais importantes e valiosas para esta última, em relação a todos os assuntos dos quais tinha que tratar. Lady Russell deplorou profundamente o fato de terem recorrido a tal medida, indagou-se, lamentou-se e temeu; e a afronta que isso representava para Anne, a Sra. Clay ser de tamanha utilidade, quando Anne não tinha nenhuma, era um agravante dos mais doloridos.

A própria Anne já havia se acostumado com tais afrontas, mas sentiu a imprudência do arranjo quase que tão agudamente quanto Lady Russell. Com muita observação silenciosa e um conhecimento da personalidade de seu pai, que frequentemente desejava ter menos, estava ciente de que resultados dos mais sérios para sua família, em decorrência de tal amizade, eram mais do que possíveis. Ela não imaginava que seu pai tinha, naquele momento, qualquer ideia do tipo. A Sra. Clay tinha sardas, um dente protuberante e mãos desastradas, sobre os quais ele constantemente fazia observações severas, na ausência daquela senhora; mas ela era jovem, e certamente bem-apessoada, no geral, e possuía, com sua mente afiada e modos agradáveis e assíduos, atrações infinitamente mais perigosas do que quaisquer características meramente pessoais poderiam ser. Anne estava tão impressionada com o grau do perigo, que não pôde deixar de tentar fazer com que sua irmã o percebesse. Tinha poucas esperanças de ser bem-sucedida, mas Elizabeth, que sofreria muito mais do que a própria Anne, caso tal revés realmente acontecesse, nunca teria motivo para admoestá-la por não tê-la avisado.

Falou, e pareceu apenas ofender. Elizabeth não conseguia imaginar como uma suspeita tão absurda podia ter ocorrido à irmã, e assegurou, indignada, que cada parte sabia perfeitamente de sua própria situação.

– A Sra. Clay – disse ela, acaloradamente – nunca esquece seu lugar; e como estou muito mais familiarizada com os sentimentos dela do que você, posso lhe assegurar que são particularmente agradáveis no que tange ao assunto de casamento, e que ela reprova a desigualdade de condição e status mais fortemente do que a maioria das pessoas. E quanto ao papai, jamais pensaria que pudessem suspeitar dele, que permaneceu solteiro por tanto tempo, pelo nosso bem. Se a Sra. Clay fosse uma mulher muito bela, admito, poderia ser errado mantê-la por tanto tempo em minha companhia; não que qualquer coisa neste mundo, estou certa, induziria papai a uma união degradante, mas ele poderia ficar infeliz. Mas a pobre Sra. Clay, que, com todos os seus méritos, nunca poderia ser considerada toleravelmente bonita, penso mesmo que a pobre Sra. Clay poderá se hospedar conosco na maior segurança. Seria de se imaginar que você nunca ouviu papai falar sobre os infortúnios pessoais dela, apesar de saber que deve ter ouvido, pelo menos cinquenta vezes. Aquele dente dela, e as sardas. Sardas não me enojam tanto quanto a ele. Já vi rostos que não foram tão desfigurados por algumas, mas ele as abomina. Já deve ter ouvido ele reparar nas sardas da Sra. Clay.

– É difícil haver um defeito pessoal – respondeu Anne – que modos agradáveis não possam fazer com que sejam gradualmente aceitos.

– Penso de forma muito diferente – respondeu Elizabeth, bruscamente. – Modos agradáveis podem realçar feições bonitas, mas nunca alteram as insossas. Contudo, de qualquer forma, visto que tenho mais a perder com esta questão do que qualquer outra pessoa, creio que seja um tanto quanto desnecessário que você me aconselhe.

Anne havia feito o que se propusera fazer; ficou satisfeita por ter terminado, e não estava totalmente desesperançosa de ter tido algum efeito. Elizabeth, apesar de se ressentir das suspeitas, ainda poderia ficar atenta por causa delas.

A última tarefa dos quatro cavalos da carruagem era levar Sir Walter, a Srta. Elliot e a Sra. Clay até Bath. O grupo partiu de muito bom humor, Sir Walter preparado para fazer reverências condescendentes a todos os inquilinos e aldeões sofredores que dessem as caras, e Anne caminhou, ao mesmo tempo, em um tipo de tranquilidade desolada, até a casa de Lady Russell, onde passaria a primeira semana.

Sua amiga não estava mais alegre do que ela mesma. Lady Russell lamentava enormemente a separação da família. A respeitabilidade deles lhe era tão cara quanto a sua própria, e interações diárias haviam se tornado preciosas pelo hábito. Lhe doía olhar os jardins desertos, e era ainda pior pensar sobre as novas mãos nas quais cairiam; então, para escapar da solidão e da melancolia de um vilarejo tão alterado, e ficar fora do caminho quando o Almirante e a Sa. Croft chegassem, havia se decidido a ausentar-se de casa no momento em que Anne partisse. Deste modo, ambas saíram juntas, e Anne foi deixada em Uppercross Cottage, na primeira parte da viagem de Lady Russell.

Uppercross era um vilarejo de tamanho moderado, o qual, há alguns anos, estivera completamente no estilo antigo inglês, contendo somente duas casas de aparência superior às dos pequenos donos de terras e trabalhadores braçais: a mansão do fidalgo, o cavalheiro mais distinto da vila, com suas altas paredes, grandes portões e velhas árvores, sólida e antiquada, e o vicariato compacto e pequeno, circundado por seu próprio jardim organizado, com trepadeiras e uma pereira ao redor dos caixilhos das janelas. Porém, por ocasião do casamento do jovem cavalheiro, a casa havia sido reformada, deixando de ser uma casa de fazenda, e transformando-se em um chalé, para que lá ele residisse, e Uppercross Cottage, com sua varanda, janelas em estilo francês e outras belezas, chamaria a atenção de viajantes tanto quanto o aspecto e as instalações mais consistentes e consideráveis do casarão principal, localizado a menos de um quilômetro de distância.

Anne costumava hospedar-se lá com frequência. Conhecia o modo como as coisas eram feitas em Uppercross tão bem quanto em Kellynch. As duas famílias encontravam-se tão continuamente, estavam tão acostumadas a entrar e sair das casas uns dos outros, a todas as horas do dia, que foi uma surpresa para Anne encontrar Mary sozinha. Porém, estando sozinha, era quase certo que estaria indisposta e desanimada. Apesar de ter uma melhor constituição física do que a irmã mais velha, Mary não tinha a mente ou o temperamento de Anne. Quando estava bem e feliz, e adequadamente cuidada, tinha um ótimo humor e uma personalidade excelente; mas qualquer indisposição fazia com que se abatesse completamente. Não tinha recursos para lidar com a solidão e, tendo herdado uma parcela considerável da vaidade dos Elliot, era propensa a aumentar todos os outros problemas, pensando que estava sendo negligenciada e maltratada. Quanto a sua aparência, era inferior a ambas as irmãs, e mesmo no auge de sua juventude, só havia alcançado a dignidade de ser "uma garota bem-apessoada". Estava, agora, deitada no sofá gasto da bonita salinha de estar, cuja mobília, outrora elegante, estava gradualmente se desgastando, sob a influência de quatro verões e duas crianças. E, ao ver Anne aparecer, recebeu-a com a seguinte exclamação:

– Então você finalmente veio! Começava a pensar que nunca a veria. Estou tão doente que mal consigo falar. Não vi uma única criatura a manhã toda!

– Sinto muito encontrá-la indisposta – respondeu Anne. – Mandou-me notícias tão boas de si mesma, na quinta-feira!

– Sim, amenizei a situação; sempre o faço. Mas estava longe de estar bem, naquele momento, e não acho que já estive tão doente na minha vida, quanto estive esta manhã. Absolutamente incapaz de ser deixada sozinha, tenho certeza. E se tivesse tido algum mal súbito, de um jeito horrível, e não conseguisse tocar o sino! Quer dizer que Lady Russell não quis sair da carruagem. Não creio que tenha entrado em minha casa mais do que três vezes, neste verão.

Anne fez uma observação adequada, e perguntou sobre seu marido.

– Oh, Charles saiu para caçar. Não o vejo desde as sete horas. Insistiu em ir, apesar de ter dito a ele como estava mal. Ele me disse que não ficaria muito tempo fora, mas não voltou mais, e já é quase uma da tarde. Asseguro-lhe que não vi vivalma, durante a manhã inteira.

– Seus menininhos ficaram com você?

– Sim, enquanto aguentei o barulho que fazem; mas são tão impossíveis de se controlar, que fazem mais mal do que bem. O pequeno Charles não ouve uma palavra que digo, e Walter está ficando tão difícil quanto ele.

– Bom, agora vai melhorar logo – respondeu Anne, alegremente. – Sabe que sempre te curo, quando chego. Como estão seus vizinhos no casarão principal?

– Não posso dar notícia alguma sobre eles. Não vi nenhum deles hoje, exceto o Sr. Musgrove, que parou e falou comigo pela janela, mas sem desmontar do cavalo. E apesar de contar a ele como me sentia mal, nenhum deles chegou perto de mim. Não foi conveniente para as Srtas. Musgrove, suponho eu, e elas nunca fazem o menor esforço.

– Ainda as verá, talvez, antes de a manhã acabar. Está cedo.

– Nunca preciso delas, garanto. Falam e riem demais, para mim. Oh, Anne, estou tão mal! Foi muita crueldade sua, não vir na quinta-feira.

– Minha querida Mary, lembre-se das notícias boas que me mandou sobre seu estado! Escreveu da forma mais alegre, disse que estava perfeitamente bem e que não precisava me apressar; assim, deveria ter sabido que meu desejo era ficar com Lady Russell até o último dia, e além de me preocupar com ela, estive tão ocupada, com tantos afazeres, que não podia ter partido de Kellynch mais cedo.

– Puxa vida! Quantas coisas você pode ter tido para fazer?

– Muitas, garanto. Mais do que consigo me lembrar agora, mas posso te contar algumas. Estive fazendo uma cópia do catálogo dos livros e dos quadros do papai. Estive diversas vezes no jardim com Mackenzie, tentando entender, e fazê-lo entender, quais das plantas da Elizabeth eram para Lady Russell. Tive todas as minhas próprias coisinhas para acertar, livros e músicas para dividir, e todos os meus baús para refazer, por não ter compreendido a tempo o que deveria ir nos vagões. E uma coisa tive que fazer, Mary, de natureza mais árdua: visitar quase todas as casas da paróquia, como um tipo de despedida. Me foi dito que eles o desejavam. Mas todas essas coisas levaram bastante tempo.

– Oh! Bem! – E, depois de uma pausa momentânea, disse: – Mas nunca me perguntou uma palavra sobre nosso jantar com a família Poole ontem.

– Então vocês foram? Não perguntei porque concluí que você teria sido obrigada a se ausentar da festa.

– Oh, sim, fui! Estava muito bem, ontem, não havia nada de errado comigo até esta manhã. Teria sido estranho, se eu não houvesse ido.

– Fico muito feliz por você ter estado bem o suficiente, e espero que tenha sido uma festa agradável.

– Nada notável. Sempre se sabe de antemão o que terá para o jantar, e quem estará lá; e é tão desconfortável não ter uma carruagem própria. O Sr. e a Sra. Musgrove me levaram, e ficamos tão apertados! Ambos são tão grandes, e ocupam tanto espaço; e o Sr. Musgrove sempre se senta na frente. Então, lá estava eu, espremida no banco de trás com Henrietta e Louisa, e acho muito provável que isso seja o motivo de minha doença de hoje.

Um pouco mais de paciência perseverante e alegria forçada por parte de Anne quase que curaram Mary. Logo já conseguia sentar-se reta no sofá, e começou a nutrir a esperança de poder sair dele antes da hora do jantar. Então, esquecendo-se de pensar sobre o assunto, foi até o outro lado da sala, embelezar um arranjo de flores. Depois disso, comeu os frios que lhe haviam sido servidos, e logo estava bem o suficiente para propor uma pequena caminhada.

– Aonde iremos? – disse ela, quando estavam prontas. – Suponho que não gostaria de visitar o casarão principal antes de eles terem vindo vê-la?

– Não faço a menor objeção nesse sentido – respondeu Anne. – Nunca faria tanta cerimônia com pessoas que conheço tão bem quanto a Sra. e as Srtas. Musgrove.

– Oh, mas elas precisam vir visitá-la assim que possível! Devem estar cientes do que lhe é devido como minha irmã. Contudo, creio que possamos ir nos sentar com elas um pouquinho e, quando terminarmos, podemos aproveitar nosso passeio.

Anne sempre pensara que aquele tipo de interação era altamente imprudente, mas havia desistido de tentar controlá-lo, acreditando que, apesar de haver, de ambos os lados, contínuos motivos de ofensa, nenhuma família conseguiria agir de outro modo. Então, para o casarão principal elas foram, para passar meia hora na sala de estar quadrada e antiquada, com um pequeno tapete e piso encerado, à qual as atuais filhas da casa davam um ar de confusão, com um piano e uma harpa, vasos de flores e pequenas mesas colocadas por todos os cantos. Ah, pudessem os originais dos retratos pendurados no lambril, pudessem os cavalheiros vestidos de veludo marrom e as damas de cetim azul ver o que estava acontecendo, ter consciência de tamanha subversão de toda ordem e organização! Os retratos pareciam encarar, atônitos.

A família Musgrove, como sua casa, estavam em um estado de alteração, talvez de melhoria. O pai e a mãe seguiam o estilo inglês antigo, e os jovens o estilo novo. O Sr. e a Sra. Musgrove eram pessoas muito boas: amigáveis e hospitaleiras, não muito educadas, e nem um pouco elegantes. Seus filhos tinham mentes e modos mais modernos. Era uma família numerosa, mas as únicas duas adultas, sem contar Charles, eram Henrietta e Louisa, duas jovens de dezenove e vinte anos, que haviam trazido da escola em Exeter todo o costumeiro acervo de habilidades, e agora eram como milhares de outras jovens, concentradas somente em serem elegantes, felizes e alegres. Suas roupas eram de qualidade, seus rostos um tanto quanto bonitos, seus humores extremamente bons e seus modos cândidos e agradáveis; eram consideradas importantes em casa, e admiradas fora dela. Anne sempre as considerara umas das criaturas mais felizes que conhecia, mas ainda assim, salvos como todos somos, por algum sentimento de superioridade, de desejar a possibilidade de trocar de vida com os outros, ela não teria aberto mão de sua mente mais elegante e cultivada, nem por todas as alegrias das duas irmãs, e não invejava nelas coisa alguma, além daquela compreensão aparentemente perfeita, convivência e afeição mútua entre as duas, que havia experimentado pouco com qualquer uma de suas próprias irmãs.

Foram recebidas com muita cordialidade. Nada parecia errado por parte da família do casarão, que geralmente era a parte que tinha menos culpa, como Anne bem sabia. A meia hora passou em um bate-papo agradável, e Anne não ficou nem um pouco surpresa, ao final da mesma, quando as duas Srtas. Musgrove se juntaram ao passeio, mediante um convite específico de Mary.

Capítulo 6

Anne não precisara daquela visita a Uppercross para descobrir que mudar de um grupo de pessoas para outro, apesar de uma distância de só cinco quilômetros, frequentemente inclui uma mudança total de conversas, opiniões e ideias. Nunca se hospedara com eles antes sem se surpreender com tal fato, ou sem desejar que outros membros da família Elliot pudessem ter a vantagem de ver como os assuntos que eram tratados em Kellynch Hall como notórios e de extremo interesse eram desconhecidos ou desconsiderados em Uppercross. Ainda assim, com toda a sua experiência, ela acreditava que agora teria que se sujeitar a outra lição, sobre a arte de reconhecer sua própria insignificância fora de seu círculo íntimo; pois certamente, tendo vindo com seu coração carregado do assunto que havia ocupado completamente ambas as casas em Kellynch, por diversas semanas, esperara muito mais curiosidade e simpatia do que havia recebido, com as observações separadas, porém bem semelhantes, do Sr. e da Sra. Musgrove:

– Então, Srta. Anne, Sir Walter e sua irmã se foram; e em que parte de Bath acha que vão se estabelecer? – Sem esperar muito por uma resposta, as jovens acrescentaram:

– Espero que possamos ir a Bath no inverno, mas lembre-se, papai, se formos, precisamos ficar bem localizadas, nada de casas em Queen Square para nós! – Ao que Mary complementou, ansiosamente:

– Meu Deus, ficarei muito bem, quando vocês todos tiverem partido para se divertir em Bath!

Anne só pôde decidir evitar se enganar novamente no futuro, e pensar com renovada gratidão na extraordinária bênção de ter uma amiga como Lady Russell, que verdadeiramente simpatizava com sua situação.

A família Musgrove tinha sua própria caça para proteger e destruir, seus próprios cavalos, cachorros e jornais para distraí-la, e as mulheres ocupavam-se inteiramente com todos os outros assuntos comuns de uma casa, seus vizinhos, roupas, dança e música. Anne reconhecia ser bastante apropriado que cada pequeno reino social ditasse seus próprios assuntos de conversa, e esperava logo se tornar um membro digno daquele para o qual havia sido transplantada. Com a perspectiva de passar pelo menos dois meses em Uppercross, era seu dever preencher sua imaginação, memória e todas as suas ideias com Uppercross, o máximo que conseguisse.

Não temia esses dois meses. Mary não era tão detestável ou uma irmã tão ruim quanto Elizabeth, nem tão inacessível à sua influência; tampouco havia qualquer coisa, nas outras partes do chalé, tão contrária ao conforto. Sempre estivera em bons termos com seu cunhado, e as crianças, que a amavam quase tanto quanto a mãe, e a respeitavam muito mais, lhe eram objetos de interesse, diversão e exercício saudável.

Charles Musgrove era cortês e agradável; em bom senso e temperamento, indubitavelmente superior à esposa, mas não tinha poderes de conversação ou graciosidade o suficiente para tornar o passado, que os conectava todos, uma contemplação perigosa. Ao mesmo tempo, Anne podia acreditar, assim como Lady Russell, que uma união um pouco mais igualitária poderia tê-lo feito se aprimorar, e que uma mulher de verdadeiro discernimento poderia ter aquilatado sua personalidade e propiciado mais utilidade, racionalidade e elegância a seus hábitos e interesses. Do jeito como as coisas eram, ele não fazia nada com muito zelo, exceto praticar esportes, e o resto de seu tempo era desperdiçado, sem se beneficiar de leituras ou qualquer outra coisa. Tinha um humor muito bom, que nunca parecia ser muito afetado pelo ocasional desânimo de sua esposa, aguentando seu comportamento desarrazoado de forma admirável para Anne e, no todo, apesar de costumar haver pequenas discussões (nas quais ela participava mais do que queria, a pedido de ambas as partes), eles poderiam se fazer passar por um casal feliz. Sempre estavam de pleno acordo quanto à falta de dinheiro, e tinham uma forte inclinação para desejar grandes presentes do pai dele; mas neste ponto, assim como na maioria deles, ele tinha a superioridade, pois apesar de Mary achar uma vergonha tal presente não ser dado, ele sempre ponderava o fato de seu pai ter muitas outras utilidades para seu dinheiro, e o direito de gastá-lo como quisesse.

Quanto aos cuidados com seus filhos, a teoria dele era muito melhor do que a da esposa, e sua prática não era tão ruim. "Eu poderia controlá-los muito bem, não fosse pela interferência de Mary", era o que Anne frequentemente o ouvia dizer, e acreditava bastante. Mas, ao ouvir, por sua vez, a admoestação de Mary, de que "Charles mima tanto as crianças, que não consigo colocá-los em ordem", Anne nunca se sentia nem um pouco tentada a dizer: "Isso é bem verdade".

Uma das circunstâncias menos agradáveis de sua estadia lá era o fato de que todos lhe faziam confidências demais, e lhe revelavam demasiadas reclamações privadas da família. Como era sabido que tinha alguma influência sobre sua irmã, pediam-lhe continuamente, ou pelo menos lhe faziam insinuações, para que a exercesse, além do que seria praticável. "Gostaria que persuadisse Mary a parar de imaginar que está doente o tempo todo", era o que Charles lhe dizia; e, de mau humor, Mary falava: "Acredito que se Charles me visse morrendo, não acharia que há nada de errado comigo. Estou certa, Anne, que se tentasse, poderia persuadi-lo de que estou mesmo muito doente, muito mais do que demonstro".

A declaração de Mary era: "Odeio mandar as crianças para o casarão principal, apesar de sua avó estar sempre esperando a visita deles, pois ela os mima e faz todos os seus gostos, dando-lhes tantas porcarias e doces, que sempre voltam passando mal e mau humorados pelo resto do dia". E a Sra. Musgrove aproveitava a primeira oportunidade de encontrar-se sozinha com Anne para dizer: "Oh, Srta. Anne, como queria que a Sra. Charles tivesse um pouco do seu jeito com as crianças. São criaturas completamente diferentes quando estão com você! No geral, são tão mimadas! É uma pena não conseguir fazer com que sua irmã as controle. São as crianças mais saudáveis que já vi, pobrezinhas! Sem parcialidade. Mas a Sra. Charles não sabe como deveriam ser tratadas. Meu Deus, como são levadas, às vezes! Garanto, Srta. Anne, que isso impede que eu as queira ver em nossa casa com tanta frequência como gostaria, se fossem diferentes. Acredito que a Sra. Charles não fica muito satisfeita com o fato de eu não as convidar mais vezes; mas você sabe que é muito ruim cuidar de crianças que se é obrigada a controlar a todo momento: 'não faça isso', e 'não faça aquilo', ou que só se consegue manter em ordem oferecendo mais bolo do que deveriam comer".

Além disso, recebeu a seguinte informação de Mary: "A Sra. Musgrove pensa que todos os seus criados são tão fieis, que seria uma traição questionar sua lealdade, mas tenho certeza, sem exagero, de que sua criada principal e sua lavadeira, ao invés de trabalharem, ficam passeando pelo vilarejo, o dia todo. As encontro por onde for, e declaro que nunca entro duas vezes no quarto de meus filhos sem vê-las. Se Jemima não fosse a criatura mais confiável e constante do mundo, isso seria o suficiente para fazê-la desandar, pois ela me diz que as duas ficam o tempo todo tentando convencê-la a ir passear com elas". E a Sra. Musgrove, por sua vez, dizia: "Faço questão de nunca interferir com nenhum assunto de minha nora, pois sei que isso seria inaceitável. Mas te digo, Srta. Anne, porque você pode corrigir as coisas, que não tenho uma opinião muito boa da babá da Sra. Charles: ouço histórias estranhas sobre ela, está sempre vagueando por aí. E sei pessoalmente que se veste de forma tão fina, que é o suficiente para estragar todos os criados de quem se aproxima. A Sra. Charles põe muita confiança nela, eu sei, mas te darei somente uma dica, para que fique atenta, pois se vislumbrar qualquer coisa de errado, não precisa ficar com medo de mencionar".

Novamente Mary reclamou que a Sra. Musgrove tinha o costume de não lhe dar a primazia que lhe era devida, quando jantavam no casarão principal, com outras famílias, e não via motivo para ser considerada tão parte da família, a ponto de perder sua posição social. E, um dia, quando Anne caminhava só com as mulheres da família Musgrove, enquanto uma delas falava sobre posição social, pessoas de alta posição e inveja da posição dos outros, disse: "Não tenho escrúpulos em observar para a senhorita quão absurdas algumas pessoas são, no que tange a sua posição, porque todo mundo sabe como a senhorita é tranquila e indiferente quanto a este assunto; mas gostaria que alguém pudesse dar uma dica a Mary, de que seria muito melhor se ela não fosse tão tenaz, especialmente se não ficasse tentando passar na frente de mamãe e ocupar seu lugar. Ninguém duvida que ela tenha o direito de ter precedência em relação à mamãe, mas seria mais digno se ela não ficasse o tempo todo insistindo nisso. Não é que mamãe se importe com isso, mas sei que muitas pessoas reparam".

Como Anne poderia corrigir todas estas questões? Podia somente ouvir pacientemente, atenuar cada reclamação e inventar desculpas, de uma parte para a outra, além de sugerir a todos a paciência necessária entre vizinhos tão próximos, e enfatizar as sugestões que fossem em benefício de sua irmã.

Em todos os outros aspectos, sua visita começou e prosseguiu muito bem. Seu próprio humor havia sido melhorado pela mudança de ares e assuntos, por estar a cinco quilômetros de distância de Kellynch. Os achaques de Mary diminuíram com a presença de uma companheira constante, e suas interações diárias com a outra família, já que não havia nem muito afeto, confidências ou afazeres no chalé que as interrompesse, eram sempre uma vantagem. Foram certamente intensificadas ao máximo, pois se encontravam todas as manhãs, e raramente passavam uma noite separados; mas Anne acreditava que não teriam passado tão bem sem a visão das respeitáveis silhuetas do Sr. e da Sra. Musgrove em seus lugares de costume, ou sem as conversas, risadas e cantorias de suas filhas.

Anne tocava piano muito melhor do que qualquer uma das Srtas. Musgrove, mas, não tendo uma boa voz, conhecimento de harpa ou pais amorosos, que a assistissem e se declarassem deleitados, sua performance não era tida em alta conta, somente por educação ou para que as outras pudessem descansar, disso ela estava bem ciente. Sabia que, quando tocava, só dava prazer a si mesma, mas esta não era uma sensação inusitada. Exceto por um período de sua vida, ela nunca havia, desde que tinha quatorze anos, desde a morte de sua amada mãe, experimentado a felicidade de ser ouvida ou encorajada, por qualquer apreciação justa ou verdadeiro bom gosto. Na música, ela se acostumara a se sentir sozinha no mundo, e a parcialidade afetuosa do Sr. e da Sra. Musgrove pelas performances de suas próprias filhas, e absoluta indiferença pela de qualquer outra pessoa, dava a Anne muito mais prazer, por eles, do que ultraje por si mesma.

O grupo do casarão principal era, às vezes, aumentado por outros visitantes. A vizinhança não era grande, mas a família Musgrove era visitada apor todos, e oferecia mais jantares, recebia mais visitantes, por convite e por acaso, do que qualquer outra família. Era mais completamente popular.

As jovens eram loucas por dançar, e as noites ocasionalmente terminavam em um pequeno baile espontâneo. Alguns primos moravam a uma distância de Uppercross que podia ser percorrida a pé, em circunstâncias menos afluentes, e que dependiam da família Musgrove para todos os seus prazeres: apareciam a qualquer hora, e ajudavam a tocar qualquer instrumento, ou a dançar em qualquer lugar. E Anne, que preferia muito o cargo de música do que um mais ativo, tocava músicas campestres para eles, por horas a fio, gentileza esta que sempre fazia com que seus dotes musicais fossem observados pelo Sr. e pela Sra. Musgrove, muito mais do que qualquer outra coisa, e frequentemente ensejava o seguinte elogio:

– Muito bem, Srta. Anne! Muito bem, mesmo! Deus meu, como esses seus dedinhos voam pelas teclas!

Desta maneira, as primeiras três semanas se passaram. Chegou o fim de setembro, e então o coração de Anne estava em Kellynch, novamente. Um amado lar transferido para terceiros; todos os preciosos cômodos, a mobília, as alamedas e as vistas, acolhendo novos olhos e membros! Ela não conseguia pensar em muitas outras coisas, no dia 29 de setembro, e ouviu a seguinte observação empática de Mary, que, percebendo em que dia estavam, exclamou:

– Deus do céu, não é hoje que os Croft chegam em Kellynch? Fico feliz por não ter pensado nisso antes. Como me deixa triste!

Os Croft tomaram posse da casa com a típica pontualidade naval, e precisavam ser visitados. Mary deplorava tal necessidade; ninguém sabia como ela sofreria; adiaria o máximo possível. Porém, não descansou até convencer Charles a levá-la até lá na carruagem, logo nos primeiros dias, e estava em um estado de agitação imaginária bastante animado e confortável quando retornou. Anne havia ficado sinceramente contente por não ter podido ir. Desejava, contudo, ver os Croft, e ficou feliz por estar em casa quando retribuíram a visita. Quando chegaram, o chefe da família não estava em casa, mas as duas irmãs estavam juntas. Tendo a Sra. Croft ficado a cargo de

Anne, enquanto o Almirante sentara-se ao lado de Mary, e agradava-a dando sua atenção bem-humorada a seus meninos, ela pôde procurar alguma semelhança, senão em suas feições, em sua voz, personalidade ou forma de se expressar.

A Sra. Croft, apesar de não ser nem alta, nem gorda, tinha uma constituição robusta, ereta e vigorosa, que dava importância à sua pessoa. Tinha olhos escuros e brilhantes, dentes bonitos e um rosto agradável, no geral; apesar disso, sua pele avermelhada e castigada pelo tempo, consequência de ter passado quase tanto tempo no mar quanto seu marido, a fazia parecer ter vivido alguns anos a mais do que seus verdadeiros trinta e oito anos. Seus modos eram francos, tranquilos e decididos, como os de uma pessoa que não desconfiava de si mesma e não duvidava do que tinha que fazer, sem qualquer traço de aspereza, contudo, ou qualquer falta de bom humor. Anne formou uma alta opinião sobre ela, por ter demonstrado muita consideração para consigo em tudo o que se relacionava a Kellynch, e isso a agradou, especialmente por ter se assegurado, nos primeiros trinta segundos, no momento em que foram apresentadas, na verdade, de que a Sra. Croft não sabia nem suspeitava de nada que a fizesse ter qualquer tipo de predisposição. Anne estava bem certa quanto a isso, e consequentemente cheia de força e coragem, até que foi pega de surpresa pela seguinte fala da Sra. Croft:

– Descobri que foi você, e não sua irmã, que meu irmão teve o prazer de conhecer quando esteve neste condado.

Anne esperava estar velha demais para ruborizar, mas com certeza não havia passado da idade de ter emoções.

– Talvez não tenha ficado sabendo que ele se casou? – acrescentou a Sra. Croft.

Agora Anne podia dar a resposta que deveria, e ficou feliz em perceber, quando as próximas palavras da Sra. Croft explicaram que ela se referia ao Sr. Wentworth, que não havia dito nada que não pudesse servir para qualquer um dos irmãos. Sentiu imediatamente o quão razoável era a Sra. Croft estar pensando e falando sobre Edward, e não Frederick; e, envergonhada de seu próprio esquecimento, dedicou-se a saber mais sobre o estado atual de seu antigo vizinho com um interesse adequado.

O restou passou-se tranquilamente, até que, logo após terem se levantado, Anne ouviu o Almirante dizer a Mary:

– Estamos esperando a chegada de um irmão da Sra. Croft em breve; ouso dizer que já o conhece de nome.

Foi interrompido pelos animados ataques dos menininhos, que se agarravam a ele como a um velho amigo, implorando que não fosse embora; e, concentrado demais nos pedidos para que ele os levasse dentro de seus bolsos, e etc., não teve tempo de terminar ou de se lembrar do que havia começado a falar. Anne precisou persuadir a si mesma, o melhor que pôde, de que ele ainda se referia àquele mesmo irmão. Não conseguiu, contudo, chegar a um grau de certeza que a não deixasse ansiosa para saber se algo não havia sido dito sobre o assunto na outra casa, que os Croft haviam visitado antes.

O pessoal do casarão principal ia passar aquela noite no chalé, e, sendo tarde demais no ano para que tais visitas fossem feitas a pé, os habitantes deste último começaram a prestar atenção para tentar ouvir os sons da carruagem, quando a Srta. Musgrove mais jovem entrou sozinha. A primeira ideia, desanimadora, foi de que ela estava vindo pedir desculpas, e que eles teriam que passar a noite sozinhos, e Mary estava pronta para se sentir afrontada, quando Louisa a apaziguou, dizendo que só havia vindo a pé para dar espaço para a harpa, que estava sendo trazida na carruagem.

– E vou contar nosso motivo, – acrescentou ela, – e tudo sobre ele. Vim avisar vocês que papai e mamãe estão acabrunhados, esta noite, especialmente mamãe; ela está pensando tanto no pobre Richard! Então, concordamos que seria melhor trazermos a harpa, pois parece diverti-la mais do que o piano. Vou lhes contar por que ela está triste. Quando os Croft nos visitaram esta manhã (eles passaram aqui depois, não foi?), mencionaram que o irmão dela, o Capitão Wentworth, acabou de voltar para a Inglaterra, ou foi dispensado, ou algo assim, e virá visitá-los quase que imediatamente. E, por azar, ocorreu a mamãe, depois que partiram, que Wentworth, ou algo muito parecido, era o nome do capitão do pobre Richard, em algum ponto de sua carreira; não sei quando, nem onde, mas muito tempo antes de ele morrer, pobrezinho! Então, ao reler as cartas e vasculhar as coisas dele, ela descobriu que era, mesmo, e está perfeitamente convencida de que este deve ser o próprio, e não consegue parar de pensar nisso e no pobre Richard! Por isso, precisamos do máximo de animação que pudermos, para que ela não fique remoendo estas coisas tão deprimentes.

As verdadeiras circunstâncias desta parte patética da história da família eram que os Musgrove haviam tido o infortúnio de ter um filho muito problemático e incorrigível, e a sorte de perdê-lo antes que fizesse vinte anos. Ele havia sido mandado para o alto mar por ser burro e incontrolável em terra; ninguém da família ligara muito para ele antes disso, apesar de se importarem tanto quanto ele merecia. Pouco se ouvira falar dele, e quase ninguém sentira sua falta, até que a notícia de sua morte no exterior chegara a Uppercross, dois anos antes.

Ele havia sido, apesar de suas irmãs agora estarem fazendo o que podiam por ele, chamando-o de "pobre Richard", nada mais do que Dick Musgrove, obstinado, insensível e inútil, que nunca havia feito nada para merecer mais do que a abreviação de seu nome, vivo ou morto.

Passara muitos anos em alto mar e estivera, durante as transferências às quais todos os marinheiros em treinamento estão sujeitos, especialmente aqueles dos quais todos os capitães querem se livrar, a bordo da fragata do Capitão Frederick Wentworth, a Laconia, por seis meses. Enquanto estivera na Laconia, ele havia, sob a influência de seu capitão, escrito as únicas duas cartas que seus pais haviam recebido dele, durante toda a sua ausência; quer dizer, as duas únicas cartas desinteressadas, pois todas as outras eram meros pedidos de dinheiro.

Em cada carta, ele havia falado bem de seu capitão, mas ainda assim, sua família tinha tão pouco o hábito de prestar atenção nessas questões, era tão desatenta e indiferente sobre os nomes dos homens ou dos navios, que mal havia causado qualquer impressão, naquela época. O fato de a Sra. Musgrove ter repentinamente se lembrado, naquele mesmo dia, de que o nome Wentworth tinha relação com seu filho, parecia um daqueles lampejos da mente que às vezes ocorrem.

Ela havia consultado suas cartas, e descoberto que tudo era como havia suposto; e reler essas cartas, após um intervalo tão longo, com seu pobre filho perdido para sempre, e toda a força de seus defeitos esquecida, havia afetado muito seu humor, lançando-a a um luto por ele maior do que quando primeiro ficara sabendo de sua morte. O Sr. Musgrove também havia sido afetado, em menor grau, e quando chegara ao chalé, evidentemente precisaram, primeiro, falar novamente sobre o assunto e, depois, de todo o alívio que uma companhia alegre poderia lhes dar.

Ouvi-los falar tanto sobre o Capitão Wentworth, repetindo seu nome com tanta frequência, conjecturando sobre os anos que se passaram e finalmente decidindo que poderia, que provavelmente seria, o mesmo Capitão Wentworth que se lembravam de ter conhecido, uma ou duas vezes, após terem voltado de Clifton – um jovem muito elegante -, mas sem saber se havia sido há sete ou oito anos, era uma nova provação para os nervos de Anne. Ela descobriu, contudo, que era algo com que precisaria se acostumar. Já que ele estava sendo efetivamente aguardado no condado, ela precisaria aprender a ser insensível em relação a estes pontos. E não somente parecia que ele era aguardado em breve, como também os Musgrove, por sua gratidão pela gentileza com que o capitão tratara seu pobre Dick e pelo respeito que sentiam por seu caráter, marcado que havia sido pelos seis meses que o pobre Dick passara sob seus cuidados e por suas menções a ele em elogios categóricos, ainda que não corretamente escritos, como sendo um "camarada elegante e bom, só um 'poco' 'esigente' demais com o professor", haviam se decidido a contatá-lo, assim que ficassem sabendo de sua chegada.

A decisão de fazê-lo ajudou a confortá-los durante a noite.

Capítulo 7

Poucos dias depois, ficou-se sabendo que o Capitão Wentworth estava em Kellynch, e o Sr. Musgrove o havia visitado e voltado cheio de elogios, tendo combinado com os Croft que jantariam em Uppercross até o fim da semana. O Sr. Musgrove ficara bastante decepcionado por não poderem marcar um dia mais cedo, de tão impaciente que estava para demonstrar sua gratidão recebendo o Capitão Wentworth sob seu teto, e fazendo com que se servisse de tudo o que havia de melhor e mais forte em sua adega. Mas uma semana precisaria se passar; somente uma semana, na opinião de Anne, e então, supunha ela, eles teriam que se encontra. Logo começou a desejar poder se sentir segura, pelo menos por uma semana.

O Capitão Wentworth retribuiu a cortês visita do Sr. Musgrove prontamente, e Anne estivera quase a caminho de lá, durante aquela meia hora. Na verdade, ela e Mary estavam saindo de casa, rumo ao casarão principal, onde, como ficou sabendo depois, inevitavelmente teriam se encontrado com ele, quando foram interrompidas pelos criados trazendo o menino mais velho para casa, devido a uma queda feia. A situação da criança tornou a visita inteiramente impossível, mas ela não pôde ouvir com indiferença sobre do que havia se safado, mesmo no meio da séria ansiedade que sentia pelo sobrinho.

Descobriu-se que havia deslocado a clavícula e levado tamanha pancada nas costas que deu origem às ideias mais alarmantes. Foi uma tarde de agonia, e Anne teve que fazer tudo ao mesmo tempo: mandar chamar o apotecário, procurar e avisar o pai da criança, apoiar a mãe e impedi-la de ficar histérica, controlar os criados, manter o menino mais novo afastado, e cuidar e acalmar o pobrezinho que sofria. Além disso, teve que enviar, assim que se lembrou, um aviso à outra casa, o que lhe trouxe um aumento de companheiros assustados e cheios de perguntas, ao invés de assistentes úteis.

O retorno de seu cunhado foi seu primeiro conforto; ele poderia cuidar melhor da esposa. A segunda bênção foi a chegada do apotecário. Até que ele chegasse e examinasse a criança, as apreensões de todos estavam piores por ser vagas; suspeitavam de uma grande lesão, mas não sabiam onde. Mas então a clavícula foi colocada no lugar e, apesar de o Dr. Robinson apalpar e apalpar novamente, assumir uma expressão séria, e falar baixo com o pai e a tia, todos puderam ter esperanças, partir e jantar com um mínimo de tranquilidade. E assim foi que, logo antes de partirem, as duas jovens tias puderam fazer tal digressão do estado de saúde do sobrinho, a ponto de dar informações sobre a visita do Capitão Wentworth, ficando cinco minutos a mais depois da saída de seus pais, para tentar expressar a extensão de seu deleite com ele: como era mais bonito e infinitas vezes mais agradável do que quaisquer outros homens que conheciam, até mesmo os que haviam sido seus preferidos. Como haviam ficado felizes em ouvir seu pai convidá-lo para ficar para o jantar, e como lamentaram quando ele disse que não poderia, e como haviam ficado felizes novamente, quando ele prometera, em resposta à insistência de seus pais, vir jantar com eles no dia seguinte – logo no dia seguinte, mesmo, e havia feito a promessa de um modo tão agradável, como se considerasse o motivo de suas atenções exatamente do modo como devia. Em resumo, sua aparência e tudo o que ele havia dito haviam sido tão maravilhosamente elegantes que elas podiam assegurar a todos que ele tinha virado as cabeças de ambas. Então correram para fora, tão cheias de animação, quanto de amor, aparentemente mais concentradas no Capitão Wentworth do que no pequeno Charles.

A mesma história e o mesmo arrebatamento foram repetidos quando as duas meninas apareceram com o pai, atravessando a noite escura, para perguntar como andavam as coisas; e o Sr. Musgrove, livre do primeiro arroubo de preocupação com seu herdeiro, pôde acrescentar sua confirmação e seus elogios, dizendo que esperava que agora não haveria mais motivo para adiar o jantar com o Capitão Wentworth, e lamentando que os habitantes do chalé provavelmente não gostariam de deixar o menininho sozinho para ir encontrá-lo. Oh, não; quanto a deixar o menininho, seu pai e sua mãe ainda estavam alarmados demais para cogitar tal coisa, e Anne, regozijando-se com a saída, não pôde deixar de fazer coro às declarações dos dois.

Charles Musgrove, depois, mostrou-se um pouco mais inclinado: a criança estava indo tão bem, e ele desejava muito ser apresentado ao Capitão Wentworth, de modo que talvez ele pudesse se juntar a eles à noite; não jantaria longe de casa, mas poderia dar uma passada de meia hora. Mas a isso, sua esposa se opôs veementemente:

– Oh, não, Charles, não aguentarei se sair. Imagine se algo acontecer?

A criança passara bem a noite, e estava indo bem no dia seguinte. Era uma questão de tempo, averiguar se algum dano havia sido feito à sua coluna, mas o Dr. Robinson não descobriu nada que aumentasse suas preocupações, e Charles Musgrove começou, consequentemente, a não sentir qualquer necessidade de passar mais tempo confinado. A criança permaneceria na cama e seria distraída da forma mais quieta possível, mas o que havia que um pai pudesse fazer? Era um caso bastante feminino, e seria bastante absurdo da parte dele, que não era de utilidade alguma em casa, se manter preso. Seu pai queria muito que ele conhecesse o Capitão Wentworth e, já que não havia motivos o suficiente contra isso, ele devia ir. O assunto terminou com uma declaração ousada e pública por parte dele, quando voltou de uma caçada, de sua intenção de ir se trocar imediatamente, e jantar na outra casa.

– A criança não poderia estar melhorando mais, – disse ele, – então acabei de dizer para meu pai que vou, e ele achou que estou coberto de razão. Já que sua irmã está com você, meu amor, não tenho escrúpulos. Você mesma não gostaria de deixá-lo, mas percebe que não tenho utilidade. Anne mandará e chamar, se algum problema acontecer.

Maridos e esposas costumam entender quando seria inútil se opor. Mary sabia, pelo jeito coo Charles falava, que ele estava determinado a ir, e que insistir seria em vão. Não disse nada, portanto, até ele sair do quarto, mas assim que só Anne podia ouvir:

– Então eu e você seremos abandonadas para nos virar sozinhas, com esta pobre criança doente; e ninguém chegará perto de nós a noite toda! Sabia que seria assim. Esta é sempre a minha sina. Se algo desagradável estiver acontecendo, os homens sempre se safam, e Charles é tão ruim quanto qualquer outro. Muito insensível! Devo dizer que é muito insensível da parte dele, fugir do seu pobre filhinho. Fala que ele está melhorando muito! Como ele sabe que o filho está melhorando muito, ou que não vá haver uma mudança repentina daqui a meia hora? Nunca pensei que Charles fosse ser tão insensível. Então, ele vai sair e se divertir, e por eu ser a pobre mãe, não tenho permissão para mover um músculo; ainda assim, tenho certeza que sou a que tem menos condições de estar ao lado da criança. O fato de eu ser a mãe dele é exatamente o motivo pelo qual meus sentimentos não devem ser testados. Não tenho capacidade. Viu como fiquei histérica, ontem.

– Mas isso foi só o efeito de sua preocupação repentina, do choque que levou. Não ficará histérica novamente. Ouso dizer que não teremos nada com que nos preocupar. Compreendi perfeitamente as instruções do Dr. Robinson, e não tenho medo; na verdade, Mary, não me surpreendo com seu marido. Cuidar de doentes não é tarefa de um homem; não é sua área. Uma criança doente é sempre a propriedade da mãe: os próprios sentimentos dela costumam fazer com que seja assim.

– Creio ser tão apegada a meu filho quanto qualquer outra mãe, mas não sei se sou de mais utilidade ao seu lado do que Charles, pois não posso ficar sempre dando bronca na pobre criança enquanto ele está doente; e você viu, esta manhã, que se eu o mandasse ficar quieto, ele começava a se debater. Não tenho nervos para este tipo de coisa.

– Mas você conseguiria ficar confortável, passando a noite toda longe do pobrezinho?

– Sim; você viu que o pai dele consegue, então por que não eu? Jemima é tão cuidadosa, e ela poderia nos mandar notícias sobre ele de hora em hora. Penso mesmo que Charles poderia ter dito ao pai que todos nós iríamos. Não estou mais preocupada do que ele com o pequeno Charles, agora. Fiquei terrivelmente preocupada, ontem, mas o caso está bem diferente, hoje.

– Bom, se não acha que está tarde demais para avisar que irá, suponho que pode ir junto com seu marido. Deixe o pequeno Charles sob os meus cuidados. O Sr. e a Sra. Musgrove não podem achar errado, enquanto eu estiver com ele.

– Está falando sério? – exclamou Mary, com os olhos brilhando. – Céus! Bem pensado, muito bem pensado. Certamente que ir ou ficar não fará diferença, pois não tenho utilidade aqui em casa, tenho? E só me irrita. Você, que não tem os sentimentos de uma mãe, é de longe a pessoa mais adequada. Consegue que o pequeno Charles faça tudo, ele sempre te obedece. Será muito melhor do que deixá-lo só com Jemima. Oh! Certamente que vou; estou certa de que deveria, se puder, tanto quanto Charles, pois eles querem muito que eu conheça o Capitão Wentworth, e sei que você não se importa de ser deixada sozinha. Uma excelente ideia, a sua, Anne. Vou contar a Charles, e me arrumar imediatamente. Pode nos mandar chamar, sabe, a qualquer momento, se houver qualquer problema, mas ouso dizer que não acontecerá nada para te preocupar. Eu não iria, pode ter certeza, se não estivesse me sentindo segura em relação ao meu querido filho.

No momento seguinte, já estava batendo na porta do quarto de vestir do marido, e como Anne a seguira escada acima, conseguiu ouvir a conversa inteira, que começou com Mary dizendo, em um tom de grande exultação:

– Quero ir com você, Charles, pois não sou de mais utilidade em casa do que você. Nem que eu ficasse presa aqui para sempre com a criança, conseguiria persuadi-lo a fazer nada que ele não quisesse. Anne ficará; Anne se comprometeu a ficar em casa e cuidar dele. Foi ela mesma quem sugeriu, e então irei com você, o que será muito melhor, pois não janto na casa de seus pais desde terça-feira.

– É muita gentileza de Anne, – respondeu o marido, – e eu ficaria muito feliz se você fosse, mas parece um pouco injusto que ela fique em casa sozinha, cuidando de nosso filho doente.

Neste momento, Anne já estava presente para defender seus próprios argumentos, e tendo a sinceridade de seus modos sido o suficiente para convencê-lo de algo que já lhe era muito agradável, ele não teve maiores escrúpulos em deixá-la jantar sozinha, apesar de ainda querer que ela se juntasse a eles mais tarde, quando a criança estivesse dormindo, e insistiu gentilmente para que ela o deixasse vir buscá-la na carruagem, mas Anne não pôde ser persuadida. Neste caso, ela logo teve o prazer de vê-los partir juntos, de muito bom humor. Haviam ido, esperava ela, para se divertir, por mais estranha que tal diversão lhe parecesse. Quanto a ela mesma, ficou com a única sensação de conforto que provavelmente teria na vida. Sabia ser imprescindível para a criança, e que diferença lhe fazia se Frederick Wentworth estava a menos de um quilômetro de distância, conquistando outras pessoas?

Gostaria de saber o que ele sentiria em relação a um encontro. Talvez indiferença, se é que tal coisa poderia existir naquelas circunstâncias. Deveria se sentir indiferente ou indisposto. Se quisesse vê-la novamente, não precisaria ter esperado todo este tempo; teria feito o que ela não podia, mas acreditava que teria feito, se estivesse no lugar dele, há muito tempo, quando as circunstâncias o propiciaram a independência, que era a única coisa que estivera faltando.

Seu cunhado e sua irmã voltaram deleitados com o novo conhecido e com a visita no geral. Houvera música, cantoria, conversa, risada, tudo de mais agradável; os modos do Capitão Wentworth eram encantadores, sem timidez ou reserva, e todos pareciam se entender perfeitamente. Ele viria na manhã seguinte para caçar com Charles. Viria para tomar café da manhã, mas não no chalé, apesar de ter sido esta a primeira proposta; porém, insistiram para que fosse ao casarão principal, ao invés disso, e ele parecia temer atrapalhar a Sra. Charles Musgrove, por causa da criança, e portanto, de alguma forma, eles mal sabiam como, terminou que Charles iria se encontrar com ele para tomar café na casa do pai.

Anne compreendera. Ele desejava evitar vê-la. Havia perguntado sobre ela, descobrira, de forma superficial, apropriada para uma conhecida antiga, parecendo reconhecer o que ela havia reconhecido, impulsionado, talvez, pelo mesmo objetivo de escapar de uma apresentação, quando se encontrassem.

As manhãs no chalé sempre começavam mais tarde do que na outra casa, e, no dia seguinte, a diferença fora tão grande que Mary e Anne mal havia acabado de começar a tomar o café, quando Charles entrou para dizer que estavam partindo, que ele havia vindo buscar seus cães, e que suas irmãs já estavam a caminho, com o Capitão Wentworth. As irmãs pretendiam visitar Mary e o filho, e o Capitão Wentworth também propusera vê-la por alguns minutos, se não fosse inconveniente; e, apesar de Charles ter assegurado de que a situação da criança não causaria nenhum inconveniente, o Capitão Wentworth não ficara satisfeito até que ele fosse correndo na frente para avisá-la.

Mary, muito gratificada com tamanha consideração, ficou deleitada em recebê-lo, enquanto que Anne foi tomada por milhões de sensações, dentre as quais a ideia de que logo tudo terminaria era a mais consoladora. E realmente, logo tudo estava terminado. Dois minutos após o aviso de Charles, os outros apareceram; estavam na sala de estar. O olhar de Anne meio que cruzou com o do Capitão Wentworth, uma reverência e uma cortesia foram feitas; ela ouviu sua voz: falava com Mary, dizia tudo o de mais correto, dizia algo para as Srtas. Musgrove, o suficiente para demonstrar sua tranquilidade. A sala parecia cheia, cheia de pessoas e vozes, mas dentro de alguns minutos, estava acabado. Charles apareceu na janela, tudo estava preparado, o visitante fez uma reverência e se foi, assim como as Srtas. Musgrove, que repentinamente decidiram caminhar até o fim do vilarejo, junto com os esportistas. A sala esvaziou-se, e Anne podia, então, terminar o café da manhã, se conseguisse.

– Acabou! Acabou – repetia para si mesma, de novo e de novo, em gratidão nervosa. – O pior já passou.

Mary falava, mas ela não conseguia prestar atenção. O havia visto. Haviam se encontrado. Haviam estado mais uma vez no mesmo cômodo.

Contudo, ela logo começou a argumentar consigo mesma, e tentar sentir menos. Oito anos, quase oito anos haviam se passado, desde que havia desistido de tudo. Que absurdo era retomar a agitação que tamanho intervalo havia banido para a distância e indefinição! O que oito anos não fariam? Eventos de todo o tipo, mudanças, afastamentos, transformações... tudo, tudo isso era englobado pelo tempo, e o esquecimento do passado também era natural e certeiro! Incluía quase um terço de sua própria vida.

Ainda assim, com todos os seus argumentos racionais, descobriu que, para sentimentos persistentes, oito anos podia ser pouco mais do que nada.

Agora, como podiam os sentimentos dele ser interpretados? Desejaria ele evitá-la? Em um segundo, ela começava a se recriminar pela tolice que a levara a tal conjectura.

Em relação a uma outra pergunta, que talvez mesmo toda a sua sabedoria não conseguiria tê-la impedido de fazer, ela foi poupada do suspense, pois após as Srtas. Musgrove retornarem e terminarem sua visita ao chalé, Anne recebeu a seguinte informação de Mary:

– O Capitão Wentworth não foi muito galante com você, Anne, apesar de ter sido muito atencioso comigo. Henrietta perguntou a ele o que achava de você, quando saírem, e ele disse que você "estava tão mudada, que não a teria reconhecido".

Os sentimentos de Mary não a faziam respeitar os de sua irmã de um modo comum, mas nem suspeitava estar magoando-a de forma peculiar.

"Mudada para além do reconhecimento". Anne aceitou, em silêncio, tal profunda humilhação. Não tinha dúvidas de que era verdade, e não podia nem se vingar, pois ele não havia mudado nada, pelo menos, não para pior. Já havia reconhecido isso intimamente, e não podia pensar diferente; que ele pensasse dela o que quisesse.

Não, os anos que haviam destruído a juventude e o frescor dela, só haviam dado a ele uma aparência mais viçosa, masculina e franca, não diminuindo suas vantagens de forma alguma. Ela havia visto o mesmo Frederick Wentworth.

"Tão mudada que não a teria reconhecido"! Não podia deixar de remoer tais palavras. Ainda assim, logo ficou feliz por tê-las ouvido. Tiveram um efeito temperante: apaziguaram sua agitação, a fizeram se recompor e, consequentemente, deveriam fazê-la ficar mais feliz.

Frederick Wentworth havia usado essas palavras, ou algo semelhante, mas sem pensar que seriam transmitidas a ela. A havia considerado terrivelmente mudada e, da primeira vez que lhe perguntaram, falara o que pensava. Não perdoara Anne Elliot. Ela o havia tratado mal, desertado e decepcionado; e, pior ainda, mostrara uma fraqueza de caráter ao fazê-lo, que o seu próprio temperamento decidido e confiante não podia tolerar. Ela havia aberto mão dele para agradar outros. Havia sido o efeito de uma suscetibilidade excessiva à persuasão. Havia sido fraqueza e timidez.

O afeto dele por ela fora enorme e, desde então, não conhecera uma mulher que considerasse igual a ela; porém, exceto uma curiosidade natural, não desejava vê-la novamente. O poder dela sobre ele se fora para sempre.

Agora tinha a intenção de se casar. Estava rico e, tendo sido dispensado da última missão, pretendia se estabelecer, assim que encontrasse alguém que lhe interessasse, olhando ao seu redor, pronto para se apaixonar com toda a velocidade que uma mente límpida e um gosto rápido permitissem. Estava disposto a considerar qualquer uma das Srtas. Musgrove, se fossem capazes de conquistá-lo; estava disposto, em resumo, a considerar qualquer jovem agradável que aparecesse em seu caminho, exceto Anne Elliot. Esta era sua única e secreta exceção, quando disse para a irmã, em resposta às suposições que ela vinha fazendo:

– Sim, aqui estou, Sophia, pronto para entrar em um noivado desaconselhável. Qualquer uma, entre quinze e trinta anos de idade, pode me levar, é só pedir. Um pouco de beleza, alguns sorrisos, uns elogios à Marinha, e estou perdido. Isso não seria o suficiente para um marinheiro, que nunca conviveu com mulheres para aprender a ser mais gentil?

Sabia que o havia dito para ser contradito. Seu olhar brilhante e orgulhoso demonstrava sua convicção de que era gentil; e Anne Elliot não estava fora de sua mente, quando ele descreveu, com mais seriedade, a mulher que desejava conhecer: "Uma mente forte, com modos doces", foi a curta descrição.

– É esta a mulher que quero – disse ele. – Claro que tolerarei algo um pouco inferior, mas não muito. Se for um tolo, serei um tolo de verdade, pois pensei mais sobre o assunto do que a maioria dos outros homens.

Capítulo 8

Daquele momento em diante, o Capitão Wentworth e Anne Elliot encontraram-se repetidas vezes no mesmo círculo. Logo estavam jantando juntos na casa do Sr. Musgrove, pois o estado de saúde do menininho não propiciava mais à tia uma desculpa para se ausentar, e este foi o início de outros jantares e encontros.

A possibilidade de sentimentos antigos serem renovados seria, agora, posta à prova; o passado certamente seria trazido à tona para ambos, seria impossível não relembrarem. O capitão não conseguia mencionar o ano do noivado entre eles, nas pequenas narrativas ou descrições que as conversas ensejavam. Sua profissão o qualificava, e sua disposição o levava, a falar; e "Isso foi no ano seis"; "Isso aconteceu antes de sair para o mar, no ano seis", ocorreram durante a primeira noite que passaram juntos e, apesar de sua voz não falhar, e de ela não ter motivos para supor que o olhar dele se voltara para ela enquanto falava, Anne percebeu a absoluta impossibilidade, com base no que conhecia sobre a personalidade dele, de ele não ser acometido de lembranças, tanto quanto ela. Tinha que haver a mesma associação de pensamentos, apesar de ela não imaginar que causava a mesma dor em ambos.

Não conversaram nem interagiram um com o outro, além do que o básico dos bons modos exigia. Outrora significaram tanto, um para o outro, e agora nada! Antigamente, dentre todas as pessoas que enchiam a sala de estar de Uppercross, eles teriam tido dificuldade em deixar de falar um com o outro. Exceto, talvez, pelo Almirante e a Sra. Croft, que pareciam particularmente apaixonados e felizes (Anne não admitia outras exceções, nem mesmo dentre os casados), não havia dois corações tão abertos, gostos tão semelhantes, sentimentos tão concordantes ou rostos tão amados. Agora, eram como estranhos; não, pior do que estranhos, pois nunca poderiam se aproximar. Era um distanciamento perpétuo.

Quando ele falava, ela ouvia a mesma voz, e entrevia a mesma mente. Uma ignorância geral sobre assuntos navais permeava o grupo, e ele foi bastante questionado, especialmente pelas duas Srtas. Musgrove, que pareciam não ter olhos para ninguém, a não ser para ele, quanto ao estilo de vida a bordo de navios, as regras diárias, a comida, os horários, etc., e a surpresa de ambas perante os relatos dele, ao descobrir o tipo de acomodação e arranjos que eram praticáveis, o tornaram alvo de chacotas bem-humoradas, que lembraram Anne da época em que ela também era ignorante, e também havia sido acusada de supor que os marinheiros viviam a bordo dos navios sem ter o que comer, ou sem cozinheiros para preparar a comida, criados para lhes servirem ou talheres para usarem.

Deste modo ouvindo e pensando, foi interrompida por um sussurro da Sra. Musgrove, que, abalada por lembranças melancólicas, não pôde deixar de dizer:

– Ah, Srta. Anne, se tivesse sido a vontade de Deus poupar meu pobre filho, ouso dizer que ele seria exatamente assim, hoje em dia.

Anne reprimiu um sorriso e ouviu com gentileza, enquanto a Sra. Musgrove aliviava seu coração um pouquinho mais; e, por alguns minutos, não pôde se concentrar na conversa dos outros.

Quando pôde deixar sua atenção tomar seu curso natural novamente, viu que as Srtas. Musgrove haviam ido buscar a Lista Naval (a que pertencia à família, a primeira que entrara em Uppercross) e se sentado juntas para lê-la, alegando tentar encontrar os navios comandados pelo Capitão Wentworth.

– Seu primeiro foi o Áspide, me lembro; procuraremos o Áspide.

– Não o encontrará aí. Estava gasto e quebrado. Fui o último homem a comandá-lo. Já naquela época, mal estava em condições de navegar. Foi considerado apto para serviço em águas costeiras por alguns anos, e então fui mandado para as Índias Ocidentais.

As garotas pareciam deslumbradas.

– O Almirantado – continuou ele – se entretém de vez em quando, mandando algumas centenas de homens para o alto mar, em um navio que não é digno de ser usado. Mas têm muitos homens para cuidar, e entre os milhares que não farão falta se forem para o fundo do oceano, lhes é impossível discernir exatamente quais seriam aqueles cuja falta será menos sentida.

– Ora, vamos! – exclamou o Almirante. – Que coisas dizem esses jovens! Não havia embarcação melhor do que o Áspide, em seu apogeu. Para uma embarcação construída em estilo antigo, não havia igual. Sortudos os que ficaram encarregados dela! Ele sabe que deve ter havido vinte homens melhores do que ele, candidatando-se para comandá-la ao mesmo tempo. Teve sorte em receber um navio tão cedo, com base só em seus talentos.

– Estava ciente da minha sorte, Almirante, asseguro-lhe – respondeu o Capitão Wentworth, seriamente. – Fiquei tão satisfeito com minha nomeação quanto seria de se desejar. Era meu grande desejo, na época, sair para o mar; um enorme desejo, queria estar fazendo algo.

– Certamente que queria. O que o jovem como você faria em terra por seis meses? Se o homem não tem esposa, logo quer estar de volta n'água.

– Mas Capitão Wentworth, – exclamou Louisa, – como deve ter ficado aborrecido ao chegar ao Áspide, e descobrir que velharia lhe haviam dado.

– Sabia muito bem como ele era, antes daquele dia – disse ele, sorrindo. – Não fiz nenhuma descoberta a mais do que você mesma teria feito em relação à elegância e à qualidade de uma peliça velha, que houvesse passado de mão em mão entre metade de suas amigas há tempos, e que finalmente, em um dia chuvoso, lhe fosse emprestada. Ah, o velho Áspide me era muito querido. Fazia tudo o que eu queria. Eu sabia que o faria. Sabia que ou iríamos para o fundo do mar juntos, ou ele faria minha fortuna; e nunca tive dois dias seguidos de tempo ruim, em toda a época que passei com ele no mar. E, depois de enfrentar corsários o suficiente para me entreter, tive a boa sorte, na volta para casa no outono seguinte, de me deparar justo com a fragata francesa que eu queria. A trouxe para Plymouth, e então tive outro golpe de sorte. Não fazia seis horas que estávamos no canal, quando chegou uma ventania que durou quatro dias e quatro noites, e que teria afundado o pobre Áspide em metade do tempo, pois termos chegado à Inglaterra não havia melhorado muito nossa condição. Vinte e quatro horas mais tarde, eu seria só um galante Capitão Wentworth, em um pequeno parágrafo no canto dos jornais e, tendo morrido em um mísero navio velho, ninguém teria pensado muito em mim. – Anne conteve seus arrepios, mas as Srtas. Musgrove podiam ser tão francas quanto eram sinceras em suas exclamações de pena e horror.

– Então, suponho, – sussurrou a Sra. Musgrove, como se estivesse pensando em voz alta, – foi quando foi para o Laconia, onde conheceu nosso pobre garoto. Charles, meu querido, – disse ela, acenando para que se aproximasse, – pergunte ao Capitão Wentworth onde conheceu seu irmão pela primeira vez. Sempre esqueço.

– Foi em Gibraltar, mãe, eu me lembro. Dick havia sido deixado para trás, doente, em Gibraltar, com uma recomendação de seu antigo capitão para o Capitão Wentworth.

– Oh, mas Charles, diga para o Capitão Wentworth que não precisa ter medo de mencionar o pobre Dick na minha frente, pois seria um prazer ouvir um amigo tão bom falar dele.

Charles, um pouco mais ciente das probabilidades do caso, só assentiu em resposta e afastou-se.

As garotas agora tentavam trazer o assunto para o Laconia, e o Capitão Wentworth não pôde negar-se o prazer de tomar o precioso livro em suas mãos, para economizar o trabalho, e mais uma vez leu em voz alta as informações sobre o nome e a classificação do navio, e sua condição de inativo, observando que ele, também, havia sido um dos melhores amigos que um homem poderia ter.

– Ah, que época agradável, quando comandei o Laconia! Com que rapidez ganhei dinheiro com ele. Um amigo e eu fizemos uma viagem tão deleitável juntos, para as Ilhas Ocidentais. O pobre Harville, irmã! Lembra-se de como ele precisava de dinheiro, ainda mais do que eu. Tinha esposa. Um camarada excelente. Nunca esquecerei sua felicidade. Ficou contentíssimo, pelo bem dela. Desejei que estivesse comigo de novo, no verão seguinte, quando tive a mesma sorte no Mediterrâneo.

– E tenho certeza, senhor, – disse a Sra. Musgrove, – que foi um dia de sorte para nós, quando se tornou capitão daquele navio. Jamais esqueceremos o que fez.

Os sentimentos dela a fizeram falar baixo, e o Capitão Wentworth tendo ouvido só uma parte, provavelmente sem nem pensar sobre Dick Musgrove, olhou em direção a ela em expectativa, como se esperasse que ela falasse mais.

– Meu irmão, – sussurrou uma das meninas, – mamãe está pensando no pobre Richard.

– Pobre garoto! – continuou a Sra. Musgrove. – Estava ficando tão estável, e um correspondente tão excelente, sob seus cuidados! Ah, teria sido tão bom se ele nunca o houvesse deixado. Asseguro-lhe, Capitão Wentworth, lamentamos muito ele tê-lo deixado.

Uma expressão momentânea passou pelo rosto do Capitão Wentworth ao ouvir tal fala, assim como um brilho em seus olhos e uma flexão de seus lábios, que convenceram Anne de que, ao invés de compartilhar dos desejos da Sra. Musgrove em relação ao filho dela, ele provavelmente tinha se esforçado para se livrar do garoto, mas foi uma indulgência de divertimento íntimo transiente demais para ser detectada por qualquer pessoa que o conhecesse menos do que ela. No momento seguinte, já estava perfeitamente composto e sério e, caminhando até o sofá quase que imediatamente, sentou-se ao lado da senhora e começou a conversar com ela, em voz baixa, sobre seu filho, fazendo-o com tanta simpatia e graça, que demonstrava a mais gentil consideração por tudo o que havia de mais verdadeiro e razoável nos sentimentos de uma mãe.

Ambos estavam no mesmo sofá, pois a Sra. Musgrove havia prontamente aberto espaço para ele; entre ele e Anne, havia somente a Sra. Musgrove. Não era uma barreira insignificante, de modo algum. A Sra. Musgrove tinha um tamanho confortável e substancial, infinitamente mais adepta, pela natureza, para expressar alegria e bom humor, do que ternura e sentimento; e apesar de se poder considerar que a inquietação da constituição magra de Anne, assim como seu rosto pensativo, estavam completamente escondidos, deve-se dar algum crédito ao Capitão Wentworth pelo autocontrole com que prestou atenção nas grandes e gordas lamúrias da Sra. Musgrove pelo destino de um filho com quem, quando estava vivo, ninguém se importava.

O tamanho e a tristeza de uma pessoa certamente não são necessariamente proporcionais. Uma constituição grande e volumosa tem tanto direito de estar profundamente amargurada quanto o mais gracioso conjunto de membros do mundo. Mas, sendo isso justo ou não, há certas conjunções impróprias, que a razão defenderá em vão, que o gosto não pode tolerar, e que serão tomadas pelo ridículo.

O Almirante, após dar duas ou três voltas pela sala, com as mãos atrás das costas, foi chamado pela esposa e andou até o Capitão Wentworth. Então, sem qualquer observação quanto ao que poderia estar interrompendo, concentrando-se somente em seus próprios pensamentos, disse:

– Se tivesse aportado em Lisboa uma semana mais tarde, na primavera passada, Frederick, teriam pedido que levasse consigo Lady Mary Grierson e suas filhas.

– É mesmo? Fico feliz por não ter aportado uma semana depois, então.

O Almirante o admoestou por sua falta de galanteio. O capitão se defendeu, apesar de professar que nunca permitiria, voluntariamente, que damas subissem a bordo de nenhum de seus navios, exceto para um baile ou uma visita, que durasse somente algumas horas.

– Mas, se é que me conheço bem, – disse ele, – isso não é devido a qualquer falta de galanteio em relação a elas. É, na verdade, por considerar impossível, por mais que alguém se esforce ou sacrifique, providenciar as acomodações a bordo que estas mulheres deveriam ter. Não pode ser falta de galanteio, Almirante, ter em alta conta o direito das mulheres a confortos pessoais, e é isso o que faço. Odeio ouvir falar sobre mulheres a bordo, ou vê-las a bordo, e nenhum navio sob meu comando transportará uma família de mulheres a lugar algum, se puder evitar.

Isso fez com que sua irmã o atacasse.

– Oh, Frederick! Não acredito no que diz. Tudo refinamento ocioso! As mulheres conseguem ficar tão confortáveis a bordo de um navio, quanto na melhor casa da Inglaterra. Acredito que já passei tanto tempo a bordo quanto a maioria das mulheres, e nunca vi nada superior às acomodações de uma embarcação de guerra. Afirmo que não tenho nenhum conforto ou indulgência, nem mesmo em Kellynch Hall, – (com uma educada reverência para Anne), – além do que sempre tive na maioria dos navios nos quais morei; e já forem cinco, no total.

– Isso é outra coisa – respondeu seu irmão. – Você estava morando com seu marido, e era a única mulher a bordo.

– Mas você mesmo trouxe a Sra. Harville, a irmã, a prima e os três filhos dela, de Portsmouth a Plymouth. Onde estava este seu galanteio extremamente fino e extraordinário, naquela ocasião?

– Todo misturado com minha amizade, Sophia. Eu ajudaria a esposa de qualquer irmão da Marinha que conseguisse, e traria qualquer coisa do Harville, até do fim do mundo, que ele me pedisse. Mas não imagine que não considerei a situação em si algo ruim.

– Pode apostar que ficaram todas perfeitamente confortáveis.

– Talvez isso não faça com que tenha uma opinião melhor sobre elas. Tamanha quantidade de mulheres e crianças não tem direito de ficar confortável a bordo.

– Meu caro Frederick, você está falando por falar. Diga-me, o que seria de nós, pobres esposas de marinheiros, que frequentemente queremos ser levadas para algum porto ou outro, para nos encontrarmos com nossos maridos, se todos pensassem como você?

– O modo como penso, como pode ver, não me impediu de levar a Sra. Harville e toda a sua família até Plymouth.

– Mas odeio ouvi-lo falar como um cavalheiro refinado, e como se nós, mulheres, fôssemos todas damas elegantes, ao invés de criaturas racionais. Nenhuma de nós espera ficar em águas calmas a vida toda.

– Ah, minha cara! – disse o Almirante. – Quando ele arranjar uma esposa, sua opinião será outra. Quando se casar, se tivermos a boa sorte de passarmos por outra guerra, o veremos fazer exatamente como eu e você, e muitos outros, fizeram. O veremos ficar muito agradecido a qualquer pessoa que lhe trouxer sua esposa.

– Veremos, mesmo.

– Agora, sim – exclamou o Capitão Wentworth. – Quando os casados começam a me atacar com "Oh, você pensará completamente diferente, quando estiver casado", só posso dizer: "Não, não pensarei", e então eles dizem novamente: "Pensará, sim", e termina por aí.

Levantou-se e caminhou para longe.

– Que grande viajante deve ter sido, senhora! – disse a Sra. Musgrove para a Sra. Croft.

– Bastante, senhora, nos meus quinze anos de casada; porém, muitas outras viajaram mais. Cruzei o Atlântico quatro vezes, e fui para as Índias Orientais uma vez, mas só uma. Além disso, estive em diferentes lugares perto de casa: Cork, Lisboa e Gibraltar. Mas nunca passei dos Estreitos, nem fui para as Índias Ocidentais. Não consideramos Bermuda ou Bahamas Índias Ocidentais, sabe.

A Sra. Musgrove não tinha uma palavra a dizer em discordância; não podia se acusar de tê-las chamado de nada, em toda a sua vida.

– E asseguro-lhe, senhora, – continuou a Sra. Croft, – que nada supera as acomodações de uma embarcação de guerra; me refiro, sabe, às classificações mais altas. Quando se está em uma fragata, é claro, fica-se mais apertada; apesar de que qualquer mulher razoável pode ficar perfeitamente satisfeita em uma delas. E posso afirmar com segurança que a parte mais feliz de minha vida foi passada a bordo de um navio. Enquanto estivéssemos juntos, sabe, não tínhamos nada a temer. Graças a Deus, sempre fui abençoada com uma saúde excelente, e nenhum clima me faz mal. Fico sempre um pouco desordenada, nas primeiras vinte e quatro horas no mar, mas nunca passei mal depois disso. A única vez que sofri, física ou mentalmente, a única vez que pensei estar passando mal, ou fiquei com medo do perigo, foi durante o inverno que passei sozinha em Deal, quando o Almirante (Capitão Croft, na época) estava nos Mares do Norte. Vivi em perpétuo medo, na época, e tive todo tipo de dor imaginária, de não saber o que fazer com meu tempo, ou quando teria notícias dele. Mas contanto que estivéssemos juntos, nada nunca me abalou, e nunca sofri a menor inconveniência.

– Sim, claro. Certamente, sim! Concordo plenamente com você, Sra. Croft – foi a resposta acalorada da Sra. Musgrove. – Nada é tão ruim quanto uma separação. Concordo completamente com você. Sei bem o que é, pois o Sr. Musgrove sempre comparece aos julgamentos do condado, e fico sempre tão feliz quando acabam e ele volta em segurança para casa.

A noite terminou em dança. Quando a proposta foi feita, Anne ofereceu seus serviços, como de costume; e, apesar de seus olhos ocasionalmente se encherem de lágrimas, enquanto se sentava ao instrumento, ficou extremamente feliz por ter o que fazer, e não desejava nada em troca, exceto não ser observada.

Formavam um grupo feliz e contente, e ninguém parecia estar mais bem-humorado do que o Capitão Wentworth. Anne sentia que ele tinha todos os motivos para estar feliz que pudessem ser proporcionados por atenção e deferência, especialmente a atenção de todas as jovens. As Srtas. Hayter, primas da família, já mencionadas, pareciam ter sido incluídas na honra de estarem apaixonadas por ele, e quanto a Henrietta e Louisa, ambas pareciam tão concentradas nele, que nada a não ser a constante aparência da maior boa vontade entre elas poderia ter eito alguém acreditar que não eram rivais. Quem poderia se surpreender com o fato de o Capitão ter ficado um pouco convencido com uma admiração tão universal e ávida?

Foram estes alguns dos pensamentos que ocuparam a mente de Anne, enquanto seus dedos trabalhavam mecanicamente, por meia hora ininterrupta, igualmente sem erros e sem consciência. Uma vez, sentiu que ele a olhava, observando suas feições mudadas, talvez, tentando traçar nelas as ruínas do rosto que outrora o encantara. E outra vez percebeu que ele devia estar falando dela; não havia tomado consciência disso, até ouvir a resposta, mas então teve certeza de que ele devia ter perguntado à parceira se a Srta. Elliot nunca dançava. A resposta foi: "Oh, não, nunca; ela desistiu de dançar. Prefere tocar. Nunca se cansa de tocar. Uma outra vez, falou com ela. Anne havia largado o instrumento, quando a dança acabara, e o Capitão se sentara ao piano, para tentar tocar algumas notas de uma ária que queria mostrar para as Srtas. Musgrove. Inadvertidamente, Anne voltou para aquela parte da sala; ele a viu e, se levantando imediatamente, disse, com polidez estudada:

– Perdoe-me, senhora, estou no seu lugar – e, apesar de ela ter imediatamente se afastado, com uma recusa decidida, ele não foi persuadido a sentar-se novamente.

Anne não queria mais olhares e conversas. A polidez fria e a elegância cerimoniosa por parte dele eram piores do que qualquer outra coisa.

Capítulo 9

O Capitão Wentworth havia ido a Kellynch como se fosse seu lar, para ficar por quanto tempo quisesse, sendo tanto objeto do afeto fraterno do Almirante, quanto de sua esposa. Pretendera, ao chegar, dirigir-se logo a Shropshire e visitar seu irmão que vivia naquele condado, mas as atrações de Uppercross o levaram a adiar tais planos. Havia tanta simpatia, lisonja e tudo de mais encantador em sua recepção naquele local; os mais velhos eram tão hospitaleiros, os mais jovens tão agradáveis, que ele não pôde deixar de ficar onde estava e adiar a confirmação dos encantos e da perfeição da esposa de Edward um pouco mais.

Logo, estava indo a Uppercross quase todos os dias. A família Musgrove estava sempre tão pronta a convidá-lo quanto ele estava disposto a ir, especialmente pela manhã, quando não tinha companhia em casa, pois o Almirante e a Sra. Croft costumavam sair para passear juntos, absortos por suas novas posses, sua grama e suas ovelhas, passeando sem pressa, de forma que um terceiro não poderia aguentar, ou saindo na carruagem que haviam acabado de acrescentar a seu patrimônio.

Até então, havia uma opinião uníssona sobre o Capitão Wentworth entre os Musgrove e suas dependências. Era uma admiração constante e cálida, por todos os cantos; mas esta relação íntima havia apenas acabado de ser estabelecida, quando um certo Charles Hayter retornou a seu meio e ficou bastante perturbado pela situação, julgando que o Capitão Wentworth estava atrapalhando tudo.

Charles Hayter era o mais velho de todos os primos e um jovem muito simpático e agradável, entre o qual e Henrietta havia uma considerável aparência de afeto, antes da introdução do Capitão Wentworth. Havia sido ordenado pela igreja e, tendo um vicariato na vizinhança, que não exigia que residisse lá, morava na casa do pai, apenas duas milhas de distância de Uppercross. Uma curta ausência havia deixado sua amada desprotegida por suas atenções naquele período crítico e, quando voltou, teve o sofrimento de encontrar seus modos bastante alterados, e de ver o Capitão Wentworth.

A Sra. Musgrove e a Sra. Hayter eram irmãs. Ambas tinham dinheiro, mas seus casamentos haviam feito uma diferença relevante para seu grau de prestígio. O Sr. Hayter tinha algumas posses próprias, mas eram insignificantes em comparação com as do Sr. Musgrove, e enquanto a família Musgrove estava no primeiro escalão da sociedade da região, os jovens Hayter mal teriam qualquer classe, devido ao modo de vida inferior, recluso e inculto de seus pais, não fosse por sua relação com Uppercross, exceto, é claro, por seu filho mais velho, que havia decidido ser um erudito e cavalheiro, e que tinha muito mais educação e bons modos do que todo o resto.

As duas famílias sempre haviam tido um relacionamento excelente, sem orgulho de um lado, ou inveja do outro, e só uma consciência de superioridade nas Srtas. Musgrove, que as fazia felizes em melhorar seus primos.

As atenções de Charles para com Henrietta haviam sido observadas pelos pais da jovem sem qualquer desaprovação.

– Não seria uma ótima união para ela, mas se Henrietta gostar dele... – e Henrietta parecia, sim, gostar dele.

A própria Henrietta pensava assim, antes da chegada do Capitão Wentworth; mas, desde aquele momento, o primo Charles havia sido absolutamente esquecido.

Ainda havia dúvidas sobre qual das duas irmãs era a preferida do Capitão Wentworth, até onde Anne podia observar. Henrietta talvez fosse a mais bonita, Louisa a mais bem humorada, e Anne não sabia se seria mais provável que a mais doce ou a mais extrovertida o atrairia.

O Sr. e a Sra. Musgrove, por observarem pouco, ou por terem inteira confiança no critério de ambas as filhas e de todos os jovens que se aproximavam delas, pareciam deixar que tudo transcorresse naturalmente. Não havia o menor sinal de solicitude, tampouco qualquer comentário, por parte deles, no casarão principal; mas no chalé, era diferente. O jovem casal que lá morava estava mais disposto a especular e conjecturar, e o Capitão Wentworth não estivera mais do que quatro ou cinco vezes na companhia das Srtas. Musgrove, e Charles Hayter acabara de reaparecer, quando Anne teve que ouvir as opiniões de seu cunhado e de sua irmã, sobre qual das duas ele preferiria. Charles opinava que era Louisa, Mary dizia Henrietta, mas ambos concordavam que ele casar-se com qualquer uma das duas seria igualmente aprazível.

De acordo com Charles, ele jamais vira um homem tão agradável em toda a sua vida, e pelo que ouvira o próprio Capitão Wentworth falar uma vez, tinha certeza que o mesmo havia ganhado, no mínimo, vinte mil libras com a guerra. Era uma fortuna em um golpe só, além do que havia a chance do que poderia ser obtido com uma guerra futura, e Charles tinha certeza de que o Capitão Wentworth tinha tantas chances de se destacar quanto qualquer outro oficial da Marinha. Oh, seria um casamento perfeito para qualquer uma de suas irmãs!

– Certamente que sim – respondeu Mary. – Deus meu! Se ele se elevar a ponto de receber uma grande honraria! Se chegar a receber o título de baronete! "Lady Wentworth" soa tão bem. Seria uma coisa maravilhosa, mesmo, para Henrietta! Tomaria o meu lugar, e Henrietta não ficaria insatisfeita com isso. Sir Frederick e Lady Wentworth! Seria uma criação nova, é claro, e não tenho uma opinião muito boa sobre títulos recém-criados.

Mary preferia pensar que Henrietta seria a escolhida, justamente por causa de Charles Hayter, cujas pretensões ela gostaria que fossem impedidas. Desprezava a família Hayter de forma bastante decidida, e pensava que seria uma infelicidade renovar a relação existente entre as duas famílias – muito triste para ela e seus filhos.

– Sabe, – disse ela, – não consigo considerá-lo um esposo nem um pouco adequado para Henrietta, e considerando as alianças que a família Musgrove já fez, ela não tem o direito de se jogar fora. Não acho que qualquer jovem tem o direito de fazer uma escolha que possa ser desagradável e inconveniente para a parte principal de sua família, e de ensejar relações inadequadas para aqueles que não estão acostumados com elas. E peço que me digam, quem é Charles Hayter? Nada mais do que um vigário do interior. Uma união das mais inadequadas para a Srta. Musgrove de Uppercross.

Seu marido, contudo, não concordava com ela neste ponto, pois além de ser afeiçoado ao primo, Charles Hayter era um primogênito, e ele próprio encarava as coisas do ponto de vista de um filho mais velho.

– Agora está falando besteira, Mary – foi, portanto, sua resposta. – Não seria um casamento maravilhoso para Henrietta, mas Charles tem uma ótima chance, através da família Spicer, de conseguir alguma nomeação do Bispo, dentro de um ou dois anos. E ficará contente em lembrar que ele é o filho mais velho: quando meu tio se for, ele herdará muito boas posses. A propriedade em Winthrop não tem menos do que duzentos e cinquenta acres, além da fazenda perto de Taunton, que contém umas das melhores terras do condado. Asseguro-lhe de que qualquer um que não fosse Charles seria um marido inadequado para Henrietta, e o casamento não poderia, mesmo, acontecer; ele é o único que seria possível. Mas ele é um tipo afável e gentil, e quando tomar posse de Winthrop, a transformará em um tipo diferente de lugar, e viverá de forma bastante diferente. E, com aquela propriedade, nunca será do tipo que possa ser esnobado – é uma propriedade boa e alodial. Não, não, Henrietta poderia fazer coisa pior do que se casar com Charles Hayter, e se ela aceitá-lo, e Louisa conquistar o Capitão Wentworth, ficarei muito satisfeito.

– Charles pode dizer o que quiser, – exclamou Mary para Anne, assim que seu marido saiu da sala, – mas seria chocante Henrietta se casar com Charles Hayter, uma coisa muito ruim para ela, e pior ainda para mim. E, portanto, é de se desejar que o Capitão Wentworth o tire logo da cabeça dela, o que não duvido que já tenha feito. Ela mal reparou em Charles Hayter, ontem. Queria que você estivesse lá para ver como ela se comportou. E quanto ao Capitão Wentworth gostar tanto de Louisa quanto de Henrietta, é um absurdo dizer isso, pois ele certamente gosta muito mais de Henrietta. Mas Charles é tão confiante! Queria que tivesse estado conosco ontem, pois então poderia ter decidido a questão entre nós; tenho certeza que teria pensado como eu, a não ser se estivesse determinada a me contrariar.

Um jantar na casa do Sr. Musgrove havia sido a ocasião em que todas essas coisas poderiam ter sido vistas por Anne, mas ela havia permanecido em casa, sob a desculpa mista de dor de cabeça em si mesma, e uma reincidência da indisposição do pequenino Charles. Seu único objetivo era evitar o Capitão Wentworth, mas escapar de ser chamada para arbitrar a questão tinha sido acrescentado às vantagens da noite tranquila que passara.

Quanto à opinião do Capitão Wentworth, Anne considerava mais importante ele descobrir o que queria cedo o suficiente para não colocar em perigo a felicidade de uma das irmãs, ou macular a própria honra, do que conjecturar se ele preferia Henrietta ao invés de Louisa, ou Louisa ao invés de Henrietta. Qualquer uma das duas provavelmente se tornaria uma esposa afetuosa e bem humorada para ele. Em relação a Charles Hayter, ela tinha o tipo de delicadeza que sofria com qualquer conduta leviana por parte de uma jovem de boas intenções, e seu coração simpatizava com todas as dores que foram causadas; mas se Henrietta descobrisse que havia se enganado quanto à natureza de seus próprios sentimentos, a alternação não podia ser desvendada cedo demais.

Charles Hayter havia se deparado com muito, no comportamento de sua prima, que o desconcertava e humilhava. O afeto dela por ele era antigo demais para ter diminuído tão inteiramente, a ponto de, em dois encontros, extinguir todas as esperanças anteriores e deixá-lo com a única opção de manter-se longe de Uppercross; porém, havia uma mudança que se tornava bastante alarmante, quando se pensava que um homem como o Capitão Wentworth era a causa provável da mesma. Charles se ausentara só por dois domingos e, quando se despedira de Henrietta, a havia deixado interessada, exatamente do jeito que ele esperava, na possibilidade de ele logo abandonar seu vicariato atual e obter o de Uppercross. Na ocasião, parecera ser o desejo mais profundo de Henrietta que o Sr. Shirley, o reitor, que cumpria, há mais de quarenta anos, todos os deveres de sua posição, mas que estava ficando doente demais para muitos deles, se decidisse a contratar um novo vigário, fizesse todas as melhorias ao vicariato que conseguisse e prometesse dá-lo a Charles Hayter. A vantagem de ele ter que se mudar só para Uppercross, ao invés de seis milhas na direção contrária; de ter, sob todos os aspectos, um vicariato melhor; de pertencer ao estimado Sr. Shirley, e de o bom e querido Sr. Shirley poder abrir mão dos deveres que não conseguia mais cumprir sem se sentir extenuado, era algo extremamente significativo, até mesmo para Louisa, mas fora tudo o que Henrietta mais desejara. Quando Charles voltara, porém... todo o interesse dela pelo assunto se esvaíra. Louisa não conseguia ouvi-lo contar sobre uma conversa que acabara de ter com o Sr. Shirley: estava perto da janela, procurando o Capitão Wentworth; e até mesmo Henrietta havia tido, no máximo, metade de sua atenção para dar, e parecia ter esquecido todas as suas antigas dúvidas e solicitude em relação à negociação.

– Bom, fico muito feliz, mesmo, mas sempre pensei que você conseguiria; sempre tive certeza. Não me parece que... em resumo, sabe, o Sr. Shirley precisa de um vigário, e lhe havia prometido. Ele está vindo, Louisa?

Uma manhã, logo depois do jantar na casa da família Musgrove, no qual Anne não estivera presente, o Capitão Wentworth entrou na sala de estar do chalé, onde só estavam ela e o pequenino inválido, Charles, deitado no sofá.

A surpresa de encontrar-se quase sozinho com Anne Elliot privou seus modos de sua costumeira compostura: ele tomou um susto, e só conseguiu dizer:

– Pensei que as Srtas. Musgrove estavam aqui; a Sra. Musgrove me disse que as encontraria aqui – e andou até a janela para se recompor, e descobrir como deveria se comportar.

– Estão no andar de cima, com minha irmã; ouso dizer que descerão dentro de alguns momentos – foi a resposta de Anne, no meio de toda a confusão natural; e, se a criança não a tivesse pedido para fazer algo por ele, ela teria saído da sala no momento seguinte, e libertado o Capitão Wentworth e si mesma.

Ele continuou perto da janela e, após dizer, calma e educadamente: "Espero que o menininho esteja melhor", ficou em silêncio.

Ela foi obrigada a ajoelhar-se do lado do sofá, e ficar lá para satisfazer seu paciente; e assim continuaram por alguns minutos, até que, para sua enorme satisfação, ouviu alguma outra pessoa passando pelo pequeno vestíbulo. Esperava, ao virar a cabeça, ver o dono da casa, mas acabou sendo uma pessoa muito menos adequada para facilitar as coisas – Charles Hayter, provavelmente não muito mais contente ao ver o Capitão Wentworth do que o Capitão Wentworth havia ficado ao ver Anne.

Anne só ousou dizer:

– Como vai? Não quer sentar-se? As outras chegarão logo.

O Capitão Wentworth, contudo, afastou-se da janela, aparentemente disposto a conversar; mas Charles Hayter logo pôs um fim a suas tentativas, sentando-se ao lado da mesa e pegando o jornal; e o Capitão Wentworth voltou, então, para a janela.

Outro minuto trouxe uma nova adição. O menino mais novo, uma criança notavelmente robusta e desinibida, de dois anos de idade, tendo feito com que alguém de fora lhe abrisse a porta, fez sua determinada aparição entre eles, e dirigiu-se direto ao sofá para ver o que estava acontecendo, reivindicando para si qualquer coisa de boa que pudesse estar sendo distribuída.

Já que não havia nada para comer, ele só podia brincar; e, visto que sua tia não o deixava provocar o irmão doente, ele começou a agarrar-se nela, ajoelhada, de tal forma que, ocupada que estava com Charles, não conseguia fazê-lo se soltar. Falou com ele, ordenou, implorou e insistiu em vão. Em um momento, conseguiu empurrá-lo para longe, mas o menino gostou ainda mais de pular imediatamente em suas costas novamente.

– Walter, – disse ela, – desça já. Está sendo extremamente travesso. Estou muito brava com você.

– Walter, – exclamou Charles Hayter, – por que não faz o que mandam? Não está ouvindo sua tia falar? Venha aqui comigo, Walter, venha com o primo Charles.

Mas Walter não se mexeu um milímetro.

Dentro de um instante, contudo, Anne sentiu estar sendo libertada; alguém o estava afastando dela, apesar de ele ter inclinado a cabeça dela para baixo de tal modo que suas mãozinhas fortes não largavam seu pescoço, e foi resolutamente carregado para longe antes que ela pudesse perceber que era o Capitão Wentworth que o fazia.

O que sentiu ao descobri-lo fez com que ficasse absolutamente sem palavras. Não conseguia nem agradecê-lo. Só conseguia debruçar-se sobre o pequeno Charles, com os sentimentos completamente desordenados. Sua gentileza em fazer algo para aliviá-la, o modo e o silêncio em que tudo havia sido feito, os pequenos detalhes das circunstâncias, com a convicção de que ele queria evitar sua gratidão e não desejava de modo algum conversar, convicção esta que logo lhe ocorreu devido ao barulho que ele estava fazendo com o menino, produziu tamanha confusão de sentimentos de inquietude variada, porém dolorosa, da qual não conseguiu se recuperar até que pôde, devido ao surgimento de Mary e das Srtas. Musgrove, transferir os cuidados com seu pequenino paciente para elas e sair da sala. Não podia ficar. Poderia ter sido uma oportunidade de observar os amores e ciúmes dos quatro, pois estavam todos juntos, naquele momento; mas Anne não conseguiu ficar para assistir nada. Estava evidente que Charles Hayter não estava bem disposto em relação ao Capitão Wentworth. Anne tinha a forte impressão de tê-lo ouvido dizer, em um tom de voz aborrecido, após a interferência do Capitão Wentworth: "Você deveria ter me obedecido, Walter; te disse para não provocar sua tia", e podia compreender que ele se arrependera de deixar o Capitão Wentworth fazer o que ele mesmo deveria ter feito. Mas nem os sentimentos de Charles Hayter, nem os de mais ninguém, a interessariam até que houvesse colocado um pouco de ordem nos seus próprios. Estava envergonhada de si mesma, bastante envergonhada de estar tão nervosa, tão atordoada por algo tão insignificante; mas assim estava, e precisaria de um longo período de solidão e reflexão para recuperar-se.

Capítulo 10

Não faltaram outras oportunidades para fazer suas observações. Anne logo esteve na companhia dos quatro juntos, o suficiente para formar uma opinião, apesar de ser sábia demais para expressá-la em casa, onde sabia que não teriam satisfeito seu cunhado ou sua irmã; pois, apesar de considerar Louisa a preferida do capitão, não podia deixar de pensar, até onde ousava julgar, com base em suas lembranças e experiência, que o Capitão Wentworth não estava apaixonado por nenhuma das duas. Elas estavam mais apaixonadas por ele, mas, ainda assim, não era amor. Era um tipo de admiração febril, mas poderia se transformar, e provavelmente se transformaria, em amor por parte de alguma delas. Charles Hayter parecia estar ciente de ter sido rejeitado, mas Henrietta às vezes demonstrava estar dividida entre os dois. Anne ansiava ter o poder de contar a todos eles o que se passava entre eles, e de salientar alguns dos males aos quais estavam se expondo. Não atribuía malícia a ninguém. Sua maior satisfação era acreditar que o Capitão Wentworth não estava nem um pouco ciente da dor que estava causando. Não havia qualquer triunfo desprezível em seus modos. Ele provavelmente nunca tinha ouvido falar sobre a posição de Charles Hayter, tampouco refletido sobre ela. Só errava em aceitar as atenções (pois aceitar era a palavra) de duas mulheres ao mesmo tempo.

Contudo, após um curto esforço, Charles Hayter parecia ter desistido de lutar. Três dias se passaram sem que ele fosse uma única vez a Uppercross, uma mudança das mais notáveis. Havia até mesmo recusado um convite para jantar e, tendo sido encontrado pelo Sr. Musgrove, naquela ocasião, com alguns livros grandes à sua frente, o Sr. e a Sra. Musgrove ficaram certos de que alguma coisa estava errada, e comentaram, com expressões sérias, sobre ele estar estudando demais. Mary esperava e acreditava que ele havia recebido uma recusa direta de Henrietta, e seu marido permanecia constantemente certo de que o veriam no dia seguinte. Anne só conseguia pensar que Charles Hayter era sábio.

Uma manhã, enquanto Charles Musgrove e o Capitão Wentworth caçavam juntos e as irmãs do chalé dedicavam-se silenciosamente a seus afazeres, foram visitadas na janela pelas irmãs da casa principal.

Era um dia límpido de novembro, e as Srtas. Musgrove cruzaram o pequeno jardim e pararam só para dizer que estavam saindo para uma longa caminhada, concluindo que Mary não gostaria de ir com elas. Mary imediatamente respondeu, com um pouco de raiva por não ser considerada boa em caminhadas:

– Oh, sim, gostaria muito de me juntar a vocês, adoro uma longa caminhada.

Anne sentiu-se persuadida, pelas expressões das duas garotas, que era exatamente o que elas não queriam, e admirou-se novamente com o tipo de necessidade que os hábitos familiares pareciam produzir, de que tudo fosse comunicado e feito junto, por mais indesejado e inconveniente que fosse. Tentou dissuadir Mary de ir, mas foi em vão; então, sendo este o caso, achou melhor aceitar o convite, muito mais cordial, das Srtas. Musgrove para que fosse também, pois poderia ser útil na hora de voltar com sua irmã, diminuindo a interferência em qualquer plano das outras duas.

– Não consigo imaginar por que elas suporiam que não gosto de longas caminhadas – disse Mary, enquanto subia as escadas. – Todo mundo sempre supõe que não sou boa para caminhar; ainda assim, elas não teriam ficado contentes, se tivéssemos nos recusado a ir com elas. Quando as pessoas vêm deste modo, propositalmente, para nos convidar, como podemos dizer não?

Logo quando estavam partindo, os cavalheiros voltaram. Haviam levado um cachorro jovem, que estragara a caçada e os fizeram retornar mais cedo. O tempo, a força e o humor dos dois, portanto, estavam todos propícios para a caminhada, e a ela se consentiram com prazer. Caso Anne pudesse ter previsto tal junção, teria ficado em casa; porém, temendo algum interesse ou curiosidade, achou que era tarde demais para desistir, então os seis partiram juntos na direção escolhida pelas Srtas. Musgrove, que evidentemente julgavam que a caminhada estava sob sua direção.

O objetivo de Anne era não ficar no caminho de ninguém e, quando as trilhas estreitas que cruzavam os campos faziam com que o grupo tivesse que se separar, ficar ao lado de seu cunhado e sua irmã. O prazer que tivesse com a caminhada teria que advir do exercício e do tempo, da visão dos últimos sorrisos do ano sobre as folhas avermelhadas e os arbustos secos, e de repetir para si mesma algumas das milhares de descrições poéticas sobre o outono, aquela sensação de influência peculiar e inesgotável sobre as mentes educadas e afáveis, aquela estação que arrancara, de todos os poetas que mereciam ser lidos, alguma tentativa de descrição, ou algumas estrofes profundas. Ela ocupou sua mente o máximo que pôde com tais indagações e citações, mas não foi possível, dentro do campo de audição da conversa entre o Capitão Wentworth e qualquer uma das Srtas. Musgrove, não tentar ouvir. Ainda assim, entreouviu pouca coisa notável. Eram meramente conversas animadas, daquelas que quaisquer jovens que se tornaram amigos podem ter. Ocupou-se mais de Louisa do que de Henrietta. Louisa certamente tentava chamar mais a atenção dele do que a irmã. Esta distinção parecia aumentar, e houve um discurso de Louisa que se sobressaiu aos ouvidos de Anne. Após um dos muitos elogios do dia, que eram continuamente feitos, o Capitão Wentworth acrescentou:

– Que tempo glorioso para o Almirante e minha irmã! Eles pretendiam fazer um longo passeio de carruagem, esta manhã; talvez possamos acenar para eles de uma dessas colinas. Mencionaram que queriam vir para esta parte dos campos. Imagino onde tombarão, hoje. Oh, acontece sempre, asseguro-lhe, mas minha irmã não se importa; para ela, tanto faz cair da carruagem ou não.

– Ah! Está exagerando, eu sei, – exclamou Louisa, – mas se fosse mesmo assim, eu faria exatamente a mesma coisa, no lugar dela. Se eu amasse um homem como ela ama o Almirante, estaria sempre com ele, nada nunca nos separaria, e eu preferiria ser derrubada por ele, do que ser conduzida por qualquer outra pessoa.

Foi dito com entusiasmo.

– Preferiria? – exclamou ele, no mesmo tom. – Admiro a senhorita! – Então, caíram em silêncio por um tempo.

Anne não conseguiu pensar em outra citação novamente. As doces cenas de outono foram temporariamente esquecidas, a não ser quando um tenro soneto, cheio de analogias adequadas para o ano que se esvaía, de felicidade que se esvaía, e das imagens de juventude e esperança, assim como primavera, todas terminadas ao mesmo tempo, voltavam à sua memória. Forçou-se a dizer, quando fizeram a curva, seguindo ordens, para pegar um outro caminho:

– Não é este um dos caminhos até Winthrop? – Mas ninguém a ouviu, ou pelo menos, ninguém a respondeu.

Winthrop, contudo, ou suas cercanias – pois às vezes se encontra jovens caminhando perto de casa – era seu destino; e, após mais um quilômetro de subida gradual através de grandes terrenos cercados, onde os arados trabalhando e os caminhos recém-feitos demonstravam que os fazendeiros tentavam combater as doçuras do desânimo poético e fazer com que a primavera voltasse, o grupo chegou ao topo da maior das colinas, que dividia Uppercross e Winthrop, e logo puderam enxergar esta última por completo, ao pé do outro lado da colina.

Winthrop, sem beleza ou dignidade, estendia-se perante eles, com uma casa insignificante, baixa e presa pelos celeiros e construções do pátio da fazenda.

Mary exclamou:

– Por Deus! Aqui está Winthrop. Declaro que não fazia ideia! Bem, então, acho melhor voltarmos; estou cansadíssima.

Henrietta, consciente e envergonhada, sem ver qualquer primo Charles caminhando por uma das trilhas ou encostado em algum portão, estava pronta para fazer o que Mary desejava. Porém, "Não!", disse Charles Musgrove, e "Não, não!", exclamou Louisa, mais avidamente, e, puxando a irmã de lado, parecia estar argumentando com ela sobre o assunto acaloradamente.

Charles, enquanto isso, estava declarando, de forma decidida, sua resolução de visitar sua tia, agora que estava tão perto; e, evidentemente, apesar de temerosamente, também tentava induzir sua esposa a ir. Mas este era um dos assuntos nos quais a dama mostrava sua força e, quando ele recomendou que ela descansasse por quinze minutos em Winthrop, já que se sentia tão cansada, ela respondeu, resoluta:

– Oh, não, de forma alguma! Subir esta colina novamente me faria mais mal do que qualquer descanso me faria bem. – Em resumo, sua expressão e seus modos declararam que ela não iria.

Após uma curta sucessão deste tipo de discussão e consulta, ficou acordado entre Charles e suas duas irmãs que ele e Henrietta iriam descer rapidamente, por alguns minutos, para visitar sua tia e primos, enquanto o resto do grupo os esperaria no topo da colina. Louisa parecia ser a principal organizadora do plano e, enquanto ela desceu um pouquinho a colina com os outros dois, ainda conversando com Henrietta, Mary aproveitou a oportunidade para olhar ao seu redor com escárnio, e dizer ao Capitão Wentworth:

– É muito desagradável ter tais relações! Mas asseguro-lhe que não entrei nessa casa mais do que duas vezes em toda a minha vida.

A única resposta que recebeu foi um sorriso aquiescente artificial, seguido por um olhar de desdém enquanto o Capitão virava as costas, cujo significado Anne compreendia perfeitamente.

O cume da colina, onde ficaram, era um local alegre. Louisa voltara, e Mary, encontrando um assento confortável para si em um degrau da trilha, ficou bastante satisfeita, contanto que todos os outros estivessem de pé ao seu redor. Mas quando Louisa levou o Capitão Wentworth para longe, tentar colher algumas nozes em uma cerca-viva próxima, e foram indo cada vez mais para longe, Mary deixou de ficar satisfeita: brigava com o próprio assento, tinha certeza de que Louisa havia encontrado um melhor em outro lugar, e nada conseguiu impedi-la de ir procurar um, também. Passou pelo mesmo portão, mas não conseguiu vê-los. Anne encontrou um assento confortável para ela, em uma encosta seca e ensolarada, debaixo da cerca-viva, na qual não tinha dúvida de que os dois ainda estavam, em alguma parte ou outra. Mary sentou-se por um momento, mas não adiantou; tinha certeza de que Louisa havia encontrado um lugar melhor para se sentar, e queria continuar andando até ultrapassá-la.

Anne, estando ela própria bastante cansada, ficou feliz em poder sentar-se, e logo ouviu o Capitão Wentworth e Louisa perto da cerca-viva, atrás dela, como se estivessem voltando daquela espécie de canal irregular e malcuidado que corria pelo meio. Falavam enquanto se aproximavam. A voz de Louisa era a primeira discernível. Parecia estar no meio de algum discurso ávido. A primeira coisa que Anne ouviu foi:

– Então, a fiz ir. Não pude tolerar que deixasse de fazer a visita por estar com medo de tamanha besteira. Como assim? Eu seria dissuadida de fazer algo que houvesse me proposto a fazer, e que sabia ser a coisa certa, pelos ares e interferência daquele tipo de pessoa, ou de qualquer pessoa, devo dizer? Não, não creio ser tão facilmente persuadida. Quando tomo uma decisão, está tomada; e Henrietta parecia ter decidido visitar Winthrop hoje e, ainda assim, estava tão perto de desistir, por causa de uma complacência ridícula!

– Ela teria virado as costas, então, se não fosse por você?

– Teria, sim. Tenho quase vergonha de dizê-lo.

– Que bom para ela, ter uma mente como a sua à disposição! Depois das insinuações que fez agora, que só confirmaram minhas próprias observações, da última vez que o vi, não fingirei que entendia o que estava acontecendo. Vejo, agora, que era mais do que uma mera visita matinal à sua tia, advinda do dever; e pobre dele, e dela também, quando estiverem em uma situação que exija força e uma mente decidida, se ela não tiver resolução o suficiente para resistir interferências mínimas em assuntos tão insignificantes quanto este. Sua irmã é uma criatura amável, mas vejo que a sua personalidade tem decisão e firmeza. Se valoriza a conduta ou a felicidade dela, infunda o máximo de seus traços que puder em sua irmã. Mas não tenho dúvidas de que já vem fazendo isso. É a pior qualidade de uma personalidade maleável e indecisa demais, o fato de que não se pode confiar em nenhuma influência sobre ela. Nunca se tem certeza de que uma boa impressão será durável; qualquer um poderá mudá-la. Que aqueles que queiram ser felizes, sejam firmes. Aqui está uma noz, – disse ele, pegando uma de um galho no alto, – para servir de exemplo: uma bela noz brilhante, que, abençoada com sua força original, sobreviveu a todas as tempestades do outono. Sem um único furo, nenhum ponto fraco. Esta noz, – continuou ele, em um tom de solenidade divertida, – enquanto muitas de suas irmãs caíram e foram pisoteadas, continua de posse de toda a felicidade que pode-se supor ter uma noz. – E então, voltando ao seu tom honesto anterior: – Meu maior desejo, para todas as pessoas de quem gosto, é que sejam firmes. Se Louisa Musgrove quiser ser bela e feliz, no novembro de sua vida, estimará todas as suas atuais qualidades mentais.

Ele havia terminado, e ficou sem resposta. Anne teria ficado surpresa se Louisa houvesse conseguido dar uma resposta imediata a tal discurso: palavras de tamanho interesse, ditas com um ardor tão sério! Ela podia imaginar o que Louisa estava sentindo. Quanto a si mesma, temia se mexer, sob pena de ser vista. Enquanto ficava imóvel, um arbusto de azevinho a protegia, e os dois estavam prestes a seguir em frente. Antes que Anne não os pudesse mais ouvir, contudo, Louisa falou novamente.

– Mary até que é simpática, sob alguns aspectos, – disse ela, – mas às vezes me irrita enormemente com suas besteiras e seu orgulho – o orgulho Elliot. Ela tem orgulho Elliot demais. Queríamos tanto que Charles houvesse se casado com Anne, ao invés dela. Suponho que saiba que ele queria se casar com Anne?

Após uma pausa, o Capitão Wentworth disse:

– Quer dizer que ela o recusou?

– Oh, sim! Certamente.

– Quando isso ocorreu?

– Não sei exatamente, pois Henrietta e eu estávamos no colégio interno, na época, mas acredito que tenha sido mais ou menos um ano antes de ele se casar com Mary. Queria que Anne tivesse concordado. Todos nós gostaríamos muito mais dela, e papai e mamãe sempre pensaram que sua recusa foi obra de Lady Russell, aquela grande amiga dela. Pensam que Charles talvez não seja culto o suficiente, ou não lê livros o suficiente, para agradar Lady Russell, e que, portanto, ela persuadiu Anne a recusá-lo.

As vozes se afastavam, e Anne não conseguiu ouvir mais. Suas próprias emoções a mantiveram imóvel. Tinha muito do que se recuperar, antes de conseguir se mexer. O destino proverbial daqueles que entreouvem conversas não se abateu sobre ela; não ouvira nada de ruim sobre si mesma, mas obtivera uma quantidade considerável de informações bastante dolorosas. Viu como seu próprio caráter era julgado pelo Capitão Wentworth, e houvera um grau mínimo de interesse e curiosidade sobre ela, nos modos dele, que lhe causaram uma agitação extrema.

Assim que conseguiu, foi atrás de Mary e, a tendo encontrado e caminhado de volta com ela para seu antigo lugar, nos degraus da trilha, sentiu algum conforto com a reunião imediata de todo o grupo e sua partida juntos. Seu humor precisava da solidão e do silêncio que só um grupo grande pode propiciar.

Charles e Henrietta voltaram, trazendo, como poderia ter sido conjecturado, Charles Hayter com eles. Os detalhes da situação, Anne não podia tentar compreender; até mesmo o Capitão Wentworth não parecia ter sido informado totalmente. Mas que havia ocorrido um afastamento, por parte do cavalheiro, e um abrandamento, por parte da dama, não havia dúvidas, tampouco de que ambos estavam muito contentes por estarem novamente juntos. Henrietta parecia um pouco envergonhada, mas muito satisfeita; Charles Hayter parecia felicíssimo, e dedicaram-se um ao outro quase desde o primeiro instante da jornada de volta a Uppercross.

Tudo, agora, indicava que Louisa ficaria com o Capitão Wentworth; nada poderia ser mais óbvio e, quando o grupo precisava se dividir, ou até mesmo quando não havia tal necessidade, os dois andavam lado a lado, quase tanto quanto o outro casal. Em um longo trecho de pradaria, onde havia espaço o suficiente para todos, dividiram-se de tal modo, formando três grupos diferentes; e Anne necessariamente pertencia àquele grupo que menos se gabava de sua animação ou complacência. Juntou-se a Charles e Mary, e estava cansada o suficiente para ficar muito contente com o braço esquerdo de Charles; mas este, apesar de muito bem-humorado com ela, estava irritado com sua esposa. Mary o havia contrariado, e agora arcava com as consequências, que incluíam seu marido largar seu braço o tempo todo, para cortar as pontas de algumas urtigas dos arbustos com seu canivete; e quando Mary começou a reclamar disso, e lamentar estar sendo maltratada, de acordo com os costumes, por estar do lado da cerca-viva, enquanto Anne nunca era incomodada do outro lado, ele largou os braços de ambas para correr atrás de uma fuinha que viu de canto de olho, e as duas mal conseguiram fazer com que ele seguisse caminho.

Este longo prado era ladeado por uma estradinha, que seria cruzada, ao final, pela trilha que o grupo seguia e, quanto todos chegaram ao portão de saída, uma carruagem, que ouviam há algum tempo e que avançava na mesma direção, acabara de emparelhar com eles, e provou ser o coche do Almirante Croft. Ele e sua esposa haviam saído para o passeio que pretendiam, e agora voltavam para casa. Ao ficarem sabendo da longa caminhada que os jovens haviam feito, gentilmente ofereceram um assento a qualquer dama que pudesse estar particularmente cansada; iria salvá-la de andar mais um quilômetro inteiro, e eles iriam passar por Uppercross. O convite foi para todas, e por todas recusado. As Srtas. Musgrove não estavam nem um pouco cansadas, e Mary ou ficou ofendida por não ter sido convidada antes das outras, ou o que Louisa chamava de "orgulho Elliot" não a permitia ser a terceira ocupante de um coche.

O grupo que caminhava havia cruzado a estradinha, e estava subindo alguns degraus do lado oposto, enquanto o Almirante colocava seus cavalos em movimento novamente, quando o Capitão Wentworth atravessou os arbustos rapidamente, para dizer algo para a irmã. Este algo pode ser adivinhado por seus efeitos:

– Srta. Elliot, tenho certeza de que está cansada, – exclamou a Sra. Croft, – nos dê o prazer de levá-la até sua casa. Há um espaço excelente para três, aqui, asseguro-lhe. Se fôssemos todos como você, creio que caberiam quatro. Precisa vir, por favor.

Anne ainda estava na estradinha e, apesar de começar a recusar instintivamente, não lhe foi permitido continuar. A gentil insistência do Almirante veio em apoio à de sua esposa: não aceitariam uma recusa, e se apertaram no menor espaço possível para deixar um canto para ela, e o Capitão Wentworth, sem dizer uma palavra, virou-se para ela e a obrigou, em silêncio, a deixar que ele a ajudasse a subir na carruagem.

Sim, ele havia conseguido. Ela estava na carruagem, e sentia que ele a havia colocado lá, que a vontade e as mãos dele o haviam feito, que ela devia isso a ele ter percebido seu cansaço e se decidido a propiciar a ela um descanso. Ficou bastante afetada por ver a disposição dele em relação a ela, que todas essas coisas tornavam aparente. Esta pequena circunstância parecia a conclusão de tudo o que havia acontecido anteriormente. Ela o compreendia. Ele não podia perdoá-la, mas não conseguia ser insensível. Apesar de condená-la pelo passado, e considerá-lo com grande e injusto ressentimento, apesar de ser perfeitamente indiferente a ela e afeiçoado a outra, ainda assim, não conseguia vê-la sofrer, sem desejar propiciar-lhe alívio. Era um resto do antigo sentimento; um impulso de amizade pura, porém não reconhecida, prova de seu coração afável e carinhoso, que ela não podia contemplar sem emoções mistas de prazer e dor, dentre as quais não sabia qual prevaleceria.

Suas respostas à gentileza e aos comentários de seus companheiros foram, primeiro, dadas inconscientemente. Já haviam percorrido metade do caminho, pela estradinha de terra, antes de Anne ouvir de verdade o que diziam. Percebeu, então, que falavam sobre "Frederick".

– Ele certamente pretende casar-se com uma daquelas duas garotas, Sophy, – dizia o Almirante, – mas não temos como saber qual. Já vem correndo atrás delas há tempo suficiente, também, para se decidir logo. Sim, isso é o resultado dos tempos de paz. Se estivéssemos em guerra agora, ele já teria resolvido o assunto há tempos. Nós, marinheiros, Srta. Elliot, não podemos nos dar ao luxo de cortejar mulheres por muito tempo, em tempos de guerra. Quantos dias se passaram, querida, entre a primeira vez que a vi, e o momento em que nos sentamos juntos em nossos aposentos em North Yarmouth?

– É melhor não falarmos sobre isso, querido, – respondeu a Sra. Croft, em um tom agradável, – pois se a Srta. Elliot soubesse a rapidez com que nos entendemos, ela nunca seria persuadida de que somos felizes juntos. Já havia ouvido falar sobre seu caráter, contudo, há tempos.

– Bom, e eu havia ouvido falar que você era uma garota muito bonita, então que motivo tínhamos para esperar? Não gosto de me demorar muito quanto a essas coisas. Gostaria que Frederick abrisse um pouco mais as velas e nos trouxesse uma dessas jovens para Kellynch. Então, sempre estariam acompanhados. E ambas são jovens muito agradáveis; mal consigo distinguir uma da outra.

– Sim, são mesmo garotas muito bem-humoradas e sem afetação, – disse a Sra. Croft, em um tom de elogio mais brando que fez Anne suspeitar que a mente mais atilada dela não conseguia considerar nenhuma das duas digna de seu irmão, – e uma família muito respeitável. Não poderíamos nos ligar a pessoas melhores. Meu caro Almirante, aquele poste! Vamos bater naquele poste.

Mas, dando ela mesma às rédeas uma direção melhor, passaram incólumes pelo perigo; e, em outras ocasiões estendendo as mãos judiciosamente, impediu que caíssem em uma vala e trombassem com uma carroça que carregava estrume. Anne, divertindo-se com o estilo de direção dos dois, que imaginava ser uma boa representação do modo como guiavam seus outros assuntos, viu-se entregue em segurança por eles no chalé.

Capítulo 11

Chegava o momento da volta de Lady Russell: o dia já estava marcado e Anne, tendo combinado de encontrá-la assim que estivesse se estabelecido novamente em casa, ansiava por voltar mais cedo para o vilarejo de Kellynch, e começava a pensar sobre como seu conforto seria afetado pela mudança.

Estaria no mesmo vilarejo que o Capitão Wentworth, a menos de um quilômetro de distância dele; teriam que frequentar a mesma igreja, e haveria interação entre as duas famílias. Isso não a agradava, mas, por outro lado, ele passava tanto tempo em Uppercross que, ao voltar a Kellynch, poderia considerar que estava deixando-o para trás, ao invés de indo em direção a ele. E, de modo geral, acreditava que sairia ganhando, em relação a tão interessante questão, ao trocar a pobre Mary por Lady Russell como companhia doméstica.

Desejava poder evitar ver o Capitão Wentworth em Kellynch Hall: aqueles cômodos haviam testemunhado antigos encontros, que seriam trazidos de forma dolorosa à sua mente. Mas ansiava ainda mais pela possibilidade de Lady Russell e o Capitão Wentworth nunca se encontrarem em lugar algum. Não gostavam um do outro, e uma renovação da relação não faria bem nenhum. E, se Lady Russell os visse juntos, poderia pensar que ele tinha confiança demais e que ela não tinha o suficiente.

Estas considerações eram os principais motivos de sua disposição de adiantar sua partida de Uppercross, onde achava já ter ficado o suficiente. Sua utilidade para o pequeno Charles sempre adoçaria um pouco suas lembranças dos dois meses que lá passara, mas ele estava recuperando suas forças rapidamente, e ela não tinha outros motivos para ficar.

A conclusão de sua visita, contudo, foi modificada de um modo que não poderia ter imaginado. O Capitão Wentworth, após passar dois dias inteiros sem aparecer ou mandar notícias a Uppercross, ressurgiu entre eles para justificar sua ausência.

Uma carta de seu amigo, o Capitão Harville, que finalmente havia chegado em suas mãos, o informara de que este estava passando o verão em Lyme com sua família, o que fazia, portanto, com que os dois estivessem a pouco mais de trinta quilômetros de distância um do outro. A saúde do Capitão Harville estivera abalada, desde que ele havia sido seriamente ferido, dois anos antes, e a ansiedade do Capitão Wentworth por vê-lo fizera com que partisse imediatamente para Lyme. Ficara lá por vinte e quatro horas. Sua absolvição estava completa, e a amizade entre os dois calorosamente honrada. Um grande interesse por seu amigo e sua descrição dos belos campos ao redor de Lyme excitaram em todo o grupo um sincero desejo de conhecer a cidade pessoalmente, de modo que resultou em planos para que todos para lá fossem.

Todos os jovens estavam loucos para conhecer Lyme. O Capitão Wentworth mencionou a possibilidade de voltar para lá, pois ficava só a vinte e sete quilômetros de distância de Uppercross; apesar de ser novembro, o tempo não estava nem um pouco ruim. Em resumo, Louisa, que era a mais ansiosa dentre os ansiosos, tendo decidido ir e, além de ter o prazer de fazer o que queria, estando armada com a ideia de que conseguir fazer as coisas do seu jeito é algo digno de mérito, derrotou todos os desejos de seus pais, de que adiasse até o verão; então, para Lyme eles iriam: Charles, Mary, Anne, Henrietta, Louisa e o Capitão Wentworth.

O primeiro e precipitado plano fora ir pela manhã, e voltar à noite; mas com isso o Sr. Musgrove, pelo bem de seus cavalos, não concordara. E, quando pensaram racionalmente, um dia no meio de novembro não teria luz do sol o suficiente para que tivessem tempo de ver um lugar novo, após deduzirem sete horas, que a natureza dos campos exigiria, para a ida e a volta. Consequentemente, passariam a noite lá, e não seriam esperados de volta antes do jantar do dia seguinte. Esta foi considerada uma alteração significativa e, apesar de terem se encontrado bem cedo no casarão principal, para o café, e terem saído com muita pontualidade, já se passara tanto tempo desde o meio-dia quando as duas carruagens – o coche do Sr. Musgrove, contendo as quatro damas, e o cabriolé de Charles, onde ele levava o Capitão Wentworth – desceram a longa colina até Lyme e entraram na rua principal da cidade, ainda mais íngreme, que ficou bastante evidente que só teriam tempo para dar uma olhada por perto, antes da luz e do calor do sol acabarem.

Após obterem acomodações e encomendarem o jantar em uma das estalagens, a próxima coisa que precisavam fazer seria, indubitavelmente, caminhar diretamente até o mar. Haviam vindo em uma época avançada demais do ano para aproveitar qualquer diversão ou variedade que Lyme, como um lugar público, podia oferecer. Os quartos das hospedarias estavam fechados, quase todos os hóspedes já haviam partido, e não sobrara quase nenhuma família, exceto os moradores locais; e, visto que não há nada para se admirar nas edificações, o olhar dos forasteiros busca a bela localização da cidade, com a rua principal quase que se apressando em direção à água, o caminho até o quebra-mar, circundando a pequena e agradável baía, que, durante a alta estação, ficava animada com carrinhos de banho e pessoas; o próprio quebra-mar, suas antigas maravilhas e novas melhorias, com a linda linha de rochedos que se estendia até o leste da cidade. E forasteiros muito estranhos seriam, se não vissem os encantos das cercanias de Lyme e não sentissem vontade de conhecê-las melhor. As cenas de sua vizinhança, Charmouth, com suas altitudes e extensas campinas, e também sua doce e isolada baía, contrastada com os rochedos escuros, onde fragmentos pequenos de rochas entre as areias a tornavam o melhor lugar para observar o fluxo das marés, para sentar em contemplação tranquila; as variedades dos bosques do alegre vilarejo de Up Lyme; e, acima de tudo, Pinny, com seus abismos entre românticas rochas, onde as escassas árvores de floresta e pomares luxuriantes declaravam que muitas gerações já deviam ter se passado desde que a primeira queda parcial do desfiladeiro preparara o terreno para tal estado, onde uma cena tão maravilhosa e encantadora era exibida, que mais do que se igualava a quaisquer cenas parecidas da mais famosa Ilha de Wight: esses locais precisavam ser visitados, de novo e de novo, para poder compreender o valor de Lyme.

O grupo de Uppercross caminhara pelas casas desertas e de aparência melancólica e continuou descendo, logo se encontrando à beira-mar; e, parando para contemplar o mar, como todos os que merecem a possibilidade de observá-lo devem fazer quando o visitam novamente, dirigiu-se para o quebra-mar, que também era seu objetivo, por si próprio e devido ao relato do Capitão Wentworth, pois em uma pequena casa ao pé de um velho píer, de idade desconhecida, os Harville estavam estabelecidos. O Capitão Wentworth entrou para visitar o amigo; os outros continuaram caminhando, e ele iria encontrar-se com eles no quebra-mar.

Não estavam cansados de maravilhar-se e admirar, de forma alguma, e nem mesmo Louisa parecia sentir que tinham se separado do Capitão Wentworth por tempo demais, quando o viram vindo atrás deles, com três companheiros, todos já bem conhecidos por descrição como sendo o Capitão e a Sra. Harville, e o Capitão Benwick, que estava hospedado com eles.

O Capitão Benwick fora, há algum tempo, o primeiro-tenente do Laconia, e o relato que o Capitão Wentworth havia feito sobre ele, quando visitara Lyme anteriormente, os calorosos elogios que fizera, dizendo ser ele um excelente jovem e um oficial, que sempre valorizara enormemente, o que, por si só, já faria com que todos os ouvintes o estimasse, havia sido seguido por um pouco da história de sua vida, que o tornara extremamente interessante aos olhos de todas as damas. Ele havia sido noivo da irmã do Capitão Harville, e agora estava de luto por sua perda. Os dois esperaram um ano ou dois que ele fizesse fortuna e fosse promovido. A fortuna viera, seu prêmio de tenente tendo sido grande; a promoção, também, finalmente chegara, mas Fanny Harville não viveu para receber a notícia. Morrera no verão anterior, enquanto ele estava em alto mar. O Capitão Wentworth acreditava ser impossível um homem ser mais ligado a uma mulher do que o pobre Benwick havia sido a Fanny Harville, ou mais profundamente afetado pela terrível mudança. Em sua opinião, a personalidade do amigo era do tipo que sofria imensamente, unindo sentimentos fortes e modos quietos, sérios e isolados, assim como um enorme gosto pela leitura e ocupações sedentárias. Para coroar o interesse dos ouvintes pela história, a amizade entre ele e os Harville parecia, se é que era possível, ter sido aumentada pelo evento que impedira todos os seus desejos de uma aliança entre eles, e o Capitão Benwick agora morava definitivamente com o casal. O Capitão Harville havia alugado sua atual casa por meio ano; seu gosto, sua saúde e sua fortuna o haviam dirigido a uma residência barata e perto do mar, e a beleza do interior e o isolamento de Lyme durante o inverno pareciam combinar perfeitamente com o estado de espírito do Capitão Benwick. A simpatia e a boa-vontade em relação ao Capitão Benwick eram enormes.

– Ainda assim, – disse Anne, para si mesma, enquanto caminhavam de encontro ao outro grupo, – talvez o coração dele não carregue uma tristeza tão grande quanto o meu. Não posso acreditar que as perspectivas dele foram destruídas para sempre. Ele é mais jovem do que eu; mais jovem em disposição, senão efetivamente; mais jovem como homem. Ele se recuperará e será feliz com outra.

Os dois grupos se encontraram e foram apresentados. O Capitão

Harville era um homem alto e moreno, com uma expressão sensata e benevolente; um pouco manco e, devido a suas feições fortes e saúde frágil, parecia muito mais velho do que o Capitão Wentworth. O Capitão Benwick parecia ser, e era, o mais jovem dos três e, em comparação com os outros dois, um homem pequeno. Tinha um rosto agradável e um ar melancólico, como deveria ter, e manteve-se alheio às conversas.

O Capitão Harville, apesar de não ter os mesmos bons modos do Capitão Wentworth, era um perfeito cavalheiro, sem afetação, caloroso e atencioso. A Sra. Harville, um pouco menos polida do que o marido, parecia, contudo, ter as mesmas boas intenções, e nada podia ser mais agradável do que o desejo deles de considerar o grupo todo como seus próprios amigos, por serem amigos do Capitão Wentworth, ou mais hospitaleiro do que seus pedidos de que todos prometessem jantar com eles. O jantar, já encomendado na estalagem, foi final, porém relutantemente, aceito como desculpa; mas pareceram quase magoados com o fato de o Capitão Wentworth ter trazido tal grupo a Lyme sem considerar óbvio que jantariam com eles.

Havia tanto afeto pelo Capitão Wentworth em tudo isso, e tamanho encanto em uma hospitalidade tão incomum, tão diferente do estilo usual de fazer e receber convites, e jantares por formalidade e aparência, que Anne sentiu que seu humor não melhoraria com um aprofundamento de sua relação com os irmãos da Marinha do Capitão Wentworth. "Eles teriam sido meus amigos", era seu pensamento; e teve que lutar contra uma enorme tendência à melancolia.

Ao saírem do quebra-mar, todos entraram na casa de seus novos amigos, e se depararam com aposentos tão pequenos que só aqueles que fazem convites sinceros poderiam pensar que acomodariam tantas pessoas. A própria Anne passou por um momento de surpresa, mas este logo se perdeu em meio aos sentimentos mais agradáveis que surgiram ao ver todas as inventividades e arranjos espertos do Capitão Harville, para tirar o melhor proveito do espaço, suprir as deficiências dos móveis alugados e defender as janelas e portas contra as tempestades invernais que eram de se esperar. A variedade da mobília dos cômodos, onde os itens básicos fornecidos pelo proprietário eram comuns e ordinários, em contraste com alguns artigos feitos de raros tipos de madeira, trabalhada de forma excelente, e com peças curiosas e valiosas, de todos os países distantes que o Capitão Harville havia visitado, eram mais do que divertidos para Anne; sendo ligados à profissão dele, frutos de seus esforços, os efeitos de sua influência sobre os hábitos dele e a imagem de tranquilidade e felicidade doméstica que apresentavam, despertavam nela algo a mais – ou a menos – do que gratificação.

O Capitão Harville não tinha o hábito de ler, mas havia obtido uma acomodação excelente e construído prateleiras bonitas para uma coleção moderada de volumes bem encadernados, propriedade do Capitão Benwick. O fato de ser manco o impedia de fazer muitos exercícios, mas uma mente voltada à utilidade e à argúcia parecia constantemente propiciar a ele algo a fazer dentro de casa. Ele desenhava, envernizava, fazia carpintaria, colava; fazia brinquedos para as crianças; fabricava novas agulhas e alfinetes com melhorias; e, se já houvesse feito tudo isso, sentava-se com sua grande rede de pesca, em um canto da sala.

Anne pensou ter deixado para trás uma grande felicidade, quando saíram da casa, e Louisa, ao lado de quem se descobriu andando, explodiu em um enlevo de admiração e deleite com o caráter dos homens da Marinha: sua simpatia, irmandade, franqueza, honestidade, declarando que estava convencida que os marinheiros tinham mais valor e candura do que qualquer outro grupo de homens na Inglaterra, que só eles sabiam como viver e que só eles mereciam ser respeitados e amados.

Voltaram para trocar de roupa e jantar, e todos os seus planos haviam corrido tão bem até então, que não acharam nada faltando; apesar de os donos da estalagem terem se desmanchado em desculpas por "ser tão fora de época" e "não estarem localizados em uma das ruas principais de Lyme" e "não estarem esperando companhia".

Anne percebeu que já estava tão acostumada a estar na companhia do Capitão Wentworth, àquele ponto, muito mais do que primeiro imaginara que poderia ficar, que sentar-se à mesma mesa com ele e trocar as cortesias comuns que a situação ensejava (nunca passaram disso) havia se tornado algo insignificante.

As noites estavam escuras demais para que as damas se encontrassem novamente até o dia seguinte, mas o Capitão Harville havia prometido visitá-los à noite; e foi, trazendo seu amigo, que era mais do que esperaram, tendo sido acordado que o Capitão Benwick parecia se sentir oprimido pela presença de tantos estranhos. Contudo, ousou voltar ao meio deles, apesar de seu humor certamente não combinar com a alegria do resto do grupo.

Enquanto os Capitães Wentworth e Harville lideravam a conversa, em um lado da sala, e, recorrendo ao passado, forneciam anedotas em abundância para ocupar e entreter os outros, o quinhão de Anne foi ficar um tanto quanto separada dos outros, junto com o Capitão Benwick, e um maravilhoso impulso de sua natureza a fez começar a conhecê-lo melhor. Ele era tímido, e com tendência à distração, mas a brandura cativante de sua expressão e seus modos gentis logo fizeram efeito, e Anne foi recompensada com o primeiro esforço da parte dele. Ele era, evidentemente, um jovem que tinha um considerável gosto por livros, apesar de ser principalmente por poesia; e além de estar convencida de tê-lo dado pelo menos uma noite de indulgência, com a discussão de assuntos pelos seus companheiros provavelmente não se interessavam, Anne teve a esperança de ser de verdadeira utilidade para ele, em relação a algumas sugestões quanto ao dever e o benefício de lutar contra a tristeza, assunto este para o qual a conversa entre os dois se voltara naturalmente. Pois apesar de tímido, ele não parecia ser reservado; na verdade, parecia ter sentimentos que ficaram contentes de serem libertados de suas amarras costumeiras e, após ter falado de poesia, a riqueza da época atual e uma breve comparação de opiniões quanto aos principais poetas, tentando averiguar se Marmion ou A Dama do Lago eram os melhores, e qual seria a classificação de Giaour e A Noiva de Abydos, e também como se pronunciava Giaour, ele mostrou ter um conhecimento tão íntimo de todas as estrofes mais ternas de um poeta, e todas as descrições arrebatadas de agonia desesperançosa de outro; repetiu, com sentimento trêmulo, as diversas linhas que descreviam um coração partido, ou uma mente sobre a qual se abatera a infelicidade, e parecia querer tanto ser compreendido, que Anne ousou esperar que ele não lesse só poesia, e a dizer que pensava ser a desventura da poesia ser raramente aproveitada com segurança por aqueles que a aproveitavam completamente, e que os sentimentos fortes, que eram os únicos que poderiam estimar verdadeiramente a poesia, eram justamente aqueles que deveriam prová-la com parcimônia.

O olhar dele não indicava que não sentira dor, e sim prazer com tal alusão à sua situação, então Anne criou coragem para prosseguir; e, sentindo que sua mente mais experiente lhe dava esse direito, ousou recomendar a ele que incluísse uma dose maior de prosa em suas leituras diárias. Ao lhe ser pedido que fosse mais específica, mencionou as obras dos melhores moralistas ingleses, coleções das mais finas cartas e memórias de pessoas com caráteres dignos e sofridos que lhe ocorreram no calor do momento, e que julgava serem calculadas para excitar e fortificar a mente pelos mais elevados preceitos e mais fortes exemplos de resistência moral e religiosa.

O Capitão Benwick escutou com atenção, pareceu grato pelo interesse sugerido e, apesar de balançar a cabeça e suspirar, de forma que demonstrava a pouca fé que botava na eficácia de quaisquer livros sobre uma tristeza como a sua, anotou os nomes dos que ela lhe recomendara e prometeu procurá-los e lê-los.

Quando a noite terminou, Anne não pôde evitar se divertir com a ideia de ter ido até Lyme pregar paciência e resignação a um jovem que nunca havia visto antes, tampouco pôde evitar temer, ao refletir mais seriamente, que, como muitos outros grandes moralistas e pregadores, ela havia sido eloquente sobre um assunto no qual sua própria conduta não resistiria a um exame.

Capítulo 12

Anne e Henrietta, ao perceberem que eram os dois membros do grupo que acordaram mais cedo no dia seguinte, concordaram em dar uma caminhada até o mar, antes do café. Foram até a areia, observar o fluxo das marés, que uma leve brisa sudeste trazia com toda a grandeza que uma costa tão plana permitia. Elogiaram a manhã, admiraram o mar, compartilharam o deleite com a brisa fresca – e então caíram em silêncio, até que Henrietta falou novamente:

– Oh, sim! Estou bem convencida de que, com muito poucas exceções, o ar marinho sempre faz bem. Não pode haver dúvida de que foi extremamente útil para o Sr. Shirley, após a doença dele na primavera do ano passado. Ele mesmo declara que passar um mês em Lyme lhe foi mais benéfico do que todos os remédios que tomou, e que estar perto do mar sempre faz com que se sinta jovem novamente. Agora, não posso deixar de pensar que é uma pena ele não morar permanentemente perto do mar. Acho mesmo que seria melhor que ele partisse de Uppercross definitivamente, e se estabelecesse em Lyme. Não acha, Anne? Não concorda comigo, que é a melhor coisa que ele poderia fazer, para ele mesmo e também para a Sra. Shirley? Ela tem primos aqui, sabe, e muitos conhecidos, o que lhe traria alegria, e tenho certeza de que ela ficaria contente de vir para um lugar onde poderia ter atendimento médico ao seu alcance, caso ele tenha outra convulsão. Penso, de verdade, que é muito triste quando pessoas excelentes como o Sr. e a Sra. Shirley, que fizeram o bem a vida inteira, terminam seus dias em um lugar como Uppercross, onde, exceto nossa família, eles parecem isolados do mundo. Queria que os amigos dele propusessem isso a ele. Realmente acho que deveriam. E, quanto a obter uma dispensa, não poderia haver dificuldades, com a idade e o caráter dele. Minha única dúvida é se algo o persuadiria a sair de sua paróquia. Ele é tão severo e escrupuloso em suas noções; escrupuloso até demais, eu diria. Não pensa, Anne, que isso é ser escrupuloso demais? Não acha que é um assunto de consciência bastante equivocado, quando um clérigo sacrifica sua própria saúde pelo bem de seus deveres, que podem ser cumpridos tão bem por outra pessoa, quanto por ele? E em Lyme, também, a apenas vinte e sete quilômetros de distância, ele estaria perto o suficiente para ficar sabendo, se as pessoas achassem que há algo do que reclamar.

Anne sorriu para si mesma mais de uma vez, durante tal discurso, e entrou na discussão sobre o assunto, tão disposta a fazer o bem, comentando sobre os sentimentos de uma jovem, tanto quanto sobre os de um jovem, apesar de que, nesta ocasião, o bem que poderia fazer era menor, pois o que poderia oferecer, senão uma aquiescência geral? Disse tudo o que era razoável e apropriado sobre o assunto, concordou adequadamente com as declarações de que o Sr. Shirley deveria repousar, declarou ser recomendável que ele colocasse algum jovem ativo e respeitável em seu lugar de vigário residente, e foi até mesmo cortês o suficiente para fazer menção ao fato de que tal vigário residente deveria ser casado.

– Gostaria muito – disse Henrietta, muito contente com sua companheira – que Lady Russell morasse em Uppercross e fosse amiga íntima do Sr. Shirley. Sempre ouvi dizer que Lady Russell é uma mulher com muita influência sobre todos! Sempre penso nela como sendo capaz de persuadir uma pessoa a fazer qualquer coisa! Ela me intimida, como já disse antes, me intimida bastante, pois é tão inteligente; mas a respeito imensamente, e gostaria que tivéssemos uma vizinha como ela, em Uppercross.

Anne divertiu-se com o jeito de Henrietta expressar sua gratidão, e também com o fato de os acontecimentos e os novos interesses de Henrietta terem feito com que Lady Russell fosse estimada por um membro da família Musgrove; contudo, só teve tempo de dar uma resposta geral e expressar seu desejo de que outra mulher como sua amiga morasse em Uppercross, antes que toda a conversa cessasse, ao verem Louisa e o Capitão Wentworth vindo em sua direção. Também tinham saído para dar uma caminhada, até que o café da manhã ficasse pronto, mas Louisa, se lembrando imediatamente de que tinha algo a comprar em uma loja, os convidou todos a voltarem com ela para a cidade. Todos eles se colocaram à sua disposição.

Quando chegaram à escada que dava acesso à praia, um cavalheiro que se preparava para descer afastou-se educadamente, e parou para que o grupo pudesse passar. Eles subiram e passaram por ele e, enquanto o faziam, o rosto de Anne chamou-lhe a atenção, o que ela não pôde deixar de perceber. A aparência dela estava notavelmente boa; suas feições regulares e muito bonitas com o vigor e o frescor da juventude restaurados pelo suave vento que soprava em seu rosto, e pela animação de seu olhar, que este também havia causado. Ficou evidente que o cavalheiro (seus modos indicavam completamente que era um cavalheiro) a admirara imensamente. O Capitão Wentworth voltou-se para olhar para ela instantaneamente, de uma forma que demonstrava que havia reparado. Lançou-lhe um olhar momentâneo, com uma expressão vivaz, que parecia dizer: "Aquele homem ficou impressionado com você, e mesmo eu, neste momento, vejo algo parecido com Anne Elliot, novamente".

Após acompanhar Louisa em sua tarefa e vaguear mais um pouco, o grupo voltou à estalagem, e Anne, ao ir rapidamente de seu quarto para a sala de jantar, quase deu um encontrão no mesmo cavalheiro, que saía do quarto ao lado. Ela havia antes conjecturado que ele era um estranho como eles, e decidido que um cavalariço bem-apessoado, que passeava perto das estalagens quando retornavam, deveria ser seu criado. O fato de que o patrão e o criado estavam ambos de luto reforçava a ideia. Agora descobrira que ele estava hospedado na mesma estalagem que seu grupo, e este segundo encontro, apesar de curto, também provou novamente, com os olhares lançados pelo cavalheiro, que ele a considerava muito bela, e a rapidez e a correção de suas desculpas provaram que tinha modos excelentes. Parecia ter aproximadamente trinta anos de idade e, apesar de não ser bonito, tinha um ar agradável. Anne pensou que gostaria de saber quem ele era.

Eles haviam quase terminado de tomar o café, quando o som de uma carruagem (quase a primeira que ouviam, desde que chegaram em Lyme) atraiu metade do grupo até a janela. Era a carruagem de um cavalheiro, um cabriolé, mas vinha somente dos estábulos até a porta da frente; alguém devia estar partindo. Estava sendo conduzida por um criado vestindo roupas de luto.

A palavra "cabriolé" fez com que Charles Musgrove se pusesse de pé em um salto, para poder compará-lo com o seu próprio; o criado de luto excitou a curiosidade de Anne, e todos os seis já haviam se juntado para observar, quando o dono do cabriolé foi visto saindo pela porta da frente, em meio a reverências e gestos corteses dos donos da estalagem, tomando seu lugar e partindo.

– Ah, – exclamou o Capitão Wentworth imediatamente, com uma olhada de relance para Anne, – é aquele mesmo homem por quem passamos.

As Srtas. Musgrove concordaram e, tendo todos o observado subir a colina, por tanto tempo quanto puderam, voltaram para a mesa do café. O garçom entrou na sala logo depois.

– Por favor, – disse o Capitão Wentworth, imediatamente, – pode nos dizer o nome do cavalheiro que acabou de sair?

– Sim, senhor, um Sr. Elliot, cavalheiro de grande fortuna, chegou ontem de Sidmouth. Presumo que tenham ouvido a carruagem, senhor, quando estavam jantando. Está indo agora a Crewkherne, a caminho de Bath e Londres.

– Elliot! – muitos deles se entreolharam, e muitos repetiram o nome, antes de tudo isso ter sido dito, até mesmo com a rapidez esperta de um garçom.

– Deus meu! – exclamou Mary. – Deve ser o nosso primo; tem que ser o nosso Sr. Elliot, tem sim! Charles, Anne, não deve ser? De luto, viram, como o nosso Sr. Elliot deve estar. Que extraordinário! Na mesma estalagem que nós! Anne, não tem que ser o nosso Sr. Elliot? O herdeiro de papai? Diga, senhor – disse ela, voltando-se para o garçom, – não ouviu dizer, o criado dele não disse, se ele pertencia à família de Kellynch?

– Não, senhora, ele não mencionou nenhuma família em específico, mas disse que seu patrão era um cavalheiro muito rico, e seria um baronete, um dia.

– Aí está! Viram! – exclamou Mary, enlevada. – Foi o que eu disse! Herdeiro do Sir Walter Elliot! Tinha certeza que alguém teria mencionado, se fosse esse o caso. Podem acreditar, é uma circunstância que os criados dele fazem questão de tornar pública, onde quer que ele vá. Mas Anne, pense só, que extraordinário! Queria tê-lo visto mais. Gostaria de termos ficado sabendo a tempo quem ele era, para que ele pudesse ser apresentado a nós. Que pena que não fomos apresentados uns aos outros! Você achou que ele tinha as feições Elliot? Mal olhei para ele, estava olhando para os cavalos; mas acho que ele tinha um pouco das feições Elliot, que estranho o brasão dele não ter chamado minha atenção! Ah, o sobretudo estava pendurado sobre o painel da porta e escondeu o brasão, é verdade; de outro modo, tenho certeza que teria reparado nele, e o uniforme do criado, também, se ele não estivesse usando roupas de luto, teríamos reconhecido o uniforme.

– Considerando-se todas essas circunstâncias extraordinárias, – disse o Capitão Wentworth, – devemos considerar obra do destino, vocês não terem sido apresentadas a seu primo.

Quando conseguiu chamar a atenção de Mary, Anne tentou, em voz baixa, convencê-la de que seu pai e o Sr. Elliot não tinham, há muitos anos, um relacionamento bom o suficiente para que elas desejassem tentar uma apresentação.

Ao mesmo tempo, contudo, lhe era muito gratificante ter visto seu primo, e saber que o futuro dono de Kellynch era indubitavelmente um cavalheiro, e tinha um ar de sensatez. Ela não mencionaria, de jeito nenhum, o fato de tê-lo encontrado uma segunda vez. Por sorte, Mary não se importou muito com o fato de terem passado perto dele em sua caminhada matinal, mas teria se sentido muito injustiçada se soubesse que Anne havia encontrado com ele no corredor e recebido suas educadíssimas desculpas, enquanto que ela mesma não havia nem chegado perto dele. Não, aquele encontro entre primos teria que permanecer sob total sigilo.

– Claro – disse Mary – que você irá mencionar que vimos o Sr. Elliot, da próxima vez que escrever a Bath. Acho que papai certamente deveria ficar sabendo; conte tudo sobre ele.

Anne evitou dar uma resposta direta, mas era exatamente o tipo de circunstância que julgada ser não só desnecessário comunicar, como também ser mantida em silêncio. Ela estava ciente da ofensa ao seu pai, muitos anos atrás, suspeitava da participação de Elizabeth e não tinha dúvidas de que pensar no Sr. Elliot deixava ambos irritados. Mary nunca escrevia, ela mesma, para Bath; todo o trabalho de manter uma correspondência devagar e insatisfatória com Elizabeth era responsabilidade de Anne.

Não fazia muito tempo que o café da manhã terminara, quando receberam o Capitão e a Sra. Harville e o Capitão Benwick, com quem haviam combinado de dar um último passeio por Lyme. Precisavam partir para Uppercross até a uma, mas enquanto isso, passariam todo o tempo juntos, e o máximo de tempo que pudessem ao ar livre.

Anne viu o Capitão Benwick se aproximar dela, logo que todos saíram para a rua. A conversa entre os dois, na noite anterior, não o deixou indisposto a procurá-la novamente, e caminharam juntos por algum tempo, falando, como antes, sobre Scott e Byron, ainda tão incapazes quanto antes, e quanto quaisquer dois leitores, de pensar exatamente o mesmo sobre os méritos dos dois, até que algo causou uma mudança quase que geral no grupo e, ao invés do Capitão Benwick, ela tinha o Capitão Harville ao seu lado.

– Senhorita Elliot, – disse ele, falando numa voz um tanto quanto baixa, – fez uma boa ação, ao levar o pobre camarada a falar tanto. Gostaria que ele tivesse uma companhia como a sua com mais frequência. É ruim para ele, eu sei, ficar tão enfurnado quanto fica, mas o que podemos fazer? Não podemos nos separar.

– Não, – disse Anne, – isso posso facilmente acreditar que é impossível, mas talvez com o tempo... sabemos o que o tempo faz, em casos de amargura, e o senhor deve se lembrar, Capitão Harville, que o luto de seu amigo ainda pode ser considerado recente – foi apenas no ano passado, pelo que sei.

– Sim, é verdade, – disse ele, com um profundo suspiro, – em junho.

– E talvez ele não tenha ficado sabendo logo.

– Não ficou sabendo até a primeira semana de agosto, quando voltou do Cabo, recém-nomeado capitão do Grappler. Eu estava em Plymouth, ansioso por receber notícias dele; ele mandava cartas, mas o Grappler recebera ordens de ir a Portsmouth. A notícia deveria segui-lo até lá, mas quem deveria contar? Não eu. Preferiria me enforcar no mastro. Ninguém quis fazê-lo, exceto aquele bom homem – disse ele, apontando para o Capitão Wentworth. – O Laconia havia aportado em Plymouth na semana anterior, e não havia risco de ser mandado para o mar novamente. Ele se sacrificou por nós; pediu uma licença mas, sem esperar a resposta, viajou noite e dia até chegar a Portsmouth, remou até o Grappler imediatamente, e não deixou o pobre sozinho por uma semana. Foi isso o que ele fez, e ninguém mais poderia ter salvo o pobre James. Pode imaginar, Srta. Elliot, o quanto ele nos é caro!

A opinião de Anne sobre o assunto era mesmo muito clara, e declarou-a em sua resposta, tão bem quanto seus próprios sentimentos permitiram, ou quanto seu ouvinte pôde aguentar, pois ficou abalado demais para prosseguir com o assunto e, quando falou novamente, foi sobre algo completamente diferente.

A opinião da Sra. Harville, de que seu marido já teria andado o suficiente quando chegassem em casa, determinou a direção do grupo todo, naquela que deveria ser sua última caminhada; eles os acompanhariam até a porta, e então partiriam. De acordo com seus cálculos, haveria apenas tempo suficiente para isso, mas, quando chegaram perto do quebra-mar, todos desejaram tanto andar ao longo dele mais uma vez, o grupo todo estava inclinado e Louisa tão determinada, que consideraram que quinze minutos não fariam a menor diferença. Então, com todas as despedidas educadas e a gentil troca de convites e promessas que podem ser imaginadas, despediram-se do Capitão e da Sra. Harville em sua porta e, ainda acompanhados pelo Capitão Benwick, que parecia agarrar-se a eles até o último segundo, dirigiram-se até o quebra-mar, para despedir-se dele adequadamente.

Anne percebeu que o Capitão Benwick se aproximava dela novamente. Os "mares azul-escuro" de Lord Byron não puderam deixar de ser evocados pela vista que tinham à sua frente, e ela lhe deu, de bom grado, toda a atenção possível. Sua atenção foi, contudo, necessariamente atraída por outra coisa.

Havia vento demais para fazer com que a parte alta do novo quebra-mar fosse agradável para as damas, e todos concordaram a descer a escada até a parte mais baixa, e contentaram-se em passar silenciosa e cuidadosamente pelo lance íngreme, exceto Louisa; ela exigiu pular por cima dele, com a ajuda do Capitão Wentworth. Em todas as suas caminhadas, ele teve que ajudá-la a pular por cima dos lances de escadas; ela deleitava-se com a sensação. A dureza do pavimento sob os pés dela fez com que ele ficasse menos disposto, naquela ocasião; contudo, o fez. Ela foi colocada no chão em segurança, e imediatamente, para demonstrar seu divertimento, correu escada acima, para pular com a ajuda dele novamente. Ele a aconselhou a não fazê-lo, dizendo que o baque era grande demais; porém, falou e argumentou em vão, pois ela apenas sorriu e disse:

– Estou determinada a fazê-lo.

Ele estendeu os braços, mas ela precipitou-se por meio segundo, caiu no patamar inferior do quebra-mar, e desmaiou! Não havia qualquer ferida, sangue ou hematoma visível, mas seus olhos estavam fechados, ela não respirava e seu rosto estava branco como a morte. Que momento horrível, para todos os que observavam!

O Capitão Wentworth, que a levantara, ajoelhara-se com ela em seus braços, olhando para ela com um rosto tão pálido quanto o dela, em silenciosa agonia.

– Ela está morta! Está morta! – gritou Mary, agarrando o marido e contribuindo, com o próprio horror dele, para que ficasse imóvel. E, um momento depois, Henrietta, afetada por tal convicção, também perdeu os sentidos, e teria caído sobre os degraus, se não fosse pelo Capitão Benwick e Anne, que a seguraram e apoiaram entre os dois.

– Ninguém pode me ajudar? – foram as primeiras palavras que saíram da boca do Capitão Wentworth, em um tom de desespero, como se suas próprias forças tivessem se esvaído.

– Vá até ele, vá até ele, – exclamou Anne, – pelo amor de Deus, vá até ele. Consigo segurá-la sozinha. Deixe-me, e vá até ele. Esfregue as mãos dela, massageie suas têmporas; aqui estão meus sais, pegue-os, pegue-os.

O Capitão Benwick obedeceu, assim como Charles, naquele mesmo momento, desvencilhando-se da esposa, e ambos foram até o Capitão Wentworth. Louisa foi levantada e apoiada mais firmemente entre eles, e tudo o que Anne havia dito foi feito, mas em vão. O Capitão Wentworth, apoiando-se na murada, exclamou em agonia:

– Oh, Deus! Os pais dela!

– Um médico! – disse Anne.

Ele a ouviu; a palavra pareceu animá-lo imediatamente e, dizendo somente: "Verdade, verdade, um médico neste instante", começava a correr, quando Anne sugeriu ansiosamente:

– O Capitão Benwick, não seria melhor que ele fosse? Ele sabe onde pode encontrar um médico.

Todos os que estavam conseguindo pensar concordaram com a ideia e, dentro de um momento (tudo estava sendo feito rapidamente), o Capitão Benwick havia deixado a pobre figura cadavérica aos cuidados exclusivamente de seu irmão, e saído em direção à cidade com a máxima rapidez.

Quanto ao infeliz grupo deixado para trás, mal é possível dizer qual dos três que estavam completamente racionais sofria mais: o Capitão Wentworth, Anne ou Charles, que, sendo um irmão extremamente afetuoso, debruçava-se sobre Louisa chorando copiosamente, e só conseguia desviar o olhar de uma irmã para observar a outra, tão desacordada quanto a primeira, ou para testemunhar a agitação histérica de sua esposa, que lhe pedia uma ajuda que ele não podia dar.

Anne, cuidando de Henrietta com toda a força, zelo e consideração que seus instintos permitiam, continuava tentando, em intervalos, sugerir algo que pudesse confortar os outros, aquietar Mary, animar Charles e acalmar o Capitão Wentworth. Ambos pareciam perguntar a ela o que fazer.

– Anne, Anne, – exclamou Charles, – o que devemos fazer agora? O que, em nome de Deus, devemos fazer agora?

Os olhos do Capitão Wentworth também estavam voltados para ela.

– Não seria melhor a carregarmos até a estalagem? Sim, estou certa; vamos carregá-la gentilmente até a estalagem.

– Sim, sim, para a estalagem – repetiu o Capitão Wentworth, comparativamente composto, e ansioso por fazer algo. – Eu mesmo a levarei. Musgrove, cuide das outras.

A esta altura, a notícia do acidente já havia se espalhado entre os trabalhadores e estivadores no quebra-mar, e muitos haviam se juntado ao redor deles, para serem úteis, se necessário, ou, no mínimo, aproveitar a visão de uma jovem morta, não, duas jovens mortas, pois descobriram que a situação era duas vezes melhor do que a primeira notícia. Henrietta foi deixada ao encargo das pessoas de melhor aparência dentre elas, pois, apesar de estar parcialmente reavivada, continuava completamente indefesa. Deste modo, com Anne caminhando ao seu lado e Charles cuidando da esposa, eles partiram, voltando, com sentimentos inexpressíveis, pelo caminho que haviam acabado de percorrer, com os corações tão leves.

Não tinham nem saído do quebra-mar quando os Harville os encontraram. O Capitão Benwick havia sido visto correndo pela casa deles, com uma expressão que demonstrava haver algo de errado; então, partiram imediatamente, informados e direcionados conforme passavam, em direção ao local. Apesar de chocado, o Capitão Harville trouxera com ele sensatez nervos estáveis que podiam ser imediatamente úteis, e uma troca de olhares entre ele e a esposa decidiu o que deveriam fazer. Louisa deveria ser levada até a casa deles, todos deveriam ir para a casa deles, e lá esperar a chegada do médico. Não quiseram ouvir protestos e foram obedecidos. Todos foram para debaixo de seu teto, e enquanto Louisa, sob as instruções da Sra. Harville, era levada para o andar de cima e colocada em sua própria cama, auxílio, tônicos e restaurativos foram fornecidos por seu marido a todos os que deles precisavam.

Louisa abrira os olhos uma vez, mas logo os fechara novamente, sem consciência aparente. Contudo, isto havia sido uma prova de vida útil para sua irmã, e Henrietta, apesar de estar perfeitamente incapaz de ficar no mesmo quarto que Louisa, foi impedida de desmaiar novamente pela agitação causada pela esperança e pelo medo. Mary também estava ficando mais calma.

O médico chegou até eles quase que antes de parecer ser possível.

Ficaram doentes de preocupação enquanto ele a examinava, mas lhes deu esperança. A cabeça havia recebido uma contusão severa, mas ele já havia visto pessoas se recuperarem de pancadas piores; não estava desesperançoso, de jeito algum, e falava em um tom alegre.

O fato de o médico não considerar o caso desesperador e não ter dito que Louisa só tinha mais algumas horas de vida era mais do que a maioria deles poderia esperar; e podemos imaginar o êxtase de tal salvação, a alegria profunda e silenciosa, após umas poucas expressões ferventes de gratidão aos céus terem sido oferecidas.

Anne tinha certeza de que jamais poderia esquecer o tom e a expressão com os quais o Capitão Wentworth exclamou "graças a Deus", tampouco a visão dele depois disso, sentado perto de uma mesa, debruçado sobre ela com os braços cruzados e o rosto escondido, como se sobrepujado pelos diversos sentimentos de sua alma e tentando, com preces e reflexão, acalmá-los.

Os membros de Louisa estavam incólumes. O único machucado era na cabeça.

Agora se tornara necessário que o grupo considerasse o que seria melhor fazer, em relação à situação de todos eles. Já podiam falar uns com os outros e se consultar mutuamente. O fato de que Louisa precisava ficar onde estava, por mais doloroso que fosse para seus amigos envolver a família Harville em tamanho transtorno, não permitia dúvidas. Transportá-la seria impossível. Os Harville silenciaram todos os escrúpulos e, ao máximo que puderam, todos os agradecimentos. Haviam previsto e arranjado tudo, antes que os outros começassem a pensar. O Capitão Benwick precisaria liberar seu quarto para eles, e arrumar uma cama em outro lugar; e tudo foi combinado. Só se preocupavam com o fato de a casa não poder acomodar mais pessoas e, ainda assim, talvez se "colocassem as crianças no quarto da criada, ou armar um berço em algum lugar", mal podiam deixar de cogitar arrumar espaço para mais duas ou três pessoas, supondo que quisessem ficar. Contudo, em relação a qualquer cuidado com a Srta. Musgrove, não precisaria haver a menor preocupação em deixá-la inteiramente aos cuidados da Sra. Harville. Ela era uma enfermeira experiente, e também o era sua ama-seca, que vivia há tempos com ela e a acompanhara a todos os cantos. Com essas duas, Louisa não ficaria sem cuidados, de dia ou de noite. E tudo isso foi dito com tal veracidade e sinceridade de sentimentos que era irresistível.

Charles, Henrietta e o Capitão Wentworth estavam confabulando e, por um tempo, foi somente uma troca de perplexidade e terror. "Uppercross, a necessidade de alguém ir até Uppercross; a notícia que seria dada; como poderiam contar para o Sr. e a Sra. Musgrove; como já era tarde; uma hora se passara, desde o momento em que deviam ter partido; a impossibilidade de se chegar lá em um horário razoável". Primeiro, não conseguiram dizer nada mais útil do que tais exclamações; mas, depois de um tempo, o Capitão Wentworth, se esforçando, disse:

– Precisamos nos decidir, e sem perder mais um minuto. Todo minuto é valioso. Alguém precisa decidir partir para Uppercross imediatamente. Musgrove, quem precisa ir é você ou eu.

Charles concordou, mas declarou sua resolução de não partir. Daria o menor trabalho possível para o Capitão e a Sra. Harville, mas não devia, nem iria, deixar sua irmã em tal estado. Até este ponto, estavam decididos, e Henrietta primeiro disse o mesmo. Contudo, foi persuadida a pensar de outra maneira. Qual seria a utilidade de sua permanência? Ela, que não fora capaz de ficar no mesmo quarto que Louisa, nem de olhar para ela, sem sofrimentos que a fizeram ficar mais do que indefesa! Foi forçada a reconhecer que não poderia fazer bem algum, mas continuava indisposta a partir, até que, abalada por pensar em seus pais, desistiu: consentiu e ficou ansiosa por voltar para casa.

O plano havia chegado até este ponto, quando Anne, descendo em silêncio do quarto de Louisa, não pôde deixar de ouvir o que se seguiu, pois a porta da sala estava aberta.

– Então está decidido, Musgrove, – exclamou o Capitão Wentworth, – você fica e eu levo sua irmã para casa. Mas quanto ao resto, quanto aos outros, se uma pessoa for ficar para auxiliar a Sra. Harville, acho que precisa ser só uma. A Sra. Charles Musgrove, é claro, desejará voltar para seus filhos; mas se Anne ficar, não haverá ninguém mais adequada ou capaz do que Anne.

Ela pausou um momento para recuperar-se da emoção de ouvi-lo falando dela daquela maneira. Os outros dois concordaram acaloradamente com o que ele disse, então ela apareceu.

– Você ficará, tenho certeza; ficará para cuidar dela – exclamou ele, voltando-se para ela e falando com uma animação combinada com gentileza, que parecia quase que restaurar o passado. Ela corou profundamente, e ele se recompôs e se afastou. Anne declarou estar perfeitamente disposta, pronta e feliz em ficar. Disse que era o que ela mesma andava pensando e desejando poder fazer. Um colchão no chão do quarto de Louisa seria suficiente para ela, se a Sra. Harville pudesse arranjá-lo.

Só mais uma coisa, e tudo parecia estar decidido. Apesar de ser um tanto quanto desejável que o Sr. e a Sra. Musgrove fossem previamente alarmados por um pouco de atraso, o tempo necessário para que os cavalos de Uppercross os levassem de volta seria uma prorrogação terrível do suspense, então o Capitão Wentworth propôs, e Charles Musgrove concordou, que seria muito melhor alugarem um cabriolé da estalagem, e deixar a carruagem e os cavalos do Sr. Musgrove para serem mandados de volta para casa na manhã seguinte, bem cedo, quando ainda teriam a vantagem de mandar notícias sobre como Louisa passara a noite.

O Capitão Wentworth, então, saiu apressado para aprontar tudo o que estava sob sua responsabilidade, e esperando ser logo seguido pelas duas damas. Quando Mary foi informada sobre o plano, contudo, foi o fim de toda a paz. Ficou tão descontente, e tão veemente, reclamou tanto da injustiça de esperarem que ela fosse embora, ao invés de Anne; Anne, que não era nada de Louisa, enquanto que ela era sua cunhada, e tinha mais direito de ficar no lugar de Henrietta! Por que ela não seria tão útil quanto Anne? E ir para casa sem Charles, também, sem seu marido! Não, era crueldade demais. Em resumo, ela disse mais do que seu marido pôde aguentar e, visto que nenhum dos outros podia se opor, quando ele mesmo cedera, não havia o que fazer: a troca de Anne por Mary foi inevitável.

Anne nunca se sujeitara com tanta relutância às exigências invejosas e irrefletidas de Mary, mas não houve jeito, e o grupo partiu em direção à cidade, com Charles cuidando da irmã e o Capitão Benwick a apoiando. Lembrou-se, por um momento, enquanto andavam apressados, das pequenas circunstâncias que os mesmos lugares haviam testemunhado mais cedo. Ali, ela ouvira os planos de Henrietta para que o Sr. Shirley partisse de Uppercross; mais para frente, ela havia visto o Sr. Elliot pela primeira vez. Um momento parecia ser tudo o que podia dar a qualquer assunto que não fosse Louisa, ou aqueles que estavam empenhados em cuidar de seu bem-estar.

O Capitão Benwick a tratava com a maior consideração, e, unidos como todos pareciam estar pela consternação daquele dia, Anne sentiu sua simpatia por ele crescer, e a ideia de que poderiam, talvez, continuar a interagir lhe causou prazer.

O Capitão Wentworth os aguardava com um cabriolé puxado por quatro cavalos, estacionado convenientemente na parte mais baixa da rua; mas sua evidente surpresa e insatisfação ao ver a substituição de uma irmã por outra, a mudança em seu semblante, sua surpresa e as expressões reprimidas com que ouviu a notícia de Charles, fizeram com que Anne se sentisse envergonhada do modo como fora recebida, ou pelo menos a convenceu de que só era valorizada enquanto pudesse ser útil para Louisa.

Tentou se recompor e ser justa. Sem tentar emular os sentimentos de uma Emma por seu Henry[1], ela teria cuidado de Louisa com mais zelo do que ditava a consideração, pelo bem dele, e esperava que ele não fosse tão injusto ao ponto de pensar que ela se esquivaria desnecessariamente dos deveres de uma amiga.

Enquanto pensava nisso, subiu na carruagem. O Capitão Wentworth havia ajudado as duas damas a entrar, e se sentado entre elas. Deste modo, e sob essas circunstâncias, cheias de surpresa e emoção

[1] N. da T.: Referência ao poema "Henry and Emma", de 1709, escrito por Matthew Prior, que trata de uma mulher que declara estar disposta a servir de criada para a amante do homem por quem é apaixonada, para provar seu amor.

para Anne, ela partiu de Lyme. Como a longa viajem passaria, como afetaria seus modos, e que tipo de interação teriam, ela não podia prever. Foi tudo bastante natural, entretanto. Ele dedicou-se a Henrietta; estava sempre voltando-se para ela e, nas poucas vezes em que falou algo, era sempre para dar esperanças e levantar o ânimo dela. Poupar Henrietta de qualquer agitação parecia ser o princípio que regia seus atos. Só uma vez, quando ela lastimava o último impensado e desafortunado passeio até o quebra-mar, lamentando terem tido tal ideia, ele irrompeu, como se estivesse completamente abalado:

– Não fale disso, por favor – exclamou ele. – Oh, céus, como queria não ter cedido no momento fatal! Se houvesse feito o que devia! Mas ela é tão ávida e decidida! Querida, doce Louisa!

Anne imaginou se agora ocorrera a ele questionar a justeza de sua opinião anterior quanto à felicidade universal e as vantagens da firmeza de caráter, e se talvez não pensasse que, assim como todas as outras qualidades da mente, deveria ter suas proporções e limites. Imaginou que ele não poderia deixar de perceber que um temperamento persuasível não poderia, às vezes, contribuir tanto para a felicidade, quanto um muito resoluto.

Fizeram progresso rapidamente. Anne ficou atônita ao reconhecer as mesmas colinas e os mesmos objetos tão depressa. A verdadeira velocidade da carruagem, aumentada pelo medo do desfecho da viagem, fez com que a estrada parecesse ter a metade do comprimento do dia anterior. Entretanto, a noite já caía antes de chegarem na vizinhança de Uppercross, e havia um silêncio completo entre eles já há algum tempo, Henrietta recostada em um canto, com um xale sobre o rosto, dando aos outros a esperança de ter chorado até dormir, quando, conforme subiam a última colina, Anne se viu abordada repentinamente pelo Capitão Wentworth. Em um tom baixo e cauteloso, disse:

– Estive considerando o que seria melhor fazermos. Ela não deve aparecer primeiro. Não aguentaria. Estou pensando se não seria melhor você ficar na carruagem com ela, enquanto entro e dou a notícia ao Sr. e à Sra. Musgrove. Não acha que é um bom plano?

Ela achava; ele ficou satisfeito e não disse mais nada. Mas a lembrança do pedido lhe trouxe prazer, como uma prova de amizade e deferência a sua opinião, um grande prazer; e, quanto se mostrou ser uma espécie de última prova, de despedida, seu valor não diminuiu.

Após a aflitiva notícia ter sido dada em Uppercross, e o Capitão Wentworth ter visto o pai e a mãe de Louisa tão compostos quanto seria de se esperar, e Henrietta melhor na companhia deles, anunciou sua intenção de voltar para Lyme na mesma carruagem; e, quando os cavalos estavam prontos, se foi.

(Fim do Livro I)

Capítulo 13

O restante da estadia de Anne em Uppercross, que consistiu em apenas dois dias, foi passado inteiramente no casarão principal, e ela teve a satisfação de descobrir que era de extrema valia lá, por sua companhia e por ajudar com todos os arranjos para o futuro, os quais, com o estado de agonia do Sr. e da Sra. Musgrove, teriam sido obstáculos.

Receberam notícias de Lyme logo cedo, na manhã seguinte. Louisa continuava mais ou menos no mesmo estado. Nenhum sintoma pior do que os anteriores haviam aparecido. Charles chegou algumas horas depois, trazendo um relato atualizado e mais detalhado. Estava moderadamente alegre. Uma cura rápida não era de se esperar, mas tudo estava correndo tão bem quanto a natureza do caso permitia. Ao falar da família Harville, parecia incapaz de fazer jus à sua opinião sobre a gentileza deles, especialmente dos esforços da Sra. Harville como enfermeira. Disse que ela não deixara nada para Mary fazer. Ele e Mary haviam sido convencidos a voltar cedo para a estalagem, na noite anterior. Mary ficara histérica novamente, aquela manhã. Quando ele partira, ela estava prestes a sair para caminhar com o Capitão Benwick, o que ele esperava que lhe faria bem. Quase desejava ter sido convencido a voltar para casa no dia anterior, pois a verdade era que a Sra. Harville não deixara sobrar nada para ninguém fazer.

Charles voltaria para Lyme naquela mesma tarde, e seu pai logo cogitou ir com ele, mas as damas não permitiram. Só aumentaria o transtorno para os outros e sua própria angústia, então um plano muito melhor foi elaborado e posto em prática. Mandaram vir uma carruagem de Crewkherne, e Charles trouxe de volta uma pessoa muito mais útil, a velha ama-seca da família, que havia criado todas as crianças até o caçula, o indolente e mimado Harry, ser enviado para a escola depois de seus irmãos. Ela agora morava no berçário deserto, consertando meias e pondo curativos em todos os machucados e machucados em que conseguia pôr as mãos, então ficou extremamente feliz em poder ir ajudar a cuidar da querida Srta. Louisa. Um vago desejo de mandar Sarah até Louisa já havia ocorrido à Sra. Musgrove e a Henrietta, mas sem Anne, dificilmente teria sido colocado em prática, nem sido possibilitado tão cedo.

No dia seguinte, deveram todas as informações detalhadas sobre Louisa a Charles Hayter, informações essas que precisavam ser obtidas a cada vinte e quatro horas. Ele se responsabilizara por ir até Lyme, e as notícias que trouxe foram encorajadoras. Acreditavam que os intervalos de consciência de Louisa estavam ficando mais fortes. Todos os relatos concordavam que o Capitão Wentworth parecia ter se fixado em Lyme.

Anne partiria na manhã seguinte, ocasião que era temida por todos. O que fariam sem ela? Eram péssimos em confortar uns aos outros. Tanto foi dito sobre o assunto, que Anne julgou ser melhor transmitir a todos a inclinação geral que havia percebido entre eles, e persuadi-los todos a ir para Lyme imediatamente. Encontrou pouca dificuldade; logo já estava decidido que iriam, que iriam no dia seguinte, se hospedariam na estalagem ou alugariam aposentos, conforme achassem apropriado, e lá ficariam até que a querida Louisa pudesse viajar. Precisavam aliviar um pouco da carga das boas pessoas com quem ela estava; pelo menos, poderiam desincumbir a Sra. Harville do cuidado com seus próprios filhos. Em resumo, ficaram tão felizes com a decisão, que Anne ficou contentíssima com o que havia feito, e achou que não teria sido possível passar sua última manhã em Uppercross de um modo melhor do que ajudando-os com os preparativos e despedindo-se deles logo cedo, apesar de a consequência ter sido ficar sozinha na casa vazia.

Ela era a última, exceto os menininhos que estavam no chalé, a última de todos, a única que ficara dentre todas as pessoas que haviam preenchido e animado as duas casas, de todos os que davam a Uppercross seu caráter alegre. Alguns dias haviam feito uma tremenda diferença!

Se Louisa se recuperasse, tudo ficaria bem novamente. Uma felicidade maior do que a anterior seria restaurada. Não podia haver dúvida, ela mesma não tinha nenhuma, sobre o que se seguiria à recuperação de Louisa. Alguns meses depois, e a sala que agora estava tão deserta, ocupada só por ela mesma, quieta e pensativa, estaria cheia novamente, com tudo o que havia de mais feliz e contente, cheia do brilho de um amor próspero, tudo o que havia de menos parecido com Anne Elliot!

Uma hora inteira dedicada a tais reflexões, em um dia escuro de novembro, com uma chuvinha grossa quase que borrando os poucos objetos que podiam ser avistados através das janelas, foi o suficiente para fazer com que o som da carruagem de Lady Russell fosse extremamente bem-vindo. Ainda assim, apesar de estar desejosa de partir, não pôde sair do casarão principal, ou olhar em despedida para o chalé, com sua varanda escura, molhada e desconfortável, ou até mesmo observar os últimos arrendamentos humildes do vilarejo através dos vidros embaçados, sem sentir uma tristeza no coração. Acontecimentos haviam se passado em Uppercross, que a tornavam preciosas. Testemunhara muitas dores, outrora severas, mas agora atenuadas, e alguns casos de sentimentos abrandados, algumas sugestões de amizade e reconciliação, que nunca mais poderiam ser esperadas, e que nunca deixariam de ser valiosas. Anne deixava tudo para trás, tudo menos as lembranças de que tais coisas haviam acontecido.

Não estivera em Kellynch desde que partira da casa de Lady Russell, em setembro. Não havia sido necessário, e havia escapado das poucas ocasiões em que tivera a possibilidade de ir até Kellynch Hall. Seu retorno seria para retomar seu lugar nos modernos e elegantes apartamentos de Kellynch Lodge, e para a alegria de sua dona.

Havia um pouco de ansiedade misturada com a felicidade de Lady Russell ao vê-la. Ela sabia quem andara frequentando Uppercross. Mas felizmente, ou Anne havia engordado um pouco e estava com uma aparência melhor, ou Lady Russell achava que sim; e Anne, ao receber seus elogios, naquela ocasião, divertiu-se ao ligá-los à admiração silenciosa de seu primo e esperar que estava sendo abençoada com uma segunda primavera de juventude e beleza.

Quando começaram a conversar, ela logo reparou em algum tipo de mudança mental. Os assuntos que ocupavam seu coração, quando partiu de Kellynch, e que ela sentira que haviam sido desprezados e tentara ocultar dos Musgrove, agora eram de interesse secundário. Ultimamente, tinha até mesmo esquecido de pedir notícias de seu pai e sua irmã em Bath. Os assuntos deles haviam sido sobrepujados pelos de Uppercross e, quando Lady Russell retomou a discussão sobre as esperanças e receios relativos a eles, e falou sobre sua satisfação com a casa em Camden Place, que havia sido alugada, e lamentou o fato de a Sra. Clay ainda estar em companhia deles, Anne teria ficado envergonhada se sua amiga soubesse que estava pensando muito mais sobre Lyme e Louisa Musgrove, e todos os seus conhecidos que lá estavam, e que estava muito mais interessada no lar e na amizade dos Harville e do Capitão Benwick, do que na casa de seu próprio pai em Camden Place, ou na amizade íntima de sua própria irmã com a Sra. Clay. Na verdade, teve que se forçar a responder a Lady Russell com um mínimo de solicitude em relação a tópicos que, por sua natureza, deveriam atrair primeiro seu interesse.

Houve um pouco de embaraço, de primeira, ao discutirem outro assunto. Precisavam falar sobre o acidente que acontecera em Lyme. Fazia apenas cinco minutos que Lady Russell chegara, no da anterior, quando ficou sabendo de tudo sobre o incidente; ainda assim, precisavam falar sobre o assunto, ela precisava fazer perguntas, lamentar a imprudência, lastimar o resultado, e o nome do Capitão Wentworth precisava ser mencionado por ambas. Anne estava consciente de não se desincumbir da tarefa tão bem quanto Lady Russell. Não conseguiu pronunciar seu nome e olhar diretamente para Lady Russell, até que adotou o recurso de contar a ela brevemente o que pensava sobre a ligação entre ele e Louisa. Após fazê-lo, o nome dele não a afligiu mais.

Lady Russell apenas ouviu tranquilamente e desejou felicidades ao casal, mas internamente seu coração se regozijava em prazer raivoso, em desprezo prazeroso, com o fato de o homem que, aos vinte e três anos, parecera compreender um pouco do valor de alguém como Anne Elliot poderia, oito anos depois, se encantar com alguém como Louisa Musgrove.

Os primeiros três ou quatro dias se passaram da forma mais tranquila possível, nem qualquer circunstância que os marcasse, exceto o recebimento de um ou dois bilhetes vindos de Lyme, que chegaram até Anne sabe-se lá como, e que trouxeram notícias melhores sobre Louisa. Ao final daquele período, a polidez de Lady Russell a impediu de permanecer inerte, e o que antes eram apenas preocupações vagas, se tornaram mais decididas:

– Preciso visitar a Sra. Croft; preciso mesmo visitá-la logo. Anne, tem coragem de vir comigo e visitar aquela casa? Será uma provação para nós duas.

Anne não se esquivou da tarefa; pelo contrário, estava sendo sincera quando observou:

– Acho que a senhora provavelmente sofrerá mais do que eu; seus sentimentos estão menos acostumados com a mudança do que os meus. Tendo permanecido na vizinhança, já me habituei com a situação.

Ela poderia ter falado mais sobre o assunto, pois tinha, na verdade, uma opinião tão boa sobre os Croft, e considerava seu pai um homem muito sortudo por ter tais inquilinos, e estava tão certa de que eram exemplos tão bons para a paróquia, e davam aos habitantes mais pobres do vilarejo tamanha consideração e atenção, que, por mais que lamentasse e se envergonhasse do fato de que sua família fora forçada a se mudar, sua consciência lhe dizia que aqueles que se mudaram não mereciam ficar, e que Kellynch Hall havia passado para mãos melhores do que as de seus proprietários. Essas convicções, sem dúvida, causavam-lhe dor, do tipo mais severo. Mas impediam que Anne sentisse aquela dor que Lady Russell sentiria ao entrar na casa novamente, e passear mais uma vez pelos conhecidos aposentos.

Naqueles momentos, Anne não conseguia dizer para si mesma: "estes aposentos deveriam pertencer somente a nós. Oh, como decaíram! Como são indignos seus ocupantes! Uma família antiga ser expulsa desta forma! Estranhos ocupando seu lugar!". Não, exceto quanto pensava em sua mãe, e se lembrava de onde ela costumava sentar e comandar a casa, não tinha nenhum suspiro daquele tipo para dar.

A Sra. Croft sempre a encontrara com tamanha gentileza, que a fazia cogitar, com prazer, ser sua preferida e, naquela ocasião, recebendo-a naquela casa, tratou-a com especial consideração.

O triste acidente em Lyme logo se tornou o tópico principal e, ao comparar as últimas notícias que haviam recebido sobre a inválida, parecia que as informações enviadas a ambas eram datadas da manhã anterior: o Capitão Wentworth estivera em Kellynch no dia que precedera aquele (pela primeira vez desde o acidente) e trouxera para Anne o último bilhete, aquele cuja rota ela não pudera identificar. Lá ficara algumas horas e depois voltara para Lyme, sem qualquer intenção de partir novamente. Anne descobriu que ele havia perguntado sobre ela especificamente, expressado sua esperança de que a Srta. Elliot não estivesse esgotada por seus esforços, e mencionado que tais esforços haviam sido grandes. Foi um tremendo elogio, e deu mais prazer a ela do que quase qualquer outra coisa.

Quanto ao triste incidente, só podia ser examinado de uma forma, por duas mulheres ponderadas e sensatas, que só emitiam opiniões sobre eventos concretos. Concordaram que havia sido a consequência de muita irreflexão e imprudência, que seus efeitos eram extremamente alarmantes, que era assustador pensar por quanto tempo a recuperação da Srta. Musgrove ainda seria duvidosa, e quanto ela ainda poderia sofrer com os efeitos da concussão! O Almirante encerrou o assunto sumariamente, exclamando:

– Sim, um negócio triste, com certeza. Que jeito novo, este, de um jovem cortejar uma dama, quebrando a cabeça dela, não é, Srta. Elliot? Isso é o que se chama de machucar e depois pedir desculpas!

Os modos do Almirante Croft não eram exatamente do tipo que

agradavam Lady Russell, mas deleitavam Anne. A bondade de seu coração e a simplicidade de seu caráter eram irresistíveis.

– Isso tudo deve ser muito ruim para você, – disse ele, saindo repentinamente de um devaneio, – vir até esta casa e nos encontrar aqui. Não havia percebido antes, juro, mas deve ser muito ruim. Mas vamos, não fique de cerimônia. Levante-se e passeie por todos os cômodos da casa, se quiser.

– Outro dia, senhor, obrigada, mas agora não.

– Bom, quando quiser. Pode entrar pelo meio dos arbustos a hora que desejar, e descobrirá que penduramos os nossos guarda-chuvas do lado daquela porta. É um bom lugar, não é? Mas, – disse ele, se concentrando, – a senhorita não achará que é um bom lugar, pois os seus eram guardados na sala do mordomo. Sim, é assim que costuma ser, creio eu. O modo de um homem fazer as coisas é tão bom quanto o do outro, mas todos nós preferimos os nossos. Então, a senhorita precisa decidir por si própria, se seria melhor passear pela casa, ou não.

Anne, ao descobrir que poderia recusar, o fez com gratidão.

– Fizemos muito poucas mudanças, também – continuou o Almirante, após pensar por um momento. – Muito poucas. Contamos para a senhorita sobre a porta da lavanderia, quando estávamos em Uppercross. Foi uma grande melhoria. O espanto foi imaginar como uma família deste mundo conseguiu aguentar a forma inconveniente como ela se abria por tanto tempo! Conte ao Sir Walter o que fizemos, e que o Sr. Shepherd acha que foi a melhor reforma pela qual a casa já passou. Realmente, preciso ser justo para conosco e dizer que as poucas alterações que fizemos foram todas para melhor. Minha mulher precisa levar o crédito por elas, contudo. Fiz muito pouco além de tirar os grandes espelhos que estavam no meu quarto de vestir, que era de seu pai. Um homem muito bom, e um verdadeiro cavalheiro, tenho certeza; mas imagino, Srta. Elliot, – disse ele, refletindo seriamente, – imagino que ele seja um homem um tanto quanto vaidoso para sua idade. Quantos espelhos! Senhor, não tinha jeito de fugir do próprio reflexo. Então, pedi a Sophy que me desse uma mão, e logo os mudamos de lugar. Agora estou bastante confortável, com meu espelhinho para fazer a barba em um canto, e outro troço enorme, do qual nunca chego perto.

Anne, divertindo-se a contragosto, não soube o que responder, e o Almirante, temendo não ter sido educado o suficiente, retomou o assunto, dizendo:

– Da próxima vez que escrever para seu bom pai, Srta. Elliot, peço que mande a ele meus cumprimentos e os da Sra. Croft, e diga que estamos muito satisfeitos aqui, e não temos nada a reclamar sobre o lugar. A chaminé da sala de café da manhã deixa vazar um pouco de fumaça, devo dizer, mas é só quando o vento está forte e soprando para o norte, o que acontece, no máximo, três vezes por inverno. E no todo, agora que já visitamos a maioria das casas da região e podemos julgar, não gostamos de nenhuma mais do que desta. Por favor, diga isto a ele, com os meus cumprimentos. Ele ficará contente em ouvir.

Lady Russell e a Sra. Croft ficaram muito satisfeitas uma com a outra; mas a relação que se iniciara com aquela visita não estava destinada a ir muito longe, naquele momento, pois quando os Croft a retribuíram, anunciaram que iriam passar as próximas semanas longe, visitando seus parentes no norte do país, e provavelmente não voltariam antes de Lady Russell ir para Bath.

Assim terminou todo o perigo de Anne encontrar o Capitão Wentworth em Kellynch Hall, ou de vê-lo na companhia de Lady Russell. Tudo estava seguro o suficiente, e ela sorriu ao pensar na ansiedade que sentira em relação ao assunto.

Capítulo 14

Apesar de Charles e Mary terem ficado em Lyme por muito mais tempo, após a ida do Sr. e da Sra. Musgrove, do que Anne imaginou que poderia ser desejado que ficassem, ainda assim foram os primeiros da família a voltar para casa, e assim que possível, depois de voltarem a Uppercross, foram até Kellynch Lodge. Quando partiram, Louisa estava começando a se sentar na cama, mas a mente dela, apesar de lúcida, estava extremamente fraca, e seus nervos enormemente sensíveis. Apesar de poder ser dito que ela estava se recuperando muito bem, ainda era impossível dizer quando ela poderia aguentar a viagem de volta para casa, e seus pais, que precisavam voltar eventualmente para receber os filhos mais velhos para o Natal, mal tinham esperanças de poder trazê-la com eles.

Todos estiveram hospedados juntos em acomodações alugadas. A Sra. Musgrove cuidava dos filhos da Sra. Harville o máximo que podia, e todos os suprimentos possíveis de Uppercross haviam sido enviados, para amenizar a inconveniência para os Harville, enquanto que estes últimos queriam que todos fossem jantar em sua casa todos os dias. Em resumo, parecia que a única briga era para ver qual lado era mais desinteressado e hospitaleiro.

Mary sofrera suas mazelas, mas, no geral, como estava evidente pelo fato de ter ficado tanto tempo em Lyme, havia descoberto mais coisas que a divertiam, do que a faziam sofrer. Charles Hayter estivera em Lyme com mais frequência do que ela gostaria, e quando jantavam com os Harville, havia só uma criada para servi-los. Além disso, primeiro a Sra. Harville dera precedência à Sra. Musgrove, mas depois disso, ela recebera um pedido de desculpas tão educado por parte dela, quando descobriu de quem ela era filha, e tantas coisas aconteceram todos os dias, tantos passeios entre os aposentos deles e a casa dos Harville, livros pegos da biblioteca e trocados com tanta frequência, que o saldo de tudo havia pendido em favor de Lyme. Havia sido levada a Charmouth, também, e lá se banhara no mar e fora à igreja, e havia muito mais pessoas para observar na igreja de Lyme do que na de Uppercross. Tudo isso, combinado com sua percepção de que havia sido muito útil, fizera com que suas duas últimas semanas fossem verdadeiramente agradáveis.

Anne perguntou sobre o Capitão Benwick, e o semblante de Mary ficou imediatamente anuviado. Charles riu.

– Oh! O Capitão Benwick está muito bem, creio eu, mas ele é um jovem muito estranho. Não sei o que ele pretende. O convidamos a vir para casa conosco por um dia ou dois; Charles se comprometeu a levá-lo para caçar algumas vezes, e ele pareceu muito contente, então pensei que estivesse tudo combinado. Eis que, na terça-feira à noite, ele deu uma desculpa esfarrapada; disse que "nunca caçava" e que tinha sido "incompreendido", e prometeu isso e aquilo, até que descobri que ele nunca pretendera vir. Suponho que ele receasse ficar entediado; mas juro que acho que somos animados o suficiente, no chalé, para um homem de coração partido como o Capitão Benwick.

Charles riu novamente, e disse:

– Vamos, Mary, você sabe muito bem o que aconteceu. Foi tudo culpa sua – disse ele, para Anne. – Ele pensou que se viesse conosco, encontraria você por perto; achava que todos moravam em Uppercross e, quando descobriu que Lady Russell mora a cinco quilômetros de distância, desistiu e não teve coragem de vir. Foi exatamente isso que aconteceu, juro por Deus, e Mary sabe.

Mas Mary não admitiu muito graciosamente, por não considerar que a posição social do Capitão Benwick o tornava digno de se apaixonar por uma Elliot, ou por não querer acreditar que Anne era uma atração maior a Uppercross do que ela mesma, é impossível saber com certeza. A simpatia de Anne, contudo, não diminuiu com o que ouvira. Reconheceu ousadamente estar lisonjeada, e continuou suas perguntas.

– Oh! Ele fala sobre você – exclamou Charles – de tal modo...

Mary o interrompeu.

– Asseguro-lhe, Charles, que não o ouvi mencionar o nome de Anne mais de uma vez, durante todo o tempo em que estive lá. Afirmo, Anne, que ele nunca falou de você.

– Não, – admitiu Charles, – não sei se ele fala, de modo geral; porém, está bem claro que ele a admira enormemente. Sua mente está cheia de alguns livros que está lendo, por recomendação sua, e ele quer discuti-los com você, parece que descobriu alguma coisa em um deles que pensou... oh, não posso fingir que me lembro o que era, mas era algo muito bonito! O ouvi falando sobre isso com Henrietta, e mencionou a "Srta. Elliot" da forma mais elogiosa! Vamos, Mary, asseguro-lhe de que foi assim, eu mesmo ouvi, e você estava na sala ao lado. "Elegância, doçura, beleza". Não parava de falar sobre os encantos da Srta. Elliot.

– E tenho certeza de que, – exclamou Mary, acaloradamente, – se falou mesmo, isso diz muito pouco sobre sua honradez. A Srta. Harville morreu logo no mês de junho passado. Vale muito pouco a pena ter conquistado um coração desses, não é, Lady Russell? Tenho certeza de que concordará comigo.

– Preciso ver o Capitão Benwick antes de me decidir – disse Lady Russell, sorrindo.

– Provavelmente o verá logo, posso afirmar, senhora – disse Charles. – Apesar de não ter criado coragem para vir conosco ou vir fazer uma visita formal, ele virá até Kellynch sozinho, um dia, pode confiar. Contei a ele sobre a distância e o estado da estrada, e disse que a igreja era uma atração digna de se ver, pois, como ele gosta deste tipo de coisa, pensei que seria uma boa desculpa, e ele me ouviu com toda a sua mente e alma. Tenho certeza, com base no jeito dele, que virá fazer uma visita aqui em breve. Então, esteja avisada, Lady Russell.

– Qualquer conhecido de Anne será sempre bem-vindo em minha casa – foi a gentil resposta de Lady Russell.

– Oh, quanto a ele ser conhecido de Anne, – disse Mary, – acho que, na verdade, ele é meu conhecido, pois o vi todos os dias, pelas duas últimas semanas.

– Bem, como conhecido de vocês duas, então, ficarei muito feliz de ver o Capitão Benwick.

– Asseguro-lhe de que não achará muita coisa agradável nele, senhora. É um dos jovens mais enfadonhos que já conheci. Algumas vezes, caminhou comigo de uma ponta da praia até a outra, sem dizer uma palavra. Não é de modo algum um jovem educado. Tenho certeza de que a senhora não gostará dele.

– Neste ponto, discordo de você, Mary – disse Anne. – Creio que Lady Russell gostará dele. Acho que ficará tão satisfeita com a personalidade dele, que logo não verá deficiências em seus modos.

– Também acho, Anne, – disse Charles, – tenho certeza de que Lady Russell gostará dele. Ele faz bem o tipo dela. Dê um livro a ele, e ele lerá o dia todo.

– Sim, fará isso, mesmo! – exclamou Mary, com escárnio. – Se sentará debruçado sobre o livro, e não perceberá quando alguém falar com ele, ou quando alguém derrubar a tesoura, ou qualquer coisa que acontecer. Você acha que Lady Russell gostaria disso?

Lady Russell não pôde conter uma risada.

– Céus, – disse ela, – nunca imaginei que minha opinião sobre alguém ensejaria tamanha diferença de conjecturas, por mais que me considere uma pessoa firme e direta. Estou bastante curiosa para conhecer a pessoa que dá origem a opiniões tão diametralmente opostas. Gostaria que ele pudesse ser induzido a vir nos fazer uma visita. E quando o fizer, Mary, pode confiar que ficará sabendo de minha opinião, mas estou determinada a não julgá-lo antecipadamente.

– Não gostará dele, garanto.

Lady Russell começou a falar de outro assunto. Mary falou com animação sobre seu extraordinário encontro, ou, na verdade, desencontro, com o Sr. Elliot.

– Ele é um homem – disse Lady Russell – que não tenho o menor desejo de ver. O fato de ter se recusado a estabelecer uma relação cordial com o chefe de sua família deixou em mim uma impressão muito forte contra ele.

Esta afirmação cerceou a animação de Mary, e a interrompeu no meio da descrição das feições típicas de um Elliot.

Em relação ao Capitão Wentworth, apesar de Anne não ter ousado fazer nenhuma pergunta, houve informações voluntárias o suficiente. Seu humor se recuperava muito bem, ultimamente, conforme seria de se esperar. Conforme Louisa melhorava, ele também, e agora estava completamente diferente do que estivera na primeira semana. Não vira Louisa, e temia tanto que uma visita sua pudesse causar consequências adversas a ela que não ousou nem sugerir tal coisa; pelo contrário, parecia estar planejando ficar uma semana ou dez dias fora, até que a cabeça dela estivesse mais forte. Andava falando em ir para Plymouth por uma semana, e queria persuadir o Capitão Benwick a ir com ele, mas, como Charles insistia em dizer, o Capitão

Benwick parecia muito mais disposto a ir para Kellynch.

Não podia haver dúvidas de que Lady Russell e Anne começaram a pensar ocasionalmente sobre o Capitão Benwick. Lady Russell não podia ouvir a campainha sem imaginar que o estava anunciando; tampouco podia Anne voltar de um passeio de indulgência solitária sem imaginar se o veria ou teria notícias dele. Contudo, o Capitão Benwick não veio. Estava menos disposto a vir do que Charles imaginara, ou era tímido demais, e depois de conceder-lhe uma semana de indulgência, Lady Russell decidiu que ele era indigno do interesse que começara a despertar.

Os Musgrove voltaram para casa, para receber seus alegres meninos e meninas durante as férias escolares, trazendo com eles os filhinhos da Sra. Harville, para melhorar a barulheira de Uppercross, e diminuir a de Lyme. Henrietta ficou com Louisa, mas todo o resto da família estava novamente em seus locais de costume.

Lady Russell e Anne visitaram a família uma vez, quando Anne determinou que Uppercross já estava bem animada, novamente. Apesar de nem Henrietta, nem Louisa, tampouco Charles Hayter ou o Capitão Wentworth, estarem lá, a sala de estar apresentava um contraste tão grande com a última vez que a vira quanto era de se esperar.

Imediatamente ao redor da Sra. Musgrove estavam os pequeninos Harville, a quem ela protegia diligentemente da tirania dos dois meninos de Mary e Charles, que haviam ido até lá expressamente para brincar com eles. Em um canto, estava uma mesa ocupada por algumas garotas tagarelas, cortando seda e papel dourado; em outro, estavam suportes e bandejas, dobrando sob o peso de carnes e tortas frias, onde garotos barulhentos se divertiam. Tudo isso era completado por um enorme fogo crepitando na lareira enfeitada para o Natal, que parecia determinado a ser ouvido, apesar de todo os outros barulhos. Charles e Mary também estavam lá, é claro, durante a visita de Anne e Lady Russell, e o Sr. Musgrove fez questão de cumprimentar esta última, sentando-se ao lado dela por dez minutos, falando em voz bem alta, tentando superar o calor das crianças em seu colo, geralmente em vão. Era uma bela cena familiar.

Anne, julgando-se por seu temperamento, teria considerado tal furacão doméstico um ruim restaurativo para seus nervos, que o acidente de Louisa devia ter abalado fortemente. Mas a Sra. Musgrove, que colocara Anne sentada perto dela de propósito, para poder agradecê-la cordialmente, de novo e de novo, por todo o seu auxílio à sua família, concluía uma curta recapitulação do que ela havia sofrido, observando, com um olhar feliz ao redor da sala, que depois de tudo pelo que havia passado, nada poderia fazer-lhe tão bem quanto um pouquinho de alegria sossegada em casa.

Louisa agora se recuperava rapidamente. Sua mãe já estava até mesmo pensando que ela seria capaz de se juntar ao resto da família em casa, antes que seus irmãos e irmãs voltassem para o colégio. Os Harville haviam prometido vir com ela e se hospedar em Uppercross, quando quer que ela voltasse. O Capitão Wentworth havia ido visitar seu irmão em Shropshire.

– Espero me lembrar, no futuro, – disse Lady Russell, assim que retornaram para a carruagem, – de não visitar Uppercross durante a época do Natal.

Todos têm seus gostos em relação a barulhos, assim como outras questões; e os sons são inofensivos ou altamente perturbadores de acordo com seu tipo, e não quantidade. Pouco tempo depois, quando Lady Russell chegava a Bath durante uma tarde chuvosa, dirigindo pelas longas ruas, de Old Bridge até Camden Place, em meio às outras carruagens apressadas, com o troar pesado de carroças e carrinhos de mão, os gritos dos vendedores de jornais, de bolinhos e de leite, combinados com o interminável bater de tamancos de chuva, não fez nenhuma reclamação. Não, estes eram barulhos que pertenciam aos prazeres do inverno; seu humor melhorava sob a influência deles, e, como a Sra. Musgrove, sentia, apesar de não dizer, que após ficar muito tempo no interior, nada poderia lhe fazer tão bem do que um pouco de sossegada alegria.

Anne não compartilhava de tais sentimentos. Persistia em uma determinada, porém silenciosa, antipatia por Bath; ao chegarem, entreviu os grandes edifícios, fumegando debaixo da chuva, sem qualquer desejo de vê-los melhor, e achou que seu progresso pelas ruas, apesar de desagradável, estava indo rápido demais, pois quem ficaria feliz em vê-la, quando chegasse? E lembrou-se, com carinhoso pesar, do alvoroço de Uppercross e do isolamento de Kellynch.

A última carta de Elizabeth continha uma notícia um tanto quanto interessante. O Sr. Elliot estava em Bath. Os havia visitado em Camden Place, uma, duas, três vezes, e fora notavelmente atencioso. Se Elizabeth e seu pai não estavam enganados, ele estava se esforçando para se relacionar com eles, e proclamar o valor de seu parentesco, tanto quanto anteriormente se esforçara para ser negligente. Isto seria maravilhoso, se fosse verdade, e Lady Russell estava em um estado de curiosidade agradável e perplexidade em relação ao Sr. Elliot, já se arrependendo do sentimento que recentemente expressara para Mary, de que ele era "um homem que não desejava ver". Tinha um grande desejo de vê-lo. Se ele buscasse, mesmo, se reconciliar, como um obediente ramo da família, deveria ser perdoado por ter cortado a si mesmo do resto da árvore.

Anne não estava tão animada com as circunstâncias, mas sentia que preferiria ver o Sr. Elliot novamente do que não vê-lo, o que era mais do que ela poderia dizer sobre muitas outras pessoas em Bath.

Foi deixada em Camden Place, e Lady Russell seguiu caminho até seus próprios aposentos, em Rivers Street.

Capítulo 15

Sir Walter havia alugado uma casa muito boa em Camden Place, em uma localização altiva e elegante, do tipo adequado para um homem de importância, e ele e Elizabeth estavam estabelecidos lá, de forma bastante satisfatória para ambos.

Anne entrou na casa com o coração pesado, prevendo uma prisão de muitos meses, e ansiosamente dizendo para si mesma:

– Oh, quando irei embora novamente?

Um pouco de cordialidade inesperada, contudo, na recepção que teve, a fez bem. Seu pai e sua irmã estavam felizes em vê-la, a fim de mostrar-lhe a casa e a mobília, e a receberam com gentileza. O fato de, com ela, formarem um grupo de quatro ao sentarem para jantar foi visto como uma vantagem.

A Sra. Clay estava muito agradável e sorridente, mas suas cortesias e sorrisos eram mera formalidade. Anne sempre sentira que ela dissimularia uma recepção apropriada, mas a complacência dos outros dois era algo inesperado. Estavam evidentemente de excelente humor, e ela logo ouviu os motivos. Eles não tinham a menor vontade de ouvi-la falar. Após dar a deixa para alguns elogios, de estarem fazendo muita falta em sua vizinhança antiga, elogios estes que Anne não podia fazer, fizeram apenas algumas poucas perguntas antes de dominarem completamente a conversa. Uppercross não despertava qualquer interesse, Kellynch muito pouco; só queriam saber de Bath.

Tiveram o prazer de garantir a ela que Bath mais do que correspondia às suas expectativas, sob todos os aspectos. Sua casa era, sem dúvida, a melhor de Camden Place; suas salas de estar tinham muitas vantagens sobre todas as outras das quais haviam ouvido falar ou que tinham visto, e sua superioridade não era menor em relação ao estilo da decoração ou ao gosto na mobília. Todos queriam se relacionar com eles e visitá-los. Haviam recusado muitas apresentações, mas continuavam recebendo inúmeros cartões de pessoas que nem sabiam quem eram.

Como estavam se divertindo! Podia Anne se surpreender por seu pai e sua irmã estarem tão felizes? Não se surpreendia, mas suspirava por seu pai não sentir-se humilhado pela mudança, não sentir falta dos deveres e da dignidade de um senhor de terras, e encontrar tanto para alimentar sua vaidade na pequeneza de uma cidadezinha. Também suspirou, sorriu e se surpreendeu enquanto Elizabeth abria as portas duplas e andou de uma sala para outra, vangloriando-se de seus espaços, com a possibilidade de tal mulher, que havia sido a senhora de Kellynch Hall, encontrar algo para se orgulhar entre duas paredes, com menos de dez metros de distância entre elas.

Mas isso não era tudo o que os fazia feliz. Também tinham o Sr. Elliot. Anne tinha muito a ouvir sobre ele. Não só estava perdoado, como também a família estava deleitada com ele. Estava em Bath há mais ou menos uma quinzena (passara por Bath em novembro, a caminho de Londres, quando obviamente ficou sabendo que Sir Walter estava estabelecido lá, mas como ficara somente vinte e quatro horas na cidade, não pudera fazer nada com a informação), e seu primeiro objetivo, ao chegar, tinha sido deixar seu cartão em Camden Place, e então fazer tamanho esforço para encontrar a família. Ao se encontrarem, a franqueza de sua conduta, prontidão em desculpar-se pelo passado e solicitude por ser recebido como parente novamente fizeram com que o antigo relacionamento entre eles fosse reestabelecido por completo.

Não tinham nada para reclamar sobre ele. Ele havia dado explicações sobre todas as possíveis instâncias de negligência de sua parte. Tudo havia se originado com um mal-entendido. Ele nunca tivera a intenção de cortar relações; temia ter sido excluído, mas não sabia o porquê, e sua educação o mantivera em silêncio. Mediante a insinuação de ter falado de forma desrespeitosa ou cuidadosa sobre a família e a honra familiar, ficou indignado. Ele, que sempre se gabava de ser um Elliot, e cujos sentimentos em relação ao parentesco eram, na verdade, severos demais para combinar com o tom informal da época. Ficou atônito, realmente, mas seu caráter e sua conduta refutariam todas as acusações. Sir Walter poderia consultar todos os que o conheciam, e certamente que o esforço que fizera, nesta primeira oportunidade de reconciliação, para restaurar seu status de parente e herdeiro, era uma grande prova de suas opiniões sobre o assunto.

Também descobriram que as circunstâncias de seu casamento permitiam muitos atenuantes. Este não foi um assunto que o próprio Sr. Elliot mencionou, e sim um amigo íntimo seu, um tal de Coronel Wallis, homem absolutamente respeitável e um perfeito cavalheiro (e de aparência não muito ruim, Sir Walter acrescentou), que vivia de forma elegante em Marlborough Buildings e que havia, mediante sua própria solicitação, sido apresentado à família através do Sr. Elliot. O Coronel mencionara algumas coisas relativas ao casamento do Sr. Elliot, que contribuíram de forma relevante para explicar o que ocorrera.

O Coronel Wallis conhecia o Sr. Elliot há tempos, e também conhecera sua esposa, compreendendo, então, toda a história. Decerto que não viera de família distinta, mas era uma mulher bem educada, talentosa, rica e extremamente apaixonada por seu amigo. Fora este o encanto. Ela o buscara. Sem aquela atração, nem toda a sua fortuna teria feito com que Elliot ficasse tentado, e Sir Walter também obteve a garantia de que ela fora uma mulher muito bonita. Esta informação amenizou muito toda a situação. Uma mulher muito bonita, com uma grande fortuna, e apaixonada por ele! Sir Walter parecia aceitar isso como uma desculpa completa; e, apesar de Elizabeth não conseguir encarar as circunstâncias de forma tão favorável, admitiu ser uma grande atenuação.

O Sr. Elliot os visitara repetidamente e jantara com eles uma vez, evidentemente deleitado com a distinção de ter sido convidado, pois eles não costumavam dar jantares. Ficara comprazido, em resumo, com toda prova de que era reconhecido como primo, e toda a sua felicidade repousava sobre o fato de manter um relacionamento íntimo com a família em Camden Place.

Anne escutava, mas sem entender muito bem. Sabia que precisaria fazer concessão, uma grande concessão, para as ideias daqueles que lhe falavam. Ouviu tudo reconhecendo que os fatos foram enfeitados. Tudo o que soava extravagante ou irracional sobre o progresso da reconciliação poderia ter se originado apenas nas mentes dos contadores da história. Ainda assim, teve a sensação de que havia algo mais do que as aparências imediatas demonstravam, no desejo do Sr. Elliot de, após um intervalo de tantos anos, ser bem recebido por eles. Conjecturando de forma sensata, ele não tinha nada a ganhar com um bom relacionamento com Sir Walter, e nada a arriscar se assim não o fosse. Provavelmente, era o mais rico dentre os dois, e a propriedade de Kellynch certamente seria tão sua quanto o título, no futuro. Sendo ele um homem sensato, e parecia ser um homem bastante sensato, por que isso seria seu objetivo? Anne podia pensar só em uma solução: talvez fosse por Elizabeth. Pode ter realmente havido uma atração anteriormente, e alguma conveniência ou um acidente tê-lo atraído para uma direção diferente. E, agora que podia fazer o que quisesse, estava decidido a cortejá-la. Elizabeth era certamente muito bonita, com modos refinados e elegantes, e talvez o Sr. Elliot nunca tenha conhecido sua personalidade a fundo, a tendo só em público e quando ele mesmo era muito jovem. Como o temperamento e a mentalidade dela resistiriam à investigação dele, agora que estava mais velho e mais sábio, era outra preocupação, um tanto quanto atemorizante. Anne desejou sinceramente que ele não fosse gentil ou observador demais, se seu objetivo era conquistar Elizabeth. O fato de que Elizabeth estava disposta a acreditar que era este, mesmo, o objetivo dele, e de que sua amiga Sra. Clay encorajava a ideia, parecia aparente pelo modo como se entreolharam uma ou duas vezes, enquanto as visitas frequentes do Sr. Elliot eram mencionadas.

Anne mencionou tê-lo visto de relance em Lyme, mas não prestaram muita atenção no que dizia. "Oh, sim, poderia ter sido o Sr. Elliot. Não sabiam. Talvez tenha sido ele". Não pararam para ouvir a descrição dele feita por Anne. Eles mesmos o estavam descrevendo, Sir Walter especialmente. Falou com justiça sobre sua aparência cavalheiresca, seus ares de elegância e apuro, o formato regular de seu rosto, seu olhar sensato; mas, ao mesmo tempo, lamentava o fato de sua mandíbula ser muito proeminente, defeito este que parecia ter piorado. Tampouco podia Sir Walter fingir que dez anos não tinham alterado quase que todas as suas características para pior. O Sr. Elliot parecia pensar que ele, Sir Walter, tinha exatamente a mesma aparência de quando o vira pela última vez, mas Sir Walter não fora capaz de retribuir o elogio inteiramente, o que o deixara encabulado. Contudo, não queria reclamar. O Sr. Elliot era mais agradável de se olhar do que a maioria dos homens, e ele não fazia objeção contra ser visto em companhia dele em lugar algum.

O Sr. Elliot e seus amigos de Marlborough Buildings foram o assunto da conversa durante a noite toda. O Coronel Wallis estivera tão impaciente para ser apresentado a eles! E o Sr. Elliot tão ansioso por fazê-lo! E também havia a Sra. Wallis, atualmente conhecida só por sua descrição, pois estava esperando o nascimento de seu bebê para qualquer dia. Mas o Sr. Elliot a descrevera como uma mulher das mais encantadoras, digna de ser levada a Camden Place, e assim que se recuperasse, seria apresentada a eles. Sir Walter tinha uma boa opinião da Sra. Wallis: diziam que era uma mulher extremamente bonita, linda. Queria muito vê-la. Esperava que ela compensasse as muitas faces sem graça pelas quais ele continuamente passava na rua. A pior qualidade de Bath era a quantidade de mulheres comuns. Não queria dizer que não havia mulheres bonitas, mas a quantidade de mulheres sem graça era absolutamente desproporcional. Frequentemente observara, enquanto andava, que um roso bonito era seguindo por trinta ou trinta e cinco assustadores; e uma vez, enquanto aguardava em uma loja em Bond Street, contara oitenta e sete mulheres que passaram, uma após a outra, sem um único rosto tolerável entre elas. Fora uma manhã gélida, é claro, com uma geada cruel, que mal poderia ser aguentada por uma mulher dentre mil. Ainda assim, era certo que havia uma terrível abundância de mulheres feias em Bath. E quanto aos homens! Eram infinitamente piores. Os espantalhos que povoavam as ruas! Era evidente que as mulheres não estavam nem um pouco acostumadas a ver algo tolerável, julgando-se pelo efeito que um homem de aparência decente produzia. Ele nunca andara a lugar algum, de braços dados com o Coronel Wallis (que era um tipo militar muito bem-apessoado, apesar de ter os cabelos castanho-claros), sem perceber que os olhares de todas as mulheres voltavam-se para ele; todas as mulheres infalivelmente olhavam para o Coronel Wallis. Modesto Sir Walter! Não o iriam deixar escapar. Sua filha e a Sra. Clay se uniram para sugerir que o companheiro do Coronel Wallis tinha uma aparência tão boa quanto a dele, e certamente não tinha os cabelos castanho-claros.

– Como está a aparência de Mary? – perguntou Sir Walter, no ápice do bom humor. – Da última vez que a vi, estava com o nariz vermelho, mas espero que isso não aconteça todos os dias.

– Oh, não, isso deve ter sido um acidente. No geral, ela tem estado com saúde e aparência muito boas, desde o fim de setembro.

– Se eu achasse que não a tentaria a sair de casa durante uma ventania forte, que a deixaria enrugada, mandaria para ela um chapéu e uma peliça novos.

Anne estava cogitando sugerir que um vestido ou um chapéu não estariam sujeitos a serem mal utilizados de tal forma, quando uma batida na porta suspendeu tudo. Uma batida na porta! E tão tarde! Eram dez horas. Poderia ser o Sr. Elliot? Sabiam que ele jantaria em Lansdowne Crescent. Era possível que parasse lá a caminho de casa, para perguntar como estavam. Não lhes ocorria mais ninguém. A Sra. Clay decididamente pensava ser a batida do Sr. Elliot. A Sra. Clay estava certa. Com toda a pompa que um mordomo e um pajem podiam propiciar, o Sr. Elliot foi trazido para a sala de estar.

Era o mesmo homem, o mesmíssimo, a única diferença sendo suas roupas. Anne ficou um pouco para trás, enquanto os outros recebiam os cumprimentos dele e Elizabeth suas desculpas por aparecer em um horário tão incomum, mas ele "não podia passar tão perto deles sem querer se certificar de que nem ela, nem sua amiga, haviam se resfriado no dia anterior", etc. Tudo isso foi feito e recebido com tanta educação quanto possível, mas então chegou a hora de Anne. Sir Walter mencionou sua filha mais nova: o Sr. Elliot deveria permitir que ele lhe apresentasse sua filha mais nova (não teve a oportunidade de lembrar-se de Mary), e Anne, sorrindo e corando, mostrou ao Sr. Elliot, de forma muito apropriada, as belas feições que ele não havia, de forma alguma, esquecido, e viu imediatamente, divertindo-se com o pequeno sobressalto de surpresa por parte dele, que ele não fizera ideia de quem ela era. Ele parecia completamente atônito, mas não mais atônito do que contente; seus olhos brilhavam! E, com a mais perfeita alacridade, ele recebeu de bom grado o relacionamento entre eles, fez alusão ao passado, e pediu que ela o recebesse como um amigo. Ele era tão bonito quanto parecera em Lyme, seu semblante se tornando mais atraente quando falava, e seus modos eram exatamente como deveriam ser, polidos, tranquilos e particularmente agradáveis, de modo que ela podia comparar a excelência deles com a dos modos de só uma pessoa. Não eram os mesmos, mas talvez fossem igualmente bons.

Ele sentou-se com eles, e melhorou muito a conversa. Não podia haver dúvidas de que era um homem sensato. Dez minutos foram o suficiente para certificar-se disso. Seu tom, suas expressões, os assuntos que escolhera, o fato de saber a hora de parar, tudo isso era fruto de uma mente sensata e sagaz. Assim que pôde, começou a conversar com ela sobre Lyme, querendo comparar suas opiniões sobre o lugar, mas especialmente querendo falar sobre a circunstância de serem hóspedes da mesma estalagem, ao mesmo tempo, falar sobre sua própria viagem e perguntar sobre a dela, e lamentar o fato de ter perdido a oportunidade de expressar sua consideração a ela. Anne contou a ele um resumo sobre seu grupo de amigos e o que estavam fazendo em Lyme. Conforme a ouvia, o Sr. Elliot lamentava ainda mais. Passara toda a sua solitária noite no quarto ao lado do deles; ouvira vozes e risadas continuamente, pensara que devia ser um grupo agradabilíssimo de pessoas, ansiava por juntar-se a eles, mas certamente sem nem suspeitar de que possuía o menor direito de se apresentar. Se ao menos houvesse perguntado quem era o grupo! O nome Musgrove teria lhe informado o suficiente. Bem, pelo menos serviria para curá-lo do hábito absurdo de nunca fazer perguntas em uma estalagem, que ele adotara quando jovem, com base no princípio de que é deselegante ser curioso.

– As noções de um jovem de vinte e um ou vinte e dois anos, – disse ele, – em relação aos modos necessários para agir corretamente, são mais absurdas, creio eu, do que as de qualquer outro tipo de pessoa do mundo. A tolice dos meios que costumam empregar só é igualada pela tolice do que têm em mente.

Porém, ele não devia estar direcionando suas reflexões somente a Anne, e sabia disso. Logo conversava com todos os outros novamente, e só pôde retornar ao assunto de Lyme esporadicamente.

Entretanto, suas perguntas acabaram produzindo uma descrição da cena em que Anne estivera envolvida em Lyme, após a partida dele. Tendo aludido a "um acidente", ele quis ouvir a história inteira. Quando começou a fazer perguntas, Sir Walter e Elizabeth também começaram, mas a diferença no modo como o fizeram não passou despercebida. Anne pôde só comparar o Sr. Elliot a Lady Russell, no que tange ao desejo de realmente compreender o que acontecera e ao grau de preocupação pelo que ela deve ter sofrido ao testemunhá-lo.

Ele ficou uma hora em companhia deles. O reloginho elegante sobre a lareira marcara "as onze horas com seus sons prateados", e o guarda começara a ser ouvido à distância, dizendo a mesma coisa, antes que o Sr. Elliot ou qualquer um deles percebesse que ele já estava lá há muito tempo.

Anne não poderia ter imaginado que sua primeira noite em Camden Place teria transcorrido tão bem!

Capítulo 16

Havia uma questão que Anne, ao voltar para o seio da família, ficaria mais feliz em averiguar do que o fato de o Sr. Elliot estar apaixonado por Elizabeth ou não, que era o fato de seu pai não estar apaixonado pela Sra. Clay. Anne estava muito longe de ficar tranquila quanto a isso, após passar apenas algumas horas em casa. Ao descer para o café, na manhã seguinte, descobriu que a senhora andara mencionando a possibilidade de partir, em nome da decência. Conseguia imaginar a Sra. Clay dizendo que "agora que a Srta. Anne chegou, não podia supor que era, de forma alguma, necessária", pois Elizabeth estava respondendo, com um sussurro, que "isto não é motivo algum. Asseguro-lhe que não acho que seja. Ela não significa nada para mim, em comparação com você"; e chegou a tempo de ouvir seu pai dizer: "Minha cara senhora, não posso permitir. Ainda não viu nada de Bath. Só esteve aqui para ser útil, até agora. Não pode fugir de nós. Precisa ficar para conhecer a Sra. Wallis, a linda Sra. Wallis. Para sua mente atilada, sei muito bem que a visão da beleza é uma verdadeira gratificação".

Seu discurso e sua aparência eram tão sinceros, que Anne não ficou surpresa em ver a Sra. Clay lançar um olhar em direção a Elizabeth e a ela mesma. Seu semblante talvez expressasse um pouco de cautela, mas o elogio feito à sua mente atilada não pareceu inspirar qualquer reflexão em Elizabeth. A senhora não pôde deixar de ceder a tais súplicas e prometer ficar.

Durante a mesma manhã, quando Anne e seu pai foram, por acaso, deixados sozinhos, ele começou a elogiar sua aparência, dizendo que notava melhorias. Afirmou:

– Está menos magra, no corpo e no rosto; sua pele melhorou muito, está mais límpida e fresca. Tem usado algo em particular?

– Não, nada.

– Só o creme Gowland – supôs ele.

– Não, nada mesmo.

– Ha! Fico surpreso em ouvir isso – disse ele. Acrescentou: – Certamente que não pode fazer nada melhor do que continuar como está; não pode ficar melhor do que bem; ou eu recomendaria o creme Gowland, para uso constante, durante os meses da primavera. A Sra. Clay o tem usado, por minha recomendação, e pode ver o que ele tem feito por ela. Vê como se livrou de suas sardas.

Se ao menos Elizabeth tivesse ouvido! Tamanho elogio teria causado um forte efeito sobre ela, especialmente por não parecer a Anne que as sardas haviam diminuído nem um pouco. Mas as coisas precisavam tomar seus cursos naturais. Os males de tal casamento seriam diminuídos, se Elizabeth também se casasse. Quanto a ela própria, ela sempre poderia ir morar com Lady Russell.

A mente composta e os modos educados de Lady Russell foram testados, neste quesito, durante sua visita a Camden Place. Ver a Sra. Clay tão admirada, e Anne tão desprezada, era uma perpétua provocação para ela, e a irritava tanto quanto alguém que está em Bath, bebe as águas termais, lê todas as novas revistas e tem muitos amigos, consegue ficar irritada.

Conforme foi conhecendo melhor o Sr. Elliot, tornou-se mais compreensiva, ou mais indiferente, em relação aos outros. Os modos dele conquistaram sua admiração imediatamente, e, ao conversar com ele, Lady Russell descobriu que uma base sólida suportava tão bem as características superficiais que esteve, como disse para Anne, quase pronta a exclamar: "Seria este o Sr. Elliot?", e não conseguia imaginar um homem mais agradável ou estimável. Reunia em si todas as qualidades: uma mentalidade boa, opiniões corretas, conhecimento do mundo e um coração afetuoso. Tinha fortes noções de apego e honra familiar, sem orgulho ou fraqueza; vivia com a liberalidade de um homem de fortuna, sem ostentação; fazia seu próprio juízo sobre todos os assuntos essenciais, sem desafiar a opinião pública em qualquer ponto de decoro sensato. Era constante, observador, moderado, cândido; nunca se deixava levar por emoção ou egoísmo, acreditando ser convicção; e, ainda assim, reconhecendo tudo o que havia de mais importante e valorizando todas as felicidades da vida doméstica, que pessoas com caráteres de entusiasmo imaginário e agitação violenta raramente possuem. Estava certa de que ele havia sido infeliz no casamento. O Coronel Wallis afirmara, e Lady Russell reparara, mas não havia sido uma infelicidade que o amargurara, ou, como ela logo começou a suspeitar, o impedira de pensar em uma segunda escolha. Sua satisfação com o Sr. Elliot compensava todo o agastamento com a Sra. Clay.

Já fazia alguns anos, desde que Anne começara a perceber que ela e sua excelente amiga podiam, às vezes, pensar de formas diferentes, e não ficou surpresa, portanto, em descobrir que Lady Russell não via nada de suspeito ou inconsistente, nada que exigisse mais motivos do que os aparentes, no grande desejo de reconciliação do Sr. Elliot. Na opinião de Lady Russell, era perfeitamente normal que o Sr. Elliot, em uma época mais madura de sua vida, considerasse ter um bom relacionamento com o chefe de sua família um objetivo dos mais desejáveis, e que lhe traria a admiração de todas as pessoas sensatas, o efeito mais simples do tempo sobre uma mente naturalmente ajuizada, e que só cometera alguns erros no ápice de sua juventude. Anne, contudo, ainda ousou sorrir e finalmente mencionar "Elizabeth". Lady Russell escutou, observou e só deu a seguinte resposta cautelosa:

– Elizabeth! Muito bem; o tempo dirá.

Era uma referência ao futuro a que Anne, após uma breve contemplação, decidiu se sujeitar. Não podia determinar nada, naquele momento. Naquela casa, Elizabeth vinha em primeiro lugar, e estava tão acostumada a ser tratada por todos como "Srta. Elliot", que qualquer atenção particular parecia quase impossível. Ademais, deviam se lembrar de que o Sr. Elliot só enviuvara há sete meses. Uma ligeira postergação de sua parte seria facilmente desculpada. Na verdade, Anne não conseguia reparar na fita preta ao redor de seu chapéu, sem temer estar sendo injusta com ele, atribuindo-lhe tais intenções, pois, apesar de seu casamento não ter sido muito feliz, existira por tantos anos que ela não podia imaginar ele se recuperaria rapidamente dos terríveis sentimentos despertados por seu término.

Como quer que a situação se resolvesse, ele era, sem dúvidas, seu conhecido mais agradável em Bath; Anne não via ninguém que se comparasse a ele, e era uma maravilhosa indulgência, conversar ocasionalmente com ele sobre Lyme, que ele parecia querer ver novamente, e explorar melhor, tanto quanto ela. Repassaram os detalhes de seu primeiro encontro diversas vezes. Ele deu a entender que olhara para ela com um pouco de interesse. Ela sabia muito bem disso, e também se lembrava do olhar de outra pessoa.

Nem sempre concordavam. Anne percebia que ele prezava mais sua posição social e seus relacionamentos do que ela. Não poderia ter sido apenas tolerância, e sim gosto pela causa, que o fizera embarcar no interesse de seu pai e sua irmã por um assunto que Anne considerava indigno de despertar sua atenção. O jornal de Bath anunciou, uma manhã, a chegada da Viscondessa de Dalrymple, viúva, e de sua filha, a Ilustre Srta. Carteret, e toda a tranquilidade do nº _ de Camden Place foi suspensa por muitos dias, pois a família Dalrymple (muito desafortunadamente, na opinião de Anne) era prima da família Elliot, e a angústia era para decidir como se apresentariam adequadamente.

Anne nunca vira antes seu pai e sua irmã em contato com a nobreza, e precisou admitir que ficou decepcionada. Esperava coisa melhor da noção que tinham sobre sua própria posição social, e chegou ao ponto de desejar algo que nunca havia previsto: que eles tivessem mais orgulho, pois "nossas primas, Lady Dalrymple e a Srta. Carteret", "nossas primas, as Dalrymple", era tudo o que ouvia, o dia inteiro.

Sir Walter havia se encontrado com o falecido visconde uma vez, mas nunca vira o resto da família, e as dificuldades do caso decorriam de uma suspensão da troca de cartas desde a morte do referido visconde, quando, devido a uma perigosa doença de Sir Walter, ao mesmo tempo, houvera uma infeliz omissão por parte da família de Kellynch. Nenhuma carta de condolências tinha sido enviada para a Irlanda. O culpado pagara pela negligência, pois quando Lady Elliot falecera, nenhuma carta de condolências foi recebida em Kellynch e, consequentemente, havia muitos motivos para se pensar que as Dalrymple consideravam o relacionamento terminado. A questão agora era como poderiam corrigir esta situação aflitiva e serem reconhecidos como primos novamente, e nem Lady Russell, nem o Sr. Elliot, consideravam tal assunto desimportante. Diziam que relacionamentos familiares sempre eram dignos de ser preservados, e uma boa companhia sempre digna de ser buscada; Lady Dalrymple havia alugado uma casa, por três meses, em Laura Place, e viveria em grande estilo. Estivera em Bath no ano anterior, e Lady Russell ouvira falar que era uma mulher encantadora. Seria muito desejável renovar o relacionamento, se possível, sem comprometimento da correção por parte dos Elliot.

Sir Walter, contudo, estava determinado a escolher seu próprio jeito de agir, e finalmente escreveu uma bela carta de justificativa, expressando arrependimento e suplicando à sua ilustre prima. Nem Lady Russell, nem o Sr. Elliot admiraram a carta, mas esta teve o efeito desejado, resultando em três linhas escritas apressadamente pela Viscondessa. "Estava honrada e ficaria feliz em relacionar-se com eles". A parte difícil tendo sido superada, restava-lhes a parte prazerosa. Visitaram as primas em Laura Place, arrumaram os cartões da Viscondessa Dalrymple e da Ilustre Srta. Carteret no lugar onde ficassem mais visíveis, e falavam sobre "nossas primas de Laura Place" e "nossas primas, Lady Dalrymple e a Srta. Carteret" para todo mundo.

Anne ficou envergonhada. Ainda que Lady Dalrymple e sua filha fossem muito agradáveis, teria ficado encabulada com a agitação que criaram, mas não o eram. Não tinham modos, talentos ou mentes superiores. Lady Dalrymple adquirira o epíteto de "mulher encantadora" por ter um sorriso e umas palavras civilizadas a dar para todos. A Srta. Carteret, que tinha menos ainda a dizer, era tão comum e desengonçada que nunca teria sido tolerada em Camden Place, se não fosse por seu berço.

Lady Russell confessou que esperava coisa melhor, mas ainda assim "eram parentes úteis de se ter", e quando Anne ousou expressar sua opinião sobre elas para o Sr. Elliot, ele concordou que não tinham nada de especial, mas continuava defendendo que, como parentes, boa companhia e pessoas que se cercavam de boas companhias, elas tinham o seu valor. Anne sorriu e disse:

– Minha ideia de boa companhia, Sr. Elliot, é a companhia de pessoas inteligentes e informadas, que tenham muito o que conversar; é isso que chamo de boa companhia.

– Está enganada, – disse ele, gentilmente, – este não é um bom tipo de companhia, é o melhor. Boa companhia só exige berço, educação e modos, e não é muito exigente quanto à educação. Berço e bons modos são essenciais, mas um pouco de estudo não é algo nem um pouco perigoso, no que tange à boa companhia, pelo contrário, cai muito bem. Minha prima Anne está sacudindo a cabeça. Não está satisfeita. É fastidiosa. Minha cara prima, – disse ele, sentando-se ao lado dela, – você tem mais direito de ser fastidiosa do que quase todas as outras mulheres que conheço, mas te levará a algum lugar? Te fará feliz? Não seria mais sábio aceitar a sociedade daquelas boas senhoras de Laura Place, e aproveitar ao máximo todas as vantagens de tal relacionamento? Esteja certa de que elas circularão pelos mais altos círculos de Bath neste inverno, e como não há nada como uma boa posição social, o fato de as pessoas saberem que vocês são parentes será útil para estabelecer sua família (ou, devo dizer, nossa família) naquele grau de estima que todos desejamos.

– Sim, – suspirou Anne, – todos ficarão mesmo sabendo que somos parentes! – E então, recompondo-se e não querendo que ele a respondesse, acrescentou: – Certamente que acho que houve um esforço excessivo em busca de restaurar o relacionamento. Suponho – disse ela, sorrindo – que tenho mais orgulho do que qualquer um de vocês; mas confesso que me irrita estarmos tão ansiosos para que nosso parentesco seja reconhecido, pois podemos ter certeza de que é uma questão à qual elas são absolutamente indiferentes.

– Perdoe-me, querida prima, mas está sendo injusta com sua própria importância. Em Londres, talvez, com seu atual estilo de vida modesto, a situação pode ser como descreve; mas em Bath, Sir Walter Elliot e sua família sempre serão dignos de se conhecer, sempre serão relações aceitáveis.

– Bem, – disse Anne, – sou mesmo orgulhosa, orgulhosa demais para me regozijar com uma recepção que depende inteiramente da localização.

– Amo sua indignação, – disse ele, – é bastante natural. Mas aqui está você, em Bath, e o objetivo é se estabelecer aqui com todo o mérito e a dignidade que devem pertencer a Sir Walter Elliot. Diz ser orgulhosa; eu sou chamado de orgulhoso, sei disso, e não desejo acreditar no contrário, pois nosso orgulho, se examinado, tem o mesmo objeto, não tenho dúvidas, apesar de seu tipo parecer um pouco diferente. Em um aspecto, tenho certeza, minha cara prima, – continuou ele, falando mais baixo, apesar de não haver mais ninguém na sala, – em um aspecto, tenho certeza de que pensamos a mesma coisa. Estou certo de que julgamos que todos os acréscimos aos conhecidos de seu pai, que tenham a mesma posição social que ele, ou uma superior, podem ser úteis para desviar os pensamentos dele daqueles que lhe são inferiores.

Enquanto falava, olhava para a poltrona que a Sra. Clay ocupara recentemente, o que era uma explicação suficiente sobre sua intenção. E apesar de Anne não poder acreditar que tinham o mesmo tipo de orgulho, ficou feliz por ele não gostar da Sra. Clay, e sua consciência admitiu que o desejo dele, de promover amizades importantes para seu pai, mais do que desculpava sua intenção de contrariá-la.

Capítulo 17

Enquanto Sir Walter e Elizabeth aproveitavam assiduamente sua boa sorte em Laura Place, Anne retomava uma amizade completamente diferente.

Visitara sua antiga governanta, que lhe dissera que uma de suas colegas de escola estava em Bath, e que merecia sua atenção devido à gentileza que demonstrara para com ela no passado, e ao seu atual estado de sofrimento. A Srta. Hamilton, agora Sra. Smith, havia sido gentil com ela em um daqueles períodos da vida em que a gentileza é mais valiosa. Anne fora infeliz para a escola, chorando a morte de uma mãe que amara intensamente, sentindo saudades de casa e sofrendo do modo como uma menina de quatorze anos, com uma profunda sensibilidade e um humor não muito vivaz, deveria sofrer sob tais circunstâncias. A Srta. Hamilton, três anos mais velha do que ela, mas, devido à falta de parentes próximos e um lar estabelecido, ainda morando na escola, havia sido útil e boa para com ela, de uma forma que diminuiu consideravelmente sua tristeza e que nunca poderia ser recordada com indiferença.

A Srta. Hamilton saíra do colégio e se casara logo depois. Era dito que se casara com um homem de fortuna, e esta fora a única notícia que Anne tivera dela, até que o relato de sua governanta lhe descrevera sua situação de forma mais concreta, porém muito diferente.

Estava viúva e pobre. Seu marido fora extravagante, e a morte dele, há mais ou menos dois anos, deixara seus negócios terrivelmente endividados. Enfrentava dificuldades de todo o tipo e, além de tais problemas, havia sido acometida por uma forte febre reumática que, finalmente afetando suas pernas, a deixara aleijada. Havia vindo para Bath por causa disso, e agora se hospedava perto das termas, vivendo de forma bastante humilde, incapaz até mesmo de dar a si mesma o conforto de uma criada e, é claro, quase que excluída da sociedade.

Sua amiga mútua garantiu que a Sra. Smith ficaria muito satisfeita com uma visita da Srta. Elliot, então Anne não perdeu tempo. Não contou nada para sua família sobre o que havia descoberto ou o que pretendia fazer. Ninguém se interessaria adequadamente pelo assunto. Consultou somente Lady Russell, que concordou com tudo o que falara e se dispôs a levá-la até o local mais próximo dos aposentos da Sra. Smith em Westgate Buildings que Anne permitiu.

A visita foi feita, sua amizade retomada e seu interesse mútuo mais do que despertado. Os primeiros dez minutos foram um tanto quanto desajeitados e emotivos. Doze anos haviam se passado, desde que se despediram, e cada uma delas tinha uma aparência diferente do que a outra imaginara. Doze anos transformara Anne de uma garota de quinze anos, desabrochando, quieta e imatura, em uma mulher pequena e elegante de vinte e sete anos, bela sob todos os aspectos, ainda que não viçosa, e com modos tão conscienciosamente corretos quanto invariavelmente gentis; e doze anos transformaram a Srta. Hamilton, com toda a sua saúde pujante e autoconfiança, em uma viúva pobre, enferma e indefesa, recebendo a visita de sua antiga protegida como um favor. Mas todo o desconforto do encontro inicial logo se esvaiu, e deixou somente o encanto interessante de relembrarem as antigas amizades e conversarem sobre os tempos antigos.

Anne reconheceu na Sra. Smith a sensatez e os modos agradáveis dos quais costumava quase que depender, e uma disposição para conversar e se alegrar que era maior do que esperava. Nem as amarguras do passado – e ela conhecera muito bem o mundo –, nem as restrições do presente, nem doença, nem tristeza, pareciam ter amargurado seu coração ou oprimido seu espírito.

Durante a segunda visita, falou muito francamente, e a surpresa de Anne só aumentou. Mal podia conceber uma situação menos alegre do que a da Sra. Smith. Fora muito afeiçoada ao marido: o enterrara. Estivera acostumada a afluência: se fora. Não tinha filhos para conectá-la com a vida e a felicidade novamente, nenhum parente para auxiliá-la com assuntos complicados, nem saúde para tornar o resto suportável. Suas acomodações limitavam-se somente a uma sala de estar barulhenta e um quarto escuro atrás da mesma, sem possibilidade de passar de um cômodo a outro sem ajuda, que só podia ser dada por um único criado da casa, e ela nunca saía para outro lugar que não às termas. Ainda assim, apesar de tudo isso, Anne tinha motivos para acreditar que passava somente por alguns momentos de langor e depressão, em comparação com horas de ocupação e divertimento. Como podia ser? Observou, refletiu e finalmente decidiu que não era um caso apenas de força ou resignação. Um espírito submisso podia ser paciente, uma mente forte forneceria alento, mas neste caso, havia algo mais; sua amiga tinha aquela elasticidade mental, estava disposta a ser confortada, possuía aquele poder de voltar-se rapidamente do mal para o bem, e de encontrar algo para se ocupar e fazê-la sair de sua própria mente, que só a natureza poderia dar. Era um melhor presente dos céus, e Anne encarava sua amiga como um daqueles casos em que, misericordiosamente, tal presente parecia ter sido calculado para compensar tudo o mais que lhe faltava.

Houvera um tempo, a Sra. Smith lhe contou, em que seu ânimo quase cedera. Não podia se considerar uma inválida agora, em comparação com seu estado ao chegar em Bath. Naquela época, sim, ela havia sido digna de pena, pois pegara uma gripe durante a viagem, e mal havia tomado posse de seus aposentos antes de ter que ficar confinada à cama novamente, sofrendo com dores severas e constantes. Tudo isso entre estranhos, com a absoluta necessidade de ter alguém cuidando de si constantemente, e com suas finanças, naquele momento, particularmente incapazes de cobrir qualquer despesa extraordinária. Havia resistido, contudo, e agora podia dizer, verdadeiramente, que o que acontecera lhe fizera bem. Aumentara seu conforto, fazendo-a sentir estar em boas mãos. Conhecia o mundo bem demais, para esperar afeto inesperado ou desinteressado por parte de qualquer pessoa, mas sua enfermidade havia provado para ela que sua senhoria tinha um caráter a preservar, e não se aproveitaria dela; e também tinha sido particularmente afortunada em relação à sua enfermeira, visto que uma das irmãs da senhoria, enfermeira de profissão, e que sempre fazia daquela casa seu lar quando estava desempregada, estava livre para atendê-la justamente naquela época.

– E ela, – disse a Sra. Smith, – além de cuidar de mim da forma mais admirável, demonstrou ser uma amiga valiosíssima. Assim que consegui usar as mãos novamente, me ensinou a tricotar, o que tem sido uma grande diversão; e me mostrou como fazer aqueles porta-linha de costura, almofadinhas de alfinetes e porta-cartões de visitas que você sempre me vê costurando, e que me permitem fazer um pouco de bem para uma ou duas famílias muito pobres deste bairro. A enfermeira tem uma grande rede de conhecidos, profissionalmente, é claro, que têm dinheiro para comprar estes itens, e sempre vende minhas mercadorias. Sempre espera a hora certa para oferecê-las. Todos ficam caridosos, sabe, quando acabaram de escapar de dores severas, ou estão recuperando a bênção da saúde, e a enfermeira Rooke sabe exatamente quando falar. É uma mulher astuta, inteligente e sensata. Tem o dom de enxergar a natureza humana, e é um poço de bom senso e observação, o que faz com que seja uma acompanhante infinitamente superior a milhares daquelas que só receberam "a melhor educação do mundo", mas não sabem nada de valor. Chame de fofoca, se quiser, mas quando a enfermeira Rooke tem meia hora livre para gastar comigo, sempre tem algo para contar, que seja divertido e útil, algo que faça com que se conheça melhor a própria espécie. Todos gostam de saber o que está acontecendo, estar em dia com os novos modos de ser frívolo e tolo. Para mim, alguém que passa tanto tempo sozinha, as conversas dela são um deleite, asseguro-lhe.

Anne, longe de querer fazer objeção a seu prazer, respondeu:

– Acredito facilmente. Mulheres daquela classe têm muitas oportunidades e, se forem inteligentes, vale a pena escutar o que têm a dizer. Imagine a tamanha variedade da natureza humana que costumam encontrar! E não são versadas somente nas tolices das pessoas, pois têm a oportunidade de vê-las sob circunstâncias das mais interessantes ou comoventes. Que cenas não devem testemunhar, de amor ardente, desinteressado e abnegado, de heroísmo, força, paciência, resignação: todos os conflitos e sacrifícios que mais nos enobrecem. O quarto de um doente pode valer incontáveis livros.

– Sim, – disse a Sra. Smith, um tanto duvidosa, – às vezes pode valer, apesar de temer que seus ensinamentos não costumam ser deste tipo elevado que descreve. Ocasionalmente, a natureza humana pode ser grandiosa, em momentos de provação; mas, no geral, é a fraqueza, e não a força, que aparece no quarto de um doente. É o egoísmo e a impaciência, ao invés da generosidade e da força, de que se ouve falar. Há tão pouca amizade verdadeira no mundo! E, infelizmente, – disse ela, em voz baixa e trêmula, – há tantas pessoas que se esquecem de pensar em coisas sérias, até ser quase tarde demais.

Anne reconheceu a tristeza de seus sentimentos. Seu marido não tinha sido o que deveria, e o resultado disso fora que sua esposa se encontrava em meio àquela parte da humanidade que a fazia ter uma opinião sobre o mundo que era pior do que ela esperava que este merecesse. Com a Sra. Smith, tal emoção era passageira, contudo; se recuperou e logo acrescentou, em um tom diferente:

– Não acho que a situação em que minha amiga, a Sra. Rooke, se encontra atualmente fornecerá muitas coisas que me interessarão ou edificarão. Está apenas cuidando da Sra. Wallis, de Marlborough Buildings, uma mulher meramente bonita, tola, esbanjadora e interessada nas tendências da moda, creio eu. É claro que não terá nada a relatar, a não ser sobre coisas finas e elegantes. Entretanto, pretendo lucrar com a Sra. Wallis. Ela tem bastante dinheiro, e quero que compre todas as coisas caras que tenho em mãos, no momento.

Anne visitara sua amiga diversas vezes, antes que sua família ficasse sabendo da existência de tal pessoa. Finalmente, tornou-se necessário falar sobre ela. Sir Walter, Elizabeth e a Sra. Clay voltaram, uma manhã, de Laura Place com um convite repentino de Lady Dalrymple para aquela mesma noite, mas Anne já havia se comprometido a passá-la em Westgate Buildings. Não lamentou ter tal desculpa. Tinha certeza de que sua família só havia sido convidada porque Lady Dalrymple, forçada a ficar em casa devido a uma forte gripe, aproveitou o relacionamento que havia sido pressionada a aceitar; então, recusou o convite com grande alacridade: "Havia combinado de passar aquela noite com uma antiga colega de escola". Não se interessavam muito por nada relativo a Anne, mas ainda assim, fizeram perguntas o suficiente para que entendessem quem era esta antiga colega de escola; Elizabeth foi desdenhosa, Sir Walter, severo.

– Westgate Buildings! – disse ele. – E quem a Srta. Anne Elliot vai visitar em Westgate Buildings? Uma tal de Sra. Smith. Uma viúva Sra. Smith. E quem era o marido dela? Um dentre cinco mil Srs. Smith, cujos nomes se encontra por todo canto. E qual é a atração dela? O fato de ser velha e doente. Deus, do céu, Srta. Anne Elliot, você tem o mais extraordinário dos gostos! Tudo o que enoja os outros, companhia de pessoas desimportantes, cômodos miseráveis, ar infectado, associações repugnantes, tudo lhe é convidativo. Mas decerto que consegue adiar a visita a esta velha senhora até amanhã; não está tão perto do fim, presumo eu, a ponto de não sobreviver mais um dia. Quantos anos tem? Quarenta?

– Não, senhor, ainda não fez trinta e um; mas não creio que possa adiar meu compromisso, pois é a única noite, por algum tempo, adequada para ela e para mim. Amanhã ela irá às termas e, como sabe, estamos ocupados pelo resto da semana.

– E o que Lady Russell pensa sobre esta amizade? – perguntou Elizabeth.

– Não vê nada de reprovável, – respondeu Anne, – pelo contrário, aprova a situação, e me levou quase todas as vezes em que fui visitar a Sra. Smith.

– Os habitantes de Westgate Buildings devem ter ficado um tanto quanto surpresos, com a aparição de uma carruagem em sua rua – observou Sir Walter. – É verdade que a viúva de Sir Henry Russell não tem fama para distinguir seu brasão, mas ainda assim é um bonito coche, e sem dúvida sabem que está transportando uma Srta. Elliot. Uma viúva, Sra. Smith, morando em Westgate Buildings! Uma pobre viúva, mal capaz de se sustentar, entre trinta e quarenta anos de idade; uma mera Sra. Smith, uma comum Sra. Smith, de todas as pessoas e todos os nomes do mundo, ser escolhida como amiga da Srta. Anne Elliot, e ser preferida por ela em detrimento de suas próprias parentas, que fazem parte da nobreza da Inglaterra e da Irlanda! Sra. Smith! Que nome!

A Sra. Clay, que estivera presente enquanto tudo transcorria, pensou ser melhor sair da sala, e Anne podia ter dito muito, e na verdade falou algumas coisas em defesa da situação de sua amiga, que não era muito diferente da situação deles próprios, mas sua noção de respeito por seu pai a impediu. Não respondeu. Deixou que ele lembrasse sozinho que a Sra. Smith não era a única viúva em Bath, entre trinta e quarenta anos de idade, com pouco dinheiro e nenhum sobrenome ilustre.

Anne cumpriu seu compromisso; os outros cumpriram os deles e, é claro, ela ouviu, na manhã seguinte, que haviam passado uma excelente noite. Ela fora a única do grupo que se ausentara, pois Sir Walter e Elizabeth não só estiveram eles mesmos a serviço da viscondessa, como também assumiram, de bom grado, a tarefa de arrumar outras pessoas, tendo convidado Lady Russell e o Sr. Elliot. Este último fez questão de deixar o Coronel Wallis mais cedo do que o planejado, e Lady Russell remarcou todos os seus compromissos para aquela noite, para poder visitar a viscondessa. Anne ouviu de Lady Russell tudo o que a noite lhes proporcionara. O que mais lhe interessava era o fato de ter sido o assunto de muitas conversas entre sua amiga e o Sr. Elliot, de que desejaram que estivesse lá, lamentaram sua ausência e, ao mesmo tempo, a respeitaram por ter deixado de ir devido a causa tão honrada. Suas visitas gentis e compassivas a uma antiga colega, doente e empobrecida, pareciam ter deleitado o Sr. Elliot. A considerava uma jovem das mais extraordinárias; seu temperamento, seus modos e sua mente a tornavam um modelo de excelência feminina. Equiparava-se até mesmo a Lady Russell, na discussão sobre seus méritos, e Anne não pôde ouvir sua amiga falar tanto, nem ficar sabendo que era tida em tão alta conta por um homem sensato, sem despertar em si as sensações agradáveis que sua amiga pretendera.

A opinião de Lady Russell sobre o Sr. Elliot estava, agora, perfeitamente decidida. Estava tão convencida de que ele pretendia conquistar Anne quanto do fato de que ele a merecia, e começara a calcular dentro de quantas semanas ele estaria livre das restrições do período de luto e poderia exercer abertamente seus poderes de conquista. Não queria falar com Anne com a metade da certeza que sentia quanto ao assunto, e ousava somente fazer algumas insinuações sobre o que poderia acontecer em breve, um possível afeto por parte dele e quão desejável seria tal aliança, supondo-se que tal afeto fosse verdadeiro e reciprocado. Anne a ouvia, mas não fazia qualquer exclamação animada; só sorria, corava e sacudia a cabeça gentilmente.

– Não sou nenhuma casamenteira, como bem sabe, – disse Lady Russell, – pois estou ciente demais de toda a incerteza dos eventos e planos humanos. Só quero dizer que, se o Sr. Elliot lhe pedir em casamento no futuro, e se estiver disposta a aceitá-lo, acho que teriam grandes chances de serem felizes juntos. Todos certamente considerariam uma união perfeitamente apropriada, mas creio que poderia ser uma muito feliz.

– O Sr. Elliot é um homem extremamente agradável, e tenho uma opinião muito boa sobre ele, em diversos aspectos, – disse Anne, – mas não seríamos compatíveis.

Lady Russell deixou este comentário passar, e apenas respondeu:

– Admito que poder vê-la como a futura senhora de Kellynch, a futura Lady Elliot, esperar e ver você ocupando o lugar da sua querida mãe, sucedendo-a em todos os seus direitos e toda a sua popularidade, assim como todas as suas virtudes, seria o que há de mais gratificante possível para mim. Você é idêntica à sua mãe, em aparência e temperamento, e se ao menos eu pudesse vê-la como ela foi, em posição social, sobrenome e lar, presidindo e florescendo no mesmo lugar, superior a ela só por ser mais valorizada! Minha querida Anne, isso me daria mais prazer do que se costuma sentir na minha idade!

Anne foi obrigada a se virar, levantar e andar até uma mesa distante, e, debruçando-se sobre ela e fingindo ocupar-se, tentou controlar os sentimentos que tal descrição evocara. Por alguns momentos, sua imaginação e seu coração ficaram arrebatados. A ideia de se tornar aquilo que sua mãe havia sido; de ter o precioso nome de "Lady Elliot" reavivado pela primeira vez em si mesma; de voltar para Kellynch, podendo chamá-la de lar novamente, seu lar para sempre, era um encanto que não podia resistir imediatamente. Lady Russell não disse mais uma palavra, disposta a deixar o assunto progredir sozinho, e acreditando que, se ao menos o Sr. Elliot pudesse, naquele momento, ter se pronunciado de forma decorosa! Acreditava, em resumo, naquilo que Anne não acreditava. Esta mesma imagem, do Sr. Elliot pedindo-a em casamento, fez com que Anne recobrasse a compostura. Os encantos de Kellynch e de "Lady Elliot" se esvaíram. Jamais poderia aceitá-lo. E não era porque seus sentimentos continuavam rejeitando todos os homens, exceto um; seu juízo, após considerar seriamente as possibilidades de tal caso, era contra o Sr. Elliot.

Apesar de já se conhecerem há um mês, não estava certa de realmente conhecer seu caráter. Que ele era um homem sensato e agradável, que falava bem, externava boas opiniões, parecia ter juízo e ser um homem de princípios, tudo isso estava claro o suficiente. Ele certamente sabia o que era correto, e ela não podia identificar nenhum dever moral violado por ele; ainda assim, ela hesitaria asseverar sua boa conduta. Desconfiava do passado, senão do presente. Os nomes de antigos conhecidos que ele mencionava ocasionalmente, alusões a antigas práticas e ocupações, sugeriam suspeitas desfavoráveis do que ele fora. Ela sabia que ele tivera hábitos ruins, que viajara de domingo, que houvera um período de sua vida (que provavelmente não foi curto) em que ele fora, no mínimo, descuidado de assuntos sérios, e, apesar de agora ele talvez pensasse de forma muito diferente, quem poderia garantir quis eram os verdadeiros sentimentos de um homem esperto e cauteloso, velho o suficiente para apreciar um bom caráter? Como poderia saber se sua mente fora verdadeiramente expurgada?

O Sr. Elliot era racional, discreto e polido, mas não era franco. Nunca havia qualquer arroubo de sentimento, indignação acalorada ou deleite, ao se deparar com atos ruins ou bons cometidos pelos outros. Isso, para Anne, era decididamente uma imperfeição. Suas primeiras impressões eram incuráveis. Valorizava um caráter franco, sincero e vivaz acima de qualquer outro. Calidez e entusiasmo ainda a cativavam. Sentia que podia confiar muito mais na sinceridade daqueles que às vezes pareciam ou diziam algo descuidado ou apressado, do que daqueles cuja presença de espírito nunca os falhava, cuja língua nunca escorregava.

O Sr. Elliot era agradável de maneira uniforme demais. Por mais variados que fossem os temperamentos na casa de seu pai, ele os agradava a todos. Aguentava bem demais, se dava bem demais com todo mundo. Falara com Anne sobre a Sra. Clay de forma um tanto quanto franca, parecera saber exatamente quais eram as intenções da Sra. Clay e desprezá-la por isso; ainda assim, a Sra. Clay o achava tão simpático quanto todos os outros.

Lady Russell enxergava menos ou mais do que sua jovem amiga, pois não via nada que despertasse sua desconfiança. Não conseguia imaginar um homem que fosse mais precisamente o que deveria ser do que o Sr. Elliot, tampouco nutria uma sensação mais doce do que a esperança de vê-lo receber a mão de sua querida Anne na igreja de Kellynch, durante o próximo outono.

Capítulo 18

Era começo de fevereiro e Anne, já há um mês em Bath, começava a ficar ansiosa por receber notícias de Uppercross e Lyme. Queria saber muito mais do que Mary havia contado. Já fazia três semanas desde que recebera quaisquer notícias pela última vez. Só ficara sabendo que Henrietta voltara para casa, e que Louisa, apesar de aparentar estar se recuperando rapidamente, continuava em Lyme. Anne pensava profundamente sobre eles, uma noite, quando uma carta de Mary, mais grossa do que de costume, lhe foi entregue; e, para aumentar o prazer e a surpresa, fora entregue com os cumprimentos do Almirante e da Sra. Croft.

Os Croft deviam estar em Bath! Tal circunstância lhe interessava. Eram pessoas que atraíam seu coração naturalmente.

– O que é isto? – exclamou Sir Walter. – Os Croft chegaram em Bath? Os Croft que alugam Kellynch? O que eles lhe trouxeram?

– Uma carta de Uppercross Cottage, senhor.

– Oh! Essas cartas são passaportes convenientes. Garantem apresentações. Eu teria visitado o Almirante Croft de qualquer maneira.

Sei o que devo ao meu inquilino.

Anne não pôde mais ouvir; não teria conseguido nem escutar seu pai tecer comentários sobre a pele do pobre Almirante: sua carta a absorvia. Havia sido começada muitos dias antes.

"1º de fevereiro.

Minha cara Anne,

Não peço desculpas pelo meu silêncio, pois sei quão pouco as pessoas pensam em cartas em lugares como Bath. Você deve estar feliz demais para se importar com Uppercross, que, como sabe, oferece poucas coisas sobre as quais se escrever. Tivemos um Natal muito enfadonho; o Sr. e a Sra. Musgrove não deram nenhum jantar durante todo o período das festividades. Não levo a família Hayter em consideração. As férias, contudo, acabaram; não acho que nenhuma criança do mundo teve férias tão longas quanto estas. A casa ficou vazia ontem, exceto as crianças dos Harville; mas ficará surpresa em saber que eles nem chegaram a ir para casa. A Sra. Harville deve ser uma mãe estranha, para conseguir ficar sem eles por tanto tempo. Não compreendo. Não são crianças boazinhas, na minha opinião, mas a Sra. Musgrove parece gostar tanto deles quanto de seus netos, senão mais. Que tempo horrível andamos tendo! Pode não sentir aí em Bath, com as suas belas calçadas, mas no interior faz diferença. Não recebo uma única visita desde a segunda semana de janeiro, exceto Charles Hayter, que tem feito muito mais visitas do que seria conveniente. Cá entre nós, acho uma pena Henrietta não ter ficado em Lyme tanto tempo quanto Louisa; a teria tirado um pouco do caminho dele. A carruagem foi hoje buscar Louisa e os Harville, e trazê-los amanhã. Não fomos convidados para jantar com eles, contudo, até o dia seguinte, pois a Sra. Musgrove tem tanto medo que ela fique exausta com a viagem, o que não é muito provável, considerando os cuidados que ela receberá; e seria muito mais conveniente para mim jantar lá amanhã. Fico feliz por você ter achado o Sr. Elliot um homem tão agradável, e gostaria de poder conhecê-lo, também. Mas tenho a minha sorte de costume: nunca estou presente, quando alguma coisa de desejável está acontecendo, sempre sou a última da família a ser reconhecida. Que temporada imensa a Sra. Clay está passando com Elizabeth!

Não pretende ir embora nunca? Mas talvez se ela vagasse o quarto, ainda assim não seríamos convidados. Me diga o que pensa disso. Não espero que meus filhos sejam convidados, sabe. Posso muito bem deixá-los no casarão principal, por um mês, ou seis semanas. Acabei de ouvir que os Croft estão partindo para Bath quase que imediatamente; acham que o Almirante está começando a sofrer de artrite. Charles ouviu por acaso; não tiveram a educação de me avisar, ou se oferecer para levar nada. Não acho que eles melhoraram muito, como vizinhos. Nunca os vemos, e é uma demonstração de tremenda falta de consideração. Charles e eu enviamos nosso amor e tudo o mais. Com afeto.

Mary M.

Sinto dizer que estou muito mal, e Jemima acabou de me contar que o açougueiro disse que há uma dor de garganta se espalhando pela região. Ouso dizer que vou pegar, e minhas dores de garganta, como sabe, são sempre piores do que as dos outros".

Assim acabava a primeira parte da carta, que fora, então, colocada dentro de um envelope que continha outra, quase do mesmo tamanho.

"Mantive minha carta aberta, para poder mandar notícias sobre como foi a viagem de Louisa, e agora fico muito feliz por tê-lo feito, pois tenho muito a acrescentar. Em primeiro lugar, recebi um bilhete da Sra. Croft ontem, oferecendo-se para levar qualquer coisa que eu quisesse mandar para você; um bilhete muito gentil e amigável, endereçado a mim, como devia ser. Portanto, poderei escrever uma carta tão longa quanto quiser. O Almirante não parece estar muito doente, e espero sinceramente que Bath lhe faça tão bem quanto ele espera. Ficarei muito contente quando voltarem. Nossa vizinhança não pode ficar sem uma família tão agradável. Mas agora deixe-me falar de Louisa. Tenho algo a comunicar que te causará muito espanto. Ela e os Harville chegaram na terça-feira, em segurança, e fomos à noite ver como ela estava, quando ficamos um tanto surpresos ao percebermos que o Capitão Benwick não fazia parte do grupo, pois ele havia sido convidado junto com os Harville; e qual acha que era o motivo? Nada mais, nada menos do que ele estar apaixonado por Louisa, e ter decidido não ousar ir a Uppercross até receber

uma resposta do Sr. Musgrove; pois já estava tudo decidido entre ele e ela, antes mesmo de ela voltar para casa, e ele havia enviado uma carta ao pai dela através do Capitão Harville. É verdade, juro por Deus! Não está atônita? Ficarei surpresa se você houver escutado falar alguma coisa sobre isso, pois eu nunca escutei. A Sra. Musgrove jura solenemente que não sabia nada sobre o assunto. Contudo, estamos todos muito contentes, pois apesar de não ser a mesma coisa que se casar com o Capitão Wentworth, é infinitamente melhor do que Charles Hayter. O Sr. Musgrove deu seu consentimento por carta, e o Capitão Benwick está sendo esperado para hoje. A Sra. Harville diz que seu marido está bastante magoado, por conta de sua pobre irmã; mas Louisa é muito querida pelos dois. Na verdade, a Sra. Harville e eu concordamos que nossa estima por ela aumentou após termos cuidado dela até se recuperar. Charles imagina o que o Capitão Wentworth dirá, mas se você se lembra, nunca pensei que ele fosse afeiçoado a Louisa, nunca vi nada desse tipo. E é este o desfecho da suposta admiração do Capitão Benwick por você. Como Charles pôde enfiar uma coisa dessas na cabeça sempre me foi incompreensível. Espero que ele seja mais agradável, agora. Certamente que não é um ótimo casamento para Louisa Musgrove, mas um milhão de vezes melhor do que se casar entre os Hayter".

Mary não precisava temer que sua irmã já estivesse de algum modo preparada para receber tal notícia. Nunca na vida havia ficado tão surpresa. O Capitão Benwick e Louisa Musgrove! Era quase incrível demais, e foi só com o maior esforço que Anne conseguiu ficar na sala, preservar um ar de calma e responder as perguntas corriqueiras que lhe eram feitas. Felizmente para ela, não eram muitas. Sir Walter queria saber se os Croft viajaram com quatro cavalos, e se seria provável que se hospedassem em alguma parte de Bath adequada para receber uma visita da Srta. Elliot e dele mesmo, mas não teve muita curiosidade por outros assuntos.

– Como está Mary? – perguntou Elizabeth e, sem esperar uma resposta, acrescentou: – E diga-me, o que traz os Croft a Bath?

– Vieram por causa do Almirante. Pensam que está com início de artrite.

– Artrite e decrepitude! – disse Sir Walter. – Pobre e velho cavalheiro.

– Eles têm amigos por aqui? – perguntou Elizabeth.

– Não sei, mas dificilmente suporia que, com a idade e a profissão do Almirante Croft, ele não tenha muitos amigos em um lugar como este.

– Suspeito – disse Sir Walter, friamente – que o Almirante Croft será mais comumente conhecido em Bath como o locatário de Kellynch Hall. Elizabeth, podemos nos aventurar a apresentar os Croft em Laura Place?

– Oh, não! Creio que não. Com o relacionamento que temos com Lady Dalrymple, de primos, precisamos ser muito cuidadosos para não embaraçá-la com conhecidos que ela pode não aprovar. Se não fôssemos parentes, não teria importância, mas na qualidade de primos, ela sentiria escrúpulos em relação a qualquer proposta feita por nós. Seria melhor deixarmos os Croft encontrarem seu próprio nível. Há muitos homens de aparência estranha andando por aqui, que ouvi dizer serem marinheiros. Os Croft se associarão com eles.

Esta foi a parcela de interesse de Sir Walter e Elizabeth pela carta. Após a Sra. Clay ter tido a consideração de demonstrar uma atenção decente, perguntando sobre a Sra. Charles Musgrove e seus belos menininhos, Anne foi liberada.

Em seu próprio quarto, tentou compreender. Era de se imaginar que Charles perguntaria como o Capitão Wentworth estaria se sentindo! Talvez ele houvesse abandonado a briga e desistido de Louisa, deixado de amá-la, descoberto que não a amava. Anne não podia aguentar a ideia de traição ou leviandade, ou qualquer coisa parecida com um comportamento inadequado entre ele e o amigo. Não podia suportar imaginar que uma amizade como a deles seria terminada de forma injusta.

O Capitão Benwick e Louisa Musgrove! A alegre e falante Louisa Musgrove e o deprimido, pensativo, sensível e ávido leitor Capitão Benwick pareciam não ter uma única característica que os tornasse compatíveis. As mentes mais dessemelhantes! Qual poderia ter sido a atração? A resposta logo veio. Havia sido as circunstâncias. Foram forçados a conviver um com o outro por muitas semanas, vivendo dentro do mesmo núcleo familiar; desde a partida de Henrietta, deviam ter dependido inteiramente um do outro, e Louisa, acabando de se recuperar de uma enfermidade, estivera em um estado interessante, e o Capitão Benwick não estava inconsolável. Esta era uma questão que Anne não pudera deixar de suspeitar antes, e, ao invés de chegar à mesma conclusão que Mary sobre o atual estado das coisas, serviu apenas para confirmar a ideia de Anne de que ele sentira um início de afeto por ela mesma. Contudo, não tinha intenção de extrair disso tudo um agrado à sua própria vaidade muito maior do que aquilo que Mary poderia ter admitido. Estava convencida de que qualquer jovem toleravelmente agradável, que o ouvisse e parecesse afeiçoada a ele, teria recebido a mesma honra. Ele tinha um coração afetuoso. Precisava amar alguém.

Anne não via motivos para que os dois não fossem felizes. Louisa já tinha naturalmente um belo fervor naval, e eles logo ficariam mais parecidos um com o outro. Ele ganharia alegria, e ela aprenderia a se entusiasmar com Scott e Byron; não, isso provavelmente já havia sido aprendido: é claro que eles se apaixonaram lendo poesia. A ideia de Louisa Musgrove se tornar uma pessoa de gostos literários e reflexão sentimental era divertida, mas Anne não tinha dúvidas de que era o que havia acontecido. O dia passado em Lyme e queda no quebra-mar poderiam influenciar sua saúde, seus nervos, sua coragem e seu caráter até o fim de sua vida, tão inteiramente quanto parecia ter influenciado seu destino.

A conclusão de toda a história era que, se uma mulher que notara os méritos do Capitão Wentworth era capaz de preferir outro homem, não havia nada no noivado que despertasse uma surpresa muito duradoura, e se o Capitão Wentworth não perdera um amigo por causa disso, tampouco havia algo a ser lamentado. Não, não era pesar que fazia o coração de Anne bater mais rápido e suas faces ruborizarem ao pensar no Capitão Wentworth livre e desimpedido. Ela tinha sentimentos que estava com vergonha de investigar. Eram parecidos demais com felicidade, felicidade desmedida!

Ansiava por ver os Croft, mas quando o encontro ocorreu, ficou evidente que nenhum rumor da notícia havia chegado até eles. A visita formal foi feita e retribuída, e o nome de Louisa Musgrove foi mencionado, assim como o do Capitão Benwick, sem um único sorriso.

Os Croft alugaram aposentos em Gay Street, perfeitamente a contento de Sir Walter. Ele não estava nem um pouco envergonhado do relacionamento com eles, e, na verdade, pensava e falava sobre o Almirante muito mais do que o Almirante pensava e falava sobre ele.

Os Croft conheciam tantas pessoas em Bath quanto poderiam desejar, e consideravam suas interações com os Elliot uma mera formalidade, sem a menor possibilidade de lhes dar qualquer prazer. Trouxeram com eles do interior o hábito de estar quase sempre juntos. Ele havia recebido ordens de caminhar para controlar a artrite, e a Sra. Croft parecia dividir todas as tarefas com ele, e caminhar o quanto fosse preciso para fazer bem ao marido. Anne os via onde quer que fosse. Lady Russell a levava para passear em sua carruagem quase todas as manhãs, e ela nunca deixava de pensar neles, ou de vê-los. Conhecendo os sentimentos deles como conhecia, formavam uma cena de felicidade das mais atraentes, para ela. Sempre os observava o máximo que podia, adorando adivinhar sobre o que estavam conversando, enquanto passeavam em feliz independência, ou igualmente feliz ao ver o firme aperto de mão do Almirante quando encontrava um velho amigo, e observando suas conversas animadas, quando ocasionalmente formavam um grupinho da Marinha, com a Sra. Croft parecendo tão inteligente e astuta quanto qualquer um dos oficiais ao seu redor.

Anne tinha compromissos demais com Lady Russell para caminhar com frequência, mas uma manhã, uma semana ou dez dias depois da chegada dos Croft, preferiu deixar a amiga, ou a carruagem da amiga, para trás, na parte baixa da cidade, e voltar sozinha para Camden Place. Ao subir por Milson Street, teve a sorte de encontrar o Almirante. Estava parado sozinho na frente da vitrine de uma loja de gravuras, com as mãos atrás das costas, contemplando profundamente uma gravura, e não só Anne poderia ter passado reto por ele sem que ele a notasse, como foi obrigada a chamá-lo e cutucá-lo para atrair sua atenção. Quando ele a notou e reconheceu, contudo, o fez com toda a franqueza e o bom humor de costume.

– Ah! É você? Obrigado, obrigado. Isso que é me tratar como um amigo. Aqui estou, como pode ver, encarando um quadro. Nunca consigo passar por esta loja sem parar. Mas que coisa é essa que temos aqui, se fazendo passar por um barco! Dê só uma olhada. Já viu coisa parecida? Que camaradas esquisitos devem ser os tais pintores finos, para pensarem que alguém arriscaria a vida em uma concha disforme dessas! Mas aqui estão dois cavalheiros empoleirados nela, todos empertigados e tranquilos, olhando ao seu redor para as rochas e as montanhas, como se não estivessem prestes a emborcar, o que certamente estão. Me pergunto onde este barco foi construído! – disse ele, rindo à larga. – Não arriscaria cruzar um laguinho dentro dele. Bem, – completou, virando-se para ela, – para onde está indo? Posso ir a algum lugar por você, ou com você? Posso lhe ser útil de alguma forma?

– Não, agradeço, a não ser que queira me dar o prazer de sua companhia pelo pequeno trecho do caminho que compartilhamos. Estou indo para casa.

– Farei exatamente isso, com todo prazer, e vou mais longe ainda. Sim, sim, faremos uma gostosa caminhada juntos, e tenho algo para lhe contar enquanto andamos. Aqui, pegue meu braço; isso mesmo, não me sinto confortável se não tiver uma mulher o segurando. Céus! Que barco é esse! – exclamou ele, dando uma última olhada na gravura, enquanto se punham em movimento.

– Disse que tinha algo para me contar, senhor?

– Sim, tenho, daqui a pouco. Aí vem um amigo, o Capitão Brigden; só vou dizer "como vai?" enquanto passamos, não vou parar. Como vai? Brigden ficou surpreso em ver alguém comigo que não seja minha esposa. A pobrezinha está presa pela perna. Tem uma bolha em um dos calcanhares, grande como uma moeda de três xelins. Se olhar para o outro lado da rua, verá o Almirante Brand descendo, junto com seu irmão. Camaradas escusos, esses dois! Fico feliz por não estarem nesta calçada. Sophy não os suporta. Me passaram a perna, uma vez, me roubaram alguns dos meus melhores homens. Te conto a história toda uma outra vez. Aí vem o velho Sir Archibald Drew e seu neto. Veja, ele nos viu; está beijando a mão em sua homenagem, pensa que é minha esposa. Ah, os tempos de paz chegaram rápido demais para aquele rapaz. Pobre velho Sir Archibald! O que está achando de Bath, Srta. Elliot? Nos está caindo muito bem. Estamos sempre encontrando algum velho amigo, as ruas estão cheias deles todas as manhãs, temos sempre com quem conversar. E depois nos livramos de todos eles e nos trancamos em nossos aposentos, puxamos nossas poltronas e ficamos tão confortáveis quanto se estivéssemos em Kellynch, ficamos mesmo, ou até mesmo como costumávamos ficar em North Yarmouth e em Deal. Não gostamos menos dos nossos aposentos aqui, só porque nos lembram dos primeiros que ocupamos, em North Yarmouth. O vento sopra através de um dos armários exatamente do mesmo jeito.

Após terem andado mais um pouco, Anne ousou perguntar novamente o que ele tinha para lhe contar. Esperava ter sua curiosidade saciada após terem saído de Milsom Street, mas foi obrigada a esperar mais, pois o Almirante havia se decidido a não começar até que estivessem no espaço e no silêncio de Belmont. Então, como ela não era a Sra. Croft de verdade, teve que deixá-lo fazer as coisas do jeito dele. Assim que começaram a descer a Belmont, ele começou:

– Bom, agora a senhorita irá ouvir algo que a surpreenderá. Mas primeiro precisa me dizer o nome da jovem sobre quem irei falar. Aquela jovem, sabe, com quem todos estivemos tão preocupados. A Srta. Musgrove, com quem tudo aconteceu. O primeiro nome dela, sempre me esqueço do nome de batismo dela.

Anne ficara encabulada de aparentar compreender tão rapidamente, mas agora podia sugerir com segurança o nome "Louisa".

– Sim, sim, a Srta. Louisa Musgrove, é este o nome. Queria que as jovens não tivessem tamanha variedade de belos nomes de batismo. Nunca me esqueceria se fossem todas Sophys, ou algo do tipo. Bom, essa Srta. Louisa, todos pensamos, sabe, que iria se casar com Frederick. Ele a cortejava semana após semana. A única dúvida era o que eles estavam esperando, até que aconteceu tudo aquilo em Lyme. Então, ficou claro que eles precisariam esperar até que o cérebro dela fosse consertado. Mas ainda assim, havia algo estranho no modo como estavam agindo. Ao invés de ficar em Lyme, ele partiu para

Plymouth, e depois foi visitar Edward. Quando voltou de Minehead, foi para a casa de Edward, e lá esteve desde então. Não o vemos desde novembro. Nem Sophy conseguiu entender. Mas agora, a história teve a reviravolta mais estranha de todas, pois esta jovem, a mesma Srta. Musgrove, ao invés de ficar noiva de Frederick, está noiva de James Benwick. Você conhece James Benwick.

– Um pouco. Conheço um pouco o Capitão Benwick.

– Bom, ela irá se casar com ele. Não, provavelmente já devem estar casados, pois não sei por que esperariam.

– Achei o Capitão Benwick um jovem muito simpático, – disse Anne, – e me foi dito que tem um caráter excelente.

– Oh, sim, sim, não tenho uma palavra para dizer contra James Benwick. Só foi nomeado comandante no verão passado, é claro, e esta é uma época difícil de se progredir, mas não tem outro defeito, que eu saiba. Um camarada excelente e de bom coração, asseguro-lhe; um oficial muito ativo e zeloso, também, que é mais do que se imagina, talvez, pois aqueles modos doces dele não lhe fazem justiça.

– Na verdade, se engana quanto a isso, senhor; eu jamais teria interpretado os modos do Capitão Benwick como falta de ânimo. Achei que tinha modos particularmente agradáveis, e garanto que agradam a todos.

– Bem, bem, as damas são as melhores juízas. Mas James Benwick é um tanto quanto suave demais, para mim. E apesar de ser muito provável que seja nossa parcialidade falando, Sophy e eu não podemos deixar de pensar que os modos de Frederick são melhores do que os dele. Há algo em Frederick que nos agrada mais.

Anne foi pega de surpresa. Pretendera somente se opor à ideia, demasiado comum, de que ânimo e gentileza eram incompatíveis um com o outro, de modo algum descrever os modos do Capitão Benwick como os melhores que poderia haver; e, após um pouco de hesitação, começara a dizer: "Não estava fazendo uma comparação entre os dois amigos", mas o Almirante a interrompeu, dizendo:

– E isso tudo é bem verdade. Não é mera fofoca. Ouvimos do próprio Frederick. Sua irmã recebeu uma carta dele ontem, na qual ele nos conta tudo, e ele mesmo havia acabado de receber uma carta de Harville, escrita no local, em Uppercross. Imagino que estejam todos em Uppercross.

Esta era uma oportunidade a que Anne não pôde resistir. Disse, portanto:

– Espero, Almirante, que não tenha havido nada no modo como o Capitão Wentworth escreveu a carta que preocupasse o senhor ou a Sra. Croft. Parecia, no outono passado, haver um afeto entre ele e Louisa Musgrove, mas espero que tenha se desgastado de ambos os lados igualmente, e sem agitações. Espero que a carta dele não demonstre que está se sentindo maltratado.

– De forma alguma, de forma alguma; não houve uma imprecação ou reclamação, do início ao fim.

Anne abaixou a cabeça para esconder o sorriso.

– Não, não; Frederick não é do tipo que reclama e se queixa, tem vigor demais para isso. Se a garota gosta mais de outro homem, é melhor mesmo que fique com ele.

– Certamente. Mas o que quis dizer é que espero que não haja nada na escrita do Capitão Wentworth que faça o senhor supor que ele se sentiu maltratado pelo amigo, o que pode parecer, sabe, sem que ele tenha dito com todas as letras. Ficaria muito triste se uma amizade como a que há entre ele e o Capitão Benwick for destruída, ou até mesmo abalada, por uma circunstância deste tipo.

– Sim, sim, compreendo o que quer dizer. Mas não há nada do tipo, na carta. Ele não fez nenhuma insinuação em relação a Benwick, não escreveu nem mesmo "fiquei surpreso, tenho meus próprios motivos para ter ficado surpreso". Não, você não adivinharia, com base no modo como ele escreveu, que ele alguma vez pensou na Srta. (como é mesmo o nome dela?) para si mesmo. Ele, muito galantemente, espera que sejam felizes juntos, e não há nada de impiedoso nisso, creio eu.

Anne não ficou tão perfeitamente convencida quanto o Almirante parecia desejar, mas teria sido inútil perguntar mais. Portanto, se contentou com observações corriqueiras ou atenção silenciosa, e o

Almirante fez tudo do seu jeito.

– Pobre Frederick! – disse ele, finalmente. – Agora precisa começar tudo de novo, com outra pessoa. Acho que precisamos trazê-lo a Bath. Sophy precisa escrever para ele e implorar que venha a Bath. Há garotas bonitas o suficiente, aqui, tenho certeza. Não faria sentido ir a Uppercross novamente, pois fiquei sabendo que aquela outra Srta. Musgrove está comprometida com o primo, o jovem vigário. Não acha, Srta. Elliot, que seria melhor tentarmos trazê-lo a Bath?

Capítulo 19

Enquanto o Almirante Croft passeava com Anne e expressava seu desejo de trazer o Capitão Wentworth a Bath, o Capitão Wentworth já estava a caminho de lá. Antes de a Sra. Croft escrever a ele, ele já havia chegado, e logo na próxima vez que Anne saiu para caminhar, o viu.

O Sr. Elliot acompanhava suas duas primas e a Sra. Clay. Estavam em Milsom Street. Começara a chover, não muito, mas o suficiente para fazer com que as mulheres quisessem se abrigar, e mais do que o suficiente para fazer com que fosse muito desejável para a Srta. Elliot ser levada para casa na carruagem de Lady Dalrymple, que fora vista aguardando à distância; ela, Anne e a Sra. Clay, portanto, entraram na loja Molland's, enquanto o Sr. Elliot ia até onde Lady Dalrymple estava, para solicitar seu auxílio. Logo retornou a elas, tendo sido bem-sucedido, é claro; Lady Dalrymple ficaria muito feliz em levá-las para casa, e viria dentro de alguns minutos.

A carruagem da viscondessa era uma "*barouche*", e não comportava mais do que quatro pessoas confortavelmente. A Srta. Carteret estava com a mãe; consequentemente, não seria razoável esperar que houvesse espaço para as três senhoras de Camden Place. Não podia haver dúvidas quanto à Srta. Elliot. Quem quer que sofresse alguma inconveniência, não seria ela, mas as outras duas levaram pouco tempo para decidir de forma civilizada. A chuva era insignificante, e

Anne foi sincera ao dizer que preferiria caminhar com o Sr. Elliot. Mas a chuva também era insignificante para a Sra. Clay; ela mal admitia estar caindo alguma gota, e suas botas eram tão grossas! Muito mais grossas do que as da Srta. Anne. Em resumo, sua educação a fez ficar tão ansiosa para caminhar com o Sr. Elliot quanto Anne, e discutiram entre elas com tamanha generosidade, polidez e determinação, que os outros foram obrigados a decidir por elas. A Srta. Elliot argumentou que a Sra. Clay já estava se resfriando, e o Sr. Elliot decidiu, mediante solicitação, que as botas de sua prima Anne eram as mais grossas.

Ficou, então, decidido que a Sra. Clay deveria ir na carruagem. Haviam acabado de chegar a este ponto, quando Anne, sentada ao lado da vitrine, vislumbrou, da forma mais certeira e distinta, o Capitão Wentworth descendo a rua.

Sua surpresa foi perceptível só para si mesma, mas imediatamente sentiu-se a maior tola do mundo, a mais inexplicável e absurda das pessoas! Por alguns minutos, não via nada à sua frente, era tudo confusão. Ficou perdida, e quando conseguiu se controlar, viu os outros esperando a carruagem, e o Sr. Elliot (sempre prestativo) caminhando em direção a Union Street para cumprir alguma tarefa em nome da Sra. Clay.

Anne sentiu uma vontade repentina de ir até a porta externa da loja, queria ver se estava chovendo. Por que suspeitaria de algum outro motivo? O Capitão Wentworth já deveria estar longe. Levantou-se, queria ir; metade de si mesma não podia ser sempre mais sábia do que a outra, ou sempre suspeitar de que a outra era pior do que de fato era. Queria ver se estava chovendo. Foi mandada de volta para seu assento, contudo, dentro de um instante, pela entrada do Capitão Wentworth em pessoa, em meio a um grupo de cavalheiros e damas, evidentemente seus amigos, e aos quais devia ter se juntado um pouco abaixo em Milsom Street. Ele ficou mais obviamente surpreso e confuso ao vê-la do que ela jamais notara; seu rosto enrubescera profundamente. Pela primeira vez, desde que retomaram contato, ela sentiu que ele era quem, dentre os dois, demonstrava mais sensibilidade. Anne tinha a vantagem, sobre ele, de ter tido os últimos momentos para se preparar. Todos os primeiros efeitos da surpresa, avassaladores, estonteantes e desorientadores, já haviam se passado, para ela. Ainda assim, sentiu o suficiente! Agitação, prazer, algo entre deleite e tristeza.

O capitão falou com ela, e depois virou as costas. Seus modos demonstravam embaraço. Ela não poderia tê-los chamado de frios ou amigáveis, tampouco de nada tão certeiro como encabulados.

Contudo, após um curto intervalo, ele andou em sua direção e dirigiu-se a ela novamente. Perguntas mútuas sobre assuntos corriqueiros foram feitas, provavelmente sem que nenhum dos dois conseguisse absorver o que tinha ouvido, e o fato de ele estar menos tranquilo do que antigamente continuava perfeitamente perceptível para Anne. Tendo passado tanto tempo juntos, conseguiam anteriormente conversar com uma quantidade considerável de aparente indiferença e calma, mas o Capitão Wentworth não foi capaz de fazê-lo naquela ocasião. O tempo o havia mudado, ou Louisa o havia mudado. Estava consciente de alguma coisa. Sua aparência estava muito boa, não como se estivesse sofrendo física ou mentalmente, e falou sobre Uppercross, os Musgrove, até mesmo de Louisa, e um olhar carregado de significado passou por seu semblante, ao mencionar o nome dela. Mesmo assim, não parecia estar confortável ou tranquilo, tampouco conseguia fingir que estava.

Anne não ficou surpresa, e sim decepcionada, ao ver que Elizabeth não tomou conhecimento dele. Viu que ele vira Elizabeth e que esta o vira, houve um perfeito reconhecimento de ambos os lados. Estava convencida de que ele esperava ser reconhecido, e teve a decepção de ver sua irmã dar-lhe as costas, com uma frieza inalterada.

A carruagem de Lady Dalrymple, que a Srta. Elliot aguardava com muita impaciência, acabara de chegar, e o criado entrara para anunciá-la. Começava a chover novamente, e houve um atraso, uma comoção e um burburinho tamanhos que fizeram com que toda a pequena multidão dentro da loja ficasse sabendo que Lady Dalrymple viera para buscar a Srta. Elliot. Finalmente, a Srta. Elliot e sua amiga, auxiliadas somente pelo criado (pois o primo ainda não voltara), partiram, e o Capitão Wentworth, observando-as, voltou-se novamente para Anne, e através de sua postura, ao invés de suas palavras, oferecia seus serviços para ela.

– Fico muito grata, – respondeu ela, – mas não vou com elas. A carruagem não comporta tantas pessoas. Andarei; prefiro andar.

– Mas está chovendo.

– Oh! Muito pouco. Nada que me abale.

Após uma pausa momentânea, ele disse:

– Apesar de ter chegado só ontem, já me equipei adequadamente para Bath, como pode ver – apontando para um guarda-chuva novo. – Gostaria que o usasse, já que está determinada a andar, apesar de que penso ser mais prudente que me permita arrumar-lhe uma cadeira.

Anne ficou muito grata, mas recusou todas as ofertas, repetindo sua convicção de que a chuva não pioraria naquele momento, e acrescentou:

– Estou só esperando o Sr. Elliot. Tenho certeza de que chegará a qualquer momento.

Mal havia acabado de pronunciar tais palavras, quando o Sr. Elliot entrou. O Capitão Wentworth lembrou-se dele perfeitamente. Não havia qualquer diferença entre ele e o homem que parara nos degraus de Lyme, admirando Anne enquanto esta passava, exceto pelo ar, a aparência e os modos de um parente e amigo privilegiado. Entrou ansiosamente, parecia enxergar e pensar somente nela, pediu desculpas pelo atraso, lamentou tê-la mantido esperando e declarou estar ansioso para levá-la para casa sem mais delongas e antes que a chuva piorasse. Em um momento, já estavam partindo juntos, o braço dela sob o dele, tendo tipo tempo somente para um olhar gentil e encabulado e um "bom dia para você!" enquanto passava.

Assim que se foram, as damas do grupo do Capitão Wentworth começaram a falar deles.

– O Sr. Elliot não é indiferente à prima, imagino eu?

– Oh, não, isto está claro o bastante. Podemos só imaginar o que acontecerá. Ele está sempre com elas; passa metade do tempo com a família, acredito. Que homem bem-apessoado!

– Sim, e a Srta. Atkinson, que jantou uma vez com ele na casa da família Wallis, disse que ele é o homem mais agradável que já conheceu.

– Ela é bonita, acho, Anne Elliot; muito bonita, quando se olha bem. Não está em voga dizer isso, mas confesso que a admiro mais do que sua irmã.

– Oh! Eu também.

– E eu também. Não tem comparação. Mas os homens ficam todos atrás da Srta. Elliot. Anne é delicada demais para eles.

Anne teria ficado extremamente grata ao primo, se este houvesse caminhado ao seu lado, até chegarem em Camden Place, sem dizer uma palavra. Nunca havia tido tanta dificuldade para escutá-lo, apesar de ele estar sendo muito solícito e cuidadoso e falar de assuntos que sempre lhe eram interessantes: elogios calorosos, justos e sagazes a Lady Russell, e insinuações altamente racionais em relação à Sra. Clay. Mas, naquele momento, só conseguia pensar no Capitão Wentworth. Não compreendia seus sentimentos atuais, se ele estava realmente sofrendo com muita decepção ou não; e, até que esta questão estivesse decidida, não conseguiria agir naturalmente.

Esperava conseguir ser sábia e razoável, eventualmente, mas infelizmente precisava admitir para si mesma que este momento ainda não havia chegado.

Outra circunstância que ansiava por saber era quanto tempo ele pretendia ficar em Bath; não havia mencionado, ou ela não conseguia se lembrar. Podia estar só de passagem. Mas era mais provável que fora para ficar. Neste caso, com tamanha probabilidade de todos se encontrarem uns com os outros em Bath, Lady Russell provavelmente o veria em algum lugar. Será que se lembraria dele? Como tudo transcorreria?

Anne já havia sido obrigada a contar a Lady Russell que Louisa Musgrove iria se casar com o Capitão Benwick. Fora difícil encarar a surpresa de Lady Russell, e agora, se por acaso se encontrasse com o Capitão Wentworth, suas informações incompletas sobre o assunto poderiam fazer com que o preconceito que tinha contra ele aumentasse.

Na manhã seguinte, Anne passeava com Lady Russell e, durante a primeira hora, estava em um estado constante e temeroso de observação, tentando vê-lo, em vão. Finalmente, ao voltarem por Pulteney Street, ela o discerniu na calçada do lado direito, a uma distância que permitia que fosse visto pela maior parte da rua. Havia muitos outros homens ao redor dele, e outros grupos andando na mesma direção, mas não havia como confundi-lo. Anne olhou instintivamente para Lady Russell, mas não com alguma ideia insana de que o teria reconhecido tão rapidamente quanto ela mesma. Não, não seria de se supor que Lady Russell o perceberia até que estivessem quase na mesma altura da rua, em calçadas opostas. Anne olhava para ela, contudo, periódica e ansiosamente, e quando chegava o momento de chamar a atenção dela para a presença dele, apesar de não ousar olhar para ela novamente (pois sabia que sua expressão não estava adequada), estava perfeitamente consciente do fato de que o olhar de Lady Russell estava voltado exatamente na direção dele – do fato de que, em resumo, ela o observava intensamente. Anne era capaz de compreender completamente o tipo de fascinação que ele deveria exercer sobre a mente de Lady Russell, a dificuldade que ela deveria ter para desviar o olhar, a surpresa que deveria estar sentindo com o fato de que oito ou nove anos terem se passado para ele, em climas estrangeiros e em serviço ativo, acima de tudo, sem tê-lo roubado de nenhum encanto pessoal!

Finalmente, Lady Russell virou o rosto. "Como será que falará dele?".

– Deve estar se perguntando – disse ela – o que atraiu meu olhar por tanto tempo; mas eu estava apenas olhando algumas cortinas que Lady Alicia e a Sra. Frankland mencionaram ontem. Descreveram as cortinas da sala de estar de uma das casas desta calçada, e esta parte da rua, como sendo as mais bonitas da cidade. Mas não conseguia me lembrar do número exato da casa, e estava tentando descobrir qual poderia ser; mas confesso que não vi nenhuma cortina por aqui que combine exatamente com a descrição que elas fizeram.

Anne suspirou, corou e sorriu, de pena e desdém, por si mesma ou por sua amiga. A parte que a irritara mais fora o fato de que, com todo aquele desperdício de previdência e cautela, ela perdera o momento certo para ver se ele as havia notado.

Um ou dois dias se passaram sem que nada acontecesse. O teatro ou os salões, onde seria mais provável que ele estivesse, não eram elegantes o suficiente para os Elliot, cujas diversões noturnas consistiam unicamente na estupidez altiva de jantares privados, para os quais os convites só aumentavam. E Anne, cansada de tamanho estagnação, enjoada de não ficar sabendo de nada, e imaginando que estava mais forte, só pelo fato de que sua força não havia sido testada, ficava cada vez mais impaciente pela chegada da noite do concerto. Era um concerto em benefício de uma pessoa apadrinhada por Lady Dalrymple, então é claro que precisariam comparecer. A expectativa era de que seria uma maravilhosa apresentação, e o Capitão Wentworth gostava muito de música. Se ao menos ela pudesse ter uma conversa de alguns minutos com ele, novamente, achava que ficaria satisfeita; e quanto à capacidade de abordá-lo, sentia-se confiante, caso a oportunidade aparecesse. Elizabeth virara as costas para ele, Lady Russell fingira que não o vira; seus nervos foram fortalecidos por essas circunstâncias, pois sentia que devia a ele esta consideração.

Já havia meio que prometido à Sra. Smith passar a noite com ela, mas, durante uma visita curta e apressada, se desculpou e adiou o compromisso, com a promessa mais firme de uma visita longa no dia seguinte. A Sra. Smith aquiesceu, de bom humor.

– Fique à vontade, – disse ela, – só me conte tudo sobre isso quando voltar. Com quem irá?

Anne listou os nomes de todos. A Sra. Smith não respondeu, mas, quando Anne saía, disse, com uma expressão que misturava seriedade e brincadeira:

– Bom, desejo do fundo do coração que seu concerto seja como espera; e não falhe comigo amanhã, se puder vir, pois começo a ter um pressentimento de que não receberei mais muitas visitas suas.

Anne ficou surpresa e confusa; porém, após um momento de suspense, foi obrigada, e não lamentou ter sido obrigada, a sair apressadamente.

Capítulo 20

Sir Walter, suas duas filhas e a Sra. Clay foram os primeiros de seu grupo a chegar na sala de concertos, aquela noite; e, como precisavam esperar por Lady Dalrymple, ocuparam lugares perto de uma das lareiras do Salão Octogonal. Mal haviam acabado de se acomodar, quando a porta abriu-se novamente, e o Capitão Wentworth entrou sozinho. Anne era quem estava mais próxima dele e, caminhando um pouco em sua direção, falou imediatamente. Ele estava se preparando somente para fazer uma reverência e continuar andando, mas o doce "como vai você?" por ela proferido fez com que ele se desviasse de sua trajetória em linha reta e parasse ao lado dela, fazendo-lhe perguntas em troca, apesar de seus formidáveis pai e irmã ao fundo. O fato de estarem atrás de Anne a ajudou; não fazia ideia de como estavam suas expressões, e sentia-se pronta para fazer tudo o que acreditava que devia ser feito.

Enquanto conversavam, sussurros entre seu pai e Elizabeth lhe chamaram a atenção. Não conseguiu entender, mas podia adivinhar qual seria o assunto. Ao ver o Capitão Wentworth fazer uma reverência contida, compreendeu que seu pai havia julgado correto reconhecê-lo minimamente, e voltou-se logo a tempo de ver de relance uma reverência por parte de Elizabeth. Isto, apesar de tarde, relutante e descortês, era melhor do que nada, e seu humor melhorou.

Contudo, após falarem sobre o tempo, Bath e o concerto, a conversa começou a esmorecer, e tão pouco foi dito, ao final, que Anne começou a esperar que ele se retirasse a qualquer momento, mas ele não o fez; não parecia estar com pressa de deixá-la, e depois, com ânimo renovado, um pequeno sorriso e um pouco de alegria, disse:

– Mal vi a senhorita desde o dia em que passamos em Lyme. Temo que tenha sofrido com o choque, ainda mais por não tê-la abalado no momento.

Ela lhe assegurou que não tinha.

– Foi uma hora horrível, – disse ele, – um dia horrível! – E esfregou os olhos, como se a memória ainda fosse dolorosa demais, mas dentro de um momento, sorrindo novamente, acrescentou: – Aquele dia produziu alguns efeitos, contudo; teve algumas consequências que devem ser consideradas o exato oposto de horríveis. Quando você teve a presença de espírito de sugerir que Benwick seria a pessoa mais adequada para ir buscar um médico, mal podia imaginar que ele eventualmente se tornaria uma das pessoas mais preocupadas com a recuperação dela.

– Certamente que não podia ter imaginado. Mas parece... espero que seja uma união muito feliz. Há, de ambos os lados, bons princípios e bons temperamentos.

– Sim, – disse ele, não olhando exatamente para afrente, – mas é aí, penso eu, que terminam as semelhanças. Desejo, do fundo do meu coração, que sejam felizes, e me alegro com todas as circunstâncias a favor disso. Não têm dificuldades para superar em suas casas, nenhuma oposição, capricho ou atraso. Os Musgrove estão se comportando como sempre, da forma mais honrada e gentil, só ansiosos, com seus corações verdadeiramente amorosos, por promover o bem-estar de sua filha. Tudo isso é muito, mas muito favorável à felicidade dos dois; mais do que, talvez...

Parou. Uma lembrança repentina pareceu lhe ocorrer e dar um gostinho daquela emoção que fazia o rosto de Anne enrubescer e seu olhar se fixar no chão. Entretanto, após pigarrear, continuou:

– Confesso que penso haver uma disparidade, uma disparidade grande demais, e em uma questão tão essencial quanto a personalidade. Considero Louisa Musgrove uma garota muito doce e de bom temperamento, e com um discernimento correto, mas Benwick tem algo a mais. Ele é um homem esperto, que tem o hábito da leitura; e confesso que encaro o fato de ter se apaixonado por ela com alguma surpresa. Se houvesse sido efeito da gratidão, se ele houvesse aprendido a amá-la porque acreditava que ela o preferia, teria sido diferente. Mas não tenho motivos para supor que foi assim. Parece, pelo contrário, ter sido um sentimento perfeitamente espontâneo e natural da parte dele, e isso me surpreende. Um homem como ele, naquela situação! Com o coração despedaçado, machucado, quase partido! Fanny Harville era uma criatura muito superior, e o amor dele por ela era, de fato, amor. Um homem não se recupera de tamanha devoção a uma mulher. Não deveria se recuperar; não se recupera.

Contudo, por tomar consciência de que seu amigo havia se recuperado, ou por tomar consciência de alguma outra coisa, não disse mais nada; e Anne, que, apesar do tom de voz agitado em que a última parte do discurso dele havia sido proferida, e apesar dos diversos barulhos do salão, as batidas quase incessantes da porta e o burburinho interminável das pessoas que passavam, havia discernido cada palavra, e ficara surpresa, grata, confusa, começando a respirar muito rapidamente e a sentir centenas de coisas em um único momento. Lhe era impossível comentar sobre tal assunto; ainda assim, após uma pausa, sentindo a necessidade de falar, e sem o menor desejo de mudar completamente de assunto, desviou-o apenas o suficiente para dizer:

– Ficou bastante tempo em Lyme, penso eu?

– Cerca de uma quinzena. Não pude partir até ter certeza de que Louisa se recuperava bem. Participei demais da travessura para ficar em paz rapidamente. Havia sido culpa minha, exclusivamente minha. Ela não teria sido obstinada, se eu não tivesse sido fraco. A região campestre ao redor de Lyme é muito bela. Caminhei e cavalguei bastante, e quanto mais via, mais encontrei para admirar.

– Gostaria muito de ver Lyme novamente – disse Anne.

– É mesmo? Não teria suposto que encontrou algo em Lyme que inspirasse tal sentimento. O horror e a aflição em que esteve envolvida, a pressão mental, o desgaste! Teria imaginado que suas últimas impressões de Lyme consistissem em uma forte repulsa.

– As últimas horas foram certamente muito dolorosas, – respondeu Anne, – mas quando a dor termina, a memória dela frequentemente se transforma em prazer. Não se ama menos um lugar por ter sofrido nele, exceto se tenha sido só sofrimento, nada além de sofrimento, o que não foi, de maneira alguma, o caso em Lyme. Só passamos por ansiedade e aflição nas duas últimas horas, e antes disso tivemos muita diversão. Tantas coisas novas e belas! Viajei tão pouco, que todos os lugares novos seriam interessantes para mim, mas há uma verdadeira beleza em Lyme; em resumo, – disse ela, com um ligeiro rubor causado por algumas lembranças, – minha impressão geral sobre a cidade foi muito agradável.

Quando terminara de falar, a porta se abriu novamente, e o exato grupo pelo qual esperavam entrou. "Lady Dalrymple, Lady Dalrymple", foi o burburinho alegre, e, com toda a avidez compatível com uma elegância ansiosa, Sir Walter e suas duas damas levantaram-se para recebê-la. Lady Dalrymple e a Srta. Carteret, acompanhadas pelo Sr. Elliot e pelo Coronel Wallis, que calhara de chegar no mesmo momento, entraram no salão. Os outros se juntaram a eles, e formou-se um grupo no qual Anne foi necessariamente incluída. Foi separada do Capitão Wentworth. A conversa interessante, quase que interessante demais, entre eles precisou ser interrompida momentaneamente, mas o sofrimento foi pequeno, em comparação com a felicidade que causara! Anne havia descoberto, nos últimos dez minutos, mais sobre os sentimentos dele em relação a Louisa, mais sobre todos os sentimentos dele do que ela ousava cogitar; então, deixou-se levar pelas demandas de seu grupo, pelas necessárias cortesias do momento, com sensações deliciosas, apesar de agitadas. Estava de bom humor com todos. Havia recebido informações que a tornaram disposta a ser cortês e gentil com todos, e a sentir pena de todos, por estarem menos felizes do que ela mesma.

As deleitosas emoções diminuíram um pouco quando, ao se afastar novamente do grupo, para se juntar novamente ao Capitão Wentworth, percebeu que ele havia ido embora. Virou-se logo a tempo de vê-lo entrar na sala de concertos. Partira, havia desaparecido, e Anne sentiu uma pontada de tristeza. Mas pensou que se encontrariam novamente. Ele a procuraria, a encontraria antes do fim da noite, e naquele momento, talvez, fosse melhor que estivessem separados. Ela sentia necessidade de uma pequena pausa para se recompor.

Com a chegada de Lady Russell, logo depois, o grupo estava completo, e só precisavam se reunir e se dirigir à sala de concertos, demonstrando toda a sua importância, atraindo tantos olhares, arrancando tantos sussurros e perturbando tantas pessoas quanto podiam.

Elizabeth e Anne Elliot estavam muito, muito felizes, ao entrarem na sala. Elizabeth, de braços dados com a Srta. Carteret e com o olhar fixo nas costas largas da Viscondessa Dalrymple à sua frente, não desejava mais nada no mundo; e Anne... seria um insulto à natureza da felicidade de Anne compará-la com a da irmã; a origem de uma sendo a vaidade, e da outra, afeto sincero.

Anne não reparava em nenhum detalhe imponente da sala de concertos. Sua felicidade vinha de dentro. Seus olhos brilhavam e suas faces estavam coradas, mas não tinha conhecimento disso. Pensava somente na última meia hora, e, ao tomarem seus lugares, sua mente repassou tudo o que havia ocorrido. Os assuntos que ele havia escolhido, as expressões, modos e aparência dele, haviam sido tais que só podiam ser interpretados de uma maneira. Sua opinião sobre a inferioridade de Louisa Musgrove, que parecera ansioso por expressar, seu espanto com o Capitão Benwick, o que pensava sobre um primeiro e forte relacionamento; frases que começara, mas não pudera terminar, os ligeiros desvios de seu olhar e seu semblante totalmente expressivos, tudo isso declarava que seu coração estava, finalmente, voltando para ela; que a raiva, o ressentimento e o desejo de evitá-la não existiam mais, e que haviam sido substituídos não só por amizade e consideração, mas pelo afeto do passado. Sim, um pouco do afeto do passado. Anne não podia considerar que a mudança insinuava algo menos do que isso. Ele devia amá-la.

Eram estes os pensamentos, com as visões que os acompanhavam, que ocuparam sua mente e a distraíram demasiadamente, deixando-a sem nenhum poder de observação. Percorreu toda a sala sem conseguir encontrá-lo, sem nem mesmo tentar discerni-lo. Após decidirem onde se sentar e se acomodarem, Anne olhou ao seu redor, para ver se ele calhara de estar na mesma parte da sala, mas não estava. Seus olhos não conseguiram encontrá-lo, e, como o concerto acabava de começar, precisou contentar-se com um tipo mais humilde de felicidade.

O grupo foi dividido e arrumado em dois bancos contíguos: Anne estava no da frente, e o Sr. Elliot manobrara tão bem, com a ajuda de seu amigo Coronel Wallis, que sentara-se ao lado dela. A Srta. Elliot, ladeada pelas primas e objeto principal dos galanteios do Coronel

Wallis, estava bem contente.

A mente de Anne estava no mais favorável dos estados para receber o entretenimento daquela noite; era a quantidade suficiente de ocupação: seus sentimentos estavam abertos para a ternura, seu humor estava receptivo à alegria, sua atenção pronta a raciocinar, e sua paciência disposta a tolerar o enfado. Ela nunca gostara de um concerto tanto quanto aquele, pelo menos o primeiro ato. Mais perto do fim, durante o intervalo que se sucedeu à uma canção italiana, explicou a letra para o Sr. Elliot. Estavam examinando juntos o livreto.

– Isto – disse ela – é quase que o sentido, na verdade, o significado, das palavras, pois decerto que não devemos falar sobre o sentido de uma canção de amor italiana, mas é o significado mais próximo que consigo dar, pois não finjo compreender a língua. Sou uma estudiosa muito fraca do italiano.

– Sim, sim, vejo que é. Vejo que não entende nada do assunto. Tem conhecimento da língua só o suficiente para traduzir na hora essas linhas invertidas, transpostas e truncadas do italiano para um inglês claro, compreensível e elegante. Não precisa falar mais nada sobre sua ignorância. Esta é uma prova cabal.

– Não farei objeção a tal elogio gentil, mas não gostaria de ser examinada por alguém verdadeiramente proficiente.

– Não tive o prazer de visitar Camden Place por tanto tempo – respondeu ele – sem conhecer um pouco da Srta. Anne Elliot; e a considero modesta demais para que o mundo se torne ciente de metade de suas qualidades, e talentosa demais para que sua modéstia seja natural em qualquer outra mulher.

– Pare com isso! Está sendo lisonjeiro demais. Esqueci o que vem agora – disse ela, voltando-se para o livreto.

– Talvez – disse o Sr. Elliot, em voz baixa – eu conheça sua personalidade há mais tempo do que imagina.

– É mesmo? Como? Só pode ter conhecido minha personalidade quando cheguei a Bath, exceto se tiver ouvido minha própria família falando sobre ela anteriormente.

– Conhecia-a de reputação, muito antes de vir a Bath. Já ouvira uma descrição sua por pessoas que a conhecem intimamente. Estou familiarizado com seu caráter há muitos anos. Sua pessoa, sua disposição, seus talentos e modos; já estava ciente de todos.

O Sr. Elliot não ficou decepcionado com o interesse que pretendia despertar. Ninguém resiste ao charme de tamanho mistério. Ter sido descrita há muito tempo para um conhecido recente, por pessoas incógnitas, é irresistível, e Anne ficou curiosíssima. Imaginou e questionou-o ansiosamente, mas em vão. Estava adorando as perguntas, mas não queria responder.

– Não, não, algum dia, talvez, mas não agora. Não vou mencionar nomes, agora; mas posso lhe assegurar de que é verdade. Há muitos anos, recebi tal descrição da Srta. Anne Elliot que me inspirou com a mais alta opinião sobre seus méritos, e despertou em mim a maior curiosidade sobre ela.

Anne não conseguia pensar em ninguém que pudesse ter falado dela com parcialidade, há muitos anos, além do Sr. Wentworth de Monkford, irmão do Capitão Wentworth. Ele podia ter conhecido o Sr. Elliot, mas ela não teve coragem de fazer a pergunta.

– O nome "Anne Elliot" – disse ele – soa interessante para mim já há muito tempo. Há tempos possui um charme em minha imaginação; e, se eu ousasse, expressaria meu desejo de que tal nome nunca mude.

Tais foram, ela acreditava, suas palavras; mas mal as ouvira pronunciadas, antes que sua atenção fosse atraída por outros sons, imediatamente atrás dela, que fizeram com que todo o resto se tornasse insignificante. Seu pai e Lady Dalrymple estavam conversando.

– Um homem de boa aparência, – dizia Sir Walter, – ótima aparência.

– Um jovem muito bonito, realmente! – respondeu Lady Dalrymple. – Mais elegância do que se costuma ver em Bath. Irlandês, ouso dizer.

– Não, sei como se chama. Nos conhecemos superficialmente. Wentworth; Capitão Wentworth, da Marinha. A irmã dele é casada com meu inquilino, em Somerset, o Croft, que aluga Kellynch.

Antes que Sir Walter houvesse chegado a este ponto, o olhar de Anne já havia encontrado a direção certa e discernido o Capitão Wentworth parado de pé, em um grupo de homens, a alguma distância. Quando seu olhar pousou sobre ele, o dele pareceu desviar-se dela. Foi o que pareceu. Aparentemente, ela olhara com um momento de atraso, e, pelo tempo que ousou observá-lo, ele não olhou novamente. Mas o espetáculo estava recomeçando, então foi forçada a fingir prestar atenção novamente à orquestra e olhar para a frente.

Quando conseguiu lançar um olhar novamente, ele já se afastara. Nem se quisesse, ele conseguiria se aproximar dela, de tão cercada e presa que estava, mas ela gostaria de ter encontrado seu olhar.

O discurso do Sr. Elliot também a abalara. Não tinha mais a menor vontade de falar com ele, e gostaria que ele não estivesse tão perto dela.

O primeiro ato terminara. Anne agora esperava alguma mudança benéfica, e, após um pouco de conversa trivial entre seu grupo, alguns deles decidiram ir em busca de chá. Anne foi uma das poucas pessoas que decidiram não se mexer. Ficou em seu assento, assim como Lady Russell. Mas teve o prazer de se livrar do Sr. Elliot, e não tinha a intenção, apesar do que pudesse sentir em relação a Lady Russell, de deixar de conversar com o Capitão Wentworth, se este lhe desse a oportunidade. Estava convencida, pela expressão no rosto de Lady Russell, de que ela o havia visto.

Contudo, ele não veio. Anne às vezes imaginara tê-lo vislumbrado à distância, mas ele nunca veio. O intervalo ansioso transcorreu improdutivamente. Os outros voltaram, a sala se encheu novamente, os assentos foram retomados e recuperados, e mais uma hora, de prazer ou penitência, tinha que ser suportada, outra hora de música traria deleite ou exclamações, dependendo do que prevalecesse, gosto verdadeiro ou simulado. Para Anne, a perspectiva era de uma hora de agitação. Não conseguiria sair daquela sala em paz, sem ver o Capitão Wentworth mais una vez, sem a troca de um olhar amistoso.

Quando retomaram seus lugares, houve diversas mudanças, cujo resultado foi favorável a ela. O Coronel Wallis decidiu não se sentar novamente, e o Sr. Elliot foi convidado por Elizabeth e a Srta. Carteret, de uma maneira que não podia ser recusada, a sentar-se entre elas. Com outras trocas, e um pequeno esquema próprio, Anne conseguiu se colocar muito mais perto da ponta do banco do que estivera antes, muito mais ao alcance dos passantes. Não pôde fazer isso sem se comparar com a Srta. Larolles, a inimitável Srta. Larolles[2] ; ainda assim o fez, e obteve um efeito muito mais agradável, pois as pessoas que estavam sentadas ao seu lado saíram mais cedo da apresentação, permitindo que se sentasse logo na ponta do banco, antes do final do concerto.

Esta era sua situação, com um espaço vago ao seu lado, quando viu o Capitão Wentworth novamente. Ele não estava longe, e também a vira; porém, sua expressão era séria e parecia irresoluta, e só chegou perto o suficiente para falar com ela depois de muito tempo. Ela sentiu que havia algo de errado. A mudança era indubitável. A diferença entre seus modos naquele momento, e como havia se comportado no Salão Octogonal, era enorme. Por que? Pensou em seu pai, em Lady Russell. Poderia ter havido algum olhar desagradável? O capitão começou a falar sobre o concerto de forma séria, mais como o Capitão Wentworth de Uppercross; confessou estar decepcionado, pensara que haveria canto; e, em resumo, admitiu que não ficaria chateado quando chegasse ao fim. Anne respondeu, e falou tão eloquentemente em defesa da apresentação, ainda assim levando os sentimentos dele em consideração, de forma tão agradável, que sua expressão melhorou, e ele respondeu novamente, quase sorrindo. Conversaram por mais alguns minutos, e a melhoria continuou; ele até mesmo olhou para o banco, como se visse um lugar nele que valesse a pena ser ocupado. Naquele momento, contudo, um toque em seu ombro forçou Anne a se virar. Era o Sr. Elliot. Pediu perdão, mas precisava chamá-la para explicar o italiano novamente. A Srta. Carteret estava muito ansiosa por ter uma ideia geral do que seria cantado subsequentemente. Anne não pôde recusar, mas jamais se sacrificara antes em nome da educação com tanto sofrimento.

Alguns minutos, apesar de terem sido tão poucos quanto fora possível, foram inevitavelmente consumidos; e, quando se viu livre novamente, e pôde se virar e prestar atenção no que se concentrava antes, foi abordada pelo Capitão Wentworth, em uma despedida reservada,

[2] N. da T.: Personagem do romance "Cecilia", de Frances Burney, que sempre se sentava perto do corredor, nos teatros, na esperança de conseguir conversar com quem passava, especialmente o Sr. Meadows.

porém apressada. Disse que precisava desejar-lhe uma boa noite; estava partindo, e precisava chegar em casa o mais rápido possível.

– Não vale a pena ficar para esta canção? – perguntou Anne, repentinamente abalada por uma ideia que a fez ficar ainda mais ansiosa para encorajá-lo.

– Não! – respondeu ele, de forma chocante. – Não há nada aqui pelo que valha a pena ficar. – E retirou-se imediatamente.

Ciúmes do Sr. Elliot! Era o único motivo inteligível. O Capitão Wentworth estava com ciúmes de seu afeto! Ela não teria acreditado nisso há uma semana; há três horas! Por um momento, o prazer que sentiu foi enorme. Porém, pensamentos muito diferentes se sucederam. Como acalmaria tais ciúmes? Como faria com que a verdade chegasse até ele? Como, com todas as desvantagens peculiares de suas respectivas situações, ele ficaria sabendo de seus verdadeiros sentimentos? Era uma infelicidade, pensar nas atenções do Sr. Elliot. O mal que causaram era incalculável.

Capítulo 21

Anne lembrou-se com prazer, na manhã seguinte, de sua promessa de ir visitar a Sra. Smith, pois a tiraria de casa no período em que o Sr. Elliot tinha a maior probabilidade de fazer uma visita; pois evitar o Sr. Elliot era quase seu objetivo principal.

Sentia muita boa vontade em relação a ele. Apesar da confusão que suas atenções causaram, ela devia a ele gratidão e consideração, talvez compaixão. Não podia deixar de pensar muito sobre as extraordinárias circunstâncias de seu relacionamento, do direito de interessá-la que ele parecia ter, devido a sua situação, seus sentimentos e sua anterior predisposição. Era tudo muito extraordinário; lisonjeiro, porém doloroso. Havia muito a ser lamentado. Como ela poderia ter se sentido, se o Capitão Wentworth não estivesse em cena, não valia a pena conjecturar; pois o Capitão Wentworth estava em cena, e fosse a conclusão do atual suspense boa ou ruim, seu amor seria dele, para sempre. Sua união, ela acreditava, não conseguiria separá-la mais de outros homens do que sua separação definitiva.

Meditações sobre amor e constância eterna mais bonitas do que as que passavam pela cabeça de Anne, enquanto ia de Camden Place a Westgate Buildings, nunca percorreram as ruas de Bath. Era quase suficiente para espalhar pureza e perfume por onde passasse.

Estava certa de ter uma recepção agradável, e sua amiga parecia, naquela manhã, particularmente grata a ela por ter vindo; quase parecia não ter esperado que ela fosse, apesar de ter sido combinado.

Pediu imediatamente uma descrição do concerto, e as lembranças de Anne eram felizes o suficiente para animar as feições de sua amiga, e fazê-la se deleitar com a conversa. Tudo o que podia contar, contou de bom grado, mas tudo isso era pouco, perto do que havia acontecido, e insatisfatório para uma indagadora como a Sra. Smith, que já tinha ouvido, pelo atalho de perguntar à lavadeira e ao garçom, mais sobre o sucesso generalizado da apresentação, do que Anne poderia contar, e que agora lhe pedia, em vão, diversos detalhes sobre as pessoas que haviam comparecido. A Sra. Smith conhecia de nome todas as pessoas importantes ou notórias de Bath.

– Os jovens Durand estavam lá, concluo, – disse ela, – com as bocas abertas para pegar a música, como filhotes de pardal prontos para serem alimentados. Nunca perdem um concerto.

– Sim; eu mesma não os vi, mas ouvi o Sr. Elliot dizer que estavam na sala.

– E os Ibbotson, estavam lá? E as duas novas belas, com o oficial irlandês alto, que dizem que vai se casar com uma delas.

– Não sei; acho que não estavam.

– A velha Lady Mary Maclean? Nem preciso perguntar dela. Ela nunca perde, eu sei; e deve tê-la visto. Ela deve ter estado em seu círculo, pois como você foi com Lady Dalrymple, esteve nos assentos grandiosos, ao redor da orquestra, é claro.

– Não, esse era o meu medo. Teria sido muito desagradável para mim, sob todos os aspectos. Mas felizmente, Lady Dalrymple sempre prefere ficar mais afastada, e nos sentamos em lugares extremamente bons, isto é, para ouvir; não posso dizer que eram bons para se ver, pois pareço ter visto muito pouco.

– Oh, viu o suficiente para sua própria diversão. Compreendo. Existe um tipo de prazer doméstico até mesmo em uma multidão, e foi ele que você experimentou. Eram um grupo grande, e você não queria nada além disso.

– Mas deveria ter olhado mais ao meu redor – disse Anne, consciente, enquanto falava, de que não havia deixado de olhar para os lados, e sim que lhe faltara o objeto pretendido.

– Não, não; ocupou melhor seu tempo. Não precisa me dizer que teve uma noite agradável, posso ver em seu olhar. Vejo perfeitamente como passou suas horas, que sempre teve algo agradável para ouvir. Nos intervalos do concerto, eram as conversas.

Anne deu um ligeiro sorriso, e disse:

– Vê isso em meu olhar?

– Vejo, sim. Seu semblante me informa perfeitamente de que esteve, ontem à noite, com a pessoa que considera a mais agradável do mundo, a pessoa que lhe interessa, neste momento, mais do que todo o resto do mundo junto.

Um rubor se espalhou pelas faces de Anne. Não conseguia dizer nada.

– E, sendo este o caso, – continuou a Sra. Smith, após uma curta pausa, – espero que você acredite que o fato de ter vindo me visitar esta manhã me é inestimável. É mesmo muita gentileza de sua parte, vir aqui sentar-se comigo, quando deve ter demandas muito mais agradáveis sobre o seu tempo.

Anne não ouviu nada disso. Ainda estava atônita e confusa com o que sua amiga havia percebido, incapaz de imaginar como qualquer notícia sobre o Capitão Wentworth poderia ter chegado aos seus ouvidos. Após um curto silêncio, a Sra. Smith disse:

– Diga-me, o Sr. Elliot sabe de sua amizade comigo? Ele sabe que estou em Bath?

– O Sr. Elliot! – repetiu Anne, levantando a cabeça em surpresa. Um momento de reflexão fez com que percebesse o erro que cometera. Cai em si imediatamente; recuperando sua coragem, logo acrescentou, de forma mais calma: – Conhece o Sr. Elliot?

– Conheço o muito bem, – respondeu a Sra. Smith, seriamente, –

mas parece que nosso relacionamento se desgastou. Já faz muito tempo que nos conhecemos pela primeira vez.

– Não fazia ideia disso. Você nunca mencionou antes. Se soubesse, teria tido o prazer de conversar com ele sobre você.

– Para falar a verdade, – disse a Sra. Smith, assumindo seu costumeiro ar alegre, – é exatamente este o prazer que quero que tenha. Quero que fale sobre mim com o Sr. Elliot. Quero usar sua influência sobre ele. Ele pode me ser muito útil, e se você pudesse fazer a gentileza, minha querida Srta. Elliot, de assumir esta tarefa, tenho certeza de que será cumprida.

– Ficaria extremamente feliz; espero que não duvide de minha disposição de fazer por você qualquer coisa que esteja ao meu alcance, – respondeu Anne, – mas suspeito que esteja pensando que tenho mais influência sobre o Sr. Elliot, um direito maior de influenciá-lo, do que é realmente o caso. Estou certa de que criou essa noção de alguma forma. Deve pensar em mim apenas como uma parente do Sr. Elliot. Se, nesta qualidade, houver qualquer coisa que uma prima dele possa pedir a ele, de forma justa, peço que não hesite em usar meus poderes.

A Sra. Smith lançou a Anne um olhar penetrante, e então, sorrindo, disse:

– Percebo que fui um tanto quanto prematura; peço que me desculpe. Deveria ter aguardado a informação oficial. Mas minha querida Srta. Elliot, como sua velha amiga, me dê uma dica de quando poderei falar sobre o assunto. Na semana que vem? Com certeza, na semana que vem poderei considerar o assunto como decidido, e criar meus próprios esquemas egoístas em relação à boa fortuna do Sr. Elliot.

– Não, – respondeu Anne, – nem na semana que vem, nem na próxima, tampouco na que vier depois dela. Asseguro-lhe que nada do que está pensando estará decidido na semana que vem. Não me casarei com o Sr. Elliot. Gostaria de saber por que imagina que irei!

A Sra. Smith olhou para Anne novamente, de forma intensa, sorriu, sacudiu a cabeça e exclamou:

– Ah, como gostaria de compreendê-la! Como gostaria de entender o que pretende! Acredito sinceramente que não será cruel, quando o momento certo chegar. Até que o momento chegue, nós, mulheres, não pretendemos aceitar o pedido de ninguém. É costume entre nós que todos os homens serão recusados, até que eles nos peçam em casamento. Mas por que você seria cruel? Permita-me argumentar em favor de meu... não posso chamá-lo de meu amigo atual, mas de meu antigo amigo. Onde você encontraria um par mais adequado? Onde esperaria encontrar um homem mais cavalheiresco e simpático? Deixe-me recomendar o Sr. Elliot. Tenho certeza que só ouviu coisas boas sobre ele, do Coronel Wallis; e quem pode conhecê-lo melhor do que o Coronel Wallis?

– Minha querida Sra. Smith, não faz muito mais do que seis meses que a esposa do Sr. Elliot faleceu. Não devemos supor que ele está cortejando ninguém.

– Oh! Se essa é sua única objeção, – exclamou Sra. Smith, irônica, – o Sr. Elliot está seguro, e não me preocuparei mais com ele. Não esqueça de mim quando estiver casada, é só isso. Diga para ele que sou sua amiga, e então ele não se importará com o esforço que quero que ele faça, o que seria muito natural agora, com tantos assuntos e compromissos que ele mesmo tem para evitar e se livrar, conforme puder; muito natural, talvez. Noventa e nove em cem pessoas fariam o mesmo. É claro que ele não pode estar ciente de quão importante este assunto é para mim. Bem, minha querida Srta. Elliot, espero e confio que será muito feliz. O Sr. Elliot é sensato o suficiente para compreender o valor de uma mulher como você. Sua paz não será abalada, como a minha foi. Estará segura em relação a todos os assuntos mundanos, e segura quanto ao caráter dele. Ele não será levado para o mal caminho; não será enganado por terceiros e acabará arruinado.

– Não, – disse Anne, – acredito facilmente em tudo isso, em relação ao meu primo. Ele parece ter um temperamento calmo e decidido, nem um pouco suscetível a impressões perigosas. Considero-o com muito respeito. Não tenho motivos, com base em tudo o que pude observar, para pensar o contrário. Mas não faz muito tempo que o conheço, e ele não é do tipo de homem, penso eu, que logo se consegue conhecer intimamente. Este modo de me referir a ele, Sra. Smith, não a convence de que não me importo com ele? Certamente que devo estar sendo calma o suficiente. E juro que ele não significa nada para mim. Se algum dia ele me pedir em casamento (o que tenho poucos motivos para imaginar que ele cogita fazer), não o aceitarei. Asseguro-lhe de que não aceitarei. Afirmo que o Sr. Elliot não foi responsável pela parcela de felicidade que o concerto de ontem à noite me trouxe, como deve star supondo; não o Sr. Elliot. Não foi ele que...

Parou, arrependendo-se, com as faces ruborizadas, de ter insinuado tanto; mas menos do que isso já teria sido o suficiente. A Sra. Smith dificilmente teria acreditado tão prontamente no fracasso do Sr. Elliot, se não fosse por ter percebido que havia outra pessoa. Deste modo, ela imediatamente cedeu, e fingiu não ter compreendido nada além. E Anne, ávida por escapar de seus poderes de observação, ficou impaciente para saber por que a Sra. Smith imaginara que ela iria se casar com o Sr. Elliot; de onde teria tirado a ideia, e de quem poderia ter ouvido tal coisa.

– Me conte como isso lhe ocorreu.

– Me ocorreu – respondeu a Sra. Smith – quando descobri quanto tempo passavam juntos, e julguei ser a coisa mais provável do mundo de ser desejada por todos os amigos de ambos; e fique certa de que todos eles também já têm como certo este destino para você. Mas nunca ouvi falar de nada até dois dias atrás.

– E alguém falou, mesmo, deste assunto?

– Reparou na mulher que abriu a porta para você, quando veio me visitar ontem?

– Não. Não era a Sra. Speed, como de costume, ou a criada? Não reparei em ninguém em particular.

– Era minha amiga, a Sra. Rooke; a enfermeira Rooke, que, aliás, estava curiosa para vê-la, e ficou felicíssima por ter tido a oportunidade de abrir-lhe a porta. Só voltou de Marlborough Buildings no domingo, e foi ela quem me disse que você iria se casar com o Sr. Elliot. Ouviu da própria Sra. Wallis, que não parece ser uma fonte muito ruim da informação. Conversou comigo por uma hora, no domingo à noite, e me contou toda a história.

– Toda a história – repetiu Anne, rindo. – Não pode ter sido uma história muito longa, penso eu, baseada em uma pequena notícia infundada.

A Sra. Smith não disse nada.

– Porém, – continuou Anne, – apesar de não ser verdade que tenho tal influência sobre o Sr. Elliot, ficarei extremamente feliz se puder lhe ser útil, de qualquer forma. Devo mencionar a ele que você está em Bath? Posso transmitir qualquer mensagem?

– Não, agradeço; não, certamente que não. No calor do momento, e sob um engano, eu poderia, talvez, ter tentado despertar seu interesse sobre uma certa circunstância, mas agora, não mais. Não, agradeço, mas não tenho nada com que preocupá-la.

– Não me disse que conheceu o Sr. Elliot há muitos anos?

– Conheci.

– Não antes do casamento dele, suponho?

– Sim. Ele ainda não tinha se casado, quando o conheci.

"E... eram próximos?

– Muito próximos.

– Deveras! Então, conte-me como ele era, naquela época de sua vida. Tenho uma grande curiosidade para saber como o Sr. Elliot era quando jovem. Se parecia com a forma como é hoje?

– Não vejo o Sr. Elliot há três anos – foi a resposta da Sra. Smith, dita tão seriamente que foi impossível continuar o assunto. Anne sentiu que não havia conseguido nada, a não ser um aumento de sua curiosidade. As duas ficaram em silêncio; a Sra. Smith, muito pensativa. Até que disse:

– Peço desculpas, minha querida Srta. Elliot, – exclamou ela, em seu tom natural de cordialidade, – peço desculpas pelas respostas curtas que tenho dado, mas não sabia exatamente o que deveria fazer. Tenho duvidado e considerado o que devo contar-lhe. Havia muitas coisas a serem consideradas. Não se quer ser intrometida, causar má impressão ou transtorno. Até mesmo a superfície lisa da união familiar parece digna de ser preservada, apesar de que pode não haver nada durável abaixo dela. Contudo, decidi; acho que estou certa, acho que você precisa ficar sabendo do verdadeiro caráter do Sr. Elliot. Apesar de acreditar piamente que, atualmente, você não tem a menor intenção de aceitar o pedido de casamento dele, não se sabe o que pode acontecer. Você pode, eventualmente, sentir algo diferente em relação a ele. Ouça a verdade agora, portanto, enquanto ainda não tem preconceitos. O Sr. Elliot é um homem sem coração ou consciência; um ser artificioso, astuto e frio, que só pensa em si mesmo; que, para seus próprios interesses ou comodidade, seria culpado de qualquer crueldade, ou qualquer traição, que pudesse ser perpetrada sem riscos para seu caráter em geral. Não sente nada pelos outros. Aqueles de cuja ruína ele foi a principal causa, ele consegue negligenciar e abandonar, sem o menor escrúpulo. Está completamente além do alcance de qualquer sentimento de justiça ou compaixão. Oh! Seu coração é negro, oco e negro!

A expressão atônita e a exclamação de surpresa de Anne a fizeram pausar e, de forma mais calma, acrescentar:

– Minhas expressões a assustam. Deve fazer concessão para uma mulher machucada e furiosa. Mas tentarei me controlar. Não vociferarei contra ele. Só contarei minha opinião sobre ele. Os fatos falarão por si. Ele era amigo íntimo de meu querido marido, que confiava e gostava dele, e acreditava que era um homem tão bom quanto ele próprio. A amizade entre eles começou antes de nosso casamento. Os conheci já amigos íntimos, e eu também gostei muitíssimo do Sr. Elliot, e cultivava a mais alta opinião sobre ele. Aos dezenove anos, sabe, não se reflete muito seriamente; mas o Sr. Elliot me parecia ser uma pessoa tão boa quanto qualquer outra, e muito mais simpática do que muitas outras, e estávamos quase o tempo todo juntos. Passávamos a maior parte do tempo na cidade, vivendo em grande estilo. Naquela época, as circunstâncias dele é que eram as inferiores, ele é que era o pobre; tinha um escritório de advocacia no distrito de Temple[3], e mal sabia o que fazer para manter as aparências de ser um cavalheiro. Sempre tinha um lugar para ficar, conosco, quando quisesse; era sempre bem-vindo, como um irmão. Meu pobre Charles,

[3] Distrito antigo de Londres, conhecido por ser um centro do direito inglês.

que tinha a alma mais bela e generosa do mundo, teria dividido seu último centavo com ele, e sei que sua carteira estava sempre aberta para ele, e que o auxiliava com frequência.

– Deve ter sido este aquele período da vida do Sr. Elliot – disse Anne – que sempre despertou minha curiosidade. Deve ter sido nesta mesma época que meu pai e minha irmã o conheceram. Eu mesma nunca o conheci, só ouvi falar nele. Mas havia algo em sua conduta, naqueles tempos, em relação a meu pai e minha irmã, e depois, por ocasião de sem casamento, que eu nunca consegui conciliar com seu comportamento hoje em dia. Parecia anunciar um tipo diferente de homem.

– Eu sei de tudo, sei de tudo isso – exclamou a Sra. Smith. – Ele foi apresentado a Sir Walter e sua irmã antes de eu o conhecê-lo, mas o ouvi falar deles o tempo todo. Sabia que ele havia sido convidado e encorajado, e que decidira não ir. Posso informar-lhe, talvez, sobre questões que você mal imaginaria; e quanto ao casamento dele, fiquei sabendo de tudo, na época. Sabia de todos os prós e contras, era eu a amiga em quem ele confiava suas esperanças e seus planos. E, apesar de não conhecer a esposa dele anteriormente, pois sua posição inferior na sociedade faria com que isso fosse impossível, soube de tudo sobre a vida dela depois disso, ou pelo menos até os dois últimos anos de sua vida, e posso responder qualquer pergunta que queira fazer.

– Não, – disse Anne, – não tenho nenhuma pergunta específica para fazer sobre ela. Sempre soube que não foram um casal feliz. Mas gostaria de saber por que, naquela época da vida dele, ele desdenhou de ter um relacionamento com meu pai, como fez. Meu pai estava certamente disposto a tratá-lo com consideração gentil e apropriada. Por que o Sr. Elliot afastou-se?

– O Sr. Elliot, – respondeu a Sra. Smith, – naquele período de sua vida, tinha um único objetivo: fazer sua fortuna, e através de um processo muito mais rápido do que o direito. Estava determinado a fazer fortuna pelo casamento. Estava determinado, pelo menos, a não estragar suas chances com um casamento imprudente, e sei que acreditava (se de forma justa ou não, é claro que não sei dizer) que seu pai e irmã, com suas cortesias e seus convites, estavam planejando uma união entre o herdeiro e a jovem, e era impossível que tal casamento correspondesse a suas ideias de riqueza e independência financeira. Era este seu motivo para afastar-se, posso assegurar. Ele me contou a história toda. Não escondia nada de mim. Foi curioso, tendo acabado de deixar você para trás em Bath, a primeira e principal amizade que fiz foi seu primo, e que, através dele, eu continuamente ouvisse falar de seu pai e irmã. Ele descrevia uma Srta. Elliot, e eu pensava com muito afeto na outra.

– Talvez – exclamou Anne, com uma ideia repentina – você tenha, às vezes, falado sobre mim com o Sr. Elliot?

– Certamente que falei, com muita frequência. Costumava me gabar de minha Anne Elliot, e assegurar a ele que era uma criatura muito diferente da...

Se conteve a tempo.

– Isso explica algo que o Sr. Elliot me disse, ontem à noite – exclamou Anne. – Isso explica tudo. Descobri que ele costumava ouvir falar de mim. Não conseguia compreender como. Como nossa imaginação corre solta, quando o assunto diz respeito a nós mesmos! É quase certo que nos enganamos! Mas perdoe-me, te interrompi. O Sr. Elliot, então, se casou só pelo dinheiro? Provavelmente foi a circunstância que abriu seus olhos pela primeira vez quanto ao caráter dele.

A Sra. Smith hesitou um pouco, neste ponto.

– Oh! Essas coisas são muito comuns. Quando se conhece o mundo, o fato de um homem ou uma mulher se casar por dinheiro é comum demais para que a pessoa se choque como deve. Eu era muito jovem, e só interagia com outros jovens; formávamos um grupo leviano e alegre, sem quaisquer regras severas de conduta. Vivíamos para nos divertir. Penso de forma diferente, agora; o tempo, a doença e a tristeza me deram outras noções. Mas, naquele período, devo admitir que não via nada de repreensível no que o Sr. Elliot estava fazendo. "Fazer o melhor por si mesmo" era o que considerávamos um dever.

– Mas ela não era uma mulher de posição muito baixa?

– Sim, ao que objetei, mas ele não se importou. Dinheiro, dinheiro, era tudo o que ele queria. O pai dela era um criador de gado, seu avô um açougueiro, mas isso não significava nada. Era uma mulher muito bonita, havia tido uma educação decente e fora apresentada à sociedade por alguns primos. Tendo conhecido o Sr. Elliot por acidente, se apaixonou por ele, e não houve qualquer dificuldade ou escrúpulo, por parte dele, em relação a seu berço. Todo o cuidado que ele tomou foi para se certificar do verdadeiro tamanho de sua fortuna, antes de se comprometer. Pode estar certa de que qualquer estima que o Sr. Elliot possa ter por sua própria posição social atualmente, quando era jovem, não lhe dava o menor valor. Sua chance de herdar a propriedade de Kellynch era alguma coisa, mas toda a honra da família ele considerava absolutamente insignificante. O ouvi declarar muitas vezes que, se títulos de baronete pudessem ser vendidos, qualquer um poderia comprar o dele por cinquenta libras, brasão, lema, nome e libré incluídos. Mas não repetirei metade do que costumava ouvi-lo dizer sobre o assunto. Não seria justo; ainda assim, você verá provas, pois o que é tudo isso senão afirmações? Você verá provas.

– Realmente, minha cara Sra. Smith, não quero prova alguma – exclamou Anne. – Não afirmou nada que contradiga o que o Sr. Elliot parecia ser, há alguns anos. Tudo isso é, na verdade, confirmação do que costumávamos ouvir e acreditar. Estou mais curiosa para saber por que ele age de forma diferente, agora.

– Para minha própria satisfação, se fizer a gentileza de tocar a campainha para chamar Mary; fique, tenho certeza de que fará a gentileza ainda maior de ir, você mesma, ao meu quarto e me trazer a pequena caixa marchetada que encontrará na prateleira superior do armário.

Anne, percebendo que sua amiga estava honestamente decidida a tanto, fez o que lhe pedira. A caixa foi trazida e colocada à sua frente, e a Sra. Smith, suspirando ao destrancá-la, disse:

– Está cheia de papeis que pertenceram a ele, ao meu marido; apenas uma pequena parte do que tive que examinar quando o perdi. A carta que procuro foi escrita pelo Sr. Elliot a ele, antes de nosso casamento, e guardada, por algum motivo; por que, só podemos imaginar. Mas ele era descuidado e irrefletido, como outros homens, quanto a essas coisas, e quando analisei estes papeis, encontrei a carta junto com outras, ainda mais triviais, de diferentes pessoas, aqui e acolá, enquanto muitas cartas e memorandos de verdadeira importância haviam sido destruídos. Aqui está ela; não quis queimá-la, pois, estando, mesmo naquela época, muito pouco satisfeita com o Sr. Elliot, estava determinada a preservar todos os documentos que comprovassem sua antiga amizade. Agora, tenho outro motivo para ficar feliz por poder mostrá-la.

Esta era a carta, endereçada a "Sr. Charles Smith, Tunbridge Wells", remetida de Londres e datada de julho de 1803:

"Caro Smith,

Recebi sua correspondência. Quase não tenho palavras para agradecer sua gentileza. Gostaria que a natureza tivesse feito mais corações como o seu, mas já vivi vinte e três anos no mundo, e nunca vi um igual. Atualmente, acredite, não tenho necessidade de sua ajuda, tendo conseguido algum dinheiro, novamente. Estou feliz: me livrei de Sir Walter e da senhorita. Voltaram a Kellynch, mas quase me fizeram jurar que ia visitá-los este verão; mas minha primeira visita a Kellynch será com um perito, para me dizer como posso vendê-la com mais lucro. Todavia, não é improvável que o baronete se case novamente; ele é tolo o suficiente. Se se casar, contudo, eles me deixarão em paz, o que pode ser uma compensação decente para o revés. Ele está ainda pior do que o ano passado.

Queria ter qualquer nome, menos Elliot. Estou cansado dele. Posso abandonar o nome 'Walter', graças a Deus! E desejo que nunca me insulte com o segundo 'W' novamente, pois pretendo ser, pelo resto de minha vida, sinceramente,

Wm. Elliot"

Tal carta não podia ser lida sem fazer Anne enrubescer, e a Sra. Smith, observando o forte corar de sua face, disse:

– A forma de se expressar é extremamente desrespeitosa, eu sei. Apesar de já ter esquecido os termos exatos, me lembro perfeitamente do sentido geral. Mas mostra quem é o homem. Repare nas declarações dele para meu marido. Já viu algo mais arrebatado?

Anne não conseguiu superar imediatamente o choque e a mortificação de ler tais palavras referindo-se a seu pai. Foi obrigada a lembrar que ler a carta era uma violação das leis da honra, que ninguém deveria ser julgado ou interpretado com base em tais testemunhos e que nenhuma correspondência privada aguentava o escrutínio de terceiros, antes de recobrar a calma o suficiente para devolver a carta, sobre a qual refletia, e dizer:

– Obrigada. Esta é uma prova cabal, sem dúvidas; prova de tudo o que estava dizendo. Mas por que se aproximar de nós, agora?

– Posso explicar isso, também – afirmou a Sra. Smith, sorrindo.

– Pode, mesmo?

– Sim. Mostrei-lhe o Sr. Elliot como era há doze anos, agora mostrarei como é atualmente. Não posso apresentar provas escritas, novamente, mas posso dar um depoimento verbal tão autêntico quanto desejar, sobre o que ele anda querendo e o que vem fazendo. Não é mais um hipócrita. Quer mesmo se casar com você. Sua presente atenção para com sua família é bastante sincera, do coração. Te direi quem é minha fonte: seu amigo, Coronel Wallis.

– O Coronel Wallis! Você o conhece?

– Não. Não chegou até mim de forma tão direta assim; fez uma ou duas curvas, mas nada de importante. O fluxo é tão bom quanto o primeiro; os pequenos resíduos que coleta no caminho são facilmente retirados. O Sr. Elliot fala sem reservas com o Coronel Wallis sobre seus planos em relação a você, e imagino que este Coronel Wallis seja um tipo sensato, cuidadoso e criterioso, mas tem uma esposa muito bonita e muito tola, para quem conta coisas que seria melhor não contar, repetindo tudo para ela. Ela, na alegria da recuperação após o parto, repetiu tudo para sua enfermeira; e a enfermeira, sabendo de minha amizade com você, muito naturalmente me traz todas as informações. Na noite de segunda-feira, minha boa amiga, a Sra. Rooke, me contou o seguinte, sobre os segredos de Marlborough Buildings. Quando falei sobre a história toda, poderá ver que não estava romanceando tanto quanto imaginou.

– Minha cara Sra. Smith, sua fonte de informações é deficiente. Isso não servirá. O fato de o Sr. Elliot ter intenções em relação a mim não explica nem um pouco os esforços que fez por uma reconciliação com meu pai. Isso tudo foi antes de minha chegada a Bath. Os encontrei nos mais amigáveis termos, quando cheguei.

– Sei que sim; sei de tudo isso perfeitamente, mas...

– Realmente, Sra. Smith, não podemos esperar obter informações verdadeiras de tal forma. Fatos ou opiniões que passam pelas mãos de tantas pessoas podem ser interpretados erroneamente por uma pessoa tola, ou por outra ignorante, e não pode restar muita verdade neles.

– Apenas me escute. Logo poderá julgar a validade das informações, tendo ouvido alguns detalhes que você mesma poderá imediatamente contradizer ou confirmar. Ninguém supõe que você foi o primeiro motivo dele. Ele a havia visto antes de chegar a Bath, e a admirado, mas sem saber que era você. Pelo menos, é o que diz minha narradora. É verdade? Ele a viu no último verão ou outono, "em algum lugar no oeste", para usar as palavras dela, sem saber quem você era?

– Viu, sim. Até aí, é bem verdade. Em Lyme. Ocorreu de eu estar em Lyme.

– Bem, – continuou a Sra. Smith, em tom triunfante, – dê à minha amiga o crédito que merece, pela confirmação da primeira asseveração. Ele a viu em Lyme, e gostou tanto de você, a ponto de ficar feliz em reencontrá-la em Camden Place, como Srta. Elliot, e, daquele momento em diante, não tenho dúvidas, teve um duplo motivo para frequentar a casa. Mas houve outro motivo, que precedeu este e que agora explicarei. Se houver qualquer coisa em minha história que você saiba ser falso ou improvável, interrompa-me. Minha história diz que a amiga de sua irmã, a senhora que está hospedada com sua família, de quem ouvi você falar, veio para Bath com a Srta. Elliot e Sir Walter, já em setembro (ou seja, quando eles próprios vieram), e está hospedada lá desde então; que ela é uma mulher esperta, insinuante e bonita, pobre e convincente, e com situação e modos que fizeram com que os conhecidos de Sir Walter começassem a pensar que deseja se tornar Lady Elliot e se surpreendessem com o fato de a Srta. Elliot estar, aparentemente, cega para o perigo.

Neste ponto, a Sra. Smith fez uma pausa momentânea, mas Anne não tinha uma palavra para dizer. Continuou, então:

– Foi deste modo que a situação pareceu para aqueles que conheciam a família, muito antes de você voltar; e o Coronel Wallis estava de olho em seu pai há tempo suficiente para perceber, apesar de, naquela época, não frequentar Camden Place. Mas sua amizade cm o Sr. Elliot o fez se interessar por observar tudo o que acontecia lá, e quando o Sr. Elliot veio para Bath por um ou dois dias, logo antes do Natal, o Coronel Wallis descreveu para ele como a situação parecia estar se desenrolando, e as histórias que começavam a se espalhar. Agora, compreenda que o passar do tempo fez com que as opiniões do Sr. Elliot quanto ao valor de um título de baronete mudassem significativamente. No que tange a todas as questões de sangue e família, ele é um homem completamente mudado. Tendo, há tempos, tanto dinheiro quanto poderia querer, e nada a desejar em relação a avareza ou indulgência, vem gradualmente aprendendo a colocar sua felicidade sobre a importante posição social que herdará. Bem que pensei estar começando, antes de nossa amizade acabar, mas agora é um sentimento confirmado. Ele não aguenta a ideia de não ser Sir William. Portanto, pode adivinhar que a notícia que recebeu do amigo não pode ter sido muito agradável, e quais foram os efeitos da mesma: a decisão de voltar para Bath assim que possível, e de se estabelecer aqui por algum tempo, com a intenção de renovar o antigo relacionamento e recuperar uma posição na família que o permita verificar o grau de perigo que está correndo, assim como contornar a referida senhora, se achasse necessário. Os dois amigos concordaram que esta era a única coisa que poderia ser feita, e o Coronel Wallis o auxiliaria de todo jeito que pudesse. Ele se apresentaria, e a Sra. Wallis se apresentaria, e todo mundo seria apresentado um ao outro. O Sr. Elliot voltou, conforme combinado; e, ao pedir, foi perdoado, como sabe, e recebido novamente no seio da família. Uma vez lá, seu objetivo constante e único (até que sua chegada acrescentou mais um motivo) era observar Sir

Walter e a Sra. Clay. Não perdeu uma oportunidade de estar com eles, colocava-se no caminho deles de propósito, visitava a todas as horas; mas não preciso dar detalhes sobre este assunto. Pode imaginar o que um homem ardiloso faria; e com este guia, talvez, possa lembrar o que o viu fazer.

– Sim, – disse Anne, – não está me contando nada que não combine com o que eu já sabia, ou podia imaginar. Sempre há algo de ofensivo nos detalhes de artimanhas. As manobras do egoísmo e da duplicidade sempre são revoltantes, mas não ouvi nada que me surpreendesse. Sei quem ficaria chocado com tal descrição do Sr. Elliot, que teriam dificuldade em acreditar nela; mas eu nunca estive satisfeita. Sempre quis encontrar um outro motivo para a conduta dele, além dos aparentes. Gostaria de saber qual é a atual opinião dele sobre a probabilidade do evento que teme acontecer; se ele considera que o perigo está diminuindo ou não.

– Acredita que está diminuindo, pelo que sei – respondeu a Sra. Smith. – Ele pensa que a Sra. Clay tem medo dele, está ciente que ele sabe o que planeja e não ousa agir como agiria em sua ausência. Mas, como ele precisa se ausentar eventualmente, não sei como ele pode se sentir seguro, enquanto ela tem a influência que tem atualmente. A Sra. Wallis tem a divertida ideia, conforme a enfermeira me contou, que será colocado no contrato de casamento, quando você e o Sr. Elliot se casarem, que seu pai não deverá se casar com a Sra. Clay. Um esquema digno da mentalidade da Sra. Wallis, pelo que ouvi dizer; mas minha sensata enfermeira Rooke percebe o absurdo disso tudo. "Certamente, senhora", disse ela, "que isso não impediria que ele se casasse com qualquer outra pessoa". E, para falar a verdade, não creio que a enfermeira, em seu coração, se opõe muito a um segundo casamento de Sir Walter. Devemos entender que ela é favorável ao matrimônio, sabe; e, já que nossas opiniões pessoais se intrometem, quem poderá dizer que ela não tem alguma esperança de cuidar da próxima Lady Elliot, através de uma recomendação da Sra. Wallis?

– Fico muito feliz em saber de tudo isso – disse Anne, após passar um tempo pensativa. – Será mais doloroso para mim, sob alguns aspectos, estar na companhia dele, mas saberei melhor o que fazer. Minha conduta será mais direta. O Sr. Elliot é evidentemente um homem dissimulado, artificial e mundano, que nunca se deixou guiar por um princípio mais elevado do que o egoísmo.

Mas a Sra. Smith não havia acabado o assunto do Sr. Elliot. Tinha se desviado de sua primeira direção, e Anne esquecera, com as questões que envolviam sua família, tudo o que havia sido originalmente insinuado contra ele, mas sua amiga agora chamava sua atenção para a explicação daquelas primeiras alusões. Anne ouviu uma narrativa que, mesmo se não justificasse completamente a amargura da Sra. Smith, provava que ele havia sido muito insensível em sua conduta em relação a ela; muito deficiente em justiça e compaixão.

Ficou sabendo que a intimidade entre o Sr. Smith e o Sr. Elliot continuara desimpedida pelo casamento deste último, e os dois amigos passavam tanto tempo junto quanto antes. Com isso, o Sr. Elliot levara seu amigo a incorrer em despesas muito além de suas posses. A Sra. Smith não queria assumir qualquer parcela de culpa, e hesitou muito em atribuí-la a seu marido; mas Anne se lembrava de que a renda deles nunca havia acompanhado seu estilo de vida, e que, desde o começo, houvera uma grande extravagância geral e conjunta. Com base na descrição de sua esposa, Anne pôde formar uma ideia do Sr. Smith como um homem caloroso, de temperamento fácil, hábitos descuidados e uma mente não muito afiada, muito mais amigável do que seu amigo e completamente diferente dele, que se deixava levar por ele e provavelmente por ele era desprezado. O Sr. Elliot, elevado a grande afluência por seu casamento, e inclinado a buscar toda gratificação de prazer e vaidade que pudesse obter sem se envolver (pois, com toda a sua indulgência, havia se tornado um homem prudente), e tendo acabado de ficar rico, ao mesmo tempo em que seu amigo descobriu estar pobre, parecia não ter se importado nem um pouco com o provável estado das finanças de tal amigo; pelo contrário, encorajara e incentivara despesas que só podiam acabar em ruína financeira. E os Smith, deste modo, foram arruinados.

O marido morrera a tempo de ser poupado de conhecer inteiramente a situação. Já haviam passado por embaraços o suficiente para testar a força de suas amizades, e provar que era melhor não testar a do Sr. Elliot; mas foi só após a morte dele que o lamentável estado de suas finanças foi inteiramente averiguado. Confiando na amizade do Sr. Elliot, o que demonstrava que tinha mais afeto do que percepção, o Sr. Smith nomeou o amigo como seu testamenteiro. Porém, o Sr. Elliot não agiu, e as dificuldades e aflições que esta recusa empilharam sobre a viúva, além dos inevitáveis sofrimentos de sua situação, haviam sido tamanhos, que não podiam ser contados sem angústia, ou ouvidos sem igual indignação.

A Sra. Smith deu a Anne algumas cartas escritas por ele na ocasião, respostas a pedidos urgentes feitos pela primeira, e todas demonstravam a mesma resolução severa de não se dedicar a um trabalho infrutífero e, sob um verniz de civilidade fria, a mesma indiferença dura a quaisquer males que isso pudesse acarretar para ela. Era uma imagem horrível de ingratidão e desumanidade, e Anne pensou, em alguns momentos, que nenhum crime óbvio e assumido poderia ter sido pior. Teve muito o que ouvir; todos os detalhes de tristezas passadas, todas as minúcias de aflição em cima de aflição, as quais haviam sido apenas mencionadas em conversas anteriores, eram agora expostos com uma compreensível indulgência. Anne entendia perfeitamente o delicioso alívio, e só aumentou seu espanto com a compostura do estado de espírito costumeiro de sua amiga.

Havia uma circunstância, na história de suas infelicidades, que a irritava particularmente. Tinha bons motivos para acreditar que uma propriedade pertencente a seu marido, nas Índias Ocidentais, que estivera, por muitos anos, sob algum tipo de sequestro pelo pagamento de seus próprios gravames, poderia ser recuperada, através das medidas adequadas. E tal propriedade, apesar de não ser grande, seria o suficiente para torná-la comparativamente rica. Mas não havia ninguém que se dispusesse a fazer nada. O Sr. Elliot se recusara, e ela não podia agir por conta própria, igualmente impedida por seu estado de fraqueza física e por não ter dinheiro para contratar terceiros. Não tinha nenhum conhecido que pudesse auxiliá-la, nem mesmo com conselhos, e não podia pagar pela ajuda da lei. Este era um cruel agravo de uma situação já complicada. Sentir que deveria estar sob melhores circunstâncias, que um pouco de esforço na direção certa seria o suficiente, e temer que o atraso estaria enfraquecendo seu direito de reivindicação, era difícil de aguentar.

Era quanto a esta questão que esperava fazer com que Anne exercesse sua influência sobre o S. Elliot. Anteriormente, quando acreditava que iriam se casar, temera perder a amiga; mas, ao ouvir a asseveração de que ele não fizera nenhuma tentativa daquela natureza, pois nem mesmo sabia que ela estava em Bath, teve a ideia de que algo poderia ser feito a seu favor, através da influência da mulher por quem ele estava apaixonado, e começara a se preparar para despertar o interesse de Anne, na medida em que a observância do caráter do Sr. Elliot permitia, quando a refutação, por Anne, do suposto noivado mudara completamente a situação. Então, apesar de descartar sua esperança recém-formada de obter uma resolução para o maior motivo de sua ansiedade, propiciou-lhe, pelo menos, o conforto de contar sua história de sua própria maneira.

Após ouvir a descrição completa do Sr. Elliot, Anne não pôde deixar de expressar alguma surpresa com o fato de a Sra. Smith ter falado dele de forma tão favorável, no começo da conversa entre as duas. Parecera recomendar e elogiá-lo!

– Minha cara, – foi a resposta da Sra. Smith, – não havia mais nada que pudesse fazer. Estava certa de que iria se casar com ele, apesar de ele poder ainda não tê-la pedido, e estava tão impedida de falar a verdade sobre ele, quanto se ele já fosse seu marido. Meu coração sangrava por você, enquanto falava de felicidade; ainda assim, ele é sensato e agradável, e, com uma mulher como você, não era uma situação absolutamente desesperançosa. Ele foi muito cruel com sua primeira esposa, foram muito infelizes, juntos. Mas ela era ignorante e frívola demais para que ele a respeitasse, e nunca a amara. Estava disposta a esperar que você se sairia melhor.

Anne reconheceu uma mínima possibilidade de ter sido convencida a se casar com ele, o que foi o suficiente para fazê-la estremecer diante da ideia da infelicidade que teria se seguido. Havia uma pequena chance de ter sido persuadida por Lady Russell! Neste caso, quem dentre as duas teria ficado mais infeliz, quando o tempo mostrasse a verdade, tarde demais?

Era necessário que Lady Russell não fosse mais enganada, e um dos combinados resultantes desta conversa de tamanha importância, que ocupou-as pela maior parte da manhã, foi que Anne teria total liberdade para informar sua amiga sobre tudo relativo à Sra. Smith, que envolvesse a conduta do Sr. Elliot.

Capítulo 22

Anne foi para casa, refletir sobre tudo o que havia ouvido. Quanto a uma questão, seus sentimentos foram aliviados por tudo o que descobrira sobre o Sr. Elliot. Não se sentia obrigada a nutrir qualquer tipo de afeto por ele. Era o oposto do Capitão Wentworth, com toda a sua impertinência indesejada; e o mal que suas atenções causaram, na noite anterior, o desastre irremediável que poderia ter causado, foi examinado com sensações inomináveis e perplexas. Havia acabado toda a pena que sentira por ele. Mas este era o único ponto que lhe propiciava alívio. Sob todos os outros aspectos, ao olhar ao seu redor ou para o futuro, Anne enxergava mais coisas das quais desconfiar e para lhe causar apreensão. Preocupava-se com a decepção e a dor que Lady Russell sentiria, a humilhação de seu pai e irmã, e sofreu por antever muitos males, sem saber como impedir nenhum. Ficou muito grata por ela mesma saber a verdade sobre ele. Nunca pensara que tinha o direito a uma recompensa por não desprezar uma amiga antiga como a Sra. Smith, mas esta era uma verdadeira recompensa! A Sra. Smith pudera contar-lhe o que ninguém mais poderia. Será que o conhecimento poderia ser transmitido ao resto de sua família? Mas esta era uma ideia vã. Precisava falar com Lady Russell, contar a ela, consultá-la e, tendo feito o que podia, esperar pelo evento com tanta compostura quanto possível. Afinal, a fonte de sua maior descompostura seria o canto de sua mente que não poderia compartilhar com Lady Russell; aquele fluxo de ansiedades e medos seria responsabilidade sua.

Descobriu, ao chegar em casa, que havia conseguido escapar de ver o Sr. Elliot, conforme pretendera; ele havia aparecido e feito uma longa visita matinal. Porém, Anne mal acabara de se congratular e começar a se sentir segura, quando ficou sabendo que ele viria novamente à noite.

– Não tive a menor intenção de convidá-lo, – disse Elizabeth, fingindo não se importar, – mas ele fez tantas insinuações... pelo menos, é o que a Sra. Clay diz.

– Sim, digo, mesmo. Nunca vi alguém fazer tantas indiretas para ser convidado. Pobre homem! Fiquei com muita pena dele; pois sua irmã de coração duro, Srta. Anne, parece decidida a ser cruel.

– Oh! – exclamou Elizabeth. – Estou acostumada demais com esse jogo para ceder rapidamente às indiretas de um cavalheiro. Contudo, quando descobri como ele lamentava não ter visto papai esta manhã, cedi imediatamente, pois nunca poderia perder uma oportunidade de colocá-lo em companhia de Sir Walter. Ficam tão bonitos juntos, ambos se comportando de forma tão agradável, o Sr. Elliot admirando-o com tanto respeito.

– Muito encantador! – clamou a Sra. Clay, sem ousar, contudo, voltar o olhar em direção a Anne. – Exatamente como pai e filho! Minha cara Srta. Elliot, não posso dizer que parecem pai e filho?

– Oh, não desejo controlar a fala de ninguém. Se lhe ocorreu tal ideia! Mas asseguro-lhe que não reparo mais nas atenções dele do que nas de qualquer outro homem.

– Minha cara Srta. Elliot! – exclamou a Sra. Clay, elevando as mãos e o olhar, e afundando o resto de sua admiração em um silêncio conveniente.

– Bom, minha cara Penelope, não precisa ficar tão preocupada com ele. Acabei convidando-o, sabe. Despedi-me dele com sorrisos. Quando descobri que vai visitar seus amigos em Thornberry Park amanhã, o dia todo, tive compaixão dele.

Anne admirou a boa atuação da amiga de sua irmã, por ser capaz de demonstrar tamanho prazer com a chegada da pessoa cuja presença mais interferiria com seu objetivo principal. Era impossível que a Sra. Clay não odiasse a mera aparição do Sr. Elliot; ainda assim, conseguia assumir um semblante prestativo e plácido, e parecer bastante satisfeita com o fato de só poder dedicar metade de suas costumeiras atenções a Sir Walter.

Para Anne, foi muito difícil ver o Sr. Elliot entrar na sala, e bastante doloroso quando a abordou e falou com ela. Antes, pensava que ele não era totalmente sincero, mas agora via insinceridade em tudo. Sua deferência atenciosa a Sir Walter, contrastando com o linguajar que utilizara anteriormente, era odiosa; e quando Anne pensava em sua conduta cruel em relação à Sra. Smith, mal podia olhar para seus sorrisos e gentilezas, ou ouvir seus elogios artificiais.

Queria evitar qualquer alteração de seus modos, que pudesse provocar uma queixa por parte dele. Seu objetivo era escapar de quaisquer perguntas ou atenção, mas pretendia ser tão decididamente fria para com ele quanto pudesse ser compatível com seu parentesco, e desfazer, tão silenciosamente quanto possível, os poucos passos de desnecessária intimidade que havia sido convencida a dar. Agiu, deste modo, de forma mais reservada e fria do que agira na noite anterior.

O Sr. Elliot tentou despertar a curiosidade de Anne novamente, quanto a como e onde ele poderia ter ouvido elogios sobre ela, no passado; queria muito a lisonja de mais perguntas, mas o feitiço se quebrara. Descobriu que o calor e a animação de um lugar público eram necessários para acender a vaidade de sua modesta prima. Descobriu, pelo menos, que não conseguiria fazê-lo naquele momento, com qualquer medida que tentara em meio às demandas dos outros por sua atenção. Mal podia imaginar que este era um assunto, naquele exato momento, que atuava contra seus interesses, fazendo com que Anne pensasse imediatamente sobre todos os menos desculpáveis de seus atos.

Anne teve a pequena satisfação de descobrir que ele sairia mesmo da cidade no dia seguinte, logo cedo, e que ficaria fora por quase dois dias. Foi convidado para ir a Camden Place na mesma noite em que voltasse, mas de quinta-feira até a noite de sábado, sua ausência era certa. Era ruim o suficiente ter que conviver constantemente com alguém como a Sra. Clay, mas um hipócrita ainda maior fazer parte de sua convivência destruía toda a sua paz e conforto. Era tão humilhante refletir sobre o fato de seu pai e Elizabeth estarem sendo constantemente enganados, considerar as diversas fontes de aviltamento sendo preparadas para eles! O egoísmo da Sra. Clay não era tão complicado ou revoltante quanto isso, e Anne teria defendido seu casamento com

Sir Walter imediatamente, com todos os males que ensejaria, só para se livrar das artimanhas que o Sr. Elliot utilizava para tentar impedi-lo.

Na manhã de sexta, pretendia ir logo cedo à casa de Lady Russell, e fazer a necessária comunicação. Teria ido logo depois do café-da--manhã, mas a Sra. Clay também estava de saída para cumprir alguma tarefa no lugar de sua irmã, o que fez com que Anne esperasse até estar livre de tal companheira. Portanto, deixou que a Sra. Clay saísse, bem antes de começar a falar sobre passar a manhã em Rivers Street.

– Muito bem, – disse Elizabeth, – não tenho nada a mandar, senão lembranças. Oh! Pode aproveitar e devolver aquele livro enfadonho que ela fez questão de me emprestar, e fingir que li inteiro. Não posso, de jeito nenhum, me incomodar com todos os novos poemas e ensaios que são publicados. Lady Russell é bastante entediante, com todas as suas novas publicações. Não precisa dizer isso a ela, mas achei horrível o vestido que usou há algumas noites. Costumava pensar que ela tinha um pouco de bom gosto para se vestir, mas fiquei com vergonha dela, no concerto. Havia algo tão formal e afetado em seus ares! E ela se senta tão ereta! Mande minhas carinhosas lembranças, é claro.

– E as minhas – acrescentou Sir Walter. – Meus votos de que se encontre bem. E pode dizer a ela que planejo visitá-la em breve. Mandar uma mensagem educada, mas só deixarei meu cartão. Visitas matutinas nunca são justas, para mulheres da idade dela, que se arrumam tão pouco. Se ao menos usasse ruge, não precisaria ter medo de ser vista; mas, da última vez que a visitei, percebi que baixou as persianas imediatamente.

Enquanto seu pai falava, houve uma batida na porta. Quem poderia ser? Anne, lembrando-se das visitas do Sr. Elliot a qualquer hora, teria esperado que fosse ele, se não soubesse que tinha um compromisso a onze quilômetros de distância. Após o costumeiro momento de suspense, os sons de alguém se aproximando foram ouvidos, e "o Sr. e a Sra. Charles Musgrove" foram conduzidos até a sala.

Surpresa foi a emoção mais forte despertada pela aparição dos dois, mas Anne ficou genuinamente contente em vê-los. Os outros não ficaram decepcionados a ponto de não conseguirem simular um ar de boas-

-vindas, e, assim que ficou claro que estes, seus parentes mais próximos, não haviam vindo com intenção de se hospedar naquela casa, Sir Walter e Elizabeth se tornaram mais cordiais e recebê-los muito bem. Haviam vindo a Bath por alguns dias, com a Sra. Musgrove, e estavam hospedados na estalagem White Hart. Até aí, ficou logo claro; mas até que Sir Walter e Elizabeth levaram Mary para a outra sala de estar, deleitando-se com a admiração dela, Anne não pôde pedir a Charles a história completa de sua vinda, ou uma explicação para algumas insinuações sorridentes de um propósito específico, que haviam sido ostensivamente feitas por Mary, assim como uma aparente confusão sobre quem fazia parte do grupo com o qual haviam viajado.

Descobriu, então, que faziam parte do grupo a Sra. Musgrove, Henrietta e o Capitão Harville, assim como eles dois. Charles lhe contou a história de forma muito simples e inteligível, com base na qual Anne identificou eventos bastante comuns. O plano se originara no desejo do Capitão Harville de vir a Bath a negócios. Começara a falar sobre isso uma semana antes, e, para ter algo para fazer, já que a temporada de caça terminara, Charles se propusera a vir com ele, e a Sra. Harville parecera gostar muito da ideia, como sendo vantajosa para seu marido. Mas Mary não aceitou ser deixada de fora, e expressou tanto sua infelicidade que, por um ou dois dias, tudo parecia estar sob suspense, ou terminado. Porém, os pais de Charles decidiram entrar no plano. Sua mãe tinha alguns velhos amigos em Bath, que gostaria de ver, e pensaram que seria uma boa oportunidade para Henrietta comprar seu enxoval, e o da irmã; em resumo, acabou sendo a viagem de sua mãe, de modo a tornar as coisas mais confortáveis e fáceis para o Capitão Harville, e ele e Mary foram incluídos para fins de conveniência. Haviam chegado tarde, na noite anterior. A Sra. Harville, seus filhos e o Capitão Benwick ficaram com o Sr. Musgrove e Louisa em Uppercross.

A única surpresa de Anne foi o fato de os preparativos já estarem tão adiantados, a ponto de se falar do enxoval de Henrietta. Havia imaginado existirem tamanhas dificuldades relativas a fortuna que impediriam que o casamento ocorresse logo; porém, ficou sabendo por Charles que, muito recentemente (depois da última carta de Mary), Charles Hayter recebera uma solicitação de um amigo, para ocupar um vicariato no lugar de uma criança, que não poderia reivindicá-lo ainda por muitos anos, e que, com sua renda atual e a quase certeza de algo mais permanente, muito antes do término do prazo em questão, as duas famílias haviam consentido com os desejos dos jovens, e seu casamento provavelmente ocorreria dentro de alguns meses, quase tão logo quanto o de Louisa.

– E é um ótimo vicariato, – acrescentou Charles, – só quarenta quilômetros de distância de Uppercross, e em um condado muito bonito: uma linda região de Dorset. No centro de algumas das melhores terras do reino, cercado por três grandes proprietários, um mais cuidadoso e cuidadoso do que o outro; e Charles pode conseguir uma recomendação especial com dois desses três. Não que ele dará o valor que devia – observou ele. – Charles é indiferente demais à caça. É sua pior qualidade.

– Fico muito feliz, de verdade, – exclamou Anne, – especialmente feliz, por isso ter acontecido. Ainda mais por serem duas irmãs, ambas igualmente merecedoras e que sempre foram grandes amigas, as perspectivas agradáveis de uma não diminuirão as da outra, e poderão ter a mesma prosperidade e o mesmo conforto. Espero que seus pais estejam muito felizes, em relação às duas.

– Oh, sim! Meu pai ficaria contente se os cavalheiros tivessem mais dinheiro, mas não tem outra reclamação a fazer. Dinheiro, sabe, ter que disponibilizar dinheiro – duas filhas ao mesmo tempo – não pode ser uma operação muito agradável, e faz com que ele economize em muitas outras coisas. Contudo, não quero dizer que elas não tenham esse direito. É correto que elas tenham os quinhões de filhas, e ele sempre foi um pai muito gentil e liberal comigo. Mary não gosta muito do noivo de Henrietta. Nunca gostou, sabe. Mas não é justa com ele, nem pensa sobre Winthrop. Não consigo fazê-la ver o valor da propriedade. É uma união bastante justa, nos tempos atuais; e sempre gostei de Charles Hayter, a vida toda, e não deixarei de gostar dele agora.

– Pais excelentes como o Sr. e a Sra. Musgrove – exclamou Anne – deveriam ficar felizes com os casamentos de seus filhos. Tenho certeza de que fazem tudo para lhes trazer felicidade. Que bênção para esses jovens, estar em tão boas mãos! Seus pais parecem ser totalmente livres de todos aqueles sentimentos ambiciosos que já levaram tantas pessoas a agir errado e à infelicidade, velhos e jovens. Pensa que Louisa já está completamente recuperada?

Ele respondeu com um pouco de hesitação:

– Sim, acredito que esteja; bem recuperada. Mas está mudada; deixou de correr e pular por aí, cantar ou dançar. Está bem diferente. Se alguém fecha uma porta com um pouco de força demais, ela leva um susto e treme como um pintinho n'água; e Benwick fica o dia todo ao seu lado, lendo versos ou sussurrando em seu ouvido.

Anne não pôde deixar de rir.

– Isso não pode ser muito do seu gosto, eu sei – disse ela. – Mas acredito que ele seja um jovem excelente.

– Certamente que é. Ninguém duvida disso, e espero que não pense que sou tacanho a ponto de querer que todos os homens tenham os mesmos objetivos e prazeres que eu. Valorizo muito Benwick; e quando conseguimos fazer com que fale, ele tem muito a dizer. Seu hábito da leitura não lhe fez mal, pois ele lutou, além de ler. É um sujeito corajoso. O conheci melhor na última segunda-feira do que jamais conhecera antes. Passamos a manhã inteira caçando ratos nos enormes celeiros do meu pai, e ele se saiu tão bem, que passei a gostar mais dele, desde então.

Nesta altura, foram interrompidos pela absoluta necessidade de Charles seguir os outros, para admirar espelhos e porcelanas; mas Anne já ouvira o suficiente para compreender a atual situação de Uppercross, e regozijar-se com sua felicidade. Apesar de suspirar, ao mesmo tempo em que regozijava-se, seus suspiros não tinham a malícia da inveja. Certamente que gostaria de ter as mesmas bênçãos que os outros, se pudesse, mas não queria diminuir as deles.

A visita transcorreu com muito bom humor. Mary estava com uma disposição excelente, adorando a diversão e a mudança de ares, e tão satisfeita com a viagem na carruagem da sogra, puxada por quatro cavalos, e com sua completa independência de Camden Place, que estava de humor perfeito para admirar tudo como deveria, e concordar prontamente com todas as qualidades da casa, conforme descritas. Não esperava nada do pai ou da irmã, e suas lindas salas de estar aumentavam sua própria importância.

Elizabeth sofreu bastante, por um curto espaço de tempo. Pensava que a Sra. Musgrove e todo o seu grupo precisavam ser convidados para jantar com eles, mas não suportava a ideia de que a diferença de estilo e a redução do número de criados, que seriam expostas por um jantar, fossem testemunhadas por pessoas que sempre haviam sido tão inferiores aos Elliot de Kellynch. Era uma briga entre a correção e a vaidade; mas a vaidade saiu ganhando, e então Elizabeth ficou feliz novamente. Estas eram suas persuasões internas: "Noções antiquadas; hospitalidade campestre; não costumamos dar jantares; poucas pessoas em Bath dão; Lady Alicia nunca dá; não convidou nem mesmo a família da irmã, apesar de terem passado um mês aqui; e ouso dizer que seria muito inconveniente para a Sra. Musgrove, um verdadeiro transtorno para seus planos. Tenho certeza de que ela preferiria não vir; não poderia se sentir à vontade conosco. Os convidarei para fazer uma visita à noite; será muito melhor. Será algo novo e divertido. Nunca viram salas como estas, antes. Ficarão contentes em vir amanhã à noite. Será uma reunião normal, pequena, mas das mais elegantes". E isso a satisfez. Quando o convite foi feito às duas visitas, e prometido para os ausentes, Mary ficou completamente satisfeita. Pediram que viesse especificamente para conhecer o Sr. Elliot, e ser apresentada a Lady Dalrymple e à Srta. Carteret, que, felizmente, já haviam sido convidadas; e Mary não poderia ter sido alvo de uma consideração mais gratificante. A Srta. Elliot teria a honra de visitar a Sra. Musgrove durante aquela manhã, e Anne saiu com Charles e Mary, para fazer uma visita a ela e a Henrietta imediatamente.

Seu plano de se encontrar com Lady Russell precisaria ser adiado. Os três a visitaram em Rivers Street, por alguns minutos, mas Anne convenceu-se de que atrasar a comunicação pretendida por um dia não teria importância, e apressou-se em direção à estalagem White Hart, para rever os amigos e companheiros do outono passado, com uma boa-vontade ávida que muitas associações contribuíram para formar.

Encontraram a Sra. Musgrove e sua filha lá dentro e sozinhas, e Anne recebeu as boas-vindas mais gentis por parte de ambas. Henrietta estava naquele estado de perspectivas recém-melhoradas e felicidade recém-formada que a enchia de consideração e interesse por todas as pessoas de quem já gostava antes; e Anne havia conquistado o verdadeiro afeto da Sra. Musgrove por ter sido tão útil a sua família em tempos de necessidade. Eram tamanha cordialidade, afabilidade e sinceridade que faziam com que Anne as apreciasse ainda mais, devido à falta de tais bênçãos em seu próprio lar. Pediram que passasse tanto tempo quando pudesse com eles, a convidaram para aparecer todo dia, e ficar o dia todo; na verdade, a trataram como parte da família e, em retribuição, ela deixou-se levar naturalmente por seu costumeiro modo de agir, atencioso e prestativo. Quando Charles as deixou sozinhas, Anne ouvia a Sra. Musgrove contar a história de Louisa e Henrietta a sua própria, dando opiniões sobre os assuntos e recomendações de lojas, com intervalos em que dava a Mary toda a ajuda que esta lhe pedia, que incluíam ajeitar seu laço, fazer contas, achar suas chaves e organizar seus badulaques, além de tentar convencê-la de que não estava sendo maltratada por ninguém, o que Mary não podia deixar de imaginar ocasionalmente, apesar de estar tão entretida quanto poderia desejar, sentada perto da janela, observando a entrada do Salão das Bombas[4].

Era de se esperar que fosse uma manhã de absoluta confusão. Um grupo grande em um hotel garantia cenas agitadas e que mudavam rapidamente. Em cinco minutos chegava um bilhete, nos próximos cinco, um pacote; e não fazia meia hora que Anne estava lá, quando a sala de jantar, por mais espaçosa que fosse, parecia ocupada mais do que pela metade. Um grupo de amigos antigos estavam sentados ao redor da Sra. Musgrove, e Charles voltou com os Capitães Harville e Wentworth. A aparição deste último causou surpresa apenas momentânea. Era impossível para ela esquecer que a chegada de amigos em comum logo faria com que se encontrassem novamente. Seu últi-

[4] N. da T.: Prédio histórico de Bath, onde os visitantes bebiam as águas com propriedades medicinais; também usado como ponto de encontro pelos turistas de alta posição social.

mo encontro havia sido extremamente importante para a elucidação dos sentimentos dele, e Anne retirara disso uma deliciosa convicção; mas temia, pela expressão dele, que a mesma infeliz persuasão que o fizera sair apressado da sala de concertos ainda prevalecia. Não parecia querer chegar perto o suficiente dela para conversarem.

Tentou ficar calma, e deixar que as coisas tomassem seu próprio curso, concentrando-se no seguinte argumento racional: "Certamente que se houver uma constância de afeto de ambos os lados, nossos corações se entenderão logo. Não somos crianças, para sermos capciosamente irritáveis, enganados pela surpresa de cada momento, brincando arbitrariamente com nossa própria felicidade". Ainda assim, alguns minutos depois, sentia que estarem juntos, sob as atuais circunstâncias, só os exporia às inadvertências e interpretações errôneas, do mais pernicioso tipo.

– Anne, – exclamou Mary, ainda perto da janela, – ali está a Sra. Clay, tenho certeza, parada debaixo da colunata, e em companhia de um cavalheiro. Os vi virar a esquina de Bath Street logo agora. Parecem absortos pela conversa. Quem é ele? Venha e me diga. Deus do céu! Me lembrei. É o Sr. Elliot em pessoa.

– Não, – disse Anne, rapidamente, – não pode ser o Sr. Elliot, asseguro-lhe. Ele saiu de Bath às nove horas de hoje, e não volta até amanhã.

Enquanto falava, sentia que o Capitão Wentworth a olhava, e esta consciência a aborrecia e embaraçava, fazendo-a se arrepender do que dissera, por mais simples que fosse.

Mary, ressentindo-se da suposição de que não reconheceria seu próprio primo, começou a falar acaloradamente sobre as feições da família, argumentando, com ainda mais vigor, que era o Sr. Elliot e chamando Anne novamente para vir ver por si mesma, mas Anne não quis se mexer, e tentou se comportar de forma calma e despreocupada. Seu aborrecimento voltou, contudo, ao perceber sorrisos e olhares cheios de significado entre duas ou três visitantes, como se acreditassem estar a par do segredo. Era evidente que a história que a envolvia havia se espalhado, e uma curta pausa se seguiu, que parecia garantir que agora se espalharia ainda mais.

– Venha, Anne – gritou Mary, – venha ver por si mesma. Será tarde demais, se não se apressar. Eles estão se despedindo; estão apertando as mãos. Ele está se virando para ir embora. Não reconhecer o Sr. Elliot, até parece! Você parece ter esquecido tudo o que se passou em Lyme.

Para pacificar Mary, e talvez esconder seu próprio embaraço, Anne andou silenciosamente até a janela. Chegou logo a tempo de averiguar que era, mesmo, o Sr. Elliot, no que não acreditara até então, antes dele desaparecer para um lado, enquanto a Sra. Clay andava rapidamente para o outro. Controlando a surpresa que não pôde deixar de sentir mediante tal aparência de conferência amigável entre duas pessoas com interesses diametralmente opostos, disse, calmamente:

– Sim, é o Sr. Elliot, certamente. Mudou o horário de sua partida, suponho, é só. Ou talvez eu esteja enganada, não me recordo. – E voltou para sua cadeira, recomposta e com a confortável esperança de ter se saído muito bem.

Os visitantes se despediram, e Charles, após acompanhá-los educadamente até a saída, ter feito careta na direção deles e reclamado do fato de terem vindo, disse:

– Bem, mamãe, fiz algo por você, de que irá gostar. Fui até o teatro e reservei um camarote para amanhã à noite. Não sou um bom filho? Sei que ama peças, e haverá lugar para todos nós. Cabem nove pessoas. Já convidei o Capitão Wentworth. Anne não ficará triste em se juntar a nós, tenho certeza. Todos gostamos de uma peça. Não fiz bem, mamãe?

A Sra. Musgrove começava a expressar, de bom humor, sua perfeita disposição para assistir à peça, se Henrietta e todos os outros quisessem, quando Mary interrompeu-a ansiosamente, exclamando:

– Deus do céu, Charles! Como pôde pensar em tal coisa? Reservar um camarote para amanhã à noite! Esqueceu que nos comprometemos a ir a Camden Place, amanhã à noite? E que fomos convidados especificamente para conhecermos Lady Dalrymple e sua filha, assim como o Sr. Elliot, e todos os principais parentes da família, propositalmente para sermos apresentados a eles? Como pôde ser tão esquecido?

– Ora bolas! – respondeu Charles. Que importância tem uma reunião noturna? Nunca é digna de se lembrar. Seu pai poderia ter nos convidado para jantar, penso eu, se quisesse mesmo nos ver. Pode fazer o que quiser, mas eu irei à peça.

– Oh, Charles, afirmo que será abominável se fizer isso, mesmo, quando prometeu ir.

– Não, não prometi. Só dei um sorrisinho e fiz uma reverência, e disse a palavra "feliz". Não houve promessa.

– Mas precisa ir, Charles. Seria imperdoável faltarmos. Fomos convidados justamente para sermos apresentados. Sempre houve um grande relacionamento entre os Dalrymple e nossa família. Nunca aconteceu algo, em uma família, que não fosse anunciado imediatamente. Somos parentes bem próximos, sabe; e o Sr. Elliot, também, quem você deveria especialmente conhecer! Devemos a maior consideração ao Sr. Elliot. Pense, ele é o herdeiro de meu pai, o futuro representante da família.

– Não fale comigo sobre herdeiros e representantes, – exclamou Charles, – não sou do tipo que negligencia o governo estabelecido em benefício de outros. Se não vou por seu pai, seria escandaloso ir pelo herdeiro dele. Que importância tem o Sr. Elliot para mim?

Esta expressão de desdém agradou Anne imensamente. Viu que o Capitão Wentworth prestava a maior atenção, observando e ouvindo com toda a sua alma, e que as últimas palavras fizeram com que desviasse seu olhar curioso de Charles para ela.

Charles e Mary continuavam discutindo no mesmo estilo; ele, meio sério e meio brincalhão, insistindo nos planos de ir ao teatro, e ela, invariavelmente séria, se opondo a eles acaloradamente, sem deixar de declarar que, apesar de estar determinada a ir a Camden Place sozinha, se sentiria extremamente maltratada se eles fossem à peça sem ela. A Sra. Musgrove interviu:

– É melhor adiarmos. Charles, é muito melhor você voltar e trocar a reserva para a terça-feira. Seria uma pena nos separarmos, e também teríamos que ir sem a Srta. Anne, se vai haver uma reunião na casa do pai dela. E tenho certeza de que nem Henrietta, nem eu mesma, aproveitaríamos a peça, se a Srta. Anne não pudesse ir conosco.

Anne sentiu-se verdadeiramente agradecida a ela, por tamanha generosidade, e também pela oportunidade que lhe propiciou, de dizer, de forma decidida:

– Se dependesse somente de meus próprios desejos, senhora, a reunião em casa (exceto por causa de Mary) não seria o menor impedimento. Não gosto nem um pouco daquele tipo de encontro, e trocaria por uma peça de muito bom grado, ainda mais com vocês. Mas talvez fosse melhor nem tentar.

Pronto, falara; mas estava tremendo, ao terminar, consciente de que suas palavras haviam sido ouvidas, e não ousando nem mesmo tentar observar o efeito das mesmas.

Ficou logo acordado entre todos que terça-feira seria o dia, com Charles insistindo em provocar a esposa, declarando que iria à peça no dia seguinte, ainda que ninguém mais fosse.

O Capitão Wentworth levantou-se da cadeira e andou em direção à lareira, provavelmente com a intenção de se afastar da mesma logo depois, e posicionar-se, de forma menos óbvia, ao lado de Anne.

– Não está em Bath há tempo suficiente – disse ele – para ter aproveitado as reuniões noturnas do lugar.

– Oh, não! A natureza costumeira das festas não me atrai. Não sou de jogar cartas.

– Não costumava ser, eu sei. Não costumava gostar de cartas; mas o tempo traz muitas mudanças.

– Não mudei tanto assim – exclamou Anne, e parou, temendo algum tipo de interpretação errônea, sem nem mesmo saber qual. Após aguardar alguns momentos, ele disse, como se fosse o resultado de um sentimento imediato:

– É um intervalo e tanto! Oito anos é meio é um belo intervalo.

Se ele continuaria a falar ou não, ficou a cargo da imaginação de Anne, em um momento mais calmo, pois enquanto ainda absorvia as palavras ditas por ele, foi desviada para outros assuntos por Henrietta, ávida por aproveitar o tempo livre para dar um passeio e insistindo para que suas companheiras não perdessem tempo, antes que outra pessoa chegasse.

Foram obrigados a sair. Anne disse que estava perfeitamente pronta, e tentou parecer que estava, mesmo, mas pensava que se Henrietta pudesse conhecer o pesar e a relutância em seu coração, ao se levantar daquela cadeira e se preparar para sair da sala, teria sentido pena dela, pensando em tudo o que ela mesma sentia por seu primo e sua certeza de que ele a amava.

Seus preparativos, contudo, foram interrompidos. Sons alarmantes foram ouvidos; outros visitantes se aproximavam, e a porta foi aberta para Sir Walter e a Srta. Elliot, cuja entrada parecia ter feito uma sensação de frio se abater sobre todos. Anne sentiu uma opressão instantânea, e via sintomas idênticos por onde olhasse. O conforto, a liberdade e a alegria da sala estavam acabados, sufocados em compostura distante, silêncio determinado ou conversas insípidas, para combinar com a elegância de seu pai e sua irmã. Que humilhante era perceber isso!

Seu olhar ciumento teve um motivo para se alegrar. Ambos tomaram conhecimento novamente do Capitão Wentworth, Elizabeth de forma ainda mais graciosa do que antes. Até mesmo se dirigiu a ele, uma vez, e olhou para ele mais de uma. Na verdade, Elizabeth estava planejando algo importante. O que aconteceu depois explicou seu comportamento. Após desperdiçar alguns minutos com as costumeiras conversas corteses, começou a fazer o convite que deveria compensar tudo o que devia à família Musgrove.

– Amanhã à noite, para conhecer alguns amigos; sem formalidades.

Tudo foi dito muito graciosamente, e os cartões que trouxera, com a inscrição "Srta. Elliot disponível", foram colocados sobre a mesa, com um sorriso cortês e que abarcava a todos, e um sorriso e um cartão adicionais para o Capitão Wentworth. A verdade era que Elizabeth estava em Bath há tempo o suficiente para compreender a importância de um homem com os modos e a aparência dele. O passado não era nada. O presente era que o Capitão Wentworth ficaria muito bem, passeando por sua sala de estar. O cartão foi entregue de forma incisiva, e Sir Walter e Elizabeth desapareceram.

A interrupção foi curta, apesar de severa, e a tranquilidade e a animação voltaram para a maioria dos outros, quando a porta se fechou atrás dos dois, mas não para Anne. Só conseguia pensar, atônita, sobre o convite que presenciara, e o modo como este havia sido recebido:

um modo de significado duvidoso, de surpresa, ao invés de gratidão, de reconhecimento educado, ao invés de aceitação. Ela o conhecia: viu desdém em seu olhar, e não ousava acreditar que tinha decidido aceitar tal oferta como reparação por toda a insolência do passado. O humor de Anne se abateu. Ele segurava o cartão na mão, após a saída deles, como se estivesse considerando profundamente.

– Imagine só, Elizabeth incluiu todos! – sussurrou Mary, de forma bastante audível. – Não me surpreende o Capitão Wentworth estar aprazido! Vê que não larga o cartão.

Anne encontrou o olhar dele, viu seu rosto corar e sua boca formar uma momentânea expressão de desprezo; então, se virou, para que não pudesse ver, nem ouvir, mais nada que a aborrecesse.

O grupo se separou. Os cavalheiros tinham seus próprios compromissos, as damas foram cuidar de seus próprios assuntos, e eles não se encontraram mais, por todo o tempo que Anne ficou em companhia delas. Insistiram para que voltasse para jantar e passar o resto do dia com elas, mas seu ânimo havia sido testado por tanto tempo que, naquele momento, sentia-se incapaz de fazer mais esforços, e só queria ir para casa, onde poderia ficar em silêncio por tanto tempo quanto quisesse.

Prometendo passar a manhã do dia seguinte inteira com elas, completou o cansaço do dia com uma caminhada fatigante até Camden Place, para passar maior parte da noite lá, ouvindo os preparativos de Elizabeth e da Sra. Clay para a reunião do dia seguinte, a frequente enumeração dos convidados e os detalhes de todos os enfeites que fariam com que fosse o encontro mais completamente elegante de seu tipo em Bath, ao mesmo tempo em que perturbava a si mesma com a questão irrespondível: o Capitão Wentworth viria ou não? Estavam contando com a presença dele, mas para Anne, era uma inquietação que a consumia e na qual não conseguia parar de pensar por mais de cinco minutos. No geral, pensava que ele iria, porque achava que ele deveria; mas era um caso para o qual não conseguia formar uma ideia certa de qualquer ato de dever ou arbítrio, de forma a desafiar as sugestões de seus sentimentos conflitantes.

Só despertou de tais reflexões agitadas para dizer à Sra. Clay que a havia visto com o Sr. Elliot três horas depois da suposta partida dele, pois esperara em vão que a própria senhora mencionasse o encontro. Decidira, então, mencionar e pareceu-lhe ter visto uma expressão de culpa no rosto da Sra. Clay, enquanto a ouvia falar. Foi transiente, e passou em um instante, mas Anne imaginou ter lido em seu rosto a consciência de ter sido, por alguma complicação resultante dos artifícios de ambos, ou alguma autoridade dominadora da parte dele, obrigada a ouvir (por quase meia hora) os discursos e restrições dele quanto a seus planos para Sir Walter. Ela exclamou, contudo, com uma imitação tolerável de um tom de voz natural:

– Oh, céus! É verdade. Imagine só, Srta. Elliot, para minha grande surpresa, encontrei o Sr. Elliot em Bath Street. Nunca ficara tão surpresa antes. Ele se virou e caminhou comigo até o pátio na frente da Sala das Bombas. Algo o impedira de partir para Thornberry, mas não me lembro o que, pois estava apressada e não pude dar muita atenção a ele. Só posso afirmar que estava decidido a não atrasar sua volta. Queria saber qual seria o horário mais cedo que poderia ser recebido aqui, amanhã. Só falava em "amanhã", e está muito evidente que eu mesma só penso nisso, também, desde que entrei em casa e fiquei sabendo da extensão de seu plano e de tudo o que aconteceu, senão não teria esquecido tão completamente de tê-lo encontrado.

Capítulo 23

Só um dia havia se passado desde a conversa de Anne com a Sra. Smith, mas algo mais interessante sucedera, e agora ela se importava tão pouco com a conduta do Sr. Elliot, exceto seus efeitos sobre um determinado assunto, que foi uma decisão natural, na manhã seguinte, adiar novamente a visita explicativa a Lady Russell. Havia prometido ficar com os Musgrove do café até o jantar. Se comprometera, e o caráter do Sr. Elliot, assim como a cabeça da sultana Sherazade, viveria mais um dia.

Não conseguiu ser pontual, contudo; o tempo não estava favorável, e Anne lamentou estar chovendo, por conta de seus amigos e de si mesma, antes de ousar sair de casa. Quando chegou ao White Hart e subiu aos aposentos corretos, descobriu que não havia chegado na hora, tampouco era a primeira a chegar. O grupo à sua frente era composto pela Sra. Musgrove, que conversava com a Sra. Croft, e o Capitão Harville, que falava com o Capitão Wentworth, e imediatamente ficou sabendo que Mary e Henrietta, impacientes demais para esperar, haviam saído no minuto em que a chuva parara, mas voltariam logo, e tinham deixado instruções rigorosas com a Sra. Musgrove, para mantê-la lá até que voltassem. A Anne só restava obedecer, sentar-se, aparentar calma e sentir novamente toda a agitação pelas quais pensara que iria passar só um pouco, antes que a manhã terminasse. Não houve atraso, nem perda de tempo. Mergulhou profundamente na felicidade de tal tristeza, ou na tristeza de tal felicidade, imediatamente. Dois minutos após entrar na sala, o Capitão Wentworth disse:

– Escreveremos a carta da qual falávamos, Harville, agora mesmo, se me der os materiais.

Os materiais estavam à mão, em uma mesa ao lado; ele andou até lá e, dando as costas a todos quase que completamente, ficou absorto pela escrita.

A Sra. Musgrove contava à Sra. Croft a história do noivado de sua filha mais velha, naquele tom de voz inconveniente que é perfeitamente audível, enquanto finge ser um sussurro. Anne sentia que não fazia parte da conversa, mas como o Capitão Harville parecia pensativo e indisposto a conversar, não pôde deixar de ouvir diversos detalhes indesejados, como: "o Sr. Musgrove e meu irmão Hayter se encontraram novamente, para discutir o assunto; o que meu irmão Hayter disse um dia, e o que o Sr. Musgrove propôs que fizessem, no outro dia, e o que aconteceu com minha cunhada Hayter, e o que os jovens pediram, e o que eu disse, logo de início, que jamais permitiria, mas depois fui persuadida a pensar que daria muito certo", e muito mais do mesmo tipo de comunicação franca, detalhes que, mesmo se ditos de forma elegante e delicada, o que a Sra. Musgrove não podia fazer, só podiam ser interessantes para os envolvidos. A Sra. Croft ouvia tudo com muito bom humor e, sempre que falava alguma coisa, o fazia com muita sensatez. Anne esperava que os cavalheiros estivessem ocupados demais com seus próprios assuntos para ouvir a conversa.

– Então, senhora, considerando-se tudo isso, – dizia a Sra. Musgrove, em um sussurro alto, – apesar de termos desejado que as coisas fossem diferentes, ainda assim não achamos justo esperar mais, pois Charles Hayter estava ansiosíssimo por isso, e Henrietta quase tanto quanto ele. Deste modo, pensamos que seria melhor que se casassem imediatamente, e fizessem o melhor que pudessem, como muitos outros casais fizeram antes deles. De qualquer forma, disse eu, será melhor do que um noivado longo.

– Era exatamente o que eu ia observar – exclamou a Sra. Croft. – Prefiro que os jovens se estabeleçam juntos, com uma pequena renda, logo que puderem, e tenham que lidar com algumas dificuldades juntos, do que se envolverem em um noivado longo. Sempre pensei que nenhuma...

– Oh! Minha cara Sra. Croft, – bradou a Sra. Musgrove, incapaz de deixá-la terminar de falar, – não há nada que eu abomine mais para os jovens do que um noivado longo. Sempre objetei a isso para meus filhos. Tudo bem os jovens noivarem, eu costumava dizer, se houver uma certeza de que poderão se casar em seis meses, ou até mesmo doze; mas um noivado longo...

– Sim, minha cara senhora, – disse a Sra. Croft, – ou um noivado incerto, que possa ser longo. Começar sem saber em que momento terão possibilidade de se casar penso ser muito inseguro e desaconselhável, e que todos os pais deveriam impedir, se pudessem.

Anne descobriu um interesse inesperado pelo assunto. Sentiu a aplicação do que diziam a si mesma, com um arrepio nervoso perpassando seu corpo. E, no mesmo momento que seus olhos instintivamente se voltaram para a mesa distante, a pena do Capitão Wentworth parou de se mexer; levantou a cabeça, pausando, ouvindo, e virou-se, no instante seguinte, para lançar a ela um olhar, um olhar rápido e consciente.

As duas damas continuaram a conversar, repetindo as mesmas afirmações com as quais já concordaram e reforçando-as com exemplos dos efeitos nocivos da prática desaconselhável que discutiam, mas Anne não escutou nada direito; era só um burburinho de palavras em seu ouvido, sua mente estava em turbilhão.

O Capitão Harville, que não ouvira nada, levantou-se de sua poltrona e andou até uma janela, e Anne parecia observá-lo, apesar de estar meramente distraída; porém, gradualmente percebeu que ele a convidava para juntar-se a ele. Olhou para ela com um sorriso no rosto e um pequeno movimento de cabeça, que dizia: "Venha até aqui, tenho algo a dizer", e seus modos simples, tranquilos e gentis, que demonstravam os sentimentos de um amigo mais antigo do que ele realmente era, reforçaram o convite. Anne forçou-se a despertar e foi até ele. A janela perto da qual ele estava parado ficava do lado oposto àquele em que as duas damas estavam, e, apesar de estar mais perto da mesa em que se encontrava o Capitão Wentworth, não era muito próxima. Quando Anne chegou até o Capitão Harville, seu rosto assumiu novamente a expressão séria e pensativa, que parecia ser seu estado natural.

– Olhe aqui, – disse ele, desembrulhando um pacote em sua mão e mostrando a ela uma pintura em miniatura, – sabe quem é este?

– Certamente: o Capitão Benwick.

– Sim, e pode adivinhar para quem será dado. Contudo, – disse ele, em um tom grave, – não foi feito para ela. Srta. Elliot, lembra-se de nosso passeio em Lyme, quando lamentamos a situação dele? Mal podia imaginar, naquela ocasião... mas não importa. Esta pintura foi feita no Cabo. Lá, ele conheceu um artista alemão muito talentoso e, cumprindo uma promessa que fizera à minha pobre irmã, posou para ele e estava trazendo a miniatura para dar a ela. E agora tenho a incumbência de fazer com que chegue às mãos de outra! Foi um pedido que fez a mim! Mas quem mais ele haveria de usar? Espero poder fazer as concessões que merece. Não lamento, de verdade, transferir a tarefa a outra pessoa. Ele se ofereceu, – disse ele, olhando para o Capitão Wentworth, – está escrevendo sobre isso agora mesmo. – E, com os lábios tremendo, desistiu de se controlar, acrescentando: – Pobre Fanny! Ela não o teria esquecido tão rapidamente.

– Não – respondeu Anne, em um tom baixo e carregado de emoção. – Nisso posso facilmente acreditar.

– Não era da natureza dela. Era devotada a ele.

– Não é da natureza de nenhuma mulher que ame de verdade.

O Capitão Harville sorriu, dizendo:

– Reivindica isso para seu sexo?

Ela respondeu, também sorrindo:

– Sim. Certamente que não esquecemos vocês com tanta rapidez quanto vocês nos esquecem. É, talvez, nosso destino, ao invés de nosso mérito. Não podemos evitar. Vivemos em nossos lares, quietas, confinadas, e nossos sentimentos nos consomem. Vocês são forçados a se engajar em outras atividades. Sempre têm uma profissão, passatempos, negócios de um tipo ou de outro, para fazer com que saiam para o mundo imediatamente, e ocupação contínua e mudanças logo enfraquecem as impressões.

– Partindo do princípio que sua afirmação é verdadeira, e que o mundo causa, mesmo, tudo isso nos homens com tanta rapidez (com o que, contudo, creio que não concordo), isso não se aplica a Benwick. Ele não foi forçado a participar de qualquer atividade. A declaração de paz o fez voltar para a terra firme logo naquele momento, e tem vivido conosco, em nosso pequeno círculo familiar, desde então.

– Verdade, – disse Anne, – isso é bem verdade, não me lembrava. Mas o que diremos agora, Capitão Harville? Se a mudança não partir das circunstâncias externas, deve ter vindo de dentro; deve ser a natureza, a natureza masculina, que operou sobre o Capitão Benwick.

– Não, não, não é a natureza masculina. Não concordarei que seja mais natural para um homem do que para uma mulher ser inconstante e esquecer aqueles que amam ou amaram. Acredito que seja o oposto. Acredito em uma verdadeira analogia entre nossas estruturas físicas e mentais e, como nossos corpos são mais fortes, também o são nossos sentimentos; capazes de aguentar mais provações e superar as intempéries mais pesadas.

– Seus sentimentos podem ser os mais fortes, – respondeu Anne, – mas a mesma analogia me permitirá afirmar que os nossos são os mais tenros. O homem é mais robusto do que a mulher, mas não é o que vive por mais tempo, o que explica perfeitamente minha opinião sobre a natureza de seus afetos. Não, seria difícil demais para vocês, se fosse o contrário. Vocês têm dificuldades, provações e perigos o suficiente com os quais lidar. Estão sempre trabalhando e se esforçando, expostos a todos os tipos de risco e sofrimento. Têm que abandonar o lar, a pátria, os amigos. Não podem dispor livremente de seu tempo, sua saúde e sua vida. Seria difícil, mesmo, – completou ela, com a voz trêmula, – se os sentimentos de uma mulher fossem acrescentados a tudo isso.

– Nunca concordaremos neste ponto – o Capitão Harville começava a dizer, quando um ligeiro barulho chamou a atenção deles para o canto, até então perfeitamente silencioso, da sala ocupado pelo Capitão Wentworth. Ele havia apenas derrubado sua pena, mas Anne ficou surpresa ao vê-lo mais perto do que imaginara, e começava a suspeitar que só havia derrubado a pena porque estava concentrado na conversa deles, tentando entender as palavras, mas Anne não acreditava que conseguira.

– Terminou sua carta? – perguntou o Capitão Harville.

– Ainda não, faltam algumas linhas. Terminarei em cinco minutos.

– Não tenho pressa. Estarei pronto quando você estiver. Estou muito bem ancorado, aqui, – disse ele, sorrindo para Anne, – bem abastecido, e não preciso de nada. Não estou com nenhuma pressa de partir. Bem, Srta. Elliot, – continuou ele, abaixando o tom de voz, – como eu dizia, suponho que nunca concordaremos quanto a esta questão. Nunca haveria concordância entre um homem e uma mulher, provavelmente. Mas deixe-me observar que todas as histórias estão contra você: toda prosa e todo verso. Se eu tivesse a memória de Benwick, poderia fornecer cinquenta citações que embasem meu argumento agora mesmo, e não creio ter aberto um único livro que não tenha algo a dizer sobre a inconstância de uma mulher. Canções e provérbios, todos eles falam sobre a volubilidade das mulheres. Mas talvez vá me dizer que todos foram escritos por um homem.

– Talvez eu o diga. Sim, sim, por favor, sem referência a exemplos de livros. Homens têm toda a vantagem sobre nós, no que tange a contar a própria história. A educação deles é infinitamente superior à nossa; a pena está em suas mãos. Não permitirei que os livros provem nada.

– Mas como provaremos alguma coisa, então?

– Nunca provaremos. Não podemos esperar provar nada, quanto a este ponto. É uma diferença de opinião que não admite provas. Cada um de nós provavelmente já começa pendendo um pouco para o nosso próprio sexo, e com base nisso construímos todas as circunstâncias a favor do que ocorreu dentro de nosso próprio círculo; e muitas dessas circunstâncias (talvez justamente aqueles casos que nos afetaram mais) podem ser exatamente aqueles que não possam ser mencionados sem trair um segredo ou dizer o que não deveria ser dito.

– Ah! – exclamou o Capitão Harville, em um tom de forte emoção. – Se ao menos pudesse fazê-la compreender o que um homem sofre, quando olha para a esposa e os filhos pela última vez, e observa o barquinho que os leva para longe, até o perder de vista, e depois se vira e diz: "só Deus sabe se nos veremos novamente!". E então, se eu pudesse explicar a alegria de sua alma quando os vê novamente; quando, ao voltar depois de uma ausência de doze meses, talvez, é obrigado a atracar em outro porto, começa a calcular quanto tempo levaria para trazer a família até lá, tentando enganar a si mesmo e dizendo: "Não conseguem chegar aqui antes do dia tal", mas o tempo todo esperando a chegada deles doze horas mais cedo, e finalmente os vendo chegar, como se os céus lhe houvessem dado asas, muitas horas mais cedo! Se pudesse explicar tudo isso, e tudo o que um homem aguenta e faz, e faz de bom grado, pelo bem desses tesouros de sua existência! Falo, é claro, somente dos homens que têm corações! – terminou, colocando a mão sobre o seu, com emoção.

– Oh! – disse Anne, avidamente. – Espero fazer justiça a tudo o que o senhor e os seus sentem. Deus me livre de não dar o valor adequado aos sentimentos amorosos e fieis de qualquer ser humano! Seria merecedora do mais absoluto desprezo, se ousasse supor que verdadeiro afeto e constância são exclusivos das mulheres. Não, acredito que vocês sejam capazes de tudo o que há de bom e correto, em suas vidas de casados. Acredito que sejam capazes de fazer todos os esforços que importam, e suportar todos os problemas domésticos, contanto que – se é que me permite a expressão – contanto que tenham um objetivo. Quero dizer, enquanto as mulheres que amam vivem, e vivem para vocês. Todo o privilégio que reivindico para meu próprio sexo (e não é um muito invejável; não há necessidade de cobiçá-lo) é o de amar por mais tempo, quando a existência ou a esperança já se foram.

Anne não teria conseguido externar outra frase; seu coração estava cheio demais, seu peito oprimido.

– A senhorita é uma alma nobre – exclamou o Capitão Harville, colocando a mão sobre seu braço, de forma afetuosa. – Não há como brigar com a senhorita. Quando penso em Benwick, não posso falar mais nada.

A atenção deles foi despertada pelos outros. A Sra. Croft estava de saída.

– Agora, Frederick, nos despedimos, creio eu – disse ela. – Estou indo para casa, e você tem um compromisso com seu amigo. Hoje à noite, podemos ter o prazer de nos encontrarmos todos em sua festa – continuou ela, virando-se para Anne. – Recebemos o cartão de sua irmã ontem, e fiquei sabendo que Frederick também recebera um, apesar de não tê-lo visto; e está livre, Frederick, não está, assim como nós?

O Capitão Wentworth estava dobrando uma carta apressadamente, e não pôde, ou não quis, responder direito.

– Sim, – disse ele, – é bem verdade; aqui nos separamos, mas Harville e eu logo a seguiremos; quer dizer, Harville, se estiver pronto, estarei em meio minuto. Sei que gostará de se colocar a caminho. Estarei à sua disposição dentro de meio minuto.

A Sra. Croft partiu, e o Capitão Wentworth, tendo selado sua carta com grande rapidez, ficou, mesmo, pronto, e tinha um ar apressado e agitado, que demonstrava sua impaciência para partir. Anne não sabia como interpretar. Ouviu o gentil "Bom dia, Deus te abençoe!" do Capitão Harville, mas dele, nem uma única palavra, nem um olhar! Saiu da sala sem nem lhe lançar um olhar!

Contudo, Anne só teve tempo de se aproximar da mesa onde ele estivera escrevendo, antes que ouvisse passos retornando; a porta se abriu, e era ele próprio. Desculpou-se, dizendo que esquecera as luvas, e, imediatamente cruzando a sala em direção à escrivaninha, tirou uma carta debaixo dos papeis espalhados, colocou-a na frente de Anne com um olhar suplicante fixo em seu rosto por alguns segundos e, pegando suas luvas apressadamente, saiu novamente da sala, quase antes de a Sra. Musgrove tomar conhecimento de sua presença; tudo se passou em um instante!

O turbilhão que um instante causara em Anne mal pode ser expressado. A carta, endereçada de forma quase ilegível para "Srta. A. E.", era evidentemente aquela que ele dobrara com tanta pressa. Enquanto supunham que estava escrevendo só para o Capitão Benwick, também estivera se dirigindo a ela! Tudo o que a vida poderia fazer por ela dependia do conteúdo daquela carta. Tudo era possível, tudo poderia ser suportado, exceto o suspense. A Sra. Musgrove estava ocupada com suas próprias tarefas, em outra mesa; Anne teria que confiar que isso a protegeria e, afundando na cadeira que ele ocupara antes, substituindo-o no mesmo lugar onde ele se inclinara e escrevera, os olhos dela devoraram as seguintes palavras:

"Não posso mais ouvir em silêncio. Preciso falar-lhe, do modo que estiver em meu alcance. Você dilacera minha alma. Sou metade agonia, metade esperança. Não me diga que é tarde demais, que aqueles preciosos sentimentos se foram para sempre. Ofereço-me a você novamente, com um coração que é mais seu do que quando você quase o partiu, há oito anos e meio. Não ouse dizer que um homem se esquece antes de uma mulher, que o amor dele morre mais cedo. Nunca amei ninguém, senão você. Posso ter sido injusto, e fui fraco e ressentido, mas nunca inconstante. Só vim a Bath por sua causa. Só penso e planejo por sua causa. Não percebeu? Será mesmo que não compreendeu meus desejos? Não teria esperado nem mesmo estes dez dias, se pudesse ter lido seus sentimentos, como acho que você deve ter entendido os meus. Mal consigo escrever. A cada instante, ouço algo que me domina. Você está abaixando seu tom de voz, mas consigo distinguir as nuances dela, que passariam despercebidas pelos outros. Criatura boa demais, excelente demais! É justa para com os homens, sim. Acredita que há verdadeiro afeto e constância entre nós. Acredite que são dos mais ardentes e constantes em F. W.

Preciso ir, incerto de meu destino; mas voltarei para cá, ou seguirei seu grupo, assim que possível. Uma palavra, um olhar, serão o suficiente para decidir se entro na casa de seu pai esta noite, ou nunca mais".

Não seria possível recuperar-se logo de tal carta. Meia hora de solidão e reflexão poderia tê-la tranquilizado, mas os parcos dez minutos que se passaram antes de ser interrompida, com todas as restrições de sua situação, não fizeram nada por sua tranquilidade. Pelo contrário, cada momento trazia uma nova agitação. Era uma felicidade sobrepujante. E, antes de ter passado do primeiro estágio dessas sensações, Charles, Mary e Henrietta chegaram.

A absoluta necessidade de agir normalmente produziu, então, um conflito imediato, mas depois de um tempo, não havia mais nada que pudesse fazer. Começou a não entender uma palavra do que diziam, e foi obrigada a alegar indisposição e pedir licença. Todos puderam ver que ela aparentava estar mesmo mal, ficaram chocados e preocupados, e se recusaram terminantemente a sair sem ela. Foi horrível. Se ao menos eles houvessem saído e a deixado de posse silenciosa da sala, isso teria sido sua cura; mas tê-los todos ao seu redor, esperando em pé, era atordoante. Em seu desespero, Anne disse que iria para casa.

– Claro, minha querida, – disse a Sra. Musgrove, – vá para casa imediatamente, e cuide-se, para que possa estar bem hoje à noite. Gostaria que Sarah estivesse aqui para te examinar, mas eu mesma não sou médica. Charles, toque a campainha e peça uma carruagem. Ela não deve andar.

Anne não poderia aceitar a carruagem. Pior do que qualquer outra coisa! Perder a possibilidade de trocar duas palavras com o Capitão Wentworth durante seu progresso silencioso e solitário pela cidade (e ela tinha quase certeza de que o encontraria) não seria tolerável. Protestou veementemente contra a carruagem, e a Sra. Musgrove, que pensava somente em um tipo de moléstia, tendo se assegurado, com alguma ansiedade, de que não houvera nenhuma queda, naquele caso, de que Anne não escorregara e batera a cabeça e de que ela estava perfeitamente convencida de que não caíra, despediu-se dela de bom humor, confiando que a encontraria melhor à noite.

Ansiosa por não deixar de tomar nenhuma precaução, Anne esforçou-se e disse:

– Temo, senhora, que não tenha ficado perfeitamente entendido. Faça a gentileza de mencionar para os outros cavalheiros que esperamos ver todo o seu grupo, esta noite. Temo que tenha havido algum engano, e gostaria que a senhora assegurasse especificamente o Capitão Harville e o Capitão Wentworth de que esperamos encontrá-los ambos.

– Oh, minha cara, está tudo entendido, dou-lhe minha palavra. O Capitão Harville nem cogita deixar de ir.

– Acha mesmo? Mas tenho medo, e ficaria muito decepcionada se não fossem. Promete que mencionará, quando os vir novamente? Ouso dizer que verá os dois novamente, ainda pela manhã. Prometa-me.

– Claro que mencionarei, se é o que deseja. Charles, se vir o Capitão Harville em qualquer lugar, lembre-se de dar a ele a mensagem da Srta.

Anne. Mas realmente, minha querida, não precisa ficar preocupada. O Capitão Harville considera-se absolutamente comprometido, posso garantir; e o mesmo vale para o Capitão Wentworth, ouso dizer.

Anne não podia fazer nada além disso, mas seu coração pressentia algum infortúnio que diminuiria a perfeição de sua felicidade. Entretanto, não poderia durar muito. Ainda que ele não viesse a Camden Place pessoalmente, ela teria a oportunidade de mandar a ele uma frase inteligível pelo Capitão Harville. Outro aborrecimento momentâneo ocorreu, Charles, com verdadeira preocupação e bondade, insistiu em acompanhá-la até sua casa, e não houve como impedi-lo. Foi quase uma crueldade. Porém, Anne não pôde ser ingrata por muito tempo; ele estava sacrificando um compromisso com um armeiro para lhe ser útil, então partiram com ele, sem aparentar nada além de gratidão.

Estavam em Union Street, quando passos mais rápidos atrás deles, que soavam um tanto quanto familiares, permitiram que ela tivesse dois segundos de preparação antes de ver o Capitão Wentworth. Ele se juntou aos dois, mas, como se não soubesse se deveria acompanhá-los ou continuar andando, não disse nada, só observou. Anne se controlou o suficiente para receber seus olhares, de forma acolhedora. A face que antes estava pálida, agora corava, e os movimentos que antes hesitavam, agora eram decididos. Ele caminhou ao lado deles. Logo depois, acometido por uma ideia repentina, Charles disse:

– Capitão Wentworth, para que lado está indo? Só até Gay Street, ou mais além?

– Mal sei – respondeu o Capitão Wentworth, surpreso.

– Está indo até Belmont? Perto de Camden Place? Porque, se estiver, não terei escrúpulos em pedir que tome meu lugar, e dê seu braço a Anne, acompanhando-a até a porta da casa do pai. Está bem cansada, e não deveria andar tão longe sem ajuda, e eu preciso ir ter com aquele camarada no mercado municipal. Prometeu mostrar-me uma arma maravilhosa que está prestes a enviar para um comprador, disse que a manteria fora da caixa o máximo que pudesse, para que eu consiga vê-la, e se não me dirigir até lá agora mesmo, não terei chance. Pela descrição dele, a arma é bem parecida com a minha de cano duplo, que você mesmo usou em

Winthrop, naquele dia.

Não pode haver qualquer objeção. Houve somente a mais cortês alacridade, a mais prestativa concordância perante os olhos de terceiros; e, internamente, sorrisos contidos e exultação. Dentro de alguns segundos, Charles descia por Union Street, e os outros dois prosseguiam juntos; sem demora, palavras suficientes já haviam sido trocadas entre eles para que decidissem pegar o caminho de cascalho, comparativamente silencioso e afastado, onde o poder de conversarem tornou a próxima hora uma verdadeira bênção, preparando-os para toda a felicidade eterna que seu futuro traria. Lá, expressaram novamente os sentimentos e as promessas que outrora pareceram garantir sua felicidade, mas que haviam sido seguidos por muitos e muitos anos de divisão e separação. Lá, voltaram ao passado, mais deliciosamente felizes, talvez, por sua reunião, do que da primeira vez que fizeram os mesmos planos; mais afetuosos, mais experientes, mais certos do caráter, da verdade e do amor um do outro. Mais capazes de agir, e agindo de forma mais justificada. E lá, conforme caminhavam vagarosamente pela subida gradual, inconscientes de todos ao seu redor, não reparando em políticos se pavoneando, governantas ocupadas, garotas flertando, babás ou crianças, puderam se dar ao luxo de mergulhar nas retrospecções e reconhecimentos, especialmente nas explicações sobre tudo o que precedera diretamente aquele momento, que foram extremamente emocionantes e interessantes. Todas as pequenas variações da semana anterior foram examinadas, e as do dia anterior e daquele mesmo dia eram intermináveis.

Ela não o havia interpretado erroneamente. Ciúme do Sr. Elliot havia sido o motivo da demora, a dúvida, o tormento. Começara a afetá-lo logo que a encontrara em Bath, e acontecido novamente, após uma curta suspensão, para arruinar o concerto; e o influenciara em tudo o que dissera e fizera, ou que deixara de fazer e dizer, pelas últimas vinte e quatro horas. Gradualmente cedera às esperanças que os olhares, palavras ou atos dela ocasionalmente encorajavam, e fora finalmente destruído pelos sentimentos e tons que ele entreouvira enquanto ela conversava com o Capitão Harville; então, sem poder resistir, ele pegara uma folha de papel e confessara seus sentimentos.

Não retirou ou explicou nada do que escrevera. Insistiu que não amara ninguém, a não ser ela. Ela jamais fora substituída. Ele nem mesmo acreditava ter conhecido alguém que se comparasse a ela. Foi obrigado, contudo, a reconhecer o seguinte: que fora constante inconscientemente, não, involuntariamente; que tentara esquecê-la, e acreditava tê-lo feito. Considerara-se indiferente, quando só estivera com raiva, e havia sido injusto com os méritos dela, porque estes o haviam feito sofrer. O caráter dela estava, agora, fixo em sua mente como a perfeição personificada, mantendo um lindo meio-termo entre força e gentileza; mas foi obrigado a reconhecer que fora somente em Uppercross que aprendera a ser justo com ela, e só em Lyme que começara a compreender a si mesmo. Em Lyme, recebera mais de um tipo de lição. A fugaz admiração do Sr. Elliot finalmente o despertara, e os eventos que se passaram no quebra-mar e na casa do Capitão Harville estabeleceram definitivamente sua superioridade.

Quanto a suas tentativas de se afeiçoar a Louisa Musgrove (nascidas de um orgulho ferido), ele protestou que sempre sentira que seria impossível; que não se importava, não conseguia se importar, com Louisa, apesar de, até aquele dia, até o tempo para refletir que se seguiu àquele dia, ele não ter compreendido a perfeita excelência de sua mente, com a qual a de Louisa mal poderia ser comparada, ou o perfeito e inigualável poder que possuía sobre a sua própria. Naquele momento, aprendera a distinguir entre a constância de princípios e a obstinação da vontade, entre a ousadia do e a resolução de uma mente composta. Lá, vira o suficiente para aumentar sua estima pela mulher que havia perdido, e começara a deplorar o orgulho, a tolice e a loucura do ressentimento que o impediram de tentar reconquistá-la, quando o destino a colocara em seu caminho.

A partir daquele período, sua penitência fora severa. Assim que se livrara do horror e do remorso que acompanharam os primeiros dias após o acidente de Louisa, assim que começara a se sentir vivo novamente, a se sentir normal, apesar de vivo, não se sentia em liberdade.

– Descobri – disse ele – que Harville me considerava um homem comprometido! Que nem Harville, nem sua esposa, tinham qualquer dúvida de nossa afeição mútua. Fiquei atônito e chocado. Até certo ponto, pude contradizer isso instantaneamente, mas quando comecei a refletir que outras pessoas poderiam ter pensado o mesmo, a própria família dela, ou talvez ela mesma, não era mais um homem livre. Era dela, em honra, se ela o desejasse. Eu havia sido descuidado. Não pensara seriamente sobre o assunto, antes. Não havia levado em consideração que minha excessiva intimidade poderia acarretar diversas consequências negativas, e que eu não tinha o menor direito de tentar me afeiçoar a qualquer uma das garotas, correndo o risco de ensejar um único rumor desagradável, ainda que não houvesses outros efeitos nocivos. Me comportara de forma absolutamente errada, e deveria arcar com as consequências.

Em resumo, descobrira tarde demais que havia se enrolado, e que justo quando tomara consciência de que não sentia absolutamente nada por Louisa, precisava se considerar comprometido com ela, se seus sentimentos por ele fosse, mesmo, o que os Harville supunham. Isso o fez se decidir por sair de Lyme, e esperar sua recuperação completa em outro lugar. Enfraqueceria de bom grado, por qualquer meio justo, quaisquer sentimentos ou especulações que poderiam existir em relação a ele; portanto, foi para a casa do irmão, pretendendo, após um tempo, voltar a Kellynch e agir conforme as circunstâncias exigissem.

– Passei seis semanas com Edward, – disse ele, – e testemunhei sua felicidade. Não queria outros prazeres. Não merecia nenhum. Ele perguntou de você, muito especificamente; perguntou até mesmo se estava mudada, mal podendo suspeitar que, para mim, você nunca mudaria.

Anne sorriu, e deixou passar. Era um tropeço agradável demais para que o repreendesse. É significativo para uma mulher, em seu vigésimo-oitavo ano de vida, ouvir que não perdeu o charme de sua juventude, mas o valor de tal elogio era muito maior para Anne, pois comparava-o com palavras ouvidas anteriormente, e percebia que era o resultado, e não a causa, do reflorescimento de seu amor por ela.

O Capitão Wentworth ficara em Shropshire, lamentando a cegueira de seu próprio orgulho e os erros de seus próprios cálculos, até que foi libertado repentinamente por Louisa, ao receber a notícia surpreendente e bem-vinda de seu noivado com Benwick.

– E foi então – disse ele – que terminou a pior parte, pois daí em diante, pude ao menos me dar a chance de ser feliz, fazer algum esforço, tomar alguma atitude. Mas esperar por tanto tempo, sem poder fazer nada, aguardando apenas algo indesejado, fora terrível. Dentro de cinco minutos, disse: "Irei para Bath na quarta-feira", e fui. Foi imperdoável pensar que valia a pena vir? E chegar aqui com um pouco de esperança? Você estava solteira. Era possível que ainda nutrisse os sentimentos do passado, como eu; e tive um encorajamento. Nunca duvidei de que outros a iriam amar e cortejar, mas sabia, com certeza, que recusara pelo menos um homem, que tinha pretensões melhores do que as minhas. E não pude deixar de me perguntar com frequência: "Foi por minha causa?".

O primeiro encontro entre eles, em Milson Street, rendeu muita conversa, mas o concerto rendeu ainda mais. Aquela noite parecia composta por momentos deliciosos. O momento em que ela deu um passo para a frente, no Salão Octogonal, para falar com ele; o momento em que o Sr. Elliot aparecera e a levara embora, e um ou dois momentos subsequentes, marcados pelo retorno da esperança ou pelo aumento do esmorecimento, foram discutidos energicamente.

– Vê-la, – exclamou ele, – no meio daqueles que não me desejavam o bem; ver seu primo ao seu lado, conversando e sorrindo, e perceber como uma união entre vocês seria horrivelmente apropriada e conveniente! Considerar que isso seria o desejo concreto de todas as pessoas com alguma influência sobre você! Ainda que seus sentimentos fossem relutantes ou indiferentes, pensar sobre o poderoso apoio que ele receberia! Não seria o suficiente para fazer com que eu fizesse o papel de tolo que fiz? Como eu poderia deixar de observá-la com agonia? A visão da amiga que se sentara atrás de você, a lembrança do que se passou, a ciência da influência dela sobre você, a impressão indelével e imutável do que a persuasão fizera antes – tudo isso não estava contra mim?

– Devia ter percebido – respondeu Anne. – Não devia ter suspeitado de mim, agora. A situação é tão diferente, assim como minha idade. Se errei ao ceder à persuasão antes, lembre-se de que foi a uma persuasão que pendia para a segurança, e não para o risco. Quando cedi, pensei que era meu dever, mas nenhum dever poderia ser alegado, nesta situação. Casar-me com um homem que não sente nada por mim seria correr todo o tipo de risco, e violar todos os meus deveres.

– Talvez eu devesse ter raciocinado de tal forma, – respondeu ele, – mas não consegui. Não consegui extrair qualquer benefício do conhecimento tardio que obtive sobre seu caráter. Não consegui levá-lo em consideração; estava sobrecarregado, afogado, perdido naqueles sentimentos antigos que me atormentavam, ano após ano. Só conseguia pensar em você como aquela que cedera, que desistira de mim, que havia sido influenciada por outra pessoa, que não eu. A vi com a mesma pessoa que a orientara, naquele infeliz ano. Não tinha motivos para acreditar que ela teria menos autoridade, agora. Precisava, também, levar em conta a força do hábito.

– Eu imaginaria – disse Anne – que meu comportamento em relação a você poderia tê-lo poupado de muito, ou tudo isso.

– Não, não! Seus modos poderiam ser somente a tranquilidade ensejada por seu noivado com outro homem. Despedi-me de você com esta crença; ainda assim, estava determinado a vê-la novamente. Recobrei o ânimo na manhã seguinte, e pensei que ainda tinha um motivo para continuar na cidade.

Anne finalmente chegara em casa, mais feliz do que qualquer um lá dentro poderia conceber. Toda a surpresa e o suspense, e todas as outras partes dolorosas da manhã, haviam se dissipado com a conversa, e ela retornou ao lar tão feliz, que obrigou-se a moderar sua felicidade com as momentâneas apreensões de que a mesma não duraria muito. Um curto período de reflexão, séria e grata, era o melhor corretivo para todos os perigos daquela felicidade tão extrema; dirigiu-se, então, para o quarto e usou sua gratidão para nutrir sua determinação e destemor.

A noite chegou, os candelabros das salas de estar foram acendidos, e os visitantes recebidos. Era apenas uma reunião para jogar cartas, uma mistura entre pessoas que não se conheciam e pessoas que se encontravam com frequência demais; um negócio corriqueiro, numeroso demais para conversas profundas, pequeno demais para variedade. Mas Anne nunca passara uma noite mais curta. Reluzente e bela, devido à emoção e à felicidade, e mais admirada por todos do que cogitara ou quisera, tinha um sentimento alegre ou tolerante para cada pessoa ao seu redor. O Sr. Elliot estava lá; ela o evitou, mas sentiu pena dele. Divertiu-se ao compreender os Wallis. Lady Dalrymple e a Srta. Carteret – logo seriam primas inócuas para ela. Não se importava com a Sra. Clay, e os modos de seu pai e sua irmã não a faziam corar. Com os Musgrove, manteve uma conversa feliz e perfeitamente tranquila; com o Capitão Harville, uma interação gentil, entre irmãos; com Lady Russell, tentou estabelecer uma conversa, interrompida pela deliciosa consciência do que ainda não lhe contara; com o Almirante e a Sra. Croft, tudo o que há de mais cordial e um ardente interesse, que essa mesma consciência tentava esconder; e com o Capitão Wentworth, alguns momentos de comunicação que ocorreram continuamente, sempre na esperança de que ocorressem mais, e sempre consciente da presença dele.

Foi durante um desses encontros, quando ambos estavam aparentemente ocupados admirando um belo arranjo de plantas cultivadas na estufa, que ela disse:

– Tenho pensado no passado, e tentando julgar, imparcialmente, o certo e o errado. Quero dizer, em relação a mim mesma; e devo acreditar que eu estava certa, por mais que tenha sofrido com isso, que eu estava perfeitamente certa em me deixar guiar pela amiga de quem você ainda irá gostar muito mais do que gosta atualmente. Para mim, ela ocupava o lugar de uma mãe. Não me interprete mal, contudo. Não estou dizendo que ela não errou em seu conselho. Foi, talvez, um daqueles casos em que o conselho só é bom ou ruim de acordo com o seu resultado; e, quanto a mim mesma, eu certamente jamais daria tal conselho, em qualquer circunstância remotamente semelhante àquela. O que quero dizer é que fiz a coisa certa em obedecê-la, e que, se houvesse feito o contrário, teria sofrido mais com a continuação do noivado, do que sofri ao desistir dele, pois quem teria sofrido seria minha consciência. Não tenho, agora, na medida em que tal sentimento seja permissível na natureza humana, nada pelo que me recriminar; e, a não ser que esteja enganada, um forte senso de dever não é uma parte ruim do quinhão das mulheres.

Ele olhou para ela, olhou para Lady Russell e, voltando o olhar novamente para ela, respondeu, como se deliberasse friamente:

– Ainda não. Mas há esperança de que ela seja perdoada, com o tempo. Creio que logo terei um bom relacionamento com ela. Mas eu também tenho pensado sobre o passado, e me ocorreu que pode ter havido uma pessoa que foi mais minha inimiga do que aquela senhora: eu mesmo. Diga-me se, quando voltei para a Inglaterra, no ano oito, com alguns milhares de libras, e fui designado para o Laconia, se tivesse lhe escrito uma carta, a teria respondido? Teria, em resumo, retomado nosso noivado, naquela ocasião?

– Se teria! – foi tudo o que Anne respondeu, mas seu tom de voz foi decisivo o suficiente.

– Deus do céu, – exclamou ele, – você teria! Não é que não tenha pensado ou desejado tal coisa, como a única possibilidade de coroar todos os meus outros sucessos; mas fui orgulhoso, orgulhoso demais para pedir sua mão novamente. Não a compreendia. Fechei os olhos e não quis compreendê-la ou ser-lhe justo. Esta lembrança é suficiente para fazer com que perdoe qualquer pessoa, antes de mim mesmo. Seis anos de separação e sofrimento poderiam ter sido poupados. É também um tipo de dor nova para mim. Estava acostumado com o prazer de acreditar que fizera por merecer todas as minhas bênçãos. Valorizava meus próprios esforços honrados e recompensas merecidas. Como todos os outros grandes homens que sofrem reveses, – acrescentou ele, com um sorriso, – devo tentar fazer com que minha mente se sujeite à minha fortuna. Devo aprender a aceitar o fato de que sou mais feliz do que mereço.

Capítulo 24

Quem poderia duvidar do que se seguiu? Quando dois jovens resolvem se casar, quase que invariavelmente alcançam seu objetivo, através de sua perseverança, por mais pobres ou imprudentes que sejam, ou por menor que seja a probabilidade de fazerem uns aos outros felizes. Esta pode ser uma moral ruim para concluir a história, mas acredito que seja a verdade. E, se eles conseguem, como poderiam pessoas como o Capitão Wentworth e Anne Elliot, com todas as vantagens de mentes maduras, consciência do que é certo, e uma fortuna independente entre eles, deixar de derrotar toda oposição? Conseguiram aguentar muito mais do que enfrentaram, pois poucas coisas os afetaram, além da falta de graciosidade e afeto. Sir Walter não fez objeção, e Elizabeth apenas aparentou frieza e indiferença. O Capitão Wentworth, possuidor de vinte e cinco mil libras, e ocupando um posto tão alto quanto seu mérito e suas atividades poderiam permitir, não era mais um homem qualquer. Agora era considerado digno de pedir a mão da filha de um baronete tolo e perdulário, que não tinha princípios ou sensatez o suficiente para mantê-lo na situação em que a providência o colocara, e que só podia dar a sua filha, naquele momento, uma pequena parte das dez mil libras que seriam dela no futuro.

Na verdade, Sir Walter, apesar de não nutrir afeição por Anne e de o acontecimento não alimentar sua vaidade, estava muito longe de considerar que a união era indigna dela. Pelo contrário, quando começou a ver o Capitão Wentworth com mais frequência, e vê-lo à luz do dia, examinando-o bem, ficou muito impressionado com sua boa aparência, e decidiu que a aparência superior dele poderia ser muito bem equilibrada com a posição social superior dela. E tudo isso, com o auxílio do fato de que o sobrenome "Wentworth" soava bem, permitiu que Sir Walter finalmente preparasse sua pena, de forma bastante graciosa, para incluir o casamento no volume de honra.

A única entre eles, cuja oposição poderia despertar grande ansiedade, era Lady Russell. Anne sabia que Lady Russell deveria estar sofrendo com seu noivado e com o fato de ter rejeitado o Sr. Elliot, e com dificuldades para compreender verdadeiramente e fazer justiça ao Capitão Wentworth. Contudo, isso era o que Lady Russell teria que fazer. Teria que perceber que se enganara em relação a ambos; que havia sido influenciada injustamente pelas aparências; que, devido ao fato de os modos do Capitão Wentworth não terem combinado exatamente com suas próprias ideias, ela havia sido rápida demais em suspeitar que indicavam uma personalidade perigosamente impetuosa; e que, devido ao fato de que os modos do Sr. Elliot a agradaram com sua polidez e suavidade, ela havia sido rápida demais em pensar que eram resultantes de opiniões corretas e de uma mente bem regulada. Lady Russell não podia fazer mais nada, além de admitir que estivera completa e absolutamente enganada, e adotar um novo conjunto de opiniões e esperanças.

Certas pessoas têm uma percepção rápida, um bom discernimento de caráter, um atilamento natural, que a experiência de outros não pode igualar, e Lady Russell fora menos bem-dotada, neste quesito, do que sua jovem amiga. Mas era uma mulher muito boa e, se seu segundo objetivo era ser sensata e judiciosa, seu primeiro era ver Anne feliz. Amava Anne mais do que suas próprias habilidades, e quando o embaraço inicial passara, teve pouca dificuldade em desenvolver afeto maternal pelo homem responsável pela felicidade de sua outra filha.

De toda a família, Mary provavelmente foi quem ficou mais imediatamente feliz com a circunstância. Era honroso ter uma irmã casada, e ela podia se vangloriar de ter sido crucial para o relacionamento, por ter mantido Anne com ela durante todo o outono. E, como sua própria irmã era melhor do que as irmãs de seu marido, era muito agradável o Capitão Wentworth ser mais rico do que o Capitão Benwick ou Charles Hayter. Talvez sofresse um pouco, quando os visse novamente, ao ver Anne recuperar sua posição prioritária e dona de um lindo landau, mas tinha um futuro que lhe oferecia um grande consolo: Anne não herdaria nada como Uppercross Hall, nenhuma propriedade ou terras, não seria a matriarca de nenhuma família. E, se conseguissem impedir o Capitão Wentworth de se tornar baronete, ela não trocaria de situação com Anne.

Seria melhor, para a irmã mais velha, se estivesse igualmente contente com sua própria situação, pois uma mudança nesse quesito não era muito provável. Logo sofreu a humilhação de ver o Sr. Elliot se afastar, e ninguém de posição social adequada apareceu, desde então, nem mesmo para despertar as esperanças infundadas que se foram junto com ele.

A notícia do noivado de sua prima Anne abateu-se sobre o Sr. Elliot da forma mais inesperada possível. Estragou seus planos de felicidade conjugal, suas melhores esperanças de manter Sir Walter solteiro com a vigilância a que teria direito como seu genro. Mas, apesar de ter ficado desconcertado e decepcionado, ainda podia fazer algo por seus próprios interesses. Foi logo embora de Bath e, pelo fato de a Sra. Clay também ter partido, um breve tempo depois, e de terem ficado sabendo que havia se estabelecido sob a proteção dele em Londres, ficou evidente o jogo duplo que estivera conduzindo, e quão determinado estava a não ser prejudicado por uma mulher ardilosa, pelo menos.

As afeições da Sra. Clay subjugaram seus interesses, e ela sacrificara, pelo bem do homem mais jovem, a possibilidade de passar mais tempo tentando conquistar Sir Walter. Contudo, ela tem habilidades, assim como afeições; e agora resta a dúvida, se a astúcia dele ou dela acabará prevalecendo, e se, após impedi-la de se tornar a esposa de Sir Walter, ele não será adulado e lisonjeado até torná-la a esposa de Sir William.

Não há dúvidas de que Sir Walter e Elizabeth ficaram chocados e humilhados com a perda de sua companheira e a descoberta de que haviam sido enganados por ela. É claro que ainda tinham suas importantes primas, a quem recorrer para serem confortados, mas logo perceberam que elogiar e seguir outras pessoas, sem ser seguidos e lisonjeados em retribuição, é apenas um estado de meia satisfação.

Anne, logo convencida de que Lady Russell pretendia gostar tanto quanto deveria do Capitão Wentworth, não sofreu nenhuma diminuição de sua felicidade quanto ao futuro, exceto a consciência de não ter nenhum parente, com o qual presenteá-lo, que um homem sensato poderia valorizar. Neste sentido, estava dolorosamente consciente de sua inferioridade. A desproporção das fortunas dos dois não era nada, não a fazia perder um minuto de sono; mas não ter uma família que o recebesse e estimasse adequadamente, nenhuma respeitabilidade, harmonia ou boa-vontade para oferecer em retribuição a toda a estima e imediatas boas-vindas de seus irmãos e irmãs, era uma fonte de tanta dor quanto sua mente poderia experimentar, em circunstâncias de tamanha felicidade. Tinha apenas duas amigas para acrescentar à lista dele, Lady Russell e a Sra. Smith. Contudo, ele estava plenamente disposto a se afeiçoar a ambas. Lady Russell, apesar de todas as suas anteriores transgressões, ele passara a valorizar sinceramente. Apesar de não chegar ao ponto de dizer que acreditava que ela estivera certa quando originalmente os separou, estava disposto a dizer quase que qualquer outra coisa a seu favor, e quanto à Sra. Smith, ela tinha qualidades dos mais diversos tipos, que o conquistaram rápida e permanentemente.

As boas ações da Sra. Smith para com Anne eram suficientes por si só, e o casamento desta última, ao invés de privar a primeira de uma amizade, lhe propiciou duas. Foi a primeira a visitá-los, quando se acomodaram na vida de casados, e o Capitão Wentworth, ajudando-a a recuperar a propriedade de seu marido nas Índias Ocidentais, escrevendo por ela, agindo em seu nome e lidando com todas as pequenas dificuldades do caso, com a atividade e os esforços de um homem destemido e amigo determinado, recompensou-a inteiramente pelo bem que havia feito, ou ainda pretendia fazer, à esposa dele.

As alegrias da Sra. Smith não foram estragadas por tal melhoria de sua situação financeira, em conjunto com uma ligeira melhora de sua saúde e a aquisição de amigos com os quais podia estar frequentemente, pois sua felicidade e contentamento interno não lhe falharam; e, enquanto possuísse este essencial estoque do bem, poderia até mesmo desdenhar o acréscimo de uma prosperidade mundana ainda maior. Poderia ser absolutamente rica e perfeitamente saudável e, ainda assim, seria feliz. A fonte de sua felicidade era o fulgor de seu espírito, assim como a de sua amiga Anne era a ternura de seu coração. Anne era ternura em pessoa, e recebia seu devido valor com o amor do Capitão Wentworth. A profissão dele era a única coisa que poderia fazer com que os amigos dela desejassem que fosse uma pessoa menos terna, e o medo de uma guerra futura era tudo o que poderia diminuir seu brilho. Orgulhava-se de ser a esposa de um marinheiro, mas precisava pagar o preço de alarmar-se repentinamente, devido ao fato de seu marido pertencer àquela profissão que, se é que tal coisa é possível, distingue-se ainda mais pelas virtudes domésticas do que por sua importância nacional.